ATLAS DER IMAGINÄREN ORTE

VON ATLANTIS BIS GOTHAM CITY

Erstveröffentlichung der Originalausgabe unter dem Titel
„Atlas of Imagined Places – from Lilliput to Gotham City" bei
B.T. Batsford
43 Great Ormond Street
London WC1N 3HZ

Karten und Illustrationen von Mike Hall

Deutsche Erstausgabe

www. geschenkverlage.de
Projektmanagement: Maiken Dau
Übersetzung, Satz & Redaktion: Christiane Manz

MIX
Papier | Fördert gute Waldnutzung
FSC® C084469

Gesamtherstellung: Vivar Printing Sdn. Bhd., Malaysia

Atlas der imaginären Orte – Von Atlantis bis Gotham City
GTIN 978-3-8485-0233-2

ATLAS DER IMAGINÄREN ORTE

VON ATLANTIS BIS GOTHAM CITY

Matt Brown und Rhys B. Davies

Aus dem Englischen von Christiane Manz

INHALT

06 EINFÜHRUNG

10 USA
DIE VERÄNDERTEN STAATEN

24 KANADA UND DIE ARKTIS
GREEN GABLES UND GOLDKLUMPEN

30 MITTELAMERIKA MIT MEXIKO
DIE ALTE NEUE WELT

36 SÜDAMERIKA
STÄDTE AUS GOLD UND BANANENREPUBLIKEN

42 WESTEUROPA
DIE ALTEN LÄNDER

48 OSTEUROPA
WISSENSCHAFT UND ZAUBEREI, SCHTETL UND SOWJETS

54 DIE NORDISCHEN LÄNDER
HIER GIBT'S DRACHEN (UND TROLLE SOWIESO!)

60 VEREINIGTES KÖNIGREICH UND IRLAND
FAKE-BRITAIN UND SCHWINDL-EIRE

70 NAHER UND MITTLERER OSTEN MIT ZENTRALASIEN
JENSEITS DER SEIDENSTRASSE

76 SÜDASIEN
VON PESCHAWAR BIS ZUM SUBKONTINENT

82 AFRIKA
DIE DINGE FÜGEN SICH

88 SÜDOSTASIEN
WILDNIS, WELLEN, WELTEN UND WETTSTREIT

94 JAPAN
DAS LAND DES AUFGEHENDEN GUNDAM

100 CHINA UND NORDOSTASIEN
REISE IN DEN FERNEN OSTEN

106 AUSTRALIEN UND NEUSEELAND
DAS URSPRÜNGLICHE LAND OZ

112 ANTARKTIKA
DER ALBTRAUM-KONTINENT

118 DER PAZIFIK
INSELHOPPING

124 DER ATLANTIK
VERLORENE WELTEN DER WESTLICHEN MEERE

130 ORTSREGISTER
151 QUELLENREGISTER
168 DANKSAGUNGEN UND ÜBER DIE AUTOREN

EINFÜHRUNG

Willkommen im Atlas der Orte, die nicht real existieren. Auf den folgenden Seiten finden Sie etwa 5000 fiktive Schauplätze – kleine und große Städte, Länder, Meere und Ozeane, Gebäude, Wüsten, Berge, Wälder, unterirdische Gänge, Weltraumlifte und mindestens ein riesiges, zeitmanipulierendes Baby, das in einem Gletscher der Antarktis eingefroren ist. Nichts davon steht in einem herkömmlichen Atlas, aber alle gibt es in Werken der Fantasie.

Seinen Ursprung hat der Atlas 2018, als wir auf der Webseite Londonist.com zuerst unsere Landkarte „Fake Britain“ und dann den Stadtplan „Unreal London“ veröffentlichten. Darauf erhielten wir so viele positive Reaktionen, dass sich unser Projekt „Fake Britain“ zu einem ganzen Weltatlas der fiktiven Orte ausweitete – den Sie nun in Händen halten.

Auf den Karten sind uralte Legenden enthalten, wie Eldorado, Atlantis, Utopia, Camelot, die Kong-Berge und der versunkene Kontinent Lemuria. Wir haben Schöpfungen aus Literaturklassikern darin verwoben, etwa Charles Dickens' Coketown, Mary Anne Evans Middlemarch, Prousts Combray oder García Márquez' Macondo. Hunderte Schauplätze aus der populären Kunst und Kultur sind eingeflossen, wie Gotham City, Metropolis, Hogwarts, Twin Peaks, Erinsborough, Vice City, Schitt's Creek, Arendelle, König Salomos Minen, eine Reihe Städte mit *Pokémon*-Arenen, und – von allen am schwersten zu kartieren – Springfield aus *Die Simpsons*. Auch fiktive Orte aus ungewöhnlicheren Quellen haben wir auf den Karten untergebracht: aus Kulissen für Militärübungen, Fahrgeschäften in Themenparks, einem Frank-Zappa-Song, Fernsehwerbespots und sogar aus unglücklichen Versprechern, die zur Entstehung ganzer fiktiver Länder führten (siehe Karten Mittelamerika und Afrika auf den Seiten 16–17 und 84–85).

In diesem Atlas tauchen Dutzende Genres und Subgenres auf. Halten Sie Ausschau nach den vielen ruritanischen Romanzen in Mitteleuropa, den weltweiten Utopien, die durch Thomas Morus' Original inspiriert wurden, und ihren dystopischen Verwandten, nach brasilianischen Telenovelas, australischen Soap-Operas, Robinsonaden, High-School-Mangas, *Nordic Noirs*, polaren Seltsamkeiten, Geschichten um vergessene Welten aus Afrika oder Südamerika und vielem mehr.

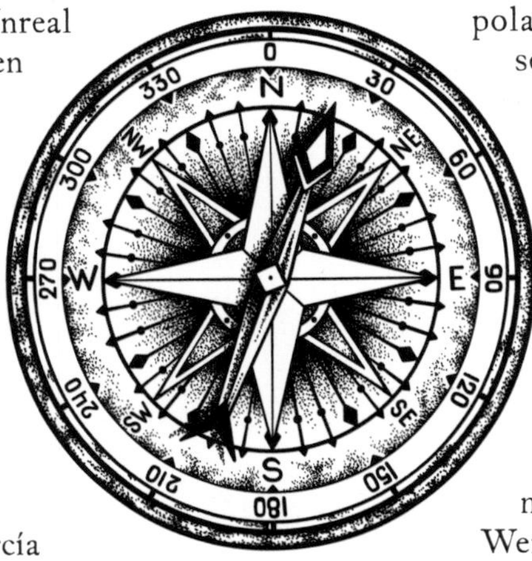

Wir hoffen, der Atlas hilft Ihnen, die Geografie Ihrer Lieblingsromane besser zu verstehen. Er kann auch als Ausgangspunkt dienen, um Geschichten zu finden, die Sie noch nicht kennen. Sehen Sie sich in der Region Ihrer Heimatstadt um: Erkennen Sie alle Orte? Oder lesen Sie unsere Einträge in einem Land, das Sie besuchen möchten, und machen Sie die dazugehörigen Werke ausfindig. Schließlich gibt es noch das Vergnügen, nach ungewöhnlichen Nachbarn zu suchen: Das Dorf von Asterix etwa liegt gleich neben dem Schlachtfeld aus *Der Soldat James Ryan*, während der Gestrandete aus *Cast Away – Verschollen im Pazifik* vermutlich in Reichweite von Kapitän Nemos *Nautilus* gewesen wäre (und das sind nur die Verbindungen zu Tom Hanks).

Da eröffnet sich eine völlig neue Welt!

WAS MEINEN WIR MIT EINEM FIKTIVEN ORT?

Diese Frage klingt eigentlich ganz einfach. Ein fiktiver Ort ist ein Ort, der in der Realität nicht existiert, eine rein fantastische Schöpfung. Beim Zusammenstellen dieses Atlasses entdeckten wir jedoch, dass nicht alle fiktiven Orte gleich geschaffen sind. Wir haben vier Kategorien identifiziert, die wir hier aufführen – von den fantastischsten Orten bis zu denen, die der Realität am nächsten sind:

1. Komplett erfundene Orte, die jedoch woanders existieren als auf unserer vertrauten Erde (z. B. Narnia, Westeros). Solche Orte sind in diesem Atlas nicht abgebildet.

2. Komplett erfundene Orte, die irgendwo auf der Erde angesiedelt sind (z. B. Liberty City, Genovien, die Insel Sodor). Sie machen den Großteil der Einträge aus.

3. Orte, deren Namen fiktiv sind, die aber klar auf einem realen Ort basieren (z. B. Thomas Hardys „Wessex"-Städtchen oder Charlotte Brontës Villette, das stark an Brüssel angelehnt ist). Solche Orte sind auch in diesem Atlas verzeichnet.

4. Orte, deren Namen real sind, aber deren Eigenschaften fiktionalisiert wurden (z. B. das Oxford aus *His Dark Materials*). Solche Orte haben wir nicht eingezeichnet.

Das heißt also, um im Atlas aufgenommen zu werden, muss ein Ort zumindest einen erfundenen Namen haben und auf der Erde existieren.

Bei visuellen Medien haben wir Orte generell dort verortet, wo sie „liegen sollen", und nicht dort, wo gefilmt wurde. Oft ist das sogar zwingend nötig. Hätten wir beispielsweise Sokovia (aus Marvels *Avengers: Age of Ultron*) seinem Drehort zugeordnet, dann läge dieses mitteleuropäische Land im Nordlondoner Vorort Hendon; hier wurde die „Schlacht von Sokovia" in der früheren Polizeiakademie von Scotland Yard gefilmt. Wenn allerdings andere Anhaltspunkte fehlten, haben wir die Drehorte als sekundäre Anhaltspunkte benutzt.

ENTSCHEIDUNGEN, ENTSCHEIDUNGEN ...

Liest man die Einleitung zu einem kartografischen Werk, wird man immer auf einen Warnhinweis stoßen: „Die Karten geben das dargestellte Gebiet nie zu 100 Prozent originalgetreu wieder, sondern sind durch die Subjektivität derer gefärbt, die sie erstellt haben" (oder etwas in dieser Art). Diese Bemerkung ist fast zu einem Allgemeinplatz geworden, aber sie stimmt. Alle Kartografen müssen sich entscheiden, was sie aufnehmen und was sie weglassen. Welche Wahl sie treffen, kann von politischen oder kulturellen Haltungen beeinflusst sein oder von den Interessen einer bestimmten Personengruppe. Ein *realer* Weltatlas, der in China erscheint, wird sich von einem aus Indien, Großbritannien oder Mosambik unterscheiden. Natürlich ist jeweils die Sprache anders, aber auch anerkannte Landesgrenzen oder Städte, die hervorgehoben sind, können abweichen.

Ein *fiktiver* Atlas ist sogar noch anfälliger für Parteilichkeit. Zunächst kann er unmöglich vollständig sein. Niemand weiß, wie viele Romane in der Menschheitsgeschichte veröffentlicht worden sind; es müssen mehrere zehn Millionen sein. Die weltgrößte Datenbank für Filme, Fernsehserien und Videospiele, IMDb.com, listete im Dezember 2020 7,5 Millionen Titel auf, nach 6,5 Millionen Anfang des Jahres. Daneben gibt es Hörspiele, Podcasts, Volksüberlieferungen, Comics, Brettspiele und andere Medien und Genres zu beachten. Die Früchte der menschlichen Kreativität sind im Wesentlichen unendlich, und auch wenn nicht alle diese Werke an fiktiven Orten spielen – ein Bruchteil von Unendlich ist immer noch unendlich.

Bei der Erstellung dieses Atlasses mussten wir andauernd verwirrende, skurrile, äußerst einseitige Entscheidungen treffen. Wir haben festgestellt, dass die Kartierung des Fiktiven eher eine Kunst als eine Naturwissenschaft ist. Von einem herkömmlichen Atlas kann man erwarten, dass darin zumindest jede größere Stadt abgebildet ist; wir dagegen ließen unbekümmert jede aus, die wir zu unbekannt oder langweilig fanden oder deren Lage schwierig zu bestimmen war. Manchmal nahmen wir einzelne Gebäude auf, wie das Bates Motel aus *Psycho* oder Dorothy Gales Farm aus *Der Zauberer von Oz*, denn diese *erwartet* man. Und dann ließen wir andere, die gleichermaßen erwähnenswert wären, aus Platzmangel weg.

Aufgrund sprachlicher Zwänge stammt zudem die riesige Mehrzahl der Einträge aus englischsprachigen Quellen (oder zumindest aus Werken, die ins Englische übersetzt sind). Das allein ist schon eine große Eingrenzung, aber sie ist nötig, wenn das Material in ein Buch passen soll.

Trotzdem haben wir versucht, uns so weit wie möglich an einige faire Grundregeln zu halten:

* Um aufgenommen zu werden, mussten fiktive Orte im Quellenmaterial eine *wichtige* Rolle spielen. Dadurch sind Schauplätze ausgeschlossen, die z. B. nur in einer Folge einer TV-Serie kurz erwähnt werden.

* Ein Schauplatz sollte nachvollziehbar in der echten Geografie verankert sein. Ein Städtchen, das „irgendwo im Mittleren Westen der USA" angesiedelt ist, würde hier wahrscheinlich durchfallen; die Region ist einfach zu groß. Dagegen käme ein Dorf, das „irgendwo im Norden Wisconsins" liegen soll, wahrscheinlich ins Buch.

* Diese „echte Geografie" muss irgendwo auf unserer Erde liegen, oder ganz in der Nähe parallel zur Erde. Das bedeutet leider, dass sich Reiche wie Erdsee oder Mittelerde nicht für diesen Atlas qualifizieren. (Tolkiens Welt soll zwar auf unserer Erde spielen, aber

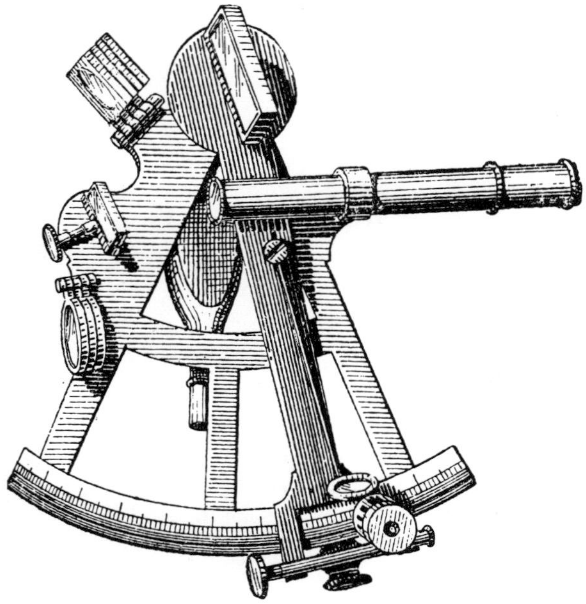

in einem anderen geologischen Zeitalter, und kann daher nicht sinnvoll auf den heute existierenden Kontinenten kartiert werden.)

* Manche Quellen, wie die griechische Mythologie, die Universen von Marvel und DC – ja, sogar *Pokémon* (!) –, bieten Hunderte potenzielle Schauplätze. Hier haben wir versucht, einen Mittelweg zu finden: Wir haben Orte aufgenommen, die als wichtig oder interessant gelten oder für geografische Vielfalt sorgen. So vermieden wir auch, dass auf einer Karte eine Quelle dominierte.

* Schauplätze, die per se beleidigend sind, wurden in der Regel nicht berücksichtigt. In einigen Folgen der Zeichentrickserie *Transformers* aus den 1980ern kommt etwa das nordafrikanische Land Carbombya (*car bomb* „Autobombe") vor, ein arabischer Parodiestaat, dessen Name und Darstellung so geschmacklos waren, dass der (libanesischstämmige) Sprecher Casey Kasem die Serie verließ.

Und am allerwichtigsten ...:

* *Jede* dieser Regeln darf ignoriert werden, wenn ein Schauplatz so berühmt ist, dass er einfach aufgenommen werden musste, – oder wenn wir Lust dazu hatten ...

ORTE, DIE ENTWISCHT SIND ...

Beim Erstellen der Karten mussten wir so manche Entscheidung treffen. Die vielleicht schwierigste war: „Was machen wir mit Oz?" Die Fantasiewelt des Autors L. Frank Baum kennt man am besten durch den MGM-Klassiker *Der Zauberer von Oz* von 1939, doch sie umfasst so viel mehr als das Land der Munchkins, den gelben Ziegelsteinweg und die Smaragd[en]stadt: In 14 Romanen gestaltete Baum einen kompletten Kontinent, mit klangvollen Ortsnamen wie das Land der Winkies, der Nonestische Ozean, Rinkitink und das Rosenkönigreich. Es wäre eine Freude, ihn zu kartieren.

Auf den ersten Blick mag Oz ein Reich wie Narnia zu sein scheinen – eine parallele Dimension, irgendwo über dem Regenbogen, nicht für diesen Atlas qualifiziert. Doch Baum hatte einen greifbareren Ort vor Augen. Sein Oz wurde immer als Teil unserer Welt dargestellt, und einige Texte im Kanon verraten sogar Anhaltspunkte zu seiner Lage: In einer Geschichte kehrt Dorothy nach Oz zurück, nachdem sie auf einer Schiffsreise von Kalifornien nach Australien über Bord gespült wurde; dies deutet auf einen Ort im Nordpazifik hin. Eine Sichtung des Polarsterns bestätigt, dass Oz auf der Nordhalbkugel liegt. Trotzdem fühlen sich diese Reiche zu surreal oder zu außerweltlich an, als dass sie auf die echte Erde passten. Dorothys Abenteuer im Film von 1939 enden bekanntlich damit, dass sie in ihrem eigenen Bett aufwacht, als wäre Oz ein Traum gewesen. Daher haben wir es (zumindest vorerst) als ewiges Reich der Fantasie und nicht als feste Landmasse auf unserem Planeten Erde belassen.

Ebenfalls knapp scheiterte die Aufnahme von George Orwells *1984*. Dieses ist klar auf der Erde angesiedelt – im horrenden totalitären System einer (damals) nahen Zukunft. Die Welt aus *1984* ist unter drei Supermächten aufgeteilt: Eurasien, Ostasien und Ozeanien; zu diesem gehört Luftstützpunkt Nummer Eins (ehemals Großbritannien), wo der Protagonist Winston Smith unter dem bedrohlichen Blick von Big Brother lebt. Die Supermächte umfassen riesige Gebiete und wären auf unseren Karten umständlich einzuzeichnen gewesen; daher haben wir alle weggelassen.

Andere Reiche oder politische Systeme, die größer waren als unsere Kartenausschnitte, sind aus ähnlichen Gründen weggefallen. Dazu gehören Gilead (eine Version der USA) aus *The Handmaid's Tale – Der Report der Magd* und der Weltstaat aus *Schöne neue Welt*. Auch der riesige zukünftige Kontinent Zothique, erträumt durch Clark Ashton Smith, ist so ein Beispiel.

Beinahe hätte der Atlas rund 1000 weitere Schauplätze aus vielfältigsten Quellen enthalten. Sie erwiesen sich jedoch als zu vage beschrieben, um sie zu verorten. Besonders schade war es um die 55 Metropolen aus Italo Calvinos *Die unsichtbaren Städte*, die alle markante, exotische Eigenschaften besitzen. Doch ihre Lage wird nie angegeben, daher konnten wir sie nicht kartieren; und unsere Überlegung, alle 55 als Repräsentationen Venedigs zu betrachten, ist eine ebenso unkartierbare Option.

ZU DEN QUELLEN

Wir wurden häufig gefragt: „Wie findet ihr überhaupt fiktive Orte?" Darauf gibt es keine kurze Antwort. Wir starteten mit unserer eigenen Intuition: Welche Filme, Bücher und Videospiele mit fiktiven Schauplätzen gefielen uns?

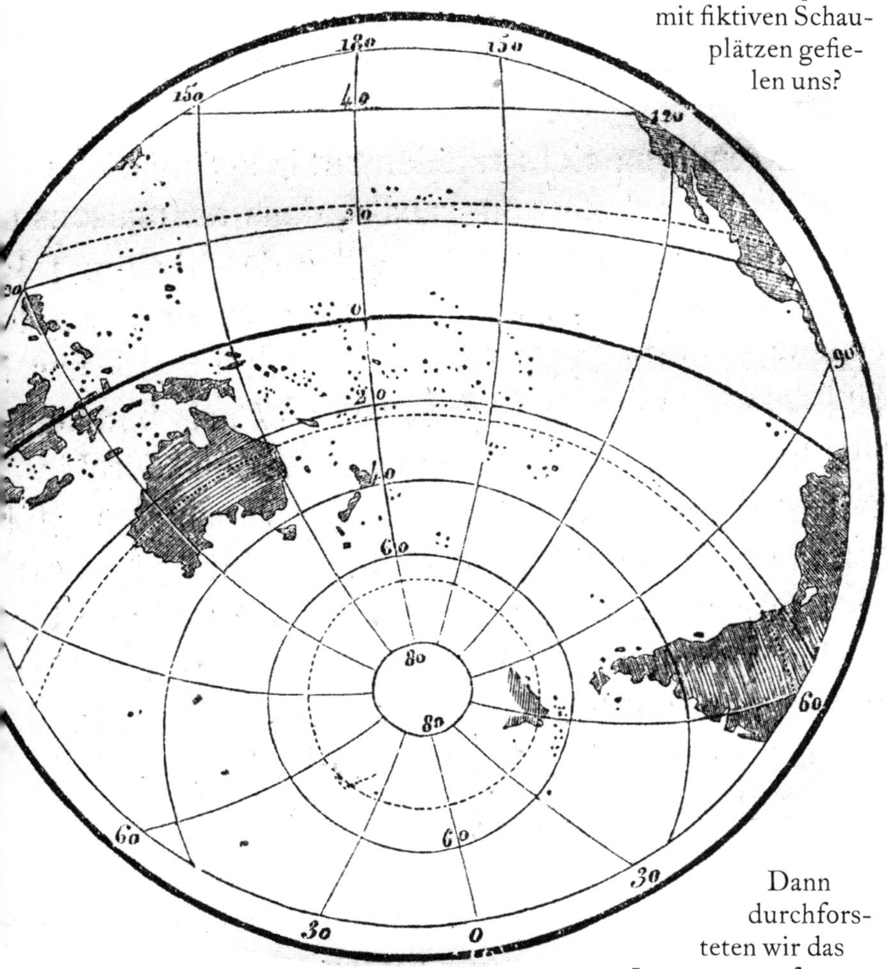

Dann durchforsteten wir das Internet, angefangen mit Wikipedia. Egal, wie sehr man dieser Website vertraut, ihre zahllosen thematischen Listen bilden einen wunderbaren Ausgangspunkt für die Recherche. In der englischsprachigen Wikipedia gibt es Listen „der fiktiven Länder" oder „der fiktiven Inseln", aber auch speziellere Seiten wie „Orte in den Werken von Madeleine L'Engle" und „Liste fiktiver Gefängnisse". Eine weitere wichtige Quelle waren Fanseiten und Fanwikis, von denen es zu jedem größeren fiktionalen Werk mindestens eine bzw. eines gibt. Sie waren von unschätzbarem Wert für das Auffinden von Schauplätzen und zur Eingrenzung, wo sich diese auf der Karte befanden.

Wir zogen auch zahlreiche Bücher zu Rate, vom eigentlichen Quellenmaterial bis zu anderen Atlanten und Sammlungen. In erster Linie gehörte dazu *Von Atlantis bis Utopia. Ein Führer zu den imaginären Schauplätzen der Weltliteratur* von Alberto Manguel und Gianni Guadalupi. Dieser Wälzer, der 1980 erstmals erschien, ist ein Lexikon der fiktiven Orte aus der Literatur (einschließlich Orten, die wir nicht kartieren konnten, wie Mittelerde und Erdsee). Er sei allen empfohlen, denen unser Atlas gefällt. Andere Werke, die wir erwähnen möchten, sind *Verrückt nach Karten* (2018, herausgegeben von Huw Lewis-Jones), *Atlas der erfundenen Orte* (2016, Edward Brooke-Hitching) und der *Marvel Atlas* (2007, Stuart Vandal *et al.*, bisher nur auf Englisch).

ZUR GENAUIGKEIT

Wie man sich vorstellen kann, sind manche Orte leichter zu kartieren als andere. Thomas Hardys Wessex etwa war ein Kinderspiel, denn hier werden nur alternative Namen für echte Städte verwendet. Andere Orte sind viel unklarer. Manchmal konnten wir ganz einfach herausfinden, in welchem Land sich eine Stadt befindet, aber nicht, in welcher Region. In solchen Fällen (und davon gibt es viele) nutzten wir andere Anhaltspunkte: die Topografie der Landschaft (Berge, Küste, Flachland ...), den Ortsnamen, Bodenschätze in der Gegend, Hinweise im Dialog (etwa die Erwähnung echter Städte in der Nähe) und sogar Flora und Fauna. Wir haben also mit begründeten Hypothesen gearbeitet – denn, wie wir betonen möchten, die letzte Instanz ist immer der Autor bzw. die Autorin des Werks, um das es geht. Unsere Zuordnungen mögen als Interpretationen, aber keinesfalls als allgemeingültig angesehen werden.

ZUR BENUTZUNG DIESES BUCHS

Die Welt ist in 18 Regionen unterteilt; manche Karten überlappen sich an den Rändern. Zu jedem Gebiet haben wir eine Einführung geschrieben, in der die wichtigsten Themen und Genres aus der Karte vorgestellt werden. Außerdem besprechen wir jeweils etwa 20 Schauplätze genauer. Über sie gibt es vielleicht interessante Geschichten zu erzählen, oder wir fanden eine Erklärung nötig. Jeder Schauplatz und jede Quelle ist im Orts- bzw. Quellenregister aufgeführt.

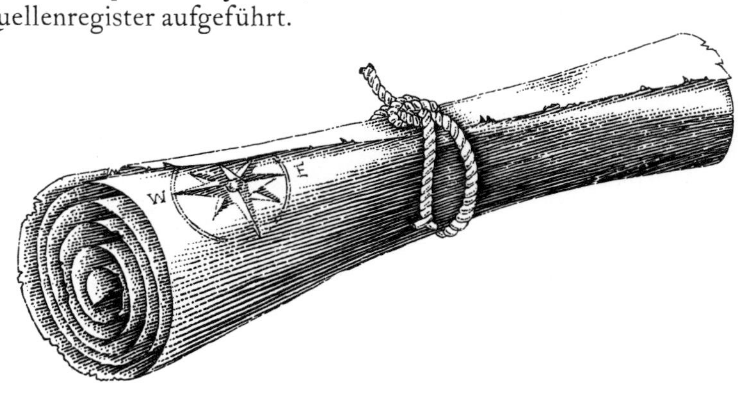

USA

DIE VERÄNDERTEN STAATEN

Springfield, Bedford Falls, Gotham City, Smallville … das Land der unbegrenzten Möglichkeiten ist auch das Land der Illusion: In den USA gibt es unzählige Topschauplätze, die nur in der Fantasie existieren.

Auf den folgenden Seiten haben wir von prähistorischen Siedlungen *(Familie Feuerstein)* bis zu dystopischen Welten *(Tribute von Panem, The Walking Dead)* alles kartiert. Doch Amerikas dramatische Schwergewichte sind die Kleinstädte. Man findet sie überall auf der Landkarte – wunderbare Projektionsflächen für Abenteuer und Schicksalsschläge: hier das tratschsüchtige Kaff aus Sherwood Andersons *Winesburg, Ohio*, dort St. Petersburg, Missouri, die Heimat von Tom Sawyer und Huckleberry Finn, anderswo Zeichentrickstädte wie Frostbite Falls, Minnesota, aus *Rocky & Bullwinkle*. Auch Horror und Tragödien gibt es im Überfluss, in Dickens' sumpfigem Eden *(Martin Chuzzlewit)* ebenso wie in Amity, Massachusetts, am belebten Meer *(Der weiße Hai)*. Wie man hier sagt: Die Kleinstadt ist *the place to be* …

Doch wir wollen darüber die Metropole nicht vergessen, die im Fall von Supermans Wahlheimat auf „-is" endet und an der Küste Delawares liegt. Gleich nebenan in New Jersey ist Batmans Gotham City. Obwohl beide ursprünglich als Abbilder New Yorks entstanden, haben Metropolis und Gotham eine jeweils eigene Identität entwickelt, die ihre Lieblingssöhne widerspiegelt: den „Mann von Morgen" bzw. den „Dunklen Ritter". Auch von Los Angeles und seinen Vororten haben wir Dutzende Nachschöpfungen aus jedem Genre und Medium aufgenommen. Da sind Knots Landing aus *Unter der Sonne Kaliforniens*, einer Soap-Opera der 1980er-Jahre, Cuesta Verde aus *Poltergeist*, Los Santos aus den *Grand-Theft-Auto*-Games *(GTA)*, und dank DC Comics sogar Beaverly Hills – eine Parallelwelt, die von vermenschlichten Tieren bevölkert wird.

An der Ostküste dominieren Anklänge an New York City. Leserinnen und Leser von *Der große Gatsby* werden auf Long Island sogleich East und West Egg erkennen, und Gamern fällt Liberty City aus *GTA* auf. Sogar die japanischen Animezeichner haben ihre Spuren hinterlassen; von ihnen stammt die postapokalyptische Paradigm City *(The Big O)*. Und wer kann schon dem Reiz der modernen Empire City *(Steven Universe)* widerstehen oder den zotteligen Superhelden in Gnu York, einer weiteren Tiermetropole? Neu New York und Long Long Island wiederum stammen aus Matt Groenings *Futurama*.

Einige Bundesstaaten sind weniger ergiebig; dazu gehören Hawaii, Michigan, Oklahoma, Utah und ein Großteil des Südostens. Doch selbst hier finden wir bemerkenswerte Schöpfungen. Auf dem Stone's-Hill etwa, einem 550 Meter hohen Berg in Tampa, Florida, ließ Jules Verne seine Reise *Von der Erde zum Mond* beginnen. Der Berg ist mehr als fünfmal so hoch wie jede echte Erhebung im „Sunshine State" und kann vielleicht sogar vom nahe gelegenen Xanadu, dem Einsiedler-Schloss von *Citizen Kane*, erspäht werden. Auch wenn der Berg fiktiv ist – dass Verne ausgerechnet Florida als Startrampe für die Mondfahrt wählte, sollte sich als prophetisch erweisen.

Manchen Autoren hat die fiktive Geografie ganze Regionen zu verdanken. H. P. Lovecraft wob seine schaurigen Städte und Gemeinden so überzeugend in seine Heimat Neuengland ein, dass Massachusetts oft als *Lovecraft Country* bezeichnet wird – von Matt Ruff sogar im Titel seines Romans. Das benachbarte Maine ist die Spielwiese Stephen Kings, dessen Furcht einflößende Feder so unangenehme Schauplätze wie Jerusalem's Lot, das Shawshank-Gefängnis und die allgegenwärtigen Städtchen Castle Rock und Derry heraufbeschworen hat. Auch Vladimir Nabokovs Landschaften sind bemerkenswert. In seinem nicht unumstrittenen Roman *Lolita*, der von der Beziehung eines Mannes im mittleren Alter zu einer Zwölfjährigen erzählt, beschreibt er Regionen von Neuengland bis zum Mittleren Westen.

Sinclair Lewis bereichert seinen Staat Winnemac – eine Verschmelzung von Wisconsin, Minnesota und Michigan – mit imaginären Städten. In anderen Quellen lernen wir fiktive Staaten mit wohlklingenden Namen wie Keystone, Euphoria und New Temperance kennen.

Von allen Karten dieses Atlasses mussten wir in den USA wohl am meisten weglassen. Das Material war einfach zu umfangreich. Wir haben wie Goldgräber im Wilden Westen geschürft, wohl wissend, dass selbst die größte Pfanne nicht alle Körnchen auffangen kann. Aber fast 1200 Nuggets auf der Karte sind doch auch eine ansehnliche Ausbeute.

WO LIEGT SPRINGFIELD?

„1796 verließ eine wild entschlossene Gruppe von Pionieren Maryland, nachdem sie eine Stelle in der Bibel falsch ausgelegt hatte. Ihr Bestimmungsort: ein neues Sodom. Und so lief das Ganze ab …“

– Die Simpsons, „Das geheime Bekenntnis“

So beginnt die Saga von Springfield, der „allumpassendsten“ Stadt in der Welt der Fiktion. Die Heimat der *Simpsons* ist nach 34 Staffeln und über 700 Folgen unbestritten die bedeutendste aller Trickfilmsiedlungen. Auch wenn man im Felsental der *Familie Feuerstein* stolz verkündet, als Erste Feuer gehabt zu haben (*„First With Fire“*) – kein Ort hat die Popkultur so geprägt wie Springfield.

Zum Teil ist diese Langlebigkeit sicher mit der grenzenlosen Wandlungsfähigkeit der Stadt zu erklären. Springfield dreht und wendet sich so, dass dadurch jede Region der USA vertreten zu sein scheint; die Ereignisse sind hier nicht an einen geografischen Ort gebunden. Während *Family Guy* sein Quahog entschlossen in Rhode Island ansiedelt und sich damit auf ein kulturelles Erbe aus Puritanismus, Muschelfischen und reichen Snobs aus Newport festlegt, lässt sich Springfield immer wieder neu an die Erfordernisse des Drehbuchs anpassen. Das zeigt sich auch in der Diversität seiner kulturellen Gruppen: In dieser einen Stadt gibt es italienische, jüdische und russische Gemeinden ebenso wie eine New-Jersey-Gemeinde – und sogar ein winziges Tibet Town in einer abgeriegelten Gasse neben Chinatown.

All das ist natürlich *supernervig*, wenn man Springfield auf die Landkarte bringen will! Die Serie ist berüchtigt dafür, dass sie Geschichte nach Lust und Laune neu interpretiert. Laut einigen Folgen wurde die Stadt von Siedlern gegründet, die Jebediah Springfield nach Westen führte; laut anderen ist sie Jebediahs *Geburtsort*. Irgendetwas stinkt da gewaltig zum Himmel, und es hat nichts mit der genverändernden Strahlung des Kernkraftwerks zu tun. Vielleicht sollten wir lieber Jebediahs geheime Vergangenheit als Hans Sprungfeld unter die Lupe nehmen, einem Piraten mit einer silbernen Zunge, dessen Schwindeleien manche Ungereimtheiten in der Stadtgeschichte erklären.

Die geografische Lage Springfields ist ein beliebter Running Gag in der Serie: Wenn jemand den Bundesstaat nennt, geht das meist in irgendeinem plötzlichen Hintergrundgeräusch unter, und wenn Lisa den Ort auf der Landkarte zeigt, läuft Bart ins Bild. In *Die Simpsons – der Film* führt Ned Flanders Bart Simpson auf einen Gipfel, von dem aus alle vier an Springfield angrenzenden Staaten zu sehen sind: Ohio, Nevada, Maine und Kentucky … *Nein!!*

Die beste Erklärung: Springfield ist Musterstadt, USA. Wie Schrödingers Katze kann es – quantenphysisch und geografisch – an mehreren Orten gleichzeitig existieren, doch sobald man es genauer untersuchen möchte, verschwindet es in eine Niemandswelt aus Unmöglichkeiten.

Für diesen Atlas musste Springfield aber kartiert werden. Am meisten hat uns die oft zitierten Ansicht überzeugt, dass es sich um einen fiktiven Bundesstaat handelt (offizielles Motto: *Not Just Another State* – „Nicht einfach irgendein Staat“). David Silverman, Regisseur vieler *Simpsons*-Folgen, hat ihm sogar einen Namen gegeben: „North Tacoma“. Das passt zu den Abkürzungen NT bzw. TA, die manchmal in Adressen zu sehen sind.

Und jetzt ergibt alles endlich Sinn: „Tacoma“ nennen die indigenen Salish Mount Rainier in Washington State, den höchsten Berg des Kaskadengebirges. Springfield wurde in der Pionierzeit gegründet und ist von Bergen, Wüsten, Wäldern und dem Meer umgeben; es herrscht gemäßigtes Klima. All das trifft auf den Pazifischen Nordwesten der USA zu. Der Erfinder der Serie, Matt Groening, wurde in Oregon geboren und wuchs in Washington State auf.

Und so freuen wir uns, Ihnen Springfield im Pazifischen Nordwesten präsentieren zu dürfen, eine Stadt mit Kultcharakter, die den Bundesstaat North Tacoma mal mit Stolz erfüllt und mal beschämt. Wen kümmert's, dass die Gründung Springfields schon vor der Lewis-und-Clark-Expedition von 1806 erfolgte – wir schieben diese historische Ungenauigkeit einfach auf Jebediah.

Schreib dir das hinter die Ohren, Flanders!

INPUT! MEHR INPUT!

Dem liebenswerten Roboter Johnny 5 gelang es 1986 in *Nummer 5 lebt!*, sein Leben allein zu meistern, aber es bedurfte einer Fortsetzung, damit er auch offiziell als Person anerkannt wurde. In *Nummer 5 gibt nicht auf* (1988) verschlägt es Johnny in eine US-Metropole, deren Standort zugleich konkret und vage ist. Vieles deutet auf New York hin, doch einmal bekommt Johnny einen Reiseführer geschenkt, den ein Foto des Gateway Arch in St. Louis, Missouri, ziert, ein andermal findet ein entscheidender Kampf in der Nähe einer Straße statt, die *„Lakeshore“* („Seeufer“) heißt …

… und die Nummernschilder der Autos sind aus Ontario. Oh, Kanada!

Ja, genau: klassischer Fall von Budgetknappheit. Die Drehbuchautoren wollten Johnny eigentlich nach New York schicken, doch dann wurde der Film in Toronto gedreht; eindeutige Bezüge zu NY tilgte man aus dem Skript. Die Anhaltspunkte oben legen eine Stadt im Mittleren Westen der USA nahe: irgendwo an den Großen Seen, nicht zu weit von St. Louis, um den Reiseführer zu erklären, und an der kanadischen Grenze, sodass auch in Ontario zugelassene Autos plausibel sind.

Nur ein kleines Problem hält uns davon ab, diese faszinierende Stadt in die Karte aufzunehmen: Ihr Name wird nie genannt! Johnny, Kumpel, wenn du das hier liest: Wir brauchen Input von dir!

ATLAS-APOKRYPHEN

Felsental, die Heimat der modernen Steinzeit*familie Feuerstein*, war überraschend einfach zu kartieren. In der Tradition der Zeichentrickserie, dass Dinosaurier als Haushaltsgeräte und Schwermaschinen tätig sind, beginnt der Realfilm von 1994 mit einem Pterodaktylus als „Passagierflugzeug" im Anflug auf Felsental. Per Durchsage erfahren die Passagiere, dass auf der linken Seite der Grand Canyon zu sehen sei – in 15 Millionen Jahren! Dies legitimierte uns dazu, die Stadt in Arizona zu verorten und den fiktiven Steinbrei-River als prähistorischen Vorläufer des mächtigen Colorado einzuzeichnen.

Thomas, die kleine Lokomotive ist vielen ein Begriff; weniger bekannt ist die Schwesterserie *TUGS* von 1989, die nur 13 Folgen umfasste. Sie spielte in den Goldenen Zwanzigern und erzählte von den Abenteuern zweier rivalisierender Schlepperflotten, die im fiktiven Hafen Bigg City Port um Aufträge konkurrierten. Obwohl es sich um eine britische Produktion handelte, war die visuelle Ästhetik ganz und gar amerikanisch. Aufgrund der vielen Holzfällerlager am Oberlauf des Flusses und der Ähnlichkeit der Linienschiffe, die regelmäßig den Hafen anliefen, mit Transatlantiklinern, entschieden wir uns rasch, Bigg City an der Küste Maines anzusiedeln.

Ein komplizierterer Fall ist die *Antonia Graza*, titelgebender Schauplatz des Horrorfilms *Ghost Ship – Meer des Grauens* von 2002. Der italienische Luxusliner, der von der unglückseligen *Andrea Doria* inspiriert war, verschwand 1962 mitten im Atlantik; sein Wrack wurde Jahrzehnte später vor der Küste Alaskas entdeckt, wo es gefährlich nahe an der Inselkette Bowers Bank trieb.

Twin Peaks, Willkommen in Gravity Falls, Wayward Pines, Die Goonies: Der Pazifische Nordwesten übt einen besonderen Reiz auf Autoren des Mysteriösen aus, wenngleich die Abenteuer hier weniger düster sind als in den Welten Stephen Kings und H. P. Lovecrafts. Vielleicht hat das mit den Generationen zu tun, die schöne (oder zumindest erträgliche) Kindheitserinnerungen an Sommerlager wie Camp Campbell und Kamp Krusty haben, inmitten von Wäldern gelegen, in denen Bigfoot umherstreifen soll.

Der Name der dystopischen Nation aus *Die Tribute von Panem* ist passend gewählt: Er erinnert an das lateinische Prinzip *panem et circenses* (Brot und Spiele) der Antike und kann zudem als Verballhornung von *Pan-American* verstanden werden. Die 12 Distrikte Panems und seine diktatorische Hauptstadt Kapitol sind in einem Nordamerika angesiedelt, das nach Krieg und Klimakatastrophen kaum wiederzuerkennen ist. Das Kapitol liegt wie eine Festung in den Rocky Mountains; Distrikt 12 dagegen, aus dem die Heldin Katniss Everdeen stammt, ist den tiefen Kohleflözen der zerstörten Appalachen nachempfunden.

HORROR-ROADTRIP USA

Nun bieten wir Ihnen eine preisgünstige Tour zu erstklassigen Horrorreisezielen der USA – in sagenumwobene Orte, die danach lechzen, Sie willkommen zu heißen ...

Unsere erste Etappe führt nach Black Lake, Maine, in ein ländliches Idyll, das für seine Tierwelt berühmt ist. Anglern sei eine Kahnfahrt auf dem ruhigen Wasser des Sees, Lake Placid, ans Herz gelegt. Sie werden überrascht sein, was aus der Tiefe auf Ihren Köder reagiert!

Wenige Autostunden weiter gibt es Derry zu entdecken, dessen Bürger mit ihrem Gemeinsinn jedem ein Lächeln ins Gesicht zaubern. Sie werden fliegen wie ein Ballon. Und was Ihre Freunde angeht: Auch die werden fliegen!

Nur einen Katzensprung über die Grenze, schon sind wir in Friar, New Hampshire. Die Bewohner dieses charmanten Städtchens, das Ausgangspunkt für abenteuerliche Wanderungen ist (Wiederkehr nicht gesichert), hegen eine wahrhafte Liebe zu Filmklassikern. Warum sehen Sie sich nicht *Der Zauberer von Oz* an und suchen dann in den Hügeln Ihren eigenen gelben Ziegelsteinweg?

Wir fahren auf unserer Straße weiter in das abgeschiedene Innsmouth, Massachusetts, in dessen Nähe der düster murmelnde Miskatonic River in den grauen Atlantik mündet. Im fischreichen Innsmouth, das im Schatten der Stadt Arkham liegt, ist man leidenschaftlich stolz auf die einheimischen Kulturen, Sitten und Gebräuche und würde Sie liebend gern daran teilhaben lassen.

Steht Ihnen der Sinn nach Sonne und Surfen? Dann steuern Sie Amity Island an. Die Insel mit ihren fast unberührten weißen Stränden bietet einige der haißesten Bademöglichkeiten an der Ostküste. Der Zugang zum Meer ist so aufregend, Sie werden immer wieder darin eintauchen.

Weiter geht's nach Connecticut. Wir erreichen das Hochglanzidyll Stepford, eine Stadt, die plastisch konserviert zu sein scheint. Überall begegnen Ihnen lächelnde Gesichter. Für Ehepaare ist Stepford ein Muss: Ehemänner erleben im Herrenklub brüderlichen Zusammenhalt, während ihreFrauen das Versprechen der Stadt einfordern dürfen, aus jeder Besucherin eine neue Frau zu machen.

Im Hinterland New Jerseys können Kinder nicht nur freitags in Crystal Lake – das 13 Jahre in Folge zum ber~~üch~~rühmtesten Sommercamp Amerikas gewählt wurde – Geheimnisse und Abenteuer erleben.

Wer lieber in der Natur Hexengeschichten am Lagerfeuer erzählen möchte, sollte sich auf den Weg in das gute alte Blair in Maryland machen. Es ist von Wäldern umgeben, in denen man sich einfach verirren muss!

Wenn Sie noch in Maryland sind, keine Panik: Schauen Sie in der Chesapeake Bay vorbei und kosten Sie die Spezialitäten von Claridge. Kommen Sie zur Party am Unabhängigkeitstag – hier feiert man so ausgelassen und ohne Angst, dass Sie schwören würden, es sei etwas im Wasser!

Ein Abstecher Richtung Norden bringt uns nach McKinley, Pennsylvania, Final Destination für Adrenalinjunkies, die jeden Tag wieder dem Tod entkommen wollen. Trauen Sie sich, im Vergnügungspark mit Devil's Flight zu fahren, der wohl halsbrecherischsten Achterbahn der Welt?

Um die Natur in ihrer extremsten Form zu erleben, empfehlen wir eine Höhlenexpedition. Fahren Sie weiter ins Landesinnere zu den Appalachen North Carolinas und steigen Sie im Chatooga-Nationalpark bis zum grauen (Ab)Grund der weltberühmten Boreham Caverns hinab.

Wenn Sie sportlichen Nervenkitzel ohne klaustrophobische Erlebnisse suchen, machen Sie eine Flussfahrt in Georgia. Besonders vergnüglich finden wir die Stromschnellen des Cahulawassee; sie garantieren Schnöseln eine Befreiung aus dem langweiligen Großstadtdschungel.

Wer dagegen nach Texas weitergefahren ist, sollte ein Bad im glitzernden Lost River Lake nehmen, der kürzlich zum Wasserpark umgestaltet wurde. Es gibt nichts zu befürchten, außer von Piranhas angeknabbert zu werden.

Auf dem Weg nach Westen steuern Touristen mit begrenztem Budget Perfection, Nevada, an. Es liegt im Herzen eines Naturschutzgebiets und ist Lebensraum vieler seltener, wundersamer Tierarten. Vielleicht bekommen Sie ja El Blanco zu Gesicht, den verblüffenden Albino-Raketenwurm. Achten Sie auf das Beben, wenn er naht.

Weiter geht's nach Kalifornien, wo sich an jedem Highway preiswerte Unterkünfte finden. Sehr zu empfehlen ist das Bates Motel, ein Familienbetrieb am Stadtrand von Fairvale. Dort sind das ganze Jahr über Zimmer frei und die Gästebetreuung ist schlicht psycho – äh, wahnsinnig.

In Santa Carla an der Küste herrscht zwar keine College-Atmosphäre wie in Sunnydale, dafür gibt es eine unvergleichliche Jugendkultur und ein wildes Nachtleben. Hier wird so heftig gefeiert, dass man glauben könnte, Tote würden auferstehen! Lost Boys (und Girls) jeden Alters können es kaum erwarten, in das Nimmernimmerland zu kommen, in der die Jugend niemals stirbt.

Ein ruhigerer Zufluchtsort ist die nahe gelegene Antonio Bay. Hier erleben Sie wahrlich eine Zeitreise zu grauen Ufern und großen Schiffen. Wenn sich abends der Nebel über der Stadt ausbreitet, atmen Sie tief ein und genießen Sie einen Frieden, wie Sie ihn noch nie erlebt haben.

Unschlagbar ist auch das Idyll einer Hütte, umringt von Bäumen, und davon finden Sie im Feriendorf Shelter Mountain Inn, Washington, jede Menge. Den Gästen steht kostenlos eine Mediathek zur Verfügung, die Sie in einem Unterhaltungsreigen gefangen halten wird. Oder Sie fahren mit der Fähre in die Meeresbucht Puget Sound und entdecken das malerische Moesko Island, dessen Schönheit auf unzähligen VHS-Kassetten festgehalten ist.

Zuletzt gelangen wir nach Colorado und erreichen in den Bergen endlich den triumphalen Höhepunkt unserer Tour, das Overlook-Hotel. Mit über ~~217~~ 237 Zimmern und einer Geschichte, die weit zurückreicht, ist dieses hoffnungsvoll shinende Ziel ständig ausgebucht und hat dennoch immer ein Zimmer für zuversichtliche Gäste frei.

Träumen Sie süß ...

OPEN-WORLD-ROCKSTARS

Wenn es darum geht, fiktive Schauplätze zum Leben zu erwecken, sind Open-World-Computerspiele kaum zu übertreffen. Unbestrittener Meister dieses Mediums ist der Publisher Rockstar Games, der der Welt Kassenschlager wie *Grand Theft Auto* und *Red Dead Redemption* geschenkt hat. Wie die Kunst dem Leben einen Spiegel vorhält, so präsentieren diese Computerspiele ein düsteres Bild der USA, indem sie das Wesen des Landes in verdrehte, vertraute Zerrbilder übersetzen. Die Metropole New York etwa wird in *Grand Theft Auto* zu Liberty City, einem Spiegelbild mit einem Sprung, durch den alle Makel und Laster vergrößert erscheinen. Vice City, neongrelles Äquivalent Miamis, trägt dies sogar im Namen.

Wer spielt, sieht nicht nur passiv zu, sondern nimmt aktiv am Geschehen teil. Steigen Sie also auf einen Hengst oder setzen Sie sich ans Steuer eines Mustangs. Reiten Sie ungezügelt durch die Wildnis New Austins (Texas) und rasen Sie über die Highways von San Andreas (Kalifornien). Jagen Sie mit der Waffe dem Traum von Reichtum und Freiheit hinterher, wenn Sie als Kopfgeldjäger in St. Denis (das New Orleans entspricht) unterwegs sind. Die Verführungskraft ist so real und lebendig wie die virtuellen Welten selbst – und je größer die Versuchung, umso verständlicher wird die Gesellschaftskritik. Denn innerhalb einer verzerrten Welt, in der alles *einfacher* wird, wenn wir Gesetze und Konventionen außer Acht lassen, erkennen wir vielleicht unsere eigenen Schattendämonen ...

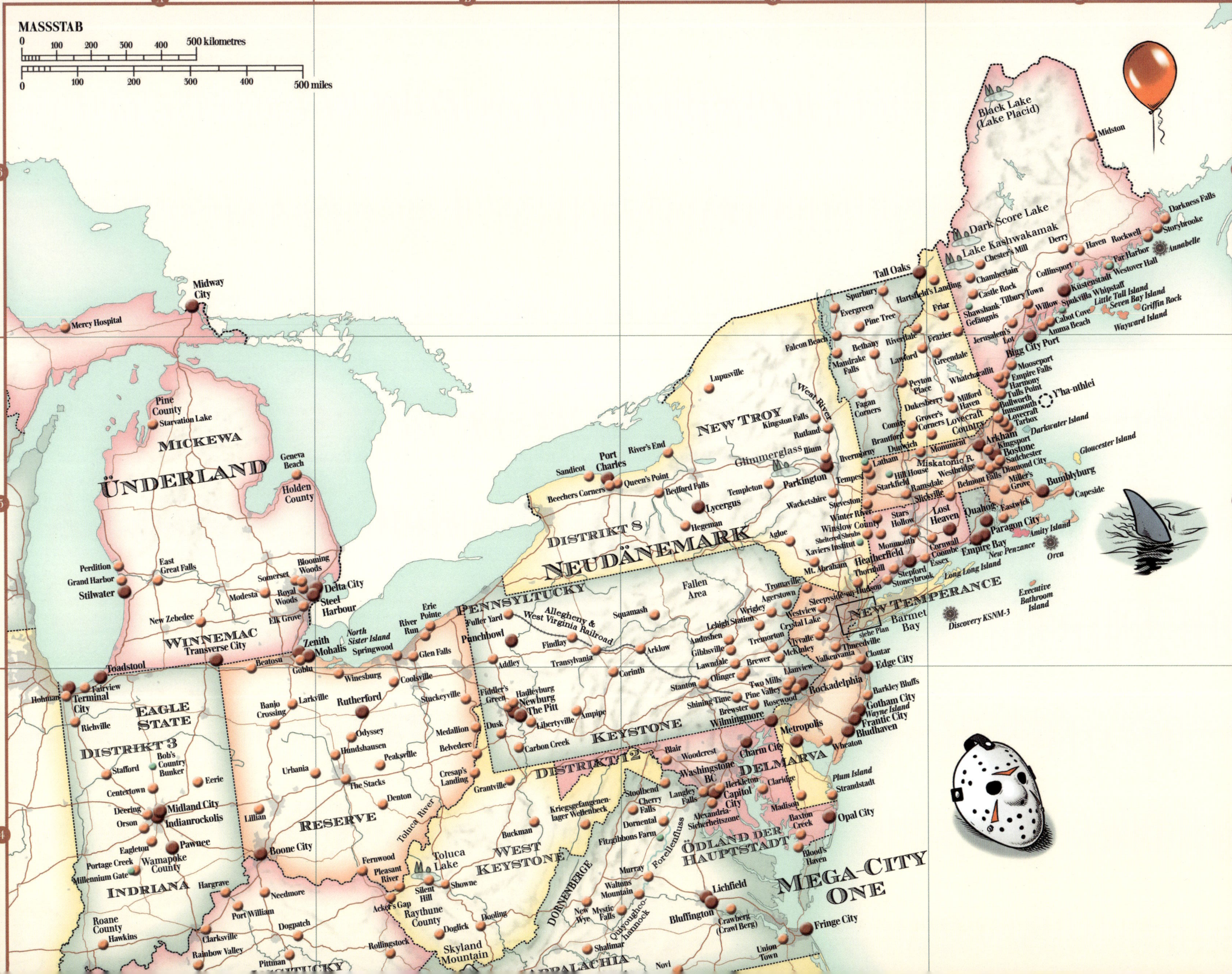

MASSSTAB
0 100 200 300 400 500 kilometres
0 100 200 300 400 500 miles
A
B
C
D
6
5
4
Black Lake (Lake Placid)
Midston
Dark Score Lake
Lake Kashwakamak
Chester's Mill
Derry
Haven
Rockwell
Darkness Falls
Storybrooke
Bar Harbor
Annabelle
Westover Hall
Collinsport
Chamberlain
Castle Rock
Küstenstadt
Spukvilla Whipstaff
Little Tall Island
Seven Bay Island
Griffin Rock
Wayward Island
Shawshank-Gefängnis
Tilbury Town
Willow
Cabot Cove
Amma Beach
Jerusalem's Lot
Bigg City Port
Tall Oaks
Hartsfield's Landing
Spurbury
Evergreen
Pine Tree
Friar
Frazier
Riverdale
Falcon Beach
Bethany
Mandrake Falls
Lawford
Greendale
Whatchacallit
Mooseport
Empire Falls
Harmony
Tulls Point
Y'ha-nthlei
Bullworth
Innsmouth
Lovecraft Country
Tarbox
Darkwater Island
Arkham
Kingsport
Bostone
Saltchester
Diamond City
Gloucester Island
Bumblyburg
Capeside
Miller's Grove
Eastwick
Quahog
Paragon City
Amity Island
Empire Bay
New Penzance
Orca
Long Long Island
Executive Bathroom Island
Discovery KSNM-3
NEW TEMPERANCE
Barnet Bay
Lupusville
NEW TROY
Kingston Falls
West River
Rutland
Ilium
Glimmerglass
Parkington
Templeton
Fagan Corners
Peyton Place
Dukesberry
Milford Haven
Grover's Corners
Brantford
Dunwich
Monument
Miskatonic R.
Latham
Hill House
Westbridge
Starkfield
Ramsdale
Slickville
Belmont Falls
Lost Heaven
Stars Hollow
Monmouth
Cornwall
Coombe
Essex
Stepford
Stoneybrook
Heatherfield
Thornhill
Winter River
Winslow County
Sheltered Shrubs
Xaviers Institut
Steveston
Wacketshire
Mt. Abraham
River's End
Sandicot
Port Charles
Queen's Point
Beechers Corners
Bedford Falls
Lycergus
Hegeman
Agloe
DISTRIKT 8
NEUDÄNEMARK
PENNSYLTUCKY
Fuller Yard
Allegheny & West Virginia Railroad
Squamash
Fallen Area
Punchbowl
Findlay
Transylvania
Arklow
Corinth
Addley
Fiddler's Green
Hadleyburg
Newburg
The Pitt
Libertyville
Ampipe
Dusk
Carbon Creek
KEYSTONE
Tromaville
Agerstown
Wrigley
Lehigh Station
Sleepyside-on-Hudson
Westview
Crystal Lake
Andoshen
Gibbsville
Tremorton
Lawndale
Tyralle
McKinley
Thneedville
Valkenvania
Cloutar
Edge City
Brewer
Olinger
Llanview
Stanton
Two Mills
Pine Valley
Shining Time
Brewster
Rosewood
Rockadelphia
Barkley Bluffs
Gotham City
Wayne Island
Frantic City
Bludhaven
Wilmingmore
Metropolis
Wheaton
Blair
Woodcrest
DISTRIKT 12
Washingstone BC
Charm City
DELMARVA
Herkleton
Capitol City
Claridge
Plum Island
Strandstadt
Stoolbend
Cherry Falls
Langley Falls
Dornental
Alexandria-Sicherheitszone
Madison
Baxton Creek
Opal City
Fitzgibbons Farm
Forellenfluss
ÖDLAND DER HAUPTSTADT
Blood's Haven
MEGA-CITY ONE
Kriegsgefangenenlager Wellenbeck
Buckman
WEST KEYSTONE
Grantville
DORNENBERGE
Murray
Waltons Mountain
New Wye
Mystic Falls
Quisqueyhoo-hannock
Lichfield
Bluffington
Crawberg (Crawl Berg)
Fringe City
Shalimar
Union Town
Novi
APPALACHIA
Toluca Lake
Toluca River
Silent Hill
Showne
Raythune County
Doglick
Booling
Skyland Mountain
Acker's Gap
Pleasant River
Fernwood
Rollingstock
Erie Pointe
River Run
Glen Falls
North Sister Island
Springwood
Coolsville
Stuckeyville
Medallion
Belvedere
Cresap's Landing
Winesburg
Rutherford
Odyssey
Hundshausen
Peaksville
The Stacks
Denton
Urbania
Larkville
Banjo Crossing
Lillian
RESERVE
Boone City
Needmore
Dogpatch
Port William
Clarksville
Rainbow Valley
Pittman
KENTUCKY
Midway City
Mercy Hospital
Pine County
Starvation Lake
MICKEWA
ÜNDERLAND
Geneva Beach
Holden County
Perdition
Grand Harbor
Stilwater
East Great Falls
Somerset
Blooming Woods
Delta City
Steel Harbour
Modesta
Royal Woods
Elk Grove
New Zebedee
WINNEMAC
Transverse City
Zenith
Mohalis
Goblu
Beatosu
Toadstool
Fairview
Holman
Terminal City
EAGLE STATE
Richville
DISTRIKT 3
Stafford
Bob's Country Bunker
Eerie
Centertown
Deering
Midland City
Indianrockolis
Orson
Pawnee
Eagleton
Wamapoke County
Portage Creek
Millennium Gate
INDRIANA
Hargrave
Roane County
Hawkins

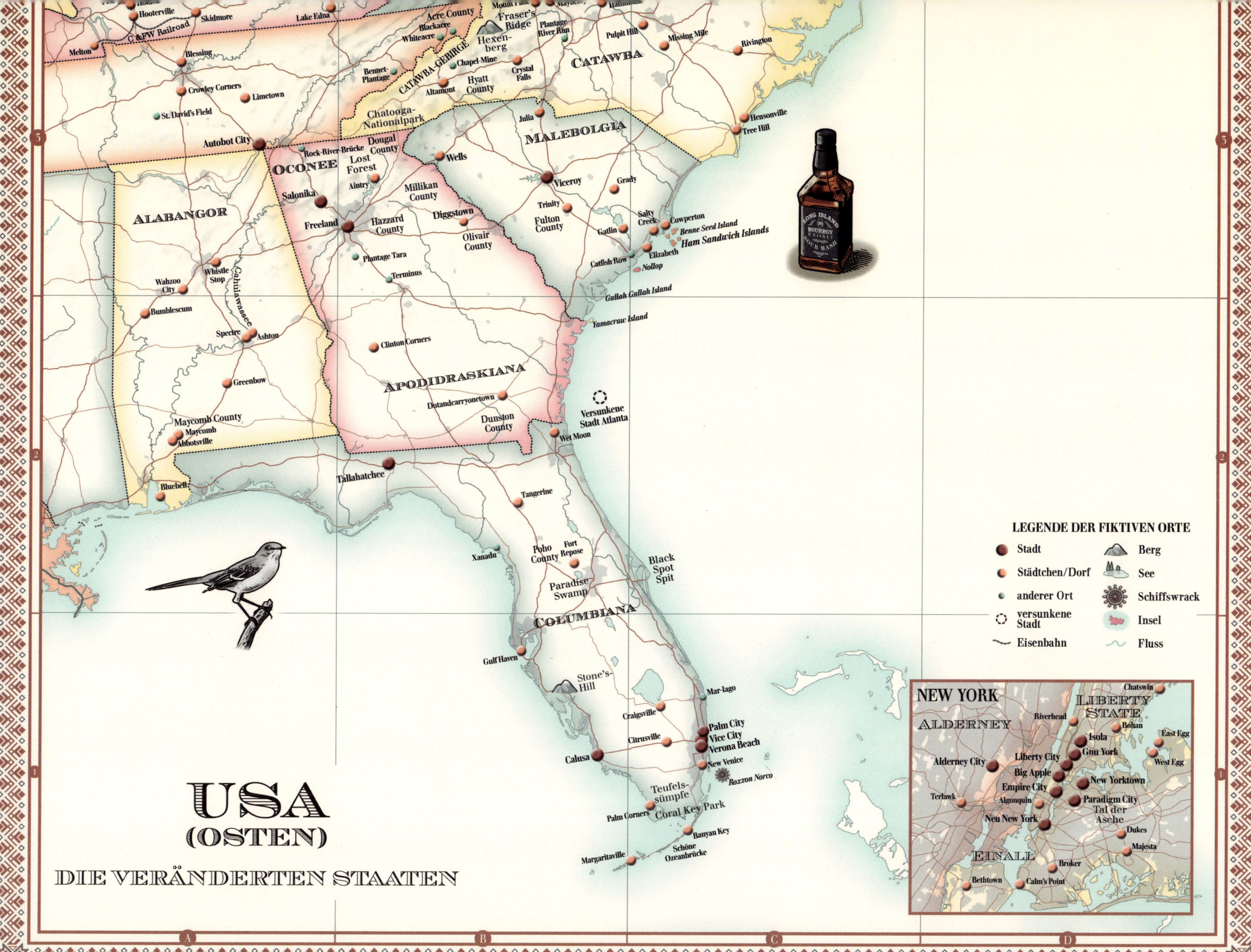

USA
(OSTEN)
DIE VERÄNDERTEN STAATEN
LEGENDE DER FIKTIVEN ORTE
Stadt
Städtchen/Dorf
anderer Ort
versunkene Stadt
Eisenbahn
Berg
See
Schiffswrack
Insel
Fluss
ALABANGOR
OCONEE
APODIDRASKIANA
MALEBOLGIA
CATAWBA
COLUMBIANA
CATAWBA-GEBIRGE
Chatooga-Nationalpark
Hooterville
C &FW Railroad
Skidmore
Lake Edna
Acre County
Blackacre
Whiteacre
Fraser's Ridge
Hexenberg
Plantage River Run
Pulpit Hill
Missing Mile
Rivington
Melton
Blessing
Bennet-Plantage
Chapel-Mine
Crystal Falls
Altamont
Hyatt County
Crowley Corners
Limetown
St. David's Field
Julia
Hensonville
Tree Hill
Autobot City
Rock-River-Brücke
Dougal County
Lost Forest
Wells
Viceroy
Grady
Salonika
Aintry
Millikan County
Trinity
Fulton County
Salty Creek
Cowperton
Benne Seed Island
Ham Sandwich Islands
Freeland
Hazzard County
Diggstown
Olivair County
Gatlin
Catfish Row
Elizabeth
Nollop
Plantage Tara
Terminus
Wahzoo City
Whistle Stop
Cahulawassee
Bumblescum
Gullah Gullah Island
Yamacraw Island
Spectre
Ashton
Clinton Corners
Greenbow
Dotandcarryonetown
Versunkene Stadt Atlanta
Dunston County
Maycomb County
Maycomb
Abbotsville
Wet Moon
Tallahatchee
Bluebell
Tangerine
Xanadu
Poho County
Fort Repose
Black Spot Spit
Paradise Swamp
Gulf Haven
Stone's-Hill
Mar-lago
Craigsville
Palm City
Vice City
Verona Beach
Citrusville
Calusa
New Venice
Roxxon Norco
Teufels-sümpfe
Coral Key Park
Palm Corners
Banyan Key
Schöne Ozeanbrücke
Margaritaville
NEW YORK
ALDERNEY
LIBERTY STATE
EINALL
Chatswin
Riverhead
Bohan
Isola
East Egg
Gnu York
West Egg
Alderney City
Liberty City
Big Apple
New Yorktown
Empire City
Terlawk
Algonquin
Paradigm City
Tal der Asche
Neu New York
Dukes
Majesta
Broker
Bethtown
Calm's Point
LONG ISLAND BOURBON WHISKEY SOUR MASH
A
B
C
D
1
2
3

MASSSTAB
500 kilometres
500 miles
DISTRIKT 7
NATIONALES HEIMATLAND EINS
NORTH YANKTON
NORTH DAKASTOR
SOUTH DAKASTOR
MIDLANDS
MICHISOTA
FREMONT
DISTRIKT 6
DISTRIKT 9
Eden
Pluto
Blessing
Redskincity
Lawton
Little Woods
Asheville Forks
Wheatsylvania
Owl
Dakota City
Ludendorff
Bentrock
Mercer County
Snakewater
Rockvil
Science City
Birch Ridge
Buckhorn
Hope
Mount Rockmore
Cibola
Squaw's Ankle
Hauptquartier der Klempner
Team Americas Hauptquartier
Univille
Warehouse 13
Elchsylvanien
Frostbite Falls
St. Gustav
St. Olaf
Mount Himalachia
Propwash Junction
Gunflint
Mercury
Minnehaha
Amity Park
Chickentown
Millet
Lake Wobegon
Mist County
Gopher Prairie
North Middle Branch
Wassamotta University
Mount Rose
Green Prairie
River City
Fawcett City
Centralia
French Landing
Fort Pastor
Willows
Lake Willows
Aperture Science Enrichment Center
Prickly Pines
Hogan County
Rome
Point Place
Delta Glen
Lake Wazzapamani
Palace Hotel
O-Town
Brickleberry-Nationalpark
Green Town
Walkerville
Lanford
Kindle County
Salem
Moperville
Shermer
Glenbrook
Bay City
Baconburg
Metroville
Titusville
Fox River State Penitentiary
River Heights
Haddonfield
Decent
Grandview
Oakdale
Muskoka River
Spoon River
Fort Chicken
St. Petersburg
Oceanview
Hub City
Waubanakee
Walter Scott
Barkley Dam
Doverville
Neu-Thermopylae
Aubrey
Proctorville
River City
Brunswick
Flowertown
Hartfield
Rampart Junction
Endora
Nautilus
Hilldale
Hinkley Hills
Ocelot
Ogden Marsh
Riverside Schiffswerft
Eagle Rock
Luftwaffenstützpunkt Burpelson
Fort Klingman
Gatlin
Hemingford Home
Bingo
Free Country, USA
Strong Badia
Hawthorne
Blue Valley
Peacock
Milford
Clear River
Oblivion
Snydersville
Campus-Kolonie
Big Whiskey
Die Prärie
Hanover
Black Hawk
Bellona
Fillmore County
Jericho
New Bern
Granville
Nowhere
Smallville
Keystone City
Dorothy Gales Farm
Butterfield
Central City
Acme Acres
Kornsas City
Blaine
Gritzmacher Springs
N.B.E. Supermax
Titan-Projekt
Sidewinder
Overlook Hotel
Centennial
Moonstone
Holt
Upperton
Middleton
Greendale
Jackson City
Dog City
Capitol City
Die letzte Stadt
Lowerton
Turtle Lake
Turtle Cove
Christmasland
Necropolis
Stargate-Center
Space-Force-Basis
A
B
C
D
4
5
6

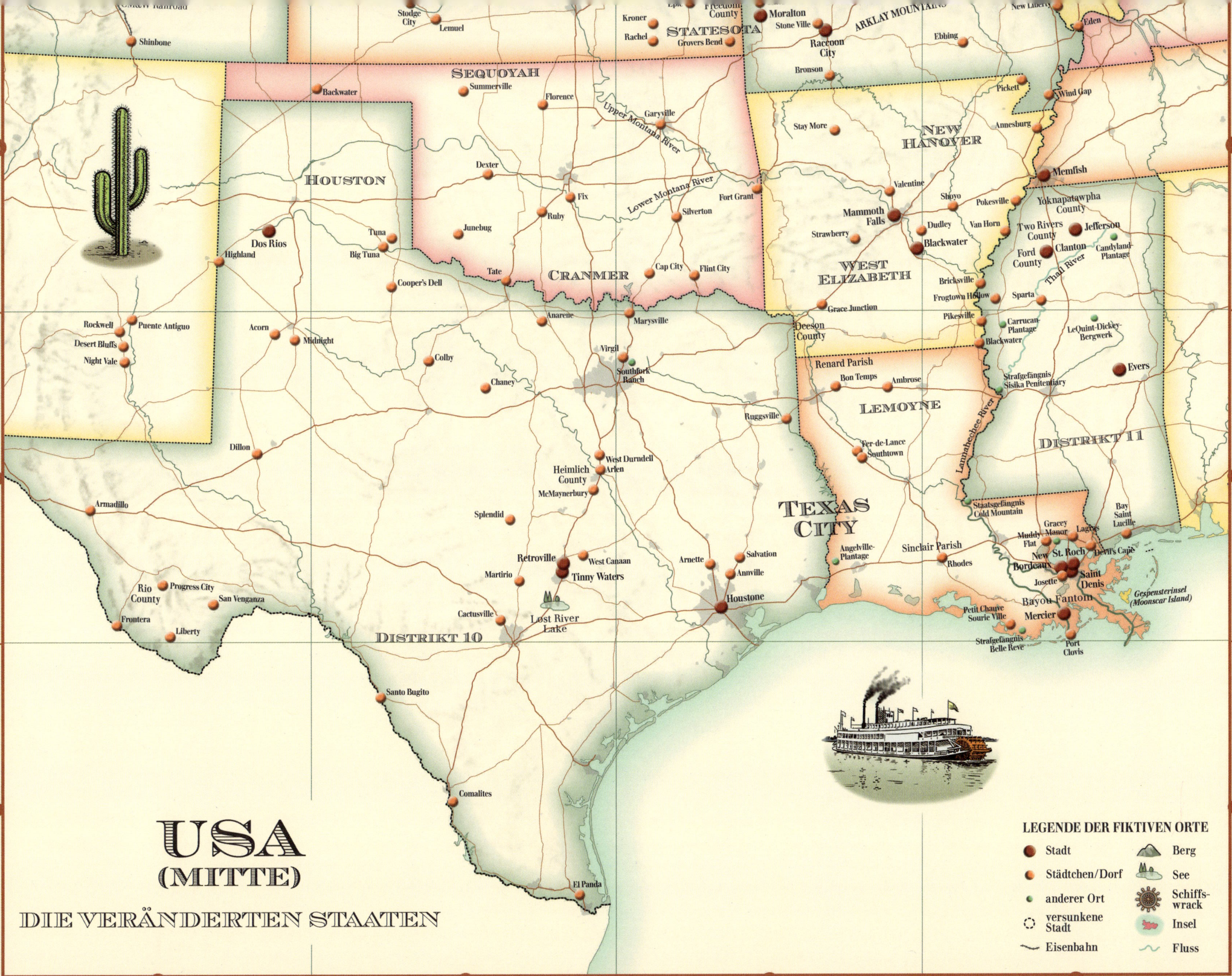
USA
(MITTE)
DIE VERÄNDERTEN STAATEN
LEGENDE DER FIKTIVEN ORTE
Stadt
Städtchen/Dorf
anderer Ort
versunkene Stadt
Eisenbahn
Berg
See
Schiffswrack
Insel
Fluss
Shinbone
Stodge City
Lemuel
Kroner
Rachel
STATESOTA
Grovers Bend
Moralton
Stone Ville
Raccoon City
ARKLAY MOUNTAINS
Bronson
Ebbing
Eden
New Liberty
SEQUOYAH
Backwater
Summerville
Florence
Garyville
Upper Montana River
HOUSTON
Dexter
Fix
Ruby
Junebug
Lower Montana River
Silverton
Fort Grant
Dos Rios
Highland
Tuna
Big Tuna
Tate
CRANMER
Cap City
Flint City
Cooper's Dell
Anarene
Marysville
Rockwell
Puente Antiguo
Desert Bluffs
Night Vale
Acorn
Midnight
Colby
Virgil
Southfork Ranch
Chaney
Dillon
Ruggsville
West Durndell
Arlen
Heimlich County
McMaynerbury
Armadillo
Splendid
Retroville
West Canaan
Tinny Waters
Martirio
Arnette
Salvation
Annville
Houstone
Rio County
Progress City
San Venganza
Frontera
Liberty
Cactusville
Lost River Lake
DISTRIKT 10
Santo Bugito
Comalites
El Panda
Pickett
Wind Gap
Stay More
NEW HANOVER
Annesburg
Memfish
Valentine
Shoyo
Pokesville
Mammoth Falls
Strawberry
Dudley
Van Horn
Blackwater
WEST ELIZABETH
Grace Junction
Bricksville
Frogtown Hollow
Pikesville
Deeson County
Yoknapatawpha County
Two Rivers County
Jefferson
Ford County
Clanton
Candyland-Plantage
Thall River
Sparta
Carrucan-Plantage
LeQuint-Dickey-Bergwerk
Blackwater
Evers
Renard Parish
Bon Temps
Ambrose
Strafgefängnis Sisika Penitentiary
LEMOYNE
Fer-de-Lance
Southtown
Lannahechee River
DISTRIKT 11
TEXAS CITY
Staatsgefängnis Cold Mountain
Angelville-Plantage
Sinclair Parish
Rhodes
Gracey Manor
Muddy Flat
Lagras
Bay Saint Lucille
New St. Roch
Devil's Cape
Bordeaux
Saint Denis
Josette
Bayou Fantom
Gespensterinsel (Moonscar Island)
Petit Chauve
Sourie Ville
Mercier
Strafgefängnis Belle Reve
Port Clovis

MASSSTAB
0 100 200 300 400 500 kilometres
0 100 200 300 400 500 miles
Springfield
Springfield
Springfield
Springfield
NORTH TAKOMA
WASHAGON
ÖKOTOPIA
DISTRIKT 4
UDANA
DISTRIKT 1
UTANA
IDOMING
CALISOTA
JEFFERSON
MEGA-CITY TWO
SAN ANDREAS
DESERET
EUPHORIA
AMBARINO
THE GRIZZLIES
Cape Flattery
Camp Mowester
San Pedro
Cedar Cove
Dakar
Moesko Island
Municiberg
Summerside
Suddenly
Sporks
Switchblade
Spatula
Shelter
Mountain Inn
Angel's Roost
Silver Hills
Capital City
Seacouver
Hillwood
Ascension
Presbytarian Church
Sleepy Peak
Peak
Springfield
Shelbyville
Mörderhorn
Rivermouth
Damon
Nova Robotics
Inferno
Cauldron Point
Goon Docks
Hope
Kamp Krusty
Camp Campbell
Liggett County
Dante's Peak
Lake Lilac
Central City
Port D'Angerous
Little Pwagmattasquarmsettport
Jump City
Caldwell
Deer Meadow
Twin Peaks
Colson
Harvardville
Klass County
Wildenberg River
Cypress Creek
Cutter
Mount Kirby
Hood County
Games River
Astro City
Port Sherman
New Salem
Mount St. Hilary
Angel Grove
Roadkill County
Gravity Falls
Mystery Mountain
Victory/ Hauptquartier der Decepticons
Bellefleur
Shawan
Argento
France-Ville
Elk Cove
Rock & Roll Heaven
Cascadiopolis
Argento
Stahlstadt
Eureka
Pink Palace Apartments
Wilbur County
Germaine
Shaw Mountain
Lake Mary
Truly
Excellent
Lake Destiny
Crescent City
Wayward Pines
Fingerbone
Blight
Zevo Toys
Big Eden
Wolfjaw
Harmonville
Falls End
Henbane River
Hope County
Moccasin Peak
Danvers Hill
Bitterroot
Peaceville
Warp-5-Komplex
Pummis
Ruby River
Liberty Falls
Shelby
Fort Lincoln
Larkspur
Hankston
Two Forks
Cedarn
Ray
Jellystone Park
Jonesy Lake
Bitters
Durant
Absaroka County
Twelve Sleep
Brokeback Mountain
Signal
Wolf City
Union City
Red Rock
Ursula
Entenhausen
Audubon Bay
Neu Quackmore
Sankt Erpelsburg
Lockwood-Anwesen
Cypress Cove
Cedar Creek
Lawson
Silvertown
Star City
Mayfield
Labyrinth von ANGST (WCKD)
Glenlawn
Basin City (Sin City)
Eastwood-Schlucht
Hill Valley
Fairvale
Bates Motel
Big Dipper Goldmine
Woodsboro
San Pueblo
Yuba City
LaHood
Elizabeth Dane
Falcon Crest
Antonio Bay
Santa Mira
Gateway City
Hauptquartier und Akademie der Sternenflotte
Brighton Falls
Plotinus
San Futuro
Banville
San Fiero
San Fransokyo
Charming
Main-Strike-Mine
New Tech City
Beacon Hills
Santa Carla
Crescent Cove
Tula
Beeton
Sierra Falls
Flatrock
Labor Operation „Steppenbrand (Wildfire)"
Deadrock
Hurley's Crossing
New Reno
Fort Carson
Fort Humboldt
Nevada Pass
Ponderosa-Ranch
Lago
Death City
Desperation
Reese City
Jasper
Cinnabar
Lerner Airfield
Bixby
Silverado
Spider Canyon
Nilbog
Batesville
Sal Tlay Ka Siti
Kirtland County
Bomont
Neo Purgatory
Buckland
Stillwater
Summer Memory
Jackson Summit
Miller's Bend
Westrail
Silver Gorge
Dogville
Das Kapitol
Kehoe
Little Angel Mine & Satan Mine
North Park
Middle Park
South Park
Aspirin
Everwood
Rockville
The Anvil

USA
(WESTEN)
DIE VERÄNDERTEN STAATEN
LEGENDE DER FIKTIVEN ORTE
Stadt
Städtchen/Dorf
anderer Ort
versunkene Stadt
Eisenbahn
Berg
See
Schiffswrack
Insel
Fluss
LOS ANGELES
ALASKA
HAWAII
BERINGLAND
OCHICHORNIA
ALASKATCHEWAN
HERON SEA
ORRE
OPIUM
DORADO
DISTRIKT 2
DISTRIKT 5
NEW AUSTIN
ALOLA
AREA 7
HOLLYWOOD
500 kilometres
500 miles

USA

WICHTIGE SCHAUPLÄTZE

Eine vollständige Liste der Schauplätze finden Sie im Ortsregister auf Seite 130–150.

ALEXANDRIA-SICHERHEITSZONE

The Walking Dead
VIRGINIA | TV/COMIC
Postapokalyptische Gemeinde außerhalb des echten Alexandria. Die Zufluchtsorte Hilltop, Oceanside und das „Königreich" (nicht auf der Karte) sind höchstens eine halbe Tagesreise entfernt. **LK S. 14–15, C4**

AMITY ISLAND

Der weiße Hai **VON PETER BENCHLEY**
MASSACHUSETTS | ROMAN/FILM
Amity Island ist ein perfektes Beispiel dafür, warum Autoren und Regisseure oft Schauplätze erfinden, statt echte zu verwenden. Stellen Sie sich vor, welche Auswirkungen es auf den Tourismus von Cape Cod hätte, wenn man die grausamen Haiattacken damit in Verbindung brächte. Das fiktive Städtchen Amity wurde von Peter Benchley, Autor des Romans, in Long Island verortet. Spielbergs Verfilmung ist aber heute viel bekannter, und darin ist das Setting angelehnt an (und gefilmt auf) Martha's Vineyard. **LK S. 14–15, D5**

AUTOBOT CITY

Transformers – Der Kampf um Cybertron **TENNESSEE | FILM**
Stützpunkt der Autobots auf der Erde im Zeichentrickfilm von 1986. Laut DVD-Bonusmaterial liegt die befestigte Stadt in der Nähe Chattanoogas, gleich neben dem (echten) Lookout Mountain, der im Film erwähnt wird. Vermutlich benötigen die Autobots daher die Totenscheine vom Staat Tennessee, um den Tod von Optimus Prime, Wheeljack, Windcharger und all den anderen Charakteren amtlich registrieren zu lassen, die im Film sterben mussten, um Platz für neue Spielzeugfiguren zu schaffen! **LK S. 14–15, A5**

BARKLEY DAM

Auf der Flucht **ILLINOIS | FILM**
Der Staudamm, von dem Richard Kimble seinen berühmten Sprung macht. Liegt an der (echten) Route 13 gleich nördlich der fiktiven Stadt Doverville, die wir dem echten Murphysboro zugeordnet haben. Für die Lage im Süden Illinois' sprechen Erwähnungen der Autobahnen I-57 und I-24 sowie die Tatsache, dass Kimble zu dem (ebenfalls echten) Staatsgefängnis Menard Correctional Centre im nahe gelegenen Randolph County gebracht wird. Allerdings ist die Landschaft in Illinois nicht so bergig wie in dieser Filmsequenz; sie wurde am Cheoah Dam in North Carolina gedreht. **LK S. 16–17, D4**

BENNE SEED ISLAND

WERKE VON MADELEINE L'ENGLE | SOUTH CAROLINA | ROMANE
Wohnort der Familie O'Keefe. Wir fanden es witzig, dass die Insel bei den Ham Sandwich Islands aus *Pirates!* liegt. *Benne seed* bedeutet Sesam, und der schmeckt auf so einem Sandwich sicher gut. **LK S. 14–15, C5**

BIG THUNDER MOUNTAIN

BIG THUNDER MOUNTAIN RAILROAD | UTAH | ACHTERBAHN
Kultige Disney-Attraktion. Das Original war inspiriert von den Felsformationen des Bryce-Canyon-Nationalparks, Utah, spätere Versionen zitieren das Monument Valley, das bis Arizona reicht. Wir haben Big Thunder Mountain nördlich der Grenze von Utah zu Arizona platziert – so konnten wir außenherum die Westernstädtchen anordnen, mit denen die Minenachterbahn in den diversen Disney-Parks kombiniert ist: Rainbow Ridge, Grizzly Gulch, Phantom Canyon, Thunder Mesa und Tumbleweed. **LK S. 18–19, C5**

BILLY THE MOUNTAIN

„Billy the Mountain"
VON FRANK ZAPPA | KALIFORNIEN | SONG
Ein Berg, der zwischen Rosamond und Gorman steht, mit seiner Herzensdame, dem Baum Ethel. **LK S. 18–19, A5/B5**

BROKEBACK MOUNTAIN

Brokeback Mountain
WYOMING | KURZGESCHICHTE/FILM
Dieser Berg liegt in einer Schafzuchtgegend, ein ganzes Stück nördlich der nächsten Stadt, dem ebenfalls fiktiven Signal. Beide befinden sich im Norden oder Zentrum Wyomings. **LK S. 18–19, D5**

CACTUSVILLE

The Dandy **TEXAS | COMICS**
Heimat von Desperate Dan, dem stärksten Cowboy der Welt und Fan von Cow Pies! Wenige Anhaltspunkte, außer dass die Stadt in Texas liegt. Da Dans Abenteuer klassischen Wildwestmustern folgen, haben wir Cactusville Bandera, TX, zugeordnet, der selbst ernannten „Cowboy-Hauptstadt der Welt". **LK S. 16–17, B2**

CAMP CAMPBELL
Camp Camp
WASHINGTON | WEB ANIMATION
Das heruntergekommene Sommercamp liegt in einer bewaldeten, bergigen Gegend neben dem Lake Lilac und dem schlafenden Vulkan Sleepy Peak Peak (früher „Wide Awake Peak", hellwacher Gipfel). Vulkanismus und Nadelwälder deuten auf den Pazifischen Nordwesten hin; wegen der Ähnlichkeit der nächstgelegenen Stadt zu Seattle (inklusive Drehrestaurant in einer Art Space Needle) haben wir Camp Campbell in Washington neben Dante's Peak eingetragen. Campe Diem! **LK S. 18–19, B6**

CARRUCAN-PLANTAGE
Django Unchained
MISSISSIPPI | FILM
Djangos „Heimatplantage", wo er und seine Frau Brunhilde als entlaufene Sklaven gebrandmarkt und dann getrennt auf einer Sklavenauktion in der echten Stadt Greenville verkauft wurden. Das könnte als vager Anhaltspunkt auf den Standort der Plantage dienen. Es bedeutet auch, dass Django und seine Leidensgenossen gezwungen wurden, zu Fuß fast 1500 km in Ketten zurückzulegen, bevor sie durch eine Zufallsbegegnung in der Nähe von El Pasos freikommen. **LK S. 16–17, D2**

DENTON
The Rocky Horror Picture Show **OHIO | FILM**
Die Stadt ist nach Denton, Texas, benannt, doch Hinweise im Film legen Ohio nahe. Ein Buch, das auf dem Film basiert, enthält eine Karte; ihr zufolge scheint Denton im Südosten Ohios zu liegen. **LK S. 14–15, B4**

DOROTHY GALES FARM *Der Zauberer von Oz*
KANSAS | ROMAN/FILM
Jeder weiß, dass Dorothy aus Kansas kam, aber woher genau, ist schwer zu sagen. Der Autor L. Frank Baum soll von einem Tornado-Unglück inspiriert worden sein, bei dem in Irving ein Mädchen namens Dorothy Gale ums Leben kam; daher haben wir die Farm in der Nähe dieser Stadt angesiedelt. **LK S. 16–17, C4**

EAGLE STATE
Desperate Housewives
OSTEN DER USA | TV
Lage unklar. Der fiktive Bundesstaat wurde im gleichen Jahr gegründet wie Colorado, grenzt aber an ein großes Gewässer, was auf Colorado nicht zutrifft. Am besten passt wohl Indiana, da in der Serie die Purdue University, die Indianapolis Colts und der Flughafen Chicago O'Hare erwähnt werden. **LK S. 14–15, A4**

ENTENHAUSEN
Donald Duck / DuckTales / Micky Maus **CALISOTA | DIVERSE**
Turbulent wie ein Hurrikan! Das Heimatstädtchen von Donald Duck und Micky Maus mit ihren Familien und Freunden liegt an der Pazifikküste der USA: im fiktiven Bundesstaat Calisota auf der Fläche des echten Nordkalifornien. (Im amerikanischen Original leben die Mäuse in Mouseton und die Enten im benachbarten Duckburg.) Seit einigen Jahren weiß man zudem, dass sich Entenhausen gegenüber der fiktiven Audubon Bay befindet, der Bucht von Sankt Erpelsburg, wo der Superheld Darkwing Duck residiert. **LK S. 18–19, A5**

FELSENTAL
Familie Feuerstein
ARIZONA | DIVERSE
Zunächst mag Felsental (in frühen Folgen: Steintal; im Original: Bedrock) zu vage zum Kartografieren erscheinen. Doch sowohl im Film von 1994 als auch in der Trickfilmserie ist es mit dem Auto nicht weit vom Grand Canyon (damals nur ein Rinnsal) entfernt. Heute befindet sich zudem südlich des Canyon, an der Gabelung der Routes 180 und 64, ein Themenpark zur Serie: Bedrock City. **LK S. 18–19, C5**

FLAGSTONE
Spiel mir das Lied vom Tod
KALIFORNIEN | FILM
Ein Wildweststädtchen, dessen Name auf Flagstaff, Arizona, verweist. Im Film liest man auf Eisenbahntickets folgende Stationen zwischen Santa Fe und Flagstone: Albuquerque, Valencia, Prescott, Aztec Pass und Aubrey City. Bei allen handelt es sich um echte Orte in New Mexico und Arizona. Aubrey City (eine Geisterstadt, die inzwischen im Lake Havasu versunken ist), befand sich an der Grenze zu Kalifornien. Da die Eisenbahn nach Flagstone Richtung Westen weiterfährt, muss die Stadt in Kalifornien liegen. Wir haben sie auf halber Strecke zwischen Lake Havasu und Los Angeles eingezeichnet, das als Zielbahnhof plausibel ist. **LK S. 18–19, B5**

GOBLU **OHIO | LANDKARTE**
Wie Beatosu eine nicht existente Stadt auf einer offiziellen Karte: Wortspielerei für Sportfans aus Michigan („Go blue!"/ „Beat OSU!") und Copyrightfalle. Die Stadt wurde im Comic *G.I. Joe* aufgenommen. **LK S. 14–15, A5**

GOTHAM CITY
DC COMICS | NEW JERSEY | COMIC
Batmans Heimatstadt ist auf einer Gruppe fiktiver Inseln direkt vor der Küste New Jerseys erbaut. **LK S. 14–15, C4**

GRAVITY FALLS
Willkommen in Gravity Falls
OREGON | TV
Ort im fiktiven Roadkill County. Auf Karten in der Serie liegt Gravity Falls im trockenen Osten Oregons, gleichzeitig sieht man aber grüne Kiefernwälder und gemäßigtes Klima, was typisch für den westlichen Teil des Bundesstaats jenseits des Kaskadengebirges ist. Daher haben wir die Stadt in der Nähe des echten Marion Forks verortet. **LK S. 18–19, A5**

HAWKINS
Stranger Things **INDIANA | TV**
Die genaue Lage von Hawkins im fiktiven Roane County, Indiana, wird nie angegeben, aber das Terrain ist hügelig, daher haben wir uns für den Süden des Bundesstaats entschieden. **LK S. 14–15, A4**

HEGEMAN
MARVEL COMICS | NEW YORK | COMICS
Hier befindet sich die renommierte (und fiktive) State University, Alma Mater von Reed Richards und Dr. Doom! Sie ist sehr wahrscheinlich an die Cornell University angelehnt – dann wäre Hegeman das Gegenstück zu Ithaca. **LK S. 14–15, C5**

HILL VALLEY
Zurück in die Zukunft
KALIFORNIEN | FILME
Im Norden Kaliforniens, 19 km östlich von Grass Valley: *A Nice Place to Live!* Der einzige weitere fiktive Ort der Filmreihe ist die Eastwood-Schlucht, etwa 6 oder 8 km WSW von Hill Valley gelegen. Die ursprüngliche Shonash-, dann Clayton-Schlucht wurde schließlich infolge der Zeitreisen in „Eastwood-Schlucht" umbenannt, zu Ehren von Marty McFlys Decknamen 1885, „Clint Eastwood". **LK S. 18–19, A4**

HILLWOOD
Hey Arnold! **WASHINGTON | TV**
Hillwood vereint die Merkmale mehrerer Städte des Pazifischen Nordwestens, wo der Erfinder der Serie, Craig Barlett, aufwuchs. Es umgibt die Mündung einer fiktionalisierten Version des realen Skookumchuck River. Damit läge Hillwood an der Stelle des echten Aberdeen, Washington State. Allerdings ist es eine Metropole in der Größenordnung Seattles oder Portlands, mit eingestreuten Bezügen zu New York. **LK S. 18–19, A6**

INNSMOUTH
Cthulhu-Mythos **VON H. P. LOVECRAFT**
MASSACHUSETTS | DIVERSE
Einer von vielen Lovecraft-Schauplätzen auf der Karte. Die Stadt spielt eine große Rolle in der Kurzgeschichte „Schatten

über Innsmouth“. Im Videospiel *The Sinking City* ist das Küstenstädtchen Oakmont (nicht auf der Karte) ganz in der Nähe, das nach einer Überschwemmung zur Insel wurde. *Die Simpsons* haben Innsmouth in Form ihres eigenen Fogburyport parodiert (also der fiktiven Version einer fiktiven Stadt). **LK S. 14–15, D5**

KINGSTON FALLS
Gremlins – Kleine Monster
NEW YORK | FILM
Gedreht wurde in Kalifornien (in den gleichen Kulissen wie „Hill Valley“ aus *Zurück in die Zukunft*), doch Kingston Falls ist eindeutig in New York. Auf seine genaue Lage haben wir außer einem Mittelgebirge im Hintergrund wenige Hinweise. Die Stadt wird im Film *Explorers – Ein phantastisches Abenteuer* (ebenfalls von Joe Dante) in einer Schlagzeile erwähnt. **LK S. 14–15, C5**

LAKE EDNA
KENTUCKY FRIED CHICKEN | KENTUCKY | WERBUNG
Typisch amerikanisches Kleinstadtidyll aus einer TV-Werbekampagne von KFC (1991–1994). Wir haben es dem echten Corbin zugeordnet, wo das erste Restaurant der Kette eröffnete. **LK S. 14–15, A5**

MAR-IAGO
MacTrump **VON IAN DOESCHER UND JACOPO DELLA QUERCIA**
FLORIDA | SATIRE
Die Tragikomödie in Shakespeare-Manier über die Trump-Regierung hat unserem Atlas viele wunderbare Einträge aus der Welt der erfundenen United Fiefdoms of America beschert, von denen manche – wie Pennsylvanus und Connecticutia – aus Platzgründen wieder gelöscht werden mussten. Von allen Schauplätzen ist Lord MacTrumps Anwesen Mar-Iago offensichtlich mit am perfektesten umgestaltet: Es verbindet das reale Mar-a-Lago mit dem „ehrlichen“ Iago, Figur im Schauspiel *Othello* und dem verlogensten aller Schurken des Barden. **LK S. 14–15, C1**

MERCY HOSPITAL
Solomons Lied **VON TONI MORRISON**
MICHIGAN | ROMAN
Gleich zu Anfang wird klar, dass sich das fiktive Krankenhaus am Ufer des Lake Superior befindet. Wir erfahren auch, dass die (namenlose) Stadt an der Kreuzung der Fernstraßen 2 und 6 liegt – was in der Realität unmöglich ist: Die Straßen kreuzen sich nie. Später lernen wir den Bahnhof und den Vorort Fairfield Heights kennen, außerdem die Ferieninsel Honoré Island. Bei *Doctor Who* gibt es eine Stadt namens Mercy („Wilder Westen“), die aber nicht auf der Karte ist. **LK S. 14–15, A6**

METROPOLIS
DC COMICS | DELAWARE | COMICS
Die wichtigste Stadt aus *Superman* liegt bekanntermaßen am Nordende der Delmarva-Halbinsel. **LK S. 14–15, C4**

MIDLANDS
MITTLERER WESTEN | JURASTUDIUM: WETTBEWERBE IN PROZESSFÜHRUNG
In diesem fiktiven Bundesstaat des Mittleren Westens sind die Fälle aus den simulierten Gerichtsprozessen der American Mock Trial Association angesiedelt. **LK S. 16–17, B5**

MINNEHAHA
Mighty Ducks II – Das Superteam kehrt zurück **MINNESOTA | FILM**
Nach dem ersten Film spielte der Eishockeytrainer Gordon Bombay kurz als Profi für die Minnehaha Waves, ein Team aus der unteren Liga , das in dieser fiktiven Stadt beheimatet ist. In der Romanadaption des Films spielt Bombay stattdessen für ein Team in Duluth, MN, daher haben wir entschieden, Minnehaha als Abbild von Duluth zu sehen. **LK S. 16–17, C6**

MOUNT SNUFFLEUPAGUS
Sesamstraße **HAWAII | TV**
Auf einem Trip nach Hawaii suchen Bibo und Aloysius „Schnuffi“ Snuffleupagus Mount Snuffleupagus (alias Mount Ihu Papa'a Lo'ihi Nui) und finden ihn schließlich auch. Der Berg, der als Mount Snuffleupagus dient, ist in Wirklichkeit der Sleeping Giant auf der Insel Kauai. **LK S. 18–19, C1**

NIGHT VALE
Welcome to Night Vale
NEW MEXICO | MYSTERY-PODCAST
Night Vale und das benachbarte Desert Bluffs liegen irgendwo in der Wüste des amerikanischen Südwesten, „wo die Sonne heiß ist und der Mond schön, und geheimnisvolle Lichter am Himmel vorüberziehen, während alle vorgeben zu schlafen“. Auf dieser Basis haben wir entschieden, es in Roswell, New Mexico, zu verorten, das man hinsichtlich des Mysteriösen nicht mehr vorstellen muss. **LK S. 16–17, A2**

PLANTAGE TARA
Vom Winde verweht
VON MARGARET MITCHELL | GEORGIA | ROMAN/FILM
Die zentraleBaumwollplantage dieses Hollywood-Klassikers steht in der Nähe von Jonesboro, im Süden Atlantas. Zu den Nachbarplantagen, nicht in der Karte, gehören Zwölf Eichen (im Buch: Twelve Oaks), Fairhill, MacIntosh, Mimosa, Pine Bloom und Slattery Farm. **LK S. 14–15, B5**

PONDEROSA-RANCH
Bonanza **NEVADA | TV**
Der Hauptschauplatz dieser Kultserie befindet sich relativ klar definiert zwischen Lake Tahoe und Carson City. Die Farm steht auf dem „Ponderosa-Land“, das 260000 Hektar groß sein soll. **LK S. 18–19, A4**

PROGRESS CITY
TEXAS | BETRUGSFALL
Nicht existente Stadt, die 1910 in einem Grundstücksbetrug eine Rolle spielte; damals wurde Gutgläubigen dort Bauland verkauft. Progress City („Fortschrittsstadt“) lag angeblich in Brewster County, etwa 64 km südlich der Stadt Alpine in den Santiago Mountains. **LK S. 16–17, A2**

RADIATOR SPRINGS
Cars **ARIZONA | FILM**
Stadt an der Route 66 in Carburetor County. Laut Infomaterial aus dem *Cars*-Universum liegt sie zwischen Gallup (NM) und Kingman (AZ), also im Osten Arizonas. Im Abspann des Films ist die Stadt auf einer Karte nördlich der Interstate 40 zu erkennen (einer Umgehungsstraße, die allen Verkehr an sich gezogen hat). **LK S. 18–19, C3**

RAGNAROK
New Captain Scarlet **ALASKA | TV**
Städtchen mit verlassener Kohlegrube (52 Einwohner) in einem abgelegenen Tal Alaskas. In der Serie zwei Autostunden von einer fiktiven Brücke über die Beringstraße entfernt, daher erscheint eine Lage auf der Seward-Halbinsel, in den York Mountains oder den Kigluaik Mountains, am wahrscheinlichsten. **LK S. 18–19, A2**

RICHVILLE
Richie Rich **INDIANA | COMICS/FILM**
Heimatstadt von Richie Rich. In dem Film mit Macaulay Culkin war Rich Industries in Chicago ansässig, und laut der Liste „Fictional 15“ des *Forbes*-Magazins lebt die Familie Rich in der Nähe in Indiana. Daher haben wir Richville in der nordwestlichen Ecke Indianas verortet, im Einzugsbereich von Chicago, aber dennoch ländlich gelegen. **LK S. 14–15, A4**

ROCKWELL
Der Eisenmann **VON TED HUGHES | MAINE | ROMAN/FILM**
Während viele Orte in diesem Atlas spekulativ sind, können wir hier die Lage exakt bestimmen. In der Verfilmung *Der Gigant aus dem All* werden die Koordinaten der Stadt als 44.50177 N, 67.71972 W angegeben, was zu einem Punkt an der Küste Maines führt. **LK S. 14–15, D6**

SAN FRANSOKYO
Baymax – Riesiges Robowabohu
KALIFORNIEN | FILM/TV
Version San Franciscos mit alternativer Geschichte. Durch die vielen japanischen Einwanderer, die nach dem Erdbeben von 1906 beim Wiederaufbau halfen, entstand eine einzigartige ostwestliche Fusionsästhetik. Um dem Rechnung zu tragen, wurde die Stadt offiziell umbenannt. Nicht weit nördlich davon befindet sich der Muirahara-Wald, eine Version des Muir Woods National Monument. **LK S. 18–19, A4**

SHERMER
FILME VON JOHN HUGHES | ILLINOIS | FILME
Diese fiktive Stadt, die an Northbrook, Chicago, angelehnt ist, kommt in vielen Filmen vor, etwa in *Breakfast Club – Der Frühstücksclub*, *Ein Ticket für Zwei*, *L.I.S.A. – Der helle Wahnsinn*, *Ferris macht blau*, *Das darf man nur als Erwachsener*, *Pretty in Pink*, *Allein mit Onkel Buck* sowie *Kevin – Allein zu Haus* mit Fortsetzungen. **LK S. 16–17, D5**

SHINING TIME
Thomas, die fantastische Lokomotive **SHINING TIME STATION, PENNSYLVANIA | TV/FILM**
Städtchen an der fiktiven Indian Valley Railroad. Die Lage wird nie angegeben, aber die Eisenbahnszenen für den Kinofilm zu *Thomas, die kleine Lokomotive* sind an der historischen Strecke der Strasburg Rail Road, Pennsylvania, gedreht. Wir siedeln Shining Time bei Strasburg an – so können wir es auch an der Bahnstrecke der ebenfalls fiktiven Allegheny & West Virginia Railroad (AWVR) platzieren, an der der Katastrophenfilm *Unstoppable – Außer Kontrolle* spielt. Na, da wartet aber ein Crossover auf die Weichenstellung! **LK S. 14–15, C4**

SOUTH PARK
South Park **COLORADO | TV/FILM**
Fiktive Stadt, die sich im echten „South Park“ befindet, einem Graslandgebiet in den Rocky Mountains, und nach diesem benannt ist; teilweise basiert die Stadt auf Fairplay. In der Nähe findet man Middle Park und North Park. **LK S. 18–19, D4**

SOUTHFORK RANCH
Dallas **TEXAS | TV**
Die berühmte Southfork Ranch gibt es wirklich. Sie wurde in den 1970er-Jahren als Duncan Acres errichtet, änderte aber infolge des Ruhms, der auf die Fernsehserie folgte, ihren Namen zu Southfork Ranch. Dies ist also ein etwas heikler Eintrag, aber angesichts der Bekanntheit der Serie finden wir ihn wichtig. **LK S. 16–17, C2**

SPRINGWOOD
Nightmare – Mörderische Träume
OHIO | FILME
Regisseur Wes Craven stammt aus Cleveland und konzipierte Freddy Krueger (mitsamt dem Namen) als Einheimischen dieser Gegend. Unserer Einschätzung nach gehört Springwood ebenfalls hierher und sollte als fiktiver Vorort von Cleveland betrachtet werden. **LK S. 14–15, B5**

STRANDSTADT
Steven Universe **DELMARVA | TV**
Ostküstenstädtchen auf der Delmarva-Halbinsel, die in der Serie ein eigener Bundesstaat ist. Nicht auf der Karte ist die benachbarte Ocean Town, die stolz verkünden kann, dass sie „nicht mehr brennt“ (*„No Longer On Fire!“*). **LK S. 14–15, C4**

SUMMERVILLE
Ghostbusters: Legacy
OKLAHOMA | FILM
Hier waren wir wirklich auf Zack, denn dieses Buch ging noch vor der Premiere des Films in den Druck. Dank dem Trailer konnten wir aber die konkrete Lage ermitteln: Er enthält eine Karte, auf der Summerville an der Stelle des echten Woodward, OK, eingezeichnet ist. **LK S. 16–17, B5**

SUNNYDALE
Buffy – Im Bann der Dämonen
KALIFORNIEN | TV
Die Stadt liegt laut dem Erfinder Joss Whedon „in der Nähe Santa Barbaras“. Landkarten innerhalb des Serien-Universums zeigen Sunnydale an der „Kurve“ der kalifornischen Küste, mit dem Pazifik im Süden und im Westen. Karten des fiktiven „Sunnydale County“ bilden eigentlich Santa Barbara County ab; der erfundene Name ist lediglich darübergedruckt. **LK S. 18–19, A5**

THNEEDVILLE
Der Lorax **NEW JERSEY | DIVERSE**
Im Originalbuch und im Zeichentrickfilm von Dr. Seuss gibt es einen interessanten Hinweis darauf, wo Thneedville im Film von 2012 erbaut werden soll: „Nehmt die Straße nach Nord-Nitch. Biegt bei Weehawken links ab. Bei Süd-Stitch geht's scharf nach rechts.“ Weehawken ist ein echter Ort in New Jersey, am Hudson-Ufer gegenüber von NYC; dies verweist auf das nördliche Zentrum New Jerseys. Wie eine Bestätigung klingt die Aussage im Buch, die Situation für die Tierwelt sei „oben im Eriesee“ noch schlimmer. **LK S. 14–15, C5**

TULLS POINT
Dad's Army **MAINE | TV**
Es hätte das amerikanische Walmington-on-Sea werden können: Die Autoren der britischen Sitcom *Dad's Army* entwarfen eine US-Version, die in dem fiktiven Küstenstädtchen Tulls Point, Maine, spielen sollte, mit entsprechend überarbeiteten Charakteren. Aus Mainwaring sollte Cornelius Bishop werden, wichtigtuerischer Präsident der Tulls Bank, der glaubt, dass es in Wahrheit der Stadtgründer Thomas Tull war, der in der Amerikanischen Revolution mutig warnte, „die Briten kommen!“, und dass Paul Revere all den Ruhm nur erhielt, „weil er so einen schicken Namen hatte“. Da Revere in Boston lebte, dürfte Tulls Point im Süden Maines liegen. Im Pilotfilm wurde die Stadt nicht genannt, aber wir finden, man sollte endlich dem Skript Gerechtigkeit widerfahren lassen und sie auf die Landkarte setzen. **LK S. 14–15, D5**

WESTVIEW
WandaVision **NEW JERSEY | TV**
Kleinstadt, die von einem Kraftfeld umgeben ist, unter der Herrschaft von Avenger Wanda Maximoff. Die Bewohner werden gefangengehalten, als wären sie Charaktere in einer permanenten Sitcom. Die Stadt liegt in New Jersey, vermutlich im Norden, damit sie zur (nicht fiktiven) Heimat der Heldin in den Comics, Leonia, passt. Westview scheint ländlich geprägt zu sein, daher haben wir es außerhalb von Ballungsräumen verortet. Anmerkung: Dies war der letzte Eintrag, den wir in diesem Atlas aufgenommen haben, während die erste Staffel der Serie noch lief; Ereignisse aus späteren Folgen sind hier nicht berücksichtigt. **LK S. 14–15, C5**

WILLOWS *Barbie*
WISCONSIN | PUPPE/TV/FILM
Barbies Heimatstadt, bevor sie nach Malibu zog. Sehr spekulativ, aber im Comic finden sich Hinweise: Willows liegt an einem Fluss, der von Nord nach Süd fließt. Unter der Stadt erstreckt sich ein Höhlensystem. Wir vermuten, Willows liegt im Westen Wisconsins in der Western-Upland-Region, einer hügeligen, höhlenreichen Gegend in einem Bundesstaat, der vorwiegend aus Glazialebenen besteht. Die Gegend westlich der Stadt Wisconsin Dells passt hier. **LK S. 16–17, D5**

XANADU
Citizen Kane **FLORIDA | FILM**
Charles Foster Kanes luxuriöses Herrenhaus und Anwesen Xanadu soll mit seinen fast 20 000 Hektar das größte private Anwesen der Welt sein. Es liegt an der Westküste Floridas. **LK S. 14–15, B2**

KANADA UND DIE ARKTIS

GREEN GABLES UND GOLDKLUMPEN

In US-amerikanischen Medien wird Kanada oft scherzhaft als „Amerikas Hut“ dargestellt (was die USA umgekehrt zu „Kanadas Shorts“ macht). Die Kanadier sind das liebenswerte, höfliche, Eishockey-verrückte Gegenstück zu ihren impulsiveren Nachbarn. Kaum verwunderlich also, dass die Länder, wenn sie in Kunst und Kultur dargestellt werden, Gemeinsamkeiten aufweisen.

Beide teilen eine romantische Liebe zum Landleben und zur Gemeinschaft, wie das in *Sunshine Sketches of a Little Town* zum Ausdruck kommt. Die Kleinstadt, um die es hier geht, ist Mariposa, eine liebevolle Parodie des Autors Stephen Leacock auf seine Heimatstadt Orillia in Ontario. Doch die Romantik muss sich auch nach praktischen Gegebenheiten richten, und dies wird nirgendwo deutlicher als in Kanadas berühmtestem Beitrag zur Kinderliteratur, Lucy Maud Montgomerys *Anne auf Green Gables*. Die Coming-of-Age-Geschichte über eine junge Waise auf Prince Edward Island, die lernt, ihre Träume mit der Realität in Einklang zu bringen, spiegelt in vielerlei Weise Kanadas Reifeprozess: Während Annes Heimatland zur Weltmacht aufsteigt, wächst sie selbst zur Frau und Mutter heran. Die Geschichten um Anne sind so beliebt, ihre Welt ist so lebendig gestaltet, dass wir den Kartenausschnitt von Prince Edward Island vergrößert haben, damit die wichtigsten Orte auch wirklich daraufpassten (und trotzdem konnten wir nicht alle aufnehmen)!

Wie die USA weist Kanada vielfältigste Landschaften auf, die sich für Storys eignen: Berge, Küsten, Prärien, Dörfer und Städte. Den Unterschied macht die Besiedelung aus. Weite Teile des Landes sind kaum bewohnt; wir entschuldigen uns nicht für die leeren Flächen auf dieser besonderen Karte. Zu den ungewöhnlicheren Orten gehört der Immergrüne Wald, wo *Die Raccoons* leben, vermenschlichte Helden einer kanadischen Zeichentrickserie für Kinder, die ebenfalls auf der ganzen Welt geliebt wird. Außerdem ist da noch Brobdingnag vor der Küste British Columbias, wo Jonathan Swifts ewig reisender Gulliver den Riesen begegnet.

Vielleicht ist dies die beste Analogie zu Kanada, wie es auf dieser Karte dargestellt ist: ein Riese, dessen Potenzial erst noch erkannt werden muss. Lassen Sie es uns gemeinsam erforschen!

DIE ÄUSSERSTEN REICHE DES NORDPOLS

Fragt man Kinder, wo der Weihnachtsmann lebt, antworten die meisten: „Am Nordpol!". Ob es die heimelige Werkstatt aus *Rudolph mit der roten Nase* ist oder die riesige Industriestadt aus *Der Polarexpress*: Brave Kinder dürfen beruhigt sein, dass da oben etwas existiert – zumindest, wenn es nach den Schriftstellern geht. Der äußerste Norden ist so stark besiedelt, dass Santa Claus (wie der Weihnachtsmann hierzulande heißt) sogar Nachbarn zu haben scheint.

Lassen Sie uns zunächst eine Frage des Terrains klären. Die Realität ist eindeutig: Am Pol gibt es kein Land. Santa Claus muss in einer Höhlenlandschaft residieren, die in die schwimmende Eiskappe gegraben ist. Im fiktiven Norden jedoch existiert fester Untergrund, und zwar dank Jules Vernes *Die Abenteuer des Kapitän Hatteras*. Dieser Forschungsreisende entdeckte im Sommer 1861, direkt am Gipfel der Welt, die kleine Insel der Königin. Auf dieser Insel beschreibt Vernes Kapitän nur einen Berg, einen Vulkan, der jetzt ihm zu Ehren Mount-Hatteras heiße; doch in *1001 Nacht* finden wir Hinweise, dass mindestens ein weiterer existiert, der Berg Qaf (er soll am entferntesten Punkt der Erde liegen, der oft mit dem Nordpol gleichgesetzt wird). Anderswo in dieser erstaunlich bevölkerten Region finden wir zudem den schwefelhaltigen Berg Yaanek, von dem Lavabäche rollen; er ist Edgar Allan Poe zuzuschreiben. Darunter liegt der Tunnel zur gleißenden Welt, dem titelgebenden Schauplatz in Margaret Cavendishs 1666 veröffentlichten frühen „Science-fiction"-Roman. Vielleicht führt der gleiche Zugang zu dem düsteren Königreich Atvatabar im Inneren der Erde, das Nordamerika entspricht und ebenfalls über den Nordpol zu erreichen ist.

Durch die Untertunnelungen und die vulkanische Aktivität muss eine Menge Erdwärme entstehen, was ein Heizkraftwerk nahelegt – nicht nur für den Weihnachtsmann und seine Werkstätten, sondern auch für die anderen Zivilisationen in dieser Gegend. Uns liegen Berichte über die *Insel am Ende der Welt* vor, Astragard, wo Nachfahren der Wikinger nach altnordischen Bräuchen leben. Zudem haben uns die Trickfilmzeichner von Rankin/Bas die Insel der Nichtsnutz-Toys vorgestellt, über die der Löwe König Moonracer herrscht. Dieser König bot möglicherweise einem anderen Außenseiter Zuflucht, Frankensteins Monster, das man zuletzt hier auf dem Eis treiben sah.

Dann ist da unter dem Eis noch die Stadt Glacia, bewacht von einer echten Kanadierin, *Nelvana of the Northern Lights*. Nelvana, die ihre Stärke aus Nordlichtern zieht, ist eine der allerersten Superheldinnen der Mediengeschichte. Sie ist außerdem eine Inuit, was für eine Figur, die 1941 erstmals in Erscheinung trat, bemerkenswert ist. Nelvana befindet sich in guter Gesellschaft: Nicht weit südlich liegt die Festung der Einsamkeit, der arktische Rückzugsort des berühmtesten Superhelden überhaupt: Superman!

GOLDENE TRÄUME IM WHITE AGONY CREEK

Im August 1896 wurde am Rabbit Creek erstmals Gold gefunden – ein Ereignis, das diesen verschlafenen Winkel am Yukon (im äußersten Nordwesten Kanadas) grundlegend veränderte. Rabbit Creek, einst ein unbedeutender Nebenfluss des mächtigen Yukon, wurde bald in Bonanza Creek umbenannt (engl. *bonanza*, „Goldquelle"), und in den darauffolgenden drei Jahren zogen Tausende Menschen in die Region, aufgescheucht durch fantastisch klingende Zeitungsberichte von Gold. *Gold! Gold! Gold!*

Die meisten, die auszogen, um reich zu werden, vollendeten ihre Reise nie. Die überwältigende Mehrheit kehrte ohne einen Penny zurück. Aber die Zahl derer, die Erfolg hatten, reichte aus, um immer neue Pilgerwellen zu befeuern. Goldgräberstädte wie Dawson City schossen aus dem Boden, um die Bedürfnisse der vielen Träumer zu erfüllen. So schnell, wie der Goldrausch begonnen hatte, endete er wieder; doch da hatte das kurze, wilde Lodern der Begeisterung für Ruhm und Erfolg in der Kulturlandschaft bereits Spuren hinterlassen.

Einer der Goldgräber war der spätere Schriftsteller Jack London; er machte Dawson City und den Yukon zum zentralen Schauplatz von Romanklassikern wie *Wolfsblut* (auch: *Weißzahn, der Wolfshund*) und *Ruf der Wildnis*. Jules Verne thematisiert die Absurdität des Goldrauschs in *Der Goldvulkan*, wo die Helden nach der Entdeckung eines Gold spuckenden Vulkans zunächst ärmer sind als zu Beginn ihrer Reise. Die Mischung aus Torheit und Glück verkörperte Charlie Chaplin schon früh in Stummfilmen und war so Wegbereiter für die spätere Umsetzung des Themas in Kunst und Kultur. Die irische TV-Serie *An Klondike* etwa erzählt vom Leben dreier Brüder in der fiktiven Goldgräberstadt Dominion Creek, während der vegetarische Vampir *Graf Duckula* die ausgestorbene „Goldsucherstadt" Gold(s)ville besucht.

Zumindest einem hoffnungsvollen Goldgräber war Erfolg beschieden, einem jungen Schotten, Einwanderer aus bescheidenen Verhältnissen: Er wurde reich, als er im bitterkalten Winter 1897 im fiktiven White Agony Creek das Straußenei-Nugget entdeckte. Wie bei Graf Duckula sprechen wir auch hier von einer Ente mit menschlichen Zügen: von keinem Geringeren als Dagobert Duck!

A
B
C
4
3
2
1
Algonquin Bay
Ramville
Wasaychigan Hill Indian Reserve
Turtle Island Bay
Indian River
Port Asbestos
Possum Lake
Port Ainslie
Lake Ossawippi
Schitt's Creek
Mariposa
Jubilee
Hanratty
Lake Wissanotti
Walley
Milborough
Port Dundas
Letterkenny
Dominion
Bailey Downs
Spuk-Insel
Crow Lake
Port Ticonderoga
Grantham
Petroville
250 kilometres
250 miles
SÜD-ONTARIO
Insel der Königin
Santas Werkstatt
Glacia
Magnetberg
Berg Qaf
Mount-Hatteras
Tunnel nach Atvatabar
Tor zur gleißenden Welt
Asrgard
Insel der Nichtsnutz-Toys
König Moonracers Schloss
Kap Washington
Neu-Amerika
Mount-Bell
Victoria-Bay
Johnson-Insel
Berg Yaanek
Fort Providence
Festung der Einsamkeit
Porpoise
Forward
New Venice
Van-Tierens-Land
nördlicher Polarkreis
Burg von Karles
Mackenzie Bay (Air-Force-Stützpunkt)
Gold-vulkan
Fort Frazzle
Dominion Creek
White Agony Creek
Gold(s)ville
Flambeau
Geh-ja-weg-Mine
Fort McGurry
Mounty County
Alpha-Flight-Basislager
Shivermetimbers
Upvernukluk
Frostbottom Falls
Lynx River
Fort Simmer
Snackitoba
Area 2
Qanada
Distrikt 7
Flanflasnic
Brobdingnag
Lorbrulgrud
Immergrüner Wald
Ducky Mountains
Laughlin City
Logan
Howlett Anwesen
Washington Lodge
Waffe-X-Militärbasis
Alkali Lake
Roanoke
Blackwood Mountain
Woodpine Park
Oakwood
Green Lake
Port Annie
Trafalgar
Verlassene Stadt
Waterville
Turtalia
Freehold
Coal Valley
Melonville
Medicine River
Mooseho of
Blossom
East, South & West Gackle
Eagle Hat
Hudson
Kootney Landing
Little Big Bear
Blackmore
Sam Dent
Terminal City
Tamarind Island
Crocus
Juliet
Wullerton
Dog River
Fort Royal
Partreau
Milorie
Mercy
Cracked Axle
Mouse Bluffs
MASSSTAB
500 kilometres
500 miles

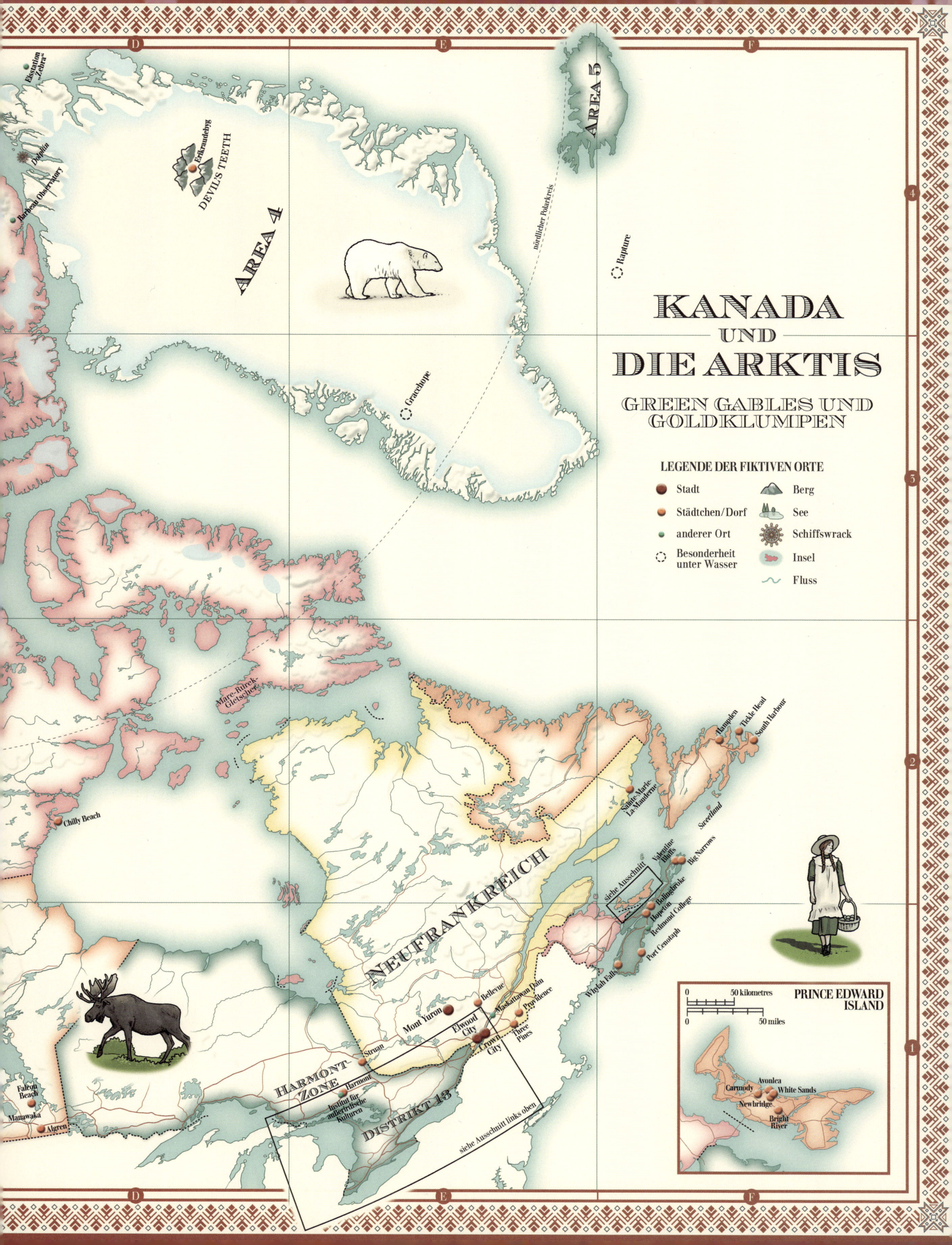

KANADA
UND
DIE ARKTIS
GREEN GABLES UND GOLDKLUMPEN
LEGENDE DER FIKTIVEN ORTE
Stadt
Städtchen/Dorf
anderer Ort
Besonderheit unter Wasser
Berg
See
Schiffswrack
Insel
Fluss
AREA 4
AREA 5
Eisstation „Zebra"
Dolphin
Barbeau Observatory
Erkraudebyg
DEVIL'S TEETH
nördlicher Polarkreis
Rapture
Gracehope
Mare-Rurek-Gletscher
Chilly Beach
NEUFRANKREICH
Hampden
Tickle Head
South Harbour
Sainte-Marie-La-Mauderne
Sweetland
siehe Ausschnitt
Valentine Bluffs
Big Narrows
Bolingbroke
Hopeton
Redmond College
Port Cenotaph
Whylah Falls
Bellevue
Maskattawan Dam
Providence
Mont Yuron
Elwood City
Crown City
Three Pines
Struan
HARMONT-ZONE
Harmont
Institut für außerirdische Kulturen
DISTRIKT 13
siehe Ausschnitt links oben
Falcon Beach
Manawaka
Algren
PRINCE EDWARD ISLAND
50 kilometres
50 miles
Avonlea
Carmody
White Sands
Newbridge
Bright River

KANADA UND DIE ARKTIS

WICHTIGE SCHAUPLÄTZE

Eine vollständige Liste der Schauplätze finden Sie im Ortsregister auf Seite 130–150.

AREA 2 *Code Geass*
NORDEN NORDAMERIKAS | ANIME
Kolonialgebiet des Heiligen Britannischen Reichs, das Kanada entspricht. Es entstand in einer alternativen Welt, in der die Amerikanische Revolution gescheitert und Napoleon in Großbritannien einmarschiert war. Daraufhin flohen die überlebenden Adligen Britanniens, um in ihren nordamerikanischen Kolonien ein neues Reich zu gründen. Britannien selbst – Area 1 – umfasst in der echten Welt die USA. Als Area 2 wäre Kanada also die erste Nation, die von Britannien in ihrem Streben nach der Weltherrschaft besetzt und unterworfen wurde. **LK S. 26–27, C1**

AVONLEA
Anne auf Green Gables
VON LUCY MAUD MONTGOMERY | PRINCE EDWARD ISLAND | ROMAN
Der Hauptschauplatz des Romans basiert auf Cavendish, Prince Edward Island. Kurioserweise ist der Bauernhof Green Gables nicht fiktiv, und Montgomery verwendet seinen echten Namen. **LK S. 26–27, F1**

BAILEY DOWNS
Ginger Snaps-**FILME UND** *Orphan Black* **ONTARIO | FILME/TV**
An den *Ginger-Snaps*-Filmen und der Serie *Orphan Black* sind zum Teil die gleichen Schauspieler beteiligt. Es gibt keine direkten Bezüge, aber beide spielen in der gleichen Stadt, Bailey Downs – einem fiktiven Vorort in Ontario; vielleicht von Toronto, wo gefilmt wurde. **LK S. 26–27, A4**

BOLINGBROKE
Anne auf Green Gables
VON LUCY MAUD MONTGOMERY | NOVA SCOTIA | ROMAN
Annes Geburtsort, der auf New London (PEI) basiert, aber in Nova Scotia angesiedelt ist. Die genaue Lage wird nie erwähnt – wir verorten ihn in der Nähe von Prince Edward Island. **LK S. 26–27, F1/F2**

BROBDINGNAG
Gullivers Reisen **VON JONATHAN SWIFT | PAZIFIK | ROMAN**
Land der Riesen, das Gulliver nach Liliput besucht. Auch diese Reise beschreibt Swift im Detail und liefert sogar eine Karte mit, doch weder das eine noch das andere ist geografisch überzeugend (vermutlich nahm Swift damit die geschönten Reiseerzählungen seiner Zeit auf die Schippe). Was wir aber wissen: Brobdingnag ist eine große Landmasse vor der Nordwestküste Nordamerikas. Swifts Karte zufolge muss es in einiger Entfernung nördlich von Oregon liegen (Cape Blanco ist beschriftet), aber nicht so weit wie Alaska. Auch der Maßstab ist vertrackt: Gulliver beschreibt ein Land in der Größe eines Kontinents, 6000 Meilen (9700 km) lang, doch was man auf der Karte sieht, ist um ein Vielfaches kleiner. Wir entschieden uns für die goldene Mitte und suchten einen ähnlichen Umriss wie auf der Karte. Im Osten ist das Land begrenzt von einer vulkanischen Halbinsel – das erklärt auch, warum sich die Kanadier nie zu ihren riesigen Nachbarn verirrt haben (und umgekehrt). Wir haben Brobdingnag auf Moresby Island angesiedelt, dort ist es wirklich vom Rest der Welt abgeschnitten. **LK S. 26–27, A1**

BURG VON KARIES
South Park **YUKON | TV**
Aus der Folge „Pudding Royal". Die Burg steht irgendwo in der Tundra Yukons. Hier residiert Karies, eine monströse Inkarnation der Zahnerkrankung. **LK S. 26–27, B2**

DISTRIKT 13
Die Tribute von Panem
VON SUZANNE COLLINS | ONTARIO/QUÉBEC | ROMANE/FILME
Offiziell war der wichtigste Industriezweig im angeblich zerstörten Distrikt 13 der Grafitabbau. Die größten Reserven dieses Rohstoffs in Nordamerika findet man im Osten Kanadas. **LK S. 26–27, E1**

DOMINION
George Sprott **VON SETH | ONTARIO | GRAPHIC NOVEL/KARTONMODELL**
Stadt in Süd-Ontario. Die genaue Lage ist unbekannt, aber Seth hat Dominion größenmäßig mit Hamilton verglichen. Er selbst lebt im nahe gelegenen Guelph. Eine Lage in der Nähe von beiden scheint plausibel. Der Autor hat in jahrelanger Arbeit die Stadt aus Kartonagen nachgebaut. **LK S. 26–27, A4**

ELWOOD CITY, CROWN CITY
Arthur **QUÉBEC | TV**
Zwillingsstädte. Hinweise in der Serie deuten gleichermaßen auf ein Setting in den USA oder in Kanada hin. Für uns war das entscheidende Argument ein Stadtplan aus der Serie, auf dem beide Städte unverkennbar wie Montreal angelegt sind. **LK S. 26–27, E1**

ERIKRAUDEBYG
La Citadelle des Glaces
VON PAUL ALPERINE | GRÖNLAND | ROMAN
Die letzte verbliebene Wikingerkolonie, verborgen hinter der Bergkette Devil's Teeth, 17 Tagesreisen von der Küste entfernt. **LK S. 26–27, D4**

FALCON BEACH
Falcon Beach **MANITOBA | TV**
Ferienort, gefilmt im echten Winnipeg Beach, Manitoba. Interessanterweise wurden von jeder Folge zwei Versionen produziert – eine für die kanadische und eine für die US-amerikanische Zielgruppe. Für Letztere wurde Falcon Beach von Manitoba nach Neuengland verlegt (siehe Karte USA). **LK S. 26–27, D1**

FESTUNG DER EINSAMKEIT
DC COMICS | NUNAVUT | DIVERSE
Supermans zweites Zuhause. Über die Lage erfährt man meist nur, dass es sich um eine entlegene Region mit Eis, Schnee und Tundra handelt. Im Film *Man of Steel* befindet sie sich jedoch auf dem realen Ellesmere Island in Nunavut. **LK S. 26–27, C4**

GEH-JA-WEG-MINE
Graf Duckula **YUKON | TV**
Vollständig heißt sie „Geh ja weg, das ist meine Mine'-Mine" und liegt laut einer skizzenhaften Karte südöstlich der fiktiven Geisterstadt Gold(s)ville, die wir an die Stelle von Dawson City gesetzt haben. **LK S. 26–27, B2**

HARMONT
Picknick am Wegesrand
VON ARKADI UND BORIS STRUGATZKI | ONTARIO | ROMAN
In dieser ikonischen sowjetischen Sci-fi-Story ist Harmont eine Bergbaustadt in einer von sechs Zonen, die auf der ganzen Welt verteilt sind, übersät mit seltsamen Artefakten und Phänomenen infolge eines Besuchs von Außerirdischen. Die exakte Lage Harmonts ist unbekannt, aber in dem Buch *Canadian Literary Landmarks* wird argumentiert, dass es von Greater Sudbury in Ontario inspiriert sein dürfte, das in einem Meteoritenkrater (dem Sudbury-Becken) entstand. Die Mineralien, die durch den Einschlag zurückblieben, bildeten die Basis für Sudburys Bergbau- und Hüttenindustrie. **LK S. 26–27, E1**

HOPETON
Anne auf Green Gables
VON LUCY MAUD MONTGOMERY | NOVA SCOTIA | ROMAN
Hier steht Annes Waisenhaus. In manchen Versionen wird der Ort „Hopetown" geschrieben; seine konkrete Lage erfährt man nie, aber vermutlich liegt er in der Nähe von Annes (ebenfalls fiktivem) Geburtsort Bolingbroke. **LK S. 26–27, F1**

HOWLETT-ANWESEN
MARVEL COMICS | ALBERTA | COMICS/FILME
Im Film *X-Men* aus dem Jahr 2000 begegnen wir erstmals Hugh Jackman in der Rolle als Logan (alias Wolverine) während eines Käfigkampfs in der fiktiven Stadt Laughlin City, Alberta (auch auf der Karte). In späteren Filmen wird enthüllt, dass sein Geburtsort der herrschaftliche Familienwohnsitz war, das bergige Howlett-Anwesen. Hier entdeckte er als Kind seine verborgenen Knochenklauen und seinen regenerativen Heilfaktor. Unweit am Alkali Lake steht die Militärbasis des Regierungsprojekts „Waffe X" (wo Logan zu Wolverine wird). **LK S. 26–27, C1**

DER IMMERGRÜNE WALD
Die Raccoons
BRITISH COLUMBIA/ALBERTA | TV
Hauptschauplatz der Zeichentrickserie, eine idyllische Waldgemeinde mit erhabenen Bergen und klaren Seen. Ursprünglich eher ein vages Fantasieland, doch später als alternative Erde mit anthropomorphen Tieren dargestellt, die leben und arbeiten wie Menschen. Die Berge und die immergrünen Bäume weisen auf eine Lage in den Provinzen British Columbia oder Alberta hin, vermutlich im Norden. Für eine Lage noch weiter nördlich in Yukon ist das Klima zu mild. **LK S. 26–27, B1/B2**

MAGNETBERG
TRADITION | ARKTIS | DIVERSE
Phantominsel am magnetischen Nordpol, die vermeintlich aus schwarzen Felsen bestand und 53 km breit war. Im 16. und 17. Jahrhundert war sie auf regulären Karten eingezeichnet und kommt seitdem immer wieder in der populären Kunst und Kultur vor. So war sie etwa die Inspiration für Jules Vernes Insel der Königin (ebenfalls auf der Karte). **LK S. 26–27, C4**

MOUNTY COUNTY
Droopy: Jagdsaison **YUKON | TV**
Am logischsten ist es, diese County in der Region um Dawson anzusiedeln: Dort waren zu der Zeit, in der die Geschichte spielt, die „Mounties" (die kanadische berittene Polizei) aus Yukon stationiert. Übrigens ist Yukon in Wirklichkeit nicht in Countys unterteilt. **LK S. 26–27, B2**

PORT TICONDEROGA
Der blinde Mörder
VON MARGARET ATWOOD | ONTARIO | ROMAN
Die Verschmelzung mehrerer Städte Ontarios, darunter Stratford, St Mary's, Elora und Paris. Wir haben die Stadt in die Nähe von Paris gesetzt, da sie einen Hafen hat. **LK S. 26–27, A4**

RAPTURE
BioShock **NORDATLANTIK | VIDEOSPIEL**
Unterseestadt und libertäres Unternehmerparadies, das zu einem dystopischen Albtraum geworden ist. Der Zugang erfolgt über einen Leuchtturm im Meer. Position: 63° 2′ N, 29° 55′ W, etwa auf halbem Weg zwischen Grönland und Island. **LK S. 26–27, F4**

SANTAS WERKSTATT
TRADITION | NORDPOL | DIVERSE
Santa Claus lebt angeblich entweder am Nordpol oder in Lappland. Der Nordpol spielt in Filmen als Wohnort des Weihnachtsmanns wohl etwas häufiger eine Rolle, zum Beispiel in *Der Polarexpress*, *Santa Claus*, *Der Schneemann* und *Buddy – Der Weihnachtself.* **LK S. 26–27, C4**

SCHITT'S CREEK
Schitt's Creek **KANADA | TV**
Ein Städtchen auf dem Land. Die Lage ist gewollt vage gehalten, vermutlich in Kanada. Gefilmt wurde in der Region um die Ontario-Halbinsel und im Großraum Toronto. In einer Folge wird Highway 10 erwähnt. **LK S. 26–27, A4**

TOR ZUR GLEISSENDEN WELT
Die gleißende Welt
VON MARGARET CAVENDISH | NORDPOL | ROMAN
In dem Roman aus dem 17. Jahrhundert gelangt eine junge Frau über dieses Tor am Nordpol in ein fantastisches unterirdisches Reich. Ein sehr frühes Beispiel für Science-Fiction, geschrieben von einer Frau in einer Zeit, als dies noch sehr selten war. **LK S. 26–27, C4**

UPYERMUKLUK
Yvon vom Yukon **YUKON | TV**
„Die heißeste kalte Stadt in der Arktis", das fiktive Upyermukluk, ist die Heimat des Titelhelden Yvon, eines glücklosen französischen Entdeckers, der versehentlich 300 Jahre lang in einem Eisberg eingefroren war. Die Stadt liegt auf halbem Weg zwischen zwei anderen Gemeinden, Shivermetimbers und Frostbottom Falls (beide ebenfalls auf der Karte). In der zweiten Folge, in der die Bewohner entsetzt erfahren, dass ihre Gemeinde auf kanadischen Landkarten gar nicht eingezeichnet ist, wird eine Lage in der Umgebung von Whitehorse nahegelegt. **LK S. 26–27, B2**

MITTEL-AMERIKA MIT MEXIKO

DIE ALTE NEUE WELT

Die Geschichte der USA ist in den Medien sehr dominant; da vergisst man leicht, dass nicht die Pilgerväter aus Massachusetts als erste Europäer in Amerika siedelten, sondern die *Conquistadores* und Missionare des Spanischen Kolonialreichs. Sie kamen, um den Einheimischen das Christentum zu predigen und sich an ihnen zu bereichern. Die schnellen Erfolge der Spanier führten zu einem Boomklima für Expeditionen und Ausbeutung durch die Franzosen, Niederländer, Portugiesen und Briten – also die Nationen, deren Nachfahren heute in Nord- und Südamerika die Mehrheit der Bevölkerung stellen.

Die Spanier hinterließen natürlich eigene Spuren, sie prägten die Region durch ihre Gene, ihre Sprache, ihren Glauben und ihre Kultur. Mexiko, Zentralamerika und die Karibik, wo europäische und amerikanische Einflüsse verschmolzen sind, sprühen vor Leben. Wo sonst feiert man Feste wie den Tag der Toten *(Día de Muertos)*, an dem sich römisch-katholische Traditionen mit präkolumbianischen mischen? Da überrascht es nicht, dass die Geschichten und Legenden, die mit dieser Region verbunden sind, den dynamischen Mix der Kulturen widerspiegeln. Wenn wir uns für nur einen Eintrag entscheiden müssten, der dies veranschaulicht, wäre das Robert Rodriguez' Film *From Dusk Till Dawn*: Er beginnt relativ konventionell mit Raubüberfall und Geiselnahme, mutiert dann zu einem Horror-Vampirfilm und endet mit einer überraschendenden Wendung, die auf die Zeit der Azteken anspielt. Schauen Sie mal – etwas südlich der Grenze – im Titty Twister vorbei.

Die Karibik bietet einen verwegeneren Ansatz, was den reichen Mix der Kulturen betrifft. Hier lebt man schließlich im Meer – einem fiktionalen Hotspot für Schiffswracks, versunkene Schätze, verschollene Schiffbrüchige und komische Piraten. Wir haben den bekannten Inseln der Karibik mehr als 100 weitere hinzugefügt, außerdem sogar eine kleine Kopie des Bermudadreiecks – einen von vielen Einträgen aus *Fluch der Karibik*.

Insgesamt enthält diese vielfältigste unserer Karten Banditen, Azteken, Drogenkartelle, Raumkapseln, Dinosaurier, Abenteurer, schiffbrüchige Helden und Piraten – viele, viele, viele Piraten.

EINE INSEL, DIE NIEMAND FINDET

Während der spanischen Eroberungen im 16. Jahrhundert packten die Azteken 882 identische Goldstücke in eine steinerne Truhe und übergaben sie dem Eroberer Hernán Cortés, damit er das Morden beendete. Doch das Gold verstärkte nur Cortés' Gier, und so fiel ein schrecklicher Fluch auf den Schatz. Kaum hatte das Schiff mit der goldenen Fracht den Hafen Richtung Spanien verlassen, nahm das Verhängnis seinen Lauf: Bereits am ersten Tag zerschellte das Schiff vor einer unbekannten Insel. Über die Jahrhunderte fraß sich der Fluch in das Gestein und machte es zu einem düsteren und trostlosen Ort, einer Insel des Todes – der gefürchteten Isla de Muerta.

Das ist die Hintergrundgeschichte aus dem erfolgreichen Piratenabenteuer *Fluch der Karibik* – und wie könnten wir die Chance verstreichen lassen, die Isla de Muerta zu kartieren? Natürlich besteht das Problem, dass die Insel selbst nicht auffindbar ist, außer Sie haben Glück und besitzen einen magischen Kompass. Wir können uns aber von den Hinweisen im Film leiten lassen.

Wo auch immer die Isla de Muerta genau liegt, sie gehört jedenfalls in die Karibik (schließlich kommt diese im Titel vor) und viele Orte in der Umgebung existieren wirklich: Um die Verfolgung seines Piratenschiffs *Black Pearl* aufzunehmen, legt Kapitän Jack Sparrow mit dem jungen Schmied Will Turner am historischen Port Royal, Jamaika, ab und nimmt in Tortuga vor der Nordküste Haitis noch eine Besatzung auf. Dann segeln sie gen Osten – demzufolge läge die Isla de Muerta am nördlichen Ende der Kleinen Antillen. Und dort haben wir den furchterregenden Heimathafen der *Black Pearl* auch verortet. Zufällig befindet er sich dadurch in der Nachbarschaft einer anderen gefährlichen Pirateninsel: der Schatzinsel.

DIE ABENTEUER-INSELN

Robert Louis Stevenson hat die popkulturelle Vision eines Goldenen Zeitalters der Seefahrt vielleicht nicht erfunden, aber er hat die Basis geschaffen. Mit seinem Klassiker *Die Schatzinsel* hinterließ er der Nachwelt ein romantisches Paradigma, das am besten von Long John Silver verkörpert wird, dem verschlagenen Schiffskoch mit Holzbein und Papagei.

Auch wenn es nirgendwo klar ausgesprochen wird: Die Schatzinsel gilt allgemein als Karibikinsel – was die Region für immer und ewig mit Freibeutern und versunkenen Schätzen in Verbindung bringt. Natürlich haben diese Geschichten aber einen wahren Kern: Mittelamerika war einst „Spanish Main", und über diese Gewässer brachten ganze Flotten spanischer Schiffe (die sogenannten Silberflotten) geplünderte Reichtümer nach Europa – eine Verlockung für jeden Piraten, der etwas auf sich hielt.

Daher sind auf dieser Landkarte mehr Schiffswracks, Seeräubernester und einsame Inseln verzeichnet als irgendwo sonst im Atlas. Überall findet man Beutegut – ob es auf Monkey Island in Höhlen versteckt oder in den Offshore-Konten auf den Payment Islands eingezahlt ist. Irgendwo in dieser Gegend liegt natürlich auch die oben beschriebene gefürchtete Isla de Muerta.

Doch auch abgesehen von den Heldentaten von Figuren wie Robinson Crusoe – der ziemlich sicher in der Nähe von Tobago strandete –, Horatio Pugwash, Guybrush Threepwood und Jack Sparrow (Verzeihung, natürlich *Kapitän* Jack Sparrow) wird auf den ersten Blick deutlich, dass dieser Winkel der Welt bis heute von Schriftstellern und Abenteurern kolonialisiert wird. Hier finden wir unzählige Urlaubsdomizile, eingereiht zwischen den Inselverstecken von Schurken wie Cobra Commander und Black Hat, die auch in ferner Zukunft noch ihre teuflischen Pläne schmieden werden.

Und im Westen von Costa Rica entdecken wir die Isla Nublar, außerdem ganz in der Nähe eine Inselgruppe, die als Las Cinco Muertes – „die fünf Tode" – bekannt ist; ein passender Name, befinden sich doch hier die untergegangenen Welten aus *Jurassic Park*, wo noch einmal Dinosaurier, aus DNA wiedererschaffen, über die Erde regieren!

WO UM ALLES IN DER WELT LIEGT SAN ESCOBAR?

In diesem Atlas begegnen wir fiktiven Nationen verschiedenster Provenienz, doch kaum eine ist seltsamer und amüsanter als das mittelamerikanische San Escobar – ein Land, das als Scherz begann und sich dann als Meme im Internet verbreitete.

2017 nannte Polens Außenminister San Escobar als eines von mehreren Ländern, zu denen Polen diplomatische Beziehungen aufnehmen wolle. Das Problem: Die stolze Nation San Escobar existiert gar nicht! In Wirklichkeit handelte es sich einfach um einen Versprecher, aber wo wäre der Spaß, wenn wir dies als Entschuldigung akzeptieren würden? Ganz klar: Polen hatte Gesandte in ein Land geschickt, das im Rest der Welt gänzlich unbekannt ist.

Die Natur hasst den luftleeren Raum, ebenso wie das Internet. Blogger und Scherzbolde begannen, die geografische Lage und die Geschichte San Escobars zu dokumentieren: Es handelt sich augenscheinlich um eine Nation, die reich ist an Schönheit, Kultur und Humor. Man findet dort großartige Metropolen wie Al Pacino, Gargamele und Guacamole, außerdem Flüsse mit wunderbaren Namen wie Mojito, Tequila und Piña Colada. All das klingt nach der perfekten Destination, um dort an einem milden Sommertag nach dem Schwimmen einen Cocktail zu genießen.

A
B
C
4
3
2
1
Pendragon
Los Robles
San Simon
Santa Teresa
EL ESTADO DORADO
El Lugar Vacío
Tomatán
DISTRIKT 10
San Luis River
Atabalpa
DIE INSEL CALIFORNIA
Escalera
Mesa de la Luna
Mesa del Sol
Santa Rosa
Albores
Chuparosa
Pencas Mudas
Placedes
NUEVO PARAÍSO
San Miguel
Carrizales
Carrizalejo
Las Rémoras
Salimiento
MEXITLÁN
CAPILA
Río Gordo
AQUA MEXICO
San Chema
Remadrín
Cobra Island
Brinquillo
EL GOLFO NOSTRUM
AREA 3
San Juan Romero
San Francisco el Alto
Dorado
Castillo
Sierra Vieja
Titty Twister (La Tetilla del Diablo)
Mina Escondida
Pueblo Nuevo
Paracuán
Arepa
Obeah
Isla de Tiburon
San Pedro de las Peñas
Ciudad Trinidad
Comala
San Gaspar
Ciudad Santiago
San Pedro del Oro
Nuevo Toledo
Santa Lucía
Ciudad Polaca
San Gaspar
Angagua
Santa Cecilia
Los Reyes
Isla Dorada
San Rafael
Playa Escondida
Porto de las Señoritas
El Gran Centro-Capital
San Angel
ALDAMA
Senderos
Agua Azul
Quauhnáhuac
Isla Pixol
San Lázaro
Apaco
San Cristóbal Tlaxico
Río Tequila
La Matosa
Vilena
Zacatillo
Río Mojito
Santo Súbito
Beyhualé
Gargamele
Dos Ríos
Guacamole
Al Pacino
Santo Domestos
Puerto Grande
MEX-CITY
Río Piña Colada
SANTO RICO
Wallaceville
Audiovideo
SAN ESCOBAR
Nemesis (Wrack)
Nimmerland
LAND OF THE STINKAS
TERRA VERDE
Puerto Clara
COSTA VERDE
Quetzalacatenango
COSTA PERDITA
Hotta-Watta-Bottle
Jeronimo
Isla de Mara
Buenaventura
SAN LORENZO
BOCA GRANDE
CORONADO
TECAN
Isla Morazan
Siruppus-Park
Isla Nublar
LAS CINCO MUERTES
LEGENDE DER FIKTIVEN ORTE
Stadt
Städtchen/Dorf
anderer Ort
Weltraumlift
Steinkreis
Berg
Schiffswrack
Insel
Fluss
unkartierbar
MASSSTAB
0
100
200
300
400
500 kilometres
0
100
200
300
400
500 miles

MITTELAMERIKA
MIT
MEXIKO
DIE ALTE NEUE WELT

MITTEL-AMERIKA MIT MEXIKO

WICHTIGE SCHAUPLÄTZE

Eine vollständige Liste der Schauplätze finden Sie im Ortsregister auf Seite 130–150.

AREPA *Maten al león*
VON JORGE IBARGÜENGOITIA | MEXIKO | ROMAN
Eine Insel im Golf von Mexiko, zu deren Städten Puerto Alegre gehört. Sie bildet einen perfekten Kreis, mit einem Durchmesser von 35 km. **LK S. 32–33, C3**

ARWACAS *Ein Haus für Mr. Biswas*
VON V.S. NAIPAUL | TRINIDAD | ROMAN
Fiktionalisierung der Stadt Chaguanas. Naipaul benutzt einen kuriosen Mix aus echten und fiktiven Ortsnamen, für die wir zu wenig Platz haben. Tunapuna etwa heißt im Buch Pagotes. **LK S. 32–33, F1/F2**

BARCLAY-INSELN *McCreadys Doppelspiel* VON
FREDERICK FORSYTH | KARIBIK | ROMAN
Archipel aus acht Inseln, britisches Gebiet mit Vorbehalten gegen Kuba. Laut Forsyth sind die Barclay-Inseln „am westlichen Ende der Great Bahama Bank gelegen, westlich der Bahamas-Insel Andros, nordöstlich von Kuba und daher südlich der Florida Keys“. **LK S. 32–33, D3**

BLOOD ISLAND *Monkey Island*-REIHE/ *Die Piraten! – Ein Haufen merkwürdiger Typen*
KARIBIK | VIDEOSPIELE/FILM
Blood Island, Teil des Dreiinselreichs, kommt auch im Aardman-Animationsfilm *Die Piraten!* vor (wo die Insel 1824 im Wettbewerb „Karibik in voller Blüte“ *(Caribbean in Bloom)* gewonnen hat und Partnerstadt von Weston-Super-Mare ist). Wir haben die beiden zusammengefasst. In *Monkey Island* liegt westlich davon das kleine Skull Island. **LK S. 32–33, E3**

BONGBAUM-INSEL *Die Geschichte vom kleinen Schweinchen Robinson*
VON BEATRIX POTTER | KARIBIK | KURZGESCHICHTE
Die Insel, auf der Schweinchen Robinson am Ende landet. Das ist ein etwas vager Eintrag, denn ihre Lage wird nie verraten; man erfährt allerdings, dass dort Bongbäume wachsen. Die Insel soll fast genauso gewesen sein wie Crusoes Insel (außer deren Schattenseiten), daher haben wir sie in die Nähe gesetzt. Der eigentliche Grund, warum wir sie aufgenommen haben: Sie verbindet mehrere Universen miteinander: Laut Beatrix Potter haben auch Eulerich und Miezekatz aus der Feder Edward Lears die Bongbaum-Insel besucht. Und Lears Eulerich, das verriet A.A. Milne, war verwandt mit der Eule „Oile“ aus *Pu der Bär*. Dies wiederum bedeutet, dass Winnie Pu und Peter Hase (ein Freund von Schweinchen Robinson) dieselbe fiktionale Welt bewohnen! Ihr habt das hier zuerst erfahren ... **LK S. 32–33, F2**

CAPE OF GOOD HAM *Die Piraten! – Ein Haufen merkwürdiger Typen*
KARIBIK | FILM
Viele Orte aus *Die Piraten!* sind lediglich im Film auf Karten zu sehen, spielen aber für die Geschichte keine Rolle. Wir haben sie nur im Atlas aufgenommen, weil wir sie witzig fanden. **LK S. 32–33, F2**

COBRA ISLAND *G. I. Joe* GOLF VON MEXIKO | DIVERSE
Insel irgendwo im Golf von Mexiko. Sie entstand, nachdem Bomben auf eine Verwerfungslinie eine Aufschiebung von Landmasse verursachten. Im Golf von Mexiko existiert keine größere Verwerfung; wir haben die Insel in einem seichteren Bereich platziert. **LK S. 32–33, B3/C3**

COSTA PERDITA
MARVEL COMICS /*Air America*
SÜDWESTEN MITTELAMERIKAS | COMICS/ SEPARATE TV-SERIE
Kleine Nation an der Pazifikküste. In der TV-Serie *Air America* kam das mittelamerikanische Land Costa Perdida vor; wir haben die beiden kombiniert. Die Marvel-Nation beherbergt die Zitadelle der Wissenschaft der Geheimorganisation, die als Enklave bekannt ist. **LK S. 32–33, C2**

CRAB ISLAND *Peter Duck (Swallows and Amazons*-REIHE*)* VON ARTHUR
RANSOME | KARIBIK | ROMANE
Der alte Seefahrer Peter Duck erzählt den Kindern von seiner Reise auf Crab Island, wo er Zeuge wurde, als man eine Schatztruhe vergraben hat. Die Insel liegt in der Nähe Trinidads. Eine fiktive Insel des gleichen Namens kommt in einem Comic der Reihe *Die Biber-Patrouille* vor. **LK S. 32–33, F2 LK S. 32–33, F2**

DISTRIKT 10 *Die Tribute von Panem* VON
SUZANNE COLLINS | MEXIKO | BÜCHER/FILME
Die meisten Distrikte Panems liegen in den früheren USA, doch Distrikt 10 umfasst Mexiko und Texas. **LK S. 32–33, A4/B4**

DIE INSEL CALIFORNIA

Las Sergas de Esplandián
VON GARCI RODRÍGUEZ DE MONTALVO | MEXIKO | ROMAN
Vom 16. bis ins 18. Jahrhundert war Baja California auf europäischen Karten oft als Insel namens California eingezeichnet – trotz vieler Belege, dass es sich nicht um eine Insel handelte. Der Irrtum wie der Name basieren auf diesem Ritterroman von 1510. Als die Halbinsel 1535 entdeckt wurde, nannte man sie California und gab ihr den erfundenen Status als Insel – zu Ehren des Romans. **LK S. 32–33, A3**

ISLA NUBLAR

Jurassic Park **VON MICHAEL CRICHTON | COSTA RICA | DIVERSE**
Der Hauptschauplatz von *Jurassic Park* und *Jurassic World* befindet sich laut Buch und Filmen knapp 200 km vor der Westküste Costa Ricas. **LK S. 32–33, C1**

JÜNGSTES GERICHT

Die drei Sonnen
VON LIU CIXIN | PANAMA | ROMAN
Umgebauter Öltanker, der bei der Durchfahrt des Panamakanals mithilfe von straff gespannten Nanomaterialfäden in Scheiben geschnitten wurde. Zufällig forschte man gleichzeitig am Nanomaterial zur Herstellung eines Weltraumlifts – von dem sich ein Exemplar aus einer anderen Quelle ganz in der Nähe befindet: der Jeru/Zalem-Orbitallift (D1). **LK S. 32–33, D1**

LAS CINCO MUERTES (DIE FÜNF TODE)

Vergessene Welt **VON MICHAEL CRICHTON | COSTA RICA | DIVERSE**
Fünf Inseln: Isla Pena, Isla Tacaño, Isla Sorna, Isla Muerta, Isla Matanceros. Im Roman als Inselkette beschrieben, die etwa 16 km vor der Bucht von Puerto Cortés liegt. Nie auf einer Karte abgebildet. Die Filme verlegen die Inseln über 320 km von der Küste weg (In *Jurassic Park 3* heißt es, Isla Sorna liege 207 Meilen [333 km] westlich von Costa Rica), und so bilden wir sie auf der Karte ab. **LK S. 32–33, C1**

MAGUADORA

Die Bombe fliegt **KARIBIK | FILM**
Auch wenn Maguadora recht offen eine Persiflage von Argentinien unter Galtieri darstellt, ist es explizit ein Inselstaat in der Karibik, dessen Form auf der Landesflagge zu erkennen ist. Dieser Zwergstaat nimmt die benachbarte, ebenfalls fiktive, britische Kronkolonie Santa Maya in Besitz. Daher scheint plausibel, dass Santa Maya in der Nähe der echten Britischen Überseegebiete liegt und Maguadora nicht weit davon entfernt ist. **LK S. 32–33, F3**

MONKEY ISLAND

Monkey Island-**REIHE | KARIBIK | VIDEOSPIELE**
Östlichste Insel des Dreiinselreichs, nach der die Spielereihe benannt ist. Ihre Lage ist nicht genau bekannt. Wir haben sie bei den Britischen Überseegebieten angesiedelt, weil das zum Wesen der Spiele passt. Das winzige Dinky Island (nicht abgebildet) liegt nordöstlich davon, LeChucks Festung ist auch in der Nähe. **LK S. 32–33, E3**

NIMMERLAND

Peter Pan **VON J.M. BARRIE | BELIZE | ROMANE/FILME**
Barries Zauberreich wird nirgends geografisch bestimmt. Der YouTube-Kanal „The Film Theorists“ präsentiert aber eine überzeugende Argumentationskette, nach der das Land der ewigen Jugend auf dem Turneffe-Atoll in Belize liegt. **LK S. 32–33, C2**

NUEVO PARAÍSO

Red Dead Redemption-**REIHE | MEXIKO | VIDEOSPIELE**
Mexikanischer Bundesstaat südlich des Äquivalents von Texas. Karten im Game-Universum geben eine gute Vorstellung davon, wo die Städte und Dörfer liegen; einige haben wir kartiert. **LK S. 32–33, B3**

ROBINSON CRUSOES INSEL

Robinson Crusoe
VON DANIEL DEFOE | KARIBIK | ROMAN
Der berühmteste Schiffbruch der Literatur geschah nordwestlich des Orinoco etwa auf 9° 22″ nördlicher Breite. Ein naheliegender Kandidat wäre Tobago, das oft Anspruch darauf erhebt. Im Pazifik existiert tatsächlich eine Insel namens Robinson Crusoe: die, auf der Alexander Selkirk strandete, das Vorbild für Crusoe. Allerdings spielt der Roman ausdrücklich in der Karibik. Die Insel ist auch Schauplatz von J.M. Coetzees Roman *Mr. Cruso, Mrs. Barton und Mr. Foe*. **LK S. 32–33, F2**

SAN ANGEL

Manolo und das Buch des Lebens **MEXIKO | FILM**
Diese Stadt an einem See ist Mexico City nachempfunden, wie eine Karte gegen Ende des Films zeigt. **LK S. 32–33, B2**

SAN LORENZO

Hey Arnold!
SÜDEN MITTELAMERIKAS | TV
Land zwischen Guatemala und Belize. Große Flüsse (nicht abgebildet) sind unter anderem der Rio Clara und der Rio de Oscuridad. Der Volcán Terrible (der „schreckliche Vulkan“) liegt irgendwo Richtung Westen, ebenso wie der Regenwald-Naturpark. **LK S. 32–33, C2**

SAN MIGUEL

Für eine Handvoll Dollar
MEXIKO | FILM
Wüstenort in der Nähe des Rio Grande und der Grenze zu Texas – sehr wahrscheinlich im Bundesstaat Chihuahua oder Coahuila. Ein überraschender Hinweis kommt aus einem Prolog, der 1977 exklusiv für die Ausstrahlung im US-Fernsehen gedreht wurde: Der von Harry Dean Stanton dargestellte Gefängnisdirektor erwähnt, dass die Banden in San Miguel Waffen und Whisky an die Apachen jenseits der Grenze verkauften. Beim Rio Grande lebten zwei Apachenstämme: die Mescalero und die Lipan. Das Land der Mescalero scheint für diese Art der Gesetzlosigkeit zu nahe an El Paso zu sein; daher dürfte San Miguel in dem Teil Coahuilas liegen, der an das Gebiet der Lipan angrenzt. **LK S. 32–33, B3**

SCHATZINSEL

Die Schatzinsel
VON ROBERT LOUIS STEVENSON | BRITISCHE JUNGFERNINSELN | ROMAN
Hinsichtlich der Lage seiner berühmtesten Erfindung hielt sich Stevenson bedeckt; mit Sicherheit liegt die Insel aber in der Karibik (am Ende machen sich die Überlebenden auf nach Spanisch-Amerika). Unter einem Dutzend Mitbewerbern sticht Norman Island von den Britischen Jungferninseln hervor, das für seine Piratenschätze bekannt ist. **LK S. 32–33, F2**

SKELETON KEY

Alex Rider: Skeleton Key **VON ANTHONY HOROWITZ | KUBA | ROMAN**
Die „Insel des Schreckens“, Skeleton Key, liegt ein paar Meilen südlich von Kuba. Gute Gesellschaft für die Insel Crab Key von Dr. No – zumal Horowitz auch als Verfasser von James-Bond-Romanen bekannt ist. **LK S. 32–33, D2**

TEUFELSDREIECK

Fluch der Karibik **KARIBIK | DIVERSE**
Nicht das Bermudadreieck, aber ein Ort mit ähnlicher Macht, westlich der Inseln über dem Wind. Es ist abgegrenzt durch Landpunkte an jeder Ecke, die ein gleichseitiges Dreieck bilden. **LK S. 32–33, F2**

TITTY TWISTER

From Dusk Till Dawn
MEXIKO | FILM
Tabledance-Bar der Vampire (auch: La Tetilla del Diablo, „Nippel des Teufels“), irgendwo an der texanischen Grenze in Mexiko, mit Blick auf eine Bergkette und (Spoiler) auf dem Grund einer Pyramide der Azteken. Wir haben sie im Norden des Aztekenreichs angesiedelt, in Sichtweite der Sierra Madre. **LK S. 32–33, B3**

SÜD-AMERIKA

STÄDTE AUS GOLD UND BANANENREPUBLIKEN

In Südamerika gibt es viele unbekannte Länder zu entdecken. Wer dorthin eine Reise plant, denkt vielleicht an die silberreiche Küste von Costaguana, an Olifa mit seinem Weinanbau oder das tropische San Theodoros. Alle diese Länder klingen sehr reizvoll – und alle sind gänzlich imaginär.

Nehmen wir Costaguana. Es stammt aus Joseph Conrads Roman *Nostromo*, der so viel Lob erntete, dass F. Scott Fitzgerald einmal den Wunsch äußerte, er selbst hätte das Buch geschrieben. Costaguana, das lose auf der Geografie Kolumbiens sowie auf Conrads Erfahrungen und Reisen als Seemann basiert, verfügt über ein eigenes Leben, eine eigene Geografie und Seele, auch wenn es politisch instabil ist. Filmbegeisterten mag die Hafenstadt Sulaco bekannt vorkommen, ebenso wie Nostromo selbst: Beides sind Namen von Raumschiffen aus den *Alien*-Horrorfilmen.

Gleichzeitig ist da Olifa, Schauplatz von *The Courts of the Morning*, einem mitreißenden Abenteuer aus der Feder John Buchans, der durch den Spionageroman *Die neununddreißig Stufen* berühmt wurde. Buchan hat zur Schottlandkarte reichlich Material beigesteuert; hier nehmen wir gern sein peruanisch angehauchtes Land Olifa auf, das im Würgegriff von Spannungen und Korruption auf eine Revolution zusteuert. Der Schotte, der Südamerika nie bereiste, beschrieb Städte, Berge, Flüsse und Eisenbahnlinien äußerst detailliert. Drei Landkarten im Buch sollten sicherstellen, dass sich die Leser zurechtfanden!

Auch wenn sich die Bücher in Reichweite, Rezeption und Nachwirkung unterscheiden: Beide schildern Nationen voller Leben, die aber oft zerrissen sind oder in Auflösung begriffen. Anscheinend haben Schriftsteller weltweit für Südamerika kaum eine andere Verwendung, als ein korruptes Regime darin zu etablieren und so Spannungen zu erzeugen, in die ihre Protagonisten verwickelt werden. Als Paradebeispiel kann San Theodoros gelten: Das Land, das Hergé als Schauplatz für viele Abenteuer von *Tim und Struppi* schuf, wird von unfähigen oder korrupten Militärjuntas regiert und von mächtigen ausländischen Systemen wegen seiner Bodenschätze ausgebeutet oder in Stellvertreterkonflikten als Spielball benutzt.

Dies ist Fiktion – doch leider basiert sie auf der Realität. Die „Bananenrepublik" dient als Blaupause dafür, wie die Region häufig in der populären Unterhaltung dargestellt wird: immer von Konflikten gebeutelt, beherrscht von Westentaschendiktatoren und Drogenbaronen. Dass viele politische Probleme erst entstehen, weil sich das Ausland in dortige Innenpolitik einmischt, wird dagegen selten erwähnt.

Aber es gibt auch Ausnahmen, wie wir noch sehen werden ...

KARTIERUNG DES AMAZONAS

Der Amazonas ist der größte Fluss der Welt, was seine Wassermenge betrifft, und kaum ein anderer Wasserlauf wird ähnlich stark mit Abenteuer assoziiert wie er. In der imaginären Welt findet man hier ein Reich der verlorenen Schätze, vergessenen Städte und geheimen Völker. Schon der Name ruft Ehrfurcht und Staunen hervor – stammt er doch von mythischen Kriegerinnen der Antike (für das Land der Amazonen, siehe Karte des Nahen Ostens). Vielleicht gibt es deshalb so wenige Gegenstücke zum Amazonas. Man braucht ja keine erfundene Kopie, wenn das Original mindestens so gut ist. Letztlich haben wir aber doch Analogien gefunden – nicht zum Amazonas, aber zum Milliardär Jeff Bezos.

Bezos ist der umstrittene Gründer des gigantischen Onlineversandhändlers amazon. Von der weltweit bekannten Marke existieren in verschiedensten Genres Parodien, insbesondere in der Welt des Anime. Da Bezos sein relativ junges Unternehmen nach dem Amazonas benannte, hielten wir es für legitim, hier die Namen von Parodiemarken wie Omozan, Mamadon und Zonama verschiedenen Teilen des echten Amazonas zuzuordnen.

UTOPIE UNTER DEN SOAPS

Als Thomas Morus 1516 sein *Utopia* veröffentlichte, begründete er damit nicht nur das Genre des utopischen Romans, sondern schenkte der Welt zudem eine der ersten Fantasieregionen, die im Detail beschrieben waren. Obwohl es sich um ein Satire handelt – was wohl erklärt, warum der Titel, der im Englischen wie *Eutopia* („idealer Ort“) klingt, dennoch *Utopia* („kein Ort“, „Nirgendwo“) heißt –, gestaltete Morus das Reich mit ebenso viel Überzeugung und Nachdruck, wie Platon sein mythisches Atlantis. Doch statt es im Meer zu versenken, setzte Morus Utopia klar in einen zeitgenössischen Kontext. Sein Erzähler Raphael Hythlodeus (der Nachname bedeutet „Verbreiter von leerem Geschwätz“) war angeblich Reisegefährte des echten Amerigo Vespucci in die Neue Welt, nach dem der Kontinent „Amerika“ genannt wurde. Daher siedeln wir Utopia vor der Küste Uruguays an; es ist vielleicht der erste große fiktive Schauplatz aus Südamerika – vor dem zweiten, der ganz klar Eldorado (bzw. El Dorado) heißt!

Andere traten in Morus' Fußstapfen. Francis Bacon bewegte sich mit dem Titel seiner Vision von einer zukünftigen Gesellschaft sogar noch näher bei Platon: *Neu-Atlantis* erkundet den Inselstaat Bensalem westlich von Peru. Dann setzte der politische Reformer Thomas Spence sein eigenes idealisiertes Land (ganz bescheiden „Spensonia“ getauft) als mittlere Insel in eine Inselkette, zu der sowohl Utopia als auch Oceana gehörten – selbst eine Satire von England, mitsamt Analogien zu Schottland und Irland. Dies dürfte das erste „Cross-over-Universum“ der Geschichte sein, in dem fiktive Universen mehrerer Autoren zu einer gemeinsamen „Realität“ verschmelzen.

Keiner dieser Männer war je selbst in der Neuen Welt, doch wir dürfen annehmen, dass alle ihre eigenen Ergänzungen in der Fantasie genauestens erforschten. Seitdem haben sowohl einheimische als auch ausländische Kreative Südamerika mit allerlei neuen Schauplätzen besiedelt. Am produktivsten waren die Autoren von Soap-Operas bzw., korrekter, Telenovelas. Novelas sind besonders in Brasilien beliebt, und die Orte, wo sie spielen, haben Kultstatus; die Serien beziehen sich sogar manchmal aufeinander.

Als strahlendes Beispiel müssen wir die Novela *Agora É Que São Elas* nennen: Bei der Einführung des Orts der Handlung, Santana de Bocaiúvas, schwenkt die Kamera über eine Reihe Hinweisschilder, auf denen die Distanzen zu Orten aus anderen beliebten Telenovelas zu lesen sind: zu Greenville *(A Indomada)*, Porto dos Milagres *(Porto dos Milagres)*, São Tomás de Trás *(Meu Bem Querer)* oder Tubiacanga *(Fera Ferida)*. Sie stehen alle in der Karte, neben anderen wunderbaren Destinationen wie dem Vale do Café („Tal des Kaffees“) aus *Orgulho e Paixão* („Stolz und Leidenschaft“), einer eingängigen Story, die Jane Austens Romane nach Rio de Janeiro verlegt. Und hier schließt sich der Kreis: Das Prinzip, klassische englische Geschichten zu importieren und an die Neue Welt anzupassen, wurde von Thomas Morus mit *Utopia* begonnen.

DIE STADT AUS GOLD

Eldorado (bzw. El Dorado) ist die weitaus bekannteste fiktive Stadt Südamerikas, wenn nicht der ganzen Welt. Die sagenhafte Stadt aus Gold taucht in verschiedensten Genres auf – von Voltaires Novelle *Candide* bis zu einem Zeichentrickfilm von 2000 aus den DreamWorks-Studios.

Ursprünglich bezeichnete der Begriff „El Dorado“ (spanisch „der Vergoldete“) eine Person: den König der Muisca, eines indigenen Volks, das auf dem Gebiet des heutigen Kolumbien beheimatet war. Bei seinem Amtsantritt wurde jeder neue König im Rahmen einer Opferzeremonie zu Ehren des Sonnengotts mit Goldstaub bedeckt und ging dann im See baden. Über die Jahre wurde aus dem König eine Stadt, oder ein Königreich, mit Goldbelag – eine glänzende Verlockung für Abenteurer in einer Zeit, als der Kontinent noch kaum vermessen war.

Natürlich wurde Eldorado nie entdeckt. Heute gilt es als rein fiktiv. In Büchern und im Kino begegnet es uns dagegen unzählige Male. Wo sollen wir die Stadt verorten? Historisch gesehen müsste sie in Zentralkolumbien liegen, dem Kerngebiet der Muisca. Doch der allgemeine Konsens sieht sie weiter östlich. Auf mehreren Karten aus dem 17. Jahrhundert erschien Eldorado im Regenwald zwischen dem Amazonas- und dem Orinocobecken. Die Karte des französischen Kartografen Nicolas Sanson von 1656 verrät uns eine konkrete Lage: Ihr zufolge liegt Eldorado südlich von Trinidad, also westlich der Amazonasmündung – nahe der Stadt Boa Vista. Das entspricht in etwa einer Karte, die im Zeichentrickfilm *Der Weg nach El Dorado* vorkommt. Die verlorene Stadt ist gefunden.

SÜD-AMERIKA

STÄDTE AUS GOLD UND BANANENREPUBLIKEN

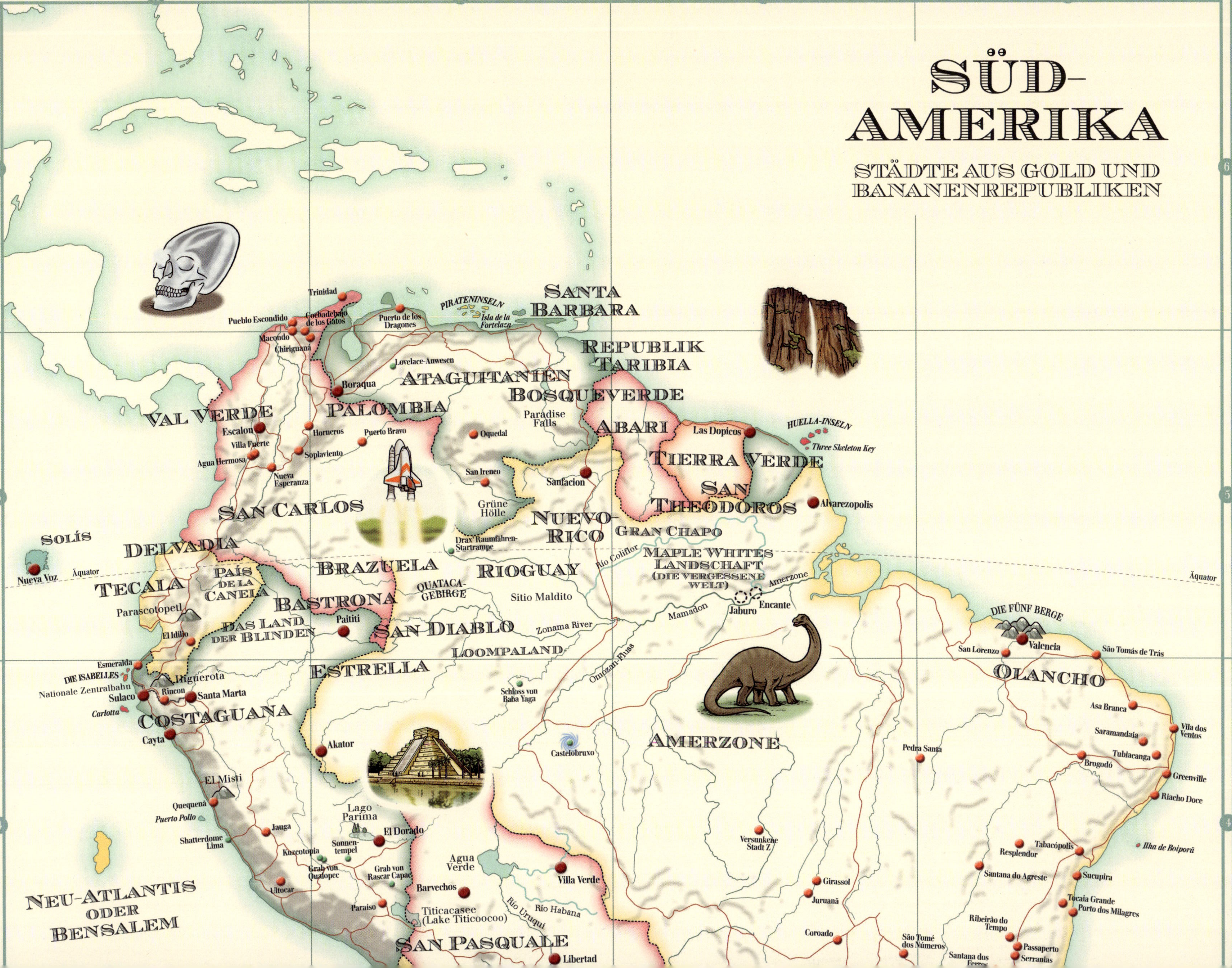

AGZCEAZIGULS
CORDILLERA
Hotel Perla de las Dunas
SIERRA DE LA PLATA
EL TANIKA
Santillana
La Ciénaga
San Cristóbal
El Edén
MEDISUELA
Chimitaxl
MANDORAS
Caleta del Sol
Marparaíso
Lago Gran Paraíso
Ciudad Azul
Sucupira
Aquelarre
MERUZA
Temenos
San Andrés
Santa Bárbara
TIERRA CALIENTE
Gran Seco City
Gran Seco Railway
Buenas Peras
Olifa City
Pelotillehue
Pacheco
LOS DOCE APÓSTOLES
OLIFA
Villa Ruiseñor
QUISTO
Stadt der Cäsaren
Lago Místico
Meridiana
Isla Paraíso
Colonia Elena
Cascade Heights
Salas
Coronel Vallejos
San Croce
Río Sangre
MONTE-NEGRO
RONCADOR
MACARIA
Santa Maria
GREATER SAN MIGUEL
Ventura
Esplendor
Nova Esperança
Sensilvânia
Florença
Santo Domingo de Araxá
Serro Azul
Ouro Velho
Belo Quinto
Nova Aliança
Roseiral
Santana de Bocaiúvas
Vila da Mata
Vila Feliz
Tangará
Ouro Verde
Vale do Café
Capoeirão dos Tucanos
Armação dos Anjos
Remanso
Vila Xuripita
Pontal D'Areia
Girrasol
Ouro Negro
Limoeiro
São Dimas
Divino
Pau d'Alho
Maramores
Marimbá
Porto do Céu
Albuquerque
Vila de Sant'Anna
Vila Abobrinha
Rio Novo
Esmes Insel
COSTA GRAVAS
Spinnenaffen-insel
UTOPIA
Amaurot
ACHORIA
SPENSONIA
Insel Rampole
MARPESIA
PANOPEA
OCEANA
TERRA DE POGO
VESPUGIA
Insel Chairman
SÃO RICO
AREA 8
Insel W
MAGELLANIEN
GALAPAGOSINSELN
1000 km westlich von Ecuador
Resolution
Santa Rosalia
0 25 50 75 100 kilometres
0 25 50 75 100 miles
LEGENDE DER FIKTIVEN ORTE
Stadt
Städtchen/Dorf
anderer Ort
versunkene Stadt
unkartierbar
Berg
See
Schiffswrack
Insel
Fluss
MASSSTAB
0 200 400 600 800 1000 kilometres
0 200 400 600 800 1000 miles

SÜD-AMERIKA

WICHTIGE SCHAUPLÄTZE

Eine vollständige Liste der Schauplätze finden Sie im Ortsregister auf Seite 130–150.

AKATOR
Indiana Jones und das Königreich des Kristallschädels
BRASILIEN | FILM
Sagenhafte Stadt in der Nähe der peruanischen Grenze, an einem Nebenfluss des Amazonas. In der Stadt ist ein riesiges außerirdisches Raumschiff versteckt, das am Höhepunkt des Films abhebt und Akator zerstört. Der Name geht auf einen Schwindel zurück, den der deutsche Journalist Karl Brugger weitertrug; er beschrieb eine unterirdische Stadt namens Akakor, die sich angeblich in der Region Brasilien/Bolivien/Peru befand. Akator besitzt Parallelen zum ebenfalls legendären Eldorado. **LK S. 38–39, B4**

ATAGUITANIEN
Wenn ein Reisender in einer Winternacht **VON ITALO CALVINO | NORDEN SÜDAMERIKAS | ROMAN**
Fiktives südamerikanisches Land, in dem jeder ein Revolutionär oder ein Konterrevolutionär ist. Lage unspezifisch, wird allerdings mit Venezuela verglichen. **LK S. 38–39, B5**

BARVECHOS
GHOST RECON: WILDLANDS | BOLIVIEN | VIDEOSPIEL
Die Stadt ist in diesem Ghost-Recon-Game Schauplatz eines schmutzigen Bombenangriffs. Wie Dutzende andere Orte aus dem von Tom Clancy inspirierten Spiel (von denen wir nur eine Handvoll kartiert haben) befindet sich Barvechos irgendwo im Inland Boliviens. Die bolivianische Regierung hat Anstoß daran genommen, wie das Land im Spiel dargestellt wird – daher möchten wir betonen, dass die Punkte auf unserer Karte ein Bolivien aus einer alternativen Realität abbilden und nicht echte Städte und Dörfer! **LK S. 38–39, B4**

BORAQUA
Parks & Recreation – Das Grünflächenamt **VENEZUELA | TV**
Die venezolanische Schwesterstadt von Pawnee. In der Folge „Die Brüder aus der Schwesternstadt" wird ihre Lage auf einem Globus gezeigt: in der Nähe der echten Stadt San Cristóbal. **LK S. 38–39, B5**

CARLOTTA
Geheimaktion Carlotta / Tote tragen keine Karos **PAZIFIK | FILME**
Diese Insel kommt in zwei Filmen vor: In *Geheimaktion Carlotta* ist sie Teil Mittelamerikas, während sie in *TTKK* vor der Küste Perus liegt. Wir haben uns für einen Punkt ganz im Norden der peruanischen Küste entschieden. **LK S. 38–39, A4**

DRAX' RAUMFÄHREN-STARTRAMPE
Moonraker – Streng geheim
BRASILIEN | FILM
Die Startrampe für die Raumgleiter des Superschurken Drax kam in *Moonraker*, vor, dem elften James-Bond-Film. Sie lag im oberen Amazonasbecken, verborgen in alten Ruinen, und wahrscheinlich am Äquator oder in der Nähe davon, um die Verfügbarkeit von Startterminen zu maximieren. **LK S. 38–39, B5**

ENCANTE
BRASILIEN | MYTHOLOGIE
Verzaubertes Unterwasserreich im oder unter dem Amazonas, bewohnt von Flussdelfinen, die menschliche Gestalt annehmen, um Männer und Frauen in den Fluss und nach Encante zu locken. **LK S. 38–39, C5**

ESMES INSEL
Breaking Dawn – Biss zum Ende der Nacht **VON STEPHENIE MEYER | BRASILIEN | ROMAN/FILM**
Privatinsel im Besitz der Familie Cullen, mit dem Boot nicht weit entfernt von Rio de Janeiro. Hier verbringen Edward und Bella ihre Flitterwochen. **LK S. 38–39, D3**

JABURO
Mobile Suit Gundam / Hellsing
BRASILIEN | TV/ANIME/MANGA
Kam erstmals in *Mobile Suit Gundam* vor als unterirdischer Militärkomplex mitten im Amazonasbecken – eine Megacity, die als Produktionsstätte und als Hauptquartier der Streitkräfte der Erdföderation diente. Ihr zu Ehren heißt im Manga/Anime *Hellsing* die unterirdische Festung im brasilianischen Regenwald, wo die Nazi-Vampirorganisation Millennium arbeitet, Jaburo, die „Höhle des Panthers". Wir haben es in der Nähe des ebenfalls unterirdischen Encante verortet. **LK S. 38–39, C5**

KUZCOTOPIA
Ein Königreich für ein Lama
PERU | FILM
Urlaubsort, den der Inkakönig Kuzco im Anschluss an die Ereignisse des Films baut, und zwar auf einen Hügel in der Nähe des Dorfs von Patcha, einem Lama-

bauern. Eine Karte im Film zeigt, dass Patcha südwestlich von Kuzcos Palast lebt, getrennt durch Dschungel und Hügel. Da ein echter Sapa Inka in Cusco gelebt hätte, vermuten wir Kuzcotopia im Umkreis des echten Dorfs Kiuñalla. **LK S. 38–39, B4**

LOVELACE-ANWESEN

Black Lagoon **VENEZUELA | MANGA**

Hacienda und Zuhause der Familie Lovelace, einer der „dreizehn adeligen Familien Südamerikas". Vermutlich in der Nähe der echten Stadt Barinas: In Barinas kam der Patriarch der Familie auf einer politischen Veranstaltung bei einem Bombenattentat ums Leben. Die Tatverdächtigen tauchten in Calabozo unter, doch eine Freundin der Familie reiste innerhalb eines Tages von der Hacienda dorthin, um die fünf aufzuspüren und zu töten, und zog dann zum sechsten Tatverdächtigen nach Caracas weiter. Das deutet auf eine Lage im Nordosten von Barinas hin. Dafür spricht auch, dass die frühere FARC-Kämpferin im Lovelace-Anwesen Zuflucht fand, nachdem sie „über die Berge" aus Kolumbien geflüchtet war: Die Bergkette Cordillera de Mérida verläuft von der Grenze nach Nordosten an Barinas vorbei. **LK S. 38–39, B5**

LOOMPALAND

Charlie und die Schokoladenfabrik **VON ROALD DAHL | BRASILIEN | ROMAN/FILME**

Heimat der Oompa Loompas. Auf die Lage von Loompaland gibt es mehrere Hinweise: Es befindet sich im dichten, gefährlichen Regenwald, in dem Kakaobohnen wachsen. Das deutet auf das Amazonasbecken hin. Wie Dahl erwähnt, würzen die Oompa Loompas ihr Essen mit Eukalyptusblättern. Eukalyptus wurde bereits 1910 aus Australien zum Zweck der Holzproduktion in Brasilien eingeführt und gedieh prächtig – was die Theorie vom Amazonas stützt. **LK S. 38–39, B5**

MACONDO

Hundert Jahre Einsamkeit **VON GABRIEL GARCÍA MÁRQUEZ | KOLUMBIEN | ROMAN**

Das Dorf ist vor allem aus *Hundert Jahre Einsamkeit* bekannt, es kommt aber in mehreren Geschichten von García Márquez (und auch von anderen) vor. Vorbild war sein Heimatdorf Aracataca. Dieses hielt 2006 erfolglos ein Referendum zur Umbenennung in Macondo ab. **LK S. 38–39, A5/A6**

MAPLE WHITES LANDSCHAFT

Die vergessene Welt **VON ARTHUR CONAN DOYLE | BRASILIEN | ROMAN**

Man nimmt an, dass für die von Dinosauriern bevölkerte Ebene das Huanchaca-Plateau in Bolivien (wo null Dinosaurier leben) als Vorbild diente. Im Internet sind jedoch Karten von Fans zu finden, die eine Lage nördlich des Amazonas-Hauptstroms vertreten. **LK S. 38–39, C5**

PAITITI

Tad Stones – Der verlorene Jäger des Schatzes! **PERU | FILM**

Sagenumwobene verschollene Stadt der Inka, nicht unähnlich dem berühmteren Eldorado. Manches deutet darauf hin, dass die Stadt tatsächlich existiert hat und sich heute in irgendeinem unerforschten Winkel des Amazonasgebiets verbirgt. Doch auch wenn sie nicht als völlig „fiktiv" gilt: Wir haben sie aufgenommen, weil sie in mindestens zwei Werken vorkommt: im ersten *Tad*-Film und im Videospiel *Shadow of the Tomb Raider* von 2018. Verschiedene Standorte sind im Gespräch; laut der gängigsten Theorie befand sich Patiti im Amazonasgebiet Perus. **LK S. 38–39, B5**

QUEQUENÂ

Ripping Yarns **PERU | TV**

Verschlafenes peruanisches Dorf (eigentlich Quequeña), dessen Bewohner mehr am britischen FA-Cup-Finale von 1927, „Cardiff City – Arsenal", interessiert sind als an Walter Snettertons aussichtslosen Versuchen, nachzuweisen, dass Frösche hohe Berge überqueren können; offenbar ist die Cup Night in diesem Teil der Welt das „größte Fest der Welt". Auch wenn eine nicht ganz ernst gemeinte Karte in der Folge Quequenâ östlich der Anden zeigt – Snettertons Bemühungen, über das Gebirge nach Brasilien zu gelangen, sprechen für eine Lage westlich davon. Die Stadt liegt am Fuß des ebenso fiktiven (und auch kartierten) Vulkans El Misti. Ach ja, Cardiff siegte übrigens 1 : 0. **LK S. 38–39, A4**

SAN CARLOS

Delta Force 2 – The Columbian Connection **NORDOSTEN SÜDAMERIKAS | FILM**

Das Land San Carlos, in dem der Film spielt, ist vermutlich eine Nachbildung Kolumbiens, denn obwohl der Film das Land im Titel trägt, wird Kolumbien darin mit keinem Wort erwähnt. **LK S. 38–39, A5/B5**

SONNENTEMPEL

Tim und Struppi **VON HERGÉ PERU | COMIC**

Erhaltene Enklave der Inka-Zivilisation. Zu erreichen über einen Trail, der im (echten) Jauga beginnt. Man überquert in mehreren Tagen einen hohen Gebirgszug, bevor man zu einem Dschungelstreifen hinuntersteigt. Weitere drei Tageswanderungen bringen Tim und Struppi, Kapitän Haddock und ihren Guide Zorrino zu einer zweiten Bergkette, zwischen deren Gipfeln der Tempel verborgen liegt. Die Reise führt demnach in ostsüdöstlicher Richtung über das Östliche Kordillerengebirge und an die südlichen Ausläufer des Amazonasbeckens. Wenn wir uns nicht täuschen, dürfte der Tempel südlich der Grenze zwischen Perus Departments Madre de Dios und Cusco liegen, innerhalb eines Ausläufers der Östlichen Kordilleren. **LK S. 38–39, B4**

STADT DER CÄSAREN

CHILE/ARGENTINIEN | MYTHOLOGIE

Verzauberte Stadt, die zwischen Argentinien und Chile in den Bergen liegen soll (auf 43° oder 44° südlicher Breite). Es gibt unterschiedliche Geschichten über die Stadt, doch oft heißt es, sie sei nur unter bestimmten Umständen oder zu bestimmten Zeiten sichtbar. **LK S. 38–39, B2**

UTOPIA

Utopia **VON THOMAS MORUS | ATLANTIK | ROMAN/PARABEL**

Diese Insel ist eine der frühesten fiktiven Gegenden, die im Detail ausgearbeitet sind. Zum Standort wird nur verraten, dass sie in der Neuen Welt liegt, jenseits von Neukastilien (einer spanischen Kolonie in der Nordhälfte Südamerikas). Karten von Utopia zeigen die Insel traditionell vor der Südküste eines Festlands, das sich von Ost nach West erstreckt, abgetrennt durch eine Wasserstraße. Wir haben den Süden Uruguays gewählt. Die ungewöhnliche Form der Insel ist eine moderne Interpretation von Andrew Simoson, Mathematikprofessor an der King University, Tennessee, der in Morus' Text mathematische Hinweise entschlüsselte. Zugegeben, mit der Kartierung Utopias führen wir einen Kampf gegen Windmühlenflügel. Wie auf Seite 37 erwähnt, bedeutet Utopia „kein Ort" und der Nachname des Protagonisten „Verbreiter von leerem Geschwätz". Sogar Morus' Name ähnelt dem griechischen Wort für „Dummkopf". **LK S. 38–39, C2**

VAL VERDE

NORDOSTEN SÜDAMERIKAS | FILME

Fiktiver Staat, den Hollywood eine Weile als Schauplatz in der Grenzregion Mittel-/Südamerika verwendete. Erstmals tauchte er in *Das Phantom-Kommando* auf, wo Drehbuchautor Steven de Souza ihn mit Guyana gleichsetzte. Danach wurde er hin- und hergeschoben. Wir haben ihn dort angesiedelt, wo Süd- und Mittelamerika aufeinandertreffen. Das passt auch zum Namen („Grünes Tal"): An der Grenze Kolumbiens dominiert der Fluss Rio Atrato die Landschaft. **LK S. 38–39, A5**

WEST-EUROPA

DIE ALTEN LÄNDER

Bittet man jemanden, einen Ort in Europa zu nennen, fällt diesem vielleicht das romantische Paris ein, das geschichtsträchtige Rom oder ein sonniger Strandort am Mittelmeer. Fragen Sie dagegen nach einem *fiktiven* Ort, dürften ganz andere Landschaften zur Sprache kommen: dunkle Wälder aus *Grimms Märchen*, düstere Gemäuer wie die Burgen Frankenstein bzw. Wolfenstein und Gebirge wie im Königreich Vulgarien, Heimat des gefürchteten Kinderfängers!

Die dichteste Ansammlung fiktiver Schauplätze in Westeuropa haben wir im Alpenraum gefunden; viele stammen aus etwas gruseligen oder makaberen Geschichten. Diese undurchsichtige Seite Europas steht im Widerspruch zum berühmteren Erbe der Region als Zentrum der Hochkultur.

Doch es gibt hier auch unschuldiges Vergnügen. In Belgien treffen wir im reizenden Schloss Mühlenhof vielleicht Tim und Struppi sowie Kapitän Haddock an, in Paris können wir die animierten *Geschichten von Ladybug und Cat Noir* verfolgen oder uns *Code Lyoko* anschließen. Irgendwo in Armorica (das heute Bretagne heißt) finden wir auch das unbeugsame gallische Dorf, das den Römern Widerstand leistet: die Heimat von Asterix und Obelix.

Selbst die erhabenen, düsteren Alpen zaubern uns so manches Lächeln ins Gesicht. Denken Sie nur an die Spaghetti-Ernten in der Schweiz (einen köstlichen Aprilscherz im britischen Fernsehen), die Possen des Wein exportierenden Herzogtums Groß Fenwick *(Die Maus, die brüllte)* und wunderbare Ortsnamen wie Switzerloan oder Thermostadt. Allerdings ist das Unheil nie weit: Pinocchios Spielzeugland etwa, eine ideale Welt in der Toskana, entpuppt sich als schreckliche Falle für Kinder. Ja, sogar das vorwitzige Dorf von Asterix liegt, wie sich herausstellt, nur einen Hinkelsteinwurf von Ramelle entfernt, der verhängnisvollen Stadt aus *Der Soldat James Ryan*.

Die vielleicht größte Überraschung in der „Alten Welt" liegt darin, wie modern sich ihre fiktive Topografie liest. Als wir begannen, die imaginären Orte zu sammeln, rechneten wir damit, dass unsere Karte mit Dörfern aus klassischen Werken übersät sein würde. Doch weit gefehlt. Literarische Giganten wie Alexandre Dumas und Victor Hugo wollten wohl unbedingt authentisch bleiben. Nur sehr wenige erfundene Orte schmücken ihre Geschichten – vielleicht galt es als unpassend, eine Landschaft, die so reich an Inspirationen war, mit Fantasie zu übertünchen. Dennoch haben wir von Großen Hilfe erfahren: Charlotte Brontës Villette, Flauberts Yonville-l'Abbaye und Voltaires unvergessliches (und unaussprechliches) Waldberghoff-trarbk-dikdorff sind hier verzeichnet, ebenso wie Schauplätze von Cervantes, Proust und sogar Winston Churchill.

Weit mehr Orte fanden wir aber in Film, Fernsehen und Videospielen von heute. Europa scheint eine Art Spielwiese geworden zu sein. Fiktive Briten drängen sich in erfundenen Mittelmeerresorts. Prototypische Amerikanerinnen heiraten in Adelsfamilien aus Fürstentümern wie Monaco ein, etwa Genovien oder Cordinia. Frankreich wird von Pokémon überrannt und Paris ist von Themenparks kolonialisiert.

Doch das alte Europa lauert im Hintergrund. Schlösser und Burgen in den deutschen Bergen sind nach wie vor gefragt. Homers griechische Helden kreuzen im Mittelmeer. Selbst Dinosaurier aus dem Jurazeitalter bekommen mit George L. Volcano ihren Auftritt. Dieser Kontinent erfindet sich einfach immer wieder neu.

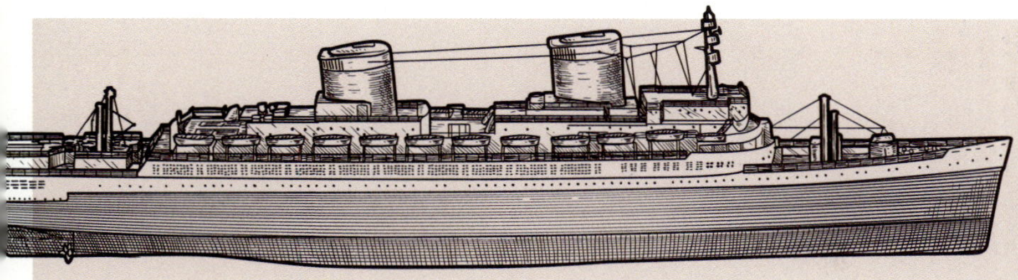

MAYDAY, MAYDAY! HIER SPRICHT DIE *POSEIDON*!

Die berühmteste Adaption des *Poseidon*-Unglücks ist wohl die Verfilmung von 1972, *Die Höllenfahrt der Poseidon*; sie stellte Paul Gallicos Roman *Schiffbruch* (1969) klar in den Schatten. Der Katastrophenfilm begleitet das Schiff nach Griechenland, wo es verschrottet werden soll. Eine riesige Flutwelle infolge eines Seebebens bei Kreta bringt es aber unterwegs zum Kentern. Dies klingt, als wäre die *Poseidon* in der Ägäis gesunken; doch wer den Film aufmerksam verfolgt, stellt fest, dass das nicht sein kann: Die Sängerinnen erhalten für ihre Auftritte freie Überfahrt von Gibraltar nach Sizilien, und am Ende werden die Überlebenden von der französischen Küstenwache gerettet. Wir haben daher das Wrack der *Poseidon* im westlichen Mittelmeer platziert. Das ist zwar recht weit von Kreta entfernt, doch wir nehmen an, der alte Dampfer hatte einfach großes Pech, dass er der Flutwelle im flachen Gewässer ausgesetzt war, wo sie sich auftürmen und die Katastrophe auslösen konnte.

COSTA WASSA?

Seit der Beelzebub den Pauschalurlaub erfand, lassen Urlauber weltweit die Sicherheitskontrolle am Flughafen tapfer über sich ergehen, um die Sonne (und die Drinks) an der spanischen Küste zu genießen – sei es an der Costa Brava, der Costa del Sol – oder der Costa Plonka ...

Besonders in Großbritannien wurde die Region zum Thema liebevoller Parodien. Zu den Ersten, die sich über das Phänomen Pauschalurlaub lustig machten, gehörte die *Ist-ja-irre*-(auch: *Carry-On*-)Truppe. Sie brachte ihren anzüglichen Humor in *Ein total verrückter Urlaub* (1972/77) an die unrühmliche Costa Bomm. Zum Leidwesen der enttäuschten Schauspieler wurde das fiktive Inselresort Elsbels nicht im sonnigen Spanien abgedreht, sondern unter anderem auf dem Parkplatz der Pinewood Studios. Ähnliche Sparmaßnahmen ergriff man auch, als der Film *Werden Sie schon bedient?* (zuvor eine erfolgreiche britische TV-Serie) entstand: Damals mussten die Elstree Studios als Costa Plonka (brit. *plonker* „doofer Trampel") herhalten.

Billiger als auf dem Studiogelände zu filmen, ist natürlich nur, gar nicht zu filmen. Dies wurde im australischen Videospiel *Terrormolinos* von 1985 perfektioniert. In einem Textabenteuer aus Zeiten des Commodore 64 wurden die Spieler auf eine Pauschalreise geschickt, in der alle Situationen lediglich auf dem Monitor beschrieben waren.

Der vielleicht ehrlichste Versuch, ein authentisches Bild von Spanien in britische Wohnzimmer zu bringen, wurde von australischen Ensemblefilmen inspiriert, erwies sich aber als Flop: Anfang der 1990er-Jahre produzierte die BBC die kurzlebige Serie *Eldorado*, eine TV-Soap über das Leben mehrerer europäischer Expats an der fiktiven Costa Eldorado. Für immense Kosten errichtete man an der Costa del Sol eine ganze Stadt, die das fiktive Los Barcos verkörpern sollte. *Eldorado* wurde nach nur einer Staffel eingestellt, doch die Kulisse existiert heute noch. So entstand durch die Liebe der Briten zur spanischen Küste an der echten Stelle dauerhaft ein fiktives Denkmal.

SPEISEN BEI DISNEY

Wo kann man in der fiktiven Welt fürstlich dinieren? Nun, im Paris des Animationsfilms *Ratatouille* aus den Disney-Pixar-Studios gibt es das Gusteau's, das Drei-(ehemals Fünf-)Sterne-Restaurant des verstorbenen Küchenchefs Auguste Gusteau. Aber wo finden Sie es?

Ein Umschlag in einer Schlüsselszene des Films verrät die Adresse: „3 Place Augustine, Paris, 75005". Die Place Augustine ist zwar fiktiv, doch anhand der Postleitzahl lässt sich der Ort auf das fünfte Arrondissement eingrenzen. Genau dort, am linken Flussufer der Seine, liegt das Tour D'Argent, ein weltberühmter Gourmettempel, dessen Äußeres dem Gusteau's erstaunlich ähnelt.

Wer über ein bescheideneres Budget verfügt, probiert vielleicht lieber die Köstlichkeiten aus dem Bistro La Ratatouille, das die Protagonisten schließlich eröffnen. Die Kamera zeigt das aufstrebende Lokal auf einem Hügel mit Blick nach Westen auf den Eiffelturm und die untergehende Sonne. Demzufolge suchen wir es am Montagne Sainte-Geneviève, der ebenfalls im fünften Arrondissement liegt und sowohl für ein lebendiges kulturelles Leben als auch für viele exzellente Bistros bekannt ist ... Wie die Franzosen sagen würden: „Le voilà!"

URHEBERRECHTS-ALPTRAUM IN WISBORG

Bram Stoker mag in *Dracula* den Grundstein für den heutigen Vampir-Hype gelegt haben, doch viele Motive um die kultigen Untoten haben einen etwas komplexeren Ursprung: 1922 brachte der deutsche Stummfilmregisseur F.W. Murnau seinen gefeierten Klassiker *Nosferatu* ins Kino, eine unlizenzierte Adaptation von Stokers Roman, in dem Max Schreck den Grafen Orlok spielte. Zu Murnaus Erfindungen gehörte die Idee, dass Sonnenlicht für Vampire tödlich ist; auch Orlok löst sich beim ersten Sonnenstrahl in Rauch auf. Leider ist Film ebenfalls lichtempfindlich ... Unmittelbar nach der Premiere von *Nosferatu* verklagte Stokers Witwe Murnau erfolgreich wegen Urheberrechtsverletzung: Alle Kopien des Films mussten vernichtet werden. Glücklicherweise blieben einzelne Exemplare erhalten, sodass sich das Vermächtnis von Murnaus Film als Meisterwerk verfestigen konnte – und dem faszinierten Publikum auch heute noch Schauer den Rücken hinunterlaufen, wenn Schrecks ungeheuerlicher Orlok die Pest in die fiktive deutsche Hafenstadt Wisborg bringt, die wir mit Hamburg gleichgesetzt haben.

A
B
C
4
3
2
1
Altbrunnstedt
Ankumersiel
Vondervotteimittis
Heikant
Metropolis
LABASSECOUR
Quiquendone
Veld
Villette
Saignac
Schloss Mühlenhof
Waldbergdorf
AZURBUCHT
Asterix' Dorf
Tempera City
Ramelle
Parville
Balbec
Sainte Claire
Montsou
Hergasch
Winden
Waldheim
Yantara City
Romantia City
MARKOVIA
BALEMONT
MONTSAUR
HMHS Fort James
USS Tiger Shark
Ys
Turm der Erkenntnis
Trouville
Yonville-l'Abbaye
Frescora
AQUILONIEN
Gavrillac
Ennui-sur-Blasé
Illumina City
WINSHIRE
Markovburg
Elden
Cromlexia
Relievera City
Spiegelhöhle
Neu-Paris
siehe Plan
Rive-Reine
EURO-CITY
Combray
Nsara
Le Devin
Nouvaria City
Fluxia City
Mosaia
Mainen
Vanitéa
Montgenoux
Morphopolis
DRACHENBERG
Villefranche
Belesbat
Château Thelian
KALOS
Château Picard
Tanzakademie
LUCRANIA
GROSS FENWICK
Aquarellia
Petrophia
Fractalia City
Escissia
Magendorf
Hauptquartier
POICTESME
Burg Frankenstein
SWITZERLOAN
Eschberg
George L. Volcano
Clochemerle
Geneva
Ungeheuerhorn
Batika City
Anderhalden
ALPENSTEIN
Kurtal
San Martín del Sella
Imboca
Ximes
Vyones
Spaghetti-Farm
Vetusta
AVEROIGNE
Cantaloa
Ficóbriga
Valverde de Lucerna
POITAIN
Château des Fausseflammes
CORDINIA
Baraka
Bergwerke von Socartes
Lansquenet-sous-Tannes
CALPURNIA
Saldeoro
Valadilène
ANATORAY
GLENRAVEN
Lasiesta (La Siesta)
MANDORRA
Beauxbatons Akademie
Tal Abraham
Wald der verlorenen Seelen
Pamplonia
DISITH
Porto Corsa
Artámila
Schloss Silling
MORALIA
NEUTRALIEN
Berg der Seelen
LAURANIA
GENOVIEN
Le Mistral
Eden-Olympia
Costa Protza
Spielzeug-land
Villar del Río
Isle des Hermaphrodites
Villaviciosa de al Lado
Calenda
Sagrillas
Marbrose
CAPRONA
Tapoli
Mervo
Gaea
Bellavista
La Mancha Fissure
Tacañón del Todo
Esperanza
Elsbels
Zaronza
Poço do Mundo
Morros Verdes
Azul
Marbrise
COSTA BOMM
Villarriba und Villabajo
CIUDAD ESPAÑA
Geocore-Kraftwerk
Barnacity
Nepenthe
Barataria
Costa Plonka
Mamarrosa
Alcolea
Puente Viejo
ZINGARA
Cerromaior
Benengeli
CAPA-BLANCA-INSELN
Vilamaninhos
Alcanfor de las Infantas
Villazarcillo
Medici
Valmares
Servela
Dianium
ANDOULASIA
Derú
Mágina
Orbajosa
Stromberg's Atlantis
Valverde de Lucerna
Mont Porte
Renada
Arcangel
Liparus
Rondilla
Estrella de Mar
San Toledo
Bussardsberg
Torremolinos
Brücke von Gibraltar
Lomaverde
Los Barcos
SS Poseidon
COSTA ELDORADO
Almanzora
GROSSER SEE
MASSSTAB
0
100
200
300
400
500 kilometres
0
100
200
300
400
500 miles

WESTEUROPA
DIE ALTEN LÄNDER
D
E
F
4
3
2
1
HERZOGTUM STRACKENZ
Neustadt
Alstadt
Glückstadt
Sottrup
Höcklage
Heringsmoor
Wisborg
Schlüsselburg
Bajan
Katamarunde-Raketenbasis
Stenkelfeld
Hachmannsfeld
Struchtrup
Eichwald
NEMEDIA
Torland
Berun
Euphonia
Teutdorf
Mailbolzen
Burg Wolfenstein
LANDKREIS MASSELTOW
PERUSALEM
PUMPERNICKEL
PFENNIG HALBPFENNIG
Grantville
Badenburg
Selmen
Wandernburg
TOMANIEN
VULGARIEN
MECCANIA
Isenstadt
Kugelstadt
Burg Wolfenstein
Wiesbachtal
Burgheim
Brunndorf
Wulfsee
Stalag Luft 13
Moor
Barrockstadt
Thermostadt
Sankt Nikolaus
Badenheim
Adler
Ilm
Schatztal
Weng
Turi
Schloss Dreiviertelstein
OSTERLITSCH
ALPINE EMIRATES
OPHIR
AVERNA
Salsiccia
Berg Sapo
Monte Caprabianca
Aroma
Bellina
BAKTERIA
Aiaia
Sapienza
Torregreca
PAPILLOMA
Notarien
Calibans Insel
Cheli
Galaxy-Insel
Skylla
Giancaldo
Charybdis
Plattnasien
San Celeste
Vigàta
Montelusa
Adano
Marinella
LAND DER LAISTRYGONEN
Al Amarja
Ogygia
PARIS
Opéra Populaire
Certigny
Prismaturm
Maria Magdalenas Grab
Euro Itchy & Scratchy Land
Kadic Junior High & Fabrik
Gusteau's & La Ratatouille
Selbstmörderklub
Reptarland
Magnum-Opus-Palast
Tor zum Olymp
Wolkenkuckucksheim
Letsovo
Olympia
Altis Stratis
Scheria
IPEIROS-GEBIRGE
Kalokairi
Spanakos
Ithaquack
Alkmeenon
Fanaron
Spargel
Phraxos
Kirinos
Garkos
Navarone
Pathos
Mypos
Skeptos
Geheimhafen
Hedonikka
Themyscira
Osia Theola
CYPRUM
LEGENDE DER FIKTIVEN ORTE
Stadt
Städtchen/Dorf
anderer Ort
versunkene Stadt
unkartierbar
Berg
See
Schiffswrack
Insel
Fluss

WEST-EUROPA

WICHTIGE SCHAUPLÄTZE

Eine vollständige Liste der Schauplätze finden Sie im Ortsregister auf Seite 130–150.

ALTIS *ARMA 3*
GRIECHENLAND | VIDEOSPIEL
Inspiriert von der Insel Limnos. Dort wurden Mitarbeiter des Entwicklers, die die Gegebenheiten erkunden wollten, wegen Spionage verhaftet. **LK S. 44–45, E1**

ASTERIX' DORF
Asterix der Gallier **VON RENÉ GOSCINNY UND ALBERT UDERZO | FRANKREICH | COMICS/TV/FILME**
Das Dorf wird nie beim Namen genannt, aber es ist ein so wichtiger Schauplatz, dass wir es unbedingt aufnehmen wollten. Offizielle Karten zeigen es in der Nähe des heutigen Cherbourg. Es ist umgeben von den fiktiven römischen Lagern Babaorum, Aquarium, Laudanum und Kleinbonum (nicht abgebildet). **LK S. 44–45, B3/B4**

BALBEC *Auf der Suche nach der verlorenen Zeit* VON
MARCEL PROUST | FRANKREICH | ROMAN
Urlaubsstädtchen in der Normandie, inspiriert durch das echte Cabourg und an der gleichen Stelle angesiedelt. Der fiktive Wald von Chantepie (nicht auf der Karte) ist ganz in der Nähe. **LK S. 44–45, C3**

BARATARIA
Don Quijote **VON MIGUEL DE CERVANTES | MITTELMEER | ROMAN**
Diese „Insel" ist als Einzige von Land statt von Wasser umgeben, was beim Kartieren ganz schön irritiert. Es gibt aber in Gilbert und Sullivans Operette *Die Gondolieri* ein Königreich Barataria. Dessen Bewohner haben italienisch klingende Namen, daher schien uns eine Lage zwischen Spanien und Italien passend. **LK S. 44–45, C2**

BEAUXBATONS AKADEMIE
Harry Potter-**REIHE VON J.K. ROWLING | FRANKREICH | ROMANE/FILME**
Akademie für Hexerei und Zauberei, die in den Pyrenäen liegen soll. Wie Hogwarts ist sie durch Zauber geschützt und lässt sich daher nicht orten. **LK S. 44–45, B2**

BERG SAPO
ITALIEN | MYTHOS/LEGENDE
Ein Berg in der Nähe Roms. Hier soll die Seife erfunden worden sein. **LK S. 44–45, D2**

BUJAN *russischer Mythos*
DEUTSCHLAND | ÜBERLIEFERUNG
Geheimnisvolle Insel, die nach Belieben auftauchen und verschwinden kann, was sie laut vielen russischen Texten auch tut. Wie so oft bei sagenhaften Orten ist ihre Lage nebulös; manche Forscher setzen sie mit der Insel Rügen gleich. **LK S. 44–45, D4**

BRÜCKE VON GIBRALTAR
SPANIEN | DIVERSE
Eine lange Brücke, die die Meerenge von Gibraltar überspannt, ist der Traum vieler Ingenieure; sie kommt aber auch in der populären Kunst und Kultur vor, etwa als Hängebrücke im Videospiel *Wolfenstein* (errichtet 1957 als Militärprojekt) und im Science-Fiction-Roman *Fahrstuhl zu den Sternen* von Arthur C. Clarke. **LK S. 44–45, A1**

BURG FRANKENSTEIN
Frankenstein **VON MARY SHELLEY | SCHWEIZ | DIVERSE**
In Deutschland existiert eine echte Burg Frankenstein. Der Protagonist aus Mary Shelleys Roman ist aber Schweizer; zudem wird darin keine Burg in Familienbesitz erwähnt („Wir besaßen ein Haus in Genf und eine Villa in Belrive, dem östlichen Ufer des Sees, etwas mehr als eine Meile von der Stadt entfernt."). Erst spätere Adaptionen führen das Gemäuer ein, verorten es aber unterschiedlich: Im Film von 1931 steht es in den bayerischen Alpen, und *Frankenstein Junior* verlegt die Geschehnisse nach Transsilvanien. Marvel Comics wiederum siedeln ihre Burg am Genfer See an, dem Originalschauplatz des Romans. Wir finden, eine Lage dort ist die schönste Vereinigung dieser vielen Quellen. **LK S. 44–45, C3**

BURG WOLFENSTEIN
Wolfenstein-**REIHE | DEUTSCHLAND | VIDEOSPIELE**
Ursprünglich im norddeutschen Harz, in späteren Spielen der Reihe in die bayerischen Alpen verlegt. **LK S. 44–45, D3 und D4**

CALIBANS INSEL
Der Sturm **VON WILLIAM SHAKESPEARE MITTELMEER | DRAMA**
Diese Insel, der vielleicht berühmteste fiktive Schauplatz aus der Feder William

Shakespeares, hat keinen Namen und könnte hier genauso gut als „Prosperos Insel“ geführt werden. Wo sie liegt, ist ungewiss – vermutlich aber irgendwo zwischen Tunis und Neapel. **LK S. 44–45, D1**

CHÂTEAU PICARD
Raumschiff Enterprise – Das nächste Jahrhundert
FRANKREICH | TV
Weingut im Besitz von Jean-Luc Picards Familie. In der Nähe des Dorfs La Barre, Department Haute-Saône. **LK S. 44–45, C3**

COMBRAY
Auf der Suche nach der verlorenen Zeit **VON MARCEL PROUST | FRANKREICH | ROMAN**
Klar inspiriert von dem Dorf Illiers, in dem Proust seine Kindheit verbrachte. Dieses wurde inzwischen ihm zu Ehren in Illiers-Combray umbenannt – ein seltener Fall, in dem ein realer Ort den Namen eines erfundenen erhielt. **LK S. 44–45, C3**

EUPHONIA
Abendunterhaltungen im Orchester **VON HECTOR BERLIOZ | DEUTSCHLAND | SATIRE**
Stadt im Harz, erfunden von Berlioz, dem Komponisten der Romantik. Sie wird nur von Musikern bewohnt und ist in der fernen Zukunft angesiedelt. **LK S. 44–45, D4**

GEHEIMHAFEN
Jäger des verlorenen Schatzes
ÄGÄIS | FILM
Geheime Nazi-Versorgungsbasis als wichtiger Schauplatz, der nördlich von Kreta in der Ägäis liegt. **LK S. 44–45, E1**

GENOVIEN
Plötzlich Prinzessin **VON MEG CABOT | FRANZÖSISCH-SPANISCHE GRENZREGION | ROMAN/FILM**
Im Roman ist dieses Fürstentum eindeutig Monaco nachempfunden und an der Grenze zwischen Frankreich und Italien angesiedelt. Die Verfilmung spielt dagegen in der französisch-spanischen Grenzregion, in Analogie zu Andorra. Dort haben wir es eingezeichnet. **LK S. 44–45, C2**

GEORGE L. VOLCANO
VOLVIC-MINERALWASSER | FRANKREICH | BRITISCHE WERBESPOTS
Animierter Vulkan in britischen Werbespots der 2000er-Jahre. Vorbild ist wohl der echte Vulkan Puy de Dôme, der in der Volvic-Werbung auch zu sehen ist und neben dem die Quelle des Volvic-Mineralwassers entspringt. Da auch ein Tyrannosaurus (namens Alan) vorkommt, muss das Ganze mehrere Millionen Jahre vor der Entstehung des Puy de Dôme spielen; die Pterodaktylen in einem Werbespot sprechen mit französischem Akzent – insofern darf der Anachronismus sicher der künstlerischen Freiheit zugeschrieben werden. **LK S. 44–45, C3**

GROSS FENWICK
Die Maus, die brüllte
VON LEONARD WIBBERLEY | WESTALPEN | ROMAN
Ein winziges Herzogtum in den französischen Alpen an der Grenze zur Schweiz. Interne Hinweise deuten auf eine Lage in der Region Franche-Comté im Osten Frankreichs hin, nahe (oder oberhalb von) Les Gras. **LK S. 44–45, C3**

LANSQUENET-SOUS-TANNES
Chocolat **VON JOANNE HARRIS | FRANKREICH | ROMAN/FILM**
Das Städtchen liegt im Departement Gers und wird im Roman als „Klecks an der Autobahn zwischen Toulouse und Bordeaux“ beschrieben. Es liegt am Fluss Tannes, einem fiktiven Nebenfluss der Garonne. **LK S. 44–45, B2/B3**

MARINELLA
Commissario Montalbano-
ROMANE VON ANDREA CAMILLERI | ITALIEN | ROMANE/TV
Der sizilianische Küstenort, in dem Commissario Montalbano lebt, heißt in Wirklichkeit Punta Secca. **LK S. 44–45, D1**

METROPOLIS
Metropolis **DEUTSCHLAND | FILM**
Fritz Langs monumentaler Stummfilm war zwar inspiriert von New York zur Zeit der ersten Wolkenkratzer, doch angesichts der Rollennamen wohl in Deutschland angesiedelt. Als Schauplatz für die futuristische „Maschinenstadt“ Metropolis ist das Industriegebiet des Ruhrpotts gut geeignet. **LK S. 44–45, C4**

POICTESME
ROMANE VON JAMES BRANCH CABELL MITTELMEERREGION | ROMANE
Die vorhandenen Karten dieses Königreichs weisen keine Ähnlichkeit zu realer Geografie auf. Das Land soll klein sein und an die Provence grenzen, es hat jedoch eine Westküste. Der Name erinnert an Poitiers und Angoulesme (mittelalterliche Schreibweise von Angoulême), daher haben wir es in dieser Gegend verortet. Es gibt dort viele Städtchen und Schlösser, die aber nicht kartiert sind. **LK S. 44–45, B3**

SKYLLA UND CHARYBDIS
HOMERS *Odyssee*
ITALIEN | MYTHOS/LEGENDE
Wir haben nur wenige Schauplätze aus der *Odyssee* aufgenommen – viele sind schwierig zu verorten oder nicht eindeutig als real bzw. fiktiv zu bestimmen. Ganz anders bei Skylla und Charybdis: Die erste ist ein sechsköpfiges Meeresungeheuer, die zweite ein Strudel (der ebenfalls als Ungeheuer gilt). Die Doppelbedrohung für Schiffe befand sich beiderseits der Straße von Messina. Heute ist jemand „zwischen Skylla und Charybdis“, wenn er oder sie sich zwischen zwei gefährlichen Optionen entscheiden muss. **LK S. 44–45, D1**

SPAGHETTI-FARM
Panorama **SCHWEIZ | TV**
Aus dem berühmten Aprilscherz der BBC: Am 1. April 1957 brachte das britische Fernsehmagazin *Panorama* einen Beitrag über die „alljährliche Spaghetti-Ernte“ im Tessin. Gefilmt wurde in einem Bauerndorf am Luganer See, nicht weit von der italienischen Grenze. **LK S. 44–45, C3**

SPIELZEUGLAND
Pinocchio **VON CARLO COLLODI | ITALIEN | ROMAN/FILME**
Dieses Land, vorgeblich ein Paradies für Kinder, entpuppt sich als Falle, wo Buben und Mädchen in Esel verwandelt werden. Der ursprüngliche Roman (eines der erfolgreichsten Kinderbücher aller Zeiten, das auch viele der *Harry-Potter*-Romane schlägt) verweist auf die Toskana. Die meisten Adaptionen, darunter die Disney-Verfilmung, spielen auf einer Insel. Das Land ist auch als Vergnügungsinsel bekannt. **LK S. 44–45, C2**

THEMYSCIRA
Wonder Woman **ÄGÄIS ODER ÖSTLICHES MITTELMEER | COMICS/FILM/TV**
Heimatinsel der Amazonen aus den DC Comics. In der *Wonder Woman*-Realverfilmung stürzt Steve Trevor (mit einem Kurzstrecken-Doppeldecker) auf der Insel ab, nachdem er von einer Militärbasis in der Türkei geflohen ist; dies deutet auf eine Lage in der Ägäis oder im östlichen Mittelmeer hin. In der griechischen Mythologie war Themiskyra die Hauptstadt der Amazonen in einem fiktiven Land in Kleinasien (siehe Seite 74). Sie diente auch als Inspirationsquelle für die Heimat von *Wonder Woman*. **LK S. 44–45, F1**

WOLKENKUCKUCKSHEIM
Die Vögel **VON ARISTOPHANES | GRIECHENLAND | MYTHOS/LEGENDE**
Stadt in den Wolken, die Aristophanes in einer der ältesten bekannten Komödien überhaupt im Jahr 414 v. u. Z. erschuf. Sie befindet sich über der Ebene von Phlegra (heute Chalkidiki). **LK S. 44–45, E2**

OST-EUROPA

WISSENSCHAFT UND ZAUBEREI, SCHTETL UND SOWJETS

Mein Eindruck war, dass wir nun den Westen verließen und in den Osten kamen“, schreibt Bram Stokers Jonathan Harker über den Moment, als er aus Budapest Richtung Transsilvanien abfuhr, um sich dort mit dem berüchtigtsten Bewohner zu treffen, dem unsterblichen Grafen Dracula. Aus westlicher Sicht ist dies das Hinterland Europas, eine Grenzregion, in der sich jahrhundertelang Völker vermischt und bekämpft haben, was zu einem Reichtum an Tradition und Kultur geführt hat, aber auch zu Gewalt und Verfolgung. Dieses strategische Grenzgebiet hat eine lange Geschichte der Assimilation in Gebilden wie Österreich-Ungarn oder der Sowjetunion, die wieder in kleinere Einheiten zerfielen, sobald sich das jeweilige Machtzentrum nicht mehr halten konnte. Auch in Kunst und Kultur gibt es Dutzende Fantasieländer, die in den Zwischenräumen entstanden; sie dominieren hier die Landkarte.

Die Darstellungen von Osteuropa tendieren zu Extremen. Am einen Ende findet man eine beinahe märchenhafte Idylle, wie sie sich etwa in Anthony Hopes Ruritanien-Romanen darstellt. Die Romane spielen in einem Gebiet, das von Bauerntum und Adel geprägt ist, von mittelalterlichen Burgen und Schlössern, Burgfräuleins in Not und politischen Umwälzungen, die durch Verwechslungen ausgelöst wurden. Heute liest kaum noch jemand Hope, aber die ruritanische Romanze ist beliebter denn je: In wie vielen Hollywoodfilmen wird einem typisch amerikanischen Mädchen von einem geheimnisvollen Prinzen aus einem obskuren europäischen Land der Kopf verdreht? In vielen, ist die Antwort; wir haben alle auf dieser Karte. Aber wo Licht ist, ist auch Schatten, und die Schatten, die am anderen fiktionalen Ende über Steppen, Berge und Wälder fallen, sind zugleich alltäglicher wie übersinnlicher Natur.

EINE SEHR SINISTRE GEGEND

Dracula ist nicht der einzige Bösewicht, der in den Karpaten zu Hause ist. Diese Gebirgslandschaft hat irgendetwas an sich, was Psychoten und seltsame Zeitgenossen anzieht. Wie Jonathan Harker in sein Tagebuch schreibt: „Ich las, jeder nur denkbare Aberglaube der Welt sei in den […] Karpaten versammelt, als ob sie das Zentrum eines Strudels der Fantasie wären." Da passt es doch ausgezeichnet, dass der ungarische Autor Ádám Bodor diese Gegend als *Schutzgebiet Sinistra* bezeichnet hat.

Tatsächlich wurde auch in der Welt der *Ghostbusters* das gesamte Karpatengebiet von dem despotischen Magier Vigo von Homburg Deutschendorf regiert – bis seine Untertanen rebellierten und ihn einem wohlverdient unseligen Tod zuführten: Er wurde vergiftet, erschossen, erhängt, geköpft und zerhackt (autsch!).

Aber nicht alles ist schlecht – manche Einheimischen zeigen sich sogar ausgesprochen gastfreundlich. Graf Duckula von Schloss Duckula ist bekennender Vegetarier, und wenn man dem Gerede der Leute Glauben schenkt, ist sogar Dracula selbst auf seine alten Tage ins Gastgewerbe eingestiegen und heißt in seinem *Hotel Transsilvanien* Menschen und Monster gleichermaßen willkommen.

ENTWIRRTE HAARE

Vor der *Eiskönigin* und *Vaiana* gab es *Rapunzel*. Die Adaption *Rapunzel – Neu verföhnt* von 2010 ebnete den Weg für moderne Märchen ohne verzweifelte Burgfräuleins: Disneys Rapunzel wartet nicht darauf, dass ein Prinz sie aus ihrem Turm rettet; sie ist eine starke junge Frau, die loszieht, um ihr Schicksal selbst in die Hand zu nehmen. Während sich jedoch das Königreich Arendelle aus *Die Eiskönigin – Völlig unverfroren* eindeutig in Norwegen befindet, ist die Lage von Rapunzels Heimat weniger klar.

Einen wichtigen Anhaltspunkt bilden die Zwiebeltürme des Königsschlosses. Sie sind typisch für die Architektur Osteuropas und wurden bewusst gewählt, um den Schauplatz aus *Rapunzel – Neu verföhnt* von den „westlicheren" Märchenschlössern früherer Disney-Prinzessinnen abzuheben. Bei genauerem Hinsehen drängt sich ein Ort auf: Die Hauptstadt besitzt einen Hafen, und eine Karte im Abspann zeigt, dass sie nach Norden zum Meer hin ausgerichtet ist, mit bewaldetem Hügelland im Hintergrund. Wir können auch annehmen, dass sie einigermaßen nah an Skandinavien liegt, da Rapunzel und ihr Freund Eugene in *Die Eiskönigin* einen Cameo-Auftritt als Gäste bei Elsas Krönungszeremonie haben.

Daher haben wir Rapunzels Heimat an die polnische Ostseeküste gesetzt. Oh – der Name? Hellsichtig nannten die Macher dieses Märchens der Selbstisolierung das Königreich „Corona".

UNTER DI LANDSLEYT

Das jiddische Wort *landsman* (bzw. *lantzman*) bezeichnet einen besonderen Juden: manchmal einen Landsmann oder einen angesehenen Tora-Gelehrten – aber meistens jemanden aus der Gemeinde bzw. dem *schtetl* des Sprechers.

Zudem ist es der Name eines Dampfers: der *SS Lantzman*, die 1886 einen der berühmtesten Einwanderer der Popkultur (fast) bis in die Neue Welt brachte. Dieser Immigrant war *Feivel, der Mauswanderer*, eine junge Maus, die in ihrem Herkunftsort Schostka in der Ukraine sicher viele *landsleyt* kannte. Auch die Wurzeln zahlloser anderer Juden (echter wie fiktiver) reichen bis in diese Gegend. Ja, Polen, Litauen und die Ukraine sind mit fiktiven *schtetlech* übersät, lustigen, wie Scholem Alejchems geliebten Städtchen Anatewka (*Tewje, der Milchmann*) und Kasrilewke, oder leicht märchenhaften wie Helmsbergville, wo Eric Kimmels *Herschel und die Chanukka-Kobolde* spielt.

Aber jüdische Geschichte ist oft tragisch, und die Fiktion nimmt kein Blatt vor den Mund. Wie Feivels Familie vor den Kosaken (und ihren Katzen) floh, so geschah an vielen Orten Grausames. Im polnischen Film *Aftermath* (orig. *Pokłosie*, „Nachlese") von Władysław Pasikowski etwa birgt die Stadt Gurówka ein dunkles Geheimnis: Unter der deutschen Besatzung hatten sich die Bürger verschworen, ihre jüdischen Nachbarn zu töten; Hintergrund ist eine wahre Geschichte. Persönliche Erfahrungen inspirierten auch den Schriftsteller Elie Wiesel zu seinem Theaterstück *Der Prozess von Schamgorod*. Darin klagen die Überlebenden eines Pogroms im 17. Jahrhundert Gott an, weil er das Massaker an seinem auserwählten Volk zuließ.

Im Katastrophenfilm *Treffpunkt Todesbrücke* wird ein Transkontinentalzug, in dem eine Seuche ausgebrochen ist, nach Janow umgeleitet, in ein Quarantänezentrum und ehemaliges Konzentrationslager. Allerdings: Der Zug kommt nie an. Die baufällige Kassandra-Brücke (eine stillgelegte Eisenbahnbrücke) bricht unter der Last des Zuges zusammen und reißt die Hälfte der Passagiere in einen entsetzlichen Tod. Der Film scheut nicht vor bitteren historischen Parallelen zurück; er zeigt vor Angst erstarrte Passagiere in einem versiegelten Zug, die, bewacht von bewaffneten Offizieren, dem Untergang geweiht sind.

Trotz ihrer leidvollen Geschichte spüren viele jüdische Schriftstellerinnen und Schriftsteller ebenso wie ihre Figuren eine tiefe Sehnsucht nach Osteuropa. Hinter Lisa Pearl Rosenbaums Roman *A Day of Small Beginnings* und dem Dorf Zokof steht das verlorene Geschichtsbewusstsein ihrer Familie, die nach Amerika emigriert war. Auch der Protagonist aus Boris Saidmans *Hemingway und die toten Vögel*, der längst Staatsbürger Israels ist, sehnt sich nach dem Ort seiner Kindheit, der damals sowjetischen Ukraine. Als er von Tel Aviv ins fiktive Dnjestrograd fliegt, fällt ihm auf, dass im Flugzeug allgemein Russisch gesprochen wird – so, als würden alle quasi nach Hause zurückkehren. Vermutlich kann man nur den *landsman* aus dem *schtetl* vertreiben, aber nicht das *schtetl* aus dem *landsman* …

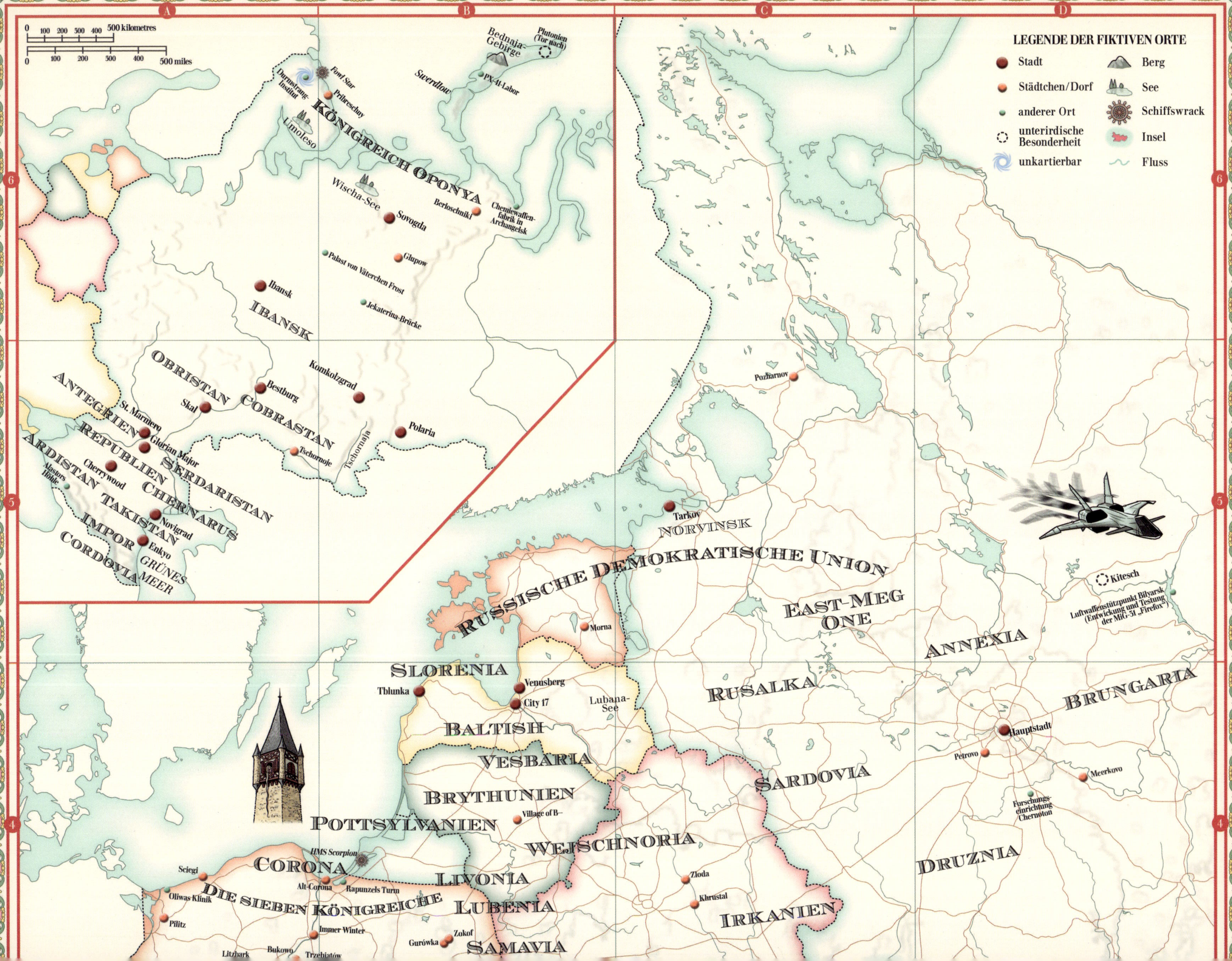

LEGENDE DER FIKTIVEN ORTE
Stadt
Städtchen/Dorf
anderer Ort
unterirdische Besonderheit
unkartierbar
Berg
See
Schiffswrack
Insel
Fluss
0 100 200 300 400 500 kilometres
0 100 200 300 400 500 miles
A
B
C
D
6
5
4
Bednaja-Gebirge
Plutonien (Tor nach)
PX-41-Labor
Swerdlow
Fowl Star
Durmstrang-Institut
Prihreschny
Umoleso
KÖNIGREICH OPONYA
Wischa-See
Berloschnikl
Chemiewaffenfabrik in Archangelsk
Sovogda
Glupow
Palast von Väterchen Frost
Jekaterina-Brücke
Ibansk
IBANSK
Komkolzgrad
Polaria
OBRISTAN
Bestburg
COBRASTAN
Skal
Tschornaja
Tschornoje
St. Marmero
Glorian Major
ANTEGRIEN
REPUBLIEN
SERDARISTAN
Cherrywood
CHERNARUS
ARDISTAN
Mastors Höhle
TAKISTAN
Novigrad
IMPOR
Enkyo
CORDOVIA
GRÜNES MEER
Pozharnov
Tarkov
NORVINSK
RUSSISCHE DEMOKRATISCHE UNION
Morna
EAST-MEG ONE
Kitesch
Luftwaffenstützpunkt Bilyarsk (Entwicklung und Testung der MiG-31 „Firefox")
ANNEXIA
SLORENIA
Tblunka
Venusberg
City 17
Lubana-See
BALTISH
RUSALKA
Hauptstadt
BRUNGARIA
Petrovo
Meerkovo
VESBARIA
SARDOVIA
BRYTHUNIEN
Village of B–
Forschungseinrichtung Chernoton
POTTSYLVANIEN
HMS Scorpion
CORONA
WEJSCHNORIA
DRUZNIA
Sciegi
Alt-Corona
Rapunzels Turm
LIVONIA
Zloda
Oliwas Klinik
DIE SIEBEN KÖNIGREICHE
LUBENIA
Khrustal
Pilitz
Immer-Winter
IRKANIEN
Zokof
Gurówka
Litzbark
Bukowo
Trzebiatów
SAMAVIA

OST-EUROPA

WISSENSCHAFT UND ZAUBEREI, SCHTETL UND SOWJETS

OST-EUROPA

WICHTIGE SCHAUPLÄTZE

Eine vollständige Liste der Schauplätze finden Sie im Ortsregister auf Seite 130–150.

ALDOVIEN
A Christmas Prince-**REIHE | SÜD- UND MITTELEUROPA | FILM**
Konstitutionelle Monarchie, in der Prinz Richards Familie herrscht; kitschiges, widersinniges Mischmasch aus Adelsklischees. In *A Christmas Prince 3* stellt sich heraus, dass Aldovien ein riesiges Königreich ist, das ganz Rumänien, den Balkan sowie Teile Österreichs und Ungarns umfasst. **LK S. 50–51, B2**

CHEMIEWAFFEN-FABRIK IN ARCHANGELSK
James Bond: GoldenEye
RUSSLAND | FILM
Die Chemiewaffenfabrik aus der Sowjetzeit im Norden Russlands kommt in Pierce Brosnans Debüt als James Bond vor. Man könnte annehmen, dass sie sich im echten Oblast Archangelsk befindet, doch das bergige Gelände passt eher zum Ural. **LK S. 50–51, B6**

CHERNARUS
ARMA 2 **SÜDOSTEUROPA | VIDEOSPIEL**
Die Landschaft (auch: „Tschernarussland") in diesem Taktikshooter ist einem Gebiet im Norden Tschechiens nachempfunden. Karten im Spiel zeigen jedoch, dass das Land im Norden an Russland grenzt und eine lange Küste an einem großen Gewässer (dem „Grünen Meer") hat – zwei Eigenschaften, die für Tschechien keinen Sinn ergeben. Weitere Hinweise legen nahe, dass sich Chernarus in der Kaukasusregion befindet. Daher haben wir es an der Westküste des Kaspischen Meers verortet. Der Name eines anderen Schauplatzes aus *ARMA 2*, Ardistan, wurde auch von Karl May in seinem zweiteiligen Roman *Ardistan und Dschinnistan* benutzt. Dieses Ardistan befand sich im Nahen bis Mittleren Osten. **LK S. 50–51, A5**

COBRASTAN
Papers, Please
OSTEUROPA | VIDEOSPIEL
Doppel-Fake: Dies ist ein erfundenes Land – innerhalb des Videospiels! Doch der gefälschte Pass von Cobrastan hat die gleichen Farben wie der echte von Obristan – und diesen zieht die Figur, die sich mit dem Cobrastan-Pass durch die Zollkontrolle schmuggeln wollte, schließlich hervor. Siehe auch Seite 74.
LK S. 50–51, A5/B5

CONCORDIA
Romanoff und Julia
VON PETER USTINOV | MITTELEUROPA | THEATERSTÜCK/FILM
Kleinster Staat Europas im Kalten Krieg. Er hat schon so oft die Unabhängigkeit erlangt, dass jeden Tag Unabhängigkeitstag ist. Sowohl die Sowjetunion als auch die USA kämpfen darum, daher liegt das Land wahrscheinlich am „Eisernen Vorhang". Es wurde auch schon von Albanien und Litauen bedroht.
LK S. 50–51, A3

DRACULAS SCHLOSS
Dracula **RUMÄNIEN | DIVERSE**
Viele denken, Dracula wohne am echten Borgo- bzw. Tihuța-Pass; so viele, dass dort inzwischen das Hotel Castel Dracula steht. Dabei ließ Dracula am Borgo-Pass nur Jonathan Harker abholen, als der dort mit der Postkutsche ankam. Bram Stokers Großneffe glaubt nach einem Studium von Stokers Notizen, dass dieser sich Draculas Schloss etwa 24 km weiter südöstlich vorstellte, und zwar auf dem echten Călimani-Vulkan. **LK S. 50–51, B2**

DURMSTRANG-INSTITUT
Harry Potter/Wizarding World
VON J.K. ROWLING | RUSSLAND | DIVERSE
Geheimnisvolle Zauberschule, von der man weiß, dass sie weit im Norden Europas in einer bergigen Gegend liegt. Eine offizielle Karte deutet auf eine Lage in der Nähe Finnlands oder Westrusslands hin. Wegen der Berge in der Umgebung könnte Murmansk passen. **LK S. 50–51, A6**

FRANZ KAFKA INTERNATIONAL AIRPORT *The Onion*
TSCHECHIEN | INTERNETSATIRE
Prager Flughafen, der laut *The Onion* von *Business Week* als „entfremdendster Flughafen" weltweit bewertet wird. **LK S. 50–51, A3**

GOLDENE STADT DER SCHMERZEN
Ghostbusters II
KARPATEN | FILM

Heimat des Prinzen Vigo, Geißel der Karpaten und Leiden von Moldawia: „Auf dem Berg der nackten Schädel, in der goldenen Stadt der Schmerzen, da saß ich auf einem Thron aus Blut!" – Der Name ist wohl nicht ernst gemeint, aber zu originell, um ihn nicht aufzunehmen! **LK S. 50–51, B2**

KÖNIGREICH OPONYA

RUSSLAND | MYTHOS
Sagenhaftes utopisches Reich außerhalb der Grenzen des kartografierten Russland, in dem es keine Kriege gibt und die reine Liebe herrscht. Mehrere Reisende sollen sich auf den Weg in den fernen Norden gemacht haben, um danach zu suchen. Manchmal wird es mit dem legendären „Belowodje" gleichgesetzt. **LK S. 50–51, B6**

LATVERIA

MARVEL COMICS | MITTELEUROPA | COMICS
Land (auch: Latverien) unter der Herrschaft des autokratischen Superschurken Dr. Doom. Grenzt an die fiktiven Länder Symkaria und Puternicstan (nicht auf der Karte). Die Lage wurde immer wieder rückwirkend geändert. Letzter Stand dürfte dort sein, wo Ungarn, Rumänien und Serbien aufeinandertreffen; eine ähnliche Anordnung ist auf einer Karte in Wikipedia zu erkennen. Die Hauptstadt Doomstadt (früher Haasenstadt) haben wir ebenfalls aufgenommen. **LK S. 50–51, B2**

LUFTWAFFEN-STÜTZPUNKT BILYARSK

Firefox **VON CRAIG THOMAS | RUSSLAND | ROMAN/FILM**
Die Stadt Bilyarsk ist echt, der Luftwaffenstützpunkt nicht. Er dient im Roman und in der Verfilmung mit Clint Eastwood zur Entwicklung und Testung der MiG-31 „Firefox", eines besonders leistungsstarken fiktiven sowjetischen Kampfflugzeugs. **LK S. 50–51, D5**

MEERKOVO

COMPARE THE MARKET | RUSSLAND | WERBUNG
Kleines Dorf außerhalb Moskaus, von Erdmännchen bewohnt. Der Name spielt auf den häufigen Ortsnamen „Markovo" an. Ein Dorf dieses Namens befindet sich tatsächlich etwa zwei Autostunden südöstlich von Moskau. **LK S. 50–51, D4**

MOLDAWIEN

Der Denver-Clan **OSTEUROPA | TV**
Königreich, das mit einem berühmten Cliffhanger zu tun hat: Während einer großen Hochzeitsfeier ereignete sich ein Terroranschlag, durch den die Hälfte der Gäste ums Leben gekommen zu sein schien. Moldawien ist der inoffizielle Name der heutigen Republik Moldau; in diesem Fall soll es sich aber um ein fiktives Land handeln. **LK S. 50–51, C2/C3**

PALAST VON VÄTERCHEN FROST

RUSSLAND | BRAUCHTUM
Hier residiert Väterchen Frost (russisch: Djed Moros), slawisches Äquivalent zum Weihnachtsmann. Der russischen Volkstradition zufolge lebt er in einem Palast in der echten Stadt Weliki Ustjug – eine Tatsache, von der das dortige Fremdenverkehrsamt immens profitiert. **LK S. 50–51, B6**

PLUTONIEN (TOR NACH)

Plutonien **VON WLADIMIR OBRUTSCHEW | ARKTIS | ROMAN**
Einer von vielen „Hohlweltromanen"; er präsentiert eine unterirdische Welt, die von Dinosauriern bevölkert ist. Der Eingang soll in Fridtjof Nansens Land liegen, bei etwa 81° nördlicher Breite. **LK S. 50–51, B6**

POTTSYLVANIEN

Rocky und Bullwinkle
POTTSYLVANIEN | TV
In dem Land spielt Spionage eine enorme Rolle – sogar die Zeitung ist mit unsichtbarer Tinte gedruckt. Die Heimat der Erzfeinde von Rocky und Bullwinkle persifliert zwar den Ostblock, hat aber auch germanisches Flair. Das beste Beispiel ist der Herrscher, „der Furchtlose": Er erfüllt alle Klischees, die wir mit adligen preußischen Offizieren verbinden, bis hin zum Monokel und dem Schmiss an der Wange. Man könnte daher argumentieren, dass Pottsylvanien insbesondere Ostdeutschland meint, aber auf einer Landkarte in der Serie wird klar, dass es sich um einen osteuropäischen Staat an der Ostseeküste handelt; wir haben es entsprechend kartiert. Zudem ist nichts Teutonisches an den Namen der Lakeien des Furchtlosen: Boris Badenov und Natasha Fatale. **LK S. 50–51, B4**

RASKAWIEN

Das Banner des roten Adlers
VON PHILIP PULLMAN | MITTELEUROPA | ROMAN
Pullmans Reihe *His Dark Materials* hat der Atlas viele Orte zu verdanken; dieses Königreich aber stammt aus dem Krimi *Das Banner des roten Adlers*. Raskawien liegt „zwischen Böhmen und ... was auch immer neben Böhmen war: Preußen vermutlich". Eine detaillierte Karte findet sich in *Verrückt nach Karten*, herausgegeben von Huw Lewis-Jones. **LK S. 50–51, A3**

SOKOVIA

MARVEL CINEMATIC UNIVERSE | MITTELEUROPA | FILM
Schauplatz entscheidender Szenen aus dem Film *Avengers: Age of Ultron*. Wo das Land ungefähr liegt, wird im Film auf einer Landkarte gezeigt: zwischen Tschechien und der Slowakei. Die Schlacht von Sokovia, bei der die Hauptstadt Novi Grad in die Luft gehoben und dort zerstört wird, wurde in Hendon im Norden Londons gefilmt. **LK S. 50–51, A3**

DIE STADT DES „INSPEKTORS" CHLESTAKOW

Der Revisor **VON NIKOLAI GOGOL | RUSSLAND | THEATERSTÜCK**
Im Originaltext wird die Stadt nicht namentlich genannt, doch das Stück ist in Russland ein so wichtiger Klassiker, dass wir entschieden, sie trotzdem aufzunehmen (und zwar in einer Gegend, wo Russland an die Ukraine grenzt, denn Gogol kam im Nordosten der Ukraine zur Welt). In einer Inszenierung des Jugendtheaters Nottingham wurde die Nachbarstadt Snottinggrad als Stadt des Inspektors verwendet; sie ist sicherlich einer der obskursten Einträge im ganzen Atlas. Schauplatz der Verfilmung war Brodny (B3) in Ungarn. **LK S. 50–51, D3**

SYLDAVIEN

Tim und Struppi **VON HERGÉ | SÜDLICHES MITTELEUROPA | DIVERSE**
Die genaue Lage dieses idyllischen Königreichs ist nicht bestätigt, aber die Bevölkerungszahl legt ein Land in der Größe Montenegros nahe, und dieses war laut Hergé das wichtigste Vorbild für Syldavien. Die turko-slawische Architektur spiegelt die fiktive Landesgeschichte wider: Hier waren über eine gewisse Zeit Türken und Slawen abwechselnd an der Macht. Das Land wurde auch schon fälschlicherweise mit Griechenland gleichgesetzt, konkret als Schulze und Schultze für eine Mission in Syldavien eine griechische Nationaltracht erwarben. Der Name der Küstenstadt Dbrnouk könnte auf das kroatische Dubrovnik anspielen. **LK S. 50–51, A2/B2**

WEJSCHNORIA

NORDOSTEUROPA | MILITÄRÜBUNG
Ein Land, das für eine russisch-belarussische Militärübung erfunden wurde und im Nordwesten von Belarus liegen soll. Zu dem Konstrukt gehörten außerdem die fiktiven Nachbarländer Lubenia and Wesbaria. Das Internet reagierte auf die Kriegsspielereien mit Parodieprofilen der Fantasieländer auf Twitter und Facebook. **LK S. 50–51, B4/C4**

DIE NORDISCHEN LÄNDER

HIER GIBT'S DRACHEN (UND TROLLE SOWIESO!)

Skandinavien ist ein Reich der Kontraste. Die Region brachte sowohl die wilden Wikinger als auch die egalitären Prinzipien der heutigen Gesellschaft hervor. Denken Sie dran, dass der schwedische Chemiker Alfred Nobel nicht nur das Dynamit erfand, sondern auch den Friedensnobelpreis stiftete.

Kontraste und Schuldgefühle ergeben eine wirkungsstarke Paarung; da überrascht es kaum, dass *Nordic Noir* zu einer tragenden Säule im europäischen Fernsehen geworden ist; die düsteren Krimi-Sagas werden in über 100 Länder exportiert. Wir hatten erwartet, dass unsere Karte mit Schauplätzen daraus gespickt sein würde; doch offenbar ist die Nähe zur Realität ein Faktor für das wohlige Schaudern: Die dänische Kommissarin Lund ermittelt in Kopenhagen; der Titel *Die Brücke – Transit in den Tod* bezieht sich auf die Öresundbrücke von Kopenhagen nach Malmö und Lunds berühmter Vorgänger Wallander geht im schwedischen Ystad seiner Arbeit nach.

Eine Ausnahme ist die Roman- (und später Film-)Reihe *Millennium* von Stieg Larsson. Sein bekanntestes Buch, *Verblendung*, spielt zwar weitgehend an realen Schauplätzen; die Stadt Hedestad und die Insel Hedeby sind aber gänzlich erfunden. Die Filme wurden südlich von Stockholm gedreht, doch im Roman liegt Hedestad nicht weit nördlich von Gävle; dort haben wir es auch verortet.

Die Fjorde, Gletscher, Berge und Eiswüsten in Zentral- und Nordskandinavien sind wie geschaffen für *High Fantasy*. Irgendwo in den finnischen Eiswüsten entdecken wir vielleicht Bolvangar, die gruselige Polarstation aus *His Dark Materials* (auch: *Der Goldene Kompass – die Trilogie*). Noch weiter nördlich patrouillieren Eisbären in Ritterrüstung. Derweil hat Disney viele Märchen des Dänen Hans Christian Andersen weitergesponnen. Die eiskalte Schneekönigin etwa wird in *Die Eiskönigin – Völlig unverfroren* zur geläuterten Königin Elsa, die in ihrem Palast in Arendelle herrscht.

Fährt man aufs Meer hinaus, durch Gewässer, in denen kleine Meerjungfrauen leben sollen, gelangt man zum Barbaren-Archipel. Hier gibt es Drachen, zumindest wenn man Cressida Cowells Kinderbuchreihe *Drachenzähmen leicht gemacht* und den DreamWorks-Verfilmungen glaubt. Und dann haben wir natürlich die *Mumins*. Für das Tal der nilpferdartigen Trolle ließ sich ihre Erfinderin Tove Jansson von den finnischen Landschaften inspirieren.

Ja, wenn man genauer hinschaut, findet man tatsächlich überall Trolle. Edvard Griegs romantische Komposition „In der Halle des Bergkönigs" aus dem Stück *Peer Gynt* spielt auf dem Hof des Trollkönigs, der in Norwegens Gebirge Dovrefjell herrscht. Griegs mythisches Thema wird seither in der Popkultur gefeiert; an prominenter Stelle im Kinderfilm *Trolls*, Ableger einer dänischen Spielzeugreihe, kehrte es schließlich zu seinen Ursprüngen zurück. Und obwohl in *His Dark Materials* nicht direkt Trolle vorkommen, spürt man auch hier ihren Einfluss – etwa im Namen der eisigen Hafenstadt Trollesund, wo die Protagonistin Lyra zum ersten Mal ihren Begleitern Lee Scoresby und Panzerbär Iorek Byrnison begegnet.

EIN FRIEDLICHES KÖNIGREICH

In der Anime-Serie *Gundam Wing* haben die Menschen die irdischen Grenzen überwunden und in Weltraumkolonien ein neues Leben begonnen. Die Erde ist unter die Tyrannei einer Militärjunta gefallen, der United Earth Sphere Alliance. Eine der letzten Nationen, die unterworfen wurden, war das Königreich Sanq. Unter der Monarchenfamilie Peacecraft lehnte es den Krieg ganz und gar ab, entschied sich vielmehr für den Totalen Pazifismus und leistete nicht einmal Widerstand, als es überfallen wurde. Das Königreich fiel innerhalb eines einzigen Tages.

Aber wo lag denn nun das Königreich Sanq? Aus Zusatzmaterialien innerhalb des Universums ist ersichtlich, dass die Nation, die als landschaftlich wunderschön und gesellschaftlich aufgeklärt dargestellt wird, wohl in Skandinavien liegt und am ehesten Teilen Dänemarks und Schwedens entspricht. Wir haben Sanq entsprechend verortet und die Hauptstadt, New Port City, an der Stelle des echten Kopenhagen eingezeichnet.

WO LIEGT ARENDELLE?

Die Eiskönigin – Völlig unverfroren ist ein Disneymärchen von zwei Prinzessinnen – einer, die vom Eis bezaubert ist, und einer, die von der Liebe entzaubert ist. Aber wo liegt eigentlich ihr Heimatland Arendelle?

Alle Hinweise schreien: „In Norwegen!". Die majestätischen Fjorde und die kultivierte Gesellschaft passen perfekt. Im Kurzfilm *Die Eiskönigin – Olaf taut auf* backt jemand einen Kuchen mit der Form Norwegens, und im Namen des Inhabers der Saunahütte „Wandering Oaken's trading-post and sauna" – Olaf nennt ihn „Wandereichenmann" – versteckt sich ein Witz: „Wandering Oaken's" ist ein Anagramm von *naked Norwegians* (nackte Norweger). Zudem erinnert der Name des Königreichs an die echte norwegische Stadt Arendal, wobei die Filmemacher betonten, dass ihnen vor allem Bergen als Vorbild diente.

In diesem Atlas ist Arendelle bei keiner der beiden Städte verzeichnet – wegen einer Karte aus *Die Eiskönigin II*, auf der Längen- und Breitengrad des Königreichs angegeben sind: 62° nördlich des Äquators, 27° östlich des Nullmeridians. Damit läge Arendelle mitten in Finnland, meilenweit vom Meer entfernt. Ups!

Aber ist das ein Fehler oder ein sehr subtiler Witz? Die Karte aus *Die Eiskönigin II* stammt von 1840. Die Geschichte lehrt uns, dass sich die Nationen der Welt erst 1884 auf einen gemeinsamen Nullmeridian einigten. Wenn wir die Zeit davor betrachten, können wir annehmen, dass das von Eis geprägte Arendelle als Nullmeridian Island (isländ. „Eisland") benutzte. Elsa würde sicher zustimmen! Der Breitengrad unterliegt weniger Schwankungen, und auf der Karte ist Arendelle weit, *sehr* weit im Norden eingezeichnet, fast auf dem Polarkreis. Wir haben es daher in die Nähe des echten Trondheim gesetzt, dessen geografische Lage in etwa mit der Karte übereinstimmt.

Die Eiskönigin II und die diversen Specials liefern weitere Schauplätze. Hans, Annas hinterhältiger Verehrer, trägt den Titel „Prinz von den südlichen Inseln", und im Kurzfilm *Die Eiskönigin – Party-Fieber* wird einen Bruchteil einer Sekunde eine Karte eingeblendet, die diese Inseln und ihre Lage in Bezug auf Arendelle zeigt (sie liegen natürlich im Süden …). *Die Eiskönigin II* führt inzwischen das Ensemble (und uns) ins Ungewisse, ins verwunschene Land des Volkes Northuldra und des mystischen Gletschers Ahtohallan, „wo der Nordwind auf das Meer trifft". Die Northuldra sind zwar fiktiv, aber stark vom Volk der Samen in Nordskandinavien inspiriert, daher haben wir ihre Heimat entsprechend kartografiert und die Insel mit Ahtohallan vor ihre Küste ins „Dunkle Meer" gesetzt.

Wir hatten gehofft, auch die Heimatprovinz des hochnäsigen Duke von Weselton zu kartieren, aber ihre Lage bleibt unklar. Vermutlich heißt es, *lass jetzt los …*

DIE MUMINS AUS DEM MUMINTAL

Anna und Elsa mögen aktuell die Stars der skandinavischen Popkultur sein, aber weiter im Osten hat sich über die letzten hundert Jahre eine viel ruhigere Welt etabliert, die vielleicht bekannteste kulturelle Schöpfung Finnlands. Die Rede ist (natürlich) von den Mumins, den pummeligen nilpferdähnlichen Figuren, die der Fantasie der Autorin und Illustratorin Tove Jansson entsprangen. Über 20 Adaptionen der Bücher wurden für Film und Fernsehen produziert, auf mindestens drei Kontinenten gibt es Mumins-Shops oder -Cafés, und Mumins-Themenparks bereichern sowohl Finnland als auch Japan.

Aber wo liegt das Mumintal nur, dem all dies entsprang? Zu den Geschichten gibt es oft noch eine Karte der Region; sie enthält jedoch wenige Informationen zur Lage, außer der, dass im Westen des Mumintals das Meer ist und dass die Felsenküste von Südwest nach Nordost verläuft.

Natürlich ist man versucht, das Tal in Schweden zu vermuten – war doch Tove Jansson eine schwedischsprachige Finnin, die als Kind viel Zeit auf der Insel Blidö nordöstlich von Stockholm verbrachte. Ihre Geschichten sind mit Sicherheit von der zerklüfteten, windumtosten Landschaft inspiriert. Allerdings gehören die Bücher so eindeutig zum finnischen Sagen- und Märchengut, dass es sich nicht richtig anfühlen würde, Mumintal woanders anzusiedeln. Man könnte dieses besondere Gebiet beim echten Mumin-Themenpark verorten, auf einer Insel nordwestlich von Helsinki. Die Landschaft würde ganz gut passen, allerdings hat der Ort keinen wirklichen Bezug zur Autorin oder ihren Geschichten.

Wir haben uns stattdessen für die Inselgruppe Pellinge vor der Südküste Finnlands entschieden. Diese Inseln besuchte Jansson als Kind mehrmals und später ließ sie sich hier nieder; wir finden sie daher angemessen. Dies ist unsere persönliche Entscheidung, aber vielleicht stimmen Sie ja (wie womöglich bei anderen Einträgen) eher Bisams Worten aus *Die Mumins. Eine drollige Gesellschaft* zu: „Ich habe vollsten Respekt für eure Herleitung, aber ihr irrt euch vollständig und komplett und ohne jeden Zweifel."

DIE NORDISCHEN LÄNDER
HIER GIBT'S DRACHEN
(UND TROLLE SOWIESO!)
ISLAND
nördlicher Polarkreis
FEUERLAND
Krater zum Mittelpunkt der Erde
Gigant aus dem All (sterbl. Überreste)
Gustav Graves' Eispalast
0 50 100 150 200 250 kilometres
0 50 100 150 200 250 miles
SPITZBERGEN
im Norden von Norwegen
KÖNIGREICH DER BÄREN
Fortitude
0 50 100 150 200 250 kilometres
0 50 100 150 200 250 miles
POHJOLA
Enara-see
Zwietrachting
Atlant-is
New Asgard
Joulupukkis Wohnsitz
Bolvangar
Eisstation Norwegen
Chako Paul City
ASGARD
Wohnsitz von Mr. und Mrs. Claus
KIMMERIEN
KIMBRIEN
KIMBRISCHE VOLKSREPUBLIK
(AB 1945)
Utrøst
nördlicher Polarkreis
PĚTKWO
Kudgiwa
Trollesund
Örkko
Bondänger
Ahtohallan
DUNKLES MEER
SIDBÖLE HÄRAD
Agnarrs und Idunas Schiff
Hoikan
LAND DER NORTHULDRA
(DER VERWUNSCHENE WALD)
Vindsele
Utti
König Runeards Staudamm
Vommoldalen
Loftbacken
Elsas Eispalast
Arenfjord
Nordberg
ARENDELLE
Arendelle
A
B
C
D
6
5
4

HYPERBOREA
Mänmilä
Munintal
Insel der Hatifnatten
Helsingfort
Flatnäs
SVEDEN
Österköping
Hedestad
Hedeby
SKANDISTAN
Vinkelboda
Busnäs
Gavrik
Wadköping
Hallstabro
Koriko
Rydsholm
Glimmerdagg
Öreskoga
Nöckeln
Orilköping
Engelsfors
Mälarviken
Byköping
Grönköping
Strömsvik
Mjölhagen
Knohult
Klackamo
Dasseborg
Äshöjden
Glimmerdal
Varg
Vardetind
Storenuten
Glimmerhornet
Nakken
Fläklypa
REICH DES BERGKÖNIGS DER TROLLE
Tyos
NORROWEGEN
Alvik
Smalvik
Sesam Stasjon (Bahnhof)
Tiriltoppen
Blausee
Kattegat
Kløvstad
TIRULIA
Trangvik
Kardemomme
Hackebackewald
DIE SÜDLICHEN INSELN
KÖNIGREICH SANQ
ATLANTIKA
Keldby
Jante
Graabølle
Gillsby
New Port City
Heorot
Korsbæk
Werft Erlandson und Skank
KÖNIGREICHE IM GRENZLAND
DEUTSCHER OZEAN
LEGENDE DER FIKTIVEN ORTE
Stadt
Städtchen/Dorf
anderer Ort
versunkene Stadt
Berg
See
Schiffswrack
Insel
Fluss
DAS BARBAREN-ARCHIPEL
im Nordwesten von Norwegen
Dunkle Klippen (Dunkles Tief)
Drachen-Insel
Berk
Insel der Verbannten
Juckende Achselhöhle
0 50 100 150 200 250 kilometres
0 50 100 150 200 250 miles
MASSSTAB
0 50 100 150 200 250 kilometres
0 50 100 150 200 250 miles
A
B
C
D
1
2
3

DIE NORDISCHEN LÄNDER

WICHTIGE SCHAUPLÄTZE

Eine vollständige Liste der Schauplätze finden Sie im Ortsregister auf Seite 130–150.

ASGARD

Conan-**ROMANE VON ROBERT E. HOWARD | NORDSKANDINAVIEN | ROMANE**

In der nordischen Mythologie war Asgard der Sitz der Götter; heute ist es vermutlich als Heimat von Marvels Thor und seinen Gefährten besser bekannt. Da sich keiner der beiden Schauplätze auf der Erde befindet, sind sie nicht für diesen Atlas qualifiziert (siehe aber New Asgard). Der Name wird jedoch im *Conan*-Universum auch als Bezeichnung für eine Gegend benutzt, die Nordskandinavien entspricht.
LK S. 56–57, C5

ATLANT-IS

Brødrene Dal

NORWEGEN | TV

Untergegangene Stadt der Samen, die in dieser Serie nach Art der *Monty Pythons* („Gebrüder Dal") am Ende unter dem Hochplateau Finnmarksvidda entdeckt wird. **LK S. 56–57, C5**

ATLANTIKA

Arielle, die Meerjungfrau

NORDSEE | FILM

Dieses Königreich der Meerjungfrauen mag vielleicht tropisch erscheinen, aber es gibt mehrere gute Gründe dafür, den Disney-Klassiker an der skandinavischen Küste anzusiedeln: Die meisten menschlichen Figuren wirken nordeuropäisch; das Märchen stammt aus der Feder des Dänen Hans Christian Andersen; eine berühmte Statue der *Kleinen Meerjungfrau* steht in Kopenhagen; und auch der Name des Königreichs legt ein Meer mit Zugang zum Atlantik nahe. Wir haben Atlantika daher in der Nordsee verortet – so befindet es sich auch in der Nähe der Königreiche aus *Die Eiskönigin – Völlig unverfroren* und *Rapunzel – Neu verföhnt*. Die Palmen? Eine kälteresistente Sorte aus Asien (ja, wirklich!).
LK S. 56–57, A2

BARBAREN-ARCHIPEL

Drachenzähmen leicht gemacht **VON CRESSIDA COWELL | EUROPÄISCHES NORDMEER | ROMANE/FILME**

Die verschiedenen Inseln des Barbaren-Archipels sind in mehreren Romanen, Filmen und TV-Ablegern gut dokumentiert; Landkarten online verweisen auf eine Position vor der Nordküste Norwegens. Wir haben nur einen Bruchteil der benannten Schauplätze abgebildet.
LK S. 56–57, C1/D1

BOLVANGAR

His Dark Materials

VON PHILIP PULLMAN | FINNLAND | DIVERSE

Grässliches Lager für Kinder, das sich vier Tagesreisen (zu Fuß) nordöstlich des Küstenstädtchens Trollesund befindet. Wir wissen, dass es in der Welt der Hexen liegt, aber es scheint nicht in das Gebiet eines bestimmten Hexenclans zu fallen.
LK S. 56–57, D5

CHAKO PAUL CITY

SCHWEDEN | FALSCHMELDUNG

Stadt (auch Shakebao genannt), über die die chinesische Presse 2009 berichtete, dort lebten nur Männer hassende Lesben – woraufhin Millionen chinesische Männer schwedische Reisebüros aufsuchten, um mehr Informationen zu erhalten. Im Fremdenverkehrsamt Umeå sagte ein Angestellter, die Geschichte erinnere ihn an die Stadt Pajala, ebenfalls in Nordschweden: Dorthin hatte man in den 1980er-Jahren Frauen in Busladungen gebracht, weil es „nicht genügend von ihnen gab". Wir haben Chako Paul City in der Nähe Pajalas verortet, um niemanden durch den direkten Vergleich aufzubringen! **LK S. 56–57, C5)**

GLIMMERDAL

Sommersprossen auf den Knien

VON MARIA PARR | NORWEGEN | ROMAN

Ein kleines Dorf, für das wohl das Heimatdorf der Autorin, Vanylven in der Küstenregion Sunnmøre, Pate stand. Laut der Karte im Buch liegt es im Inland, am Fuß der Berge. **LK S. 56–57, A3**

GRÖNKÖPING

Grönköpings Veckoblad

SCHWEDEN | SATIREZEITUNG

Das *Grönköpings Veckoblad* („Grönköpings Wochenblatt") ist eine satirisch-humoristische Zeitung. Die fiktive Stadt Grönköping, aus der berichtet wird, wird als „Miniatur-Schweden" dargestellt; mindestens eine Quelle legt nahe, dass sie sich zwischen Hjo und Skövde befindet.
LK S. 56–57, B2

HACKEBACKEWALD

Klettermaus und die anderen Tiere im Hackebackewald

VON THORBJØRN EGNER | NORWEGEN | DIVERSE

Eine Gemeinschaft sprechender Tiere ohne erkennbare Inspirationsquelle. Wir fanden es originell, den Wald beim Zoo und Vergnügungspark Kristiansand zu verorten – dort gibt es auch einen Abschnitt, der Thorbjørn Egners Geschichten gewidmet ist. **LK S. 56–57, A2**

HEDEBY

Millennium-**REIHE VON STIEG LARSSON | SCHWEDEN | ROMANE/FILME**

Inselgemeinde vor der Ostküste Schwedens. Hedeby ist durch eine Brücke mit dem Festland verbunden und liegt „etwa eine Stunde nördlich" von Gävle. **LK S. 56–57, C3**

HEOROT

Beowulf **DÄNEMARK | HELDENGEDICHT**

Halbmythische Festhalle des Königs, die in der Forschung manchmal mit den archäologischen Überresten von Lejre auf der Insel Seeland (Sjælland) gleichgesetzt wird. **LK S. 56–57, B1**

JOULUPUKKIS WOHNSITZ

FINNLAND | TRADITION

Joulupukki, der finnische Weihnachtsmann, wohnt im oder auf dem Berg Korvatunturi. Wie es typisch für Weihnachtsmann-Mythen ist, existieren zu Joulupukkis Zuhause (wie zu Joulupukki selbst) verschiedene Überlieferungen; manche Quellen verorten hier auch seine Werkstatt. **LK S. 56–57, D5**

KATTEGAT

Vikings **NORWEGEN | TV**

Kattegat heißt ein echtes Meeresgebiet zwischen Dänemark und Schweden. Das Dorf Kattegat jedoch liegt in der Serie ausdrücklich in Norwegen, innerhalb eines spektakulären Fjords und weit entfernt von dem gleichnamigen Meer. Am besten passt vermutlich der Oslofjord in Südnorwegen (auch wenn das strenggenommen kein echter Fjord ist). **LK S. 56–57, B3**

KIMMERIEN

Wenn ein Reisender in einer Winternacht **VON ITALO CALVINO | NORDSKANDINAVIEN | ROMAN**

Calvino scherzt gern über die Lage seines fiktiven Landes. Es liegt eindeutig in oder nahe Skandinavien. Die Erwähnung des Botnisch-Ugrischen Sprachstamms legt eine Lage am Bottnischen Meerbusen nahe. Nach dem Zweiten Weltkrieg wurde es an die Kimbrische Volksrepublik angeschlossen, zusammen mit Kimbrien (wie man annimmt). Ein Land des gleichen Namens – dort „Cimmerien" geschrieben – kommt auch in den *Conan*-Geschichten vor; dort entspricht es den südlichen Regionen Norwegens und Schwedens; in einem hypothetischen Zeitalter, in dem die Meeresspiegel niedriger waren, erstreckte es sich bis nach Schottland und England. **LK S. 56–57, C5**

KORIKO

Kikis kleiner Lieferservice

SCHWEDEN | ANIME

Die Stadt ist von der Altstadt Stockholms inspiriert, mit eingestreuten Elementen von Gotland. Sie befindet sich nicht unbedingt im echten Schweden, sondern eher in einer Fantasieversion davon. Aber wir finden den Eintrag trotzdem plausibel. **LK S. 56–57, C3**

KRATER ZUM MITTELPUNKT DER ERDE

Reise zum Mittelpunkt der Erde

VON JULES VERNE | ISLAND | ROMAN

Der Weg zum Mittelpunkt der Erde liegt in dem echten Vulkan Snæfellsjökull – nur für den Fall, dass Sie einmal zufällig in der Gegend sind. **LK S. 56–57, A6**

NEW ASGARD

Avengers: Endgame

NORWEGEN | FILM

Thors Wahlheimat, früher als Tønsberg bekannt, soll das älteste Dorf Norwegens sein. Wir haben es daher mit Bleik gleichgesetzt, das im realen Leben diesen Titel innehat. Manche Szenen im Film wurden in Schottland gedreht. **LK S. 56–57, B5**

ÖRESKOGA

Berts Katastrophen **VON ANDERS JACOBSSON UND SÖREN OLSSON | SCHWEDEN | ROMANE**

Öreskoga liegt in der Gegend zwischen Örebro und Karlskoga, den Heimatorten der beiden Autoren. **LK S. 56–57, B3**

SIDBÖLE HÄRAD

„Sidböle Härad" **VON TED STRÖM | SCHWEDEN | SONG**

Diese fiktive Region stammt aus dem gleichnamigen Lied von Ted Ström. Sie liegt wohl in einer von Schwedens besonders dünn besiedelten Regionen (Glesbygd), vermutlich ganz im Norden, in Norrland. **LK S. 56–57, C4**

SKANDISTAN

The Years of Rice and Salt

VON KIM STANLEY ROBINSON | SKANDINAVIEN | ROMAN

Muslimischer Staat, der den Großteil der Fläche von Skandinavien einnimmt. **LK S. 56–57, B3**

TROLLESUND

His Dark Materials

VON PHILIP PULLMAN | FINNLAND | DIVERSE

Die Küstenstadt, wo Lyra Lee Scoresby und dem Panzerbären Iorek Byrnison begegnet, liegt in Lappland. Wenn dieses dem heutigen Lappland entspricht, können wir Trollesund im Norden des Bottnischen Meerbusens verorten, am einzigen Stück Meeresküste in Lappland. **LK S. 56–57, C5**

WOHNSITZ VON MR. UND MRS. CLAUS

FINNLAND | TRADITION

Wir haben zwar Santas Werkstatt am Nordpol platziert, denn dieser scheint in der populären Kunst und Kultur als Hauptwohnsitz des Weihnachtsmanns eine führende Rolle zu spielen – insbesondere in den bekanntesten Filmen. Aber Lappland können wir nicht ganz außer Acht lassen, denn das liegt bei europäischen Kindern mindestens genauso weit vorn im Rennen. Der Wohnsitz von Santa Claus und seiner Frau ist daher in der Nähe des echten Weihnachtsmanndorfs (Village of Santa Claus) in Rovaniemi angesiedelt. **LK S. 56–57, C5**

ZWIETRACHTING

Klaus **FINNLAND | FILM**

Inselgemeinschaft nördlich des Polarkreises und „der unglückseligste Ort der Welt". Da es sich hier um eine Geschichte zur Herkunft des Weihnachtsmanns handelt, haben wir es auf eine Insel in einem See in Lappland verortet. **LK S. 56–57, C5**

VEREINIGTES KÖNIGREICH UND IRLAND

FAKE-BRITAIN UND SCHWINDL-EIRE

Trüge man die Köstlichkeiten der Weltliteratur für ein Picknick zusammen, käme der üppigste Korb sicher aus Großbritannien und Irland. Auf diesen Inseln wurden schon immer die literarischen Publikumserfolge veröffentlicht. Wie viele begeisterte Leserinnen und Leser haben mit Lady Macbeth, Robinson Crusoe, Long John Silver, Ebenezer Scrooge, Sherlock Holmes, Peter Pan, Winnie Pu, Miss Marple, James Bond, Mary Poppins und Harry Potter mitgefiebert? Sie alle brauchen Orte, um zu leben, zu arbeiten, Streiche auszuhecken, Detektiv zu spielen, zu fliegen oder Pustöcke zu spielen. Fast 800 solche Schauplätze haben wir zusammengetragen – weltberühmte wie entzückend unbekannte.

Im Großraum London allein würde man Hunderte fiktive Orte finden. Hier haben wir nur Platz für einige wenige, wie den Bezirk Walford aus der langlebigen Soap-Opera *EastEnders* oder die postapokalyptische Insel Ham (ehemals Hampstead) aus Will Selfs *Book of Dave*.

Die „Home Counties", die Grafschaften, die an London angrenzen, sind gespickt mit herrschaftlichen Anwesen wie Bleak House, Gosford Park, Howards End, Krötinhall und Croft Manor, wo sich Lady Lara zwischen ihren anstrengenden Tomb-Raiding-Touren ausruht. Weiter westlich finden wir zahlreiche fiktive Orte aus Anthony Trollopes Barsetshire und Thomas Hardys Wessex (also alle, für die Platz war), während in Devon und Cornwall seltsame Figuren wie Lorna Doone, Doktor Dolittle, der Hund von Baskerville, Poldark und Basil Fawlty leben.

Wales birgt eigene Schätze. Literatur und Fernsehen sind ergiebige Quellen von Bergbaudörfern und von Lieblingsorten für Kinder, wie Pontypandy *(Feuerwehrmann Sam)* oder den Eisenbahnerstädtchen aus *Die kleine Lok Ivor*. Halten Sie auch Ausschau nach Llareggub aus Dylan Thomas' *Unter dem Milchwald* – sagen Sie es nur in vornehmer anglophoner Gesellschaft nicht rückwärts …

Cotswolds und West Midlands sind dank Schriftstellerinnen und Schriftstellern wie Jane Austen, P. G. Wodehouse und George Eliot stärker besiedelt, als man annehmen würde. In dieser Agarlandschaft – vor allem im Dorf Ambridge in Borsetshire – spielt die langlebige Radio-Soap-Opera *The Archers*. Die Gegend war auch die Wiege der Industriellen Revolution. Arnold Bennett, Chronist der Keramikindustrie in den „Staffordshire Potteries", erzählt über die *Fünf Städte*; die Eisenhüttenanlagen aus L.T.C. Rolts Winterstoke und Hawley Bank repräsentieren das historische Ironbridge und Coalbrookdale, den Geburtsort der Dampflokomotive. Dagegen wirken die East Midlands und East Anglia eher karg.

Weiter nördlich wird die Landschaft deutlich hügeliger. Industriestädte wie Coketown *(Harte Zeiten)* mischen sich unter einsame Weiler und Gehöfte wie Emmerdale Farm und Wuthering Heights. Das Lake District hat manch kreativen Kopf inspiriert, von Arthur Ransome *(Swallows and Amazons)* bis zu den Autoren des Kinderhits *Postbote Pat*.

Schottlands reiche und oft tragische Geschichte spiegelt sich in den fiktiven Welten wider. Die Werke Sir Walter Scotts und John Buchans, aber auch Theaterstücke wie *Outlander* nutzen die Landschaft und die Geschichtsschreibung, um Sie in ihren Bann zu ziehen. Es ist eine Region des Magischen und Mysteriösen – hier liegen Brigadoon, Kennaquhair und Hogwarts. Mindestens ein Dutzend fiktive Inseln tummeln sich unter den Hebriden; ihr zerklüfteter Charme und ihre Abgeschiedenheit verstärken noch die Romantik (außer auf Summerisle, wo die Weidenfigur *The Wicker Man* „wacht").

Irland und Nordirland sind dünner besiedelt, und dies spiegelt sich in der fiktiven Topografie wider. Abgesehen von einer dichten Ansammlung um Dublin (einschließlich Roddy Doyles Barrytown und Orten aus den *Artemis-Fowl*-Bänden) sind unsere Schauplätze recht gleichmäßig über die grüne Insel verteilt. Viele liegen abgeschieden auf dem Land, wie Ballykissangel an der Ostküste, oder sind Inseln wie Craggy Island aus *Father Ted*, aber an manchen ist auch richtig was los. Besuchen Sie die vielen Grenzstädtchen, in denen sich Versionen der nordirischen Unruhen abgespielt haben, oder Kevin Barrys bemerkenswerte *Dunkle Stadt Bohane*, in der Bandenkriege zum Alltag gehören.

UNHEIL GESTIFTET: HOGWARTS AUFGESPÜRT

Die Hogwarts-Schule für Hexerei und Zauberei – der Hauptschauplatz von J.K. Rowlings *Harry-Potter*-Reihe – gilt als Hort der Sicherheit und der Geborgenheit. Die Burg ist durch mächtige Zauber geschützt; sie wehren Angriffe aus der Welt der Magie ab und zerstreuen die Aufmerksamkeit von Muggels wie uns, die sich überall einmischen. Hogwarts ist unortbar, heißt es. Wegen eines Zaubers lässt es sich auf keiner Karte einzeichnen.

Das bedeutet jedoch nicht, dass keine begründeten Hypothesen aufgestellt werden dürfen. Wir wissen sicher, dass sich Hogwarts und das Nachbardorf Hogsmeade zwischen den Lochs und Bens, den Seen und Bergen Schottlands befinden – sowohl aus den Originaltexten als auch aus den Filmen, in denen die Burg digital in die spektakulären Landschaften der westlichen Highlands gesetzt wurde. Im ersten Film befindet sich die Schule unterhalb des Ben Nevis. Seitdem wabert sie umher; meist steht sie am Ufer von Loch Shiel (in der Nähe Glenfinnans) oder Loch Morar (nahe Mallaig). Entscheidend ist, alle diese Orte liegen an der Streckenerweiterung der West-Highland-Bahn nach Mallaig, wo der Hogwarts-Express oft auf der Fahrt von und zur Schule erspäht werden kann.

Hierin liegt jedoch ein Problem: Die Überlieferungen auf Wizarding World (und die Magie der Eisenbahngeschichte) verraten uns, dass Hogwarts schon Mitte des 19. Jahrhunderts mit dem Zug erreichbar war. Doch die Strecke nach Mallaig wurde erst 1897 gebaut – eine Meisterleistung der Ingenieurskunst, die so gut dokumentiert ist, dass kein Zauber die Details ihrer Entstehung verfälschen kann. Es scheint, als könne nicht einmal das Zaubereiministerium mit der Bürokratie des Verkehrsministeriums mithalten!

Was wissen wir sonst noch? Laut den Büchern und den Filmen wird der (fälschlich angeklagte) entflohene Sträfling Sirius Black im echten Dufftown gesichtet, als er auf dem Weg nach Hogwarts ist. Dies lenkt unsere Aufmerksamkeit auf den Osten Schottlands und die Cairngorms. Hier in den Bergen, 48 km von Dufftown entfernt, liegt der Skiort Aviemore – und am Bahnhof in Aviemore (eröffnet 1863) kommen im Theaterstück *Harry Potter und das verwunschene Kind* die Protagonisten der zweiten Generation, Albus und Scorpius, nach einer nächtlichen Wanderung aus Hogwarts an. Damit können wir ziemlich sicher sagen, dass sich Hogwarts und Hogsmeade in Gehdistanz von Aviemore befinden; entsprechend haben wir sie auf der Karte eingezeichnet. So viel zur Unortbarkeit!

Natürlich ist Hogwarts nicht die einzige Zauberschule auf den Inseln. In Wales finden wir die Graustein-Akademie, eine unabhängige Ausbildungsstätte für Hexen, aus Jill Murphys Fantasyreihe *Eine lausige Hexe*. Für nicht magisches Volk ist das Internat auf der Bergkuppe getarnt: Menschen sehen es als Burgruine. Wie Hogwarts ist es tausend Jahre alt und steht in der Tradition romantischer (und oft gewaltvoller) Geschichte. Einige Bergkuppen entfernt liegt eine rivalisierende Schule, die von Frau Fünfzack geleitet wird, und es ist nur ein kurzer Ritt auf dem Hexenbesen bis zur Insel Cairnholm, Sitz von Miss Peregrines Waisenhaus für besondere Kinder. Der Fantasie von Anthony Horowitz entspringt derweil Groosham Grange *(Schule des Grauens)* auf dem düsteren Skrull Island vor der Küste Norfolks, eine Schule, die sich auf schwarze Magie spezialisiert hat. Viele andere Lehrinstitute, wie die Hexenschule Luna Nova (bei Glastonbury) aus der Anime-Serie *Little Witch Academia* und die Zauberschule Casterbrook in Buckinghamshire (aus Ben Aaronovitchs Fantasyreihe *Die Flüsse von London*), sind aus Platzgründen von der Karte disappariert. Und wer weiß, wie viele es auf diesen zauberhaften Inseln sonst noch gibt …

DIE KARTIERUNG SODORS, INSEL DER DAMPFLOKS

Die Insel Sodor, Heimat von Thomas, der kleinen Lokomotive, und den anderen Loks des dicken Kontrolleurs ist vielleicht eine der am besten ausgestalteten Flecken Erde. Sie sticht schon dadurch hervor, wie sorgfältig ihre Topografie und Geschichte mit der Realität verwoben sind.

J.R.R. Tolkien mag die Geschichte seiner Mittelerde über vier Zeitalter hinweg dokumentiert haben, die Küsten, Flüsse und Hochebenen von Gondor, Rohan und dem Auenland mögen auf einer Karte (für manche) so leicht wiederzuerkennen sein wie der Umriss Europas: Das winzige Sodor erreichte all dies ohne vergleichbare geografische Freiheit. Für seinen Erfinder, Reverend Wilbert Awdry, war Sodor Bestandteil des Vereinigten Königreichs (politisch dem Herzogtum Lancaster zugehörig), und seine Kultur und Geschichte sollten dies widerspiegeln.

Das wirklich Faszinierende ist, dass die Kartierung Sodors, ja eigentlich schon seine Benennung und „Entdeckung", nicht aus einer Laune heraus geschah, sondern aufgrund praktischer Notwendigkeit. Der Prozess wurde mit einer Sorgfalt durchgeführt, die ein modernes Medien-Franchise aufwenden würde, um sicherzugehen, dass alle seine Lizenzproduktionen stimmig ineinandergreifen.

Am Anfang von *The Railway Series*, wie die ursprüngliche Buchreihe heißt, standen Geschichten, die Awdry während des Zweiten Weltkriegs seinem Sohn Christopher erzählte, der mit Masern im Bett lag. Als diese Geschichten veröffentlicht wurden, sah sich Wilbert sehr bald gefordert, eine Menge Charaktere in einem fiktiven Eisenbahnnetz zu verwalten – einem, das sich stetig vergrößerte, ebenso wie die Zahl seiner kindlichen Fans .Und hier kommt der Knackpunkt: *Kinder können*

unglaubliche Pedanten sein. Wilbert wurde plötzlich überflutet von Briefen seiner kleinen Leserinnen und Leser, die auf Ungereimtheiten zwischen den Geschichten – manchmal sogar innerhalb einer Geschichte – gestoßen waren.

Viele Beschwerden betrafen die Illustrationen. Wilberts Reaktion bestand darin, alle Schauplätze und die Bahnstrecken, die sie miteinander verbanden, sorgfältig in eine Karte einzuzeichnen, um eine einheitliche Geografie zu schaffen. Das Problem war: Wo sollte er das Ganze ansiedeln? Wilbur hatte das Bahnnetz des dicken Kontrolleurs bereits als Teil der staatlichen Britischen Eisenbahn etabliert, doch jetzt stellte er fest, dass nach der Eisenbahn-Manie der Industriellen Revolution nirgendwo mehr eine Gegend frei war, in der er sein Netz einfügen konnte.

1950 wurde Wilbert dann als Gastprediger auf die Isle of Man eingeladen, die sich zwischen England und Irland in der Irischen See befindet. Während seines Besuchs fand er Gefallen an der Insel und entdeckte, dass die Diözese, der sie angehörte, „Bistum Sodor und Man" hieß. „Sodor" war ein altnordischer Begriff, der sich auf die südlichen schottischen Inseln bezog, aber nicht mehr gebräuchlich war. Awdry kam in den Sinn, dass er, wenn er den Begriff für seine Bücher reklamierte, nicht nur einen Standort für sein Eisenbahnnetz schaffen, sondern auch den fehlenden Teil des Bistums wiederherstellen konnte. Und so war die Insel Sodor geboren. Sie ist mehr als fünfmal so groß wie die Isle of Man und fügt sich wunderbar ein zwischen der realen Insel und der Stadt Barrow-in-Furness in Cumbria, die als Knotenpunkt auf dem Festland im Reich des dicken Kontrolleurs – jetzt mit dem offiziellen Namen „Nord-West-Eisenbahn" – zu unerwartetem Ruhm kam.

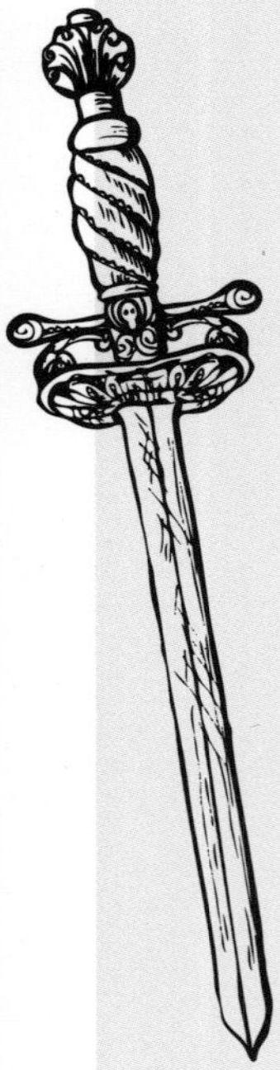

In Sodor fand Wilbert nicht nur den Platz, den er für seine Strecken benötigte, sondern auch den Raum für weitere Geschichten. Die Insel erhielt Städte, Berge, Täler, eine jahrhundertealte Geschichte und sogar eine eigene Sprache – eine Varietät von Manx namens Sudrianisch. Die Schöpfertätigkeit wurde für Wilbert und seinen Bruder George (einen begeisterten Hobbyhistoriker) zu einer erfüllenden Aufgabe, und als 1958 erstmals eine Karte von Sodor für die Allgemeinheit veröffentlicht wurde, brachte sie ihnen sogar etwas Geld ein. Die Karte war farbenfroh und etwas fantastisch; Wilbert sandte dem damaligen Bischof von Sodor und Man ein Exemplar und einen Brief, dass er sich freue, dem armen Bischof endlich die „andere Hälfte" seines Bistums zurückzugeben.

Der Rest ist Pseudogeschichte.

BUNTE INSELWELT

Auch wenn Sodor die berühmteste fiktive Insel in diesen Gewässern ist – es ist nicht die einzige. In Großbritannien haben mythische Inseln eine jahrtausendealte Geschichte. Ein solcher Name, der durch die Zeitalter hallt, ist Avalon: die Insel, auf der König Artus' Schwert Excalibur geschmiedet wurde und wo, manchen Erzählungen zufolge, der große König begraben ist. Dieser heilige Ort wird meist mit Glastonbury Tor in Somerset gleichgesetzt, einem hochragenden Turm, der heute von Land umschlossen ist, doch früher über halbversunkenem Moorland thronte. Wenn der Meeresspiegel ansteigt, wird er vielleicht eines Tages wieder von der Flut umspült – eine Insel für den König auf Camelot.

Auch das „verschollene Land" Lyonesse vor der Küste Cornwalls ist ein Relikt der Artussage. Die alte Geschichte von Lyonesse, der Heimat Tristans und dem Schauplatz des entscheidenden Kampfs zwischen Artus und Mordred (wenn man Tennyson glaubt), hat viele moderne Werke inspiriert, wie die *Lyonesse-Trilogie* von Jack Vance. Sein walisisches Äquivalent ist Cantre'r Gwaelod, ein angeblich versunkenes Stück Land in Cardigan Bay, das von jeher zur walischen Überlieferung gehört. Schottland hat die Insel Rocabarraigh, die dem Mythos zufolge nur dreimal auftaucht. Beim dritten Mal werde „voraussichtlich die Welt untergehen". Wir entschuldigen uns schon jetzt, falls der Eintrag in diesem Atlas unerwartete Konsequenzen hat: *Bei Apokalypse keine Haftung.*

Zusätzlich zu diesen fabelhaften Inseln werden immer neue erdacht. Sehr beneidenswert sind etwa die schottischen Zwillinge Great und Little Todday, bei denen in Compton Mackenzies Roman *Whisky Galore* (und zwei Verfilmungen, darunter *Das Whisky-Schiff*) ein Frachter mit 50 000 Kisten Scotch sinkt. In einer Zeit strenger Kriegsrationierungen stürmen die Dorfbewohner natürlich los, um die wertvolle Fracht zu retten, bevor sie von der Zollbehörde eingefordert wird.

Wehe jedoch den Autoritätspersonen, die es ein paar Inseln weiter nördlich nach Summerisle verschlägt. Die heidnischen Bewohner bringen gern herumschnüffelnde Polizisten als Opfer dar, wie in *The Wicker Man* dokumentiert ist. Auf Muir Island in der Nähe wird Mutantenforschung betrieben (Marvels *X-Men*) und zur Gefängnisinsel Askaban in der Nordsee ist jede weitere Erklärung unnötig. Doch auf schottischen Inseln kann es auch liebevoll zugehen. Auf Struay etwa, Schauplatz der beliebten Geschichten um *Katie Morag* von Mairi Hedderwick, erleben Sie überall Umarmungen, Lächen und Wollpullover, und auf Ronansay aus *Two Thousand Acres of Sky* herrscht ein tolles Gemeinschaftsgefühl.

Am stärksten bleiben vermutlich die Inseln in Erinnerung, die am seltsamsten sind. Skrull Island (*Schule des Grauens*), Cairnholm (*Die Insel der besonderen Kinder*) und Sodor (Heimat der empfindsamen Dampflokomotiven)

sind wir bereits begegnet. Weiterhin könnten wir Irlands Craggy Island (und die fast identische Nachbarinsel Rugged Island) nennen, windumtoste Heimat der verblüffend ungeeigneten Priester aus *Father Ted*. Zu ihr gelange man, heißt es, wenn man in Galway lossegelt, bis man englische Schiffe sieht, die radioaktiven Müll abladen; dann wisse man, man ist richtig.

Wir könnten auch die vokalscheue Inselgruppe Qwghlm („Taghum" ausgesprochen) besuchen, einen wiederkehrenden Nebenschauplatz in den Werken Neal Stephensons. Zu erwähnen ist auf jeden Fall die Insel Pinguinien, deren Bewohner Riesenalke waren, bevor sie getauft und zu Menschen wurden (*Die Insel der Pinguine* von Anatole France). Man findet sie zwischen den Kanalinseln – ebenso wie die Forau-Insel (*The Devil's Rock*), auf der deutlich diabolischere Rituale stattfinden sollen. Und wenn wir schon bei teuflischen Dingen sind: Auch Daily Mail Island mussten wir einfach aufnehmen, obwohl wir keinen Hinweis auf den Standort hatten. Auf dieser satirischen Insel, erdacht von Charlie Brooker, sitzen scheinbar normale Menschen fest, deren einzige Informationsquelle die rechtspopulistische Tageszeitung *The Daily Mail* ist.

In der Abschlussphase dieses Atlasses erfuhren wir noch von einem neuen Eiland, das vor der Nordostküste Irlands aufgetaucht war: der sichelförmigen Insel Eroda. Ihr rückwärts gelesener Name ist vielleicht von Samuel Butlers Erewhon (siehe Australien/Neuseeland) inspiriert. Jedenfalls kennen wir keine andere Insel, die erfunden wurde, um eine Musik-CD zu vermarkten – nämlich *Fine Line* von Harry Styles –, aber auch in einem fiktiven Atlas darf es solche und solche geben.

UMBENANNT, UM DIE UNSCHULDIGEN ZU SCHÜTZEN

Thomas Hardy begann mit der Erstellung seines Ortslexikons schon über hundert Jahre bevor die Autoren dieses Atlasses überhaupt geboren waren. Seine wichtigsten Romane spielen in der Region Wessex, benannt nach dem Königreich aus der Zeit Alfreds des Großen im frühen Mittelalter. Hier befinden wir uns natürlich im Süden und Südwesten Englands; die meisten Ausgaben von Hardys Romanen enthalten eine Karte von Wessex, das hinsichtlich der Form diesem Teil des Landes exakt entspricht. Aber achten Sie auf die Ortsnamen: Downstaple, Exonbury, Emminster, Budmouth – alle klingen wunderbar authentisch für die Region; aber sie sind es nicht. Hardy nahm die reale Karte und benannte alles um.

Selbst wenn Sie nie einen Hardy-Roman gelesen haben, kennen Sie vielleicht das Pseudonym seiner Heimatstadt Dorchester, denn es kommt im Titel eines seiner berühmtesten Werke vor: *Der Bürgermeister von Casterbridge*. In den fiktiven Ortsnamen klingen oft die ursprünglichen Orte mit an, wie in Christminster (Oxford) oder Sandbourne (Bournemouth). Insgesamt hat Thomas Hardy etwa 60 Städte und Dörfer auf diese Art umgetauft.

Warum tat er das? Er scheint keinen echten Grund gehabt zu haben – außer künstlerischer Freiheit. Die

Fantasienamen wirken romantischer und erlauben es dem Autor, spielerisch mit seinen Schauplätzen umzugehen, statt sich streng an die echte Geografie zu halten. Was auch immer seine Motivation war, er traf auf jeden Fall bei seinen Lesern einen Nerv. Damals war das angelsächsische Wessex außerhalb der akademischen Kreise fast in Vergessenheit geraten; seine Wiedererweckung brachte es ins öffentliche Bewusstsein zurück. 1998 wurde es sogar im Film *Shakespeare in Love* verwendet – der wiederum den sehr realen Prinz Edward dazu inspiriert haben soll, ein Jahr später den Titel „Earl of Wessex" anzunehmen.

Hardy mag am radikalsten echte Orte umbenannt haben, aber er war nicht der Erste, der dies tat. Mary Anne Evans (George Eliot) studierte das provinzielle Leben in *Middlemarch*, einer Stadt, die man leicht als Coventry erkennt. Charlotte Brontës dritter Roman heißt *Villette*, nicht „*Brüssel*". Sogar Charles Dickens, der für seine sorgfältige Ergründung Londons berühmt ist, gab Preston in *Harte Zeiten* den Namen Coketown und machte in *Das Geheimnis des Edwin Drood* Rochester zu Cloisterham.

Hardy war auch nicht der Letzte, der innerhalb Englands eine fiktive Landkarte erstellte. Ihm folgte prompt Arnold Bennett mit seinen Romanen über die *Fünf Städte*, die sich leicht als „Staffordshire Potteries" identifizieren lassen, wenn auch mit Hardyesk veränderten Namen, wie Knype (Stoke), Bursley (Burslem) und Turnhull (Tunstall). In ihrem posthum veröffentlichten Roman *South Riding* von 1936 spielt Winifred Holtby mit der geografischen Eigenheit, dass Yorkshire damals in drei „Ridings" unterteilt war: Es gab East, West und North, aber kein South Riding. Dieses reklamierte sie für Yorkshire, ersetzte zudem Hull durch das fiktive Kingsport und Beverley durch Flintonbridge; sogar der mächtige Humber wurde umgetauft in Leame Estuary. 1980 gab Russell Hoban in seinem Science-Fiction-Roman *Riddley Walker* den Städten Kents neue Namen, die zudem milde Zweideutigkeiten enthielten: Faversham und Sandwich wurden zu Father's Ham und Sam's Itch, Herne Bay zu Horny Boy.

Diese und viele andere Beispiele finden sich auf der Landkarte. Manche Orte wurden umbenannt, um die Unschuldigen zu schützen; andere, damit sie sündiger klangen.

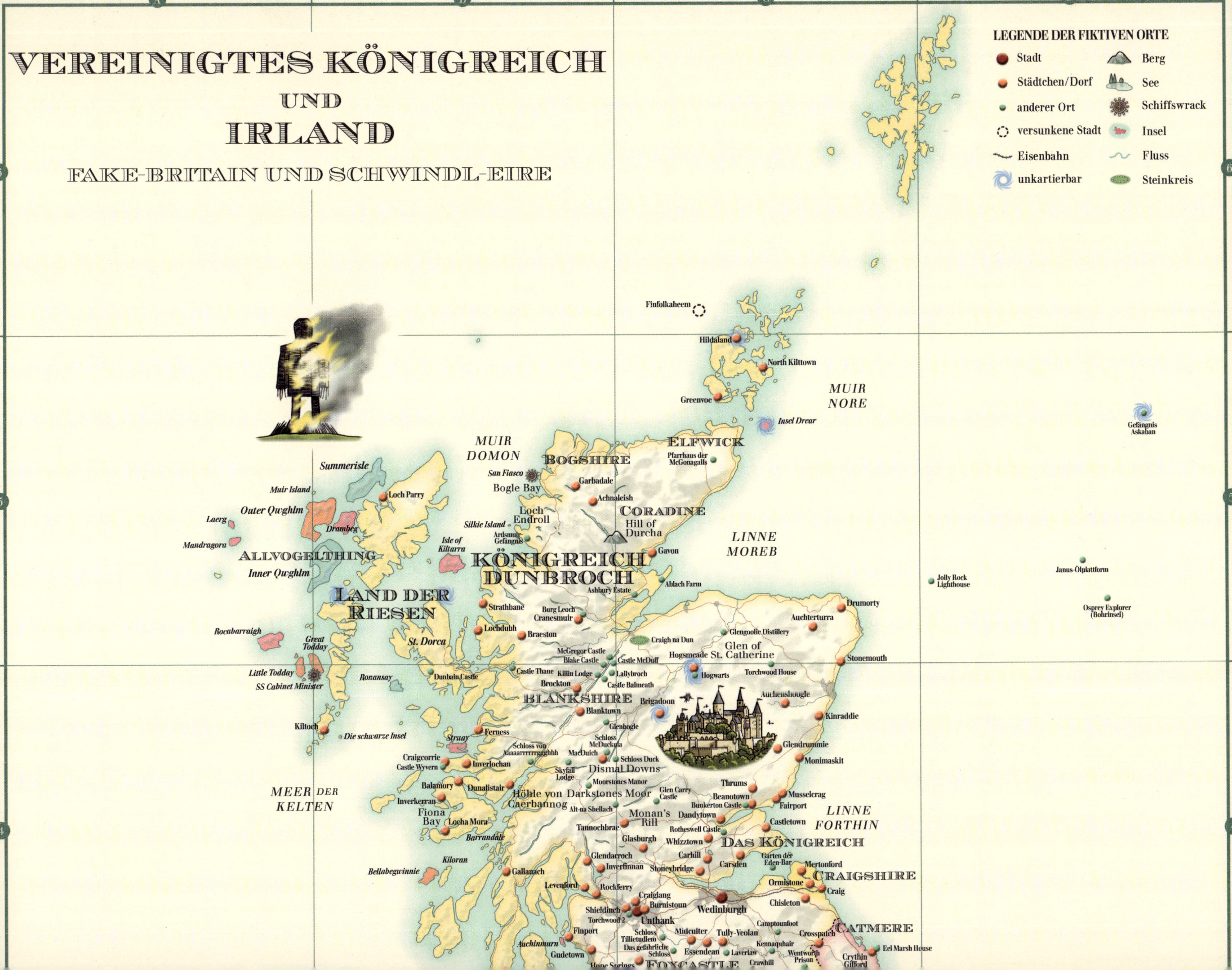

VEREINIGTES KÖNIGREICH
UND
IRLAND
FAKE-BRITAIN UND SCHWINDL-EIRE
LEGENDE DER FIKTIVEN ORTE
Stadt
Städtchen/Dorf
anderer Ort
versunkene Stadt
Eisenbahn
unkartierbar
Berg
See
Schiffswrack
Insel
Fluss
Steinkreis
Finfolkaheem
Hildaland
North Kilttown
Greenvoe
MUIR NORE
Insel Drear
Gefängnis Askaban
MUIR DOMON
San Fiasco
Bogle Bay
BOGSHIRE
ELFWICK
Pfarrhaus der McGonagalls
Garbadale
Achnaleish
Loch Endroll
CORADINE
Hill of Durcha
Silkie Island
Ardsmuir-Gefängnis
Isle of Kiltarra
KÖNIGREICH DUNBROCH
Gavon
LINNE MOREB
Ablach Farm
Ashbury Estate
Jolly Rock Lighthouse
Janus-Ölplattform
Osprey Explorer (Bohrinsel)
Summerisle
Muir Island
Loch Parry
Outer Qwghlm
Laerg
Drambeg
Mandragora
ALLVOGELTHING
Inner Qwghlm
LAND DER RIESEN
Strathbane
Burg Leoch
Cranesmuir
Lochdubh
Braeston
St. Dorca
Rocabarraigh
Great Todday
Little Todday
SS Cabinet Minister
Ronansay
Dunbain Castle
Castle Thane
McGregor Castle
Blake Castle
Castle McDuff
Killin Lodge
Lallybroch
Castle Balmeath
Brockton
BLANKSHIRE
Blanktown
Drumorty
Auchterturra
Glengoolie Distillery
Craigh na Dun
Glen of St. Catherine
Hogsmeade
Hogwarts
Torchwood House
Stonemouth
Brigadoon
Auchenshoogle
Kinraddie
Kiltoch
Die schwarze Insel
Ferness
Struay
Glenbogle
Schloss McDuckula
Schloss von Aaaaarrrrrrggghhh
MacDuich
Schloss Duck
Glendrummie
Monimaskit
Craigcorrie
Castle Wyvern
Inverlochan
Skyfall Lodge
Dismal Downs
Moorstones Manor
Balamory
Dunalistair
Höhle von Darkstones Moor
Caerbannog
Glen Carry Castle
Thrums
Beanotown
Musselcrag
Bunkerton Castle
Fairport
MEER DER KELTEN
Inverkerran
Fiona Bay
Locha Mora
Alt-na Shellach
Monan's Rill
Dandytown
LINNE FORTHIN
Castletown
Barrandale
Tannochbrae
Rotheswell Castle
Glasburgh
Whizztown
DAS KÖNIGREICH
Kiloran
Glendarroch
Inverfinnan
Carhill
Carsden
Garten der Eden-Bar
Mertonford
Bellabegwinnie
Gallanach
Stonebridge
Ormistone
CRAIGSHIRE
Levenford
Rockferry
Craig
Craiglang
Burnistoun
Wedinburgh
Chisleton
Shieldinch
Torchwood 2
Unthank
Camptounfoot
Finport
Schloss Tillietudlem
Midculter
Tully-Veolan
Crosspatch
CATMERE
Das gefährliche Schloss
Kennaquhair
Auchinmurn
Essendean
Laverlaw
Wentworth Prison
Eel Marsh House
Gudetown
Hope Springs
FOXCASTLE
Crawhill
Crythin Gifford

BLACK ATLANTIC
DIE GRÜNE INSEL
GLENARVON
COUNTY FINFARRAN
COUNTY MORE WEST
Finfarran-Halbinsel
WESTERNESSE
MAERSE SEA
MUIR BRITTON
CANTRE'R GWAELOD
PRYDAIN
LYONESSE
ENGLE SEA
DOFRAS SUND
THE CANONRY
LEDSHIRE
SOUTH RIDING
MARLINSHIRE
STONYSHIRE
LOAMSHIRE
NAPTONSHIRE
SOUTHMOLTON-SHIRE
GAULT-SHIRE
BORSETSHIRE
RUTSHIRE
WYVERN
MIDSOMER
GLEBESHIRE
OUTER WESSEX
BARSETSHIRE
S. WESSEX
LOWER WESSEX
OFF WESSEX
HOOK-LAND
PINGUINIEN
(Auch als Alka bekannt, eine reisende Insel)
KANALINSELN
MASSSTAB
100 kilometres
100 miles
siehe Ausschnitt

VEREINIGTES KÖNIGREICH UND IRLAND

WICHTIGE SCHAUPLÄTZE

Eine vollständige Liste der Schauplätze finden Sie im Ortsregister auf Seite 130–150.

ABERGARTH

Island of Apples **VON GLYN JONES | WALES | ROMAN**

Die idyllische Marktgemeinde im walisischen Westen basiert fast komplett auf dem echten Carmarthen – die Lektüre des Texts in der Schule fühlte sich an wie ein Ausflug zu einem unserer eigenen Autoren, der in der Gegend aufwuchs. Nicht auf der Karte ist Ystrad, das industrielle Gegenstück zu Abergarth, das Merthyr Tydfil nachempfunden ist. **LK S. 64–65, C2**

BALLAKREEN

Brass Eye **IRLAND | TV**

Dorf, in dem Sichtungen einer Statue der Jungfrau Maria gemeldet werden, die am Steuer eines vorbeifahrenden Autos saß. Eine Parodie des echten Ballinspittle in County Cork, wo 1985 mehrere Einheimische gesehen haben wollten, wie sich eine Madonnenstatue bewegt hat. **LK S. 64–65, A2**

BAHNSTRECKE TITFIELD–MALLINGFORD

Der Titfield-Express **ENGLAND | FILM**

Ländliche Nebenstrecke, die von den Dorfbewohnern (mit einer Finanzspritze des örtlichen Trinkers!) gekauft und betrieben wird, nachdem die Britische Bahn ihre sofortige Stilllegung angekündigt hat. Die erste der kultigen Ealing-Komödien in Farbe. Gedreht wurde im heißen Sommer 1952 an einer kurz zuvor stillgelegten Bahnstrecke bei Bath. Wir haben eine ähnliche Gegend gewählt. **LK S. 64–65, C2**

BARSETSHIRE

ROMANE VON ANTHONY TROLLOPE | ENGLAND | ROMANE

Diese Grafschaft basiert lose auf Somerset, wenn auch die wichtigste Stadt Barchester an Winchester in Hampshire angelehnt ist. In Barsetshire befinden sich mehrere fiktive Schauplätze, von denen wir hier nur für ein paar Platz haben. Darüber hinaus gibt es noch Hogglestock, Greshamsbury, Uffley und Puddingdale. **LK S. 64–65, C1**

BASKERVILLE HALL

Sherlock Holmes: Der Hund von Baskerville

VON ARTHUR CONAN DOYLE | ENGLAND | ROMAN

Dieses Herrenhaus ist einer der berühmtesten Holmes-Schauplätze; sein Standort lässt sich leicht als Dartmoor identifizieren. Wir haben eine schöne Auswahl an Orten aus dem Werk aufgenommen, doch eine vollständige Kartierung übersteigt die Möglichkeiten der Karte. **LK S. 64–65, C1**

BEANOTOWN

The Beano **SCHOTTLAND | COMICS**

Genaue Lage unbekannt, aber es gibt Hinweise, dass die Stadt unweit vom Hauptsitz des Verlags in Dundee liegt. **LK S. 64–65, C4**

BLAENDY

The Proud Valley **WALES | FILM**

Hauptschauplatz des Films von 1940: Ein Seemann, gespielt vom afroamerikanischen Schauspieler und Sänger Paul Robeson, wird angesichts seiner Tatkraft und seiner schönen Bassbaritonstimme in dieser walisischen Bergarbeitergemeinde als Kumpel willkommen geheißen. Blaendy liegt wohl am westlichen Rand der Kohlereviere von Südwales: Hinweisschildern zufolge ist es 49 Meilen (79 km) von Cardiff und 208 Meilen (335 km) von London (via Old Gloucester Road) entfernt. Wir haben es in der Nähe von Ammanford verortet; im Tal daneben finden wir die Bergwerksstadt Caerflwyti aus *Tolldreiste Kerle in rasselnden Raketen*, das allerdings in County Wicklow, Irland, gefilmt wurde. **LK S. 64–65, C2**

BLANDINGS CASTLE

ROMANE VON P.G. WODEHOUSE | ENGLAND | ROMANE

Landsitz von Lord Emsworth und wichtiger Schauplatz in vielen Romanen von Wodehouse. Wir haben zahlreiche andere seiner Orte aufgenommen, aber für alle fehlt uns der Platz. **LK S. 64–65, C2**

BOHANE

Dunkle Stadt Bohane

VON KEVIN BARRY | IRLAND | ROMAN

Diese Stadt wird nie klar verortet. Wir wissen aber, dass sie im Westen Irlands auf einer Halbinsel liegt. Es heißt, man lebt dort „in den hohen fünfziger Breitengraden“, was auf Donegal hindeutet. Dass es in der Großen Nichtsöde außenherum Kalkstein gibt, grenzt die Lage weiter ein. **LK S. 64–65, A3**

BRIGADOON

Brigadoon **SCHOTTLAND | FILM**

Lerners und Loewes magisches Dorf erscheint nur alle 100 Jahre. Angesichts seiner seltenen Existenz und dem Fehlen auf anderen Karten haben wir es als unkartierbar gekennzeichnet. Den Namen

hat das zeitkritische Dorf von der Brücke Brig o' Doon in Ayrshire, doch es materialisiert sich in den Highlands. **LK S. 64–65, C4**

BUGGLESKELLY

Otto, zieh die Bremse an!
NORDIRLAND | FILM
In dieser britischen Komödie von 1937 spielen der altgediente Schauspieler (und Hobbyastronom) Will Hay sowie Moore Marriott und Graham Moffatt die gerissene (und oft einfältige) Belegschaft des abgeschiedenen Bahnhofs von Buggleskelly, in dem es spuken soll. Buggleskelly an der fiktiven Southern Railway in Nordirland, das den Film *Der Geisterzug* (siehe Fal Vale) auf die Schippe nimmt, liegt direkt nördlich der Grenze zum damaligen Irischen Freistaat. Die örtlichen Geistergeschichten werden von Schmugglern als Tarnung ausgenutzt, die dort auf einem stillgelegten Streckenabschnitt Waffen über die Grenze bringen. Auf einer Karte im Film ist der Bahnhof an der Stelle der echten Ortschaft Lisnaskea eingezeichnet. **LK S. 64–65, B3**

CASTERBRIDGE

ROMANE VON THOMAS HARDY | ENGLAND | ROMANE
Zu den Schauplätzen in Hardys Region Wessex, siehe Seite 63. **LK S. 64–65, C1**

COPPEROPOLIS

Copperopolis **WALES | COMIC**
Sowohl ein Kosename für das echte Swansea als auch eine Alternativversion dieser Stadt aus einem Indie-Comic desselben Namens. **LK S. 64–65, C2**

CRAGGY ISLAND

Father Ted **IRLAND | TV**
Insel vor der Westküste Irlands. „Am einfachsten gelangt man hin, wenn man in Galway ablegt und sich nördlich hält, bis man die englischen Schiffe mit den Warnzeichen für Radioaktivität sieht. Wenn sie das strahlende Zeugs abladen, kommen sie nah an die Insel ran." **LK S. 64–65, A2**

DOFRAS SUND *Total War: Thrones of Britannia*

ENGLAND | VIDEOSPIEL
In *Total War* kommen zahllose Dörfer aus dem finsteren Mittelalter vor. Wir haben uns hier jedoch auf die fiktiven Meeresbezeichnungen beschränkt. **LK S. 64–65, D1**

DOONE VALLEY

Das Tal der Verfemten
VON RICHARD DODDRIDGE BLACKMORE | ENGLAND | ROMAN
Das echte Doone Valley in Devon wurde ungewöhnlicherweise nach dem fiktiven Tal aus Richard Doddridge Blackmores berühmtem Roman benannt und nicht umgekehrt. Daher finden wir es legitim, es in der Karte aufzunehmen. **LK S. 64–65, C2**

DOWNTON ABBEY

Downton Abbey **ENGLAND | TV**
Wie Ihnen jeder Fan der Serie sagen kann, wurden die Außenaufnahmen im Schloss Highclere Castle, County Hampshire, gedreht. Dort soll Downton jedoch nicht liegen: Fast alle Orte aus der Serie gibt es wirklich in North Yorkshire. **LK S. 64–65, C3**

EMMERDALE

Emmerdale **ENGLAND | TV**
Die berühmte Emmerdale Farm befand sich bis Mitte der 1990er-Jahre in dem ebenfalls fiktiven Dorf Beckindale. Dann änderte das Dorf seinen Namen, damit es zur Farm passte. **LK S. 64–65, C3**

ENGLAND, ENGLAND

England, England **VON JULIAN BARNES | ENGLAND | ROMAN**
Der Name, den Julian Barnes der Isle of Wight gab. Er verwandelte die Insel in ein Miniatur-England in Form eines gigantischen Freizeitparks. **LK S. 64–65, C1**

FAIR HAVEN

Star Trek: Raumschiff Voyager
IRLAND | TV
Etwas klischeehaftes irisches Dorf, das ins Holodeck der *USS Voyager* programmiert wurde. In der Simulation gibt ein Schild die Richtung zu anderen (echten) Ortschaften an; demnach liegt Fair Haven im County Clare. In einer späteren Folge entpuppt es sich als Küstenstädtchen (wie auch der Name nahelegt). **LK S. 64–65, A2**

FAL VALE

Der Geisterzug **VON ARNOLD RIDLEY | ENGLAND | THEATERSTÜCK/FILM**
Diesen Schauplatz erfand der Dramatiker und Schauspieler Arnold Ridley Jahrzehnte bevor er in *Dad's Army* den Gefreiten Godfrey spielte. Nach einer einsamen Nacht am Bahnhof von Mangotsfield (weil er einen Anschluss verpasst hatte) schrieb er ein Stück, in dem mehrere Passagiere im abgelegenen Bahnhof von Fal Vale stranden. Dort soll ein Geisterzug spuken – in Wirklichkeit ein Ablenkungsmanöver von Gangstern, die ihre illegalen Machenschaften verschleiern wollen. Dieser Plottwist – „übernatürliche" Ereignisse tarnen Verbrechen – wurde oft imitiert (siehe auch Buggleskelly). Das Theaterstück war extrem erfolgreich und wurde mehrmals verfilmt, doch Ridley hatte davon nichts: Er verkaufte die Rechte an seinen Stücken schon früh in einer finanziell schwierigen Phase. Es heißt, Fal Vale liege in der Nähe von Truro und Cornwall. **LK S. 64–65, B1**

FARM DER TIERE

Farm der Tiere **VON GEORGE ORWELL | ENGLAND | FABEL**
Orwells Tiere mit Politikbewusstsein könnten wohl überall leben, doch hier wird das Dorf Willingdon in East Sussex namentlich erwähnt – einer Gegend, die Orwell vertraut war. **LK S. 64–65, D1**

FAWLTY TOWERS

Fawlty Towers **ENGLAND | TV**
Von Englands verrücktestem Hotel wird mehrmals gesagt, es liege in dem Touristenort Torquay. **LK S. 64–65, C1**

FOWL MANOR

Artemis Fowl-**REIHE VON EOIN COLFER | IRLAND | ROMANE**
Landsitz in einem Dubliner Außenbezirk, etwa eine Stunde vom Stadtzentrum entfernt. Im Film von 2020 befindet er sich an der Küste. **LK S. 64–65, B2**

FULCHESTER

Viz **ENGLAND | COMICS**
Lage unbekannt, aber besitzt typische Merkmale von Newcastle. **LK S. 64–65, C3**

GARSIDE FELL

The Garside Fell Disaster
VON L.T.C. ROLT | ENGLAND | KURZGESCHICHTE
Unheimlicher Berg aus den Spukgeschichten des Schriftstellers und Ingenieurs Rolt, dessen fiktive Schauplätze sich an realen orientierten. Garside Fell, einer der ersten Orte, die wir für diesen Atlas kartierten, ist inspiriert von der Landschaft zwischen Yorkshire und Cumbria. Sein Name leitet sich von Garsdale ab, einem Tal der Yorkshire Dales; der darunterliegende Tunnel, in dem in der titelgebenden Katastrophe zwei Züge in Flammen aufgehen, ist dem Blea Moor Tunnel auf der historischen Eisenbahnstecke von Settle nach Carlisle nachempfunden. **LK S. 64–65, C3**

GREENDALE

Postbote Pat **ENGLAND | TV**
Strenggenommen ist Greendale der Name des Tals und nicht des Dorfs. Trotzdem wird die Post von der Royal Mail an diese Adresse zugestellt! **LK S. 64–65, C3**

HAYSLOPE *Adam Bede*

VON GEORGE ELIOT | ENGLAND | ROMAN
Der Hauptschauplatz des Romans basiert auf dem Dorf Ellastone in Shropshire, das die Autorin gut kannte. **LK S. 64–65, C2**

HOGWARTS

Harry Potter-**ROMANE VON J.K. ROWLING | SCHOTTLAND | ROMANE/FILME**
Zu diesem berühmten Schauplatz, siehe Seite 61. **LK S. 64–65, C4**

HOLDWICK PARK REFINERY
Look Around You ENGLAND | TV
Fabrik in den (ebenfalls fiktiven) Staffordshire Downs, wo „industrietaugliches Kalzium" hergestellt wird. In dieser Parodie auf TV-Lehrfilme heißt es: „Wenn Sie je mit einer Kalziumfeder geschrieben oder durch eine Linse aus Kalzium geblickt haben, stammten diese wahrscheinlich aus Holdwick." LK S. 64–65, C2

INVERFINNAN
Die Hurricanes SCHOTTLAND | TV
Städtchen an einem Meeresarm, das in einer Folge der Zeichentrickserie von dem weltreisenden Fußballteam besucht wird. Wir haben Inverfinnan in der ländlichen Gegend um Glasgow angesiedelt, weil das dortige Team, die Inverfinnan Celtics, dem Celtic FC aus Glasgow nachempfunden ist. Der Coach der Hurricanes, Jock Stone, basiert auf Jock Stein, einem legendären Manager des Celtic FC. LK S. 64–65, B4

ISLE OF KILTARRA
Oller Kahn mit Größenwahn (Die Maggie) SCHOTTLAND | FILM
Abgelegene schottische Insel und Bestimmungsort der *Maggie*, eines ausgedienten alten Frachtkahns. Der schlitzohrige Kapitän zieht den Auftrag an Land, die wertvollen Möbel eines reichen amerikanischen Unternehmers auf die Insel zu transportieren, wo dieser ein Ferienhaus gekauft hat. Das führt zu einem aberwitzigen Katz-und-Maus-Spiel entlang der Küste. Die Schauplätze sind real, bis die *Maggie* den Crinan Canal durchquert. Danach werden sie fiktiv; manche haben so wunderbare Namen wie Bellabegwinnie, Loch Mora oder Inverkerran. Wer den Film aufmerksam verfolgt und auch die Karten im Vorspann beachtet, ahnt, dass ein Großteil der Handlung um die Isle of Mull spielt und Kiltarra weiter nördlich in den Äußeren Hebriden liegt. LK S. 64–65, B5

KLOSTER NEMETON
Koudelka | WALES | VIDEOSPIEL
Verwunschenes Kloster aus dem 9. Jahrhundert und Hauptschauplatz dieses Videospiels von 1999. Das japanische Produktionsteam wollte ein Setting gegenüber von Irland und wählte für das Kloster das walisische Aberystwyth; die Umgebung ist dagegen eher von der Landschaft Pembrokeshires in Südwales inspiriert. LK S. 64–65, C2

LAMPSHER
Nacht und Tag VON VIRGINIA WOOLF | ENGLAND | ROMAN
Den Fans von Virginia Woolf sei die Karte des Autors ans Herz gelegt, in der alle Schauplätze aus ihren Romanen verzeichnet sind – zu finden ist sie unter Londonist.com. LK S. 64–65, D2

LAND DER RIESEN
Sophiechen und der Riese
VON ROALD DAHL | SCHOTTLAND | ROMAN
Das Land der Riesen ist unkartierbar. Der gute Riese GuRie eröffnet der Queen, sie werde nicht noch einmal hinfinden. Nach den Aufnahmen der Verfilmung, *BFG – Big Friendly Giant*, zu urteilen, scheint es von London aus ziemlich weit oben im Norden zu liegen, in einer gebirgigen Gegend, die an die Highlands erinnert. LK S. 64–65, B5

LLAREGGUB
Unter dem Milchwald VON DYLAN THOMAS | WALES | HÖRSPIEL
Fischerdorf in dem prämierten Hörspiel, das der walisische Dichter kurz vor seinem frühen Tod für die BBC schrieb. Als Vorbild konkurrieren Laugharne, wo er zuletzt mit seiner Familie lebte, und New Quay, an das seine Skizze von Llarebbug erinnert. Wir haben uns für einen Küstenort dazwischen entschieden. Rückwärts gelesen ergibt sich *bugger all*, ein derbes englisches Slangwort für „rein gar nichts". LK S. 64–65, B2

LOCH PARRY
An Appointment with the Wicker Man VON GREG HEMPHILL | SCHOTTLAND | THEATERSTÜCK
Entlegenes schottisches Städtchen, in dem die örtliche Laienschauspieltruppe *The Wicker Man* als Musical auf die Bühne bringen möchte. Die Handlung entspricht der aus dem Film *The Wicker Man*, daher haben wir Loch Parry auf der Insel Lewis angesiedelt, gegenüber der fiktiven Insel Summerisle. LK S. 64–65, B5

LYONESSE
ENGLAND | VOLKSMYTHOS
Großbritannien mag in Wirklichkeit in Land's End zu Ende sein, doch das Fake-Britain in unserem Atlas erstreckt sich noch 48 km (30 Meilen) weiter Richtung Westen bis zu der verschollenen Insel Lyonesse, die aus den Tiefen der Artus-Sagen aufgetaucht ist. LK S. 64–65, B1

MARLINSHIRE
Tim und Struppi VON HERGÉ | ENGLAND | COMICS
Grafschaft, in der Kapitän Haddock in englischen Übersetzungen von *Tim und Struppi* wohnt. Die Beschreibung passt gut zu Lincolnshire; das Haus der Familie, Marlinspike Hall, ist nicht auf der Karte. Für den belgischen Prototyp, siehe Schloss Mühlenhof in Westeuropa. LK S. 64–65, D3

MR. McGREGORS GARTEN
Peter Hase VON BEATRIX POTTER | ENGLAND | BÜCHER/FILME/TV
In der unterschätzten Verfilmung klar als Windermere identifiziert. LK S. 64–65, C3

McSWIGGAN VILLAGE
Family Guy IRLAND | TV
Irisches Heimatdorf von Peters leiblichem Vater. Peter kommt vom Flughafen mit dem Taxi, also ist die Distanz von Dublin wohl mit dem Auto machbar. LK S. 64–65, B2

MILFORT
Milfort: A fictional Irish Town
IRLAND | COMEDYCLUB/BÜHNENSHOW
Club und Show in Kenmare, Australien. Wir haben Milfort bei der echten irischen Stadt Kenmare, County Kerry, verortet, als Erwiderung der Hommage. LK S. 64–65, A2

NEWTON HAVEN
The World's End ENGLAND | FILM
Inspiriert von Welwyn Garden City und dort gefilmt; wir haben in dieser Stadt Plaketten entdeckt, die einige der Pubs aus dem Film kennzeichnen. LK S. 64–65, D2

NORTH KILTTOWN
Die Simpsons SCHOTTLAND | TV
Heimatort von Hausmeister Willie auf Orkney. LK S. 64–65, C5

PEMBERLEY
Stolz und Vorurteil
VON JANE AUSTEN | ENGLAND | ROMAN
Das Herrenhaus wird oft mit Chatsworth in Derbyshire gleichgesetzt. LK S. 64–65, C2

PONTYPANDY
Feuerwehrmann Sam WALES | TV
Der bekannteste walisische Lebensretter wohnt in einer Stadt, deren Name eine Verschmelzung aus zwei echten Städtenamen ist: Pontypridd und Tonypandy. Wir haben sie ungefähr in deren Gegend gesetzt, allerdings – entsprechend den Hinweisen aus der Serie – an die Küste. LK S. 64–65, C2

PUCKOON
Puckoon: eine irische Dorfgeschichte VON SPIKE MILLIGAN | IRLAND/NORDIRLAND | ROMAN
Ein Dorf, durch das nach der Teilung Irlands ein Riss geht; hauptsächlich liegt es im Irischen Freistaat, aber zum Teil auch in Nordirland. Die Lage ist laut dem Buch „[e]inige und eine halbe metrische Meilen nordöstlich von Sligo", was auf die Umgebung des Sees Lough Melvin hinweist. Puckoon wird aber auch als Küstenort am Atlantik beschrieben – ein unauflösbarer Widerspruch: Die Grenze

erreicht erst viel weiter im Norden das Meer. Da es sich aber um eine Komödie von Spike Milligan handelt, in der am Ende sowieso niemand mehr so genau weiß, wo die Grenze verläuft, sind wir mal großzügig. Ganz in der Nähe finden Sie noch einen Beitrag von Spike: „Sligo Mission Control" aus seiner frechen Parodie *Irish Astronauts* – oder sollte das „Astr O'Naughts" heißen? **LK S. 64–65, A3**

ROYSTON VASEY
The League of Gentlemen
ENGLAND | TV
Die „verschworene" Gemeinde mit den grotesken Bewohnern wurde von einem Dorf in Cumbria inspiriert, aber in Derbyshire gefilmt. Nach reichlich Feedback (auch von einem der Erfinder) entschieden wir uns für den Ort in Derbyshire, da er uns „richtiger" schien. **LK S. 64–65, C3**

SCHLOSS TILLIETUDLEM
Die Schwärmer **VON SIR WALTER SCOTT | SCHOTTLAND | ROMAN**
Obwohl das Schloss fiktiv ist, sind ein Bahnhof und eine Wohnsiedlung in England nach ihm benannt. **LK S. 64–65, C4**

SKYFALL
James Bond: Skyfall
SCHOTTLAND | FILM
Das Anwesen, Bonds Elternhaus, befindet sich in den Highlands. Wir haben es am Drehort Glen Etive verortet. **LK S. 64–65, B4**

SODOR
Thomas, die kleine Lokomotive
VON REVEREND W. AUDREY | IRISCHE SEE | BÜCHER/TV
Zu diesem Inselstaat, siehe Seite 61.
LK S. 64–65, C3

ST. MARY MEAD
ROMANE VON AGATHA CHRISTIE | ENGLAND | ROMANE
Wir haben einige Schauplätze von Agatha Christie kartiert; dieses Dorf ist wohl am bekanntesten – und am unbeständigsten: Es taucht in mindestens vier Grafschaften auf (den fiktiven Countys Downshire, Radfordshire und Middleshire sowie Kent). Später erfährt man, dass es nicht so weit von London entfernt ist und die Züge dorthin am Bahnhof Paddington abfahren. Das Dorf soll in der Nähe des fiktiven Market Basing (nicht abgebildet) liegen, daher haben wir es bei Basingstoke verortet, das als dessen Vorbild gilt. **LK S. 64–65, C2**

TECH DUINN
IRLAND | MYTHOLOGIE
Mal wieder eine außerweltliche Insel, diesmal aus der keltischen Mythologie. Der Name hat nichts mit Technik zu tun, sondern bedeutet „Haus des (Totengottes) Donn"; hier geben sich die Seelen der Toten ein Stelldichein. Tech Duinn wird oft mit der echten kleinen Felseninsel Bull Rock im Südwesten Irlands gleichgesetzt. **LK S. 64–65, A2**

TOTTINGTON HALL
Wallace & Gromit – Auf der Jagd nach dem Riesenkaninchen **ENGLAND | FILM**
Die *Wallace und Gromit*-Filme spielen in Wigan, aber das Anwesen von Lady Tottington ist fiktiv. **LK S. 64–65, C3**

TWEEDYS FARM
Chicken Run – Hennen rennen
ENGLAND | FILM
„Noch nie hat ein Huhn es geschafft, von Tweedys Farm zu entkommen!" Wir sind ziemlich sicher, von wo besagte Hühner fliehen möchten, denn die Dokumente, die in dem abendfüllenden Animationsfilm von Aardman zu sehen sind, belegen einen Standort im North Riding von Yorkshire. Zur näheren Eingrenzung: Dem Flugzeug, das die Hühner gebaut haben, um sich aus dem Staub zu machen, dient ein Schild als Propeller, das anzeigt, dass die Farm am Kreuzungspunkt zwischen Lancaster, Halifax and Sunderland liegt. Nicht auf unserer Karte ist die nahe gelegene Stadt Dulldale. **LK S. 64–65, C3**

VALERIE SINATRAS EINE MEILE HOHES VERKEHRSSTUDIO
The Day Today **ENGLAND | TV**
Studio auf einem eine Meile (1,6 km) hohen Turm, aus dem die fiktive Valerie Sinatra in dieser Satireserie die Verkehrsnachrichten sendet. Es soll sich im geografischen Zentrum Großbritanniens befinden, was 6,4 km nordwestlich von Dunsop Bridge in Lancashire wäre. **LK S. 64–65, C3**

VILLAGE
The Prisoner – Der Gefangene
WALES | TV
Eine etwas wacklige Entscheidung, denn interne Indizien deuten darauf hin, dass das Dorf näher bei London liegt. Seit der Verfilmung von 1967/68 (Titel: *Nummer 6*) ist jedoch der Drehort Portmeirion so eng mit der Serie verknüpft, dass man es uns bestimmt übelnähme, wenn wir einen anderen Ort wählen würden. **LK S. 64–65, C2**

VIRGINIAN
Die Legende vom Ozeanpianisten **ENGLAND | FILM**
Erhabener alter Ozeandampfer, auf dem der titelgebende Pianist, „Danny Boodman T. D. Lemon 1900", sein ganzes Leben verbringt, ohne je einen Fuß an Land zu setzen. Als das Schiff nach dem Zweiten Weltkrieg gesprengt werden soll, bleibt er an Bord. Bei der Kartierung gab es einige Verwirrung: Wir wussten, dass die *Virginian* vor der Küste von Plymouth versenkt wurde, und nahmen fälschlicherweise an, es handle sich um Plymouth, Massachusetts. Erst als wir uns recht spät den Films ansahen, begriffen wir, dass von Plymouth in Devon die Rede war, und mussten im letzten Moment noch die Karten korrigieren. **LK S. 64–65, C1**

WALFORD
EastEnders **ENGLAND | TV**
Die britische Soap spielt natürlich im Londoner East End. Hinweise in der Serie, darunter ein U-Bahn-Plan der „Tube", zeigen einen Ort nahe Bromley-by-Bow. Gefilmt wird in Borehamwood, Hertfordshire. Der Autor wohnt fast ums Eck; er kann von seiner Dachterrasse das Studio sehen! **LK S. 64–65, D2**

WALMINGTON-ON-SEA
Dad's Army **ENGLAND | TV**
Der Ort, der mit am einfachsten zu kartieren sein sollte, entpuppte sich als der vielleicht kniffligste: Walmington liegt ja eindeutig an der Südküste Englands, gegenüber von Frankreich. Die Frage war aber, wo genau sollten wir den Heimatort der beliebtesten britischen Home-Guard-Einheit ansiedeln? Alle Karten zur Serie widersprechen sich, und in den Dialogen gibt es Hinweise auf viele mögliche Orte, von Eastbourne in East Sussex bis Dover in Kent. Wir haben uns letztlich für einen Ort in Kent direkt an der Grenze zu East Sussex entschieden, da die Home Guards in der Regel die Abzeichen des örtlichen Regiments übernahmen: Die stolzen Männer, die Walmington verteidigen, tragen an ihren Feldmützen das aufgebäumte Pferd des damaligen Regiments aus Kent, des „Queen's Own Royal West Kent Regiment". **LK S. 64–65, D1**

WENTWORTH PRISON
Highland-Saga-**ROMANE/** *Outlander* **VON DIANA GABALDON | SCHOTTLAND | ROMANE/TV**
Grausames Gefängnis in einer fiktiven Burg in den Highlands. **LK S. 64–65, C4**

WUTHERING HEIGHTS
Sturmhöhe **VON EMILY BRONTË ENGLAND | ROMAN**
Gutshof in den Hochmooren Yorkshires, inspiriert von der Gegend um Haworth, dem Heimatort der Brontës. **LK S. 64–65, C3**

NAHER UND MITTLERER OSTEN MIT ZENTRALASIEN

JENSEITS DER SEIDENSTRASSE

Das Erste, was beim Blick auf diese Karte auffällt, ist die schiere Anzahl an fiktiven Ländern. Der Nahe und Mittlere Osten hat, in der Realität wie der populären Kultur, eine lange Geschichte der Einmischungen von außen. Viele Landesgrenzen wurden während des Zerfalls des Osmanischen Reichs im frühen 20. Jahrhundert willkürlich durch westliche Mächte gezogen. Die Spannungen aus jener Zeit dauern bis heute an. Ebenso führte der Zusammenbruch der Sowjetunion Ende des 20. Jahrhunderts zur Entstehung neuer, unabhängiger und oft streitbarer Staaten; oft trifft man auf die Endung *-stan*, im Persischen „Land von".

Ähnlich geht die Staatenbildung auf diesen Seiten weiter: Wir haben etwa 70 Fake-Gemeinwesen gesammelt. Sie decken das ganze Alphabet von Afghulistan bis Zansibarland ab (die zufällig nebeneinander liegen). Manche Namen scheinen vom Zufallsgenerator ausgespuckt worden zu sein, während andere, wie Urzikstan, Azmenistan, Tirgistan und Turgistan, so echt klingen, dass wir Probleme hatten, sie ohne Autokorrektur einzutippen. Das Land mit dem weniger einleuchtenden Namen Derka Derkastan (aus *Team America*) wurde in einer Zeit erfunden, als die USA in Afghanistan einmarschierten und den Iran als Teil einer „Achse des Bösen" darstellten. Wir haben es zwischen den beiden verortet, obwohl es natürlich keinem entspricht.

Warum ist diese Region so beliebt für Scheinländer? Gern würden wir sagen, das liege nur am kulturellen Reichtum, der über Jahrhunderte durch den Handel an der sagenumwobenen Seidenstraße entstand. Die traurige Wahrheit ist aber, dass die neueren Werke viel stärker durch Unruhen und ausländische Übergriffe der letzten Jahrzehnte inspiriert wurden, die diese Region zerstört haben, als durch ihre Kulturschätze. Der sogenannte Krieg gegen den Terror und die daraus resultierenden Konflikte im Irak, in Afghanistan und Syrien gaben den Anstoß für unzählige Werke, die die Geschehnisse analytisch, satirisch oder sensationsheischend verarbeiten. In Serien mit politischen Themen, wie *The West Wing – Im Zentrum der Macht*, *Designated Survivor* und *24*, kommen solche Orte dauernd vor: Es ist weniger riskant, ein Land zu erfinden, als erschütternde Ereignisse in einem echten anzusiedeln.

Manchmal erwiesen sich aber selbst Parodien als zu grausam, um sie zu kartieren, ohne Anstoß zu erregen. Daher finden Sie Ethniklashistan aus *The Onion* und Nationen wie Trashcanistan oder Absurdistan nicht auf der Karte. Wir haben auch El Ohtar aus dem Film *Protocol – Alles tanzt nach meiner Pfeife* weggelassen, dessen Beleidigung denen auffällt, die von rechts nach links lesen. Subtilere Parodien haben jedoch eine lange, ehrenvolle Geschichte. 1516 erfand Thomas Morus in seinem Werk *Utopia* (siehe Südamerika) ein Volk in Persien, das er die Polyleriten nannte, was „viel Unsinn" oder „Vielschwätzer" bedeutet. Ihr Land wurde in einer späteren englischen Übersetzung Tallstoria getauft.

FLASCHENGEISTER UND FLIEGENDE TEPPICHE

Wer nicht alle von Scheherazades morgenländischen Geschichten aus *Tausendundeiner Nacht* gelesen hat, würde vermutlich erwarten, dass sie nur im arabischen Raum und vielleicht noch in Persien, dem heutigen Iran, spielen. Doch die Schauplätze sind im gesamten Atlas zu finden – auch auf den Karten Indiens, Afrikas und sogar der Kanadischen Arktis! Unsere Kartierung beruht zwar oft auf vagen und manchmal widersprüchlichen Informationen, doch dieses epische Werk besitzt eine so große Bedeutung, dass wir es auf jeden Fall aufnehmen wollten.

1001 Nacht ist eine Sammlung von Volkserzählungen, die nach vielen Jahrhunderten, vielleicht sogar Jahrtausenden in dem Buch zusammengefasst wurden, das wir heute kennen. Allein die Anzahl der Geschichten – die abwechselnd humorvoll, heldenhaft und (wahrhaft) grausam sind – ist gewaltig. Manche Ausgaben enthalten alle 1001 Geschichten, doch in den meisten ist nur eine Auswahl abgedruckt; auch zwischen den verschiedenen Übersetzungen bestehen Unterschiede. Die bekanntesten Geschichten wurden zudem für andere Medien adaptiert, neu interpretiert und so auf unerwartete Weise weiterentwickelt. Nehmen Sie zwei beliebige Ausgaben von *1001 Nacht* zur Hand, und Sie werden sie völlig unterschiedlich erleben. Die ungeheure Sammlung ist so schwer greifbar und hat so viele Köpfe wie ein Fabelwesen aus der Mythologie.

Wir mussten uns daher auf die Orte in den bekannteren Geschichten beschränken. An erster Stelle steht *Aladdin*, zu dessen vielen Adaptionen ein erfolgreicher Disneyfilm, ein Musical und ein beliebtes Thema der englischen Pantomime (Panto) gehören. In frühen Fassungen von *1001 Nacht* spielt *Aladdin* meist in China, trotzdem sind die Protagonisten arabische Muslime mit arabischen Namen. Damit uns sein Flaschengeist weiterhalf, mussten wir bei der Recherche etwas stärker an der Wunderlampe reiben. Laut den Kreativen bei Disney lässt sich Aladdin in der Stadt Agrabah nieder, die in der Nähe des Jordans und des Toten Meers liegen soll. In der Realverfilmung von 2019 wurden die Wüstenszenen unweit der jordanischen Stadt Akaba gedreht, deren Name Agrabah so ähnlich ist, dass wir entschieden, die fiktive Stadt an die Stelle der echten zu setzen.

Auch die Geschichte über *Gülnar vom Meer* lässt sich kartieren. Die weiße Stadt, Residenz des Königs Seherman, soll in dem alten Reich Chorasan liegen, das jetzt eine Provinz im Nordosten des Iran ist. Die Suche nach einem Ort in Chorasan, der zur Küstenlage der Stadt passt, führte uns in den äußersten Südosten des Kaspischen Meers.

Die Verortung anderer Schauplätze aus *1001 Nacht* ist spekulativer. Die Koordinaten der Insel des großen Fischs und der Insel der Meerespferde aus Sindbads erster Reise können wir nur schätzen, ebenso die der anderen Inseln auf den Karten Afrikas und Indiens. Doch auch abgesehen von den Geschichten aus *1001 Nacht* hat uns die Mythologie dieser Region reichlich Schauplätze beschert, wie das mythische Land Paristan, in dem feenhafte gute Geister zu Hause sind.

Ach, hätten wir doch einen fliegenden Teppich, der uns über diese exotischen Gefilde tragen könnte!

EINE TOUR DURCH DIE (UNGEPRÜFTEN) ARABISCHEN EMIRATE

Wie im echten Leben umfasst die Golfregion auch auf unserer Karte zahlreiche winzige Emirate. Wir haben sie aus praktischen Gründen in einer kleineren Schrift gekennzeichnet, obwohl sie mit ebenso gutem Recht die Staatssouveränität beanspruchen können wie alle anderen Nationen, die hier verzeichnet sind. Man würde sich sicher ungern mit den Behörden von Zahrain anlegen, dessen despotisches Regime in dem Film *Flucht aus Zahrain* von 1962 den Mord an einem Dissidenten plante. Das Gleiche gilt für Trucial Abysmia, wo ein Team aus *G.I. Joe* gefangengenommen, gefoltert und dann vermeintlich tot in der Wüste zurückgelassen wurde. Auch im benachbarten Benzheen kam es zu Zusammenstößen mit den Cobra-Kräften, bei denen einige der Joes ihr Leben ließen.

Auf der Arabischen Halbinsel entdecken wir Khemed, das in zwei Abenteuern von *Tim und Struppi* vorkommt: in *Im Reiche des Schwarzen Goldes* und *Kohle an Bord*. Es handelt sich um eine absolutistische Monarchie am Roten Meer, deren Reichtum auf Öl basiert (das gleichzeitig die Achillesferse des Landes ist). Zu den dortigen Städten gehören die Hauptstadt Watisdah und die Hafenstadt Khemkhah.

Das Öl ist auch eine wichtige Ressource in Salmaah und Hobeika, zwei benachbarten arabischen Ländern aus dem tunesischen Film *Black Gold*. Sie kämpfen um den Gelben Gürtel, eine Wüste im Grenzgebiet mit reichen Ölvorkommen. In einem ähnlichen Konflikt befinden sich im DC Comics-Universum das Karrocan Emirate und sein größeres Nachbarland Qurac, die nach einem Krieg Anfang des 21. Jahrhunderts gerade einen instabilen Frieden aufrechterhalten.

Auch Kunami aus der Fernsehserie *Designated Survivor* ist ein potenzieller Unruheherd. Die Nation grenzt an den Süden Kuwaits an und unterliegt seit einem Jahrzehnt Sanktionen der westlichen Welt – ein Versuch, ihre Ambitionen zur Atommacht zu vereiteln. In den wunderbar klingenden Ungeprüften Arabischen Emiraten fließt derweil das Geld in Strömen, sodass dort laut dem satirischen Reiseführer *San Sombrèro* jedes Hotelzimmer eine eigene Rezeption hat und die Händler auf dem Beduinenbazar Flachbildfernseher und BMWs verkaufen!

NAHER & MITTLERER OSTEN MIT ZENTRALASIEN

JENSEITS DER SEIDENSTRASSE

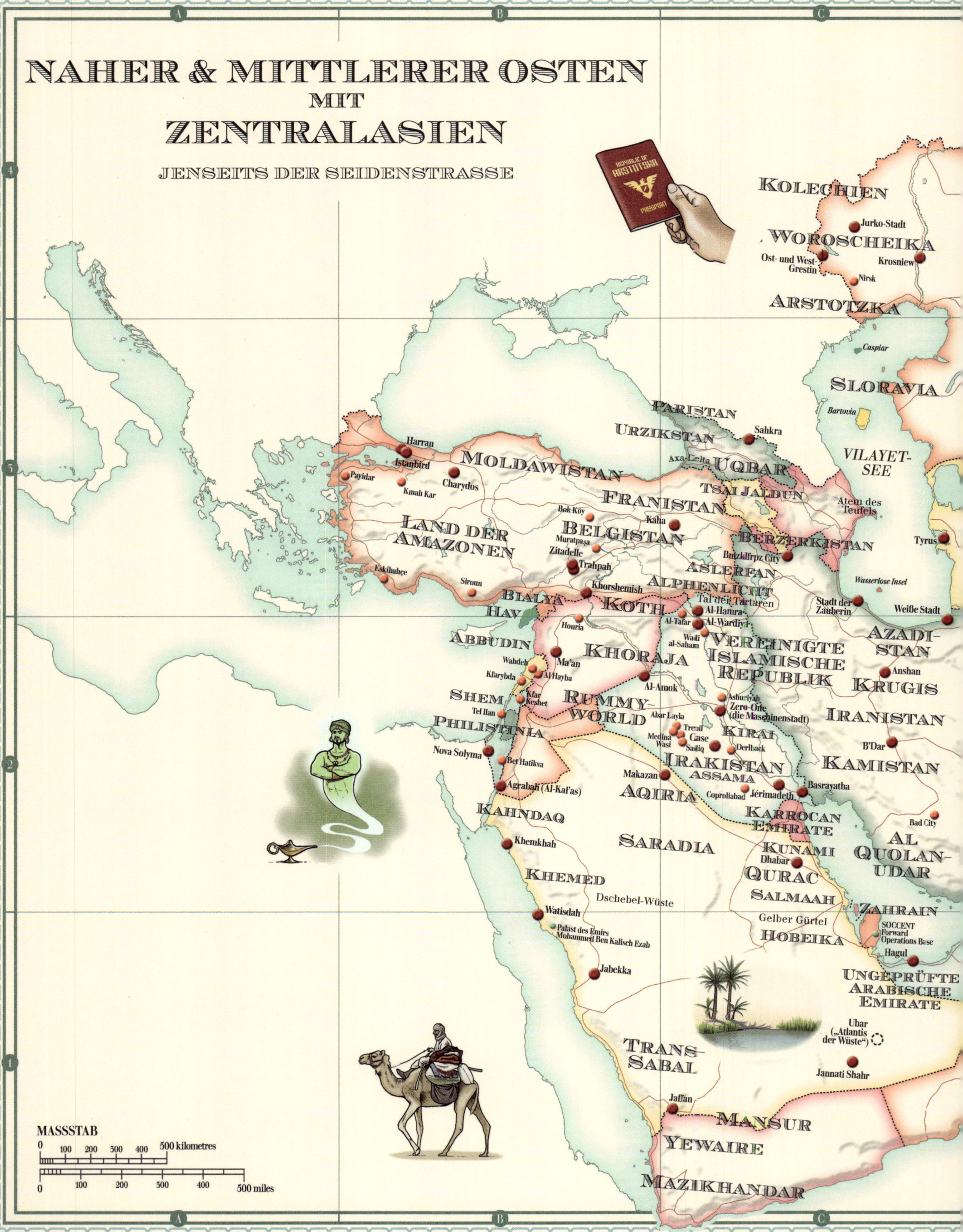

D
E
F
Tschebatschinsk
TYRANNISTAN
AZMENISTAN
KREPLACHISTAN
Kuzcek
TURMEZISTAN
Die Pyramide
BAZRAKHISTAN
TAZBEKISTAN
Aralbad
Karaoi
Tekeli
City-A
Thekkek
Tone's Grave (Tonnesgrave)
Galakonur
AORUSOI
ENDOSTAN
Palast der Talibs
Warhednya
NUKEHAVISTAN
Silograd
LANGBORTISAN
TIRGISTAN
UGIGISTAN
Kyzyl-Kum-Wüste
Gilas
DAS TRAUMREICH
TURAKISTAN
Perle
BETASTAN
Buzhou
TURGISTAN
Churramobod
BRADSCHIKISTAN
Zanzibar
ZEKISTAN
Zafarra
Milanh
ZANZIBARLAND
Golestan
Semindi
OSYRIA
AFGHULISTAN
Gul Daman
Ertebat Shar
Carnis
Sangari
AVGATIGANISTAN
Shadbagh
Dalahtibar
Di-e-Payan
Di-e-Bala
Bar Killi
Gulmira
REICH DER PERIS
ADJIKISTAN
Kuz Killi
Laashekoh
HELMAJISTAN
DERKA DERKASTAN
TALLSTORIA
ND DER POLYLERITEN)
QUMAR
BENZHEEN
TRUCIAL ABYSMIA
Insel des großen Fischs
Insel der Meerespferde
Al-Awafi
Golf von Benzheen
KÖNIGREICH SUILLE
Saint Georges Island
4
3
2
1
LEGENDE DER FIKTIVEN ORTE
Stadt
Städtchen/Dorf
anderer Ort
unterirdische Besonderheit
Berg
See
Insel
Fluss

NAHER UND MITTLERER OSTEN MIT ZENTRALASIEN

WICHTIGE SCHAUPLÄTZE

Eine vollständige Liste der Schauplätze finden Sie im Ortsregister auf Seite 130–150.

ABAR LAYLA

US-MILITÄR | IRAK | MILITÄRÜBUNG

Während der Kriege im Irak und in Afghanistan errichtete das US-Militär auf amerikanischem Boden mehrere fiktive Dörfer zu Trainingszwecken. Dieses wurde in Fort Irwin, Kalifornien, gebaut, ebenso wie Medina Wasi (auch auf der Karte). **LK S. 72–73, C2**

AZMENISTAN

The Expendables 3 **UND** *News Movie* | **FILME**

Zwei sehr unterschiedliche Filme, in denen jeweils ein Azmenistan vorkommt. Wo es liegen soll, ist unklar; in *News Movie* sprechen die Bewohner Russisch. **LK S. 72–73, D4**

BAR KILLI

New Home, New Life

AFGHANISTAN | HÖRSPIEL

Als die BBC ihre Hörspielserie *The Archers* auf Afghanistan übertrug, war das Resultat *New Home, New Life*. Die Serie spielt in zwei benachbarten Dörfern und läuft seit 1994 erfolgreich. Produziert wurden zwei Versionen, eine auf Pashto, die zweite auf Dari. Wir haben die beiden Dörfer entlang der Grenze zwischen dem Pashto- und dem Dari-sprachigen Gebiet eingezeichnet. **LK S. 72–73, D2**

BARTOVIA

Die Simpsons **KASPISCHES MEER | TV**

Ein Inselstaat (in der Form von Bart Simpsons Kopf), den Tingeltangel-Bob auf dem Globus entdeckt, als er einen Ort sucht, wo er ein neues Leben anfangen kann. Nach der Position von Bobs Dolch zu schließen, liegt er höchstwahrscheinlich im Kaspischen Meer. **LK S. 72–73, C3**

CASPIAR

The mind of Andy Kaufman

KASPISCHES MEER | PERFORMANCE-KUNST

Inselstaat im Kaspischen Meer (von dem es manchmal hieß, er sei versunken) und angeblich Heimat von Kaufmans Figur „der Ausländer" *(Foreign Man)*. Später in der ABC-Sitcom *Taxi* als Latka Gravas' Heimatland bezeichnet. **LK S. 72–73, C3**

GILAS

The Railway **VON HAMID ISMAILOV | USBEKISTAN | ROMAN**

Dieses Städtchen in der Steppe, ein kultureller Schmelztiegel, liegt an der Seidenstraße in der Nähe von Taschkent. **LK S. 72–73, D3**

GRESTIN (OST- UND WEST-)

Papers, Please

KASACHSTAN | VIDEOSPIEL

In dem Simulationsspiel von 2013 spielt man einen Inspektor der Einwanderungsbehörde in dem fiktiven Staat Arstotzka, der die Dokumente eines jeden überprüfen muss, der einreisen möchte. Trotz der wenig verheißungsvollen Prämisse ist es ein sehr beliebtes Spiel, von dem man sich kaum losreißen kann. Dieser Atlas hat ihm rund ein Dutzend Staaten (und Städte) zu verdanken, die auf dieser Karte und der von Osteuropa (siehe Seite 50–51) verteilt sind. Grestin, wo die Behörde sitzt, ist geteilt in einen Ost- und einen Westteil, mit einer Mauer und Grenzübergängen, ähnlich wie Berlin während des Kalten Krieges. **LK S. 72–73, C4**

GULMIRA

MARVEL CINEMATIC UNIVERSE | AFGHANISTAN | FILM

Heimatstadt von Yinsen, dem Wissenschaftler und Chirurgen, der Tony Stark das Leben rettete. Die Stadt liegt in Afghanistan in der Nähe von Bergen, was auf eine Lage am Rand des Hindukusch hindeutet. **LK S. 72–73, D2**

HAV

Last Letters From Hav

VON JAN MORRIS | ÖSTLICHES MITTELMEER | ROMAN

Der Roman liest sich wie ein Reisebericht, doch tatsächlich handelt es sich um eine frei erfundene Geschichte in einem Land, das nicht existiert. Hav wird sehr detailliert beschrieben, seine Lage bleibt jedoch ungenau. Wir wissen nur, dass es sich um eine Halbinsel im östlichen Mittelmeer handelt. **LK S. 72–73, B2/B3**

JÉRIMADETH

Booz endormi (Der schlafende Boas)

VON VICTOR HUGO | IRAK | GEDICHT

Hugo erfand diese Stadt, weil ihm keine echte einfiel, die zu seinem Reim passte: *j'ai rime à „-dait"* – „ich habe einen Reim auf *-dait*". Sie wird im gleichen Atemzug genannt wie die alte Stadt Ur und liegt daher vermutlich in deren Nähe. **LK S. 72–73, C2**

KAMISTAN (ISLAMISCHE REPUBLIK)

24 IRAN | TV

Ein Land im Nahen Osten, das viel Ähnlichkeit mit dem Iran hat; dazu gehören auch ein Atomwaffenprogramm und die Feindschaft zu den USA. LK S. 72–73, C2

KIRAI

DC UNIVERSE | IRAK | COMICS

Das Land ist dem Irak nachempfunden. Es kommt nur in einer einzigen Story der Gerechtigkeitsliga-Serie vor, der Graphic Novel *JLA: Superpower* von 1999; diese sagt jedoch bereits die Folgen des US-Interventionismus in dieser Region voraus. Kirais abgespaltene Provinz Vudistan und sein südlicher Nachbarstaat Negraab sind nicht auf der Karte. LK S. 72–73, C2

KUZCEK

Borat-FILME | KASACHSTAN | FILM

Borats kasachische Heimatstadt. Es gibt nur wenige Hinweise, wo sie genau liegen soll, außer dass es sich um eine bergige, ländliche Gegend handelt. Gefilmt wurde in Rumänien. Trotz der ungenauen Informationslage konnten wir diesen Schauplatz nicht weglassen. LK S. 72–73, D4

LAND DER AMAZONEN

OSTTÜRKEI | MYTHOLOGIE

Die legendäre Heimat der Amazonen ist traditionell irgendwo zwischen Albanien und Babylonien angesiedelt. Eine Lage in Kleinasien bedeutet auch, dass sich nach unserer Einschätzung ganz in der Nähe Themyscira befindet, die Heimatinsel der Amazonen in *Wonder Woman* (siehe Seite 47). LK S. 72–73, B3

LANGBORTISAN

Donald Duck (DÄNISCHE ÜBERSETZUNG) | KIRGISTAN | COMIC

Aus nicht ganz geklärten Gründen genießt Donald Duck in Skandinavien ungeheure Popularität. In der dänischen Übersetzung eines Comicstrips wurde der Begriff Langbortisan geprägt, was in etwa „Weit-weg-istan" bedeutet. Wir haben das am weitesten von Dänemark entfernte „-stan" gewählt: Kirgistan. LK S. 72–73, E3

NUKEHAVISTAN

The Onion KASACHSTAN/USBEKISTAN | INTERNETSATIRE

Ehemalige Sowjetrepublik, deren Umriss einer pilzförmigen Wolke ähnelt (die Grenzen sind hier nicht eingezeichnet) und die bei internationalen Beobachtern im Verdacht steht, Atomwaffen zu entwickeln. Eine Karte zeigt sie zwischen Kasachstan and Usbekistan. LK S. 72–73, D3/E3

PALAST DER TALIBS

Relic Hunter – Die Schatzjägerin TV

Palast im fiktiven Sultanat Endostan. Die Lage wird zwar in dieser 66-teiligen kanadischen Fernsehserie nie konkretisiert, doch ein Zug, der die Grenze Endostans passiert, ist eindeutig chinesisch – nicht nur angesichts des Designs, die Lok trägt auch das Emblem der Chinesischen Eisenbahn. Daher haben wir entschieden, Endostan in Ost-Kasachstan einzuzeichnen, in der Nähe der Grenze zu China – alles dank des Archivmaterials, das der Regisseur auswählte. LK S. 72–73, E3

PARISTAN

KAUKASUS | MYTHOLOGIE

In der muslimischen Folklore ist Paristan eine Art Feenland, in dem gute Geister leben; es befindet sich traditionell im Kaukasus. LK S. 72–73, B3/C3

QURAC

DC UNIVERSE | PERSISCHER GOLF | COMICS

Qurac kommt in vielen Geschichten der DC Comics vor, etwa in *Batman*, *Wonder Woman* und *Young Justice*. Die Lage des Landes schwankt; wir haben aber einen gemeinsamen Standort am Persischen Golf gesucht. Zum DC-Universum gehören viele andere, selten auftretende Länder in der Region, die wir nicht kartiert haben, darunter Kyran und Negraab. LK S. 72–73, C2

TAZBEKISTAN

Ambassadors

KASACHSTAN | TV

Von diesem zentralasiatischen „-stan" sind es „3500 Meilen bis Whitehall". Ansonsten weiß man nicht viel über seine Lage, doch das Nationaltier ist der Steinbock, was die Gegend auf die östlichen, gebirgigen Länder eingrenzt. LK S. 72–73, E4/F4

TONE'S GRAVE

Log Horizon

VON MAMARE TŌNO UND KAZUHIRO HARA

KASACHSTAN | ROMANE/ANIME

Säulenruine, die der echten Startrampe in Baikonur entspricht, von der aus Juri Gagarin 1961 als erster Mensch ins All geschossen wurde (auf Russisch auch „Gagarins Start" genannt). LK S. 72–73, D3

TURGISTAN

6 Underground

TURKMENISTAN | FILM

Die Lage des Landes wird nicht gezeigt, doch es gibt Anhaltspunkte, etwa eine ausgedehnte Wüste und den Zugang zu einem großen Gewässer. Der Name und der autoritäre Diktator scheinen Turkmenistan nachempfunden zu sein, zu dem auch die geografischen Gegebenheiten passen. Berichten zufolge ist der Film dort tatsächlich verboten. LK S. 72–73, D3

TURMEZISTAN

Doctor Who KASACHSTAN | TV

Zentralasiatisches Land, das in mehreren Folgen von *Doctor Who* vorkommt. Wo es genau liegt, wird nie verraten. In einem Episodenblock erlebt man jedoch chinesische, amerikanische und russische Streitkräfte kurz vor einem Zusammenstoß innerhalb des Landes. Dies könnte auf einen Standort in Kasachstan hindeuten, in der Nähe Russlands wie auch Chinas. LK S. 72–73, E4/F4

UBAR („ATLANTIS DER WÜSTE")

SAUDI-ARABIEN | MYTHOLOGIE

Laut einer Überlieferung der Beduinen gibt es auf der Arabischen Halbinsel irgendwo in der Wüste eine sagenumwobene „versunkene Stadt". Mehrere archäologische Expeditionen von unterschiedlichem Renommee wollen Beweise für ihre Existenz (an verschiedenen Orten) gefunden haben. Sie ist unter mehreren Namen bekannt, am gebräuchlichsten ist Ubar. LK S. 72–73, C1

UQBAR

Tlön, Uqbar, Orbis Tertius

VON JORGE LUIS BORGES | GEORGIEN/ARMENIEN | KURZGESCHICHTE

Ein doppelt fiktives Land – es entpuppt sich auch innerhalb dieser überaus raffinierten Erzählung als erfunden. Aufgrund der vagen Beschreibung seiner Lage wurde es schon von anderen auf einem Streifen Land zwischen Georgien und Armenien verortet. LK S. 72–73, C3

URZIKSTAN

Call of Duty: Modern Warfare

GEORGISCH-RUSSISCHE GRENZE | VIDEOSPIEL

Das Land wurde bewusst fiktionalisiert, damit niemand daran Anstoß nahm. Das zentrale Thema, der Einmarsch der russischen Armee, legt nahe, dass Urzikstan an Russland grenzt. LK S. 72–73, B3/C3

ZERO-ONE (DIE MASCHINENSTADT)

Matrix IRAK | FILM

Nation/Stadt, erbaut von den Maschinen vor ihrem Krieg mit der Menschheit. Soll sich in Mesopotamien befinden, der „Wiege der menschlichen Zivilisation". Am wahrscheinlichsten ist also die Region zwischen Euphrat und Tigris, südlich oder südöstlich von Bagdad, wo viele frühe Kulturstädte der Menschheit lagen, wie Babylon, Kiš und Ur. LK S. 72–73, C2

SÜDASIEN

VON PESCHAWAR BIS ZUM SUBKONTINENT

Indien und seine noch nicht so lange abgespaltenen Nachbarländer gelten mit Recht als kulturelle Schmelztiegel. In dieser Region werden über 120 Sprachen gesprochen, darunter fünf der zehn häufigsten Sprachen weltweit (Englisch, Hindi/Urdu, Bengalisch, Punjabi and Marathi). Diese Pluralität bietet Geschichtenerzählern einen lebendigen Ausgangspunkt. Auf unserer Karte finden sich Schauplätze aus vielen bekannten westlichen Geschichten (darunter *Indiana Jones*, *Das Dschungelbuch*, *In 80 Tagen um die Welt* und *Auf der Suche nach Indien*) doch die Geschichten aus der Feder heimischer Erzähler stehlen ihnen die Show.

Bollywood hat natürlich Dutzende erdachte Städte und Dörfer zum Leben erweckt, wie Almore (*Ishaqzaade*), Lalgaon (*Article 15*) und Ramgarh (*Ramgarh Ke Sholay*), doch auch die lange und oft turbulente Geschichte der Region dient unzähligen Romanen und Kurzgeschichten als Inspiration. Aus Vikram Seths *Eine gute Partie* kommt die Stadt Brahmpur am Ganges, Salman Rushdie beschreibt in *Scham und Schande* bzw. *Harun und das Meer der Geschichten* die pakistanische Stadt Q (Quetta) und das imaginäre Land Alifbay (das wahrscheinlich in Kaschmir liegt). Auch viele andere bekannte Autorinnen und Autoren wie R.K. Narayan, Mahasweta Devi und Anita Desai haben in der Topografie aus der populären Kunst und Kultur Städte und Dörfer entstehen lassen.

Die vielfältige Geografie des Subkontinents eignet sich auch wunderbar für andere Medien. Denken Sie nur an das fiktive Königreich Kyrat, Schauplatz im Videospiel *Far Cry 4*. Dieses gebirgige Reich schmiegt sich in den Himalaja, ebenso wie etwa das einsame Land Yogistan, wo eine Gruppe glückloser Bergsteiger die Besteigung des Rum Doodle beabsichtigt. Dies ist nur einer von zahlreichen Gipfeln und heiligen Orten, mit denen die Landschaft gesprenkelt ist; darunter findet sich kein geringeres Heiligtum als die erste Kwik-E-Mart-Filiale!

MIT DEM ZUG NACH KHOLBY, KALAPUR, PAKISTAN UND BHOWANI

Für den Bau der Eisenbahn auf dem Subkontinent sorgte die britische Kolonialmacht, doch Indien entdeckte schnell seine Liebe zum Dampfross. Da überrascht es kaum, dass in der populären Kunst und Kultur die indische Bahn eine wichtige Stellung einnimmt, aber ihre Verquickung mit der Politik des Empire meist durchschimmert.

Eines der frühesten Beispiele dürfte Jules Vernes Roman *In 80 Tagen um die Welt* sein. Phileas Foggs monumentales Abenteuer wurde ebenso wie Vernes Idee dazu ausgelöst durch die Zeitungsmeldung, Indien könne jetzt dank der Fertigstellung der Great Indian Peninsula Railway innerhalb von drei Tagen von Küste zu Küste durchquert werden, was auch eine Erdumrundung in 80 Tagen möglich mache. Eine Wette, schon war Fogg auf dem Weg.

Verne lässt in seinem Roman den ein oder anderen Seitenhieb gegen die Institutionen des Britischen Weltreichs los: Auf halbem Weg durch Indien stellt Fogg fest, dass *The Daily Telegraph* falsch berichtet hat – die Bahngleise enden abrupt im fiktiven Dorf Kholby. Die Passagiere, denen eine Fahrkarte für die gesamte Strecke verkauft worden ist, müssen selbst sehen, wie sie ins 50 Meilen entfernte Allahabad kommen, wo die Bahn wieder fährt! Fogg hat dennoch wenig Grund zur Klage: Auf der Weiterreise per Elefant begegnet er in der fiktiven Pagode von Pillaji Aouda, seiner baldigen Braut.

Eine reflektiertere Auseinandersetzung mit dem Empire findet 1905 in der fiktiven Nordindischen Eisenbahn statt, Hauptschauplatz des britischen Abenteuerfilms *Brennendes Indien* von 1959. Gedreht wurde der Film, in dem selbstkritische Töne anklingen, in der Krisenzeit nach der Teilung Indiens. Er begleitet eine bunte Truppe auf der Flucht aus dem Gebiet des späteren Pakistan, wo ein blutiger Aufstand der Muslime tobt. Der britische Offizier Captain Scott, der den Auftrag hat, einen jungen Hindu-Prinzen in Sicherheit zu bringen, vertritt die Meinung, die Rolle Großbritanniens bestünde darin, die Ordnung aufrechtzuerhalten; dies wird jedoch immer wieder angezweifelt. Sogar der heruntergekommene Zug spiegelt postkoloniales Bewusstsein – seine verbeulte alte Lok heißt „Empress of India" (Kaiserin von Indien) und wird liebevoll „Victoria" genannt. Nach der Ankunft im sicheren Kalapur fragt der junge Prinz, ob er eines Tages gegen Scott werde kämpfen müssen, damit die Briten endlich verschwinden ...

Auf dieser Karte haben wir Kalapur dem echten Lahore zugeordnet. Ganz in der Nähe liegt an der Grenze Mano Majra, erfunden von Khushwant Singh für seinen historischen Roman *Der Zug nach Pakistan*. Hier leben Sikhs und Muslime weitgehend harmonisch zusammen, bis die brutale Teilung des Landes sie auseinanderreißt. Auf der Basis von Singhs eigenen Erlebnissen erzählt der Roman von Gewalt und Spannungen, die darin gipfeln, dass ein Sikh sein Leben opfert, damit ein Zug mit muslimischen Flüchtlingen sicher die Grenze nach Pakistan überqueren kann. So bleibt ein Hoffnungsschimmer für die Zukunft.

Weiter südlich begegnen wir solchen Hoffnungen und Sehnsüchten am Knotenpunkt Bhowani Junction, erfunden von John Masters, Offizier der Britisch-Indischen Armee. Auch seine Erzählung behandelt die Spannungen um die Teilung Indiens aus der Sicht eines Eisenbahnerstädtchen; doch hier gehört die Protagonistin zwei Ethnien an und ist zerrissen zwischen der britischen und der indischen Welt. Ihr Name? Victoria.

VERSUNKEN MIT GONDWANA: REICHE IM INDISCHEN OZEAN

1864 äußerte der englische Zoologe Philip Sclater die Theorie, dass der Indische Ozean einst durch einen inzwischen versunkenen Kontinent überbrückt war. Wie sonst ließen sich die Fossilien erklären, die kurz zuvor in Indien gefunden worden waren und die den Lemuren im weit entfernten Madagaskar ähnelten? Ihnen zu Ehren wurde seine versunkene Landbrücke Lemuria genannt.

Obwohl Lemuria auf kaum mehr als Spekulation beruhte, erwies es sich als einflussreich: 1868 stellte es der deutsche Evolutionsbiologe Ernst Haeckel als den Ort dar, wo die menschliche Spezies entstanden sei. Im viktorianischen Zeitalter, als man sich für Theosophie und das Okkulte interessierte, fand dies großen Anklang. Bis heute wird Lemuria (auf Deutsch auch: Lemurien) in der Esoterik ähnlich wie Atlantis als einstiger Höhepunkt der menschlichen Evolution gefeiert.

Unterstützung gewann die Theorie auch in Südasien: Lemurias „Entdeckung" traf mit einer Renaissance der tamilischen Kultur Südindiens und Sri Lankas zusammen. Auf der Basis alter tamilischer Legenden behaupteten Anhänger einer mystischen Erweckungsbewegung, Lemuria, das sie Kumari Kandam nannten, sei der einstige Sitz einer fortschrittlichen tamilischen Kultur und Geburtsort der menschlichen Zivilisation. Weitere Parallelen finden sich in der Ayyavali-Mythologie in Form der versunkenen Stadt Thuvaraiyam Pathi mit vielen Tausend Straßen , die im Süden des heutigen Indien liegen soll.

Tatsächlich gab es Lemuria nie, doch in gewisser Weise hatte Sclater recht: Indien, Afrika, Australien und sogar Antarktika waren wirklich einmal vereint, als Teil eines Großkontinents, den man heute Gondwana nennt. Sclaters Vermächtnis lebt in Lemuria weiter, das heute in Literatur, Film, Videospielen, Comics und – natürlich – den Werken H.P. Lovecrafts und Robert E. Howards vorkommt.

Gern nehmen wir daher Lemuria unter seinem westlichen und seinem tamilischen Namen auf, ebenso wie das sagenumwobene Thuvaraiyam Pathi. Sie sind in guter Gesellschaft, liegen sie doch in nächster Nähe zur Insel Red Noah, die, wie wir in der Anime-Serie *Die Macht des Zaubersteins* aus den 1990er-Jahren erfahren, ein zerstörtes Raumschiff atlantischer Raumfahrer ist. Und so sind die mythischen Inseln Lemuria und Atlantis wieder vereint ...

SÜDASIEN

VON PESCHAWAR BIS ZUM SUBKONTINENT

LEGENDE DER FIKTIVEN ORTE

- Stadt
- Städtchen/Dorf
- anderer Ort
- Weltraumlift
- Berg
- See
- Schiffswrack
- Insel
- Fluss

Modern City
Sea Bird
Thul
Panchajana
Bharat Nagar
Panaki
Sursuri Nagar
Furfuri Nagar
Kamalpur
ARYAVARTA
Nu-Delhi
Utopaea
Jarmuli
BUGIA SEA
Vasco
River Dhun
Pandupur
Nandagiri
Pondelayo
Insel der Perlenfischer
Kittur
Suryam
Torturpuram
Kanthapura
Ramgarh
Malgudi
Kritam
Prinz Pondicherrys Schokoladenpalast
DINOTOPIA
Polongo-Fluss
VERBOTENE BERGE
Sauropolis
Äußere Insel
POTARNEYLAND
Khasak
Kizhakkemuri
Kokkanchira
Thachanakkara
Lantham Bathery
Chitharpatti
Pi
Madhupur
Bright Hyu City
Insel der Affenstadt
Ooralunkal
Karuthupuzha
ISLE HYU
Ruinen von Jakkagala
TAPROBANE
Orbitalturm von Taprobane
Sri Kanda
Insel des Alten vom Meer
Q.V.1
THUVARAIYAM PATHI (VERSUNKENES LAND)
SAN SERRIFFE
Lamson
Port Elrod
Upper Caisse
Bodoni
Port Clarendon
Nomp
Ova Mata
Villa Pica
Lower Caisse
Thirty Point
HINDI-OZEAN
NORTH ORTIZ SEA
FREEDOM STATE
Buttersby
Clarkson
SOUTH ORTIZ SEA
ZANTOROLAND
LEMURIA ODER KUMARI KANDAM (VERSUNKENER KONTINENT)
Red Noah
MASSSTAB
0
100
200
300
400
500 kilometres
0
100
200
300
400
500 miles
A
B
C
D
1
2
3

SÜDASIEN

WICHTIGE SCHAUPLÄTZE

Eine vollständige Liste der Schauplätze finden Sie im Ortsregister auf Seite 130–150.

ALIFBAY
Harun und das Meer der Geschichten **VON SALMAN RUSHDIE | NORDWESTEN INDIENS | ROMAN**

Die Lage des Landes wird nicht konkretisiert, doch in Alifbay gibt es einen Bleiernen See (engl. *Dull Lake*), von dem man im Anhang erfährt, dass er dem Dal Lake in Kaschmir nachempfunden ist. **LK S. 78–79, B5**

ANANDAPUR
DISNEY'S EXPEDITION EVEREST | INDIEN | ACHTERBAHN

Mit Bahnstrecken, die von den Briten in Indien gebaut wurden, haben wir uns schon beschäftigt (siehe Seite 77) – aber wie sieht's mit indischen Zügen aus, die die Amerikaner in Orlando gebaut haben? Die Rede ist vom Themenpark „Disney's Animal Kingdom", der zum Teil im fiktiven Königreich Anandapur angesiedelt ist; auf Karten entspricht er dem echten Bengalen, Nepal und Bangladesch. Die Hauptstadt Nayapur existiert zwar nur als Name auf einer Karte, doch die Städte Serka Zong und Anandapur Township können die Besucher des Parks nach Lust und Laune erkunden. Letztere liegt am Chakranadi River, an dem Rafting-Touren durch die berühmten Stromschnellen „Kali River Rapids" angeboten werden, während Serka Zong, wo sich einst eine große Teeplantage befand, im Vorgebirge des Himalaja ist. Hier steigen Reisende vielleicht in den Zug der früheren Royal Anandapur Tea Company ein, der umfunktioniert wurde, um die Passagiere zum Mount Everest zu bringen, entlang der bedrohlichen Pässe und Schluchten des Forbidden Mountain, wo der sagenumwobene Yeti haust! **LK S. 78–79, C4**

BERGPALAST DER GESELLSCHAFT DER SCHATTEN
Batman Begins **BHUTAN | FILM**

Manche Quellen verorten diesen Bergpalast in Tibet oder Ladakh. Allerdings sitzt zu Beginn des Films Bruce Wayne in Bhutan im Gefängnis, und nachdem er am Straßenrand freigelassen wird, geht er zu Fuß zum Bergpalast. Dieser ist unter anderem inspiriert durch das echte bhutanische Kloster Paro Taktsang hoch oben im Berg. **LK S. 78–79, D4**

DINOTOPIA
Dinotopia
INDISCHER OZEAN | BÜCHER/TV

Großer Inselstaat im Indischen Ozean. Hier lebt eine gemischte Bevölkerung aus schiffbrüchigen Menschen sowie Dinosauriern, die das Massenaussterben an der Kreide-Paläogen-Grenze überlebt und schließlich ein Empfindungsvermögen entwickelt haben. **LK S. 78–79, A2**

FAWLTY TURRETS
Goodness Gracious Me
INDIEN | TV

In dieser Parodie von *Fawlty Towers* der Palast eines ehemaligen Maharadschas in der Wüste, der in ein Hotel umgewandelt wurde. Wir hatten nur wenige Anhaltspunkte und verorteten ihn daher beim Lalgarh Palace, einem Hotel, das früher tatsächlich der Wüstenpalast eines Maharadschas war! **LK S. 78–79, B4**

HÖHLEN VON MARABAR
Auf der Suche nach Indien/ Reise nach Indien
VON E.M. FORSTER | INDIEN | ROMAN/FILM

Die Höhlen, in der Geschichte ein zentraler Schauplatz, basieren auf den Barabar-Höhlen im nordindischen Bundesstaat Bihar. **LK S. 78–79, C4**

INSEL DES ALTEN VOM MEER
Sindbad der Seefahrer
INDISCHER OZEAN | KURZGESCHICHTE

Auf seiner fünften Reise hat Sindbad das Pech, auf den Alten vom Meer zu treffen, einen legendären Greis, der gern seine Beine um den Hals unglückseliger Seeleute schlingt und nie mehr loslässt. Über die Lage der Insel erfährt man wenig, doch später kommt Sindbad an einem Ort vorbei, der für Zimt und Pfeffer bekannt ist, was auf die Region um Sri Lanka und Kerala hindeutet. Auf derselben Reise erreicht er die Insel der Affenstadt und die Insel der Perlenfischer, deren Lage wir ebenfalls rekonstruiert haben. **LK S. 78–79, B2**

JALPUR
Mira – Die Meisterdetektivin
JALPUR | TV

Sehr fantasievoll gestaltete Hafenstadt, die architektonisch vom Nordwesten Indiens, insbesondere Teilen Rajasthans,

beeinflusst ist. Da dieser Bundesstaat jedoch keinen Zugang zum Meer hat, haben wir Jalpur am nächstgelegenen Stück Küste verortet, dem Golf von Khambhat. **LK S. 78–79, B4**

KAMAR-TAJ

Doctor Strange **NEPAL | FILM**

Wirkungsstätte der Ältesten und Doctor Stranges Trainingsgelände in den Mystischen Künsten. Es liegt im Himalaja, in der Nähe von Kathmandu. **LK S. 78–79, C4**

KITTUR

Zwischen den Attentaten

VON ARAVIND ADIGA | INDIEN | ROMAN

Nicht die echte Stadt dieses Namens im Norden Karnatakas, sondern ein fiktiver Ort, der als Äquivalent von Mangaluru entstand, der Heimatstadt des Autors Aravind Adiga. **LK S. 78–79, B3**

MADHUPUR

WERKE VON INDIRA GANESAN | INDIEN | ROMANE

Die wichtigste Stadt auf der fiktiven Insel Pi (die nichts mit *Life of Pi: Schiffbruch mit Tiger* zu tun hat), beschrieben als „das winzigste sichelförmige Bindi über den Augenbrauen zu Sri Lankas Träne, ein kleiner Spuckfleck einer Insel, die im Golf von Bengalen treibt und Madras ähnelte, als es noch Madras war und nicht Chennai, aber das mit der Zeit immer mehr Chennai ähnelt." **LK S. 78–79, C2**

MALGUDI

WERKE VON R.K. NARAYAN | INDIEN | ROMANE

Malgudi liegt in Südindien, an der echten Eisenbahnstrecke, die Trichinopoly bzw. Trichy (jetzt Tiruchirappalli) und Madras (jetzt Chennai) verbindet; es liegt näher an Madras als an Trichy. Auf der einen Seite grenzt die Stadt an den fiktiven Fluss Sarayu, auf der anderen an den ebenso fiktiven Mempi-Wald. **LK S. 78–79, C3**

MONOLITH „TORUS"

Torus – Das Geheimnis aus einer anderen Welt

BHUTAN | FILM

Nicht viele westliche Filme spielen in Bhutan. Eine Ausnahme ist der Science-Fiction-Film *Torus*. Darin geht es um ein außerirdisches Objekt, das sich seit Jahrtausenden in den Bergen des Landes verborgen hat und Torus genannt wird. Wissenschaftler stellen fest, dass dieses gigantische Artefakt eine prägende Rolle bei der Entwicklung des Lebens auf der Erde gespielt hat – wodurch eine schöne Parallele zu Lemuria entsteht, das auch auf dieser Karte ist. **LK S. 78–79, D4**

MOWGLIS DSCHUNGEL

Das Dschungelbuch

VON RUDYARD KIPLING | INDIEN | ROMAN

Der berühmteste fiktive Dschungel der Welt hat keinen speziellen Namen, aber bezüglich seiner ungefähren Lage können wir uns recht sicher sein. Kipling war inspiriert vom echten Dschungel um Seoni in Madhya Pradesh. Tatsächlich wird im Text „Seeonee" als Heimat des Wolfsrudels genannt. **LK S. 78–79, B4/C4**

PALAST VON PANKOT

Indiana Jones und der Tempel des Todes **INDIEN | FILM**

Der Palast ist in der fiktiven nordindischen Provinz Pankot gelegen, am Ufer des Flusses Yamuna. Der Name der Provinz stammt vermutlich aus Paul Scotts Romanreihe *Das Reich des Sahibs*. **LK S. 78–79, B3**

PONDELAYO

Through Darkest Pondelayo

VON JOAN LINDSAY | SRI LANKA | ROMAN

Insel, die etwa zehn Tage per Schiff von Sri Lanka entfernt liegt, vermutlich im Golf von Bengalen. Viele Orte auf der Insel haben sprechende Namen, wie Dead Mother-in-Law's Cove („Höhle der toten Schwiegermutter") und der aktive Vulkan Mount Blim Blam (beide nicht abgebildet). **LK S. 78–79, C3**

PORT BIN QASIM

Noon **VON AATISH TASEER | PAKISTAN | ROMAN**

Pakistanische Hafenstadt, deren Name sich vermutlich vom echten Port Muhammad Bin Qasim südöstlich von Karatschi ableitet. Dieser ist nur ein kleinerer Hafen, während die fiktive Version eine Großstadt mit allem Drum und Dran darstellt. **LK S. 78–79, A4**

RAJNAGAR

RAJ COMICS | INDIEN | COMICS

Die Heimatstadt von Dhruva Mehra alias Super Commando Dhruva. Dieser indische Superheld begann seinen Kampf gegen Ungerechtigkeit nach dem Mord an seinen Eltern, insofern ähnelt seine Herkunft der von Bruce Wayne. Die Farbgestaltung von Dhruvas Kleidung und die positive Grundstimmung in seiner gepflegten Heimatstadt erinnern allerdings eher an Superman und Metropolis als an Gotham City. Rajnagar lässt sich ungefähr übersetzen als „Raj City", daher haben wir es mit Kolkata (Kalkutta) verschmolzen, der Hauptstadt des Kolonialreichs Britisch-Indien *(British Raj)*. Die Hafenstadt Sitapur aus den Devi Comics, die Gotham ähnelt, haben wir in der Nähe verortet. **LK S. 78–79, D4**

ROSHAN BASTI (ANDHER BASTI)

3 Bahadur **PAKISTAN | FILM**

Der erste abendfüllende Animationsfilm aus Pakistan, übersetzt *Die 3 Mutigen*, beschreibt die Heldentaten dreier junger Männer: Sie wollen ihre Heimatstadt Roshan Basti – die „Stadt des Lichts" – retten, die durch böse Mächte zu Andher Basti, der „Stadt der Dunkelheit", wird. Wir haben entschieden, die Stadt in der Nähe von Karatschi einzuzeichnen, wo der Film produziert wurde. **LK S. 78–79, A4**

ROTUNDE DER ABGESCHIEDENHEIT

Powerpuff Girls **TV**

Wunderbarer Name für den Hauptsitz der „Allianz der Supermänner", was selbst eine Parodie auf Allianzen wie die Gerechtigkeitsliga und die Avengers ist. Sie liegt am Gipfel des Mount Neverrest, einer offensichtlichen Anspielung auf den Everest, die auch imReboot der *DuckTales* von 2017 auftaucht. **LK S. 78–79, C4**

SAN SERRIFFE

The Guardian

INDISCHER OZEAN | ZEITUNG

1977 erschien als Aprilscherz eine umfassende Reportage über diesen „kleinen Archipel im Indischen Ozean, dessen Hauptinseln etwa in der Form eines Semikolons angeordnet sind". Die Inselgruppe ist gespickt mit Ortsnamen, die von Begriffen aus dem Buchdruck inspiriert sind und von denen wir viele aufgenommen haben. Die ungefähre Lage des Archipels ist auf einer Karte des Indischen Ozeans angegeben. **LK S. 78–79, A1/A2**

SHAMBALI-KLOSTER

Overwatch **NEPAL | VIDEOSPIEL**

Ein Tempel im nepalesischen Himalaja, in dem ein Orden spirituell erweckter mechanischer Mönche lebt. **LK S. 78–79, C4**

TAPROBANE

Fahrstuhl zu den Sternen

VON ARTHUR C. CLARKE INDISCHER OZEAN | ROMAN

Geplanter Standort eines Weltraumlifts. Dem Autor zufolge stimmt Taprobane „zu neunzig Prozent mit der Insel Sri Lanka (früher Ceylon) überein". In der Realität müsste es weiter südlich liegen, am Äquator, wegen der besseren physikalischen Bedingungen für Weltraumlifte. Die Alten Griechen bezeichneten Sri Lanka als „Taprobana". **LK S. 78–79, C2**

AFRIKA

DIE DINGE FÜGEN SICH

Als er im September 2017 im Weißen Haus ein Essen für afrikanische Staatsmänner gab, begrüßte Donald Trump seine Gäste: „Es ist mir eine große Ehre," sagte er, „die Regierungschefs von Côte d'Ivoire, Äthiopien, Ghana, Guinea, Nambia ... zu begrüßen." Der Würdenträger aus Nambia war jedoch leider abwesend, da das Land gar nicht existiert. Es scheint ein Trumpismus für Namibia gewesen zu sein.

Der unselige ehemalige US-Präsident ist aber nicht der Erste, der ein afrikanisches Land erfunden hat. Ein Blick auf die Karte zeigt, dass der Kontinent mit Fake-Staaten prall gefüllt ist. Wir haben etwa 70 kartiert, doch die Liste hätte viel länger sein können. Allein aus den Marvel Comics kamen deutlich über 30 Kandidaten (einschließlich Wakanda, der Heimat des Black Panthers), von denen wir nur einige wenige eingezeichnet haben. Manche der fiktiven Gebiete stammen von hier, wie das von Kenia inspirierte Aburiria aus Ngũgĩ wa Thiong'os *Herr der Krähen* oder das Kamerun ähnliche Ewawa aus Alobwed'Epies *The Death Certificate*. Öfter jedoch sind sie Erfindungen des Westens. Schriftsteller aus der Zeit des Imperialismus, wie Edgar Rice Burroughs (*Tarzan*), H. Rider Haggard (*König Salomos Schatzkammer* und *Sie*) sowie Evelyn Waugh (*Scoop!* und *Schwarzes Unheil*), ergänzten auf dem Kontinent fiktive Länder, Städte und Dörfer, in denen sie ihre Geschichten ansiedelten.

Ihre Nachfolger setzten diese Tradition bis in die postkoloniale Zeit fort: Nach dem Zweiten Weltkrieg veränderte sich die echte Karte Afrikas radikal – viele Länder erlangten ihre Unabhängigkeit von den schwindenden westlichen Kolonialmächten. Dieser Weg verlief manchmal reibungslos, manchmal aber auch nicht, was wieder die populäre Kunst und Kultur stark inspirierte. Dutzende Einträge auf dieser Karte spiegeln die Putsche und die Korruption wider, die in der zweiten Hälfte des 20. Jahrhunderts viele echte Länder plagten. Wir finden hier Zangaro aus Frederick Forsyths *Hunde des Krieges*, das lose auf Äquatorialguinea basiert; das instabile Kinjanja, ein Äquivalent Nigerias aus William Boyds *Unser Mann in Afrika* – und, besonders offensichtlich, der ständig krisengeschüttelte Staat Kusch aus John Updikes *Der Coup*.

Afrika ist aber auch ein Kontinent von großartiger Naturschönheit, dessen reiche Tierwelt und atemberaubende Panoramen seit Langem die Fantasie von Schriftstellern und Filmemachern beflügeln. In seinen *Tarzan*-Romanen erzählt Edgar Rice Burroughs zwar von Menschen, doch erkundet er darin auch eine Landschaft. Wir werden in ein Dschungelreich versetzt, das den meisten Lesern der Zeit ebenso fremd war wie die Gefilde von Barsoom (Mars) aus den *John-Carter*-Romanen, Burroughs' zweitem berühmtem Beitrag zur Groschenheftliteratur.

Bei *Tarzan* haben die Tiere noch die Nebenrollen, ein Jahrhundert später sind sie selbst die Stars. *Der König der Löwen*, das in der Serengeti im Norden Tansanias spielt, ist nach wie vor der umsatzstärkste Animationsfilm aller Zeiten (das Remake von 2019 kletterte wieder an die Spitze) und hat auch den Schritt zu einer sehr erfolgreichen Bühnenshow geschafft. Der Film *Madagascar* aus den DreamWorks Animation Studios erzählt von einer Gruppe Zootiere aus New York, die vor der titelgebenden Insel Schiffbruch erleiden; er hat eine verblüffende Zahl an Fortsetzungen und Spin-offs hervorgebracht. Anscheinend gerät die Welt immer noch außer Rand und Band, wenn es um die „wilde" Seite Afrikas geht.

ALLES ZERFÄLLT

Bittet man Menschen, einen afrikanischen Roman zu nennen, kommt wahrscheinlich schnell die Sprache auf *Alles zerfällt* (auch *Okonkwo oder Das Alte stürzt*) von Chinua Achebe – einen etwas anderen Bestseller von 1958. Seine Geschichte über das Leben in einem nigerianischen Dorf vor und während der Kolonialzeit gilt als das meistgelesene Buch der modernen afrikanischen Literatur. Es ist zudem – in gleichem Maß – sehr lustig und sehr traurig.

Als Schauplatz dient eine Gruppe von neun Dörfern im Süden Nigerias, kollektiv Umuofia genannt. Die Lage wird recht eindeutig bestimmt; Achebe siedelt Umuofia am Ostufer des Flusses Niger an, in der Nähe des Dorfs Ogidi, wo er selbst zur Welt kam. Der Roman spielt größtenteils in einem dieser Dörfer, der kleinen Siedlung Iguedo. Weitere 15 Siedlungen aus dem Roman, die wir aus Platzgründen nicht kartiert haben, möchten wir dennoch hier nennen: Abame, Aninta, Ezimili, Imo, Ire, Isike, Obodoani, Mbaino, Mbanta, Obodo, Uli, Umeru, Umuachi, Umuike und Umunso. Vielleicht haben interessierte Leser Lust, auf der Basis der Hinweise im Text selbst eine Skizze ihrer Lage untereinander anzufertigen.

Wie der Romantitel nahelegt, handelt *Alles zerfällt* von einer Auflösung. Der Protagonist, Okonkwo, ist ein durch eigene Verdienste wohlhabender Mann, der im Dorf Iguedo hohes Ansehen genießt. Eines Tages holt ihn jedoch eine Charakterschwäche ein, und eine Verkettung unglücklicher Umstände führt zu seiner Verbannung. Zugleich gerät mit der Ankunft der Weißen und des Christentums das gewohnte Dorfleben in Umuofia aus den Fugen. Keiner der Handlungsstränge nimmt einen glücklichen Verlauf; Okonkwos Leben endet in Ungnade, er begeht Suizid. Einer der Kolonialbeamten findet, „[f]ast könnte man ihm ein ganzes Kapitel widmen. Nun, vielleicht kein Kapitel, aber einen ordentlichen Absatz doch immerhin." Genau das haben wir getan. Doch Okonkwos ereignisreiches, wenn auch tragisches Leben geriet nicht in Vergessenheit, wie der Beamte glaubte. Millionen Menschen haben seine Geschichte gelesen, und jetzt ist sein winziges Dorf Iguedo in diesem Atlas verzeichnet.

Alles zerfällt spielt in den 1890er-Jahren, inmitten des „Wettlaufs um Afrika", der Hochphase der europäischen Interventionen nicht nur in Nigeria. Doch auch in postkolonialer Zeit hätte Okwonkos Dorf gelitten: Es befindet sich in der Region Biafra, dessen verhängnisvolles Bemühen um Unabhängigkeit 1967 das Blutvergießen des nigerianischen Bürgerkriegs auslöste. Der abtrünnige Staat diente als Vorbild für die Demokratische Republik Dahum, die sich in William Boyds *Solo: ein James-Bond-Roman* (2013) von Zanzarim abspaltet. Zur fiktiven Topografie Nigerias hat Boyd auch das Land Kinjanja aus seinem Roman *Unser Mann in Afrika* von 1981 beigetragen.

Okwonkos Heimat liegt in der Nähe eines weiteren Orts, der für die Kolonialmächte von Interesse war. Fährt der viktorianische Reisende den Fluss hinauf, den Boyd Zanza River nennt (eigentlich den Niger), stößt er vielleicht auf Borriobula-Gha. Dieses Dorf, das wohl auf Lokoja basiert, steht in Charles Dickens' *Bleak House* im Fokus von Mrs. Jellybys „Menschenliebe mit dem Fernrohr vor den Augen". Die matronenhafte Mrs. Jellyby möchte die Vagabunden Londons nach Borriobula-Gha schicken, um „die Eingebornen *[sic]* im Drechseln von Pianofortebeinen zu unterrichten und damit einen Exporthandel zu treiben" – eine satirische Anspielung Dickens' auf einige „Afrika-Projekte" der damaligen Zeit.

Noch weiter flussaufwärts erreichen wir Mali, und hier finden wir, halb versunken in den Dünen, eine gespenstische Erinnerung an die Sklaverei: Die *Texas*, ein Panzerschiff der Konföderierten, entkam in den letzten Tagen des amerikanischen Sezessionskriegs 1865 aus Virginia; es hatte die Staatskasse geladen, die zur Bildung einer Exilregierung nötig war. Clive Cusslers Abenteuerroman *Operation Sahara* und der Verfilmung *Sahara – Abenteuer in der Wüste* von 2005 zufolge überquerte das Schiff den Atlantik, segelte einen vergessenen Nebenfluss des Niger hinauf und strandete, als der Fluss unterirdisch weiterlief. Wie die zerbrochene Statue des Osymandias liegt sie seither im Wüstensand, als verrostendes Relikt eines Krieges für eine andere Art afrikanischer Emanzipation.

DIE BRONTËS IN AFRIKA

Die Geschwister Brontë werden zwar in erster Linie mit Yorkshire in Verbindung gebracht, doch ihre lebhafte Fantasie reichte schon in jungen Jahren viel weiter. Bereits als Kinder erfanden Charlotte, Anne und Emily sowie ihr Bruder Branwell ganze Reiche, in denen sie ihre Geschichten und Spiele ansiedelten; diese sind heute als Jugendwerke *(juvenilia)* der Brontës bekannt. Obwohl nur Fragmente erhalten sind, handelt es sich um ein faszinierendes und überraschend detailliertes Korpus.

Die erste Region in den Jugendwerken hieß Glass Town Confederacy und bestand aus mehreren Gebieten, die die vier ab 1827 ins Leben riefen. Mit der Zeit wurde das fantastische Reich immer detailreicher, bekam eine sorgfältig ausgearbeitete Geografie, eine Vorgeschichte und einen festen Stamm an (meist kämpferischen) Charakteren, die von Branwells Spielzeugsoldaten verkörpert wurden. Diese Rollenspiele gerieten oft zum Wettstreit, und schließlich konzentrierten sich Anne und Emily auf ihre eigene Schöpfung Gondal, eine Insel im Nordpazifik (siehe Karte Südostasien, Seite 90–91) und Anwärterin auf das erste „Spin-off" der Literatur. Aus Glass Town ging das Land Angria hervor, um das sich die späteren Jugendwerke Branwells und Charlottes drehten.

Insgesamt schufen die vier Geschwister Hunderte Gedichte, Geschichten, Theaterstücke und Notizen über ihre erfundenen Gebiete, alle in winziger Schrift, als wären sie von den Spielzeugsoldaten verfasst worden.

Die Geografie der Glass Town Confederacy kennen wir recht gut, denn Branwell hinterließ eine detaillierte Karte. An der Küste liegen Regionen wie Wellington's Land, Parry's Land und Sneaky's Land; sie decken das Gebiet von Côte d'Ivoire bis Kamerun ab. Klar abgegrenzte Inseln wie Stump's Land, Monkey's Land und Frenchy Land vervollständigen das Bild, und obwohl Angria nicht auf Branwells Karte erscheint (es wurde später entwickelt), gibt es Anhaltspunkte, die auf die Gegend von Kamerun deuten.

Khemi
Interzone
Bagghar
Sultanat Bagghar
Lugasch
Fort Arid
Atlas-Staaten
Ishtar
Royaume Achourite
Halwan
Darfar
Kalubya
Bilya
Land der Crotalophoboi
Saharameer
Stygien
Apocalypses Pyramide
Arabischer Tunnel
Star Harvester
Taianisches Hochland
Styx
Hamunaptra
Zerzura
Verschwundene Pyramide von Toth-Ra
Grabmal von Ramses Amun Ankh
Ras el-Hadid
Verschwundene Pyramide des Khamandides
Sharzhad
Keshan
Punt
Fort Zinderneuf
Rayhanas Dorf
Solarverbrennungsanlage von Massarde Enterprises
CSS Texas
Zanza River
Blackland
Asselar
Empire of Niger
Khokarsa
Wadiya
Aladeen-Wüste
Wüste von Ahm Shere
Barash
Goldene Pyramide
Jacksonburg
Stadt der Unsterblichen
Panchaia
Kusch
Ishmaelia
Berg Abora
Zembabwei
Reich des Priesterkönigs Johannes
Azania
Mhomala
Debra Dowa
Matodi
Sakuyu-Kanal
La-Tour-Orbitallift
Afrikanische Konföderation
Birnin Zana
Mena Ngai
Wakanda
Mondberge
Lulu
Kameno
Makuyu
Noventa-Kanone
Skull Cove
Zarakal
Aburia
Freiland
Makalolo
Ubangiba
Ashair
Zarkheba River
Tuen-Baka
Bocamo
Naruba
Alcacia
Numbani
Buranda
Beninia
Sneaky's Land
Kangan
Ponukele Drelchkaff
Sinsikrou
Kinjanja
Nkongsamba
Zanzarim
Borriobula-Gha
Fantippo
Verdopolis
Kos
Dahum
Iguedo
Umuofia (Die 9 Dörfer)
Port Dunbar
Ewawa
Angria
Dande
Adrianopolis
Bitanga
Bologa
(Äquatorial-) Zangaro
Katanga
Kong-Berge
Wellington's Land
Westafrikanische Union
Ross's Land
Parry's Land
Stump's Land
Bulungi
Yabba-Dabba

AFRIKA
DIE DINGE FÜGEN SICH
LEGENDE DER FIKTIVEN ORTE
Stadt
Städtchen/Dorf
anderer Ort
versunkene Stadt
Weltraumlift
Berg
See
Schiffswrack
Insel
Fluss
MASSSTAB
0 200 400 600 800 1000 kilometres
0 200 400 600 800 1000 miles
Zero Zero Island
Monkey's Land
Glass Town Confederacy
Paris
Frenchy Land
Tarzans Geburtsort
Zinj
Affenberg
Bukuvu
Militärakademie am Viktoriasee
Ivory-Lana
Thabai
Ilmorog
Tal der Schlangen
Hakuna Matata
Bangalla
Space Tether Neu-Mombasa
Mawitaan
Hammer Bay
Das geweihte Land
Königsfelsen
Elefanten-friedhof
Genosha
Zebwa
D'Umbutu
Affenfluss
„Joan Bushwell's Chimp Refuge" (Auffangstation für Schimpansen)
Das Schattenland
Neu-Sansibar
Pal-ul-Don
Opar
Tartessos
Xuji
Kukuana-Land
Zu-Vendis
Milosis
König Solomos Minen
Loo
Provinz Bonai
Zamunda
Sabas Brüste
Wachootoo-Dorf
Nibia
Wachati-Dorf
Insel des Roch
Jolliginki
Mombaka
Kambezi
Kôr
Libertatia
King's Bay
Matobo
Biryani
Zulabwe
Mulongwe
Paradise
King Juliens Königreich Madagascar
Kamanga
No. 1 Ladies' Detective Agency
Nambia
Outer Heaven
Äpyornis-Insel
District 9
Galzburg
Piemburg
Zembala
Butua
Ndotsheni
Laagerfontein
Bapetikosweti
Wiedereingliederungslager Jakkalsdrif
Shobo-n-Po
Biacra (Französische Kolonie)
Fluss Karain
Sulliaba (Deutsche Kolonie)
Kontinent Karain
M'Pulo-See
Col Plateau
St. Anthony (Britsche Kolonie)
Sulliaba
Land der Demiji
Sobo-Steppen
Mobono
Élanery (die Stadt)
Islandia

AFRIKA

WICHTIGE SCHAUPLÄTZE

Eine vollständige Liste der Schauplätze finden Sie im Ortsregister auf Seite 130–150.

AFRIKANISCHE KONFÖDERATION
Raumschiff Enterprise – Das nächste Jahrhundert
STAATENBUND | TV
Zusammenschluss von Nationen, darunter Somalia (das Herkunftsland von Geordi La Forge). Die genaue Ausdehnung ist unbekannt; wir sind von einer Reihe ostafrikanischer Länder ausgegangen. Ein weiterer Staatenbund aus *Star Trek* sind die Vereinigten Staaten von Afrika, wo Uhura geboren ist. Da es zu deren Lage jedoch keine Anhaltspunkte gibt, haben wir sie auf der Karte weggelassen. **LK S. 84–85, D4**

AZANIA
Schwarzes Unheil **VON EVELYN WAUGH | INDISCHER OZEAN | ROMAN**
Waugh lieferte eine detaillierte Karte des Kaiserreichs Azania mit, einer Insel vor der Küste Somalias. Der Name stammt von den Römern, die damit Teile der afrikanischen Küste bezeichneten. Er kommt auch in anderen belletristischen Werken vor, etwa Kim Stanley Robinsons *Mars*-Trilogie; hier ist Azania ein neuer Name für Südafrika. **LK S. 84–85, D4**

BULUNGI
The Onion **WESTAFRIKA | SATIRE**
Ein Land südlich der Elfenbeinküste und südöstlich von Liberia. In einem satirischen Artikel von *The Onion* wird der US-„Botschafter" in Bulungi beschuldigt, das Land erfunden zu haben; enthalten ist auch eine praktische Karte dieses beachtlichen Nicht-Landes. **LK S. 84–85, A4**

GENOSHA
MARVEL COMICS | INDISCHER OZEAN | COMICS/FILM
Die Republik Genosha ist ein Inselstaat im Nordosten Madagaskars, der oft in der *X-Men*-Reihe vorkommt. Die Ridgeback Mountains teilen die Insel in zwei Hälften. Die kleinere Insel Krakoa liegt gleich daneben. **LK S. 84–85, D5**

DAS GEWEIHTE LAND
Der König der Löwen
TANSANIA | FILM
Mufasas Königreich ist klar inspiriert von der Serengeti in Tansania. In der Eröffnungssequenz sehen wir Vögel und Elefanten, die am Kilimandscharo vorbeiziehen (der sich ebenfalls in Tansania befindet und in der Fortsetzung namentlich genannt wird), um den neu geborenen Simba zu sehen. Das Produktionsteam reiste zur Inspiration auch nach Kenia; wir gehen daher davon aus, dass das Geweihte Land im Umkreis des Kilimandscharo liegt und zwar in dem Teil Tansanias, der an Kenia grenzt. Auch Tanganjika (das kurzzeitig eine souveräne Republik war und heute im Wesentlichen dem Festland Tansanias entspricht) wird in der Fortsetzung erwähnt. **LK S. 84–85, D5**

HAKUNA MATATA
Der König der Löwen
TANSANIA | FILM
Nicht nur ein Ohrwurm, sondern auch die Dschungeloase von Timon und Pumbaa. Sie ist durch einen Wüstenstreifen vom Geweihten Land getrennt. Simba wandert nach seiner „Verbannung" in den Sonnenuntergang und bricht in der Nähe der Oase erschöpft zusammen; daher liegt diese vermutlich in einiger Entfernung westlich des Geweihten Landes (siehe oben). **LK S. 84–85, D5**

HAMUNAPTRA
Die Mumie **ÄGYPTEN | FILM**
Eine „Stadt der Toten" in den einsamen Wüsten Ägyptens. Von Kairo ist sie drei Tagesreisen flussaufwärts per Boot und zwei weitere per Kamel entfernt. O'Connell (Brendan Fraser) erzählt, er sei mit seiner Garnison der französischen Fremdenlegion nach Hamunaptra durch Libyen und nach Ägypten marschiert; wir haben daher die Lage konkretisiert, und zwar westlich des Nils. **LK S. 84–85, C5**

INSEL DES ROCH
Sindbad der Seefahrer
INDISCHER OZEAN | KURZGESCHICHTE
Auf seiner zweiten Reise segelt Sindbad von Bagdad über viele Meere, bevor er irgendwo im Indischen Ozean auf einer Insel zurückgelassen wird. Auf dem nahe gelegenen Festland leben Nashörner und Elefanten, was darauf hindeutet, dass sich die Insel entweder vor Afrika oder vor Indien befindet. Sindbad trifft auf einen riesigen Greifvogel namens Roch oder Rock, der ihn zum Tal der Schlangen trägt. Rochs sind mythische Kreaturen und werden traditionell mit Madagaskar in Verbindung gebracht. **LK S. 84–85, D5**

ISHMAELIA
Scoop **VON EVELYN WAUGH | OSTAFRIKA | ROMAN**
Land, das lose auf Abessinien/Äthiopien basiert. Die Hauptstadt ist Jacksonburg. **LK S. 84–85, D4**

JAKKALSDRIF
Leben und Zeit des Michael K.
VON J.M. COETZEE | SÜDAFRIKA | ROMAN
Coetzee verwendet in seinem Meisterwerk meist echte Geografie, doch dieses Wiedereingliederungslager scheint fiktiv zu sein. Es ist 8 km von der echten Stadt Prince Albert entfernt. Ein zweites Lager, das später vorkommt, befindet sich in Kenilworth, einem echten Vorort von Kapstadt, an der alten Eisenbahnlinie. **LK S. 84–85, C2**

JOLLIGINKI
Doktor Dolittle und seine Tiere
VON HUGH LOFTING | OSTAFRIKA | ROMAN
Die Heimat des Stoßmich-Ziehdich liegt an der Ostküste Afrikas in der Nähe von Madagaskar. **LK S. 84–85, D3**

KAMENO
Der Fluss dazwischen
VON NGŨGĨ WA THIONG'O | KENIA | ROMAN
Die beiden Höhenzüge Kameno und Makuyu liegen irgendwo in Thiong'os Geburtsland Kenia. Der Fluss im Titel fließt zwischen ihnen hindurch. Er heißt Honia und ist ebenfalls fiktiv. **LK S. 84–85, D4**

KARAIN *Islandia*
(UND FORTSETZUNGEN) VON AUSTIN TAPPAN WRIGHT | ATLANTIK | ROMAN
Ein Mini-Kontinent, dessen Geschichte und Topografie Wright über viele Jahre hinweg ausgestaltete. Wright starb tragischerweise zu früh bei einem Autounfall, aber sein Manuskript wurde nach seinem Tod überarbeitet und als Roman veröffentlicht, außerdem Fortsetzungen, die Mark Saxton verfasste. Karain liegt in der Nähe der „unerforschtenWeiten von Antarktika auf der Südhalbkugel", wobei Uneinigkeit herrscht, ob es im Atlantik oder im Pazifik zu verorten sei. Wrights unveröffentlichte Notizen sprechen für Ersteres, und zwar näher bei Afrika als bei Südamerika; Saxton favorisierte den Pazifik. Wir folgen der ursprünglichen Idee des Erfinders. **LK S. 84–85, A1/A2/B1/B2**

KONG-BERGE
WESTAFRIKA | MYTHOS
Ein nicht existentes Gebirge, das jahrzehntelang, ebenso wie die legendären Mondberge, sklavisch auf Karten Afrikas im Inland eingezeichnet wurde. Beide dienen seitdem als Kulisse für viele Werke in der populären Kunst und Kultur. **LK S. 84–85, A4**

KÖNIG SALOMOS MINEN
König Salomos Schatzkammer
VON H. RIDER HAGGARD | DEMOKRATISCHE REPUBLIK KONGO | ROMAN
Haggards berühmtester Roman enthält eine Karte, die die Minen, die Berge „Sabas Brüste" (4500 Meter hoch und wie weibliche Brüste geformt) und andere Orte in Relation zu dem echten Fluss Lukanga River zeigt. Wir können daraus schließen, dass sich das Ganze in der heutigen Demokratischen Republik Kongo abspielt. **LK S. 84–85, C3**

KUNDU
The West Wing – Im Zentrum der Macht **WESTAFRIKA | TV**
Auf fiktiven Karten deckt dieses Land etwa die gleiche Fläche ab wie Äquatorialguinea, wobei manche Quellen es auch in der Nähe der Elfenbeinküste verorten, die weiter westlich liegt. Offiziell soll es „Äquatorialkundu" heißen, was die Parallele zur Lage Guineas untermauern würde. **LK S. 84–85, B4**

LIBERTATIA
MADAGASKAR | MYTHOS
Utopische Piratenkolonie, auch Libertalia genannt und manchmal mit der echten Bucht von Antongil gleichgesetzt. Sie kommt in dem Videospiel *Uncharted 4* und im Film *Gegen alle Flaggen* (1952) mit Errol Flynn vor. **LK S. 84–85, D3**

NAMBIA
DAS MYSTERIÖSE GEHIRN VON DONALD TRUMP | SÜDEN AFRIKAS | FAUXPAS
Ex-Präsident Trumps besondere Aussprache Namibias in der Gegenwart afrikanischer Staatsmänner. In den sozialen Medien wurde über das Ereignis gespottet bis zu dem Punkt, an dem Nambia als fiktives Land ein Eigenleben entwickelte. **LK S. 84–85, B2/C2**

NEU-SANSIBAR
Die Simpsons **OSTAFRIKA | TV**
Aus der Folge *Die Sippe auf Safari*: Während des Fluges nach Tansania werden die Passagiere informiert, dass der Staat jetzt „Neu-Sansibar" heiße. Nur Sekunden später ist er nochmals umbenannt in „Pepsi präsentiert Neu-Sansibar". Den Markennamen ergänzen wir in der nächsten Auflage, wenn Pepsi das Sponsoring übernimmt. **LK S. 84–85, C3/D3**

NO. 1 LADIES' DETECTIVE AGENCY
Ein Krokodil für Mma Ramotswe **VON ALEXANDER McCALL SMITH | BOTSWANA | ROMAN**
Die einzige Detektivagentur des Landes von Mma Ramotswe befindet sich in der (echten) Stadt Gaborone im Süden Botswanas. Dort spielen auch die (vielen) Fortsetzungen der Reihe *No. 1 Ladies' Detective Agency*. **LK S. 84–85, C2**

OPAR
Tarzan-**ROMANE VON EDGAR RICE BURROUGHS UND ROMANE VON PHILIP JOSÉ FARMER | KONGO/DR KONGO | ROMANE**
Die Stadt im tiefen Dschungel ist eine verlorene Kolonie von Atlantis. In der Zeichentrickserie *Disneys Tarzan*, die zwar nicht die Originalquelle ist, aber auf *Tarzan* basiert und in der Opar mehrmals vorkommt, wird im Vorspann eine Karte von Afrika gezeigt – mit schnellem Zoom in die Region des Kongobeckens. Der Film *Legend of Tarzan* von 2016 verortet Opar ebenfalls klar im belgischen Kongo. Auch Philip José Farmer, der Burroughs' *Tarzan*-Universum später erweiterte, verwendete Opar als Schauplatz. **LK S. 84–85, C3**

REICH DES PRIESTERKÖNIGS JOHANNES
ÄTHIOPIEN | ÜBERLIEFERUNG
Der Priesterkönig Johannes war ein mythischer König, der über ein vergessenes christliches Königreich mit einem immensen Vermögen herrschte. Ursprünglich ging man davon aus, dass sein Land in Indien oder Zentralasien liege, aber im Lauf der Jahrhunderte wechselte der Fokus zu Afrika, insbesondere Äthiopien. **LK S. 84–85, D4**

SAHARAMEER
Der Einbruch des Meeres **VON JULES VERNE | NORDOSTAFRIKA | ROMAN**
Infolge eines Erdbebens werden die tieferliegenden Regionen der Sahara durch das Wasser aus dem Mittelmeer überflutet. Dieses Konzept zogen Wissenschaftler und Unternehmer ernsthaft als Strategie zur Urbarmachung der Wüste in Betracht. Die Verwandlung der Sahara in ein künstliches Meer kommt auch in John Wyndhams Roman *Das versteckte Volk* vor. Wir haben es in der Qattara-Senke, einer besonders niedrig gelegenen Region, eingezeichnet. **LK S. 84–85, C5**

WAKANDA
MARVEL COMICS | OSTAFRIKA | DIVERSE
Ein Königreich und die Heimat des Black Panther. Auf Karten im Film wird Wakanda als kleines Gebiet am Turkana-See gezeigt. In Wirklichkeit ist dieses Gebiet Wüste; die üppigen Wälder aus dem Film existieren nicht. Vielleicht sollen sie unterstreichen, dass Wakanda von sich selbst ablenken möchte. Im Marvel-Universum kommen zahlreiche andere Städte vor, die aber hier nicht kartiert sind. Dazu gehören Birnin S'yan, Birnin Azzaria, Birnin T'Chaka, Birnin Bashenga, Birnin Djata, Birnin Benhazin und Birnin Tsauni. **LK S. 84–85, D4**

SÜDOSTASIEN

WILDNIS, WELLEN, WELTEN UND WETTSTREIT

Die Geografie Südostasiens ist wahrhaft einzigartig. Die Länder auf dem Festland, Myanmar, Laos, Thailand und Vietnam, scheinen sich alle Richtung Süden zu recken, als wollten sie unbedingt den Äquator berühren oder Kambodscha wie einen wertvollen Edelstein einfassen. Weiter südlich zersplittert das Land in die unzähligen Inseln Indonesiens, Malaysias, der Philippinen und ihrer benachbarten Inselgruppen. Und obwohl die Flüsse und die Urwälder des Festlands als Schauplätze vieler belletristischer Werke gedient haben, waren es die Inseln, die uns bei der Zusammenstellung dieses Atlasses besonders faszinierten.

Hier tobt das Leben. Buchstäblich. Ob King Kong auf Skull Island, Oktopus Dave auf seiner Geheimen Insel in *Die Pinguine aus Madagascar* oder die bedrohliche Wildnis auf Rook Island in *Far Cry 3* – in dieser Region besitzen die Tiere so großen Einfluss wie die Menschen. Humanoide kommen auch vor, in Form von Androiden wie Untoten, verkörpert durch die rebellischen Roboter aus *Westworld* und die Zombies des Banoi-Archipels aus *Dead Island*.

Große Literaten haben diese Inseln bevölkert. Aldous Huxley schenkte uns in seinem letzten Roman *Eiland* Pala und Rendang, während ganz in der Nähe der Schweizer-Prediger und seine Familie Schiffbruch erleiden, wie Johann David Wyss in seinem unsterblichen Roman *Der Schweizerische Robinson* von 1812 erzählt. Sowohl Biggles als auch Tim und Struppi sind über diese Meere hinweggeflogen. Weitere Inseln stammen von den Geschwistern Emily und Anne Brontë: Das Königreich Gondal und Gaaldine in der Nähe wurden von ihnen als „Abspaltung" von einem Reich aus ihrer Kindheit erfunden, der Glass Town Confederacy (siehe Seite 83). Das fiktive Südostasien mag nicht so dicht besiedelt sein wie andere Regionen, doch es ist mindestens so reich.

SURFEN MIT CONRAD, BISON UND KURTZ

Von Zeit zu Zeit beschert Hollywood der Welt etwas Wundervolles und Kostbares, einen Film, der zugleich so mies und doch so ernsthaft ist, dass er zum Kultfilm wird, ohne dass seine Fans ihre Leidenschaft zugeben. Für solche Werke waren die 1990er-Jahre eine Goldgrube; zwei spektakuläre Beispiele kamen kurz nacheinander in die Kinos: die Familienkomödie *Surf Ninjas* (1993) und die Videospielverfilmung *Street Fighter* (1994). Beide spielen in Südostasien. *Surf Ninjas* handelt von zwei Jugendlichen in Kalifornien, die erfahren, dass sie die kaltgestellten Kronprinzen eines asiatischen Inselkönigreichs sind. Der Film hat offensichtlich höhere kulturelle Ambitionen, denn das fiktive Reich, das diese „Surfer-Dudes" einmal übernehmen sollen, ist Patusan (bzw. Patu San), ein Land, das ursprünglich der Literaturgigant Joseph Conrad erfand!

In *Surf Ninjas* wird eine Karte gezeigt, die Patusan vor der Küste des Surferparadieses Vietnam verortet. Dies widerspricht Conrads Roman *Lord Jim* von 1900, dessen Patusan zum einen symbolisch aufgeladen ist, zum anderen in der Nähe Sumatras liegen soll. Auf den ersten Blick hat die Geschichte vom englischen Seemann Jim, der die Herzen und die Achtung der Südseeinsulaner gewinnt, etwas Kolonialistisches an sich. Doch die Abenteuerstory wird unterfüttert mit Conrads typischen Themen Zweifel und Selbstbetrug. In diesem Sinn könnte auch *Surf Ninjas* als pseudo-kolonialistisch interpretiert werden: Obwohl die Helden von der Insel stammen, wird ihre Rückkehr nur durch ihre amerikanischen Freunde und die westliche Erziehung ermöglicht. Aber vielleicht nehmen wir auch einen Film zu ernst, der sich vor allem um Surfen, Martial Arts und eine magische Sega-Spielekonsole dreht ...

... was uns eine schöne Überleitung zu *Street Fighter* bietet: Die Liste der Helden und Schurken in dieser Videospielreihe ist legendär, doch die Handlung eher mager. Daher hatte Steven E. de Souza einiges zu tun, als er für die Verfilmung 1994 das Drehbuch schrieb und Regie führte. Seine Lösung bestand darin, *Street Fighter – Die entscheidende Schlacht* in einen Kontext einzubetten, der in den 1990ern allgegenwärtig war: eine internationale Krise. Der Film spielt im kriegsgebeutelten Land Shadaloo, in dem die Kämpfer verschiedene Konfliktparteien vertreten.

Ein weiteres Verdienst geht auf das Konto der Art Direction und Requisite: Die Karten im Film zeigen einheitlich, dass Shadaloo und seine Umgebung geografisch zusammengehören. Das Land entspricht Teilen des echten Myanmar, und die Hauptstadt ist im Golf von Martaban verortet, an der Mündung des fiktiven Shadaloo River, den wir dem echten Salween River zugeordnet haben. Irgendwo in diesem Flussdelta treffen wir *(natürlich!)* auf den Erzschurken General Bison selbst. Der Möchtegern-Diktator operiert aus einer Tempelruine heraus, die er sich als seine zukünftige Welthauptstadt Bisonopolis vorstellt.

Ein anderer Fluss auf dieser Karte führt uns wieder zu den Surferstränden Vietnams und auch zu den Werken Joseph Conrads, wie Francis Ford Coppola sie mit der Kamera interpretiert hat. *Apocalypse Now* von 1979, das im schmutzigen, blutigen Vietnamkrieg spielt, basiert lose auf Conrads *Herz der Finsternis*. Statt wie im Roman dem Kongo in die dunkelsten Tiefen des afrikanischen Dschungels und des menschlichen Herzens zu folgen, schickt Coppola seine Figuren aber den fiktiven Nùng-Fluss hinauf, damit sie den abtrünnigen US-Offizier Colonel Kurtz aufspüren und liquidieren, den sie krass vorverurteilt haben. Ihre Reise in eine menschengemachte Hölle lässt die Schreckensszenarien aus Conrads Roman wie unter dem Mikroskop erscheinen. In diesem Atlas ist die Reise leicht nachzuvollziehen – dank einer Karte von Dean Tavoularis, Coppolas Szenenbildner, auf der man erkennt, dass der Nùng-Fluss dem echten Mekong entspricht.

KONGS KÖNIGREICH

Er lebt auf einer Insel irgendwo in einem der entlegensten Winkel der Erde. Es ist ein zerklüftetes Eiland, vulkanisch und bedrohlich, dauernd in Nebel gehüllt, als versuchte die Natur, ihr unvollendetes, blasphemisches Scheitern geheimzuhalten. In Gerüchten hört man von uralten Ruinen, von einer mächtigen Zivilisation, die im erbarmungslosen Lauf der Zeit unterging, und von einer Mauer, die so stark ist wie an dem Tag, als ihr Fundament gelegt wurde, und die einen dunklen Dschungel urzeitlicher Schrecken zurückhält. Jenseits der Mauern, zwischen verhüllten Gipfeln und verworrenen Tiefen, regiert der Herrscher dieses wachen Albtraums, eine Kreatur, die als Gott verehrt wird und weder Tier noch Mensch ist. Der Primatenkönig eines urzeitlichen Reichs: der einsame Herr von Skull Island – der mächtige Kong!

Für eine Figur, die ursprünglich aus Groschenromanen stammt, hält sich King Kong schon erstaunlich lange. Seit seinem Debüt in den 1930er-Jahren hat dieser Riesenaffe die Fantasie von Kinobesuchern und Filmemachern gleichermaßen beflügelt, was zu einer Dynastie von Reinkarnationen und Neuinterpretationen geführt hat. Kong vereint brutale Körperkraft mit tragischem Pathos. Er hat unzählige tierische Gegner bekämpft, darunter Dinosaurier, Monster und sogar Godzilla.

Sollten Sie sein Königreich suchen, sind wir gern behilflich: In der Regel wurde Skull Island im Indischen Ozean verortet. Der erste Film von 1933 siedelte die Insel etwa 2000 km südlich von Indien an, das Remake von 1976 verlegte sie weit in den Süden Javas. Eine Ausnahme ist die neueste Verfilmung, *Kong: Skull Island*; darin liegt das Königreich laut Drehbuch östlich von Kiribati im Südpazifik.

Für diesen Atlas haben wir jedoch Peter Jacksons Blockbuster von 2005 als Grundlage genommen, da hier nicht nur die meiste Energie für die Ausarbeitung von Skull Island aufgewendet wurde, sondern man außerdem im Bonusmaterial Koordinaten erfährt: 6° südlicher Breite und 0° 93′ östlicher Länge. Die gleichen Quellen verraten auch, dass Skull Island schrumpfe und in einer Reihe von Todesstößen zerfalle. 1948 sei die Insel schließlich in einem massiven Erdbeben der Stärke 9,2 auf der Richterskala in den Fluten versunken und habe alle Geheimnisse und schrecklichen Wunder mitgenommen. Aber vielleicht, nur vielleicht überlebt etwas auf diesem Fleckchen des Ozeans, 1000 km westlich von Sumatra ...

A
B
C
Kyauktada
Rubinminen von Burma
Tin Min
SHADALOO
NANZHAO
INDOCINE
WONGNAHLEUM
Sea Dolphin II
Shadaloo River
General Bisons Tempelversteck (Bisonopolis)
Shadaloo City
UDON KHAI
Nung-Fluss
PHAIC TĂN
NEW THAI CONFEDERACY
Nu-Bangkok
Om
Lodidhapura
Psaodung
Pnom Dhek
SARKHAN
Roanapur
Nu Mung Ba (Colonel Kurtz' Camp)
Do-Lung-Brücke
Hau Phat
Vin Drin Dop („Charlies Festung")
Tuong Lai
PATUSAN (PATU SAN)
San Lazaro
Bagong Pag-asa
San Diego
VERANO
Iraya
DELOS INCORPORATED
Westworld
Binomo
VEREINTES KÖNIGREICH VON RENDANG UND PALA
Pala
Rendang
GROSS-RENDANG
RAGAAN
PANAU
Kinakuta
Boarfruit Village
Pulau Rintis
Luping
Neu-Schweizerland/ Neue Schweiz
Titus
Metrofulus
Cyberaya
Mellacai
SIAK REPUBLIC
Leon City
Hantu-Hafen
Kaigoon
Fürstentum Madripoor
KULAGONG
Mojok
Kampung Durian Runtuh
Zig/Gurat-Orbitallift
Gurat
Äquator
BULTAN
Adams Land
JATAKANG
Gelden Island
Van Husen
Skull Island
Metro City
Jamarbala
Indocarr City
SUNDA
Halimunda
INDOCARR
ROOK ISLAND
Amerta
THE WEB (NETZ AUS MUTIERTEN KORALLEN)
MASSSTAB
0 200 400 600 800 1000 kilometres
0 200 400 600 800 1000 miles
1
2
3
4

D
E
F
A MAP OF THE ISLAND OF GONDAL
Daves geheime Insel
Insel Gondal
Angora
Regina
Alcona
Gondal
Exina
Tsimtsum
Gaaldine
Der Breach
Biringan
San Simeon
Isla Paraíso
Ubek City
Ubec
Yaman
La Paz
Karin Island
Viscas Island
Isle of the Gods
Kingdom of Karin
Südostasien
Wildnis, Wellen, Welten und Wettstreit
Legende der fiktiven Orte
Stadt
Städtchen/Dorf
anderer Ort
Besonderheit unter Wasser
Weltraumlift
Schiffswrack
Insel
Fluss
Äquator
Sondonesien
Pulau-Pulau-Bompa
Land der Kus
Villings
Danu
Palanai
Mambu Hanua
Moresby
Banoi
Manoba
4
3
2
1

SÜDOSTASIEN

WICHTIGE SCHAUPLÄTZE

Eine vollständige Liste der Schauplätze finden Sie im Ortsregister auf Seite 130–150.

BINOMO
WLADIMIR KUSNEZOW UND ALEXEJ STOLJAROW | SÜDCHINESISCHES MEER | TELEFONSCHERZ

Inselstaat im Südchinesischen Meer, den die beiden (pro)russischen Comedians „Vovan" und „Lexus" erfanden, um 2017 die US-Botschafterin bei den Vereinten Nationen zu verwirren. **LK S. 90–91, C3**

DER BREACH
Pacific Rim **PAZIFIK | FILM**

Portal in einer Erdspalte am Grund des Pazifiks, das die Erde mit einer parallelen Dimension verbindet. Durch den Breach kommen die Kaiju, riesige Monster, um die Menschheit anzugreifen. **LK S. 90–91, F3**

DAVES GEHEIME INSEL
Die Pinguine aus Madagascar
PHILIPPINENSEE | FILM

Sichelförmige Insel und Versteck von Oktopus Dave. Als Koordinaten werden etwa 21.5 N, 131.3 E (entspricht 21°30′ N, 131°18′ E) angegeben. **LK S. 90–91, D4**

FÜRSTENTUM MADRIPOOR
MARVEL COMICS | SINGAPUR | COMICS

Inselstaat (auch Madripura) nach dem Vorbild von Singapur, in der Straße von Malakka zwischen Singapur und Sumatra gelegen. Das Land kommt in Dutzenden Marvel Comics vor und ist vor allem in *X-Men*-Geschichten ein typischer Schauplatz. Hier fand beispielsweise das erste anerkannte Treffen zwischen Wolverine und Captain America statt. **LK S. 90–91, B2**

GONDAL
JUGENDWERKE DER BRONTË-SCHWESTERN | PAZIFIK | JUGENDWERKE

In jungen Jahren erfanden die vier Geschwister Brontë eine Reihe fantastischer Königreiche in Afrika (siehe Seite 83) und dem Pazifik. Die Insel Gondal und ihre Nachbarn befanden sich im nördlichen Pazifik und waren durch Heidemoore gekennzeichnet, was an die Heimat der Brontës in Yorkshire erinnerte. Viele ihrer Schriften und Karten sind verloren gegangen, doch es sind genügend Informationen erhalten, um die Landschaften zumindest teilweise zu rekonstruieren. Manche Fans haben detaillierte (wenn auch oft sehr spekulative) Karten gezeichnet, um die Welten der Brontës nachzubilden. Eine der besten Karten findet man im Blog Man of Tin; er stellt die Hauptinsel in der Form von Yorkshire dar – eine Idee, der wir hier gefolgt sind. **LK S. 90–91, F4**

LODIDHAPURA
Jungle Girl **VON EDGAR RICE BURROUGHS | KAMBODSCHA | ROMAN**

Burroughs kennt man natürlich vor allem wegen seiner in Afrika angesiedelten *Tarzan*-Romane, doch er verfasste viele weitere Geschichten, die in anderen Regionen der Erde spielen (bzw. im Fall der *John-Carter*-Romane auch außerhalb der Erde). Ein gutes Beispiel ist *Jungle Girl*. Auf der Suche nach Khmer-Ruinen stößt der Held Gordon King in Kambodscha auf die beiden einander bekämpfenden Städte Lodidhapura und Pnom Dhek sowie auf seine Angebetete aus dem Titel. **LK S. 90–91, B3**

NEU-SCHWEIZERLAND
Der Schweizerische Robinson **VON JOHANN WYSS UND** *Das zweite Vaterland* **VON JULES VERNE | INDISCHER OZEAN | ROMAN/FILM**

Im Originalroman erfährt man wenige Details zur Lage dieser Insel. Ihre Flora und Fauna scheint von überall beeinflusst zu sein; auch Pinguine, Bären und Kängurus gehören dazu. Vernes Fortsetzung enthält mehr Informationen; danach liegt die Insel irgendwo im Indischen Ozean. Sie heißt in der deutschen Übersetzung allerdings „Neue Schweiz". Die Form wird in einer Karte vom Autor verraten. **LK S. 90–91, A2**

PANAU
Just Cause 2
MALAYSIA | VIDEOSPIEL

Der Schauplatz in der zweiten Folge der *Just Cause*-Reihe ist ein Archipel im Golf von Thailand, bekannt als Panau oder Panau Islands. Größe und Form werden auf einer Karte innerhalb des Spiels gezeigt. Das Land hat sogar eine eigene Flagge und eine Nationalhymne. Im Spiel kommen verschiedene fiktive Inselgruppen und Städte vor, darunter die Hauptstadt Panau City, die wir nicht eingezeichnet haben. **LK S. 90–91, B2**

PHAIC TĂN

FESTLAND SÜDOSTASIEN | REISEFÜHRER

Diese Parodie auf südostasiatische Länder könnte überall in der Region liegen; bei uns überspannt Phaic Tăn (*fake tan*, „falsche Sonnenbräune") drei Länder, damit wir uns nicht für eines entscheiden mussten! Seine Hauptstadt heißt Bumpattabumpah (*bumper to bumper*, „Stoßstange an Stoßstange") und ist nicht auf der Karte). **LK S. 90–91, B3**

ROANAPUR

Black Lagoon **VON REI HIROE | THAILAND | MANGA/ANIME**

Bis vor 30 oder 40 Jahren war das fiktive Roanapur eine verfallende Hafenstadt. Dann fanden Deserteure aus dem Vietnamkrieg hier Zuflucht, und schon bald folgten Schmuggler, Söldner und Killer jeder Couleur, sodass sich Roanapur rasch zu einem Zentrum des Verbrechens entwickelte. Angesichts der permanenten Machtkämpfe der Kartelle, Triaden, staatlichen Akteure und diversen Mafiaorganisationen, die sich hier verschanzt haben, herrscht reges Treiben. Von der einzigen Brücke, die in die Stadt führt, hängen Galgenstricke herab und an der Zufahrt zum Meer thront eine Buddha-Statue, die jedoch treffenderweise zum Teil zerstört ist. Einer Karte zufolge befindet sich Roanapur ganz in der Nähe der thailändischen Stadt Trat. **LK S. 90–91, B3**

ROOK ISLAND

Far Cry 3 **INDONESIEN | VIDEOSPIEL**

Diese Doppelinsel soll irgendwo in Indonesien liegen; die genaue Lage ist unsicher, aber Spekulationen im Internet über das vielfältige Tierleben legen eine Lage zwischen Bali und Lombok nahe. **LK S. 90–91, C1**

RUBINMINEN VON BURMA

Transformers **MYANMAR | TV**

Die Minen scheinen für Myanmars „Tal der Rubine" zu stehen. Sie kamen in der zweiten Folge der allerersten Zeichentrickserie vor, wo die „Rubinkristalle" als mächtige und potenziell flüchtige Energiequelle präsentiert wurden – die reichhaltigste auf der Erdoberfläche, um Megatron zu zitieren. **LK S. 90–91, A4**

SAN SIMEON

The Sims 3

DIE PHILIPPINEN | VIDEOSPIEL

Diese Küstenstadt, Thema eines sehr beliebten Fangames zu *Sims 3*, wurde den Philippinen aus der spanischen Kolonialzeit nachempfunden und in der fiktiven Provinz Nombre de Jesus auf der Insel Isla Paraíso angesiedelt. Ihre Architektur orientiert sich an verschiedenen Gemeinden auf den Philippinen, darunter Silay und Taal. **LK S. 90–91, D3**

SEA DOLPHIN II

James Bond: Der Morgen stirbt nie **VIETNAM | FILM**

Dieses Stealth-Schiff benutzt der Schurke Elliot Carver im 18. *James-Bond*-Film, um einen Krieg zwischen Großbritannien und China zu provozieren. Nachdem er damit die britische Fregatte *HMS Devonshire* versenkt hat (siehe China und North-East Asia, Seite 104), entdecken Bond und sein Verbündeter Wai Lin das Schiff in der echten Halong-Bucht (Vietnam). Sie entern es und bringen es schließlich außerhalb der Bucht zur Explosion, bevor es zu, Kampf zwischen der britischen und der chinesischen Marine kommt. Im Film wird es nur als „Stealth-Schiff" bezeichnet, doch in der Romanadaption hat es den Namen *Sea Dolphin II*. **LK S. 90–91, B4**

TIN MIN

It Ain't Half Hot Mum **BURMA | TV**

Diese beliebte Sitcom der Erfinder von *Dad's Army* schilderte die Kriegserlebnisse einer Showtruppe aus Soldaten der Royal Artillery. Sie spielt zuerst in der echten indischen Stadt Deolali; in der zweiten Hälfte der Serie wird die Truppe in das fiktive birmanische Dorf Tin Min unweit der indischen Grenze verlegt. **LK S. 90–91, A4**

TSIMTSUM

Life of Pi: Schiffbruch mit Tiger

VON YANN MARTEL | PAZIFIK | ROMAN/FILM

Der in Japan registrierte (und in Schweden gebaute) Frachter, der Piscine Molitor „Pi" Patel, seine Familie und ihren Zoo von Indien nach Kanada bringen soll, aber unterwegs sinkt. Der einzige menschliche Überlebende ist Pi selbst; er treibt am Ende mit dem ausgewachsenen bengalischen Tiger Richard Parker in einem Rettungsboot. Leichte Abweichungen im Buch und im Film verorten den Ort des Schiffbruchs vier Tagesreisen von Manila bzw. über dem Marianengraben, oder wie es Pi im Roman sagt, „nach einem Viertel der Strecke [von Manila aus]". **LK S. 90–91, E4**

VEREINTES KÖNIGREICH VON RENDANG UND PALA

Eiland **VON ALDOUS HUXLEY | ANDAMANENSEE | ROMAN**

Huxleys letzter Roman dreht sich um das Schicksal zweier Inselstaaten, Rendang und Pala. Die beiden liegen zwischen Sumatra und den Andamanen und werden am Schluss zu einem gemeinsamen Königreich vereint. **LK S. 90–91, A2**

THE WEB

2000 A.D.-**COMICS**

INDONESIEN | COMICS

Ein Netz aus mutierten Korallenriffen, die die indonesischen Inseln übernommen haben. Auch die fiktive Megacity Djakarta stammt aus den *Judge-Dredd*-Comics. Sie wurde um das alte Jakarta herum erbaut, ist aber nicht auf der Karte, da der echte Name zu ähnlich klingt. **LK S. 90–91, B1/C1**

WESTWORLD

Westworld

SÜDCHINESISCHES MEER | TV

In seinem Sci-Fi-Thriller *Westworld* von 1973 macht uns Michael Crichton mit Delos bekannt, einem hoch komplexen Themenpark, in dem die Besucher in das Leben des mittelalterlichen England, des Alten Rom oder des Wilden Westen („Westworld") eintauchen können. Als „Hosts" fungieren Roboter, die aussehen, agieren, sprechen (und bluten) wie echte Menschen. Das Resort weist große Ähnlichkeit mit Crichtons späterem *Jurassic Park* auf, auch in Bezug darauf, wie die Dinge sehr schnell schrecklich schieflaufen. Wo Delos genau liegt, erfahren wir nie; es wirkt, als wäre man tatsächlich in der rauen Landschaft des amerikanischen Westens. Die neuere TV-Serie schränkt sich nicht so ein, gibt aber auch kaum Details preis. Doch nach dem Blick auf eine Seekarte ist schließlich alles klar: Westworld und die übrigen Parks befinden sich im Südchinesischen Meer (in das das echte China ständig künstliche Inseln setzt). Konkret scheint der Park auf den nicht fiktiven Spratly-Inseln zu liegen, in der Nachbarschaft des Atolls mit dem treffenden Namen Mischief-Riff (*mischief*, „Unfug, Unheil"). **LK S. 90–91, C3**

YAMAN

Recorded by Arizal **INTERNETSERIE**

Die Heimat der Hauptfigur Arizal und ihrer Familie. Offiziell sind sie Pinoy (Filipinos); das legt nahe, dass Yaman in der entfernten Zukunft, in der die Serie spielt, die früheren – heutigen – Philippinen sind. **LK S. 90–91, D2**

ZIG/GURAT-ORBITALLIFT

Battle Angel Alita (GUNNM)

INDISCHER OZEAN | MANGA/ANIME/FILM

Ein Fahrstuhl, der die Weltraumstadt Zig (in manchen Versionen Binhar genannt) mit der Stadt Gurat (in manchen Versionen Nezher) verbindet, die im Indischen Ozean verankert und als „Eingangstor" auf der Erde fungiert. **LK S. 90–91, A2**

JAPAN

DAS LAND DES AUFGEHENDEN GUNDAM

Dieser Inselstaat fasziniert den Westen seit Langem, nicht zuletzt wegen seiner kulturellen Vielfalt und Pracht. Sogar der Name „Japan" kommt von außen (das Land nennt sich selbst „Nihon" oder „Nippon") – vom chinesischen „Cipan", das in Marco Polos Reiseberichten als „Zipangu" in die Welt getragen wurde.

Eine Figur, die diese Region bereist hat, war Lemuel Gulliver, dem wir schon anderswo im Atlas begegnet sind. Leider macht Gulliver nur kurz in Japan Halt; den Großteil seiner dritten Reise verbringt er in der Nähe auf den (fiktiven) Inseln Luggnagg und Balnibarbi. Beide sind hier verzeichnet, auch wenn wir mit Jonathan Swifts oft widersprüchlichen Beschreibungen und Karten zu kämpfen hatten. Er nahm wohl die Reiseberichte seiner Zeit satirisch aufs Korn – irrige Darstellungen von Autoren, die die Länder nie selbst besucht hatten, aber die Nachfrage ihrer Leser nach Berichten aus exotischen Gegenden erfüllen wollten.

Bis heute verzaubert Japan dank seines massiven Einflusses auf die populäre Kultur mit Titeln wie *Bleach*, *Your Name. – Gestern, heute und für immer*, *Die Melancholie der Haruhi Suzumiya* und den vielen Filmen aus dem Studio Ghibli den Rest der Welt. Die meisten Quellen für diese Karte stammen aus solchen Materialien – Mangas, Animes, Videospielen und Light Novels. Manchmal war es schwierig, alles unterzubringen, aber *Pokémon*-Fans werden sich freuen, dass wir (fast) alle Heimatorte von Nintendos bekannten „Taschenmonstern" kartiert haben.

Das moderne Japan ist ein Land der Widersprüche: Es besitzt strenge, stoische Traditionen und hat einige der charmantesten und beliebtesten Romane der letzten Generationen hervorgebracht. Es ist der Ursprung der Samurai, aber auch des lebensgroßen *Gundam*-Mecha, der heute die Skyline Yokohamas ziert. Liebe Mit-Nerds, lasst es uns gemeinsam erforschen!

KÄMPFENDE REICHE UND SHOGUNATE

1467 zerfiel Japan in viele Gebiete und ein jahrzehntelanger Bürgerkrieg begann. Mächtige *daimyo*-Häuser bekämpften einander, um den Alleinherrschertitel der Samurai für sich zu beanspruchen: Shogun. Erst im 17. Jahrhundert wurde die Zentralregierung wieder eingesetzt, als eine siegreiche Koalition aus östlichen *daimyo*, lokalen Herrschern, das Land unter einem neuen, isolationistischen Shogunat einte.

Im Anime *Kabaneri of the Iron Fortress* wird stattdessen ein westlicher *daimyo* erdacht, der Japan einte. Das Land (es heißt hier Hinomoto) behielt sein feudales Kastensystem, aber blieb nach außen offen und unterhielt Wirtschaftsbeziehungen mit dem Westen. Unsere Karte enthält Orte wie die Eisenbahn-Schmieden des Bahnhofs Aragane, den Kohlebergbau-Bahnhof Yashiro, und die Festungsstadt Kongokaku, Sitz des Shogun selbst.

All das findet während einer Zombie-Apokalypse statt! Das ist schon verrückt – aber nicht so wild wie *Batman Ninja*, ein Animationsfilm, der den Dunklen Ritter mit seinen Schurken in die Sengoku-Ära, die „Zeit der Krieg führenden Reiche", schickt. Batman verbündet sich mit den Ninjas des Bat-Clans, während der Joker, der Pinguin und Poison Ivy in Festungen, die nach ihrem Geschmack benannt und gestaltet sind, als Warlords herrschen.

Akira Kurosawa, einer der größten Regisseure Japans, benutzte Historisches als Projektionsfläche für seine Stoffe. In *Das Schloss im Spinnwebwald* wird Shakespeares *Macbeth* zur Geschichte von Washizu, einem ehrgeizigen General im Feudalismus. Die Dreharbeiten fanden an den vulkanischen Hängen des Fuji statt, wo wir auch Washizus Spinnwebschloss verortet haben. Leider mussten wir auf das Dorf aus *Die sieben Samurai* verzichten: Ihm fehlt nicht nur ein Name, es gibt auch keinerlei Hinweise auf seine Lage!

In *Kamen Rider Build* wird ein modernes Japan plötzlich (und wortwörtlich) von einem mysteriösen Bauwerk namens „Sky Wall" (Himmelsmauer) in drei Länder unterteilt – Hokuto, Seito und Touto –, die sich schnell auseinanderentwickeln und bald jeweils ein Staatsoberhaupt, eine Staatsphilosophie und eine Währung haben.

Ein Japan der Zukunft ist in der Animeserie *Sound of the Sky (Sora no Woto)* die vielleicht letzte bewohnbare Region auf der zerstörten Erde. Die Bräuche und Traditionen des Landes sind über Jahrhunderte mit denen der hierher Geflüchteten verschmolzen. Resultat ist eine synergetische euro-asiatische Kultur, deren Vergangenheit weitgehend in Vergessenheit geraten ist. Sogar der Name „Japan" ist verblasst; er wurde ersetzt durch Helvetia und Roma.

Auch in *Log Horizon* ist Japan (das hier – im Videospiel *Elder Tale* – Yamato heißt) postapokalyptisch. Es besteht aus fünf Territorien mit losen Bündnissen und alten Rivalitäten: dem Handelsgebiet Ninetail Dominions mit seiner großen Kornkammer, dem Ezzo-Königreich, dem Fürstentum Fourland, dem Heiligen Imperium Westelande und Eastal, einem Bündnis freier Stadtstaaten. Eastals Hauptstadt Maihama haben wir dem echten Tokyo Disney Resort zugeordnet. Zu seinen Wahrzeichen zählen die Ruinen des Space Mountain und die venezianische Lagune in Tokyo DisneySea. Der Königshof steht im Herzen Disneylands: Cinderellas Schloss! – Apropos Tokio ...

WILLKOMMEN IN (NEO-)TOKIO!

Japans Hauptstadt wurde in der Fiktion öfter zerstört als jede andere Stadt, ob durch riesige Monster, Roboter oder normal große Jugendliche mit übernatürlichen Kräften. Manche nennen Tokio daher sogar „Streichholzstadt".

Der Cyberpunk-Klassiker *Akira* beginnt mit der mysteriösen Zerstörung der Stadt und springt dann ins futuristische Neo-Tokio, ihren Nachfolger. In *Neon Genesis Evangelion* ersetzen sogar zwei Orte das alte Tokio: Tokyo-2 in Nagano dient als Hauptstadt, bis Tokyo-3 vollendet ist. Leider trifft beide das Schicksal ihres Prototyps.

In der Utopie aus *Sailor Moon* dagegen ist Crystal Tokyo (auch: Kristall-Tokio) das Herz Japans und die Hauptstadt der Welt, regiert von der Titelheldin im Segleroutfit. Sailor Moon und ihre planetarischen Kriegerinnen leben im echten Tokioter Bezirk Juban (der in der US-Version Crossroads heißt) – und damit unweit des Might Towers, der Heldenagentur und des Operationszentrums von All Might. Dieser ist der bekannteste Profiheld der Gesellschaft der Supermenschen aus *My Hero Academia*.

Im fiktiven Tokio scheinen Schulen und Superhelden zusammenzugehören. Die Protagonisten aus *Ranma ½* leben im Vorort Furinkan, während ganz in der Nähe im umweltbewussten Futo die Helden aus *Kamen Rider W* kämpfen. *Yu-Gi-Oh!* ist in Domino City angesiedelt, und wir malen uns gern aus, was passieren würde, wenn die Kartenspieler aus der Serie an die Hyakkaou-Privatakademie aus *Kakegurui – Das Leben ist ein Spiel* gingen, um sich zu messen; denn hier wird die Hackordnung durch das Geschick beim Glücksspiel bestimmt! Wir haben sie wie die ebenfalls renommierten Schulen Shuchiin-Akademie und Ouran High School in der Umgebung der historischen Gakushuin-Universität, Japans Eton, angesiedelt.

Ein eher militaristischer Lehrplan wird an der Honnōji-Akademie aus *Kill la Kill* umgesetzt, einer Ausbildungsstätte, die für ihren strengen Uniformkodex und die autoritäre Leitung durch die Furcht einflößende Präsidentin des Schülerrats, Lady Satsuki, bekannt ist. Alternativ könnte man sich für die Ashford Academy aus *Code Geass* entscheiden, innerhalb der britannischen Siedlung gelegen, einem Teil Tokios, der nach der brutalen Eroberung von Area 11 dem Heiligen Britannischen Reich zugeschlagen wurde. Ähnlich seltsam sind die geheime Gesellschaft der Magier in der Mahora-Schule aus *Magister Negi Magi*, die Vampire, die auf der künstlichen Insel „Bund" leben, und die explosive Mischung von Zauberei und Wissenschaft in Academy City.

Da wirkt die *Cromartie High School* beinahe normal, obwohl zu ihren Schülern Roboter und Freddie Mercury zählen (ja, wirklich). Die Schule ist nach einem US-Baseballspieler benannt, der früher bei den Tokyo Giants war; wir haben sie deren Stadion am Tokyo Dome zugeordnet.

Ähnliches Raten war für den schulischen Schauplatz aus *Azumanga Daioh* nötig, einem liebenswerten Slice-of-Life-Comic mit Alltagsgeschichten aus dem Leben. Schließlich verorteten wir es im Bezirk Shinjuku, wo der ursprüngliche Verlag ansässig ist. Für die Bezeichnung des namenlosen Ausbildungsinstituts sind wir seiner Fanseite gefolgt: Dort nennt man die Schule Azumanga High.

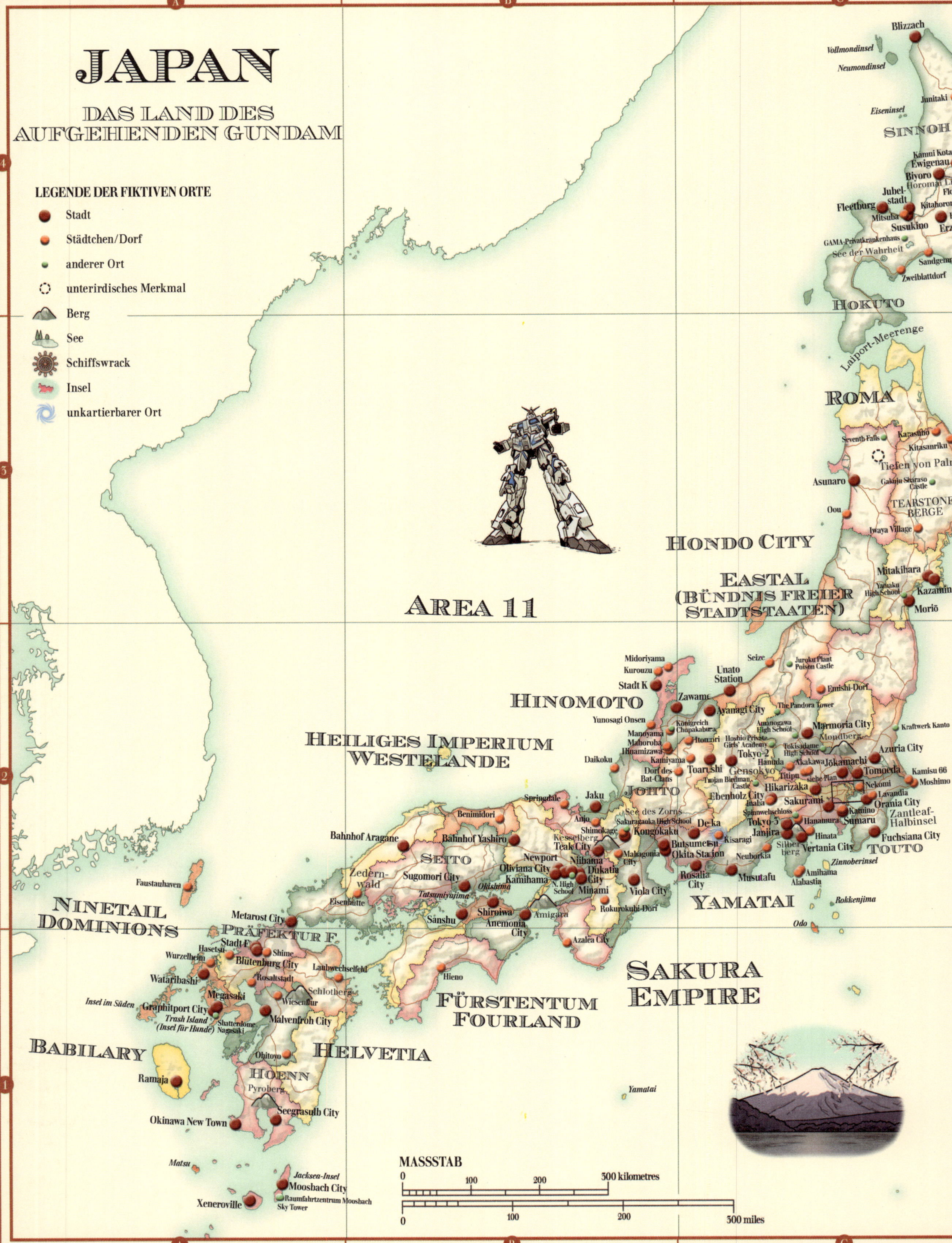
JAPAN
DAS LAND DES AUFGEHENDEN GUNDAM
LEGENDE DER FIKTIVEN ORTE
Stadt
Städtchen/Dorf
anderer Ort
unterirdisches Merkmal
Berg
See
Schiffswrack
Insel
unkartierbarer Ort
A
B
C
4
3
2
1
Blizzach
Vollmondinsel
Neumondinsel
Junitaki
Eiseninsel
SINNOH
Kamui Kotan
Ewigenau
Biyoro
Horomai Linie
Jubel-stadt
Flori
Kitahoromai
Fleetburg
Mitsuba
Susukino
Horomai
Erzelingen
GAMA-Privatkrankenhaus
See der Wahrheit
Sandgemme
Zweiblattdorf
HOKUTO
Laiport-Meerenge
ROMA
Seventh Falls
Karasuno
Kitasanriku
Tiefen von Palm
Asunaro
Gakuju Shiraso Castle
Oou
TEARSTONE-BERGE
Iwaya Village
HONDO CITY
Mitakihara
EASTAL (BÜNDNIS FREIER STADTSTAATEN)
Yamaku High School
Kazamino
Moriō
AREA 11
Midoriyama
Kurouzu
Seize
Juroku Plant Poison Castle
Stadt K
Unato Station
Emishi-Dorf
HINOMOTO
Zawame
Ayanagi City
The Pandora Tower
Yunosagi Onsen
Königreich Chipakabura
Amanogawa High School
Marmoria City
Kraftwerk Kanto
Manoyama
Mahoroba
Hinamizawa
Itonori
Hoshio Private Girls' Academy
Mondberg
Tokisadame High School
Tokyo-2
Azuria City
HEILIGES IMPERIUM WESTELANDE
Daikoku
Kamiyama
Dorf des Bat-Clans
Toaru shi
Gensokyo
Akakawa
Jokamachi
Tomoeda
Kamisu 66
Moshimo
Toujan Birdman Castle
Titipu
siehe Plan
Nekomi
Hikarizaka
Lavandia
JOHTO
Springdale
Jaku
Ebenholz City
Ihalla
Sakurami
Orania City
Benimidori
See des Zorns
Spinnwebschloss
Kamino
Zantleaf-Halbinsel
Anjo
Sakuragaoka High School
De-ka
Tokyo-3
Hanamura
Sumaru
Bahnhof Aragane
Bahnhof Yashiro
Shimokage
Kesselberg
Kongokaku
Kisaragi
Janjira
Hinata
Fuchsiana City
Teak City
Butsumetsu
Silberberg
Vertania City
TOUTO
SEITO
Newport
Niibama
Mahagonia City
Okita Station
Neuborkia
Zinnoberinsel
Zedernwald
Sugomori City
Oliviana City
Kamihama
N. High School
Dukatia City
Minami
Rosalia City
Musutafu
Amihama
Alabastia
Faustauhaven
Tatsumiyajima
Okishima
Viola City
YAMATAI
Rokkenjima
Eisenhütte
Rokurokubi-Dorf
NINETAIL DOMINIONS
Metarost City
Sānshu
Shiroiwa
Anemonia City
Amigara
Odo
PRÄFEKTUR F
Hasetsu
Stadt F
Shime
Wurzelheim
Blütenburg City
Laubwechselfeld
Azalea City
SAKURA EMPIRE
Wataribashi
Rosalistadt
Hieno
Schlotberg
Megasaki
Insel im Süden
Graphitport City
Wiesenflur
FÜRSTENTUM FOURLAND
Trash Island (Insel für Hunde)
Shatterdome Nagasaki
Malvenfroh City
BABILARY
Ohitoyo
HELVETIA
Ramaja
HOENN
Pyroberg
Yamatai
Seegrasulb City
Okinawa New Town
Matsu
MASSSTAB
Jacksea-Insel
Moosbach City
0
100
200
300 kilometres
Xeneroville
Raumfahrtzentrum Moosbach
Sky Tower
0
100
200
300 miles

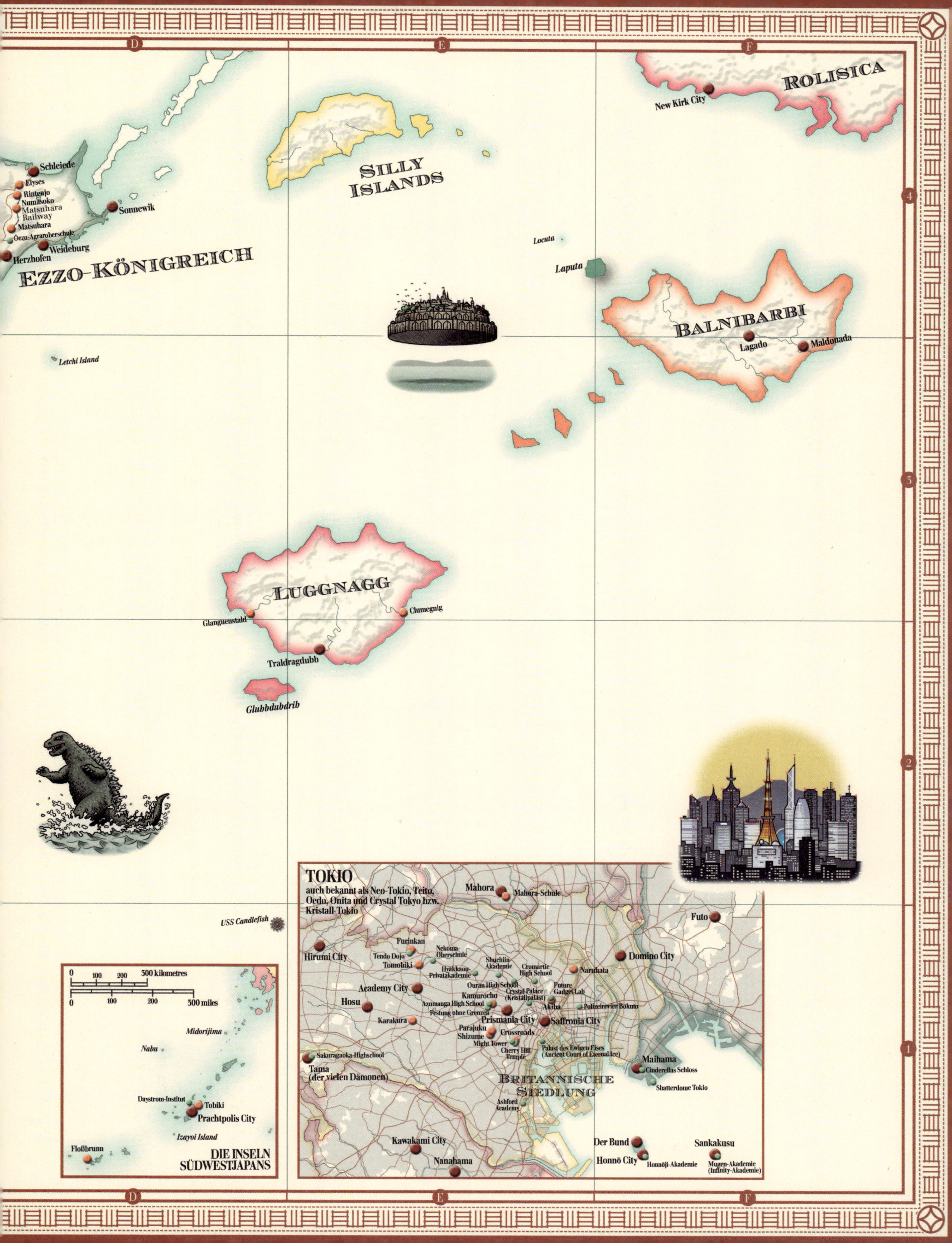

D
E
F
ROLISICA
New Kirk City
SILLY ISLANDS
Schleiede
Elyses
Rintenjo
Numasoko
Matsuhara Railway
Matsuhara
Oezo-Agraroberschule
Sonnewik
Weideburg
Herzhofen
EZZO-KÖNIGREICH
Locuta
Laputa
BALNIBARBI
Lagado
Maldonada
Letchi Island
4
3
LUGGNAGG
Glanguenstald
Clumegnig
Traldragdubb
Glubbdubdrib
2
USS Candlefish
1
0
100
200
300 kilometres
300 miles
Midorijima
Nabu
Daystrom-Institut
Tobiki
Prachtpolis City
Izayoi Island
Floßbrunn
DIE INSELN SÜDWESTJAPANS
TOKIO
auch bekannt als Neo-Tokio, Teito, Oedo, Onita und Crystal Tokyo bzw. Kristall-Tokio
Mahora
Mahora-Schule
Futo
Hirumi City
Furinkan
Tendo Dojo
Tomobiki
Nekoma-Oberschule
Hyakkaou-Privatakademie
Shuchiin-Akademie
Cromartie High School
Naruhata
Domino City
Ouran High School
Academy City
Crystal Palace (Kristallpalast)
Future Gadget Lab
Kamurocho
Hosu
Azumanga High School
Festung ohne Grenzen
Akiba
Polizeirevier Bokuto
Karakura
Prismania City
Saffronia City
Parajuku
Shizume
Crossroads
Might Tower
Cherry Hill Temple
Palast des Ewigen Eises (Ancient Court of Eternal Ice)
Sakuragaoka-Highschool
Tama (der vielen Dämonen)
Maihama
Cinderellas Schloss
BRITANNISCHE SIEDLUNG
Shatterdome Tokio
Ashford Academy
Kawakami City
Der Bund
Sankakusu
Honnō City
Honnōji-Akademie
Mugen-Akademie (Infinity-Akademie)
Nanahama

JAPAN

WICHTIGE SCHAUPLÄTZE

Eine vollständige Liste der Schauplätze finden Sie im Ortsregister auf Seite 130–150.

DER BUND

Dance in the Vampire Bund

VON NOZOMU TAMAKI | JAPAN | MANGA/ANIME

Künstliche Insel in der Bucht von Tokio, die die Königin der Vampire im Gegenzug für die Abzahlung von Japans Staatsschulden als Rückzugsort für ihre Untertanen anlegen durfte. Wir haben sie mit einer anderen künstlichen Insel kombiniert, mit Honnō City aus *Kill la Kill*. **LK S. 96–97, F1**

DAIKOKU

Dennō Coil **JAPAN | ANIME**

Die genaue Lage dieser Großstadt wird nie angegeben, doch man könnte sie mit dem echten Sabae gleichsetzen: Diese Stadt am Japanischen Meer ging mit dem Produktionskomitee des Anime eine Kooperation ein, um die Technik der Augmented Reality zu fördern, die in der Serie eine zentrale Rolle spielt. **LK S. 96–97, B2**

DAYSTROM-INSTITUT

Star Trek

OSTCHINESISCHES MEER | DIVERSE

Diese Forschungseinrichtung wird häufig im offiziellen *Star-Trek*-Kanon erwähnt. Erstmals sieht man sie in der ersten Folge von *Star Trek: Picard*. **LK S. 96–97, D1**

EISENHÜTTE

Prinzessin Mononoke

JAPAN | ANIME

Festung (auch „Eisenstadt"), in der Eisenerz für Waffen produziert wird, am westlichen Rand des Zedernwalds, wo der Waldgott lebt. Der Konflikt zwischen Mensch und Natur bildet den Hintergrund der Geschichte. Über den Ort erfährt man, dass er abgelegen, gebirgig und reich an Eisensand ist (aus dem die Japaner mangels Erzvorkommen Eisen gewannen). Diese Industrie war traditionell im westlichsten Teil von Honshu angesiedelt; besonders wurde hier der Eisensand der Region Shimane geschätzt. Angesichts dieser Hinweise schlagen wir als Standort für Eisenhütte und den Zedernwald die bergige Region vor, in der die Präfekturen Shimane, Hiroshima und Yamaguchi aufeinandertreffen. **LK S. 96–97, B2**

EMISHI-DORF

Prinzessin Mononoke

JAPAN | ANIME

Der letzte Zufluchtsort des indigenen Volks der Emishi, das 500 Jahre vor der Handlung des Films von den japanischen Kaisern ausgerottet wurde. Früher waren die Emishi in der Region Tohoku im Nordosten von Honshu beheimatet. Angesichts der Binnenlage des Dorfs (in einem von Bergen umgebenen Tal), der Erwähnung, dass die Kaiser ihr Volk vor Jahrhunderten nach Osten vertrieben hätten, und der Tatsache, dass der Held aus dem Dorf weit in den Westen reisen musste, vermuten wir, dass sich dieses im südwestlichen Teil der Präfektur Fukushima befindet. **LK S. 96–97, C2**

ITOMORI

Your Name. – Gestern, heute und für immer **JAPAN | FILM**

Ländliche Gemeinde an einem großen Kratersee. In diesem Anime-Blockbuster wohnt hier die Schülerin Mitsuha, die durch eine Laune des Schicksals mehrmals pro Woche mit dem Schüler Taki Körper und Leben tauscht. Städtchen und See sind zwar fiktiv, aber ausdrücklich in der Präfektur Gifu in der Nähe der Stadt Hida angesiedelt. **LK S. 96–97, C2**

KISARAGI

JAPAN | MYTHOS

Abgelegener Bahnhof aus einem Mythos, der seit 2004 kursiert: Eine junge Frau steigt abends in die Enshu-Bahn (die im Stadtzentrum Hamamatsu auf der Insel Honshu beginnt) Richtung Norden, doch der Zug fährt viel länger als erwartet ohne Zwischenstopp. Schließlich hält er am Bahnhof Kisaragi (jap. „Teufel"), der von Grasland und Bergen umgeben ist und auf keiner echten Karte erscheint. Während die Frau mit ihrem Smartphone auf 2chan um Hilfe bittet, läuft sie die Strecke (durch den „Isanuki-Tunnel") zurück. Sie postet mehrere nervenaufreibende Begegnungen,

dann hört man nie wieder von ihr. Die Urban Legend ist auch Thema des Films *Kisaragi Station* von 2022. **LK S. 96–97, C2**

LAPUTA

Gullivers Reisen **VON JONATHAN SWIFT | NORDPAZIFIK | ROMAN**
Eine Insel auf Gullivers dritter Reise, die die meiste Zeit über Balnibarbi schwebt. Als verlassene fliegende Stadt spielt Laputa im ersten Film des Studio Ghibli, dem Anime *Das Schloss im Himmel*, eine Rolle. Auch in Charles Kingsleys Kinderbuch *Die Wasserkinder* kommt sie vor; dort ist sie aber von einer Fee in Insel der Tomtoddies umgetauft worden. **LK S. 96–97, E4/F4**

MATSU

James Bond: Man lebt nur zweimal **OSTCHINESISCHES MEER | FILM**
Nicht die realen chinesischen Matsu-Inseln, sondern eine fiktive japanische Insel, die im fünften *James-Bond*-Film mit Sean Connery vorkommt. Im Dialog wird zwar das Japanische Meer erwähnt, doch Matsu soll direkt an der Schiffsroute von Kobe nach Shanghai liegen, also südlich oder östlich von Japan. Die Insel scheint nicht weit vom Festland entfernt zu sein – jedenfalls nah genug, dass Bond mit einem kleinen Gyrokopter darüberfliegen kann, um sie zu erkunden. Wir haben sie im Süden verortet, in der Nähe Kagoshimas, eines der Drehorte. **LK S. 96–97, A1**

NABU

My Hero Academia
VON KŌHEI HORIKOSHI | OSTCHINESISCHES MEER | MANGA/ANIME
Hauptschauplatz eines der Filme der Reihe im Südwesten des japanischen Archipels. Horikoshi, der Erfinder von *My Hero Academia*, ist bekennender *Star-Wars*-Fan und hat in ganz Japan Orte verteilt, die nach Planeten aus der weit, weit entfernten Galaxis benannt sind. So finden Sie auf der Karte neben der Insel Nabu (Naboo) auch Musutafu (Mustafar), Hosu (Hoth) und Jaku (Jakku). **LK S. 96–97, D1**

NEO-TOKIO

JAPAN | DIVERSE
Wie schon auf Seite 95 ausgeführt, wurde Tokio in der populären Kunst und Kultur wahrscheinlich häufiger zerstört als jede andere Stadt. Oft entstand an seiner Stelle eine wiedererbaute fiktive Version namens Neo-Tokio, Neu-Tokio oder Ähnlichem. Deutlichstes Beispiel ist das Anime *Neo Tokyo* (auch: *Manie Manie – Labyrinth-Geschichten*) von 1987; doch auch sonst kommt die hypothetische Metropole oft vor, etwa im Manga und Anime *Akira* und in einer Modifikation des Videospiels *Half-Life 2 („Neo Tokyo“)*. **LK S. 96–97, E1/F1**

NORTH HIGH SCHOOL

Die Melancholie der Haruhi Suzumiya **VON NAGARU TANIGAWA UND NOIZI ITO | JAPAN | ROMANE/ANIME**
Oberschule in einer namenlosen Stadt, die fast komplett auf Nishinomiya in der Präfektur Hyōgo basiert. Die Schule selbst ist ein Abbild der dortigen Nishinomiya Kita High School, wo man man schon Fans abweisen musste, die zur Alma Mater der exzentrischen Haruhi und ihrer SOS-Brigade aus Außerirdischen, Zeitreisenden und Menschen mit übersinnlichen Fähigkeiten pilgerten. **LK S. 96–97, B2**

ODO

Godzilla **NORDPAZIFIK | FILM**
Die Insel, wo Godzilla erstmals gesichtet wurde; vermutlich eine erfundene Ergänzung zu den Izu-Inseln. **LK S. 96–97, C1/C2**

OKISHIMA

Battle Royale **VON KOUSHUN TAKAMI | SETO-INLANDSEE | ROMAN**
Die Insel liegt offenbar in der Seto-Inlandsee zwischen den echten Inseln Teshima und Ogijima. Der Name erinnert an ein sagenumwobenes Eiland namens Onigashima, das sich auch in dieser Region befinden soll. Die fiktive Stadt Shiroiwa liegt laut dem Roman und der Manga-Adaption in der Präfektur Kagawa; im Film wurde sie in die Präfektur Kanagawa verlegt. **LK S. 96–97, B2**

ROKUROKUBI-DORF

Churyō Manroku
JAPAN | ÜBERLIEFERUNG
Ein Dorf an den Ausläufern der Bergregion Yoshino-yama, das von Rokurokubi bewohnt wird. Diese mythischen Wesen sehen wie Menschen aus, doch ihr Hals kann sehr lang werden. **LK S. 96–97, B2**

ROLISICA

Godzilla-**FILME | NORDPAZIFIK | FILME**
Großer Inselstaat irgendwo in Ostasien, der Elemente der USA und Russlands kombiniert. Er befindet sich von Japan aus „auf der anderen Seite des Pazifiks“. Wir haben ihn im äußersten Nordosten dieser Karte verortet; so liegt er zwischen den beiden Supermächten, aber trotzdem in der Nähe Japans. **LK S. 96–97, F4**

SAKURAGAOKA-HIGHSCHOOL

Machikado Mazoku
VON IZUMO ITŌ | JAPAN | MANGA/ANIME
Die Oberschule, auf die die Titelheldin Machikado Mazoku geht, steht in Sakuragaoka in der Nähe von Tama (siehe unten). Sie hat nichts mit der zweiten Oberschule dieses Namens auf der Karte zu tun: Diese wird von den Popmusikerinnen aus dem Anime *K-On!* besucht. Diese Schule haben wir ihrem Vorbild in der echten Welt zugeordnet, der Grundschule Toyosato Elementary School in der Präfektur Shiga **(B2)**. **LK S. 96–97, E1**

STADT F

Excel Saga **VON KŌSHI RIKUDŌ | JAPAN | MANGA/ANIME**
Metropole mit seltsamem Namen in der gleichermaßen kryptischen Präfektur F. Stadt F ist das Ziel des Möchtegern-Diktators Ilpalazzo und seiner unglückseligen Untergebenen Excel – schließlich möchten sich die beiden nicht zu viel Arbeit machen und den ganzen Planeten auf einmal erobern! Wie Karten in dieser „experimentellen Anime-Adaption“ verraten, ist die Stadt F eine Parodie des echten Fukuoka, und im Originalmanga wird sie auch so genannt. **LK S. 96–97, A1**

TAMA (DER VIELEN DÄMONEN)

Machikado Mazoku
VON IZUMO ITŌ | JAPAN | MANGA/ANIME
Dies ist ein kniffliger Fall. Es gibt nämlich tatsächlich eine Stadt Tama im Großraum Tokio und sogar an der gleichen Stelle. Der Autor des Manga veränderte jedoch im japanischen Namen „seines“ Tama ein Zeichen (ohne dass sich die Aussprache oder die westliche Schreibweise änderte!); jetzt bedeutet es „viele Dämonen“. Wir bezeichnen daher die Stadt hier als „Tama (der vielen Dämonen)“. **LK S. 96–97, E1**

TOKYO-3

Neon Genesis Evangelion
JAPAN | ANIME
Neo Tokyo-3, das Japans neue Hauptstadt werden soll, wenn es fertiggebaut ist, befindet sich am Nordende des Ashi-Sees in der bergigen Hakone-Region. Unter der Stadt liegt das Hauptquartier von NERV, einer rätselhaften UN-Behörde, in einer riesigen unterirdischen Höhle namens Geofront. Diese ist aber selbst nur ein Element des Schwarzen Monds, eines knapp 14 km breiten UFOs, das vor etwa vier Millionen Jahren auf dem Planeten abgestürzt ist. **LK S. 96–97, C2**

ZAWAME

Kamen Rider Gaim **JAPAN | TV**
Batman Ninja ist nicht der einzige Beitrag des Dunklen Ritters in Japan. In *Kamen Rider Gaim* repräsentiert eine Karte von Gotham City – auf die Seite gedreht– die Metropole Zawame. Da das Meer im Norden und das Festland im Süden und Westen zu sehen sind, lag es nahe, Zawame in der Toyama-Bucht, am Südende der Noto-Halbinsel, zu verzeichnen. **LK S. 96–97, B2/C2**

CHINA UND NORDOST-ASIEN

REISE IN DEN FERNEN OSTEN

Diese Karte deckt mehr Fläche ab als irgendeine andere in diesem Buch. Kein Wunder – schließlich enthält sie Russland und China, zwei der größten Länder der Erde (plus die Mongolei, auch nicht gerade ein Zwerg). Die riesige Region ist jedoch größtenteils sehr dünn besiedelt. Sibirien etwa hat 27-mal die Größe Deutschlands, aber nicht einmal die Hälfte der Bevölkerung. Auch in China gibt es abseits der Küste sehr große unbewohnte Flächen. Dieses Land lässt sich in zwei etwa gleich große Hälften teilen, wenn man eine Linie (die „Heihe-Tengchong-Linie") vom Nordosten in den Südwesten zieht. In der westlichen Hälfte leben nur sechs Prozent der fast anderthalb Milliarden Menschen!

Dies spiegelt sich auf unserer Karte wider: In der Mongolei, in Sibirien und dem Westen Chinas sind die Schauplätze, gelinde gesagt, spärlich verteilt, abgesehen von einzelnen Bergen aus Mythologie, Literatur oder Film. Am besten wird die riesige Fläche wohl vom sagenhaften Hyperborea versinnbildlicht, einer paradiesischen Welt, die auch in neueren Werken noch auftaucht. Wenn wir doch mal auf interessante Schauplätze stoßen, zeigen ihre außergewöhnlichen Namen schon, dass wir Gefilde jenseits des Normalen erreicht haben. Halten Sie Ausschau nach der Stadt der lichten Schatten (mit der letzten Neanderthaler-Kolonie), dem „Dorf des Mondregens" oder den Verfluchten Quellen von Jusenkyo. Und da sind wir noch gar nicht im mystischen Tibet …

Der Drachenanteil der Schauplätze Chinas deckt sich mit den realen Bevölkerungszentren im Osten. Besonders viel Material gibt es zur Region Hongkong/Shenzhen – hier häufen sich Groß- und Megastädte aus so unterschiedlichen Genres wie Science-Fiction (Faxian aus der TV-Serie *Transformers: Rescue Bots*), Lyrik (Shangdu aus Cathy Park Hongs Gedichtsammlung *Engine Empire*), alternativen Realitäten (Yangdu in *Log Horizon*) und sogar einer real aufgebauten Murmelbahn (Hunluen aus *Jelle's Marble Runs*). Die Gegend ist in der Tat so dicht besiedelt, dass wir einige Städte weglassen mussten, wie Hong Tong aus dem britischen Comicmagazin *2000 AD* und Victoria aus Dung Kai-cheungs *Atlas: The Archaeology of an Imaginary City*.

Auch die Koreaner haben ihre Schauplätze, von den korruptionsgeplagten Straßen Annams (*Asura – The City of Madness*) im Süden bis zu Taean-gun im Norden. Dieses kleine Dorf in der Nähe der „demilitarisierten Zone" wurde international bekannt als Schauplatz der Serie *Crash Landing on You* über eine unmögliche Liebe zwischen einem nordkoreanischen Armeeoffizier und einer Gleitschirm fliegenden Erbin aus Seoul, die der Wind über die Grenze geweht hat. In *Welcome to Dongmakgol* tun sich nord- und südkoreanische Soldaten zusammen, um das abgelegene Dorf aus dem Titel zu beschützen. Beide Geschichten vermitteln Hoffnung auf eine friedliche Wiedervereinigung, doch ebenso oft wird das nationale Selbstverständnis der Koreaner so dargestellt, als sollte ihre Teilung noch gefestigt werden. Wie die USA Kriegsspiele gegen ein kaum verfremdetes „North Brownland" inszenierten (einen der Schauplätze, die wir bewusst nicht auf die Karte setzten), sieht die Serie *Designated Survivor* Nord- und Südkorea hinter den falschen Bärten aus Ost- und West-Hanchu verborgen. Die shakespearische Politsatire *Mac Trump* nennt die Rivalen North und South Korasia. In David Mitchells *Wolkenatlas/Cloud Atlas* wiederum sind beide Länder vereint und bilden den Kern des Machtblocks Nea So Copros (vielleicht eine Abkürzung von New East Asian Sphere of Cooperation), der von Neo-Seoul aus regiert wird.

Zum Schluss etwas Leichtes: Wir stellten amüsiert fest, dass Peter Sellers' Filme die Region in die Zange nehmen: Hoch oben in der Arktis versteckt sich Dr. Seltsams Weltvernichtungsmaschine auf den Sokow-Inseln, die wir der echten Schochow-Insel zugeordnet haben. Daraufhin mussten wir einfach die Schiffswerft „Lee Kee Shipyards" aus *Inspektor Clouseau – Der irre Flic mit dem heißen Blick* aufnehmen, die ganz im Süden liegt. Inspektor Clouseau wäre stolz auf unseren Scharfsinn!

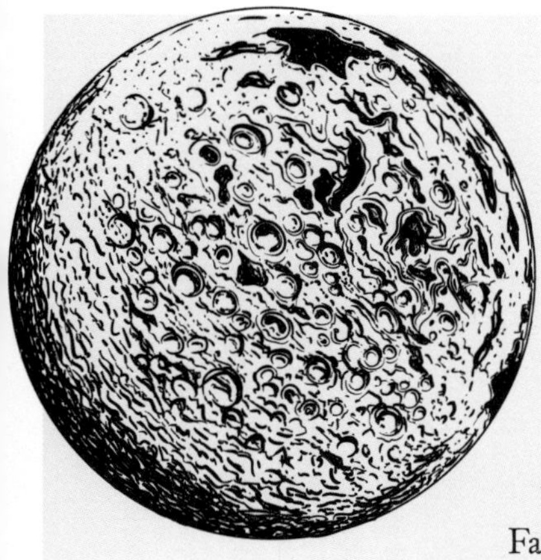

WO DER BERG DEM MOND BEGEGNET

Eine Ausnahme im dünn besiedelten Westen Chinas stammt aus Grace Lins Fantasy-Abenteuer *Where the Mountain Meets the Moon*. Dieses preisgekrönte Kinderbuch erzählt von der zehnjährigen Minli, die mit ihren armen Eltern im Schatten des kargen Berges „Fruitless Mountain" lebt. Sie möchte ihrer Familie aus der Armut helfen. Auf den Rat eines sprechenden Goldfischs hin macht sie sich auf den Weg, um einen weisen alten Mann zu suchen. Auf ihrer Reise kommt sie an Orte mit so bildhaften Namen wie die „Stadt des hellen Mondlichts" und das „Dorf des Mondregens". Schließlich gelangt sie zu ihrem Ziel, dem „Unendlichen Berg". Der weise alte Mann gewährt ihr indirekt einen Wunsch. Wir wollen nichts verraten, nur so viel: Als sie nach Hause kommt, ist aus dem „Fruitless Mountain" ein fruchtbarer „Fruitful Mountain" geworden.

Nirgends erfährt man ausdrücklich, wo die Schauplätze genau liegen, nur der Westen Chinas wird nahegelegt. Doch die Geschichte enthält weitere Anhaltspunkte: Der mythologische Hintergrund dreht sich um den Jadedrachen (hier als Mutter „Jade Dragon" dargestellt), der früher den Menschen den Regen brachte. Als Jade den Eindruck bekam, die Menschen seien darüber undankbar, hielt sie den Regen zurück. Um die Menschen zu retten, flogen ihre vier Drachenkinder auf die Erde und verwandelten sich in die vier großen Flüsse Chinas. Daraufhin brach der Mutter das Herz, sie bereute ihren Stolz und wurde selbst zum Jadefluss (dem Minli später folgt), in der Hoffnung, wieder mit den Kindern vereint zu werden, doch es gelang ihr nicht.

Der Jadefluss mag fiktiv sein, aber die Geschichte passt zu dem Fluss Tarim aus Xinjiang; als endorheischer Fluss erreicht er nie das Meer – ähnlich wie der Jadedrache sich nicht mit seinen Nachkommen vereinen kann. Zwei Zuflüsse des Tarim heißen übersetzt „Weißer und Schwarzer Jadefluss"; offenbar stimmt also alles. Entsprechend haben wir den „Unendlichen Berg" im äußersten Westen kartiert, wo er den untergehenden Mond berühren könnte, wie der Titel verspricht. Das ist jedenfalls unsere Interpretation. Vielleicht ist aber auch alles ein Märchen.

AUF DER SUCHE NACH SHANGRI-LA

Diese Karte präsentiert uns auch einen echten Star der fiktiven Reiche: Hier befindet sich Shangri-La, wie Atlantis und Eldorado eines der mythischen Königreiche, von denen jeder schon einmal gehört hat. Es ist zwar inspiriert vom Buddhismus, aber trotzdem eine überraschend junge Schöpfung. Während Erzählungen von Atlantis über 2000 Jahre zurückreichen und die Gerüchte um die Stadt aus Gold erstmals im 16. Jahrhundert kursierten, entsprang der Name „Shangri-La" erst 1933 der Feder eines britischen Autors. Es ist also genauso alt wie King Kong!

Die Quelle für dieses versteckte Reich ist James Hiltons Roman *Der verlorene Horizont* (auch: *Irgendwo in Tibet*), heute selten gelesen und auch bei seinem Erscheinen nicht gleich ein Erfolg. Erst als ein Jahr später das zweite Buch des Autors, *Leb wohl, Mister Chips*, auf Anklang stieß, wurde man auf sein voriges aufmerksam. 1939 genoss *Der verlorene Horizont* nochmals hohe Verkaufszahlen als eines der ersten Paperbacks im heutigen Sinn. Ein großer Fan war F. D. Roosevelt – unter seiner Regierung wurde das spätere Camp David als Shangri-La bezeichnet, und ein Scherz des Präsidenten darüber, dass Amerika einen geheimen Luftwaffenstützpunkt in Hiltons mythischem Paradies habe, führte sogar zur Inbetriebnahme eines Flugzeugträgers der Essex-Klasse namens *USS Shangri-La*.

In *Der verlorene Horizont* bietet Shangri-La den dankbaren Überlebenden eines Flugzeugabsturzes Zuflucht. Sie entdecken in einem versteckten Tal ein Kloster, dessen spirituelle Bewohner perfekte Gesundheit und ein extrem langes Leben genießen. Die Region ist recht offensichtlich: Der Flug ging über den westlichen Himalaja ins Kunlun-Gebirge im Norden Tibets. Doch hinsichtlich der genauen Lage herrscht reger Wettbewerb; schließlich darf ein Ort, der sich als „das echte" Shangri-La durchsetzen kann, mit einer reichen Ausbeute an Touristendollars rechnen. Die Ehre scheint der Stadt Zhongdian im Nordwesten Yunnans zuteil geworden zu sein, die heute offiziell Shangri-La heißt. Wir haben uns aber für eine Lage weiter westlich entschieden, um bei Hiltons Beschreibung des Kunlun-Gebirges zu bleiben. So liegt Shangri-La auch in der Nähe von Pakistan und Kaschmir, die Hilton bereiste, kurz bevor er den Roman verfasste.

Seitdem hat Shangri-La ein Repertoire entwickelt, das so verschiedenartig ist wie das von Atlantis und Lemuria, und während Hiltons Roman fast in Vergessenheit gerät, ist der Ort allgemein bekannt. Er kommt in Filmen wie *Mister Link – Ein fellig verrücktes Abenteuer*, *Sky Captain and the World of Tomorrow* vor, aber auch in Videospielreihen wie *Far Cry*, *Call of Duty* und *Uncharted*. Er ist zu einem Symbol geworden: Wenn wir nach Shangri-La suchen, suchen wir inneren Frieden. Nicht nur Roosevelt verwendete den Namen für einen Ort der Ruhe und Entspannung; Saunas, Fitnessstudios und Schönheitssalons auf der ganzen Welt nennen sich so, außerdem eine große Hotelkette. Wenn Sie also heute nach Shangri-La suchen, finden Sie es wahrscheinlich ein paar Straßen weiter.

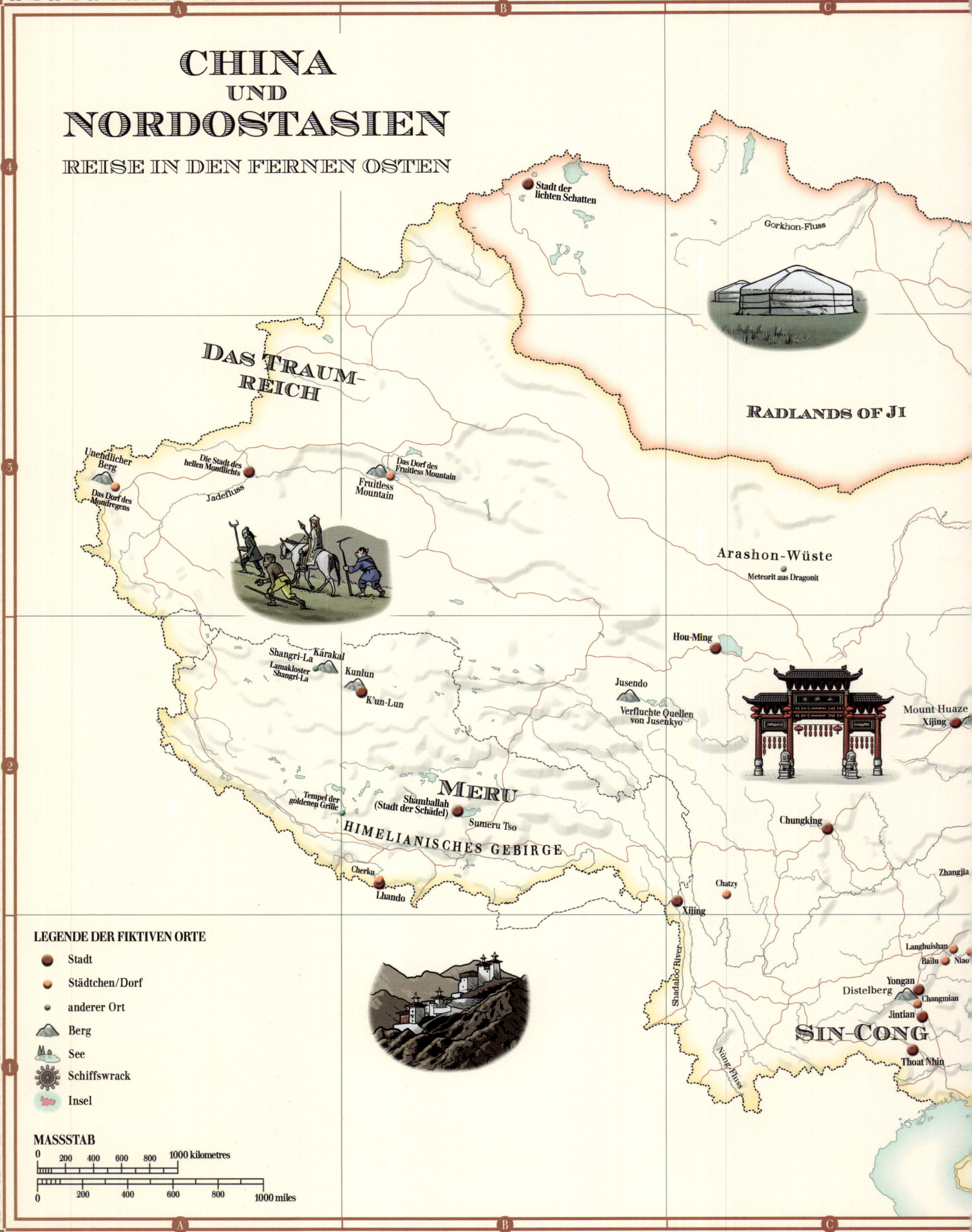

CHINA UND NORDOSTASIEN
REISE IN DEN FERNEN OSTEN
Stadt der lichten Schatten
Gorkhon-Fluss
Das Traumreich
Radlands of Ji
Unendlicher Berg
Das Dorf des Mondregens
Die Stadt des hellen Mondlichts
Jadefluss
Das Dorf des Fruitless Mountain
Fruitless Mountain
Arashon-Wüste
Meteorit aus Dragonit
Hou-Ming
Shangri-La
Kárakal
Lamakloster Shangri-La
Kunlun
K'un-Lun
Jusendo
Verfluchte Quellen von Jusenkyo
Mount Huaze
Xijing
Meru
Tempel der goldenen Grille
Shamballah (Stadt der Schädel)
Sumeru Tso
Himelianisches Gebirge
Chungking
Cherku
Lhando
Chatzy
Xiìing
Zhangjia
Shadaloo River
Nüng-Fluss
Langhuishan
Bailu
Niao
Yongan
Distelberg
Changmian
Jintian
Sin-Cong
Thoat Nhin
LEGENDE DER FIKTIVEN ORTE
Stadt
Städtchen/Dorf
anderer Ort
Berg
See
Schiffswrack
Insel
MASSSTAB
0 200 400 600 800 1000 kilometres
0 200 400 600 800 1000 miles

D
E
F
4
3
2
1
Militärbasis Rotes Ufer
Radargipfel
Dorf der Qi
Dschungel-Dorf
Weißer Berg
Nördlicher Berg
Schlammiger Fluss
KHITAI
Zhangtai City
Dongzhou City
LINZHONG COUNTY
Goldener Fluss
Muji
Yüanmaotun
Shatterdome Wladiwostok
KHANDANYANG
Tungan-Tal
Shishan
NORTH KORASIA
NEA SO COPROS
RHELASIA
OST-HANCHU
Alph
Yandu
Fengzhou
Junchow
Xinchun
Kratsen
Flower Hill
Dongmakgol
Chongsokgol
Taean-gun
Neo-Seoul
Michuri
Annam
WEST-HANCHU
Penglai
Lian Yu
Sacheon
Ongsan
Mujin
Muyoung
Inju
SOUTH KORASIA
Huaishi
NORD-CHINA-MEER
AOLAI
Funiu Mountain
Cherry Town
Nisi
GAOYI
Huaguo (Hua-Kuo)
Tung-Shão-Pass
Tong Mountain
YUL
Explosion City
Chen-li
Treaty Port
Seelenfeld
Liven
BALOU-GEBIRGE
PROVINZ HANDONG
Jingzhou
Dorf der vier Idioten
Dorf Ding
Tai Hai
Jiangzhou
Dadu
Cilly City
Hengsha
LUO KINGDOM
Sino-City One
Maqiao
Baling
Shuanglong
Changle
Luo River
Tsai Fu
Wu-Chi-Tempel
Shawei
Lei Kiang
CHINALAND
Lanshiang
Hsinpei
Taibei
Chencuocun
Lucheng
Mallepa
Anpingzhen
Lan Kong Town
Haiwan
Stadt H
Mei-tan-fu
Sino-City Two
Siliziuminsel
Harbor City
Beisha
Deli-Chous
Hunluen
Yangdu
Shangdu
Macau
Faxian
Binhai
Silvas Hauptquartier
Shatterdome Hongkong
Lee Kee Shipyards
HYNEN
HMS Devonshire
SANNIKOW-LAND
Weltvernichtungs-maschine
SOKOW-INSELN
Syberia
Ambramowitsch-Rohinsel
HYPERBOREA
SEVERNAYA
NÖRDLICHER POLARKREIS
Saranza
Satellitenkontroll-zentrum Sewernaja
Romansburg
Grasfluss
Gischinsk
Feuerfluss
Sibirisches Omnium
Forellenfluss
Ust-Tschilim
Katorga-12
EAST-MEG TWO
Frauen-see
0 200 400 600 800 1000 kilometres
0 200 400 600 800 1000 miles

CHINA UND NORDOST-ASIEN

WICHTIGE SCHAUPLÄTZE

Eine vollständige Liste der Schauplätze finden Sie im Ortsregister auf Seite 130–150.

ALPH

Kubla Khan **VON SAMUEL TAYLOR COLERIDGE | CHINA | LYRIK**

Der „heilige Fluss", der von Kubla Khans Lustschloss in Xanadu (Shangdu) „durch Höhlen, unermeßlich dem Menschen, / hinab zu einem sonnenlosen Meer" läuft. **LK S. 102–103, D3**

ANNAM

Asura – The City of Madness
SÜDKOREA | FILM

Düstere, korrupte südkoreanische Stadt, in der so ziemlich jeder die Hand aufhält. Dokumente im Film verraten, dass Annam in der Provinz Gyeonggi-do liegt, und die Satellitenfotos der Stadt zeigen das echte Ansan unweit von Seoul (dessen Name ähnlich klingt). Entsprechend haben wir Annam kartografiert. **LK S. 102–103, E3**

BALOU-GEBIRGE

WERKE VON YAN LIANKE | CHINA | ROMANE

Bergkette, die im ganzen Werk des Autors Yan Lianke vorkommt (von dem nur ein Teil auf Deutsch erschienen ist). Die Romane verorten das Balou-Gebirge neben dem (echten) Fluss Yi im westlichen Teil der Provinz Henan; dies legt nahe, dass es mit dem Ostteil des Qin-Ling-Gebirgszugs gleichzusetzen ist. Tatsächlich lebt Lianke in dieser Region – nach weiterer Analyse haben wir nicht nur das Balou-Gebirge hier eingezeichnet, sondern auch die fiktive Stadt Explosion City seiner Heimatstadt Luoyang zugeordnet. **LK S. 102–103, D2**

BINHAI

Jia Nian Hua/Angels Wear White
CHINA | FILM

Küstenstädtchen „im Westen" Chinas (gemeint ist wohl das Westende der Küste). Der Name „Binhai" wird in der chinesischen Fiktion oft benutzt. **LK S. 102–103, D1**

CHUNGKING

Das Leben auf Erden
VON JAN JACOB SLAUERHOFF | CHINA | ROMAN

Nicht das echte Chungking/Chongqing, sondern eines, das in den Nordwesten versetzt wurde und stark von Chengdu inspiriert ist. **LK S. 102–103, C2**

FRAUENSEE

WERKE VON ELIZABETH MARSHALL THOMAS | RUSSLAND | ROMANE

Fiktive (kleinere) Version des Baikalsees. Die Autorin beschreibt auch drei fiktive Flüsse, den Forellen-, Gras- und Feuerfluss, die wir ebenfalls kartiert haben. Letzteren haben wir dem echten Angara und den unteren Abschnitten des Jenissei zugeordnet, in den der Angara mündet. Würden wir jedoch diese Landschaft mit dem Universum von *Judge Dredd* verschmelzen, verschwänden alle Flüsse unter dem riesigen Ballungsraum von East-Meg Two, einer sowjetrussischen Megacity rund um den Baikalsee. **LK S. 102–103, E1**

HMS DEVONSHIRE

James Bond: Der Morgen stirbt nie **SÜDCHINESISCHES MEER | FILM**

Britische Fregatte, die der Medienmogul Elliot Carver 11 Meilen (7.7 km) vor der Südküste der Insel Hainan versenken lässt. Im Film werden Koordinaten gezeigt, aber sie weisen in den hohen Norden Chinas, weit weg vom eigentlichen Schauplatz dieses spannenden Akts des Terrors und der Täuschung. **LK S. 102–103, D1**

HUAGUO (HUA-KUO)

Die Reise nach Westen
VON WU CHENG'EN | OSTCHINA | ROMAN

Dieser Berg, auch „Blumen- und Früchteberg" genannt, ist einer der Hauptschauplätze in dem berühmten Roman des 16. Jahrhunderts; dort kam der Affenkönig zur Welt. Heute wird der Berg meist mit dem realen Berg Huaguo in der Nähe der Stadt Lianyungang, Provinz Jiangsu, in Verbindung gebracht, der inzwischen eine beliebte Touristenattraktion ist. **LK S. 102–103, D2**

HYPERBOREA

RUSSLAND | MYTHOLOGIE

Ein paradiesisches Land der Riesen, das sich jenseits des Nordwinds befindet. Der Mythos von Hyperborea hat sich im Lauf der Jahrtausende so oft verändert, dass wir es fast überall nördlich von Griechenland

einzeichnen könnten – ebenso, wie Atlantis fast überall in den Ozeanen liegen kann. Wenn wir jedoch unsere Hinweise selektiv auswählen, gibt es gute Argumente dafür, Hyperborea in der Arktis und insbesondere in Sibirien zu verorten. Vor allem genießt das Land angeblich nie endenden Sonnenschein, was auf die Arktis im Sommer hindeutet. **LK S. 102–103, F1/F2**

JINGZHOU

In the Name of the People
CHINA | TV
Stadt aus einer seltenen chinesischen Serie über Korruption in der Regierung. In China gibt es zwar Städte namens Jingzhou, doch diese soll fiktiv sein. Die Lage ist ungewiss, aber gefilmt wurde vor allem in Nanjing. **LK S. 102–103, D2**

KHITAI

Conan-**ROMANE VON ROBERT E. HOWARD | CHINA | ROMANE**
Der Name ist abgeleitet vom Nomadenvolk der Khitan, die seit dem 4. Jahrhundert im Nordosten Chinas und der Mongolei lebten. In Howards Welt entspricht Khitai dem gesamten China. **LK S. 102–103, D4**

KUNLUN

TIBET | MYTHOLOGIE
Einer der vielen mythologischen Berge Chinas; von ihm hat das Kunlun-Gebirge seinen Namen. Als Standort sind verschiedene Stellen im Gespräch, doch wir haben uns für den Namensvetter, das Gebirge, entschieden. **LK S. 102–103, A2/B2**

LHANDO

Cursed Mountain **VIDEOSPIEL**
Diese Stadt wird als höchste der Welt und als Tor zum Himalaja beschrieben. Sie liegt in etwa 5000 Meter Höhe auf dem echten tibetischen Berg Chomo Lonzo. In *Cursed Mountain* kommt auch das Dorf Cherku vor, das sich weiter oberhalb der Berghänge befindet. **LK S. 102–103, B2**

LIAN YU

Arrow **CHINA | TV**
In der TV-Fassung der Comicserie *Green Arrow* wird der gleichnamige Held auf der Insel Lian Yu ausgesetzt, deren Name „Fegefeuer" bedeutet. Sie liegt im „Nordchinesischen Meer" – dieses existiert nicht, doch als Entsprechung scheint das Gelbe Meer zu passen. **LK S. 102–103, D2/E2**

METEORIT AUS DRAGONIT

Outlaw Star **CHINA | ANIME**
Meteorit aus einer kristallinen Substanz (später als Dragonit bezeichnet), der in der fiktiven Arashon-Wüste abstürzt. Das wertvolle Mineral ermöglicht die Fortbewegung in Überlichtgeschwindigkeit und treibt die Ansiedlung der Menschen im Weltraum voran. **LK S. 102–103, C3**

NISI

Bond **CHINA | THEATERSTÜCK**
Diese Adaption von *Der Kaufmann von Venedig* aus Taiwan verlegt Shakespeares Geschichte in die chinesische Song-Dynastie und dichtet Venedig zur fiktiven Stadt Nisi um, die der damaligen Hauptstadt Kaifeng nachempfunden ist. **LK S. 102–103, D2**

PENGLAI

CHINA | MYTHOLOGIE
Ein weiterer von Chinas vielen mythologischen Bergen. Von den diversen vorgeschlagenen Standorten scheint eine Insel im Golf von Bohai in der Nähe der Stadt Penglai am passendsten. **LK S. 102–103, D3**

SATELLITEN-KONTROLLZENTRUM SEWERNAJA

James Bond: GoldenEye
RUSSLAND | FILM
Kontrollzentrum für das Waffensystem GoldenEye in der fiktiven Region Sewernaja. Im ersten Moment könnte man meinen, diese hat mit der echten Inselgruppe Sewernaja Semlja im Nordpolarmeer zu tun. Doch der Film lässt keinen Zweifel daran, dass sich die Satellitenschüssel in Zentralsibirien befindet; das beliebte Videospiel dazu verrät uns sogar die Koordinaten. **LK S. 102–103, E1**

SHAMBALLAH, STADT DER SCHÄDEL

Die Stadt der Schädel **VON L. SPRAGUE DE CAMP UND LIN CARTER | TIBET | ROMAN**
Shamballah, die Hauptstadt von Meru, einem Land, das zum *Conan*-Mythos gehört, ist außerdem eine mythische Stadt mit viel älterer Tradition und war vielleicht das Vorbild für Shangri-La. Der Name wurde auch in den Marvel Comics und dem Cthulhu-Mythos benutzt; anscheinend hat jedes Universum sein eigenes Shamballah. **LK S. 102–103, B2**

SHAWEI

ROMANE VON PRESTON SCHOYER | CHINA | ROMANE
Diese Stadt ist dem echten Changsha nachempfunden, wo Schoyer in den ersten Jahren des Zweiten Weltkriegs Englisch unterrichtete. Während eines Angriffs der Japaner führte der Autor eine waghalsige Flucht aus der Stadt an, indem er mit einer Gruppe von Ärzten, Krankenschwestern und Verwundeten in einer Dschunke den Xiang Jiang entlangsegelte. Diesem Fluss entspricht in seinen Romanen (und unserem Atlas) der Lei Kiang. Ein fiktiver Nebenfluss, der Ginger River, ist dem echten Xiao Jiang nachempfunden, aber aus Platzgründen nicht abgebildet. **LK S. 102–103, D1/D2**

STADT DER LICHTEN SCHATTEN

Alan Dark **VON ALFREDO CASTELLI UND GIANCARLO ALESSANDRINI | MONGOLEI | COMIC**
Geheimnisvolle Stadt der Neanderthaler in der Mongolei. Die Lage ist unser Tipp; nur ein paar Hundert Kilometer entfernt wurden in der russischen Okladnikow-Höhle Fossilien gefunden, die auf die Präsenz von Neanderthalern hindeuten. **LK S. 102–103, B4**

SYBERIA

Syberia **RUSSLAND | VIDEOSPIEL**
Eine Insel, auf der immer noch Mammuts leben, inspiriert durch die echte Wrangelinsel vor der Küste Sibiriens – dem Ort, wo es die letzten Mammuts auf der Erde gab. **LK S. 102–103, F2**

UST-TSCHILIM

RUSSLAND | SONG
Schauplatz der Songs der russischen Band Buerak. Laut der Beschreibung soll die fiktive Stadt irgendwo in in der Republik Burjatien liegen. **LK S. 102–103, E1**

VERFLUCHTE QUELLEN VON JUSENKYO

Ranma ½ **CHINA | MANGA/ANIME**
Trainingsgelände, das aus mehreren verwunschenen Quellwasserbecken besteht; jede verwandelt diejenigen, die hineinfallen, in ein bestimmtes Lebewesen. Das Gelände soll im Bayan-Har-Gebirge in der Provinz Qinghai liegen; die Quellen entspringen im nahe gelegenen (fiktiven) Berg Jusendo. **LK S. 102–103, B2**

XIJING

WESTCHINA | DIVERSE
Eine Stadt, die von einem japanisch-chinesisch-koreanischen Künstlertrio (den Xijing Men) erfunden wurde. Der Name bedeutet „Westliche Hauptstadt" und soll eine Stadt heraufbeschwören, die ein Gleichgewicht zu Peking, Nanjing und Tokio herstellt – diese drei gelten historisch als Nördliche, Südliche und Östliche Hauptstadt. Xijings Lage ist bewusst etwas unklar gehalten, aber nach ein bisschen Herumexperimentieren haben wir es mit Xi'an in der Provinz Shaanxi gleichgesetzt, da diese Stadt die Achse ausbalanciert, die die anderen historischen Hauptstädte bilden. **LK S. 102–103, C2**

AUSTRALIEN UND NEUSEELAND

DAS URSPRÜNGLICHE LAND OZ

Europäern oder Amerikanern erscheint Australien oft als ein geheimnisvolles fernes Land, wo niedliche und seltsame Wesen wie Kängurus, Koalas oder Ameisenbeutler leben. Schon die Kurzform des Namens, „Oz“, beschwört das Fantastische herauf. Zugleich umfasst das Land jedoch Tausende Quadratkilometer lebensfeindliche Wüste und ist die Heimat einiger der giftigsten Tiere des Planeten. Solche Widersprüche findet man hier überall – auch in der Fiktion und auf dieser Karte.

Wie in der Realität ist das grenzenlose, teils sengend heiße Outback nur dünn besiedelt, wohingegen sich in den Küstenregionen – namentlich Victoria und New South Wales – die Schauplätze drängen. Viele stammen aus sonnenverwöhnten Soap-Operas wie *Nachbarn/Neighbours*, das in Erinsborough spielt, einem fiktiven Vorort Melbournes, und *Home and Away*, nördlich von Sydney in Summer Bay angesiedelt. Solche Serien prägen das Bild von Australien im Ausland (besonders in Großbritannien). Dabei befindet sich fußläufig von Erinsborough entfernt das weit weniger erquickliche Wentworth Detention Centre *(Prisoner)* und von Summer Bay brächte uns eine kurze Autofahrt in das scheinbar verschlafene Städtchen Paris, wo Fremde mit aufgemotzten Fahrzeugen totgefahren werden (jedenfalls laut dem Horrorfilm *Die Autos, die Paris auffraßen*).

Das „Garnelen-vom-Grill“-Image Australiens wird auch durch die Reihe *Mad Max* infrage gestellt. Diese Filme, Videospiele und Comics sind in einer postapokalyptischen Welt aus Staub, Zorn und Mangel angesiedelt; sie beschwören ein Land herauf, in dem niemand leben möchte und das in krassem Gegensatz zum Lifestyle der Erfolgreichen aus den Soaps steht.

Den Mix aus Dystopie und Utopie findet man noch heute. In dem (unterschätzten) Animationsfilm *Home – Ein smektakulärer Trip* von 2015 werden alle Menschen der Erde (außer einer Siebtklässlerin) von „freundlichen Außerirdischen“ in die „Glücksmenschenstadt“ in Australien umgesiedelt – letztlich ein riesiges Internierungslager.

Solche Ungleichheiten enthält auch Australiens Geschichte: Die ersten Siedler kamen dort vor 65 000 Jahren an – viele Jahrtausende, bevor jemand nach Süd-, Mittel- oder Nordamerika gelangte. Die Kolonialisierung durch die Europäer begann vor 300 Jahren, mit verheerenden Konsequenzen für indigene Völker. Die heutigen Probleme der Aborigines sind Thema zahlreicher Filme und Romane, doch diese haben kaum fiktive Orte hervorgebracht. Zu den Ausnahmen gehören das Städtchen Corrigan aus Craig Silveys *Wer hat Angst vor Jasper Jones?* und das Dorf Wala Wala westlich von Alice Springs aus dem Film *Dead Heart – Tödliche Affäre*.

Der Kurzfilm *BabaKiueria* von 1986 fragt „Was wäre, wenn?“, indem er die Rollen von Weißen und Aborigines vertauscht: Aborigines kolonialisieren ein Land, das bereits von Weißen bewohnt wird. Der Name entsteht, als ein indigener Weißer beim Picknick auf die Frage, wie er diesen Ort nenne, antwortet: „It’s a BBQ area.“ (Das ist ein Grillplatz.) Obwohl „BabaKiueria“ eigentlich ganz Australien bezeichnen soll, haben wir es in die Nähe der Barbecue-Hauptstadt Sidney gesetzt, wo der Film meist spielt.

Neuseelands fiktive Landschaft wird in der allgemeinen Vorstellung fast völlig von den *Herr-der-Ringe*-Filmen dominiert, die berühmtermaßen dort gedreht sind. So gern wir den Schicksalsberg oder Hobbingen aufgenommen hätten: Sie sind nicht auf dieser Erde angesiedelt (zumindest nicht in unserem geologischen Zeitalter). Immerhin haben wir „Mittel-See-Land“ hineingeschmuggelt, eine Referenz aus *The Lego Movie*, und mit der Aufnahme von Kaihoro aus Peter Jacksons erstem Spielfilm, der Horrorkomödie *Bad Taste* von 1987, verneigen wir uns vor dem Regisseur.

Das heißt nicht, dass Neuseeland keine Schauplätze vorweisen könnte. Der Roman *Erewhon* (1872) des gebürtigen Engländers Samuel Butler, eine Persiflage der viktorianischen Gesellschaft, spielt in einem Land, dessen Name rückwärts fast „Nowhere“ (Nirgends) ergibt. Erewhon ist klar von Neuseeland inspiriert, wo Butler einen Teil seiner Jugend verbrachte. In einer beigefügten Karte überlagern seine Siedlungen (von denen wir manche kartiert haben) die Topografie der Südinsel. Die vielen anderen Orte, die wir eingezeichnet haben, mögen den „Kiwis“ aus Fernsehserien, Romanen und Comics vertraut sein, allen anderen vermutlich weniger.

DAS LAND DER SOAP

Als dieser Atlas entstand, listete die Wikipedia-Seite über australische Soap-Operas 50 verschiedene Serien auf. Viele, wie *Nachbarn/Neighbours, Home and Away* und *The Young Doctors* hatten auch im Ausland Erfolg, besonders im Vereinigten Königreich; dies funktioniert aber nicht nur in eine Richtung: Die britische Serie *Coronation Street* war in den 1960er-Jahren „down under" beliebter als in ihrer Heimat.

Das Genre der Alltagsdramen ist eine Hauptquelle für fiktive Orte in Australien. Neben Erinsborough aus *Nachbarn/Neighbours* oder Summer Bay aus *Home and Away* finden Sie hier Wandin Valley aus *Das Buschkrankenhaus*, Westside aus *E Street* und Richmond Hill aus der gleichnamigen Serie – und das ist erst New South Wales!

DIE KARTIERUNG VON *MAD MAX*

Die *Mad-Max* -Filme, -Videospiele und -Comics sind in Australien angesiedelt – aber in einem postapokalyptischen, erbarmungslosen Land mit brutalen Straßengangs und einer dürren, staubigen Landschaft, einer Welt, die von Blut und Benzin angetrieben wird. Maximal verrückt.

In dem Universum bevölkern viele fiktive Schauplätze die öde Landschaft. Da ist Bartertown in der Wüste, Zuflucht und Standort der berüchtigten Donnerkuppel, die mit eiserner Faust von Tina Turner als Aunty Entity geleitet wird. Im letzten Film, *Fury Road*, kam das Dreigespann aus Zitadelle, Gas Town und Bullet Farm dazu, außerdem die Straße aus dem Titel, die alle verbindet.

Weil die Handlung größtenteils in einem gesichtslosen Outback spielt, ist es sehr schwer, die Schauplätze auf einer realen Karte zu verorten. Natürlich haben wir es trotzdem versucht. Der Fixpunkt, auf den sich alle einigen können, ist das Morgen-Morgenland, die mythische Heimat des Kinderstamms aus dem dritten Film. Das Land, das versumpft ist, als man dort ankommt, entpuppt sich am Ende als Sydney: Man sieht die Harbour Bridge.

Die Lage der übrigen Schauplätze ist rein hypothetisch: Bartertown wird oft in der Nähe des echten Adelaide vermutet, vielleicht, weil die meisten Szenen in South Australia gefilmt wurden. Noch schwerer ist Fury Road zu verorten – zum Teil, weil die Erzählung schnell vom titelgebenden Weg abkommt; zum Teil, weil das Filmteam gezwungen war, nach Namibia auszuweichen, als infolge unerwarteter Regenfälle im Outback plötzlich eine Wildblumenpracht erblühte! Letztendlich siedelten wir die heruntergekommene Überlandstraße und die Orte, die sie verbindet, in unmittelbarer Nähe Sydneys an: Auch in dem *Mad-Max*-Videospiel von 2015 kommt eine Gang namens Buzzards vor; dort hält sie sich auf einem längst verlassenen internationalen Flughafen auf, welcher der von Sydney sein könnte. Da neue Fortsetzungen in Arbeit sind, erfahren wir vielleicht irgendwann die Antwort.

GULLIVERS ABENTEUER RUND UM OZ

Wo würden Sie Liliput verorten? Wir hätten auf einen Ort mitten im Atlantik getippt. Jonathan Swift konzipierte das Mini-Königreich als Parodie Englands, das permanent mit seinem Nachbarn Blefuscu (einer Verkörperung Frankreichs) im Clinch liegt; daher hat es einen deutlich europäischen Touch.

Überraschenderweise sind die Zwergnationen jedoch in Ozeanien zu finden, irgendwo vor der Küste Australiens. Swift liefert eine Landkarte mit – allerdings eine irritierende. Er positioniert die beiden Inselkönigreiche auf halbem Weg zwischen „Van-Diemens-Land" (Tasmanien) und der Sundastraße in Indonesien. Damit lägen sie nicht im Ozean, sondern innerhalb Westaustraliens – das ist ein Rätsel, denn als der Roman entstand, war die Region bereits sorgfältig vermessen. Swifts Karte zeigt auch außer Tasmanien nichts von Australien; man darf annehmen, dass er sich über die vielen fehlerhaften Reiseberichte lustig machte, die zu seiner Zeit in Umlauf waren und die eher fantasievollen Romanen ähnelten als geografischen Sachbüchern. Gulliver gibt für die Inseln einen Breitengrad (30° 2′ südlicher Breite), aber keinen Längengrad an, daher haben wir es mit einer Position westlich des australischen Festlands probiert.

Auf seiner letzten Reise kommt Gulliver nochmals in diese Region. Diesmal landet er auf einer großen Insel im Süden Australiens, zu deren Bewohnern die menschenähnlichen Yahoos und vernunftbegabte sprechende Pferde namens Houyhnhnms gehören. Diesmal ist die Geografie etwas klarer: Swifts Landkarte enthält den Umriss Australiens und einige nicht fiktive Inseln, auch wenn die Größenverhältnisse völlig konfus sind. Die Heimat der intelligenten Pferde haben wir daher mit größerer Sicherheit vor der Küste Western Australias angesiedelt; jeder kann schließlich gute Naaaa-chbarn gebrauchen.

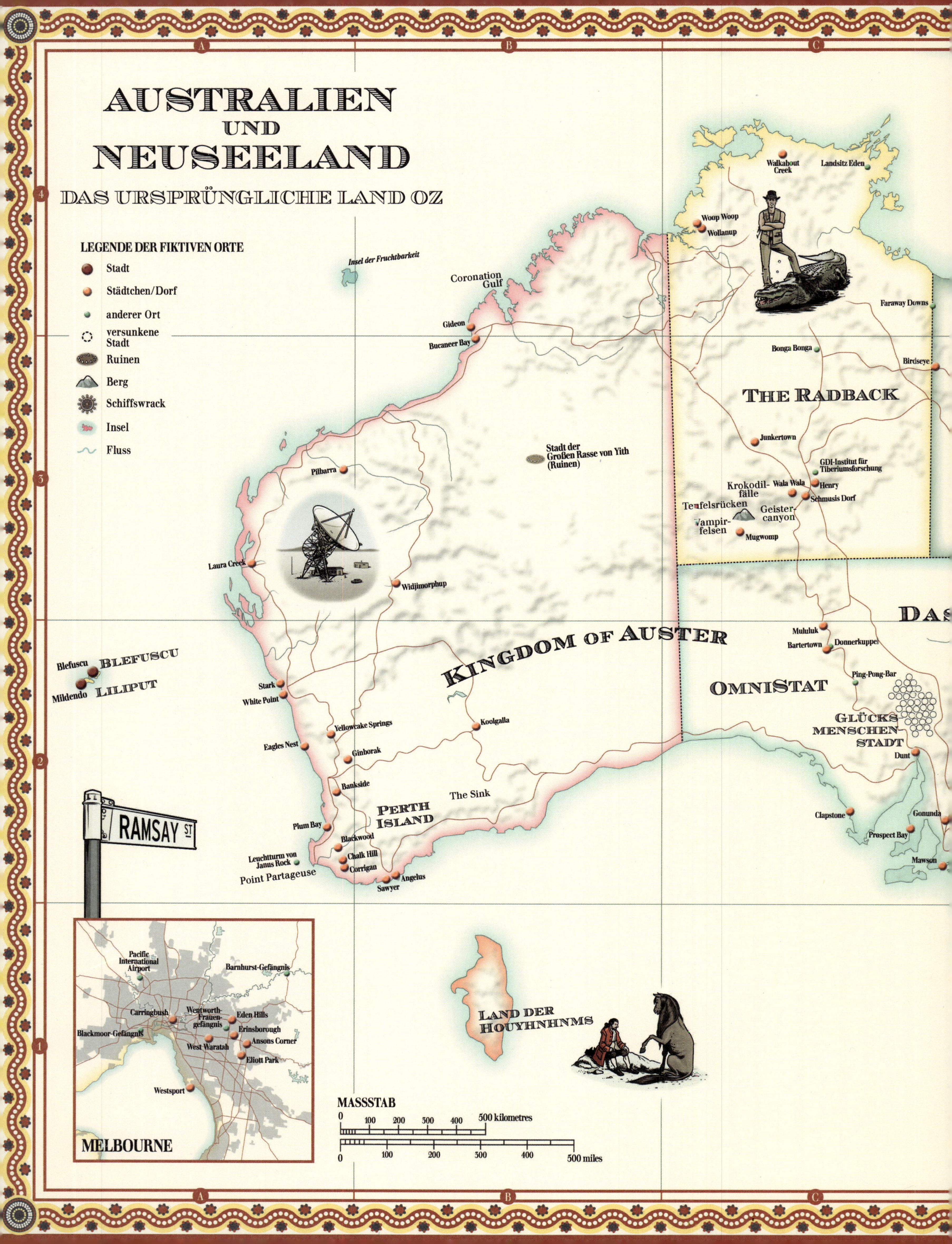
AUSTRALIEN
UND
NEUSEELAND
DAS URSPRÜNGLICHE LAND OZ
LEGENDE DER FIKTIVEN ORTE
Stadt
Städtchen/Dorf
anderer Ort
versunkene Stadt
Ruinen
Berg
Schiffswrack
Insel
Fluss
Insel der Fruchtbarkeit
Coronation Gulf
Gideon
Bucaneer Bay
Walkabout Creek
Landsitz Eden
Woop Woop
Wollanup
Faraway Downs
Bonga Bonga
Birdseye
THE RADBACK
Junkertown
GDI-Institut für Tiberiumsforschung
Krokodil-fälle
Wala Wala
Henry
Schmusis Dorf
Teufelsrücken
Geister-canyon
Vampir-felsen
Mugwomp
Stadt der Großen Rasse von Yith (Ruinen)
Pilbarra
Laura Creek
Widjimorphup
DAS
KINGDOM OF AUSTER
Mululuk
Bartertown
Donnerkuppel
Ping-Pong-Bar
OMNISTAT
GLÜCKS MENSCHEN STADT
Dunt
Blefuscu
BLEFUSCU
Mildendo
LILIPUT
Stark
White Point
Yellowcake Springs
Koolgalla
Eagles Nest
Ginborak
Bankside
The Sink
PERTH ISLAND
Plum Bay
Blackwood
Leuchtturm von Janus Rock
Chalk Hill
Corrigan
Point Partageuse
Angelus
Sawyer
Clapstone
Gonunda
Prospect Bay
Mawson
RAMSAY ST
Pacific International Airport
Barnhurst-Gefängnis
Carringbush
Wentworth-Frauen-gefängnis
Eden Hills
Erinsborough
Blackmoor-Gefängnis
West Waratah
Ansons Corner
Elliott Park
Westsport
MELBOURNE
LAND DER HOUYHNHNMS
MASSSTAB
0 100 200 300 400 500 kilometres
0 100 200 300 400 500 miles
A
B
C
1
2
3
4

D
E
F
Delphininsel
Willstown
Desperance
Little Heart
Hippolyte
Cardingham
Cardingham River
Undersea City
SUPREME BARRIER REEF
Marlins und Nemos Korallenriff
BARBARIE-ENTEN-RIFF
Greenpatch
SAMARU-INSELN
THE GREAT WHITE
Outer Maroo
Mundra
BANANALAND
Toomey
Angel's Crossing
Gungee
River City
Sunset Point
Brisbania
Orphelin Bay
Paradise Beach
Mako Island
ÖDLAND
Porpoise Spit
Durrongo
FernGully
SABAEUS
Atomares Bewässerungs-projekt
Zitadelle
Fury Road
Bullet Farm
Bun Bun Ga
Bundanyabba
Tiboonda
Gas Town
BABAKIUERIA
Cooper's Crossing
THE BADLANDS
Wongadilla
CASCADIA
Whyhope
Paris
Waratah-National-park
Gungellan
Drover's Run
Coongahoola
Boomeroo
Wandin Valley
Bushtown
Kilarney
Bagooli River
Morgen-Morgenland
Union City
Deane
Gamulla
Goodwood
Richmond Hill
siehe Plan o.re.
PULLAMAWANG
St. Helen
Bridgetown
Riversend
Bellingham
Ash Park
Inverness
Murrumby-Fluss
Cedar Valley
Crink's Creek
Bolton
Massacre Plains
Mount Thomas
Dungatar
Widgeree
Sydney-Melbourne Conurb
St. David's
Matlock
HETHERINGTON
Balarang Bay
False Creek
Morawa National Park
Kiewarra
Bridgefield
Yoorana
FARAN-DOULIE
Turon
Muckleton
Bellbird
Glass
Levenham
Evanleigh
siehe Plan u.li.
Paradise Gap
Wirrawee
Winnawadgery
Port Danville
Port Fairview
Port Niranda
Haven Bay
Mahagonischiff
Queen's Island
Skye
Cape Grimm
Taswegia
Einstein Juniors Apfelhof
Three Fists
Wellington Point
Teufelsberg
Arches Hill
Rosehaven
SS Mary Minerva
Evelyn Bay
Albert Memorial Hospital
Pirriwee
Stadtdomizil Eden
Yabbie Creek
Summer Bay
Westside
Mangrove River
Reefton Lakes
Versunkene Stadt
Shatterdome Sydney
SYDNEY
4
3
2
1
Onehora
Kapua
Otakataka
Barrington
Brokenwood
Aroha Bridge
Waimoana
Weld
Langton
Klynham
The Bay
Hicksville
Copper Creek
Doodle
Te Tarehi
MITTEL-SEE-LAND
Tainuia Junction
Cardigan
Kurikino
Klynham
Oneoneroa
Raupo
Stinkfußfarm
Velcro City
Northspur
Kaiboro
Puamahara
Kiwi-City/ New Pacific City
Gabriel's Bay
Golden Cove
Die Hochschulen der Unvernunft
EREWHON
Fairmead
Eastport
Clearwater
Cold-Harbour
Trentsworth
Marumaru South
Laketop
Dungarvie

AUSTRALIEN UND NEUSEELAND

WICHTIGE SCHAUPLÄTZE

Eine vollständige Liste der Schauplätze finden Sie im Ortsregister auf Seite 130–150.

ATOMARES BEWÄSSERUNGS-PROJEKT *Thunderbirds*

NEW SOUTH WALES | TV

Die originale Marionetten-SciFi-Serie *Thunderbirds* stammt noch aus der Zeit, bevor Harrisburg und Tschernobyl das Image der Atomkraft verdarben. Sie spielt in einer Zukunft, in der Kernkraftwerke alles antrieben: von Baueinrichtungen bis zu den Thunderbirds, mächtigen Raumfahrzeugen, selbst. In dieser Anlage (aus der Folge „Die Supermaus") wird Atomkraft dazu genutzt, riesige Mengen Meerwasser für Bewässerungsprogramme aufs Festland zu pumpen und zu entsalzen. Wo das Projekt liegt, wird nie gesagt, doch bei der Zerstörung des Kernkraftwerks (verschuldet durch den Schurken Hood) wird eine radioaktive Wolke freigesetzt, die Melbourne zu vergiften droht, bis der Wind sie in südsüdöstlicher Richtung von der Stadt wegweht. Wir nehmen daher an, dass das Bewässerungsprojekt im westlichen Teil von New South Wales angesiedelt ist. **LK S. 108–109, D2**

BARRINGTON *Material Girls* VON DEBORAH STEELE | NEUSEELAND | MUSICAL

Das ist ein witziger Fall: Beim Durchforsten des Internets nach fiktiven Orten in Neuseeland stießen wir auf mehrere Artikel aus dem „Kaipara Lifestyler", einem gemeindeorientierten Onlineportal, das auch Veranstaltungen im Distrikt Kaipara auf der Nordinsel thematisiert. Darin wurde über eine einheimische Theatergruppe und ihre Aufführung des Stücks *Material Girls* berichtet, das im fiktiven Barrington spielt. Wir beschlossen, die Stadt aufzunehmen und sie dem echten Dargaville zuzuordnen, wo die Aufführung stattfand. Das ist zwar etwas fragwürdig, verleiht dem Atlas aber definitiv einen lokalen Touch. **LK S. 108–109, F2**

BLEFUSCU *Gullivers Reisen* VON JONATHAN SWIFT | INDISCHER OZEAN | ROMAN

Rivalisierende Nachbarinsel von Liliput (siehe Seite 107). Sie ist weniger bekannt, spielt aber in der Geschichte eine wichtige Rolle. Ihre Bewohner sind genauso klein wie die von Liliput. **LK S. 108–109, A2**

CARDINGHAM *The Black Bell Buoy* VON RUPERT CHESTERTON | QUEENSLAND | KURZGESCHICHTE

Das Hafenstädtchen in Queensland liegt Richtung Great Barrier Reef. Die schwarze Glockenboje aus dem Titel soll Schiffe vor einem Unterwasserfelsen unweit der Küste warnen; doch dann löst sie sich von ihrem Anker, beginnt im Meer zu treiben und wird zu einer gefährlichen Bedrohung. Am Ende kollidiert der Dampfer *Hippolyte* mit dem Hindernis und sinkt; während des Untergangs gesteht der Kapitän, er habe einen Rivalen getötet und dessen Leiche in der schwarzen Boje versteckt, kurz bevor diese ihre Reise nach Westen angetreten habe. Hinweisen aus dem Text zufolge scheint Cardingham südlich von Cooktown zu liegen, wo wir es auch verortet haben. **LK S. 108–109, D3**

FARAWAY DOWNS *Australia*

NORTHERN TERRITORY | FILM

Im Vorspann verrät ein Prologtext, dass der Film im Northern Territory spielt, und einer Karte zufolge liegt die Rinderfarm Faraway Downs unweit der Grenze zu Western Australia in der Nähe des Keep-River-Nationalparks. **LK S. 108–109, C4**

FURY ROAD *Mad Max: Fury Road*

SÜDOSTEN AUSTRALIENS | FILM

Die Durchgangsstrecke aus dem Titel wird im Film nie „Fury Road" (oder „Straße des Zorns") genannt; wir nehmen uns diese kleine Freiheit. „The Road" würde für so eine Überlandstraße einfach zu langweilig klingen. **LK S. 108–109, D2**

GABRIEL'S BAY *Gabriel's Bay* VON CATHERINE ROBERTSON | NEUSEELAND | ROMAN

Der ursprüngliche Maori-Name dieses Küstenstädtchens lautet „Onemanawa". Es könnte überall in Neuseeland liegen, was offenbar von der Autorin so beabsichtigt war: Sie verarbeitete darin Elemente aus verschiedenen Gegenden des Landes. Die Autorin kommt aus Wellington, daher verorteten wir

das Städtchen am südlichen Ende der Nordinsel; doch andere Deutungen sind ebenso möglich. **LK S. 108–109, F1**

GLÜCKSMENSCHENSTADT
Home – Ein smektakulärer Trip
SOUTH AUSTRALIA | FILM
Jeder Mensch auf diesem Planeten, außer einem Mädchen, ist von den Boov in diese weitläufige Metropole umgesiedelt worden. Eine Karte im Film bestätigt die Lage nördlich von Adelaide. **LK S. 108–109, C2**

GUNGELLAN
McLeods Töchter
NEW SOUTH WALES | TV
Diese Serie wurde in Freeling nördlich von Adelaide gefilmt; sie spielt jedoch im Outback von South Australia inmitten von ausgedehntem Buschland. Wir haben das Städtchen Gungellan im Busch verortet, aber so nah wie möglich am Drehort. **LK S. 108–109, D2**

INSEL DER FRUCHTBARKEIT
Die Insel der Fruchtbarkeit
VON HENRY NEVILLE |
INDISCHER OZEAN | ROMAN
Das Buch, 1668 veröffentlicht, ist eines der frühesten Beispiele einer „Robinsonade“, in der Menschen auf einer einsamen Insel stranden. Diese Insel liegt in der Nähe der kurz zuvor (von Europäern) entdeckten Landmasse Australien. Ihre genaue Position wird nicht angegeben; sie befindet sich aber wahrscheinlich vor der Westküste. **LK S. 108–109, A4/B4**

KROKODILFÄLLE
Bernard und Bianca im Känguruland
NORTHERN TERRITORY | FILM
Diese Wasserfälle sind eines von vielen Landschaftsmerkmalen, die im Film gezeigt oder erwähnt werden. Eine animierte Kartensequenz zeigt einen Notruf aus der Gebirgskette MacDonnell Ranges, die im Zentrum Australiens und in Laufdistanz (für eine Maus!) von den Krokodilfällen liegt. In einer späteren Szene sieht man die verschiedenen Landschaftselemente in einer Karte eingezeichnet. **LK S. 108–109, C3**

LANDSITZ EDEN
Rückkehr nach Eden
NORTHERN TERRITORY | TV
Das riesige Familienanwesen, das in Queensland abgefilmt wurde, ist jedoch ausdrücklich im Northern Territory verortet. Dort wurden auch manche Szenen gedreht, und zwar im Arnhemland – dafür haben wir uns entschieden. **LK S. 108–109, C4**

LAURA CREEK
Marvel: Agents of S.H.I.E.L.D.
WESTERN AUSTRALIA | TV
Zur Lage dieser Satellitenfunkstation ist nur bekannt, dass sie sich irgendwo in Western Australia befindet. Wir haben sie mit der echten Satellitenbeobachtungsstation Carnarvon Space Tracking Station gleichgesetzt, die im Gemini- und Apollo-Programm der NASA eine zentrale Rolle spielte. **LK S. 108–109, A3**

DAS MAHAGONI-SCHIFF **VICTORIA | MYTHOS**
Ein halbmythisches Schiffswrack in der Nähe der Armstrong Bay, das spanischen oder portugiesischen Ursprungs sein und schon dort gelegen haben soll, bevor die Engländer Ansprüche auf das Land erhoben. Der Mythos hat mehrere Werke der Literatur inspiriert , unter anderem *Wrack* von James Bradley, in dem das Schiff stattdessen vor der Küste von New South Wales liegt. **LK S. 108–109, D1**

PULLAMAWANG
Micro Nation
NEW SOUTH WALES | TV
Als sich die Kolonien 1901 zum Australischen Bund zusammenschlossen, vergaß die winzige (fiktive) Insel Pullamawang, ihre Dokumente einzureichen. So wurde sie automatisch zu einer unabhängigen Mikronation, die ihre eigenen Gesetze und Traditionen entwickeln konnte. Eine zu Marketingzwecken erstellte Karte (die man googeln kann) verrät die Form der Insel, aber nicht ihre Größe. Auf den ersten Blick scheint sie dem australischen Festland zu entsprechen – doch dann fällt in der Legende der Vermerk „nicht maßstabsgetreu“ auf. **LK S. 108–109, E2**

STADT DER GROSSEN RASSE VON YITH
Der Schatten aus der Zeit
VON H.P. LOVECRAFT |
WESTERN AUSTRALIA | NOVELLE
Zerstörte Stadt einer prähistorischen Spezies außerirdischer Zeitreisender mit übersinnlichen Fähigkeiten. Sie befand sich in der Großen Sandwüste, und zwar bei 22° 3″ 14′ südlicher Breite und 125° 0″ 39′ östlicher Länge. Das fiktive Städtchen Pilbarra (ebenfalls abgebildet) soll 500 Meilen (805 km) westlich liegen. **LK S. 108–109, B3**

SUPREME BARRIER REEF *Thunderbirds Are Go*
QUEENSLAND | TV
Künstlicher Ersatz für das Great Barrier Reef, das in der Zeit, in der die Serie spielt, nicht mehr existiert. **LK S. 108–109, D4/E3**

SYDNEY-MELBOURNE CONURB *2000 A.D.*
SÜDOSTEN AUSTRALIENS | COMICS
Megacity, die sich von Sydney nach Melbourne erstreckt. Wenn wir sie vollständig abbilden würden, würde sie die ganze Karte dominieren; daher haben wir uns entschlossen, sie auf halber Strecke dazwischen anzusiedeln, was zufällig mit Canberra zusammenfällt. **LK S. 108–109, D2**

WALKABOUT CREEK
Crocodile Dundee – Ein Krokodil zum Küssen
NORTHERN TERRITORY | FILM
Gefilmt wurden die Dorfszenen in McKinlay, Queensland (dort zieht noch heute ein Walkabout Creek Inn die Touristen an), doch eigentlich soll der Ort im Northern Territory liegen. Wir haben ihn im Kakadu-Nationalpark angesiedelt, wo ebenfalls Dreharbeiten stattfanden, und zwar in der Nähe zum Meer, weil Crocodile Dundee seinen Namen einem erfolgreichen Ringkampf mit einem Salzwasserkrokodil verdankt. **LK S. 108–109, C4**

WANDIN VALLEY
Das Buschkrankenhaus
NEW SOUTH WALES | TV
Das Buschkrankenhaus, eine weitere langlebige australische Soap, die auch im Ausland große Erfolge feierte, spielt in der kleinen Stadt Wandin Valley – wie der Name andeutet, irgendwo auf dem Land. Die genaue Lage ist schwer zu ermitteln, doch die Außenaufnahmen fanden größtenteils nordwestlich von Sydney statt. **LK S. 108–109, D2**

WARATAH-NATIONALPARK
Skippy, das Buschkänguruh
NEW SOUTH WALES | TV
Fiktionalisierte Version des echten Naturschutzgebiets Waratah Park Earth Sanctuary; dort und im benachbarten Ku-ring-gai-Chase-Nationalpark wurde auch gefilmt. **LK S. 108–109, D2/E2**

WELD
800 Words **NEUSEELAND | TV**
Dieses fiktive Dorf aus der Fernsehserie liegt am Meer. Obwohl die Dreharbeiten größtenteils im Städtchen Warkworth im Landesinneren stattfanden, haben wir es daher Huia und Piha zugeordnet, zwei Gemeinden westlich von Auckland: Hier wurden die Strand- und Surfszenen der Serie gefilmt. **LK S. 108–109, F2**

ANTARKTIKA

DER ALBTRAUM-KONTINENT

Von allen Regionen in diesem Atlas ist die riesige Antarktis am wenigsten stark fiktionalisiert. Das leuchtet ein – schließlich dringen nur wenige Menschen je auf den eisigen Kontinent vor. Städte, in denen man Geschichten ansiedeln könnte, existieren nicht; als Handlungsorte kommen lediglich Forschungsstationen, Eisbrecher oder kühne Expeditionen in Frage. Niemand hat hier je eine Soap-Opera gedreht (es gibt jedoch ein Anime aus der Antarktis!).

Doch völlig frei von Geschichten ist der Kontinent nicht. Antarktika scheint von versunkenen Städten, wilden Dinosauriern und bedrohlichen Aliens geprägt. Sie bildet buchstäblich eine weiße Projektionsfläche für seltsame Fantasien und außerweltliche Horrorszenarien.

Vielleicht hat dies mit der relativ späten Entdeckung der Landmasse und mit den Ereignissen bis dahin zu tun. Mindestens seit Aristoteles wurde über die Existenz eines Kontinents ganz im Süden spekuliert, und die Suche danach spielte im Zeitalter der Entdeckungen eine große Rolle. In den 1820er-Jahren wurde Antarktika endgültig gesichtet und betreten. Die Existenz des Kontinents ist also an sich schon mythisch, ebenso wie seine Entdeckung und Erforschung. Gleichzeitig kam die moderne Literatur auf; die zahllosen (und oft dem Untergang geweihten) Expeditionen ins raue Landesinnere begründeten ein fesselndes, albtraumhaftes Bild davon, was Menschen in Extremsituationen an den Grenzen von Natur und Verstand aushalten. Kaum verwunderlich also, dass in der imaginären Antarktis neben dem banalen Grauen auch literarische Horrorvisionen angesiedelt sind.

Die vielleicht berühmteste Geschichte stammt aus der Novelle *Who Goes There?* (1938) von John W. Campbell Jr. Sie handelt von einer US-Forschungsbasis in der Antarktis, die von einem wandlungsfähigen Alien bedroht wird. Wenn Ihnen das bekannt vorkommt, haben Sie vielleicht eine der Verfilmungen gesehen; die berühmteste ist John Carpenters *Das Ding aus einer anderen Welt* (1982). Der Film lief schlecht an, ist aber heute ein Kultklassiker. Seit Kurzem gibt es ein Prequel, ein Remake ist in Arbeit. In der Novelle wie in Carpenters Film wird die Antarktis als Schauplatz voll ausgeschöpft. Zwar ist die Geschichte in Science-Fiktion-Konzepte eingebettet, doch die Spannungen stammen aus dem wachsenden Misstrauen und der Feindseligkeit zwischen Männern, die dicht gedrängt in der Abgeschiedenheit zusammenleben; hierfür eignet sich die Antarktis optimal: Die zutiefst trostlose und unwirtliche Umgebung unterstreicht nicht nur, wie sehr die Männer in der Falle sitzen, sie macht auch den tödlichen Horror noch deutlicher spürbar. In diesem Atlas haben wir die Basen aus dem Film und der Novelle (US-Außenposten 31 und Thule-Basis bzw. Big Magnet) nicht weit voneinander verortet, ebenso die Stelle, wo das Raumschiff des „Dings“ abgestürzt ist. Vielleicht wird der Albtraum ja durch Nachbarn abgemildert ...

DINOSAURIER UND ANDERE RIESEN

Nicht nur in Filmen und Büchern wird geschildert, dass unter dem antarktischen Eis Schreckliches lauert. Die Vorgeschichte der japanischen Blockbuster-Reihe *Neon Genesis Evangelion* dreht sich um die Entdeckung eines riesigen humanoiden Wesens, das in einer eiförmigen Konstruktion unter Mount Markham verborgen ist. Ein „Kontaktexperiment" der Menschen führt zu einer Explosion, die die Zerstörung des gesamten Kontinents zur Folge hat. Eher mit Augenzwinkern erzählt der Disney-Trickfilmklassiker *Willkommen in Gravity Falls*, dass irgendwo in Antarktika ein riesiges Zeit-Baby in einem Gletscher eingefroren ist, das, sollte es je befreit werden, die Weltherrschaft anstreben wird. Glücklicherweise schmelzen Gletscher nie, daher können wir uns beruhigt zurücklehnen …

Im echten Palmerland auf der antarktischen Halbinsel existiert laut Marvel Comics ein geschütztes tropisches Biotop, abgeschirmt und geheizt durch einen Ring von Vulkanen. Hier wandeln natürlich geborene Dinosaurier im Wilden Land, einer urzeitlichen Enklave, die Sir Arthur Conan Doyle stolz gemacht hätte! Vielleicht ist sie von dem titelgebenden Caprona bzw. Caspak aus Edgar Rice Burroughs' *Das vergessene Land* inspiriert (besser bekannt durch eine Verfilmung von 1974 mit einem Drehbuch von Michael Moorcock). Beide findet man in antarktischen Gewässern südlich des Pazifiks.

AN DER GRENZE ZUM WAHNSINN

Das Bild von der Antarktis als „vergessene Welt" wurde häufig aufgegriffen – auch in Geschichten über geheime Stützpunkte und entlegene Zivilisationen. Das ist nachvollziehbar. Selbst als Forschungsreisende den Südpol erreicht hatten, blieb die Geografie größtenteils im Dunkeln, bis in der zweiten Hälfte des 20. Jahrhunderts Satellitentechnik verfügbar wurde. Zwischen Eisschollen und Bergen hätte sich alles mögliche verstecken können. Vielleicht warten ja tatsächlich unbekannte Welten (oder wenigstens Reste uralter Lebensräume) auf Entdeckung. Einst nahmen man an, der Kontinent bestehe aus zwei Teilen, die durch einen zugefrorenen Kanal getrennt waren. So sah auch Antarktika in *Die denkwürdigen Erlebnisse des Arthur Gordon Pym* (1838) aus, dem einzigen vollendeten Roman Edgar Allan Poes, und entsprechend haben wir die Inseln verzeichnet, die er und spätere Autoren in dieser Wasserstraße angesiedelt haben.

Poes Pym inspirierte schließlich H.P. Lovecraft dazu, sein eigenes Horrorgeschöpf mit Schuppen und Tentakeln auf den Kontinent zu bringen. Seine Geschichte *Berge des Wahnsinns* (1936) erzählt von einer Gruppe Forschungsreisender unter der Führung des Ich-Erzählers Dr. William Dyer von der Miskatonic-Universität (aus dem fiktiven Arkham, Massachusetts, das Sie auf der Karte der USA finden). In den hintersten Winkeln des Kontinents entdecken sie Gebirge, die höher sind als der Himalaja, Relikte einer frühen, nicht menschlichen Zivilisation (der Alten Wesen), die Überreste prähistorischer Geschöpfe und albtraumartige Albinopinguine, blind geboren und im Stehen so groß wie Menschen. Praktischerweise gibt Lovecraft für die Berge aus dem Titel Koordinaten an, sodass wir eine skizzenhafte Karte anfertigen konnten. Wir haben auch die Stadt Shub Nigruth aufgenommen, die zwar deutlich nach Lovecraft klingt, aber in Wirklichkeit aus den Zusatzmaterialien zum Disneyfilm *Atlantis – Das Geheimnis der verlorenen Stadt* stammt.

MARSCH DER PINGUINE

Neben Lovecrafts monströsen Pinguinen sind weitere Exemplare der beliebten Vögel hier in der Gegend zu Hause. Da gibt es die anthropomorphe Stadt Buenos Eisig aus dem Zweiteiler *Könige der Wellen*, Geburtsort des eigenwilligen jungen Felsenpinguins Cody. An dieser Küste finden wir auch die Heimat des Adeliepinguins Hubi, Protagonist des Zeichentrickabenteuers *Hubi, der Pinguin* von Don Bluth und Gary Goldman. Beide Charaktere sind Außenseiter, die Anerkennung suchen, und das Gleiche gilt für den vielleicht bekanntesten der flugunfähigen Vögel, den Kaiserpinguin Mumble, der in *Happy Feet* als Steptanzstar die Kinokassen klingeln ließ. Auf der Basis von Hinweisen in den Filmen haben wir seine Kolonie zuversichtlich ganz in der Nähe von Hubis Zuhause in Adélieland verortet. Servus, Nachbar!

Schließlich kommen wir zu dem antarktischen Anime, das auf dem japanischen Eisbrecher *Penguin Manju Go* spielt: Die von der Kritik gefeierte, warmherzige Serie *A Place Further Than the Universe* erzählt die Coming-of-Age-Geschichte von vier Schülerinnen, denen es gelingt, an einer zivilen Antarktisexpedition teilzunehmen.

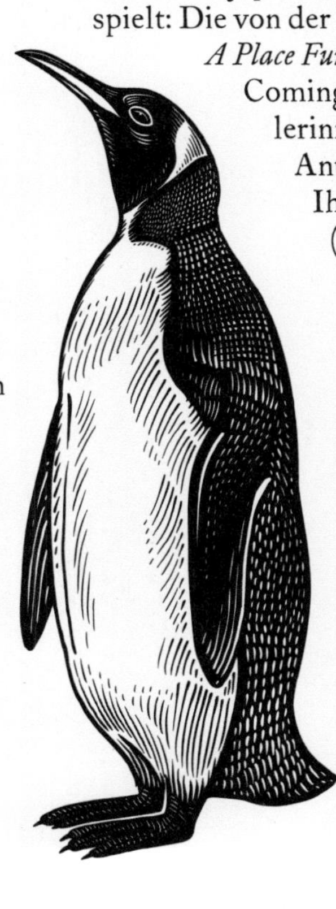

Ihre Reise bringt sie zur echten Syowa (Showa) Station auf der Ost-Ongul-Insel. Offenbar lassen sich hier trotz der vielen Albträume doch auch Träume verwirklichen.

Die Mädchen sollten nur darauf achten, dass sie nicht zu weit vorpreschen: Laut *Godzilla II: King of the Monsters* grenzt an Syowa der Ort, wo der außerirdische Drache King Ghidorah gefroren im Schlaf liegt und böse Träume träumt. Irgendetwas versteckt sich eben immer unter dem Eis …

„Tekeli-li! Tekeli-li!"

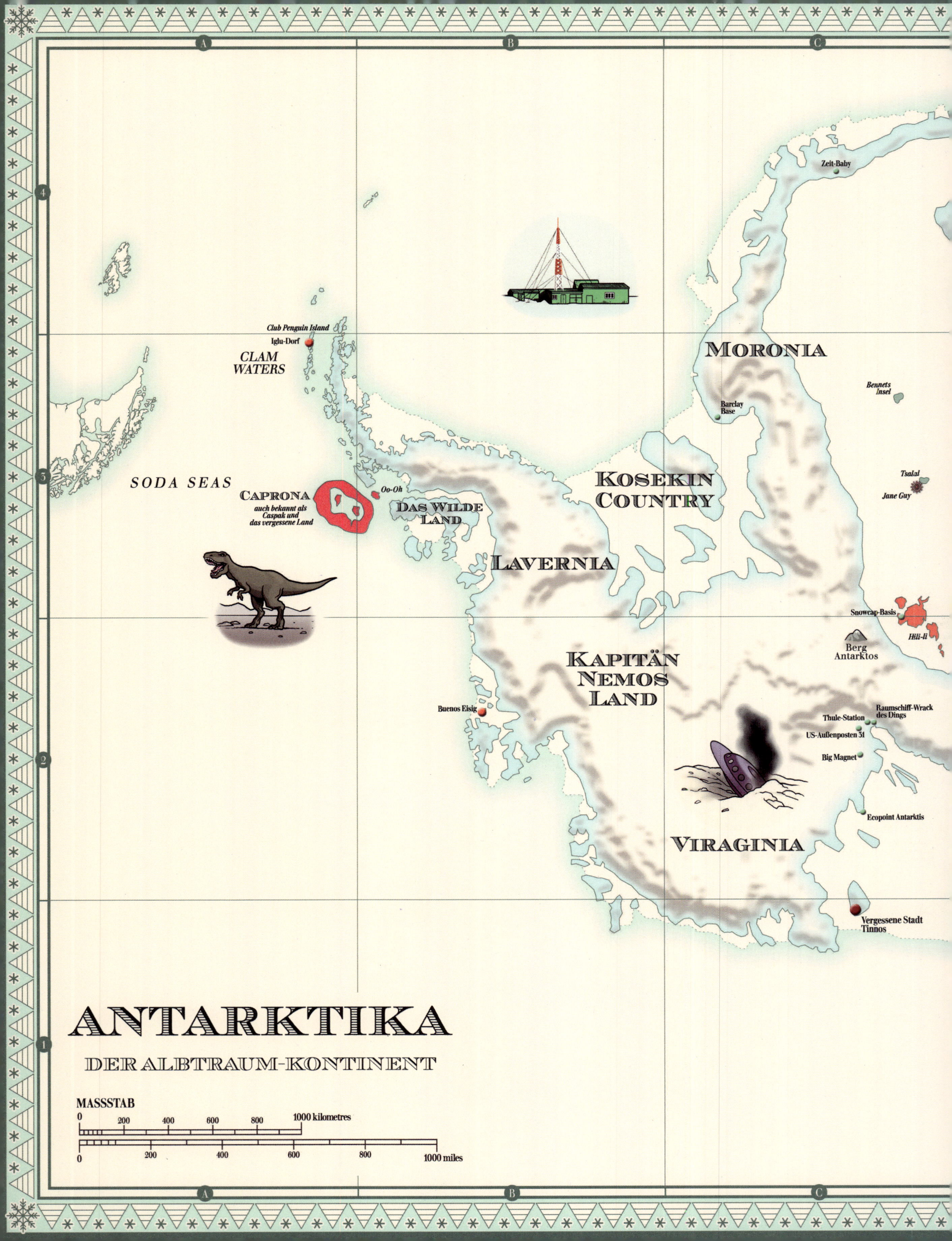
Club Penguin Island
Iglu-Dorf
CLAM WATERS
SODA SEAS
CAPRONA
auch bekannt als Caspak und das vergessene Land
Oo-Oh
DAS WILDE LAND
LAVERNIA
MORONIA
Zeit-Baby
Barclay Base
Bennets Insel
KOSEKIN COUNTRY
Tsalal
Jane Guy
Snowcap-Basis
Hili-li
Berg Antarktos
KAPITÄN NEMOS LAND
Buenos Eisig
Raumschiff-Wrack des Dings
Thule-Station
US-Außenposten 31
Big Magnet
Ecopoint Antarktis
VIRAGINIA
Vergessene Stadt Tinnos
ANTARKTIKA
DER ALBTRAUM-KONTINENT
MASSSTAB
0
200
400
600
800
1000 kilometres
0
200
400
600
800
1000 miles

D
E
F
Rockfort Island
Zivile Antarktis-Expedition
Außenposten 32
Gefrorener Körper von King Ghidorah
YVRONIA
THRANG
4
3
2
1
Shub Nigruth
DIE VIOLETTEN BERGE
BERGE DES WAHNSINNS
Plateau von Leng
Stadt der Alten Wesen
auch bekannt als Yian-Ho
SPRING-INSELN
Springab
Springhoch
Springniedrig
Spring-rund
Springauf
Springlang
Springkurz
Spring-unter
Springüber
Spring-durch
Professor Lakes Lager (Miskatonic-Expedition)
Südliches Basislager der Miskatonic-Expedition
CRAPULIA
Der weiße Mond
Basislager der Katsuragi-Expedition
Nördliches Basislager der Miskatonic-Expedition
Hubis Adeliepinguin-kolonie/Kieselstrand
Mumbles Kaiser-pinguinkolonie
LeNoir Station
Eddington Point
LEGENDE DER FIKTIVEN ORTE
Stadt
Berg
Städtchen/Dorf
versunkene Konstruktion
anderer Ort
Insel

ANTARKTIKA

WICHTIGE SCHAUPLÄTZE

Eine vollständige Liste der Schauplätze finden Sie im Ortsregister auf Seite 130–150.

AUSSENPOSTEN 32
Godzilla II: King of the Monsters
ANTARKTIKA | FILM
Stützpunkt der Organisation Monarch. Er ist auf Karten dort eingezeichnet, wo in der Realität die Syowa-Forschungsstation liegt. Dies passt gut: Syowa ist eine alternative Schreibweise von Showa („Erleuchteter Friede"), der Regierungsdevise des japanischen Kaisers Hirohito („Showa-Tenno"). Während seiner Regierungszeit (1926–1989) entstanden die ersten *Godzilla*-Filme; sie sind daher als „Filme aus der Showa-Ära" bekannt. Verwechseln Sie den Außenposten 32 nicht mit dem US-Außenposten 31 (siehe Seite 112) – dieser ist ein ganz anderes Ding. **LK S. 114–115, D4**

BERGE DES WAHNSINNS
Berge des Wahnsinns
VON H.P. LOVECRAFT | ANTARKTIKA | DIVERSE
Gewaltiges Gebirge, das höher ist als der Himalaja. „Der große Gebirgszug war enorm lang – er begann als eine niedrige Bergkette im Prinzregent-Luitpold-Land an der Küste des Weddell-Meeres und zog sich buchstäblich quer über den gesamten Kontinent. Sein höchster Abschnitt verlief in einem riesigen Bogen etwa von 82° südlicher Breite, 60° östlicher Länge bis zu 70° südlicher Breite, 115° östlicher Länge ..." Auf der gleichen Expedition werden später die „violetten Berge" (ebenfalls abgebildet) entdeckt, die sogar noch höher sind. **LK S. 114–115, E3**

CAPRONA (CASPAK)
Das vergessene Land
VON EDGAR RICE BURROUGHS | SÜDPOLARMEER | ROMAN/FILME
Eine vergessene Welt der Dinosaurier, die irgendwo in der Antarktis südlich des Südpazifiks liegt. Wir haben sie neben dem ebenfalls prähistorischen Wilden Land verortet. **LK S. 114–115, A3**

CRAPULIA
Mundus alter et idem
VON JOSEPH HALL | KONTINENT | ROMAN
Dieser 400 Jahre alte satirische Roman beschreibt, und kartiert, einen riesigen mythischen Kontinent – er ist noch größer als das echte Antarktika, wie sich später herausstellen sollte. Wir haben einige der wichtigsten Gebiete aufgenommen, die so verortet waren, dass sie sich ungefähr auf den echten Kontinent übertragen lassen. **LK S. 114–115, E2**

ECOPOINT ANTARKTIS
Overwatch **ANTARKTIKA | VIDEOSPIEL**
Eine Forschungseinrichtung in der Nähe der antarktischen Küste. In dem Spiel gibt es viele Verweise auf *Das Ding aus einer anderen Welt*, daher erscheint es uns plausibel, dass sich der Ort in der Nähe des Außenpostens 31 befindet. **LK S. 114–115, C2**

EDDINGTON POINT
WERKE VON MADELEINE L'ENGLE | ANTARKTIKA | ROMANE
Die Autorin L'Engle gehört zu den Schriftstellern, die im Atlas immer wieder auftauchen; sogar nach Antarktika hat sie einen warm eingepackten Fuß gesetzt. In Eddington Point an der Küste befindet sich die fiktive Forschungsbasis LeNoir Station. Da „LeNoir" französischen Ursprungs ist, haben wir es innerhalb des relativ kleinen Gebiets von Antarktika verortet, das Frankreich für sich beansprucht. **LK S. 114–115, E1**

HUBIS ADELIE-PINGUINKOLONIE/KIESELSTRAND
Hubi, der Pinguin
ANTARKTIKA | FILM
Gemeinschaft von Adeliepinguinen mit menschlichen Zügen aus Don Bluths Zeichentrickfilm. In einem Dialog wird der Name „Kieselstrand" erwähnt, wobei nicht klar wird, ob damit die Kolonie oder nur den Strand in der Nähe gemeint ist. Adeliepinguine leben in der gesamten Antarktis, doch wir können relativ sicher sagen, dass sich Hubis Kolonie an der Küste Richtung Australien/Neuseeland befindet – also entweder in Victorialand oder in Adélieland selbst (nach dem die Vögel benannt sind): Nachdem Hubi von einem Schiff mit Menschen entkommen ist, die ihn zuvor gerettet haben, wird er in Französisch-Polynesien (im Dialog als entweder Moorea oder Tahiti identifiziert) an den Strand gespült. Drei Tage nachdem er „gerettet" wurde

(und unmittelbar vor ihrer gemeinsamen Flucht vom Schiff), lernt Hubi den Felsenpinguin Rocko kennen – und eine Karte zur Verteilung von Felsenpinguinen zeigt, dass auf den Inseln zwischen Antarktika und Australien/Neuseeland Kolonien leben. **LK S. 114–115, D1**

KAPITÄN NEMOS LAND

20.000 Meilen unter dem Meer

VON JULES VERNE | ANTARKTIKA | ROMAN

Kapitän Nemo gibt dem Kontinent zwar keinen Namen, doch indem er eine schwarze Flagge mit einem goldenen „N" am Südpol aufstellt, erhebt er Anspruch auf das gesamte Antarktika. Wir treffen schon ein paar Breitengrade weiter nördlich, auf der Pazifik-Karte, wieder auf Nemo. **LK S. 114–115, B2**

SHUB NIGRUTH

Atlantis – Das Geheimnis der verlorenen Stadt

ANTARKTIKA | FILM

Der Name dieser verlorenen Stadt verweist eindeutig auf den Cthulhu-Mythos von Lovecraft (er schuf eine Gottheit namens Shub-Niggurath); wir haben ihn aber Disney zu verdanken. Das Bonusmaterial auf der DVD von *Atlantis – Das Geheimnis der verlorenen Stadt* schreibt die Entdeckung (und anschließende Zerstörung) von Shub Nigruth in einem Dossier innerhalb des Universums dem Schurken des Films, Rourke, zu. **LK S. 114–115, E3**

SNOWCAP-BASIS

Doctor Who

ANTARKTIKA | TV

Weltraumbeobachtungsstation und Raketenbasis am Südpol. Wir haben nicht alle fiktiven Schauplätze aus *Doctor Who* kartiert, doch dieser sticht heraus. Die Folge *The Tenth Planet* ist doppelt erwähnenswert: Darin treten zum ersten Mal die Cybermen in Erscheinung, Top-Bösewichte, und erstmals erlebt man auch die Wiedergeburt des Doctors (William Hartnell wird als Patrick Troughton wiedergeboren). **LK S. 114–115, C2/C3**

SPRING-INSELN

Die Monikins

VON JAMES FENIMORE COOPER | INSELGRUPPE | ROMAN

Am bekanntesten ist Cooper für seine Mohikaner, doch er beschäftigte sich auch mit den Monikins (einer fiktiven Spezies). In diesem wenig erfolgreichen Roman, der manchmal als amerikanische Version von *Gullivers Reisen* bezeichnet wird, kommt eine antarktische Inselgruppe aus zehn unabhängigen Königreichen vor, deren Namen alle mit „Spring-" beginnen; warum, scheint niemandem so richtig klar zu sein. **LK S. 114–115, D2/D3**

THRANG

CTHULHU-MYTHOS | ANTARKTIKA | DIVERSE

So nannten die 'Ithra, eine außerirdische Spezies vom Stern Beteigeuze, den Kontinent Antarktika, wo sie vor drei Milliarden Jahren eine Kolonie gründeten. Dies ist mit Sicherheit der älteste Ortsname in diesem Atlas. **LK S. 114–115, D3**

TSALAL

Die denkwürdigen Erlebnisse des Arthur Gordon Pym

VON EDGAR ALLAN POE UND *Die Eissphinx* **VON JULES VERNE | ISLAND | ROMANE**

Poes einziger abgeschlossener Roman wurde später von Jules Verne in einer „Fortsetzung" wieder aufgegriffen. Beide erzählen von der geheimnisvollen Insel Tsalal in einem pechschwarzen Meer. Ihren Koordinaten zufolge müsste sie jedoch mitten auf den antarktischen Kontinent liegen. Vernes Karte des Kontinents zeigt den Kanal und die Lage der Insel. **LK S. 114–115, C3**

VERGESSENE STADT TINNOS

Tomb Raider III

ANTARKTIKA | VIDEOSPIEL

Küstenstadt, die von polynesische Forschungsreisenden gegründet wurde, aber schon lange verlassen ist. In der Realität wird spekuliert, dass eine Flotte polynesischer Forschungsreisender zum Ross-Schelfeis vordrang, daher haben wir Tinnos auf dem antarktischen Kontinent in der Nähe verortet. Lara Croft erreicht die Stadt, nachdem sie RX-Techs Bergwerk passiert hat. **LK S. 114–115, C1**

WEISSER MOND/ BASISLAGER DER KATSURAGI-EXPEDITION

Neon Genesis Evangelion

UNTERIRDISCHES WRACK/CAMP | MANGA/ANIME

Ein riesiges außerirdisches Flugobjekt mit einem Durchmesser von 13,75 km (und der Zwillingsmond des Schwarzen Monds, der in Japan unter dem Hakone-Gebirge liegt). Ziel der Katsuragi-Expedition war es, das Gefährt und das reglose Wesen zu untersuchen, das darin eingeschlossen war und als „erster Engel Adam" bezeichnet wurde. Bevor man in das Raumschiff eindrang, baute man auf der Oberfläche noch ein Basislager. Das Resultat war verheerend: „Adam" explodierte und nahm den Kontinent Antarktika mit sich. In den Tsunamis, Schwankungen des Meeresspiegels, Erdbeben, Naturkatastrophen und Kriegen, die darauf folgten, kamen über zwei Milliarden Menschen ums Leben. Ist vielleicht nicht von realen Ereignissen inspiriert. **LK S. 114–115, D2**

DER PAZIFIK

INSELHOPPING

Pazifik – dem Namen nach der „friedliche" Ozean. Und tatsächlich gehört dieser Teil der Erde, der außer nadelstichartigen Inselgruppen keine nennenswerten Landmassen enthält, zu den ruhigsten Regionen in unserem Atlas. Das soll aber nicht heißen, das hier nichts los ist: Wer seine Aufmerksamkeit auf die einzelnen Orte richtet, entdeckt allerlei Besonderheiten, Lebewesen und tropische Strände.

Am bizarrsten ist wohl die Insel mit dem ernüchternden Namen Standard-Island. Einen Hinweis auf ihre Eigenheit erhalten wir im Titel der Quelle, *Die Propellerinsel* von Jules Verne: Diese 4 Meilen (6.4 km) lange Plattform ist eine Stahlkonstruktion – das ultimative Kreuzfahrtsschiff, mit dem Millionäre auf dem Pazifik umherschippern. Statt das Insel-Schiff irgendwo auf seiner bekannten Route einzuzeichnen, wählten wir einen Ankerplatz in Französisch-Polynesien, als Gruß an den Autor.

Wir hätten das technische Wunderwerk auch im Westpazifik ansiedeln können, neben einer anderen künstlichen Insel der Science-Fiction: Am Äquator erhebt sich der Orbitallift Heaven Pillar („Himmelssäule") aus der *Gundam*-Welt, mit dem man ohne Raketen in den Weltraum gelangt. Er macht somit das Solomon Space Center in der Nähe (aus der Light-Novel-Reihe *Rocket Girls*) überflüssig, dessen Raumfahrttechnik nur ausreicht, um High-School-Astronautinnen hinaufzuschicken. Nördlich von Neuseeland haben wir zwei Satellitenüberwachungsschiffe verortet, die fatalerweise Erstkontakt mit einer übelmeinenden Alien-Intelligenz hatten: die chinesische *Wan Xuan III* aus der Graphic Novel *Virus* und die russische *Akademik Vladislav Volkov* aus der Verfilmung *Virus – Schiff ohne Wiederkehr* (1999).

Die feindliche Lebensform hätte auf vielen Inseln von Bord gehen können, vor allem, wenn sie sich an unsere Karte gehalten hätte: Das fiktive Hawaii ist zu einem Hufeisen vergrößert (paradoxerweise – hat doch bis ins 19. Jahrhundert kein Pferd einen Huf dorthin gesetzt). Die Inselgruppe umfasst nun auch Gilligans Insel, Waponi Wu aus *Joe gegen den Vulkan* und den Archipel Pokoponesia aus *Der Tick*. Herman Melville bereichert den Äquator mit etwa 30 Inseln des Archipels Mardi, von denen jede eine bestimmte Weltsicht oder Theorie repräsentiert. Altrurien und Utopia (aus der komischen Oper *Utopia, Ltd.*, nicht Thomas Morus' Original) haben wir bewusst nebeneinandergesetzt, und sogar Satire ist anzutreffen: August Bank Holiday Island (*The Goodies*) und die Muttertagsinseln (aus Terry Pratchetts *Eine Insel*) verweisen mit einem Augenzwinkern auf Oster- und Weihnachtsinsel.

Aber im Pazifik geht es nicht nur um Inseln. Diese unendlichen Weiten wurden von großartigen Charakteren der Literatur befahren. Kapitän Nemo, Jules Vernes indischer Prinz, meisterhafter Seefahrer und genialer Wissenschaftler, erbaute seine legendäre *Nautilus* auf der Insel Lincoln (manchmal auch Vulcania genannt), ihrem Heimathafen; hier sollte das berühmteste aller U-Boote später, in einer Grotte verschüttet, als Nemos Grabstätte dienen. Auch Ahab, einem ähnlich „vornehmen, wenn nicht gerade gottesfürchtigen, aber göttlichen Mann", sollen diese Gewässer zum Verhängnis geworden sein. Blind vor Rachsucht gegen Moby Dick steuerte der Kapitän der *Pequod* sein Schiff auf einen Kurs, der so unabänderlich war wie Schienen aus Stahl, bis zur todbringenden Begegnung mit dem weißen Wal nördlich des Äquators, unweit der Marshallinseln.

Ahabs Nemesis, der Wal, erinnert daran, was sich unter der ruhigen Oberfläche des Pazifiks verbirgt. In der Tiefe wimmelt es von Leben, und manches ist zutiefst verstörend. Durch diesen Ozean kommen nicht nur Kreaturen wie Godzilla und seine titanischen Brüder auf die Erde, sondern auch die riesigen Kaiju aus den *Pacific-Rim*-Filmen. Weiter östlich sind genmanipulierte Haie aus der Unterwasser-Forschungsstation Aquatica *(Deep Blue Sea)* entkommen. Schwimmer im Westen sollten sich dagegen vor dem prähistorischen Megalodon hüten, der bei der Forschungsstation Mana One *(Meg)* die Marianen bedroht.

Aber es gibt hier auch harmlosere Lebensformen; in Bikini Bottom am Fuß des Bikini-Atolls lebt ein niedlicher, aufgeweckter Schwamm. Er ist saugstark und gelb und porös, und zwar sehr. Für weitere Informationen wenden Sie sich an die Fünfjährigen in Ihrer Nähe.

„ALL BOUND FOR MU MU LAND“

Wie Atlantis im Atlantik und Lemuria im Indischen Ozean, so verbirgt sich auch im fiktiven Pazifik ein verschwundener Kontinent. Das mythische Mu kam in den 1890er-Jahren als Synonym für Atlantis auf, geprägt (durch ein falsch übersetztes Wort der Maya) vom Antiquar Augustus Le Plongeon, der mit seinem Namen Dumas und mit seinem Bart Rasputin Konkurrenz hätte machen können. Von hier arbeitete sich Mu Richtung Osten zum Indischen und Pazifischen Ozean vor – eine Glanzleistung in Sachen Kontinentalverschiebung! Der britische Okkultist James Churchward verschmolz es nun mit Lemuria; er beschrieb Mu als Heimat der Naacal, eines einst fortschrittlichen Volkes, das auf seinen Reisen alle großen Zivilisationen der Antike begründet habe.

Unnötig zu betonen, dass Mu in den 130 Jahren seiner Nichtexistenz Eingang in viele fiktionale Werke gefunden hat. H.P. Lovecraft und die Erben seines Cthulhu-Mythos haben ihre Zehen (und Tentakel) in diesen Ozean getaucht, angefangen mit der Kurzgeschichte *Aus Äonen* von 1935. Auch in den Marvel Comics ist der verlorene Kontinent schon aufgetaucht; dort bleibt er mit Lemuria verbunden. Dutzende andere Autoren, darunter Thomas Pynchon und Tom Robbins, haben uns kurze oder längere Blicke auf Mu geschenkt. Dessen Einfluss reichte bis in die Musik: Der Name der britischen Band *The Justified Ancients of Mu Mu*, besser bekannt als *The KLF* (1987–1992), war indirekt von dieser Landmasse inspiriert.

Mu ist aber nicht als einziger Kontinent in unserem fiktiven Pazifik verschwunden. 1882 verfasste der Spiritualist (und Zahnarzt) John Ballou Newbrough den bizarren pseudo-religiösen Text *Oahspe: A New Bible*, der ihm von Engeln diktiert worden sei. Neben vielen Überraschungen (darunter eine der ersten Verwendungen des Begriffs *starship*, „Raumschiff“) schildert das Buch einen dreieckigen Kontinent namens Pan bzw. Whaga, der den Nordpazifik größtenteils ausgefüllt habe, bevor er vor 24000 Jahren versank. Wir hoffen, Newbroughs Engelsheer ist nicht beleidigt, weil wir Pan mit Mu verschmolzen haben. Ein dritter Kontinent namens Rutas, vom französischen Okkultisten Louis Jacolliot aufgebracht, ähnelt in vieler Hinsicht Mu und ist dort als Region eingezeichnet.

All diese überschwemmten Inseln sind natürlich Quatsch – aber im Pazifik existiert mindestens ein echter „verlorener Kontinent“: „Zealandia“ ist eine Scholle aus kontinentaler Erdkruste, die einst trockenes Land war, aber vor etwa 23 Millionen Jahren (lange bevor der Mensch existierte) unter den Wellen verschwand. Nur sechs Prozent von Zealandia befinden sich heute noch über den Wellen, und zwar in Form von Neuseeland und Neukaledonien. Es handelt sich zwar bei diesem *„lost continent“* um Realität – das heißt, es fällt nicht in unsere Zuständigkeit, ihn zu kartieren –, doch einen Teil davon können wir uns durch Werke der Kunst sichern. Denken Sie nur an die Kronkolonie Britannula (aus Anthony Trollopes *The Fixed Period*) oder die Wumpa-Inseln aus *Crash Bandicoot*: Angesichts ihrer Lage müssen sie aus dem Gestein Zealandias gehauen sein.

Und schließlich enthält unsere Karte einen mysteriösen Kontinent, über den wenig bekannt ist – nicht mal sein Name! René Daumals bemerkenswerter (posthum erschienener) Roman *Der Berg Analog* von 1952, ein Fest an Rätseln, ist – wie der Text bestätigt – auf einer Insel südlich von Tasmanien und Neuseeland angesiedelt. Im Zentrum erhebt sich der Berg, dessen gewaltige Masse Licht- und Radiowellen ablenkt, sodass die Insel praktisch unsichtbar ist. Die Form ihrer Küste können wir daher nur erraten.

VAIANA: WIR WISSEN (QUASI), WO WIR SIND

Eines der schönsten Filmmusicals ist ebenfalls in dieser Region angesiedelt. Wir sprechen nicht von Rodgers' und Hammersteins *South Pacific* (aus dem die Insel Bali Ha'i bei Vanuatu stammt), sondern von Disneys *Vaiana – Das Paradies hat einen Haken*.

Dieser Kinohit (2016) erzählt von der Titelheldin Vaiana, einem abenteuerlustigen polynesischen Mädchen auf der Insel Motunui, das unbedingt erfahren möchte, was hinter dem Horizont liegt. Auf ihren Reisen trifft Vaiana den Halbgott Maui, kämpft unter der Insel Lalotai gegen eine Riesenkrabbe und befreit schließlich die Inselgöttin Te Fiti. Wir müssen nicht betonen, dass diese Orte fiktiv und fast unmöglich zu verorten sind.

Aber wo wäre dann der Spaß?

Zugegeben, Vaianas Heimatinsel könnte überall in Polynesien liegen, denn die Filmemacher von Disney wollten in ihrer Erzählung vielen regionalen Kulturen Ausdruck verleihen. Schließlich mussten wir uns für einen Ort entscheiden, und wir landeten zwischen Samoa und den Marquesas-Inseln. Warum? Nun, mehrere Fanseiten sahen Samoa als Hauptvorbild, Mauis Tattoos sind Mustern von den Marquesas nachempfunden und der Name „Te Fiti“ klingt ein bisschen wie das nahe gelegene Tahiti.

Nachdem wir die Stelle für die Inseln gewählt hatten, mussten wir aber noch herausfinden, wie diese angeordnet sind, und das gelang uns mithilfe von ähnlichen Orientierungstricks wie denen, die im Film gezeigt werden: Vaianas erstes Ziel ist Mauis Insel, ein karger Felsen, der vermutlich nicht weit von Motunui entfernt liegt, da die Seefahrernovizin ihn ohne große Mühe erreicht. Maui schließt sich ihr widerwillig als Reisegefährte an, und das dynamische Duo zankt sich den ganzen Weg bis Lalotai, dem Reich der Monster, dessen Position ebenfalls im Dunkeln liegt. Anschließend sieht man, wie die beiden direkt in den Sonnenaufgang segeln, also befindet sich ihr letztes Ziel, Te Fiti, logischerweise nordöstlich von Lalotai und vermutlich auch von Motunui.

Wie Maui sagen würde: „Voll gerne!“ Jetzt bringt uns bitte den Horizont und noch eine Fortsetzung oder zwei!

A
B
C
4
3
2
1
Mahoutokoro-Zauberschule
Angel Island
VERLORENER KONTINENT PAN (ODER WHAGA)
New Kelp City
Bass Vegas
Bikini Bottom
Quallen-felder
Route der Pequod
INTERNATIONALE DATUMSGRENZE
Jurassic Park Japan
Neptune Base (Martel Corporation)
Forschungsstation Mana One
DeepStar Six
REPUBLIK PAOUL
SS Ourang Medan
Nuku'la Atoll
MANAURAISCHES MEER
Borgabunda
Baby Island
SS Orminta
HEIEIEI-ARCHIPEL
Sollgel
Godzillas Insel
Pequod
Kinderinsel
Tenchū-Orbitallift (Heaven Pillar)
Äquator
MU MU LAND
Boragora
Faroa
Villings
Monsterinsel
Wilsons Insel
Maltide
Solomon Space Center
Die Insel (Lost)
Tanoa
HORIZON ISLANDS
Orofina
Bali Ha'i
La Roche
Habitat DH-8
USS Star Voyager
Starfish Island
Coral Island
Tracy Island
Daphne
Insel des vorigen Tages
Rastapapee
Akademik Vladislav Volkov
Wan Xuan III
Sea Star
Electra
WUMPA-INSELN
Wumpa-Insel
N.-Sanity-Insel
Cortex-Insel
Sealab
INTERNATIONALE DATUMSGRENZE
LEGENDE DER FIKTIVEN ORTE
Stadt
Städtchen/Dorf
anderer Ort
Besonderheit unter Wasser
Schiffswrack
Insel
BRITANNULA
Little Christchurch
Gladstonopolis
Taratupa
Berg Analog
Port-des-Singes
MASSSTAB (entlang des Äquators)
0 300 600 900 1200 kilometres
0 300 600 900 1200 miles

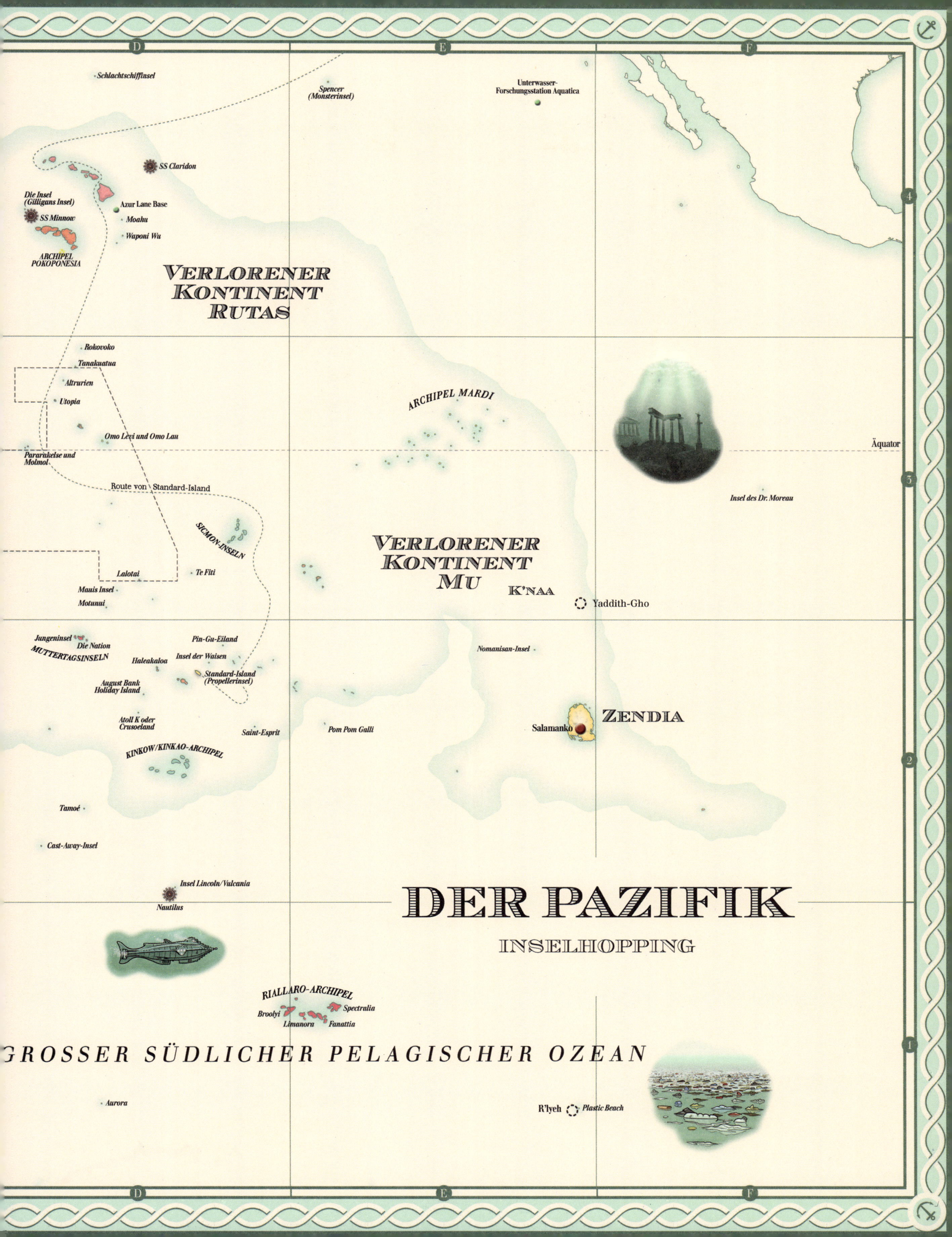

DER PAZIFIK
INSELHOPPING
D
E
F
Schlachtschiffinsel
Spencer (Monsterinsel)
Unterwasser-Forschungsstation Aquatica
SS Claridon
Die Insel (Gilligans Insel)
SS Minnow
Azur Lane Base
Moahu
Waponi Wu
ARCHIPEL POKOPONESIA
VERLORENER KONTINENT RUTAS
Rokovoko
Tanakuatua
Altrurien
Utopia
Omo Levi und Omo Lau
Pararakelse und Molmol
Route von Standard-Island
ARCHIPEL MARDI
Äquator
Insel des Dr. Moreau
SICMON-INSELN
VERLORENER KONTINENT MU
K'NAA
Yaddith-Gho
Lalotai
Te Fiti
Mauis Insel
Motunui
Jungeninsel
Die Nation
MUTTERTAGSINSELN
Pin-Gu-Eiland
Insel der Waisen
Haleakaloa
Standard-Island (Propellerinsel)
August Bank Holiday Island
Nomanisan-Insel
ZENDIA
Salamanko
Atoll K oder Crusoeland
Saint-Esprit
Pom Pom Galli
KINKOW/KINKAO-ARCHIPEL
Tamoé
Cast-Away-Insel
Insel Lincoln/Vulcania
Nautilus
RIALLARO-ARCHIPEL
Broolyi
Limanora
Spectralia
Fanattia
GROSSER SÜDLICHER PELAGISCHER OZEAN
Aurora
R'lyeh
Plastic Beach
4
3
2
1

DER PAZIFIK

WICHTIGE SCHAUPLÄTZE

Eine vollständige Liste der Schauplätze finden Sie im Ortsregister auf Seite 130–150.

AUGUST BANK HOLIDAY ISLAND

The Goodies **SÜDLICHER PAZIFIK | TV**
Eine Nation des Commonwealth „zwischen der Osterinsel und der Weihnachtsinsel“. Aus offensichtlichen Gründen haben wir sie in der Nähe der Muttertagsinseln verortet. **LK S. 120–121, D2**

BALI HA'I

South Pacific **SÜDPAZIFIK | FILM**
In dem erfolgreichen Musical von Rodgers und Hammerstein spielt die geheimnisvolle Insel Bali Ha'i eine Rolle. Ihre Lage lässt sich leicht identifizieren, wenn wir die Quelle des Films konsultieren, die Kurzgeschichtensammlung *Die Südsee* von James Michener: Der Autor lehnte sein Bali Ha'i an die echte Insel Ambae an, die er von Weitem gesehen hatte, als er im Zweiten Weltkrieg im Inselstaat Vanuatu stationiert war. **LK S. 120–121, B2**

BRITANNULA

The Fixed Period
VON ANTHONY TROLLOPE | SÜDWESTPAZIFIK | ROMAN
Diese nicht sehr große britische Kronkolonie ist der Beitrag des großen Erzählers zum dystopischen Genre. Sie liegt irgendwo in der Region von Neuseeland. **LK S. 120–121, C1**

CAST-AWAY-INSEL

Cast Away – Verschollen
SÜDPAZIFIK | FILM
Der Kinohit mit Tom Hanks wurde auf der Fidschi-Insel Monuriki gedreht (die daraufhin vermehrte Touristenströme verzeichnete). Im Film heißt es aber, der Schauplatz liege 600 Meilen (965 km) südlich der Cookinseln. **LK S. 120–121, D2**

DEEPSTAR SIX / NEPTUNE BASE

DeepStar Six / Lords of the Deep **PAZIFIK | FILME**
Ende der 1980er-Jahre erlebten Horrorfilme und Thriller, die sich um U-Boote drehten, einen kurzen Boom. Neben erfolgreicheren Werken wie James Camerons *Abyss – Abgrund des Todes* gab es auch weniger bekannte, darunter *DeepStar Six* und *Lords of the Deep*. Diese beiden Filme spielen in Forschungseinrichtungen am Grund des Pazifiks. Da beide 1989 in die Kinos kamen, fanden wir es witzig, ihre Schauplätze als Nachbarn zu kartieren. **LK S. 120–121, A4**

HEIEIEI-ARCHIPEL

Bau und Leben der Rhinogradentia **VON HARALD STÜMPKE | ZENTRALPAZIFIK | WISSENSCHAFTLICHER WITZ**
Zum Verbleib dieser Inselgruppe sind die Hinweise dürftig. Dennoch sahen wir es beinahe als Pflicht, sie aufzunehmen, denn damit beschreiten wir ganz unbekanntes Terrain: das der Nasenschreitlinge. Der Archipel im Zentralpazifik (der 18 Inseln mit bekanntem Namen und viele kleinere umfasst) beheimatet ein ganzes Ökosystem mit kuriosen Wesen, allen voran die muppetnasigen Rhinogradentia. Erdacht hat die kleinen Säugetiere der deutsche Zoologe Gerolf Steiner; er präsentierte sie wie in einer seriösen wissenschaftlichen Abhandlung unter Pseudonym. Leider wurde die einzigartige Fauna durch einen Atombombentest ausgelöscht – unser wichtigster Hinweis auf eine mögliche Lage. Sie sollten unbedingt genauer darüber nachlesen. **LK S. 120–121, C3**

HORIZON ISLANDS

ARMA 3 **SÜDPAZIFIK | VIDEOSPIEL**
Tropische Inselgruppe, der Fidschi als Vorbild diente. Hauptinsel ist Tanoa, die kleineren Inseln heißen Tuvanaka, Balavu, Katkoula und Moddergat. **LK S. 120–121, C2**

DIE INSEL

Gilligans Insel **PAZIFIK | TV**
Das winzige Stück Land, auf dem die Gestrandeten nach dem Schiffbruch der *SS Minnow* 96 Folgen lang die Herausforderungen der Natur und des einfältigen Ersten Offiziers Gilligan ertrugen, liegt offiziell etwa 250 Meilen (400 km) von Hawaii entfernt. Wenn man bedenkt, dass das Unglück auf einem dreistündigen Ausflug von Honolulu geschah, ist es kaum vorstellbar, dass die Truppe erst nach drei Staffeln gerettet wurde! **LK S. 120–121, D4**

DIE INSEL

Lost **ZENTRALPAZIFIK | TV**
Ein kniffliger Eintrag, da sich die Insel ja bewegen lässt. Die längste Zeit in der Serie befindet sie sich jedoch an der gleichen Stelle, nämlich, einem Dialog über den Flugplan des Oceanic Flug 815 zufolge, in der Nähe des echten Wallis

Island im Nordosten Fidschis. Später muss sie – angesichts der Route des Ajira Airways Flugs 316 – irgendwo zwischen Hawaii und Guam liegen. **LK S. 120–121, C3**

INSEL DES VORIGEN TAGES
Die Insel des vorigen Tages
VON UMBERTO ECO | SÜDPAZIFIK | ROMAN
Eine Insel an der internationalen Datumsgrenze, die in dem Roman eine Schlüsselrolle spielt (obwohl die Datumsgrenze an dieser Stelle erst weit nach der Zeit der Handlung international vereinbart wurde). Ein Seemann ist auf dem heruntergekommenen niederländischen Segelschiff *Daphne* westlich der Datumsgrenze gestrandet. Von hier kann er die „Insel des vorigen Tages" sehen – auf der anderen Seite der Datumsgrenze und damit einen Tag in der Vergangenheit. **LK S. 120–121, C2**

MU MU LAND
„Justified & Ancient"
VON THE KLF | ZENTRALPAZIFIK | MUSIK
Mehrfach wird in diesem Song Mu Mu Land erwähnt. Unsprünglich stammt der Name aus der *Illuminatus!-Trilogie* von Robert Shea und Robert Anton Wilson, in der die „Justified Ancients of Mummu (JAMs)" eine Geheimgesellschaft bilden. Beide sind vom versunkenen Kontinent Mu inspiriert, und dort haben wir Mu Mu Land als Region kartiert. **LK S. 120–121, B3/C3**

MUTTERTAGS-INSELN
Eine Insel **VON TERRY PRATCHETT | SÜDPAZIFIK | ROMAN**
Archipel im Südpolarmeer. Eine Karte im Buch lässt Ausdehnung und Lage der Inseln – etwa auf dem gleichen Längengrad wie Hawaii – erahnen. **LK S. 120–121, D2**

NOMANISAN-INSEL
Die Unglaublichen – The Incredibles **ZENTRALPAZIFIK | FILM**
Die Vulkaninsel, auf der sich „Syndrome" versteckt, liegt einem GPS-Display zufolge, das man im Film zu sehen bekommt, ungefähr auf 20° südlicher Breite und 125° westlicher Länge. Im Deutschen geht das Zitat des Dichters John Donne verloren: *No man is an Island* – „Niemand ist eine Insel." **LK S. 120–121, E2**

PLASTIC BEACH
Plastic Beach **VON GORILLAZ | ZENTRALPAZIFIK | MUSIK**
Die Musik der Band Gorillaz ist meist von animierten Sequenzen mit Handlung begleitet. Für dieses Album erfand die Gruppe eine Insel aus Plastik am „Point Nemo", der Stelle im Pazifik, die am weitesten von Land entfernt ist. **LK S. 120–121, E1**

R'LYEH
CTHULHU-MYTHOS | SÜDPAZIFIK | DIVERSE
Die versunkene Stadt, wo der große Cthulhu in der Tiefe schläft und träumt. Zur Lage gaben Lovecraft und sein Freund August Derleth leicht abweichende Koordinaten an, aber beide Stellen sind, wie der Plastic Beach (siehe oben), in der Nähe von Point Nemo. **LK S. 120–121, E1**

RASTAPAPEE
Archibald der Detektiv
SÜDPAZIFIK | TV
Eine Insel, auf der Koalas und Dachse mit menschlichen Zügen leben. Wo sie liegt, wird nicht gesagt, aber wegen der Koalas versteht es sich fast von selbst, dass Australien nicht weit sein kann. **LK S. 120–121, B2**

RIALLARO-ARCHIPEL
Riallaro: The Archipelago of Exiles **VON GODFREY SWEVEN | SÜDPAZIFIK | ROMAN**
Rätselhafte Inselgruppe in dichtem Nebel, den nur wenige durchdrungen haben. Mindestens 15 Inseln sind namentlich genannt; die wichtigsten haben wir markiert. Die Inseln kommen auch in den Comics *The League of Extraordinary Gentlemen* (dt. *Die Liga der außergewöhnlichen Gentlemen*) vor. **LK S. 120–121, D1/E1**

ROKOVOKO
Moby Dick **VON HERMAN MELVILLE | NÖRDLICHER PAZIFIK | ROMAN**
Die polynesische Insel, manchmal auch Kokovoko genannt, ist Queequegs Heimat. Die genaue Lage wird nie angegeben, nur dass es sich um „eine Insel weit im Westen und Süden" (von Neuengland) handle. Wir haben sie in plausibler Entfernung zu der Stelle eingezeichnet, wo das Wrack des Walfängers *Pequod* liegt; sie ist genauer bekannt. **LK S. 120–121, D3**

SICMON-INSELN
Griffin & Sabine-**TRILOGIE NÖRDLICHER PAZIFIK | BÜCHER**
Diese Inseln werden als Arbah, Katie, Katin, Ta Fin, Quepol und Typ (nicht auf der Karte) bezeichnet. **LK S. 120–121, D3**

SPENCER (MONSTERINSEL)
Die Schule der Robinsons
VON JULES VERNE | NÖRDLICHER PAZIFIK | ROMAN/FILM
Zu Beginn des Romans versteigert die US-Regierung die fiktive Insel Spencer, deren Position praktischerweise genannt wird: 32° 15′ N, 145° 18′ W. In der Verfilmung *Die Reise zur Insel des Grauens* mit Peter Cushing und Terrance Stamp ist der Name (und die Handlung) geändert zu Monsterinsel. **LK S. 120–121, E4**

SS CLARIDON
Höllenfahrt **NORDPAZIFIK | FILM**
Älterer Luxusdampfer, der auf dem Weg von San Francisco nach Tokio sinkt, und zwar vermutlich in der Nähe von Hawaii, da er von einem Schiff namens *Hawaiian Fisherman* gerettet wird. Bemerkenswert: Man filmte an Bord des echten Ozeandampfers *Île de France* vor dessen Abwrackung; bei den Dreharbeiten wurde bereits der größte Teil der Inneneinrichtung zerstört! **LK S. 120–121, D4**

STARFISH ISLAND
Green Arrow
DC COMICS | SÜDPAZIFIK | COMICS
Die Insel, auf der Green Arrow strandet, wird in *Green Arrow: Das erste Jahr* als Fidschi-Insel identifiziert. Siehe auch unter Lian Yu (Seite 105). **LK S. 120–121, C2**

TRACY ISLAND
Thunderbirds **SÜDPAZIFIK | TV**
Die genaue Lage des tropischen Stützpunkts der Tracy-Brüder ist ein streng gehütetes Geheimnis, besonders in der Originalserie. Im Film von 2004 weist eine Navigationsanzeige mitten in den Pazifik; *Thunderbirds Are Go* (2015) siedelt die Insel noch konkreter im Umkreis von 22° südlicher Breite, 170° westlicher Länge an. FABelhaft! **LK S. 120–121, C2**

USS STAR VOYAGER
Sphere **VON MICHAEL CRICHTON | SÜDPAZIFIK | ROMAN/FILM**
300 Jahre altes Raumschiff aus der Zukunft, das in der Gegenwart am Grund des Südpazifiks zwischen Samoa und Fidschi entdeckt wird. Direkt daneben befindet sich Habitat DH-8. **LK S. 120–121, C2**

WUMPA-INSELN
Crash Bandicoot-**REIHE | SÜDPAZIFIK | VIDEOSPIELE**
Die drei Hauptinseln aus der Spielreihe um den Beuteldachs werden manchmal „bei Tasmanien" angesiedelt, obwohl ein Satellitenbild in einem Spiel zeigt, dass sie weiter Richtung Neuseeland liegen. Wir haben sie in dieser Karte aufgenommen, weil sie sich im Konzept um die verlorenen Kontinente des Pazifiks (siehe Seite 119) gut einfügen. **LK S. 120–121, B2**

ZENDIA
Das Zendia-Problem
SÜDPAZIFIK | GEHEIMDIENSTÜBUNG
Diese Insel wurde von der Nationalen Sicherheitsagentur (NSA) der USA als Schauplatz für Übungen in Kryptografie und Funkverkehrsanalyse erfunden. Sie soll auf einem ähnlichen Längengrad wie Kuba (22° N) liegen, aber nach Süden gedreht, also etwa 22° S. **LK S. 120–121, E2/F2**

DER ATLANTIK

VERLORENE WELTEN DER WESTLICHEN MEERE

Man könnte annehmen, der Atlantik bestehe aus dem gleichen salzigen Element wie der Pazifik; doch sein fiktives Wasser schmeckt ganz anders. Hier handelt es sich um ein Meer aus mythischen Inseln und verschwundenen Kontinenten, zu dem Philosophen der Antike, nordische Traditionen, irische Folklore und das Zeitalter der Entdeckungen Beiträge geleistet haben.

In der Regel gelten versunkene Kontinente als Mythos, doch viele fiktive Inseln des Atlantiks hielt man früher für real. Thule, das wie das legendäre Atlantis aus der Zeit Platons stammt, stand einst allgemein für eine Insel jenseits der erreichbaren Welt; später bezeichnete man damit Island, Grönland, Teile der Orkney-Inseln und schließlich rein erfundene Inseln. Viele ähnliche Phantominseln bevölkern unseren Atlantik, einschließlich dem rasierklingenförmigen Antilia, einem iberischen Mythos, der es im 15. und 16. Jahrhundert auf echte Seekarten schaffte. Die Insel des heiligen Brendan, Hy Brasil und Frisland sind weitere nicht existente Landmassen, die eine kurze Tändelei mit der Realität genossen.

Manche Orte kommen aus der Popkultur zu uns. Am berühmtesten dürfte Pepperland sein, das musikbegeisterte Unterwasserparadies aus dem Film *Yellow Submarine* der Beatles, das wir frech hier aufgenommen haben, obwohl kaum Hinweise zu seiner Lage existieren. Weil im Film eine Tempelpyramide vorkommt, tippen wir auf die Küste Südamerikas und haben Pepperland auf halbem Weg zwischen Mexiko und dem originären Inselparadies, Thomas Morus' Utopia, verzeichnet. Auch die Meere der Zeit, der Wissenschaft, der Monster, des Nichts und der Löcher haben wir kartiert, die man durchqueren muss, um von Liverpool nach Pepperland zu gelangen.

Eine weitere Überraschung ist die sechseckige Insel Catan aus dem beliebten Brettspiel *Die Siedler von Catan*. Der Erfinder Klaus Teuber hatte bei der Entwicklung seines Werks die Azoren vor Augen; die titelgebenden Siedler sollten Wikinger sein. Selbst Videospiele findet man hier: Nur einen kleinen Inselsprung von Catan entfernt präsentieren sich Sahrani, Malden und Everon aus der *ARMA*-Reihe. Auch der geplante Jurassic Park Europa nach Michael Crichtons Roman hätte die Azoren geschmückt, wenn das Original in Costa Rica ein voller Erfolg gewesen wäre.

TUNNEL IM BLICK

Unsere Atlantik-Karte enthält eine Besonderheit, die auf den anderen Karten ganz fehlt: Unterwassertunnel. Die Vorstellung eines Tunnels, der Europa mit Amerika verbindet, bleibt angesichts unüberwindbarer technischer und wirtschaftlicher Herausforderungen auch heute reine Fantasie; doch die Idee reicht weit zurück. Schon 1888 brachte Michel Verne, der Sohn von Jules, ein solches Projekt auf; die erste detaillierte Auseinandersetzung damit wird Bernhard Kellermann zugeschrieben In seinem sehr erfolgreichen Roman *Der Tunnel* (1913), der danach in Vergessenheit geraten ist, beschrieb er den Bau eines 3000 Meilen (4830 km) langen Tunnels von New Jersey nach Frankreich, mit Ausgängen auf Bermuda und den Azoren sowie in Nordspanien. Gleich nachdem der fiktive Tunnel zu enormen Kosten fertiggestellt ist, wird er angesichts des verbesserten Luftverkehrs obsolet.

Luigi Motta entwickelte das Konzept des Transatlantiktunnels im Roman *Il tunnel sottomarino* (1914) weiter. Diesmal begann der Tunnel in New York, doch am Tag der Eröffnung wurde er von Saboteuren zerstört. Einigen Passagieren gelang mit Atemschutzausrüstung die Flucht; auf dem Weg zurück zur Küste entdeckten sie einen Außenbezirk von Atlantis, Atlanteja – frustrierend weit entfernt von da, wo wir Atlantis verortet haben. Aber vielleicht handelt es sich ja um eine abgelegene Kolonie des Inselreichs ...

Seither wurde die Idee des Tunnels häufig wiederbelebt. Später führte er meist von Großbritannien nach Nordamerika, wie in der britischen Filmversion von Kellermanns Roman, *The Tunnel* (1935) und Harry Harrisons Roman *Der große Tunnel* (1972). Wir haben all diese Pläne zu einem Großprojekt zusammengefasst. Nur einen Tunnel mussten wir separat kartieren: den, der in der Welt von *Thunderbirds Are Go* Großbritannien mit Island verbindet!

EINE NASSKALTE MISSION: DIE SUCHE NACH ATLANTIS

Atlantis! Wenige Orte in diesem Atlas sind so berühmt und doch so diffus, was ihre Lage betrifft. Wir hätten es fast überall einzeichnen können, auch am Südpol, am Nordpolarkreis und sogar im Pazifik, trotzdem hätte das zu mindestens einer Interpretation des alten Mythos gepasst. Diesen Kontinent kann man eben überall finden.

Die Geschichte um Atlantis beginnt, soweit bekannt ist, mit Platon. Der griechische Philosoph erweckte es 375 v. u. Z. in seiner *Politeia* zum Leben, einer Abhandlung über den idealen Staat. Atlantis, eine riesige Inselnation, die „jenseits der Säulen des Herakles" (meist als Straße von Gibraltar gedeutet) liege, fungiert darin als Gegenbeispiel zu Athen, das den idealen Staat verkörpert. Am Ende versinkt die Insel „während eines schlimmen Tages und einer schlimmen Nacht" unter den Wellen.

Atlantis spielt in Platons Kanon nur eine kleine Rolle, doch bei anderen Schriftstellern fand es Anklang. Wenige Jahre später verfasste der antike Geschichtsschreiber mit dem wunderbaren Namen Theopompos von Chios eine Persiflage, doch sein Meropis, das er als noch größer und abgelegener beschrieb, erreichte in der allgemeinen Fantasie nie die Bedeutung seines Vorbilds Atlantis, während dessen Mythos wuchs und sich weiterentwickelte. Wir könnten Dutzende, ja, Hunderte Werke der Belletristik (und angeblicher Sachliteratur) nennen, die sich um Atlantis drehen, und eine endlose Parade mit Hellsehern, Theosophen, Spinnern, Pseudowissenschaftlern und Verschwörungstheoretikern anführen, die – wie wir – Atlantis „wiederentdeckt" haben, weil das den Verkaufszahlen ihrer Bücher nützt.

Folglich lässt sich Atlantis praktisch überall ansiedeln, sogar im Mittelmeer. Eine Theorie assoziiert es mit der Vulkaninsel Thera (Santorin) in der Ägäis. Dort richtete um 1600 v. u. Z. ein katastrophaler Vulkanausbruch auch in der Umgebung Verwüstungen an; dieses Ereignis mag Platon via mündlicher Überlieferung als Inspiration für sein Atlantis gedient haben. Auch mit dem Doggerland, der Landbrücke, die in der letzten Kaltzeit Großbritannien mit dem europäischen Kontinent verband, wird der Untergang von Atlantis in Verbindung gebracht. Noch fantasievollere Überlegungen siedeln es auf der weitgehend unerforschten Antarktika an, unter deren Eisdecke sich unzählige Geheimnisse verbergen können.

Dabei *muss* Atlantis doch im Atlantik liegen. Allein der Name wäre Grund genug, es hier zu verorten; die Lage wird aber auch seit Generationen von Kartografen und Schriftstellern befürwortet. Für die alten Griechen markierte der Ozean das Ende der Welt, daher ist es nur logisch, Platons verlorenen Kontinent hier anzusiedeln.

Kunst und Kultur haben sich angeschlossen. Filme der jüngeren Vergangenheit von DC (*Aquaman*), Disney (*Atlantis – Das Geheimnis der verlorenen Stadt*) und Sony (*Hotel Transsilvanien 3*) spielen im Atlantik, ebenso wie ihre Vorgänger auf Papier und Leinwand. Hinsichtlich Lage, Größe und Form haben wir uns an einer Zeichnung von Athanasius Kirchner in seiner Karte von 1669 orientiert. Obwohl sie komplett nach der Fantasie erstellt ist, ist kaum eine Darstellung des Pseudo-Kontinents ähnlich sorgfältig ausgearbeitet wie diese mit ihren Flüssen und Bergen, die viele Schriftsteller beeinflusste. Auf der anderen Seite liegt der Parodiekontinent Merapis, dessen Form und Größe von keiner Tradition festgelegt sind; unser Illustrator Mike hatte daher das Privileg, als Erster diesen verlorenen Kontinent zu kartieren.

Und noch ein(e) *Atlantis* muss erwähnt werden: der Ozeandampfer, der nach seiner Ausmusterung aus dem Transatlantikverkehr zum Kreuzfahrtsschiff umfunktioniert und umgetauft wurde. Man benannte ihn nach dem Schutzgott seines mythischen Namensvetters, *Poseidon*. Um die tragische Jungfernfahrt dieser *SS Poseidon* dreht sich Paul Gallicos Roman *Schiffbruch* – und tatsächlich sinkt das Schiff bei den Azoren, genau im Herzen der Gegend, wo wir „unser" Atlantis verortet haben ...

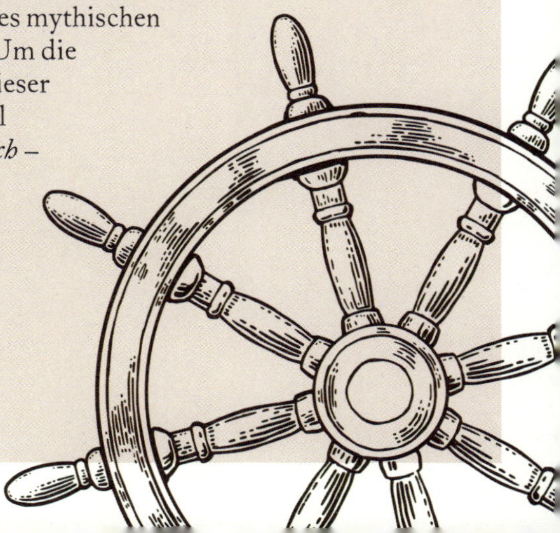

DER ATLANTIK
VERLORENE WELTEN
DER WESTLICHEN MEERE
A
B
C
D
6
5
4
Der Friedensteich
Versunkene Stadt Atlantis
Reykjavik-Express
USS Bedford (DLG-113)
Moby Dick
Ulysses
Frisland
Thule
SS Queen of Glasgow
Hy Brasil
Mag Mell
Tír na nÓg
Sirene 1 (S-484)
Sirene 2 (S-485)
Prescot Trader
S-33
Anschluss (Zerstörer Z49)
U-571
HVITRAMANNA-
LAND
RMS Poseidon
SS Titan
Bohrinsel
Seascape
OCEANA
Hoddick
Portharnel
Lesneven
Caloestown
Ganzalleinstein
Ahu-Y'hloa
Atlanteja
USS Theodore Roosevelt
USS Topeka
W.K. Konowalos
Versenkungsstelle des
Projekts Deep Six
(Megatron)
HMS Viking
USNS Rescue
Atlantic
MV Seguin Laroche
Campania
Transatlantiktunnel
CAPILLARIA
Anhuib
Con
Ansolli
Ansesseli
INSELN DER SELIGEN
Bagango
Sahrani
Paraiso
Süd-Sahrani
SS Poseidon
(ex-RMS Atlantis)
Jurassic
Park
Europa
Malden
Everon
ANTILIA
Aira
Ansodi
Ansalli
Swallow Falls
Spider-Skull Island
Bal-Sagoth
Catan
CAIPHUL
Poseidonis
Insel des heiligen Brendan
(Sankt-Brendan-Insel)
Tescara
ALANHATI
Schürfstation Shack 7,
Tri Oceanic Mining Corporation
Back Cup
Leviathan

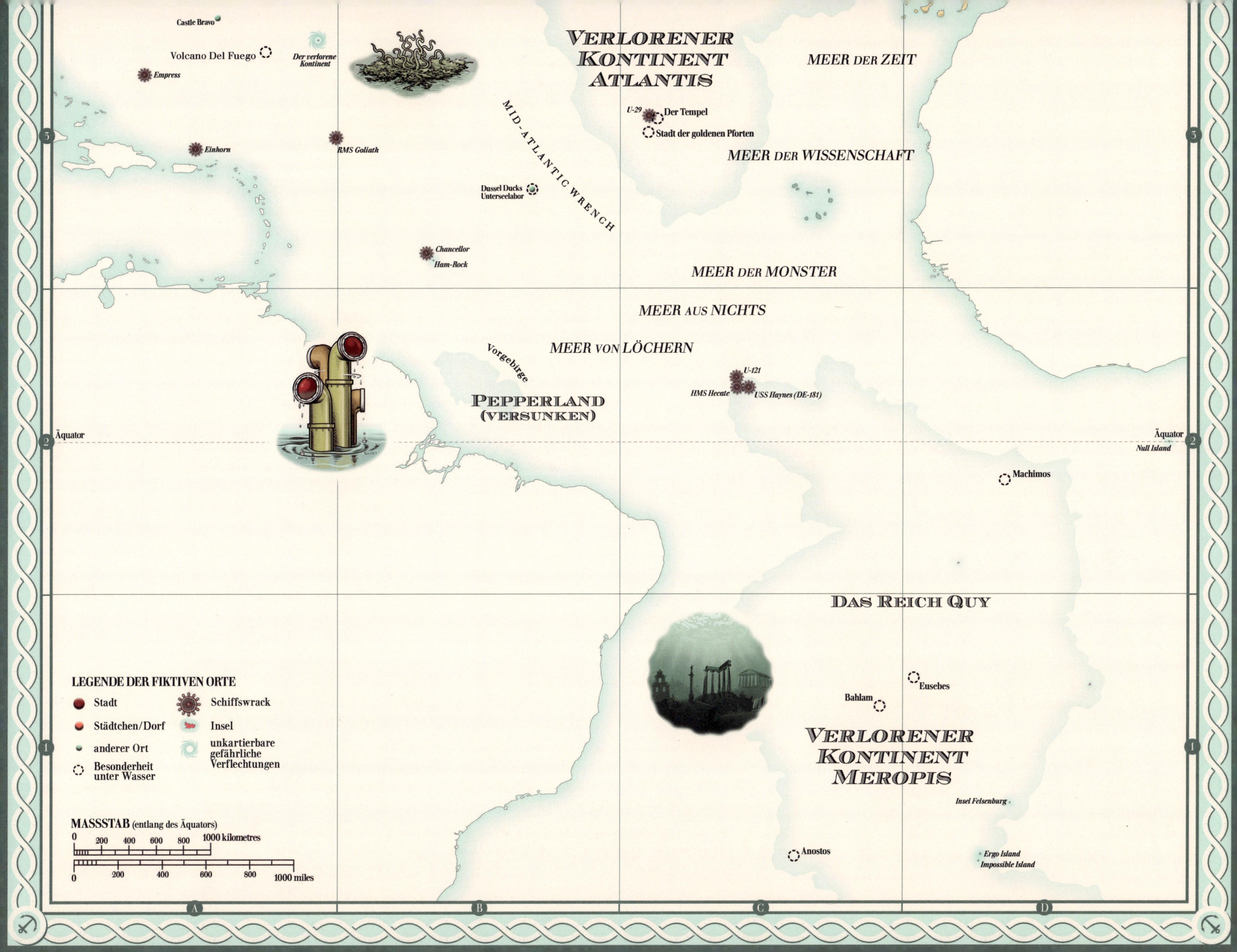
Castle Bravo
Volcano Del Fuego
Der verlorene Kontinent
Empress
Einhorn
RMS Goliath
VERLORENER KONTINENT ATLANTIS
U-29
Der Tempel
Stadt der goldenen Pforten
MEER DER ZEIT
MEER DER WISSENSCHAFT
MID-ATLANTIC WRENCH
Dussel Ducks Unterseelabor
Chancellor
Ham-Rock
MEER DER MONSTER
MEER AUS NICHTS
MEER VON LÖCHERN
Vorgebirge
PEPPERLAND (VERSUNKEN)
U-121
HMS Hecate
USS Haynes (DE-181)
Äquator
Äquator
Null Island
Machimos
DAS REICH QUY
Eusebes
Bahlam
VERLORENER KONTINENT MEROPIS
Insel Felsenburg
Anostos
Ergo Island
Impossible Island
LEGENDE DER FIKTIVEN ORTE
Stadt
Städtchen/Dorf
anderer Ort
Besonderheit unter Wasser
Schiffswrack
Insel
unkartierbare gefährliche Verflechtungen
MASSSTAB (entlang des Äquators)
0 200 400 600 800 1000 kilometres
0 200 400 600 800 1000 miles
A B C D
1 2 3

DER ATLANTIK

WICHTIGE SCHAUPLÄTZE

Eine vollständige Liste der Schauplätze finden Sie im Ortsregister auf Seite 130–150.

ANTILIA
NORDATLANTIK | LEGENDE
Insel mit bizarrer Form, die im Zeitalter der Entdeckungen (15. bis 18. Jahrhundert) auf vielen echten Seekarten eingezeichnet war. Es gab dort sieben Städte, die ebenfalls markiert sind. **LK S. 126–127, B4**

ATLANTIC
Atlantik **NORDATLANTIK | FILM**
Ein Schiff namens *Atlantic*, das im Atlantik sank, aus einem Film von 1929, der *Atlantik* hieß! Dieser erste Tonfilm in deutscher Sprache verlegt die *Titanic*-Katastrophe auf den fiktiven Luxusliner *Atlantic*. Im abgesetzten Notruf werden exakte Koordinaten angegeben, deren Position sich etwa 64 km (40 Meilen) nordwestlich des Wracks der tatsächlichen *Titanic* befindet. **LK S. 126–127, B4**

BAL-SAGOTH
CTHULHU-MYTHOS | NORDATLANTIK | DIVERSE
Das letzte Stück von Atlantis oberhalb des Meeresspiegels. Hier landeten in der Zeit der Kreuzzüge Wikinger an, was auf den Nordatlantik hindeutet. Wir haben es in der Nähe Catans verortet, das auch Beziehungen zu Wikingern hat. **LK S. 126–127, C4**

CAPILLARIA
Capillaria **VON FRIGYES KARINTHY | NORDATLANTIK | ROMAN**
Riesiges Königreich unter dem Meer, das sich zwischen Norwegen und den USA erstreckt und nur von Frauen bewohnt wird. Wir haben es als Teil von Atlantis behandelt. **LK S. 126–127, B4/C4**

HVITRAMANNALAND
NORDATLANTIK | LEGENDE
Das „Land der weißen Menschen", auch „Großes Irland" genannt. Diese Phantominsel liegt angeblich weit draußen im Atlantik. Sie kommt in vielen Geschichten vor, und es sind viele Verortungen vorgeschlagen worden, auch hier draußen in der Nähe Neufundlands. **LK S. 126–127, B5**

HY BRASIL
NORDATLANTIK | LEGENDE
Eine von mehreren mythischen Inseln vor Irland; diese genoss so viel Glaubwürdigkeit, dass sie in der Renaissance und der Frühen Neuzeit auf zahlreichen echten Karten abgebildet war. Sie wird auch Brasilinsel genannt (*Hy* ist das keltische Wort für „Insel"). **LK S. 126–127, D5**

DIE INSEL DES HEILIGEN BRENDAN
Die Wasserkinder **VON CHARLES KINGSLEY UND LEGENDE | MITTELATLANTIK | ROMAN/MYTHOS**
Erstmals erwähnt wurde diese Insel (auch „Sankt-Brendan-Insel") in einem Text aus dem 9. Jahrhundert als vermeintliche Entdeckung des heiligen Brendan 300 Jahre zuvor. Obwohl sie rein fiktiv ist, war sie als Phantominsel in echten Karten verzeichnet. Wir haben sie aufgenommen, weil sie im Kinderbuch *Die Wasserkinder* einen zentralen Schauplatz darstellt. **LK S. 126–127, D4**

INSELN DER SELIGEN
MITTELATLANTIK | MYTHOLOGIE
Eine oder mehrere Inseln der (Glück-)Seligen, auch Elysion genannt, tauchen in der griechischen Mythologie immer wieder auf: ein Paradies auf Erden, in dem Helden wohnten. Die Lage der Inseln ist ungenau und wechselt auch; den besten Hinweis gibt Plutarch: Er verortet sie 10 000 Stadien (ca. 1850 km) außerhalb von Afrika. Damit liegen sie noch weiter draußen als die Azoren. **LK S. 126–127, B4**

MAG MELL
NORDATLANTIK | LEGENDE
Wie das Elysion in der griechischen Mythologie, war Mag Mell in der keltischen ein Ort für die ruhmreichen Toten. Die Lage variierte, aber oft wurde die Insel weitab vor der Küste Irlands verortet, vermutlich im Atlantik. **LK S. 126–127, D5**

MALDEN
ARMA: Cold War Assault
NORDATLANTIK | VIDEOSPIEL
Eine Insel, die von Frankreich entdeckt und kolonisiert, aber später an die Sowjets abgetreten wurde, deren Flotte sie als Zwischenstopp auf dem Weg zum Mittelmeer benutzt. Als Koordinaten werden auf einem Fanwiki 38° 48′ 0″ nördlicher Breite und 20° 42′ 0″ westlicher Länge angegeben. Als Vorbild für die Landschaft diente eine griechische Insel. **LK S. 126–127, C4**

MEROPIS *Philippica*
VON THEOPOMPOS VON CHIOS | SÜDATLANTIK | BUCH

Verlorener Kontinent und eine Persiflage auf Platons Atlantis. Meropis ist größer als der berühmtere versunkene Kontinent, drei Städte werden namentlich genannt: Anostos, Eusebes und Machimos. Aus Theopompos' fragmentarischen Schriften ist nicht ersichtlich, ob sein Meropis auch überflutet war; wir haben es ebenfalls als versunkenen Kontinent abgebildet, weil es Vorbild für Unterwasserorte in anderen Werken war, etwa für das Meropis aus *Sonic the Hedgehog*. **LK S. 126–127, C1/D1/C2/D2**

NULL ISLAND
MITTELATLANTIK | REALE WELT
Nicht existierende Insel vor der Küste Westafrikas: der Punkt, wo sich der Nullmeridian und der Äquator kreuzen. Die gleichen Koordinaten (0°, 0°) hat Colonel Bleeps Zero Zero Island, das auf unserer Afrika-Karte (aus praktischen Gründen) eine Halbinsel ist. **LK S. 126–127, D2**

PEPPERLAND
Yellow Submarine
MITTELATLANTIK | FILM
Man könnte die verrückte Landschaft des Beatles-Films für unkartierbar halten. Doch die Tempelpyramide im Hintergrund deutet darauf hin, dass das versunkene Königreich vor der Küste Südamerikas liegt. Diese Theorie wird durch die *League of Extraordinary Gentlemen*-Comics gestützt, in denen sich Pepperland ebenfalls in dieser Gegend befindet – wenn auch weiter südlich vor der Küste Argentiniens. **LK S. 126–127, B2**

RMS GOLIATH
Goliath – Sensation nach 40 Jahren **MITTELATLANTIK | FILM**
Nicht der bekannteste Film, aber einer mit einer interessanten Prämisse: Die *Goliath* ist ein britischer Luxusliner, der 1939 beschossen und versenkt wurde. 40 Jahre später findet man ihn, und an Bord sind Hunderte der Passagiere und ihrer Nachkommen, die dank einer Luftblase im Schiffskörper noch leben. Laut einer Nachrichtensendung im Film (bei der auch eine Karte zu sehen ist) liegt sie 1500 Meilen von der Spitze Floridas entfernt. **LK S. 126–127, A3/B3**

SS POSEIDON
Schiffbruch* UND *Der Untergang der Poseidon **VON PAUL GALLICO | MITTELATLANTIK | ROMAN**
In Paul Gallicos erstem Roman sinkt das Schiff am zweiten Weihnachtstag auf der Fahrt von Curaçao nach Lissabon. Die exakten Koordinaten werden nie angegeben, aber was halten Sie von dieser Berechnung? Um 7 Uhr morgens befindet sich das Schiff 640 km südwestlich der Azoren mit einer Geschwindigkeit von etwa 26 Knoten (48 km/h; dies folgt daraus, dass das Schiff angeblich in vier Stunden 200 km zurücklegt). Es herrscht starker Wellengang. Um 18 Uhr verbessern sich die Bedingungen, der Kapitän erhöht seine Geschwindigkeit auf 31 Knoten (etwa 57 km/h). Um 21.08 Uhr kentert das Schiff direkt über dem Mittelatlantischen Rücken, als sich eine Verwerfungslinie plötzlich um 30 Meter verschiebt. Wir nehmen daher an, dass das Schiff zwischen 7 und 21.08 Uhr etwa 700 km zurückgelegt hat. Damit befand es sich genau in der Mitte der Azoren, als es sank, möglicherweise zwischen den Inseln Flores und Faial. **LK S. 126–127, C4**

SS QUEEN OF GLASGOW
Twilight Zone **ATLANTIK | TV**
Britisches Frachtschiff auf dem Weg nach New York, das 1942 einen Tag nach dem Auslaufen in Liverpool von einem deutschen U-Boot versenkt wurde. Entsprechend der damals üblichen Praxis hätte sein Kurs entlang der irischen Nordküste und dann hinaus auf den Atlantik geführt, wo es im Nebel schnell den Anschluss an den Konvoi verlor und sein Ende fand. Doch während Besatzung und Passagiere der *Queen of Glasgow* nur ein einziges Mal starben, ist der Kapitän der Kriegsmarine, der das Schiff versenkte, dazu verdammt, die angstvollen letzten Momente seiner Opfer immer wieder mitzuerleben. **LK S. 126–127, D5**

SS TITAN
Titan. Eine Liebesgeschichte auf hoher See **VON MORGAN ROBERTSON | MITTELATLANTIK | NOVELLE**
Diese Novelle (1898) soll den Untergang der *Titanic* vorhergesagt haben. Die „praktisch unsinkbare" *Titan* kollidiert in einer Aprilnacht mit einem Eisberg, was viele Menschenleben kostet. Als das Unglück passiert, fährt sie auf der transatlantischen Nordroute von New York nach England. Es ist die dritte Nacht auf See, sie hat also etwa die halbe Strecke einer fünftägigen Reise zurückgelegt. Damit muss sie sich in einiger Entfernung nordöstlich der *Titanic* befunden haben, die zwei Nächte von New York entfernt war und der südlicheren „Winterroute" folgte. **LK S. 126–127, B5**

SWALLOW FALLS
Wolkig mit Aussicht auf Fleischbällchen
WESTATLANTIK | FILM
Dieses Hafenstädtchen, das im Originalbuch (nicht auf Dt.) Chewandswallow und in der TV-Serie Affenfels heißt, ist so klein, dass es auf den meisten Karten von dem A aus „Atlantik" verdeckt wird. Nun, nicht auf unserer. **LK S. 126–127, A4**

THULE
NORDATLANTIK | LEGENDE
Mythische Insel, die seit der Antike weit im Norden Europas verortet wurde und bis zur Zeit der Aufklärung auf echten Karten zu finden war. Thule kommt unter anderem in Werken von Edgar Allan Poe, Jorge Luis Borges und Bernard Cornwell vor. Es wurde schon mit Island, Grönland, Teilen der Britischen Inseln, den Färöer-Inseln und Skandinavien gleichgesetzt. Wir haben es zwischen Großbritannien und Island verzeichnet. **LK S. 126–127, D5**

TÍR NA NÓG
NORDATLANTIK | LEGENDE
Wie Mag Mell gilt diese Insel („Land der ewigen Jugend") als übernatürliches Reich und lässt sich daher nirgends mit Sicherheit verorten. Es heißt, die Insel sei drei Tage mit dem Boot von Irland entfernt, also haben wir sie neben Mag Mell angesiedelt. **LK S. 126–127, D5**

TRANSATLANTIK-TUNNEL
Il Tunnel Sottomarino
VON LUIGI MOTTA UND ANDERE QUELLEN | ATLANTIK | ROMAN
Die Idee eines Tunnels unter dem Atlantik ist bereits in zahlreichen Romanen und Filmen behandelt worden. Wir haben sie zu einem einzigen Tunnel zusammengefasst. Für weitere Informationen, siehe Seite 125. **LK S. 126–127, A4/B4/C4/C6/D4/D5**

DER VERLORENE KONTINENT
Bestien lauern vor Caracas
MITTELATLANTIK | FILM
Bizarrer als die übliche Kost aus den Hammer Studios. Der „verlorene Kontinent" ist eine mysteriöse Landmasse aus einigen felsigen Inseln, umgeben von einem riesigen Teppich aus fleischfressendem, algenähnlichem Seetang, in dem sich im Lauf der Jahre unzählige Schiffe verfangen haben. Gefilmt wurde der exotische Sumpf in einem riesigen Tank in den Elstree Studios, an einer Stelle, an der jetzt ein Supermarkt steht. **LK S. 126–127, A3**

VERSENKUNGSSTELLE DES PROJEKTS DEEP SIX (MEGATRON)
Transformers – Die Rache
NORDATLANTIK | FILM
Nach dem scheinbaren Tod Megatrons im ersten *Transformers*-Realfilm wurden hier seine sterblichen Überreste in den Laurentischen Graben geworfen. **LK S. 126–127, B4**

ORTSREGISTER

A&E Northern Railroad, Alaska (Bahngesellschaft), *Runaway Train* (Film), S. 18–19, B1
Abandawe, Jamaika (Steinkreis), *Highland-Saga*-Romane/*Outlander* von Diana Gabaldon (Roman/TV), S. 32–33, D2
Abar Layla, Irak (Städtchen, Militärübung), S. 72–73, C2
Abari (Land), Werke von John Hearne, S. 38–39, C5
Abbottsville, Alabama (Städtchen), *Wer die Nachtigall stört* von Harper Lee (Roman), S. 14–15, A2
Aber Alph, Wales (Städtchen), *Headlong Down the Years* von Amabel Williams-Ellis (Roman), S. 64–65, C2
Abercorran, Wales (Dorf), *Keeping Faith* (TV), S. 64–65, B2
Aberdarcy, Wales (Städtchen), *Lieben kann man nur zu zweit* (Film), S. 64–65, C2
Abergarth, Wales (Städtchen), *Island of Apples* von Glyn Jones (Roman), S. 64–65, C2
Abernirvana, Wales (Dorf), *The Puddleduck Affair* von David Shepherd (Roman), S. 64–65, C2
Aberowen, Wales (Städtchen), *Die Jahrhundert-Saga* von Ken Follett (Romane), S. 64–65, C2
Abgestürztes Raumschiff des Dings (Wrack), *Das Ding aus einer anderen Welt* (Film), S. 114–115, C2
Ablach Farm, Schottland (Gebäude), *Die Weltenwanderin* von Michael Faber (Roman), S. 64–65, C5
Absaroka County, Wyoming (County), *Walt Longmire*-Reihe von Craig Johnson (Romane), S. 18–19, D5
Absolution, New Mexico (Städtchen), *Cowboys & Aliens* (Film), S. 18–19, D3
Abtei von Northanger, England (Anwesen), *Die Abtei von Northanger* von Jane Austen (Roman), S. 64–65, C2
Abuddin (Land), *Tyrant* (TV), S. 72–73, B2
Aburiria (Land), *Herr der Krähen* von Ngũgĩ wa Thiong'o (Roman), S. 84–85, D4
Academy City, Japan (Stadt/Staat), *A Certain Magical Index* von Kazuma Kamachi und Kiyotaka Haimura (Roman), S. 96–97, E1
Acélváros, Ungarn (Städtchen), *Csocsó avagy éljen május elseje* (Film), S. 50–51, A2
Achnaleish, Schottland (Städtchen), *The Shootings of Achnaleish* von E.F. Benson (Roman), S. 64–65, B5
Achoria, Utopia (Region), *Utopia* von Thomas Morus (Roman/Parabel), S. 38–39, C2
Acker's Gap, West Virginia (Städtchen), *Bell-Elkins*-Reihe von Julia Keller (Roman), S. 14–15, B4
Ackley Bridge, England (Städtchen), *Ackley Bridge* (TV), S. 64–65, C3
Acme Acres, Missouri (Stadt), *Tiny Toon Abenteuer* (TV), S. 16–17, C4
Acorn, Texas (Städtchen), *The Acorn Stories* von Duane Simolke (Roman), S. 16–17, A2
Acre County, Tennessee (County), Rechtswesen, S. 14–15, B3
Adams Land, Indonesien (Region), *Lettres de Malaisie* von Paul Adam (Roman), S. 90–91, C2
Adano, Italien (Städtchen), *Eine Glocke für Adano* von John Hersey (Roman), S. 44–45, D1
Addley, Pennsylvania (Städtchen), *Der Soldat James Ryan* (Film), S. 14–15, B5
Adenville, Utah (Städtchen), *Mein genialer Bruder und ich* von John D. Fitzgerald (Romane), S. 18–19, C4
Adjikistan (Land), *SOCOM U.S. Navy SEALs: Combined Assault* (Videospiel), S. 72–73, D2/E2
„Admiral Benbow", England (Kneipe), *Die Schatzinsel* von Robert Louis Stevenson (Roman), S. 64–65, C2
Adrianopolis, Angria (Stadt), Brontë-Jugendwerk und spätere Schriften von Charlotte Brontë, S. 84–85, B4
Affenberg (Ape Mountain), DR Kongo (Berg), *George – Der aus dem Dschungel kam* (Film), S. 84–85, C3
Affenfluss (Ape River), DR Kongo (Fluss), *George – Der aus dem Dschungel kam* (Film), S. 84–85, C3
Affenstadt, Insel der, Indischer Ozean (Insel), *Sindbad der Seefahrer* (Kurzgeschichte), S. 78–79, B2
Afghulistan (Land), *Conan*-Romane von Robert E. Howard, S. 72–73, D2/E2
Afrikanische Konföderation (Staatenbund), *Raumschiff Enterprise – Das nächste Jahrhundert* (TV), S. 84–85, D4
Agenda, Yogistan (Fluss), *Die Besteigung des Rum Doodle* von W.E. Bowman (Roman), S. 78–79, B5/C5
Agerstown, Pennsylvania (Städtchen), *Der Fänger im Roggen* von J.D. Salinger (Roman), S. 14–15, C5
Aghybogey, Nordirland (Städtchen), *Big Girl, Small Town* von Michelle Gallen (Roman), S. 64–65, B3
Agloe, New York (Städtchen), reale Welt (Landkarte), S. 14–15, C5
Agnarrs und Idunas Schiff, Land der Northuldra (Wrack), *Die Eiskönigin II* (Film), S. 56–57, B4
Agrabah (Al-Kal'as), Jordanien (Stadt), *Aladdin* (Film), S. 72–73, B2
Agrestic, Kalifornien (Städtchen), *Weeds – Kleine Deals unter Nachbarn* (TV), S. 18–19, A2
Agua Azul, Mexiko (Städtchen), *Lo Que la Vida Me Robó* (TV), S. 32–33, C2
Agua Caliente, New Mexico (Städtchen), *Für ein paar Dollar mehr* (Film), S. 18–19, D2
Agua Hermosa, Kolumbien (Städtchen), *Doña Bella* (TV), S. 38–39, A5
Agua Verde, Bolivien (See), *Ghost Recon: Wildlands* (Videospiel), S. 38–39, B4
Agzceaziguls (Land), *Les Conquérants d'indoles* von Charles Derennes (Roman), S. 38–39, B3
Ahichattra, Indien (Dorf), *Street Fighter II V* (Anime), S. 78–79, D4
Ahtohallan, Land der Northuldra (Insel), *Die Eiskönigin II* (Film), S. 56–57, B4
Ahu-Y'hloa (Stadt), Cthulhu-Mythos (diverse), S. 126–127, D5
Aiaia, Mittelmeer (Insel), *Odyssee* von Homer (Mythologie), S. 44–45, D2
Aidensfield, England (Dorf), *Heartbeat* (TV), S. 64–65, D3
Aintry, Georgia (Städtchen), *Flussfahrt/Beim Sterben ist jeder der Erste* (Roman/Film), S. 14–15, B3
Aira, Antilia (Insel, Legende), S. 126–127, B4
Akademik Vladislav Volkov, Pazifik (Wrack), *Virus* (Comic/Film), S. 120–121, C2
Akakawa, Japan (Städtchen), *Rainbirds* von Clarissa Goenawan (Roman), S. 96–97, C2
Akala, Hawaii (Insel), *Pokémon* (Videospiele), S. 18–19, D1
Akator, Brasilien (Stadt), *Indiana Jones und das Königreich des Kristallschädels* (Film), S. 38–39, B4
Akenfield, England (Städtchen), *Akenfield* von Ronald Blythe (Roman/Film), S. 64–65, D2
Akiba, Eastal (Städtchen), *Log Horizon* von Mamare Tōno und Kazuhiro Hara (Romane/Anime), S. 96–97, E1
Al Amarja, Mittelmeer (Inselstaat), *Over the Edge* (Pen&Paper-Rollenspiel), S. 44–45, D1
Al Hayba, Libanon (Städtchen), *Al Hayba* (TV), S. 72–73, B2
Al Pacino, San Escobar (Stadt, Internethumor), S. 32–33, B2
Al Quolanudar (Land), *What We Do in the Shadows* (TV), S. 72–73, C2
Al-Amok, Irak (Stadt), *Doonesbury* (Comic), S. 72–73, B2
Al-Awafi, Oman (Städtchen), *Celestial Bodies (orig. Sayyidat al-Qamar)* von Jokha Alharthi (Roman), S. 72–73, D1
Al-Hamra, Irak (Stadt), Vanderbilt University (akademische Übung), S. 72–73, C3
Al-Tafar, Irak (Städtchen), *The Yellow Birds* von Kevin Powers (Roman), S. 72–73, C2/C3
Al-Wardiya (oder Waddihya), Irak (Stadt), *Tactical Iraqi* (Videospiel), S. 72–73, C2
Alabangor, Alabama (Staat), *MacTrump* von Ian Doescher und Jacopo Della Quercia (Satire), S. 14–15, A3
Alabastia, Japan (Städtchen), *Pokémon* (Videospiele), S. 96–97, C2
Aladeen-Wüste, Wadiya (Wüste), *Der Diktator* (Film), S. 84–85, D4
Alamosee (Alamo Sea), San Andreas (Salzsee), *Grand Theft Auto*-Reihe (Videospiel), S. 18–19, B3
Alanhati, Atlantis (Land), Cthulhu-Mythos (diverse), S. 126–127, B4/C4
Alaskatchewan, Alaska (Staat), *MacTrump* von Ian Doescher und Jacopo Della Quercia (Satire), S. 18–19, A1/B1
Alastors Höhle, Georgien/Südrussland (Landschaft), *Alastor, oder Der Geist der Einsamkeit* von Percy Bysshe Shelley (Gedicht), S. 50–51, A5
Albert Memorial Hospital, New South Wales (Gebäude), *The Young Doctors* (TV), S. 108–109, F4
Albores, Mexiko (Dorf), *Infierno Grande* von Alfredo Espinosa (Roman), S. 32–33, B3
Albuquerque, Brasilien (Stadt), *Estúpido Cupido* (TV), S. 38–39, C3
Alcacia (Land), *Wild Card* von Tade Thompson (Roman), S. 84–85, B4
Alcanfor de las Infantas, Spanien (Dorf), *Volver – Zurückkehren* (Film), S. 44–45, B2
Alcolea, Spanien (Städtchen), *Der Baum der Erkenntnis* von Pío Baroja (Roman), S. 44–45, B2
Alcona (Land), Brontë-Jugendwerk, S. 90–91, E4
Alconleigh, England (Anwesen), *Englische Liebschaften* von Nancy Mitford (Roman/TV), S. 64–65, C2
Aldama, Mexiko (Region), *Die Versuchung des Padre Amaro* (Film), S. 32–33, B2
Alderney (Staat), *Grand Theft Auto*-Reihe (Videospiel), S. 14–15, D1
Alderney City, Alderney (Stadt), *GTA IV* (Videospiel), S. 14–15, D1
Aldovien (Land), *A Christmas Prince*-Reihe (Film), S. 50–51, B2
Aldport, England (Städtchen), *The Secret Railway* von Elisabeth Beresford (Roman), S. 64–65, D2
Alexandria-Sicherheitszone (Alexandria), Virginia (Dorf), *The Walking Dead* (TV), S. 14–15, C4
Algonquin Bay, Ontario (Städtchen), *Gefrorene Seelen* und andere Romane von Giles Blunt (Roman), S. 26–27, A4
Algonquin, Liberty City (Städtchen), *GTA IV* (Videospiel), S. 14–15, D1
Algren, Manitoba (Städtchen), *Kleinstadtknatsch* von Miriam Toews (Roman), S. 26–27, D1
Alifbay (Land), *Harun und das Meer der Geschichten* von Salman Rushdie (Roman), S. 78–79, B5
Alkali Lake, Alberta (See), *Marvel/X-Men* (Filme), S. 26–27, C1
Alkmeenon, Griechenland (Gebäude), *Conan*-Romane von Robert E. Howard, S. 44–45, E1
All Saints (Insel), *Karibik* von James A. Michener (Roman), S. 32–33, F2
Allegheny & West Virginia Railroad, Pennsylvania (Bahnstrecke), *Unstoppable – Außer Kontrolle* (Film), S. 14–15, B5
Allerdale Hall, England (Gebäude), *Crimson Peak* (Film), S. 64–65, C3
Allington, England (Städtchen), *Thunderbirds* (TV), S. 64–65, D3
Allvogelthing, Schottland (Region), *Die Wasserkinder* von Charles Kingsley (Roman), S. 64–65, A5
Almanzora, Spanien (Insel), *Ein Kind zu töten …* (Film), S. 44–45, B1
Almore, Indien (Städtchen), *Ishqaazaade* (Film), S. 78–79, C4
Alola, Hawaii (Region/Staat), *Pokémon* (Videospiele), S. 18–19, C1/D1
Alpenstein, Schweiz/Deutschland (Land), *San Sombrèro* (Reiseführer), S. 44–45, C3
Alph, China (Fluss), *Kubla Khan* von Samuel Taylor Coleridge (Gedicht), S. 102–103, D3
Alpha-Flight-Basislager, Yukon (Insel), Marvel Comics, S. 26–27, B2
Alphenlicht (Land), *Marianne*-Trilogie von Sheri S. Tepper, S. 72–73, B3
Alpine Emirates (Land), *The Years of Rice and Salt* von Kim Stanley Robinson (Roman), S. 44–45, D3
Alsander (Stadt/Staat), *King of Alsander* von James Elroy Flecker (Roman), S. 50–51, A1/B1
Altstadt, Deutschland (Städtchen), *Benjamin Blümchen* (Hörspiel/TV), S. 44–45, D4
Alt-Corona, Corona (Städtchen), *Rapunzel – Neu verföhnt/Rapunzel – die Serie* (Film/TV), S. 50–51, B4
Alt-na Shellach, Schottland (Gebäude), *Die neununddreißig Stufen* von John Buchan (Film), S. 64–65, B4/C4
Altamont, Catawba (Städtchen), *Schau heimwärts, Engel* von Thomas Wolfe (Roman), S. 14–15, B3
Altbrunnstedt, Deutschland (Dorf), *Gonger – Das Böse vergisst nie* (Film), S. 44–45, C4
Alter Turm, Wales (Gebäude), *Fünf Freunde im alten Turm* von Enid Blyton (Roman), S. 64–65, B2
Altis, Griechenland (Insel), *ARMA 3* (Videospiel), S. 44–45, E1
Altos de la Cascada, Argentinien (Gebäude), *Die Donnerstagswitwen* von Claudia Piñeiro (Roman), S. 38–39, C2
Altrurien (Insel), *Ein Reisender aus Altrurien* von William Dean Howells (Roman), S. 120–121, D3
Alvania, Polen (Dorf), *The Shrine* (Film), S. 50–51, A3
Alvarezopolis, Amerzone (Stadt), *Amerzone* (Videospiel), S. 38–39, C5
Alvik, Norwegen (Städtchen), reale Welt, S. 56–57, B3
Amanogawa High School, Japan (Gebäude), *Kamen Rider Fourze* (TV), S. 96–97, C2
Amaurot, Utopia (Stadt), *Utopia* von Thomas Morus (Roman/Parabel), S. 38–39, C2
Ambarino (Staat), *Red Dead Redemption*-Reihe (Videospiel), S. 18–19, D4
Ambramowitsch-Bohrinsel, Russland (Gebäude), *Thunderbirds* (2004) (Film), S. 102–103, F2
Ambridge, England (Dorf), *The Archers* (Hörspiel), S. 64–65, C2
Ambrose, Louisiana (Städtchen), *House of Wax* (Film), S. 16–17, C2
Amerigo, Britische Jungferninseln (Insel), *Nie endet der Karneval* von Herman Wouk (Roman), S. 32–33, F2
Amerta, Indonesien (Städtchen), *Pretty Little Liars* (indonesische Version) (TV), S. 90–91, C1
Amerzone (Land), *Amerzone* (Videospiel), S. 38–39, C4
Amigara, Japan (Berg), *Der Spuk in der Amigara-Spalte* von Junji Ito (Manga), S. 96–97, B2
Amihama, Japan (Städtchen), *Way of the Samurai 4* (Videospiel), S. 96–97, C2
Amity Island, Massachusetts (Städtchen/Insel), *Der weiße Hai* von Peter Benchley (Roman/Film), S. 14–15, D5
Amity Park, Minnesota (Stadt), *Danny Phantom* (TV), S. 16–17, C5/C6
Amma Beach, Maine (Städtchen), *Akte X* (TV), S. 14–15, D6
Ampipe, Pennsylvania (Städtchen), *Der richtige Dreh* (Film), S. 14–15, B4
Anagha, Anagha (Stadt/Staat), *Abhaya* von Saiswaroopa Iyer (Roman), S. 78–79, B4
Anandapur Township, Anandapur (Städtchen), Disney's Animal Kingdom (Themenpark), S. 78–79, C4
Anandapur, Königreich (Land), Expedition Everest (Themenpark), S. 78–79, C4
Anarene, Texas (Städtchen), *Die letzte Vorstellung* (Film), S. 16–17, B2
Anatewka (früher Bojberik), Ukraine (Städtchen), *Tewje, der Milchmann* von Scholem Alejchem (diverse), S. 50–51, C3
Anaturia (Land), *Bernie Rhodenbarr: Der Einbrecher, der sich für Bogart hielt* von Lawrence Block (Roman), S. 50–51, B1
Anchuria (Land), *Kohlköpfe und Caballeros* von O. Henry (Roman), S. 32–33, D2
Anderby, England (Städtchen), *South Riding* von Winifred Holtby (Roman), S. 64–65, D3
Anderhalden, Schweiz (Dorf), *Albin Indergand* von Ernst Zahn (Roman), S. 44–45, C3
Andoshen, Pennsylvania (Städtchen), *Andoshen, PA* von Darryl Ponicsan (Roman), S. 14–15, C5
Andoulasia, Spanien (Region), *Suske und Wiske* von Willy Vandersteen (Comics), S. 44–45, A2/B2
Anemonia City, Japan (Stadt), *Pokémon* (Videospiele), S. 96–97, B2
Angagua, Mexiko (Städtchen), *Los Perros de Angagua* von Eugenio Aguirre (Roman), S. 32–33, B2
Angel Grove, Oregon (Städtchen), *Power Rangers* (diverse), S. 18–19, A5
Angel Island, Pazifik (Insel), *Angel Island* von Inez Haynes Irwin (Roman), S. 120–121, C4
Angel Pine, San Andreas (Städtchen), *Grand Theft Auto*-Reihe (Videospiel), S. 18–19, A3
Angel's Crossing, Queensland (Städtchen), *Constable Sammi Willis*-Reihe von J.M. Peace (Romane), S. 108–109, E3
Angel's Roost, Washington (Städtchen), *The Golden Apple* (Musical), S. 18–19, A6
Angelus, Western Australia (Städtchen), *Lockie Leonard* von Tim Winton (Romane/TV), S. 108–109, B2
Angelville-Plantage, Louisiana (Gebäude), *Preacher* (Graphic Novel/TV), S. 16–17, C2
Anglebury, England (Städtchen), Romane von Thomas Hardy, S. 64–65, C1
Angora (Land), Brontë-Jugendwerk, S. 90–91, E4
Angria (Land), Brontë-Jugendwerk und spätere Schriften von Charlotte Brontë, S. 84–85, B4
Anhuib, Antilia (Insel, Legende), S. 126–127, B4
Aniana, Symkaria (Stadt), Marvel Comics, S. 50–51, B2
Anjo, Japan (Dorf), *Samurai Shodown*-Reihe (Videospiele), S. 96–97, B2
Ankumersiel, Deutschland (Städtchen), *Stenkelfeld* (Hörspiel), S. 44–45, C4
Annabelle, Maine (Wrack), *Der Eisenmann/Der Gigant aus dem All* von Ted Hughes (Roman/Film), S. 14–15, D6
Annam, Südkorea (Stadt), *Asura – The City of Madness* (Film), S. 102–103, E3
Annesburg, New Hanover (Städtchen), *Red Dead Redemption*-Reihe (Videospiele), S. 16–17, D3
Annexia (Land), *Naked Lunch* von William S. Burroughs (Roman), S. 50–51, D5
Annville, Texas (Städtchen), *Preacher* (Graphic Novel/TV), S. 16–17, C2
Anostos, Meropis (versunkene Stadt), *Philippica* von Theopompos von Chios (Buch), S. 126–127, C1
Anpingzhen, Taiwan (Städtchen), Werke von Li Ang, S. 102–103, D1
Ansalli, Antilia (Insel, Legende), S. 126–127, B4
Anschluss (Zerstörer Z49), Atlantik (Wrack), *U-571* (Film), S. 126–127, C5
Ansesseli, Antilia (Insel, Legende), S. 126–127, B4
Anshan, Iranistan (Stadt), *Conan*-Romane von Robert E. Howard, S. 72–73, C2
Ansodi, Antilia (Insel, Legende), S. 123, B4
Ansolli, Antilia (Insel, Legende), S. 126–127, B4
Ansons Corner, Victoria (Städtchen/Vorort), *Nachbarn/Neighbours* (TV), S. 108–109, A2
Antegrien (Land), *Papers, Please* (Videospiel), S. 50–51, A5
Antilia (Insel, Legende), S. 126–127, B4
Antonio Bay, Kalifornien (Städtchen), *The Fog – Nebel des Grauens* (Film), S. 18–19, A4
Anvil, The, Colorado (Gebäude), *gen:LOCK* (Web-Trickserie), S. 18–19, D4
Aolai (Land), *Die Reise nach Westen* von Wu Cheng'en (Roman), S. 102–103, D2
Aorusoi (Land), *Log Horizon* von Mamare Tōno und Kazuhiro Hara (Romane/Anime), S. 72–73, D3/E3
Apaco, Mexiko (Stadt), Marvel Comics, S. 32–33, C2
Aperture Science Enrichment Center, Michigan (Gebäude), *Portal*-Reihe (Videospiel), S. 16–17, D6
Apocalypses Pyramide, Ägypten (Bauwerk), Marvel Comics (diverse), S. 84–85, C5
Apodidraskiana (Staat), *Crotchet Castle* von Thomas Love Peacock (Roman), S. 14–15, B2
Appalachia (Staat), *Fables Feuer* von Vladimir Nabokov (Roman), S. 14–15, B4/C4
Appaloosa, New Mexico (Städtchen), *Appaloosa* (Film), S. 18–19, D3
Apyornis-Insel, Indischer Ozean (Insel), *Die Apyornis-Insel* von H.G. Wells (Kurzgeschichte), S. 84–85, D2
Aqiria (Land), Marvel Comics (diverse), S. 72–73, B2/B3
Aqua Mexico (Land), *Steven Universe* (TV), S. 32–33, A3
Aquarellia, Frankreich (Städtchen), *Pokémon* (Videospiele), S. 44–45, C3
(Aquatorial-)Kundu (Land), *The West Wing – Im Zentrum der Macht* (TV), S. 84–85, B4
Aquelarre, Chile (Städtchen), *Aquelarre* (TV), S. 38–39, B3
Aquilonien, Frankreich (Land/Region), *Conan*-Romane von Robert E. Howard, S. 44–45, B3
Arabischer Tunnel, Ägypten (unterirdischer Gang), *20.000 Meilen unter dem Meer* von Jules Verne (Roman), S. 84–85, C5
Aralbad, Kasachstan (Stadt), *Syberia* (Videospiel), S. 72–73, D3
Arashon-Wüste, China (Region), *Outlaw Star* (Anime), S. 102–103, C3
Arcady, England (Städtchen), *Love on a Branch Line* von John Hadfield (Roman), S. 64–65, D2
Archangel, Spanien (Städtchen), *Shadow of a Bull* von Maia Wojciechowska (Roman), S. 44–45, A2
Arches Hill, Tasmanien (Landschaft), *Tiger in the Bush* von Nan Chauncy (Kinderbuch), S. 108–109, D1
Archipel Mardi, Pazifik (Inselgruppe), *Mardi und eine Reise dorthin* von Herman Melville (Roman), S. 120–121, E3
Arctic Warrior, Alaska (Wrack), *Ghost Ship – Meer des Grauens* (Film), S. 18–19, A1
Ardistan (Land), *ARMA 2* (Videospiel), S. 50–51, A5
Ardsmuir-Gefängnis, Schottland (Städtchen), *Highland-Saga*-Romane/*Outlander* von Diana Gabaldon (Romane/TV), S. 64–65, B5
Area 11, Japan (Land), *Code Geass* (Anime), S. 96–97, B3
Area 2, Heiliges Britannisches Reich (Region), *Code Geass* (Anime), S. 26–27, C1
Area 3, Heiliges Britannisches Reich (Region), *Code Geass* (Anime), S. 32–33, B3
Area 4, Heiliges Britannisches Reich (Region), *Code Geass* (Anime), S. 26–27, D4
Area 5, Heiliges Britannisches Reich (Region), *Code Geass* (Anime), S. 26–27, E4
Area 7, Heiliges Britannisches Reich (Region), *Code Geass* (Anime), S. 18–19, C1
Area 8, Heiliges Britannisches Reich (Region), *Code Geass* (Anime), S. 38–39, B1/C1
Arendelle (Stadt/Land), *Die Eiskönigin – Völlig unverfroren* (Film), S. 56–57, B4
Arenfjord, Arendelle (Landschaft), *Die Eiskönigin – Völlig unverfroren* (Film), S. 56–57, A4/B4
Arepa, Mexiko (Insel), *Maten al león* von Jorge Ibargüengoitia (Roman), S. 32–33, C3
Argento, Oregon (Städtchen), *Are You Afraid of the Dark?* (TV), S. 18–19, A5
Arkham, Massachusetts (Stadt), Cthulhu-Mythos/H.P. Lovecraft (diverse), S. 14–15, D5
Arklay Mountains, Missouri (Gebirge), *Resident Evil*-Reihe (Videospiele/Filme), S. 16–17, C3/D3
Arklow, Pennsylvania (Städtchen), *Unstoppable – Außer Kontrolle* (Film), S. 14–15, C5

Arlen, Texas (Städtchen), *King of the Hill* (TV), S. 16–17, B2
Armação dos Anjos, Brasilien (Städtchen), *Vamp* (TV), S. 38–39, D3
Armadillo, New Austin (Städtchen), *Red Dead Redemption*-Reihe (Videospiel), S. 16–17, A2
Armorel, Kanalinseln (Insel), *Appointment with Venus* von Jerrard Tickell (Roman/Film), S. 64–65, A1
Arnette, Texas (Städtchen), *The Stand – Das letzte Gefecht* von Stephen King (diverse), S. 16–17, C2
Aroha Bridge, Neuseeland (Städtchen), *Aroha Bridge* (TV), S. 108–109, F2
Aroma, Bakteria (Stadt), *Der große Diktator* (Film), S. 44–45, D2
Arstotzka (Land), *Papers, Please* (Videospiel), S. 72–73, C4
Artámila, Spanien (Dorf), Werke von Ana María Matute, S. 44–45, B2
Arva, Rumänien (Dorf), *The Piercing* von Helen McCabe (Roman), S. 50–51, B2
Arwacas, Trinidad (Städtchen), *Ein Haus für Mr. Biswas* von V.S. Naipaul (Roman), S. 32–33, F1/F2
Aryavarta (Land), *Leila* von Prayaag Akbar (Roman), S. 78–79, B3
Asa Branca, Brasilien (Städtchen), *Roque Santeiro* (TV), S. 38–39, D4
Ascension, Washington (Städtchen), *Behemoth* (Film), S. 18–19, A6
Asgard, Nordskandinavien (Region), *Conan*-Romane von Robert E. Howard, S. 56–57, C5
Ash Park, New South Wales (Anwesen), *A Place to Call Home* (TV), S. 108–109, D2
Ashair (die verbotene Stadt), DR Kongo (versunkene Stadt), *Tarzan und die verbotene Stadt* von Edgar Rice Burroughs (Roman), S. 84–85, C4
Ashbury Estate, Schottland (Anwesen), *Margaret von Ashbury*-Reihe von Judith Astria Merkle (Romane), S. 64–65, C5
Asheville Forks, North Dakota (Städtchen), *Three Faces West* (Film), S. 16–17, A6
Ashford Academy, Japan (Gebäude), *Code Geass* (Anime), S. 96–97, E1
Ashfordly, England (Städtchen), *Heartbeat* (TV), S. 64–65, D3
Åshöjden, Schweden (Städtchen), Werke von Max Lundgren, S. 56–57, B2
Ashton, Alabama (Städtchen), *Big Fish – Der Zauber, der ein Leben zur Legende macht* (Film), S. 14–15, A2
Ashuriyah, Irak (Dorf), *Youngblood* von Matt Gallagher (Roman), S. 72–73, C2
Aslerfan (Land), *Fünf Yetis suchen ein Zuhause* von Eva Ibbotson (Kinderbuch), S. 72–73, C3
Aspirin, Colorado (Städtchen), *Goofy und Max* (TV), S. 18–19, D4
Assama, Irak (Region), *Bowl of Cherries* von Millard Kaufman (Roman), S. 72–73, C2
Asselar, Mali (Dorf), *Operation Sahara* von Clive Cussler (Roman/Film), S. 84–85, B4
Asterix' Dorf, Frankreich (Dorf), *Asterix der Gallier* von René Goscinny und Albert Uderzo (Comics), S. 44–45, B3/B4
Astragard (Insel/Nation), *Insel am Ende der Welt* (Film), S. 26–27, C4
Astro City, Washington (Stadt), *Astro City* (Comic), S. 18–19, B6
Asunaro, Japan (Stadt), *Puella Magi Madoka Magica* (Anime/Manga), S. 96–97, C3
Atabalpa, Mexiko (Städtchen), *Donde las Voces se Guardan (engl. The Whispering Voices of Atabalpa)* von Marco Antonio Samaniego (Roman), S. 32–33, A4
Ataguitanien (Land), *Wenn ein Reisender in einer Winternacht* von Italo Calvino (Roman), S. 38–39, B5
Atem des Teufels, Aserbaidschan (Landschaft), *James Bond: Die Welt ist nicht genug* (Film), S. 72–73, C3
Atlant-is, Norwegen (unterirdische Stadt), *Brødrene Dal* (TV), S. 56–57, C5
Atlanteja, Atlantis (versunkene Stadt), *Il tunnel sottomarino* von Luigi Motta (Roman), S. 126–127, D4/D5
Atlantic, Atlantik (Wrack), *Atlantik* (Film), S. 126–127, B4
Atlantika (Land), *Arielle, die Meerjungfrau* (Film), S. 56–57, A2
Atlantis (Unterwasserbasis), Sardinien (Gebäude), *James Bond: Der Spion, der mich liebte* (Film), S. 44–45, C2
Atlantis, Verlorener Kontinent (versunkener Kontinent), diverse, S. 126–127, B3/C3
„Atlantis der Wüste" *siehe* Ubar
Atlas-Staaten (Staatenbund), *Der Goldene Kompass* von Philip Pullman (Roman/Film), S. 84–85, A5
Atoll K oder Crusoeland, Pazifik (Insel), *Dick und Doof erben eine Insel* (Film), S. 120–121, D2
Atomares Bewässerungsprojekt, New South Wales (Gebäude), *Thunderbirds* (TV), S. 108–109, D2
Atreno Island (mit Atreno City), Atlantik (Insel), *Villanos (engl. Villainous)* (TV), S. 32–33, E3
Aubrey, Missouri (Städtchen), *Akte X* (TV), S. 16–17, C4
Auchenlochan, Schottland (Städtchen), Romane von John Buchan, S. 64–65, B3
Auchenshooogle, Schottland (Städtchen), *Oor Wullie* (Comic), S. 64–65, C4
Auchinmurn, Schottland (Insel), *Hollow Earth*-Reihe von Carol und John Barrowman (Roman), S. 64–65, B4
Auchterturra, Schottland (Städtchen), *Scotland the What?* (Comedy-Programm), S. 64–65, C5
Audiovideo, San Escobar (Stadt, Internet-humor), S. 32–33, B2
Audubon Bay, Calisota (Landschaft), *Darkwing Duck* (diverse), S. 18–19, A5
August Bank Holiday Island, Pazifik (Insel), *The Goodies* (TV), S. 120–121, D2
Aurora, Pazifik (Insel), *Ghost Recon: Breakpoint* (Videospiel), S. 120–121, D1
Außenposten 31 (U.S. Camp), *Das Ding aus einer anderen Welt* (Film), S. 114–115, C2
Außenposten 32 (Gebäude), *Godzilla II: King of the Monsters* (Film), S. 114–115, D4
Äußere Insel, Indischer Ozean (Insel), *Dinotopia* (Bücher/TV), S. 78–79, A2
Autobot City, Tennessee (Stadt), *Transformers* (diverse), S. 14–15, A3
Avalon, England (Anwesen), Artussagen (Mythos), S. 64–65, C1
Averna (Land), *Süße Gefahr* von Margery Allingham (Roman), S. 44–45, D2
Averoigne, Frankreich (Region), Werke von Clark Ashton Smith (Kurzgeschichten), S. 44–45, C3
Avgatiganistan (Land), Werke von Eugene Trivizas (Bücher), S. 72–73, D2
Avirampur, Bangladesch (Dorf), *Nojir Bibin Nojor Ali* (TV), S. 78–79, D4
Avocado-Dschungel, Kalifornien (Landschaft), *Kannibalinnen im Avocado-Dschungel des Todes* (Film), S. 18–19, B3
Avonlea, Prince Edward Island (Städtchen), *Anne auf Green Gables* von Lucy Maud Montgomery (Roman), S. 26–27, F1
Axa-Delta, Uqbar (Flussdelta), *Tlön, Uqbar, Orbis Tertius* von Jorge Luis Borges (Kurzgeschichte), S. 72–73, C3
Ayanagi City, Japan (Stadt), *Persona*-Reihe (Videospiele), S. 96–97, C2
Azadistan, Königreich (Land), *Mobile Suit Gundam 00* (Anime), S. 72–73, C2
Azalea City, Japan (Stadt), *Pokémon* (Videospiele), S. 96–97, B1
Azania (Land/Kaiserreich), *Schwarzes Unheil* von Evelyn Waugh (Roman), S. 84–85, D4
Azmenistan (Land), *The Expendables 3* und *News Movie* (Filme), S. 72–73, D4
Azul, Spanien (Stadt), *Die Hurricanes* (TV), S. 44–45, B2
Azumanga High School, Japan (Gebäude), *Azumanga Daioh* von Kiyohiko Azuma (Manga/Anime), S. 96–97, E1
Azur Lane Base, Pazifik (Gebäude), *Azur Lane* (Videospiel/Anime), S. 120–121, D4
Azurbucht, Frankreich (Meer), *Pokémon* (Videospiele), S. 44–45, B4/C4
Azuria City, Japan (Stadt), *Pokémon* (Videospiele), S. 96–97, C2
B'Dar, Kamistan (Stadt), *24* (TV), S. 72–73, C2
BabaKiueria, Australien (das ganze Land), *BabaKiueria* (Film), S. 108–109, D2/E2
Babiliary (Insel/Nation), *Der Neue Gulliver, oder Die Reise J. Gullivers* von Abbé Pierre François Guyot-Desfontaines (Roman), S. 96–97, A1
Baby Island, Pazifik (Insel), *Baby Island* von Carol Ryrie Brink (Roman), S. 120–121, C3
Back Cup, Atlantik (Insel), *Die Erfindung des Verderbens* von Jules Verne (Roman), S. 126–127, A4
Backwater, Oklahoma (Städtchen), *The Backwater Gospel* (Kurzfilm), S. 16–17, B3
Baconburg, Illinois (Stadt), *Snarkout Boys*-Reihe von Daniel Pinkwater, S. 16–17, D4/D5
Bad City, Iran (Städtchen), *A Girl Walks Home Alone At Night* (Film), S. 72–73, C2
Badenburg, Deutschland (Städtchen), *1632-Serie* von Eric Flint (Romane), S. 44–45, D3
Badenheim, Österreich (Städtchen), *Badenheim* von Aharon Appelfeld (Roman), S. 44–45, D3
Badlands, Das Ödland (Region), *Mad Max: Fury Road* (Film), S. 108–109, D2
Badlands, New Mexico (Region), *Team Fortress 2* (Videospiel), S. 18–19, D3
Badrick, Nordirland (Stadt), *Hellsing* (Anime), S. 64–65, B3
Bagango, Sahrani (Stadt), *ARMA: Armed Assault* (Videospiel), S. 126–127, C4
Bagghar, Marokko (Stadt), *Tim und Struppi* von Hergé (diverse), S. 84–85, A5
Bagong Pag-asa, Philippinen (Städtchen), *May Bukas Pa* (TV), S. 90–91, C3
Bagooli River, New South Wales (Fluss), *All Our Secrets* von Jennifer Lane (Roman), S. 108–109, D2
Bahía Anasco, Costa Rica (Städtchen), *Jurassic Park* von Michael Crichton (diverse), S. 32–33, D1
Bahia Bay, Kalifornien (Städtchen), *Disneys Wochenend-Kids* (TV), S. 18–19, A3
Bahlam, Atlantik (versunkene Stadt), *Outbuddies* (Videospiel), S. 126–127, C1
Bahnhof Aragane, Hinomoto (Stadt), *Kabaneri of the Iron Fortress* (Anime), S. 96–97, B2
Bahnhof Kisaragi, Japan (moderner Mythos), S. 96–97, C2
Bahnhof Okita, Hinomoto (Stadt), *Kabaneri of the Iron Fortress* (Anime), S. 96–97, B2
Bahnhof Unato, Hinomoto (Stadt), *Kabaneri of the Iron Fortress* (Anime), S. 96–97, C2
Bahnhof Yashiro, Hinomoto (Stadt), *Kabaneri of the Iron Fortress* (Anime), S. 96–97, B2
Baile an Chaisil, Irland (Städtchen), *Führe uns in Versuchung* von Breandán Ó hEithir (Roman), S. 64–65, A2
Bailey Downs, Ontario (Städtchen), *Ginger Snaps*-Filme und *Orphan Black* (Filme/TV), S. 26–27, A4
Bailey, Irland (Städtchen), *Dark Wood Dark Water* von Tina Callaghan (Roman), S. 64–65, B2
Bailu, China (Dorf), *Shenmue II/III* (Videospiele), S. 102–103, C1
Bakteria (Land), *Der große Diktator* (Film), S. 44–45, D2
Bal-Sagoth, Atlantis (Insel), Cthulhu-Mythos (diverse), S. 126–127, C4
Balamory, Schottland (Städtchen), *Balamory* (TV), S. 64–65, B4
Balarang Bay, New South Wales (Städtchen), *Another Night in Mullet Town* von Steven Herick (Roman), S. 108–109, D2
Balbec, Frankreich (Städtchen), *Auf der Suche nach der verlorenen Zeit* von Marcel Proust (Roman), S. 44–45, C3
Balboa County, Kalifornien (County), *Veronica Mars* (TV), S. 18–19, B3
Balemont (Land), *Ein Prinz zu Weihnachten* (Film), S. 44–45, C3
Bali Ha'i, Pazifik (Insel), *South Pacific* (Film), S. 120–121, B2
Baling, China (Städtchen), *A Dictionary of Maqiao* von Han Shaogong (Roman), S. 102–103, D2
Balkistan (Land), *The Prince of Balkistan* von Allen Upward (Roman), S. 50–51, B2
Ballakreen, Irland (Dorf), *Brass Eye* (TV), S. 64–65, A2
Ballinatoom, Irland (Städtchen), *Du wolltest es doch* von Louise O'Neill (Roman), S. 64–65, A2
Bally, Irland (Städtchen), *Killinaskully* (TV), S. 64–65, A2
Ballybaile, Nordirland (Städtchen), *Every Sparrow Falling* von Shirley-Anne McMillan (Roman), S. 64–65, B3
Ballybeg (Baile Beag), Irland (Städtchen), *Crying Through the Wind: The Story of Oisín Kelly* von Iona Carroll (Roman), S. 64–65, A3
Ballybeg, Irland (Städtchen), Romane von Brian Friel (diverse), S. 64–65, A3
Ballybucklebo, Irland (Städtchen), *Der irische Landarzt*-Reihe von Patrick Taylor (Romane), S. 64–65, B2
Ballyfeeny, Irland (Städtchen), *Giselle* von Michael Keegan-Dolan (Theaterstück), S. 64–65, B2
Ballyfin, Irland (Städtchen), *Die Bücherei am Ende der Welt* von Felicity Hayes-McCoy, S. 64–65, A2
Ballyglass, Nordirland (Städtchen), *Utterly Monkey* von Nick Laird (Roman), S. 64–65, B3
Ballygullion, Nordirland (Städtchen), Werke von Lynn Doyle (Bücher), S. 64–65, B3
Ballykiltara, Irland (Städtchen), *The Summer of Serendipity* von Ali McNamara (Roman), S. 64–65, A2
Ballykissangel, Irland (Dorf), *Ballykissangel* (TV), S. 64–65, B2
Ballylough, Irland (Dorf), *Das Mond-Moor* von H.P. Lovecraft (Kurzgeschichte), S. 64–65, B3
Ballyyahoo, Irland (Städtchen), *Ballyyahoo*-Reihe von Grace Jolliffe (Romane), S. 64–65, A3
Balnibarbi (Insel), *Gullivers Reisen* von Jonathan Swift (Roman), S. 96–97, F3/F4
Balou-Gebirge, China (Gebirge), Werke von Yan Lianke (Roman), S. 102–103, D2
Baltania (Land), *A Royal Christmas Ball* (Film), S. 50–51, B3
Baltish (Land), *Baltish* (TV), S. 50–51, B4
Bamfylde School, England (Gebäude), *To Serve Them All My Days* von R.F. Delderfield (Roman/Film), S. 64–65, C2
Bananaland (Region), *2000 AD* (Comics), S. 108–109, D3
Banapur, Kyrat (Dorf), *Far Cry 4* (Videospiel), S. 78–79, C4
Bandrika (Land), *Eine Dame verschwindet* (Film), S. 50–51, A2
Bangalla (Land), *Das Phantom* (Comic), S. 84–85, D3
Banjo Crossing, Winnemac (Städtchen), Werke von Sinclair Lewis, S. 14–15, A4
Bankside, Western Australia (Städtchen), *That Eye, The Sky* von Tim Winton (Roman), S. 108–109, A2
Banoi (Insel/Gruppe), *Dead Island* (Videospiel), S. 90–91, F1
Banville, Kalifornien (Städtchen), *My Name is Khan* (Film), S. 18–19, A4
Banyan Key, Florida (Städtchen), *Out of Time – Sein Gegner ist die Zeit* (Film), S. 14–15, C1
Bapetikosweti (Land), Satiren von Pieter-Dirk Uys, S. 84–85, C2
Bar Killi, Afghanistan (Dorf), *New Home, New Life* (Hörspiel), S. 72–73, D2
Baraka, Frankreich (Stadt), *The Years of Rice and Salt* von Kim Stanley Robinson (Roman), S. 44–45, B2/B3
Barash, Sudan (Dorf), *Östlich vom Sudan* (Film), S. 84–85, C4
Barataria, Mittelmeer (Inselstaat), *Don Quijote* von Miguel de Cervantes (Roman), S. 44–45, C2
Barbaren-Archipel (Inselgruppe), *Drachenzähmen leicht gemacht* von Cressida Cowell (Romane/Filme), S. 56–57, C1/D1
Barbarie-Enten-Riff, Queensland (Landschaft), *DuckTales* (TV), S. 108–109, E3
Barbeau Observatory, Nunavut (Gebäude), *Good Morning, Midnight/The Midnight Sky* von Lily Brooks-Dalton (Roman/Film), S. 26–27, D4
Barbituros-Inseln, (Land/Inselgruppe), *San Sombrèro* (Reiseführer), S. 32–33, F2
Barchester, England (Stadt), Romane von Anthony Trollope, S. 64–65, C1
Barclay Base (Gebäude), *Gundam Wing* (Anime), S. 114–115, C3
Barclay-Inseln (Inseln), *McCreadys Doppelspiel* von Frederick Forsyth (Roman), S. 32–33, D3
Barkley Bluffs, New Jersey (Städtchen), *Extreme Ghostbusters* (TV), S. 14–15, C4
Barkley Dam, Illinois (Gebäude), *Auf der Flucht* (Film), S. 16–17, D4
Barmet Bay, New York (Landschaft), *Hardy-Boys*-Romane von diversen Autoren, S. 14–15, C5
Barnacity, Spanien (Stadt), *Fanhunter* von Cels Piñol (diverse), S. 44–45, B2
Barnhurst-Gefängnis, Victoria (Gebäude), *Prisoner/Wentworth* (TV), S. 108–109, A1
Barnstoneworth, England (Städtchen), *Ripping Yarns: Golden Gordon* (TV), S. 64–65, C3
Barntrosna, Irland (Städtchen), *Phildy Hackballs Universum* von Patrick McCabe (Buch), S. 64–65, B3
Barrandale, Schottland (Insel), *Die Fotografin* von William Boyd (Roman), S. 64–65, B4
Barrington, Neuseeland (Städtchen), *Material Girls* von Deborah Steele (Musical), S. 108–109, F2
Barrockstadt, Deutschland (Stadt), *Syberia* (Videospiel), S. 44–45, D3
Barrytown, Irland (Städtchen), *The Barrytown Trilogy* von Roddy Doyle (Romane), S. 64–65, B3
Barscheit (Land), *Die Prinzessin brennt durch* von Harold MacGrath (Roman), S. 50–51, A3/B3
Barsetshire, England (Grafschaft), Romane von Anthony Trollope, S. 64–65, C1
Barstock, England (Städtchen), *Pie in the Sky* (TV), S. 64–65, D2
Bartertown, Das Ödland (Städtchen), *Mad Max – Jenseits der Donnerkuppel* (Film), S. 108–109, C2
Bartovia (Land), *Die Simpsons* (TV), S. 72–73, C3
Barvechos, Bolivien (Stadt), *Ghost Recon: Wildlands* (Videospiel), S. 38–39, B4
Barwick, England (Städtchen), *Die Schönheitslinie* von Alan Hollinghurst (Roman), S. 64–65, D2
Baschkortostan (Land), *Largo Winch 2 – Die Burma-Verschwörung* (Film), S. 50–51, C2/C3/D3
Basin City (Sin City), Kalifornien (Stadt), *Sin City* von Frank Miller (Comic/Film), S. 18–19, A4
Baskerville Hall, England (Gebäude), *Sherlock Holmes: Der Hund von Baskerville* von Arthur Conan Doyle (Roman), S. 64–65, C1
Basrayatha, Irak (Stadt), Werke von Muhammad Khudayyir (Kurzgeschichten), S. 72–73, C2
Bass Vegas, Pazifik (Stadt), *SpongeBob Schwammkopf* (TV), S. 120–121, B4
Bastrona (Land), Marvel Comics, S. 38–39, A5/B5
Bates Motel, Kalifornien (Städtchen), *Psycho* (Roman/Film), S. 18–19, A4
Batesville, Utah (Städtchen), Marvel Cinematic Universe (diverse), S. 18–19, C4
Batika City, Frankreich (Stadt), *Pokémon* (Videospiele), S. 44–45, C3
Baxton Creek, Maryland (Städtchen), *Tywo at Large* (Web-Trickserie), S. 14–15, C4
Bay City, Illinois (Stadt), *Another World* (TV), S. 16–17, D5
Bay City, Kalifornien (Stadt), *Lebwohl, mein Liebling* von Raymond Chandler (Roman), S. 18–19, A2
Bay Saint Lucille, Mississippi (Städtchen), *One Mississippi* (TV), S. 16–17, D2
Bayou Fantom, Louisiana (Landschaft), *Mafia 3* (Videospiel), S. 16–17, D2
Bayview, Kalifornien (Stadt), *Need for Speed* (Videospiel), S. 18–19, A2
Bazrakhistan (Land), *Act of War* (Film), S. 72–73, D4/E4
Beacon Hills, Kalifornien (Städtchen), *Teen Wolf* (TV), S. 18–19, A4
Beanotown, Schottland (Städtchen), *The Beano* (Comics), S. 64–65, C4
Beatosu, Ohio (Städtchen, Landkarte), S. 14–15, A4/A5
Beauxbatons Akademie, Frankreich (unkartierbares Gebäude), *Harry Potter/Wizarding World* von J.K. Rowling (Roman/Film/Website), S. 44–45, B2
Beaverly Hills, Kalifornien (Stadt), DC Comics, S. 18–19, A2
Bedford Falls, New York (Städtchen), *Ist das Leben nicht schön?* (Film), S. 14–15, C5
Bednaja-Gebirge, Russland (Berg), *Hebt die Titanic!* von Clive Cussler (Roman/Film), S. 50–51, B6
Beechers Corners, New York (Städtchen), *General Hospital* (TV), S. 14–15, B5
Beeton, Kalifornien (Städtchen), *Krieg der Welten* (TV), S. 18–19, A4
Begoy, Kroatien (Städtchen), *Sword of Honour*-Trilogie von Evelyn Waugh (Romane), S. 50–51, A2
Beisha, China (Städtchen), *Blood Prejudice* von A.R. Nai (Roman), S. 102–103, D1
Belchester, England (Städtchen), *The Quarry Line Mystery* von A.C. Stewart (Roman), S. 64–65, C3
Belesbat, Biskaya (versunkene Stadt), *La Mer Mystérieuse* von Claire Kenin (Roman), S. 44–45, B3
Belgistan (Land), *Gasaraki* (Anime), S. 72–73, B3/C3
Belgravia (Land), *A Christmas Prince*-Reihe (Film), S. 50–51, C3
Bellabegwinnie, Schottland (Insel), *Oller Kahn mit Größenwahn (Die Maggie)* (Film), S. 64–65, B4
Bellavista, Spanien (Städtchen), *El don de Alba* (TV), S. 44–45, B2
Bellbird, Victoria (Dorf), *Bellbird* (TV), S. 108–109, D1
Bellefleur, Oregon (Städtchen), *Akte X* (TV), S. 18–19, A5
Belles-Feuilles, Guadeloupe (Anwesen), *Sturminsel* von Maryse Condé (Roman), S. 32–33, F2
Bellevue, Québec (Städtchen), *Bellevue* (TV), S. 26–27, E1
Bellina, Italien (Städtchen), *The Italian Wife* von Kate Furnivall (Roman), S. 44–45, D2
Bellingham, New South Wales (Städtchen), *Scrublands* von Chris Hammer (Roman), S. 108–109, D2
Bellona, Kansas (Stadt), *Dhalgren* von Samuel R. Delany (Roman), S. 16–17, B4
Belmont Falls, Massachusetts (Städtchen), *Boston Legal* (TV), S. 14–15, D5
Belo Quinto, Brasilien (Dorf), *Stigmata* (Film), S. 38–39, D3
Belpher, England (Dorf), Romane von P.G. Wodehouse, S. 64–65, C1
Belvedere, Ohio (Städtchen), *Das Schweigen der Lämmer* (Roman/Film), S. 14–15, B4
Benengeli, Spanien (Städtchen), *Des Mauren letzter Seufzer* von Salman Rushdie (Roman), S. 44–45, B2
Benimidori, Japan (Dorf), *Red Girls* von Sakuraba Kazuki (Roman), S. 96–97, B2
Beninia (Land), *Morgenwelt* von John Brunner (Roman), S. 84–85, B4
Benne Seed Island, South Carolina (Insel), Werke von Madeleine L'Engle, S. 14–15, C3
Bennet-Plantage, Tennessee (Gebäude), *Django Unchained* (Film), S. 14–15, B3
Bennets Insel (Insel), *Die denkwürdigen Erlebnisse des Arthur Gordon Pym* von Edgar Allan Poe und *Die Eissphinx* von Jules Verne (Romane), S. 114–115, C3
Bentrock, Montana (Städtchen), *Der Wind von Montana* von Larry Watson (Roman), S. 16–17, A6
Benzheen (Land/Emirat), *Transformers* und *G.I. Joe* (Comics), S. 72–73, D1/D2
Berg Abora, Äthiopien (Berg), *Kubla Khan* von Samuel Taylor Coleridge (Gedicht), S. 84–85, D4
Berg Analog, Pazifik (Kontinent/Berg), *Der Berg Analog* von René Daumal (Roman), S. 120–121, A1/B1
Berg Antarktos (Berg), Cthulhu-Mythos (diverse), S. 114–115, C2
Berg der Seelen, Spanien (Berg), *Der Berg der Seelen* von Gustavo Adolfo Bécquer (Kurzgeschichte), S. 44–45, B2
Berg Qaf, Arktis (Berg, islamische Überlieferung), S. 26–27, C4
Berg Sapo, Italien (Berg, Mythologie), S. 44–45, D2
Berg Yaanek, Nunavut (Berg), *Ulalume* von Edgar Allen Poe (Gedicht), S. 26–27, C4
Berge des Wahnsinns (Gebirge), *Berge des Wahnsinns* von H.P. Lovecraft (Novelle), S. 114–115, E3
Bergpalast der Gesellschaft der Schatten, Bhutan (Gebäude), *Batman Begins* (Film), S. 78–79, D4
Bergwerke von Socartes, Spanien (Städtchen), *Marianela* von Benito Pérez Galdós (Roman), S. 44–45, B3
Beringland (Land), *His Dark Materials* von Philip Pullman (diverse), S. 18–19, A2
Berk, Barbaren-Archipel (Dorf), *Drachenzähmen leicht gemacht* von Cressida Cowell (Romane/Filme), S. 56–57, D1
Berloschniki/Berlozhniki, Russland (Städtchen), *Lights All Night Long* von Lydia Fitzpatrick (Roman), S. 50–51, B6
Bernt Arse, England (Städtchen), *Riddley Walker* von Russell Hoban (Roman), S. 64–65, D1/D2
Berun, Deutschland (Stadt), *Youjo Senki/The Saga of Tanya The Evil* von Carlo Zen und Shinobu Shinotsuki (Romane/Manga/Anime), S. 44–45, D4
Berzerkistan (Land), *Doonesbury* (Comic), S. 72–73, C3

Best Exotic Marigold Hotel, Indien (Gebäude), *Best Exotic Marigold Hotel* (Film), S. 78–79, B4
Bestburg, Cobrastan (Stadt), *Papers, Please* (Videospiel), S. 50–51, A5
Bet Hatikva, Israel (Städtchen), *The Band's Visit* (Musical), S. 72–73, B2
Betastan (Land), *Command & Conquer: Generäle* (Videospiel), S. 72–73, E3
Bethany, Vermont (Städtchen), *Akte X* (TV), S. 14–15, C5
Bethtown, New York (Städtchen), Werke von Ed McBain, S. 14–15, D1
Beyhualé, Mexiko (Städtchen), *Cuentos de Beyhualé* von Joaquín Bestard Vázquez (Roman), S. 32–33, C2
Bharat Nagar, Indien (Stadt), *Shanghai*, nach *Z* von Vassilis Vassilikos (Film/Roman), S. 78–79, B3
Bhimra (Stadt/Staat), *Unrest* (Videospiel), S. 78–79, B4
Bhowani, Indien (Städtchen), *Bhowani Junction/Knotenpunkt Bhowani* von John Masters (Roman/Film), S. 78–79, B4
Biacra (Region), *Islandia*-Romane von Austin Tappan Wright und Fortsetzungen von Mark Saxton, S. 84–85, A2
Bialya (Land), DC Comics, S. 72–73, B3
Big Apple, New York (Stadt), *Log Horizon* von Mamare Tōno (Romane/Anime), S. 14–15, D1
Big Dipper Goldmine, Kalifornien (Goldmine), *Gier/Greed* (Film), S. 18–19, A4
Big Eden, Montana (Städtchen), *Big Eden* (Film), S. 18–19, C6
Big Magnet (Gebäude), *Who Goes There?* von John W. Campbell Jr. (Roman), S. 114–115, C2
Big Narrows, Nova Scotia (Städtchen), *Dave and Morley*-Geschichten von Stuart McLean (Hörspiel/Kurzgeschichten), S. 26–27, F2
Big Thunder Mountain, Utah/Arizona (Berg), Big Thunder Mountain Railroad (Themenparks), S. 18–19, C3
Big Tuna, Texas (Städtchen), *Wild at Heart – Die Geschichte von Sailor und Lula* von Barry Gifford (Roman/Film), S. 16–17, B3
Big Whiskey, Wyoming (Städtchen), *Erbarmungslos* (Film), S. 16–17, A4
Bigg City Port, Maine (Stadt), *Tugs* (TV), S. 14–15, D5/D6
Bikini Bottom, Pazifik (Stadt), *SpongeBob Schwammkopf* (TV), S. 120–121, B4
Billy the Mountain, Kalifornien (Berg), „Billy the Mountain" von Frank Zappa (Song), S. 18–19, A3/B3
Bilya (Land), *Der stählerne Adler* (Film), S. 84–85, C5
Bingo, Nebraska (Städtchen), *Hex – Dimensionen der Furcht* (Film), S. 16–17, A4
Binhai, China (Städtchen), *Jia Nian Hua/Angels Wear White* (Film), S. 102–103, D1
Binomo (Insel/Nation), Scherz/Telefonscherz von Wladimir Kusnezow und Alexej Stoljarow, S. 90–91, C3
Birch Ridge, South Dakota (Städtchen), *Iron Will – Der Wille zum Sieg* (Film), S. 16–17, B5
Birdseye, Queensland (Städtchen), *Dragonfly* von Bernard Cronin (Roman), S. 108–109, C3
Biringan, Philippinen (Stadt, Mythologie), S. 90–91, D3
Birnin Zana (die goldene Stadt), Wakanda (Stadt), Marvel Comics (diverse), S. 84–85, D4
Biryani (Land), *Die Götter müssen verrückt sein* (Film), S. 84–85, B2
Bishop's Wallop, England (Städtchen), *Where's that Fire* (Film), S. 64–65, D2
Bitanga, (Äquatorial-)Kundu (Stadt), *The West Wing – Im Zentrum der Macht* (TV), S. 84–85, B4
Bitterroot, Montana (Städtchen), *Lonely Train a' Comin'/Helltracks* von William F. Nolan (Kurzgeschichte/Roman), S. 18–19, D6
Bitters, Wyoming (Städtchen), *Tag der Gesetzlosen* (Film), S. 18–19, D5
Bixby, Nevada (Städtchen), *Tremors – Im Land der Raketenwürmer* (Film), S. 18–19, B4
Biyoro, Japan (Stadt), *Poppoya* (Film), S. 96–97, C4
Bjala Čerkva, Bulgarien (Städtchen), *Unter dem Joch* von Iwan Wasow (Roman), S. 50–51, B2
Black Atlantic, Atlantik (Meer), *Judge Dredd* (Comics), S. 64–65, A3
Black Hawk, Nebraska (Städtchen), *Meine Antonia* von Willa Cather (Roman), S. 16–17, B4
Black Lake, Maine (See), *Lake Placid – Schrecken aus der Tiefe* (Film), S. 14–15, D6
Black Mesa Research Facility, New Mexico (Gebäude), *Half-Life* (Videospiel), S. 18–19, D3
Black Sand Beach, Karibik (Insel), *Fluch der Karibik* (diverse), S. 32–33, F2
Black Spot Spit, Florida (Landschaft), *Die Piraten! – Ein Haufen merkwürdiger Typen!* (Film), S. 14–15, C2
Blackacre & Whiteacre, Tennessee (Immobilien, Rechtswesen), S. 14–15, B3
Blackland, Westsahara (Stadt), *Das erstaunliche Abenteuer der Expedition Barsac* von Jules und Michel Verne (Roman), S. 84–85, B4
Blackmoor-Gefängnis, Victoria (Gebäude), *Prisoner/Wentworth* (TV), S. 108–109, A1
Blackmore, Alberta (Städtchen), *Still Mine* von Amy Stuart (Roman), S. 26–27, C1
Blackstable, England (Städtchen), *Der Menschen Hörigkeit* von W. Somerset Maugham (Roman), S. 64–65, D2
Blackwater, Mississippi (Städtchen), *Straw Dogs – Wer Gewalt sät* (2011) (Film), S. 16–17, D2
Blackwater, West Elizabeth (Städtchen/Stadt), *Red Dead Redemption*-Reihe (Videospiel), S. 16–17, C3
Blackwood Mountain, Alberta (Berg), *Until Dawn* (Videospiel), S. 26–27, B1
Blackwood, Western Australia (Städtchen), *Wherever You Go* von Monique Mulligan (Roman), S. 108–109, A2
Blaendy, Wales (Dorf), *The Proud Valley* (Film), S. 64–65, C2
Blaine County, San Andreas (County), *Grand Theft Auto*-Reihe (Videospiel), S. 18–19, B2/B3
Blaine, Missouri (Städtchen), *Wenn Guffman kommt* (Film), S. 16–17, C4
Blair, Maryland (Städtchen), *Blair Witch Project* (Film), S. 14–15, C4
Blake Castle, Schottland (Gebäude), *Scooby-Doo und das Ungeheuer von Loch Ness* (TV), S. 64–65, B5
Blandings Castle, England (Gebäude), Romane von P.G. Wodehouse, S. 64–65, C2
Blankshire, Schottland (Grafschaft), Court of the Lord Lyon (Heraldik), S. 64–65, B4
Blanktown, Schottland (Städtchen), Court of the Lord Lyon (Heraldik), S. 64–65, B4
Blaszka, Polen (Dorf), *Der Fluß Mitternacht* von Lilian Nattel (Roman), S. 50–51, B3
Blausee, Norwegen (See), *Tod im Blausee* von André Bjerke (Roman), S. 56–57, A3
Bleak House, England (Gebäude), *Bleak House* von Charles Dickens (Roman), S. 64–65, D2
Blefuscu (Insel/Nation), *Gullivers Reisen* von Jonathan Swift (Roman), S. 108–109, A2
Bleierner See, Alifbay (See), *Harun und das Meer der Geschichten* von Salman Rushdie (Roman), S. 78–79, B5
Blessing, North Dakota (Städtchen), *Red River of the North*-Reihe von Lauraine Snelling (Romane), S. 16–17, B6
Blessing, Tennessee (Städtchen), *Akte X* (TV), S. 14–15, A3
Blight, Idaho (Städtchen), Romane von Patrick McManus, S. 18–19, B6
Blizzach, Japan (Stadt), *Pokémon* (Videospiele), S. 96–97, C4
Blood Island, Karibik (Insel), *Monkey Island*-Reihe/*Die Piraten! – Ein Haufen merkwürdiger Typen!* (Videospiele), S. 32–33, E3
Blood's Haven, Maryland (Städtchen), *Oyster War* von Ben Towle (Comic), S. 14–15, C4
Blooming Woods, Michigan (Städtchen), *Life in the Fat Lane* von Cherie Bennett (Roman), S. 14–15, A5
Blossom, Alberta (Städtchen), *Wenn Coyote tanzt* von Thomas King (Roman), S. 26–27, C1
Bludhaven, New Jersey (Stadt), DC Comics, S. 14–15, C4
Blue Valley, Nebraska (Stadt), DC Comics, S. 16–17, B4/B5
Bluebell, Alabama (Städtchen), *Hart of Dixie* (TV), S. 14–15, A2
Bluffington, Virginia (Stadt), *Doug* (TV), S. 14–15, C4
Blütenburg City, Japan (Stadt), *Pokémon* (Videospiele), S. 96–97, A1
Bly Manor, England (Anwesen), *Der letzte Dreh der Schraube/Spuk in Bly Manor* von Henry James (Roman/TV), S. 64–65, D2
Bmzklfrpz City, Berzerkistan (Stadt), *Doonesbury* (Comic), S. 72–73, C3
Boarfruit Village, Malaysia (Städtchen), *When the Wild Boars Cross the River* von Zhang Guixing (Roman), S. 90–91, C2
Bob's Country Bunker, Indiana (Gebäude), *Blues Brothers* (Film), S. 14–15, A4
Boca Caliente (Insel/Nation), Marvel Comics, S. 32–33, F2
Boca Grande (Land), *Wie die Vögel unter dem Himmel* von Joan Didion (Roman), S. 32–33, C2
Bocamo (Land), *Kobra, übernehmen Sie* (TV), S. 84–85, A4
Bociany, Polen (Dorf), *Bociany* von Chava Rosenfarb (Roman), S. 50–51, B3
Bodoni, San Serriffe (Stadt), *The Guardian* (Zeitung), S. 78–79, A2
Bogle Bay, Schottland (Landschaft), *Captain Pugwash* von John Ryan (diverse), S. 64–65, B5
Bogshire, Schottland (Grafschaft), *Captain Pugwash* von John Ryan (diverse), S. 64–65, B5
Bohan, Liberty State (Städtchen), *GTA IV* (Videospiel), S. 14–15, D1
Bohane, Irland (Stadt), *Dunkle Stadt Bohane* von Kevin Barry (Roman), S. 64–65, A3
Bohrinsel Seascape, Atlantik (Gebäude), *Thunderbirds* (TV), S. 126–127, C5
Bok Köy, Türkei (Dorf), *The Delights of Turkey* von Edouard Roditi (Erzählungen), S. 72–73, B3
Bolingbroke, Nova Scotia (Dorf), *Anne auf Green Gables* von Lucy Maud Montgomery (Roman), S. 26–27, F1/F2
Bolivar, San Lorenzo (Insel, Stadt), *Katzenwiege* von Kurt Vonnegut (Roman), S. 32–33, E2
Bologa (Land), *Hero's Dawn* (Film), S. 84–85, B4
Bolton, New South Wales (Städtchen), *Blue* von Pat Grant (Graphic Novel), S. 108–109, D2
Bolvangar (die Forschungsstation), Finnland (Gebäude), *His Dark Materials* von Philip Pullman (diverse), S. 56–57, D5
Bomont, Utah (Städtchen), *Footloose* (Film 1984), S. 18–19, C4
Bon Temps, Louisiana (Städtchen), *True Blood* (TV), S. 16–17, C2
Bonai, Provinz, Nibia (Region), *Ace Ventura – Jetzt wird's wild* (Film), S. 84–85, C3
Bondånger, Schweden (Städtchen), *Bondånger* (TV), S. 56–57, C4
Boneyard, Kalifornien (Stadt), *Fallout 1* (Videospiel), S. 18–19, A3
Bonga Bonga, Northern Territory (Anwesen), *Thunderbirds* (TV), S. 108–109, C3
Bongbaum-Insel, Karibik (Insel), *Die Geschichte vom kleinen Schweinchen Robinson* von Beatrix Potter (Kurzgeschichte), S. 32–33, F2
Boomeroo, New South Wales (Städtchen), *Boomeroo*-Trilogie von Paul John Radley (Jack-Radley-Romane), S. 108–109, D2
Boone City, Ohio (Stadt), *Die besten Jahre unseres Lebens* (Film), S. 14–15, A4
Booty Island, Karibik (Insel), *Monkey Island*-Reihe (Videospiele), S. 32–33, E3
Boragora, Pazifik (Insel/Nation), *Die Himmelhunde von Boragora* (TV), S. 120–121, C3
Boraqua, Venezuela (Stadt), *Parks & Recreation – Das Grünflächenamt* (TV), S. 38–39, B5
Borchester, England (Städtchen), *The Archers* (Hörspiel), S. 64–65, C2
Bordurien (Land), *Tim und Struppi* von Hergé (diverse), S. 50–51, B1
Borgabunda, Pazifik (Insel), *McHale's Navy* (TV), S. 120–121, B3/B4
Borostyria (Land), *Arsène Lupin*-Romane von Maurice Leblanc, S. 50–51, A2/B2
Borough, The, England (Städtchen), *The Borough* von George Crabbe (Gedicht), S. 64–65, D2
Borriobula-Gha, Nigeria (Dorf), *Bleak House* von Charles Dickens (Roman), S. 84–85, B4
Borsetshire, England (Grafschaft), *The Archers* (Hörspiel), S. 64–65, C2
Boscombe Valley, England (Landschaft), *Sherlock Holmes: Silberstern* von Arthur Conan Doyle (Kurzgeschichte), S. 64–65, C2
Bosqueverde (Land), Marvel Comics, S. 38–39, B5/C5
Bostone, Massachusetts (Stadt), *Familie Feuerstein* (diverse), S. 14–15, D5
Bottom Rock, Barbados (Dorf), *Song of Night* von Glenville Lovell (Roman), S. 32–33, F2
Boulder Beach, Golf von Melange (Insel), *Monkey Island*-Reihe (Videospiele), S. 32–33, F2
Bowers Bank, Alaska (Inselgruppe), *Ghost Ship – Meer des Grauens* (Film), S. 18–19, A1
Bracken Junction, Nordirland (Dorf), *Otto, zieh die Bremse an!* (Film), S. 64–65, A3
Braddage, England (Städtchen), *The Quarry Line Mystery* von A.C. Stewart (Roman), S. 64–65, C3
Bradschikistan (Brajikistan) (Land), *Highschool Halleluja* (TV), S. 72–73, E3
Braeston, Schottland (Städtchen), *One of Us* (TV), S. 64–65, B5
Brahmpur, Indien (Städtchen), *Eine gute Partie* von Vikram Seth (Roman), S. 78–79, C4
Brantford, New Hampshire (Städtchen), *Jumanji* (Film), S. 14–15, C5
Brazuela (Land), *Totally Spies!* (TV), S. 38–39, B5
Breach, Der, Pazifik (Interdimensionsportal), *Pacific Rim* (Film), S. 90–91, F3
Brendam, England (Städtchen), *Thomas, die kleine Lokomotive* von Rev. W. Audrey (Bücher/TV), S. 64–65, C3
Brewer, Pennsylvania (Städtchen), Werke von John Updike, S. 14–15, C4
Brewster, Pennsylvania (Städtchen), *Unstoppable – Außer Kontrolle* (Film), S. 14–15, C4
Brichester, England (Stadt), Severn Valley aus dem Cthulhu-Mythos von Ramsey Campbell (Romane), S. 64–65, C2
Brickleberry-Nationalpark, Illinois (Landschaft), *Brickleberry* (TV), S. 16–17, D4/D5
Bricksville, Arkansas (Städtchen), *Die Abenteuer des Huckleberry Finn von Mark Twain* (Roman), S. 16–17, D3
Brideshead, England (Anwesen), *Wiedersehen mit Brideshead* von Evelyn Waugh (Roman/Film), S. 64–65, C2
Bridgefield, Victoria (Städtchen), *Wildflower Creek* von Maya Linnell (Roman), S. 108–109, D1
Bridgetown, South Australia (Städtchen), *First Person Shooter* von Cameron Raynes (Roman), S. 108–109, D2
Bridmouth-on-Sea, England (Städtchen), Romane von P.G. Wodehouse, S. 64–6_, C2
Brigadoon, Schottland (unkartierbares Dorf), *Brigadoon* (Film), S. 64–65, C4
Bright Hyu City, Indien (Stadt), *Jeile's Marble Runs* (Internetserie), S. 78–79, B2/C2
Bright River, Prince Edward Island (Städtchen), *Anne auf Green Gables* von Lucy Maud Montgomery (Roman), S. 26–27, F1
Brighton Falls, Kalifornien (Städtchen), *Transformers: Bumblebee* (Film), S. 18–19, A4
Brinkley Court, England (Anwesen), Romane von P.G. Wodehouse, S. 64–6_, C2
Brinquillo, Mexiko (Städtchen), *Porque Parece Mentira la Verdad Nunca se Sabe* von Daniel Sada (Roman), S. 32–33, B3
Brisbania, Bananaland (Stadt), *2000 AD* (Comics), S. 108–109, E3
Bristo Camino, Kalifornien (Städtchen), *Hostage – Entführt* (Film), S. 18–19, A3
Britannische Siedlung, Japan (Region), *Code Geass* (Anime), S. 96–97, E1/F1
Britannula (Insel), *The Fixed Period* von Anthony Trollope (Roman), S. 120–12_, C1
Broadchurch, England (Dorf), *Broadchurch* (TV), S. 64–65, C1
Brobdingnag (Land), *Gullivers Reisen* von Jonathan Swift (Roman), S. 26–27, A1
Brockton, Schottland (Städtchen), *Highland-Saga*-Romane/*Outlander* von Diana Gabaldon (Romane/TV), S. 64–65, B4
Brodny, Ungarn (Städtchen), *Der falsche Revisor* (Film), S. 50–51, B3
Brogavia (Land), *Commando* (Comics), S. 50–51, A2
Brogodó, Brasilien (Städtchen), *Cordel Encantado* (TV), S. 38–39, D4
Brokeback Mountain, Wyoming (Berg), *Brokeback Mountain* (Kurzgeschichte/Film), S. 18–19, D5
Brokenwood, Neuseeland (Städtchen), *Brokenwood – Mord in Neuseeland* (TV), S. 108–109, F2
Broker, Liberty State (Städtchen), *GTA IV* (Videospiel), S. 14–15, D1
Bronson, Missouri (Städtchen), *Die Simpsons* (TV), S. 16–17, C3
Brookside, England (Gegend/Straße), *Brookside* (TV), S. 64–65, C3
Broolyi, Pazifik (Insel), *Riallaro, the Archipelago of Exiles* von Godfrey Sweven (Roman), S. 120–121, D1
Brücke von Gibraltar, Spanien (Bauwerk, diverse), S. 44–45, A1
Bruddersford, England (Stadt), *Die guten Gefährten* von J.B. Priestley (Roman), S. 64–65, C3
Brungaria (Land), *Tom Swift*-Romane von Edward Stratemeyer, S. 50–51, D4
Brunndorf, Österreich (Dorf), *Zwölf mal Polt* Kriminalgeschichten von Alfred Komarek, S. 44–45, D3
Brunswick, Iowa (Städtchen), *State Fair* von Phil Stong (Roman), S. 16–17, C5
Brythunien/Brythunia (Region), *Conan*-Romane von Robert E. Howard, S. 50–51, B4
Bucaneer Bay, Western Australia (Städtchen), *The Pearler's Wife* von Roxane Dhand (Roman), S. 108–109, B3
Buckhorn, South Dakota (Städtchen), *Twin Peaks, Staffel 3* (TV), S. 16–17, A5
Buckland, Utah (Städtchen), *Shining* von Stephen King (diverse), S. 18–19, D4
Buckman, West Virginia (Städtchen), *Hatfords and Malloys*-Reihe von Phyllis Reynolds Naylor (Romane), S. 14–15, B4
Budgie Islands, Karibik (Inselgruppe), *Die Piraten! – Ein Haufen merkwürdiger Typen!* (Film), S. 32–33, D3
Budmouth, England (Städtchen), Romane von Thomas Hardy, S. 64–65, C1
Buenas Peras, Chile (Stadt), *Condorito* (Comics), S. 38–39, B2
Buenaventura, Costa Perdida (Stadt), *Air America* (TV), S. 32–33, C2
Buenos Eisig (Städtchen), *Könige der Wellen* (Film), S. 114–115, B2
Buggleskelly, Nordirland (Dorf), *Otto, zieh die Bremse an!* (Film), S. 64–65, B3
Bugia Sea/Bugis Sea, Anandapur (Meer), Walt Disney World (Themenpark), S. 78–79, D3
Bujan, Deutschland (Insel), russischer Mythos, S. 44–45, D4
Bukowo, Polen (Dorf), *Mazurka* von James A. Michener (Roman), S. 50–51, A4
Bukuvu, DR Kongo (Region), *George – Der aus dem Dschungel kam* (Film), S. 84–85, C3
Bulashah, Indien (Städtchen), *Der Unberührbare* von Mulk Raj Anand (Roman), S. 78–79, B5
Bullet Farm, Das Ödland (Gebäude), *Mad Max: Fury Road* (Film), S. 108–109, D2
Bullworth, New Hampshire (Städtchen), *Bully* (Videospiele), S. 14–15, D5
Bultan (Land), *Designated Survivor* (TV), S. 90–91, B2
Bulungi (Land), *The Onion* (Internetsatire), S. 84–85, A4
Bumblescum, Alabama (Städtchen), *Family Guy* (TV), S. 14–15, A2
Bumblyburg, Maine (Stadt), *LarryBoy und der böse Apfel* (Animationsfilm), S. 14–15, D5
Bun Bun Ga, New South Wales (Städtchen), *Bello, onesto, emigrato Australia sposerebbe compaesana illibata (A Girl in Australia)* (Film), S. 108–109, D2
Buncarragh, Irland (Städtchen), Romane von Graham Norton, S. 64–65, B2
Bund, Der, Japan (Insel), *Dance in the Vampire Bund* von Nozomu Tamaki (Manga/Anime), S. 96–97, F1
Bundanyabba, New South Wales (Städtchen), *In Furcht erwachen/Wake in Fright* von Kenneth Cook (Roman/TV), S. 108–109, D2
Bungalow in Dakor, Indien (Gebäude), *The Dâk Bungalow at Dakor* von Bithia Mary Croker (Kurzgeschichte), S. 78–79, C4
Bunkerton Castle, Schottland (Gebäude), *The Beano* (Comic), S. 64–65, C4
Buranda (Land), *Yes Minister* (TV), S. 84–85, B4
Burg Aberwyvern, Wales (Gebäude), *Es stand einst eine Burg* von David Macaulay (Buch), S. 64–65, C2
Burg Frankenstein, Schweiz (Gebäude), *Frankenstein* von Mary Shelley (diverse), S. 44–45, C3
Burg Leoch, Schottland (Gebäude), *Highland-Saga*-Romane/*Outlander* von Diana Gabaldon (Romane/TV), S. 64–65, B5
Burg Möwenfels/Malory Towers, England (Gebäude), *Dolly*-Reihe/*Malory Towers* von Enid Blyton (Romane/TV), S. 64–65, B1
Burg von Karies, Yukon (Gebäude), *South Park* (TV), S. 26–27, B2
Burg Wolfenstein, Deutschland (Gebäude), *Wolfenstein*-Reihe (Videospiele), S. 44–45, D3 und D4
Burgheim, Österreich (Dorf), *Zwölf mal Polt* Kriminalgeschichten von Alfred Komarek, S. 44–45, D3
Burnistoun, Schottland (Städtchen), *Burnistoun* (TV), S. 64–65, C4
Burnstow, England (Städtchen), *„Pfeife und ich komme zu dir, mein Freund!"* von M.R. James (Kurzgeschichte), S. 64–65, D2
Bursley, England (Städtchen), *Fünf Städte*-Romane von Arnold Bennett, S. 64–65, C2
Bushtown, New South Wales (Städtchen), *Skippy der Buschpilot* (TV), S. 108–109, E2
Busnäs, Schweden (Städtchen), Werke von Hans-Eric Hellberg, S. 56–57, B3
Bussardsberg, Spanien (Berg), *San Manuel Bueno, Märtyrer* von Miguel de Unamuno (Roman), S. 44–45, B1
Butlershill, Irland (Städtchen), *Married Quarters* von Shane Connaughton (Roman), S. 64–65, A3
Butsumetsu, Japan (Stadt), *Binbougami ga! (Good Luck Girl)* von Yoshiaki Sukeno (Manga/Anime), S. 96–97, B2
Butterfield, Kansas (Städtchen), *Der Zauberer von Oz*-Reihe von L. Frank Baum, S. 16–17, C4
Buttersby, Indischer Ozean (Städtchen), *The Illegal* von Lawrence Hill (Roman), S. 78–79, B1/C1
Butua (Land), *Aline und Valcour* von Marquis de Sade (Roman), S. 84–85, C2
Buzhou, Tadschikistan (Berg, chinesische Mythologie), S. 72–73, E3
Byköping, Schweden (Städtchen), *Agaton Sax*-Geschichten von Nils-Olof Franzén (Jugendromane/TV), S. 56–57, C2
C&FW Railroad, Kentucky, *Petticoat Junction/Green Acres* (TV), S. 14–15, A3
Cabovce, Slowakei (Städtchen), *Sie kam aus dem All* (TV), S. 50–51, A3/B3
Caprljane, Bosnien und Herzegowina (Städtchen), *Bal-Can-Can* (Film), S. 50–51, A2
Cabot Cove, Maine (Städtchen), *Mord ist ihr Hobby* (TV), S. 14–15, D6
Cactusville, Texas (Städtchen), *Desperate Dan* (Comic), S. 16–17, B2
Cadillac Range, Arizona (Gebirge), *Cars* (Film), S. 18–19, C3
Caer Craig, Wales (Gebäude), *The Puddleduck Affair* von David Sheperd (Roman), S. 64–65, C2
Caerflwyti, Wales (Dorf), *Tolldreiste Kerle in rasselnden Raketen* (Film), S. 64–65, C2
Cahulawassee, Georgia (Fluss), *Flussfahrt/Beim Sterben ist jeder der Erste* (Roman/Film), S. 14–15, A2
Caiphul (Land), Cthulhu-Mythos (diverse), S. 126–127, C4
Cairnholm, Wales (Insel), *Die Insel der besonderen Kinder* von Ransom Riggs (Roman/Film), S. 64–65, B2
Caldwell, Washington (Städtchen), *The Returned* (TV), S. 18–19, B6
Calenda, Spanien (Städtchen), *Luna, el misterio de Calenda* (TV), S. 44–45, B2
Caleta del Sol, Chile (Städtchen), *Caleta del Sol* (TV), S. 38–39, B3
Calibans Insel, Mittelmeer (Insel), *Der Sturm* von William Shakespeare (Theaterstück), S. 44–45, D1
Calisota (Staat), *DuckTales* (diverse), S. 18–19, A5
Calm's Point, New York (Städtchen), Werke von Ed McBain, S. 14–15, D1
Caloestown, Oceana (Städtchen), *The Strong Man* von H.R.F. Keating (Roman), S. 126–127, D5

Calpurnia (Land), *Eine königliche Winterromanze* (Film), S. 44–45, C2/C3
Calumet, Colorado (Städtchen), *Die rote Flut* (Film), S. 18–19, D3
Calusa, Florida (Stadt), *Transformers* (Comic), S. 14–15, B1
Camberwick Green, England (Dorf), *Camberwick Green* (TV), S. 64–65, D1
Camelot, Wales (Anwesen, Mythos), S. 64–65, C2
Camp Belica, Kroatien (Gebäude), *Wolfenstein*-Reihe (Videospiele), S. 50–51, A2
Camp Campbell, Washington (Gebäude), *Camp Camp* (Web-Trickserie), S. 18–19, B6
Camp Mowester, Washington (Gebäude), *Free Willy 2* (Film), S. 18–19, A6
Camp Omega, Kuba (Gebäude), *Metal Gear Solid V* (Videospiel), S. 32–33, E2
Camp Winnepacaca, Rumänien (Gebäude), *Hotel Transsilvanien 2* (Film), S. 50–51, C2
Campania, Atlantik (Wrack), *Black Butler* (Manga/Anime), S. 126–127, B4
Camptounfoot, Schottland (Städtchen), *A Bridge in Time* von Elisabeth McNeill (Roman), S. 64–65, C4
Campus-Kolonie, Nebraska (Städtchen), *The Walking Dead: World Beyond* (TV), S. 16–17, B4
Canaima, Kalifornien (Städtchen), *Arachnophobia* (Film), S. 18–19, A3
Canalview, Panama (Städtchen), *Die Piraten! – Ein Haufen merkwürdiger Typen!* (Film), S. 32–33, D1
Canarie Islands, Karibik (Inselgruppe), *Die Piraten! – Ein Haufen merkwürdiger Typen!* (Film), S. 32–33, D3
Candleford, England (Städtchen), *Lark Rise to Candleford/Von Lark Rise nach Candleford* von Flora Thompson (Romane/TV), S. 64–65, D2
Candyland-Plantage, Mississippi (Gebäude), *Django Unchained* (Film), S. 16–17, D3
Cani, Indien (Fluss), *In 80 Tagen um die Welt* von Jules Verne (Roman), S. 78–79, C4
Canley, England (Städtchen), *The Bill* (TV), S. 64–65, D2
Cannonball Cove, Kuba (Landschaft), *Die Piraten! – Ein Haufen merkwürdiger Typen!* (Film), S. 32–33, D3
Canonry, The, Schottland (Region/Grafschaft), Romane von John Buchan, S. 64–65, B3
Cantaloa, Spanien (Städtchen), *Grand Hotel* (TV), S. 44–45, B3
Cantre'r Gwaelod (Insel/Nation, Volksmythos), S. 64–65, B2
Cap City, Oklahoma (Städtchen), *Der Outsider* von Stephen King (Roman), S. 16–17, C3
Capa-Blanca-Inseln, Spanien (Inselgruppe), *Doktor Dolittles schwimmende Insel* von Hugh Lofting (Roman), S. 44–45, A2
Cape Flattery, Washington (Städtchen), *Ma & Pa Kettle* (Filme), S. 18–19, A6
Cape Grimm, Tasmanien (Landschaft), *Cape Grimm* von Carmel Bird (Roman), S. 108–109, D1
Cape of Good Ham, Karibik (Landschaft), *Die Piraten! – Ein Haufen merkwürdiger Typen!* (Film), S. 32–33, F2
Cape Suzette/Kap Suzette, Hawaii (Stadt), *Käpt'n Balu und seine tollkühne Crew/Duck Tales 2017* (TV), S. 18–19, D1
Capeside, Massachusetts (Städtchen), *Dawson's Creek* (TV), S. 14–15, D5
Capila, Mexiko (Region), *Porque Parece Mentira la Verdad Nunca se Sabe* von Daniel Sada (Roman), S. 32–33, B3
Capillaria, Atlantis (versunkenes Land), *Capillaria* von Frigyes Karinthy (Roman), S. 126–127, B4/C4
Capital City/Capitol City, North Takoma (Stadt), *Die Simpsons* (TV), S. 18–19, A6
Capitol City (Hauptstadt), District of Columbia (Stadt), *Destroy All Humans* (Videospiel), S. 14–15, C4
Capitol City, Colorado (Stadt), *Der Mann, der Liberty Valance erschoß* (Film), S. 18–19, A6 und S. 16–17, A4
Capoeirão dos Tucanos, Brasilien (Landschaft), *Sítio do Picapau Amarelo* von Monteiro Lobato (Romane), S. 38–39, C3/D3
Caprona (auch bekannt als Caspak, Insel), *Das vergessene Land* von Edgar Rice Burroughs (Roman/Filme), S. 114–115, A3
Caprona, Italien (Stadtstaat), *Die Zauberer von Caprona* von Diana Wynne Jones (Roman), S. 44–45, C2
Carbon Creek, Pennsylvania (Städtchen), *Star Trek* (diverse), S. 14–15, B4
Carburetor County, Arizona (County), *Cars* (Film), S. 18–19, C3
Cardale, England (Städtchen), *Peak Practice* (TV), S. 64–65, C2
Cardigan, Neuseeland (Städtchen), Werke von Geoff Spedding, S. 108–109, F2
Cardingham River, Queensland (Fluss), *The Black Bell Buoy* von Rupert Chesterton (Kurzgeschichte), S. 108–109, D3
Cardingham, Queensland (Städtchen), *The Black Bell Buoy* von Rupert Chesterton (Kurzgeschichte), S. 108–109, D3
Carfax Abbey, England (Anwesen), *Dracula* von Bram Stoker (Roman), S. 64–65, D2
Carhill, Schottland (Dorf), *The Happy Lands* (Film), S. 64–65, C4
Carlotta, Peru (Insel), *Geheimaktion Carlotta/Tote tragen keine Karos* (Filme), S. 38–39, A4
Carmody, Prince Edward Island (Städtchen), *Anne auf Green Gables* von Lucy Maud Montgomery (Roman), S. 26–27, F1
Carn Zawn Head, England (Landschaft), *Music Hath Charms* von L.T.C. Rolt (Kurzgeschichte), S. 64–65, B1
Carn, Irland (Städtchen), *Stadt an der Grenze* von Patrick McCabe (Roman), S. 64–65, B3
Carnis, Afghanistan (Dorf, Militärübung), S. 72–73, E2
Carrick, Irland (Städtchen), *Die Bücherei am Ende der Welt* von Felicity Hayes-McCoy, S. 64–65, A2
Carricklea, Irland (Dorf), *Normale Menschen* von Sally Rooney (Roman/TV), S. 64–65, A3
Carrickstowe, England (Städtchen), *Adventure Island*-Reihe von Helen Moss, S. 64–65, B1
Carrigeen, Irland (Städtchen), *The South Westerlies* (TV), S. 64–65, A2
Carrigstown, Irland (Städtchen), *Fair City* (TV), S. 64–65, B3
Carringbush, Victoria (Städtchen), *Power Without Glory* von Frank Hardy (Novelle), S. 108–109, A1
Carrizalejo, Mexiko (Städtchen), *Setenta Veces Siete* von Ricardo Elizondo Elizondo (Roman), S. 32–33, B3
Carrizales, USA (Städtchen), *Setenta Veces Siete* von Ricardo Elizondo Elizondo (Roman), S. 32–33, B3
Carrucan-Plantage, Mississippi (Gebäude), *Django Unchained* (Film), S. 16–17, D2
Carsden, Schottland (Städtchen), *Das dunkle Herz der Schuld* von Ian Rankin (Roman), S. 64–65, C4
Carsely, England (Dorf), *Agatha Raisin* (TV), S. 64–65, C2
Casaquemada (Insel), *Casaquemada oder die Insel der Gewalt* von Neil Bissoondath (Roman), S. 32–33, F2
Cascadia (Land), *Mirror's Edge* (Videospiele), S. 108–109, D2
Cascadiopolis, Oregon (Städtchen), *In den Wäldern der Nacht* von Jay Lake (Kurzgeschichte), S. 18–19, A5
Cascara (Insel/Nation), *Wasser – Der Film* (Film), S. 32–33, E2
Caspiar (Insel/Nation), *The mind of Andy Kaufman* (Performance-Kunst), S. 72–73, C3
Cassidy Keep, Irland (Gebäude), Marvel Comics, S. 64–65, A3
Cast-Away-Insel, Pazifik (Insel), *Cast Away – Verschollen* (Film), S. 120–121, D2
Castelobruxo, Brasilien (unkartierbares Gebäude), *Harry Potter/Wizarding World* von J.K. Rowling (diverse), S. 38–39, B4
Casterbridge, England (Städtchen), Romane von Thomas Hardy, S. 64–65, C1
Castillo, Mexiko (Gebäude), *Overwatch* (Videospiel), S. 32–33, B3
Castle Balmeath, Schottland (Gebäude), *New Captain Scarlet* (TV), S. 64–65, B4
Castle Bravo, Atlantik (Gebäude), *Godzilla II: King of the Monsters* (Film), S. 126–127, A3
Castle Gay, Schottland (Gebäude), Romane von John Buchan, S. 64–65, B3
Castle McDuff, Schottland (Gebäude), *Scooby-Doo* (TV), S. 64–65, B5
Castle Rock, Maine (Städtchen), *Castle-Rock-Zyklus* von Stephen King (diverse), S. 14–15, D6
Castle Thane, Schottland (Gebäude), *James Bond: Die Welt ist nicht genug* (Film), S. 64–65, B4
Castle Wyvern, Schottland (Gebäude), *Gargoyles* (TV), S. 64–65, B4
Castleford, England (Stadt), *Als die Uhr dreizehn schlug* von Philippa Pearce (Roman), S. 64–65, D2
Castlemartin, Nordirland (Städtchen), Werke von Paul Charles, S. 64–65, B3
Castletown, Schottland (Städtchen), *Inspector Jim Carruthers*-Reihe von Tana Collins (Romane), S. 64–65, C4
Castringham Hall, England (Gebäude), *Der Eschenbaum* von M.R. James (Roman), S. 64–65, D2
Catan, Azoren (Insel), *Die Siedler von Catan* (Brettspiel), S. 126–127, C4
Catawba (Staat), *Schau heimwärts, Engel* von Thomas Woolfe (Roman), S. 14–15, B3/C3
Catawba-Gebirge, Catawba (Gebirge), *Schau heimwärts, Engel* von Thomas Wolfe (Roman), S. 14–15, B3
Catela, Kalifornien (Städtchen), *Breathing in Dust* von Tim Z. Hernandez (Roman), S. 18–19, A3
Catfish Row, South Carolina (Gebäude), *Porgy and Bess* (Musical), S. 14–15, B3/C3
Catmere, England (Region), *Die fünf schwarzen Schwäne und andere Elfengeschichten* von Sylvia Townsend Warner (Kurzgeschichten), S. 64–65, C4
Cattle Corner, Kalifornien (Städtchen), *Spiel mir das Lied vom Tod* (Film), S. 18–19, B3
Cauldron Point, Oregon (Landschaft), *Die Goonies* (Film), S. 18–19, A6
Causton, England (Städtchen), *Inspector Barnaby* (TV), S. 64–65, C2
Cayta, Costaguana (Stadt), *Nostromo* von Joseph Conrad (Roman), S. 38–39, A4
Cayuna (Land), Werke von John Hearne, S. 32–33, D2
Cedar Cove, Washington (Insel/Städtchen), *Cedar Cove*-Reihe von Debbie Macomber (Romane), S. 18–19, A6
Cedar Creek, Kalifornien (Städtchen), *Outbreak – Lautlose Killer* (Film), S. 18–19, A5
Cedar Valley, New South Wales (Städtchen), *Cedar Valley* von Holly Throsby (Roman), S. 108–109, D2
Cedarn, Utana (Städtchen), *Fahles Feuer* von Vladimir Nabokov (Roman), S. 18–19, D5
Centennial-Orbitalfahrstuhl, Kuba (Weltraumlift), *Halo: Geister von Onyx* von Eric S. Nylund (Roman), S. 32–33, D3
Centennial, Colorado (Städtchen), *Colorado Saga* von James A. Michener (Roman), S. 16–17, A4
Centertown, Indiana (Städtchen), *Verbrechen in der Zukunft. Science-Fiction-Stories* von Lloyd Biggle (Roman), S. 14–15, A4
Central City, Missouri (Stadt), DC Comics, S. 16–17, C4
Central City/Center City, Oregon (Stadt), *Transformers* (diverse), S. 18–19, A6
Centralia, Wisconsin (Städtchen), *Das schwarze Haus* von Stephen King (Roman), S. 16–17, C5
Ceromaior, Portugal (Städtchen), *Das Dorf Cerromaior* von Manuel de Fonseca (Roman), S. 44–45, A2
Certigny, Frankreich (Städtchen), *Ils sont votre épouvante et vous êtes leur crainte* von Thierry Jonquet (Roman), S. 44–45, E3
Chaikhosi, Indien (Städtchen), *Die Besteigung des Rum Doodle* von W.E. Bowman (Roman), S. 78–79, C4
Chakkahera, Indien (Dorf), *Baaz* von Anuja Chauhan (Roman), S. 78–79, B5
Chako Paul City, Schweden (Städtchen, Scherz), S. 56–57, C5
Chakranadi River, Anandapur (Fluss), Disney's Animal Kingdom (Themenpark), S. 78–79, C4
Chalk Hill, Western Australia (Städtchen), *Chalk Hill*-Reihe von Lily Malone (Romane), S. 108–109, A2
Chamberlain, Maine (Städtchen), *Carrie* von Stephen King (diverse), S. 14–15, D6
Champaner, Indien (Dorf), *Lagaan – Es war einmal in Indien* (Film), S. 78–79, B4
Chancellor, Atlantik (Wrack), *Der Chancellor* von Jules Verne (Roman), S. 126–127, B3
Chanda, Indien (Städtchen), *The Dâk Bungalow at Dakor* von Bithia Mary Croker (Kurzgeschichte), S. 78–79, C4
Chandrapur, Indien (Stadt), *Auf der Suche nach Indien/Reise nach Indien* von E.M. Forster (Roman/Film), S. 78–79, C4
Chaney, Texas (Städtchen), *Akte X* (TV), S. 16–17, B2
Changle, China (Städtchen), *A Dictionary of Maqiao* von Han Shaogong (Roman), S. 102–103, D2
Changmian, China (Dorf), *Die hundert verborgenen Sinne* von Amy Tan (Roman), S. 102–103, C1
Chapel-Mine, North Carolina (Bergwerk), *The Descent 2 – Die Jagd geht weiter* (Film), S. 14–15, B3
Charanpur, Indien (Dorf), *Swades – Heimat* (Film), S. 78–79, C4
Charm City, Delmarva (Stadt), *Steven Universe* (TV), S. 14–15, C4
Charming, Kalifornien (Städtchen), *Sons of Anarchy* (TV), S. 18–19, A4
Charnham, England (Städtchen), *Family Affairs* (TV), S. 64–65, D2
Charybdis *siehe* Skylla und Charybdis
Charydos, Türkei (Stadt), *Claudian* von Henry Herman (Theaterstück), S. 72–73, B3
Château des Fausseflammes, Frankreich (Gebäude), Werke von Clark Ashton Smith (Kurzgeschichten), S. 44–45, C3
Château Picard, Frankreich (Gebäude), *Raumschiff Enterprise – Das nächste Jahrhundert/Picard* (TV), S. 44–45, C3
Château Thelian, Frankreich (Gebäude), *Star Trek: Die Gesetze der Föderation* von Keith R.A. Decandido (Roman), S. 44–45, C3
Chatooga-Nationalpark, North Carolina (Landschaft), *The Descent – Abgrund des Grauens* (Film), S. 14–15, B3
Chatswin und East Chatswin, New York (Städtchen), *Suburgatory* (TV), S. 14–15, D1
Chatzy, Chinaland (Städtchen), *Little Ninja Brothers* (Videospiel), S. 102–103, C2
Cheli, Italien (Insel), *Gargantua und Pantagruel* von François Rabelais (Roman), S. 44–45, D1
Chemiewaffenfabrik in Archangelsk, Russland (Gebäude), *James Bond: GoldenEye* (Film), S. 50–51, B6
Chen-li, China (Städtchen), *China Sky (Am Himmel von China)* von Pearl S. Buck (Roman/Film), S. 102–103, D2
Chencuocun, Taiwan (Städtchen), Werke von Li Ang, S. 102–103, D1
Cherku, Tibet (Dorf), *Cursed Mountain* (Videospiel), S. 102–103, B2
Chernarus/Tschernarussland (Land), *ARMA 2* (Videospiel), S. 50–51, A5
Cherry Falls, Virginia (Städtchen), *Cherry Falls – Sex oder stirb* (Film), S. 14–15, C4
Cherry Hill Temple, Japan (Gebäude), *Sailor Moon* von Naoko Takeuchi (Manga/Anime), S. 96–97, E1
Cherry Town, China (Dorf), *The Lantern Bearer* von Pingwa Jia (Roman), S. 102–103, D2
Cherrywood, Republien (Stadt), *The Republia Times* (Videospiel), S. 50–51, A5
Chesney Wold, England (Anwesen), *Bleak House* von Charles Dickens (Roman), S. 64–65, D3
Chester's Mill, Maine (Städtchen), *Die Arena/Under the Dome* (Roman/TV) von Stephen King (diverse), S. 14–15, D6
Chickentown, Minnesota (Städtchen), *Abarat*-Reihe von Clive Barker (Romane), S. 16–17, C5
Chigley, England (Dorf), *Chigley* (TV), S. 64–65, D1
Chillingbourne, England (Dorf), *A Canterbury Tale* (Film), S. 64–65, D2
Chilly Beach, Nunavut (Städtchen), *Chilly Beach* (TV), S. 26–27, D2
Chimitaxl, Cordillera (Berg), *Die Gnadenlosen* von Desmond Bagley (Roman), S. 38–39, B3
Chinaland (Land), *Super Chinese*-Reihe (Videospiel), S. 102–103, D1/D2
Chiragpur, Pakistan (Dorf), Werke von Qaisra Shahraz, S. 78–79, A4
Chiriguaná, Kolumbien (Städtchen), *Der zufällige Krieg des Don Emmanuel* von Louis de Bernières (Roman), S. 38–39, A5/B5
Chisleton, Schottland (Städtchen), *Supergran* (TV), S. 64–65, C4
Chitharpatti, Indien (Dorf), *Marmadesam* (TV), S. 78–79, B2
Chongsokgol, Nordkorea (Dorf), *Im Kkeok Jung* (Film), S. 102–103, E3
Christmasland, Colorado (Städtchen), *Christmasland/NOS4A2* von Joe Hill (Roman/TV), S. 16–17, A4
Christminster, England (Stadt), Romane von Thomas Hardy, S. 64–65, C2
Chuffnell Regis, England (Städtchen), Romane von P.G. Wodehouse, S. 64–65, C2
Chungking, China (Stadt), *Das Leben auf Erden* von Jan Jacob Slauerhoff (Roman), S. 102–103, C2
Chuparosa, Mexiko (Städtchen), *Red Dead Redemption*-Reihe (Videospiele), S. 32–33, B3
Churramobod, Tadschikistan (Stadt), *Churramobod, Stadt der Freude* von Andrej Wolos (Roman), S. 72–73, D3
Chutneypore, Indien (Stadt), *The Nautch Girl, or The Rajah of Chutneypore* (komische Oper), S. 78–79, C4/D4
Cibola, South Dakota (Stadt), *Das Vermächtnis des geheimen Buches* (Film), S. 16–17, A5
Cicely, Alaska (Städtchen), *Ausgerechnet Alaska* (TV), S. 18–19, B1
Cilly City, Chinaland (Stadt), *Little Ninja Brothers* (Videospiel), S. 102–103, D2
Cimmerien *siehe* Kimmerien
Cinderellas Schloss, Japan (Gebäude), *Log Horizon* von Mamare Tōno und Kazuhiro Hara (Romane/Anime), S. 96–97, F1
Cinnabar, Nevada (Städtchen), Dark Horse Comics, S. 18–19, B4
Citrusville, Florida (Städtchen), Marvel Comics, S. 14–15, C1
City 17, Lettland (Stadt), *Half-Life 2* (Videospiel), S. 50–51, B4
City-A, Kasachstan (Stadt), *whiteonwhite:algorithmicnoir* (Film), S. 72–73, D3
Cityville, Kalifornien (Stadt), *Powerpuff Girls* (TV), S. 18–19, B3
Ciudad Azul, Argentinien (Dorf), *Far South* von David Enrique Spellman (Roman), S. 38–39, B3
Ciudad España (Stadtstaat/Provinz), *Judge Dredd* (Comics), S. 44–45, B2
Ciudad Polaca, San Escobar (Stadt, Internethumor), S. 32–33, B2
Ciudad Santiago, Mexiko (Städtchen), *Amor Real* (TV), S. 32–33, B2
Ciudad Trinidad, Mexiko (Städtchen), *Amor Real* (TV), S. 32–33, B2/B3
Clam Waters (Meer), *Club Penguin* (Videospiel), S. 114–115, A3
Clanton, Mississippi (Stadt), *Die Jury* von John Grisham (und andere Romane) (Roman), S. 16–17, D3
Clapstone, South Australia (Städtchen), *Dyschronia* von Jennifer Mills (Roman), S. 108–109, C2
Claridge, Maryland (Städtchen), *The Bay – Nach Angst kommt Panik* (Film), S. 14–15, C4
Clarkson, Indischer Ozean (Stadt), *The Illegal* von Lawrence Hill (Roman), S. 78–79, C1
Clarksville, Kentucky (Städtchen), *The Clovehitch Killer* (Film), S. 14–15, A4
Clatterford, England (Städtchen), *Jam & Jerusalem* (TV), S. 64–65, C1
Clear River, Nebraska (Städtchen), *The House Without a Christmas Tree* (Film), S. 16–17, C4
Clearwater, Erewhon (Städtchen), *Erewhon* von Samuel Butler (Roman), S. 108–109, F1
Clerinel, Kanalinseln (Insel), *We Couldn't Leave Dinah* von Mary Treadgold (Roman), S. 64–65, A1
Clinton Corners, Georgia (Städtchen), *Carter Country* (TV), S. 14–15, B2
Clochemerle, Frankreich (Städtchen), *Clochemerle* von Gabriel Chevallier (Roman), S. 44–45, C3
Clogher, Irland (Städtchen), *The Seething Pot* von George A. Birmingham (Roman), S. 64–65, A3
Cloisterham, England (Städtchen), *Das Geheimnis des Edwin Drood* von Charles Dickens (Roman), S. 64–65, D2
Clontar, New Jersey (Städtchen), Werke von Sinclair Lewis, S. 14–15, C5
Clotton, England (Städtchen), Severn Valley aus dem Cthulhu-Mythos von Ramsey Campbell (Romane), S. 64–65, C2
Club Penguin Island (Insel), *Club Penguin/Club Penguin Island* (Videospiel), S. 114–115, A3
Clumegnig, Luggnagg (Städtchen), *Gullivers Reisen* von Jonathan Swift (Roman), S. 96–97, E3
CM&W Railroad, Colorado (Bahnstrecke), *Der Mann, der Liberty Valance erschoß* (Film), S. 16–17, A3
Coal Valley (Hope Valley), Alberta (Städtchen), *Janette Oke: Die Coal Valley Saga* (TV), S. 26–27, C1
Cobra Island, Golf von Mexiko (Insel), *G.I. Joe* (diverse), S. 32–33, B3/C3
Cobrastan (Land), *Papers, Please* (Videospiel), S. 50–51, A5
Cochadebajo de los Gatos, Kolumbien (Städtchen), *Der zufällige Krieg des Don Emmanuel* von Louis de Bernières (Roman), S. 38–39, A5/A6
Cockleshell Bay, England (Dorf), *Cockleshell Bay* (TV), S. 64–65, B1
Coketown, England (Stadt), *Harte Zeiten* von Charles Dickens (Roman), S. 64–65, C3
Col Plateau, Karain (Landschaft), *Islandia*-Romane von Austin Tappan Wright und Fortsetzungen von Mark Saxton, S. 84–85, B1
Colby, Texas (Städtchen), *Lone Ranger* (Film), S. 16–17, B2
Cold Bosworth, England (Städtchen), *Sleep No More* von L.T.C. Rolt (Kurzgeschichten), S. 64–65, D2
Cold Harbour, England (Dorf), *South Riding* von Winifred Holtby (Roman), S. 64–65, D3
Cold-Harbour, Erewhon (Städtchen), *Erewhon* von Samuel Butler (Roman), S. 108–109, F1
Collinsport, Maine (Dorf), *Dark Shadows* (TV/Film), S. 14–15, D6
Colonia Elena, Argentinien (Städtchen), *Kóblic* (Film), S. 38–39, C2
Colson, Washington (Städtchen), *Akte X* (TV), S. 18–19, B6
Columbiana (Staat), *Die Kwimpers* von Richard Powell (Roman), S. 14–15, B1/B2
Comala, Mexiko (Städtchen), *Pedro Páramo* von Juan Rulfo (Roman), S. 32–33, B2
Comalites, Texas (Städtchen), *Von der Erde zum Mond* von Jules Verne (Roman), S. 16–17, B1
Combray, Frankreich (Dorf), *Auf der Suche nach der verlorenen Zeit* von Marcel Proust (Roman), S. 44–45, C3
Comity, New Hampshire (Städtchen), *Akte X* (TV), S. 14–15, C5
Con, Antilia (Insel, Legende), S. 126–127, B4
Concordia (Land), *Romanoff und Julia* von Peter Ustinov (Theaterstück/Film), S. 50–51, A3
Connemara, Irland (Städtchen), *Otto, zieh die Bremse an!* (Film), S. 64–65, A3
Coolsville, Ohio (Städtchen), *Scooby-Doo! – Der Fluch des Seemonsters* (Film), S. 14–15, B4
Coombe Tracey, England (Städtchen), *Sherlock Holmes: Silberstern* von Arthur Conan Doyle (Roman), S. 64–65, C1
Coongahoola, New South Wales (Städtchen), *All Our Secrets* von Jennifer Lane (Roman), S. 108–109, D2
Cooper's Crossing, New South Wales (Städtchen), *Die fliegenden Ärzte* (TV), S. 108–109, D2
Cooper's Dell, Texas (Städtchen), *Red State* (Film), S. 16–17, B3
Copenhagen City, Jamaika (Städtchen), *Eine kurze Geschichte von sieben Morden* von Marlon James (Roman), S. 32–33, D2
Copper Beeches, England (Anwesen), *Sherlock Holmes: Die Blutbuchen* von Arthur Conan Doyle (Kurzgeschichte), S. 64–65, C1
Copper Creek, Neuseeland (Städtchen), *Copper Creek*-Reihe von Wendy Smith (Romane), S. 108–109, F2
Copperopolis, Wales (Stadt), *Copperopolis* (Comic), S. 64–65, C2
Coproliabad, Irak (Städtchen), *Bowl of Cherries* von Millard Kaufman (Roman), S. 72–73, C2
Coradine, Schottland (Land), *A Crystal Age* von W.H. Hudson (Roman), S. 64–65, C5
Coral Key Park, Florida (Landschaft), *Flipper* (TV), S. 14–15, C1
Cordillera (Land), *Die Gnadenlosen* von Desmond Bagley (Roman), S. 38–39, B3
Cordinia (Land), *Königliche Weihnachten* (Film), S. 44–45, C3

Cordovia (Land), *BoJack Horseman* (TV), S. 50–51, A5
Corinth, Pennsylvania (Städtchen), *Loving – Wege der Liebe* (TV), S. 14–15, B4
Cornwall Coombe, Connecticut (Städtchen), *Der Kult* von Thomas Tryon (Roman), S. 14–15, D5
Coroado, Brasilien (Städtchen), *Irmãos Coragem* (TV), S. 38–39, C4
Corona (Stadt/Staat), *Rapunzel – Neu verföhnt/Rapunzel – die Serie* (Film/TV), S. 50–51, A4/B4
Coronado (Land), *Coronado* (Film), S. 32–33, C1
Coronation Gulf, Western Australia (Landschaft), *Der singende Baum* von Tim Winton (Roman/Film), S. 108–109, B4
Coronel Vallejos, Argentinien (Dorf), *Verraten von Rita Hayworth* von Manuel Puig (Roman), S. 38–39, B2
Corpus Christi (Insel), Werke von Robert Antoni, S. 32–33, F1
Corrigan, Western Australia (Städtchen), *Wer hat Angst vor Jasper Jones?* von Craig Silvey (Roman/Film), S. 108–109, A2
Cortex-Insel, Pazifik (Insel), *Crash Bandicoot*-Reihe (Videospiele), S. 120–121, B2
Costa Bomm, Spanien (Region), *Carry On: Ein total verrückter Urlaub!* (Film), S. 44–45, C2
Costa Eldorado, Spanien (Region), *Eldorado* (TV), S. 44–45, A1
Costa Estrella, Karibik (Insel), *Prinzessinnen Schutzprogramm* (Film), S. 32–33, E2
Costa Gravas (Insel/Nation), *Chuck* (TV), S. 38–39, C3/D3
Costa Luna, Karibik (Insel), *Prinzessinnen Schutzprogramm* (Film), S. 32–33, E2
Costa Perdida (Land), *Air America* (TV), S. 32–33, C2
Costa Perdita (Land), Marvel Comics (Comics), S. 32–33, C2
Costa Plonka, Spanien (Städtchen), *Werden Sie schon bedient?* (Film), S. 44–45, B2
Costa Protza (Land/Fürstentum), *San Sombrèro* (Reiseführer), S. 44–45, C2
Costa Verde (Land), Marvel Comics, S. 32–33, C2
Costaguana (Land), *Nostromo* von Joseph Conrad (Roman), S. 38–39, A4
Coulibri, Jamaika (Zuckerrohrplantage), *Sargassomeer* von Jean Rhys (Roman), S. 32–33, D2
County Finfarran, Irland (Grafschaft), *Die Bücherei am Ende der Welt* von Felicity Hayes-McCoy, S. 64–65, A2
County More West, Irland (Grafschaft), *Lang lebe Ned Divine!* (Film), S. 64–65, A2
Cowpertown, South Carolina (Städtchen), Werke von Madeleine L'Engle, S. 14–15, C3
Crab Island, Karibik (Insel), *Swallows and Amazons: Peter Duck* von Arthur Ransome (Romane), S. 32–33, F2
Crab Key und Dr. Nos Versteck, Jamaika (Insel), *James Bond jagt Dr. No* von Ian Fleming (Roman/Film), S. 32–33, D2
Crackled Axle, Saskatchewan (Städtchen), *Regina Leader-Post* (Zeitung), S. 26–27, C1
Craggy Island, Irland (Insel), *Father Ted* (TV), S. 64–65, A2
Cragwich, England (Städtchen), *Lesbian Vampire Killers* (Film), S. 64–65, D2
Craig, Schottland (Städtchen), *Narrow-Gauge Adventure* von P.D. Hancock (Buch), S. 64–65, C4
Craigcorrie, Schottland (Städtchen), Modelleisenbahn, S. 64–65, B4
Craigh na Dun, Schottland (Steinkreis), *Highland-Saga*-Romane/*Outlander* von Diana Gabaldon (Romane/TV), S. 64–65, C5
Craiglang, Schottland (Städtchen), *Still Game* (TV), S. 64–65, C4
Craigshire, Schottland (Grafschaft), *Narrow-Gauge Adventure* von P.D. Hancock (Buch), S. 64–65, C4
Craigsville, Florida (Städtchen), *Feuervögel startbereit/Thunderbirds are Go* (Film 1966), S. 14–15, C1
Crampton Hodnet, England (Städtchen), *Crampton Hodnet* von Barbara Pym (Roman), S. 64–65, C2
Cranesmuir, Schottland (Dorf), *Highland-Saga*-Romane/*Outlander* von Diana Gabaldon (Romane/TV), S. 64–65, B5
Cranford, England (Dorf), *Cranford* (TV), S. 64–65, C2
Cranmer (Staat), *The Two Georges* von Harry Turtledove (Roman), S. 16–17, B3/C3
Crapulia (Region), *Mundus alter et idem* von Joseph Hall (Roman), S. 114–115, E2
Crawberg (Crawl Berg), Virginia (Städtchen), *ThanksKilling* (Film), S. 14–15, C4
Crawhill Cottage, Schottland (Gebäude), *When They Lay Bare* von Andrew Greig (Roman), S. 64–65, C4
Creighton-Ward Mansion, England (Gebäude), *Thunderbirds* (TV), S. 64–65, D2
Cresap's Landing, West Virginia (Städtchen), *Die Nacht des Jägers* von Davis Grubb (Roman/Film), S. 14–15, B4
Crescent City, Idaho (Städtchen), *Zorro's Black Whip* (Film), S. 18–19, B5
Crescent Cove (Städtchen), *Space Invaders* (Film), S. 18–19, A4
Crimpton-on-Sea, England (Städtchen), *Hi-de-Hi!* (TV), S. 64–65, D2
Crink's Creek, New South Wales (Städtchen), *Blue* von Pat Grant (Graphic Novel), S. 108–109, D2
Crinkley Bottom, England (Dorf), *Noel's House Party* (TV), S. 64–65, C1
Crocus, Saskatchewan (Städtchen), *Jake and the Kid* von W.O. Mitchell (Kurzgeschichten), S. 26–27, C1
Croft Manor, England (Gebäude), *Tomb Raider* (Videospiel), S. 64–65, D2
Cromartie High School, Japan (Gebäude), *Cromartie High School* von Eiji Nonaka (Manga/Anime), S. 96–97, E1
Cromlexia, Frankreich (Städtchen), *Pokémon* (Videospiele), S. 44–45, B3
Cronk, England (Städtchen), *Thomas, die kleine Lokomotive* von Rev. W. Audrey (Bücher/TV), S. 64–65, C3
Crooked Cove, Karibik (Insel), *Fluch der Karibik* (diverse), S. 32–33, D2/E2
Crossarra, Irland (Dorf), *Die Bücherei am Ende der Welt* von Felicity Hayes-McCoy, S. 64–65, A2
Crossmaheart, Nordirland (Städtchen), *Cycle of Violence* von Colin Bateman (Roman), S. 64–65, B3
Crosspatch, Schottland (Städtchen), *The Dandy* („The Jocks and the Geordies") (Comic), S. 64–65, C4
Crossroads Motel, England (Gebäude), *Crossroads* (TV), S. 64–65, C2
Crossroads, Japan (Städtchen), *Sailor Moon* von Naoko Takeuchi (Manga/Anime), S. 96–97, E1
Crow Lake, Ontario (Städtchen), *Rückkehr nach Crow Lake* von Mary Lawson (Roman), S. 26–27, A4
Crowley Corners, Tennessee (Städtchen), *Hannah Montana* (TV/Film), S. 14–15, A3
Crown City *siehe* Elwood City
Cruives, The, Schottland (Landschaft), Romane von John Buchan, S. 64–65, B3
Crystal Falls, North Carolina (Städtchen), *Christmas Joy* (Film), S. 14–15, B3
Crystal Lake/Camp Crystal Lake, New Jersey (Städtchen/See), *Freitag der 13.* (Filme), S. 14–15, C5
Crystal Palace (Kristallpalast, Silberpalast), Japan (Gebäude), *Sailor Moon* von Naoko Takeuchi (Manga/Anime), S. 96–97, E1
Crystal River, Utah/Arizona (Städtchen), *Maverick – Den Colt am Gürtel, ein As im Ärmel* (Film), S. 18–19, C3
Crystal Tokyo/Kristall-Tokio, Japan (Stadt), *Sailor Moon* von Naoko Takeuchi (Manga/Anime), S. 96–97, E1/F1
Crythin Gifford, England (Dorf), *Die Frau in Schwarz* von Susan Hill (Roman/Theaterstück/Film), S. 64–65, C4
CSS Texas, Mali (Wrack), *Operation Sahara* von Clive Cussler (Roman/Film), S. 84–85, B5
Cuesta Verde, Kalifornien (Städtchen), *Poltergeist* (Film), S. 18–19, A3
Culdee Fell, England (Berg), *Thomas, die kleine Lokomotive* von Rev. W. Audrey (Bücher/TV), S. 64–65, C3
Cullymore, Irland (Städtchen), Romane von Patrick McCabe, S. 64–65, B3
Cutter, Washington (Städtchen), *Whale Talk* von Chris Crutcher (Roman), S. 18–19, B6
Cutthroat Isle, Karibik (Insel), *Fluch der Karibik* (diverse), S. 32–33, E2
Cwm-Pen-Ôl, Wales (Städtchen), *High Hopes* (TV), S. 64–65, C2
Cwmderi, Wales (Städtchen), *Pobol y Cwm* (TV), S. 64–65, C2
Cwrtmynach, Wales (Dorf), *Pobol y Cwm* (TV), S. 64–65, B2
Cyberaya, Malaysia (Stadt), *Agent Ali* (TV), S. 90–91, B2
Cypress Cove, Kalifornien (Stadt), *Die Sechs-Millionen-Dollar-Familie* (TV), S. 18–19, A5
Cypress Creek, North Takoma (Städtchen), *Die Simpsons* (TV), S. 18–19, B6
Cyprum, Zypern (Insel), *MacTrump* von Ian Doescher und Jacopo Della Quercia (Satire), S. 44–45, F1
D'Umbutu, Republik (Land), *Independence Day: Wiederkehr* (Film), S. 84–85, C3
Dadu, China (Stadt), *Log Horizon* von Mamare Tōno und Kazuhiro Hara (Romane/Anime), S. 102–103, D2
Dahum (Land), *Solo* von William Boyd (Roman), S. 84–85, B4
Daikoku, Japan (Städtchen), *Dennō Coil* (Anime), S. 96–97, B2
Daily Mail Island, England (Insel), *TV Go Home* (TV, Internet), S. 64–65, B2
Dakar, Washington (Wrack), *Free Willy 2* (Film), S. 18–19, A6
Dakota City (Stadt), *Milestone Media* (diverse), S. 16–17, B5
Dalahtibar, Adjikistan (Stadt), *SOCOM U.S. Navy SEALs: Combined Assault* (Videospiel), S. 72–73, D2
Dalmailing, Schottland (Städtchen), *Annals of the Parish* von John Galt (Roman), S. 64–65, C3
Dalquaharter, Schottland (Städtchen), Romane von John Buchan, S. 64–65, B3
Damon, Washington (Städtchen), *Nummer 5 lebt!* (Film), S. 18–19, A6
Dande, Ewawa (Stadt), *The Death Certificate* von Alobwed'Epie (Roman), S. 84–85, B4
Dandytown, Schottland (Städtchen), *The Dandy* (Comics), S. 64–65, C4
Danebury, England (Städtchen), *Detectorists* (TV), S. 64–65, D2
Danielstown, Irland (Anwesen), *Der letzte September* von Elizabeth Bowen (Roman/Film), S. 64–65, A2
Dante's Peak, Washington (Berg), *Dante's Peak* (Film), S. 18–19, B6
Danu (Land), *The Redundancy of Courage* von Timothy Mo (Roman), S. 90–91, D1
Danvers Hill, Montana (Städtchen), *Lonely Train a' Comin'/Helltracks* von William F. Nolan (Kurzgeschichte/Roman), S. 18–19, D6
Daphne, Pazifik (Wrack), *Die Insel des vorigen Tages* von Umberto Eco (Roman), S. 120–121, C2
Darfar (Land), *Conan*-Romane von Robert E. Howard, S. 84–85, B5
Dark Score Lake, Maine (See), Romane von Stephen King (diverse), S. 14–15, D6
Darkmoor, England (Landschaft), Marvel Comics, S. 64–65, C3
Darkness Falls, Maine (Städtchen), *Der Fluch von Darkness Falls* (Film), S. 14–15, D6
Darkstones Moor, Schottland (Landschaft), *Ripping Yarns: Murder at Moorstones Manor* (TV), S. 64–65, B4/C4
Darkwater Island, Massachusetts (Insel), *Call of Cthulhu* (Videospiel), S. 14–15, D5
Darlington Hall, England (Anwesen), *Was vom Tage übrig blieb* von Kazuo Ishiguro (Roman), S. 64–65, D2
Darnley Mills, England (Städtchen), *Darnley Mills*-Romane von Philip Turner, S. 64–65, D3
Darrowby, England (Städtchen), *Der Doktor und das liebe Vieh* von James Herriot (Roman/TV), S. 64–65, C3
Dasseborg, Schweden (Stadt), *Doktor Mugg* (TV), S. 56–57, B2
Daughtery, Texas (Städtchen), *Django Unchained* (Film), S. 18–19, D2
Daves geheime Insel, Pazifik (Insel), *Die Pinguine aus Madagascar* (Film), S. 90–91, D4
Daystrom-Institut, Japan (Gebäude), *Star Trek* (diverse), S. 96–97, D1
Dead Man's Eye, Karibik (Insel), *Fluch der Karibik* (diverse), S. 32–33, D2
Deadrock, Nevada (Städtchen), *Crazy for You* (Musical), S. 18–19, B5
Deane, New South Wales (Städtchen), *The White Girl* von Tony Birch (Roman), S. 108–109, D2
Death City, Nevada (Stadt), *Soul Eater* von Atsushi Ohkubo (Manga/Anime), S. 18–19, B4
Debra Dowa, Azania (Stadt), *Schwarzes Unheil* von Evelyn Waugh (Roman), S. 84–85, D4
Decent, Illinois (Städtchen), *Tattletail* (Videospiel), S. 16–17, D4
DeepStar Six, Pazifik (Unterwasserbauten), *DeepStar Six* (Film), S. 120–121, A4
Deer Meadow, Washington (Städtchen), *Twin Peaks* (TV), S. 18–19, B6
Deering, Indiana (Städtchen), *Hang Time* (TV), S. 14–15, A4
Deeson County, Arkansas (County), *Ein ausgekochtes Schlitzohr* (Film), S. 16–17, C2
Deika, Japan (Stadt), *My Hero Academia* von Kōhei Horikoshi (Manga/Anime), S. 96–97, C2
Deli-Chous, Chinaland (Stadt), *Little Ninja Brothers* (Videospiel), S. 102–103, D1
Delmarva (Staat), *Steven Universe* (TV), S. 14–15, C4
Delos Incorporated (Inselgruppe), *Westworld* von Michael Crichton (Roman/TV), S. 90–91, C3
Delphininsel, Queensland (Insel), *Die Delfininsel* von Arthur C. Clarke (Kinderbuch), S. 108–109, D4
Delta City, Michigan (Stadt), *Robocop* (Film/TV), S. 14–15, A5/B5
Delta Glen, Wisconsin (Städtchen), *Akte X* (TV), S. 16–17, D5
Delvadia (Land), Marvel Comics, S. 38–39, A5
Denley Moor, England (Städtchen), *Ripping Yarns: The Testing of Eric Olthwaite* (TV), S. 64–65, C3
Denton, England (Städtchen), *A Touch of Frost* von R.D. Wingfield (Romane/TV), S. 64–65, C2
Denton, Ohio (Städtchen), *The Rocky Horror Picture Show* (Film), S. 14–15, B4
Der Tempel, Atlantis (versunkene Stadt), Cthulhu-Mythos (*Der Tempel*, Kurzgeschichte), S. 126–127, C3
Der verlorene Kontinent (Insel), *Bestien lauern vor Caracas* (Film), S. 126–127, A3
Deriu, Italien (Städtchen), *Das kleine Theater am Meer* von Rosanna Ley (Roman), S. 44–45, C2
Derka Derkastan (Land), *Team America* (Film), S. 72–73, D2
Derlback, Irak (Dorf), *Zadig oder das Schicksal* von Voltaire (Roman), S. 72–73, C2
Derry, Maine (Städtchen), *Es* von Stephen King (diverse), S. 14–15, D6
Derwentbridge, England (Städtchen), *Meeting Lydia* von Linda MacDonald (Roman), S. 64–65, C3
Deseret (Staat), *Der große Süden* von Ward Moore (Roman), S. 18–19, C4
Desert Bluffs, New Mexico (Städtchen), *Welcome to Night Vale* (Podcast), S. 16–17, A2
Desperance, Queensland (Städtchen), *Carpentaria* von Alexis Wright (Roman), S. 108–109, D4
Desperation, Nevada (Städtchen), *Desperation* von Stephen King (Roman), S. 18–19, B4/C4
Deutscher Ozean, (Meer), *His Dark Materials* von Philip Pullman (diverse), S. 56–57, A1
Devil's Anvil, Karibik (Insel), *Fluch der Karibik* (diverse), S. 32–33, E2
Devil's Cape, Louisiana (Städtchen), *Devil's Cape* von Rob Rogers (Roman), S. 16–17, D2
Devil's Teeth, Grönland (Gebirge), *La Citadelle des Glaces* von Paul Alperine (Roman), S. 26–27, D4
Dexter, Oklahoma (Städtchen), *Akte X* (TV), S. 16–17, B3
Dhabar, Qurac (Land), DC Comics, S. 72–73, C2
Di-e-Bala, Afghanistan (Dorf), *New Home, New Life* (Hörspiel), S. 72–73, D2
Di-e-Payan, Afghanistan (Dorf), *New Home, New Life* (Hörspiel), S. 72–73, D2
Diamond City, Massachusetts (Städtchen), *Fallout 4* (Videospiel), S. 14–15, D5
Dianium, Spanien (Städtchen), Werke von Clara Sánchez (Roman), S. 44–45, B2
Dibley, England (Dorf), *The Vicar of Dibley* (TV), S. 64–65, D2
Dickens, Kalifornien (Städtchen), *Der Verräter* von Paul Beatty (Roman), S. 18–19, A2
Diggstown, Georgia (Städtchen), *Ihr größter Coup* (Film), S. 14–15, B3
Dilipabad, Pakistan (Städtchen), *Unmarriageable* von Soniah Kamal (Roman), S. 78–79, B5
Dillon, Texas (Städtchen), *Friday Night Lights* (TV), S. 16–17, A2
Dimmsdale, Kalifornien (Städtchen), *Cosmo & Wanda – Wenn Elfen helfen* (TV), S. 18–19, B3
Dingley Dell, England (Dorf), *Die Pickwickier* von Charles Dickens (Roman), S. 64–65, D2
Dinotopia, Indischer Ozean (Insel), *Dinotopia* (Bücher/TV), S. 78–79, A2
Dirt/Dreck, Nevada (Städtchen), *Rango* (Film), S. 18–19, B3
Discovery KSNM-3, New York (Wrack), *Metal Gear Solid*-Reihe (Videospiel), S. 14–15, D5
Disham, England (Städtchen), *Nacht und Tag* von Virginia Woolf (Roman), S. 64–65, D2
Dismal Downs (düsteres Hochmoor), Schottland (Landschaft), *Duck Tales* (TV), S. 64–65, B4/C4
Distelberg, China (Berg), *Die hundert verborgenen Sinne* von Amy Tan (Roman), S. 102–103, C1
District 9, Südafrika (Flüchtlingslager/Städtchen), *District 9* (Film), S. 84–85, C2
Distrikt 1, Utah/Montana (Staat), *Die Tribute von Panem* von Suzanne Collins (diverse), S. 18–19, C5
Distrikt 10, Mexiko (Region), *Die Tribute von Panem* von Suzanne Collins (Bücher/Filme), S. 32–33, A4/B4
Distrikt 10, Texas (Staat), *Die Tribute von Panem* von Suzanne Collins (diverse), S. 16–17, B1/B2
Distrikt 11 (Staat), *Die Tribute von Panem* von Suzanne Collins (diverse), S. 16–17, D2
Distrikt 12, West Virginia/Pennsylvania (Stadt/Region), *Die Tribute von Panem* von Suzanne Collins (diverse), S. 14–15, B4/C4
Distrikt 13, Ontario/Québec (Region), *Die Tribute von Panem* von Suzanne Collins (Romane/Filme), S. 26–27, E1
Distrikt 2, New Mexico (Staat), *Die Tribute von Panem* von Suzanne Collins (diverse), S. 18–19, D3
Distrikt 3, Indiana (Staat), *Die Tribute von Panem* von Suzanne Collins (diverse), S. 14–15, A4
Distrikt 4, Nevada/Oregon/Washington (Staat), *Die Tribute von Panem* von Suzanne Collins (diverse), S. 18–19, B5
Distrikt 5, Nevada/Arizona (Staat), *Die Tribute von Panem* von Suzanne Collins (diverse), S. 18–19, B3/C3
Distrikt 6, Illinois (Staat), *Die Tribute von Panem* von Suzanne Collins (diverse), S. 16–17, D4
Distrikt 7, Alberta/Saskatchewan (Region), *Die Tribute von Panem* von Suzanne Collins (Romane/Filme), S. 26–27, C1
Distrikt 7, Montana (Staat), *Die Tribute von Panem* von Suzanne Collins (diverse), S. 16–17, A6
Distrikt 8, New York (Staat), *Die Tribute von Panem* von Suzanne Collins (diverse), S. 14–15, B5/C5
Distrikt 9, Kansas/Missouri (Staat), *Die Tribute von Panem* von Suzanne Collins (diverse), S. 16–17, C4
Divino, Brasilien (Städtchen), *Avenida Brasil* (TV), S. 38–39, D3
Dnjestrograd, Ukraine (Städtchen), *Hemingway und die toten Vögel* von Boris Saidman (Roman), S. 50–51, C2
Do It Over, England (Städtchen), *Riddley Walker* von Russell Hoban (Roman), S. 64–65, D1
Do-Lung-Brücke, Vietnam (Gebäude), *Apocalypse Now* (Film), S. 90–91, B3
Doblina, Polen (Städtchen), *Scenes from the Siege of Doblina* von Michael Beiriger (Romane), S. 50–51, B3
Doburoku, Kroatien (Stadt), *Porco Rosso* (Anime), S. 50–51, A1/A2
Dodo's Perch, Karibik (Insel), *Fluch der Karibik* (diverse), S. 32–33, D2
Dods Hill, England (Städtchen), *Jacobs Zimmer* von Virginia Woolf (Roman), S. 64–65, D3
Dofras Sund, England (Meer), *Total War: Thrones of Britannia* (Videospiel), S. 64–65, D1
Dog City, Colorado (Stadt), *Fallout New Vegas* (Videospiel), S. 16–17, A4
Dog River und Wullerton, Saskatchewan (Städtchen), *Corner Gas* (TV), S. 26–27, C1
Doglick, West Virginia (Städtchen), *Hellblazer* (Comic), S. 14–15, B4
Dogpatch, Kentucky (Städtchen), *Li'l Abner* (Comic), S. 14–15, A4
Dogville, Colorado (Städtchen), *Dogville* (Film), S. 18–19, D4
Dolphin, Grönland/Northern Provinces (Wrack), *Captain Pugwash* (TV), S. 26–27, D4
Dolwyn, England (Dorf), *The Last Days of Dolwyn* (Film), S. 64–65, C2
Dominion Creek, Yukon (Städtchen), *An Klondike* (TV), S. 26–27, B2
Dominion, Ontario (Stadt), *George Sprott* von Seth (Graphic Novel und Kartonmodell), S. 26–27, A4
Domino City, Japan (Stadt), *Yu-Gi-Oh* von Kazuki Takahashi (Manga/Anime), S. 96–97, F1
Dongmakgol, Südkorea (Dorf), *Welcome to Dongmakgol* von Jang Jin (Theaterstück/Film), S. 102–103, E3
Dongzhou City, China (Stadt), *The Civil Servant's Notebook* von Wang Xiaofang (Roman), S. 102–103, E4
Donnerkuppel, Das Ödland (Gebäude), *Mad Max – Jenseits der Donnerkuppel* (Film), S. 108–109, C2
Doodle, Neuseeland (Städtchen), *Custard's World* (TV), S. 108–109, F2
Dooling, Appalachen (Städtchen), *Sleeping Beauties* von Stephen King und Owen King (Roman), S. 14–15, B4
Doomstadt, Latveria (Stadt), Marvel Comics, S. 50–51, B2
Doone Valley, England (Landschaft), *Das Tal der Verfemten* von Richard Doddridge Blackmore (Roman), S. 64–65, C2
Dorado (Staat), *I-o* (Videospiel), S. 18–19, D3
Dorado, Mexiko (Stadt), *Overwatch* (Videospiel), S. 32–33, B3
Dorf der Qi, China (Dorf), *Die drei Sonnen* von Liu Cixin (Roman), S. 102–103, D4
Dorf der vier Idioten, China (Dorf), *Marrow* von Yan Lianke (Roman), S. 102–103, D2
Dorf des Bat-Clans, Japan (Dorf), *Batman Ninja* (Film), S. 96–97, B2/C2
Dorf des Fruitless Mountain, China (Dorf), *Where the Mountain Meets the Moon* von Grace Lin (Roman), S. 102–103, B3
Dorf des Mondregens (Village of Moon Rain), China (Dorf), *Where the Mountain Meets the Moon* von Grace Lin (Roman), S. 102–103, A3
Dorf des Seevolkes, Hawaii (Städtchen), *Pokémon* (Videospiele), S. 18–19, C1
Dorf Ding, China (Dorf), *Der Traum meines Großvaters* von Yan Lianke (Roman), S. 102–103, D2
Dorlcote Mill, England (Gebäude), *Die Mühle am Floss* von George Eliot (Roman), S. 64–65, D3
Dornenberge (Thorn Mountains), Virginia und darüber hinaus (Gebirge), *Frau Frisby und die Ratten von NIMH/Mrs. Brisby und das Geheimnis von NIMH* von Robert C. O'Brien (Roman/Film), S. 14–15, B4
Dornental (Thorn Valley), Virginia (Städtchen), *Frau Frisby und die Ratten von NIMH/Mrs. Brisby und das Geheimnis von NIMH* von Robert C. O'Brien (Roman/Film), S. 14–15, C4
Dorothy Gales Farm, Kansas (Gebäude), *Der Zauberer von Oz* (Roman/Film), S. 16–17, C4
Dos Ríos, San Escobar (Stadt, Internethumor), S. 32–33, B2
Dos Rios, Texas (Stadt), DC Comics, S. 16–17, A3
Dotandcarryonetown, Apodidraskiana (Städtchen), *Crotchet Castle* von Thomas Love Peacock (Roman), S. 14–15, B2
Dotheboys Hall, England (Gebäude), *Nicholas Nickleby* von Charles Dickens (Roman), S. 64–65, C3
Dougal County, Georgia (County), *Squidbillies* (TV), S. 14–15, B3
Doverville, Illinois (Städtchen), *Auf der Flucht* (Film), S. 16–17, D4
Downstaple, England (Städtchen), Romane von Thomas Hardy, S. 64–65, C1
Downton Abbey, England (Anwesen), *Downton Abbey* (TV), S. 64–65, C3
Drachen-Insel, Barbaren-Archipel (Insel), *Drachenzähmen leicht gemacht* von Cressida Cowell (Romane/Filme), S. 56–57, C1
Drachenberg (Land), *Das Drachenberg-Abenteuer* von Lloyd Alexander (Roman), S. 44–45, C3

Draculas Schloss, Rumänien (Gebäude), *Dracula* (diverse), S. 50–51, B2
Draken River, Latveria/Symkaria (Fluss), Marvel Comics, S. 50–51, B2
Drambeg, Schottland (Insel), *Angus Og* von Ewen Bain (Comic), S. 64–65, B5
Drane, Irland (Städtchen), *Fillums: A Novel* von Hugh Leonard (Roman), S. 64–65, B2
Drax' Raumfähren-Startrampe, Brasilien (Gebäude), *James Bond: Moonraker – Streng geheim* (Film), S. 38–39, B5
Draxmundham, England (Städtchen), *The Secret Railway* von Elisabeth Beresford (Roman), S. 64–65, D2
Dreiinselreich, Karibik (Region/Inselgruppe), *Monkey Island*-Reihe (Videospiele), S. 32–33, E3
Drover's Run, New South Wales (Anwesen), *McLeods Töchter* (TV), S. 108–109, D2
Drumorty, Schottland (Städtchen), *Doorways in Drumorty* von Lorna Moon (Roman), S. 64–65, C5
Druznia (Land), *Regular Show – Völlig abgedreht* (TV), S. 50–51, D4
Dryland (Region), *Waterworld* (Film), S. 78–79, C4
Dschebel-Wüste, Khemed (Land/Emirat), *Tim und Struppi* von Hergé (Romane), S. 72–73, B2/B3
Dschungel-Dorf, China (Dorf), *The Man with the Iron Fists* (Film), S. 102–103, D4
Ducklovia (Land), *Graf Duckula* (TV), S. 50–51, B2
Ducky Mountains (Gebirge), *DuckTales* (TV), S. 26–27, B1/B2
Dudley, Arkansas (Städtchen), *Akte X* (TV), S. 16–17, C3/D3
Dukatia City, Japan (Stadt), *Pokémon* (Videospiele), S. 96–97, B2
Duke's Denver, England (Dorf), *Lord Peter Wimsey*-Reihe von Dorothy L. Sayers (Romane), S. 64–65, D2
Dukes, Liberty State (Städtchen), *GTA IV* (Videospiel), S. 14–15, D1
Dukesberry, New Hampshire (Städtchen), *Adam Sandlers acht verrückte Nächte* (Film), S. 14–15, D5
Dumpton, England (Städtchen), *News from Dumpton by Harbert* (Zeitungskolumne), S. 64–65, D2
Dunalistair, Schottland (Städtchen, Modelleisenbahn), S. 64–65, B4
Dunbain Castle, Schottland (Gebäude), *The Ghost of St. Michael's* (Film), S. 64–65, B4
Duncaster, England (Städtchen), *Das siebzehnte Loch in Duncaster* von H.R. Wakefield (Kurzgeschichte), S. 64–65, D2
Dunction-Wald, England (Landschaft), *Der Stein von Duncton* von William Horwood (Romane), S. 64–65, D2
Duneen, Irland (Dorf), *Ein irischer Dorfpolizist* von Graham Norton (Roman), S. 64–65, A2
Dungarvie, Neuseeland (Städtchen), Werke von Owen Marshall, S. 108–109, F1
Dungatar, Victoria (Städtchen), *The Dressmaker – Die Schneiderin* von Rosalie Ham (Roman/Film), S. 108–109, D2
Dunkilderry, Irland (Städtchen), *Die Simpsons* (TV), S. 64–65, A3
Dunkle Klippen (Dunkles Tief), Barbaren-Archipel (Insel), *Drachenzähmen leicht gemacht* von Cressida Cowell (Romane/Filme), S. 56–57, D1
Dunkler Turm, Rumänien (Bauwerk), *Tales from the Dark Tower* von Joseph Vargo (Roman), S. 50–51, C2
Dunkles Meer, (Meer), *Die Eiskönigin II* (Film), S. 56–57, A4/B4
Dunny-on-the-Wold, England (Dorf), *Blackadder III* (TV), S. 64–65, D2
Dunston County, Georgia (County), *Mein Name ist Gator* (Film), S. 14–15, B2
Dunt, South Australia (Städtchen), *We Can Be Heroes* (Mockumentary), S. 108–109, C2
Dunwich, Massachusetts (Städtchen), Cthulhu-Mythos/H.P. Lovecraft (diverse), S. 14–15, C5
Durant, Wyoming (Städtchen), *Walt Longmire*-Reihe von Craig Johnson (Romane), S. 18–19, D5
Durmstrang-Institut, Russland (unkartierbares Gebäude), *Harry Potter/Wizarding World* von J.K. Rowling (diverse), S. 50–51, A6
Durnham, England (Städtchen), *The Secret Railway* von Elisabeth Beresford (Roman), S. 64–65, D2
Durrongo, New South Wales (Städtchen), *Too Much Lip* von Melissa Lucashenko (Romane), S. 108–109, E2
Dusk, Pennsylvania (Städtchen), *Dusk* (Videospiel), S. 14–15, B4
Dussel Ducks Unterseelabor, Atlantik (Gebäude), *DuckTales* (TV), S. 126–127, B3
Dynmouth, England (Städtchen), *Die Kinder von Dynmouth* von William Trevor (Roman), S. 64–65, C1
Eagle Hat, Alberta (Städtchen), *The Final Sacrifice* (Film), S. 26–27, C1
Eagle Rock, Iowa (Städtchen), *Der 25 Millionen Dollar Preis* (Film), S. 16–17, C4
Eagle State (Staat), *Desperate Housewives* (TV), S. 14–15, A4
Eagles Nest, Australien (Städtchen), *Kill Me Three Times – Man stirbt nur dreimal* (Film), S. 108–109, A2
Eagleton, Indiana (Städtchen), *Parks & Recreation – Das Grünflächenamt* (TV), S. 14–15, A4
East Cheam, England (Städtchen), *Hancock's Half Hour* (TV), S. 64–65, D2
East Great Falls, Michigan (Städtchen), *American Pie*-Reihe (Filme), S. 14–15, A5
East Proctor, England (Dorf), *American Werewolf* (Film), S. 64–65, D3
East Transia, Transia (Stadt), Marvel Comics, S. 50–51, B1
East und West Egg, New York (Städtchen), *Der große Gatsby* von F. Scott Fitzgerald (Roman), S. 14–15, D1
East-Meg One, East-Meg One (Stadt/Staat), *Judge Dredd* (Comics), S. 50–51, C5
East-Meg Two, East-Meg Two (Region/Stadt/Staat), *2000 AD* (Comics), S. 102–103, E1
East, South und West Gackle, Alberta (Städtchen), *Typisch Andy!* (TV), S. 26–27, C1
Eastal (Bündnis freier Stadtstaaten, Land), *Log Horizon* von Mamare Tōno und Kazuhiro Hara (Romane/Anime), S. 96–97, C2/C3
Eastgate, England (Städtchen), *Dad's Army* (TV), S. 64–65, D1
Eastlee, England (Städtchen), *A Mother's Son* (TV), S. 64–65, D2
Eastport, Neuseeland (Städtchen), *Death in April Creek* von Helena Cooke (Roman), S. 108–109, F1
Eastvale, England (Städtchen), *Inspector Banks*-Romane von Peter Robinson, S. 64–65, C3
Eastwick (Metroland), England (Städtchen), *Metroland* von Julian Barnes (Roman), S. 64–65, D2
Eastwick, Rhode Island (Städtchen), *Die Hexen von Eastwick* (Roman/Film), S. 14–15, D5
Eastwood-Schlucht (Shonash-Schlucht/Clayton-Schlucht), Kalifornien (Landschaft), *Zurück in die Zukunft Teil 3* (Film), S. 18–19, A4
Eatanswill, England (Dorf), *Die Pickwickier* von Charles Dickens (Roman), S. 64–65, D2
Eaton Gomery, Wales (Städtchen, Modelleisenbahn), S. 64–65, C2
Ebbing, Missouri (Städtchen), *Three Billboards Outside Ebbing, Missouri* (Film), S. 16–17, D3
Ebenholz City, Japan (Stadt), *Pokémon* (Videospiele), S. 96–97, C2
Ecopoint Antarktis (Forschungsstation), *Overwatch* (Videospiel), S. 114–115, C2
Eddington Point (Landschaft), Werke von Madeleine L'Engle, S. 114–115, E1
Eden Hills, Victoria (Städtchen/Vorort), *Nachbarn/Neighbours* (TV), S. 108–109, A1
Eden-Olympia, Frankreich (Gebäude), *Super-Cannes* von J.G. Ballard (Roman), S. 44–45, C2
Eden, Grenada (Insel), *The Colour of Forgetting* von Merle Collins (Roman), S. 32–33, F2
Eden, Illinois (Städtchen), *Martin Chuzzlewit* von Charles Dickens (Roman), S. 16–17, D3
Eden, North Dakota (Gebäude), *Logan – The Wolverine* (Film), S. 16–17, A6
Edge City, New Jersey (Stadt), *Die Maske* (Film), S. 14–15, C4/C5
Eel Marsh House, England (Gebäude), *Die Frau in Schwarz* von Susan Hill (Roman/Theaterstück/Film), S. 64–65, C4
Eerie-on-Sea, England (Städtchen), *Malamander – Die Geheimnisse von Eerie-on-Sea* von Thomas Taylor (Roman), S. 64–65, D1
Eerie, Indiana (Städtchen), *Eerie, Indiana* (TV), S. 14–15, A4
Eichwald, Deutschland (Dorf), *Das weiße Band* (Film), S. 44–45, D4
Einall, New York (Region/Staat), *Pokémon* (Videospiele), S. 14–15, D1
Eindhoven Lion, Karibik (Wrack), *Speed 2 – Cruise Control* (Film), S. 32–33, F2
Einhorn, Atlantik (Wrack), *Tim und Struppi: Der Schatz Rackhams des Roten* von Hergé (Comic), S. 126–127, A3
Einstein Juniors Apfelhof, Tasmanien (Gebäude), *Einstein Junior* (Film), S. 108–109, D1
Eisenhütte, Japan (Städtchen), *Prinzessin Mononoke* (Anime), S. 96–97, B2
Eiseninsel, Japan (Insel), *Pokémon* (Videospiele), S. 96–97, C4
Eisstation „Zebra", Arktis (Gebäude), *Eisstation Zebra* von Alistair MacLean (Roman/Film), S. 26–27, D4
Eisstation Norwegen, Norwegen (Gebäude), *Wolfenstein*-Reihe (Videospiele), S. 56–57, B5
Ekaterina, Ukraine (Städtchen), *Ekaterina* von Romain Mader (Fotografie), S. 50–51, C3
El Castillo del Diablo, San Andreas (Gebirge), *Grand Theft Auto*-Reihe (Videospiel), S. 18–19, B3/C3
El Dorado, Peru (Stadt), *Candide* von Voltaire (Roman), S. 38–39, B4
El Edén, Chile (Städtchen), *Pecadores* (TV), S. 38–39, B3
El Estado Dorado, Mexiko (Land), *Al norte del milenio* von Gerardo Cornejo (Roman), S. 32–33, A4/B4
El Golfo Nostrum, Mexiko (Meer), *Al norte del Milenio* von Gerardo Cornejo (Roman), S. 32–33, C3
El Gran Centro-Capital, Mexiko (Stadt), *Al norte del milenio* von Gerardo Cornejo (Roman), S. 32–33, B2
El Idilio, Ecuador (Dorf), *Der Alte, der Liebesromane las* von Luis Sepulveda (Roman), S. 38–39, A5
El Lugar vacío, Mexiko (Landschaft), *Al norte del milenio* von Gerardo Cornejo (Roman), S. 32–33, A4
El Misti, Peru (Berg), *Ripping Yarns* (TV), S. 38–39, A4
El Panda, Texas (Städtchen), *Von der Erde zum Mond* von Jules Verne (Roman), S. 16–17, B1
El Tanika (Land), *Planetes* (Manga/Anime), S. 38–39, B3
Elanery (die Stadt), Islandia (Stadt), *Islandia*-Romane von Austin Tappan Wright und Fortsetzungen von Mark Saxton, S. 84–85, B1
Elchsylvanien (Insel), *Die Abenteuer von Rocky & Bullwinkle* (TV), S. 16–17, C6
Elden, Frankreich (Dorf), *Marianne* (TV), S. 44–45, B3
Electra, Pazifik (Wrack), *Virus* (Comic/Film), S. 120–121, C2
Elefantenfriedhof, Tansania (Landschaft), *Der König der Löwen* (Film), S. 84–85, D3
Elfhame, Schottland (Region), *Die fünf schwarzen Schwäne und andere Elfengeschichten* von Sylvia Townsend Warner (Kurzgeschichten), S. 64–65, C3
Elfwick, Schottland (Region), *Die fünf schwarzen Schwäne und andere Elfengeschichten* von Sylvia Townsend Warner (Roman), S. 64–65, C5
Elite-Hunting-Hostel, Slowakei (Gebäude), *Hostel*-Reihe (Filme), S. 50–51, A3
Elizabeth Dane, Kalifornien (Wrack), *The Fog – Nebel des Grauens* (Film), S. 18–19, A4
Elizabeth, South Carolina (Städtchen), *When You Find Me* von P.J. Vernon (Roman), S. 14–15, C3
Elk Cove, Oregon (Städtchen), *Overboard* (Film), S. 18–19, A5
Elk Grove, Michigan (Städtchen), *Ash vs The Evil Dead* (TV), S. 14–15, A5
Elliot Park, Victoria (Städtchen/Vorort), *Nachbarn/Neighbours* (TV), S. 108–109, A1
Elmo, Alaska (Städtchen), *Men in Trees* (TV), S. 18–19, B1
Elsas Eispalast, Arendelle (Gebäude), *Die Eiskönigin II* (Film), S. 56–57, B4
Elsbels, Spanien (Insel), *Carry On: Ein total verrückter Urlaub!* (Film), S. 44–45, C2
Elsinby, England (Städtchen), *The Royal* (TV), S. 64–65, D3
Elwood City, Crown City, Québec (Stadt), *Arthur* (TV), S. 26–27, E1
Elyses, Japan (Städtchen), *Pokémon* (Videospiele), S. 96–97, D4
Emeritae, Arizona (Städtchen), *Pokémon* (Videospiele), S. 18–19, C3
Emishi-Dorf, Japan (Dorf), *Prinzessin Mononoke* (Anime), S. 96–97, C2
Emmerdale, England (Dorf), *Emmerdale* (TV), S. 64–65, C3
Empire Bay (Stadt), *Mafia 2* (Videospiel), S. 14–15, D5
Empire City, New York (Stadt), *Steven Universe* (TV), S. 14–15, D1
Empire Falls, Maine (Städtchen), *Diese gottverdammten Träume* von Richard Russo (Roman/TV), S. 14–15, D5
Empire of Niger (Staatenbund), *Der Goldene Kompass* von Philip Pullman (Roman/Film), S. 84–85, B4
Empress, Atlantik (Wrack), *Death Ship/Todesschiff* (Film), S. 126–127, A3
Enarasee, Finnland (See), *His Dark Materials* von Philip Pullman (diverse), S. 56–57, C6
Encante, Brasilien (Stadt, Mythologie), S. 38–39, C5
Endora, Iowa (Städtchen), *Gilbert Grape – Irgendwo in Iowa* von Peter Hedges (Roman/Film), S. 16–17, C4
Endostan (Land), *Relic Hunter – Die Schatzjägerin* (TV), S. 72–73, E3
Engelsfors, Schweden (Städtchen), *Engelsfors-Trilogie* von Sara Bergmark und Mats Strandberg (Romane), S. 56–57, C3
England, England (Region), *England, England* von Julian Barnes (Roman), S. 64–65, C1
Engle Sea, England (Meer), *Total War: Thrones of Britannia* (Videospiel), S. 64–65, D2/D3
Enkyo, Impor (Stadt), *Papers, Please* (Videospiel), S. 50–51, A5
Ennui-Sur-Blasé, Frankreich (Stadt), *The French Dispatch* (Film), S. 44–45, C3
Entenhausen, Calisota (Stadt), *DuckTales* (diverse), S. 18–19, A5
Entenhausen, Calisota (Stadt), *Micky Maus* (diverse), S. 18–19, A5
Epic, Kansas (Städtchen), Werke von Max Yoho, S. 16–17, C3
Erangel, Russland (Insel), *PlayerUnknown's Battlegrounds* (Videospiel), S. 50–51, D2
Erewhon (Land), *Erewhon* von Samuel Butler (Roman), S. 108–109, F1
Ergo Island, Atlantik (Insel), *Once, Two Islands* von Dawn Garisch (Roman), S. 126–127, D1
Erie Pointe, Ohio (Städtchen), *Scooby-Doo! – Der Fluch des Seemonsters* (Film), S. 14–15, B5
Erikraudebyg, Grönland (Dorf), *La Citadelle des Glaces* von Paul Alperine (Roman), S. 26–27, D4
Erinsborough, Victoria (Städtchen/Vorort), *Nachbarn/Neighbours* (TV), S. 108–109, A1
Eroda, Irische See (Insel), „Adore You" von Harry Styles (Musik), S. 64–65, B3
Erste Kwik-E-Mart-Filiale, Indien (Gebäude), *Die Simpsons* (TV), S. 78–79, C4
Erster Tempel (Bruderschaft von Nod), Bosnien und Herzegowina (Gebäude), *Command & Conquer*-Reihe (Videospiele), S. 50–51, A2
Ertebat Shar, Afghanistan (Dorf, Militärübung), S. 72–73, D2
Erzelingen, Japan (Stadt), *Pokémon* (Videospiele), S. 96–97, C4
Escalera, Mexiko (Städtchen), *Red Dead Redemption*-Reihe (Videospiele), S. 32–33, B3
Escalon, Val Verde (Stadt), *Stirb langsam 2* (Film), S. 38–39, A5
Eschberg, Österreich (Dorf), *Schlafes Bruder* von Robert Schneider (Roman), S. 44–45, C3
Eschtenburg, Raskawien (Stadt), *Das Banner des roten Adlers* von Philip Pullman (Roman), S. 50–51, A3
Escissia, Frankreich (Städtchen), *Pokémon* (Videospiele), S. 44–45, C3
Escudero, New Mexico (Städtchen), *Reporter des Satans* (Film), S. 18–19, D3
Eskibahçe, Türkei (Dorf), *Traum aus Stein und Federn* von Louis de Bernières (Roman), S. 72–73, B3
Esmeralda, Costaguana (Städtchen), *Nostromo* von Joseph Conrad (Roman), S. 38–39, A4
Esmes Insel, Brasilien (Insel), *Breaking Dawn – Biss zum Ende der Nacht* von Stephenie Meyer (Roman/Film), S. 38–39, D3
Esperanza, Spanien (Städtchen), *Pandora und der Fliegende Holländer* (Film), S. 44–45, C2
Esplendor, Brasilien (Städtchen), *Esplendor* (TV), S. 38–39, C3
Essendean, Schottland (Städtchen), *Entführt oder Die Abenteuer des David Balfour* von Robert Louis Stevenson (Roman), S. 64–65, C4
Essex, Connecticut (Städtchen), *Miss Muriel and Other Stories* von Ann Petry (Kurzgeschichten), S. 14–15, C5/D5
Estrella (Land), Marvel Comics, S. 38–39, B4
Estrella de Mar, Spanien (Städtchen), *Weißes Feuer* von J.G. Ballard (Roman), S. 44–45, A1
Euphonia, Deutschland (Stadt), *Abendunterhaltungen im Orchester* von Hector Berlioz (Buch), S. 44–45, D4
Euphoria (Staat), Romane von David Lodge (*Campus-Trilogie*), S. 18–19, A4
Eureka, Oregon (Städtchen), *Eureka – Die geheime Stadt* (TV), S. 18–19, A5
Euro Itchy & Scratchy Land, Frankreich (Themenpark), *Die Simpsons* (TV), S. 44–45, E3
Euro-City (Stadtstaat/Provinz), *Judge Dredd* (Comics), S. 44–45, C3
Eusebes, Meropis (versunkene Stadt), *Philippica* von Theopompos von Chios (Buch), S. 126–127, D1
Evallonia (Land), Werke von John Buchan, S. 50–51, A3/B3
Evanleigh, Victoria (Stadt), *Blue Heelers* (TV), S. 108–109, D1
Evarchia (Land), *Palace Without Chairs: A Baroque Novel* von Brigid Brophy (Roman), S. 50–51, C2
Evelyn Bay, Tasmanien (Städtchen), *Der Sturm* von Jane Harper (Roman), S. 108–109, D1
Evergreen, Vermont (Städtchen), *Christmas in Evergreen*-Reihe (Filme), S. 14–15, C6
Everington, England (Städtchen), *Billy Elliot – I Will Dance* (Film), S. 64–65, C3
Everon, Atlantik (Insel), *ARMA: Cold War Assault* (Videospiel), S. 126–127, C4
Evers, Mississippi (Stadt), *Champion Jack Barron* von Norman Spinrad (Roman), S. 16–17, D2
Everwood, Colorado (Städtchen), *Everwood* (TV), S. 18–19, D4
Ewawa (Land), *The Death Certificate* von Alobwed'Epie (Roman), S. 84–85, B4
Ewedown, England (Dorf), *Tamara Drewe* von Posy Simmonds (Comic/Film), S. 64–65, C1
Ewigenau, Japan (Stadt), *Pokémon* (Videospiele), S. 96–97, C4
Excellent, Idaho (Städtchen), *Der Mann, der sich in den Mond verliebte* von Tom Spanbauer (Roman), S. 18–19, B5
Executive Bathroom Island, Rhode Island (Insel), *Family Guy* (TV), S. 14–15, D5
Exile Island, Karibik (Insel), Marvel Comics, S. 32–33, E3
Exina (Land), Brontë-Jugendwerk, S. 90–91, E4
Exonbury, England (Stadt), Romane von Thomas Hardy, S. 64–65, C1
Explosion City (ehemals Explosion Village), China (Stadt), *The Explosion Chronicles* von Yan Lianke (Roman), S. 102–103, D2
Ezzo-Königreich (Land), *Log Horizon* von Mamare Tōno und Kazuhiro Hara (Romane/Anime), S. 96–97, D4
Fabrik (Lyoko), Paris, Frankreich (Gebäude), *Code Lyoko* (TV), S. 44–45, E3
Fagan Corners, Vermont (Städtchen), Marvel Cinematic Universe (diverse), S. 14–15, C5
Fair Haven, Irland (Dorf), *Star Trek: Raumschiff Voyager* (TV), S. 64–65, A2
Fairmead, Erewhon (Städtchen), *Erewhon* von Samuel Butler (Roman), S. 108–109, F1
Fairport, Schottland (Städtchen), *Der Altertümler* von Sir Walter Scott (Roman), S. 64–65, C4
Fairvale, Kalifornien (Städtchen), *Psycho* (Roman/Film), S. 18–19, A4
Fairview, Eagle State (Städtchen), *Desperate Housewives* (TV), S. 14–15, A4
Fal Vale, England (Städtchen), *Der Geisterzug* von Arnold Ridley (Theaterstück), S. 64–65, B1
Falcon Beach, Manitoba (Städtchen), *Falcon Beach* (TV), S. 26–27, D1
Falcon Beach, Vermont (Städtchen, US-Version), *Falcon Beach* (TV), S. 14–15, C5
Falcon Crest, Kalifornien (Anwesen), *Falcon Crest* (TV), S. 18–19, A4
Falkeninsel, Alaska (Insel), *DuckTales* (TV), S. 18–19, A1
Falkensteingebirge, Raskawien (Gebirge), *Das Banner des roten Adlers* von Philip Pullman (Roman), S. 50–51, A3
Fallatown, Schottland (Städtchen), Romane von John Buchan, S. 64–65, B3
Fallen Area, Pennsylvania (Region), Werke von Steve Berman (Kurzgeschichten), S. 14–15, C5
Falls End, Montana (Städtchen), *Far Cry 5/Far Cry New Dawn* (Videospiel), S. 18–19, C6
Falport, England (Städtchen), *Windbag the Sailor* (Film), S. 64–65, B1
False Creek, Victoria (Städtchen), *Backtrack – Tote vergessen nicht* (Film), S. 108–109, D1
Fanaron, Griechenland (Dorf), *Cavafy's Stone and Other Village Stories* von Harry Mark Petrakis (Kurzgeschichten), S. 44–45, E1
Fanattia, Pazifik (Insel), *Riallaro, the Archipelago of Exiles* von Godfrey Sweven (Roman), S. 120–121, E1
Fang Rock, England (Insel), *Doctor Who: The Horror of Fang Rock* (TV), S. 64–65, D1
Fantippo (Land), *Doktor Dolittle*-Reihe von Hugh Lofting (Kinderbücher), S. 84–85, B4
Far Harbor, Maine (Städtchen), *Fallout 4* (Videospiel), S. 14–15, D6
Farandoulie (Land), *Voyages Très Extraordinaires de Saturnin Farandoul* von Albert Robida (Roman), S. 108–109, D1
Faraway Downs, Northern Territory (Anwesen), *Australia* (Film), S. 108–109, C4
Farm der Tiere, England (Gebäude), *Farm der Tiere* von George Orwell (Fabel), S. 64–65, D1
Farmsville, Kalifornien (Städtchen), *Powerpuff Girls* (TV), S. 18–19, B3
Faroa, Pazifik (Insel), *Die Rückkehr des King Kong* (Film), S. 120–121, C3
Father's Ham, England (Städtchen), *Riddley Walker* von Russell Hoban (Roman), S. 64–65, D2
Faustauhaven, Japan (Städtchen), *Pokémon* (Videospiele), S. 96–97, A2
Fawcett City, Wisconsin (Stadt), DC Comics, S. 16–17, C5
Fawlty Towers, England (Gebäude), *Fawlty Towers* (TV), S. 64–65, C1
Fawlty Turrets, Indien (Gebäude), *Goodness Gracious Me* (TV), S. 78–79, B4
Faxian, Hongkong (Stadt), *Transformers: Rescue Bots* (TV), S. 102–103, D1
Felpersham, England (Stadt), *The Archers* (Hörspiel), S. 64–65, C2
Felseneck, England (Gebäude), *Die Insel der Abenteuer* von Enid Blyton (Roman), S. 64–65, B1
Felsental, Arizona (Stadt), *Familie Feuerstein* (diverse), S. 18–19, C3
Felsham Hall, England (Gebäude), *Lovejoy* (TV), S. 64–65, D2
Fenchurch St. Paul, England (Städtchen), *Der Glocken Schlag* von Dorothy L. Sayers (Roman), S. 64–65, D2
Fengzhou, China (Stadt), *Silent Witness* (Film), S. 102–103, D3
Fer-de-Lance, Louisiana (Städtchen), *G.I. Joe* (diverse), S. 16–17, C2
Ferne Court, England (Städtchen), *Seine erste Frau* von W. Somerset Maugham (Roman), S. 64–65, D2
Ferness, Schottland (Städtchen), *Local Hero* (Film), S. 64–65, B4
FernGully, New South Wales (Landschaft), *FernGully – Christa und Zaks Abenteuer im Regenwald* (Film), S. 108–109, E2
Fernwood, Ohio (Städtchen), *Mary Hartman, Mary Hartman* (TV), S. 14–15, B4
Festung (von) Bakhin, Bordurien (Bauwerk), *Tim und Struppi* von Hergé (diverse), S. 50–51, B1
Festung der Einsamkeit, Die, Nunavut (Gebäude), DC Comics (diverse), S. 26–27, C4
Festung ohne Grenzen, Japan (Gebäude), *GetBackers* von Yuya Aoki und Rando Ayamine (Manga/Anime), S. 96–97, E1

Feuerfluss, Russland (Fluss), Werke von Elizabeth Marshall Thomas, S. 102–103, E1
Feuerland, Island (Land), *His Dark Materials* von Philip Pullman (diverse), S. 56–57, A6
Ffarquhar, England (Städtchen), *Thomas, die kleine Lokomotive* von Rev. W. Audrey (Bücher/TV), S. 64–65, C3
Ffhagdiwedd, Wales (Städtchen), *Walians*-Reihe von Daren Bowker-Powis und Richard Finlan (Romane), S. 64–65, C2
Ffynnon Garw, Wales (Dorf), *Der Engländer, der auf einen Hügel stieg und von einem Berg herunterkam* (Film), S. 64–65, C2
Ficóbriga, Spanien (Städtchen), Romane von Benito Pérez Galdós, S. 44–45, B3
Fiddler's Green, Pennsylvania (Städtchen), *Land of the Dead* (Film), S. 14–15, B4
Fillmore County, Kansas (County), *Jericho – Der Anschlag* (TV), S. 16–17, A4/B4
Findlay, Pennsylvania (Städtchen), *Unstoppable – Außer Kontrolle* (Film), S. 14–15, B5
Finfarran-Halbinsel, Irland (Landschaft), *Die Bücherei am Ende der Welt* von Felicity Hayes-McCoy, S. 64–65, A2
Finfolkaheem, Schottland (Unterwasserpalast, Orkney-Mythos), S. 64–65, C6
Fingerbone, Idaho (Städtchen), *Haus ohne Halt/Das Auge des Sees* von Marilynne Robinson (Roman), S. 18–19, B6
Finport, Schottland (Städtchen), *Still Game* (TV), S. 64–65, B4
Fiona Bay, Schottland (Landschaft), *Oller Kahn mit Größenwahn (Die Maggie)* (Film), S. 64–65, B4
Fitton, England (Städtchen), *Cabin Pressure* (Hörspiel), S. 64–65, D3
Fitzgibbons Farm, Virginia (Gebäude), *Frau Frisby und die Ratten von NIMH/Mrs. Brisby und das Geheimnis von NIMH* von Robert C O'Brien (Roman/Film), S. 14–15, C4
Fix, Oklahoma (Städtchen), *Near Dark – Die Nacht hat ihren Preis* (Film), S. 16–17, B3
Flagstaff Village, Barbados (Dorf), *The Polished Hoe* von Austin Clarke (Roman), S. 32–33, F2
Flagstone, Kalifornien (Städtchen), *Spiel mir das Lied vom Tod* (Film), S. 18–19, B3
Flåklypa, Norwegen (Städtchen), Werke von Kjell Aukrust, S. 56–57, B3
Flambeau, Yukon (Städtchen), *The Barrier* von Rex Beach (Roman), S. 26–27, B2
Flanflasnic, Brobdingnag (Städtchen), *Gullivers Reisen* von Jonathan Swift (Roman), S. 26–27, A1
Flatnäs, Finnland (Städtchen), *Lola uppochner/Lola Upside Down* von Monika Fagerholm (Roman/TV), S. 56–57, D3
Flatrock, Nevada (Städtchen), *Andromeda – Tödlicher Staub aus dem All* von Michael Crichton (diverse), S. 18–19, B5
Flavonia (Land), Werke von Violet Needham, S. 50–51, A3
Flaw Valleys, England (Anwesen), *Lymond Chronicles* von Dorothy Dunnett (Romane), S. 64–65, C3
Flaxborough, England (Städtchen), *Flaxborough*-Reihe von Colin Watson (Romane), S. 64–65, D2
Fleetburg, Japan (Stadt), *Pokémon* (Videospiele), S. 96–97, C4
Flemingtown, Arizona (Städtchen), *Akte X* (TV), S. 18–19, C3
Flint City, Oklahoma (Städtchen), *Der Outsider* von Stephen King (Roman), S. 16–17, C3
Flintonbridge, England (Städtchen), *South Riding* von Winifred Holtby (Roman), S. 64–65, D3
Florença, Brasilien (Städtchen), *Presença de Anita* (TV), S. 38–39, C3
Florence/Olive, Oklahoma (Städtchen), *Stop the Train* von Geraldine McCaughrean (Roman), S. 16–17, B3
Flori, Japan (Städtchen), *Pokémon* (Videospiele), S. 96–97, C4
Floss, England (Fluss), *Die Mühle am Floss* von George Eliot (Roman), S. 64–65, D3
Floßbrunn, Japan (Städtchen), *Pokémon* (Videospiele), S. 96–97, D1
Flotsam Island, Golf von Melange (Insel), *Monkey Island*-Reihe (Videospiele), S. 32–33, F2
Flower Hill, Nordkorea (Städtchen), *Squirrel and Hedgehog* (TV), S. 102–103, E3
Flowertown/Dalesbrook, Iowa (Städtchen), *Flowertown: Die Sperrzone* von S.G. Redling (Roman), S. 16–17, C5
Fluss Amerzone, Amerzone (Fluss), *Amerzone* (Videospiel), S. 38–39, C5
Fluss Karain, Sulliaba (Fluss), *Islandia*-Romane von Austin Tappan Wright und Fortsetzungen von Mark Saxton, S. 84–85, A2
Fluss Mamadon, Brasilien (Fluss), *ClassicaLoid* (Anime), S. 38–39, C5
Flüsternde Insel, England (Insel), *Fünf Freunde machen eine Entdeckung* von Enid Blyton (Roman), S. 64–65, C1
Fluxia City, Frankreich (Stadt), *Pokémon* (Videospiele), S. 44–45, C3
Flying Dustman, Karibik (Wrack), *Captain Pugwash* (diverse), S. 32–33, F2
Forau-Insel, Kanalinseln (Insel), *The Devil's Rock* (Film), S. 64–65, A1
Forbidden Mountain, Anandapur (Berg), Expedition Everest (Themenpark), S. 78–79, C4
Ford County, Mississippi (County), *Die Jury* (und andere Romane) von John Grisham (Roman), S. 16–17, D3
Forellenfluss (Trout River), Virginia (Fluss), *Frau Frisby und die Ratten von NIMH//Mrs. Brisby und das Geheimnis von NIMH* von Robert C. O'Brien (Romane), S. 14–15, C4
Forellenfluss, Russland (Fluss), Werke von Elizabeth Marshall Thomas, S. 102–103, E1/F1
Fork Stoan, England (Städtchen), *Riddley Walker* von Russell Hoban (Roman), S. 64–65, D1
Forschungsbunker 4 – Black-Sun-Projekt, Bosnien und Herzegowina (Gebäude), *Outpost*-Trilogie (Filme), S. 50–51, A2
Forschungseinrichtung Chernoton, Russland (Gebäude), *Snatcher* (Videospiel), S. 50–51, D4
Forschungsstation Mana One, Pazifik (Gebäude), *Meg* (Film), S. 120–121, A4/B4
Fort Arid, Algerien (Gebäude), *Laurel und Hardy: In der Wüste* (Film), S. 84–85, B5
Fort Carson, San Andreas (Städtchen), *Grand Theft Auto*-Reihe (Videospiel), S. 18–19, A4/B4
Fort Chicken, Illinois (Städtchen), *Cooties* (Film), S. 16–17, D4
Fort Frazzle, Yukon (Gebäude), *Mäusejagd und Katzenjammer* (TV), S. 26–27, B2
Fort Grant, Oklahoma (Städtchen), *Hängt ihn höher* (Film), S. 16–17, C3
Fort Humboldt, Nevada (Gebäude), *Nevada Pass* von Alistair MacLean (Roman/Film), S. 18–19, B4
Fort Klugman, Wyoming (Gebäude), *Sealab 2021* (TV), S. 16–17, A4
Fort Lincoln, Idaho (Städtchen), *Der Mann, der sich in den Mond verliebte* von Tom Spanbauer (Roman), S. 18–19, C5
Fort McGurry, Yukon (Städtchen), *Wolfsblut* von Jack London (Roman), S. 26–27, B2
Fort Pastor, Wisconsin (Gebäude), *Dawn of the Dead* (2004) (Film), S. 16–17, D5
Fort Providence, Arktis (Landschaft), *Die Abenteuer des Kapitän Hatteras* von Jules Verne (Roman), S. 26–27, C4
Fort Repose, Florida (Städtchen), *Alas, Babylon* von Pat Frank (Roman), S. 14–15, B2
Fort Royal, Saskatchewan (Städtchen), *Kanada* von Richard Ford (Roman), S. 26–27, C1
Fort Simmer, Northwest Territories (Städtchen), *Die ohne Segen sind* von Richard Van Camp (Roman), S. 26–27, C2
Fort Zinderneuf, Algerien (Gebäude), *Drei Brüder/Drei Fremdenlegionäre* von P.C. Wren (Roman/Film), S. 84–85, B5
Fortitude, Norwegen (Städtchen/Insel), *Fortitude* (TV), S. 56–57, A5
Forward, Arktis (Wrack), *Die Abenteuer des Kapitän Hatteras* von Jules Verne (Roman), S. 26–27, C3/C4
Fowl Manor, Irland (Anwesen), *Artemis Fowl*-Reihe von Eoin Colfer (Romane), S. 64–65, B2
Fowl Star, Russland (Wrack), *Artemis Fowl*-Reihe von Eoin Colfer (Romane), S. 50–51, B6
Fox River State Penitentiary, Illinois (Gebäude), *Prison Break* (TV), S. 16–17, D4
Foxcastle, Schottland (Region), *Die fünf schwarzen Schwäne und andere Elfengeschichten* von Sylvia Townsend Warner (Kurzgeschichten), S. 64–65, C4
Fractalia City, Frankreich (Stadt), *Pokémon* (Videospiele), S. 44–45, C3
Framley, England (Städtchen), *The Framley Examiner* (Website), S. 64–65, D2
France-Ville, Oregon (Stadt), *Die 500 Millionen der Begum* von Jules Verne (Roman), S. 18–19, A5
Franistan (Land), *I Love Lucy* (TV), S. 72–73, B3
Frantic City, New Jersey (Stadt), *Familie Feuerstein* (diverse), S. 14–15, C4
Franz Kafka International Airport, Tschechien (Gebäude), *The Onion* (Internetsatire), S. 50–51, A3
Fraser's Ridge, North Carolina (Landschaft), *Highland-Saga*-Romane/*Outlander* von Diana Gabaldon (Roman/TV), S. 14–15, B3
Frau Fünfzacks Hexenakademie, Wales (Gebäude), *Eine lausige Hexe* von Jill Murphy (Romane/TV), S. 64–65, C2
Frau Grausteins Hexenakademie, Wales (Gebäude), *Eine lausige Hexe* von Jill Murphy (Romane/TV), S. 64–65, C2
Frauensee, Russland (See), Werke von Elizabeth Marshall Thomas, S. 102–103, E1
Frazier, New Hampshire (Städtchen), *Doctor Sleep* von Stephen King (Roman/Film), S. 14–15, D6
Free Country, USA, Nebraska (Städtchen), *Homestar Runner* (Web-Trickserie), S. 16–17, B4
Freedom County, Statesota (County), *Moral Orel* (TV), S. 16–17, C3
Freedom State, Indischer Ozean (Insel/Nation), *The Illegal* von Lawrence Hill (Roman), S. 78–79, B1/C1
Freehold, Alberta (Stadt), Marvel Comics, Kanada, S. 26–27, C1
Freeland, Georgia (Stadt), *Black Lightning* (Comic/TV), S. 14–15, B3
Freie Vereinigte Demokratische Volksrepublik San Sombrèro (Land), *San Sombrèro* (Reiseführer), S. 32–33, D1
Freiland (Land), *Freiland* von Theodor Hertzka (Roman), S. 84–85, C4/D4
Fremont (Staat), *Sternenjäger* von James A. Michener (Roman), S. 16–17, B4/C4
French Landing, Wisconsin (Städtchen), *Das schwarze Haus* von Stephen King (Roman), S. 16–17, C5
Frenchy Land, Glass Town Federation (Land), Brontë-Jugendwerk, S. 84–85, B3
Frescora, Frankreich (Städtchen), *Pokémon* (Videospiele), S. 44–45, C3
Freshitt, England (Städtchen), *Middlemarch* von George Eliot (Roman), S. 64–65, C2
Friar, New Hampshire (Städtchen), *Yellow Brick Road – Weg ohne Wiederkehr* (Film), S. 14–15, D6
Friedenstein, Nordpolarmeer (See), *Die Wasserkinder* von Charles Kingsley (Roman), S. 126–127, D6
Fringe City, Virginia (Stadt), *Die Maske 2: Die nächste Generation* (Film), S. 14–15, C4
Frisland, Atlantik (Insel, Legende), S. 126–127, C5
Frogtown Hollow, Mississippi (Städtchen), *Emmet Otter's Jug-Band Christmas* (Film), S. 16–17, D3
Frontera, Texas (Städtchen), *Lone Star* (Film), S. 16–17, A2
Frostbite Falls, Minnesota (Städtchen), *Die Abenteuer von Rocky & Bullwinkle* (TV), S. 16–17, C6
Frostbottom Falls, Yukon (Städtchen), *Yvon vom Yukon* (TV), S. 26–27, B2
Fruitless Mountain, China (Berg), *Where the Mountain Meets the Moon* von Grace Lin (Roman), S. 102–103, B3
Fuchsiana City, Japan (Stadt), *Pokémon* (Videospiele), S. 96–97, C2
Fulchester, England (Stadt), *Viz* (Comic), S. 64–65, C3
Fuller Yard, Pennsylvania (Städtchen), *Unstoppable – Außer Kontrolle* (Film), S. 14–15, B5
Fulton County, South Carolina (Städtchen), *American Gothic* (TV), S. 14–15, B3
Fundindelve, Höhle, England (Landschaft), *Feuerfrost, der Zauberstein von Brisingamen* von Alan Garner (Roman), S. 64–65, C2/C3
Fünf Berge, Die, Olancho (Gebirge), *Soldiers of Fortune* von Richard Harding Davis (Roman), S. 38–39, D5
Funiu Mountain, China (Berg), *The Explosion Chronicles* von Yan Lianke (Roman), S. 102–103, D2
Furfuri Nagar, Indien (Städtchen), *Motu Patlu* (TV), S. 78–79, B3
Furinkan, Japan (Städtchen), *Ranma 1/2* von Rumiko Takahashi (Manga/Anime), S. 96–97, E1
Fürstentum Fourland (Land), *Log Horizon* von Mamare Tōno und Kazuhiro Hara (Romane/Anime), S. 96–97, B1/C1
Fürstentum Madripoor (Insel/Land), Marvel Comics, S. 90–91, B2
Fury Road, Das Ödland (Straße/Piste), *Mad Max: Fury Road* (Film), S. 108–109, D2
Futo, Japan (Stadt), *Kamen Rider W* (TV), S. 96–97, F1
Gaaldine, Pazifik (Insel/Nation), Brontë-Jugendwerk, S. 90–91, F3
Gabriel's Bay, Neuseeland (Städtchen), *Gabriel's Bay*-Reihe von Catherine Robertson (Roman), S. 108–109, F1
Gaea, Portugal (Insel), *The Arm of the Starfish* von Madeleine L'Engle (Roman), S. 44–45, A2
Gaines River, Washington (Fluss), *Astro City* (Comic), S. 18–19, B6
Gaipajama, Indien (Region), *Tim und Struppi* von Hergé (Comics), S. 78–79, B5
Gakuju-Sharaso-Burg, Japan (Gebäude), *Batman Ninja* (Film), S. 96–97, C3
Galakonur, Kasachstan (Stadt), *Jelle's Marble Runs* (Internetserie), S. 72–73, D3
Galanos, Arizona (Städtchen), *Rabbits* (Film), S. 18–19, C2
Galaxy-Insel, Italien (Insel), *Derek Flint schickt seine Leiche* (Film), S. 44–45, D1
Gallanach, Schottland (Städtchen), *The Crow Road* von Iain Banks (Roman), S. 64–65, B4
Gallowshield, England (Städtchen), *When the Boat Comes in* (TV), S. 64–65, C3
Galt's Gulch, Colorado (Städtchen), *Atlas wirft die Welt ab/Wer ist John Gulch?* von Ayn Rand (Roman), S. 18–19, D4
Galzburg, Südafrika (Region), *Metal Gear* (Videospiel), S. 84–85, C2
GAMA-Privatkrankenhaus, Japan (Gebäude), *Hitman* (Videospiel), S. 96–97, C4
Gamulla, New South Wales (Städtchen), *Razorback* von Peter Brennan (Roman/Film), S. 108–109, D2
Ganzalleinstein, Atlantik (Insel), *Die Wasserkinder* von Charles Kingsley (Roman), S. 126–127, D5
Gaoyi County, China (Region), *The Explosion Chronicles* von Yan Lianke (Roman), S. 102–103, D2
Garbadale, Schottland (Städtchen), *The Steep Approach to Garbadale* von Iain Banks (Roman), S. 64–65, B5
Gargamele, San Escobar (Stadt, Internethumor), S. 32–33, B2
Garkos (Inselstaat), *Die Hurricanes* (TV), S. 44–45, C4
Garmouth, England (Städtchen), *Der Feind* von Robert Westall (Roman), S. 64–65, C3
Garradrimna, Irland (Dorf), *Valley of the Squinting Windows* von Brinsley MacNamara (Roman), S. 64–65, B3
Garside Fell (Landschaft), England (Berg), *Sleep No more* von L.T.C. Rolt (Kurzgeschichten), S. 64–65, C3
Garten der Eden-Bar, Schottland (Städtchen), *Das Wunder des Malachias* von Bruce Marshall (Roman), S. 64–65, C4
Garyville, Oklahoma (Städtchen), *Entscheidung in Oklahoma* von Susan E. Hinton (Roman), S. 16–17, C3
Gas Town, Das Ödland (Städtchen), *Mad Max: Fury Road* (Film), S. 108–109, D2
Gateway City, Kalifornien (Stadt), DC Comics, S. 18–19, A4
Gatlin, Nebraska (Städtchen), *Kinder des Mais/Kinder des Zorns* von Stephen King (Roman/Film), S. 16–17, A4
Gatlin, South Carolina (Städtchen), *Sixteen Moons – Eine unsterbliche Liebe* von Kami Garcia und Margaret Stohl und *Beautiful Creatures – Eine unsterbliche Liebe* (Roman/Film), S. 14–15, B3
Gaultshire, England (Grafschaft), Romane von Henry Williamson, S. 64–65, D2
Gavon, Schottland (Dorf), *Gavon's Eve* von E.F. Benson (Kurzgeschichte), S. 64–65, C5
Gavrik, Schweden (Städtchen), *Totenstille* von Will Dean (Roman), S. 56–57, B3
Gavrillac, Frankreich (Dorf), *Scaramouche* von Rafael Sabatini (Roman), S. 44–45, B3
GDI-Institut für Tiberiumforschung, Northern Territory (Gebäude), *Command & Conquer*-Reihe (Videospiele), S. 108–109, C3
Gefährliches Schloss, Schottland (Gebäude), *Das gefährliche Schloss* von Sir Walter Scott (Roman), S. 64–65, C4
Gefängnis Askaban, Schottland (unkartierbares Gebäude), *Harry Potter*-Romane von J.K. Rowling (Romane/Filme), S. 64–65, D5
Geh-ja-weg-Mine, Yukon (Landschaft), *Graf Duckula* (TV), S. 26–27, B2
Geheimhafen, Ägäis (Insel), *Jäger des verlorenen Schatzes* (Film), S. 44–45, E1
Geistercanyon, Northern Territory (Landschaft), *Bernard und Bianca im Känguruland* (Film), S. 108–109, C3
Gelatofelsen, Golf von Melange (Insel), *Monkey Island*-Reihe (Videospiele), S. 32–33, F2
Gelber Gürtel, Hobeika/Salmaah (Landschaft), *Black Gold* (Film), S. 72–73, C1
Gelden Island, Indonesien (Insel), *Biggles: The Adventure of the Golden Shirts* von W.E. Johns (Roman), S. 90–91, B1
General Bisons Tempelversteck (Bisonopolis), Shadaloo (Gebäude/Stadt), *Street Fighter* (Film), S. 90–91, A3
Geneva Beach, Michigan (Städtchen), *The Big Bounce/Ein schlechter Abgang* von Elmore Leonard (Roman), S. 14–15, A5
Genosha (Insel/Nation), Marvel Comics (diverse), S. 84–85, D3
Genovien (Land/Fürstentum), *Plötzlich Prinzessin* von Meg Cabot (Roman/Film), S. 44–45, C2
Gensokyo, Japan (Landschaft), *Touhou Project*-Reihe (Videospiele), S. 96–97, C2
Geocore-Kraftwerk, La Mancha Fissure, Spanien (Gebäude), *Railroad Tycoon II: The Second Century* (Videospiel), S. 44–45, B2
George L. Volcano, Frankreich (Landschaft), Volvic-Werbespots (Werbung), S. 44–45, C3
Germaine, Oregon (Städtchen), *The Germaine Truth* (Website), S. 18–19, B5
Gespensterinsel (Moonscar Island), Louisiana (Insel), *Scooby-Doo und die Gespensterinsel* (Film), S. 16–17, D2
Geweihtes Land, Tansania (Region), *Der König der Löwen* (Film), S. 84–85, D3
Giancaldo, Italien (Städtchen), *Cinema Paradiso* (Film), S. 44–45, D1
Gibbeah, Jamaika (Städtchen), *Tod und Teufel in Gibbeah* von Marlon James (Roman), S. 32–33, D2
Gibbsville, Pennsylvania (Städtchen), Werke von John O'Hara, S. 14–15, C5
Gideon, Western Australia (Städtchen), *Mystery Road – Verschwunden im Outback* (TV), S. 108–109, B4
Gigant aus dem All (sterbl. Überreste) (Wesen), *Der Gigant aus dem All* (Film), S. 56–57, A6
Gila Claw, Arizona (Städtchen), *Percy Jackson*-Reihe von Rick Riordan (Romane/Filme), S. 18–19, C3
Gilas, Usbekistan (Städtchen), *The Railway* von Hamid Ismailov (Roman), S. 72–73, D3
Gillsby, Dänemark (Städtchen), Werke von Steen Langstrup, S. 56–57, B2
Ginborak, Western Australia (Städtchen), *Totgeschwiegen – Eine Frau schlägt zurück* (Film), S. 108–109, A2
Girassol, Brasilien (Städtchen), *Araguaia* (TV), S. 38–39, C4
Girrasol, Brasilien (Städtchen), *Estrela de Fogo* (TV), S. 38–39, C3
Gischinsk, Russland (Städtchen), *Kuckuckskinder* (auch: *Es geschah am Tage X*) von John Wyndham (Roman), S. 102–103, F1
Glacia, Nordpol (unter Eis begrabene Stadt), *Nelvana of the Northern Lights* (Comics), S. 26–27, C4
Gladstonopolis, Britannula (Stadt), *The Fixed Period* von Anthony Trollope (Roman), S. 120–121, C1
Glanbeigh, Irland (Städtchen), *Junge Wölfe* von Colin Barrett (Roman), S. 64–65, A3
Glanguenstald, Luggnagg (Städtchen), *Gullivers Reisen* von Jonathan Swift (Roman), S. 96–97, D3
Glasburgh, Schottland (Dorf), *Scooby-Doo: Ritterspiele* (TV), S. 64–65, C4
Glass Town Confederacy (Staatenbund), Brontë-Jugendwerk, S. 84–85, A3
Glass, New South Wales (Stadt), *Mirror's Edge* (Videospiele), S. 108–109, D1
Glebeshire, England (Grafschaft), Romane von Hugh Walpole, S. 64–65, C1
Gledmouth, Schottland (Städtchen), Romane von John Buchan, S. 64–65, C3
Glen Carry Castle, Schottland (Gebäude), *Captain Scarlet* (TV), S. 64–65, C4
Glen Falls, Ohio (Städtchen), *Hope & Faith* (TV), S. 14–15, B5
Glenarvon, Irland (Grafschaft), *Der Fuchs von Glenarvon* (Film), S. 64–65, A3
Glenbogle, Schottland (Anwesen), *Monarch of the Glen* (TV), S. 64–65, B4
Glenbrook, Illinois (Städtchen), *Alles Okay, Corky?* (TV), S. 16–17, D5
Glenbruff, Irland (Städtchen), *You Have to Make Your Own Fun Around Here* von Frances Macken (Roman), S. 64–65, A3
Glencove, Irland (Städtchen), *Das Geheimnis der verwunschenen Höhle* (Film), S. 64–65, A2
Glendarroch, Schottland (Städtchen), *Take the High Road* (TV), S. 64–65, B4
Glendonan, Schottland (Städtchen), Romane von John Buchan, S. 64–65, C3
Glendrummie, Schottland (Dorf), *The Night Spinner* von Abi Elphinstone (Roman), S. 64–65, C4
Glenlawn, Kalifornien (Städtchen), *Gimme a Break!* (TV), S. 18–19, A4
Glenoak, Kalifornien (Städtchen), *Eine himmlische Familie* (TV), S. 18–19, A3
Glenraven (Land), *Glenraven*-Reihe von Marion Zimmer Bradley (Roman), S. 44–45, C2
Glenroe, Irland (Dorf), *Glenroe* (TV), S. 64–65, B2
Glimmerdagg, Schweden (Städtchen), *Niklas*-Reihe von Anders Jacobsson und Sören Olsson (Bücher), S. 56–57, B3
Glimmerdal, Norwegen (Dorf), *Sommersprossen auf den Knien* von Maria Parr (Roman), S. 56–57, A3
Glimmerglass, New York (See), *Lederstrumpf* von James Fenimore Cooper (Romane), S. 14–15, C5
Glimmerhornet (Berg), *Sommersprossen auf den Knien* von Maria Parr (Roman), S. 56–57, A3
Glogova, Ungarn (Dorf), *Sankt Peters Regenschirm* von Kálmán Mikszáth (Roman), S. 50–51, B3
Glorian Major, Republien (Stadt), *Papers, Please* (Videospiel), S. 50–51, A5
Gloucester Island, Massachusetts (Insel), *Die Russen kommen! Die Russen kommen!* (Film), S. 14–15, D5
Glubbdubdrib, Luggnagg (Insel), *Gullivers Reisen* von Jonathan Swift (Roman), S. 96–97, D2/E2
Glücksmenschenstadt, South Australia (Megacity), *Home – Ein smektakulärer Trip* (Film), S. 108–109, C2
Glückstadt, Deutschland (Städtchen), *Benjamin Blümchen* (Hörspiel/TV), S. 44–45, D4
Glühberg, Hawaii (Berg), *Pokémon* (Videospiele), S. 18–19, D1
Glupow, Russland (Städtchen), *Geschichte einer Stadt* von Michail Saltykow-Schtschedrin (Roman), S. 50–51, B6
Glyn Cagny, Irland (Landschaft), *Der goldene Hort/Crock of Gold* von James Stephens (Roman), S. 64–65, A2
Glynmawr, Wales (Dorf), *Border Country* von Raymond Williams (Roman), S. 64–65, C2
Gnu York, New York (Stadt), DC Comics, S. 14–15, D1
Goatswood, England (Städtchen), Severn Valley aus dem Cthulhu-Mythos von Ramsey Campbell, S. 64–65, C2
Goblu, Ohio (Städtchen, Landkarte), S. 14–15, A5
Godric's Hollow, England (Dorf), *Harry Potter*-Romane von J.K. Rowling (Romane/Filme), S. 64–65, C1
Godsend Castle, England (Gebäude), *Spiel im Sommer* von Dodie Smith (Roman), S. 64–65, D2
Godzillas Insel, Pazifik (Insel), *Godzilla*-Filme, S. 120–121, C3
Gokul, Indien (Städtchen), *Dream Girl* (Film), S. 78–79, B4
Gold(s)ville, Yukon (Städtchen), *Graf Duckula* (TV), S. 26–27, B2

Golden Cove, Neuseeland (Städtchen), *Im grausamen Licht der Sonne* von Nalini Singh (Roman), S. 108–109, F1
Goldene Pyramide von Ahm Shere, Äthiopien (Bauwerk), *Die Mumie kehrt zurück* (Film), S. 84–85, D4
Goldene Stadt der Schmerzen, Karpaten (Stadt), *Ghostbusters II* (Film), S. 50–51, B2
Goldener Fluss, China (Fluss), *Die Sterblichen* von Yiyun Li (Roman), S. 102–103, E4
Goldvulkan, Yukon (Berg), *Der Goldvulkan* von Jules Verne (Roman), S. 26–27, B2
Golestan, Afghanistan (Dorf), *Die Sterne über Peschawar* von Suzanne Fisher Staples (Roman), S. 72–73, E2
Golf von Benzheen, Golf von Oman (Meer), *Transformers* und *G.I. Joe* (Comics), S. 72–73, D1
Golf von Melange, Karibik (Region), *Monkey Island*-Reihe (Videospiele), S. 32–33, F2
Golfo de Pollo, Karibik (Region), *Monkey Island*-Reihe (Videospiele), S. 32–33, E3
Gondal, Pazifik (Land), Brontë-Jugendwerk, S. 90–91, F4
Gonunda, South Australia (Städtchen), *Im Tal der Sonne* von Colin Thiele (Roman/TV), S. 108–109, C2
Goodwood, New South Wales (Städtchen), *Goodwood* von Holly Throsby (Roman), S. 108–109, D2
Goon Docks, Oregon (Dorf), *Die Goonies* (Film), S. 18–19, A6
Gopher Prairie, Minnesota (Städtchen), *Main Street* (auch: *Die Hauptstadt*) von Sinclair Lewis (Roman), S. 16–17, C5
Gorkhon-Fluss, Mongolei (Fluss), *Pathologic*-Reihe (Videospiel), S. 102–103, C4
Gort Na Cloca, Irland (Dorf), *Der goldene Hort/Crock of Gold* von James Stephens (Roman), S. 64–65, A2
Gosford Park, England (Anwesen), *Gosford Park* (Film), S. 64–65, D2
Gost, Kroatien (Städtchen), *The Hired Man* von Aminatta Forna (Roman), S. 50–51, A2
Gotham City, New Jersey (Stadt), DC Comics, S. 14–15, C4
Graabølle, Dänemark (Städtchen), Werke von Johannes V. Jensen, S. 56–57, A2
Grab des Rascar Capac, Peru (Bauwerk), *Tim und Struppi* von Hergé (diverse), S. 38–39, B4
Grab von Qualopec, Peru (Bauwerk), *Tomb Raider*-Reihe (Videospiele), S. 38–39, B4
Grabmal von Ramses Amun Ankh, Ägypten (Bauwerk), *Cruise Into Terror* (TV), S. 84–85, C5
Grace Junction, Arkansas (Städtchen), *Mit aller Macht – Primary Colors* von Joe Klein (Roman), S. 16–17, C3
Gracehope, Grönland (Stadt), *First Light* von Rebecca Stead (Roman), S. 26–27, E3
Gracey Manor, Louisiana (Gebäude), The Haunted Mansion (Themenpark), S. 16–17, D2
Gradec, Kroatien (Städtchen), Werke von Ludwig Bauer, S. 50–51, A2
Grady, South Carolina (Städtchen), *Doc Hollywood* (Film), S. 14–15, B3
Gran Chapo/El Chapo, San Theodoros/Nuevo-Rico (Region), *Tim und Struppi* von Hergé (diverse), S. 38–39, C5
Gran Seco City, Olifa (Stadt), *The Courts of the Morning* von John Buchan (Roman), S. 38–39, B2
Gran Seco Railway, Olifa (Bahnstrecke), *The Courts of the Morning* von John Buchan (Roman), S. 38–39, B2
Granbois, Dominica (Zuckerrohrplantage), *Sargassomeer* von Jean Rhys (Roman), S. 32–33, F2
Grand Budapest Hotel, Republik Zubrowka (Gebäude), *Grand Budapest Hotel* (Film), S. 50–51, A3
Grand Harbor, Michigan (Städtchen), *American Pie 2* (Film), S. 14–15, A5
Grand-Senora-Wüste, San Andreas (Wüste), *Grand Theft Auto*-Reihe (Videospiel), S. 18–19, B3
Grandview, Illinois (Städtchen), *Speedway Trio* (Film), S. 16–17, D4
Grantham, Ontario (Städtchen), *Benny Cooperman*-Reihe von Howard Engel, S. 26–27, A4
Grantleigh, England (Städtchen), *To The Manor Born* (TV), S. 64–65, C1
Grantville, Deutschland (Städtchen), *1632-Serie* von Eric Flint, S. 44–45, D3
Grantville, West Virginia (Städtchen), *1632/Ring of Fire*-Reihe von Eric Flint, S. 14–15, B4
Granville, Kansas (Städtchen), DC Comics, S. 16–17, B4
Grapeseed, San Andreas (Städtchen), *Grand Theft Auto*-Reihe (Videospiel), S. 18–19, B3
Graphitport City, Japan (Stadt), *Pokémon* (Videospiele), S. 96–97, A1
Grapplin, Irland (Städtchen), *Flanagan's Wake* (Theaterstück), S. 64–65, A3
Grasfluss, Russland (Fluss), Werke von Elizabeth Marshall Thomas, S. 102–103, E1/F1
Graustark (Land), *Graustark* von G.B. McCutcheon (Roman), S. 50–51, B3/C3
Gravity Falls, Oregon (Städtchen), *Willkommen in Gravity Falls* (TV), S. 18–19, A5
Great Barley, England (Dorf), *Minnow on the Say* von Philippa Pearce (Roman), S. 64–65, D2
Great Canyon, Arizona (Landschaft), *Mobile Suit Gundam* (Anime), S. 18–19, C3
Great Rapid, Vereinigte Föderation (Stadt), *Papers, Please* (Videospiel), S. 50–51, D2
Great Todday und Little Todday, Schottland (Inseln), *Whisky Galore!* von Angus MacPhail (Roman/Film), S. 64–65, A4/A5/B4/B5
Greater San Miguel (Land), *Gomer Pyle, U.S.M.C.* (TV), S. 38–39, C3
Green Knowe, England (Gebäude), *Green Knowe*-Reihe von Lucy M. Boston, S. 64–65, D2
Green Lake, British Columbia (See), *Oakwood* (Videospiel), S. 26–27, B1
Green Prairie (Stadt), *Tomorrow!* von Philip Wylie (Roman), S. 16–17, C5
Green Town, Illinois (Städtchen), *Löwenzahnwein* von Ray Bradbury (Roman), S. 16–17, D5
Greenborough, England (Städtchen), *DI Nikki Galena*-Reihe von Joy Ellis, S. 64–65, D2
Greenbow, Alabama (Städtchen), *Forrest Gump* von Winston Groom (Roman/Film), S. 14–15, A2
Greendale (Städtchen), *Riverdale/Chilling Adventures of Sabrina* (TV), S. 14–15, D5
Greendale, Colorado (Städtchen), *Community* (TV), S. 16–17, A4
Greendale, England (Dorf), *Postbote Pat* (TV), S. 64–65, C3
Greenpatch, Queensland (Städtchen), *Blinky Bill* (diverse), S. 108–109, D3
Greenville, Brasilien (Städtchen), *A Indomada* (TV), S. 38–39, D4
Greenvoe, Schottland (Städtchen), *Ein Sommer in Greenvoe* von George Mackay Brown (Roman), S. 64–65, C5
Grestin (Ost- und West-), Arstotzka/Kolechien (Stadt), *Papers, Please* (Videospiel), S. 72–73, C4
Greyfriars School, England (Gebäude), *Billy Bunter* (TV), S. 64–65, D2
Griffin Rock, Maine (Städtchen/Insel), *Transformers: Rescue Bots* (TV), S. 14–15, D6
Gritzmacher Springs, Kansas (Städtchen), Werke von Sinclair Lewis, S. 16–17, C4
Grizzly Gulch, Arizona (Städtchen), Big Thunder Mountain Railroad (Themenparks), S. 18–19, C3
Groggy Head, Kuba (Landschaft), *Die Piraten! – Ein Haufen merkwürdiger Typen!* (Film), S. 32–33, D3
Grönköping, Schweden (Städtchen), *Grönköpings Veckoblad* (Zeitung), S. 56–57, B2
Groosham Grange, England (Gebäude), *Schule des Grauens* von Anthony Horowitz, S. 64–65, D2
Groß Fenwick (Land), *Die Maus, die brüllte* von Leonard Wibberley (Roman), S. 44–45, C3
Groß-Rendang, Indonesien (Staatenbund), *Eiland* von Aldous Huxley (Roman), S. 90–91, A2
Große Nichtsöde, Irland (Region), *Dunkle Stadt Bohane* von Kevin Barry (Roman), S. 64–65, A3
Große Stadt, Ungarn (Stadt), *Das große Heft* von Agota Kristóf (Roman), S. 50–51, A2
Großer See, Mittelmeer (Meer), *Last Exile: Fam, the Silver Wing* (Anime), S. 44–45, C1
Großer Südlicher Pelagischer Ozean, Pazifik (Meer), *Eine Insel* von Terry Pratchett (Roman), S. 120–121, D1/E1
Grover's Corners, New Hampshire (Städtchen), *Unsere kleine Stadt* von Thornton Wilder (Theaterstück/Film), S. 14–15, D5
Grovers Bend, Kansas (Städtchen), *Critters*-Reihe (Film), S. 16–17, C3
Grumbly, Wales (Städtchen), *Die kleine Lok Ivor* (TV), S. 64–65, C2
Grüne Hölle, Brasilien/Venezuela (Landschaft), *Nackt und zerfleischt* (Film), S. 38–39, B5
Grüne Insel, Die (Land), *2000 AD* (Comics), S. 64–65, A3/B3/A2/B2
Grünes Meer (Meer), *ARMA 2* (Videospiel), S. 50–51, A5
Guacamole, San Escobar (Stadt, Internethumor), S. 32–33, B2
Guampu, Honduras (Dorf), *Moskito-Küste* von Paul Theroux (Roman), S. 32–33, D2
Guarma, Kuba (Insel), *Red Dead Redemption II* (Videospiel), S. 32–33, E2
Gudetown, Schottland (Städtchen), *The Provost* von John Galt (Roman), S. 64–65, B4
Gul Daman, Afghanistan (Dorf), *Tausend strahlende Sonnen* von Khaled Hosseini (Roman), S. 72–73, D2
Gulf Haven, Florida (Städtchen), *Cougar Town – 40 ist das neue 20* (TV), S. 14–15, B1
Gulistan, Pakistan (Dorf), Werke von Qaisra Shahraz, S. 78–79, A4
Gullah Gullah, South Carolina (Insel), *Gullah Gullah Island* (TV), S. 14–15, B2/B3
Gulmira, Afghanistan (Städtchen), Marvel Cinematic Universe (Filme), S. 72–73, D2
Gunflint, Minnesota (Städtchen), *Wintering* von Peter Geye (Roman), S. 16–17, C6
Gungee, Queensland (Städtchen), *A Descant for Gossips* von Thea Astley (Roman), S. 108–109, E3
Gungellan, New South Wales (Städtchen), *McLeods Töchter* (TV), S. 108–109, D2
Gunnerkrigg Court, Schottland (Gebäude), *Gunnerkrigg Court* von Thomas Siddell (Comic), S. 64–65, C3
Guram, Pakistan (Städtchen), *Brennendes Indien* (Film), S. 78–79, B5
Gurat, Indischer Ozean (Insel/Stadt), *Battle Angel Alita (GUNNM)* (Manga/Anime/Film), S. 90–91, A2
Gurówka, Polen (Städtchen), *Aftermath/Pokłosie* (Film), S. 50–51, B4
Gustav Graves' Eispalast, Island (Gebäude), *James Bond: Stirb an einem anderen Tag* (Film), S. 56–57, A6
Gusteau's, Paris, Frankreich (Restaurant), *Ratatouille* (Film), S. 44–45, E3
Habitat D.H.-8, Pazifik (Unterwasserbauten), *Sphere* von Michael Crichton (Roman/Film), S. 120–121, C2
Hachmannsfeld, Deutschland (Städtchen), *Stenkelfeld* (Hörspiel), S. 44–45, D4
Hackebackewald, Norwegen (Städtchen), *Klaus Klettermaus und die anderen Tiere im Hackebackewald* (TV), S. 56–57, A2
Haddonfield, Illinois (Städtchen), *Halloween* (Filme), S. 16–17, D4
Hadleyburg, Pennsylvania (Städtchen), *Der Mann, der Hadleyburg korrumpierte* von Mark Twain (Kurzgeschichte), S. 14–15, B4
Haggard, Irland (Städtchen), *Skulduggery Pleasant*-Reihe von Derek Landry (Romane), S. 64–65, B3
Hagul, Ungeprüfte Arabische Emirate (Stadt), *San Sombrèro* (Reiseführer), S. 72–73, C1
Haiwan, China (Stadt), *Strangers 6* (TV), S. 102–103, D1
Hajdubékes, Ungarn (Städtchen), *Never, Again* von Endre Farkas (Roman), S. 50–51, B3
Hakuna Matata, Tansania (Landschaft), *Der König der Löwen 3* (Film), S. 84–85, D3
Haleakaloa, Pazifik (Insel), *Die Hafenkneipe von Tahiti* (Film), S. 120–121, D2
Halimunda, Indonesien (Städtchen), *Schönheit ist eine Wunde* von Eka Kurniawan (Roman), S. 90–91, B1
Hallstabro, Schweden (Städtchen), *Om Stig Petrés hemlighet* (TV), S. 56–57, C3
Halwan (Land), Marvel Comics, S. 84–85, B5
Halwapur, Pakistan (Städtchen), *Burka Avenger* (TV), S. 78–79, B5
Ham Sandwich Islands, South Carolina (Inselgruppe), *Die Piraten! – Ein Haufen merkwürdiger Typen!* (Film), S. 14–15, C3
Ham-Rock, Atlantik (Insel), *Der Chancellor* von Jules Verne (Roman), S. 126–127, B3
Ham, England (Insel), *The Book of Dave* von Will Self (Roman), S. 64–65, D2
Hammer Bay/Black Roma, Genosha (Stadt), Marvel Comics, S. 84–85, D3
Hammond, North Carolina (Städtchen), *Die Qual der Wahl* (Film), S. 14–15, B3
Hampden, Neufundland (Städtchen), *The Fortunate Brother* von Donna Morrissey (Roman), S. 26–27, F2
Hamunaptra, Ägypten (Stadt), *Die Mumie* (Film), S. 84–85, C5
Hanamura, Japan (Städtchen), *Overwatch* (Videospiel), S. 96–97, C2
Hanbridge, England (Städtchen), *Fünf Städte*-Romane von Arnold Bennett, S. 64–65, C2
Handong, Provinz, China (Region), *In the Name of the People* (TV), S. 102–103, D2
Hankston, Idaho (Städtchen), *A Home of Our Own* (Film), S. 18–19, C5
Hanover, Nebraska (Städtchen), *Neue Erde/Unter den Hügeln die kommende Zeit* von Willa Cather (Roman/Film), S. 16–17, B4
Hanratty, Ontario (Städtchen), Werke von Alice Munro, S. 26–27, A4
Hantu-Hafen, Singapur (Stadt), *Hitman 2* (Videospiel), S. 90–91, B2
Hanu, Hawaii (Städtchen), *Anywhere But Paradise* von Anne Bustard (Roman), S. 18–19, C1
Hanuda, Japan (Städtchen), *Siren/Forbidden Siren* (Videospiel), S. 96–97, C2
Hara, Indien (Stadt), *Die Mäuse von Deptford*-Reihe von Robin Jarvis (Bücher), S. 78–79, B5
Harbor City, Taiwan (Stadt), *Black & White* (TV), S. 102–103, D1
Harchester, England (Städtchen), *Dream Team* (TV), S. 64–65, C2
Harda's Head, England (Landschaft), *South Riding* von Winifred Holtby (Roman), S. 64–65, D3
Hardrascliffe, England (Städtchen), *South Riding* von Winifred Holtby (Roman), S. 64–65, D3
Hargrave, Kentucky (Städtchen), Werke von Wendell Berry, S. 14–15, A4
Harmont-Zone, Ontario (Region), *Picknick am Wegesrand* von Arkadi und Boris Strugatzki (Roman), S. 26–27, D1/E1
Harmont, Ontario (Städtchen), *Picknick am Wegesrand* von Arkadi und Boris Strugatzki (Roman), S. 26–27, E1
Harmonville, Montana (Städtchen), *Open Range – Weites Land* (Film), S. 18–19, C6
Harmony, Maine (Städtchen), *Passions* (TV), S. 14–15, D5
Harmony, San Andreas (Städtchen), *Grand Theft Auto*-Reihe (Videospiel), S. 18–19, B3
Harran, Türkei (Stadt), *Dying Light* (Videospiel), S. 72–73, B3
Hartfield, Iowa (Städtchen), *Happy Land* (Film), S. 16–17, C5
Hartley, England (Städtchen), *Juliet Bravo* (TV), S. 64–65, C3
Hartsfield's Landing, New Hampshire (Städtchen), *The West Wing – Im Zentrum der Macht* (TV), S. 14–15, D6
Harvardville (Stadt), *Resident Evil*-Reihe (Videospiele/Filme), S. 18–19, B6
Haserabad, Pakistan (Städtchen), *Brennendes Indien* (Film), S. 78–79, B5
Hasetsu, Japan (Städtchen), *Yuri!!! on Ice* (Anime), S. 96–97, A1
Hassett Hills, England (Landschaft), *The Archers* (Hörspiel), S. 64–65, C2
Hastinapore, Indien (Dorf), *Der Klang der Sehnsucht* von Manisha Jolie Amin (Roman), S. 78–79, B4
Hat Island, Atlantik (Insel), *Villanos (engl. Villainous)* (TV), S. 32–33, E3
Hatley, England (Städtchen), *Oh, Doctor Beeching!* (TV), S. 64–65, C2
Hau Phat, Vietnam (Städtchen), *Apocalypse Now* (Film), S. 90–91, B3
Hauholi City, Hawaii (Stadt), *Pokémon* (Videospiel), S. 18–19, C1
Hauptquartier der Klempner, South Dakota (Gebäude), *Ben 10* (TV), S. 16–17, A5
Hauptquartier und Akademie der Sternenflotte, Kalifornien (Gebäude), *Star Trek* (diverse), S. 18–19, A4
Hauptstadt, Russland (Stadt), *Pandemie*-Reihe (Gesellschaftsspiele), S. 50–51, D4
Hav (Stadt/Staat), *Last Letters From Hav* von Jan Morris (Roman), S. 72–73, B2/B3
Haven Bay, Victoria (Städtchen), *The Henderson Kids* (TV), S. 108–109, D1
Haven, Maine (Städtchen), *Tommyknockers – Das Monstrum* von Stephen King (diverse), S. 14–15, D6
Hawkins, Indiana (Städtchen), *Stranger Things* (TV), S. 14–15, A4
Hawley Bank (Gebäude oder Anwesen), England (Dorf), *Sleep No More* von L.T.C. Rolt (Kurzgeschichten), S. 64–65, C2
Hawthorne, Nebraska (Städtchen), *Nebraska* (Film), S. 16–17, B4
Hayslope, England (Städtchen), *Adam Bede* von George Eliot (Roman), S. 64–65, C2
Hazzard County, Georgia (County), *Ein Duke kommt selten allein* (TV), S. 14–15, B3
Headlong Hall, Wales (Anwesen), *Headlong Hall* von Thomas Love Peacock (Novelle), S. 64–65, C2
Heatherfield, Connecticut (Stadt), *W.I.T.C.H.* (TV), S. 14–15, C5
Hedeby, Schweden (Insel/Städtchen), *Millennium*-Reihe von Stieg Larsson (Romane), S. 56–57, C3
Hedestad, Schweden (Städtchen), *Millennium*-Reihe von Stieg Larsson (Romane), S. 56–57, C3
Hedonikka, Themyscira (Insel), *Harley Quinn* (TV), S. 44–45, F1
Heer, Pakistan (Städtchen), *Der Garten des Blinden* von Nadeem Aslam (Roman), S. 78–79, B5
Hegeman, New York (Städtchen), Marvel Comics, S. 14–15, C5
Heieiei-Archipel, Pazifik (Inselgruppe), Rhinogradentia-Abhandlung (Wissenschaftlicher Witz), S. 120–121, C3
Heikant, Niederlande (Dorf), Baron 1898 (Themenpark), S. 44–45, C4
Heiliges Imperium Westelande (Land), *Log Horizon* von Mamare Tōno und Kazuhiro Hara (Romane/Anime), S. 96–97, B2
Heimatdorf der Familie Mousekewitz, Ukraine (Dorf), *Feivel, der Mauswanderer* (Film), S. 50–51, C3
Heimlich County, Texas (County), *King of the Hill* (TV), S. 16–17, B2
Hektary, Polen (Dorf), *Unreife Früchte* von Wioletta Greg (Roman), S. 50–51, B3
Hell Hall, England (Anwesen), *101 Dalmatiner* von Dodie Smith (Roman), S. 64–65, D2
Helm, Polen (Stadt, jüdische Überlieferung), S. 50–51, B3
Helmajistan (Land), *Full Metal Panic!* (Light Novels), S. 72–73, D2
Helmsbergville, Ukraine (Städtchen), *Herschel und die Chanukka-Kobolde* von Eric Kimmel (Buch), S. 50–51, B3
Helsingfort, Finnland (Stadt), *MacTrump* von Ian Doescher und Jacopo Della Quercia (Satire), S. 56–57, D3
Helstonleigh, England (Stadt), Romane von Ellen Wood, S. 64–65, C2
Helvetia (Land), *Sound of the Sky/Sora no Woto* (Anime), S. 96–97, A1/B1
Helwater, England (Anwesen), *Highland-Saga*-Romane von Diana Gabaldon/*Outlander* (Romane/TV), S. 64–65, C3
Hemingford Home, Nebraska (Städtchen), *Kinder des Mais/Kinder des Zorns* von Stephen King (Roman/Film), S. 16–17, A4
Henbane River, Montana (Fluss), *Far Cry 5* (Videospiele), S. 18–19, C6
Hengasch, Deutschland (Städtchen), *Mord mit Aussicht* (TV), S. 44–45, C3
Hengsha, China (Stadt), *Deus Ex: Human Revolution* (Videospiel), S. 102–103, D2
Henry, Northern Territory (Städtchen), *Sweet Country* (Film), S. 108–109, C3
Hensonville, North Carolina (Städtchen), *Muppets aus dem All* (Film), S. 14–15, C3
Heorot, Dänemark (Gebäude), *Beowulf* (Gedicht), S. 56–57, B1
Heringsmoor, Deutschland (Städtchen), *Stenkelfeld* (Hörspiel), S. 44–45, D4
Herkleton, Maryland (Städtchen), *Craig of the Creek* (TV), S. 14–15, C4
Herzhofen, Japan (Stadt), *Pokémon* (Videospiele), S. 96–97, D4
Herzoslowakien (auch: Herzoslowakei) (Land), Romane von Agatha Christie, S. 50–51, A2
Hesadi, Indien (Dorf), Werke von Mahasweta Devi, S. 78–79, C4
Hetherington, Victoria (Region), *Blue Heelers* (TV), S. 108–109, D2
Hexenberg (Berg), *Die Kinder vom andern Stern/Die Flucht zum Hexenberg* (Roman/Filme), S. 14–15, B3
Hickory, Kalifornien (Gebäude), *Mobile Suit Gundam* (Anime), S. 18–19, A3
Hicksville, Neuseeland (Städtchen), *Hicksville* von Dylan Horrocks (Comic), S. 108–109, F2
Hieno, Japan (Dorf), *Shikoku – Die Insel der Toten* (Film), S. 96–97, B1/C1
Highbeck, England (Städtchen), *Sleep No More* von L.T.C. Rolt (Kurzgeschichten), S. 64–65, C3
Highbury, England (Städtchen), *Emma* von Jane Austen (Roman), S. 64–65, D2
Highland, Texas (Städtchen), *Beavis und Butt-Head* (TV), S. 16–17, A3
Higuerota und die Higuerotakette, Costaguana (Berg), *Nostromo* von Joseph Conrad (Roman), S. 38–39, A4
Hikarizaka, Japan (Stadt), *Clannad* (Manga/Anime), S. 96–97, C2
Hildaland, Schottland (unkartierbare Gegend, Orkney-Mythos), S. 64–65, C5
Hili-li (Stadt/Insel), *A Strange Discovery* von Charles Romyn Dake (Roman), S. 114–115, C2
Hill House, Massachusetts (Gebäude), *Spuk in Hill House* von Shirley Jackson und Verfilmungen (Roman/Filme), S. 14–15, C5
Hill of Durcha, Schottland (traditionelle Märchenlandschaft), S. 64–65, B5/C5
Hill Valley, Kalifornien (Städtchen), *Zurück in die Zukunft* (Filme), S. 18–19, A4
Hilldale, Iowa (Städtchen), *Mutter ist die Allerbeste* (TV), S. 16–17, C4
Hillwood, Washington (Stadt), *Hey Arnold!* (TV), S. 18–19, A6
Himelianisches Gebirge, Nepal/Tibet (Gebirge), *Conan*-Romane von Robert E. Howard, S. 78–79, C4/C5 und S. 102–103, B2
Hinamizawa, Japan (Städtchen), *Higurashi: When They Cry* (Manga/Anime), S. 96–97, B2
Hinata, Japan (Städtchen), *Love Hina* von Ken Akamatsu (Manga/Anime), S. 96–97, C2
Hindi-Ozean, Indischer Ozean (Ozean), *2000 AD* (Comics), S. 78–79, C2/D2
Hinkley Hills, Iowa (Städtchen), *Meine teuflischen Nachbarn* (Film), S. 16–17, C4
Hinomoto (Land), *Kabaneri of the Iron Fortress* (Anime), S. 96–97, B2
Hippolyte, Queensland (Wrack), *The Black Bell Buoy* von Rupert Chesterton (Kurzgeschichte), S. 108–109, D4
Hirumi City, Japan (Stadt), *Yuuyami Doori Tankentai* (Videospiel), S. 96–97, E1
Hispanola (Insel), *Die Hurricanes* (TV), S. 32–33, E2
HMHS Fort James/USS Tiger Shark, Atlantik (Wracks), *Below – Da unten hört dich niemand schreien* (Film), S. 44–45, B3
HMP Slade, England (Gebäude), *Porridge* (TV), S. 64–65, C3
HMS Devonshire, China (Wrack), *James Bond: Der Morgen stirbt nie* (Film), S. 102–103, D1
HMS Endeavour, Karibik (Wrack), *Fluch der Karibik* (diverse), S. 32–33, F2
HMS Hecate, Atlantik (Wrack), *Duell im Atlantik* von Denys Rayner (Roman/Film), S. 126–127, C2
HMS Interceptor, Karibik (Wrack), *Fluch der Karibik* (diverse), S. 32–33, F2
HMS Scorpion, Russland (Wrack), *Ghostboat* (TV), S. 50–51, B4
HMS Thunder Child, England (Wrack), *Krieg der Welten* von H.G. Wells (Roman), S. 64–65, D2
HMS Viking, Atlantik (Wrack), *Timewreck Titanic* von Rhys B. Davies (Roman), S. 126–127, B4
Hobbs End, England (Städtchen), *Das grüne Blut der Dämonen* (Film), S. 64–65, D2
Hobeika (Land), *Black Gold* (Film), S. 72–73, C1
Hoch-Safran, Wales (Städtchen), *Grau* von Jasper Fforde (Romane), S. 64–65, C2

Hochschulen der Unvernunft, Erewhon (Gebäude), *Erewhon* von Samuel Butler (Roman), S. 108–109, F1
Hochsicherheitsgefängnis Stonehaven, Alaska (Gebäude), *Runaway Train* (Film), S. 18–19, B1
Höcklage, Deutschland (Städtchen), *Stenkelfeld* (Hörspiel), S. 44–45, D4
Hoddick, Oceana (Städtchen), *The Strong Man* von H.R.F. Keating (Roman), S. 126–127, D5
Hoenn, Japan (Region), *Pokémon* (Videospiele), S. 96–97, A1
Hofbau, Ruritanien (Städtchen), *Der Gefangene von Zenda* von Anthony Hope (Roman), S. 50–51, A3
Hogan County, Wisconsin (County), *Picket Fences – Tatort Gartenzaun* (TV), S. 16–17, D5
Hogsmeade, Schottland (unkartierbares Dorf), *Harry Potter*-Romane von J.K. Rowling (Romane/Filme), S. 64–65, C4
Hogwarts, Schottland (unkartierbares Gebäude), *Harry Potter*-Reihe von J.K. Rowling (Romane/Filme), S. 64–65, C4
Höhle von Caerbannog, Schottland (Landschaft), *Die Ritter der Kokosnuß* (Film), S. 64–65, B4
Höhlen von Marabar, Indien (Landschaft), *Auf der Suche nach Indien/Reise nach Indien* von E.M. Forster (Roman/Film), S. 78–79, C4
Hohman, Indiana (Städtchen), *Fröhliche Weihnachten* von Jean Shepherd (Kurzgeschichte/Film), S. 14–15, A4
Hoikan, Finnland (Städtchen), *Mesolat* (TV), S. 56–57, D4
Hokulani-Berg, Hawaii (Berg), *Pokémon* (Videospiele), S. 18–19, D1
Hokuto, Japan (Region), *Kamen Rider Build* (TV), S. 96–97, C4
Holby, England (Stadt), *Holby City* (TV), S. 64–65, C2
Holden County, Michigan (County), *The Big Bounce/Ein schlechter Abgang* von Elmore Leonard (Roman), S. 14–15, A5
Holden, Tennessee (Städtchen), *11.22.63 – Der Anschlag* (TV), S. 14–15, A3
Holdwick Park Refinery, England (Gebäude), *Look Around You* (TV), S. 64–65, C2
Holihaven, England (Städtchen), *Glockengeläut* von Robert Aickman (Kurzgeschichte), S. 64–65, D2
Hollyoaks, England (Städtchen), *Hollyoaks* (TV), S. 64–65, C2
Hollyrock, Kalifornien (Stadt), *Familie Feuerstein* (diverse), S. 18–19, A2/A3
Holstenwall, Deutschland (Dorf), *Das Cabinet des Dr. Caligari* (Film), S. 44–45, D4
Holt, Colorado (Städtchen), Werke von Kent Haruf, S. 16–17, A4
Hondo City, Japan (Stadt), *2000 AD* (Comics), S. 96–97, B3/C3
Honnō City, Japan (Stadt/Insel), *Kill la Kill* (Anime), S. 96–97, F1
Honnōji-Akademie, Japan (Gebäude), *Kill la Kill* (Anime), S. 96–97, F1
Honolurock, Hawaii (Stadt), *Die Jetsons treffen Familie Feuerstein* (Film), S. 18–19, C1
Honoré, Saint Marie (Städtchen), *Death in Paradise* (TV), S. 32–33, F2
Hood County, Washington (County), *Astro City* (Comic), S. 18–19, B6
Hookland, England (Grafschaft), *Hookland* (Website), S. 64–65, D1
Hooterville, Kentucky (Städtchen), *Petticoat Junction/Green Acres* (TV), S. 14–15, A3
Hope County, Montana (County), *Far Cry 5/Far Cry New Dawn* (Videospiel), S. 18–19, C6/D6
Hope Springs, Schottland (Städtchen), *Hope Springs* (TV), S. 64–65, C4
Hope, South Dakota (Städtchen), *Hitman: Absolution* (Videospiel), S. 16–17, A5
Hope, Washington (Städtchen), *Rambo* (Film), S. 18–19, A6
Hopeton, Nova Scotia (Städtchen), *Anne auf Green Gables* von Lucy Maud Montgomery (Roman), S. 26–27, F1
Horizon Islands, Pazifik (Insel), *ARMA 3* (Videospiel), S. 120–121, C2
Horneros, Kolumbien (Städtchen), *Bella Calamidades* (TV), S. 38–39, A5/B5
Horny Boy, England (Städtchen), *Riddley Walker* von Russell Hoban (Roman), S. 64–65, D2
Horomai-Linie, Japan (Bahnstrecke), *Poppoya* (Film), S. 96–97, C4
Horomai, Japan (Städtchen), *Poppoya* (Film), S. 96–97, C4
Hoshio Private Girls' Academy, Japan (Gebäude), *Slow Start* von Yuiko Tokumi (Manga/Anime), S. 96–97, C2
Hosu, Japan (Stadt), *My Hero Academia* von Kōhei Horikoshi (Manga/Anime), S. 96–97, E1
Hotel Adriano, Kroatien (Gebäude), *Porco Rosso* (Anime), S. 50–51, A2
Hotel Perla de las Dunas, Bolivien (Gebäude), *James Bond: Ein Quantum Trost* (Film), S. 38–39, B3
Hotel Transsilvanien, Rumänien (Gebäude), *Hotel Transsilvanien* (Film), S. 50–51, B2
Hotta-Watta-Bottle, Land of the Stinkas (Berg), *Captain Pugwash* (diverse), S. 32–33, C2
Hotten, England (Städtchen), *Emmerdale* (TV), S. 64–65, C3
Hou-Ming, China (Stadt), *Mandate of Heaven* von Tim Murgatroyd (Roman), S. 102–103, C2
Houlton, England (Städtchen), *Der Doktor und das liebe Vieh* von James Herriot (Roman/TV), S. 64–65, C3
Houria, Syrien (Städtchen), *Freedom Hospital* von Hamid Sulaiman (Graphic Novel), S. 72–73, B2
Houston (Staat), *Southern Victory* von Harry Turtledove (Romane), S. 16–17, A3/B3
Houstone, Texas (Stadt), *Familie Feuerstein* (diverse), S. 16–17, C2
Howards End, England (Anwesen), *Wiedersehen in Howards End* von E.M. Forster (Roman), S. 64–65, D2
Howlett-Anwesen, Alberta (Gebäude), Marvel Comics, S. 26–27, C1
Howling, England (Dorf), *Cold Comfort Farm* von Stella Gibbons (Roman), S. 64–65, D1
Hsinpei, Taiwan (Stadt), *Log Horizon* von Mamare Tōno und Kazuhiro Hara (Romane/Anime), S. 102–103, D1
Huaguo (Hua-Kuo), Aolai (Berg), *Die Reise nach Westen* von Wu Cheng'en (Roman), S. 102–103, D2
Huaishi, China (Stadt), *Party Members* von Arthur Meursault (Roman), S. 102–103, D2
Hub City, Illinois (Stadt), DC Comics, S. 16–17, D4
Hubis Adeliepinguinkolonie/Kieselstrand (Kolonie), *Hubi, der Pinguin* (Film), S. 114–115, D1
Huddersgate, England (Städtchen), *Stanley Bagshaw*-Reihe von Bob Wilson (Roman), S. 64–65, C3
Hudson, Alberta (Städtchen), *Heartland – Paradies für Pferde* (TV), S. 26–27, C1
Huella-Inseln, Französisch-Guayana (Inseln), *Hardy Boys*-Romane von Franklin W. Dixon und David L. Robbins, S. 38–39, C5
Huerta, Kalifornien (Städtchen), *Love and Rockets* von Los Bros Hernandez (Comic), S. 18–19, A3
Hundert-Morgen-Wald, England (Landschaft), *Pu der Bär* von A.A. Milne (diverse), S. 64–65, D1
Hundshausen, Ohio (Städtchen), *Goofy und Max/Goofy – Der Film* (diverse), S. 14–15, B4
Hunluen, China (Stadt), *Jelle's Marble Runs* (Internetserie), S. 102–103, D1
Huntercombe, England (Dorf), *Wintersonnenwende* von Susan Cooper (Romane), S. 64–65, D2
Hurley's Crossing, Nevada (Städtchen), *Transformers* (Comic), S. 18–19, B4
Hurtfew Abbey, England (Gebäude), *Jonathan Strange & Mr. Norrell* von Susanna Clarke (Roman/TV), S. 64–65, C3
Hvitramannaland, Atlantik (Insel, Legende), S. 126–127, B5
Hy Brasil, Atlantik (Insel, Legende), S. 126–127, D5
Hyakkaou-Privatakademie, Japan (Gebäude), *Kakegurui – Das Leben ist ein Spiel* von Homura Kawamoto und Tōru Naomura (Manga/Anime), S. 96–97, E1
Hyatt County, North Carolina (County), *The Descent – Abgrund des Grauens* (Film), S. 14–15, B3
Hydra-Hauptquartier, Österreich (Gebäude), Marvel Cinematic Universe (Filme), S. 44–45, C3
Hynen, Chinaland (Insel/Region/Städtchen), *Little Ninja Brothers* (Videospiel), S. 102–103, C1/D1
Hyperborea, Finnland (Region), *Conan*-Romane von Robert E. Howard, S. 56–57, D3
Hyperborea, Russland (arktische Wüste, griechische Mythologie), S. 102–103, F1/F2
Ibansk, Russland (Stadt/Staat), *Gähnende Höhen* von Alexander Sinowjew (Roman), S. 50–51, A6
Idoming (Staat), *Fables Feuer* von Vladimir Nabokov (Roman), S. 18–19, D5
Iglu-Dorf (Dorf), *Club Penguin* (Videospiel), S. 114–115, A3
Igrivo, Bulgarien (Dorf), *Tony Pateto* von Anani Borisov (Webcomic), S. 50–51, B2
Iguedo, Nigeria (Dorf), *Alles zerfällt* von Chinua Achebe (Roman), S. 84–85, B4
Ile d'Etable de Porc, Karibik (Insel), *Fluch der Karibik* (diverse), S. 32–33, E2
Ilha de Boiporã, Brasilien (Insel/Städtchen), *Segundo Sol* (TV), S. 38–39, D4
Ilium, New York (Städtchen), Werke von Kurt Vonnegut, S. 14–15, C5
Illumina City, Frankreich (Stadt), *Pokémon* (Videospiele), S. 44–45, C3
Ilm, Österreich (Dorf), *Vier Frauen und ein Todesfall* (TV), S. 44–45, D3
Ilmorog, Kenia (Dorf), *Verbrannte Blüten* von Ngũgĩ wa Thiong'o (Roman), S. 84–85, D3
Ilvermorny-Schule für Hexerei und Zauberei, Massachusetts (Gebäude), *Harry Potter/Wizarding World* von J.K. Rowling (diverse), S. 14–15, C5
Imboca, Spanien (Dorf), *Dagon* (Film), S. 44–45, A3
Immer Winter (Always Winter), Polen (Städtchen), *From the Fever-World* von Jehanne Dubrow (Gedichte), S. 50–51, A4
Immergrüner Wald, British Columbia/Alberta (Region), *Die Raccoons* (TV), S. 26–27, B1/B2
Impor (Land), *Papers, Please* (Videospiel), S. 50–51, A5
Impossible Island, Atlantik (Insel), *Once, Two Islands* von Dawn Garisch (Roman), S. 126–127, D1
Inaba, Japan (Städtchen), *Persona*-Reihe (Videospiele), S. 96–97, C2
Inchgrundle, England (Städtchen), *The Shadow Keeper* von Abi Elphinstone (Roman), S. 64–65, B1
Indian River, Ontario (Städtchen), *Indian River* (TV), S. 26–27, A4
Indianrockolis, Indiana (Stadt), *Familie Feuerstein* (diverse), S. 14–15, A4
Indocarr (Land), *Mile 22* (Film), S. 90–91, B1/C1
Indocarr City, Indocarr (Stadt), *Mile 22* (Film), S. 90–91, B1
Indocine (Land), *Nuclear Strike* (Videospiel), S. 90–91, B4
Indriana, Indiana (Staat), *MacTrump* von Ian Doescher und Jacopo Della Quercia (Satire), S. 14–15, A4
Inferno, Oregon (Wrack), *Die Goonies* (Film), S. 18–19, A6
Ingledale, England (Dorf), *Postbote Pat* (TV), S. 64–65, C3
Inju, Südkorea (Stadt), *Signal* (TV), S. 102–103, E2
Inner Qwghlm, Schottland (Insel), *Der Barock-Zyklus* und *Cryptonomicon* von Neal Stephenson (Romane), S. 64–65, A5
Innisfree, Irland (Städtchen), *Der Sieger* (Film), S. 64–65, A3
Innsmouth, Massachusetts (Städtchen), Cthulhu-Mythos/H.P. Lovecraft (diverse), S. 14–15, D5
Insel California, Die, Mexiko (Insel), *Las Sergas de Esplandián* von Garci Rodríguez de Montalvo (Roman), S. 32–33, A3
Insel Chairman, Chile (Insel), *Zwei Jahre Ferien* von Jules Verne (Roman), S. 38–39, B1
Insel der Affenstadt (Insel), *Sindbad der Seefahrer* (Kurzgeschichte), S. 78–79, B2
Insel der blauen Delfine, Kalifornien (Insel), *Insel der blauen Delfine* von Scott O'Dell (Roman), S. 18–19, A3
Insel der Fruchtbarkeit, Indischer Ozean (Insel), *Die Insel der Fruchtbarkeit* von Henry Neville (Roman), S. 108–109, A4/B4
Insel der Hatifnatten, Schweden (Insel), *Mumins*-Bücher von Tove Jansson (Kurzgeschichten), S. 56–57, D3
Insel der Hoffnung, Bahamas (Insel), *Captain Planet* (TV), S. 32–33, E3
Insel der Königin, Arktis (Insel), *Die Abenteuer des Kapitän Hatteras* von Jules Verne (Roman), S. 26–27, C4
Insel der lebendig Begrabenen, Indischer Ozean (Insel), *Sindbad der Seefahrer* (Kurzgeschichte), S. 78–79, A4
Insel der Meerespferde, Persischer Golf (Insel), *Sindbad der Seefahrer* (Kurzgeschichte), S. 72–73, D1
Insel der Menschenfresser, Indischer Ozean (Insel), *Sindbad der Seefahrer* (Kurzgeschichte), S. 78–79, A4
Insel der Nichtsnutz-Toys, Nordpolarmeer (Insel), *Rudolph mit der roten Nase* (TV special), S. 26–27, C4
Insel der Perlenfischer, Indischer Ozean (Insel), *Sindbad der Seefahrer* (Kurzgeschichte), S. 78–79, B3
Insel der Quelle der ewigen Jugend, Karibik (Insel), *Fluch der Karibik* (diverse), S. 32–33, D3/E3
Insel der Verbannten, Barbaren-Archipel (Insel), *Drachenzähmen leicht gemacht* von Cressida Cowell (Romane/Filme), S. 56–57, D1
Insel der Waisen, Pazifik (Insel), *Insel der Waisen* von Rose Macaulay (Roman), S. 120–121, D2
Insel des Alten vom Meer, Indischer Ozean (Insel), *Sindbad der Seefahrer* (Kurzgeschichte), S. 78–79, B2
Insel des Dr. Moreau, Pazifik (Insel), *Die Insel des Dr. Moreau* von H.G. Wells (Roman), S. 120–121, F3
Insel des großen Fischs, Persischer Golf (Insel/Fisch), *Sindbad der Seefahrer* (Kurzgeschichte), S. 72–73, D1
Insel des heiligen Brendan (Sankt-Brendan-Insel), Atlantik (Insel), *Die Wasserkinder* von Charles Kingsley und Legende (Roman/Mythos), S. 126–127, D4
Insel des Roch (oder Rock), Madagaskar (Insel), *Sindbad der Seefahrer* (Kurzgeschichte), S. 84–85, D3
Insel des vorigen Tages, Pazifik (Insel), *Die Insel des vorigen Tages* von Umberto Eco (Roman), S. 120–121, C2
Insel Drear, Schottland (unkartierbare Insel), *Harry Potter*-Romane von J.K. Rowling (Romane/Filme), S. 64–65, C5
Insel Felsenburg, Atlantik (Insel), *Insel Felsenburg* von Johann Gottfried Schnabel (Roman), S. 126–127, D1
Insel im Süden, Japan (Insel), *Pokémon* (Videospiele), S. 96–97, A1
Insel Lincoln/Vulcania, Pazifik (Insel), *Die geheimnisvolle Insel* von Jules Verne/*20.000 Meilen unter dem Meer* (Roman/Film), S. 120–121, D2
Insel Rampole, Brasilien (Insel), *Mr. Blettsworthy auf der Insel Rampole* von H.G. Wells (Roman), S. 38–39, C2
Insel W, Argentinien (Insel), *W oder die Kindheitserinnerung* von Georges Perec (Roman), S. 38–39, B1
Insel, Die, Pazifik (Insel), *Gilligans Insel* (TV), S. 120–121, D4
Insel, Die/Oceanic Flug 815, Pazifik (unkartierbare Insel/Wrackteile), *Lost* (TV), S. 120–121, C3
Inseln der Seligen, Atlantik (Inselgruppe, Mythos/Legende, S. 126–127, B4/C4
Institut für außerirdische Kulturen, Ontario (Gebäude), *Picknick am Wegesrand* von Arkadi und Boris Strugatzki (Roman), S. 26–27, E1
Internat St. Trinian, England (Gebäude), *St. Trinian*-Reihe von Ronald Searle (diverse), S. 64–65, C2
Interzone, Marokko (Region), *Naked Lunch* von William S. Burroughs (Roman), S. 84–85, A5
Inverfinnan, Schottland (Städtchen), *Die Hurricanes* (TV), S. 64–65, B4
Inverkerran, Schottland (Städtchen), *Oller Kahn mit Größenwahn (Die Maggie)* (Film), S. 64–65, B4
Inverlochan, Schottland (Städtchen, Modelleisenbahn), S. 64–65, B4
Inverness, New South Wales (Städtchen), *A Place to Call Home* (TV), S. 108–109, D2
Ipeiros-Gebirge, Griechenland (Gebirge), Marvel Comics/Marvel Cinematic Universe (Comics/Filme), S. 44–45, E1
Irakistan (Land), *Broforce* (Videospiel), S. 72–73, C2
Iranistan (Land), *Conan*-Romane von Robert E. Howard, S. 72–73, C2
Iraya, Philippinen (Dorf), *Fish-Hair Woman* von Merlinda Bobis (Roman), S. 90–91, C3
Irkanien (Land), *Wenn ein Reisender in einer Winternacht* von Italo Calvino (Roman), S. 50–51, C4
Isabelles, Die, Costaguana (Inseln/Leuchtturm), *Nostromo* von Joseph Conrad (Roman), S. 38–39, A4
Isenstadt, Deutschland (Stadt), *Wolfenstein*-Reihe (Videospiele), S. 44–45, D3
Ishmaelia (Land), *Scoop* von Evelyn Waugh (Roman), S. 84–85, D4
Ishtar (Land), *Ishtar* (Film), S. 84–85, A5
Isla Cangrejos, Karibik (Insel), *Fluch der Karibik* (diverse), S. 32–33, E2
Isla Cruces, Karibik (Insel), *Fluch der Karibik* (diverse), S. 32–33, F2
Isla de la Avaricia, Karibik (Insel), *Fluch der Karibik* (diverse), S. 32–33, E2
Isla de la Forteleza, Venezuela (Insel), *Mercenaries 2: World in Flames* (Videospiel), S. 38–39, B6
Isla de Los Órganos, Kuba (Insel), *James Bond: Stirb an einem anderen Tag* (Film), S. 32–33, D3
Isla de Mara, Mexiko (Insel), *Godzilla II: King of the Monsters* (Film), S. 32–33, C2
Isla de Muerta, Karibik (Insel), *Fluch der Karibik* (diverse), S. 32–33, F2
Isla de Tiburon, Mexiko (Insel), Marvel Comics, S. 32–33, C3
Isla Dorada, Mexiko (Städtchen), *Corazón Indomable* (TV), S. 32–33, B2
Isla Island/Bananarama (Insel/Nation), *American Dad* (TV), S. 32–33, D2
Isla Morazan, Costa Rica (Insel), *Jurassic Park* von Michael Crichton (diverse), S. 32–33, C1
Isla Nublar, Costa Rica (Insel), *Jurassic Park* von Michael Crichton (diverse), S. 32–33, C1
Isla Paraíso, Chile (Insel), *Isla Paraíso* (TV), S. 38–39, B2
Isla Paraíso, Philippinen (Insel), *San Simeon (Sims 3)* (Videospiel), S. 90–91, D3
Isla Pixol, Mexiko (Insel), *The Lacuna* von Barbara Kingsolver (Roman), S. 32–33, B2
Isla Talamanca, Costa Rica (Insel), *Jurassic Park* von Michael Crichton (diverse), S. 32–33, D1
Islandia (Land), *Islandia*-Romane von Austin Tappan Wright und Fortsetzungen von Mark Saxton, S. 84–85, A1/B1
Isle des Hermaphrodites, Portugal (schwebende Insel), *Les Hermaphrodites* von Thomas Artus (Roman), S. 44–45, A2
Isle Hyu (Insel/Nation), *Jelle's Marble Runs* (Internetserie), S. 78–79, C2
Isle of Ewe, Golf von Melange (Insel), *Monkey Island*-Reihe (Videospiele), S. 32–33, F2
Isle of Kiltarra, Schottland (Insel), *Oller Kahn mit Größenwahn (Die Maggie)* (Film), S. 64–65, B5
Isle of Slingers, England (Insel), Romane von Thomas Hardy, S. 64–65, C1
Isle of the Gods, Kingdom of Karin (Insel), *Transformers: Super-God Masterforce* (Anime), S. 90–91, D2
Isola, New York (Stadt), Werke von Ed McBain, S. 14–15, D1
Istanbird, Türkei (Stadt), *DuckTales* (TV), S. 72–73, B3
Isthmus City, Republik Isthmus (Stadt), *James Bond: Lizenz zum Töten* (Film), S. 32–33, D1
Itchy & Scratchy Land, Golf von Mexiko (Insel), *Die Simpsons* (TV), S. 32–33, D3
Ithaquack, Griechenland (Insel), *DuckTales* (TV), S. 44–45, E1
Itomori, Japan (Städtchen), *Your Name. – Gestern, heute und für immer* (Film), S. 96–97, C2
Ivell, England (Städtchen), Romane von Thomas Hardy, S. 64–65, C1
Ivory-Lana oder Farilana (Land), *Das Phantom* (Comic), S. 84–85, D3
Iwaya Village, Japan (Dorf), *Varan – Das Monster aus der Urzeit* (Film), S. 96–97, C3
Ixania (Land), *Der dunkle Grenzbezirk* von Eric Ambler (Roman), S. 50–51, B2
Izayoi Island, Japan (Insel), *Yuna & Stitch* (Anime), S. 96–97, D1
„Joan Bushwell's Chimp Refuge" (Joan Bushwells Auffangstation für Schimpansen), Neu-Sansibar (Gebäude), *Die Simpsons* (TV), S. 84–85, C3
Jabekka, Saudi-Arabien (Stadt), *Tim und Struppi: Die Zigarren des Pharaos* von Hergé (Roman), S. 72–73, B1/B2
Jaburo, Brasilien (unterirdische Stadt), *Mobile Suit Gundam/Hellsing* (Anime/Manga), S. 38–39, C5
Jacksea-Insel, Ninetail Dominions (Insel), *Log Horizon* von Mamare Tōno und Kazuhiro Hara (Romane/Anime), S. 96–97, A1
Jackson City, Colorado (Stadt), *Runaway!* (Film), S. 16–17, A4
Jackson Summit, Colorado (Landschaft), *Zugfahrt ins Jenseits* (Film), S. 18–19, D4
Jacksonburg, Ishmaelia (Stadt), *Scoop* von Evelyn Waugh (Roman), S. 84–85, D4
Jadac, Bosnien und Herzegowina (Stadt), *Zone of Separation – Das Kriegsgebiet* (TV), S. 50–51, A2
Jadefluss (Jade River), China (Fluss), *Where the Mountain Meets the Moon* von Grace Lin (Roman), S. 102–103, A3
Jaffan, Trans-Sabal (Stadt), Marvel Comics (diverse), S. 72–73, C1
Jakkagala, Ruinen von, Taprobane (Gebäude), *Fahrstuhl zu den Sternen* von Arthur C. Clarke (Roman), S. 78–79, C2
Jakkalsdrif, Südafrika (Städtchen), *Leben und Zeit des Michael K.* von J.M. Coetzee (Roman), S. 84–85, C2
Jaku, Japan (Stadt), *My Hero Academia* von Kōhei Horikoshi (Manga/Anime), S. 96–97, B2
Jalpur (Stadt/Staat), *Mira – Die Meisterdetektivin* (TV), S. 78–79, B4
Jam Butty Mines, England (Gebäude), Ken Dodd (Comedy-Programm), S. 64–65, C3
Jamarbala, Indonesien (Stadt), *Jelle's Marble Runs* (Internetserie), S. 90–91, B1
Jambalaya Island, Karibik (Insel), *Monkey Island*-Reihe (Videospiele), S. 32–33, E3
Jamijah, Indien (Städtchen), *Tim und Struppi* von Hergé (Comics), S. 78–79, B5
Jane Guy (Wrack), *Die denkwürdigen Erlebnisse des Arthur Gordon Pym* von Edgar Allan Poe (Roman), S. 114–115, C3
Janjira, Japan (Stadt), *Godzilla* (2014, Film), S. 96–97, C2
Jannati Shahr, Saudi-Arabien (Stadt), *The Flying Legion* von George Allan England (Roman), S. 72–73, C1
Janow, Polen (Städtchen), *Treffpunkt Todesbrücke* (Film), S. 50–51, B3
Jante, Dänemark (Städtchen), *Ein Flüchtling kreuzt seine Spur* von Aksel Sandemose (Roman), S. 56–57, A2
Janus-Ölplattform, Nordsee (Bohrinsel), *Ghost Rig* (Film), S. 64–65, D5
Janus-Satellitenkontrollzentrum, Kuba (Gebäude), *James Bond: GoldenEye* (Film), S. 32–33, D2
Jarmuli, Indien (Städtchen), *Sleeping on Jupiter* von Anuradha Roy (Roman), S. 78–79, C3
Jasper, Nevada (Städtchen), *Transformers: Prime* (TV), S. 18–19, B4
Jászkarafaszajenő, Ungarn (Dorf, Scherz), S. 50–51, B2
Jatakang (Land), *Morgenwelt* von John Brunner (Roman), S. 90–91, C2
Jauga, Peru (Städtchen), *Tim und Struppi* von Hergé (diverse), S. 38–39, A4
Jeerulot, Indien (Städtchen), *Natal Fault* von Dr. Manisha Saxena (Roman), S. 78–79, B4
Jefferson (Staat), Werke von Harry Turtledove, S. 18–19, A5
Jefferson, Mississippi (Stadt), Werke von William Faulkner, S. 16–17, D3
Jefferton, Kalifornien (Städtchen), *Tom Goes to the Mayor* (TV), S. 18–19, A3
Jehupetz, Ukraine (Stadt), Werke von Scholem Alejchem (Erzählungen), S. 50–51, C3
Jekaterina-Brücke, Russland (Gebäude), *Snowpiercer* (Film), S. 50–51, B6
Jellystone Park, Wyoming (Landschaft), *Yogi Bear* (TV), S. 18–19, D5
Jericho, Kansas (Städtchen), *Jericho – Der Anschlag* (TV), S. 16–17, B4
Jérimadeth, Irak (Stadt), *Booz endormi (Der schlafende Boas)* von Victor Hugo (Gedicht), S. 72–73, C2
Jerkbait Islands, Golf von Melange (Inselgruppe), *Monkey Island*-Reihe (Videospiele), S. 32–33, F2
Jeronimo, Honduras (Dorf), *Moskito-Küste* von Paul Theroux (Roman), S. 32–33, C2
Jeru/Zalem-Orbitallift, Panama (Weltraumlift), *Battle Angel Alita (GUNNM)* (Manga/Anime), S. 32–33, D1
Jerusalem's Lot, Maine (Städtchen), *Brennen muss Salem* von Stephen King (diverse), S. 14–15, D6

Jhumli, Indien (Städtchen), *Nur Dir zuliebe – Gori Tere Pyaar Mein* (Film), S. 78–79, B4
Jiangzhou, China (Stadt), *Dwelling Narrowness/Woju* (TV), S. 102–103, D2
Jingzhou, China (Stadt), *In the Name of the People* (TV), S. 102–103, D2
Jinsy, Kanalinseln (Insel), *This is Jinsy* (TV), S. 64–65, A1
Jintian, China (Stadt), *Die hundert verborgenen Sinne* von Amy Tan (Roman), S. 102–103, C1
Jōkamachi, Japan (Stadt), *Samurai Shodown*-Reihe (Videospiele), S. 96–97, C2
Johlpur, Indien (Dorf), *The Sleeping Dictionary* von Sujata Massey (Roman), S. 78–79, C4
Johnson-Insel, Arktis (Insel), *Die Abenteuer des Kapitän Hatteras* von Jules Verne (Roman), S. 26–27, C4
Johto, Japan (Region), *Pokémon* (Videospiele), S. 96–97, B2
Jolliginki (Land), *Doktor Dolittle und seine Tiere* von Hugh Lofting (Roman), S. 84–85, D3
Jolly Rock Lighthouse, Nordsee (Gebäude), *The Goodies* (TV), S. 64–65, D5
Jonesy Lake, Wyoming (See), *Firewatch* (Videospiel), S. 18–19, C5
Jordan, Seneca, Elkins, McKessburg, Bellport, Alaska (Städtchen), *Runaway Train* (Film), S. 18–19, B1
Josette, Louisiana (Städtchen), *Joe Dreck* (Film), S. 16–17, D2
Joulupukkis Wohnsitz, Finnland (Gebäude, Brauchtum), S. 56–57, D5
Jozefow, Polen (Dorf), *Jakob der Knecht* von Isaac Bashevis Singer (Roman), S. 50–51, B3
Jubelstadt, Japan (Stadt), *Pokémon* (Videospiele), S. 96–97, C4
Jubilee, Ontario (Städtchen), Werke von Alice Munro, S. 26–27, A4
Juckende Achselhöhle, Barbaren-Archipel (Insel), *Drachenzähmen leicht gemacht* von Cressida Cowell (Romane/Filme), S. 56–57, D1
Julia, South Carolina (Städtchen), *Gospel Hill* (Film), S. 14–15, B3
Juliet, Saskatchewan (Städtchen), *Cool Water* von Dianne Warren (Roman), S. 26–27, C1
Jump City, Oregon (Stadt), DC Comics (diverse), S. 18–19, A6
Junchow, China (Stadt), *Die russische Konkubine* von Kate Furnivall (Roman), S. 102–103, D3
Junction City, Colorado (Städtchen), *Der Mann, der Liberty Valance erschoß* (Film), S. 16–17, A4
Junebug, Oklahoma (Städtchen), Werke von Larry Mike Garmon, S. 16–17, B3
Jungeninsel, Pazifik (Insel), *Eine Insel* von Terry Pratchett (Roman), S. 120–121, D2
Jüngstes Gericht, Panama (Wrack), *Die drei Sonnen* von Liu Cixin (Roman), S. 32–33, D1
Junitaki, Japan (Städtchen), *Wilde Schafsjagd* von Haruki Murakami (Roman), S. 96–97, C4
Junkertown, Northern Territory (Städtchen), *Overwatch* (Videospiel), S. 108–109, C3
Junktown, Kalifornien (Städtchen), *Fallout 1* (Videospiel), S. 18–19, B3
Jurassic Park Europa, Azoren (Anlage), *Jurassic Park* von Michael Crichton (Roman), S. 126–127, C4
Jurassic Park Japan, Pazifik (Themenpark), *Jurassic Park* von Michael Crichton (Roman), S. 120–121, A4/B4
Jurko-Stadt, Kolechien (Stadt), *Papers, Please* (Videospiel), S. 72–73, C4
Juroku Plant Poison Castle, Japan (Gebäude), *Batman Ninja* (Film), S. 96–97, C2
Juruanã, Brasilien (Städtchen), *Araguaia* (TV), S. 38–39, C4
Jusendo, China (Berg), *Ranma ½* von Rumiko Takahashi (Manga/Anime), S. 102–103, B2
K'naa, Mu (Region), Cthulhu-Mythos (diverse), S. 120–121, E3
K'un-Lun, Tibet (Berg), Marvel Comics und Mythologie, S. 102–103, B2
Kadic Junior High, Paris, Frankreich (Gebäude), *Code Lyoko* (TV), S. 44–45, E3
Kaha, Belgistan (Stadt), *Gasaraki* (Anime), S. 72–73, C3
Kahani, Alifbay (Stadt), *Harun und das Meer der Geschichten* von Salman Rushdie (Roman), S. 78–79, B5
Kahndaq (Land), DC Comics, S. 72–73, B2
Kaigoon, Singapur (Insel), *Der Weg nach Singapur* (Film), S. 90–91, B2
Kaihoro, Neuseeland (Städtchen), *Bad Taste* (Film), S. 108–109, F2
Kalabar, Indien (Region), *Ist ja irre: Alles unter Kontrolle – Keiner blickt durch* (Film), S. 78–79, B5
Kalapur, Pakistan (Städtchen), *Brennendes Indien* (Film), S. 78–79, B5
Kali River Rapids, Anandapur (Stromschnellen), Disney's Animal Kingdom (Themenpark), S. 78–79, C4/D4
Kallenger, Indien (Städtchen), *In 80 Tagen um die Welt* von Jules Verne (Roman), S. 78–79, C3
Kalokairi, Griechenland (Insel), *Mamma Mia!* (Film), S. 44–45, E1
Kalos, Frankreich (Region), *Pokémon* (Videospiele), S. 44–45, C3
Kalubya (Land), *Operation Thunderbolt* (Videospiel), S. 84–85, B5
Kamalpur, Indien (Städtchen), *Motu Patlu* (TV), S. 78–79, B3
Kamanga (Land), *Tenth Man Down* von Chris Ryan (Roman), S. 84–85, C2
Kamar-Taj, Nepal (Dorf), *Doctor Strange* (Film/Comic), S. 78–79, C4
Kambezi (Land), *MacGyver* (TV), S. 84–85, C3
Kameno, Kenia (Höhenzug), *Der Fluss dazwischen* von Ngũgĩ wa Thiong'o (Roman), S. 84–85, D4
Kamihama, Japan (Stadt), *Puella Magi Madoka Magica* (Anime/Manga), S. 96–97, B2
Kamino, Japan (Städtchen), *My Hero Academia* von Kōhei Horikoshi (Manga/Anime), S. 96–97, C2
Kamistan, Islamische Republik (Land), *24* (TV), S. 72–73, C2
Kamisu 66, Japan (Städtchen), *From the New World* (Videospiel), S. 96–97, C2
Kamiyama, Japan (Städtchen), *Hyoka* von Honobu Yonezawa (Roman), S. 96–97, C2
Kamp Krusty, North Takoma (Gebäude), *Die Simpsons* (TV), S. 18–19, A6
Kampung Durian Runtuh, Malaysia (Dorf), *Upin & Ipin* (TV), S. 90–91, C2
Kamui Kotan, Japan (Dorf), *Samurai Shodown*-Reihe (Videospiele), S. 96–97, C4
Kamurocho, Japan (Städtchen), *Yakuza*-Reihe (Videospiele), S. 96–97, E1
Kangan (Land), *Termitenhügel in der Savanne* von Chinua Achebe (Roman), S. 84–85, B4
Kannibaleninsel (Pelegosto), Karibik (Insel), *Fluch der Karibik* (diverse), S. 32–33, F2
Kantai City, Hawaii (Städtchen), *Pokémon* (Videospiele), S. 18–19, D1
Kanthapura, Indien (Städtchen), *Kanthapura* von Raja Rao (Roman), S. 78–79, B3
Kap Suzette *siehe* Cape Suzette
Kap Washington, Arktis (Landschaft), *Die Abenteuer des Kapitän Hatteras* von Jules Verne (Roman), S. 26–27, C4
Kapitän Nemos Land (Kontinent), *20.000 Meilen unter dem Meer* von Jules Verne (Roman), S. 114–115, B2
Kapitol, Das, Colorado (Stadt), *Die Tribute von Panem* von Suzanne Collins (diverse), S. 18–19, D4
Kapua, Neuseeland (Städtchen), *Ngati* (Film), S. 108–109, F2
Karain (Kontinent), *Islandia*-Romane von Austin Tappan Wright und Fortsetzungen von Mark Saxton (Romane), S. 84–85, A1/A2/B1/B2
Karakal, Tibet (Berg), *Der verlorene Horizont* von James Hilton (Roman), S. 102–103, A2/A3
Karakura, Japan (Städtchen), *Bleach* von Tite Kubo (Manga/Anime), S. 96–97, E1
Karaoi, Kasachstan (Dorf), *The Dead Wander in the Desert* von Rollan Seisenbayev (Roman), S. 72–73, D3
Karasuno, Japan (Städtchen), *Haikyu!!* von Haruichi Furudate (Manga/Anime), S. 96–97, C3
Kardemomme, Norwegen (Städtchen), *Die Räuber von Kardemomme* von Thorbjørn Egner (Kurzgeschichte), S. 56–57, A2
Karin Island, Kingdom of Karin (Insel/Nation), *Transformers: Super-God Masterforce* (Anime), S. 90–91, D2
Karistan (Land), *Hüter des Drachens/Der weiße Drache* (Film), S. 50–51, A3/B3
Karpatenschloss, Rumänien (Gebäude), *Das Karpatenschloss* von Jules Verne (Roman), S. 50–51, B2
Karpathien (Land), *Der Prinz und die Tänzerin* (Filme), S. 50–51, B2
Karrocan Emirate (Land/Emirat), DC Comics, S. 72–73, C2
Karuthupuzha, Indien (Städtchen), Werke von Manu Bhattathiri (Romane), S. 78–79, B2
Karwassa, Indien (Städtchen), *The Dâk Bungalow at Dakor* von Bithia Mary Croker (Kurzgeschichte), S. 78–79, C4
Kasrilewke, Ukraine (Städtchen), Werke von Scholem Alejchem (Erzählungen), S. 50–51, C3
Kassandra-Brücke (Kasundruv-Brücke), Polen/Tschechien (Bauwerk), *Treffpunkt Todesbrücke* (Film), S. 50–51, A3
Katajew (Kataev), Ukraine (Stadt), *Ninja Gaiden Z* (Videospiel), S. 50–51, C2/D2
Katamarunde-Raketenbasis, Deutschland (Gebäude), *Wolfenstein*-Reihe (Videospiele), S. 44–45, D4
Katanga (Land), *Die Hunde des Krieges* von Frederick Forsyth (Roman), S. 84–85, A4
Katorga-12, Russland (Insel), *Singularity* (Videospiel), S. 102–103, F1
Kattegat, Norwegen (Dorf), *Vikings* (TV), S. 56–57, B3
Kaufmanns Schloss, Deutschland (Gebäude), Marvel Comics/Marvel Cinematic Universe (diverse), S. 44–45, D3
Kawakami City, Japan (Stadt), *Majikoi: Oh! Samurai Girls!* (Visual Novels/Videospiele), S. 96–97, E1
Kazamino, Japan (Stadt), *Puella Magi Madoka Magica* (Anime/Manga), S. 96–97, C2
Keelut, Alaska (Städtchen), *Wolfsnächte* (Buch/Film), S. 18–19, B1
Kehoe, Colorado (Städtchen), *Hard Powder* (Film), S. 18–19, D4
Keldby, Dänemark (Städtchen), Werke von Johannes V. Jensen, S. 56–57, A2
Kellsthorpe, England (Städtchen), *Thomas, die kleine Lokomotive* von Rev. W. Audrey (Bücher/TV), S. 64–65, C3
Kellynch Hall, England (Anwesen), *Anne Elliot* von Jane Austen (Roman), S. 64–65, C1
Kembleford, England (Städtchen), *Father Brown*-Reihe (auf Dt. auch *Pater Brown*) von G.K. Chesterton (Romane/TV), S. 64–65, C2
Kennaquhair, Schottland (Gebäude), *Das Kloster* und *Der Abt* von Sir Walter Scott (Roman), S. 64–65, C4
Kernforschungszentrum Sprodj, Syldavien (Gebäude), *Tim und Struppi* von Hergé (diverse), S. 50–51, A1
Kesernyés, Ungarn (Dorf), *Hukkle – Das Dorf* (Film), S. 50–51, B2
Keshan (Land), *Conan*-Romane von Robert E. Howard, S. 84–85, C5
Kesselberg, Japan (Berg), *Pokémon* (Videospiele), S. 96–97, B2
Keystone (Staat), *Steven Universe* (TV), S. 14–15, B4/C4
Keystone City, Kansas (Stadt), DC Comics, S. 16–17, C4
Kfar Keshet, Israel (Städtchen), *Jordan and the Dreadful Golem* von Karen Goldman (Roman), S. 72–73, B2
Kfarybda, Libanon (Dorf), *Der Felsen des Tanios* von Amin Maalouf (Roman), S. 72–73, B2
Khandanyang (Land), *Hitman*-Reihe (Videospiele), S. 102–103, E3
Khasak, Indien (Dorf), *Die Legenden von Khasak* von O.V. Vijayan (Roman), S. 78–79, B2
Khaufpur, Indien (Stadt), *Menschentier* von Indra Sinha (Roman), S. 78–79, B4
Khauran, Krim (Land/Region), *Conan*-Romane von Robert E. Howard, S. 50–51, D2
Khemed (Land/Emirat), *Tim und Struppi* von Hergé (Romane), S. 72–73, B2
Khemi, Marokko (Stadt), *Conan*-Romane von Robert E. Howard, S. 84–85, A5
Khemkhah, Khemed (Stadt), *Tim und Struppi* von Hergé (Romane), S. 72–73, B2
Khitai, China (Land), *Conan*-Romane von Robert E. Howard, S. 102–103, D4
Khokarsa, Zentralafrika (Land), Romane von Philip José Farmer, S. 84–85, B4/C4
Kholby, Indien (Städtchen), *In 80 Tagen um die Welt* von Jules Verne (Roman), S. 78–79, C4
Khoraja (Land), *Conan*-Romane von Robert E. Howard, S. 72–73, B2/C2
Khorshemish, Syrien (Stadt), *Conan*-Romane von Robert E. Howard, S. 72–73, B3
Khrustal, Belarus (Städtchen), *Crystal Swan* (Film), S. 50–51, C4
Kiewarra, Victoria (Städtchen), *Hitze* von Jane Harper (Roman), S. 108–109, D1/D2
Kilcody, Irland (Städtchen), *Ich, John* von Peter Murphy (Roman), S. 64–65, B2
Kilderry, Irland (Dorf), *Das Mond-Moor* von H.P. Lovecraft (Kurzgeschichte), S. 64–65, B3
Killarney, New South Wales (Anwesen), *McLeods Töchter* (TV), S. 108–109, D2
Killin Lodge, Schottland (Gebäude), *Mein Freund, der Wasserdrache* (Film), S. 64–65, B4
Killinaskully, Irland (Dorf), *Killinaskully* (TV), S. 64–65, A2
Killmacha, Irland (Stadt), *Eclipsed* von Patricia Burke Brogan (Theaterstück), S. 64–65, A2
Kilnalough, Irland (Städtchen), *Troubles* von J.G. Farrell (Roman), S. 64–65, B2
Kiloran, Schottland (Insel), *Ich weiß wohin ich gehe* (Film), S. 64–65, B4
Kiltoch, Schottland (Dorf), *Tim und Struppi* von Hergé (Comics), S. 64–65, B4
Kimbrien (Land/Region), *Wenn ein Reisender in einer Winternacht* von Italo Calvino (Roman), S. 56–57, C5/D5
Kimbrische Volksrepublik (Land), *Wenn ein Reisender in einer Winternacht* von Italo Calvino (Roman), S. 56–57, C5/D5
Kimmerien (Land/Region), *Wenn ein Reisender in einer Winternacht* von Italo Calvino (Roman), S. 56–57, C5
Kinakuta (Land), *Cryptonomicon* von Neal Stephenson (Roman), S. 90–91, C2
Kinderinsel, Pazifik (Insel), *Godzilla*-Filme, S. 120–121, C3
Kindle County, Illinois (County), *Kindle County*-Reihe von Scott Turow (Romane), S. 16–17, D4/D5
King Ghidorah (gefrorenes Wesen), *Godzilla II: King of the Monsters* (Film), S. 114–115, D4
King Juliens Königreich Madagascar, Madagaskar (Land), *Madagascar*-Reihe (Filme), S. 84–85, D2
King's Bay, Madagaskar (Stadt), *Just Cause 4* (Videospiel), S. 84–85, D2/D3
King's Deverill, England (Städtchen), Romane von P.G. Wodehouse, S. 64–65, C1
Kingdom of Auster (Land), *Der Goldene Kompass* (Film), S. 108–109, B2/C3
Kingdom of Karin (Insel/Nation), *Transformers: Super-God Masterforce* (Anime), S. 90–91, D2
Kings Pyland, England (Dorf), *Sherlock Holmes: Silberstern* von Arthur Conan Doyle (Kurzgeschichte), S. 64–65, C1
Kingsbridge, England (Städtchen), *Die Säulen der Erde* von Ken Follett (Roman), S. 64–65, C2
Kingshead, Karibik (Insel), *Fluch der Karibik* (diverse), S. 32–33, F2
Kingsmarkham, England (Städtchen), *Inspector Wexford*-Reihe von Ruth Rendell (Romane), S. 64–65, D1
Kingsport, England (Stadt), *South Riding* von Winifred Holtby (Roman), S. 64–65, D3
Kingsport, Massachusetts (Städtchen), Cthulhu-Mythos/H.P. Lovecraft (diverse), S. 14–15, D5
Kingston Falls, New York (Städtchen), *Gremlins – Kleine Monster* (Film), S. 14–15, C5
Kingston Junction, Kalifornien (Städtchen), *Die Herren der Erde* von Stephen Longstreet (Roman), S. 18–19, B3
Kinjanja (Land), *Unser Mann in Afrika* von William Boyd (Roman/Film), S. 84–85, B4
Kinkow/Kinkao-Archipel, Pazifik (Inselgruppe), *Pair of Kings – Die Königsbrüder* (TV), S. 120–121, D2
Kinloch, Schottland (Städtchen), Romane von Denzil Meyrick, S. 64–65, B4
Kinraddie, Schottland (Dorf), *Lied vom Abendrot* von Lewis Grassic Gibbon (Roman), S. 64–65, C4
Kiplington, England (Städtchen), *South Riding* von Winifred Holtby (Roman), S. 64–65, D3
Kirai (Land), DC Universe (Comics), S. 72–73, C2
Kirinos, Griechenland (Insel), Marvel Comics/Marvel Cinematic Universe, S. 44–45, E1
Kirk Ronan, England (Städtchen), *Thomas, die kleine Lokomotive* von Rev. W. Audrey (Bücher/TV), S. 64–65, C3
Kirkmichael, Schottland (Städtchen), Romane von John Buchan, S. 64–65, C3
Kirrary, Irland (Dorf), *Ryans Tochter* (Film), S. 64–65, A2
Kirrin Island, England (Insel), *Fünf Freunde erforschen die Schatzinsel* von Enid Blyton (Roman), S. 64–65, C1
Kirtland County, Utah (Städtchen), *Brigham City* (Film), S. 18–19, C4
Kitahoromai, Japan (Dorf), *Poppoya* (Film), S. 96–97, C4
Kitasanriku, Japan (Städtchen), *Amachan* (TV), S. 96–97, C3
Kitesch, Russland (versunkene Stadt, russischer Mythos), S. 50–51, D5
Kittur, Indien (Städtchen), *Zwischen den Attentaten* von Aravind Adiga (Roman), S. 78–79, B3
Kiwi-Cit/New Pacific City, Neuseeland (Stadt), *2000 AD* (Comics), S. 108–109, F1
Kizhakkemkuri, Indien (Dorf), *Asuravithu* von M.T. Vasudevan Nair (Roman), S. 78–79, B2
Kınalı Kar, Türkei (Dorf), *Kınalı Kar* (TV), S. 72–73, B3
Klackamo, Schweden (Städtchen), *91:an (No. 91)* (Comic), S. 56–57, B2
Klaneshtetl, Polen (Städtchen), *A Small Town is a World* von David Kossoff (Roman), S. 50–51, B3
Klass County, Washington (County), *Akte X* (TV), S. 18–19, B6
Kleine Stadt, Ungarn (Städtchen), *Das große Heft* von Ágota Kristóf (Roman), S. 50–51, A2
Klisura, Bulgarien (Dorf), *Stork Mountain* von Miroslav Penkov (Roman), S. 50–51, C1
Kloster Nemeton, Wales (Gebäude), *Koudelka* (Videospiel), S. 64–65, C2
Kløvstad, Norwegen (Städtchen), *Die Olsenbande gewinnt Gold* (Film), S. 56–57, A2
Klow, Syldavien (Stadt), *Tim und Struppi* von Hergé (diverse), S. 50–51, A1
Klynham, Neuseeland (Städtchen), *The Scarecrow/Schatten des Schreckens* von Ronald Hugh Morrieson (Roman/Film), S. 108–109, F2
Knapford, England (Städtchen), *Thomas, die kleine Lokomotive* von Rev. W. Audrey (Bücher/TV), S. 64–65, B3
Knockglen, Irland (Städtchen), *Im Kreis der Freunde* von Maeve Binchy (Roman), S. 64–65, B2
Knocknaree, Irland (Städtchen), *Mordkommission Dublin*-Reihe von Tana French (Romane), S. 64–65, B3
Knohult, Schweden (Dorf), *Åsa-Nisse* von Stig Cederholm (Comic), S. 56–57, B2
Knots Landing, Kalifornien (Städtchen), *Unter der Sonne Kaliforniens* (TV), S. 18–19, A2
Knype Hill, England (Städtchen), *Eine Pfarrerstochter* von George Orwell (Roman), S. 64–65, D2
Knype, England (Städtchen), *Fünf Städte*-Romane von Arnold Bennett, S. 64–65, C2
Kohlengrube Beggarlee, England (Gebäude), *Söhne und Liebhaber* von D.H. Lawrence (Roman), S. 64–65, C2
Kokaua Town, Hawaii (Städtchen), *Lilo & Stitch* (Film/TV), S. 18–19, C1
Kokkanchira, Indien (Dorf), *Aalahayude Penmakkal* von Sarah Joseph (Roman), S. 78–79, B2
Kolechien (Land), *Papers, Please* (Videospiel), S. 72–73, C4
Komkolzgrad, Russland (Stadt), *Syberia* (Videospiel), S. 50–51, B5
Kong-Berge (Gebirge, Mythos), S. 84–85, A4
Kongokaku, Hinomoto (Stadt), *Kabaneri of the Iron Fortress* (Anime), S. 96–97, B2
König Moonracers Schloss, Nordpolarmeer (Gebäude), *Rudolph mit der roten Nase* (TV special), S. 26–27, C4
König Runeards Staudamm, Land der Northuldra (Bauwerk), *Die Eiskönigin II* (Film), S. 56–57, B4
König Salomos Minen, DR Kongo (Diamantenminen), *König Salomos Schatzkammer* von H. Rider Haggard (Roman), S. 84–85, C3
Königreich, Das, Schottland (Grafschaft), *Die Brücke* von Iain Banks (Roman), S. 64–65, C4
Königreich Chupakabura, Japan (Stadt/Staat), *Sakura Quest* (Anime), S. 96–97, B2
Königreich der Bären, Schweden (Insel/Land), *His Dark Materials* von Philip Pullman (Romane/TV/Film), S. 56–57, A5
Königreich DunBroch (Land), *Merida – Legende der Highlands* (Film), S. 64–65, B5
Königreich Oponya, Russland (Land, russischer Mythos), S. 50–51, B6
Königreich Sanq (Land), *Gundam Wing* (Anime), S. 56–57, B2
Königreich Suille (Land), *Mobile Suit Gundam 00* (Anime), S. 72–73, D1
Königreiche im Grenzland, Deutschland/Dänemark (Region), *Conan*-Romane von Robert E. Howard, S. 56–57, A1/B1/C1
Königsfelsen, Tansania (Landschaft), *Der König der Löwen* (Film), S. 84–85, D3
Konikoni City, Hawaii (Städtchen), *Pokémon* (Videospiele), S. 18–19, C1
Koolgalla, Western Australia (Städtchen), *The Torrents* von Oriel Gray (Theaterstück), S. 108–109, B2
Kootney Landing, British Columbia (Städtchen), *Open Secret* von Deryn Collier (Roman), S. 26–27, C1
Kôr, Mosambik (Stadt), *Sie* von H. Rider Haggard (Roman), S. 84–85, D3
Koralleninsel, Pazifik (Insel), *Die Koralleninsel* von R.M. Ballantyne (Roman), S. 120–121, C2
Koriko, Schweden (Städtchen), *Kikis kleiner Lieferservice* (Anime), S. 56–57, C3
Kornsas City, Missouri (Stadt), DC Comics, S. 16–17, C4
Korsbæk, Dänemark (Städtchen), *Die Leute von Korsbaek* (TV), S. 56–57, B1
Kos, Nigeria (Stadt), *Beasts Made of Night* von Tochi Onyebuchi (Roman), S. 84–85, B4
Kosala, Indien (Region), *Conan*-Romane von Robert E. Howard, S. 78–79, C4
Kosekin Country (Land), *A Strange Manuscript Found in a Copper Bottle* von James De Mille (Roman), S. 114–115, B3
Koth, Syrien (Land), *Conan*-Romane von Robert E. Howard, S. 72–73, B3/C3
Kraftwerk Kanto, Japan (Gebäude), *Pokémon* (Videospiele), S. 96–97, C2
Krakau, Tschechien (Städtchen), *Wächter des Bürgerwohls (Strážci občanského dobra)* von Petra Hulová (Roman), S. 50–51, A3
Krakosien (Land), *Terminal* (Film), S. 50–51, C2
Krastava (Land), *Ein Job für Parker* von Richard Stark (Roman), S. 50–51, B3
Krater zum Mittelpunkt der Erde, Island (Vulkan/Pforte), *Reise zum Mittelpunkt der Erde* von Jules Verne (Roman), S. 56–57, A6
Kratsen, China (Dorf), *Biggles Follows On* von W.E. Johns (Roman), S. 102–103, D3
Krawonien/Kravonia (Land), *Sophy of Kravonia* von Anthony Hope (Roman), S. 50–51, B3
Kreplachistan (Land), *Austin Powers*-Filme, S. 72–73, E4
Kriegsgefangenenlager Wellenbeck, West Virginia (Städtchen), *The Hateful Eight* (Film), S. 14–15, B4
Krishnapur, Indien (Städtchen), *Die Belagerung von Krishnapur* von J.G. Farrell (Roman), S. 78–79, C4
Kritam, Indien (Dorf), *A Horse and Two Goats* von R.K. Narayan (Roman), S. 78–79, C3
Krokodilfälle, Northern Territory (Landschaft), *Bernard und Bianca im Känguruland* (Film), S. 108–109, C3
Kroner, Kansas (Städtchen), *Akte X* (TV), S. 16–17, C3
Krosniew (Krozniev), Woroscheika (Stadt), Marvel Comics, S. 72–73, C4
Krötinhall, England (Anwesen), *Der Wind in den Weiden* von Kenneth Grahame (Roman/TV), S. 64–65, D2
Krugis (Kurdistan), Republik (Land), *Mobile Suit Gundam 00* (Anime), S. 72–73, C2
Kszemieniec, Tschechien (Städtchen/Dorf), *Treffpunkt Todesbrücke* (Film), S. 50–51, A3
Kuala-Rokat, Indien/China (Land), *Kobra, übernehmen Sie*: „Das Jadesiegel" (TV), S. 78–79, D4

Kudgiwa, Kimmerien (Städtchen), *Wenn ein Reisender in einer Winternacht* von Italo Calvino (Roman), S. 56–57, C5
Kugelstadt, Deutschland (Stadt), *Wolfenstein*-Reihe (Videospiele), S. 44–45, D3
Kukuanaland (Land), *König Salomos Schatzkammer* von H. Rider Haggard (Roman), S. 84–85, C3
Kulagong (Land), *Papiertiger* (Film), S. 90–91, C2
Kuljentschikow/Kulyenchikov, Ukraine (Dorf), *Fools* von Neil Simon (Theaterstück), S. 50–51, B3
Kumari Kandam (Kontinent), Mythologie, S. 78–79, C1/D1
Kunami (Land/Emirat), *Designated Survivor* (TV), S. 72–73, C2
Kunlun, Tibet (Berg, Mythologie), S. 102–103, B2
Kurikino, Neuseeland (Städtchen), *Pallet on the Floor* von Hugh Morrieson (Roman), S. 108–109, F2
Kurouzu, Japan (Städtchen), *Uzumaki* von Junji Ito (Manga), S. 96–97, B2
Kurtal, Schweiz (Städtchen), *Der dritte Mann im Berg* (Film), S. 44–45, C3
Kuruda, Indien (Dorf), Werke von Mahasweta Devi (Erzählungen), S. 78–79, C4
Kusch (Land), *Der Coup* von John Updike (Roman), S. 84–85, D4
Küstenstadt, Maine (Stadt), *Transformers: Rescue Bots* (TV), S. 14–15, D6
Kuz Killi, Afghanistan (Dorf), *New Home, New Life* (Hörspiel), S. 72–73, D2
Kuzcek, Kasachstan (Dorf), *Borat*-Filme, S. 72–73, D4
Kuzcotopia, Peru (Gebäude), *Ein Königreich für ein Lama* (Film), S. 38–39, B4
Kyauktada, Myanmar (Städtchen), *Tage in Burma* von George Orwell (Roman), S. 90–91, A4
Kyrat (Land), *Far Cry 4* (Videospiel), S. 78–79, C4
Kyzyl-Kum-Wüste, Aorusoi (Landschaft), *Log Horizon* von Mamare Tōno und Kazuhiro Hara (Romane/Anime), S. 72–73, D3
L'Engoulevent, Guadeloupe (Anwesen), *Sturminsel* von Maryse Condé (Roman), S. 32–33, F2
La Ciénaga, Argentinien (Städtchen), *La Ciénaga – Morast/La niña santa – Das heilige Mädchen* (Filme), S. 38–39, B3
La Matosa, Mexiko (Städtchen), *Saison der Wirbelstürme* von Fernanda Melchor (Roman), S. 32–33, B2
La Paz, Philippinen (Städtchen), *On the Job* (TV), S. 90–91, D2
La Ratatouille, Paris, Frankreich (Bistro), *Ratatouille* (Film), S. 44–45, E3
La Roche, Horizon Islands (Stadt), *ARMA 3* (Videospiel), S. 120–121, C2
La-Tour-Orbitallift, Somalia (Weltraumlift), *Mobile Suit Gundam 00* (Anime), S. 84–85, D4
Laagerfontein, Bapetikosweti (Stadt), Satiren von Pieter-Dirk Uys, S. 84–85, C2
Laashekoh, Afghanistan (Dorf), *Fear of Beauty* von Susan Froetschel (Roman), S. 72–73, D2
Labassecour (Land), *Villette* von Charlotte Brontë (Roman), S. 44–45, C4
Labor „Operation Steppenbrand" siehe „Steppenbrand"
Labyrinth von ANGST (im Film: WCKD), Kalifornien (Gebäude), *Die Auserwählten/Maze Runner* von James Dashner (Romane/Filme), S. 18–19, A4
Laerg, Schottland (Insel), *Rasender Atlantik* von Hammond Innes (Roman), S. 64–65, A5
Laevatia (Land), *Ruined City* von Nevil Shute (Roman), S. 50–51, A2
Lagado, Balnibarbi (Stadt), *Gullivers Reisen* von Jonathan Swift (Roman), S. 96–97, F3/F4
Lago Gran Paraíso, Argentinien (See), *Far South* von David Enrique Spellman (Roman), S. 38–39, B3
Lago Mistico, Argentinien (Städtchen), *Campanas en la Noche* (TV), S. 38–39, B2
Lago Parima, Peru (See), El-Dorado-Legenden (diverse), S. 38–39, B4
Lago, Kalifornien (Städtchen), *Ein Fremder ohne Namen* (Film), S. 18–19, B4
Lagras, Lemoyne (Städtchen), *Red Dead Redemption*-Reihe (Videospiele), S. 16–17, D2
LaHood, Kalifornien (Städtchen), *Pale Rider – Der namenlose Reiter* (Film), S. 18–19, A4
Laiport-Meerenge, Ezzo-Königreich (Landschaft), *Log Horizon* von Mamare Tōno und Kazuhiro Hara (Romane/Anime), S. 96–97, C3
Lake Destiny, Idaho (See), *Goofy – Der Film* (Film), S. 18–19, B5
Lake Edna, Kentucky (Städtchen), Kentucky Fried Chicken (Werbung), S. 14–15, A3
Lake Kashwakamak, Maine (See), Romane von Stephen King (diverse), S. 14–15, D6
Lake Lilac, Washington (See), *Camp Camp* (Web-Trickserie), S. 18–19, B6
Lake Mary, Idaho (See), *Truly, Idaho*-Reihe von Rachel Gibson (Romane), S. 18–19, B5
Lake Ossawippi, Ontario (See), *Sunshine Sketches of a Little Town* von Stephen Leacock (Kurzgeschichten), S. 26–27, A4
Lake Wazzapamani, Wisconsin (See), *Blues Brothers* (Film), S. 16–17, D5
Lake Willows, Wisconsin (See/Städtchen), Barbie (Puppe), S. 16–17, D5
Lake Wissanotti, Ontario (See), *Sunshine Sketches of a Little Town* von Stephen Leacock (Kurzgeschichten), S. 26–27, A4
Lake Wobegon, Minnesota (Städtchen), *A Prairie Home Companion* (Hörspiel), S. 16–17, C5
Laketop, Neuseeland (Städtchen), *Top of the Lake* (TV), S. 108–109, E1
Lalgaon, Indien (Städtchen), *Article 15* (Film), S. 78–79, C4
Lallybroch, Schottland (Gebäude), *Highland-Saga*-Romane von Diana Gabaldon/*Outlander* (Romane/TV), S. 64–65, B4
Lalotai, Pazifik (Insel), *Vaiana – Das Paradies hat einen Haken* (Film), S. 120–121, D3
Lambton, England (Städtchen), *Stolz und Vorurteil* von Jane Austen (Roman), S. 64–65, C2
Lampsher, England (Dorf), *Nacht und Tag* von Virginia Woolf (Roman), S. 64–65, D2
Lamson, San Serriffe (Städtchen), *The Guardian* (Zeitung), S. 78–79, A2
Lan Kong Town, Taiwan (Städtchen), *VOEZ* (Videospiel), S. 102–103, D1
Land der Amazonen (Land, Mythologie), S. 72–73, B3
Land der Blinden, Ecuador (Region), *Das Land der Blinden* von H.G. Wells (Kurzgeschichte), S. 38–39, A5
Land der Crotalophoboi (Land), *South Wind (Südwind)* von Norman Douglas (Roman), S. 84–85, C5
Land der Demiji, Karain (Landschaft), *Islandia*-Romane von Austin Tappan Wright und Fortsetzungen von Mark Saxton, S. 84–85, B1
Land der Gangariden (Land), *Die Prinzessin von Babylon* von Voltaire (Roman), S. 78–79, D4
Land der Houyhnhnms (Insel/Nation), *Gullivers Reisen* von Jonathan Swift (Roman), S. 108–109, B1
Land der Kus, Papua-Neuguinea (Region), *Mister Pibble und die Ethnologin/Rächende Vergangenheit* von Peter Dickinson (Roman), S. 90–91, E1/F1
Land der Laistrygonen, Italien (Land), *Odyssee* von Homer (Mythologie), S. 44–45, D1
Land der Northuldra (Der verwunschene Wald) (Land), *Die Eiskönigin II* (Film), S. 56–57, B4
Land der Polyleriten, Iran (Region), *Utopia* von Thomas Morus (Roman/Parabel), S. 72–73, D2
Land der Riesen, Schottland (Land), *Sophiechen und der Riese* von Roald Dahl (Roman), S. 64–65, B5
Land of the Stinkas (Region), *Captain Pugwash* (diverse), S. 32–33, C2
Landkreis Masseltow, Deutschland (Region), *Teutdorf* (Kurzfilm), S. 44–45, D4
Landsitz Eden, Northern Territory (Anwesen), *Rückkehr nach Eden* (TV), S. 108–109, C4
Lanford, Illinois (Städtchen), *Roseanne* (TV), S. 16–17, D5
Langbortisan (Land), *Donald Duck*, dänische Übersetzung (Comic), S. 72–73, E3
Langhuishan, China (Dorf), *Shenmue II/III* (Videospiele), S. 102–103, C1
Langley Falls, Virginia (Städtchen), *American Dad* (TV), S. 14–15, C4
Langton, Neuseeland (Städtchen), *Lester* von Bernard Beckett (Roman), S. 108–109, F2
Lannahechee River, Lemoyne (Fluss), *Red Dead Redemption*-Reihe (Videospiel), S. 16–17, D2
Lanshiang, China (Region/Stadt), *Resident Evil 6* (Videospiel), S. 102–103, D1
Lansing, Deutschland (Dorf), *Dahoam is Dahoam* (TV), S. 44–45, D3
Lansquenet-sous-Tannes, Frankreich (Dorf), *Chocolat* von Joanne Harris (Roman/Film), S. 44–45, B2/B3
Lantham Bathery, Indien (Insel), *Litanies of Dutch Battery* von N.S. Madhavan (Roman), S. 78–79, B2
Lapak, Alaska (Insel), *Alaska* von James A. Michener (Roman), S. 18–19, A1
Laputa, Balnibarbi (schwebende Insel), *Gullivers Reisen* von Jonathan Swift (Roman), S. 96–97, E4/F4
Lark Rise, England (Städtchen), *Lark Rise to Candleford/Von L.R. nach C.* von Flora Thompson (Romane/TV), S. 64–65, D2
Larksoken, England (Städtchen), *Vorsatz und Begierde* von P.D. James (Roman), S. 64–65, D2
Larkspur, Idaho (Städtchen), *Impact* (Film), S. 18–19, C5
Larkville, Ohio (Städtchen), Marvel Cinematic Universe (diverse), S. 14–15, A4
Las Cinco Muertes (Die fünf Tode), Costa Rica (Inselgruppe), *Jurassic Park* von Michael Crichton (diverse), S. 32–33, C1
Las Dopicos, San Theodoros (Stadt), *Tim und Struppi* von Hergé (diverse), S. 38–39, C5
Las Palmeras, New Mexico (Städtchen), *Für ein paar Dollar mehr* (Film), S. 18–19, D2
Las Payasadas, San Andreas (Städtchen), *Grand Theft Auto*-Reihe (Videospiel), S. 18–19, B3
Las Rémoras, Mexiko (Dorf), *Las Rémoras (engl. The Obstacles)* von Eloy Urroz (Roman), S. 32–33, A3
Las Venturas, San Andreas (Stadt), *Grand Theft Auto*-Reihe (Videospiel), S. 18–19, B3
Lasiesta (La Siesta), Spanien (Städtchen), *Gran Reserva* (TV), S. 44–45, B2
Latham, Massachusetts (Städtchen), *Seinfeld* (TV), S. 14–15, C5
Latveria (Land), Marvel Comics, S. 50–51, B2
Laubwechselfeld, Japan (Städtchen), *Pokémon* (Videospiele), S. 96–97, A1
Laughlin City, Alberta (Städtchen), *X-Men* (Film), S. 26–27, C1
Laura Creek, Western Australia (Städtchen), *Marvel: Agents of S.H.I.E.L.D.* (TV), S. 108–109, A3
Laurania (Land), *Savrola* von Winston Churchill (Roman), S. 44–45, B2
Lavandia, Japan (Städtchen), *Pokémon* (Videospiele), S. 96–97, C2
Laverlaw, Schottland (Anwesen), Romane von John Buchan, S. 64–65, C4
Lavernia (Region), *Mundus alter et idem* von Joseph Hall (Roman), S. 114–115, B3
Lawford, New Hampshire (Städtchen), *Der Gejagte* von Russell Banks (Roman), S. 14–15, C5
Lawndale (Städtchen), unbekannt, *Daria* (TV), S. 14–15, C5
Lawson, Kalifornien (Städtchen), *The Majestic* (Film), S. 18–19, A5
Lawton, North Dakota (Städtchen), *In kalter Nacht* von Sophie Littlefield (Roman), S. 16–17, A6
Le Devin, Frankreich (Insel), *Die blaue Muschel* und *Das Lächeln des Harlekins* von Joanne Harris (Roman), S. 44–45, B3
Le Mistral, Frankreich (Stadtviertel), *Plus belle la vie* (TV), S. 44–45, C2
Leame Estuary, England (Landschaft), *South Riding* von Winifred Holtby (Roman), S. 64–65, D3
Ledenham, England (Städtchen), Romane von Susan Pleydell, S. 64–65, C3
Ledsea Buttock, England (Städtchen), *South Riding* von Winifred Holtby (Roman), S. 64–65, D3
Ledshire, England (Grafschaft), Romane von Susan Pleydell, S. 64–65, C3
Ledwardine, England (Städtchen), *Merrily-Watkins-Mystery*-Reihe von Phil Rickman (Roman), S. 64–65, C2
Lee Kee Shipyards, Hongkong (Gegend), *Inspektor Clouseau – Der irre Flic mit dem heißen Blick* (Film), S. 102–103, D1
Leestown, Irland (Dorf), *The Riordans* (TV), S. 64–65, B2
Lehigh Station, Pennsylvania (Städtchen), *Fackeln im Sturm/Die Erben Kains*-Trilogie von John Jakes (Romane/TV), S. 14–15, C5
Lei Kiang, China (Fluss), Werke von Preston Schoyer, S. 102–103, D1
Lemoyne (Staat), *Red Dead Redemption*-Reihe (Videospiel), S. 16–17, C2
Lemuel, Kansas (Städtchen), Werke von Sinclair Lewis, S. 16–17, B3
Lemuria (Kontinent, Mythologie), S. 78–79, C1/D1
LeNoir Station (Gebäude), Werke von Madeleine L'Engle, S. 114–115, E1
Leon City, Singapur (Stadt), *Log Horizon* von Mamare Tōno und Kazuhiro Hara (Romane/Anime), S. 90–91, B2
LeQuint-Dickey-Bergwerk, Mississippi (Gebäude), *Django Unchained* (Film), S. 16–17, D2
Lerner Airfield, Nevada (Gebäude), *Con Air* (Film), S. 18–19, B4
Lesneven, Oceana (Stadt), *The Strong Man* von H.R.F. Keating (Roman), S. 126–127, D5
Letherbridge, England (Städtchen), *Doctors* (TV), S. 64–65, C2
Letsovo, Griechenland (Dorf), *Alaloum* (Film), S. 44–45, E1/E2
Letterkenny, Ontario (Städtchen), *Letterkenny* (TV), S. 26–27, A4
Letzte Stadt, Die, Colorado (Stadt), *Maze Runner – Die Auserwählten in der Todeszone* (Film), S. 16–17, A4
Leuchtturm in Fraggle Rock, England (Gebäude), *Die Fraggles* (TV, britische Ausgabe), S. 64–65, B1
Leuchtturm von Janus Rock, Western Australia (Gebäude), *Das Licht zwischen den Meeren* von M.L. Stedman (Roman), S. 108–109, A2
Levenford, Schottland (Städtchen), *James Brodie, der Hutmacher und sein Schloss* von A.J. Cronin (Roman), S. 64–65, B4
Levenham, South Australia (Städtchen), *Levenham Love Stories*-Reihe von Cathryn Hein (Romane), S. 108–109, D1
Leviathan, Atlantik (Wrack), *Leviathan* (Film), S. 126–127, A4
Leyburn Castle, England (Gebäude), Romane von Susan Pleydell, S. 64–65, C3
Lhando, Tibet (Stadt), *Cursed Mountain* (Videospiel), S. 102–103, B2
Lian Yu, China (Insel), *Arrow* (TV), S. 102–103, D2/E2
Libertad, Bolivien (Stadt/Provinz), *Ghost Recon: Wildlands* (Videospiel), S. 38–39, B4
Libertatia, Madagaskar (Land, Mythos), S. 84–85, D3
Liberty City, Liberty State (Stadt), *Grand Theft Auto*-Reihe (Videospiel), S. 14–15, D1
Liberty Falls, Idaho (Städtchen), *All Over Creation* von Ruth Ozeki (Roman), S. 18–19, C5
Liberty State (Staat), *Grand Theft Auto*-Reihe (Videospiel), S. 14–15, D1
Liberty, Texas (Städtchen), *Dreckiges Gold* (Film), S. 16–17, A2
Libertyville, Pennsylvania (Städtchen), *Christine* von Stephen King (Roman), S. 14–15, B4
Lichfield, Virginia (Stadt), *Das zerbrochene Siegel: Eine Komödie der Ausflüchte* von James Branch Cabell (Roman), S. 14–15, C4
Liggett County, Washington (County), *Rambo* (Film), S. 18–19, A6/B6
Lighthaven, England (Städtchen), *The Coroner* (TV), S. 64–65, C1
Lili'i, Hawaii (Städtchen), *Pokémon* (Videospiele), S. 18–19, C1
Liliput (Insel/Nation), *Gullivers Reisen* von Jonathan Swift (Roman), S. 108–109, A2
Lillian, Ohio (Städtchen), *Super 8* (Film), S. 14–15, A4
Limanora, Pazifik (Insel), *Riallaro, the Archipelago of Exiles* von Godfrey Sweven (Roman), S. 120–121, E1
Limetown, Tennessee (Städtchen), *Limetown* (Podcast), S. 14–15, A3
Limmeridge House, England (Anwesen), *Die Frau in Weiß* von Wilkie Collins (Roman), S. 64–65, C3
Limoeiro, Brasilien (Städtchen), *Turma da Mônica/Monica's Gang* (Comics), S. 38–39, C3
Linear Valley, Kalifornien (Städtchen), *Human Highway* (Film), S. 18–19, B3
Linne Forthin, Schottland (Meer), *Total War: Thrones of Britannia* (Videospiel), S. 64–65, C4
Linne Moreb, Schottland (Meer), *Total War: Thrones of Britannia* (Videospiel), S. 64–65, C5
Linzhong County, China (Region), *Heaven Above* von Lu Tianming (Roman/TV), S. 102–103, E4
Liparus, Sardinien (Wrack), *James Bond: Der Spion, der mich liebte* (Film), S. 44–45, C1/C2
Lissbeg, Irland (Städtchen), *Die Bücherei am Ende der Welt* von Felicity Hayes-McCoy, S. 64–65, A2
Little Angel Mine//Satan Mine, Colorado (Gebäude), *Hebt die Titanic!* von Clive Cussler und *Die Titanic-Verschwörung* von Clive Cussler und Jack Du Brul (Roman/Film), S. 18–19, D4
Little Bazeley-by-the-Sea, England (Dorf), *Mit Schirm, Charme und Melone: Stadt ohne Rückkehr* (TV), S. 64–65, D2
Little Big Bear, Alberta (Städtchen), *Tin Star* (TV), S. 26–27, C1
Little Boston, Kalifornien (Städtchen), *There Will Be Blood* (Film), S. 18–19, A3/B3
Little Christchurch, Britannula (Städtchen), *The Fixed Period* von Anthony Trollope (Roman), S. 120–121, C1
Little Heart, Queensland (Städtchen), *The Stockman's Secret* von Mandy Magro (Roman), S. 108–109, D4
Little Purlington, England (Dorf), *Sherlock Holmes: Silberstern* von Arthur Conan Doyle (Kurzgeschichte), S. 64–65, D2
Little Pwagmattasquarmsettport, North Takoma (Städtchen), *Die Simpsons* (TV), S. 18–19, A6
Little Salem, Colorado (Städtchen), *Citizen Kane* (Film), S. 18–19, D3
Little Tall Island, Maine (Insel), *Dolores* von Stephen King (diverse), S. 14–15, D6
Little Whinging, England (Städtchen), Harry Potter-Romane von J.K. Rowling (Romane/Filme), S. 64–65, D2
Little Woods, North Dakota (Städtchen), *Little Woods* (Film), S. 16–17, A6
Littlebourne-on-Sea, England (Dorf), *Dad's Army* (TV), S. 64–65, D1
Littleville, Colorado (Städtchen), DC Comics, S. 18–19, D3
Litzbark, Polen (Dorf), *None Shall Escape* (Film), S. 50–51, A4
Liven, China (Dorf), *Lenins Küsse* von Yan Lianke (Roman), S. 102–103, D2
Livonia (Land), *ARMA 3* (Videospiel), S. 50–51, B4
Llanabba, Wales (Städtchen), *Verfall und Untergang* von Evelyn Waugh (Roman), S. 64–65, C2
Llanarthur, Wales (Dorf), *Pobol y Cwm* (TV), S. 64–65, C2
Llanbobl, Wales (Städtchen), Rhod Gilbert (Comedy-Programm), S. 64–65, C2
Llanfairfach, Wales (Städtchen), *Doctor Who: The Green Death* (TV), S. 64–65, C2
Llanflwnyddwndllwnmawr, Wales (Städtchen), *Archer* (TV), S. 64–65, C2
Llanggubbin, Wales (Städtchen), *Die kleine Lok Ivor* (TV), S. 64–65, C2
Llangyllwch, Wales (Städtchen), *Don Quixote Drowned* von James Hanley (Kurzgeschichten), S. 64–65, C2
Llaniog, Wales (Städtchen), *Die kleine Lok Ivor* (TV), S. 64–65, C2
Llanmad, Wales (Städtchen), *Die kleine Lok Ivor* (TV), S. 64–65, C2
Llanview, Pennsylvania (Städtchen), *Liebe, Lüge, Leidenschaft* (TV), S. 14–15, C4
Llareggub, Wales (Städtchen), *Unter dem Milchwald* von Dylan Thomas (Hörspiel), S. 64–65, B2
Loamshire, England (Grafschaft), Romane von George Eliot (Roman), S. 64–65, C2/D2
Loch Endroll, Schottland (Landschaft), *Asterix bei den Pikten* von René Goscinny (Comic), S. 64–65, B5
Loch Mora, Schottland (Städtchen), *Oller Kahn mit Größenwahn (Die Maggie)* (Film), S. 64–65, B4
Loch Parry, Schottland (Städtchen), *An Appointment with the Wicker Man* von Greg Hemphill (Theaterstück), S. 64–65, B5
Lochdubh, Schottland (Städtchen), *Hamish Macbeth*-Reihe von M.C. Beaton (Romane/TV), S. 64–65, B5
Locksley, England (Städtchen), *Robin Hood* (diverse, Mythos), S. 64–65, D2
Lockwood-Anwesen, Kalifornien (Gebäude), *Jurassic World: Das gefallene Königreich* (Film), S. 18–19, A5
Locuta, Pazifik (Insel), *Voyage to Locuta, a Fragment, by Lemuel Gulliver Junior* von Elizabeth Graham (Roman), S. 96–97, E4
Lodidhapura, Kambodscha (Stadt), *Jungle Girl* von Edgar Rice Burroughs (Roman), S. 90–91, B3
Loftbacken, Schweden (Städtchen), reale Welt, S. 56–57, B4
Logan, Alberta (Städtchen), Marvel Comics, S. 26–27, C1
Lomaverde, Spanien (Dorf), *Mr Lynch's Holiday* von Catherine O'Flynn (Roman), S. 44–45, A1
Long Long Island, New York (Insel), *Futurama* (TV), S. 14–15, D5
Longbourn, England (Anwesen), *Stolz und Vorurteil* von Jane Austen (Roman), S. 64–65, D2
Longhampton, England (Städtchen), *Das kleine große Glück* von Lucy Dillon (Roman), S. 64–65, C3
Longshaw, England (Städtchen), *Fünf Städte*-Romane von Arnold Bennett, S. 64–65, C2
Loo, DR Kongo (Städtchen), *König Salomos Schatzkammer* von H. Rider Haggard (Roman), S. 84–85, C3
Loompaland, Brasilien (Region), *Charlie und die Schokoladenfabrik* von Roald Dahl (Roman/Filme), S. 38–39, B5
Lorbrulgrud, Brobdingnag (Stadt), *Gullivers Reisen* von Jonathan Swift (Roman), S. 26–27, A1
Los Aburridos, Kalifornien (Städtchen), *Ralph reichts* (Film), S. 18–19, B3
Los Antelopes, Kalifornien (Städtchen), DC Comics, S. 18–19, B3
Los Barcos, Spanien (Städtchen), *Eldorado* (TV), S. 44–45, A1
Los Barrios County, New Mexico (County), *Reporter des Satans* (Film), S. 18–19, D3
Los Bogus, Nevada (Stadt), *Transformers: Robots in Disguise* (TV), S. 18–19, B3
Los Doce Apóstoles (Die zwölf Apostel), Olifa (Gebirge), *The Courts of the Morning* von John Buchan (Roman), S. 38–39, B2
Los Reyes, Mexiko (Städtchen), *Die Versuchung des Padre Amaro* (Film), S. 32–33, B2
Los Robles, Mexiko (Städtchen), *Im Zeichen des Bösen* (Film), S. 32–33, A4
Los Santos, San Andreas (Stadt), *Grand Theft Auto*-Reihe (Videospiel), S. 18–19, B3
Lost Forest National Forest, Georgia (Landschaft), *Mark Trail* von Ed Dodd (Comic), S. 14–15, B3
Lost Heaven (Stadt), *Mafia* (Videospiel), S. 14–15, D5
Lost River Lake, Texas (See), *Piranhas* (1978, Film), S. 16–17, B2
Lost Wages, Nevada (Stadt), *Leisure Suit Larry in the Land of the Lounge Lizards* (Videospiel), S. 18–19, B3
Lost, Die Insel, *Lost* (TV), S. 120–121, C3
Lovecraft Country, Massachusetts (Region), Cthulhu-Mythos/H.P. Lovecraft (diverse), S. 14–15, D5
Lovecraft/Matheson, Massachusetts (Städtchen), *Locke & Key* (Comic/TV), S. 14–15, D5
Lovelace-Anwesen, Venezuela (Gebäude), *Black Lagoon* (Manga/Anime), S. 38–39, B5
Lower Caisse, San Serriffe (Insel), *The Guardian* (Zeitung), S. 78–79, A1
Lower Montana River (Fluss), *Red Dead Redemption*-Reihe (Videospiele), S. 16–17, C3
Lower Tadfield, England (Städtchen), *Ein gutes Omen* von Terry Pratchett (Roman/TV), S. 64–65, D2
Lower Wessex, England (Grafschaft), Romane von Thomas Hardy, S. 64–65, C1
Lowerton, Colorado (Stadt), *Kim Possible* (TV), S. 16–17, A4
Lowlands University, England (Gebäude), *A Very Peculiar Practice* (TV), S. 64–65, D2
Loxford, England (Städtchen), *Albert Herring* von Benjamin Britten (komische Oper), S. 64–65, D2
Lubanasee, Lettland (See), *His Dark Materials* von Philip Pullman (diverse), S. 50–51, B4
Lubenia (Land, Militärübung), S. 50–51, B4
Lucheng, Taiwan (Städtchen), Werke von Li Ang, S. 102–103, D1

Lucifer, New Mexico (Städtchen), *Eine schrecklich nette Familie* (TV), S. 18–19, D3
Lucrania (Land), *Biggles: Secret Agent* von W.E. Johns (Roman), S. 44–45, C3
Lucre Island, Karibik (Insel), *Monkey Island*-Reihe (Videospiele), S. 32–33, E3
Ludendorff, North Yankton (Städtchen), *Grand Theft Auto*-Reihe (Videospiel), S. 16–17, B6
Luftwaffenstützpunkt Bilyarsk (Entwicklung und Testung der MiG-31 „Firefox"), Russland (Gebäude), *Firefox* von Craig Thomas (Roman/Film), S. 50–51, D5
Luftwaffenstützpunkt Burpelson, Nebraska (Gebäude), *Dr. Seltsam, oder wie ich lernte, die Bombe zu lieben* (Film), S. 16–17, C4
Lugasch (Land), *Der rosarote Panther kehrt zurück* (Film), S. 84–85, B5
Luggnagg (Insel/Nation), *Gullivers Reisen* von Jonathan Swift (Roman), S. 96–97, D2/E2/D3/E3
Lulu, Südsudan (Städtchen), *Life in Lulu* (Hörspiel), S. 84–85, C4
Luo Kingdom, China (Region), *A Dictionary of Maqiao* von Han Shaogong (Roman), S. 102–103, D2
Luo River, China (Fluss), *A Dictionary of Maqiao* von Han Shaogong (Roman), S. 102–103, D2
Luping, Malaysia (Dorf), *The Teardrop Story Woman* von Catherine Lim (Roman), S. 90–91, B2
Lupusville, New York (Städtchen), *The Real Ghostbusters* (TV), S. 14–15, C5
Lutha (Land), *The Mad King* von Edgar Rice Burroughs (Roman), S. 50–51, A2
Luxton, England (Städtchen), *On the Buses* (TV), S. 64–65, D2
Lycurgus, New York (Stadt), *Eine amerikanische Tragödie* von Theodore Dreiser (Roman), S. 14–15, C5
Lynx River, Northwest Territories (Städtchen), *Die Mounties von Lynx River* (TV), S. 26–27, B2
Lyonesse (Insel/Nation, Volksmythos), S. 64–65, B1
Lytton, Kalifornien (Städtchen), *Police Quest* (Videospiel), S. 18–19, A3
Ma'an, Abuddin (Stadt), *Tyrant* (TV), S. 72–73, B2
Ma'an, Abuddin (Stadt), *Tyrant* (TV), S. 72–73, B2
Macaria, Utopia (Region), *Utopia* von Thomas Morus (Roman/Parabel), S. 38–39, C3
Macau, China (Stadt), *Duck Tales* (TV), S. 102–103, D1
MacDuich, Schottland (Dorf), *Duck Tales* (TV), S. 64–65, B4
Machimos, Meropis (versunkene Stadt), *Philippica* von Theopompos von Chios (Buch), S. 126–127, D2
Mackenzie Bay (Air-Force-Stützpunkt), Yukon/Northwest Territories (Gebäude), *Ghost Ship – Meer des Grauens* (Film), S. 26–27, B2/B3
Macondo, Kolumbien (Dorf), *Hundert Jahre Einsamkeit* von Gabriel García Márquez (Roman), S. 38–39, A5/A6
Madhupur, Indien (Städtchen), Werke von Indira Ganesan, S. 78–79, C2
Madison, Delaware (Städtchen), *Gänsehaut* von R.L. Stine (Romane/Film), S. 14–15, C4
Maerse Sea, England (Meer), *Total War: Thrones of Britannia* (Videospiel), S. 64–65, B3/C3
Mag Mell, Atlantik (Insel, Legende), S. 126–127, D5
Magellanien (Land), *Die Schiffbrüchigen der „Jonathan"* von Jules Verne (Roman), S. 38–39, B1
Mägendorf, Schweiz (Dorf), *Das Versprechen* von Friedrich Dürrenmatt (Novelle), S. 44–45, C3
Magga Glen, Wales (Gebäude), *Fünf Freunde im alten Turm* von Enid Blyton (Roman), S. 64–65, B2
Mágina, Spanien (Städtchen), *Der polnische Reiter* von Antonio Muñoz Molina (Roman), S. 44–45, B2
Magnerstown, Irland (Städtchen), *Death in Magnerstown* von Anne Crosse (Roman), S. 64–65, A2
Magnetberg, Arktis (Landschaft, Überlieferung), S. 26–27, C4
Magnum-Opus-Palast, Frankreich (Gebäude), *Pokémon* (Videospiele), S. 44–45, E3
Maguadora (Insel/Nation), *Die Bombe fliegt* (Film), S. 32–33, F3
Magyaristan (Land), *The Years of Rice and Salt* von Kim Stanley Robinson (Roman), S. 50–51, A2/B2
Mahagonia City, Japan (Stadt), *Pokémon* (Videospiele), S. 96–97, B2
Mahagonischiff, Victoria (Wrack, Mythologie), S. 108–109, D1
Mahora/Mahora-Schule, Japan (Stadt/Megaschule), *Magister Negi Magi* von Ken Akamatsu (Manga/Anime), S. 96–97, E2
Mahoroba, Japan (Städtchen), *Kannazuki No Miko* von Kaishaku (Manga/Anime), S. 96–97, B2
Mahoutokoro-Zauberschule, Pazifik (Gebäude), *Wizarding World* von J.K. Rowling (diverse), S. 120–121, A4/B4
Maihama, Eastal (Stadt), *Log Horizon* von Mamare Tōno und Kazuhiro Hara (Romane/Anime), S. 96–97, F1
Maiholzen, Deutschland (Städtchen), *Stopfkuchen* von Wilhelm Raabe (Roman), S. 44–45, D4
Main-Strike-Mine, Kalifornien (Silberbergwerk), *James Bond: Im Angesicht des Todes* (Film), S. 18–19, A4
Mainen, Deutschland (Städtchen), *Youjo Senki/The Saga of Tanya the Evil* von Carlo Zen und Shinobu Shinotsuki (Romane/Manga/Anime), S. 44–45, C3
Majesta, New York (Städtchen), Werke von Ed McBain, S. 14–15, D1
Makalolo (Land), *Die außergewöhnlichen Abenteuer des Saturnino Farandola* von Albert Robida (Film), S. 84–85, C4
Makazan, Aqiria (Stadt), Marvel Comics (diverse), S. 72–73, C2
Mako Island, Queensland (Insel), *H2O – Plötzlich Meerjungfrau* und Ableger (TV), S. 108–109, E2
Makuyu, Kenia (Höhenzug), *Der Fluss dazwischen* von Ngũgĩ wa Thiong'o (Roman), S. 84–85, D4
Malacia, Kroatien (Stadt/Staat), *Der Malacia-Gobelin* von Brian Aldiss (Roman), S. 50–51, A2
Malacovia, Rumänien (Stadt), *Pedali sul Mar Nero* von Amedeo Tosetti (Roman), S. 50–51, C2
Mälarviken, Schweden (Städtchen), *Tre Kronor* (TV), S. 56–57, C3
Malbry, England (Städtchen), Romane von Joanne Harris, S. 64–65, C3
Malden, Atlantik (Insel), *ARMA: Cold War Assault* (Videospiel), S. 126–127, C4
Maldonada, Balnibarbi (Stadt), *Gullivers Reisen* von Jonathan Swift (Roman), S. 96–97, F3/F4
Malebolgia (Staat), *Doctor Who: Minuet in Hell* (Hörspielreihe), S. 14–15, B3
Malgudi, Indien (Städtchen), Werke von R.K. Narayan, S. 78–79, C3
Malice, Kalifornien (Städtchen), *The Venture Bros.* (TV), S. 18–19, A2
Malihe City, Hawaii (Städtchen), *Pokémon* (Videospiele), S. 18–19, D1
Malino, Hawaii (Städtchen), *Secret*-Reihe von Annette Mahon (Romane), S. 18–19, D1
Mallepa, Taiwan (Städtchen), *Moon Child* (Film), S. 102–103, D1
Mallingford, England (Städtchen), *Der Titfield-Express* (Film), S. 64–65, C2
Malory Towers *siehe* Burg Möwenfels
Malplaquet, England (Anwesen), *Schloss Malplaquet oder Lilliput im Exil* von T.H. White (Roman), S. 64–65, C2
Maltide, Pazifik (Insel), *Rocket Girls* von Hōsuke Nojiri (Romane/Anime), S. 120–121, B3
Malvenfroh City, Japan (Stadt), *Pokémon* (Videospiele), S. 96–97, A1
Mamarrosa (Dorf), *Alentejo Blue* von Monica Ali (Roman), S. 44–45, A2
Mambu Hanua, Papua-Neuguinea (Dorf), *Raun Wantaim Savemahn* (Hörspiel), S. 90–91, F1
Mämmilä, Finnland (Städtchen), *Mämmilä* von Tarmo Koivisto und Hannu Virtanen (Comic), S. 56–57, D3
Mammoth Falls, Arkansas (Stadt), *Mit aller Macht - Primary Colors* von Joe Klein (Roman), S. 16–17, C3
Managuay (Land), *Buck Danny* (Comics), S. 32–33, D2
Manauraisches Meer, Republik Paoul (Meer), *Endless Ocean* (Videospiele), S. 120–121, A4/B4
Manawaka, Manitoba (Städtchen), Werke von Margaret Laurence, S. 26–27, D1
Manchesterford, England (Stadt), *Acorn Antiques* (TV), S. 64–65, C3
Manderley, England (Gebäude), *Rebecca* von Daphne du Maurier (Roman), S. 64–65, B1
Mandola, Indien (Städtchen), *Matru Ki Bijlee Ka Mandola* (Film), S. 78–79, B4
Mandoras (Land), *Madmen of Mandoras/They Saved Hitler's Brain* (Filme), S. 38–39, B3
Mandorra (Land), *Der Brigant (Der Doppelgänger des Königs)* (Film), S. 44–45, B2
Mandragora, Schottland (Insel), *The Testament of Yves Gundron* von Emily Barton (Roman), S. 64–65, A5
Mandrake Falls, Vermont (Städtchen), *Mr. Deeds geht in die Stadt* (Film), S. 14–15, C5
Mangold Parva, England (Dorf), *Die Tagebücher des Adrian Mole: Die schweren Jahre nach 39* von Sue Townsend (Roman), S. 64–65, C2
Mangrove River, New South Wales (Städtchen/Vorort), *Home and Away* (TV), S. 108–109, F4
Mano Majra, Indien (Dorf), *Der Zug nach Pakistan* von Khushwant Singh (Roman), S. 78–79, B5
Manoba, Papua-Neuguinea (Insel), *The Birds of Paradise* von Paul Scott (Roman), S. 90–91, F1
Manonash, Alaska (Städtchen), *Ausgerechnet Alaska* (TV), S. 18–19, B1
Manoyama, Japan (Städtchen), *Sakura Quest* (Anime), S. 96–97, B2
Mansfield Park, England (Anwesen), *Mansfield Park* von Jane Austen (Roman), S. 64–65, D2
Mansur, Islamische Republik (Land), *Der Janson-Befehl* von Robert Ludlum (Roman), S. 72–73, C1
Maple Whites Landschaft, Brasilien (Region), *Die vergessene Welt* von Arthur Conan Doyle (Roman), S. 38–39, C5
Maqiao, China (Dorf), *A Dictionary of Maqiao* von Han Shaogong (Roman), S. 102–103, D2
Mar-Iago, Florida (Gebäude), *MacTrump* von Ian Doescher und Jacopo Della Quercia (Satire), S. 14–15, C1
Maramores, Brasilien (Städtchen), *O Beijo do Vampiro* (TV), S. 38–39, D3
Marbrise, Spanien (Stadt), *Das Rolandslied* (Gedicht), S. 44–45, B2
Marbrose, Spanien (Stadt), *Das Rolandslied* (Gedicht), S. 44–45, B2
Marchbolt, Wales (Städtchen), *Ein Schritt ins Leere* von Agatha Christie (Roman), S. 64–65, B2
Mare-Rurek-Gletscher (Mare Rurek Glacier), Nunavut (Landschaft), *Transformers: Infestation 2* (Comics), S. 26–27, D2
Margaritaville, Florida (Städtchen), „Margaritaville" von Jimmy Buffett (Song), S. 14–15, C1
Maria Magdalenas Grab, Paris, Frankreich (Gebäude), *Sakrileg* von Dan Brown (Roman/Film), S. 44–45, E3
Marimbá, Brasilien (Dorf), *Corpo Dourado* (TV), S. 38–39, D3
Marinella, Italien (Dorf), *Commissario Montalbano*-Geschichten von Andrea Camilleri (Romane/TV), S. 44–45, D1
Mariner Bay, Kalifornien (Stadt), *Power Rangers* (TV), S. 18–19, A3
Mariposa, Ontario (Städtchen), *Sunshine Sketches of a Little Town* von Stephen Leacock (Kurzgeschichten), S. 26–27, A4
Market Blandings, England (Städtchen), Romane von P.G. Wodehouse, S. 64–65, C2
Market Shipborough, England (Städtchen), *Kingdom* (TV), S. 64–65, D2
Market Snodsbury, England (Dorf), Romane von P.G. Wodehouse, S. 64–65, C2
Markhaven, England (Städtchen), Romane von John Buchan, S. 64–65, C3
Markovburg, Markovia (Stadt), DC Comics, S. 44–45, C3
Markovia (Land), DC Comics, S. 44–45, C3
Marlins und Nemos Korallenriff, Great Barrier Reef (Landschaft), *Findet Nemo* (Film), S. 108–109, E3
Marlinshire, England (Grafschaft), *Tim und Struppi* von Hergé (Comics), S. 64–65, D3
Marlott, England (Städtchen), Romane von Thomas Hardy, S. 64–65, C1
Marmoria City, Japan (Stadt), *Pokémon* (Videospiele), S. 96–97, C2
Marparaíso, Chile (Städtchen), *Marparaíso* (TV), S. 38–39, B3
Marpesia, Oceana (Region), *Oceana* von James Harrington (Roman), S. 38–39, C2
Marsh End, England (Städtchen), *The Secret Railway* von Elisabeth Beresford (Roman), S. 64–65, D2
Martingale, England (Städtchen), *Ein Spiel zuviel* von P.D. James (Roman), S. 64–65, D2
Martirio, Texas (Städtchen), *Jesus von Texas* von D.B.C. Pierre (Roman), S. 16–17, B2
Marumaru South, Neuseeland (Städtchen), *The Mannequin Makers* von Craig Cliff (Roman), S. 108–109, F1
Marvis Bay, England (Städtchen), Romane von P.G. Wodehouse, S. 64–65, B1
Marysville, Texas (Städtchen), *Der Outsider* von Stephen King (Roman), S. 16–17, C2
Masepewka, Ukraine (Städtchen), Werke von Scholem Alejchem (Erzählungen), S. 50–51, C3
Maskattawan Dam, Québec (Gebäude), Marvel Comics, S. 26–27, E1
Massacre Plains, New South Wales (Städtchen), *Wie rote Erde* von Tara June Winch (Roman), S. 108–109, D2
Master's Lodge, Texas (Gebäude), *Manos: The Hands of Fate* (Film), S. 18–19, D2
Matlock, Victoria (Städtchen), *Matlock Police* (TV), S. 108–109, D2
Matobo (Land), *Die Dolmetscherin* (Film), S. 84–85, C2
Matodi, Azania (Städtchen), *Schwarzes Unheil* von Evelyn Waugh (Roman), S. 84–85, D4
Matrubhoomi, Indien (Dorf), *Matrubhoomi – Ein Land ohne Frauen*, S. 78–79, C4
Matsu, Japan (Insel), *James Bond: Man lebt nur zweimal* (Film), S. 96–97, A1
Matsuhara Railway, Japan (Bahnstrecke), *The Story of Forest Rail* (Videospiel), S. 96–97, D4
Matsuhara, Japan (Städtchen), *The Story of Forest Rail* (Videospiel), S. 96–97, D4
Matul, Amerikanische Jungferninseln (Insel), *Woodoo – Die Schreckensinsel der Zombies* (Film), S. 32–33, F2
Mauis Insel, Pazifik (Insel), *Vaiana – Das Paradies hat einen Haken* (Film), S. 120–121, D3
Mauna Sol, Hawaii (Berg), *Wolkenatlas/Cloud Atlas* von David Mitchell (Roman/Film), S. 18–19, D1
Mawitaan, Bangalla (Stadt), *Das Phantom* (Comic), S. 84–85, D3
Mawson, South Australia (Städtchen), *Das Haus der vergessenen Bilder* von John Harwood (Roman), S. 108–109, C2
Mayapore, Indien (Städtchen), *Das Reich des Sahibs*-Reihe von Paul Scott (Romane), S. 78–79, C4
Mayberry, North Carolina (Städtchen), *The Andy Griffith Show/Mayberry R.F.D.* (TV), S. 14–15, B3
Maycomb County, Alabama (County), *Wer die Nachtigall stört* von Harper Lee (Roman), S. 14–15, A2
Maycomb, Alabama (Städtchen), *Wer die Nachtigall stört* von Harper Lee (Roman), S. 14–15, A2
Mayfield, Kalifornien (Städtchen), *Erwachsen müßte man sein* (TV), S. 18–19, A4
Mazikhandar (Land), Marvel Comics (diverse), S. 72–73, B1/C1
McGregor Castle, Schottland (Gebäude), *Kommando Stingray* (TV), S. 64–65, B5
McKinley, Pennsylvania (Städtchen), *Final Destination*-Reihe (Filme), S. 14–15, C5
McMaynerbury, Texas (Städtchen), *King of the Hill* (TV), S. 16–17, B2
McSwiggan Village, Irland (Dorf), *Family Guy* (TV), S. 64–65, B2
Město, Tschechien (Städtchen), *The Glass Room* von Simon Mawer (Roman), S. 50–51, A3
Meccania (Land), *Meccania: The Super-State* von Owen Gregory (Roman), S. 44–45, D3
Medallion, Ohio (Städtchen), *Sula* von Toni Morrison (Roman), S. 14–15, B4
Medici (Inselstaat), *Just Cause 3* (Videospiel), S. 44–45, C2
Medicine River, Alberta (Städtchen), *Medicine River* von Thomas King (Roman), S. 26–27, C1
Medina Wasi, Irak (Dorf, Militärübung), S. 72–73, C2
Medioka (Land), *Mickey Mouse* (Cartoon), S. 50–51, A3
Medisuela (Land), Marvel Comics, S. 38–39, B3/B4
Meer aus Nichts, Atlantik (Meer), *Yellow Submarine* (Film), S. 126–127, B2/C2
Meer der Kelten, Schottland (Meer), *Merida – Legende der Highlands* (Film), S. 64–65, A4/B4
Meer der Monster, Atlantik (Meer), *Yellow Submarine* (Film), S. 126–127, C3
Meer der Wissenschaft, Atlantik (Meer), *Yellow Submarine* (Film), S. 126–127, C3/D3
Meer der Zeit, Atlantik (Meer), *Yellow Submarine* (Film), S. 126–127, C3/D3
Meer von Löchern, Atlantik (Meer), *Yellow Submarine* (Film), S. 126–127, B2/C2
Meeresbiologisches Institut, Kalifornien (Gebäude), *Findet Dory* (Film), S. 18–19, A3
Meerestitanenhöhle, Kanalinseln (Insel), *Pokémon* (Videospiele), S. 64–65, A1
Meerkovo, Russland (Dorf), Compare the Market (Werbung), S. 50–51, D4
Mega-City One, Mega-City One (Stadt/Staat), *Judge Dredd* (Comics), S. 14–15, C4
Mega-City Two, Mega-City Two (Stadt/Staat), *Judge Dredd* (Comics), S. 18–19, A4/A5
Megasaki, Japan (Insel), *Isle of Dogs – Ataris Reise* (Film), S. 96–97, A1
Mei-tan-fu, China (Dorf), *Der bunte Schleier* von W. Somerset Maugham (Roman/Film), S. 102–103, D1
Melchester, England (Stadt), Romane von Thomas Hardy, S. 64–65, C1
Mele-Mele, Hawaii (Insel), *Pokémon* (Videospiele), S. 18–19, C1
Mêlée Island, Karibik (Insel), *Monkey Island*-Reihe (Videospiele), S. 32–33, E3
Melincourt Castle, England (Gebäude), *Melincourt* von Thomas Love Peacock (Roman), S. 64–65, C3
Mellacai, Malaysia (Stadt), *Jelle's Marble Runs* (Internetserie), S. 90–91, B2
Mellick, Irland (Stadt), *The Ante Room* von Kate O'Brien (Theaterstück), S. 64–65, A2
Mellstock, England (Städtchen), Romane von Thomas Hardy, S. 64–65, C1
Melonville, Alberta (Städtchen), *Second City TV/SCTV* (TV), S. 26–27, C1
Melton, Kentucky (Städtchen), *Petticoat Junction/Green Acres* (TV), S. 14–15, A3
Meltybrook, Irland (Stadt), Meltybrains? (Band), S. 64–65, B3
Memfish, Tennessee (Stadt), DC Comics, S. 16–17, D3
Mena Ngai (The Great Mound), Wakanda (Landschaft), Marvel Comics (diverse), S. 84–85, D4
Mercer County, Montana (County), *Der Wind von Montana* von Larry Watson (Roman), S. 16–17, A6
Mercier, Louisiana (Stadt), *Todesschwarm 2 – Vampire Bats* (Film), S. 16–17, D2
Mercury, Minnesota (Städtchen), *Young Adult* (Film), S. 16–17, C6
Mercy Hospital, Michigan (Gebäude), *Solomons Lied* von Toni Morrison (Roman), S. 14–15, A6
Mercy, Saskatchewan (Städtchen), *Unsere kleine Moschee* (TV), S. 26–27, C1
Meridiana, Argentinien (Stadt), *Cybersix* (Comics), S. 38–39, B2
Merioneth, Wales (Städtchen), *Die kleine Lok Ivor* (TV), S. 64–65, C2
Mermaid's Spit (Landzunge/Spucke der Meerjungfrau), Panama (Landschaft), *Die Piraten! – Ein Haufen merkwürdiger Typen!* (Film), S. 32–33, D1
Meropis, Verlorener Kontinent (versunkener Kontinent), *Philippica* von Theopompos von Chios (Buch), S. 126–127, C1/D1/C2/D2
Mertonford, Schottland (Städtchen), *Narrow-Gauge Adventure* von P.D. Hancock (Buch), S. 64–65, C4
Meru, Tibet (Region), *Die Stadt der Schädel* von L. Sprague de Camp und Lin Carter (Roman), S. 102–103, B2
Meruza, Argentinien (Region), *Aconcagua* (Videospiel), S. 38–39, B3
Mervo (Insel), *The Prince and Betty* von P.G. Wodehouse (Roman), S. 44–45, C2
Meryton, England (Städtchen), *Stolz und Vorurteil* von Jane Austen (Roman), S. 64–65, D2
Mesa de la Luna, Mexiko (Berg), *Red Dead Redemption*-Reihe (Videospiele), S. 32–33, B3/B4
Mesa del Sol, Mexiko (Berg), *Red Dead Redemption*-Reihe (Videospiele), S. 32–33, B3
Metarost City, Japan (Stadt), *Pokémon* (Videospiele), S. 96–97, A2
Meteorit aus Dragonit, China (Landschaft), *Outlaw Star* (Anime), S. 102–103, C3
Metro City, Indonesien (Stadt), *Garuda Superhero* (Film), S. 90–91, B1
Metrofulus, Malaysia (Stadt/Staat), *Cicak-Man*-Reihe (Filme), S. 90–91, B2
Metropolis, Delaware (Stadt), DC Comics, S. 14–15, C4
Metropolis, Deutschland (Stadt), *Metropolis* (Film), S. 44–45, C4
Metroville, Illinois (Stadt), *Die Unglaublichen – The Incredibles* (Film), S. 16–17, D4
Mex-City (Stadt/Staat), *Judge Dredd* (Comics), S. 32–33, B2
Mexitlán, Mexiko (Land), *MacTrump* von Ian Doescher und Jacopo Della Quercia (Satire), S. 32–33, B3
Mhomala, Azania (Städtchen), *Schwarzes Unheil* von Evelyn Waugh (Roman), S. 84–85, D4
Michisota (Staat), *Avalanche Annie: A Not So Tall Tale* von Lisa Wheeler (Buch), S. 16–17, C6
Michuri, Südkorea (Dorf), *Village Survival, the Eight* (TV), S. 102–103, E3
Mickewa (Staat), *The American Senator* von Anthony Trollope (Roman), S. 14–15, A5
Mid-Atlantic Wrench, Atlantik (Region), *Die Piraten! – Ein Haufen merkwürdiger Typen!* (Film), S. 126–127, B3
Midculter, Schottland (Städtchen), *Lymond Chronicles* von Dorothy Dunnett (Romane), S. 64–65, C4
Middle Park, Colorado (Städtchen), *South Park* (TV), S. 18–19, D4
Middlemarch, England (Städtchen), *Middlemarch* von George Eliot (Roman), S. 64–65, C2
Middleton, Colorado (Stadt), *Kim Possible* (TV), S. 16–17, A4
Middletown, Nordirland (Städtchen), *Middletown* (Film), S. 64–65, B3
Midland City, Indiana (Städtchen), *Breakfast of Champions – Frühstück für Helden* von Kurt Vonnegut (Roman/Film), S. 14–15, A4
Midlands (Staat, Rechtswesen), S. 16–17, B5
Midnight, Texas (Städtchen), *Midnight, Texas* (TV), S. 16–17, A2
Midorijima, Japan (Insel), *DRAMAtical Murder* (Videospiel/Anime), S. 96–97, D1
Midoriyama, Japan (Städtchen), *Uzumaki* von Junji Ito (Manga), S. 96–97, B2
Midsomer, England (Grafschaft), *Inspector Barnaby* (TV), S. 64–65, C2
Midston, Maine (Städtchen), *Danny Dunn*-Reihe von Raymond Abrashkin und Jay Williams (Romane), S. 14–15, D6
Midway City, Michigan (Stadt), DC Comics, S. 14–15, A6
Midwich, England (Dorf), *Kuckuckskinder* (auch: *Es geschah am Tage X*) von John Wyndham (Roman), S. 64–65, D2
Might Tower, Japan (Gebäude), *My Hero Academia* von Kōhei Horikoshi (Manga/Anime), S. 96–97, E1
Milanh, Afghanistan (Dorf), *Auslandseinsatz* (Film), S. 72–73, D2
Milborough, Ontario (Städtchen), *For Better or For Worse* von Lynn Johnston (Comic), S. 26–27, A4
Milbury, England (Dorf), *Children of the Stones* (TV), S. 64–65, C2
Mildendo, Liliput (Stadt), *Gullivers Reisen* von Jonathan Swift (Roman), S. 108–109, A2
Milford Haven, New Hampshire (Städtchen), *Akte X* (TV), S. 14–15, D5
Milford, Nebraska (Städtchen), *Amerika* (TV), S. 16–17, B4
Milfort, Irland (Städtchen), *Milfort: A Fictional Irish Town* (Comedyclub/Bühnenshow), S. 64–65, A2
Militärakademie am Viktoriasee (Lake Victoria Military Academy), Tansania (Gebäude), *Gundam Wing* (Anime), S. 84–85, C3

Militärbasis Rotes Ufer, China (Gebäude), *Die drei Sonnen* von Liu Cixin (Roman), S. 102–103, D4
Miller's Bend, Colorado (Landschaft), *Zugfahrt ins Jenseits* (Film), S. 18–19, D4
Miller's Grove, Massachusetts (Städtchen), *Akte X* (TV), S. 14–15, D5
Millet, Minnesota (Städtchen), *A Prairie Home Companion* (Hörspiel), S. 16–17, C5
Millikan County, Georgia (County), *Akte X* (TV), S. 14–15, B3
Milorie, Saskatchewan (Städtchen), *A Prairie as Wide as the Sea* von Sarah Ellis (Roman), S. 26–27, C1
Milosis, Zu-Vendis (Städtchen), *Das unerforschte Land* von H. Rider Haggard (Roman), S. 84–85, D3
Milton, England (Stadt), *Norden und Süden/North and South* von Elizabeth Gaskell (Roman), S. 64–65, C3
Mina Escondida, Mexiko (Städtchen), *Lo Imperdonable* (TV), S. 32–33, B3
Minami, Westlande (Stadt), *Log Horizon* von Mamare Tōno und Kazuhiro Hara (Romane/Anime), S. 96–97, B2
Minnehaha, Minnesota (Stadt), *Mighty Ducks II – Das Superteam kehrt zurück* (Film), S. 16–17, C6
Mirat, Indien (Region), *Das Reich des Sahibs*-Reihe von Paul Scott (Romane), S. 78–79, B4
Miskatonic River, Massachusetts (Fluss), Cthulhu-Mythos/H.P. Lovecraft (diverse), S. 14–15, C5/D5
Miss Peregrines Waisenhaus, Wales (Gebäude), *Die Insel der besonderen Kinder* von Ransom Riggs (Roman/Film), S. 64–65, B2
Missel-Moor, England (Landschaft), *Der geheime Garten* von Frances Hodgson Burnett (Roman), S. 64–65, C3/D3
Misselthwaite Manor, England (Anwesen), *Der geheime Garten* von Frances Hodgson Burnett (Roman), S. 64–65, C3
Missing Mile, North Carolina (Städtchen), *Wo das Böse erwacht* von Poppy Z. Brite (Roman), S. 14–15, C3
Mission City, Nevada (Stadt), *Transformers* (Film), S. 18–19, B3
Missitucky (Staat), *Der goldene Regenbogen* (Musical), S. 14–15, A4
Mist County, Minnesota (County), *A Prairie Home Companion* (Hörspiel), S. 16–17, C5
Mitakihara, Japan (Stadt), *Puella Magi Madoka Magica* (Anime/Manga), S. 96–97, C3
Mitsuba, Japan (Städtchen), *Servant x Service* von Karino Takatsu (Manga), S. 96–97, C4
Mittel-See-Land, Neuseeland (Land), *The Lego Movie* (Film), S. 108–109, F2
Mixo-Lydia (Land), Werke von Angela Thirkell, S. 50–51, B1/C1
Mjölhagen, Schweden (Städtchen), *Uti vår hage* von Krister Petersson (Comic), S. 56–57, B2
Moahu, Pazifik (Insel), *Gefährliche See vor Kap Hoorn* von Patrick O'Brian (Roman), S. 120–121, D4
Mobono (Region/Stadt), *Islandia*-Romane von Austin Tappan Wright und Fortsetzungen von Mark Saxton, S. 84–85, B1
Moby Dick, Atlantik (Wrack), *Zwischenfall im Atlantik* von Mark Rascovich (Roman/Film), S. 126–127, C5
Moccasin Peak, Montana (Berg), *Lonely Train a' Comin'/Helltracks* von William F. Nolan (Kurzgeschichte/Roman), S. 18–19, D6
Modern City, Indien (Stadt), *Motu Patlu* (TV), S. 78–79, B3
Modesta, Michigan (Städtchen), *Daughters of Eve* von Lois Duncan (Roman), S. 14–15, A5
Moesko Island, Washington (Insel), *Ring* (Film), S. 18–19, A6
Mohalis, Winnemac (Stadt), Werke von Sinclair Lewis, S. 14–15, A5
Mojok, Malaysia (Gebäude/Anwesen), *Biggles: The Adventure of the Oxidized Grotto* von W.E. Johns (Roman), S. 90–91, C2
Mokry-Kut, Ukraine (Dorf), *Gates of Bronze* von Haim Hazaz (Roman), S. 50–51, C3
Moldawien (Land), *Der Denver-Clan* (TV), S. 50–51, C2/C3
Moldawistan (Land), *Tom und Jerry – Agentenjagd* (TV), S. 72–73, B3
Molmol, Königreich, Pazifik (Insel), *Love Hina* von Ken Akamatsu (Manga/Anime), S. 120–121, D3
Molwanien (Land), *Molwanien. Land des schadhaften Lächelns* (Reiseführer), S. 50–51, A3/B3
Mombaka (Land), *Red Scorpion* (Film), S. 84–85, C3
Monan's Rill, Schottland (Landschaft), *The Lady of the Lake* von Sir Walter Scott (Gedicht), S. 64–65, C4
Mond-Moor, Irland (Landschaft), *Das Mond-Moor* von H.P. Lovecraft (Kurzgeschichte), S. 64–65, B3
Mondberg, Japan (Berg), *Pokémon* (Videospiele), S. 96–97, C2
Mondberge (Gebirge, Mythos), S. 84–85, C4/D4
Monimaskit, Schottland (Städtchen), *Der Teufel und der Kirchenmann* von James Robertson (Roman), S. 64–65, C4
Monkey Island, Karibik (Insel), *Monkey Island*-Reihe (Videospiele), S. 32–33, E3
Monkey's Land, Glass Town Federation (Land), Brontë-Jugendwerk, S. 84–85, A3
Monkshaven, England (Städtchen), *Sylvias Freier* von Elizabeth Gaskell (Roman), S. 64–65, D3
Monmouth, Connecticut (Städtchen), *The Narrows* von Ann Petry (Roman), S. 14–15, C5
Monolith „Torus", Der, Bhutan (Objekt), *Torus – Das Geheimnis aus einer anderen Welt* (Film), S. 78–79, D4
Monsterinsel, Pazifik (Insel), *Godzilla*-Filme, S. 120–121, C3
Mont Porte (Insel), *Transformers: Super-God Masterforce* (Anime), S. 44–45, C2
Mont Yuron, Quebec (Stadt), *The Shadows* von Kaitlin Prest (Podcast/Hörspiel), S. 26–27, E1
Monte Carpabianca, Italien (Städtchen), *Necropolis* von Geoff Spedding (Roman), S. 44–45, D2
Montelusa, Italien (Stadt), *Commissario Montalbano*-Geschichten von Andrea Camilleri (Romane/TV), S. 44–45, D1
Montenegro (Land), *Centurions* (TV), S. 38–39, C2
Montgenoux, Frankreich (Städtchen), *Hugo Duchamp Investigates*-Reihe von G.N. Hetherington (Romane), S. 44–45, B3
Montsaurai (Land), *Once Upon a Holiday* (Film), S. 44–45, C3
Montsou, Frankreich (Dorf), *Germinal* von Emile Zola (Roman), S. 44–45, C3
Monument, Irland (Städtchen), *The Sea and the Silence* von Peter Cunningham (Roman), S. 64–65, B2
Monument, Massachusetts (Städtchen), *Der Schokoladenkrieg* von Robert Cormier (Roman), S. 14–15, D5
Moonfleet, England (Städtchen), *Moonfleet* von J. Meade Falkner (Roman), S. 64–65, C1
Moonlight Bay, Kalifornien (Städtchen), *Im Bann der Dunkelheit* von Dean Koontz (Roman), S. 18–19, A2
Moonstone, Colorado (Städtchen), *Das Lied der Lerche* von Willa Cather (Roman), S. 16–17, A4
Moor, Österreich (Städtchen), *Morbus Kitahara* von Christoph Ransmayr (Roman), S. 44–45, D3
Moorstones Manor, Schottland (Gebäude), *Ripping Yarns: Murder at Moorstones Manor* (TV), S. 64–65, B4
Moosbach City, Japan (Stadt), *Pokémon* (Videospiele), S. 96–97, A1
Moosehoof, Alberta (Städtchen), *Typisch Andy!* (TV), S. 26–27, C1
Mooseport, Maine (Städtchen), *Willkommen in Mooseport* (Film), S. 14–15, D5
Moperville, Illinois (Städtchen), *El Goonish Shive* (Webcomic), S. 16–17, D4
Mopu, Indien (Dorf), *Schwarzer Narziss/Die schwarze Narzisse* von Rumer Godden (Roman/Film), S. 78–79, C4/D4
Moralia, Republic of, Frankreich (Land), *Mobile Suit Gundam 00* (Anime), S. 44–45, C2
Moralton, Statesota (Stadt), *Moral Orel* (TV), S. 16–17, C3
Morawa National Park, New South Wales (Städtchen), *Another Night in Mullet Town* von Steven Herick (Roman), S. 108–109, D1/D2
Mörderhorn, North Takoma (Berg), *Die Simpsons* (TV), S. 18–19, A6
Moresby, Banoi (Stadt), *Dead Island* (Videospiel), S. 90–91, F1
Morgen-Morgenland, New South Wales (Stadt), *Mad Max 3* (Film), S. 108–109, D2/C2
Morgue, Kalifornien (Städtchen), *The Outer Limits* (TV), S. 18–19, B3
Moriō, Japan (Stadt), *JoJo's Bizarre Adventure* von Hirohiko Araki (Manga/Anime), S. 96–97, C3
Morna, Estland (Städtchen), *Õnne 13* (TV), S. 50–51, B5
Moronia (Region), *Mundus alter et idem* von Joseph Hall (Roman), S. 114–115, C3
Morphopolis, Frankreich (Stadt), *La Cité du Sommeil* von Maurice Barrère (Roman), S. 44–45, C3
Morros Verdes, Portugal (Städtchen), *Tempo de Amar* (TV), S. 44–45, A2
Mosaia, Frankreich (Stadt), *Pokémon* (Videospiele), S. 44–45, C3
Moshimo, Japan (Städtchen), *Fireworks – Alles eine Frage der Zeit* (Film), S. 96–97, C2
Mossy Bottom, England (Dorf), *Shaun das Schaf* (TV/Film), S. 64–65, C2
Motunui, Pazifik (Insel), *Vaiana – Das Paradies hat einen Haken* (Film), S. 120–121, D3
Mount Chiliad, San Andreas (Berg), *Grand Theft Auto*-Reihe (Videospiel), S. 18–19, A3
Mount Gordo, San Andreas (Berg), *Grand Theft Auto*-Reihe (Videospiel), S. 18–19, A3
Mount Himalachia, Michisota (Berg), *Avalanche Annie: A Not So Tall Tale* von Lisa Wheeler (Buch), S. 16–17, C6
Mount Huaze, China (Berg), *Jelle's Marble Runs* (Internetserie), S. 102–103, C2
Mount Josiah, San Andreas (Berg), *Grand Theft Auto*-Reihe (Videospiel), S. 18–19, A3
Mount Kirby, Washington (Berg), *Astro City* (Comic), S. 18–19, B6
Mount Lanakila, Hawaii (Berg), *Pokémon* (Videospiele), S. 18–19, D1
Mount Neverrest, Nepal (Berg), *DuckTales* (TV), S. 78–79, C4
Mount Pilot, North Carolina (Städtchen), *The Andy Griffith Show* (TV), S. 14–15, B3
Mount Rockmore, South Dakota (Berg), *Cromartie High School* (TV), S. 16–17, A5
Mount Rose, Minnesota (Städtchen), *Gnadenlos schön* (Film), S. 16–17, C5
Mount Snuffleupagus, Hawaii (Berg), *Sesamstraße* (TV), S. 18–19, C1
Mount St. Hilary, Oregon (Berg), *Transformers* (diverse), S. 18–19, A6
Mount Thomas, Victoria (Städtchen), *Blue Heelers* (TV), S. 108–109, D2
Mount-Bell, Arktis (Berg), *Die Abenteuer des Kapitän Hatteras* von Jules Verne (Roman), S. 26–27, C4
Mount-Hatteras, Arktis (Vulkan), *Die Abenteuer des Kapitän Hatteras* von Jules Verne (Roman), S. 26–27, C4
Mounty County, Yukon (County), *Droopy: Jagdsaison* (TV), S. 26–27, B2
Mouse Bluffs, Manitoba (Städtchen), *A Candle to Light the Sun* von Patricia Blondal (Roman), S. 26–27, C1
Mowglis Dschungel, Indien (Landschaft), *Das Dschungelbuch* von Rudyard Kipling (Roman), S. 78–79, B4/C4
Moybeg, Nordirland (Städtchen), *My Mother and Other Strangers* (TV), S. 64–65, B3
M'Pulo-See (Lake M'Pulo), Karain (See), *Islandia*-Romane von Austin Tappan Wright und Fortsetzungen von Mark Saxton, S. 84–85, A1
Mr. McGregors Garten, England (Gebäude), *Peter Hase* von Beatrix Potter (diverse), S. 64–65, C3
MS Antonia Graza, Alaska (Wrack), *Ghost Ship – Meer des Grauens* (Film), S. 18–19, A1
Mt. Abraham, New York (Städtchen), *Final Destination*-Reihe (Filme), S. 14–15, C5
Mu Mu Land, Mu (Region), „Justified & Ancient" von The KLF (Musik), S. 120–121, B3/C3
Muckleton, Victoria (Städtchen), *Field of Poppies* von Carmel Bird (Roman), S. 108–109, D1
Muddy Flat, Louisiana (Städtchen), *The Real Ghostbusters* (TV), S. 16–17, D2
Mudport, England (Stadt), *Die Mühle am Floss* von George Eliot (Roman), S. 64–65, D3
Mugen-Akademie/Infinity-Akademie, Japan (Gebäude), *Sailor Moon* von Naoko Takeuchi (Manga/Anime), S. 96–97, E1
Muggleton, England (Dorf), *Die Pickwickier* von Charles Dickens (Roman), S. 64–65, D2
Mugsborough, England (Städtchen), *The Ragged-Trousered Philanthropists* von Robert Tressell (Roman), S. 64–65, D1
Mugwomp, Northern Territory (Städtchen), *Bernard und Bianca im Känguruland* (Film), S. 108–109, C3
Muir Britton, Wales/Irland (Meer), *Total War: Thrones of Britannia* (Videospiel), S. 64–65, B2
Muir Domon, Schottland (Meer), *Total War: Thrones of Britannia* (Videospiel), S. 64–65, B5
Muir Island, Schottland (Insel), *X-Men* (Comics), S. 64–65, A5/B5
Muir Nore, Schottland (Meer), *Total War: Thrones of Britannia* (Videospiel), S. 64–65, C5
Muirinish, Irland (Städtchen), Romane von Graham Norton, S. 64–65, A2
Muji, China (Stadt), *Der Saboteur* von Ha Jin (Kurzgeschichte), S. 102–103, E3/E4
Mujin, Südkorea (Stadt), *The Crucible* von Gong Ji-young (Roman), S. 102–103, E2
Mulberry Castle, Wales (Anwesen), *Nicholas Nickleby* von Charles Dickens (Roman), S. 64–65, C2
Mullinmore, Irland (Städtchen), Romane von Graham Norton, S. 64–65, A2
Mulongwe, Kamanga (Stadt), *Tenth Man Down* von Chris Ryan (Roman), S. 84–85, C2
Mululuk, South Australia (Städtchen), *All Fall Down* von Cassandra Austin (Roman), S. 108–109, C2
Mumbles Kaiserpinguinkolonie, *Happy Feet* (Film), S. 114–115, D1
Mumintal, Finnland (Dorf), *Mumins*-Bücher von Tove Jansson (Kurzgeschichten), S. 56–57, D3
Muncaster, England (Stadt), *The Stones of Muncaster Cathedral* von Robert Westall (Roman), S. 64–65, C2
Münchhausen (Munchausen), Deutschland (Stadt), *Die Hurricanes* (TV), S. 44–45, D3
Mundra, Queensland (Städtchen), *Her Sister's Eye* von Vivienne Cleven (Roman), S. 108–109, D3
Municiberg, Washington (Stadt), *Die Unglaublichen – The Incredibles* (Film), S. 18–19, A6
Muratpaşa, Türkei (Dorf), *Anatolischer Totentanz* von Barbara Nadel (Roman), S. 72–73, B3
Murha, Indien (Dorf), Werke von Mahasweta Devi (Erzählungen), S. 78–79, C4
Murray, Virginia (Städtchen), *Akte X* (TV), S. 14–15, C4
Murrumby-Fluss, New South Wales (Fluss), *Wie rote Erde* von Tara June Winch (Roman), S. 108–109, D2
Muskoka River, Illinois (Fluss), *Nancy Drew Mysteries* (Romane/TV), S. 16–17, D4
Musselcrag, Schottland (Städtchen), *Der Altertümler* von Sir Walter Scott (Roman), S. 64–65, C4
Musutafu, Japan (Stadt), *My Hero Academia* von Kōhei Horikoshi (Manga/Anime), S. 96–97, C2
Muttertagsinseln, Pazifik (Inselgruppe), *Eine Insel* von Terry Pratchett (Roman), S. 120–121, D2
Muyoung, Südkorea (Stadt), *Hero* (Film), S. 102–103, E2
MV *Seguin Laroche*, Atlantik (Wrack), *Timewreck Titanic* von Rhys B. Davies (Roman), S. 126–127, B4
Mypos, Griechenland (Inselstaat), *Ein Grieche erobert Chicago* (TV), S. 44–45, E1
Mystery Mountain, Oregon (Berg), *Willkommen in Gravity Falls* (TV), S. 18–19, A5/B5
Mystery, Alaska (Städtchen), *Mystery – New York: Ein Spiel um die Ehre* (Film), S. 18–19, B2
Mystic Falls, Virginia (Städtchen), *Vampire Diaries* (TV), S. 14–15, B4/C4
Mythmythilia, Indien (Stadt), Werke von Robert Antoni, S. 78–79, C4
N.-Sanity-Insel, Pazifik (Insel), *Crash Bandicoot*-Reihe (Videospiele), S. 120–121, B2
N.B.E. Supermax, Colorado (Gebäude), *Transformers: The Last Knight* (Film), S. 16–17, A4
Nabu, Pazifik (Insel), *My Hero Academia* von Kōhei Horikoshi (Manga/Anime), S. 96–97, D1
Nachtmahr-Abtei, England (Gebäude), *Nachtmahr-Abtei* von Thomas Love Peacock (Novelle), S. 64–65, D2
Nambia (Land), das mysteriöse Gehirn von Donald Trump (Fauxpas), S. 84–85, B2/C2
Nampara, England (Gebäude) *Poldark* (TV), S. 64–65, B1
Nanahama, Japan (Stadt), *Majikoi: Oh! Samurai Girls!* (Graphic Novels/Videospiele), S. 96–97, E1
Nanda Parbat, Pakistan (Stadt), DC Comics, S. 78–79, B5
Nandagiri, Indien (Städtchen), *The Tainted* von Cauvery Madhavan (Roman), S. 78–79, B3
Nanga Dalle, Indien (Berg), *Schwarzer Narziss/Die schwarze Narzisse* von Rumer Godden (Roman/Film), S. 78–79, C4/D4
Nania, Estland/Russland (See), *His Dark Materials* von Philip Pullman (diverse), S. 50–51, C5
Nanzhao (Land), *G.I. Joe*, S. 90–91, A4
Naptonshire, England (Grafschaft, Militärübungssimulation zur Landesverteidigung (Home Defence), S. 64–65, D2
Naruba (Land), *Designated Survivor* (TV), S. 84–85, B4
Naruhata, Japan (Städtchen), *My Hero Academia* von Kōhei Horikoshi (Manga/Anime), S. 96–97, E1
Nathan Batemans Anwesen, Alaska (Region), *Ex Machina* (Film), S. 18–19, A1
Nation, Die, Pazifik (Insel), *Eine Insel* von Terry Pratchett (Roman), S. 120–121, D2
National City, Kalifornien (Stadt), *Supergirl* (TV), S. 18–19, A2
Nationale Zentralbahn, Costaguana (Bahnstrecke), *Nostromo* von Joseph Conrad (Roman), S. 38–39, E4
Nationales Heimatland Eins, North Dakota (Region), *The Handmaid's Tale – Der Report der Magd* von Margaret Atwood (Roman), S. 16–17, B6
Nautilus, Iowa (Städtchen), Werke von Sinclair Lewis, S. 16–17, C4
Nautilus, Pazifik (Wrack), *Die geheimnisvolle Insel* von Jules Verne (Roman), S. 120–121, D2
Navarone, Griechenland (Insel), *Die Kanonen von Navarone* von Alistair MacLean (Roman/Film), S. 44–45, F1
Navidad (Land), Werke von John Hearne, S. 32–33, D3
Nayapur, Anandapur (Stadt), Walt Disney World (Themenpark), S. 78–79, C4
Ndotsheni, Südafrika (Städtchen), *Denn sie sollen getröstet werden* von Alan Paton (Roman/Film), S. 84–85, C2
Nea So Copros (Staatenbund/Großregion), *Wolkenatlas/Cloud Atlas* von David Mitchell (Roman/Film), S. 102–103, D3/E3
Nebelinsel (Misty Island), England (Insel), *Thomas, die kleine Lokomotive* von Rev. W. Audrey (Bücher/TV), S. 64–65, C3
Necropolis, Colorado (Stadt), *Battle Angel Alita (GUNNM)* (diverse), S. 16–17, A4
Necropolis, Kalifornien (Stadt), *Fallout 1* (Videospiel), S. 18–19, A3
Needmore, Kentucky (Städtchen), *The Natural Man* von Ed McClanahan (Roman), S. 14–15, A4
Nekoma-Oberschule, Japan (Gebäude), *Haikyu!!* von Haruichi Furudate (Anime), S. 96–97, E1
Nekomi, Japan (Städtchen), *Oh My Goddess!* von Kōsuke Fujishima (Manga/Anime), S. 96–97, C2
Nemedia, Deutschland (Region), *Conan*-Romane von Robert E. Howard, S. 44–45, D4
Nemesis, Mexiko/Guatemala/Belize (Wrack, Raumschiff), *Transformers* (TV), S. 32–33, C2
Neo Purgatory, Utah (Gebäude), *6 Angels* (Anime), S. 18–19, C4
Neo-Seoul, Südkorea (Stadt), *Wolkenatlas/Cloud Atlas* von David Mitchell (Roman/Film), S. 102–103, E3
Neo-Tokio, Japan (Stadt, diverse), S. 96–97, E1/F1
Nepenthe, Italien (Insel), *South Wind (Südwind)* von Norman Douglas (Roman), S. 44–45, C2
Neptune Base (Martel Corporation), Pazifik (Unterwasserbauten), *Lords of the Deep* (Film), S. 120–121, A4
Neptune, Kalifornien (Städtchen), *Veronica Mars* (TV), S. 18–19, B3
NERV-Außenstelle 2, Nevada (Gebäude), *Neon Genesis Evangelion* (Anime/Films), S. 18–19, B3
Netherfield, England (Anwesen), *Stolz und Vorurteil* von Jane Austen (Roman), S. 64–65, D2
Neu New York, New York (Stadt), *Futurama* (TV), S. 14–15, D1
Neu Quackmore, Calisota (Stadt), *DuckTales* (diverse), S. 18–19, A5
Neu-Amerika, Grönland (Land/Region), *Die Abenteuer des Kapitän Hatteras* von Jules Verne (Roman), S. 26–27, C4
Neu-Atlantis/Bensalem, Pazifik (Insel/Nation), *Neu-Atlantis* von Francis Bacon (Roman), S. 38–39, A4
Neu-Genf, Schweiz (Stadt), *Thunderbirds Are Go* (TV), S. 44–45, C3
Neu-Paris, Frankreich (Stadt), *Wolfenstein*-Reihe (Videospiel), S. 44–45, C3
Neu-Sansibar (Land), *Die Simpsons* (TV), S. 84–85, C3/D3
Neu-Schweizerland/Neue Schweiz, Indischer Ozean (Insel), *Der Schweizerische Robinson* von Johann Wyss und *Das zweite Vaterland* von Jules Verne (Roman/Film), S. 90–91, A2
Neu-Thermopylae, Illinois (Städtchen), *Martin Chuzzlewit* von Charles Dickens (Roman), S. 16–17, D4
Neuborkia, Japan (Städtchen), *Pokémon* (Videospiele), S. 96–97, C2
Neudänemark (Land), *His Dark Materials* von Philip Pullman (diverse), S. 14–15, B5/C5
Neufrankreich (Land), *His Dark Materials* von Philip Pullman (diverse), S. 26–27, E1/E2
Neumondinsel, Japan (Insel), *Pokémon* (Videospiele), S. 96–97, C4
Neustadt, Deutschland (Stadt), *Benjamin Blümchen* (Hörspiel/TV), S. 44–45, D4
Neutralien, Portugal (Land), *Ein Mann springt in die Tiefe* von Arthur Koestler (Roman), S. 44–45, A2
Nevada Pass, Nevada (Landschaft), *Nevada Pass* von Alistair MacLean (Roman/Film), S. 18–19, B4
New Asgard, Norwegen (Städtchen), *Avengers: Endgame* (Film), S. 56–57, B5
New Austin (Staat), *Red Dead Redemption*-Reihe (Videospiel), S. 18–19, D2
New Bern, Kansas (Städtchen), *Jericho – Der Anschlag* (TV), S. 16–17, B4
New Bordeaux, Louisiana (Stadt), *Mafia 3* (Videospiel), S. 16–17, D2
New Edwards Base, Kalifornien (Gebäude), *Gundam Wing* (Anime), S. 18–19, B3
New Hanover (Staat), *Red Dead Redemption*-Reihe (Videospiel), S. 16–17, C3/D3
New Kelp City, Pazifik (Stadt), *SpongeBob Schwammkopf* (TV), S. 120–121, B4
New Kirk City, Pazifik (Stadt), *Godzilla*-Filme, S. 96–97, F4
New Liberty, Illinois (Städtchen), *Wild Wild West* (Film), S. 16–17, D3
New Penzance, Rhode Island (Insel), *Moonrise Kingdom* (Film), S. 14–15, D5
New Port City, Königreich Sanq (Stadt), *Gundam Wing* (Anime), S. 56–57, B1
New Reno, Nevada (Stadt), Fallout 2 (Videospiel), S. 18–19, B4
New Salem, Oregon (Städtchen), *Monster High* (diverse), S. 18–19, A5
New Tech City, Kalifornien (Stadt), *Power Rangers SPD* (TV), S. 18–19, A4
New Temperance (Staat), *Gangsters 2* (Videospiel), S. 14–15, C5/D5
New Thai Confederacy (Land), *2000 AD* (Comics), S. 90–91, B3
New Troy (Staat), *Superman – Die Abenteuer von Lois & Clark* (TV), S. 14–15, C5
New Vegas, Nevada (Stadt), *Fallout New Vegas* (Videospiel), S. 18–19, B3
New Venice, Arktis (Stadt), *Aurorarama* von Jean Christophe-Valtat (Roman), S. 26–27, C3
New Venice, Florida (Städtchen), DC Comics, S. 14–15, C1
New Wye, Appalachia (Städtchen), *Fables Feuer* von Vladimir Nabokov (Roman), S. 14–15, B4

New Yorktown, New York (Stadt), *MacTrump* von Ian Doescher und Jacopo Della Quercia (Satire), S. 14–15, D1
New Zebedee, Michigan (Städtchen), *Das Haus, das tickte/Das Geheimnis der Zauberuhr/Das Haus der geheimnisvollen Uhren* von John Bellairs (Roman/Film), S. 14–15, A5
Newbridge, Prince Edward Island (Städtchen), *Anne auf Green Gables* von Lucy Maud Montgomery (Roman), S. 26–27, F1
Newburg, Pennsylvania (Stadt), *Left 4 Dead* (Videospiele), S. 14–15, B4
Newport, Japan (Stadt), *Dominion – Tank Police* von Masamune Shirow (Manga/Anime), S. 96–97, B2
Newton Haven, England (Städtchen), *The World's End* (Film), S. 64–65, D2
Newtown, England (Städtchen), *Z-Cars* (TV), S. 64–65, C3
Niaowu, China (Städtchen), *Shenmue II/III* (Videospiele), S. 102–103, C1
Nibia (Land), *Ace Ventura – Jetzt wird's wild* (Film), S. 84–85, C3
Night City, Kalifornien (Stadt), *Cyberpunk 2077* (Rollenspiel), S. 18–19, A3
Night Vale, New Mexico (Städtchen), *Welcome to Night Vale* (Podcast), S. 16–17, A2
Niihama, Japan (Stadt/Insel), *Ghost in the Shell* von Masamune Shirow (Manga/Anime), S. 96–97, B2
Nilbog, Utah (Städtchen), *Troll 2* (Film), S. 18–19, C4
Nimmerland, Belize (Insel), *Peter Pan* von J.M. Barrie (Romane/Filme), S. 32–33, C2
Ninetail Dominions (Land), *Log Horizon* von Mamare Tōno und Kazuhiro Hara (Romane/Anime), S. 96–97, A1/A2
Nirsk, Arstotzka (Städtchen), *Papers, Please* (Videospiel), S. 72–73, C4
Nischindipur, Indien (Dorf), *Pather Panchali* von Bibhutibhushan Bandyopadhyay (Roman/Film), S. 78–79, D4
Nisi, China (Stadt), *Bond* (Theaterstück), S. 102–103, D2
Nkongsamba, Kinjanja (Stadt), *Unser Mann in Afrika* von William Boyd (Roman/Film), S. 84–85, B4
No. 1 Ladies' Detective Agency, Botswana (Gebäude), *Ein Krokodil für Mma Ramotswe* von Alexander McCall Smith (Roman), S. 84–85, C2
Nöckeln, Schweden (Städtchen), *Berts Katastrophen* von Anders Jacobsson und Sören Olsson (Romane), S. 56–57, B3
Nollop, South Carolina (Insel), *Nollops Vermächtnis* von Mark Dunn (Roman), S. 14–15, C3
Nomanisan-Insel (Nomanisan Island), Pazifik (Insel), *Die Unglaublichen – The Incredibles* (Film), S. 120–121, E2
Nomp, San Serriffe (Städtchen), *The Guardian* (Zeitung), S. 78–79, A2
Norchester, England (Stadt), Romane von Alan Hunter, S. 64–65, D2
Nord-Doodle, Yogistan (Berg), *Die Besteigung des Rum Doodle* von W.E. Bowman (Roman), S. 78–79, B5/C5
Nordberg, Arendelle (Berg), *Die Eiskönigin – Völlig unverfroren* (Film), S. 56–57, B4
Nordchinameer, China (Meer), *Arrow* (TV), S. 102–103, D2/E2
Nordindische Eisenbahn, Pakistan, *Brennendes Indien* (Film), S. 78–79, B5
Nördlicher Berg, China (Berg), *Die Sterblichen* von Yiyun Li (Roman), S. 102–103, D4
Nördliches Basislager der Miskatonic-Expedition, *Berge des Wahnsinns* von H.P. Lovecraft (Novelle), S. 114–115, D1
Norland Park, England (Anwesen), *Verstand und Gefühl/Sinn und Sinnlichkeit* von Jane Austen (Roman), S. 64–65, D1
Norramby, England (Städtchen), *Thomas, die kleine Lokomotive* von Rev. W. Audrey (Bücher/TV), S. 64–65, C3
Norrowegen (Land), *His Dark Materials* von Philip Pullman (Romane), S. 56–57, A3
North Dakastor, North Dakota (Staat), *MacTrump* von Ian Doescher und Jacopo Della Quercia (Satire), S. 16–17, A5/B5
North High School, Japan (Gebäude), *Die Melancholie der Haruhi Suzumiya* von Nagaru Tanigawa und Noizi Ito (Romane/Anime), S. 96–97, B2
North Kilttown, Schottland (Städtchen), *Die Simpsons* (TV), S. 64–65, C5
North Korasia, Nordkorea (Land), *MacTrump* von Ian Doescher und Jacopo Della Quercia (Satire), S. 102–103, E3
North Middle Branch, Minnesota (Städtchen), *Infinity Train* (TV), S. 16–17, C5
North Ortiz Sea, Indischer Ozean (Meer), *The Illegal* von Lawrence Hill (Roman), S. 78–79, B1/C1
North Park, Colorado (Städtchen), *South Park* (TV), S. 18–19, D4
North Sister Island, Michigan (Insel), *Transformers: Animated* (TV), S. 14–15, B5
North Star, Ukraine (Dorf), *The North Star* (Film), S. 50–51, C3
North Takoma (Staat), *Die Simpsons* (TV), S. 18–19, A6
North Yankton (Staat), *Grand Theft Auto*-Reihe (Videospiel), S. 16–17, B6
Northspur, Neuseeland (Städtchen), *Northspur* (Film), S. 108–109, F2
Norvinsk, Russland (Region), *Escape from Tarkov* (Videospiel), S. 50–51, C5
Notarien, Italien (Insel), *Gargantua und Pantagruel* von François Rabelais (Roman), S. 44–45, D1/D2
Nottamun Town, England (Stadt), „Nottamun Town" (Folksong), S. 64–65, C2/D2
Nouvaria City, Frankreich (Stadt), *Pokémon* (Videospiele), S. 44–45, C3
Nova Aliança, Brasilien (Städtchen), *Coração de Estudante* (TV), S. 38–39, D3
Nova Esperança, Brasilien (Städtchen), *Era uma vez ...* (TV), S. 38–39, C3
Nova Robotics, Washington (Städtchen), *Nummer 5 lebt!* (Film), S. 18–19, A6
Nova Solyma, Israel (Stadt), *Nova Solyma* von Samuel Gott (Roman), S. 72–73, B2
Novac, Nevada (Städtchen), *Fallout New Vegas* (Videospiel), S. 18–19, B3
Noventa-Kanone, Somalia (Gebäude), *Gundam Wing* (Anime), S. 84–85, D4
Novi Grad, Sokovia (Stadt), Marvel Cinematic Universe, S. 50–51, C4
Novi, Virginia (Städtchen), *Akte X* (TV), S. 14–15, C4
Novigrad, Chernarus (Stadt), *ARMA 2* (Videospiel), S. 50–51, A5
Nowaja Lebedjewka, Ukraine (Dorf), *Regenbogen über dem Dnjepr* von Wanda Wasilewska (Roman/Film), S. 50–51, D3
Nowhere, Kansas (Städtchen), *Courage der feige Hund* (TV), S. 16–17, B4
Nsara, Frankreich (Stadt), *The Years of Rice and Salt* von Kim Stanley Robinson (Roman), S. 44–45, B3
Nu Mung Ba, Kambodscha (Gebäude), *Apocalypse Now* (Film), S. 90–91, B3
Nu-Bangkok, New Thai Confederacy (Stadt), *2000 AD* (Comics), S. 90–91, B3
Nu-Delhi, Indien (Stadt), *2000 AD* (Comics), S. 78–79, B3
Nueva Esperanza, Kolumbien (Städtchen), *Flor Salvaje* (TV), S. 38–39, A5
Nueva Voz, Solís (Stadt), *Just Cause 4* (Videospiel), S. 38–39, A5
Nuevo Paraíso, Mexiko (Land), *Red Dead Redemption*-Reihe (Videospiele), S. 32–33, B3
Nuevo Toledo, Mexiko (Stadt), *Club de Cuervos* (TV), S. 32–33, B2
Nuevo-Rico (Land), *Tim und Struppi* von Hergé (diverse), S. 38–39, B5
Nukehavistan (Land), *The Onion* (Internetsatire), S. 72–73, D3/E3
Nuku'la Atoll, Pazifik (Insel), *San Sombrèro* (Reiseführer), S. 120–121, C4
Null Island, Atlantik (Insel, reale Welt), S. 126–127, D2
Numasoko, Japan (Städtchen), *The Story of Forest Rail* (Videospiel), S. 96–97, D4
Numbani (Stadt/Staat), *Overwatch* (Videospiel), S. 84–85, B4
Nùng-Fluss, China (Fluss), *Apocalypse Now* (Film), S. 90–91, B3, S. 102–103, C1
Nutwood, England (Dorf), *Rupert Bär* von Mary Tourtel (Kinderbücher/TV), S. 64–65, D2
O-Town, Wisconsin (Städtchen), *Rockos modernes Leben* (TV), S. 16–17, D5
Oezo-Agraroberschule, Japan (Gebäude), *Silver Spoon* von Hiromu Arakawa (Manga/Anime), S. 96–97, D4
Oakdale, Illinois (Stadt), *Jung und Leidenschaftlich – Wie das Leben so spielt* (TV), S. 16–17, D4
Oakwood, British Columbia (Städtchen), *Oakwood* (Videospiel), S. 26–27, B1
Oase, Irak (Stadt), *Overwatch* (Videospiel), S. 72–73, C2
Obeah, Mexiko (Wrack), *Cruise Into Terror* (Film), S. 32–33, C3
Oblivion, Nebraska (Städtchen), *Oblivion, Nebraska* von Peter Moore Smith (Kurzgeschichte/Kurzfilm), S. 16–17, B4
Obra Dinn, England (Wrack), *Return of the Obra Dinn* (Videospiel), S. 64–65, B1
Obristan (Land), *Papers, Please* (Videospiel), S. 50–51, A5
Ocean Shores, Kalifornien (Städtchen), *Rocket Power* (TV), S. 18–19, B3
Oceana (Insel/Nation), *Oceana* von James Harrington (Roman), S. 38–39, C2
Oceana (Insel/Nation), *The Strong Man* von H.R.F. Keating (Roman), S. 126–127, D5
Oceanview, Illinois (Stadt), *Bibos abenteuerliche Flucht* (Film), S. 16–17, D4
Ocelot, Iowa (Städtchen), *Kingpin* (Film), S. 16–17, C4
Ochichornia/Otschitschornije (Staat), Romane von Vasily Aksyonov/Wassili Aksjonow, S. 18–19, A2/B2
Oconee (Staat), *Graph Geigers Blues* von Michael Bishop (Roman), S. 14–15, A3
Ödland der Hauptstadt (Capital Wasteland), District of Columbia/Virginia/Maryland (Staat/Region), *Fallout 3* (Videospiel), S. 14–15, C4
Ödland, Das (Land/Wüste), *Mad Max*-Filme (Filme), S. 108–109, C2/D2
Odo, Japan (Insel), *Godzilla* (Film), S. 96–97, C1/C2
Odyssey, Ohio (Städtchen), *Adventures in Odyssey* (Videospiel), S. 14–15, B4
Oedo, Japan (Stadt), *Cyber City Oedo 808* (Anime), S. 96–97, E1/F1
Off Wessex, England (Grafschaft), Romane von Thomas Hardy, S. 64–65, B1
Ogden Marsh, Iowa (Städtchen), *The Crazies – Fürchte deinen Nächsten* (Film), S. 16–17, C4
Ogygia, Griechenland (Insel), *Odyssee* von Homer (Mythologie), S. 44–45, D1
Ohitoyo, Japan (Städtchen), *Rail Romanesque* (Videospiel/Anime), S. 96–97, A1
Okinawa New Town, Japan (Stadt), *Yuna & Stitch* (Anime), S. 96–97, A1
Okishima, Japan (Insel), *Battle Royale* von Koushun Takami (Roman), S. 96–97, B2
Ökotopia (Land), *Ökotopia* von Ernest Callenbach (Roman), S. 18–19, A5/B5
Olancho (Land), *Soldiers of Fortune* von Richard Harding Davis (Roman), S. 38–39, D4
Old Moses, Alaska (Berg), *Metal Gear Solid*-Reihe (Videospiel), S. 18–19, A1
Old Mountain, Bulgarien (Städtchen), Werke von Cynthia Morrison Phoel, S. 50–51, B1/B2
Olifa (Land), *The Courts of the Morning* von John Buchan (Roman), S. 38–39, B2
Olifa City, Olifa (Stadt), *The Courts of the Morning* von John Buchan (Roman), S. 38–39, B2
Olinger, Pennsylvania (Städtchen), Werke von John Updike, S. 14–15, C4
Olivair County, Georgia (County), *Ihr größter Coup* (Film), S. 14–15, B3
Oliviana City, Japan (Stadt), *Pokémon* (Videospiele), S. 96–97, B2
Oliwas Klinik, Polen (Gebäude), *Wolfenstein*-Reihe (Videospiele), S. 50–51, A4
Olympia, Griechenland (Stadt), Marvel Comics/Marvel Cinematic Universe, S. 44–45, E1
Om, Kambodscha (Stadt), *Jelle's Marble Runs* (Internetserie), S. 90–91, B3
OmniStat (Land), *Mirror's Edge* (Videospiele), S. 108–109, C2
Omo Lau, Pazifik (Insel/Nation), *A Feast of Freedom* von Leonard Wibberley (Roman), S. 120–121, D3
Omo Levi, Pazifik (Insel/Nation), *A Feast of Freedom* von Leonard Wibberley (Roman), S. 120–121, D3
Omozan-Fluss (Fluss), *My Hero Academia* von Kōhei Horikoshi (Manga/Anime), S. 38–39, B4/C5
Onehora, Neuseeland (Städtchen), *Nga Tohu: Signatures* (TV), S. 108–109, F2
Oneoneroa, Neuseeland (Städtchen), *B&B* (TV), S. 108–109, F2
Ongsan, Südkorea (Städtchen), *When the Camellia Blooms* (TV), S. 102–103, E2/E3
Onita, Japan (Stadt), *Varan – Das Monster aus der Urzeit* (Film), S. 96–97, E1/F1
Oo-Oh (Insel), *Das vergessene Land* von Edgar Rice Burroughs (Roman/Filme), S. 114–115, B3
Ooralunkal, Indien (Dorf), *Smarakasilakal* von Punathil Kunjabdulla (Roman), S. 78–79, B2
Oou, Eastal (Städtchen), *Log Horizon* von Mamare Tōno und Kazuhiro Hara (Romane/Anime), S. 96–97, C3
Opal City, Maryland (Stadt), DC Comics, S. 14–15, C4
Opar, Kongo/DR Kongo (Stadt), *Tarzan*-Romane von Edgar Rice Burroughs und Romane von Philip José Farmer, S. 84–85, C3
Opéra Populaire, Paris, Frankreich (Gebäude), *Das Phantom der Oper* von Gaston Leroux (diverse), S. 44–45, E3
Ophir, Italien (Region), *Conan*-Romane von Robert E. Howard (Romane/TV), S. 44–45, D3
Opium (Land), *Das Skorpionenhaus* von Nancy Farmer (Roman), S. 18–19, C2
Oquedal, Ataguitanien (Dorf), *Wenn ein Reisender in einer Winternacht* von Italo Calvino (Roman), S. 38–39, B5
Orania City, Japan (Stadt), *Pokémon* (Videospiele), S. 96–97, C2
Orbajosa, Spanien (Städtchen), *Doña Perfecta* von Benito Pérez Galdós (Roman), S. 44–45, B2
Orbitalturm von Taprobane, Taprobane, *Fahrstuhl zu den Sternen* von Arthur C. Clarke (Roman), S. 78–79, C2
Orca, Massachusetts (Wrack), *Der weiße Hai* von Peter Benchley (Roman/Film), S. 14–15, D5
Ordköping, Schweden (Städtchen), Parken Zoo (Themenpark), S. 56–57, C3
Öreskoga, Schweden (Städtchen), *Berts Katastrophen* von Anders Jacobsson und Sören Olsson (Romane), S. 56–57, B3
Örkko, Kimmerien (Stadt), *Wenn ein Reisender in einer Winternacht* von Italo Calvino (Roman), S. 56–57, C5
Ormistone, Schottland (Städtchen), *Narrow-Gauge Adventure* von P.D. Hancock (Buch), S. 64–65, C4
Ormston, England (Städtchen), *Born and Bred* (TV), S. 64–65, C3
Ornament Valley, Arizona (Landschaft), *Cars* (Filme), S. 18–19, C3
Orofina, Pazifik (Insel), *Als die Welt erbebte* von H. Rider Haggard (Roman), S. 120–121, C2
Orphelin Bay, Queensland (Städtchen), *Tidelands* (TV), S. 108–109, E3
Orre, Arizona (Region /Staat), *Pokémon* (Videospiele), S. 18–19, C3
Orsinien (Land), Werke von Ursula K. Le Guin, S. 50–51, A2
Orson, Indiana (Städtchen), *The Middle* (TV), S. 14–15, A4
Osia Theola, Zypern (Städtchen), *A House Like a Lotus* von Madeleine L'Engle (Romane), S. 44–45, F1
Osprey Explorer, Nordsee (Bohrinsel), *Roughnecks* (TV), S. 64–65, D5
Ost- und West-Hanchu (Länder), *Designated Survivor* (TV), S. 102–103, E3
Ost-Karmin, Wales (Städtchen), *Grau* von Jasper Fforde (Romane), S. 64–65, C2
Österköping, Schweden (Stadt, diverse), S. 56–57, B3
Osterlitsch (Land), *Der große Diktator* (Film), S. 44–45, D3
Osyria (Land), *Hardy Boys: The Ocean of Osyria* von Scott Lobdell und Lea Hernandez (Graphic Novel), S. 72–73, D2
Otakataka, Neuseeland (Städtchen), *The Man Who Lost His Head* (Film), S. 108–109, F2
Otter Mouth, England (Städtchen), *Die Normannin* von Patricia Bracewell (Roman), S. 64–65, C1
Ottermündung, England (Landschaft), *Die Normannin* von Patricia Bracewell (Roman), S. 64–65, C1
Ottery St. Catchpole, England (Dorf), *Harry Potter*-Romane von J.K. Rowling (Romane/Filme), S. 64–65, C1
Ouran High School, Japan (Gebäude), *Ouran High School Host Club* von Bisco Hatori (Manga/Anime), S. 96–97, E1
Ouro Negro, Brasilien (Städtchen), *Começar de Novo* (TV), S. 38–39, C3
Ouro Velho, Brasilien (Stadt), *O Amor Está no Ar* (TV), S. 38–39, D3
Ouro Verde, Brasilien (Städtchen), *O Salvador da Pátria* (TV), S. 38–39, C3
Outer Heaven (Stadt/Staat/Festung), *Metal Gear* (Videospiel), S. 84–85, C2
Outer Maroo, Queensland (Städtchen), *Oyster* von Janette Turner Hospital (Roman), S. 108–109, D3
Outer Qwghlm, Schottland (Insel), *Der Barock-Zyklus* und *Cryptonomicon* von Neal Stephenson (Romane), S. 64–65, A5
Outer Wessex, England (Grafschaft), Romane von Thomas Hardy, S. 64–65, C1
Ova Mata, San Serriffe (Insel), *The Guardian* (Zeitung), S. 78–79, A1
Overlook Hotel, Colorado (Gebäude), *Shining* von Stephen King (diverse), S. 16–17, A4
Owl, North Dakota (Städtchen), *Downtown Owl* von Chuck Klosterman (Roman), S. 16–17, B5/B6
Pacheco, Olifa (Städtchen), *The Courts of the Morning* von John Buchan (Roman), S. 38–39, B2
Pacific International Airport, Victoria (Gebäude), *Pacific International Airport* (TV), S. 108–109, A1
Pacific Ocean City, Kalifornien (Stadt), *BoJack Horseman* (TV), S. 18–19, A3
Padachinha, Indien (Dorf), *Anandamath* von Bankim Chandra Chattopadhyay (Roman), S. 78–79, C4
Pagode von Pillaji, Indien (Gebäude), *In 80 Tagen um die Welt* von Jules Verne (Roman), S. 78–79, C4
País de la Canela (Land des Zimts), Ecuador (Region, Mythologie), S. 38–39, A5
Paititi, Peru (Stadt), *Tad Stones – Der verlorene Jäger des Schatzes!* (Film), S. 38–39, B5
Pajamah Islands, Karibik (Inselgruppe), *Captain Pugwash* (diverse), S. 32–33, F2
Pajkaszeg, Ungarn (Dorf), *A mi kis falunk (Our Little Village)* (TV), S. 50–51, A2/A3
Pal-ul-Don, Zaire (Region), *Tarzan der Schreckliche* von Edgar Rice Burroughs (Roman), S. 84–85, B3/C3
Pala, Vereintes Königreich von Rendang und Pala (Insel), *Eiland* von Aldous Huxley (Roman), S. 90–91, A2
Palace Hotel, Wisconsin (Gebäude), *Blues Brothers* (Film), S. 16–17, D5
Palanai, Banoi (Insel), *Dead Island 2* (Videospiel), S. 90–91, F1
Palast der Talibs, Endostan (Bauwerk), *Relic Hunter – Die Schatzjägerin* (TV), S. 72–73, E3
Palast des Emirs Mohammed Ben Kalisch Ezab, Khemed (Palast), *Tim und Struppi* von Hergé (Comics), S. 72–73, B1
Palast des Ewigen Eises (Ancient Court of Eternal Ice), Eastal (Bauwerk), *Log Horizon* von Mamare Tōno und Kazuhiro Hara (Romane/Anime), S. 96–97, E1
Palast von Pankot, Indien (Gebäude), *Indiana Jones und der Tempel des Todes* (Film), S. 78–79, B5
Palast von Väterchen Frost, Russland (Bauwerk, russische Überlieferung), S. 50–51, B6
Paleto Bay, San Andreas (Städtchen), *Grand Theft Auto*-Reihe (Videospiel), S. 18–19, A3
Palm City, Florida (Stadt), *Need for Speed Heat* (Videospiel), S. 14–15, C1
Palm Corners, Florida (Städtchen), *Die Simpsons* (TV), S. 14–15, C1
Palombia (Land), *Spirou und Fantasio/Marsupilami* (Comics), S. 38–39, B5
Palomino Creek, San Andreas (Städtchen), *Grand Theft Auto*-Reihe (Videospiel), S. 18–19, A3
Panaki, Indien (Stadt), *Karma – Koi Aa Raha Hai Waqt Badalney* (TV), S. 78–79, B3
Panau (Insel/Nation), *Just Cause 2* (Videospiel), S. 90–91, B2
Panchaia (Insel/Nation, griechische Überlieferung), S. 84–85, D4
Panchajana, Indien (Gebäude), Marvel Comics, S. 78–79, B3
Panchanagar, Indien (Dorf), *Der goldene Sohn* von Shilpi Somaya Gowda (Roman), S. 78–79, B4
Pandora Tower, Japan (Gebäude), *Kamen Rider Build* (TV), S. 96–97, C2
Pandupur, Indien (Städtchen), *Growing Up in Pandupur* von Adithi Rao (Erzählungen), S. 78–79, B3
Panimpura, Indien (Dorf), *Tales from Panimpura* von Deeptanshu Bhaskar (Buch), S. 78–79, D4
Pankot, Indien (Städtchen), *Das Reich des Sahibs*-Reihe von Paul Scott (Romane), S. 78–79, C4
Panopea, Oceana (Region/Insel), *Oceana* von James Harrington (Roman), S. 38–39, C2
Pant-y-Gyrdle, Wales (Städtchen), *Ein gutes Omen* von Terry Pratchett (Roman/TV), S. 64–65, C2
Papilloma (Land), *Kath & Kimderella* (Film), S. 44–45, D2
Paracuán, Mexiko (Städtchen), *Die schwarzen Minuten* von Martín Solares (Roman), S. 32–33, B3
Paradigm City, New York (Stadt), *The Big O* (Anime), S. 14–15, D1
Paradise Beach, Queensland (Städtchen), *Paradise Beach* (TV), S. 108–109, E2
Paradise Falls, Venezuela (Landschaft), *Oben* (Film), S. 38–39, B5
Paradise Gap, Victoria (Städtchen), *Come Midnight Monday* von David Burke (Kinderbuch/TV), S. 108–109, D1
Paradise Swamp, Florida (Landschaft), *Die Muppets in Disney World* (TV), S. 14–15, B2
Paradise, Kalifornien (Städtchen), *Paradise – Ein Mann, ein Colt, vier Kinder* (TV), S. 18–19, A3
Paradise, Zimbabwe (Städtchen), *Wir brauchen neue Namen* von NoViolet Bulawayo (Roman), S. 84–85, C2
Paragon City, Rhode Island (Stadt), *City of Heroes* (Videospiel), S. 14–15, D5
Paraíso, Peru (Städtchen), *Tomb Raider*-Reihe (Videospiele), S. 38–39, B4
Paraiso, Süd-Sahrani (Stadt), *ARMA: Armed Assault* (Videospiel), S. 126–127, C4
Parajuku, Japan (Städtchen), *PriPara* (Videospiel/Anime), S. 96–97, E1
Pararakelse, Pazifik (Insel), *Love Hina* von Ken Akamatsu (Manga/Anime), S. 120–121, D3
Parascotopetl, Ecuador (Berg), *Das Land der Blinden* von H.G. Wells (Kurzgeschichte), S. 38–39, A5
Paris, Frenchy's Land (Stadt), Brontë-Jugendwerk, S. 84–85, B3
Paris, New South Wales (Städtchen), *Die Autos, die Paris auffraßen* (Film), S. 108–109, D2
Paristan (Land, Mythos), S. 72–73, B3/C3
Parkington, New York (Städtchen), *Lolita* von Vladimir Nabokov (Roman), S. 14–15, C5
Parry's Land, Glass Town Federation (Region), Brontë-Jugendwerk, S. 84–85, A4
Partreau, Saskatchewan (Städtchen), *Kanada* von Richard Ford (Roman), S. 26–27, C1
Parville, Frankreich (Städtchen), *Auf der Suche nach der verlorenen Zeit* von Marcel Proust (Roman), S. 44–45, C3
Passaperto, Brasilien (Städtchen), *Desejo Proibido* (TV), S. 38–39, D4
Pathos, Griechenland (Inselstaat), *Ein Grieche erobert Chicago* (TV), S. 44–45, E1
Patusan (Patu San) (Insel/Nation, diverse), S. 90–91, B3/C3
Pau d'Alho, Brasilien (Städtchen), *Cabocla* (TV), S. 38–39, D3
Pawnee, Indiana (Stadt), *Parks & Recreation – Das Grünflächenamt* (TV), S. 14–15, A4
Payidar, Türkei (Dorf), *Karadağlar* (TV), S. 72–73, B3
Payment Islands, Karibik (Inselgruppe), *MacTrump* von Ian Doescher und Jacopo Della Quercia (Satire), S. 32–33, D2
Paz, Grenada (Insel), Werke von Merle Collins, S. 32–33, F2
Peaceville (Pissville), Montana (Städtchen), *Rote Ernte* von Dashiell Hammett (Roman), S. 18–19, C5
Peacock, Nebraska (Städtchen), *Peacock* (Film), S. 16–17, B4
Peaksville, Ohio (Städtchen), *Twilight Zone* (TV), S. 14–15, B4
Pedra Santa, Brasilien (Städtchen), *O Outro Lado do Paraíso* (TV), S. 38–39, D4
Peel Godred, England (Städtchen), *Thomas, die kleine Lokomotive* von Rev. W. Audrey (Bücher/TV), S. 64–65, C3
Peepli, Indien (Dorf), *Peepli Live* (Film), S. 78–79, B4
Pelotillehue, Chile (Stadt), *Condorito* (Comics), S. 38–39, B2
Pemberley, England (Anwesen), *Stolz und Vorurteil* von Jane Austen (Roman), S. 64–65, C2
Peña Duro, Santa Prisca (Insel), DC Comics, S. 32–33, F2
Pencas Mudas, Mexiko (Städtchen), *Porque Parece Mentira la Verdad Nunca se Sabe* von Daniel Sada (Roman), S. 32–33, B3
Pencaster, England (Städtchen), *Postbote Pat* (TV), S. 64–65, C3
Pendragon, Heiliges Britannisches Reich (Stadt), *Code Geass* (Anime), S. 32–33, A4

Penglai, China (Berg, Mythologie), S. 102–103, D3
Penglia (Land), *A Christmas Prince*-Reihe (Film), S. 50–51, D2
Pennenink, England (Städtchen), *The Goodies* (TV), S. 64–65, B1
Pennsyltucky (Staat, diverse), S. 14–15, B5
Pennyfield, Jamaika (Städtchen), *Verheißung* von Nicole Dennis-Benn (Roman), S. 32–33, D2
Pepperinge Eye, England (Dorf), *Die tollkühne Hexe in ihrem fliegenden Bett* (Film), S. 64–65, D1
Pepperland (Unterwasserland), *Yellow Submarine* (Film), S. 126–127, B2
Pequod, Pazifik (Wrack), *Moby Dick* von Herman Melville (Roman), S. 120–121, C3
Perdition, Michigan (Städtchen), *Road to Perdition*, Max Allan Collins (Graphic Novel/Film), S. 14–15, A5
Perfection, Nevada (Städtchen), *Tremors – Im Land der Raketenwürmer* (Film), S. 18–19, B4
Perle, Traumreich (Land), *Die andere Seite. Ein phantastischer Roman* von Alfred Kubin (Roman), S. 72–73, D3
Perth Island, Western Australia (Region), *2000 AD* (Comics), S. 108–109, B2
Perusalem (Land), *The Inca of Perusalem* von George Bernard Shaw (Theaterstück), S. 44–45, D4
Petit Chauve Sourie Ville, Louisiana (Städtchen), *Scooby-Doo! Music of the Vampire* (Film), S. 16–17, D2
Pëtkwo, Kimmerien (Region), *Wenn ein Reisender in einer Winternacht* von Italo Calvino (Roman), S. 56–57, C5
Petrophia, Frankreich (Städtchen), *Pokémon* (Videospiele), S. 44–45, B3
Petroville, Ontario (Städtchen), Werke von William Alexander Fraser (Kurzgeschichte), S. 26–27, A4
Petrovo, Russland (Städtchen), *A Place for Me* von James Arnold (Theaterstück), S. 50–51, D4
Peyton Place, New Hampshire (Städtchen), *Die Leute von Peyton Place* von Grace Metalious (Roman/TV), S. 14–15, C5
Pfarrhaus der McGonagalls, Schottland (Gebäude), *Harry Potter*-Romane von J.K. Rowling (Romane/Filme), S. 64–65, C5
Pfennig Halbpfennig (Land), *The Grand Duke* von W.S. Gilbert & Arthur Sullivan (komische Oper), S. 44–45, D3
Phaic Tăn (Land), *Phaic Tăn. Land des krampfhaften Lächelns* (Buch), S. 90–91, B3
Phansa, Indien (Städtchen), Werke von Tabish Khair, S. 78–79, C4
Phantom Canyon, Arizona (Städtchen), Phantom Manor (Themenparks), S. 18–19, C3
Phantom Manor/Ravenswood Manor, Arizona (Gebäude), Phantom Manor (Themenparks), S. 18–19, C3
Phatt Island, Karibik (Insel), *Monkey Island*-Reihe (Videospiele), S. 32–33, E3
Phenac, Arizona (Stadt), *Pokémon* (Videospiele), S. 18–19, C3
Philistinia (Land), *Occupation Duty* von Harry Turtledove (Kurzgeschichte), S. 72–73, B2
Phraxos, Griechenland (Insel), *Der Magus* von John Fowles (Roman), S. 44–45, E1
Pi, Indien (Insel), Werke von Indira Ganesan, S. 78–79, C2
Pickett, Arkansas (Städtchen), *Ein Gesicht in der Menge* (Film), S. 16–17, D3
Pico Mundo, Kalifornien (Städtchen), *Odd Thomas*-Reihe von Dean Koontz (Romane/Film), S. 18–19, B3
Pidsea Buttock, England (Städtchen), *South Riding* von Winifred Holtby (Roman), S. 64–65, D3
Piedmont, Arizona/New Mexico/Utah (Städtchen), *Andromeda – Tödlicher Staub aus dem All* von Michael Crichton (Roman/Film/TV), S. 18–19, C3
Piemburg, Südafrika (Städtchen), Romane von Tom Sharpe, S. 84–85, C2
Piffling, England (Insel), *Wooden Overcoats* (Podcast), S. 64–65, C1
Pikesville, Arkansas (Städtchen), *Die Abenteuer des Huckleberry Finn* von Mark Twain (Roman), S. 16–17, D2
Pilbarra, Western Australia (Städtchen), *Der Schatten aus der Zeit* von H.P. Lovecraft (Novelle), S. 108–109, A3
Pilitz, Polen (Städtchen), *Jakob der Knecht* von Isaac Bashevis Singer (Roman), S. 50–51, A4
Pin-Gu Eiland, Pazifik (Insel), *Könige der Wellen* (Film), S. 120–121, D2
Pine County, Michigan (County), *Starvation Lake* von Bryan Gruley (Roman), S. 14–15, A5
Pine Cove, Kalifornien (Städtchen), Werke von Christopher Moore, S. 18–19, A3
Pine Tree, Vermont (Städtchen), *Weiße Weihnachten* (Film), S. 14–15, C6
Pine Valley, Pennsylvania (Städtchen), *All My Children* (TV), S. 14–15, C4
Ping-Pong-Bar, South Australia (Gebäude), *Priscilla – Königin der Wüste* (Film), S. 108–109, C2
Pinguinien, Kanalinseln (Inselstaat), *Die Insel der Pinguine* von Anatole France (Roman), S. 64–65, A1
Pink Palace Apartments, Oregon (Gebäude), *Coraline* (Film), S. 18–19, A5
Pirateninseln (Pirate Isles), Venezuela (Inseln), *Mercenaries 2: World in Flames* (Videospiel), S. 38–39, B6
Pirriwee, New South Wales (Städtchen), *Tausend kleine Lügen* von Liane Moriarty (Roman), S. 108–109, F4
Pirtha, Indien (Dorf), Werke von Mahasweta Devi (Erzählungen), S. 78–79, C4
Pitt, The, Pennsylvania (Stadt), *Fallout 3* (Videospiel), S. 14–15, B4
Pittman, Kentucky (Städtchen), Werke von Barbara Kingsolver, S. 14–15, A4
Pittsfield, Virginia (Städtchen), *Akte X* (TV), S. 14–15, C4
Pixley, Kentucky (Städtchen), *Petticoat Junction/Green Acres* (TV), S. 14–15, A3
Placeres, Mexiko (Städtchen), *El sol que estás Mirando* von Jesús Gardea (Roman), S. 32–33, B3
Plantage River Run, North Carolina (Gebäude), *Highland-Saga*-Romane/*Outlander* von Diana Gabaldon (Roman/TV), S. 14–15, B3
Plantage Tara, Georgia (Gebäude), *Vom Winde verweht* von Margaret Mitchell (Roman/Film), S. 14–15, B3
Plastic Beach, Pazifik (Insel), „Plastic Beach" von Gorillaz (Musik), S. 120–121, E1
Plateau von Leng, (Stadt), *Berge des Wahnsinns* von H.P. Lovecraft (Novelle), S. 114–115, E3
Plattnasien, Italien (Insel), *Gargantua und Pantagruel* von François Rabelais (Roman), S. 44–45, D1
Playa Escondida, Mexiko (Städtchen), *Mar de Amor* (TV), S. 32–33, C2
Pleasant River, West Virginia (Städtchen), *Silent Hill*-Reihe (diverse), S. 14–15, B4
Pleasantville, Kalifornien (Städtchen), *Pleasantville – Zu schön, um wahr zu sein* (Film), S. 18–19, A3
Plodorodno, Bulgarien (Dorf), *The English Neighbour* von Mikhail Veshim (Roman), S. 50–51, B1/C1
Plotinus, Euphoria (Stadt), Romane von David Lodge *(Campus-Trilogie)*, S. 18–19, A4
Plum Bay, Western Australia (Städtchen), *The House at Plum Bay* von Geoff Morgan (Roman), S. 108–109, A2
Plum Island, Delaware (Insel), *Survival of the Dead* (Film), S. 14–15, C4
Plummergen, England (Dorf), *Miss Seeton*-Reihe von Hamilton Crane, S. 64–65, D1
Plunder Island, Karibik (Insel), *Monkey Island*-Reihe (Videospiele), S. 32–33, E3
Pluto, North Dakota (Städtchen), Romane von Louis Erdrich, S. 16–17, B6
Plutonien (Tor nach), Arktis (unterirdisches Reich), *Plutonien* von Wladimir Obrutschew (Roman), S. 50–51, B6
Pnom Dhek, Kambodscha (Stadt), *Jungle Girl* von Edgar Rice Burroughs (Roman), S. 90–91, B3
Poço do Mundo, Portugal (Stadt), *Harte Zeiten für unsere Zeiten* (Film), S. 44–45, A2
Pohjola („Nordland"), Finnland (Land, Mythologie), S. 56–57, C6
Poho County, Florida (County), *Jeepers Creepers* (Film), S. 14–15, B2
Poictesme (Land), Romane von James Branch Cabell, S. 44–45, B3
Point Partageuse, Western Australia (Landschaft), *Das Licht zwischen den Meeren* von M.L. Stedman (Roman), S. 108–109, A2
Point Place, Wisconsin (Städtchen), *Die wilden Siebziger* (TV), S. 16–17, D5
Poitain, Frankreich (Region), *Conan*-Romane von Robert E. Howard, S. 44–45, B3
Pokesville, Arkansas (Städtchen), *Die Abenteuer des Huckleberry Finn* von Mark Twain (Roman), S. 16–17, D3
Pokey Oats County, Kalifornien (County), *Powerpuff Girls* (TV), S. 18–19, B3
Pokolistan, Tschechien (Land), DC Comics, S. 50–51, A3
Pokoponesia (Insel/Nation), *The Tick* (TV), S. 120–121, D4
Polaria, Russland (Stadt), *Jelle's Marble Runs* (Internetserie), S. 50–51, B5
Polchester, England (Stadt), Romane von Hugh Walpole, S. 64–65, C2
Polearn, England (Städtchen), *Negotium Perambulans* von E.F. Benson (Roman), S. 64–65, B1
Polizeireivier Bokuto, Japan (Gebäude), *You're Under Arrest*, Kōsuke Fujishima (Manga/Anime), S. 96–97, E1
Polnarren, England (Städtchen), *Echo Beach* (TV), S. 64–65, B1
Polongo-Fluss, Indischer Ozean (Fluss), *Dinotopia* (Bücher/TV), S. 78–79, A2
Polrugaria (Land), *The Tragic Life of a Polrugarian Minister* von Isaac Deutscher (essay), S. 50–51, A3/B3
Pom Pom Galli, Pazifik (Insel), *Der Seefuchs* (Film), S. 120–121, E2
Pondelayo, Sri Lanka (Insel), *Through Darkest Pondelayo* von Joan Lindsay (Roman), S. 78–79, C3
Ponderosa-Ranch, Nevada (Gebäude), *Bonanza* (TV), S. 18–19, A4
Poni, Hawaii (Insel), *Pokémon* (Videospiele), S. 18–19, C1
Pontal D'Areia, Brasilien (Stadt), *Mulheres de Areia* (TV), S. 38–39, D3
Ponteratto, Italien (Städtchen), *Don Camillo und Peppone*-Reihe von Giovannino Guareschi (diverse), S. 44–45, D2
Pontevedro (Land), *Die lustige Witwe* (Operette), S. 50–51, A1
Pontypandy, Wales (Städtchen), *Feuerwehrmann Sam* (TV), S. 64–65, C2
Ponukélé-Drelchkaff (Land/Kaiserreich), *Eindrücke aus Afrika* von Raymond Roussel (Roman), S. 84–85, B4
Poop Deck Point, Karibik (Landschaft), *Die Piraten! – Ein Haufen merkwürdiger Typen!* (Film), S. 32–33, D3
Porpoise Spit, New South Wales (Städtchen), *Muriels Hochzeit* (Film), S. 108–109, E2
Porpoise, Arktis (Wrack), *Die Abenteuer des Kapitän Hatteras* von Jules Verne (Roman), S. 26–27, C4
Port Ainslie, Ontario (Städtchen), *Murder Among the Pines* von John Lawrence Reynolds (Roman), S. 26–27, A4
Port Annie, British Columbia (Städtchen), *The Resurrection of Joseph Bourne, or, A Word or Two on Those Port Annie Miracles* von Jack Hodgins (Roman), S. 26–27, B1
Port Asbestos, Ontario (Städtchen), *The Red Green Show* (TV), S. 26–27, A4
Port bin Qasim, Pakistan (Stadt), *Noon* von Aatish Taseer (Roman), S. 78–79, A4
Port Cenotaph, Nova Scotia (Städtchen), *Transformers: Infestation 2* (Comics), S. 26–27, F1
Port Charles, New York (Stadt), *General Hospital* (TV), S. 14–15, B5
Port Clarendon, San Serriffe (Städtchen), *The Guardian* (Zeitung), S. 78–79, A2
Port Clovis, Louisiana (Städtchen), *Maneater* (Videospiel), S. 16–17, D2
Port D'Angerous, Oregon (Stadt), *Biss zum Abwinken: Die blutleere Parodie* von Stephfordy Mayo (Roman), S. 18–19, A6
Port Danville, Victoria (Städtchen), *Come Midnight Monday* von David Burke (Kinderbuch/TV), S. 108–109, D1
Port Dunbar, Dahum (Stadt), *Solo* von William Boyd (Roman), S. 84–85, B4
Port Dundas, Ontario (Städtchen), *The Calling – Ruf des Bösen* von Inger Ash Wolfe (Roman/Film), S. 26–27, A4
Port Elrod, San Serriffe (Städtchen), *The Guardian* (Zeitung), S. 78–79, A2
Port Elwyn, Wales (Städtchen), *Jennie* von J.B. Snell (Roman), S. 64–65, C2
Port Fairview, Victoria (Städtchen), *Bottlebrush Creek* von Maya Linnell (Roman), S. 108–109, D1
Port Germaine, Alaska (Städtchen), *Ghost Ship – Meer des Grauens* (Film), S. 18–19, A1/A2
Port Niranda, Victoria (Städtchen), *Round the Twist* (TV), S. 108–109, D1
Port Sherman, Oregon (Städtchen), *Snow Crash* von Neal Stephenson (Roman), S. 18–19, A5/A6
Port St. Mary, England (Städtchen), *The Quarry Line Mystery* von A.C. Stewart (Roman), S. 64–65, C3
Port Ticonderoga, Ontario (Städtchen), *Der blinde Mörder* von Margaret Atwood (Roman), S. 26–27, A4
Port William, Kentucky (Städtchen), Werke von Wendell Berry, S. 14–15, A4
Port-des-Singes, namenloser Kontinent (Städtchen), *Der Berg Analog* von René Daumal (Roman), S. 120–121, B1
Portage Creek/Millennium Gate, Indiana (Städtchen), *Star Trek Voyager* (diverse), S. 14–15, A4
Portahoy, Nordirland (Städtchen), *Peter* von Rutherford Mayne (Theaterstück), S. 64–65, B3
Portharnel, Oceana (Städtchen), *The Strong Man* von H.R.F. Keating (Roman), S. 126–127, D5
Portnadroleen, Irland (Städtchen), *Harlequin's Positions* von Jack B. Yeats (Theaterstück), S. 64–65, A3
Porto Corsa, Monaco (Stadt), *Cars 2* (Film), S. 44–45, C2
Porto de las Señoritas, Mexiko (Städtchen), *Die Piraten! – Ein Haufen merkwürdiger Typen!* (Film), S. 32–33, C2
Porto do Céu, Brasilien (Städtchen), *Cara & Coroa* (TV), S. 38–39, D3
Porto dos Milagres, Brasilien (Städtchen), *Porto dos Milagres* (TV), S. 38–39, D4
Portoway, Schottland (Städtchen), Romane von John Buchan, S. 64–65, B3
Portstown, Nordirland (Städtchen), *McCoubrey* von Mark McCaffery (Roman), S. 64–65, B3
Portwenn, England (Dorf), *Doc Martin* (TV), S. 64–65, B1
Poseidonis, Atlantis (versunkene Stadt), Cthulhu-Mythos (diverse), S. 126–127, D4
Possum Lake, Ontario (See), *The Red Green Show* (TV), S. 26–27, A4
Potarneyland (Land), *The Navy Lark* (Hörspiel), S. 78–79, B2/C2
Pottibakia (Land), *What Does it Matter? A Morality* von E.M. Forster (Kurzgeschichte), S. 50–51, B1
Pottsylvanien (Land), *Rocky und Bullwinkle* (TV), S. 50–51, B4
Pozharnov, Russland (Dorf), *Justice League* (Film), S. 50–51, C5
Prachtpolis City, Japan (Stadt), *Pokémon* (Videospiele), S. 96–97, D1
Präfektur F, Japan (Region), *Excel Saga* von Kōshi Rikudō (Manga/Anime), S. 96–97, A1/A2
Prärie, Die (The Divide), Nebraska (Region), *Neue Erde/Unter den Hügeln die kommende Zeit* von Willa Cather (Roman/Film), S. 16–17, B4
Presbyterian Church, Washington (Städtchen), *McCabe & Mrs. Miller* (Film), S. 18–19, B6
Prescot Trader, Atlantik (Wrack), *U-571* (Film), S. 126–127, C5
Pribreschny, Russland (Städtchen), *Leviathan* (Film), S. 50–51, B6
Prickly Pines, Wisconsin (Städtchen), *Camp Lazlo* (TV), S. 16–17, D5
Prinz Pondicherrys Schokoladenpalast, Indien (Gebäude), *Charlie und die Schokoladenfabrik* von Roald Dahl (Roman/Film), S. 78–79, C3
Prismania City, Japan (Stadt), *Pokémon* (Videospiele), S. 96–97, E1
Prismaturm, Paris, Frankreich (Gebäude), *Pokémon* (Videospiele), S. 44–45, E3
Proctorville, Iowa (Städtchen), *Die Simpsons* (TV), S. 16–17, C5
Professor Lakes Lager (Miskatonic-Expedition), *Berge des Wahnsinns* von H.P. Lovecraft (Novelle), S. 114–115, E2
Progress City, Texas (Städtchen, Betrugsfall), S. 16–17, A2
Propwash Junction, Minnesota (Städtchen), *Planes* (Film), S. 16–17, C6
Prospect Bay, South Australia (Städtchen), Jugendbücher von Phillip Gwynne/*Australian Rules* (Romane/Film), S. 108–109, C2
Prosperity, Arizona (Städtchen), *Arac Attack – Angriff der achtbeinigen Monster* (Film), S. 18–19, C2
Prosperos Insel *siehe* Calibans Insel
Providence, Québec (Städtchen), *Providence* (TV), S. 26–27, E1
Provinz Pankot, Indien (Region), *Indiana Jones und der Tempel des Todes* (Film), S. 78–79, B4/B5
Prydain (Land), *Die Chroniken von Prydain* von Lloyd Alexander (Romane), S. 64–65, C2
Psaodung, Kambodscha (Dorf), *The Lights We Carried Home* von Kay Chronister (Kurzgeschichte), S. 90–91, B5
Puamahara, Neuseeland (Städtchen), *The Carpathians* von Janet Frame (Roman), S. 108–109, F1/F2
Puckoon, Nordirland/Irland (Dorf), *Puckoon: eine irische Dorfgeschichte* von Spike Milligan (Roman), S. 64–65, A3
Puddleby-on-the-Marsh, England (Dorf), *Doctor Doolittle* von Hugh Lofting (Roman), S. 64–65, C1
Pueblo Escondido, Kolumbien (Städtchen), *La Marca del Deseo* (TV), S. 38–39, A6
Pueblo Nuevo, Mexiko (Städtchen), *Lo Imperdonable* (TV), S. 32–33, B5
Puente Antiguo, New Mexico (Städtchen), Marvel Cinematic Universe (diverse), S. 16–17, A2
Puente Viejo, Spanien (Städtchen), *El secreto de Puente Viejo* (TV), S. 44–45, B2
Puerto Bravo, Kolumbien (Städtchen), *La Tormenta* (TV), S. 38–39, B5
Puerto Clara, San Escobar (Stadt), *Hey Arnold!* (TV), S. 32–33, C2
Puerto Cortés, Costa Rica (Städtchen), *Jurassic Park* von Michael Crichton (diverse), S. 32–33, D1
Puerto de Los Dragones, Venezuela (Städtchen), Werke von Made eine L'Engle, S. 38–39, B6
Puerto Grande, Mexiko (Stadt), *TUGS* (TV), S. 32–33, C2
Puerto Grande, Republik San Marco (Stadt), *Pepe bittet zur Kasse* von Richard Powell (Roman), S. 32–33, E3
Puerto Pollo, Peru (Insel), Werke von Ralph Ellison und Robert Wyatt (Kurzgeschichten), S. 38–39, A4
Pulau Rintis, Malaysia (Insel), *BoBoiBoy* (TV), S. 90–91, B2
Pulau-Pulau-Bompa, Sondonesien (Insel/Nation), *Tim und Struppi: Flug 714 nach Sydney* von Hergé (Comic), S. 90–91, D1
Pullamawang (Insel/Nation), *Micro Nation* (TV), S. 108–109, E2
Pulpit Hill, Catawba (Städtchen), *Schau heimwärts, Engel* von Thomas Wolfe (Roman), S. 14–15, C3
Pummis, Montana (Städtchen), *Kenan & Kel* (TV), S. 18–19, C5
Pumpernickel (Land), Werke von William Makepeace Thackeray, S. 44–45, D3
Punchbowl, Pennsylvania (Stadt), *Stubbs the Zombie* (Videospiel), S. 14–15, B5
Punt (Land), *Conan*-Romane von Robert E. Howard, S. 84–85, C5/D5
Pwddldwc, Wales (Städtchen), *The Puddleduck Affair* von David Shepherd (Roman), S. 64–65, C2
PX-41-Labor, Russland (Gebäude), *Ich – Einfach unverbesserlich 2* (Film), S. 50–51, B6
Pyramide, Die, Turmezistan (Bauwerk), *Doctor Who* (TV), S. 72–73, E4
Pyritus, Arizona (Städtchen), *Pokémon* (Videospiele), S. 18–19, C3
Pyroberg, Japan (Berg), *Pokémon* (Videospiele), S. 96–97, A1
Q, Pakistan (Städtchen), *Scham und Schande* von Salman Rushdie (Roman), S. 78–79, A5
Q.V.1, Indischer Ozean (Wrack), *Die Piraten! – Ein Haufen merkwürdiger Typen!* (Film), S. 78–79, B2
Qanada (Land), *MacTrump* von Ian Doescher und Jacopo Della Quercia (Satire), S. 26–27, C1
Quahog, Rhode Island (Stadt), *Family Guy* (TV), S. 14–15, D5
Quallenfelder, Bikini Bottom (Landschaft), *SpongeBob Schwammkopf* (TV), S. 120–121, B4
Quartershot, England (Städtchen), Romane von Thomas Hardy, S. 64–65, D2
Quataca-Gebirge, Brasilien (Gebirge), *Thunderbirds Are Go* (TV), S. 38–39, B5
Quauhnáhuac, Mexiko (Städtchen), *Unter dem Vulkan* von Malcolm Lowry (Roman), S. 32–33, B2
Queen's Crawley, England (Städtchen), *Jahrmarkt der Eitelkeit* von William M. Thackeray (Roman), S. 64–65, D2
Queen's Island, Tasmanien (Insel), *Brother Fish* von Bryce Courtenay (Roman), S. 108–109, D1
Queen's Point, New York (Städtchen), *The Young Marrieds* (TV), S. 14–15, B5
Queimada, Kleine Antillen (Insel), *Queimada – Insel des Schreckens* (Film), S. 32–33, F2
Quequenã, Peru (Städtchen), *Ripping Yarns* (TV), S. 38–39, A4
Quetzalacatenango, Guatemala (Dorf), *Die Simpsons* (cartoon), S. 32–33, C2
Quiquendone, Belgien (Städtchen), *Eine Idee des Dr. Ox* von Jules Verne (Kurzgeschichte), S. 44–45, C4
Quisto (Land), *Centurions* (TV), S. 38–39, B2
Quiyoughcohannock, Virginia (Fluss), *Pocahontas* (Disney-Film), S. 14–15, B4/C4
Qumar (Land), *The West Wing – Im Zentrum der Macht* (TV), S. 72–73, D2
Qurac (Land), DC Comics, S. 72–73, C2
Qyah, Alaska (Städtchen), *Molly of Denali* (TV), S. 18–19, B1
R'lyeh, Pazifik (Unterwasserstadt), Cthulhu-Mythos (diverse), S. 120–121, E1
Raccoon City, Missouri (Stadt), *Resident Evil*-Reihe (Videospiele/Filme), S. 16–17, C3
Rachel, Kansas (Städtchen), *The Ghost and Mr. Chicken* (Film), S. 16–17, C3
Radargipfel, China (Berg), *Die drei Sonnen* von Liu Cixin (Roman), S. 102–103, D4
Radback, The (Region), *2000 AD* (Comics), S. 108–109, C3
Radiator Springs, Arizona (Städtchen), *Cars* (Film), S. 18–19, C3
Radlands of Ji, China (Region), *2000 AD* (Comics), S. 102–103, C3
RAF Midham, England (Royal Air Force), *Get Some In!* (TV), S. 64–65, C3
RAF Minton, England (Royal Air Force), *Der Lotse* von Frederick Forsyth (Roman), S. 64–65, D2
Ragaan (Land), *CD – Mit Charme und Diplomatie* (TV), S. 90–91, B2
Ragnarok, Alaska (Städtchen), *New Captain Scarlet* (TV), S. 18–19, A2
Ragz, Ungarn (Stadt), *Das Geheimnis des Wilhelm Storitz* von Jules Verne (Romane), S. 50–51, A2
Rainbow Ridge, Utah (Städtchen), Big Thunder Mountain Railroad (Themenparks), S. 18–19, C3
Rainbow Valley, Missitucky (Städtchen), *Der goldene Regenbogen* (Musical), S. 14–15, A4
Rajnagar, Indien (Stadt), Raj Comics, S. 78–79, D4
Rajpura, Indien (Dorf), *Kyunki... Jeena Isi Ka Naam Hai (Denn ... so ist das Leben)* (TV), S. 78–79, B4
Ram, The, England (Städtchen), *Riddley Walker* von Russell Hoban (Roman), S. 64–65, D2
Ramaja, Babiliary (Stadt), *Der Neue Gulliver, oder Die Reise J. Gullivers* von Abbé Pierre François Guyot-Desfontaines (Roman), S. 96–97, A1
Rambleshack, Karibik (Insel), *Fluch der Karibik* (diverse), S. 32–33, D2
Ramelle, Frankreich (Städtchen), *Der Soldat James Ryan* (Film), S. 44–45, B3
Ramgarh, Indien (Dorf), *Ramgarh Ke Sholay* (Film), S. 78–79, B3
Rampart Junction, Iowa (Städtchen), *The Town Where No One Got Off* von Ray Bradbury (Kurzgeschichte), S. 16–17, C4
Ramsdale, Massachusetts (Städtchen), *Lolita* von Vladimir Nabokov (Roman/Film), S. 14–15, C5
Ramville, Ontario (Städtchen), *Les Bleus de Ramville* (TV), S. 26–27, A4
Ranchipur, Indien (Region), *Nacht über Indien* (Film), S. 78–79, A4/B4
Ranjhaar, Indien (Städtchen), *Ram-Leela* (Film), S. 78–79, A4/B4
Rankling-La-Gletscher, Yogistan (Landschaft), *Die Besteigung des Rum Doodle* von W.E. Bowman (Roman), S. 78–79, C5
Ranpur, Indien (Stadt), *Das Reich des Sahibs*-Reihe von Paul Scott (Romane), S. 78–79, B4/C4
Rapture, Atlantik (Stadt), *BioShock*-Reihe (Videospiele), S. 26–27, F4
Rapunzels Turm, Corona (Bauwerk), *Rapunzel – Neu verföhnt/Rapunzel – die Serie* (Film/TV), S. 50–51, B4
Ras el-Hadid, Ägypten (Stadt), *Wolfenstein*-Reihe (Videospiele), S. 84–85, C5

Raskawien (Land), *Das Banner des roten Adlers* von Philip Pullman (Roman), S. 50–51, A3
Rastapapee, Pazifik (Insel), *Archibald der Detektiv* (TV), S. 120–121, B2
Rathcullen, Irland (Städtchen), *Das Geheimnis der verwunschenen Höhle* (Film), S. 64–65, A2
Rathmoye, Irland (Städtchen), *Liebe und Sommer* von William Trevor (Roman), S. 64–65, A2
Raumfahrtzentrum Moosbach, Japan (Gebäude), *Pokémon* (Videospiele), S. 96–97, A1
Raumschiff-Wrack des Dings (Wrack), *Das Ding aus einer anderen Welt* (Film), S. 114–115, C2
Raupo, Neuseeland (Städtchen), *Dog von der Stinkfußfarm* (Comic), S. 108–109, F2
Raveloe, England (Dorf), *Silas Marner* von George Eliot (Roman), S. 64–65, C2
Rawalpur, Indien (Stadt), *Water* (Film), S. 78–79, C4
Rawlinson End, England (Anwesen), *Sir Henry at Rawlinson End* (Hörspiel), S. 64–65, D2
Ray, Wyoming (Städtchen), *Haben Sie das von den Morgans gehört?* (Film), S. 18–19, D5
Rayhanas Dorf, Mauritanien (Dorf), *The Desert and the Drum* von Mbarek Ould Beyrouk (Roman), S. 84–85, A5
Raythune County, West Virginia (County), *Bell-Elkins*-Reihe von Julia Keller (Romane), S. 14–15, B4
Red Noah, Indischer Ozean (Insel), *Die Macht des Zaubersteins* (Anime), S. 78–79, A1
Red Rock, Irland (Städtchen), *Red Rock* (TV), S. 64–65, B3
Red Rock, Wyoming (Städtchen), *The Hateful Eight* (Film), S. 18–19, D4
Redemption, Arizona (Städtchen), *Schneller als der Tod* (Film), S. 18–19, C2
Rederring, England (Dorf), *Ruddigore* von Gilbert & Sullivan (komische Oper), S. 64–65, B1
Redmere, England (Städtchen), *Die Königin* von Patricia Bracewell (Roman), S. 64–65, D3
Redmond College, Nova Scotia (Gebäude), *Anne auf Green Gables* von Lucy Maud Montgomery (Roman), S. 26–27, F1
Redskincity, North Dakota (Städtchen), *Tim in Amerika* von Hergé (Comic), S. 16–17, A6
Redwater, Irland (Städtchen), *EastEnders/Redwater* (TV), S. 64–65, A3
Reefton Lakes, New South Wales (Städtchen/Vorort), *Home and Away* (TV), S. 108–109, F4
Reese City/Myrtle, Nevada (Städtchen), *Nevada Pass* von Alistair MacLean (Roman/Film), S. 18–19, C4
Regina, Angora (Stadt), Brontë-Jugendwerk, S. 90–91, F4
Reich der Peris, Iran (Land), *Die fünf schwarzen Schwäne und andere Elfengeschichten* von Sylvia Townsend Warner (Kurzgeschichten), S. 72–73, D2
Reich des Bergkönigs der Trolle, Norwegen (Region), *Peer Gynt* von Henrik Ibsen (Musik), S. 56–57, A3
Reich des Priesterkönigs Johannes, Äthiopien (Land, Überlieferung), S. 84–85, D4
Reich Quy (versunkener Kontinent), Cthulhu-Mythos (diverse), S. 126–127, C1/D1/C2/D2
Reihermeer, Alaska (Meer), *Duck Tales* (TV), S. 18–19, A1
Relievera City, Frankreich (Stadt), *Pokémon* (Videospiele), S. 44–45, B3
Remadrín, Mexiko (Städtchen), *Porque Parece Mentira la Verdad Nunca se Sabe* von Daniel Sada (Roman), S. 32–33, B3
Remanso, Brasilien (Städtchen), *Despedida de Solteiro* (TV), S. 38–39, D3
Renada, Spanien (Stadt), *San Manuel Bueno, Märtyrer* von Miguel de Unamuno (Roman), S. 44–45, B2
Renard Parish, Louisiana (County), *True Blood* (TV), S. 16–17, C2
Rendang, Vereintes Königreich von Rendang und Pala (Insel), *Eiland* von Aldous Huxley (Roman), S. 90–91, A2
Reptarland, Frankreich (Themenpark), *Rugrats in Paris* (Film), S. 44–45, E3
República de las Bananas, Karibik (Insel/Nation), Junta (Brettspiel), S. 32–33, D2
República de Sacramento (Insel/Nation), *Seine Exzellenz der Botschafter* von Érico Veríssimo (Roman), S. 32–33, D2
República Libra (Insel), *Juli! Pass auf!* von Gavin Lyall (Roman), S. 32–33, E2
Republien (Land), *Papers, Please* (Videospiel), S. 50–51, A5
Republik Isthmus (Land), *James Bond: Lizenz zum Töten* (Film), S. 32–33, D1
Republik Paoul (Insel/Nation), *Endless Ocean* (Videospiele), S. 120–121, B4
Republik Taribia, Guyana/Venezuela (Land), *Mobile Suit Gundam 00* (Anime), S. 38–39, B5/C5
Republik Zubrowka (Land), *Grand Budapest Hotel* (Film), S. 50–51, A3
Reserve (Staat, Rechtswesen), S. 14–15, A4/B4
Resolution, Galapagos-Inseln (Insel), *Brown von der Insel* von C.S. Forester (Roman), S. 38–39, A1
Resplendor, Brasilien (Städtchen), *Pedra Sobre Pedra* (TV), S. 38–39, D4
Retroville, Texas (Stadt), *Jimmy Neutron – Der mutige Erfinder* (TV), S. 16–17, B2
Revelstoke, Alaska (Städtchen), *The Barber – Das Geheimnis von Revelstoke* (Film), S. 18–19, B2
Reykjavik-Express, Nordsee (Tunnel), *Thunderbirds Are Go: Centurium 2-1* (TV), S. 126–127, D5/C6
Rhelasia (Land), *Young Justice* (TV), S. 102–103, E3
Rhodes, Lemoyne (Städtchen), *Red Dead Redemption*-Reihe (Videospiele), S. 16–17, D2
Riacho Doce, Brasilien (Städtchen), *Riacho Doce* von José Lins do Rego (Roman/TV), S. 38–39, D4
Riallaro-Archipel, Pazifik (Inselgruppe), *Riallaro, the Archipelago of Exiles* von Godfrey Sweven (Roman), S. 120–121, D1/E1
Ribeirão do Tempo, Brasilien (Städtchen), *Ribeirão do Tempo* (TV), S. 38–39, D4
Richmond Hill, New South Wales (Städtchen), *Richmond Hill* (TV), S. 108–109, D2
Richville, Indiana (Städtchen), *Richie Rich* (diverse), S. 14–15, A4
Riddlesdale, England (Dorf), *Diskrete Zeugen* von Dorothy L. Sayers (Roman), S. 64–65, C3
Rincon, Costaguana (Städtchen), *Nostromo* von Joseph Conrad (Roman), S. 38–39, A4
Rintenjo, Japan (Städtchen), *The Story of Forest Rail* (Videospiel), S. 96–97, D4
Río Coliflor, San Theodoros/Nuevo-Rico (Fluss), *Tim und Struppi* von Hergé (diverse), S. 38–39, B5/C5
Rio County, Texas (County), *Lone Star* (Film), S. 16–17, A2
Río Gordo, Mexiko (Fluss), *Setenta Veces Siete* von Ricardo Elizondo Elizondo (Roman), S. 32–33, B3
Río Habana, Bolivien (Fluss), *Ghost Recon: Wildlands* (Videospiel), S. 38–39, B4
Río Mojito, Río Tequila, Río Piña Colada, San Escobar (Flüsse, Internethumor), S. 32–33, B2
Rio Novo, Brasilien (Städtchen), *Fera Radical* (TV), S. 38–39, D3
Río Sangre, Argentinien (Fluss), *Die Gnadenlosen* von Desmond Bagley (Roman), S. 38–39, C2
Río Uruqui, Bolivien (Fluss), *Ghost Recon: Wildlands* (Videospiel), S. 38–39, B4
Rio Zonama, Brasilien (Fluss), *Himouto! Umaru-chan* (Anime), S. 38–39, B5
Rio, England (Dorf), *Schwalben und Amazonen/Der Kampf um die Insel* von Arthur Ransome (Roman), S. 64–65, C3
Rioguay (Land), DC Comics, S. 38–39, B5
Riseholme, England (Dorf), *Lucia*-Reihe von Edward Frederic Benson, S. 64–65, C2
Rive-Reine, Frankreich (Städtchen), *Der Zug* (Film), S. 44–45, C3
River City (Stadt), *Tomorrow!* von Philip Wylie (Roman), S. 16–17, C5
River City, Iowa (Städtchen), *The Music Man* (Musical/Film), S. 16–17, C5
River City, Queensland (Stadt), *Cy – das Mädchen aus dem All* (TV), S. 108–109, E3
River Dhun, Indien (Fluss), *Growing Up in Pandupur* von Adithi Rao (Erzählungen), S. 78–79, B3
River Heights, Illinois (Städtchen), *Nancy Drew Mysteries* (Romane/TV), S. 16–17, D4
River Lyle, Irland (Fluss), *The Sea and the Silence* von Peter Cunningham (Roman), S. 64–65, B2
River Run, Ohio (Städtchen), *Ein amerikanischer Traum/Homefront* (TV), S. 14–15, B5
River's End, New York (Städtchen), Marvel Cinematic Universe (diverse), S. 14–15, C5
Riverdale (Städtchen), *Riverdale/Chilling Adventures of Sabrina* (TV), S. 14–15, C6
Riverhead, New York (Städtchen), Werke von Ed McBain, S. 14–15, D1
Rivermouth, Oregon (Städtchen), *Cthulhu* (Film), S. 18–19, A4
Riversend, New South Wales (Städtchen), *Scrublands* von Chris Hammer (Roman), S. 108–109, D2
Riverside-Schiffswerft, Iowa (Gebäude), *Star Trek* (diverse), S. 16–17, C4
Rivington, North Carolina (Städtchen), *Guns of the South* von Harry Turtledove (Roman), S. 14–15, C3
RMS Augusta, Wales (Wrack), *Die Insel der besonderen Kinder* von Ransom Riggs (Roman/Film), S. 64–65, B2
RMS Goliath, Atlantik (Wrack), *Goliath – Sensation nach 40 Jahren* (Film), S. 126–127, A3/B3
RMS Poseidon, Atlantik (Wrack), *Poseidon* (Film), S. 126–127, B5
RMS Queen of Scots, Karibik (Wrack), *Gefangen im Bermuda-Dreieck* (Film), S. 32–33, E3
Roadkill County, Oregon (County), *Willkommen in Gravity Falls* (TV), S. 18–19, A5
Roanapur, Thailand (Stadt), *Black Lagoon* von Rei Hiroe (Manga/Anime), S. 90–91, B3
Roane County, Indiana (County), *Stranger Things* (TV), S. 14–15, A4
Roanoke, Alberta (Städtchen), Marvel Comics, S. 26–27, C1
Roarhaven, Irland (Stadt), *Skulduggery Pleasant*-Reihe von Derek Landry (Romane), S. 64–65, A3
Roarton, England (Städtchen), *In the Flesh* (TV), S. 64–65, C3
Robin Masters' Anwesen, Hawaii (Gebäude), *Magnum* (TV), S. 18–19, C1
Robinson Crusoes Insel, Karibik (Insel), *Robinson Crusoe* von Daniel Defoe (Roman), S. 32–33, F2
Robo-Ungarisches Reich (Land), *Futurama* (TV), S. 44–45, D3 [nicht eingezeichnet], S. 50–51, A2/B2
Rocabarraigh, Schottland (Insel, schottischer Mythos), S. 64–65, A5
Rock and Roll Heaven, Oregon (Städtchen), *Verdammt gute Band haben die hier* von Stephen King (Kurzgeschichte), S. 18–19, A5
Rock Ridge (Städtchen), *Der wilde wilde Westen/Is' was, Sheriff?* (Film), S. 18–19, B3
Rock Vegas, Nevada (Stadt), *Familie Feuerstein* (diverse), S. 18–19, B3
Rock-River-Brücke, Georgia (Gebäude), *Der General* (Buster Keaton, Film), S. 14–15, A3
Rockadelphia, Pennsylvania (Stadt), *Familie Feuerstein* (diverse), S. 14–15, C4
Rockbridge, Kalifornien (Städtchen), *Christine* (Film), S. 18–19, A3
Rockferry, Schottland (Städtchen), *Stacey Stone* (TV), S. 64–65, B4
Rockfort Island (Insel), *Resident Evil – Code: Veronica* (Videospiel), S. 114–115, E4
Rockvil, South Dakota (Städtchen), *A Mind Forever Voyaging* (Videospiel), S. 16–17, A5
Rockville, Colorado (Städtchen), *Transformers: Cybertron* (TV), S. 18–19, D4
Rockwell, Maine (Städtchen), *Der Eisenmann/Der Gigant aus dem All* von Ted Hughes (Roman/Film), S. 14–15, D6
Rockwell, New Mexico (Städtchen), *Destroy All Humans* (Videospiel), S. 16–17, A2
Rocky Beach, Kalifornien (Städtchen), *Die drei ???*-Reihe von Robert Arthur (Romane), S. 18–19, A2
Roe Island, Golf von Melange (Insel), *Monkey Island*-Reihe (Videospiele), S. 32–33, F2
Rojas, Costa Rica (Region), *Jurassic Park* von Michael Crichton (diverse), S. 32–33, D1
Rokkenjima, Japan (Insel), *Umineko no Naku Koro ni* (Videospiele), S. 96–97, C2
Rokovoko, Pazifik (Insel), *Moby Dick* von Herman Melville (Roman), S. 120–121, D3
Rokurokubi-Dorf, Japan (Dorf), *Churyō Manroku* (Überlieferung), S. 96–97, B2
Rolisica, Pazifik (Insel/Nation), *Godzilla*-Filme, S. 96–97, F4
Rollingstock, Kentucky (Städtchen), *World's Scariest Model Train Wrecks* (Webvideo), S. 14–15, B4
Roma (Land), *Sound of the Sky/Sora no Woto* (Anime), S. 96–97, C3
Romansburg, Russland (Stadt), *Syberia II* (Videospiel), S. 102–103, E1/F1
Romantia City, Frankreich (Stadt), *Pokémon* (Videospiele), S. 44–45, C3
Rome, Wisconsin (Städtchen), *Picket Fences – Tatort Gartenzaun* (TV), S. 16–17, D5
Ronansay, Schottland (Insel), *Two Thousand Acres of Sky* (TV), S. 64–65, B4
Roncador (Land), *The Green Child* von Herbert Read (Roman), S. 38–39, C3
Rondilla, Spanien (Städtchen), *The Wedding Promise* von Emma Hannigan (Roman), S. 44–45, A1
Rook Island, Indonesien (Inseln), *Far Cry 3* (Videospiel), S. 90–91, C1
Ros Na Rún, Irland (Dorf), *Ros Na Rún* (TV), S. 64–65, A2
Rosalia City, Japan (Stadt), *Pokémon* (Videospiele), S. 96–97, C2
Rosaltstadt, Japan (Städtchen), *Pokémon* (Videospiele), S. 96–97, A1
Rosehaven, Tasmanien (Städtchen), *Rosehaven* (TV), S. 108–109, D1
Roseiral, Brasilien (Städtchen), *Alma Gêmea* (TV), S. 38–39, C3
Rosewood, Pennsylvania (Städtchen), *Pretty Little Liars* (TV), S. 14–15, C4
Roshan Basti (Andher Basti), Pakistan (Städtchen), *3 Bahadur* (Film), S. 78–79, A4
Ross's Land, Glass Town Federation (Region), Brontë-Jugendwerk, S. 84–85, A4
Rostberg, Wales (Städtchen), *Grau* von Jasper Fforde (Romane), S. 64–65, C2
Rothal, Indien (Städtchen), *In 80 Tagen um die Welt* von Jules Verne (Roman), S. 78–79, C4
Rotherwood, England (Städtchen), *Ivanhoe* von Sir Walter Scott (Roman), S. 64–65, C3
Rotheswell Castle, Schottland (Gebäude), *Nacht unter Tag* von Val McDermid (Roman), S. 64–65, C4
Rotunde der Abgeschiedenheit (Rotunda of Seclusion), Nepal (Gebäude), *Powerpuff Girls* (TV), S. 78–79, C4
Rowcester Abbey, England (Gebäude), Romane von P.G. Wodehouse, S. 64–65, D2
Roxxon Norco, Florida (Wrack), Marvel Cinematic Universe (diverse), S. 14–15, C1
Royal Woods, Michigan (Städtchen), *Willkommen bei den Louds* (TV), S. 14–15, A5
Royaume achourite (Land), *Sultan Achour 10* (TV), S. 84–85, B5
Royston Vasey, England (Dorf), *The League of Gentlemen* (TV), S. 64–65, C3
Rubinminen von Burma, Myanmar (Landschaft), *Transformers* (TV), S. 90–91, A4
Rubovia (Land), *A Rubovian Legend* (TV), S. 50–51, B3
Ruby River, Wyoming (Fluss), *Firewatch* (Videospiel), S. 18–19, C5
Ruby, Oklahoma (Städtchen), *Paradies* von Toni Morrison (Roman), S. 16–17, B3
Ruddy Rose und HMS *Monarch*, Karibik (Wrack), *Fluch der Karibik* (diverse), S. 32–33, F2
Rugged Island, Irland (Insel), *Father Ted* (TV), S. 64–65, A2
Ruggsville, Texas (Städtchen/County), *Haus der 1000 Leichen/The Devil's Rejects* (Filme), S. 16–17, C2
Rum Doodle, Indien (Berg), *Die Besteigung des Rum Doodle* von W.E. Bowman (Roman), S. 78–79, C5
Rummidge, England (Stadt), Romane von David Lodge (*Campus-Trilogie*), S. 64–65, C2
Rummyworld (Land), *Doonesbury* (Comic), S. 72–73, B2
Rumschmugglerinsel (Ruminsel), Karibik (Insel), *Fluch der Karibik* (diverse), S. 32–33, F2
Ruritanien (Land), *Der Gefangene von Zenda* von Anthony Hope (Roman), S. 50–51, A3
Rusalka (Land), *Ultraman Orb* (TV), S. 50–51, C4
Russische Demokratische Union (Russian Democratic Union), RDU (Staatenbund), *Tom Clancy's Ghost Recon* (Videospiel), S. 50–51, B5/C5
Rutherford, Ohio (Stadt), *Hinterm Mond gleich links* (TV), S. 14–15, B4
Rutland, New York (Städtchen), *Ich, beide & sie* (Film), S. 14–15, C5
Rutshire, England (Grafschaft), Romane von Jilly Cooper, S. 64–65, C2
Rydsholm, Schweden (Städtchen), Werke von Gösta Gustaf-Janson, S. 56–57, C3
Ryhope Wood, England (Wald), *Mythenwald* von Robert Holdstock (Roman), S. 64–65, C2
S-33, Atlantik (Wrack), *U-571* (Film), S. 126–127, C5
Sabaeus (Land), *Mirror's Edge* (Videospiele), S. 108–109, D2
Sabas Brüste, DR Kongo (Gebirge), *König Salomos Schatzkammer* von H. Rider Haggard (Roman), S. 84–85, C3
Sacheon, Südkorea (Städtchen), *Pansori Brecht: Sacheon-ga* (Musik), S. 102–103, E2/E3
Sadchester, Massachusetts (Städtchen), *30 Rock* (TV), S. 14–15, D5
Sadiq, Irak (Dorf, Militärübung), S. 72–73, C2
Saffronia City, Japan (Stadt), *Pokémon* (Videospiele), S. 96–97, E1
Sagrillas, Spanien (Dorf), *Cuéntame (cómo pasó)* (TV), S. 44–45, B2
Saharameer, Länder der Sahara (Landschaft), *Der Einbruch des Meeres* von Jules Verne (Roman), S. 84–85, C5
Sahkra, Urzikstan (Stadt), *Call of Duty: Modern Warfare* (Videospiel), S. 72–73, C3
Sahrani (Insel/Nation), *ARMA: Armed Assault* (Videospiel), S. 126–127, C4
Saignac, Frankreich (Städtchen), *Commissaire Magellan* (TV), S. 44–45, C4
Saint Bernardino, Kalifornien (Stadt), DC Comics, S. 18–19, B3
Saint Denis, Lemoyne (Stadt), *Red Dead Redemption*-Reihe (Videospiel), S. 16–17, D2
Saint Georges Island, Arabisches Meer (Insel), *Yes, Prime Minister* (TV), S. 72–73, D1
Saint Marie (Insel), *Death in Paradise* (TV), S. 32–33, F2
Saint Nicholas (Insel), *Club Paradise* (Film), S. 32–33, D2
Saint Pierre (Land), Werke von John Hearne, S. 32–33, E2
Saint-Esprit, Pazifik (Insel), *Stürmt das Paradies!/Höllentrip ins Paradies* von J.G. Ballard (Roman), S. 120–121, D2
Saint-Jacques, Karibik (Insel), *Die Violinen von Saint-Jacques* von Patrick Leigh-Fermor (Roman), S. 32–33, F2
Sainte Claire, Frankreich (Dorf), *Star Trek: Raumschiff Voyager* („Das Tötungsspiel I & II", TV), S. 44–45, C3
Sainte-Marie-La-Mauderne, Québec (Städtchen), *Die große Verführung* (Film), S. 26–27, F2
Sakura Empire (Land), *Azur Lane* (Videospiel/Anime), S. 96–97, B1/C1
Sakuragaoka High School, Japan (Gebäude), *K-On!* von Kakifly (Manga/Anime), S. 96–97, B2
Sakuragaoka-Highschool, Japan (Gebäude), *Machikado Mazoku* von Izumo Itō (Manga/Anime), S. 96–97, E1
Sakurami, Japan (Stadt), *Mirai Nikki* von Sakae Esuno (Manga/Anime), S. 96–97, C2
Sakuyu-Kanal, Azania (Meer), *Schwarzes Unheil* von Evelyn Waugh (Roman), S. 84–85, D4
Sal Tlay Ka Siti, Utah (Stadt), *The Book of Mormon* (Musical), S. 18–19, C4
Salamanko, Zendia (Stadt), *Das Zendia-Problem* (Geheimdienstübung), S. 120–121, E2/F2
Salas, Argentinien (Städtchen), *Der Nobelpreisträger* (Film), S. 38–39, C2
Saldeoro, Spanien (Städtchen), Romane von Benito Pérez Galdós, S. 44–45, B2
Salem, Illinois (Städtchen), *Zeit der Sehnsucht* (TV), S. 16–17, D4/D5
Salimiento, Mexiko (Städtchen), *Porque Parece Mentira la Verdad Nunca se Sabe* von Daniel Sada (Roman), S. 32–33, B3
Salmaah (Land), *Black Gold* (Film), S. 72–73, C2
Salonika, Oconee (Stadt), *Graph Geigers Blues* von Michael Bishop (Roman), S. 14–15, A3
Salsiccia, Italien (Dorf), *Die Simpsons* (TV), S. 44–45, D2
Saltmarsh, England (Städtchen), *Ruth Galloway*-Reihe von Elly Griffiths (Romane), S. 64–65, D2
Salty Creek, South Carolina (Städtchen), *Sophie and the Rising Sun* (Film), S. 14–15, C3
Salvation, Texas (Städtchen), *Preacher* (Graphic Novel/TV), S. 16–17, C2
Salzmoor, England (Landschaft), *Ruth Galloway*-Reihe von Elly Griffiths (Romane), S. 64–65, D2
Sam Dent, British Columbia (Städtchen), *Das süße Jenseits* (Film), S. 26–27, B1
Sam's Itch, England (Städtchen), *Riddley Walker* von Russell Hoban (Roman), S. 64–65, D2
Samaru-Inseln, Pazifik (Inselgruppe), *Sea Patrol* (TV), S. 108–109, E3
Samavia (Land), *The Lost Prince* von Frances Hodgson Burnett (Roman), S. 50–51, B4
San Andreas (Staat), *Grand Theft Auto*-Reihe (Videospiel), S. 18–19, A4/B4
San Andrés, Chile (Städtchen), *Estúpido Cupido* (TV), S. 38–39, B3
San Angel, Mexiko (Städtchen), *Manolo und das Buch des Lebens* (Film), S. 32–33, B2
San Burro, Dorado (Städtchen), *I-0* (Videospiel), S. 18–19, C3
San Carlos (Land), *Delta Force 2 – The Columbian Connection* (Film), S. 38–39, A5/B5
San Celeste, Italien (Städtchen), *Mafia 2* (Videospiel), S. 44–45, D1
San Chema, Mexiko (Städtchen), *Porque Parece Mentira la Verdad Nunca se Sabe* von Daniel Sada (Roman), S. 32–33, B3
San Cristóbal (Insel/Nation), Werke von George Lamming, S. 32–33, F2
San Cristóbal Tlaxico, Mexiko (Städtchen), *El hotel de los secretos* (TV), S. 32–33, B2
San Cristóbal, Argentinien (Stadt), *Die leuchtende Republik* von Andrés Barba (Roman), S. 38–39, B3
San Croce, Argentinien (Städtchen), *Die Gnadenlosen* von Desmond Bagley (Roman), S. 38–39, C2
San Diablo (Land), Marvel Comics, S. 38–39, B5
San Diego, Philippinen (Städtchen), Werke von Dr. José Rizal, S. 90–91, C3
San Escobar (Land), polnischer Außenminister (Fauxpas/Internethumor), S. 32–33, B2/C2
San Esperito, San Escobar (Insel/Nation), *Just Cause* (Videospiel), S. 32–33, F2
San Fiasco, Schottland (Wrack), *Captain Pugwash* von John Ryan (diverse), S. 64–65, B5
San Fierro, San Andreas (Stadt), *Grand Theft Auto*-Reihe (Videospiel), S. 18–19, A4
San Francisco el Alto, Mexiko (Städtchen), *Un Refugio Para el Amor* (TV), S. 32–33, B3
San Fransokyo, Kalifornien (Stadt), *Baymax – Riesiges Robowabohu* (Film/TV), S. 18–19, A4
San Futuro, Kalifornien (Stadt), *Marshall Law* (Comic), S. 18–19, A4
San Gaspar, Mexiko (Städtchen), *Apuesta Por un Amor* (TV), S. 32–33, C2
San Gaspar, Mexiko (Städtchen), *La vecina* (TV), S. 32–33, B2
San Ireneo, Ataguitanien (Städtchen), *Wenn ein Reisender in einer Winternacht* von Italo Calvino (Roman), S. 38–39, B5
San Juan Romero, Mexiko (Dorf), *San Juan Romero* von Rita María Felix da Silva (Roman), S. 32–33, B3
San Lázaro, Mexiko (Städtchen), *Die Liebe, die du mir versprachst* von Silvia Molina (Roman), S. 32–33, C2
San Lazaro, Philippinen (Städtchen), *San Lazaro* (Film), S. 90–91, C3
San Lorenzo (Insel/Nation), *Katzenwiege* von Kurt Vonnegut (Roman), S. 32–33, E2
San Lorenzo, Olancho (Dorf), *Soldiers of Fortune* von Richard Harding Davis (Roman), S. 38–39, D5
San Lorenzo, San Escobar (Land), *Hey Arnold!* (TV), S. 32–33, C2
San Luis River, diverse USA und Mexiko (Fluss), *Red Dead Redemption*-Reihe (Videospiele), S. 18–19, D3 und S. 32–33, B4
San Marco, Republik (Insel/Nation), *Pepe bittet zur Kasse* von Richard Powell (Roman/Film/TV), S. 32–33, D3/E3
San Martín del Sella, Spanien (Städtchen), *Doctor Mateo* (TV), S. 44–45, B3

San Miguel, Mexiko (Städtchen), *Für eine Handvoll Dollar* (Film), S. 32–33, B3
San Monique (Insel/Nation), *James Bond: Leben und sterben lassen/James Bond 007* (Film/Rollenspiel), S. 32–33, D2
San Narciso, Kalifornien (Städtchen), *Die Versteigerung von No. 49* von Thomas Pynchon (Roman), S. 18–19, A2
San Pasquale (Land), *Welcome, Mrs. President* (TV), S. 38–39, B4
San Pedro (Land), *Sherlock Holmes und der Tiger von San Pedro* von Arthur Conan Doyle (Kurzgeschichte), S. 32–33, D1
San Pedro de las Peñas, Mexiko (Städtchen), *Soy tu Dueña* (TV), S. 32–33, B2/B3
San Pedro del Oro, Mexiko (Städtchen), *La Patrona* (TV), S. 32–33, B2
San Piedro, Washington (Insel), *Schnee, der auf Zedern fällt* von David Guterson (Roman/Film), S. 18–19, A6
San Pueblo, Kalifornien (Städtchen), *Die Partridge Familie* (TV), S. 18–19, A4
San Rafael, Mexiko (Städtchen), *Victorio Ferri erzählt eine Geschichte* von Sergio Pitol (Kurzgeschichte), S. 32–33, B2
San Sebastian (Insel), *Gefangen im Bermuda-Dreieck* (Film), S. 32–33, E3
San Senova (Land), *Weihnachten im Palast* (Film), S. 50–51, B2
San Serriffe (Insel/Nation), *The Guardian* (Zeitung), S. 78–79, A1/A2
San Simeon, Philippinen (Stadt), *San Simeon (Sims 3)* (Videospiel), S. 90–91, D3
San Simon, Mexiko (Städtchen), *Die sechs Hände der Rache* (TV), S. 32–33, A4
San Theodoros (Land), *Tim und Struppi* von Hergé (diverse), S. 38–39, C5
San Toledo, Spanien (Städtchen), *Snatch* (TV), S. 44–45, B1
San Venganza, Texas (Städtchen), *Ghost Rider* (Film), S. 16–17, A2
San Zucchini, Kalifornien (Stadt), *Angriff der Killertomaten* (Film), S. 18–19, B3
Sand Rock, Arizona (Städtchen), *Gefahr aus dem Weltall* (Film), S. 18–19, C2
Sandbourne, England (Städtchen), Romane von Thomas Hardy, S. 64–65, C1
Sandford, England (Städtchen), *Hot Fuzz* (Film), S. 64–65, C2
Sandgemme, Japan (Städtchen), *Pokémon* (Videospiele), S. 96–97, C4
Sandicot, New York (Städtchen), *Billions* (TV), S. 14–15, B5
Sanditon, England (Städtchen), *Sanditon* von Jane Austen (Roman), S. 64–65, D1
Sandling Island, England (Insel), Romane von Nicci French, S. 64–65, D2
Sandy Shores, San Andreas (Städtchen), *Grand Theft Auto*-Reihe (Videospiel), S. 18–19, B3
Sanfacion, Nuevo-Rico (Stadt), *Tim und Struppi* von Hergé (diverse), S. 38–39, B5
Sangari, Afghanistan (Dorf, Militärübung), S. 72–73, D2/E2
Sankakusu, Japan (Stadt/Insel), *Sailor Moon* von Naoko Takeuchi (Manga/Anime), S. 96–97, F1
Sankt Erpelsburg, Calisota (Stadt), *Darkwing Duck* (diverse), S. 18–19, A5
Sankt Nikolaus, Österreich (Städtchen), *Der Abituriententag* (Film), S. 44–45, D3
Sankt Sebastian (Insel), *Ich folgte einem Zombie* (Film), S. 32–33, E2
Sannikow-Land, Nordpolarmeer (Insel, russischer Mythos), S. 102–103, E2/F2
Sanshu, Japan (Stadt), *Yuki Yuna Is a Hero* (Anime), S. 96–97, B2
Santa Barbara (Land), *Das Mitternachtsvolk* von John Masefield (Roman), S. 38–39, B6
Santa Bárbara, Chile (Städtchen), *Conde Vrolok* (TV), S. 38–39, B3
Santa Carla, Kalifornien (Städtchen), *The Lost Boys* (Film), S. 18–19, A4
Santa Cecilia, Mexiko (Städtchen), *Coco/Cars 3* (Film), S. 32–33, B2
Santa City, Santa Esperanza (Stadt), *Santa Esperanza* von Aka Mortschiladse (Roman), S. 50–51, C2
Santa Costa (Insel/Nation), *Kobra, übernehmen Sie* (TV), S. 32–33, E2
Santa Cruz, New Mexico (Städtchen), *Für ein paar Dollar mehr* (Film), S. 18–19, D2
Santa Esperanza (Insel/Nation), *Santa Esperanza* von Aka Mortschiladse (Roman), S. 50–51, C2
Santa Lucía, Mexiko (Städtchen), *La sombra del pasado* (TV), S. 32–33, B2
Santa Luisa, Kalifornien (Städtchen), *Dan Oakland* (TV), S. 18–19, A3
Santa María, Uruguay (Städtchen), Werke von Juan Carlos Onetti, S. 38–39, C2
Santa Marta (Insel), *Heiße Erde* (Film), S. 32–33, F2
Santa Marta (Sta. Marta), Costaguana (Stadt), *Nostromo* von Joseph Conrad (Roman), S. 38–39, A4
Santa Maya (Insel/Nation), *Die Bombe fliegt* (Film), S. 32–33, F2/F3
Santa Mira, Kalifornien (Städtchen), *Die Körperfresser kommen* und *Die Dämonischen* (Film), S. 18–19, A4
Santa Modesta, Kalifornien (Städtchen), *Destroy All Humans* (Videospiel), S. 18–19, A2
Santa Prisca (Insel/Nation), DC Comics, S. 32–33, F2
Santa Rita, Panama (Städtchen), *Alborada* (TV), S. 32–33, D1
Santa Rosa, Mexiko (Städtchen), *Volver a Santa Rosa* von Víctor Hugo Rascón Banda (Roman), S. 32–33, A3
Santa Rosalia, Galapagos-Inseln (Insel), *Galápagos* von Kurt Vonnegut (Roman), S. 38–39, A1
Santa Rosita, Kalifornien (Stadt), *Eine total, total verrückte Welt* (Film), S. 18–19, A2
Santa Teresa, Kalifornien (Städtchen), Werke von Ross Macdonald, S. 18–19, A3
Santa Teresa, Mexiko (Stadt), *2666* von Roberto Bolaño (Roman), S. 32–33, B4
Santa Ynez, Utah (Städtchen), *Der Teufel auf Rädern* (Film), S. 18–19, C3
Santana de Bocaiúvas, Brasilien (Stadt), *Agora É Que São Elas* (TV), S. 38–39, D3
Santana do Agreste, Brasilien (Städtchen), *Tieta aus Agreste* von Jorge Amado (Roman/TV), S. 38–39, D4
Santana dos Ferros, Brasilien (Städtchen), *Hilda Furacão* von Roberto Drummond (Roman/TV), S. 38–39, D4
Santas Werkstatt, Nordpol (Gebäude, Brauchtum), S. 26–27, C4
Santillana, Cordillera (Stadt), *Die Gnadenlosen* von Desmond Bagley (Roman), S. 38–39, B3
Santo Bartolomeo, República Libra (Stadt), *Juli! Pass auf!* von Gavin Lyall (Roman), S. 32–33, E2
Santo Bugito, Texas (Städtchen), *Santo Bugito* (TV), S. 16–17, B1
Santo Domestos, San Escobar (Stadt, Internethumor), S. 32–33, B2
Santo Domingo de Araxá, Brasilien (Städtchen), *Dona Beija* (TV), S. 38–39, C3
Santo Rico (Land), Marvel Comics, S. 32–33, C2
Santo Súbito, San Escobar (Stadt, Internethumor), S. 32–33, B2
São Dimas, Brasilien (Städtchen), *A Lei do Amor* (TV), S. 38–39, C3
São Rico (Land), *Tim und Struppi* von Hergé (diverse), S. 38–39, B1
São Tomás de Trás, Brasilien (Städtchen), *Meu Bem Querer* (TV), S. 38–39, D5
São Tomé dos Números, Brasilien (Städtchen), *Das Chaotensyndikat* (TV), S. 38–39, C4
Sapienza, Italien (Städtchen), *HITMAN 2* (Videospiel), S. 44–45, D2
Saradia (Land), *Godzilla, der Urgigant* (Film), S. 72–73, B2/B3
Saramandaia (Bole-Bole), Brasilien (Städtchen), *Saramandaia* (TV), S. 38–39, D4
Saranza, Russland (Städtchen), *Das französische Testament* von Andrei Makine (Roman), S. 102–103, E1
Sardovia (Land), *Scorpion* (TV), S. 50–51, C4
Sarkhan (Land), *Der häßliche Amerikaner* von Eugene Burdick und William Lederer (Roman), S. 90–91, B3
Sárszeg, Serbien (Städtchen), Werke von Dezső Kosztolányi, S. 50–51, B2
Satellitenkontrollzentrum Sewernaja, Russland (Gebäude), *James Bond: GoldenEye* (Film), S. 102–103, E1
Sauropolis, Indischer Ozean (Stadt), *Dinotopia* (Bücher/TV), S. 78–79, A2
Sawyer, Western Australia (Städtchen), *Atem/Breath* von Tim Winton (Roman/Film), S. 108–109, B2
Scabb Island, Karibik (Insel), *Monkey Island*-Reihe (Videospiele), S. 32–33, E3
Scarclaw Fell, England (Landschaft), *Six Stories* von Matt Wesolowski (Roman), S. 64–65, C3
Scarfolk, England (Städtchen), *Scarfolk Council* (Website), S. 64–65, C3
Scarhead, England (Städtchen), *The Railway Phantoms* von Dennis Hamley (Roman), S. 64–65, C3
Scarsdale, England (Städtchen), *Oh No, It's Selwyn Froggitt!* (TV), S. 64–65, D3
Schamgorod, Ukraine (Städtchen), *Der Prozess von Schamgorod* von Elie Wiesel (Theaterstück), S. 50–51, B3
Schattenland, Tansania (Region), *Der König der Löwen 2: Simbas Königreich* (Film), S. 84–85, D3
Schatzinsel, Britische Jungferninseln (Insel), *Die Schatzinsel* von Robert Louis Stevenson (Roman), S. 32–33, F2
Schatztal, Österreich (Landschaft), *Der König vom goldenen Wildbach* von John Ruskin (Roman), S. 44–45, D3
Scheria, Griechenland (Insel), *Odyssee* von Homer (Mythologie), S. 44–45, D1/E1
Schiffbruchinsel, Karibik (Insel), *Fluch der Karibik* (diverse), S. 32–33, F2
Schitt's Creek, Ontario (Städtchen), *Schitt's Creek* (TV), S. 26–27, A4
Schlachtschiffinsel, Pazifik (Insel), *Killer7* (Videospiel), S. 120–121, D4
Schlammiger Fluss, China (Städtchen), *Die Sterblichen* von Yiyun Li (Roman), S. 102–103, D4
Schleiede, Japan (Stadt), *Pokémon* (Videospiele), S. 96–97, D4
Schloss Adler, Deutschland (Gebäude), *Agenten sterben einsam* (Film), S. 44–45, D3
Schloss Dreiviertelstein, Österreich (Land), *Die fünf schwarzen Schwäne und andere Elfengeschichten* von Sylvia Townsend Warner (Kurzgeschichten), S. 44–45, D3
Schloss Duck (auch: Duckenburgh), Schottland (Gebäude), *DuckTales* (TV), S. 64–65, B4/C4
Schloss Duckula, Rumänien (Gebäude), *Graf Duckula* (TV), S. 50–51, B2
Schloss Iastrae, Irland (Gebäude), *Das pfeifende Zimmer* von William Hope Hodgson (Kurzgeschichte), S. 64–65, A3
Schloss Lubow, Transsilvanien, *Hotel Transsilvanien* (Film), S. 50–51, B2
Schloss McDuckula, Schottland (Gebäude), *Graf Duckula* (TV), S. 64–65, B4
Schloss Mordo, Rumänien (Gebäude), Marvel Comics, S. 50–51, B2
Schloss Mühlenhof, Belgien (Dorf), *Tim und Struppi* von Hergé (Comics), S. 44–45, C3/C4
Schloss Silling, Frankreich (Gebäude), *Die 120 Tage von Sodom* von Marquis de Sade (Roman), S. 44–45, C2
Schloss Tillietudlem, Schottland (Gebäude), *Die Schwärmer* von Sir Walter Scott (Roman), S. 64–65, C4
Schloss von Aaaaarrrrrrggghhh, Schottland (Gebäude), *Die Ritter der Kokosnuß* (Film), S. 64–65, B4
Schloss von Baba Yaga, Brasilien (Gebäude), *Soul Eater* von Atsushi Ohkubo (Manga/Anime), S. 38–39, B4
Schlotberg, Japan (Berg), *Pokémon* (Videospiele), S. 96–97, A1
Schlüsselburg, Deutschland (Städtchen), *Wolfenstein*-Reihe (Videospiele), S. 44–45, D4
Schmusis Dorf, Northern Territory (Dorf), *Die Schlümpfe* (TV), S. 108–109, C3
Schöne Ozeanbrücke (Beautiful Ocean Bridge), Florida (Gebäude), *Log Horizon* von Mamare Tōno (Romane/Anime), S. 14–15, C1
Schrottstadt/Zalem, Panama (Stadt), *Battle Angel Alita (GUNNM)* (Manga/Anime), S. 32–33, D1
Schürfstation Shack 7, Tri Oceanic Mining Corporation, Atlantik (Gebäude), *Leviathan* (Film), S. 126–127, A4
Schutzgebiet Sinistra (Region), *Schutzgebiet Sinistra* von Ádám Bodor (Roman), S. 50–51, B2/B3
Schwarze Insel, Die, Schottland (Insel), *Tim und Struppi* von Hergé (Comics), S. 64–65, B4
Schwarzer Dschungel, Indien (Landschaft), *Die Geheimnisse des schwarzen Dschungels* von Emilio Salgari (Roman), S. 78–79, D4
Sciegi, Polen (Städtchen), *In Rot* von Magdalena Tulli (Roman), S. 50–51, A4
Science City/Lincoln, South Dakota/Nebraska (Stadt), *Transformers: Armada* (Comic), S. 16–17, B5
Scotsfield, Irland (Städtchen), *Call Me The Breeze* von Patrick McCabe (Roman), S. 64–65, B3
Scurvy Beach, Karibik (Insel), *Fluch der Karibik* (diverse), S. 32–33, D2
Scythia-Pannonia-Transbalkania (Staatenbund), *The Enquiries of Doctor Eszterhazy* von Avram Davidson (Kurzgeschichten), S. 50–51, B2/C2
Sea Bird, Indien (Wrack), *Bhoot – Part One: The Haunted Ship* (Film), S. 78–79, B3
Sea Dolphin II, Vietnam (Wrack), *James Bond: Der Morgen stirbt nie* (Film), S. 90–91, B4
Sea Star, Pazifik (Wrack), *Virus* (Comic/Film), S. 120–121, C2
Seaburgh, England (Städtchen), *Eine Warnung an/für die Neugierigen* von M.R. James (Kurzgeschichte), S. 64–65, D2
Seacouver, Washington (Städtchen), *Highlander: Die Serie* (TV), S. 18–19, A6
Seahaven, Kalifornien (Städtchen/Gebäude), *The Truman Show* (Film), S. 18–19, A2/A3
Sealab, Tasmansee (Unterwasserbauten), *Sealab 2020/Sealab 2021* (TV), S. 120–121, B1
Seale-on-Sea, England (Städtchen), Romane von Elizabeth Bowen, S. 64–65, D1
Seaport, England (Städtchen), *Z-Cars* (TV), S. 64–65, C3
Seatown, England (Städtchen), Romane von Hugh Walpole, S. 64–65, C2
See der Wahrheit, Japan (Landschaft), *Pokémon* (Videospiele), S. 96–97, C4
See des Zorns, Japan (Landschaft), *Pokémon* (Videospiele), S. 96–97, B2
Seegrasulb City, Japan (Stadt), *Pokémon* (Videospiele), S. 96–97, A1
Seelenfeld, China (Berg), *Lenins Küsse* von Yan Lianke (Roman), S. 102–103, D2
Seito, Japan (Region), *Kamen Rider Build* (TV), S. 96–97, B2
Seize, Helvetia (Städtchen), *Sound of the Sky/Sora no Woto* (Anime), S. 96–97, C2
Selbstmörderklub, Paris, Frankreich (unterirdisches Gebäude), *Der Selbstmörderklub* von Robert Louis Stevenson (Roman), S. 44–45, E3
Selene, Serbien (Stadt), *La Ville-Vampire* von Paul Féval (Roman), S. 50–51, B2
Selmen, Deutschland (Städtchen), *Hepzibah – Sie holt dich im Schlaf* (Film), S. 44–45, D3
Semindj, Iran (Dorf), *Der leere Platz von Ssolutsch* von Mahmud Doulatabadi (Roman), S. 72–73, D2
Senderos, San Escobar (Stadt, Internethumor), S. 32–33, B2
Seneca River, Alaska (Fluss), *Runaway Train* (Film), S. 18–19, B1
Sensilvânia, Brasilien (Städtchen), *Das Chaotensyndikat* (TV), S. 38–39, C3
Sequoyah (Staat), *Southern Victory* von Harry Turtledove (Romane), S. 16–17, B3
Serdaristan (Land), *Battlefield: Bad Company* (Videospiel), S. 50–51, A5
Sergina (Land), *Frankensteins Monster im Kampf gegen Ghidorah* (Film), S. 78–79, D4
Serka Zong, Anandapur (Stadt), Expedition Everest (Themenpark), S. 78–79, C4
Serranias, Brasilien (Städtchen), *Eterna Magia* von Elizabeth Jhin (Roman/TV), S. 38–39, D4
Serro Azul, Brasilien (Städtchen), *O Sétimo Guardião* (TV), S. 38–39, D3
Servela, Spanien (Stadt), *Suske und Wiske* von Willy Vandersteen (Comics), S. 44–45, A2
Sesam Stasjon (Bahnhof), Norwegen (Gebäude), *Sesam Stasjon* (TV), S. 56–57, B3
Setton, England (Städtchen), *Spanish City* von Sarah May (Roman), S. 64–65, C3
Seva, Puerto Rico (Städtchen), *Seva* von Luis López Nieves (Kurzgeschichte), S. 32–33, F2
Seven Bay Island, Maine (Insel), Werke von Madeleine L'Engle, S. 14–15, D6
Seventh Falls, Eastal (Bauwerk), *Log Horizon* von Mamare Tōno und Kazuhiro Hara (Romane/Anime), S. 96–97, C3
Severnford, England (Städtchen), Severn Valley aus dem Cthulhu-Mythos von Ramsey Campbell (Romane), S. 64–65, C2
Sewernaja, Russland (Region), *James Bond: GoldenEye* (Film), S. 102–103, E2
Shadaloo (Land), *Street Fighter* (Film), S. 90–91, A4/B4
Shadaloo City, Shadaloo (Stadt), *Street Fighter* (Film), S. 90–91, A3
Shadaloo River, China (Fluss), *Street Fighter* (Film), S. 90–91, A4, S. 102–103, C1
Shadbagh, Afghanistan (Dorf), *Traumsammler* von Khaled Hosseini (Roman), S. 72–73, D2
Shadow Moses Island, Alaska (Insel), *Metal Gear Solid*-Reihe (Videospiel), S. 18–19, A1
Shady Sands, Kalifornien (Stadt), *Fallout 2* (Videospiel), S. 18–19, B3
Shalimar, Virginia (Dorf), *Solomons Lied* von Toni Morrison (Roman), S. 14–15, B4
Shambali-Kloster, Nepal (Gebäude), *Overwatch* (Videospiel), S. 78–79, C4
Shamballah, Stadt der Schädel, Tibet (Stadt), *Die Stadt der Schädel* von L. Sprague de Camp und Lin Carter (Roman), S. 102–103, B2
Shangdu, China (Stadt), *Engine Empire* von Cathy Park Hong (Lyrik), S. 102–103, D1
Shangri-La, Tibet (Landschaft/Gebäude), *Der verlorene Horizont* von James Hilton (Roman), S. 102–103, A2
Sharzhad (Land), Marvel Comics (diverse), S. 84–85, C5
Shaston, England (Städtchen), Romane von Thomas Hardy, S. 64–65, C1
Shatterdome Anchorage, Alaska (Gebäude), *Pacific Rim* (Film), S. 18–19, B1
Shatterdome Hongkong, China (Gebäude), *Pacific Rim* (Film), S. 102–103, D1
Shatterdome Lima, Peru (Gebäude), *Pacific Rim* (Film), S. 38–39, A2
Shatterdome Los Angeles, Kalifornien (Gebäude), *Pacific Rim* (Film), S. 18–19, A3
Shatterdome Nagasaki, Japan (Gebäude), *Pacific Rim* (Film), S. 96–97, A1
Shatterdome Panama City, Panama (Gebäude), *Pacific Rim* (Film), S. 32–33, D1
Shatterdome Sydney, New South Wales (Gebäude), *Pacific Rim* (Film), S. 108–109, F4
Shatterdome Tokio, Japan (Gebäude), *Pacific Rim* (Film), S. 96–97, F1
Shatterdome Wladiwostok, Russland (Gebäude), *Pacific Rim* (Film), S. 102–103, E3
Shaw Mountain, Idaho (Berg), *Truly, Idaho*-Reihe von Rachel Gibson (Romane), S. 18–19, B5
Shawan, Oregon (Städtchen), *Akte X* (TV), S. 18–19, A5
Shawei, China (Stadt), Werke von Preston Schoyer, S. 102–103, D1/D2
Shawshank-Gefängnis, Maine (Gebäude), *Frühlingserwachen: Pin-up* (Novelle)/*Die Verurteilten* (Film) von Stephen King, S. 14–15, D6
Shelby, Idaho (Städtchen), *iCarly* (TV), S. 18–19, C5
Shelbyville, North Takoma (Städtchen), *Die Simpsons* (TV), S. 18–19, A5
Shelmerston, England (Städtchen), *Aubrey-Maturin*-Reihe von Patrick O'Brian (Romane), S. 64–65, C1
Shelter Mountain Inn, Washington (Gebäude), *Ring* (Film), S. 18–19, A6
Sheltered Shrubs, Connecticut (Städtchen), *Gingers Welt* (TV), S. 14–15, C5
Shem, Israel (Land), *Conan*-Romane von Robert E. Howard, S. 72–73, E2
Sherman-Staudamm, Nevada (Gebäude), *Transformers* (diverse), S. 18–19, B3
Sherman-Stausee (S. Reservoir), San Andreas (See), *Grand Theft Auto*-Reihe (Videospiel), S. 18–19, B3/C3
Shermer, Illinois (Städtchen), Filme von John Hughes, S. 16–17, D5
Shieldinch, Schottland (Städtchen), *River City* (TV), S. 64–65, C4
Shime, Japan (Städtchen), *Sketchbook* von Totan Kobako (Manga/Anime), S. 96–97, A1
Shimokage, Japan (Dorf), *Noroi: The Curse* (Film), S. 96–97, B2
Shinbone, Colorado (Städtchen), *Der Mann, der Liberty Valance erschoß* (Film), S. 16–17, A3
Shining Time, Pennsylvania (Städtchen), *Shining Time Station/Thomas, die fantastische Lokomotive* (TV/Film), S. 14–15, C4
Ship-Trap Island, Karibik (Insel), *Das grausamste Spiel* von Richard Connell (Roman), S. 32–33, F2
Shipwreck Cove, Kuba (Landschaft), *Die Piraten! – Ein Haufen merkwürdiger Typen!* (Film), S. 32–33, D3
Shiroiwa, Japan (Stadt), *Battle Royale* von Koushun Takami (Roman), S. 96–97, B2
Shishan, China (Stadt), *Der Palast der Himmlischen Freuden* von Adam Williams (Roman), S. 102–103, D3
Shiverme Timbers, Alaska (Städtchen), *Yvon vom Yukon* (TV), S. 18–19, B1
Shivermetimbers, Yukon (Städtchen), *Yvon vom Yukon* (TV), S. 26–27, B2
Shivpalganj, Indien (Dorf), *Raag Darbari* von Srilal Shukla (Roman), S. 78–79, C4
Shizume, Japan (Städtchen), *K Project* (Anime), S. 96–97, E1
Shobo-n-Po, Sulliaba (Stadt), *Islandia*-Romane von Austin Tappan Wright und Fortsetzungen von Mark Saxton, S. 84–85, A2
Sholo, Nevada (Städtchen), *Go West* (TV), S. 18–19, B3
Shonir Char, Bangladesch (Dorf), *Heroes of 71*-Reihe (Videospiele), S. 78–79, D4
Shorthills, Trinidad (Städtchen), *Ein Haus für Mr. Biswas* von V.S. Naipaul (Roman), S. 32–33, F2
Showne, West Keystone (Städtchen), *Steven Universe* (TV), S. 14–15, B4
Shoyo, Arkansas (Städtchen), *The Stand – Das letzte Gefecht* von Stephen King (diverse), S. 16–17, D3
Shuanglong, China (Städtchen), *A Dictionary of Maqiao* von Han Shaogong (Roman), S. 102–103, D2
Shub Nigruth (Stadt), *Atlantis – Das Geheimnis der verlorenen Stadt* (Film), S. 114–115, E3
Shuchiin-Akademie, Japan (Gebäude), *Kaguya-sama: Love is War* von Aka Akasaka (Manga/Anime), S. 96–97, E1
Siak Republic (Land), *Ghost in the Shell* (Anime), S. 90–91, B2
Sibirisches Omnium, Russland (Gebäude), *Overwatch* (Videospiel), S. 102–103, E1
Sicmon-Inseln, Pazifik (Inselgruppe), *Griffin & Sabine*-Trilogie (Bücher), S. 120–121, D3
Sidböle Härad, Schweden (Region), „Sidböle Härad“ (Song), S. 56–57, C4
Sidewinder, Colorado (Städtchen), *Shining* von Stephen King (diverse), S. 16–17, A4
Sieben Königreiche, Die (Staatenbund), *Rapunzel – Neu verföhnt/Rapunzel – die Serie* (Film/TV), S. 50–51, A4/B4
Sierra de la Plata, Bolivien (Gebirge, Mythologie), S. 38–39, B3
Sierra Falls, Kalifornien (Städtchen), *Sierra Falls*-Reihe von Veronica Wolff (Roman), S. 18–19, A4
Sierra Vieja, Mexiko (Städtchen), *Santa María del Circo* von David Toscana (Roman), S. 32–33, B3
Signal, Wyoming (Städtchen), *Brokeback Mountain* (Kurzgeschichte/Film), S. 18–19, D5
Silberberg, Japan (Berg), *Pokémon* (Videospiele), S. 96–97, C2
Silent Hill, West Virginia (Städtchen), *Silent Hill* (Film), S. 14–15, B4
Siliziuminsel, China (Städtchen), *Die Siliziuminsel* von Chen Qiufan (Roman), S. 102–103, D1
Silkie Island, Schottland (Insel), *Highland-Saga*-Romane/*Outlander* von Diana Gabaldon (Romane/TV), S. 64–65, B5
Silly Islands, Pazifik (Inselgruppe), *Die Piraten! – Ein Haufen merkwürdiger Typen!* (Film), S. 96–97, D4/E4
Silograd, Nukehavistan (Stadt), *The Onion* (Internetsatire), S. 72–73, D3/E3
Silvas Hauptquartier, China (Insel), *James Bond: Skyfall* (Film), S. 102–103, D1
Silver Gorge, Colorado (Landschaft), *Zugfahrt ins Jenseits* (Film), S. 18–19, D4
Silver Hills, Washington (Stadt), *Power Rangers Time Force* (TV), S. 18–19, A6
Silverado, Utah (Städtchen), *Wild Wild West* (Film), S. 18–19, C4/C5
Silverbridge, England (Städtchen), Romane von Anthony Trollope, S. 64–65, C1
Silverton, Oklahoma (Städtchen), *Storm Hunters* (Film), S. 16–17, C3
Silvertown, Kalifornien (Städtchen), *Joe Dreck* (Film), S. 18–19, A5
Sin-Cong (Land), Marvel Comics, S. 102–103, C1
Sinclair Parish, Louisiana (County), *Mafia 3* (Videospiel), S. 16–17, D2

Sink, The, Western Australia (Landschaft), *In the Winter Dark* von Tim Winton (Roman), S. 108–109, B2
Sinnoh, Japan (Region), *Pokémon* (Videospiele), S. 96–97, C4
Sino-City One, China (Stadt), *2000 AD* (Comics), S. 102–103, D2
Sino-City Two, China (Stadt), *2000 AD* (Comics), S. 102–103, D1
Sinsikrou, Zanzarim (Stadt), *Solo* von William Boyd (Roman), S. 84–85, B4
Sinville, Statesota (Städtchen), *Moral Orel* (TV), S. 16–17, C3
Sipolje, Slowenien (Dorf), *Radetzkymarsch* von Joseph Roth (Roman), S. 50–51, A2
Sirene 1 (S-484), Atlantik (Wrack), *U1 – Tauchfahrt des Todes* (Film), S. 123, B5
Sirene 2 (S-485), Atlantik (Wrack), *U1 – Tauchfahrt des Todes* (Film), S. 126–127, B5
Siroun, Türkei (Dorf), *The Promise – Die Erinnerung bleibt* (Film), S. 72–73, B3
Siruppus-Park, Costa Rica (Insel), *Walter Mellon* (TV), S. 32–33, C1
Sitapur, Indien (Stadt), *Devi* (Comics), S. 78–79, C4/D4
Sitio Maldito, Brasilien (Landschaft), *Amazon: Guardians of Eden* (Videospiel), S. 38–39, B5
Sittaford, England (Dorf), *Das Geheimnis von Sittaford* von Agatha Christie (Roman), S. 64–65, C1
Skal, Obristan (Stadt), *Papers, Please* (Videospiel), S. 50–51, A5
Skandistan (Land), *The Years of Rice and Salt* von Kim Stanley Robinson (Roman), S. 56–57, B3
Skebawn, Irland (Dorf), *Irish R.M.*-Reihe von Somerville und Ross, S. 64–65, A2
Skeleton Key, Kuba (Insel), *Skeleton Key/Insel des Schreckens* von Anthony Horowitz (Roman), S. 32–33, D2
Skelthwaite, England (Städtchen), *Where the Heart is* (TV), S. 64–65, C3
Skeptos, Griechenland (Inselstaat), *Ein Grieche erobert Chicago* (TV), S. 44–45, E1
Skidmore, Kentucky (Städtchen), *Petticoat Junction/Green Acres* (TV), S. 14–15, A3
Skipley, England (Städtchen), *Brother in the Land* von Robert Swindells (Roman), S. 64–65, C3
Skira, Alaska (Insel), *Operation Flashpoint: Dragon Rising* (Videospiel), S. 18–19, A1
Skirby St. Mary, England (Städtchen), *The Quarry Line Mystery* von A.C. Stewart (Roman), S. 64–65, C3
Skirby, England (Städtchen), *The Quarry Line Mystery* von A.C. Stewart (Roman), S. 64–65, C3
Skrull Island, England (Insel), *Schule des Grauens* von Anthony Horowitz, S. 64–65, D2
Skull Cove, Somalia (Landschaft), *South Park* (TV), S. 84–85, D4
Skull Island, Indischer Ozean (Insel), *King Kong* und Spin-offs (Filme), S. 90–91, A1
Sky Tower, Ninetail Dominions (Bauwerk), *Log Horizon* von Mamare Tōno und Kazuhiro Hara (Romane/Anime), S. 96–97, A1
Skye, Tasmanien (Dorf), *Cape Grimm* von Carmel Bird (Roman), S. 108–109, D1
Skyfall, Schottland (Gebäude), *James Bond: Skyfall* (Film), S. 64–65, B4
Skyland Mountain, Virginia (Berg), *Akte X* (TV), S. 14–15, B4
Skylla und Charybdis, Italien (Ungeheuer, griechische Mythologie), S. 44–45, D1
Slaka (Land), Romane von Malcolm Bradbury, S. 50–51, B2/C2
Slavo-Lydia (Land), Werke von Angela Thirkell, S. 50–51, B2/C2
Sleepy Peak Peak, Washington (Berg), *Camp Camp* (Web-Trickserie), S. 18–19, B6
Sleepyside-on-Hudson, New York (Städtchen), *Trixie Belden*-Reihe von Julie Campbell Tatham (Romane; Originalversion), S. 14–15, C5
Slickville, Connecticut (Städtchen), *Sam Slick in England* von Thomas Chandler Haliburton (Roman), S. 14–15, D5
Slieve Geal, Irland (Berg), *Crying Through the Wind: The Story of Oisín Kelly* von Iona Carroll (Roman), S. 64–65, A3
Sligo Mission Control, Irland (Gebäude), *Irish Astronauts* (TV), S. 64–65, A3
Sloravia (Land), *News Movie* (Film), S. 72–73, C3
Slorenia (Land), Marvel Comics, S. 50–51, B4
Slotschow (Zlotshev), Ukraine (Städtchen), *Ein Glaubensmartyrium* von Schalom Asch (Roman), S. 50–51, C3
Slowetzien/Slovetzia (Land), *Mein Liebling, der Tyrann* (Film), S. 50–51, B3
Smallville, Kansas (Städtchen), DC Comics (diverse), S. 16–17, B4
Smalvik, Norwegen (Dorf, reale Welt), S. 56–57, B3
Snackitoba (Provinz), *Whose Line is it Anyway?* (TV), S. 26–27, C2
Snakewater, Montana (Städtchen), *Jurassic Park* (diverse), S. 16–17, A6
Snaydon, Schottland (Städtchen), Romane von Susan Pleydell, S. 64–65, C3
Sneaky's Land, Glass Town Federation (Region), Brontë-Jugendwerk, S. 84–85, B4
Snottinggrad, Russland (Städtchen), *Der Revisor* von Nikolai Gogol (Theaterstück), S. 50–51, D3
Snowcap-Basis (Gebäude), *Doctor Who: The Tenth Planet* (TV), S. 114–115, C2/C3
Snowfield, England (Städtchen), *Adam Bede* von George Eliot (Roman), S. 64–65, C2
Snydersville, Nebraska (Städtchen), *To Wong Foo, Thanks for Everything! Julie Newmar* (Film), S. 16–17, B4
Sobo-Steppen (Sobo Steppes), Karain (Landschaft), *Islandia*-Romane von Austin Tappan Wright und Fortsetzungen von Mark Saxton, S. 84–85, B1
SOCCENT Forward Operations Base, Katar (Gebäude), *Transformers* (Film), S. 72–73, C1
Soda Seas (Meer), *Club Penguin* (Videospiel), S. 114–115, A3
Sodor, England (Insel), *Thomas, die kleine Lokomotive* von Rev. W. Audrey (Bücher/TV), S. 64–65, C3
Sokow-Inseln, Russland (Inselgruppe), *Dr. Seltsam, oder wie ich lernte, die Bombe zu lieben* (Film), S. 102–103, F2
Sokovia (Land), Marvel Cinematic Universe, S. 50–51, A3
Sola Fide Beach, Karibik (Insel), *Fluch der Karibik* (diverse), S. 32–33, E3
Solarverbrennungsanlage von Massarde Enterprises, Mali (Gebäude), *Operation Sahara* von Clive Cussler (Roman/Film), S. 84–85, B5
Soldier Island, England (Insel), *Und dann gabs keines mehr* von Agatha Christie (Roman), S. 64–65, C1
Solís (Land), *Just Cause 4* (Videospiel), S. 38–39, A5
Sollgel, Pazifik (Insel), *Godzilla*-Filme, S. 120–121, C3
Solomon Space Center, Pazifik (Gebäude), *Rocket Girls* von Hōsuke Nojiri (Romane/Anime), S. 120–121, B3
Somerset, Michigan (Städtchen), *Somerset* (TV), S. 14–15, A5
Sondonesien (Land), *Tim und Struppi: Flug 714 nach Sydney* von Hergé (Comic), S. 90–91, D1
Sonnentempel, Peru, *Tim und Struppi* von Hergé (diverse), S. 38–39, B4
Sonnewik, Japan (Stadt), *Pokémon* (Videospiele), S. 96–97, D4
Soplaviento, Kolumbien (Städtchen), *Te Voy a Enseñar a Querer* (TV), S. 38–39, A5
Sottrup, Deutschland (Städtchen), *Stenkelfeld* (Hörspiel), S. 44–45, D4
South Angel, Kalifornien (Stadt), *Log Horizon* von Mamare Tōno (Romane/Anime), S. 18–19, B3
South Archipelago, Karibik (Insel), *Fluch der Karibik* (diverse), S. 32–33, F2
South Dakastor, South Dakota (Staat), *MacTrump* von Ian Doescher und Jacopo Della Quercia (Satire), S. 16–17, A5/B5
South Harbour, Neufundland (Städtchen), *Orca, der Killerwal* (Film), S. 26–27, F2
South Korasia, Südkorea (Land), *MacTrump* von Ian Doescher und Jacopo Della Quercia (Satire), S. 102–103, E2
South Ortiz Sea, Indischer Ozean (Meer), *The Illegal* von Lawrence Hill (Roman), S. 78–79, B1/C1
South Park, Colorado (Städtchen), *South Park* (TV), S. 18–19, D4
South Riding, England (Grafschaft), *South Riding* von Winifred Holtby (Roman), S. 64–65, D3
South Wessex, England (Grafschaft), Romane von Thomas Hardy, S. 64–65, C1
Southfork Ranch, Texas (Gebäude), *Dallas* (TV), S. 16–17, C2
Southmoltonshire, England (Grafschaft), Romane von P.G. Wodehouse, S. 64–65, D2
Southtown, Louisiana (Städtchen), *The Year Without a Santa Claus* (Film), S. 16–17, C2
Sovogda, Russland (Stadt), *Alias – Die Agentin* (TV), S. 50–51, B6
Space Tether Neu-Mombasa, Kenia (Weltraumlift), *HALO*-Reihe (Videospiele), S. 84–85, D3
Space-Force-Basis, Colorado (Gebäude), *Space Force* (TV), S. 16–17, A4
Spaghetti-Farm, Schweiz (Gebäude), *Panorama* (TV), S. 44–45, C3
Spanakos, Griechenland (Insel), *The Venture Bros.* (TV), S. 44–45, E1
Spargel, Griechenland (Städtchen), *Last Exile: Fam, the Silver Wing* (Anime), S. 44–45, E1
Sparta, Mississippi (Städtchen), *In der Hitze der Nacht* (Film/TV), S. 16–17, D3
Spatula, Washington (Städtchen), *Biss zum Abwinken: Die blutleere Parodie* von Stephfordy Mayo (Roman), S. 18–19, A6
Spectralia, Pazifik (Insel), *Riallaro, the Archipelago of Exiles* von Godfrey Sweven (Roman), S. 120–121, E1
Spectre, Alabama (Städtchen), *Big Fish – Der Zauber, der ein Leben zur Legende macht* (Film), S. 14–15, A2
Spencer/Monsterinsel, Pazifik (Insel), *Die Schule der Robinsons* von Jules Verne (Roman/Film), S. 120–121, E4
Spensonia (Insel/Nation), Werke von Thomas Spence (Schriften), S. 38–39, C2
Spider Canyon, Utah (Landschaft), *Wild Wild West* (Film), S. 18–19, C4
Spider-Skull Island, Sargasso Sea (Insel), *The Venture Bros.* (TV), S. 126–127, A4
Spiegelhöhle, Frankreich (Landschaft), *Pokémon* (Videospiele), S. 44–45, B3
Spielzeugland, Italien (Insel), *Pinocchio* (diverse), S. 44–45, C2
Spinnenaffeninsel, Brasilien (Insel), *Doktor Dolittles schwimmende Insel* von Hugh Lofting (Roman), S. 38–39, C3
Spinner Cay, Golf von Melange (Insel), *Monkey Island*-Reihe (Videospiele), S. 32–33, F2
Spinnwebschloss, Japan (Gebäude), *Das Schloss im Spinnwebwald* (Film), S. 96–97, C2
Splendid, Texas (Städtchen), *Dead State* (Videospiele), S. 16–17, B2
Spoon Island, Golf von Melange (Insel), *Monkey Island*-Reihe (Videospiele), S. 32–33, F2
Spoon River, Illinois (Städtchen), *Die Toten von Spoon River* von Edgar Lee Masters (Lyrik), S. 16–17, D4
Sporks, Washington (Städtchen), *Beilight – Bis(s) zum Abendbrot* (Film), S. 18–19, A6
Spring-Inseln (Inselgruppe), *Die Monikins* von James Fenimore Cooper (Roman), S. 114–115, D2/D3
Springdale, Japan (Städtchen), *Yo-kai Watch* (Videospiel/Anime), S. 96–97, B2
Springfield, North Takoma (Städtchen), *Die Simpsons* (TV), S. 18–19, A6
Springwood, Ohio (Städtchen), *Nightmare on Elm Street*-Reihe (Filme), S. 14–15, B5
Spuk-Insel, Ontario (Insel), *Die Spuk-Insel* von Algernon Blackwood (Kurzgeschichte), S. 26–27, A4
Spukvilla Whipstaff, Maine (Gebäude), *Casper* (Film), S. 14–15, D6
Spurbury, Vermont (Städtchen), *Super Troopers – Die Superbullen* (Film), S. 14–15, C6
Squamash, Pennsylvania (Städtchen), *Akte X* (TV), S. 14–15, C5
Squaw's Ankle, Wyoming (Städtchen), *Die Abenteuer von Rocky & Bullwinkle* (TV), S. 16–17, A5
Sri Kanda, Taprobane (heiliger Berg), *Fahrstuhl zu den Sternen* von Arthur C. Clarke (Roman), S. 78–79, C2
SS Cabinet Minister, Schottland (Wrack), *Whisky Galore!* von Angus MacPhail (Roman/Film), S. 64–65, A4/B4
SS Claridon, Pazifik (Wrack), *Höllenfahrt* (Film), S. 120–121, D4
SS Mary Minerva, Tasmanien (Wrack), *Der Sturm* von Jane Harper (Roman), S. 108–109, D1
SS Minnow, Pazifik (Wrack), *Gilligans Insel* (TV), S. 120–121, D4
SS Orminta, Pazifik (Wrack), *Baby Island* von Carol Ryrie Brink (Roman), S. 120–121, C3
SS Ourang Medan, Pazifik (Wrack), *Man of Medan* und reale Welt (Videospiel/moderner Mythos), S. 120–121, B4/C4
SS Poseidon (ex-RMS *Atlantis*), Atlantik (Wrack), *Schiffbruch* und *Der Untergang der Poseidon* von Paul Gallico (Romane), S. 126–127, C4
SS Poseidon, Mittelmeer (Wrack), *Die Höllenfahrt der Poseidon* von Paul Gallico (Film), S. 44–45, C1
SS Queen of Glasgow, Atlantik (Wrack), *Twilight Zone* (TV), S. 126–127, D5
SS Titan, Atlantik (Wrack), *Titan. Eine Liebesgeschichte auf hoher See* von Morgan Robertson (Novelle), S. 126–127, B5
SS Victory, Atlantik (Wrack), Cthulhu-Mythos (*Der Tempel*, Kurzgeschichte), S. 126–127, C4
SS Virginian, England (Wrack), *Die Legende vom Ozeanpianisten* (Film), S. 64–65, C1
St. Agnes, Arizona (Städtchen), *Mobile Suit Gundam* (Anime), S. 18–19, C3
St. Anthony (Region), *Islandia*-Romane von Austin Tappan Wright und Fortsetzungen von Mark Saxton, S. 84–85, B1
St. Caro, Karibik (Insel), *Finding Maubee* von Albert H.Z. Carr (Roman), S. 32–33, E2/F2
St. David's Field, Tennessee (Schlachtfeld), *Der mit dem Wolf tanzt* (Film), S. 14–15, A3
St. David's, Victoria (Städtchen), *Blue Heelers* (TV), S. 108–109, D2
St. Dorca, Schottland (Insel), *Mit Schirm, Charme und Melone: Der Adlerhorst* (TV), S. 64–65, B5
St. Gregory, Kanalinseln (Insel), *Island at War* (TV), S. 64–65, A1
St. Gustav, Minnesota (Städtchen), *Golden Girls* (TV), S. 16–17, C6
St. Helen, Victoria (Städtchen), Werke von James Aldridge, S. 108–109, D2
St. Honoré (Insel), *Karibische Affäre* von Agatha Christie (Roman), S. 32–33, F2
St. Loo, England (Städtchen), *Das Haus an der Düne* von Agatha Christie (Roman), S. 64–65, C1
St. Maggy, Corpus Christi (Stadt), Werke von Robert Antoni, S. 32–33, F2
St. Marmero, Antegrien (Stadt), *Papers, Please* (Videospiel), S. 50–51, A5
St. Mary Mead, England (Dorf), Romane von Agatha Christie, S. 64–65, C2
St. Ogg's, England (Dorf), *Die Mühle am Floss* von George Eliot (Roman), S. 64–65, D3
St. Olaf, Minnesota (Städtchen), *Golden Girls* (TV), S. 16–17, C6
St. Petersburg, Missouri (Städtchen), *Die Abenteuer des Huckleberry Finn* von Mark Twain (Roman), S. 16–17, D4
St. Roch, Louisiana (Stadt), DC Comics, S. 16–17, D2
Staatsgefängnis Cold Mountain, Louisiana (Gebäude), *The Green Mile* von Stephen King (Roman/Film), S. 16–17, D2
Stacks, The, Ohio (Städtchen), *Ready Player One* (Film), S. 14–15, B4
Stackton Tressell, England (Städtchen), *Dear Ladies* (TV/Hörspiel/Comedy), S. 64–65, D2
Stadt am Meer, Pakistan (Stadt), *In the City by the Sea* von Kamila Shamsie (Roman), S. 78–79, A4
Stadt Atlantis, Versunkene, Atlantis (Stadt), *Atlantis – Das Geheimnis der verlorenen Stadt* (Film), S. 126–127, C6
Stadt der Alten Wesen (Stadt), *Berge des Wahnsinns* von H.P. Lovecraft (Romane), S. 114–115, E3
Stadt der Cäsaren, Chile/Argentinien (unkartierbare Stadt, Mythologie), S. 38–39, B2
Stadt der goldenen Pforten (City of the Golden Gates), Atlantis (Stadt), Cthulhu-Mythos (diverse), S. 126–127, C3
Stadt der Großen Rasse von Yith (Ruinen), Western Australia (Stadt), *Der Schatten aus der Zeit* von H.P. Lovecraft (Novelle), S. 108–109, B3
Stadt der lichten Schatten, Mongolei (Stadt), *Alan Dark* von Alfredo Castelli und Giancarlo Alessandrini (Comic), S. 102–103, B4
Stadt der Unsterblichen, Äthiopien (Ruinenstadt), *Der Unsterbliche* von Jorge Luis Borges (Kurzgeschichte), S. 84–85, D4
Stadt der Unterwasserwesen, Karibik (Unterwasserstadt), *Abyss – Abgrund des Todes* (Film), S. 32–33, D2
Stadt der Zauberin, Iran (Stadt), *1001 Nacht: Gülnar vom Meer* (Kurzgeschichte), S. 72–73, C3
Stadt des „Inspektors" Chlestakow, Russland (Städtchen), *Der Revisor* von Nikolai Gogol (Theaterstück), S. 50–51, D3
Stadt des Affengottes (Weiße Stadt), Honduras (Stadt, Mythologie), S. 32–33, D2
Stadt des hellen Mondlichts (City of Bright Moonlight), China (Stadt), *Where the Mountain Meets the Moon* von Grace Lin (Roman), S. 102–103, A3
Stadt F, Japan (Stadt), *Excel Saga* von Kōshi Rikudō (Manga/Anime), S. 96–97, A1
Stadt H, Taiwan (Städtchen), *Der Mann mit den Facettenaugen* von Wu Ming-Yi (Roman), S. 102–103, D1
Stadt K, Japan (Stadt), *Die Aosawa-Morde* von Riku Onda (Roman), S. 96–97, B2
Stadtdomizil Eden, New South Wales (Gebäude), *Rückkehr nach Eden* (TV), S. 108–109, F4
Stafford, Indiana (Städtchen), *Auf der Flucht* (TV), S. 14–15, A4
Stahlstadt, Oregon (Stadt), *Die 500 Millionen der Begum* von Jules Verne (Roman), S. 18–19, A5
Stalag Luft 112B, Deutschland (Gebäude), *Ripping Yarns* (TV), S. 44–45, D3
Standard-Island, Pazifik (Insel), *Die Propellerinsel* von Jules Verne (Roman), S. 120–121, D2
Stanton, Pennsylvania (Städtchen), *Unstoppable – Außer Kontrolle* (Film), S. 14–15, C4
Star City, Kalifornien (Stadt), DC Comics, S. 18–19, A4
Star Harvester, Ägypten (Maschine), *Transformers – Die Rache* (Film), S. 84–85, C5
Starfish Island, Fidschi (Insel), *Green Arrow* (Comics), S. 120–121, C2
Stargate-Center, Colorado (Gebäude), *Stargate – Kommando SG-1* (TV), S. 16–17, A4
Stark, Western Australia (Städtchen), *The Windy Season* von Samuel Carmody (Roman), S. 108–109, A2
Starkfield, Massachusetts (Städtchen), *Ethan Frome* (auch: *Winter*) von Edith Wharton (Roman), S. 14–15, C5
Starr, Schottland (Städtchen), Romane von John Buchan, S. 64–65, B3/C3
Stars Hollow, Connecticut (Städtchen), *Gilmore Girls* (TV), S. 14–15, C5
Starvation Lake, Michigan (Städtchen), *Starvation Lake* von Bryan Gruley (Roman), S. 14–15, A5
Statesota (Staat), *Moral Orel* (TV), S. 16–17, C3
Stay More, Arkansas (Städtchen), Werke von Donald Harington, S. 16–17, C3
Steaua de Munte, Rumänien (Städtchen), Werke von John Howard, S. 50–51, B2
Steel Harbor, Michigan (Stadt), Dark Horse Comics, S. 14–15, A5/B5
Steelerton, Slowenien (Städtchen), *Steelerton* von Jaka Bulc (Fotografie), S. 50–51, A2
Steinbrei-River (Fluss), The Flintstones Bedrock River Adventure (Themenpark), S. 18–19, C3
Steine des Druiden (Druid's Stones), Wales (Steinkreis), *Boris Karloff's Thriller* (TV), S. 64–65, C2
Stenkelfeld, Deutschland (Stadt), *Stenkelfeld* (Hörspiel), S. 44–45, D4
Stepford, Connecticut (Städtchen), *Die Frauen von Stepford* (Roman/Film), S. 14–15, C5
„Steppenbrand (Wildfire)"-Labor, Nevada (Gebäude), *Andromeda – Tödlicher Staub aus dem All* von Michael Crichton (diverse), S. 18–19, B5
Steveston, Massachusetts (Städtchen), *Akte X* (TV), S. 14–15, C5
Stillwater, Utah (Städtchen), *Zugfahrt ins Jenseits* (Film), S. 18–19, D4
Stilwater, Michigan (Stadt), *Saints Row* (Videospiel), S. 14–15, A5
Stinkfußfarm, Neuseeland (Anwesen), *Dog von der Stinkfußfarm* (Comic), S. 108–109, F2
Stodge City, Kansas (Städtchen), *Ist ja irre – der dreiste Cowboy* (Film), S. 16–17, B3
Stoke Moran, England (Gebäude), *Sherlock Holmes: Silberstern* von Arthur Conan Doyle (Kurzgeschichte), S. 64–65, D2
Stone Ville, Missouri (Städtchen), *Resident Evil*-Reihe (Videospiele/Filme), S. 16–17, C3
Stone's-Hill, Florida (Berg), *Von der Erde zum Mond* von Jules Verne (Roman), S. 14–15, B1
Stonemouth, Schottland (Städtchen), *Stonemouth* von Iain Banks (Roman), S. 64–65, C4/C5
Stonetrail Park, Arizona (Landschaft), The Flintstones Bedrock River Adventure (Themenpark), S. 18–19, C3
Stoneybridge, Schottland (Dorf), *Absolutely* (TV), S. 64–65, C4
Stoneybrook, Connecticut (Städtchen), *Der Babysitter-Club*-Reihe von Ann M. Martin (Romane/TV), S. 14–15, C5
Stonyshire, England (Grafschaft), *Adam Bede* von George Eliot (Roman), S. 64–65, C2
Stoolbend, Virginia (Städtchen), *The Cleveland Show* (TV), S. 14–15, C4
Storybrooke, Maine (Städtchen), *Once Upon a Time – Es war einmal ...* (TV), S. 14–15, D6
Strackenz, Herzogtum (Region), *Royal Flash* von George MacDonald Fraser (Roman), S. 44–45, D4
Stradhoughton, England (Städtchen), *Billy der Lügner* von Keith Waterhouse (Roman), S. 64–65, C3
Strafgefängnis Belle Reve, Lousiana (Gebäude), DC Comics, S. 16–17, D2
Strafgefängnis Sisika Penitentiary, Lemoyne (Insel), *Red Dead Redemption*-Reihe (Videospiel), S. 16–17, D2
Strandstadt, Delmarva (Städtchen), *Steven Universe* (TV), S. 14–15, C4
Strathbane, Schottland (Städtchen), *Hamish Macbeth*-Reihe von M.C. Beaton (Romane/TV), S. 64–65, B5
Stratis, Griechenland (Insel), *ARMA 3* (Videospiel), S. 44–45, E1
Strawberry, West Elizabeth (Städtchen), *Red Dead Redemption*-Reihe (Videospiele), S. 16–17, C3
Strelsau, Ruritanien (Stadt), *Der Gefangene von Zenda* von Anthony Hope (Roman), S. 50–51, A3
Strömsvik, Schweden (Städtchen), *Vita Lögner/White Lies* (TV), S. 56–57, B2
Strong Badia, Nebraska (Dorf), *Homestar Runner* (Web-Trickserie), S. 16–17, B4
Struan, Ontario (Städtchen), *Road Ends* von Mary Lawson (Roman), S. 26–27, E1
Struay, Schottland (Insel), *Katie Morag* (Romane/TV), S. 64–65, B4
Struchtrup, Deutschland (Städtchen), *Stenkelfeld* (Hörspiel), S. 44–45, D4
Stuckeyville, Ohio (Städtchen), *Ed – Der Bowling-Anwalt* (TV), S. 14–15, B4
Studley Constable, England (Städtchen), *Der Adler ist gelandet* (Film), S. 64–65, D2
Stumble Head, Wales (Landschaft), *Sheep* von Simon Maginn (Roman), S. 64–65, B2
Stump's Land, Glass Town Federation (Land), Brontë-Jugendwerk, S. 84–85, A4
Stygien (Land), *Conan*-Romane von Robert E. Howard, S. 84–85, C5
Styx, Ägypten (Fluss), *Conan*-Romane von Robert E. Howard, S. 84–85, C5
Sucupira, Brasilien (Städtchen), *O Bem Amado* (TV), S. 38–39, D4
Sucupira, Chile (Städtchen), *Sucupira* (TV), S. 38–39, B3
Süd-Sahrani, Sahrani (Insel/Nation), *ARMA: Armed Assault* (Videospiel), S. 126–127, C4
Suddenly, Washington (Städtchen), *Operation Olympus – White House Taken* (Film), S. 18–19, A6
Suddery, England (Stadt), *Thomas, die kleine Lokomotive* von Rev. W. Audrey (Bücher/TV), S. 64–65, C3
Südliche Inseln, Dänemark (Land), *Die Eiskönigin – Völlig unverfroren* (Film), S. 56–57, A2
Südliches Basislager der Miskatonic-Expedition, *Berge des Wahnsinns* von H.P. Lovecraft (Novelle), S. 114–115, D2
Sugomori City, Japan (Stadt), *Kiznaiver* (Anime), S. 96–97, B2
Sulaco, Costaguana (Stadt), *Nostromo* von Joseph Conrad (Roman), S. 38–39, A4
Sulliaba (Region/Stadt), *Islandia*-Romane von Austin Tappan Wright und Fortsetzungen von Mark Saxton, S. 84–85, A1/A2

Sultanat Bagghar, Marokko (Staat), *Tim und Struppi von Hergé* (diverse), S. 84–85, A5
Sumaru, Japan (Stadt), *Persona*-Reihe (Videospiele), S. 96–97, C2
Sumeru Tso, Tibet (See), *Die Stadt der Schädel* von L. Sprague de Camp und Lin Carter (Roman), S. 102–103, B2
Summer Bay, New South Wales (Städtchen/Vorort), *Home and Away* (TV), S. 108–109, F4
Summer Memory, Colorado (Städtchen), *Digimon* (Anime), S. 18–19, D4
Summerisle, Schottland (Insel), *The Wicker Man* (Film), S. 64–65, B5
Summersisle, Washington (Insel), *The Wicker Man* (US-Remake) (Film), S. 18–19, A6
Summerville, Oklahoma (Städtchen), *Ghostbusters: Legacy* (Film), S. 16–17, B3
Sunda (Insel/Nation), *Besuch bei Nacht* (Film), S. 90–91, B1
Sunnydale, Kalifornien (Städtchen), *Buffy – Im Bann der Dämonen* (TV), S. 18–19, A3
Sunnysands, England (Städtchen), *Grandpa in my Pocket* (TV), S. 64–65, D2
Sunset Point, Queensland (Städtchen), *The Beach House* von Helen McKenna (Roman), S. 108–109, E3
Sunshine, Barclay-Inseln (Insel), *McCreadys Doppelspiel* von Frederick Forsyth (Roman), S. 32–33, D3
Supreme Barrier Reef, Queensland (Landschaft), *Thunderbirds Are Go* (TV), S. 108–109, D4/E3
Sursuri Nagar, Indien (Städtchen), *Motu Patlu* (TV), S. 78–79, B3
Suryam, Indien (Stadt), *The Body Myth* von Rheea Mukherjee (Roman), S. 78–79, B3
Susukino, Ezzo-Königreich (Stadt), *Log Horizon* von Mamare Tōno und Kazuhiro Hara (Romane/Anime), S. 96–97, C4
Sveden (Land), *His Dark Materials* von Philip Pullman (Romane), S. 56–57, B3
Sveti Kotar, Kroatien (Städtchen), *Saint Kotar* (Videospiel), S. 50–51, A2
Swallow Falls, Atlantik (Insel), *Wolkig mit Aussicht auf Fleischbällchen* (Film), S. 126–127, A4
Sweet Valley, Kalifornien (Städtchen), *Sweet Valley High* (TV), S. 18–19, A2
Sweethaven, Kalifornien (Städtchen), *Popeye* (diverse), S. 18–19, A3
Sweetland, Neufundland (Insel), *Sweetland* von Michael Crummey (Roman), S. 26–27, F2
Swerdlow, Russland (Insel), *Hebt die Titanic!* von Clive Cussler (Roman/Film), S. 50–51, B6
Switchblade, Oregon (Städtchen), *Nightlight: A Parody of Twilight* aus *The Harvard Lampoon* (Roman), S. 18–19, A6
Switzerloan, Schweiz (Land), *MacTrump* von Ian Doescher und Jacopo Della Quercia (Satire), S. 44–45, C3
Syberia, Russland (Insel), *Syberia* (Videospiel), S. 102–103, F2
Sydney-Melbourne Conurb (Stadt), *2000 AD* (Comics), S. 108–109, D2
Syldavien (Land), *Tim und Struppi* von Hergé (diverse), S. 50–51, A2/B2
Symkaria (Land), Marvel Comics, S. 50–51, B2
Szohôd, Bordurien (Stadt), *Tim und Struppi* von Hergé (diverse), S. 50–51, B1
Szybuscz, Ukraine (Städtchen), Werke von Samuel Agnon, S. 50–51, B3
Tabacópolis, Brasilien (Städtchen), *O Fim do Mundo* (TV), S. 38–39, D4
Tacañón del Todo, Spanien (Städtchen), *Un, dos, tres ... responda otra vez* (TV), S. 44–45, C2
Tackleford, England (Stadt), *Scary Go Round* (Webcomic), S. 64–65, C3
Taean-gun, Nordkorea (Dorf), *Crash Landing on You* (TV), S. 102–103, E3
Tai Hai, China (Stadt), *Das Leben auf Erden* von Jan Jacob Slauerhoff (Roman), S. 102–103, D2
Taianisches Hochland, Ägypten (Gebirge), *Conan*-Romane von Robert E. Howard, S. 84–85, C5
Taibei, Taiwan (Stadt), *Log Horizon* von Mamare Tōno und Kazuhiro Hara (Romane/Anime), S. 102–103, D1
Tailorstown, Nordirland (Dorf), Romane von Christina McKenna, S. 64–65, B3
Tainuia Junction, Neuseeland (Städtchen), *Came a Hot Friday* von Ronald Hugh Morrieson (Roman), S. 108–109, F2
Takistan (Land), *ARMA 2* (Videospiel), S. 50–51, A5
Tal Abraham, Portugal (Landschaft), *Am Ufer des Flusses* von Agustina Bessa-Luís (Roman), S. 44–45, A2
Tal der Asche, New York (Städtchen), *Der große Gatsby* von F. Scott Fitzgerald (Roman), S. 14–15, D1
Tal der Schlangen, Kenia (Landschaft), *Sindbad der Seefahrer* (Kurzgeschichte), S. 84–85, D3
Tal der Tartaren, Irak (Landschaft), *Biggles: Foreign Legionnaire* von W.E. Johns (Roman), S. 72–73, C3
Tall Oaks (Stadt), *Resident Evil*-Reihe (Videospiele/Filme), S. 14–15, C6
Tallahatchee, Florida (Stadt), DC Comics, S. 14–15, B2
Tallstoria, Iran (Region), *Utopia* von Thomas Morus (Übersetzung von Paul Turner) (Roman), S. 72–73, D2
Tama (der vielen Dämonen), Japan (Stadt), *Machikado Mazoku* von Izumo Itō (Manga/Anime), S. 96–97, E1
Tamarind Island, British Columbia (Insel), Marvel Comics, S. 26–27, B1
Tamoé, Pazifik (Insel/Nation), *Aline und Valcour* von Marquis de Sade (Roman), S. 120–121, D2
Tanakuatua, Pazifik (Insel), *Eiland der Spinnen* von John Wyndham (Roman), S. 120–121, D3
Tangará, Brasilien (Städtchen), *O Salvador da Pátria* (TV), S. 38–39, C3
Tangerine, Florida (Städtchen), *Tangerine* von Edward Bloor (Roman), S. 14–15, B2
Tannochbrae, Schottland (Städtchen), *Dr. Finlay*-Reihe von A.J. Cronin (Romane/TV), S. 64–65, C4
Tanoa, Horizon Islands (Insel), *ARMA 3* (Videospiel), S. 120–121, C2
Tanzakademie, Deutschland (Gebäude), *Suspiria* (Film), S. 44–45, C3
Tapoli, Portugal (Städtchen), *The Exhausting Summer of São Martino* von Simon Carr (Roman), S. 44–45, A2
Taprobane (Insel), *Fahrstuhl zu den Sternen* von Arthur C. Clarke (Roman), S. 78–79, C2
Taratupa, Pazifik (Insel), *McHale's Navy* (TV), S. 120–121, C1
Tarbox, Massachusetts (Städtchen), *Ehepaare* von John Updike (Roman), S. 14–15, D5
Tarkov, Russland (Stadt), *Escape from Tarkov* (Videospiel), S. 50–51, C5
Tarlenheim-Stammsitz, Ruritanien (Städtchen), *Der Gefangene von Zenda* von Anthony Hope (Roman), S. 50–51, A3
Tarrant, England (Städtchen), *Howard's Way* (TV), S. 64–65, C1
Tartessos (Land), *Die Macht des Zaubersteins* (Anime), S. 84–85, C3
Tarzans Geburtsort, Angola (Gebäude), *Tarzan bei den Affen* von Edgar Rice Burroughs (Roman), S. 84–85, B3
Taswegia, Tasmanien (Stadt), *2000 AD* (Comics), S. 108–109, D1
Tataviam Mountains, San Andreas (Gebirge), *Grand Theft Auto*-Reihe (Videospiel), S. 18–19, B3
Tate, Oklahoma (Städtchen), *Verführung einer Minderjährigen* (Film), S. 16–17, B3
Tatsumiyajima, Japan (Insel), *Fafner in the Azure* (Film), S. 96–97, B2
Taz, Karibik (Unterwasserstadt), *Doc Savage*-Reihe von Lester Dent (Romane), S. 32–33, D1
Tazbekistan (Land), *Ambassadors* (TV), S. 72–73, E4/F4
Tblunka, Slorenia (Stadt), Marvel Comics, S. 50–51, B4
Te Fiti, Pazifik (Insel), *Vaiana – Das Paradies hat einen Haken* (Film), S. 120–121, D3
Te Tarehi, Neuseeland (Städtchen), Werke von Owen Marshall, S. 108–109, F2
Teak City, Japan (Stadt), *Pokémon* (Videospiele), S. 96–97, B2
Team Americas Hauptquartier, South Dakota (Gebäude), *Team America* (Film), S. 16–17, A5
Tearstone-Berge, Eastal (Gebirge), *Log Horizon* von Mamare Tōno und Kazuhiro Hara (Romane/Anime), S. 96–97, C3
Tecala (Land), *Lebenszeichen – Proof of Life* (Film), S. 38–39, A5
Tecan (Land), *A Flag for Sunrise* von Robert Stone (Roman), S. 32–33, C1
Tech Duinn, Irland (Insel, Mythologie), S. 64–65, A2
Teito, Japan (Stadt), *K-20 – Die Legende der schwarzen Maske* (Film), S. 96–97, E1/F1
Tekeli, Aorusoi (Städtchen), *Log Horizon* von Mamare Tōno und Kazuhiro Hara (Romane/Anime), S. 72–73, D3
Tel Ilan, Israel (Städtchen), *Geschichten aus Tel Ilan* von Amos Oz (Erzählungen), S. 72–73, B2
Temenos, Argentinien (Dorf), *Far South* von David Enrique Spellman (Roman), S. 38–39, B3
Tempel der goldenen Grille, Tibet (Gebäude), *DuckTales* (TV), S. 102–103, A2
Tempera City, Frankreich (Stadt), *Pokémon* (Videospiele), S. 44–45, C3
Tempest, Massachusetts (Städtchen), *Misfile* von Chris Hazelton (Webcomic), S. 14–15, C5
Temphill, England (Städtchen), Severn Valley aus dem Cthulhu-Mythos von Ramsey Campbell (Romane), S. 64–65, C2
Templestowe, England (Gebäude), *Ivanhoe* von Sir Walter Scott (Roman), S. 64–65, C3
Templeton, New York (Städtchen), *Lederstrumpf* von James Fenimore Cooper (Romane), S. 14–15, C5
Tenchu-Orbitallift (Heaven Pillar), Pazifik (Insel), *Mobile Suit Gundam 00* (Anime), S. 120–121, B3
Tendo Dojo, Japan (Gebäude), *Ranma ½* von Rumiko Takahashi (Manga/Anime), S. 96–97, E1
Tercanbury, England (Stadt), *Seine erste Frau* von W. Somerset Maugham (Roman), S. 64–65, D2
Terlawk, New Jersey (Städtchen), *Jim, der Regenwurm* (TV), S. 14–15, D1
Terminal City, British Columbia (Stadt), *Terminal City Ricochet* (Film), S. 26–27, B1
Terminal City, Indiana (Stadt), *Terminal City* von Dean Motter und Michael Lark (Comic), S. 14–15, A4
Terminus, Georgia (Gebäude), *The Walking Dead* (TV/Comic), S. 14–15, B3
Terra de Pogo (Land), *Der Goldene Kompass* (Film), S. 38–39, B2
Terra Verde (Land), Marvel Comics, S. 32–33, C2
Terrormolinos, Spanien (Städtchen), *Terrormolinos* (Computerspiel), S. 44–45, B1
Tescara, Atlantik (Insel), *CSI: New York* (TV), S. 126–127, C4
Teufelsberg, Tasmanien (Landschaft), *Die Höhle im Teufelsberg* von Nan Chauncy (Kinderbuch), S. 108–109, D1
Teufelsdreieck, Karibik (Insel), *Fluch der Karibik* (diverse), S. 32–33, F2
Teufelsinsel/Letchi-Insel, Japan (Insel), *Godzilla*-Filme, S. 96–97, D3
Teufelsrücken, Northern Territory (Berg), *Bernard und Bianca im Känguruland* (Film), S. 108–109, C3
Teufelssümpfe, Florida (Landschaft), *Bernard und Bianca – Die Mäusepolizei* (Film), S. 14–15, C1
Teufort, New Mexico (Städtchen), *Team Fortress 2* (Videospiel), S. 18–19, D3
Teutdorf, Landkreis Masseltow, Deutschland (Städtchen), *Teutdorf* (Kurzfilm), S. 44–45, D4
Tewyn Beach, Wales (Städtchen), *Die kleine Lok Ivor* (TV), S. 64–65, C2
Texas City, Texas (Stadt/Staat), *Judge Dredd* (Comics), S. 16–17, C2
Thabai, Kenia (Dorf), *Preis der Wahrheit* von Ngũgĩ wa Thiong'o (Roman), S. 84–85, D3
Thachanakkara, Indien (Dorf), *Manushyanu Oru Aamukham* von Subhash Chandran (Roman), S. 78–79, B2
Thail River, Mississippi (Fluss), *In der Hitze der Nacht* (TV), S. 16–17, D3
Thaxley, England (Dorf), Romane von Susan Pleydell, S. 64–65, C3
The Bay, Neuseeland (Städtchen), *Short Poppies* (Mockumentary), S. 108–109, F2
The Great White, Pazifik (Wüste/Meer), *Mad Max* (Videospiel), S. 108–109, E3
The Grizzlies (Gebirge), *Red Dead Redemption*-Reihe (Videospiel), S. 18–19, D4
The Hub, Kalifornien (Stadt), *Fallout 1* (Videospiel), S. 18–19, B3
Thekkek, Aorusoi (Dorf), *Log Horizon* von Mamare Tōno und Kazuhiro Hara (Romane/Anime), S. 72–73, D3
Themyscira, Themyscira (Inselstaat), *Wonder Woman* (diverse), S. 44–45, F1
Thermostadt, Robo-Ungarisches Reich (Stadt), *Futurama* (TV), S. 44–45, D3
Thirty Point, San Serriffe (Landschaft), *The Guardian* (Städtchen), S. 78–79, A1
Thneedville, New Jersey (Städtchen), *Der Lorax* (diverse), S. 14–15, C5
Thoat Nhin, Sin-Cong (Stadt), Marvel Comics, S. 102–103, C1
Thornfield Hall, England (Anwesen), *Jane Eyre* von Charlotte Brontë (Roman), S. 64–65, C3
Thornhill, Connecticut (Städtchen), Werke von Madeleine L'Engle, S. 14–15, C5
Thrang (Kontinent), Cthulhu-Mythos (diverse), S. 114–115, D3
Three Fists, Tasmania (Berg), *Tiger in the Bush* von Nan Chauncy (Kinderbuch), S. 108–109, D1
Three Pines, Québec (Städtchen), *Chief Inspector Armand Gamache*-Reihe von Louise Penny (Romane), S. 26–27, E1
Three Skeleton Key, Französisch-Guayana (Insel/Gebäude), *Three Skeleton Key* von George G. Toudouze (Kurzgeschichte), S. 38–39, C5
Thrums, Schottland (Dorf), Romane von J.M., Barrie, S. 64–65, C4
Thrush Green, England (Dorf), *Thrush Green*-Reihe von Miss Read (Romane), S. 64–65, C2
Thul, Indien (Dorf), *Das Dorf am Meer* von Anita Desai (Roman), S. 78–79, B3
Thule-Basis (Camp), *Das Ding aus einer anderen Welt* (Film), S. 114–115, C2
Thule, Atlantik (Insel, Legende), S. 126–127, D5
Thunder Mesa, Arizona (Städtchen), Big Thunder Mountain Railroad (Themenparks), S. 18–19, C3
Thunder Mountains, New Mexico (Gebirge), *Team Fortress 2* (Videospiel), S. 18–19, D3
Thurnemouth, England (Städtchen), *Boomers* (TV), S. 64–65, D2
Thuvaraiyam Pathi, Lemuria (versunkene Region, Mythologie), S. 78–79, B2
Tiboonda, New South Wales (Städtchen), *In Furcht erwachen/Wake in Fright* von Kenneth Cook (Roman/TV), S. 108–109, D2
Tickle Head, Neufundland (Städtchen), *Die große Versuchung – Lügen bis der Arzt kommt* (Film), S. 26–27, F2
Tidmouth, England (Städtchen), *Thomas, die kleine Lokomotive* von Rev. W. Audrey (Bücher/TV), S. 64–65, B3
Tiefen von Palm, Eastal (Landschaft), *Log Horizon* von Mamare Tōno und Kazuhiro Hara (Romane/Anime), S. 96–97, C3
Tierra Caliente, Olifa (Region), *The Courts of the Morning* von John Buchan (Roman), S. 38–39, B2
Tierra Robada, San Andreas (Gebirge), *Grand Theft Auto*-Reihe (Videospiel), S. 18–19, B3
Tierra Verde (Land), Marvel Comics, S. 38–39, C5
TigerWorld, Indien (Gebäude), *Jurassic Park* von Michael Crichton (Roman), S. 78–79, B5
Tilbury Town, Maine (Städtchen), Werke von Edwin Arlington Robinson, S. 14–15, D6
Tilling, England (Städtchen), Romane von Edward Frederic Benson, S. 64–65, D1
Tin Min, Myanmar (Dorf), *It Ain't Half Hot Mum* (TV), S. 90–91, A4
Tinny Waters, Texas (Stadt), *The Age of the Bicycle* von Miriam Webster (Roman), S. 16–17, B2
Tinworth, England (Städtchen), *Harry Potter*-Romane von J.K. Rowling (Romane/Filme), S. 64–65, B1
Tir na nÓg, Atlantik (Insel, Legende), S. 126–127, D5
Tirgistan (Land), *Die Schattenmacht – The State Within* (TV), S. 72–73, E3
Tiriltoppen, Norwegen (Städtchen), Werke von Anne-Catharina Vestly, S. 56–57, B3
Tirtha, Kyrat (Dorf), *Far Cry 4* (Videospiel), S. 78–79, C4
Tirulia (Land), *Arielle, die Meerjungfrau* (Film), S. 56–57, A2
Titan-Projekt, Colorado (Gebäude), *Titan A.E.* (Film), S. 16–17, A4
Titfield, England (Städtchen), *Der Titfield-Express* (Roman), S. 64–65, C2
Titicacasee (Lake Titicoocoo), Peru/Bolivien (See), *Dagobert Duck/Donald Duck: Der Sohn der Sonne/Das Gold der Inkas* (Comics), S. 38–39, B4
Titipu, Japan (Städtchen), *Der Mikado* von W.S. Gilbert und Arthur Sullivan (komische Oper), S. 96–97, C2
Titty Twister (La Tetilla del Diablo) (Gebäude), *From Dusk Till Dawn* (Film), S. 32–33, B3
Titty Twister (La Tetilla del Diablo), Mexiko (Gebäude), *From Dusk Till Dawn* (Film), S. 32–33, B3
Titus, Neu-Schweizerland/Neue Schweiz (Wrack), *Der Schweizerische Robinson* von Johann Wyss und *Das zweite Vaterland* von Jules Verne (Roman/Film), S. 90–91, A2
Titusville, Illinois (Städtchen), *Nancy Drew* (diverse), S. 16–17, D4
Toadstool, Indiana (Stadt), *Bibos abenteuerliche Flucht* (Film), S. 14–15, A4
Toarushi, Japan (Stadt), *Crows* von Hiroshi Takahashi (Manga), S 96–97, C2
Tobiki, Japan (Dorf), *Das kleine Teehaus* von John Patrick (Roman/Film), S. 96–97, D1
Tocaia Grande, Brasilien (Städtchen), *Tocaia Grande* von Jorge Amado (Roman), S. 38–39, D4
Tokisadame High School, Japan (Gebäude), *Nichijou – Das ganz normale Leben* von Keiichi Arawi (Manga/Anime), S. 96–97, C2
Tokyo-2, Japan (Stadt), *Neon Genesis Evangelion* (Anime), S. 96–97, C2
Tokyo-3, Japan (Stadt), *Neon Genesis Evangelion* (Anime), S. 96–97, C2
Tollington, England (Städtchen), *Anita and Me* von Meera Syal (Roman), S. 64–65, C2
Toluca Lake, West Virginia (See), *Silent Hill* (Film), S. 14–15, B4
Toluca River (Fluss), *Silent Hill*-Reihe (diverse), S. 14–15, B4
Tomanien (Land), *Der große Diktator* (Film), S. 44–45, D3
Tomatán, Mexiko (Städtchen), *Schiffbruch mit Tiger* von Yann Martel (Roman), S. 32–33, A4
Tomobiki, Japan (Städtchen), *Urusei Yatsura* von Rumiko Takahashi (Manga/Anime), S. 96–97, E1
Tomoeda, Japan (Stadt), *Card Captor Sakura* von CLAMP (Manga/Anime), S. 96–97, C2
Tone's Grave (Tonnesgrave), Aorusoi (Bauwerk), *Log Horizon* von Mamare Tōno und Kazuhiro Hara (Romane/Anime), S. 72–73, D3
Tong Mountain, China (Berg), *China Sky (Am Himmel von China)* von Pearl S. Buck (Roman/Film), S. 102–103, D2
Toomey, Queensland (Städtchen), *Front Page News* von Katie Rowney (Roman), S. 108–109, E3
Toonstadt, Kalifornien (Städtchen), *Falsches Spiel mit Roger Rabbit?* (Film), S. 18–19, A3
Tor zum Olymp (Olympus), Griechenland (Gebäude), Marvel Comics/Marvel Cinematic Universe, S. 44–45, E2
Tor zur gleißenden Welt, Nordpol (Pforte), *Die gleißende Welt* von Margaret Cavendish (Roman), S. 26–27, C4
Torchwood 2, Schottland (Gebäude), *Doctor Who/Torchwood* (TV), S. 64–65, C4
Torchwood 3, Wales (Gebäude), *Torchwood* (TV), S. 64–65, C2
Torland, Deutschland (Stadt), *Tessa – Leben für die Liebe* (TV), S. 44–45, D4
Torminster, England (Städtchen), *Torminster Saga*-Reihe von Elizabeth Goudge (Roman), S. 64–65, C2
Torquilstone, England (Gebäude), *Ivanhoe* von Sir Walter Scott (Roman), S. 64–65, C2/D2
Torregreca, Italien (Städtchen), *Torregreca. Eine Stadt südlich von Neapel* von Ann Cornelisen (Roman), S. 44–45, D2
Tortilla Flat, Kalifornien (Städtchen), *Tortilla Flat* von John Steinbeck (Roman), S. 18–19, A4
Tortuga, Karibik (Städtchen), *Fluch der Karibik* (diverse), S. 32–33, E2
Torturpuram, Indien (Städtchen), *The Hero's Walk* von Anita Rau Badami (Roman), S. 78–79, C3
Toteninsel, England (Insel), *Die Insel der Abenteuer* von Enid Blyton (Roman), S. 64–65, B1
Tottington Hall, England (Gebäude), *Wallace & Gromit – Auf der Jagd nach dem Riesenkaninchen* (Film), S. 64–65, C3
Touto, Japan (Region), *Kamen Rider Build* (TV), S. 96–97, C2
Tövispuszta, Ungarn (Dorf), *The Inflatable Buddha* von András Kepes (Roman), S. 50–51, B2
Townsville, Kalifornien (Stadt), *Powerpuff Girls* (TV), S. 18–19, B3
Tracy Island, Pazifik (Insel), *Thunderbirds* (diverse), S. 120–121, C2
Trafalgar, British Columbia (Städtchen), *A Cold White Sun* von Vicki Delany (Roman), S. 26–27, B1
Trahpah, Türkei (Stadt), *Sanctus*-Trilogie von Simon Toyne, S. 72–73, B3
Traldragdubb, Luggnagg (Stadt), *Gullivers Reisen* von Jonathan Swift (Roman), S. 96–97, E2
Tramplonia, Spanien (Städtchen), *Chip & Chap – Die Ritter des Rechts* (TV), S. 44–45, B2
Trangvik, Norwegen (Städtchen), *Trangvikposten* (Satirezeitung), S. 56–57, A2
Tranquility, Kalifornien (Städtchen), *Transformers* (Film), S. 18–19, A3
Trans-Sabal (Land), Marvel Comics, S. 72–73, B1/C1
Transatlantiktunnel, Atlantik (Tunnel), *Il tunnel sotomarino* von Luigi Motta und andere Quellen (Roman), S. 126–127, A4/B4/C4/C6/D4/D5
Transia (Land), Marvel Comics, S. 50–51, B1
Transsilvanien (Region/Städtchen), *Frankenstein Junior* (Film), S. 50–51, B2
Transverse City, Illinois/Indiana/Michigan (Stadt), Marvel Comics, S. 14–15, A5
Transylvania, Pennsylvania (Städtchen), *Scooby-Doo! Frankencreepy* (Film), S. 14–15, B5
Trash Island (Insel für Hunde), Japan (Insel), *Isle of Dogs – Ataris Reise* (Film), S. 96–97, A1
Traumreich (Land), *Die andere Seite. Ein phantastischer Roman* von Alfred Kubin (Roman), S. 72–73, E3; S. 102–103, A3
Treaty Port, China (Stadt), *China Sky (Am Himmel von China)* von Pearl S. Buck (Roman/Film), S. 102–103, D2
Treboiglie, Italien (Städtchen), *Don Candido*-Geschichten von Giovannino Guareschi (diverse), S. 44–45, C3
Treboil, Irak (Dorf, Militärübung), S. 72–73, C2
Tree Hill, North Carolina (Städtchen), *One Tree Hill* (TV), S. 14–15, C3
Tremannon, England (Städtchen), *Fünf Freunde verfolgen die Strandräuber* von Enid Blyton (Roman), S. 64–65, B1
Tremorton, Pennsylvania (Städtchen), *Teenage Robot* (TV), S. 14–15, C5
Trentsworth, Neuseeland (Städtchen), *The Trentsworth Terrors* von Peter Jordan (Romane), S. 108–109, F1
Trewissick, England (Städtchen), *Bevor die Flut kommt* von Susan Cooper (Roman), S. 64–65, B1
Trinidad, Kolumbien (Städtchen), *La Viuda de Blanco* (TV), S. 38–39, B6
Trinity, South Carolina (Städtchen), *American Gothic* (TV), S. 14–15, B3
Triunion (Insel/Nation), *Daughters* von Paule Marshall (Roman), S. 32–33, E2
Trojan Birdman Castle, Japan (Gebäude), *Batman Ninja* (Film), S. 96–97, C2
Trollesund, Finnland (Städtchen), *His Dark Materials* von Philip Pullman (diverse), S. 56–57, C5
Tromaville, New Jersey (Städtchen), F ilme von Troma Entertainment, S. 14–15, C5
Tropico (Insel/Nation), *Tropico* (Videospiel), S. 32–33, D2
Trouville, Frankreich (Städtchen), *Auf der Suche nach der verlorenen Zeit* von Marcel Proust (Roman), S. 44–45, C3
Trucial Abysmia (Land/Emirat), *Transformers* und *G.I. Joe* (Comics), S. 72–73, D1
Truly, Idaho (Städtchen), *Truly, Idaho*-Reihe von Rachel Gibson (Romane), S. 18–19, B5
Trumpton, England (Dorf), *Trumpton* (TV), S. 64–65, D1

Trzebiatów, Polen (Städtchen), *Wiosna Panie Sierzancie (Es ist Frühling, Sergeant)* (Film), S. 50–51, A4
Tsai Fu, China (Dorf), *The Man with the Iron Fists 2* (Film), S. 102–103, D2
Tsai Jaldun, Uqbar (Region), *Tlön, Uqbar, Orbis Tertius* von Jorge Luis Borges (Kurzgeschichte), S. 72–73, C3
Tsalal (Insel), *Die denkwürdigen Erlebnisse des Arthur Gordon Pym* von Edgar Allan Poe und *Die Eissphinx* von Jules Verne (Romane), S. 114–115, C3
Tschebatschinsk (Chebachinsk), Kasachstan (Städtchen), *A Gloom is Cast Upon the Ancient Steps* von Alexander Chudakov (Roman), S. 72–73, D4
Tschornaja, Russland (Fluss), *Schwarze Wasser* von Victor Serge (Roman), S. 50–51, B5
Tschornoje, Russland (Städtchen), *Schwarze Wasser* von Victor Serge (Roman), S. 50–51, A5
Tsimtsum, Pazifik (Wrack), *Schiffbruch mit Tiger* von Yann Martel (Roman/Film), S. 90–91, D4
Tubiacanga, Brasilien (Städtchen), *Fera Ferida* (TV), S. 38–39, D4
Tuen-Baka, DR Kongo (Berg/Vulkan), *Tarzan und die verbotene Stadt* von Edgar Rice Burroughs (Roman), S. 84–85, C4
Tula County, Kalifornien (County), *Krieg der Welten* (TV), S. 18–19, A4
Tulczyn, Polen (Dorf), *Plebania* (TV), S. 50–51, B3
Tulls Point, Maine (Städtchen), *Dad's Army* (TV), S. 14–15, D5
Tully-Veolan, Schottland (Dorf), *Waverley* von Sir Walter Scott (Roman), S. 64–65, C4
Tullymore (Tulaigh Mhór), Irland (Städtchen), *Lang lebe Ned Divine!* (Film), S. 64–65, A2
Tum Boom Island, Karibik (Insel), *Fluch der Karibik* (diverse), S. 32–33, E2
Tumbleweed, Arizona (Städtchen), Big Thunder Mountain Railroad (Themenparks), S. 18–19, C3
Tumdrum, Nordirland (Städtchen), Romane von Ian Sansom, S. 64–65, B3
Tuna, Texas (Städtchen), *The Tuna Trilogy* (Theaterstücke), S. 16–17, B3
Tung-Shao-Pass, China (Landschaft), *Mulan* (Filme), S. 102–103, D2
Tungan-Tal, Khandanyang (Landschaft), *Hitman*-Reihe (Videospiele), S. 102–103, E3
Tunnel nach Atvatabar, Nordpol (Tor), *The Goddess of Atvatabar* von William R. Bradshaw (Roman), S. 26–27, C4
Tuong Lai, Vietnam (Dorf), Wasserpuppentheater, S. 90–91, B3
Turakistan (Land), *War Inc. – Sie bestellen Krieg: Wir liefern!* (Film), S. 72–73, D3
Turgistan (Land), *6 Underground* (Film), S. 72–73, D3
Turi, Alpine Emirates (Stadt), *The Years of Rice and Salt* von Kim Stanley Robinson (Roman), S. 44–45, D3
Turm der Erkenntnis, Frankreich (Gebäude), *Pokémon* (Videospiele), S. 44–45, B3
Turmezistan (Land), *Doctor Who* (TV), S. 72–73, E4/F4
Turnhill, England (Städtchen), *Fünf Städte*-Romane von Arnold Bennett, S. 64–65, C2
Turon, New South Wales (Städtchen), *Another Night in Mullet Town* von Steven Herrick (Roman), S. 108–109, D1
Turtalia (Region), *Photopia* (Videospiel), S. 26–27, B1
Turtle Cove, Colorado (Stadt), *Power Rangers Wild Force* (TV), S. 16–17, A4
Turtle Island Bay, Ontario (Städtchen), *Northern Rescue* (TV), S. 26–27, A4
Turtle Lake, Colorado (See), *Power Rangers Wild Force* (TV), S. 16–17, A4
Tweedys Farm, England (Gebäude), *Chicken Run – Hennen rennen* (Film), S. 64–65, C3
Twelve Sleep, Wyoming (Städtchen), *Jagdopfer* von C. J. Box (Roman), S. 18–19, D5
Twin Peaks, Washington (Städtchen), *Das Geheimnis von Twin Peaks* (TV), S. 18–19, B6
Two Forks, Wyoming (Region), *Firewatch* (Videospiel), S. 18–19, D5
Two Mills, Pennsylvania (Städtchen), *East End, West End, und dazwischen Maniac Magee* von Jerry Spinelli (Roman), S. 14–15, C4
Two Rivers County, Mississippi (County), Werke von Tennessee Williams (Theaterstücke), S. 16–17, D3
Tynsham, England (Städtchen), *Die Triffids* von John Wyndham (Roman), S. 64–65, C2
Tyos, Norwegen (Städtchen), *Einer nach dem anderen* (Film), S. 56–57, A3
Tyrannistan (Land), *San Sombrèro* (Reiseführer), S. 72–73, D4/E4
Tyreelin, Irland (Städtchen), *Breakfast on Pluto* von Patrick McCabe (Roman/Film), S. 64–65, A3
Tyrus, Turgistan (Stadt), *6 Underground* (Film), S. 72–73, C3
U-121, Atlantik (Wrack), *Duell im Atlantik* von Denys Rayner (Roman/Film), S. 126–127, C2
U-29, Atlantik (Wrack), Cthulhu-Mythos (*Der Tempel*, Kurzgeschichte), S. 126–127, C3
U-571, Atlantik (Wrack), *U-571* (Film), S. 126–127, C5
U.S. Außenposten 31 (Camp), *Das Ding aus einer anderen Welt* (Film), S. 114–115, C2
Ubangiba (Land), *Jagd auf Mrs. Pollifax, Mrs. Pollifax und der Herr der Löwen* von Dorothy Gilman (Romane), S. 84–85, C4
Ubar („Atlantis der Wüste"), Saudi-Arabien (Stadt), Mythologie, S. 72–73, C1
Ubec City, Philippinen (Stadt), *Woman With Horns and Other Stories* von Cecilia Manguerra Brainard (Kurzgeschichten), S. 90–91, D3
Ubec, Philippinen (Region), *Woman With Horns and Other Stories* von Cecilia Manguerra Brainard (Kurzgeschichten), S. 90–91, D3
Udana (Staat), *Lolita* von Vladimir Nabokov (Roman), S. 18–19, C5
Udon Khai (Land), *Batman: Das Geschäft des Bösen* von Andrew Vachss (Roman), S. 90–91, B3
Ugigistan (Land), *War Inc. – Sie bestellen Krieg: Wir liefern!* (Film), S. 72–73, D3
Ula-Ula, Hawaii (Insel), *Pokémon* (Videospiele), S. 18–19, D1
Ulthar, England (Städtchen), *Die Braut des Magiers* von Kore Yamazaki (Manga), S. 64–65, C3
Ultocar, Peru (Städtchen), *Fábula del animal que no tiene paradero* von Juan Morillo Ganoza (Roman), S. 38–39, A4
Ulysses, Atlantik (Wrack), *Atlantis – Das Geheimnis der verlorenen Stadt* (Film), S. 126–127, C5
Umoleso, Russland (See), *His Dark Materials* von Philip Pullman (diverse), S. 50–51, A6
Umuofia (die neun Dörfer), Nigeria (Dorf), *Alles zerfällt* von Chinua Achebe (Roman), S. 84–85, B4
Underland (Land), *The Venture Bros.* (TV), S. 14–15, A5
Undersea City, Pazifik (Unterwasserbauten), *Diving Adventure* von Willard Price (Roman), S. 108–109, D3
Unendlicher Berg (Never-Ending Mountain), China (Berg), *Where the Mountain Meets the Moon* von Grace Lin (Roman), S. 102–103, A3
Ungeheuerhorn, Schweiz (Berg), *Das Ungeheuerhorn* von E.F. Benson (Kurzgeschichte), S. 44–45, C3
Ungeprüfte Arabische Emirate (Land/Emirat), *San Sombrèro* (Reiseführer), S. 72–73, C1
Union City, New South Wales (Stadt/Staat), *Beneath a Steel Sky* (Videospiel), S. 108–109, E2
Union City, Wyoming (Städtchen), Marvel Cinematic Universe (diverse), S. 18–19, D4
Union Town, Virginia (Städtchen), *Destroy All Humans* (Videospiel), S. 14–15, C4
Univille (inoffizielle Gemeinde), South Dakota (Städtchen), *Warehouse 13* (TV), S. 16–17, B5
Unterwasser-Forschungsstation Aquatica, Pazifik (Gebäude), *Deep Blue Sea* (Film), S. 120–121, E4
Unthank, Schottland (Stadt), *Lanark* von Alasdair Grey (Roman), S. 64–65, C4
Upper Caisse, San Serriffe (Insel), *The Guardian* (Zeitung), S. 78–79, A2
Upper Montana River (Fluss), *Red Dead Redemption*-Reihe (Videospiele), S. 16–17, B3/C3
Uppercross, England (Städtchen), *Anne Elliot* von Jane Austen (Roman), S. 64–65, C1
Upperton, Colorado (Stadt), *Kim Possible* (TV), S. 16–17, A4
Upyermukluk, Yukon (Städtchen), *Yvon vom Yukon* (TV), S. 26–27, B2
Uqbar (Land), *Tlön, Uqbar, Orbis Tertius* von Jorge Luis Borges (Kurzgeschichte), S. 72–73, C3
Ur, Polen (Dorf), *Ur und andere Zeiten* von Olga Tokarczuk (Roman), S. 50–51, B3
Urbania, Ohio (Städtchen), *Kleine Giganten* (Film), S. 14–15, A4/B4
Ursula, Wyoming (Städtchen), *I Take This Woman* (Film), S. 18–19, D4
Uruk (Land), *Descendants of the Sun* (TV), S. 50–51, B1
Urzikstan (Land), *Call of Duty: Modern Warfare* (Videospiel), S. 72–73, B3/C3
USNS Rescue, Atlantik (Wrack), *Timewreck Titanic* von Rhys B. Davies (Roman), S. 126–127, B4
USS Bedford (DLG-113), Atlantik (Wrack), *Zwischenfall im Atlantik* von Mark Rascovich (Roman/Film), S. 126–127, C2
USS Candlefish, Pazifik (Wrack), *Das Geisterboot* von George E. Simpson und Neal R. Burger (Roman), S. 96–97, D1
USS Haynes (DE-181), Atlantik (Wrack), *Duell im Atlantik* von Denys Rayner (Roman/Film), S. 126–127, C2
USS Star Voyager, Pazifik (Wrack), *Sphere* von Michael Crichton (Roman/Film), S. 120–121, C2
USS Theodore Roosevelt, Atlantik (Wrack), *Transformers – Die Rache* (Film), S. 126–127, B4
USS Topeka, Atlantik (Wrack), *Transformers – Die Rache* (Film), S. 126–127, B4
Ust-Tschilim, Russland (Stadt), Buerak (Band), S. 102–103, E1
Utana (Staat), *Fahles Feuer* von Vladimir Nabokov (Roman), S. 18–19, C5/D5
Utkarsh, Kyrat (Dorf), *Far Cry 4* (Videospiel), S. 78–79, C4
Utopaea, Indien (Stadt), *Overwatch* (Videospiel), S. 78–79, B3
Utopia (Insel/Nation), *Utopia* von Thomas Morus (Roman/Parabel), S. 38–39, C2
Utopia, Pazifik (Insel/Nation), *Utopia, Ltd.* (komische Oper), S. 120–121, D3
Utrøst, Norwegen (Insel, reale Welt), S. 56–57, B5
Uttara Kuru, Pakistan (Region), *Conan der Rächer* von Björn Nyberg (Romane), S. 78–79, B5
Utterley, England (Städtchen), *Brass* (TV), S. 64–65, C3
Utti, Finnland (Städtchen), *The Colournauts* von Mona Paalanen und Anni Pöyhönen (Malbücher/Schulprojekt), S. 56–57, D4
Vachau, Kanalinseln (Insel), *The Divine and the Decay* von Bill Hopkins (Roman), S. 64–65, A1
Val Verde (Land), diverse (Filme), S. 38–39, A5
Valadilène, Frankreich (Dorf), *Syberia* (Videospiel), S. 44–45, C2/C3
Vale do Café, Brasilien (Landschaft), *Orgulho e Paixão* (TV), S. 38–39, C3
Valencia, Olancho (Stadt), *Soldiers of Fortune* von Richard Harding Davis (Roman), S. 38–39, D5
Valentine Bluffs, Nova Scotia (Städtchen), *Blutiger Valentinstag* (Film), S. 26–27, F2
Valentine, New Hanover (Städtchen), *Red Dead Redemption*-Reihe (Videospiele), S. 16–17, C3
Valerie Sinatras eine Meile hohes Verkehrsstudio (Valerie Sinatra's Mile-High Travel Pod), England (Gebäude), *The Day Today* (TV), S. 64–65, C3
Valkenvania, New Jersey (Städtchen), *Valkenvania – Die wunderbare Welt des Wahnsinns* (Film), S. 14–15, C4/C5
Valley Fields, England (Städtchen), Romane von P.G. Wodehouse, S. 64–65, D2
Valmares, Portugal (Städtchen), *Die Decke des Soldaten* von Lídia Jorge (Roman), S. 44–45, A2
Valverde de Lucerna, Spanien (Dorf), *San Manuel Bueno, Märtyrer* von Miguel de Unamuno (Roman), S. 44–45, B1/B2
Valverde de Lucerna, Spanien (Städtchen), *San Manuel Bueno, Märtyrer* von Miguel de Unamuno (Roman) und Mythos, S. 44–45, A2
Vampirfelsen, Northern Territory (Landschaft), *Scooby-Doo – Abenteuer am Vampirfelsen* (Film), S. 108–109, C3
Van Horn Trading Post, New Hanover (Städtchen), *Red Dead Redemption*-Reihe (Videospiele), S. 16–17, D3
Van Husen, Indonesien (Wrack), *Biggles: The Adventure of the Golden Shirts* von W.E. Johns (Roman), S. 90–91, B1
Van-Tierens-Land (Land), *His Dark Materials* von Philip Pullman (diverse), S. 26–27, C3
Vane, Kanalinseln (Insel), *Der Lügenbaum* von Frances Hardinge (Roman), S. 64–65, A1
Vanitéa, Frankreich (Städtchen), *Pokémon* (Videospiele), S. 44–45, C3
Vardetind, Glimmerhornet, Nakken und Storenuten, Norwegen (Berge), *Sommersprossen auf den Knien* von Maria Parr (Roman), S. 56–57, A3
Varf Mandra, Rumänien (Städtchen), Marvel Comics, S. 50–51, B2
Varg, Norwegen (Städtchen), *Home Ground (Heimebane*, TV), S. 56–57, A3
Vasaria, Rumänien (Städtchen), *Tales from the Dark Tower* von Joseph Vargo (Roman), S. 50–51, B2/C2
Vasco, Indien (Städtchen), *Josh – Mein Herz gehört dir* (Film), S. 78–79, B3
Vault 13, Kalifornien (Gebäude), *Fallout 1* (Videospiel), S. 18–19, B3
Vault 15, Kalifornien (Gebäude), *Fallout 1* (Videospiel), S. 18–19, B3
Vedmediv, Ukraine (Städtchen), *Karbid* von Andrij Ljubka (Roman), S. 50–51, B3
Velcro City, Neuseeland (Städtchen), *Velcro City* (Theaterstück), S. 108–109, F1/F2
Veld, Frankreich (Dorf), *Wonder Woman* (Film), S. 44–45, C4
Vendhya (Vendhyen), Indien (Land), *Conan*-Romane von Robert E. Howard, S. 78–79, B4/C4
Ventura, Brasilien (Städtchen), *Chocolate com Pimenta* (TV), S. 38–39, C3
Venusberg, Estland (Stadt), *Venusberg* von Anthony Powell (Roman), S. 50–51, B4
Verano, Philippinen (Region), *Sa Ngalan ng Ina* (TV), S. 90–91, C3
Verbotene Berge, Indischer Ozean (Gebirge), *Dinotopia* (Bücher/TV), S. 78–79, A2
Verdopolis, Glass Town Federation (Stadt), Brontë-Jugendwerk, S. 84–85, B4
Vereinigte Föderation (Land), *Papers, Please* (Videospiel), S. 50–51, D2
Vereinigte Islamische Republik (Land), *Befehl von oben* von Tom Clancy (Roman), S. 72–73, C2
Vereinigtes Königreich Anatoray-Disith, (Land), *Last Exile: Fam, the Silver Wing* (Anime), S. 44–45, C2
Vereintes Königreich von Rendang und Pala, (Inselgruppe), *Eiland* von Aldous Huxley (Roman), S. 90–91, A2
Verfluchte Quellen von Jusenkyo, China (Landschaft), *Ranma ½* von Rumiko Takahashi (Manga/Anime), S. 102–103, B2
Vergessene Stadt Tinnos (Stadt), *Tomb Raider III* (Videospiel), S. 114–115, C1
Vergessene Welt, Die (Maple Whites Landschaft), *Die vergessene Welt* (Roman) von Arthur Conan Doyle, S. 38–39, C5
Verlassene Stadt, British Columbia (leere Bauten), *Celeste* (Videospiel), S. 26–27, B1
Verlorener Kontinent Mu (versunkener Kontinent, Mythologie), S. 120–121, E3
Verlorener Kontinent Pan (oder Whaga), Mu (versunkener Kontinent), *Oahspe: A New Bible* von John Newbrough (Roman), S. 120–121, A4/B4
Verlorener Kontinent Rutas, Mu (versunkener Kontinent), Schriften von Louis Jacolliot, S. 120–121, D3/E3/D4/E4
Vermilion Sands, Kalifornien (Städtchen), *Die Tausend Träume von Stellavista und andere Vermilion-Sands-Stories* von J.G. Ballard (Kurzgeschichten), S. 18–19, B3
Verona Beach, Florida (Stadt), *Romeo + Julia* (Film), S. 14–15, C1
Verschwundene Pyramide des Khamandides, Ägypten (Bauwerk), *Thunderbirds* (TV), S. 84–85, C5
Verschwundene Pyramide von Toth-Ra, Ägypten (Bauwerk), *Duck Tales* (TV), S. 84–85, C5
Versenkungsstelle des Projekts Deep Six (Megatron), Atlantik, *Transformers – Die Rache* (Film), S. 126–127, B4
Versunkene Stadt, Das Ödland (Städtchen), *Mad Max: Fury Road* (Film), S. 108–109, F4
Versunkene Stadt Atlanta, Georgia (Stadt), *Futurama* (TV), S. 14–15, B2
Versunkene Stadt Z, Brasilien (Stadt, Mythologie), S. 38–39, C4
Vertania City, Japan (Stadt), *Pokémon* (Videospiele), S. 96–97, C2
Vesbaria (Land, Militärübung), S. 50–51, B4
Vespugia (Land), Werke von Madeleine L'Engle, S. 38–39, B1
Vetusta, Spanien (Stadt), *Die Präsidentin* von Leopoldo Alas Clarín (Roman), S. 44–45, B3
Vicarstown, England (Städtchen), *Thomas, die kleine Lokomotive* von Rev. W. Audrey (Bücher/TV), S. 64–65, C3
Vice City, Florida (Stadt), *Grand Theft Auto*-Reihe (Videospiel), S. 14–15, C1
Viceroy, South Carolina (Stadt), DC Comics, S. 14–15, B3
Victoria-Bay, Arktis (Landschaft), *Die Abenteuer des Kapitän Hatteras* von Jules Verne (Roman), S. 26–27, C4
Victory/Hauptquartier der Decepticons, Oregon (Wrack), *Transformers* (diverse), S. 18–19, A5
Vigàta, Italien (Städtchen), *Commissario Montalbano*-Geschichten von Andrea Camilleri (Romane/TV), S. 44–45, D1
Vila Abobrinha, Brasilien (Dorf), *Turma do Chico Bento/Chuck, Billy 'n' Folks* (Comics), S. 38–39, C3
Vila da Mata, Brasilien (Städtchen), *Cabocla* (TV), S. 38–39, D3
Vila de Sant'Anna, Brasilien (Städtchen), *Força de um Desejo* (TV), S. 38–39, C3
Vila dos Ventos, Brasilien (Städtchen), *Flor do Caribe* (TV), S. 38–39, D4
Vila Feliz, Brasilien (Städtchen), *Felicidade* (TV), S. 38–39, D3
Vila Xuripita, Brasilien (Städtchen), *Disneys Cartoons* (TV), S. 38–39, D3
Vilamaninhos, Portugal (Städtchen), *Der Tag der Wunder* von Lídia Jorge (Roman), S. 44–45, A2
Vilayetsee, Kaspisches Meer (Meer), *Conan*-Romane von Robert E. Howard, S. 72–73, C3
Vilena (Insel/Nation), *The Expendables* (Film), S. 32–33, C2
Villa Eco, Irland (Gebäude), *Artemis Fowl*-Reihe von Eoin Colfer (Romane), S. 64–65, B2
Villa Fuerte, Kolumbien (Städtchen), *Las Hermanitas Calle* (TV), S. 38–39, A5
Villa Pica, San Serriffe (Städtchen), *The Guardian* (Zeitung), S. 78–79, A1
Villa Ruiseñor, Chile (Städtchen), *Perdona Nuestros Pecados* (TV), S. 38–39, B2
Villa Verde, Bolivien (Stadt), *Ghost Recon: Wildlands* (Videospiel), S. 38–39, B4
Village of B–, Litauen (Dorf), *A Lithuanian Village* von Leon Kobrin (Buch), S. 50–51, B4
Village, The, Wales (unkartierbares Dorf), *The Prisoner – Der Gefangene* (TV), S. 64–65, C2
Villar del Río, Spanien (Städtchen), *Willkommen, Mr. Marshall* (Film), S. 44–45, B2
Villarriba und Villabajo, Spanien (Dorf), Werbung Fairy Ultra (TV), S. 44–45, B2
Villaviciosa de al Lado, Spanien (Städtchen), *Villaviciosa de al Lado* (Film), S. 44–45, B2
Villazarcillo, Spanien (Städtchen), *La que se avecina* (TV), S. 44–45, B2
Villefranche, Frankreich (Städtchen), *Black Spot* (TV), S. 44–45, C3
Villette, Labassecour (Stadt), *Villette* von Charlotte Brontë (Roman), S. 44–45, C4
Villings, Papua-Neuguinea oder Pazifik (Insel), *Morels Erfindung* von Adolfo Bioy Casares (Roman), S. 90–91, F1 oder S. 120–121, C3
Vin Drin Dop („Charlies Festung"), Vietnam (Dorf), *Apocalypse Now* (Film), S. 90–91, B3
Vindsele, Schweden (Städtchen), *The Twin Detectives (Tvillingdetektiverna)*-Reihe von Sivar Ahlrud (Jugendromane), S. 56–57, C4
Vinkelboda, Schweden (Dorf), *Kronblom* von Elov Persson (Comic), S. 56–57, B3
Viola City, Japan (Stadt), *Pokémon* (Videospiele), S. 96–97, B2
Violette Berge (Gebirge), *Berge des Wahnsinns* von H.P. Lovecraft (Novelle), S. 114–115, E3
Viraginia (Region), *Mundus alter et idem* von Joseph Hall (Roman), S. 114–115, C2
Virgil, Texas (Städtchen), *True Stories* (Film), S. 16–17, C2
Viscas Island, Kingdom of Karin (Insel), *Transformers: Super-God Masterforce* (Anime), S. 90–91, D2
Viscayin-Gebirge, Latveria/Symkaria (Gebirge), Marvel Comics, S. 50–51, B2
Vlyvalle, New Jersey (Städtchen), *Unter Wilden* von Dirk Wittenborn (Roman/Film), S. 14–15, C5
Volcano Del Fuego, Atlantik (Landschaft), *Hotel Transsilvanien 3* (Film), S. 126–127, A3
Vollmondinsel, Japan (Insel), *Pokémon* (Videospiele), S. 96–97, C4
Vømmøldalen, Norwegen (Städtchen), Musik der Gruppe Vømmøl Spellmannslag, S. 56–57, B4
Vondervotteimittis, Niederlande (Dorf), *Der Teufel im Glockenstuhl* von Edgar Allan Poe (Kurzgeschichte), S. 44–45, C4
Vorgebirge, Pepperland (Landschaft), *Yellow Submarine* (Film), S. 126–127, B2
Vulgarien (Land), *Tschitti Tschitti Bäng Bäng* von Ian Fleming (Roman/Film), S. 44–45, D3
Vyônes, Frankreich (Stadt), Werke von Clark Ashton Smith (Kurzgeschichten), S. 44–45, C3
W.K. Konowalow, Atlantik (Wrack), *Jagd auf Roter Oktober* von Tom Clancy (Roman/Film), S. 126–127, B4
Wachati-Dorf, Nibia (Dorf), *Ace Ventura – Jetzt wird's wild* (Film), S. 84–85, C3
Wachootoo-Dorf, Nibia (Dorf), *Ace Ventura – Jetzt wird's wild* (Film), S. 84–85, C3
Wacketshire, New York (Städtchen), *Um Haaresbreite* von Clive Cussler (Roman), S. 14–15, C5
Wadi al-Sahara, Irak (Städtchen, Militärübung), S. 72–73, C2
Wadiya (Land), *Der Diktator* (Film), S. 84–85, D4
Wadköping, Schweden (Städtchen), Werke von Hjalmar Bergman, S. 56–57, B3/C3
Waffe-X-Militärbasis, Alberta (Gebäude), Marvel Comics, S. 26–27, C1
Wahdeh, Libanon (Dorf), *The Myrtle Tree* von Jad el-Hage (Roman), S. 72–73, B2
Wahlheim, Deutschland (Dorf), *Die Leiden des jungen Werther* von J.W. von Goethe (Roman), S. 44–45, C3
Wahzoo City, Alabama (Städtchen), *Mein Vetter Winnie* (Film), S. 14–15, A3
Waimoana, Neuseeland (Städtchen), *This is Not My Life* (TV), S. 108–109, F2
Wakanda (Land), Marvel Comics (diverse), S. 84–85, D4
Wake Wood, Nordirland (Dorf), *Wake Wood* (Film), S. 64–65, A3
Wala Wala, Northern Territory (Dorf), *Dead Heart – Tödliche Affäre* (Film), S. 108–109, C3
Wald der verlorenen Seelen, Portugal/Spanien (Landschaft), *El bosque de las almas perdidas* (Film), S. 44–45, A2
Waldberghoff-trarbk-dikdorff, Deutschland (Städtchen), *Candide* von Voltaire (Roman), S. 44–45, C4
Walford, England (Städtchen), *EastEnders* (TV), S. 64–65, D2
Walkabout Creek, Northern Territory (Dorf), *Crocodile Dundee – Ein Krokodil zum Küssen* (Film), S. 108–109, C4
Walkerville, Illinois (Städtchen), *Der Zauberschulbus* (TV), S. 16–17, D5
Wallaceville, Belize (Dorf), *On the Nervous Edge of an Impossible Paradise* von Kenneth Little (Kurzgeschichten), S. 32–33, C2
Walley, Ontario (Städtchen), Werke von Alice Munro, S. 26–27, A4
Walmington-on-Sea, England (Dorf), *Dad's Army* (TV), S. 64–65, D1
Walter Scott, Missouri (Wrack), *Die Abenteuer des Huckleberry Finn* von Mark Twain (Roman), S. 16–17, D4
Waltons Mountain, Virginia (Städtchen), *Die Waltons* (TV), S. 14–15, C4
Wamapoke County, Indiana (County), *Parks & Recreation – Das Grünflächenamt* (TV), S. 14–15, A4
Wan Xuan III, Pazifik (Wrack), *Virus* (Comic/Film), S. 120–121, C2
Wandernburg, Deutschland (Städtchen), *Traveler of the Century (El viajero del siglo)* von Andrés Neuman (Roman), S. 44–45, D3
Wandin Valley, New South Wales (Städtchen), *Das Buschkrankenhaus* (TV), S. 108–109, D2

Waponi Wu, Pazifik (Insel), *Joe gegen den Vulkan* (Film), S. 120–121, D4
Waratah-Nationalpark, New South Wales (Landschaft), *Skippy, das Buschkänguruh* (TV), S. 108–109, D2/E2
Warehouse 13, South Dakota (Gebäude), *Warehouse 13* (TV), S. 16–17, B5
Warhednya, Nukehavistan (Stadt), *The Onion* (Internetsatire), S. 72–73, D3/E3
Warp-5-Komplex, Montana (Gebäude), *Star Trek* (diverse), S. 18–19, C5
Wasaychigan Hill Indian Reserve, Ontario (Region), Werke von Tomson Highway (Theaterstücke), S. 26–27, A4
Washagon (Staat), *Book: A Novel* von Robert Grudin (Roman), S. 18–19, B6
Washingstone, BC, District of Columbia (Stadt), *Familie Feuerstein* (diverse), S. 14–15, C4
Washington Lodge, Alberta (Gebäude), *Until Dawn* (Videospiel), S. 26–27, B1
Wassamotta University, Minnesota (Gebäude), *Die Abenteuer von Rocky & Bullwinkle* (TV), S. 16–17, C5
Wasserlose Insel, Iran (Insel), *1001 Nacht: Gülnar vom Meer* (Kurzgeschichte), S. 72–73, C3
Wataribashi, Japan (Stadt), *Samurai Shodown*-Reihe (Videospiele), S. 96–97, A1
Watermouth, England (Stadt), *Der Geschichtsmensch* von Malcolm Bradbury (Roman), S. 64–65, D1
Waterside, England (Städtchen), *Meeting Lydia* von Linda MacDonald (Roman), S. 64–65, C3
Waterville, British Columbia (Städtchen), Romane von Jack Hodgins, S. 26–27, B1
Watisdah, Khemed (Stadt), *Tim und Struppi* von Hergé (Romane), S. 72–73, B1/B2
Waubanakee, Illinois (Städtchen), Werke von Sinclair Lewis, S. 16–17, D4
Wayne Island, New Jersey (Insel), *The Lego Batman Movie* (Film), S. 14–15, C4
Wayward Island, Maine (Insel), *Transformers: Rescue Bots* (TV), S. 14–15, D6
Wayward Pines, Idaho (Städtchen), *Wayward Pines* (TV), S. 18–19, C6
Weatherfield, England (Städtchen), *Coronation Street* (TV), S. 64–65, C3
Web, The (Netz aus mutierten Korallen), Indonesien (Landschaft), *2000 AD* (Comics), S. 90–91, B1/C1
Wedinburgh, Schottland (Stadt), *Little Witch Academia* (Anime), S. 64–65, C4
Weideburg, Japan (Stadt), *Pokémon* (Videospiele), S. 96–97, D4
Weiße Stadt, Iran (Stadt), *1001 Nacht: Gülnar vom Meer* (Kurzgeschichte), S. 72–73, C2/C3
Weißer Berg, China (Berg), *Die Sterblichen* von Yiyun Li (Roman), S. 102–103, D4
Weißer Mond/Basislager der Katsuragi-Expedition (unterirdisches Wrack/Camp), *Neon Genesis Evangelion* (Manga/Anime), S. 114–115, D2
Wejschnoria (Land, Militärübung), S. 50–51, B4/C4
Weld, Neuseeland (Städtchen), *800 Words* (TV), S. 108–109, F2
Wellington Point, Tasmanien (Städtchen), *Sturm* von Nicholas Shakespeare (Roman), S. 108–109, D1
Wellington's Land, Glass Town Federation (Region), Brontë-Jugendwerk, S. 84–85, A4
Wells, South Carolina (Städtchen), *In der Hitze der Nacht* von John Ball (Roman), S. 14–15, B3
Weltvernichtungsmaschine, Russland (Gebäude), *Dr. Seltsam, oder wie ich lernte, die Bombe zu lieben* (Film), S. 102–103, F2
Weng, Österreich (Dorf), *Frost* von Thomas Bernhard (Roman), S. 44–45, D3
Wentworth Prison, Schottland (Gebäude), *Highland-Saga*-Romane von Diana Gabaldon/*Outlander* (Romane/TV), S. 64–65, C4
Wentworth-Frauengefängnis (Detention Centre), Victoria (Gebäude), *Prisoner/Wentworth* (TV), S. 108–109, A1
Werft Erlandson und Skank, Schweden (Gebäude), *Schiffbruch mit Tiger* von Yann Martel (Roman), S. 56–57, B1
Werst, Rumänien (Dorf), *Das Karpatenschloss* von Jules Verne (Romane), S. 50–51, B2
Wesernesse (Land, Überlieferung), S. 64–65, B3
West Canaan, Texas (Städtchen), *Varsity Blues* (Film), S. 16–17, B2
West Durndell, Texas (Städtchen), *King of the Hill* (TV), S. 16–17, B2
West Elizabeth (Staat), *Red Dead Redemption*-Reihe (Videospiel), S. 16–17, C3
West Keystone (Staat), *Steven Universe* (TV), S. 14–15, B4
West River, New York (Fluss), *Grand Theft Auto*-Reihe (Videospiel), S. 14–15, C5
West Waratah, Victoria (Städtchen/Vorort), *Nachbarn/Neighbours* (TV), S. 108–109, A1
Westafrikanische Union (Staatenbund), *Mission Seafighter* von James H. Cobb (Roman), S. 84–85, A4
Westbridge, Massachusetts (Städtchen), *Sabrina – Total Verhext!* (TV), S. 14–15, D5
Westfield, England (Städtchen), *Der Rosengarten* von M.R. James (Kurzgeschichte), S. 64–65, D2
Westover Hall, Maine (Gebäude), *Percy Jackson*-Reihe von Rick Riordan (Romane/Filme), S. 14–15, D6
Westport, Victoria (Städtchen), *The Henderson Kids II* (TV), S. 108–109, A1
Westrail, Utah/Colorado (Bahnstrecke), *Zugfahrt ins Jenseits* (Film), S. 18–19, D4
Westside, New South Wales (Städtchen/Vorort), *E Street* (TV), S. 108–109, F4
Westview, USA (Städtchen), *WandaVision* (TV), S. 14–15, C5
Westworld, Delos Incorporated (Insel), *Westworld* von Michael Crichton (Roman/TV), S. 90–91, C3
Wet Moon, Florida (Städtchen), *Wet Moon* von Sophie Campbell (Comic), S. 14–15, B2
Wham, Texas (Städtchen), *Destry reitet wieder* von Max Brand (Roman), S. 18–19, D2
Whatchacallit, Maine (Städtchen), *Non Sequitur* (Comic), S. 14–15, D5
Wheaton, New Jersey (Städtchen), Marvel Cinematic Universe (diverse), S. 14–15, C4
Wheatsylvania, North Dakota (Städtchen), Werke von Sinclair Lewis, S. 16–17, B6
Whistle Stop, Alabama (Städtchen), *Grüne Tomaten* von Fannie Flagg (Roman/Film), S. 14–15, A3
White Agony Creek, Yukon (Fluss), *Duck Tales* (diverse), S. 26–27, B2
White Point, Western Australia (Städtchen), *Der singende Baum* von Tim Winton (Roman/Film), S. 108–109, A2
White Rocks, New Mexico (Städtchen), *Für ein paar Dollar mehr* (Film), S. 18–19, D2
White Sands, Prince Edward Island (Städtchen), *Anne auf Green Gables* von Lucy Maud Montgomery (Roman), S. 26–27, F1
Whiteacre *siehe* Blackacre
Whizztown, Schottland (Städtchen), *The Beano* (Comics), S. 64–65, C4
Whyhope, New South Wales (Städtchen), *The Heart Guy* (TV), S. 108–109, D2
Whylah Falls, Nova Scotia (Städtchen), *Whylah Falls* von George Elliott Clarke (Roman), S. 26–27, F1
Widdershins, England (Städtchen), *Widdershins* von Kate Ashwin (Webcomic), S. 64–65, C3
Widgeree, Victoria (Städtchen), *Blue Heelers* (TV), S. 108–109, D2
Widjimorphup, Western Australia (Städtchen), Werke von Leon Pericles (bildende Kunst), S. 108–109, B3
Wiesbachtal, Österreich (Landschaft), *Zwölf mal Polt* Kriminalgeschichten von Alfred Komarek, S. 44–45, D3
Wiesenflur, Japan (Städtchen), *Pokémon* (Videospiele), S. 96–97, A1
Wilbur County, Oregon (County), *The Germaine Truth* (Website), S. 18–19, B5
Wildenberg River, Washington (Fluss), *Astro City* (Comic), S. 18–19, B6
Wildes Land (Region), Marvel Comics, S. 114–115, B3
Wildfell Hall, England (Anwesen), *Die Herrin von Wildfell Hall* von Anne Brontë (Roman), S. 64–65, C3
Willow, Maine (Städtchen), *Regenzeit* von Stephen King (Kurzgeschichte), S. 14–15, D6
Willowbutton, Dorado (Städtchen), *I-0* (Videospiel), S. 18–19, D3
Willows, Wisconsin (Städtchen), Barbie (Puppe), S. 16–17, D5
Willstown, Queensland (Dorf), *Eine Stadt wie Alice (A Town Like Alice)* von Nevil Shute (Roman/Film/TV), S. 108–109, D4
Wilmingmore, Delmarva (Stadt), *Steven Universe* (TV), S. 14–15, C4
Wilsons Insel, Pazifik (Insel), *Commandos 2: Men of Courage* (Videospiel), S. 120–121, B3
Wilvercombe, England (Städtchen), *Zur fraglichen Stunde* von Dorothy L. Sayers (Roman), S. 64–65, C2
Wind Gap, Missouri (Städtchen), *Cry Baby - Scharfe Schnitte* von Gillian Flynn (Roman/TV), S. 16–17, D3
Winden, Deutschland (Städtchen), *Dark* (TV), S. 44–45, C3
Winesburg, Ohio (Städtchen), *Winesburg, Ohio* von Sherwood Anderson (Kurzgeschichten), S. 14–15, B4
Winnawadgery, Victoria (Städtchen), *Come Midnight Monday* von David Burke (Kinderbuch/TV), S. 108–109, D1
Winnemac (Staat), Werke von Sinclair Lewis, S. 14–15, A5
Winshire (Land), *Eine Königin zu Weihnachten* (Film), S. 44–45, C3
Winslow County, Connecticut (County), *Gingers Welt* (TV), S. 14–15, C5
Winter River, Connecticut (Städtchen), *Beetlejuice* (Film), S. 14–15, C5
Winterstoke, England (Städtchen), *Winterstoke* von L.T.C. Rolt (Roman), S. 64–65, C2
Wirrawee, Victoria (Städtchen), *Tomorrow*-Reihe von John Marsden (Romane), S. 108–109, D1
Wisborg, Deutschland (Städtchen), *Nosferatu* (Film), S. 44–45, D4
Wischasee (Lake Visha), Russland (See), *His Dark Materials* von Philip Pullman (diverse), S. 50–51, B6
Witney Scrotum, England (Städtchen), *Tales from Witney Scrotum* von Peter Tinniswood (Roman), S. 64–65, D1
Wohnsitz von Mr. und Mrs. Claus, Finnland (Gebäude, Brauchtum), S. 56–57, C5
Wokenwell, England (Städtchen), *Wokenwell* (TV), S. 64–65, C3
Wolf City, Wyoming (Städtchen), *Cat Ballou – Hängen sollst du in Wyoming* (Film), S. 18–19, D5
Wolfjaw, Montana (Städtchen), *Krieg der Welten* (TV), S. 18–19, C6
Wolkenkuckucksheim, Griechenland (schwebende Stadt), *Die Vögel* von Aristophanes (Mythos/Legende), S. 44–45, E2
Wollanup, Northern Territory (Städtchen), *Die Falle/Nur der Himmel war Zeuge* von Douglas Kennedy (Roman), S. 108–109, C4
Wolyna, Polen (Dorf), *Wie eine Träne im Ozean* von Manès Sperber (Roman/Film), S. 50–51, B3
Wongadilla, New South Wales (Anwesen), *Das Nargun und die Sterne* von Patricia Wrightson (Roman), S. 108–109, E2
Wongnaileum (Land), *The Bodyguard 2* (Film), S. 90–91, B4
Woodcrest, Maryland (Stadt), *The Boondocks* (Comic/TV), S. 14–15, C4
Woodpine Park, British Columbia (Landschaft), *Oakwood* (Videospiel), S. 26–27, B1
Woodsboro, Kalifornien (Städtchen), *Scream*-Filme, S. 18–19, A4
Woodston, England (Anwesen), *Die Abtei von Northanger* von Jane Austen (Roman), S. 64–65, C2
Woop Woop, Northern Territory (Städtchen), *Welcome to Woop Woop* (Film), S. 108–109, C4
Worford, England (Städtchen), *Klex in der Landschaft* von Tom Sharpe (Roman/TV), S. 64–65, C2
World's End Inn, Wales (Gebäude), *Sleep No More* von L.T.C. Rolt (Kurzgeschichten), S. 64–65, B2
Woroscheika (Vorozheika) (Land), Marvel Comics, S. 72–73, C4
Worotiliwka, Ukraine (Städtchen), Werke von Scholem Alejchem (Erzählungen), S. 50–51, C3
Wragby Hall, England (Anwesen), *Lady Chatterley* von D.H. Lawrence (Roman), S. 64–65, C2
Wrigley, Pennsylvania (Städtchen), *Marvel: Agents of S.H.I.E.L.D.* (TV), S. 14–15, C5
Wu-Chi-Tempel, China (Gebäude), *The Man with the Iron Fists 2* (Film), S. 102–103, D2
Wulfsee, Deutschland (See), *Wolfenstein*-Reihe (Videospiele), S. 44–45, D3
Wumpa-Insel, Pazifik (Insel), *Crash Bandicoot*-Reihe (Videospiele), S. 120–121, B2
Wumpa-Inseln, Pazifik (Inselgruppe), *Crash Bandicoot*-Reihe (Videospiele), S. 120–121, B2
Wundagore, Transia (Berg), Marvel Comics, S. 50–51, B1
Wurzelheim, Japan (Städtchen), *Pokémon* (Videospiele), S. 96–97, A1
Wüste von Ahm Shere, Äthiopien (Landschaft), *Die Mumie kehrt zurück* (Film), S. 84–85, D4
Wuthering Heights, England (Gebäude), *Sturmhöhe* von Emily Brontë (Roman), S. 64–65, C3
Wyvern, England (Grafschaft), *Holby City* (TV), S. 64–65, C2
Xanadu, Florida (Gebäude), *Citizen Kane* (Film), S. 14–15, B2
Xaviers Institut für begabte Jugendliche, New York (Städtchen), *X-Men* (diverse), S. 14–15, C5
Xeneroville, Japan (Stadt), *Pokémon* (Videospiele), S. 96–97, A1
Xijing (Stadt/Staat), *Xijing Men* (diverse), S. 102–103, C2
Xijing, China (Stadt), Werke von Jia Pingua, S. 102–103, C2
Ximes, Frankreich (Städtchen), Werke von Clark Ashton Smith (Kurzgeschichten), S. 44–45, C3
Xinchun, China (Dorf), *Further News of Defeat* von Michael X. Wang (Kurzgeschichte), S. 102–103, D3
Xuji, Tansania (Stadt), *Tarzan der Ungezähmte* von Edgar Rice Burroughs (Roman), S. 84–85, C3
Y'ha-nthlei, Massachusetts (Unterwasserstadt), Cthulhu-Mythos/H.P. Lovecraft (Kurzgeschichte), S. 14–15, D5
Yaad Sheher, Indien (Städtchen), *Yaadon Ka Idiot Box* (Radioshow), S. 78–79, C5
Yabba-Dabba, Bulungi (Stadt), *The Onion* (Internetsatire), S. 84–85, A4
Yabbie Creek, New South Wales (Städtchen/Vorort), *Home and Away* (TV), S. 108–109, F4
Yaddith-Gho, Mu (Berg), Cthulhu-Mythos (diverse), S. 120–121, E3
Yamacraw Island, South Carolina (Insel), *Abschied von einer Insel* (Film), S. 14–15, B2
Yamaku High School, Japan (Gebäude), *Katawa Shoujo* (Videospiel), S. 96–97, C3
Yaman (Land), *Recorded von Arizal* (Internetserie), S. 90–91, D2
Yamatai, Japan (Insel), *Tomb Raider* (Videospiele), S. 96–97, B1/C1
Yamatai, Japan (Land), spätere *Conan*-Romane, inspiriert von Robert E. Howard, S. 96–97, C2
Yandu, China (Stadt), *Log Horizon* von Mamare Tōno und Kazuhiro Hara (Romane/Anime), S. 102–103, D3
Yangdon (Land), *Princess and I* (Film), S. 78–79, D4
Yangdu, China (Stadt), *Log Horizon* von Mamare Tōno und Kazuhiro Hara (Romane/Anime), S. 102–103, D1
Yankerville, Nevada (Städtchen), *Crank Yankers – Falsch verbunden!* (TV), S. 18–19, B3
Yantara City, Frankreich (Stadt), *Pokémon* (Videospiele), S. 44–45, B3
Yarrold, England (Städtchen), *South Riding* von Winifred Holtby (Roman), S. 64–65, D3
Yaughton, England (Städtchen), *Everybody's Gone to the Rapture* (Videospiel), S. 64–65, C2
Yellowcake Springs, Western Australia (Städtchen), *Yellowcake Springs* von Guy Salvidge (Roman), S. 108–109, A2
Yewaire (Land), *Operation Red Sea* (Film), S. 72–73, C1
Yogistan (Land), *Die Besteigung des Rum Doodle* von W.E. Bowman (Roman), S. 78–79, B5/C5
Yoknapatawpha County, Mississippi (County), Werke von William Faulkner, S. 16–17, D3
Yongan, China (Stadt), *Die hundert verborgenen Sinne* von Amy Tan (Roman), S. 102–103, C1
Yonville-l'Abbaye, Frankreich (Dorf), *Madame Bovary* von Gustave Flaubert (Roman), S. 44–45, C3
Yoorana, Victoria (Städtchen), *Glitch* (TV), S. 108–109, D1
Ys, Frankreich (versunkene Stadt, französische Überlieferung), S. 44–45, B3
Yüanmaotun, China (Dorf), *Orkan* von Chou Li-Po/Zhou Libo (Roman), S. 102–103, E3
Yuba City, Kalifornien (Städtchen), *Pale Rider – Der namenlose Reiter* (Film), S. 18–19, A4
Yul, Südkorea (Insel/Nation), *Die Geschichte von Hong Gil-dong* (Roman), S. 102–103, E2
Yunosagi Onsen, Japan (Städtchen), *Hanasaku Iroha* (Anime), S. 96–97, B2
Yvronia (Region), *Mundus alter et idem* von Joseph Hall (Roman), S. 114–115, D4
Z, Spanien (Städtchen), *The Skating Rink* von Roberto Bolaño (Roman), S. 44–45, C2
Zacatillo, Mexiko (Städtchen), *Zacatillo, un lugar en tu corazón* (TV), S. 32–33, B2
Zafarra, Zekistan (Stadt), *Full Spectrum Warrior* (Videospiel), S. 72–73, E2
Zahrain (Land/Emirat), *Flucht aus Zahrain* (Film), S. 72–73, C1/C2
Zamana, Pakistan (Städtchen), *Die Goldene Legende* von Nadeem Aslam (Roman), S. 78–79, B5
Zamunda (Land), *Der Prinz aus Zamunda* (Film), S. 84–85, B3/C3
Zangaro (Land), *Die Hunde des Krieges* von Frederick Forsyth (Roman), S. 84–85, B4
Zantleaf-Halbinsel, Eastal (Region), *Log Horizon* von Mamare Tōno und Kazuhiro Hara (Romane/Anime), S. 96–97, C2
Zantoroland, Indischer Ozean (Insel/Nation), *The Illegal* von Lawrence Hill (Roman), S. 78–79, B1/C1
Zanza River, Zanzarim/Dahum (Fluss), *Solo* von William Boyd (Roman), S. 84–85, A4/B4
Zanzarim, Nigeria (Land), *Solo* von William Boyd (Roman), S. 84–85, B4
Zanzibar, England (Wrack), *The Wreck of the Zanzibar* von Michael Morpurgo (Roman), S. 64–65, B1
Zanzibar, Zanzibarland (Stadt), *Metal Gear 2: Solid Snake* (Videospiel), S. 72–73, E2
Zanzibarland (Land), *Metal Gear 2: Solid Snake* (Videospiel), S. 72–73, E2
Zarakal (Land), *Nur die Zeit zum Feind* von Michael Bishop (Roman), S. 84–85, D4
Zarkheba River (Fluss), *Conan*-Romane von Robert E. Howard, S. 84–85, C4
Zaronza, Frankreich (Städtchen), *The Corsican Widow* von Vanessa Couchman (Roman), S. 44–45, C2
Zasterabad (Land), *Micky Maus* (Comics), S. 78–79, B5
Zawame, Japan (Stadt), *Kamen Rider Gaim* (TV), S. 96–97, B2/C2
Zebwa (Land), *Hardy Boys*-Romane (Jugendbücher), S. 84–85, C3
Zedernwald, Japan (Landschaft), *Prinzessin Mononoke* (Anime), S. 96–97, B2
Zeit-Baby, Das (Wesen), *Willkommen in Gravity Falls* (TV), S. 114–115, C4
Zekistan (Land), *Full Spectrum Warrior* (Videospiel), S. 72–73, E3
Zembabwei (Land), *Conan*-Romane von Robert E. Howard, S. 84–85, D4
Zembala (Land), *Die Wildgänse kommen* (Film), S. 84–85, C2
Zemenien (Land), *Monk* (TV), S. 50–51, E2
Zenda, Ruritanien (Städtchen), *Der Gefangene von Zenda* von Anthony Hope (Roman), S. 50–51, A3
Zendia, Pazifik (Insel), Das Zendia-Problem (Geheimdienstübung), S. 120–121, E2/F2
Zenith, Winnemac (Stadt), Werke von Sinclair Lewis, S. 14–15, A5
Zero Zero Island, Atlantik (Region/Halbinsel), *Colonel Bleep* (TV), S. 84–85, A3/B3
Zero-One (die Maschinenstadt), Irak (Stadt/Staat), *Matrix*-Filme, S. 72–73, C2
Zerzura, Ägypten (Stadt, Überlieferung), S. 84–85, C5
Zevo Toys, Idaho (Gebäude), *Toys* (Film), S. 18–19, B6
Zhangjia, China (Stadt), *A Dictionary of Maqiao* von Han Shaogong (Roman), S. 102–103, C2
Zhangtai City, China (Stadt), *Heaven Above* von Lu Tianming (Roman/TV), S. 102–103, E4
Zig/Gurat-Orbitallift, Indischer Ozean, *Battle Angel Alita (GUNNM)* (Manga/Anime/Film), S. 90–91, A2
Zinctown, New Mexico (Städtchen), *Das Salz der Erde* (Film), S. 18–19, D2
Zingara, Spanien/Portugal (Region), *Conan*-Romane von Robert E. Howard, S. 44–45, A2/B2
Zinj (die verlorene Stadt Zinj), DR Kongo (Stadt/Staat), *Congo – Expedition Kongo* von Michael Crichton (Roman), S. 84–85, C3
Zinnober, England (Stadt), *Grau* von Jasper Fforde (Romane), S. 64–65, C2
Zinnoberinsel, Japan (Insel), *Pokémon* (Videospiele), S. 96–97, C2
Zitadelle, Das Ödland (Städtchen), *Mad Max: Fury Road* (Film), S. 108–109, D2
Zitadelle, Türkei (Stadt/Staat), *Sanctus*-Trilogie von Simon Toyne, S. 72–73, B3
Zivatar, Ungarn (Dorf), *Valerias letztes Gefecht* von Marc Fitten (Roman), S. 50–51, B2
Zivile Antarktis-Expedition (Ort), *A Place Further than the Universe* (Anime), S. 114–115, D4
Zloda, Belarus (Städtchen), *Marvel: Agents of S.H.I.E.L.D.* (TV), S. 50–51, C4
Zokof, Polen (Dorf), *A Day of Small Beginnings* von Lisa Pearl Rosenbaum (Roman), S. 50–51, B4
Zstopnohl, Syldavien (Berg), *Tim und Struppi* von Hergé (diverse), S. 50–51, A1
Zu-Vendis (Land), *Das unerforschte Land* von H. Rider Haggard (Roman), S. 84–85, D3
Zukunfts-Gadget-Labor, Japan (Gebäude), *Steins;Gate* (Videospiel/Anime), S. 96–97, E1
Zulabwe (Land), *Das A-Team* (TV), S. 84–85, C2
Zweiblattdorf, Japan (Städtchen), *Pokémon* (Videospiele), S. 96–97, C4
Zwietrachting, Finnland (Insel/Städtchen), *Klaus* (Film), S. 56–57, C5
Zymylpaten, Syldavien (Gebirge), *Tim und Struppi* von Hergé (diverse), S. 50–51, B2

QUELLENREGISTER

„Adore You" von Harry Styles (Musik), Eroda, Irische See (Insel), S. 64–65, B3
1001 Nacht: Gülnar vom Meer, nach Burton (Kurzgeschichte)
Stadt der Zauberin, Iran (Stadt), S. 72–73, C3
Wasserlose Insel, Iran (Insel), S. 72–73, C3
Weiße Stadt, Iran (Stadt), S. 72–73, C2
101 Dalmatiner von Dodie Smith (Roman), Hell Hall, England (Anwesen), S. 64–65, D2
11.22.63 – Der Anschlag (TV), Holden, Tennessee (Städtchen), S. 14–15, A3
1632-Serie von Eric Flint (Romane)
Badenburg, Deutschland (Städtchen), S. 44–45, D3
Grantville, Deutschland (Städtchen), S. 44–45, D3
1632/Ring of Fire-Reihe von Eric Flint (Romane), Grantville, West Virginia (Städtchen), S. 14–15, B4
20.000 Meilen unter dem Meer von Jules Verne (Roman)
Arabischer Tunnel, Ägypten (unterirdischer Gang), S. 84–85, C5
Kapitän Nemos Land (Kontinent), S. 114–115, B2
2000 AD (Comics)
Bananaland (Region), S. 108–109, D3
Brisbania, Bananaland (Stadt), S. 108–109, E3
Die grüne Insel (Land), S. 64–65, A3/B3/A2/B2
East-Meg Two (Region/Stadt/Staat), S. 102–103, E1
Hindi-Ozean, Indischer Ozean (Ozean), S. 78–79, C2/D2
Hondo City, Japan (Stadt), S. 96–97, B3/C3
Kiwi-Cit/New Pacific City, Neuseeland (Stadt), S. 108–109, F1
Nu-Bangkok, New Thai Confederacy (Stadt), S. 90–91, B3
Nu-Delhi, Indien (Stadt), S. 78–79, B3
Perth Island, Western Australia (Region), S. 108–109, B2
Radlands of Ji, China (Region), S. 102–103, C3
Sino-City One, China (Stadt), S. 102–103, D2
Sino-City Two, China (Stadt), S. 102–103, D1
Sydney-Melbourne Conurb (Stadt), S. 108–109, D2
Taswegia, Tasmanien (Stadt), S. 108–109, D1
The Radback (Region), S. 108–109, C3
The Web (Netz aus mutierten Korallen), Indonesien (Landschaft), S. 90–91, B1/C1
24 (TV)
B'Dar, Kamistan (Stadt), S. 72–73, C2
Kamistan (Islamische Republik), Kamistan (Land), S. 72–73, C2
2666 von Roberto Bolaño (Roman), Santa Teresa, Mexiko (Stadt), S. 32–33, B4
3 Bahadur (Film), Roshan Basti (Andher Basti), Pakistan (Städtchen), S. 78–79, A4
30 Rock (TV), Sadchester, Massachusetts (Städtchen), S. 14–15, D5
6 Angels (Anime), Neo Purgatory, Utah (Gebäude), S. 18–19, C4
6 Underground (Film)
Turgistan (Land), S. 72–73, D3
Tyrus, Turgistan (Stadt), S. 72–73, C3
800 Words (TV), Weld, Neuseeland (Städtchen), S. 108–109, F2
91:an (No. 91) (Comic), Klackamo, Schweden (Städtchen), S. 56–57, B2
A Bridge in Time von Elisabeth McNeill (Roman), Camptounfoot, Schottland (Städtchen), S. 64–65, C4
A Candle to Light the Sun von Patricia Blondal (Roman), Mouse Bluffs, Manitoba (Städtchen), S. 26–27, C1
A Canterbury Tale (Film), Chillingbourne, England (Dorf), S. 64–65, D2
A Certain Magical Index von Kazuma Kamachi und Kiyotaka Haimura (Roman), Academy City, Japan (Stadt/Staat), S. 96–97, E1
A Christmas Prince-Reihe (Film)
Aldovien (Land), S. 50–51, B2
Belgravia (Land), S. 50–51, C3
Penglia (Land), S. 50–51, D2
A Cold White Sun von Vicki Delany (Roman), Trafalgar, British Columbia (Städtchen), S. 26–27, B1
A Crystal Age von W.H. Hudson (Roman), Coradine, Schottland (Land), S. 64–65, C5
A Descant for Gossips von Thea Astley (Roman), Gungee, Queensland (Städtchen), S. 108–109, E3
A Dictionary of Maqiao von Han Shaogong (Roman)
Baling, China (Städtchen), S. 102–103, D2
Changle, China (Städtchen), S. 102–103, D2
Luo Kingdom, China (Region), S. 102–103, D2
Luo River, China (Fluss), S. 102–103, D2
Maqiao, China (Dorf), S. 102–103, D2
Shuanglong, China (Städtchen), S. 102–103, D2
Zhangjia, China (Stadt), S. 102–103, C2
A Feast of Freedom von Leonard Wibberley (Roman)
Omo Lau & Omo Levi, Pazifik (Insel/Nation), S. 120–121, D3
A Flag for Sunrise von Robert Stone (Roman), Tecan (Land), S. 32–33, C1
A Girl Walks Home Alone At Night (Film), Bad City, Iran (Städtchen), S. 72–73, C2
A Gloom is Cast Upon the Ancient Steps von Alexander Chudakov (Roman), Tschebatschinsk (Chebachinsk), Kasachstan (Städtchen), S. 72–73, D4
A Horse and Two Goats von R.K. Narayan (Roman), Kritam, Indien (Dorf), S. 78–79, C3
A House Like a Lotus von Madeleine L'Engle (Romane), Osia Theola, Zypern (Städtchen), S. 44–45, F1
A Indomada (TV), Greenville, Brasilien (Städtchen), S. 38–39, D4
A Lei do Amor (TV), São Dimas, Brasilien (Städtchen), S. 38–39, C3
A Mind Forever Voyaging (Videospiel), Rockvil, South Dakota (Städtchen), S. 16–17, A5
A Mother's Son (TV), Eastlee, England (Städtchen), S. 64–65, D2
A Place Further Than the Universe (Anime), Zivile Antarktis-Expedition (Ort), S. 114–115, D4
A Place to Call Home (TV)
Ash Park, New South Wales (Anwesen), S. 108–109, D2
Inverness, New South Wales (Städtchen), S. 108–109, D2
A Prairie as Wide as the Sea von Sarah Ellis (Roman), Milorie, Saskatchewan (Städtchen), S. 26–27, C1
A Prairie Home Companion (Hörspiel)
Lake Wobegon, Minnesota (Städtchen), S. 16–17, C5
Millet, Minnesota (Städtchen), S. 16–17, C5
Mist County, Minnesota (County), S. 16–17, C5
A Strange Discovery von Charles Romyn Dake (Roman), Hili-li (Stadt/Insel), S. 114–115, C2
A Strange Manuscript Found in a Copper Bottle von James De Mille (Roman), Kosekin Country (Land), S. 114–115, B3
A Touch of Frost von R.D. Wingfield (Romane/TV), Denton, England (Städtchen), S. 64–65, C2
A Very Peculiar Practice (TV), Lowlands University, England (Gebäude), S. 64–65, D2
Aalahayude Penmakkal von Sarah Joseph (Roman), Kokkanchira, Indien (Dorf), S. 78–79, B2
Abarat-Reihe von Clive Barker (Romane), Chickentown, Minnesota (Städtchen), S. 16–17, C5
Abendunterhaltungen im Orchester von Hector Berlioz (Buch), Euphonia, Deutschland (Stadt), S. 44–45, D4
Abhaya von Saiswaroopa Iyer (Roman), Anagha (Stadt/Staat), S. 78–79, B4
Abschied von einer Insel (Film), Yamacraw Island, South Carolina (Insel), S. 14–15, B2
Absolutely (TV), Stoneybridge, Schottland (Dorf), S. 64–65, B5
Abyss – Abgrund des Todes (Film), Stadt der Unterwasserwesen, Karibik (Unterwasserstadt), S. 32–33, D2
Ace Ventura – Jetzt wird's wild (Film)
Provinz Bonai, Nibia (Region), S. 84–85, C3
Nibia (Land), S. 84–85, C3
Wachati-Dorf & Wachootoo-Dorf, Nibia (Dörfer), S. 84–85, C3
Ackley Bridge (TV), Ackley Bridge, England (Städtchen), S. 64–65, C3
Aconcagua (Videospiel), Meruza, Argentinien (Region), S. 38–39, B3
Acorn Antiques (TV), Manchesterford, England (Stadt), S. 64–65, C3
Act of War (Film), Bazrakhistan (Land), S. 72–73, D4/E4
Adam Bede von George Eliot (Roman)
Hayslope & Snowfield, England (Städtchen), S. 64–65, C2
Stonyshire, England (Grafschaft), S. 64–65, C2
Adam Sandlers acht verrückte Nächte (Film), Dukesberry, New Hampshire (Städtchen), S. 14–15, D5
Adventure Island-Reihe von Helen Moss (Romane), Carrickstowe, England (Städtchen), S. 64–65, B1
Adventures in Odyssey (Videospiele), Odyssey, Ohio (Städtchen), S. 14–15, B4
Agatha Raisin (TV), Carsely, England (Dorf), S. 64–65, C2
Agaton Sax-Geschichten von Nils-Olof Franzén (Jugendromane/TV), Byköping, Schweden (Städtchen), S. 56–57, C2
Agent Ali (TV), Cyberaya, Malaysia (Stadt), S. 90–91, B2
Agenten sterben einsam (Film), Schloss Adler, Deutschland (Gebäude), S. 44–45, D3
Agora É Que São Elas (TV), Santana de Bocaiúvas, Brasilien (Stadt), S. 38–39, D3
Air America (TV), Buenaventura, Costa Perdida (Stadt), S. 32–33, C2
Akenfield von Ronald Blythe (Roman/Film), Akenfield, England (Städtchen), S. 64–65, D2
Akte X – Die unheimlichen Fälle des FBI (TV)
Amma Beach, Maine (Städtchen), S. 14–15, D6
Aubrey, Missouri (Städtchen), S. 16–17, C4
Bellefleur, Oregon (Städtchen), S. 18–19, A5
Bethany, Vermont (Städtchen), S. 14–15, C5
Blessing, Tennessee (Städtchen), S. 14–15, A3
Chaney, Texas (Städtchen), S. 16–17, B2
Colson, Washington (Städtchen), S. 18–19, B6
Comity, New Hampshire (Städtchen), S. 14–15, C5
Delta Glen, Wisconsin (Städtchen), S. 16–17, D5
Dexter, Oklahoma (Städtchen), S. 16–17, B3
Dudley, Arkansas (Städtchen), S. 16–17, C3/D3
Flemingtown, Arizona (Städtchen), S. 18–19, C3
Klass County, Washington (County), S. 18–19, B6
Kroner, Kansas (Städtchen), UYSA C, C3
Milford Haven, New Hampshire (Städtchen), S. 14–15, D5
Miller's Grove, Massachusetts (Städtchen), S. 14–15, D5
Millikan County, Georgia (County), S. 14–15, B3
Murray, Virginia (Städtchen), S. 14–15, C4
Novi, Virginia (Städtchen), S. 14–15, C4
Pittsfield, Virginia (Städtchen), S. 14–15, C4
Shawan, Oregon (Städtchen), S. 18–19, A5
Skyland Mountain, Virginia (Berg), S. 14–15, B4
Squamash, Pennsylvania (Städtchen), S. 14–15, C5
Steveston, Massachusetts (Städtchen), S. 14–15, C5
Al Hayba (TV), Al Hayba, Libanon (Städtchen), S. 72–73, B2
Al norte del milenio von Gerardo Cornejo (Roman)
El Estado Dorado, Mexiko (Land), S. 32–33, A4/B4
El Golfo Nostrum, Mexiko (Meer), S. 32–33, C3
El Gran Centro-Capital, Mexiko (Stadt), S. 32–33, B2
El Lugar vacío, Mexiko (Landschaft), S. 32–33, A4
Aladdin (Film), Agrabah (Al-Kal'as), Jordanien (Stadt), S. 72–73, B2
Alaloum (Film), Letsovo, Griechenland (Dorf), S. 44–45, E1/E2
Alan Dark von Alfredo Castelli und Giancarlo Alessandrini (Comic), Stadt der lichten Schatten, Mongolei (Stadt), S. 102–103, B4
Alas, Babylon von Pat Frank (Roman), Fort Repose, Florida (Städtchen), S. 14–15, B2
Alaska von James A. Michener (Roman), Lapak, Alaska (Insel), S. 18–19, A1
Albert Herring von Benjamin Britten (komische Oper), Loxford, England (Städtchen), S. 64–65, D2
Albin Indergand von Ernst Zahn (Roman), Anderhalden, Schweiz (Dorf), S. 44–45, C3
Alborada (TV), Santa Rita, Panama (Städtchen), S. 32–33, D1
Alentejo Blue von Monica Ali (Roman), Mamarrosa (Dorf), S. 44–45, A2
Alias – Die Agentin (TV), Sovogda, Russland (Stadt), S. 50–51, B6
Aline und Valcour von Marquis de Sade (Roman)
Butua (Land), S. 84–85, C2
Tamoé, Pazifik (Insel/Nation), S. 120–121, D2
All Fall Down von Cassandra Austin (Roman), Mululuk, South Australia (Städtchen), S. 108–109, C2
All My Children (TV), Pine Valley, Pennsylvania (Städtchen), S. 14–15, C4
All Our Secrets von Jennifer Lane (Roman)
Bagooli River, New South Wales (Fluss), S. 108–109, D2
Coongahoola, New South Wales (Städtchen), S. 108–109, D2
All Over Creation von Ruth Ozeki (Roman), Liberty Falls, Idaho (Städtchen), S. 18–19, C5
Alles Okay, Corky? (TV), Glenbrook, Illinois (Städtchen), S. 16–17, D5
Alles zerfällt von Chinua Achebe (Roman)
Iguedo, Nigeria (Dorf), S. 84–85, B4
Umuofia (die neun Dörfer), Nigeria (Dorf), S. 84–85, B4
Alma Gêmea (TV), Roseiral, Brasilien (Städtchen), S. 38–39, C3
Als die Uhr dreizehn schlug von Philippa Pearce (Roman), Castleford, England (Stadt), S. 64–65, D2
Als die Welt erbebte von H. Rider Haggard (Roman), Orofina, Pazifik (Insel), S. 120–121, C2
Am Ufer des Flusses von Agustina Bessa-Luís (Roman), Tal Abraham, Portugal (Landschaft), S. 44–45, A2
Amachan (TV), Kitasanriku, Japan (Städtchen), S. 96–97, C3
Ambassadors (TV), Tazbekistan (Land), S. 72–73, E4/F4
American Dad (TV)
Isla Island/Bananarama (Insel/Nation), S. 32–33, D2
Langley Falls, Virginia (Städtchen), S. 14–15, C4
American Gothic (TV)
Fulton County, South Carolina (Städtchen), S. 14–15, B3
Trinity, South Carolina (Städtchen), S. 14–15, B3
American Pie 2 (Film), Grand Harbor, Michigan (Städtchen), S. 14–15, A5
American Pie-Reihe, East Great Falls, Michigan (Städtchen), S. 14–15, A5
American Werewolf (Film), East Proctor, England (Dorf), S. 64–65, D3
Amerika (TV), Milford, Nebraska (Städtchen), S. 16–17, B4
Amerzone (Videospiel)
Alvarezopolis, Amerzone (Stadt), S. 38–39, C5
Amerzone (Land), S. 38–39, C4
Fluss Amerzone, Amerzone (Fluss), S. 38–39, C5
Amor Real (TV)
Ciudad Santiago, Mexiko (Städtchen), S. 32–33, B2
Ciudad Trinidad, Mexiko (Städtchen), S. 32–33, B2/B3
An Appointment with the Wicker Man von Greg Hemphill (Theaterstück), Loch Parry, Schottland (Städtchen), S. 64–65, B5
An Klondike (TV), Dominion Creek, Yukon (Städtchen), S. 26–27, B2
Anandamath von Bankim Chandra Chattopadhyay (Roman), Padachinha, Indien (Dorf), S. 78–79, C4
Anatolischer Totentanz von Barbara Nadel (Roman), Muratpaşa, Türkei (Dorf), S. 72–73, B3
Andoshen, PA von Darryl Ponicsan (Roman), Andoshen, Pennsylvania (Städtchen), S. 14–15, C5
Andromeda – Tödlicher Staub aus dem All von Michael Crichton (diverse)
Flatrock, Nevada (Städtchen), S. 18–19, B5
Labor Operation „Steppenbrand (Wildfire)", Nevada (Gebäude), S. 18–19, B5
Piedmont, Arizona/New Mexico/Utah (Städtchen), S. 18–19, C3
Angel Island von Inez Haynes Irwin (Roman), Angel Island, Pazifik (Insel), S. 120–121, C4
Angriff der Killertomaten (Film), San Zucchini, Kalifornien (Stadt), S. 18–19, B3
Angus Og von Ewen Bain (Comic), Drambeg, Schottland (Insel), S. 64–65, B5
Anita and Me von Meera Syal (Roman), Tollington, England (Städtchen), S. 64–65, C2
Annals of the Parish von John Galt (Roman), Dalmailing, Schottland (Städtchen), S. 64–65, C3
Anne auf Green Gables von Lucy Maud Montgomery (Roman)
Avonlea, Prince Edward Island (Städtchen), S. 26–27, F1
Bolingbroke, Nova Scotia (Dorf), S. 26–27, F1/F2
Bright River, Prince Edward Island (Städtchen), S. 26–27, F1
Carmody, Prince Edward Island (Städtchen), S. 26–27, F1
Hopeton, Nova Scotia (Städtchen), S. 26–27, F1
Newbridge, Prince Edward Island (Städtchen), S. 26–27, F1
Redmond College, Nova Scotia (Gebäude), S. 26–27, F1
White Sands, Prince Edward Island (Städtchen), S. 26–27, F1
Anne Elliot von Jane Austen (Roman)
Kellynch Hall, England (Anwesen), S. 64–65, C1
Uppercross, England (Städtchen), S. 64–65, C1
Another Night in Mullet Town von Steven Herick (Roman)
Balarang Bay, New South Wales (Städtchen), S. 108–109, D2
Morawa National Park, New South Wales (Städtchen), S. 108–109, D1/D2
Turon, New South Wales (Städtchen), S. 108–109, D1
Another World (TV), Bay City, Illinois (Stadt), S. 16–17, D5
Anywhere But Paradise von Anne Bustard (Roman), Hanu, Hawaii (Städtchen), S. 18–19, C1
Apocalypse Now (Film)
Do-Lung-Brücke, Vietnam (Gebäude), S. 90–91, B3
Hau Phat, Vietnam (Städtchen), S. 90–91, B3
Nu Mung Ba, Kambodscha (Gebäude), S. 90–91, B3
Nùng-Fluss, China (Fluss), S. 90–91, B3, S. 102–103, C1
Vin Drin Dop („Charlies Festung"), Vietnam (Dorf), S. 90–91, B3
Appaloosa (Film), Appaloosa, New Mexico (Städtchen), S. 18–19, D3
Appointment with Venus von Jerrard Tickell (Roman/Film), Armorel, Kanalinseln (Insel), S. 64–65, A1
Apuesta Por un Amor (TV), San Gaspar, Mexiko (Städtchen), S. 32–33, C2
Aquelarre (TV), Aquelarre, Chile (Städtchen), S. 38–39, B3
Arac Attack – Angriff der achtbeinigen Monster (Film), Prosperity, Arizona (Städtchen), S. 18–19, C2
Arachnophobia (Film), Canaima, Kalifornien (Städtchen), S. 18–19, A3
Araguaia (TV)
Girassol & Juruanã, Brasilien (Städtchen), S. 38–39, C4
Archer (TV), Llanflwnyddwndllwnmawr, Wales (Städtchen), S. 64–65, C2
Archibald der Detektiv (TV), Rastapapee, Pazifik (Insel), S. 120–121, B2
Are You Afraid of the Dark? (TV), Argento, Oregon (Städtchen), S. 18–19, A5
Arielle, die Meerjungfrau (Film)
Atlantika (Land), S. 56–57, A2
Tirulia (Land), S. 56–57, A2
ARMA 3 (Videospiel)
Altis, Griechenland (Insel), S. 44–45, E1
Horizon Islands, Pazifik (Insel), S. 120–121, C2
La Roche, Horizon Islands (Stadt), S. 120–121, C2
Stratis, Griechenland (Insel), S. 44–45, E1
Tanoa, Horizon Islands (Insel), S. 120–121, C2
ARMA: Armed Assault (Videospiel)
Bagango, Sahrani (Stadt), S. 126–127, C4
Paraiso, Süd-Sahrani (Stadt), S. 126–127, C4
Sahrani (Insel/Nation), S. 126–127, C4
Süd-Sahrani, Sahrani (Insel/Nation), S. 126–127, C4
ARMA: Cold War Assault (Videospiel)
Everon, Atlantik (Insel), S. 126–127, C4
Malden, Atlantik (Insel), S. 126–127, C4
Aroha Bridge (TV), Aroha Bridge, Neuseeland (Städtchen), S. 108–109, F2
Arrow (TV)
Lian Yu, China (Insel), S. 102–103, D2/E2
Nordchinameer, China (Meer), S. 102–103, D2/E2
Artemis Fowl-Reihe von Eoin Colfer (Romane)
Fowl Manor, Irland (Anwesen), S. 64–65, B2
Villa Éco, Irland (Gebäude), S. 64–65, B2
Arthur (TV), Elwood City, Crown City, Québec (Stadt), S. 26–27, E1
Article 15 (Film), Lalgaon, Indien (Städtchen), S. 78–79, C4
Artussagen (Mythen), Avalon, England (Anwesen), S. 64–65, C1
Asa-Nisse von Stig Cederholm (Comic), Knohult, Schweden (Dorf), S. 56–57, B2
Ash vs The Evil Dead (TV), Elk Grove, Michigan (Städtchen), S. 14–15, A5
Asterix bei den Pikten von René Goscinny (Comic), Loch Endroll, Schottland (Landschaft), S. 64–65, B5
Asterix der Gallier von René Goscinny und Albert Uderzo (Comics), Asterix' Dorf, Frankreich (Dorf), S. 44–45, B3/B4
Astro City (Comic)
Astro City, Washington (Stadt), Hood County, Washington (County), Mount Kirby, Washington (Berg), Wildenberg River, Washington (Fluss), alle S. 18–19, B6
Asura – The City of Madness (Film), Annam, Südkorea (Stadt), S. 102–103, E3
Asuravithu von M.T. Vasudevan Nair (Roman), Kizhakkemuri, Indien (Dorf), S. 78–79, B2
Atem/Breath von Tim Winton (Roman/Film), Sawyer, Western Australia (Städtchen), S. 108–109, B2
Atlantik (Film), *Atlantic*, Atlantik (Wrack), S. 126–127, B4
Atlantis – Das Geheimnis der verlorenen Stadt (Film)
Shub Nigruth (Stadt), S. 114–115, E3
Ulysses, Atlantik (Wrack), S. 126–127, C5
Versunkene Stadt Atlantis, Atlantis (Stadt), S. 126–127, C6
Atlas wirft die Welt ab/Wer ist John Gulch? von Ayn Rand (Roman), Galt's Gulch, Colorado (Städtchen), S. 18–19, D4
Aubrey-Maturin-Reihe von Patrick O'Brian (Romane), Shelmerston, England (Städtchen), S. 64–65, C1
Auf der Flucht (Film)
Barkley Dam, Illinois (Gebäude), Doverville, Illinois (Städtchen), beide S. 16–17, D4
Auf der Flucht (TV), Stafford, Indiana (Städtchen), S. 14–15, A4
Auf der Suche nach der verlorenen Zeit von Marcel Proust (Roman)
Balbec, Frankreich (Städtchen), Combray, Frankreich (Dorf), beide S. 44–45, C3

Parville, Frankreich (Städtchen),
Trouville, Frankreich (Städtchen),
beide S. 44–45, C3
Auf der Suche nach Indien/Reise nach Indien von E.M. Forster (Roman/Film)
Chandrapur, Indien (Stadt), S. 78–79, C4
Höhlen von Marabar, Indien (Landschaft), S. 78–79, C4
Aurorarama von Jean Christophe-Valtat (Roman), New Venice, Arktis (Stadt), S. 26–27, C3
Ausgerechnet Alaska (TV)
Cicely, Alaska (Städtchen), S. 18–19, B1
Manonash, Alaska (Städtchen), S. 18–19, B1
Auslandseinsatz (Film), Milanh, Afghanistan (Dorf), S. 72–73, D2
Austin Powers-Filme (Filme), Kreplachistan (Land), S. 72–73, E4
Australia (Film), Faraway Downs, Northern Territory (Anwesen), S. 108–109, C4
Avalanche Annie: A Not So Tall Tale von Lisa Michisota (Staat), S. 16–17, C6
Mount Himalachia, Michisota (Berg), Wheeler (Buch)
alle S. 16–17, C6
Avengers: Endgame (Film), New Asgard, Norwegen (Städtchen), S. 56–57, B5
Avenida Brasil (TV), Divino, Brasilien (Städtchen), S. 38–39, D3
Azumanga Daioh von Kiyohiko Azuma (Manga/Anime), Azumanga High School, Japan (Gebäude), S. 96–97, E1
Azur Lane (Videospiel/Anime)
Azur Lane Base, Pazifik (Gebäude), S. 120–121, D4
Sakura Empire (Land), S. 96–97, B1/C1
B&B (TV), Oneoneroa, Neuseeland (Städtchen), S. 108–109, F2
Baaz von Anuja Chauhan (Roman), Chakkahera, Indien (Dorf), S. 78–79, B5
BabaKiueria (Film), BabaKiueria, Australia (das ganze Land), S. 108–109, D2/E2
Baby Island von Carol Ryrie Brink (Roman)
Baby Island, Pazifik (Insel), S. 120–121, C3
SS Orminta, Pazifik (Wrack), S. 120–121, C3
Backtrack – Tote vergessen nicht (Film), False Creek, Victoria (Städtchen), S. 108–109, D1
Bad Taste (Film), Kaihoro, Neuseeland (Städtchen), S. 108–109, F2
Badenheim von Aharon Appelfeld (Roman), Badenheim, Österreich (Städtchen), S. 44–45, D3
Balamory (TV), Balamory, Schottland (Städtchen), S. 64–65, B4
Ballykissangel (TV), Ballykissangel, Irland (Dorf), S. 64–65, B2
Ballyyahoo-Reihe von Grace Jolliffe (Bücher), Ballyyahoo, Irland (Städtchen), S. 64–65, A3
Barbie (Puppe)
Lake Willows, Wisconsin (See), S. 16–17, D5
Willows, Wisconsin (Städtchen), S. 16–17, D5
Baron 1898 (Themenpark), Heikant, Niederlande (Dorf), S. 44–45, C4
Batman Begins (Film), Bergpalast der Gesellschaft der Schatten, Bhutan (Gebäude), S. 78–79, D4
Batman: Das Geschäft des Bösen von Andrew Vachss (Roman), Udon Khai (Land), S. 90–91, B3
Battle Angel Alita (GUNNM) (diverse)
Gurat, Indischer Ozean (Insel/Stadt), S. 90–91, A2
Jeru/Zalem-Orbitallift, Panama (Weltraumlift), S. 32–33, D1
Necropolis, Colorado (Stadt), S. 16–17, A4
Schrottstadt/Zalem, Panama (Stadt), S. 32–33, D1
Zig/Gurat-Orbitallift, Indischer Ozean (Weltraumlift), S. 90–91, A2
Battle Royale von Koushun Takami (Roman)
Okishima, Japan (Insel), S. 96–97, B2
Shiroiwa, Japan (Stadt), S. 96–97, B2
Baymax – Riesiges Robowabohu (Film/TV), San Fransokyo, Kalifornien (Stadt), S. 18–19, A4
Beasts Made of Night von Tochi Onyebuchi (Roman), Kos, Nigeria (Stadt), S. 84–85, B4
Beautiful Creatures (Film) siehe *Sixteen Moons*
Beavis und Butt-Head (TV), Highland, Texas (Städtchen), S. 16–17, A3
Beetlejuice (Film), Winter River, Connecticut (Städtchen), S. 14–15, C5
Befehl von oben von Tom Clancy (Roman), Vereinigte Islamische Republik (Land), S. 72–73, C2
Behemoth (Film), Ascension, Washington (Städtchen), S. 18–19, A6
Beilight – Bis(s) zum Abendbrot (Film), Sporks, Washington (Städtchen), S. 18–19, A6
Beim Sterben ist jeder der Erste (Film) siehe *Flussfahrt* (Roman)
Bell-Elkins-Reihe von Julia Keller (Romane)
Acker's Gap, West Virginia (Städtchen), S. 14–15, B4
Raythune County, West Virginia (County), S. 14–15, B4
Bella Calamidades (TV), Horneros, Kolumbien (Städtchen), S. 38–39, A5/B5
Bellbird (TV), Bellbird, Victoria (Dorf), S. 108–109, D1
Bellevue (TV), Bellevue, Québec (Städtchen), S. 26–27, E1
Bello, onesto, emigrato Australia sposerebbe compaesana illibata (A Girl in Australia) (Film), Bun Bun Ga, New South Wales (Städtchen), S. 108–109, D2
Below – Da unten hört dich niemand schreien (Film), *HMHS Fort James/USS Tiger Shark*, Atlantik (Wracks), S. 44–45, B3
Ben 10 (TV), Hauptquartier der Klempner, South Dakota (Gebäude), S. 16–17, A5
Beneath a Steel Sky (Videospiel), Union City, New South Wales (Stadt/Staat), S. 108–109, E2
Benjamin Blümchen (Hörspiel/TV)
Altstadt & Glückstadt & Neustadt, Deutschland (Stadt), S. 44–45, D4
Benny Cooperman-Reihe von Howard Engel (Romane), Grantham, Ontario (Städtchen), S. 26–27, A4
Beowulf (Gedicht), Heorot, Dänemark (Gebäude), S. 56–57, B1
Berge des Wahnsinns von H.P. Lovecraft (Novelle)
Berge des Wahnsinns (Gebirge), S. 114–115, E3
Nördliches Basislager der Miskatonic-Expedition (Camp), S. 114–115, D1
Plateau von Leng (Stadt), S. 114–115, E3
Professor Lakes Lager (Miskatonic-Expedition, Camp), S. 114–115, E2
Stadt der Alten Wesen (Stadt), S. 114–115, E3
Südliches Basislager der Miskatonic-Expedition (Camp), S. 114–115, D2
Violette Berge (Gebirge), S. 114–115, E3
Bernard und Bianca – Die Mäusepolizei (Film), Teufelssümpfe, Florida (Landschaft), S. 14–15, C1
Bernard und Bianca im Känguruland (Film)
Geistercanyon, Northern Territory (Landschaft), S. 108–109, C3
Krokodilfälle, Northern Territory (Landschaft), S. 108–109, C3
Mugwomp, Northern Territory (Städtchen), S. 108–109, C3
Teufelsrücken, Northern Territory (Berg), S. 108–109, C3
Berts Katastrophen von Anders Jacobsson und Sören Olsson (Romane)
Nöckeln, Schweden (Städtchen), S. 56–57, B3
Öreskoga, Schweden (Städtchen), S. 56–57, B3
Best Exotic Marigold Hotel (Film), Best Exotic Marigold Hotel, Indien (Gebäude), S. 78–79, B4
Bestien lauern vor Caracas (Film), Der verlorene Kontinent (Insel), S. 126–127, A3
Besuch bei Nacht (Film), Sunda (Insel/Nation), S. 90–91, B1
Bevor die Flut kommt von Susan Cooper (Roman), Trewissick, England (Städtchen), S. 64–65, B1
Bhoot – Part One: The Haunted Ship (Film), *Sea Bird*, Indien (Wrack), S. 78–79, B3
Bhowani Junction/Knotenpunkt Bhowani von John Masters (Roman/Film), Bhowani, Indien (Städtchen), S. 78–79, B4
Bibos abenteuerliche Flucht (Film)
Oceanview, Illinois (Stadt), S. 16–17, D4
Toadstool, Indiana (Stadt), S. 14–15, A4
Big Eden (Film), Big Eden, Montana (Städtchen), S. 18–19, C6
Big Fish – Der Zauber, der ein Leben zur Legende macht (Film)
Ashton, Alabama (Städtchen), S. 14–15, A2
Spectre, Alabama (Städtchen), S. 14–15, A2
Big Girl, Small Town von Michelle Gallen (Roman), Aghybogey, Nordirland (Städtchen), S. 64–65, B3
Big Thunder Mountain Railroad (Themenparks)
Big Thunder Mountain, Utah/Arizona (Berg), S. 18–19, C3
Grizzly Gulch, Arizona (Städtchen), Rainbow Ridge, Utah (Städtchen), Tumbleweed, Arizona (Städtchen), alle S. 18–19, C3
Biggles Follows On von W.E. Johns (Roman), Kratsen, China (Dorf), S. 102–103, D3
Biggles Foreign Legionnaire von W.E. Johns (Roman), Tal der Tartaren, Irak (Landschaft), S. 72–73, C3
Biggles: Secret Agent von W.E. Johns (Roman), Lucrania (Land), S. 44–45, C3
Biggles: The Adventure of the Golden Shirts von W.E. Johns (Roman)
Gelden Island, Indonesien (Insel), S. 90–91, B1
Van Husen, Indonesien (Wrack), S. 90–91, B1
Biggles: The Adventure of the Oxidized Grotto von W.E. Johns (Roman), Mojok, Malaysia (Gebäude/Anwesen), S. 90–91, C2
Billions (TV), Sandicot, New York (Städtchen), S. 14–15, B5
Billy Bunter (TV), Greyfriars School, England (Gebäude), S. 64–65, D2
Billy der Lügner von Keith Waterhouse (Roman), Stradhoughton, England (Städtchen), S. 64–65, C3
Billy Elliot – I Will Dance (Film), Everington, England (Städtchen), S. 64–65, C3
„Billy the Mountain" von Frank Zappa (Song), Billy the Mountain, Kalifornien (Berg), S. 18–19, A3/B3
Binbougami ga! (Good Luck Girl) von Yoshiaki Sukeno (Manga/Anime), Butsumetsu, Japan (Stadt), S. 96–97, B2
BioShock-Reihe (Videospiele), Rapture, Atlantik (Stadt), S. 26–27, F4
Biss zum Abwinken: Die blutleere Parodie von Stephfordy Mayo (Roman)
Port D'Angerous, Oregon (Stadt), Spatula, Washington (Städtchen), beide S. 18–19, A6
Black & White (TV), Harbor City, Taiwan (Stadt), S. 102–103, D1
Black Butler (Manga/Anime), *Campania*, Atlantik (Wrack), S. 126–127, B4
Black Gold (Film)
Gelber Gürtel, Hobeika/Salmaah (Landschaft), S. 72–73, C1
Hobeika (Land), S. 72–73, C1
Salmaah (Land), S. 72–73, C2
Black Lagoon von Rei Hiroe (Manga/Anime), Lovelace-Anwesen, Venezuela (Gebäude), S. 38–39, B5
Roanapur, Thailand (Stadt), S. 90–91, B3
Black Lightning (Comic/TV), Freeland, Georgia (Stadt), S. 14–15, B3
Black Spot (TV), Villefranche, Frankreich (Städtchen), S. 44–45, C3
Blackadder III (TV), Dunny-on-the-Wold, England (Dorf), S. 64–65, D2
Blair Witch Project (Film), Blair, Maryland (Städtchen), S. 14–15, C4
Bleach von Tite Kubo (Manga/Anime), Karakura, Japan (Städtchen), S. 96–97, E1
Bleak House von Charles Dickens (Roman)
Bleak House, England (Gebäude), S. 64–65, D2
Borriobula-Gha, Nigeria (Dorf), S. 84–85, B4
Chesney Wold, England (Anwesen), S. 64–65, D3
Blinky Bill (diverse), Greenpatch, Queensland (Städtchen), S. 108–109, D3
Blood Prejudice von A.R. Nai (Roman), Beisha, China (Städtchen), S. 102–103, D1
Blue Heelers (TV)
Evanleigh, Victoria (Stadt), S. 108–109, D1
Hetherington, Victoria (Region), Mount Thomas, Victoria (Städtchen), St. David's, Victoria (Städtchen), Widgeree, Victoria (Städtchen), alle S. 108–109, D2
Blue von Pat Grant (Graphic Novel)
Bolton, New South Wales (Städtchen), S. 108–109, D2
Crink's Creek, New South Wales (Städtchen), S. 108–109, D2
Blues Brothers (Film)
Bob's Country Bunker, Indiana (Gebäude), S. 14–15, A4
Lake Wazzapamani, Wisconsin (See), S. 16–17, D5
Palace Hotel, Wisconsin (Gebäude), S. 16–17, D5
Blutiger Valentinstag (Film), Valentine Bluffs, Nova Scotia (Städtchen), S. 26–27, F2
BoBoiBoy (TV), Pulau Rintis, Malaysia (Insel), S. 90–91, B2
BoJack Horseman (TV)
Cordovia (Land), S. 50–51, A5
Pacific Ocean City, Kalifornien (Stadt), S. 18–19, A3
Bonanza (TV), Ponderosa-Ranch, Nevada (Gebäude), S. 18–19, A4
Bond (Theaterstück), Nisi, China (Stadt), S. 102–103, D2
Bondånger (TV), Bondånger, Schweden (Städtchen), S. 56–57, C4
Book: A Novel by Robert Grudin (Roman), Washagon (Staat), S. 18–19, B6
Boomers (TV), Thurnemouth, England (Städtchen), S. 64–65, D2
Booz endormi (Der schlafende Boas) von Victor Hugo (Gedicht), Jérimadeth, Irak (Stadt), S. 72–73, C2
Borat-Filme, Kuzcek, Kasachstan (Dorf), S. 72–73, D4
Border Country von Raymond Williams (Roman), Glynmawr, Wales (Dorf), S. 64–65, C2
Boris Karloff's Thriller (TV), Steine des Druiden (Druid's Stones), Wales (Steinkreis), S. 64–65, C2
Born and Bred (TV), Ormston, England (Städtchen), S. 64–65, C3
Boston Legal (TV), Belmont Falls, Massachusetts (Städtchen), S. 14–15, D5
Bottlebrush Creek von Maya Linnell (Roman), Port Fairview, Victoria (Städtchen), S. 108–109, D1
Bowl of Cherries von Millard Kaufman (Roman)
Assama, Irak (Region), S. 72–73, C2
Coproliabad, Irak (Städtchen), S. 72–73, C2
Brass (TV), Utterley, England (Städtchen), S. 64–65, C3
Brass Eye (TV), Ballakreen, Irland (Dorf), S. 64–65, A2
Breakfast of Champions – Frühstück für Helden von Kurt Vonnegut (Roman/Film), Midland City, Indiana (Städtchen), S. 14–15, A4
Breakfast on Pluto von Patrick McCabe (Roman/Film), Tyreelin, Irland (Städtchen), S. 64–65, A3
Breaking Dawn – Biss zum Ende der Nacht von Stephenie Meyer (Roman/Film), Esmes Insel, Brasilien (Insel), S. 38–39, D3
Breathing, in Dust von Tim Z. Hernandez (Roman), Catela, Kalifornien (Städtchen), S. 18–19, A3
Brennen muss Salem von Stephen King (diverse), Jerusalem's Lot, Maine (Städtchen), S. 14–15, D6
Brennendes Indien (Film)
Guram, Pakistan (Städtchen), S. 78–79, B5
Haserabad, Pakistan (Städtchen), S. 78–79, B5
Kalapur, Pakistan (Städtchen), S. 78–79, B5
Nordindische Eisenbahn, Pakistan (Bahnstrecke), S. 78–79, B5
Brickleberry (TV), Brickleberry-Nationalpark, Illinois (Landschaft), S. 16–17, D4/D5
Brigadoon (Film), Brigadoon, Schottland (unkartierbares Dorf), S. 64–65, C4
Brigham City (Film), Kirtland County, Utah (Städtchen), S. 18–19, C4
Broadchurch (TV), Broadchurch, England (Dorf), S. 64–65, C1
Brødrene Dal (TV), Atlant-is, Norwegen (unterirdische Stadt), S. 56–57, C5
Broforce (Videospiel), Irakistan (Land), S. 72–73, C2
Brokeback Mountain (Kurzgeschichte/Film)
Brokeback Mountain, Wyoming (Berg), S. 18–19, D5
Signal, Wyoming (Städtchen), S. 18–19, D5
Brokenwood – Mord in Neuseeland (TV), Brokenwood, Neuseeland (Städtchen), S. 108–109, F2
Brontë-Jugendwerk
Alcona (Land), S. 90–91, E4
Angora (Land), S. 90–91, E4
Exina (Land), S. 90–91, E4
Frenchy Land, Glass Town Federation (Land), S. 84–85, B3
Gaaldine, Pazifik (Insel/Nation), S. 90–91, F3
Glass Town Confederacy (Staatenbund), S. 84–85, A3
Gondal, Pazifik (Land), S. 90–91, F4
Monkey's Land, Glass Town Federation (Land), S. 84–85, A3
Paris, Frenchy's Land (Stadt), S. 84–85, B3
Parry's Land, Glass Town Federation (Region), S. 84–85, A4
Regina, Angora (Stadt), S. 90–91, F4
Ross's Land, Glass Town Federation (Region), S. 84–85, A4
Sneaky's Land, Glass Town Federation (Region), S. 84–85, B4
Stump's Land, Glass Town Federation (Land), S. 84–85, A4
Verdopolis, Glass Town Federation (Stadt), S. 84–85, B4
Wellington's Land, Glass Town Federation (Region), S. 84–85, A4
Brontë-Jugendwerk und spätere Schriften von Charlotte Brontë
Adrianopolis, Angria (Stadt), S. 84–85, B4
Angria (Land), S. 84–85, B4
Brookside (TV), Brookside, England (Gegend/Straße), S. 64–65, C3
Brother Fish von Bryce Courtenay (Roman), Queen's Island, Tasmanien (Insel), S. 108–109, D1
Brother in the Land von Robert Swindells (Roman), Skipley, England (Städtchen), S. 64–65, C3
Brown von der Insel von C.S. Forester (Roman), Resolution, Galapagos-Inseln (Insel), S. 38–39, A1
Buck Danny (Comics), Managuay (Land), S. 32–33, D2
Buerak (Band), Ust-Tschilim, Russland (Stadt), S. 102–103, E1
Buffy – Im Bann der Dämonen (TV), Sunnydale, Kalifornien (Städtchen), S. 18–19, A3
Bully (Videospiel), Bullworth, New Hampshire (Städtchen), S. 14–15, D5
Burka Avenger (TV), Halwapur, Pakistan (Städtchen), S. 78–79, B5
Burnistoun (TV), Burnistoun, Schottland (Städtchen), S. 64–65, C4
Cabin Pressure (Hörspiel), Fitton, England (Städtchen), S. 64–65, D3
Cabocla (TV)
Pau d'Alho, Brasilien (Städtchen), S. 38–39, D3
Vila da Mata, Brasilien (Städtchen), S. 38–39, D3
Caleta del Sol (TV), Caleta del Sol, Chile (Städtchen), S. 38–39, B3
Call Me the Breeze von Patrick McCabe (Roman), Scotsfield, Irland (Städtchen), S. 64–65, B3
Call of Cthulhu (Videospiel), Darkwater Island, Massachusetts (Insel), S. 14–15, D5
Call of Duty: Modern Warfare (Videospiel)
Sahkra, Urzikstan (Stadt), S. 72–73, C3
Urzikstan (Land), S. 72–73, B3/C3
Camberwick Green (TV), Camberwick Green, England (Dorf), S. 64–65, D1
Came a Hot Friday von Ronald Hugh Morrieson (Roman), Tainuia Junction, Neuseeland (Städtchen), S. 108–109, F2
Camp Camp (Web-Trickserie)
Camp Campbell, Washington (Gebäude), Lake Lilac, Washington (See), Sleepy Peak Peak, Washington (Berg), alle S. 18–19, B6
Camp Lazlo (TV), Prickly Pines, Wisconsin (Städtchen), S. 16–17, D5
Campanas en la Noche (TV), Lago Místico, Argentinien (Städtchen), S. 38–39, B2
Candide von Voltaire (Roman)
El Dorado, Peru (Stadt), S. 38–39, B4
Waldberghoff-trarbk-dikdorff, Deutschland (Städtchen), S. 44–45, C4
Cape Grimm von Carmel Bird (Roman)
Cape Grimm, Tasmanien (Landschaft), S. 108–109, D1
Skye, Tasmanien (Dorf), S. 108–109, D1
Capillaria von Frigyes Karinthy (Roman), Capillaria, Atlantis (versunkenes Land), S. 126–127, B4/C4
Captain Planet (TV), Insel der Hoffnung, Bahamas (Insel), S. 32–33, E3
Captain Pugwash von John Ryan (diverse)
Bogle Bay, Schottland (Landschaft), S. 64–65, B5
Bogshire, Schottland (Grafschaft), S. 64–65, B5
Dolphin, Grönland/Northern Provinces (Wrack), S. 26–27, D4
Flying Dustman, Karibik (Wrack), S. 32–33, F2
Hotta-Watta-Bottle, Land of the Stinkas (Berg), S. 32–33, C2
Land of the Stinkas (Region), S. 32–33, C2
Pajamah Islands, Karibik (Inselgruppe), S. 32–33, F2
San Fiasco, Schottland (Wrack), S. 64–65, B5
Captain Scarlet (TV), Glen Carry Castle, Schottland (Gebäude), S. 64–65, C4
Cara & Coroa (TV), Porto do Céu, Brasilien (Städtchen), S. 38–39, D3
Card Captor Sakura von CLAMP (Manga/Anime), Tomoeda, Japan (Stadt), S. 96–97, C2
Carpentaria von Alexis Wright (Roman), Desperance, Queensland (Städtchen), S. 108–109, D4
Carrie von Stephen King (diverse), Chamberlain, Maine (Städtchen), S. 14–15, D6
Carry On siehe auch *Ist ja irre*
Carry On: Ein total verrückter Urlaub! (Film)
Costa Bomm, Spanien (Region), S. 44–45, C2
Elsbels, Spanien (Insel), S. 44–45, C2
Cars (Film)
Cadillac Range, Arizona (Gebirge), Carburetor County, Arizona (County), Ornament Valley, Arizona (Landschaft), Radiator Springs, Arizona (Städtchen), alle S. 18–19, C3
Cars 2 (Film), Porto Corsa, Monaco (Stadt), S. 44–45, C2
Carter Country (TV), Clinton Corners, Georgia (Städtchen), S. 14–15, B2
Casaquemada oder die Insel der Gewalt von Neil Bissoondath (Roman), Casaquemada (Insel), S. 32–33, F2
Casper (Film), Spukvilla Whipstaff, Maine (Gebäude), S. 14–15, D6
Cast Away – Verschollen (Film), Cast-Away-Insel, Pazifik (Insel), S. 120–121, D2
Castle-Rock-Zyklus von Stephen King (diverse), Castle Rock, Maine (Städtchen), S. 14–15, D6
Cat Ballou – Hängen sollst du in Wyoming (Film), Wolf City, Wyoming (Städtchen), S. 18–19, D5
CD – Mit Charme und Diplomatie (TV), Ragaan (Land), S. 90–91, B2
Cedar Cove-Reihe von Debbie Macomber (Romane), Cedar Cove, Washington (Insel/Städtchen), S. 18–19, A6
Cedar Valley von Holly Throsby (Roman), Cedar Valley, New South Wales (Städtchen), S. 108–109, D2
Celeste (Videospiel), Verlassene Stadt, British Columbia (leere Bauten), S. 26–27, B1
Celestial Bodies (orig. Sayyidat al-Qamar) von Jokha Alharthi (Roman), Al-Awafi, Oman (Städtchen), S. 72–73, D1
Centurions (TV)
Montenegro (Land), S. 38–39, C2
Quisto (Land), S. 38–39, B2
Chalk Hill-Reihe von Lily Malone (Romane), Chalk Hill, Western Australia (Städtchen), S. 108–109, A2
Champion Jack Barron von Norman Spinrad (Roman), Evers, Mississippi (Stadt), S. 16–17, D2
Charlie und die Schokoladenfabrik von Roald Dahl (Roman/Film)
Loompaland, Brasilien (Region), S. 38–39, B5
Prinz Pondicherrys Schokoladenpalast, Indien (Gebäude), S. 78–79, C3
Cherry Falls – Sex oder stirb (Film), Cherry Falls, Virginia (Städtchen), S. 14–15, C4
Chicken Run – Hennen rennen (Film), Tweedys Farm, England (Gebäude), S. 64–65, C3
Chief Inspector Armand Gamache-Reihe von Louise Penny (Romane), Three Pines, Québec (Städtchen), S. 26–27, E1
Chigley (TV), Chigley, England (Dorf), S. 64–65, D1
Children of the Stones (TV), Milbury, England (Dorf), S. 64–65, C2
Chilly Beach (TV), Chilly Beach, Nunavut (Städtchen), S. 26–27, D2
China Sky (Am Himmel von China) von Pearl S. Buck (Roman/Film)
Chen-li, China (Städtchen), S. 102–103, D2
Tong Mountain, China (Berg), S. 102–103, D2
Treaty Port, China (Stadt), S. 102–103, D2
Chip & Chap – Die Ritter des Rechts (TV), Tramplonia, Spanien (Städtchen), S. 44–45, B2
Chocolat von Joanne Harris (Roman/Film), Lansquenet-sous-Tannes, Frankreich (Dorf), S. 44–45, B2/B3
Chocolate com Pimenta (TV), Ventura, Brasilien (Städtchen), S. 38–39, C3
Christine von Stephen King (Roman/Film)
Libertyville, Pennsylvania (Städtchen), S. 14–15, B4
Rockbridge, Kalifornien (Städtchen), S. 18–19, A3
Christmas in Evergreen-Reihe (Filme), Evergreen, Vermont (Städtchen), S. 14–15, C6
Christmas Joy (Film), Crystal Falls, North Carolina (Städtchen), S. 14–15, B3
Christmasland/NOS4A2 von Joe Hill (Roman/TV), Christmasland, Colorado (Städtchen), S. 16–17, A4
Chuck (TV), Costa Gravas (Insel/Nation), S. 38–39, C3/D3
Churramobod, Stadt der Freude von Andrej Wolos (Roman), Churramobod, Tadschikistan (Stadt), S. 72–73, D3

Churyō Manroku (Überlieferung), Rokurokubi-Dorf, Japan (Dorf), S. 96–97, B2
Cicak-Man-Reihe (Filme), Metrofulus, Malaysia (Stadt/Staat), S. 90–91, B2
Cinema Paradiso (Film), Giancaldo, Italien (Städtchen), S. 44–45, D1
Citizen Kane (Film)
Little Salem, Colorado (Städtchen), S. 18–19, D3
Xanadu, Florida (Gebäude), S. 14–15, B2
City of Heroes (Videospiel), Paragon City, Rhode Island (Stadt), S. 14–15, D5
Clannad (Manga/Anime), Hikarizaka, Japan (Stadt), S. 96–97, C2
ClassicaLoid (Anime), Fluss Mamadon, Brasilien (Fluss), S. 38–39, C5
Claudian von Henry Herman (Theaterstück), Charydos, Türkei (Stadt), S. 72–73, B3
Clochemerle von Gabriel Chevallier (Roman), Clochemerle, Frankreich (Städtchen), S. 44–45, C3
Club de Cuervos (TV), Nuevo Toledo, Mexiko (Stadt), S. 32–33, B2
Club Paradise (Film), Saint Nicholas (Insel), S. 32–33, D2
Club Penguin (Videospiel)
Clam Waters (Meer), S. 114–115, A3
Club Penguin Island (Insel), S. 114–115, A3
Iglu-Dorf (Dorf), S. 114–115, A3
Soda Seas (Meer), S. 114–115, A3
Cockleshell Bay (TV), Cockleshell Bay, England (Dorf), S. 64–65, B1
Coco/Cars 3 (Film), Santa Cecilia, Mexiko (Städtchen), S. 32–33, B2
Code Geass (Anime)
Area 2, Heiliges Britannisches Reich (Region), S. 26–27, C1
Area 3, Heiliges Britannisches Reich (Region), S. 32–33, B3
Area 4, Heiliges Britannisches Reich (Region), S. 26–27, D4
Area 5, Heiliges Britannisches Reich (Region), S. 26–27, E4
Area 7, Heiliges Britannisches Reich (Region), S. 18–19, C1
Area 8, Heiliges Britannisches Reich (Region), S. 38–39, B1/C1
Area 11, Japan (Land), S. 96–97, B3
Ashford Academy, Japan (Gebäude), S. 96–97, E1
Britannische Siedlung, Japan (Region), S. 96–97, E1/F1
Pendragon, Heiliges Britannisches Reich (Stadt), S. 32–33, A4
Code Lyoko (TV)
Fabrik (Lyoko), Paris, Frankreich (Gebäude), S. 44–45, E3
Kadic Junior High, Paris, Frankreich (Gebäude), S. 44–45, E3
Cold Comfort Farm von Stella Gibbons (Roman), Howling, England (Dorf), S. 64–65, D1
Colonel Bleep (TV), Zero Zero Island (Region/Halbinsel), Atlantik (Region), S. 84–85, A3/B3
Colorado Saga von James A. Michener (Roman), Centennial, Colorado (Städtchen), S. 16–17, A4
Começar de Novo (TV), Ouro Negro, Brasilien (Städtchen), S. 38–39, C3
Command & Conquer-Reihe (Videospiele), GDI-Institut für Tiberiumforschung, Northern Territory (Gebäude), S. 108–109, C3
Command & Conquer: Generäle (Videospiel), Betastan (Land), S. 72–73, E3
Commandos 2: Men of Courage (Videospiel), Wilsons Insel, Pazifik (Insel), S. 120–121, B3
Commissaire Magellan (TV), Saignac, Frankreich (Städtchen), S. 44–45, C4
Commissario Montalbano-Geschichten von Andrea Camilleri (Romane/TV)
Marinella, Italien (Dorf), S. 44–45, D1
Montelusa, Italien (Stadt), S. 44–45, D1
Vigàta, Italien (Städtchen), S. 44–45, D1
Community (TV), Greendale, Colorado (Städtchen), S. 16–17, A4
Con Air (Film), Lerner Airfield, Nevada (Gebäude), S. 18–19, B4
Conan der Rächer von Björn Nyberg (Romane), Uttara Kuru, Pakistan (Region), S. 78–79, B5
Conan-Romane von Robert E. Howard (Romane)
Afghulistan, Afghanistan (Land), S. 72–73, D2/E2
Alkmeenon, Griechenland (Gebäude), S. 44–45, E1
Anshan, Iranistan (Stadt), S. 72–73, C2
Aquilonien, Frankreich (Land/Region), S. 44–45, B3
Asgard, Nordskandinavien (Region), S. 56–57, C5
Cimmerien *siehe* Kimmerien
Darfar (Land), S. 84–85, B5
Himelianisches Gebirge, Nepal/Tibet (Gebirge), S. 78–79, C4/C5 und S. 102–103, B2
Hyperborea, Finnland (Region), S. 56–57, D3
Keshan (Land), S. 84–85, C5
Khemi, Marokko (Stadt), S. 84–85, A5
Khitai, China (Land), S. 102–103, D4
Khoraja (Land), S. 72–73, B2/C2
Khorshemish, Syrien (Stadt), S. 72–73, B3
Königreiche im Grenzland, Deutschland/Dänemark (Region), S. 56–57, A1/B1/C1
Kosala, Indien (Region), S. 78–79, C4
Koth, Syrien (Land), S. 72–73, B3/C3
Nemedia, Deutschland (Region), S. 44–45, D4
Ophir, Italien (Region), S. 44–45, D3
Poitain, Frankreich (Region), S. 44–45, B3
Punt (Land), S. 84–85, C5/D5
Shem, Israel (Land), S. 72–73, B2
Stygien (Stygia) (Land), S. 84–85, C5
Styx, Ägypten (Fluss), S. 84–85, C5
Taianisches Hochland, Ägypten (Gebirge), S. 84–85, C5
Vendhya (Vendhyen), Indien (Land), S. 78–79, B4/C4
Vilayetsee, Kaspisches Meer (Meer), S. 72–73, C3
Yamatai, Japan (Land), spätere *Conan*-Romane, inspiriert von Robert E. Howard, S. 96–97, C2
Zarkheba River, diverse (Fluss), S. 84–85, C4
Zingara, Spanien/Portugal (Region), S. 44–45, A2/B2
Conde Vrolok (TV), Santa Bárbara, Chile (Städtchen), S. 38–39, B3
Condorito (Comics)
Buenas Peras, Chile (Stadt), S. 38–39, B2
Pelotillehue, Chile (Stadt), S. 38–39, B2
Congo – Expedition Kongo von Michael Crichton (Roman), Zinj (die verlorene Stadt Zinj), DR Kongo (Stadt/Staat), S. 84–85, C3
Constable Sammi Willis-Reihe von J.M. Peace (Romane), Angel's Crossing, Queensland (Städtchen), S. 108–109, E3
Cool Water von Dianne Warren (Roman), Juliet, Saskatchewan (Städtchen), S. 26–27, C1
Copper Creek-Reihe von Wendy Smith (Romane), Copper Creek, Neuseeland (Städtchen), S. 108–109, F2
Copperopolis (Comic), Copperopolis, Wales (Stadt), S. 64–65, C2
Coração de Estudante (TV), Nova Aliança, Brasilien (Städtchen), S. 38–39, D3
Coraline (Film), Pink Palace Apartments, Oregon (Gebäude), S. 18–19, A5
Corazón indomable (TV), Isla Dorada, Mexiko (Städtchen), S. 32–33, B2
Cordel Encantado (TV), Brogodó, Brasilien (Städtchen), S. 38–39, D4
Corner Gas (TV), Dog River und Wullerton, Saskatchewan (Städtchen), S. 26–27, C1
Coronado (Film), Coronado (Land), S. 32–33, C1
Coronation Street (TV), Weatherfield, England (Städtchen), S. 64–65, C3
Corpo Dourado (TV), Marimbá, Brasilien (Dorf), S. 38–39, D3
Cosmo & Wanda – Wenn Elfen helfen (TV), Dimmsdale, Kalifornien (Städtchen), S. 18–19, B3
Cougar Town – 40 ist das neue 20 (TV), Gulf Haven, Florida (Städtchen), S. 14–15, B1
Courage der feige Hund (TV), Nowhere, Kansas (Städtchen), S. 16–17, B4
Court of the Lord Lyon (Heraldik)
Blankshire, Schottland (Grafschaft), S. 64–65, B4
Blanktown, Schottland (Städtchen), S. 64–65, B4
Cowboys & Aliens (Film), Absolution, New Mexico (Städtchen), S. 18–19, D3
Craig of the Creek (TV), Herkleton, Maryland (Städtchen), S. 14–15, C4
Crampton Hodnet von Barbara Pym (Roman), Crampton Hodnet, England (Städtchen), S. 64–65, C2
Cranford (TV), Cranford, England (Dorf), S. 64–65, C2
Crank Yankers – Falsch verbunden! (TV), Yankerville, Nevada (Städtchen), S. 18–19, B3
Crash Bandicoot-Reihe (Videospiele)
Cortex-Insel, Pazifik (Insel), S. 120–121, B2
N.-Sanity-Insel, Pazifik (Insel), S. 120–121, B2
Wumpa-Inseln, Pazifik (Inselgruppe), S. 120–121, B2
Crash Landing on You (TV), Taean-gun, Nordkorea (Dorf), S. 102–103, E3
Crazy for You (Musical), Deadrock, Nevada (Städtchen), S. 18–19, B5
Crimson Peak (Film), Allerdale Hall, England (Gebäude), S. 64–65, C3
Critters-Reihe (Film), Grovers Bend, Kansas (Städtchen), S. 16–17, C3
Crocodile Dundee – Ein Krokodil zum Küssen (Film), Walkabout Creek, Northern Territory (Dorf), S. 108–109, C4
Cromartie High School (TV), Mount Rockmore, South Dakota (Berg), S. 16–17, A5
Cromartie High School von Eiji Nonaka (Manga/Anime), Cromartie High School, Japan (Gebäude), S. 96–97, E1
Crossroads (TV), Crossroads Motel, England (Gebäude), S. 64–65, C2
Crotchet Castle von Thomas Love Peacock (Roman)
Apodidraskiana (Staat), S. 14–15, B2
Dotandcarryonetown, Apodidraskiana (Städtchen), S. 14–15, B2
Crows von Hiroshi Takahashi (Manga), Toarushi, Japan (Stadt), S. 96–97, C2
Cruise Into Terror (Film)
Grabmal von Ramses Amun Ankh, Ägypten (Bauwerk), S. 84–85, C5
Obeah, Mexiko (Wrack), S. 32–33, C3
Cry Baby - Scharfe Schnitte von Gillian Flynn (Roman/TV), Wind Gap, Missouri (Städtchen), S. 16–17, D3
Crying Through the Wind: The Story of Oisin Kelly von Iona Carroll (Roman)
Ballybeg (Baile Beag), Irland (Städtchen), S. 64–65, A3
Slieve Geal, Irland (Berg), S. 64–65, A3
Cryptonomicon von Neal Stephenson (Roman), Kinakuta (Land), S. 90–91, C2
CSI: New York (TV), Tescara, Atlantik (Insel), S. 126–127, C4
Cthulhu (Film), Rivermouth, Oregon (Städtchen), S. 18–19, A6
Cthulhu-Mythos/H.P. Lovecraft (diverse)
Ahu-Y'hloa (Stadt), S. 126–127, D5
Alanhati, Atlantis (Land), S. 126–127, B4/C4
Arkham, Massachusetts (Stadt), S. 14–15, D5
Bal-Sagoth, Atlantis (Insel), S. 126–127, C4
Caiphul (Land), S. 126–127, C4
Berg Antarktos (Berg), S. 114–115, C2
Der Tempel, Atlantis (versunkene Stadt), S. 126–127, C3
Dunwich, Massachusetts (Städtchen), S. 14–15, C5
Innsmouth, Massachusetts (Städtchen), S. 14–15, D5
K'naa, Mu (Region), S. 120–121, E3
Kingsport, Massachusetts (Städtchen), S. 14–15, D5
Lovecraft Country, Massachusetts (Region), S. 14–15, D5
Miskatonic River, Massachusetts (Fluss), S. 14–15, C5/D5
Poseidonis, Atlantis (versunkene Stadt), S. 126–127, D4
R'lyeh, Pazifik (Unterwasserstadt), S. 120–121, E1
Reich Quy, Quy (versunkener Kontinent), S. 126–127, C1/D1/C2/D2
SS Victory, Atlantik (Wrack), S. 126–127, C4
Stadt der goldenen Pforten (City of the Golden Gates), Atlantis (Stadt), S. 126–127, C3
Thrang (Kontinent), S. 114–115, D3
U-29, Atlantik (Wrack), S. 126–127, C3
Y'ha-nthlei, Massachusetts (Unterwasserstadt), S. 14–15, D5
Yaddith-Gho, Mu (Berg), S. 120–121, E3
Cuéntame (cómo pasó) (TV), Sagrillas, Spanien (Dorf), S. 44–45, B2
Cuentos de Beyhualé von Joaquín Bestard Vázquez (Roman), Beyhualé, Mexiko (Städtchen), S. 32–33, C2
Cursed Mountain (Videospiel)
Cherku, Tibet (Dorf), S. 102–103, B2
Lhando, Tibet (Stadt), S. 102–103, B2
Custard's World (TV), Doodle, Neuseeland (Städtchen), S. 108–109, F2
Cy – das Mädchen aus dem All (TV), River City, Queensland (Stadt), S. 108–109, E3
Cyber City Oedo 808 (Anime), Oedo, Japan (Stadt), S. 96–97, E1/F1
Cyberpunk 2077 (Rollenspiel), Night City, Kalifornien (Stadt), S. 18–19, A3
Cybersix (Comics), Meridiana, Argentinien (Stadt), S. 38–39, B2
Cycle of Violence von Colin Bateman (Roman), Crossmaheart, Nordirland (Städtchen), S. 64–65, B3
Dad's Army (TV)
Eastgate, England (Städtchen), S. 64–65, D1
Littlebourne-on-Sea, England (Dorf), S. 64–65, D1
Tulls Point, Maine (Städtchen), S. 14–15, D5
Walmington-on-Sea, England (Dorf), S. 64–65, D1
Dagobert Duck/Donald Duck: Der Sohn der Sonne/Das Gold der Inkas (Comics): Titicacasee (Lake Titicoocoo), Peru/Bolivien (See), S. 38–39, B4
Dagon (Film), Imboca, Spanien (Dorf), S. 44–45, A3
Dahoam is Dahoam (TV), Lansing, Deutschland (Dorf), S. 44–45, D3
Dallas (TV), Southfork Ranch, Texas (Gebäude), S. 16–17, C2
Dan Oakland (TV), Santa Luisa, Kalifornien (Städtchen), S. 18–19, A3
Dance in the Vampire Bund von Nozomu Tamaki (Manga/Anime), Der Bund, Japan (Insel), S. 96–97, F1
Danny Dunn-Reihe von Raymond Abrashkin und Jay Williams (Romane), Midston, Maine (Städtchen), S. 14–15, D6
Danny Phantom (TV), Amity Park, Minnesota (Stadt), S. 16–17, C5/C6
Dante's Peak (Film), Dante's Peak, Washington (Berg), S. 18–19, B6
Daria (TV), Lawndale, unbekannt (Städtchen), S. 14–15, C5
Dark (TV), Winden, Deutschland (Städtchen), S. 44–45, C3
Dark Horse Comics
Cinnabar, Nevada (Städtchen), S. 18–19, B4
Steel Harbor, Michigan (Stadt), S. 14–15, A5/B5
Dark Shadows (TV/Film), Collinsport, Maine (Dorf), S. 14–15, D6
Dark Wood Dark Water von Tina Callaghan (Roman), Bailey, Irland (Städtchen), S. 64–65, B2
Darkwing Duck (diverse)
Audubon Bay, Calisota (Landschaft), S. 18–19, A5
Sankt Erpelsburg, Calisota (Stadt), S. 18–19, A5
Darnley Mills-Romane von Philip Turner (Romane), Darnley Mills, England (Städtchen), S. 64–65, D3
Das A-Team (TV), Zulabwe (Land), S. 84–85, C2
Das Buschkrankenhaus (TV), Wandin Valley, New South Wales (Städtchen), S. 108–109, D2
Das Cabinet des Dr. Caligari (Film), Holstenwall, Deutschland (Dorf), S. 44–45, D4
Das Chaotensyndikat (TV)
São Tomé dos Números, Brasilien (Städtchen), S. 38–39, C4
Sensilvânia, Brasilien (Städtchen), S. 38–39, C3
Das Ding aus einer anderen Welt (Film)
Raumschiff-Wrack des Dings, S. 114–115, C2
Thule-Basis (Camp), S. 114–115, C2
U.S. Außenposten 31 (Camp), S. 114–115, C2
Das Dorf am Meer von Anita Desai (Roman), Thul, Indien (Dorf), S. 78–79, B3
Das Dorf Cerromaior von Manuel de Fonseca (Roman), Cerromaior, Portugal (Städtchen), S. 44–45, A2
Das Drachenberg-Abenteuer von Lloyd Alexander (Roman), Drachenberg (Land), S. 44–45, C3
Das Dschungelbuch von Rudyard Kipling (Roman), Mowglis Dschungel, Indien (Landschaft), S. 78–79, B4/C4
Das dunkle Herz der Schuld von Ian Rankin (Roman), Carsden, Schottland (Städtchen), S. 64–65, C4
Das erstaunliche Abenteuer der Expedition Barsac von Jules und Michel Verne (Roman), Blackland, Westsahara (Stadt), S. 84–85, B4
Das französische Testament von Andrei Makine (Roman), Saranza, Russland (Städtchen), S. 102–103, E1
Das gefährliche Schloss von Sir Walter Scott (Roman), Das gefährliche Schloss, Schottland (Gebäude), S. 64–65, C4
Das Geheimnis der verwunschenen Höhle (Film)
Glencove, Irland (Städtchen), S. 64–65, A2
Rathcullen, Irland (Städtchen), S. 64–65, A2
Das Geheimnis des Edwin Drood von Charles Dickens (Roman), Cloisterham, England (Städtchen), S. 64–65, D2
Das Geheimnis des Wilhelm Storitz von Jules Verne (Romane), Ragz, Ungarn (Stadt), S. 50–51, A2
Das Geheimnis von Sittaford von Agatha Christie (Roman), Sittaford, England (Dorf), S. 64–65, C1
Das Geisterboot von George E. Simpson und Neal R. Burger (Roman), *USS Candlefish*, Pazifik (Wrack), S. 96–97, D1
Das grausamste Spiel von Richard Connell (Roman), Ship-Trap Island, Karibik (Insel), S. 32–33, F2
Das große Heft von Agota Kristóf (Roman)
Große Stadt, Ungarn (Stadt), S. 50–51, A2
Kleine Stadt, Ungarn (Städtchen), S. 50–51, A2
Das grüne Blut der Dämonen (Film), Hobbs End, England (Städtchen), S. 64–65, D2
Das Haus an der Düne von Agatha Christie (Roman), St. Loo, England (Städtchen), S. 64–65, C1
Das Haus der vergessenen Bilder von John Harwood (Roman), Mawson, South Australia (Städtchen), S. 108–109, C2
Das Haus, das tickte/Das Geheimnis der Zauberuhr/Das Haus der geheimnisvollen Uhren von John Bellairs (Roman/Film), New Zebedee, Michigan (Städtchen), S. 14–15, A5
Das kleine große Glück von Lucy Dillon (Roman), Longhampton, England (Städtchen), S. 64–65, C3
Das kleine Teehaus von John Patrick (Roman/Film), Tobiki, Japan (Dorf), S. 96–97, D1
Das kleine Theater am Meer von Rosanna Ley (Roman), Deriu, Italien (Städtchen), S. 44–45, C2
Das Kloster und *Der Abt* von Sir Walter Scott (Roman), Kennaquhair, Schottland (Gebäude), S. 64–65, C4
Das Land der Blinden von H.G. Wells (Kurzgeschichte)
Land der Blinden, Ecuador (Region), S. 38–39, A5
Parascotopetl, Ecuador (Berg), S. 38–39, A5
Das Leben auf Erden von Jan Jacob Slauerhoff (Roman)
Chungking, China (Stadt), S. 102–103, C2
Tai Hai, China (Stadt), S. 102–103, D2
Das Licht zwischen den Meeren von M.L. Stedman (Roman)
Leuchtturm von Janus Rock, Western Australia (Gebäude), S. 108–109, A2
Point Partageuse, Western Australia (Landschaft), S. 108–109, A2
Das Lied der Lerche von Willa Cather (Roman), Moonstone, Colorado (Städtchen), S. 16–17, A4
Das Mitternachtsvolk von John Masefield (Roman), Santa Barbara (Land), S. 38–39, B6
Das Mond-Moor von H.P. Lovecraft (Kurzgeschichte)
Ballylough, Irland (Dorf), S. 64–65, B3
Kilderry, Irland (Dorf), S. 64–65, B3
Mond-Moor, Irland (Landschaft), S. 64–65, B3
Das Nargun und die Sterne von Patricia Wrightson (Roman), Wongadilla, New South Wales (Anwesen), S. 108–109, E2
Das pfeifende Zimmer von William Hope Hodgson (Kurzgeschichte), Schloss Iastrae, Irland (Gebäude), S. 64–65, A3
Das Phantom (Comic)
Bangalla (Land), S. 84–85, D3
Ivory-Lana oder Farilana, Ivory-Lana (Land), S. 84–85, D3
Mawitaan, Bangalla (Stadt), S. 84–85, D3
Das Phantom der Oper von Gaston Leroux (diverse), Opéra Populaire, Paris, Frankreich (Gebäude), S. 44–45, E3
Das Reich des Sahibs-Reihe von Paul Scott (Romane)
Mayapore, Indien (Städtchen), S. 78–79, C4
Mirat, Indien (Region), S. 78–79, B4
Pankot, Indien (Städtchen), S. 78–79, C4
Ranpur, Indien (Stadt), S. 78–79, B4/C4
Das Rolandslied (Gedicht)
Marbrise, Spanien (Stadt), S. 44–45, B2
Marbrose, Spanien (Stadt), S. 44–45, B2
Das Salz der Erde (Film), Zinctown, New Mexico (Städtchen), S. 18–19, D2
Das Schloss im Spinnwebwald (Film), Spinnwebschloss, Japan (Gebäude), S. 96–97, C2
Das schwarze Haus von Stephen King (Roman)
Centralia, Wisconsin (Städtchen), S. 16–17, C5
French Landing, Wisconsin (Städtchen), S. 16–17, C5
Das Schweigen der Lämmer (Roman/Film), Belvedere, Ohio (Städtchen), S. 14–15, B4
Das siebzehnte Loch in Duncaster von H.R. Wakefield (Kurzgeschichte), Duncaster, England (Städtchen), S. 64–65, D2
Das Skorpionenhaus von Nancy Farmer (Roman), Opium (Land), S. 18–19, C2
Das süße Jenseits (Film), Sam Dent, British Columbia (Städtchen), S. 26–27, B1
Das Tal der Verfemten von Richard Doddridge Blackmore (Roman), Doone Valley, England (Landschaft), S. 64–65, C2
Das unerforschte Land von H. Rider Haggard (Roman)
Milosis, Zu-Vendis (Städtchen), S. 84–85, D3
Zu-Vendis (Land), S. 84–85, D3
Das Ungeheuerhorn von E.F. Benson (Kurzgeschichte), Ungeheuerhorn, Schweiz (Berg), S. 44–45, C3
Das vergessene Land von Edgar Rice Burroughs (Roman/Filme)
Caprona (auch bekannt als Caspak, Insel), S. 114–115, A3
Oo-Oh (Insel), S. 114–115, B3
Das Vermächtnis des geheimen Buches (Film), Cibola, South Dakota (Stadt), S. 16–17, A5
Das Versprechen von Friedrich Dürrenmatt (Novelle), Mägendorf, Schweiz (Dorf), S. 44–45, C3
Das weiße Band (Film), Eichwald, Deutschland (Dorf), S. 44–45, D4
Das Wunder des Malachias von Bruce Marshall (Roman/Film), Garten der Eden-Bar, Schottland (Städtchen), S. 64–65, C4
Das Zendia-Problem (Geheimdienstübung)
Salamanko, Zendia (Stadt), S. 120–121, E2/F2
Zendia, Pazifik (Insel), S. 120–121, E2/F2
Das zerbrochene Siegel: Eine Komödie der Ausflüchte von James Branch Cabell (Roman), Lichfield, Virginia (Stadt), S. 14–15, C4
Daughters of Eve von Lois Duncan (Roman), Modesta, Michigan (Städtchen), S. 14–15, A5
Dave and Morley-Geschichten von Stuart McLean (Hörspiel/Kurzgeschichten), Big Narrows, Nova Scotia (Städtchen), S. 26–27, F2
Dawn of the Dead (Film 2004), Fort Pastor, Wisconsin (Gebäude), S. 16–17, D5
Dawson's Creek (TV), Capeside, Massachusetts (Städtchen), S. 14–15, D5
DC Comics/Universe
Beaverly Hills, Kalifornien (Stadt), S. 18–19, A2
Bialya (Land), S. 72–73, B3
Bludhaven, New Jersey (Stadt), S. 14–15, C4
Blue Valley, Nebraska (Stadt), S. 16–17, B4/B5
Central City, Missouri (Stadt), S. 16–17, C4
Dhabar, Qurac (Land), S. 72–73, C2
Dos Rios, Texas (Stadt), S. 16–17, A3
Fawcett City, Wisconsin (Stadt), S. 16–17, C5
Festung der Einsamkeit, Nunavut (Gebäude), S. 26–27, C4
Gateway City, Kalifornien (Stadt), S. 18–19, A4
Gnu York, New York (Stadt), S. 14–15, D1
Gotham City, New Jersey (Stadt), S. 14–15, C4
Granville, Kansas (Städtchen), S. 16–17, B4
Hub City, Illinois (Stadt), S. 16–17, D4
Jump City, Oregon (Stadt), S. 18–19, A6
Kahndaq (Land), S. 72–73, B2
Karrocan Emirate, (Land/Emirat), S. 72–73, C2
Keystone City, Kansas (Stadt), S. 16–17, C4
Kirai (Land), S. 72–73, C2
Littleville, Colorado (Städtchen), S. 18–19, D3
Los Antelopes, Kalifornien (Städtchen), S. 18–19, B3
Markovburg, Markovia (Stadt), S. 44–45, C3
Memfish, Tennessee (Stadt), S. 16–17, D3
Metropolis, Delaware (Stadt), S. 14–15, C4
Midway City, Michigan (Stadt), S. 14–15, A6
Nanda Parbat, Pakistan (Stadt), S. 78–79, B5
New Venice, Florida (Städtchen), S. 14–15, C1
Opal City, Maryland (Stadt), S. 14–15, C4
Peña Duro, Santa Prisca (Insel), S. 32–33, F2

Qurac (Land), S. 72–73, C2
Rioguay (Land), S. 38–39, B5
Saint Bernardino, Kalifornien (Stadt), S. 18–19, B3
Santa Prisca (Insel/Nation), S. 32–33, F2
Smallville, Kansas (Städtchen), S. 16–17, B4
St. Roch, Louisiana (Stadt), S. 16–17, D2
Star City, Kalifornien (Stadt), S. 18–19, A4
Strafgefängnis Belle Reve, Lousiana (Gebäude), S. 16–17, D2
Tallahatchee, Florida (Stadt), S. 14–15, B2
Viceroy, South Carolina (Stadt), S. 14–15, B3
Dead Heart – Tödliche Affäre (Film), Wala Wala, Northern Territory (Dorf), S. 108–109, C3
Dead Island (Videospiel)
Banoi (Insel/Gruppe), S. 90–91, F1
Moresby, Banoi (Stadt), S. 90–91, F1
Dead Island 2 (Videospiel), Palanai, Banoi (Insel), S. 90–91, F1
Dear Ladies (TV/Hörspiel/Comedy), Stackton Tressell, England (Städtchen), S. 64–65, D2
Death in April Creek von Helena Cooke (Roman), Eastport, Neuseeland (Städtchen), S. 108–109, F1
Death in Magnerstown von Anne Crosse (Roman), Magnerstown, Irland (Städtchen), S. 64–65, A2
Death in Paradise (TV)
Honoré, Saint Marie (Städtchen), S. 32–33, F2
Saint Marie (Insel), S. 32–33, F2
Death Ship/Todesschiff (Film), *Empress*, Atlantik (Wrack), S. 126–127, A3
Deep Blue Sea (Film), Unterwasser-Forschungsstation Aquatica, Pazifik (Gebäude), S. 120–121, E4
DeepStar Six (Film), DeepStar Six, Pazifik (Unterwasserbauten), S. 120–121, A4
Delta Force 2 – The Columbian Connection (Film), San Carlos (Land), S. 38–39, A5/B5
Denn sie sollen getröstet werden von Alan Paton (Roman/Film), Ndotsheni, Südafrika (Städtchen), S. 84–85, C2
Dennō Coil (Anime), Daikoku, Japan (Städtchen), S. 96–97, B2
Der 25 Millionen Dollar Preis (Film), Eagle Rock, Iowa (Städtchen), S. 16–17, C4
Der Abiturientenag (Film), Sankt Nikolaus, Österreich (Städtchen), S. 44–45, D3
Der Alte, der Liebesromane las von Luis Sepulveda (Roman), El Idilio, Ecuador (Dorf), S. 38–39, A5
Der Altertümler von Sir Walter Scott (Roman)
Fairport, Schottland (Städtchen), S. 64–65, C4
Musselcrag, Schottland (Städtchen), S. 64–65, C4
Der Babysitter-Club-Reihe von Ann M. Martin (Romane/TV), Stoneybrook, Connecticut (Städtchen), S. 14–15, C5
Der Barock-Zyklus und *Cryptonomicon* von Neal Stephenson (Romane)
Inner Qwghlm & Outer Qwghlm, Schottland (Inseln), S. 64–65, A5
Der Baum der Erkenntnis von Pío Baroja (Roman), Alcolea, Spanien (Städtchen), S. 44–45, B2
Der Berg Analog von René Daumal (Roman) Berg Analog, Pazifik (Kontinent/Berg), S. 120–121, A1/B1
Port-des-Singes, namenloser Kontinent (Städtchen), S. 120–121, B1
Der Berg der Seelen von Gustavo Adolfo Bécquer (Kurzgeschichte), Berg der Seelen, Spanien (Berg), S. 44–45, B2
Der blinde Mörder von Margaret Atwood (Roman), Port Ticonderoga, Ontario (Städtchen), S. 26–27, A4
Der Brigant (Der Doppelgänger des Königs) (Film), Mandorra (Land), S. 44–45, B2
Der bunte Schleier von W. Somerset Maugham (Roman/Film), Mei-tan-fu, China (Dorf), S. 102–103, D1
Der Chancellor von Jules Verne (Roman)
Chancellor, Atlantik (Wrack), S. 126–127, B3
Ham-Rock, Atlantik (Insel), S. 126–127, B3
Der Coup von John Updike (Roman), Kusch (Land), S. 84–85, D4
Der Diktator (Film)
Aladeen-Wüste, Wadiya (Wüste), S. 84–85, D4
Wadiya (Land), S. 84–85, D4
Der Doktor und das liebe Vieh von James Herriot (Roman/TV)
Darrowby, England (Städtchen), S. 64–65, C3
Houlton, England (Dorf), S. 64–65, C3
Der dritte Mann im Berg (Film), Kurtal, Schweiz (Städtchen), S. 44–45, C3
Der Einbruch des Meeres von Jules Verne (Roman), Saharameer, Länder der Sahara (Landschaft), S. 84–85, C5
Der Eisenmann von Ted Hughes (Roman/Film)
Annabelle, Maine (Wrack), S. 14–15, D6
Rockwell, Maine (Städtchen), S. 14–15, D6
Der Engländer, der auf einen Hügel stieg und von einem Berg herunterkam (Film), Ffynnon Garw, Wales (Dorf), S. 64–65, C2
Der Eschenbaum von M.R. James (Roman), Castringham Hall, England (Gebäude), S. 64–65, D2
Der Fänger im Roggen von J.D. Salinger (Roman), Agerstown, Pennsylvania (Städtchen), S. 14–15, C5
Der Feind von Robert Westall (Roman), Garmouth, England (Städtchen), S. 64–65, C3
Der Felsen des Tanios von Amin Maalouf (Roman), Kfarybda, Libanon (Dorf), S. 72–73, B2
Der Fluch von Darkness Falls (Film), Darkness Falls, Maine (Städtchen), S. 14–15, D6
Der Fluss dazwischen von Ngũgĩ wa Thiong'o (Roman)
Kameno, Kenia (Höhenzug), S. 84–85, D4
Makuyu, Kenia (Höhenzug), S. 84–85, D4
Der Fluß Mitternacht von Lilian Nattel (Roman), Blaszka, Polen (Dorf), S. 50–51, B3
Der Garten des Blinden von Nadeem Aslam (Roman), Heer, Pakistan (Städtchen), S. 78–79, B5
Der geheime Garten von Frances Hodgson Burnett (Roman)
Missel-Moor, England (Landschaft), S. 64–65, C3/D3
Misselthwaite Manor, England (Anwesen), S. 64–65, C3
Der Geisterzug von Arnold Ridley (Theaterstück), Fal Vale, England (Städtchen), S. 64–65, B1
Der Gejagte von Russell Banks (Roman), Lawford, New Hampshire (Städtchen), S. 14–15, C5
Der General (Buster Keaton) (Film), Rock-River-Brücke, Georgia (Gebäude), S. 14–15, A3
Der Geschichtsmensch von Malcolm Bradbury (Roman), Watermouth, England (Stadt), S. 64–65, D1
Der Gigant aus dem All (Film), Gigant aus dem All (sterbl. Überreste), Island (Wesen), S. 56–57, A6
siehe auch *Der Eisenmann*
Der Glocken Schlag von Dorothy L. Sayers (Roman), Fenchurch St. Paul, England (Städtchen), S. 64–65, D2
Der goldene Hort/Crock of Gold von James Stephens (Roman)
Glyn Cagny, Irland (Landschaft), S. 64–65, A2
Gort Na Cloca, Irland (Dorf), S. 64–65, A2
Der Goldene Kompass (Roman/Film)
Atlas-Staaten (Staatenbund), S. 84–85, A5
Empire of Niger (Staatenbund), S. 84–85, B4
Kingdom of Auster (Land), S. 108–109, B2/C3
Der goldene Regenbogen (Musical)
Missitucky (Staat), S. 14–15, A4
Rainbow Valley, Missitucky (Städtchen), S. 14–15, A4
Der goldene Sohn von Shilpi Somaya Gowda (Roman), Panchanagar, Indien (Dorf), S. 78–79, B4
Der Goldvulkan von Jules Verne (Roman), Goldvulkan, Yukon (Berg), S. 26–27, B2
Der große Diktator (Film)
Aroma, Bacteria (Stadt), S. 44–45, D2
Bakteria (Land), S. 44–45, D2
Osterlitsch (Land), S. 44–45, D3
Tomanien (Land), S. 44–45, D3
Der große Gatsby von F. Scott Fitzgerald (Roman)
East und West Egg, New York (Städtchen), S. 14–15, D1
Tal der Asche, New York (Städtchen), S. 14–15, D1
Der große Süden von Ward Moore (Roman), Deseret (Staat), S. 18–19, C4
Der häßliche Amerikaner von Eugene Burdick und William Lederer (Roman), Sarkhan (Land), S. 90–91, B3
Der irische Landarzt-Reihe von Patrick Taylor (Romane), Ballybucklebo, Irland (Städtchen), S. 64–65, B2
Der Janson-Befehl von Robert Ludlum (Roman), Islamische Republik Mansur (Land), S. 72–73, C1
Der Klang der Sehnsucht von Manisha Jolie Amin (Roman), Hastinapore, Indien (Dorf), S. 78–79, B4
Der König der Löwen (Film)
Elefantenfriedhof, Tansania (Landschaft), S. 84–85, D3
Geweihtes Land, Tansania (Region), S. 84–85, D3
Königsfelsen, Tansania (Landschaft), S. 84–85, D3
Der König der Löwen 2: Simbas Königreich (Film), Schattenland, Tansania (Region), S. 84–85, D3
Der König der Löwen 3 (Film), Hakuna Matata, Tansania (Landschaft), S. 84–85, D3
Der König vom goldenen Wildbach von John Ruskin (Roman), Schatztal, Österreich (Landschaft), S. 44–45, D3
Der Kult von Thomas Tryon (Roman), Cornwall Coombe, Connecticut (Städtchen), S. 14–15, D5
Der leere Platz von Ssolutsch von Mahmud Doulatabadi (Roman), Semindj, Iran (Dorf), S. 72–73, D2
Der letzte Dreh der Schraube/Spuk in Bly Manor von Henry James (Novelle/TV), Bly Manor, England (Anwesen), S. 64–65, D2
Der letzte September von Elizabeth Bowen (Roman/Film), Danielstown, Irland (Anwesen), S. 64–65, A2
Der Lorax (diverse), Thneedville, New Jersey (Städtchen), S. 14–15, C5
Der Lotse von Frederick Forsyth (Roman), RAF Minton, England (Royal Air Force), S. 64–65, D2
Der Lügenbaum von Frances Hardinge (Roman), Vane, Kanalinseln (Insel), S. 64–65, A1
Der Magus von John Fowles (Roman), Phraxos, Griechenland (Insel), S. 44–45, E1
Der Malacia-Gobelin von Brian Aldiss (Roman), Malacia, Kroatien (Stadt/Staat), S. 50–51, A2
Der Mann mit den Facettenaugen von Wu Ming-Yi (Roman), Stadt H, Taiwan (Städtchen), S. 102–103, D1
Der Mann, der Hadleyburg korrumpierte von Mark Twain (Kurzgeschichte), Hadleyburg, Pennsylvania (Städtchen), S. 14–15, B4
Der Mann, der Liberty Valance erschoß (Film)
Capitol City, Colorado (Stadt), S. 18–19, A6, S. 16–17, A4
CM&W Railroad, Colorado (Bahnstrecke), S. 16–17, A3
Junction City, Colorado (Städtchen), S. 16–17, A4
Shinbone, Colorado (Städtchen), S. 16–17, A3
Der Mann, der sich in den Mond verliebte von Tom Spanbauer (Roman)
Excellent, Idaho (Städtchen), S. 18–19, B5
Fort Lincoln, Idaho (Städtchen), S. 18–19, C5
Der Menschen Hörigkeit von W. Somerset Maugham (Roman), Blackstable, England (Städtchen), S. 64–65, D2
Der Mikado von W.S. Gilbert und Arthur Sullivan (komische Oper), Titipu, Japan (Städtchen), S. 96–97, C2
Der mit dem Wolf tanzt (Film), St. David's Field, Tennessee (Schlachtfeld), S. 14–15, A3
Der Neue Gulliver, oder Die Reise J. Gullivers von Abbé Pierre François Guyot-Desfontaines (Roman)
Babiliary (Insel/Nation), S. 96–97, A1
Ramaja, Babiliary (Stadt), S. 96–97, A1
Der Nobelpreisträger (Film), Salas, Argentinien (Städtchen), S. 38–39, C2
Der Outsider von Stephen King (Roman) Cap City & Flint City, Oklahoma (Städtchen), S. 16–17, C3
Marysville, Texas (Städtchen), S. 16–17, C2
Der Palast der Himmlischen Freuden von Adam Williams (Roman), Shishan, China (Stadt), S. 102–103, D3
Der polnische Reiter von Antonio Muñoz Molina (Roman), Mágina, Spanien (Städtchen), S. 44–45, B2
Der Prinz aus Zamunda (Film), Zamunda (Land), S. 84–85, B3/C3
Der richtige Dreh (Film), Ampipe, Pennsylvania (Städtchen), S. 14–15, B4
Der rosarote Panther kehrt zurück (Film), Lugasch (Land), S. 84–85, B5
Der Rosengarten von M.R. James (Kurzgeschichte), Westfield, England (Städtchen), S. 64–65, D2
Der Saboteur von Ha Jin (Kurzgeschichte), Muji, China (Stadt), S. 102–103, E3/E4
Der Schatten aus der Zeit von H.P. Lovecraft (Novelle)
Pilbarra, Western Australia (Städtchen), S. 108–109, A3
Stadt der Großen Rasse von Yith (Ruinen), Western Australia (Stadt), S. 108–109, B3
Der Schokoladenkrieg von Robert Cormier (Roman), Monument, Massachusetts (Städtchen), S. 14–15, D5
Der Schweizerische Robinson von Johann Wyss und *Das zweite Vaterland* von Jules Verne (Roman/Film)
Neu-Schweizerland/Neue Schweiz, Indischer Ozean (Insel), S. 90–91, A2
Titus, Neu-Schweizerland/Neue Schweiz (Wrack), S. 90–91, A2
Der Seefuchs (Film), Pom Pom Galli, Pazifik (Insel), S. 120–121, E2
Der Selbstmörderklub von Robert Louis Stevenson (Roman), Selbstmörderklub, Paris, Frankreich (unterirdisches Gebäude), S. 44–45, E3
Der Sieger (Film), Innisfree, Irland (Städtchen), S. 64–65, A3
Der singende Baum von Tim Winton (Roman/Film)
Coronation Gulf, Western Australia (Landschaft), S. 108–109, B4
White Point, Western Australia (Städtchen), S. 108–109, A2
Der Soldat James Ryan (Film)
Addley, Pennsylvania (Städtchen), S. 14–15, B5
Ramelle, Frankreich (Städtchen), S. 44–45, B3
Der Spuk in der Amigara-Spalte von Junji Ito (Manga), Amigara, Japan (Berg), S. 96–97, B2
Der stählerne Adler (Film), Bilya (Land), S. 84–85, C5
Der Stein von Duncton von William Horwood (Romane), Duncton-Wald, England (Landschaft), S. 64–65, D2
Der Sturm von Jane Harper (Roman)
Evelyn Bay, Tasmanien (Städtchen), S. 108–109, D1
SS Mary Minerva, Tasmanien (Wrack), S. 108–109, D1
Der Sturm von William Shakespeare (Theaterstück), Calibans Insel, Mittelmeer (Insel), S. 44–45, D1
Der Tag der Wunder von Lídia Jorge (Roman), Vilamaninhos, Portugal (Städtchen), S. 44–45, A2
Der Teufel auf Rädern (Film), Santa Ynez, Utah (Städtchen), S. 18–19, C3
Der Teufel im Glockenstuhl von Edgar Allan Poe (Kurzgeschichte), Vondervotteimittis, Niederlande (Dorf), S. 44–45, C4
Der Teufel und der Kirchenmann von James Robertson (Roman), Monimaskit, Schottland (Städtchen), S. 64–65, C4
Der Tick (TV), Pokoponesia (Insel/Nation), S. 120–121, D4
Der Titfield-Express (Film)
Mallingford, England (Städtchen), S. 64–65, C2
Titfield, England (Städtchen), S. 64–65, C2
Der Traum meines Großvaters von Yan Lianke (Roman), Dorf Ding, China (Dorf), S. 102–103, D2
Der Unberührbare von Mulk Raj Anand (Roman), Bulashah, Indien (Städtchen), S. 78–79, B5
Der Unsterbliche von Jorge Luis Borges (Kurzgeschichte), Stadt der Unsterblichen, Äthiopien (Ruinenstadt), S. 84–85, D4
Der Untergang der Poseidon siehe *Schiffbruch*
Der verlorene Horizont von James Hilton (Roman)
Karakal, Tibet (Berg), S. 102–103, A2/A3
Shangri-La, Tibet (Landschaft/Gebäude), S. 102–103, A2
Der Verräter von Paul Beatty (Roman), Dickens, Kalifornien (Städtchen), S. 18–19, A2
Der Weg nach Singapur (Film), Kaigoon, Singapur (Insel), S. 90–91, B2
Der weiße Hai von Peter Benchley (Roman/Film)
Amity Island, Massachusetts (Städtchen/Insel), S. 14–15, D5
Orca, Massachusetts (Wrack), S. 14–15, D5
Der wilde wilde Westen/Is' was, Sheriff? (Film), Rock Ridge, unbekannt (Städtchen), S. 18–19, B3
Der Wind in den Weiden von Kenneth Grahame (Roman/TV), Krötinhall, England (Anwesen), S. 64–65, D2
Der Wind von Montana von Larry Watson (Roman)
Bentrock, Montana (Städtchen), S. 16–17, A6
Mercer County, Montana (County), S. 16–17, A6
Der Zauberer von Oz (Roman/Film), Dorothy Gales Farm, Kansas (Gebäude), S. 16–17, C4
Der Zauberer von Oz-Reihe von L. Frank Baum (Romane), Butterfield, Kansas (Städtchen), S. 16–17, C4
Der Zauberschulbus (TV), Walkerville, Illinois (Städtchen), S. 16–17, D5
Der zufällige Krieg des Don Emmanuel von Louis de Bernières (Roman)
Chiriguaná, Kolumbien (Städtchen), S. 38–39, A5/B5
Cochadebajo de los Gatos, Kolumbien (Städtchen), S. 38–39, A5/A6
Der Zug (Film), Rive-Reine, Frankreich (Städtchen), S. 44–45, C3
Der Zug nach Pakistan von Khushwant Singh (Roman), Mano Majra, Indien (Dorf), S. 78–79, B5
Derek Flint schickt seine Leiche (Film), Galaxy-Insel, Italien (Insel), S. 44–45, D1
Des Mauren letzter Seufzer von Salman Rushdie (Roman), Benengeli, Spanien (Städtchen), S. 44–45, B2
Desejo Proibido (TV), Passaperto, Brasilien (Städtchen), S. 38–39, D4
Designated Survivor (TV)
Bultan (Land), S. 90–91, B2
Kunami (Land/Emirat), S. 72–73, C2
Naruba (Land), S. 84–85, B4
Ost- und West-Hanchu (Länder), S. 102–103, E3
Despedida de Solteiro (TV), Remanso, Brasilien (Städtchen), S. 38–39, D3
Desperate Dan (Comic), Cactusville, Texas (Städtchen), S. 16–17, B2
Desperate Housewives (TV)
Eagle State (Staat), S. 14–15, A4
Fairview, Eagle State (Städtchen), S. 14–15, A4
Desperation von Stephen King (Roman), Desperation, Nevada (Städtchen), S. 18–19, B4/C4
Destroy All Humans (Videospiel)
Capitol City (Hauptstadt), District of Columbia (Stadt), S. 14–15, C4
Rockwell, New Mexico (Städtchen), S. 16–17, A2
Santa Modesta, Kalifornien (Städtchen), S. 18–19, A2
Union Town, Virginia (Städtchen), S. 14–15, C4
Destry reitet wieder von Max Brand (Roman), Wham, Texas (Städtchen), S. 18–19, D2
Detectorists (TV), Danebury, England (Städtchen), S. 64–65, D2
Deus Ex: Human Revolution (Videospiel), Hengsha, China (Stadt), S. 102–103, D2
Devi (Comics), Sitapur, Indien (Stadt), S. 78–79, C4/D4
Devil's Cape von Rob Rogers (Roman), Devil's Cape, Louisiana (Städtchen), S. 16–17, D2
Dhalgren von Samuel R. Delany (Roman), Bellona, Kansas (Stadt), S. 16–17, B4
DI Nikki Galena-Reihe von Joy Ellis (Romane), Greenborough, England (Städtchen), S. 64–65, D2
Dick und Doof erben eine Insel (Film), Atoll K oder Crusoeland, Pazifik (Insel), S. 120–121, D2
Die 120 Tage von Sodom von Marquis de Sade (Roman), Schloss Silling, Frankreich (Gebäude), S. 44–45, C2
Die 500 Millionen der Begum von Jules Verne (Roman)
France-Ville, Oregon (Stadt), S. 18–19, A5
Stahlstadt, Oregon (Stadt), S. 18–19, A5
Die Abenteuer des Huckleberry Finn von Mark Twain (Roman)
Pikesville, Arkansas (Städtchen), S. 16–17, D2
Pokesville, Arkansas (Städtchen), S. 16–17, D3
St. Petersburg, Missouri (Städtchen), S. 16–17, D4
Walter Scott, Missouri (Wrack), S. 16–17, D4
Die Abenteuer des Huckleberry Finn von Mark Twain (Roman), Bricksville, Arkansas (Städtchen), S. 16–17, D3
Die Abenteuer des Kapitän Hatteras von Jules Verne (Roman)
Fort Providence, Arktis (Landschaft), S. 26–27, C4
Forward, Arktis (Wrack), S. 26–27, C3/C4
Insel der Königin, Arktis (Insel), S. 26–27, C4
Johnson-Insel, Arktis (Insel), S. 26–27, C4
Kap Washington, Arktis (Landschaft), S. 26–27, C4
Mount-Bell, Arktis (Berg), S. 26–27, C4
Neu-Amerika, Grönland (Land/Region), S. 26–27, C4
Porpoise, Arktis (Wrack), S. 26–27, C4
Victoria-Bay, Arktis (Landschaft), S. 26–27, C4
Die Abenteuer von Rocky & Bullwinkle (TV)
Elchsylvanien (Insel), S. 16–17, C6
Frostbite Falls, Minnesota (Städtchen), S. 16–17, C6
Squaw's Ankle, Wyoming (Städtchen), S. 16–17, A5
Wassamotta University, Minnesota (Gebäude), S. 16–17, C5
Die Abtei von Northanger von Jane Austen (Roman)
Abtei von Northanger, England (Anwesen), S. 64–65, C2
Woodston, England (Anwesen), S. 64–65, C2
Die andere Seite. Ein phantastischer Roman von Alfred Kubin (Roman)
Perle, Traumreich (Land), S. 72–73, D3
Traumreich (Land), S. 72–73, E3; S. 102–103, A3
Die Aosawa-Morde von Riku Onda (Roman), Stadt K, Japan (Stadt), S. 96–97, B2
Die Äpyornis-Insel von H.G. Wells (Kurzgeschichte), Äpyornis-Insel, Indischer Ozean (Insel), S. 84–85, D2
Die Arena (Roman)/Under the Dome (TV) von Stephen King (diverse), Chester's Mill, Maine (Städtchen), S. 14–15, D6
Die Auserwählten/Maze Runner von James Dashner (Romane/Filme), Labyrinth von ANGST (im Film: WCKD), Kalifornien (Gebäude), S. 18–19, A4
Die außergewöhnlichen Abenteuer des Saturnino Farandola von Albert Robida (Film), Makalolo (Land), S. 84–85, C4
Die Autos, die Paris auffraßen (auch: *Die Killerautos von Paris*, Film), Paris, New South Wales (Städtchen), S. 108–109, D2
Die Belagerung von Krishnapur von J.G. Farrell (Roman), Krishnapur, Indien (Städtchen), S. 78–79, C4
Die Besteigung des Rum Doodle von W.E. Bowman (Roman)
Agenda, Yogistan (Fluss), S. 78–79, B5/C5
Chaikhosi, Indien (Städtchen), S. 78–79, C4
Nord-Doodle, Yogistan (Berg), S. 78–79, B5/C5
Rankling-La-Gletscher, Yogistan (Landschaft), S. 78–79, C5
Rum Doodle, Indien (Berg), S. 78–79, C5
Yogistan (Land), S. 78–79, B5/C5
Die besten Jahre unseres Lebens (Film), Boone City, Ohio (Stadt), S. 14–15, A4
Die blaue Muschel und *Das Lächeln des Harlekins* von Joanne Harris (Roman), Le Devin, Frankreich (Insel), S. 44–45, B3
Die Bombe fliegt (Film)
Maguadora (Insel/Nation), S. 32–33, F3
Santa Maya (Insel/Nation), S. 32–33, F2/F3
Die Braut des Magiers von Kore Yamazaki (Manga), Ulthar, England (Städtchen), S. 64–65, C3
Die Brücke von Iain Banks (Roman), Das Königreich, Schottland (Grafschaft), S. 64–65, C4
Die Bücherei am Ende der Welt von Felicity Hayes-McCoy (Romane)
Ballyfin, Irland (Städtchen), S. 64–65, A
Carrick, Irland (Städtchen), S. 64–65, A2
County Finfarran, Irland (Grafschaft), S. 64–65, A2
Crossarra, Irland (Dorf), S. 64–65, A2
Finfarran-Halbinsel, Irland (Landschaft), S. 64–65, A2
Lissbeg, Irland (Städtchen), S. 64–65, A2
Die Chroniken von Prydain von Lloyd Alexander (Romane), Prydain (Land), S. 64–65, C2
Die Decke des Soldaten von Lídia Jorge (Roman), Valmares, Portugal (Städtchen), S. 44–45, A2
Die Delfininsel von Arthur C. Clarke (Roman), Delphininsel, Queensland (Insel), S. 108–109, D4
Die denkwürdigen Erlebnisse des Arthur Gordon Pym von Edgar Allan Poe (Roman)
Jane Guy (Wrack), S. 114–115, C3

Die denkwürdigen Erlebnisse des Arthur Gordon Pym von Edgar Allan Poe und *Die Eissphinx* von Jules Verne (Romane)
Bennets Insel (Insel), S. 114–115, C3
Tsalal (Insel), S. 114–115, C3
Die Dolmetscherin (Film), Matobo (Land), S. 84–85, C2
Die Donnerstagswitwen von Claudia Piñeiro (Roman), Altos de la Cascada, Argentinien (Gebäude), S. 38–39, C2
Die drei ???-Reihe von Robert Arthur (Romane), Rocky Beach, Kalifornien (Städtchen), S. 18–19, A2
Die drei Sonnen von Liu Cixin (Roman) *Jüngstes Gericht*, Panama (Wrack), S. 32–33, D1
Dorf der Qi, China (Dorf), S. 102–103, D4
Militärbasis Rotes Ufer, China (Gebäude), S. 102–103, D4
Radargipfel, China (Berg), S. 102–103, D4
Die Eiskönigin – Völlig unverfroren (Film)
Arendelle (Stadt/Land), S. 56–57, B4
Arenfjord, Arendelle (Landschaft), S. 56–57, A4/B4
Nordberg, Arendelle (Berg), S. 56–57, B4
Südliche Inseln, Dänemark (Land), S. 56–57, A2
Die Eiskönigin II (Film)
Agnarrs und Idunas Schiff, Land der Northuldra (Wrack), S. 56–57, B4
Ahtohallan, Land der Northuldra (Insel), S. 56–57, B4
Dunkles Meer, (Meer), S. 56–57, A4/B4
Elsas Eispalast, Arendelle (Bauwerk), S. 56–57, B4
König Runeards Staudamm, Land der Northuldra (Gebäude), S. 56–57, B4
Land der Northuldra (Der verwunschene Wald) (Land), S. 56–57, B4
Die Erfindung des Verderbens von Jules Verne (Roman), Back Cup, Atlantik (Insel), S. 126–127, A4
Die Falle/Nur der Himmel war Zeuge von Douglas Kennedy (Roman), Wollanup, Northern Territory (Städtchen), S. 108–109, C4
Die fliegenden Ärzte (TV), Cooper's Crossing, New South Wales (Städtchen), S. 108–109, D2
Die Fotografin von William Boyd (Roman), Barrandale, Schottland (Insel), S. 64–65, B4
Die Fraggles (TV, britische Ausgabe), Leuchtturm in Fraggle Rock, England (Bauwerk), S. 64–65, B1
Die Frau in Schwarz von Susan Hill (Roman/Theaterstück/Film)
Crythin Gifford, England (Dorf), S. 64–65, C4
Eel Marsh House, England (Gebäude), S. 64–65, C4
Die Frau in Weiß von Wilkie Collins (Roman), Limmeridge House, England (Anwesen), S. 64–65, C3
Die Frauen von Stepford (Roman/Film), Stepford, Connecticut (Städtchen), S. 14–15, C5
Die fünf schwarzen Schwäne und andere Elfengeschichten von Sylvia Townsend Warner (Kurzgeschichten)
Elfhame, Schottland (Region), S. 64–65, C3
Elfwick, Schottland (Region), S. 64–65, C5
Foxcastle, Schottland (Region), S. 64–65, C4
Reich der Peris, Iran (Land), S. 72–73, D2
Schloss Dreiviertelstein, Österreich (Land), S. 44–45, D3
Die Geheimnisse des schwarzen Dschungels von Emilio Salgari (Roman), Schwarzer Dschungel, Indien (Landschaft), S. 78–79, D4
Die geheimnisvolle Insel von Jules Verne (Roman), *Nautilus*, Pazifik (Wrack), S. 120–121, D2
Die geheimnisvolle Insel von Jules Verne/*20.000 Meilen unter dem Meer* (Roman/Film), Insel Lincoln/Vulcania, Pazifik (Insel), S. 120–121, D2
Die Geschichte vom kleinen Schweinchen Robinson von Beatrix Potter (Kurzgeschichte), Bongbaum-Insel, Karibik (Insel), S. 32–33, F2
Die Geschichte von Hong Gil-dong von Heo Gyun? (Roman), Yul, Südkorea (Insel/Nation), S. 102–103, E2
Die gleißende Welt von Margaret Cavendish (Roman), Tor zur gleißenden Welt, Nordpol (Pforte), S. 26–27, C4
Die Gnadenlosen von Desmond Bagley (Roman)
Chimitaxl, Cordillera (Berg), S. 38–39, B3
Cordillera (Land), S. 38–39, B3
Río Sangre, Argentinien (Fluss), S. 38–39, C2
San Croce, Argentinien (Stadt), S. 38–39, C2
Santillana, Cordillera (Stadt), S. 38–39, B3
Die Goldene Legende von Nadeem Aslam (Roman), Zamana, Pakistan (Städtchen), S. 78–79, B5
Die Goonies (Film)
Cauldron Point, Oregon (Landschaft), S. 18–19, A6
Goon Docks, Oregon (Dorf), S. 18–19, A6
Inferno, Oregon (Wrack), S. 18–19, A6
Die Götter müssen verrückt sein (Film), Biryani (Land), S. 84–85, B2
Die große Verführung (Film), Sainte-Marie-La-Mauderne, Québec (Städtchen), S. 26–27, F2
Die große Versuchung – Lügen bis der Arzt kommt (Film), Tickle Head, Neufundland (Städtchen), S. 26–27, F3
Die guten Gefährten von J.B. Priestley (Roman), Bruddersford, England (Stadt), S. 64–65, C3
Die Hafenkneipe von Tahiti (Film), Haleakaloa, Pazifik (Insel), S. 120–121, D2
Die Herren der Erde von Stephen Longstreet (Roman), Kingston Junction, Kalifornien (Städtchen), S. 18–19, B3
Die Herrin von Wildfell Hall von Anne Brontë (Roman), Wildfell Hall, England (Anwesen), S. 64–65, C3
Die Hexen von Eastwick (Roman/Film), Eastwick, Rhode Island (Städtchen), S. 14–15, D5
Die Himmelbunde von Boragora (TV), Boragora, Pazifik (Insel/Nation), S. 120–121, C2
Die Höhle im Teufelsberg von Nan Chauncy (Kinderbuch), Teufelsberg, Tasmanien (Landschaft), S. 108–109, D1
Die Höllenfahrt der Poseidon (Film), *SS Poseidon*, Mittelmeer (Wrack), S. 44–45, C1
Die Hunde des Krieges von Frederick Forsyth (Roman)
Katanga (Land), S. 84–85, A4
Zangaro (Land), S. 84–85, B4
Die hundert verborgenen Sinne von Amy Tan (Roman)
Changmian, China (Dorf), S. 102–103, C1
Distelberg, China (Berg), S. 102–103, C1
Jintian, China (Stadt), S. 102–103, C1
Yongan, China (Stadt), S. 102–103, C1
Die Hurricanes (TV)
Azul, Spanien (Stadt), S. 44–45, B2
Hispanola (Insel), S. 32–33, E2
Inverfinnan, Schottland (Städtchen), S. 64–65, B4
Münchhausen (Munchausen), Deutschland (Stadt), S. 44–45, D3
Die Hurricanes (TV), Garkos (Inselstaat), S. 44–45, E1
Die Insel der Abenteuer von Enid Blyton (Roman)
Felseneck, England (Gebäude), S. 64–65, B1
Toteninsel, England (Insel), S. 64–65, B1
Die Insel der besonderen Kinder von Ransom Riggs (Roman/Film)
Cairnholm, Wales (Insel), S. 64–65, B2
Miss Peregrines Waisenhaus, Wales (Gebäude), S. 64–65, B2
RMS Augusta, Wales (Wrack), S. 64–65, B2
Die Insel der Fruchtbarkeit von Henry Neville (Roman), Insel der Fruchtbarkeit, Indischer Ozean (Insel), S. 108–109, A4/B4
Die Insel der Pinguine von Anatole France (Roman), Pinguinien, Kanalinseln (Inselstaat), S. 64–65, A1
Die Insel des Dr. Moreau von H.G. Wells (Roman), Insel des Dr. Moreau, Pazifik (Insel), S. 120–121, F3
Die Insel des vorigen Tages von Umberto Eco (Roman)
Daphne, Pazifik (Wrack), S. 120–121, C2
Insel des vorigen Tages, Pazifik (Insel), S. 120–121, C2
Die Jahrhundert-Saga von Ken Follett (Romane), Aberowen, Wales (Städtchen), S. 64–65, C2
Die Jetsons treffen Familie Feuerstein (Film), Honolurock, Hawaii (Stadt), S. 18–19, C1
Die Jury (und andere Romane) von John Grisham (Roman)
Clanton, Mississippi (Stadt), S. 16–17, D3
Ford County, Mississippi (County), S. 16–17, D3
Die Kanonen von Navarone von Alistair MacLean (Roman/Film), Navarone, Griechenland (Insel), S. 44–45, F1
Die Kinder vom andern Stern/Die Flucht zum Hexenberg (Roman/Filme), Hexenberg, diverse (Berg), S. 14–15, B3
Die Kinder von Dynmouth von William Trevor (Roman), Dynmouth, England (Städtchen), S. 64–65, C1
Die kleine Lok Ivor (TV)
Grumbly, Wales (Städtchen), S. 64–65, C2
Llanggubbin, Wales (Städtchen), S. 64–65, C2
Llaniog, Wales (Städtchen), S. 64–65, C2
Llanmad, Wales (Städtchen), S. 64–65, C2
Merioneth, Wales (Städtchen), S. 64–65, C2
Tewyn Beach, Wales (Städtchen), S. 64–65, C2
Die Königin von Patricia Bracewell (Roman), Redmere, England (Städtchen), S. 64–65, D3
Die Koralleninsel von R.M. Ballantyne (Roman), Koralleninsel, Pazifik (Insel), S. 120–121, C2
Die Körperfresser kommen und *Die Dämonischen* (Film), Santa Mira, Kalifornien (Städtchen), S. 18–19, A4
Die Kwimpers von Richard Powell (Roman), Columbiana (Staat), S. 14–15, B1/B2
Die Legende vom Ozeanpianisten (Film), *SS Virginian*, England (Wrack), S. 64–65, C1
Die Legenden von Khasak von O.V. Vijayan (Roman), Khasak, Indien (Dorf), S. 78–79, B2
Die Leiden des jungen Werther von J.W. von Goethe (Roman), Wahlheim, Deutschland (Dorf), S. 44–45, C3
Die letzte Vorstellung (Film), Anarene, Texas (Städtchen), S. 16–17, B2
Die leuchtende Republik von Andrés Barba (Roman), San Cristóbal, Argentinien (Stadt), S. 38–39, B3
Die Leute von Korsbaek (TV), Korsbæk, Dänemark (Städtchen), S. 56–57, B1
Die Leute von Peyton Place von Grace Metalious (Roman/TV), Peyton Place, New Hampshire (Städtchen), S. 14–15, C5
Die Liebe, die du mir versprachst von Silvia Molina (Roman), San Lázaro, Mexiko (Städtchen), S. 32–33, C2
Die lustige Witwe von Franz Lehár (Operette), Pontevedro (Land), S. 50–51, A1
Die Macht des Zaubersteins (Anime)
Red Noah, Indischer Ozean (Insel), S. 78–79, A1
Tartessos (Land), S. 84–85, C3
Die Maske (Film), Edge City, New Jersey (Stadt), S. 14–15, C4/C5
Die Maske 2: Die nächste Generation (Film), Fringe City, Virginia (Stadt), S. 14–15, C4
Die Maus, die brüllte von Leonard Wibberley (Roman), Groß Fenwick (Land), S. 44–45, C3
Die Mäuse von Deptford-Reihe von Robin Jarvis (Bücher), Hara, Indien (Stadt), S. 78–79, B5
Die Melancholie der Haruhi Suzumiya von Nagaru Tanigawa und Noizi Ito (Romane/Anime), North High School, Japan (Gebäude), S. 96–97, B2
Die Monikins von James Fenimore Cooper (Roman), Spring-Inseln (Inselgruppe), S. 114–115, D2/D3
Die Mounties von Lynx River (TV), Lynx River, Northwest Territories (Städtchen), S. 26–27, B2
Die Mühle am Floss von George Eliot (Roman)
Dorlcote Mill, England (Gebäude), S. 64–65, D3
Floss, England (Fluss), S. 64–65, D3
Mudport, England (Stadt), S. 64–65, D3
St. Ogg's, England (Dorf), S. 64–65, D3
Die Mumie (Film), Hamunaptra, Ägypten (Stadt), S. 84–85, C5
Die Mumie kehrt zurück (Film)
Goldene Pyramide von Ahm Shere, Äthiopien (Bauwerk), S. 84–85, D4
Wüste von Ahm Shere, Äthiopien (Landschaft), S. 84–85, D4
Die Muppets in Disney World (TV), Paradise Swamp, Florida (Landschaft), S. 14–15, B2
Die Nacht des Jägers von Davis Grubb (Roman/Film), Cresap's Landing, West Virginia (Städtchen), S. 14–15, B4
Die neununddreißig Stufen von John Buchan (Film), Alt-na Shellach, Schottland (Gebäude), S. 64–65, B4/C4
Die Normannin von Patricia Bracewell (Roman),
Otter Mouth, England (Städtchen), S. 64–65, C1
Ottermündung, England (Landschaft), S. 64–65, C1
Die ohne Segen sind von Richard Van Camp (Roman), Fort Simmer, Northwest Territories (Städtchen), S. 26–27, C2
Die Olsenbande gewinnt Gold (Film), Kløvstad, Norwegen (Städtchen), S. 56–57, A2
Die Partridge Familie (TV), San Pueblo, Kalifornien (Städtchen), S. 18–19, A4
Die Pickwickier/The Pickwick Papers von Charles Dickens (Roman)
Dingley Dell, England (Dorf), S. 64–65, D2
Eatanswill, England (Dorf), S. 64–65, D2
Muggleton, England (Dorf), S. 64–65, D2
Die Pinguine aus Madagascar (Film), Daves geheime Insel, Pazifik (Insel), S. 90–91, D4
Die Piraten! – Ein Haufen merkwürdiger Typen! (Film)
Black Spot Spit, Florida (Landschaft), S. 14–15, C2
Budgie Islands, Karibik (Inselgruppe), S. 32–33, D3
Canalview, Panama (Städtchen), S. 32–33, D1
Canarie Islands, Karibik (Inselgruppe), S. 32–33, D3
Cannonball Cove, Kuba (Landschaft), S. 32–33, D3
Cape of Good Ham (Kap des guten Schinkens), Karibik (Landschaft), S. 32–33, F2
Groggy Head, Kuba (Landschaft), S. 32–33, D3
Ham Sandwich Islands (Schinkensandwich-Inseln), South Carolina (Inselgruppe), S. 14–15, C3
Mermaid's Spit (Landzunge/Spucke der Meerjungfrau), Panama (Landschaft), S. 32–33, D1
Mid-Atlantic Wrench, Atlantik (Region), S. 126–127, B3
Poop Deck Point, Karibik (Landschaft), S. 32–33, D3
Porto de las Señoritas, Mexiko (Städtchen), S. 32–33, C2
Q.V.1, Indischer Ozean (Wrack), S. 78–79, B2
Shipwreck Cove, Kuba (Landschaft), S. 32–33, D3
Silly Islands, Pazifik (Inselgruppe), S. 96–97, D4/E4
Die Präsidentin von Leopoldo Alas Clarín (Roman), Vetusta, Spanien (Stadt), S. 44–45, B3
Die Prinzessin von Babylon von Voltaire (Roman), Land der Gangariden (Land), S. 78–79, D4
Die Propellerinsel von Jules Verne (Roman), Standard-Island, Pazifik (Insel), S. 120–121, D2
Die Qual der Wahl (Film), Hammond, North Carolina (Städtchen), S. 14–15, B3
Die Raccoons (TV), Immergrüner Wald, British Columbia/Alberta (Region), S. 26–27, B1/B2
Die Räuber von Kardemomme von Thorbjørn Egner (Kurzgeschichte), Kardemomme, Norwegen (Städtchen), S. 56–57, A2
Die Reise nach Westen von Wu Cheng'en (Roman)
Aolai (Land), S. 102–103, D2
Huaguo (Hua-Kuo), Aolai (Berg), S. 102–103, D2
Die Reise zur Insel des Grauens siehe *Die Schule der Robinsons*/
Die Ritter der Kokosnuß (Film)
Schloss von Aaaaarrrrrrggghhh, Schottland (Gebäude), S. 64–65, B4
Höhle von Caerbannog, Schottland (Landschaft), S. 64–65, B4
Die rote Flut (Film), Calumet, Colorado (Städtchen), S. 18–19, D3
Die Russen kommen! Die Russen kommen! (Film), Gloucester Island, Massachusetts (Insel), S. 14–15, D5
Die russische Konkubine von Kate Furnivall (Roman), Junchow, China (Stadt), S. 102–103, D3
Die Säulen der Erde von Ken Follett (Roman), Kingsbridge, England (Städtchen), S. 64–65, C2
Die Schattenmacht – The State Within (TV), Tirgistan (Land), S. 72–73, E3
Die Schatzinsel von Robert Louis Stevenson „Admiral Benbow", England (Kneipe), S. 64–65, C2
Schatzinsel, Britische Jungferninseln (Insel), S. 32–33, F2
Die Schiffbrüchigen der „Jonathan" von Jules Verne (Roman), Magellanien (Land), S. 38–39, B1
Die Schlümpfe (TV), Schmusis Dorf, Northern Territory (Dorf), S. 108–109, C3
Die Schönheitslinie von Alan Hollinghurst (Roman), Barwick, England (Städtchen), S. 64–65, D2
Die Schule der Robinsons/Die Reise zur Insel des Grauens von Jules Verne (Roman/Film), Spencer/Monsterinsel, Pazifik (Insel), S. 120–121, E4
Die Schwärmer von Sir Walter Scott (Roman), Schloss Tillietudlem, Schottland (Gebäude), S. 64–65, C4
Die schwarzen Minuten von Martín Solares (Roman), Paracuán, Mexiko (Städtchen), S. 32–33, B3
Die sechs Hände der Rache (TV), San Simon, Mexiko (Städtchen), S. 32–33, A4
Die Sechs-Millionen-Dollar-Familie (TV), Cypress Cove, Kalifornien (Stadt), S. 18–19, A5
Die Siedler von Catan (Brettspiel), Catan, Azoren (Insel), S. 126–127, C4
Die Siliziuminsel von Chen Qiufan (Roman), Siliziuminsel, China (Städtchen), S. 102–103, D1
Die Simpsons (TV)
Bartovia (Land), S. 72–73, C3
Bronson, Missouri (Städtchen), S. 16–17, C3
Capital City/Capitol City, North Takoma (Stadt), S. 18–19, A6
Cypress Creek, North Takoma (Städtchen), S. 18–19, B6
Dunkilderry, Irland (Städtchen), S. 64–65, A3
Erste Kwik-E-Mart-Filiale, Indien (Gebäude), S. 78–79, C4
Euro Itchy & Scratchy Land, Frankreich (Themenpark), S. 44–45, E3
Itchy & Scratchy Land, Golf von Mexiko (Insel), S. 32–33, D3
„Joan Bushwell's Chimp Refuge" (Auffangstation für Schimpansen), Neu-Sansibar (Gebäude), S. 84–85, C3
Kamp Krusty, North Takoma (Gebäude), S. 18–19, A6
Little Pwagmattasquarmsettport, North Takoma (Städtchen), S. 18–19, A6
Mörderhorn, North Takoma (Berg), S. 18–19, A6
Neu-Sansibar (Land), S. 84–85, C3/D3
North Kilttown, Schottland (Städtchen), S. 64–65, C5
North Takoma, North Takoma (Staat), S. 18–19, A6
Palm Corners, Florida (Städtchen), S. 14–15, C1
Proctorville, Iowa (Städtchen), S. 16–17, C5
Quetzalacatenango, Guatemala (Dorf), S. 32–33, C2
Salsiccia, Italien (Dorf), S. 44–45, D2
Shelbyville, North Takoma (Städtchen), S. 18–19, A6
Springfield, North Takoma (Städtchen), S. 18–19, A6
Die Spuk-Insel von Algernon Blackwood (Kurzgeschichte), Spuk-Insel, Ontario (Insel), S. 26–27, A4
Die Stadt der Schädel von L. Sprague de Camp und Lin Carter (Roman)
Meru, Tibet (Region), S. 102–103, B2
Shamballah, Stadt der Schädel, Tibet (Stadt), S. 102–103, B2
Sumeru Tso, Tibet (See), S. 102–103, B2
Die Sterblichen von Yiyun Li (Roman)
Goldener Fluss, China (Fluss), S. 102–103, E4
Schlammiger Fluss, China (Städtchen),
Nördlicher Berg, China (Berg),
Weißer Berg, China (Berg),
alle S. 102–103, D4
Die Sterne über Peschawar von Suzanne Fisher Staples (Roman), Golestan, Afghanistan (Dorf), S. 72–73, E2
Die Tagebücher des Adrian Mole: Die schweren Jahre nach 39 von Sue Townsend (Roman), Mangold Parva, England (Dorf), S. 64–65, C2
Die Tausend Träume von Stellavista und andere Vermilion-Sands-Stories von J.G. Ballard (Kurzgeschichten), Vermilion Sands, Kalifornien (Städtchen), S. 18–19, B3
Die tollkühne Hexe in ihrem fliegenden Bett (Film), Pepperinge Eye, England (Dorf), S. 64–65, D1
Die Toten von Spoon River von Edgar Lee Masters (Lyrik), Spoon River, Illinois (Städtchen), S. 16–17, D4
Die Tribute von Panem von Suzanne Collins (diverse)
Das Kapitol, Colorado (Stadt), S. 18–19, D4
Distrikt 1, Utah/Montana (Staat), S. 18–19, C5
Distrikt 2, New Mexico (Staat), S. 18–19, D3
Distrikt 3, Indiana (Staat), S. 14–15, A4
Distrikt 4, Nevada/Oregon/Washington (Staat), S. 18–19, B5
Distrikt 5, Nevada/Arizona (Staat), S. 18–19, B3/C3
Distrikt 6, Illinois (Staat), S. 16–17, D4
Distrikt 7, Alberta/Saskatchewan (Region), S. 26–27, C1
Distrikt 7, Montana (Staat), S. 16–17, A6
Distrikt 8, New York (Staat), S. 14–15, B5
Distrikt 9, Kansas/Missouri (Staat), S. 16–17, C4
Distrikt 10, Mexiko (Region), S. 32–33, A4/B4
Distrikt 10, Texas (Staat), S. 16–17, B1/B2
Distrikt 11 (Staat), S. 16–17, D2
Distrikt 12, West Virginia/Pennsylvania (Stadt/Region), S. 14–15, B4/C4
Distrikt 13, Ontario/Québec (Region), S. 26–27, E1
Die Triffids von John Wyndham (Roman), Tynsham, England (Städtchen), S. 64–65, C2
Die Unglaublichen – The Incredibles (Film)
Metroville, Illinois (Stadt), S. 16–17, D4
Municiberg, Washington (Stadt), S. 18–19, A6
Nomanisan-Insel (Nomanisan Island), Pazifik (Insel), S. 120–121, E2
Die vergessene Welt von Arthur Conan Doyle (Roman), Maple Whites Landschaft, Brasilien (Region), S. 38–39, C5
Die Versteigerung von No. 49 von Thomas Pynchon (Roman), San Narciso, Kalifornien (Städtchen), S. 18–19, A2
Die Versuchung des Padre Amaro (Film)
Aldama, Mexiko (Region), S. 32–33, B2
Los Reyes, Mexiko (Städtchen), S. 32–33, B2
Die Violinen von Saint-Jacques von Patrick Leigh-Fermor (Roman), Saint-Jacques, Karibik (Insel), S. 32–33, F2
Die Vögel von Aristophanes (Mythos/Legende), Wolkenkuckucksheim, Griechenland (schwebende Stadt), S. 44–45, E2
Die Waltons (TV), Waltons Mountain, Virginia (Städtchen), S. 14–15, C4
Die Wasserkinder von Charles Kingsley (Roman)
Allvogelthing, Schottland (Region), S. 64–65, A5
Friedensteich, Nordpolarmeer (See), S. 126–127, D6
Ganzalleinstein, Atlantik (Insel), S. 126–127, D5
Insel des heiligen Brendan (Sankt-Brendan-Insel), Atlantik (Insel), S. 126–127, D4
Die Weltenwanderin von Michael Faber (Roman), Ablach Farm, Schottland (Gebäude), S. 64–65, C5
Die wilden Siebziger (TV), Point Place, Wisconsin (Städtchen), S. 16–17, D5
Die Wildgänse kommen (Film), Zembala (Land), S. 84–85, C2
Die Zauberer von Caprona von Diana Wynne Jones (Roman), Caprona, Italien (Stadtstaat), S. 44–45, C2
Diese gottverdammten Träume von Richard Russo (Roman/TV), Empire Falls, Maine (Städtchen), S. 14–15, D5
Digimon (Anime), Summer Memory, Colorado (Städtchen), S. 18–19, D4
Dinotopia (Bücher/TV)
Äußere Insel, Indischer Ozean (Insel),
Dinotopia, Indischer Ozean (Insel),
Polongo-Fluss, Indischer Ozean (Fluss),
Sauropolis, Indischer Ozean (Stadt),
Verbotene Berge, Indischer Ozean (Gebirge)
alle S. 78–79, A2
Diskrete Zeugen von Dorothy L. Sayers (Roman), Riddlesdale, England (Dorf), S. 64–65, C3
Disney's Animal Kingdom (Themenpark)
Anandapur Township, Anandapur (Städtchen), S. 78–79, C4
Chakranadi River, Anandapur (Fluss), S. 78–79, C4
Kali River Rapids, Anandapur (Stromschnellen), S. 78–79, C4/D4

Disneys Cartoons (TV), Vila Xuripita, Brasilien (Städtchen), S. 38–39, D3
Disneys Wochenend-Kids (TV), Bahia Bay, Kalifornien (Städtchen), S. 18–19, A3
District 9 (Film), District 9, Südafrika (Flüchtlingslager/Städtchen), S. 84–85, C2
Django Unchained (Film)
Bennet-Plantage, Tennessee (Gebäude), S. 14–15, B3
Candyland-Plantage, Mississippi (Gebäude), S. 16–17, D3
Carrucan-Plantage, Mississippi (Gebäude), S. 16–17, D2
Daughtery, Texas (Städtchen), S. 18–19, D2
LeQuint-Dickey-Bergwerk, Mississippi (Gebäude), S. 16–17, D2
Doc Hollywood (Film), Grady, South Carolina (Städtchen), S. 14–15, B3
Doc Martin (TV), Portwenn, England (Dorf), S. 64–65, B1
Doc Savage-Reihe (Romane), Taz, Karibik (Unterwasserstadt), S. 32–33, D1
Doctor Mateo (TV), San Martín del Sella, Spanien (Städtchen), S. 44–45, B3
Doctor Sleep von Stephen King (Roman/Film), Frazier, New Hampshire (Städtchen), S. 14–15, D6
Doctor Strange (Film/Comic), Kamar-Taj, Nepal (Dorf), S. 78–79, C4
Doctor Who (TV)
Die Pyramide, Turmezistan (Bauwerk), S. 72–73, E4
Turmezistan (Land), S. 72–73, E4/F4
Doctor Who: Minuet In Hell (Hörspielreihe), Malebolgia (Staat), S. 14–15, B3
Doctor Who: The Green Death (TV), Llanfairfach, Wales (Städtchen), S. 64–65, C2
Doctor Who: The Horror of Fang Rock (TV), Fang Rock, England (Insel), S. 64–65, D1
Doctor Who: The Tenth Planet (TV), Snowcap-Basis (Gebäude), S. 114–115, C2/C3
Doctor Who/Torchwood (TV), Torchwood 2, Schottland (Gebäude), S. 64–65, C4
Doctors (TV), Letherbridge, England (Städtchen), S. 64–65, C2
Dodd, Ken (Comedy-Programm), Jam Butty Mines, England (Gebäude), S. 64–65, C3
Dog von der Stinkfußfarm (Comic)
Raupo, Neuseeland (Städtchen), S. 108–109, F2
Stinkfußfarm, Neuseeland (Anwesen), S. 108–109, F2
Dogville (Film), Dogville, Colorado (Städtchen), S. 18–19, D4
Doktor Dolittle und seine Tiere von Hugh Lofting (Roman), Jolliginki (Land), S. 84–85, D3
Doktor Dolittle-Reihe von Hugh Lofting (Kinderbücher)
Fantippo (Land), S. 84–85, B4
Puddleby-on-the-Marsh, England (Dorf), S. 64–65, C1
Doktor Dolittles schwimmende Insel von Hugh Lofting (Roman)
Capa-Blanca-Inseln, Spanien (Inselgruppe), S. 44–45, A2
Spinnenaffeninsel, Brasilien (Insel), S. 38–39, C3
Doktor Mugg (TV), Dasseborg, Schweden (Stadt), S. 56–57, B2
Dolly-Reihe/Malory Towers von Enid Blyton (Romane/TV), Burg Möwenfels/Malory Towers, England (Gebäude), S. 64–65, B1
Dolores von Stephen King (diverse), Little Tall Island, Maine (Insel), S. 14–15, D6
Dominion – Tank Police von Masamune Shirow (Manga/Anime), Newport, Japan (Stadt), S. 96–97, B2
Don Camillo und Peppone-Reihe von Giovannino Guareschi (diverse), Ponteratto, Italien (Städtchen), S. 44–45, D2
Don Candido-Geschichten von Giovannino Guareschi (Bücher), Trebiglie, Italien (Städtchen), S. 44–45, C3
Don Quijote von Miguel de Cervantes (Roman), Barataria, Mittelmeer (Inselstaat), S. 44–45, C2
Don Quixote Drowned von James Hanley (Kurzgeschichten), Llangyllwch, Wales (Städtchen), S. 64–65, C2
Dona Beija (TV), Santo Domingo de Araxá, Brasilien (Städtchen), S. 38–39, C3
Doña Bella (TV), Agua Hermosa, Kolumbien (Städtchen), S. 38–39, A5
Doña Perfecta von Benito Pérez Galdós (Roman), Orbajosa, Spanien (Städtchen), S. 44–45, B2
Donald Duck, dänische Übersetzung (Comic), Langbortisan (Land), S. 72–73, E3
Donde las voces se guardan (engl. The Whispering Voices of Atabalpa) von Marco Antonio Samaniego (Roman), Atabalpa, Mexiko (Städtchen), S. 32–33, A4
Doonesbury (Comic)
Al-Amok, Irak (Stadt), S. 72–73, B2
Berzerkistan (Land), S. 72–73, C3
Bmzklfrpz City, Berzerkistan (Stadt), S. 72–73, C3
Rummyworld (Land), S. 72–73, B2
Doorways in Drumorty von Lorna Moon (Roman), Drumorty, Schottland (Städtchen), S. 64–65, C5
Doug (TV), Bluffington, Virginia (Stadt), S. 14–15, C4
Downton Abbey (TV), Downton Abbey, England (Anwesen), S. 64–65, C3
Downtown Owl von Chuck Klosterman (Roman), Owl, North Dakota (Städtchen), S. 16–17, B5/B6
Dr. Finlay-Reihe von A.J. Cronin (Romane/TV), Tannochbrae, Schottland (Städtchen), S. 64–65, C4
Dr. Seltsam, oder wie ich lernte, die Bombe zu lieben (Film)
Luftwaffenstützpunkt Burpelson, Nebraska (Gebäude), S. 16–17, C4
Sokow-Inseln, Russland (Inselkette), S. 102–103, F2
Weltvernichtungsmaschine, Russland (Gebäude), S. 102–103, F2
Drachenzähmen leicht gemacht von Cressida Cowell (Romane/Filme)
Barbaren-Archipel (Inselgruppe), S. 56–57, C1/D1
Berk, Barbaren-Archipel (Dorf), S. 56–57, D1
Drachen-Insel, Barbaren-Archipel (Insel), S. 56–57, C1
Dunkle Klippen (Dunkles Tief), Barbaren-Archipel (Insel), S. 56–57, D1
Insel der Verbannten, Barbaren-Archipel (Insel), S. 56–57, D1
Juckende Achselhöhle, Barbaren-Archipel (Insel), S. 56–57, D1
Dracula von Bram Stoker (Roman), Carfax Abbey, England (Anwesen), S. 64–65, D2
Draculas Schloss, Rumänien (Gebäude), S. 50–51, B2
Dragonfly von Bernard Cronin (Roman), Birdseye, Queensland (Städtchen), S. 108–109, C3
DRAMAtical Murder (Videospiel/Anime), Midorijima, Japan (Insel), S. 96–97, D1
Dream Girl (Film), Gokul, Indien (Städtchen), S. 78–79, B4
Dream Team (TV), Harchester, England (Städtchen), S. 64–65, C2
Dreckiges Gold (Film), Liberty, Texas (Städtchen), S. 16–17, A2
Drei Brüder/Drei Fremdenlegionäre von P.C. Wren (Roman/Film), Fort Zinderneuf, Algerien (Gebäude), S. 84–85, B5
Droopy: Jagdsaison (TV), Mounty County, Yukon (County), S. 26–27, B2
Du wolltest es doch von Louise O'Neill (Roman), Ballinatoom, Irland (Städtchen), S. 64–65, A2
DuckTales – Neues aus Entenhausen (diverse)
Barbarie-Enten-Riff, Queensland (Landschaft), S. 108–109, E3
Calisota (Staat), S. 18–19, A5
Dismal Downs (düsteres Hochmoor), Schottland (Landschaft), S. 64–65, B4/C4
Ducky Mountains, diverse (Gebirge), S. 26–27, B1/B2
Dussel Ducks Unterseelabor, Atlantik (Gebäude), S. 126–127, B3
Entenhausen, Calisota (Stadt), S. 18–19, A5
Falkeninsel, Alaska (Insel), S. 18–19, A1
Reihermeer, Alaska (Meer), S. 18–19, A1
Istanbird, Türkei (Stadt), S. 72–73, B3
Ithaquack, Griechenland (Insel), S. 44–45, E1
Macau, China (Stadt), S. 102–103, D1
MacDuich, Schottland (Dorf), S. 64–65, B4
Mount Neverrest, Nepal (Berg), S. 78–79, C4
Neu Quackmore, Calisota (Stadt), S. 18–19, A5
Schloss Duck (auch: Duckenburgh), Schottland (Gebäude), S. 64–65, B4/C4
Tempel der goldenen Grille, Tibet (Gebäude), S. 102–103, A2
Verschwundene Pyramide von Toth-Ra, Ägypten (Bauwerk), S. 84–85, C5
White Agony Creek, Yukon (Fluss), S. 26–27, B2
siehe auch *Käpt'n Balu und seine tollkühne Crew/DuckTales 2017*
Duell im Atlantik von Denys Rayner (Roman/Film)
HMS Hecate, Atlantik (Wrack), S. 126–127, C2
U-121, Atlantik (Wrack), S. 126–127, C2
USS Haynes (DE-181), Atlantik (Wrack), S. 126–127, C2
Dunkle Stadt Bohane von Kevin Barry (Roman)
Bohane, Irland (Stadt), S. 64–65, A3
Große Nichtsöde, Irland (Region), S. 64–65, A3
Dusk (Videospiel), Dusk, Pennsylvania (Städtchen), S. 14–15, B4
Dwelling Narrowness/Wōju (TV), Jiangzhou, China (Stadt), S. 102–103, D2
Dying Light (Videospiel), Harran, Türkei (Stadt), S. 72–73, B3
Dyschronia von Jennifer Mills (Roman), Clapstone, South Australia (Städtchen), S. 108–109, C2
E Street (TV), Westside, New South Wales (Städtchen/Vorort), S. 108–109, F4
East End, West End, und dazwischen Maniac Magee von Jerry Spinelli (Roman), Two Mills, Pennsylvania (Städtchen), S. 14–15, C4
EastEnders (TV), Walford, England (Städtchen), S. 64–65, D2
EastEnders/Redwater (TV), Redwater, Irland (Städtchen), S. 64–65, A3
Echo Beach (TV), Polnarren, England (Städtchen), S. 64–65, B1
Eclipsed von Patricia Burke Brogan (Theaterstück), Killmacha, Irland (Stadt), S. 64–65, A2
Ed – Der Bowling-Anwalt (TV), Stuckeyville, Ohio (Städtchen), S. 14–15, B4
Eerie, Indiana (TV), Eerie, Indiana (Städtchen), S. 14–15, A4
Ehepaare von John Updike (Roman), Tarbox, Massachusetts (Städtchen), S. 14–15, D5
Eiland der Spinnen von John Wyndham (Roman), Tanakuatua, Pazifik (Insel), S. 120–121, D3
Eiland von Aldous Huxley (Roman)
Groß-Rendang, Indonesien (Staatenbund), S. 90–91, A2
Pala, Vereintes Königreich von Rendang und Pala (Insel), S. 90–91, A2
Rendang, Vereintes Königreich von Rendang und Pala (Insel), S. 90–91, A2
Vereintes Königreich von Rendang und Pala (Inselgruppe), S. 90–91, A2
Ein amerikanischer Traum/Homefront (TV), River Run, Ohio (Städtchen), S. 14–15, B5
Ein ausgekochtes Schlitzohr (Film), Deeson County, Arkansas (County), S. 16–17, C2
Ein Duke kommt selten allein (TV), Hazzard County, Georgia (County), S. 14–15, B3
Ein Flüchtling kreuzt seine Spur von Aksel Sandemose (Roman), Jante, Dänemark (Städtchen), S. 56–57, A2
Ein Fremder ohne Namen (Film), Lago, Kalifornien (Städtchen), S. 18–19, B4
Ein Gesicht in der Menge (Film), Pickett, Arkansas (Städtchen), S. 16–17, D3
Ein Glaubensmartyrium von Schalom Asch (Roman), Slotschow (Zlotshev), Ukraine (Städtchen), S. 50–51, C3
Ein Grieche erobert Chicago (TV)
Mypos, Griechenland (Inselstaat), S. 44–45, E1
Pathos, Griechenland (Inselstaat), S. 44–45, E1
Skeptos, Griechenland (Inselstaat), S. 44–45, E1
Ein gutes Omen von Terry Pratchett (Roman/TV)
Lower Tadfield, England (Städtchen), S. 64–65, D2
Pant-y-Gyrdle, Wales (Städtchen), S. 64–65, C2
Ein Haus für Mr. Biswas von V.S. Naipaul (Roman)
Arwacas, Trinidad (Städtchen), S. 32–33, F2
Shorthills, Trinidad (Städtchen), S. 32–33, F1/F2
Ein irischer Dorfpolizist von Graham Norton (Roman), Duneen, Irland (Dorf), S. 64–65, A2
Ein Kind zu töten ... (Film), Almanzora, Spanien (Insel), S. 44–45, B1
Ein Königreich für ein Lama (Film), Kuzcotopia, Peru (Gebäude), S. 38–39, B4
Ein Krokodil für Mma Ramotswe von Alexander McCall Smith (Roman), No. 1 Ladies' Detective Agency, Botswana (Gebäude), S. 84–85, C2
Ein Mann springt in die Tiefe von Arthur Koestler (Roman), Neutralien, Portugal (Land), S. 44–45, A2
Ein Prinz zu Weihnachten (Film), Balemont (Land), S. 44–45, C3
Ein Reisender aus Altrurien von William Dean Howells (Roman), Altrurien (Insel), S. 120–121, D3
Ein Schritt ins Leere von Agatha Christie (Roman), Marchbolt, Wales (Städtchen), S. 64–65, B2
Ein Sommer in Greenvoe von George Mackay Brown (Roman), Greenvoe, Schottland (Städtchen), S. 64–65, C5
Ein Spiel zuviel von P.D. James (Roman), Martingale, England (Städtchen), S. 64–65, D2
Eindrücke aus Afrika von Raymond Roussel (Roman), Ponukélé-Drelchkaff (Land/Kaiserreich), S. 84–85, B4
Eine amerikanische Tragödie von Theodore Dreiser (Roman), Lycurgus, New York (Stadt), S. 14–15, C5
Eine Dame verschwindet (Film), Bandrika (Land), S. 50–51, A2
Eine Glocke für Adano von John Hersey (Roman), Adano, Italien (Städtchen), S. 44–45, D1
Eine gute Partie von Vikram Seth (Roman), Brahmpur, Indien (Städtchen), S. 78–79, C4
Eine himmlische Familie (TV), Glenoak, Kalifornien (Städtchen), S. 18–19, A3
Eine Idee des Dr. Ox von Jules Verne (Kurzgeschichte), Quiquendone, Belgien (Städtchen), S. 44–45, C4
Eine Insel von Terry Pratchett (Roman)
Die Nation, Pazifik (Insel), S. 120–121, D2
Großer Südlicher Pelagischer Ozean, Pazifik (Meer), S. 120–121, D1/E1
Jungeninsel, Pazifik (Insel), S. 120–121, D2
Muttertagsinseln, Pazifik (Inselgruppe), S. 120–121, D2
Eine Königin zu Weihnachten (Film), Winshire (Land), S. 44–45, C3
Eine königliche Winterromanze (Film), Calpurnia (Land), S. 44–45, C2/C3
Eine kurze Geschichte von sieben Morden von Marlon James (Roman), Copenhagen City, Jamaika (Städtchen), S. 32–33, D2
Eine lausige Hexe von Jill Murphy (Romane/TV)
Frau Grausteins Hexenakademie, Wales (Gebäude), S. 64–65, C2
Frau Fünfzacks Hexenakademie, Wales (Gebäude), S. 64–65, C2
Eine Pfarrerstochter von George Orwell (Roman), Knype Hill, England (Städtchen), S. 64–65, D2
Eine schrecklich nette Familie (TV), Lucifer, New Mexico (Städtchen), S. 18–19, D3
Eine Stadt wie Alice (A Town Like Alice) von Nevil Shute (Roman/Film/TV), Willstown, Queensland (Dorf), S. 108–109, D4
Eine total, total verrückte Welt (Film), Santa Rosita, Kalifornien (Stadt), S. 18–19, A2
Eine Warnung an/für die Neugierigen von M.R. James (Kurzgeschichte), Seaburgh, England (Städtchen), S. 64–65, D2
Einer nach dem anderen (Film), Tyos, Norwegen (Städtchen), S. 56–57, A3
Einstein Junior (Film), Einstein Juniors Apfelhof, Tasmanien (Gebäude), S. 108–109, D1
Eisstation Zebra von Alistair MacLean (Roman/Film), Eisstation „Zebra“, Arktis (Gebäude), S. 26–27, D4
El bosque de las almas perdidas (Film), Wald der verlorenen Seelen, Portugal/Spanien (Landschaft), S. 44–45, A2
El don de Alba (TV), Bellavista, Spanien (Städtchen), S. 44–45, B2
El Goonish Shive (Webcomic), Moperville, Illinois (Städtchen), S. 16–17, D4
El hotel de los secretos (TV), San Cristóbal Tlaxico, Mexiko (Städtchen), S. 32–33, B2
El secreto de Puente Viejo (TV), Puente Viejo, Spanien (Städtchen), S. 44–45, B2
El sol que estás Mirando von Jesús Gardea (Roman), Placeres, Mexiko (Städtchen), S. 32–33, B3
El-Dorado-Legenden (diverse), Lago Parima, Peru (See), S. 38–39, B4
Eldorado (TV)
Costa Eldorado, Spanien (Region), S. 44–45, A1
Los Barcos, Spanien (Städtchen), S. 44–45, A1
Emma von Jane Austen (Roman), Highbury & Hartfield, England (Städtchen), S. 64–65, D2
Emmerdale (TV)
Emmerdale, England (Dorf), S. 64–65, C3
Hotten, England (Städtchen), S. 64–65, C3
Emmet Otter's Jug-Band Christmas (Film), Frogtown Hollow, Mississippi (Städtchen), S. 16–17, D3
Endless Ocean (Videospiele)
Manauraisches Meer, Republik Paoul (Meer), S. 120–121, A4/B4
Republik Paoul (Insel/Nation), S. 120–121, B4
Engelsfors-Trilogie von Sara Bergmark und Mats Strandberg (Romane), Engelsfors, Schweden (Städtchen), S. 56–57, C3
Engine Empire von Cathy Park Hong (Lyrik), Shangdu, China (Stadt), S. 102–103, D1
England, England von Julian Barnes (Roman), England, England (Region), S. 64–65, C1
Englische Liebschaften von Nancy Mitford (Roman/TV), Alconleigh, England (Anwesen), S. 64–65, C2
Entführt oder Die Abenteuer des David Balfour von Robert Louis Stevenson (Roman), Essendean, Schottland (Städtchen), S. 64–65, C4
Entscheidung in Oklahoma von Susan E. Hinton (Roman), Garyville, Oklahoma (Städtchen), S. 16–17, C3
Era uma vez ... (TV), Nova Esperança, Brasilien (Städtchen), S. 38–39, C3
Erbarmungslos (Film), Big Whiskey, Wyoming (Städtchen), S. 16–17, A4
Erewhon von Samuel Butler (Roman)
Clearwater, Erewhon (Städtchen), S. 108–109, F1
Cold-Harbour, Erewhon (Städtchen), S. 108–109, F1
Erewhon (Land), S. 108–109, F1
Fairmead, Erewhon (Städtchen), S. 108–109, F1
Hochschulen der Unvernunft, Erewhon (Gebäude), S. 108–109, F1
Erwachsen müßte man sein (TV), Mayfield, Kalifornien (Städtchen), S. 18–19, A4
Es stand einst eine Burg von David Macaulay (Buch), Burg Aberwyvern, Wales (Gebäude), S. 64–65, C2
Es von Stephen King (diverse), Derry, Maine (Städtchen), S. 14–15, D6
Esplendor (TV), Esplendor, Brasilien (Städtchen), S. 38–39, C3
Estrela de Fogo (TV), Girrasol, Brasilien (Städtchen), S. 38–39, C3
Estúpido Cupido (TV)
Albuquerque, Brasilien (Stadt), S. 38–39, C3
San Andrés, Chile (Städtchen), S. 38–39, B3
Eterna Magia von Elizabeth Jhin (Roman/TV), Serranias, Brasilien (Städtchen), S. 38–39, D4
Ethan Frome (auch: *Winter*) von Edith Wharton (Roman), Starkfield, Massachusetts (Städtchen), S. 14–15, C
Eureka – Die geheime Stadt (TV), Eureka, Oregon (Städtchen), S. 18–19, A5
Everwood (TV), Everwood, Colorado (Städtchen), S. 18–19, D4
Every Sparrow Falling von Shirley-Anne McMillan (Roman), Ballybaile, Nordirland (Städtchen), S. 64–65, B3
Everybody's Gone to the Rapture (Videospiel), Yaughton, England (Städtchen), S. 64–65, C2
Ex Machina (Film), Nathan Batemans Anwesen, Alaska (Region), S. 18–19, A
Excel Saga von Kōshi Rikudō (Manga/Anime)
Präfektur F, Japan (Region), S. 96–97, A1/A2
Stadt F, Japan (Stadt), S. 96–97, A1
Expedition Everest (Themenpark)
Anandapur, Königreich (Land), Forbidden Mountain, Anandapur (Berg), Serka Zong, Anandapur (Städtchen), alle S. 78–79, C4
Express in die Hölle siehe *Runaway Train*
Extreme Ghostbusters (TV), Barkley Bluffs, New Jersey (Städtchen), S. 14–15, C4
Fábula del animal que no tiene paradero von Juan Morillo Ganoza (Roman), Ultocar, Peru (Städtchen), S. 38–39, A4
Fackeln im Sturm/Die Erben Kains-Trilogie von John Jakes (Romane/TV), Lehigh Station, Pennsylvania (Städtchen), S. 14–15, C5
Fafner in the Azure (Film), Tatsumiyajima, Japan (Insel), S. 96–97, B2
Fahles Feuer von Vladimir Nabokov (Roman)
Appalachia (Staat), S. 14–15, B4/C4
Cedarn, Utana (Städtchen), S. 18–19, D5
Idoming (Staat), S. 18–19, D5
New Wye, Appalachia (Städtchen), S. 14–15, B4
Utana (Staat), S. 18–19, C5/D5
Fahrstuhl zu den Sternen von Arthur C. Clarke (Roman)
Jakkagala, Ruinen von, Taprobane (Gebäude), S. 78–79, C2
Orbitalturm von Taprobane, Taprobane (Weltraumlift), S. 78–79, C2
Sri Kanda, Taprobane (heiliger Berg), S. 78–79, C2
Taprobane (Insel), S. 78–79, C2
Fair City (TV), Carrigstown, Irland (Städtchen), S. 64–65, B3
Falcon Beach (TV)
Falcon Beach, Manitoba (Städtchen), S. 26–27, D1
Falcon Beach, Vermont (Städtchen, US-Fassung), S. 14–15, C5
Falcon Crest (TV), Falcon Crest, Kalifornien (Anwesen), S. 18–19, A4
Fallout 1 (Videospiel)
Boneyard, Kalifornien (Stadt), S. 18–19, A3
Junktown, Kalifornien (Städtchen), S. 18–19, B3
Necropolis, Kalifornien (Stadt), S. 18–19, A3
The Hub, Kalifornien (Stadt), S. 18–19, B3
Vault 13, Kalifornien (Gebäude), S. 18–19, B3
Vault 15, Kalifornien (Gebäude), S. 18–19, B3
Fallout 2 (Videospiel)
New Reno, Nevada (Stadt), S. 18–19, B4
Shady Sands, Kalifornien (Stadt), S. 18–19, B3
Fallout 3 (Videospiel)
Ödland der Hauptstadt (Capital Wasteland), District of Columbia/Virginia/Maryland (Staat/Region), S. 14–15, C4
The Pitt, Pennsylvania (Stadt), S. 14–15, B4
Fallout 4 (Videospiel)
Diamond City, Massachusetts (Städtchen), S. 14–15, D5
Far Harbor, Maine (Städtchen), S. 14–15, D6
Fallout New Vegas (Videospiel)
Dog City, Colorado (Stadt), S. 16–17, A4
New Vegas, Nevada (Stadt), S. 18–19, B3
Novac, Nevada (Städtchen), S. 18–19, B3
Falsches Spiel mit Roger Rabbit (Film), Toonstadt, Kalifornien (Städtchen), S. 18–19, A3
Familie Feuerstein (diverse),
Felsental, Arizona (Stadt), S. 18–19, C3
Frantic City, New Jersey (Stadt), S. 14–15, C4
Hollyrock, Kalifornien (Stadt), S. 18–19, A2/A3
Houstone, Texas (Stadt), S. 16–17, C2
Indianrockolis, Indiana (Stadt), S. 14–15, A4
Rock Vegas, Nevada (Stadt), S. 18–19, B3
Rockadelphia, Pennsylvania (Stadt), S. 14–15, C4
Washingstone, B.C., District of Columbia (Stadt), S. 14–15, C4
Family Affairs (TV) Charnham, England (Städtchen), S. 64–65, D2
Family Guy (TV)
Bumblescum, Alabama (Städtchen), S. 14–15, A2
Executive Bathroom Island, Rhode Island (Insel), S. 14–15, D5
McSwiggan Village, Irland (Dorf), S. 64–65, B2
Quahog, Rhode Island (Stadt), S. 14–15, D5
Fanhunter von Cels Piñol (diverse), Barnacity, Spanien (Stadt), S. 44–45, B2
Far Cry 3 (Videospiel), Rook Island, Indonesien (Inseln), S. 90–91, C1
Far Cry 4 (Videospiel)
Banapur, Kyrat (Dorf), S. 78–79, C4
Kyrat (Land), S. 78–79, C4
Tirtha, Kyrat (Dorf), S. 78–79, C4
Utkarsh, Kyrat (Dorf), S. 78–79, C4
Far Cry 5/Far Cry New Dawn (Videospiel)
Falls End, Montana (Städtchen), S. 18–19, C6
Henbane River, Montana (Fluss), S. 18–19, C6
Hope County, Montana (County), S. 18–19, C6/D6
Far South von David Enrique Spellman (Roman)
Ciudad Azul, Argentinien (Dorf), S. 38–39, B3
Lago Gran Paraíso, Argentinien (See), S. 38–39, B3
Temenos, Argentinien (Dorf), S. 38–39, B3

Farm der Tiere von George Orwell (Fabel), Farm der Tiere, England (Gebäude), S. 64–65, D1
Father Brown-Geschichten (dt. auch *Pater Brown*) von G.K. Chesterton (Romane/TV), Kembleford, England (Städtchen), S. 64–65, C2
Father Ted (TV)
Craggy Island, Irland (Insel), S. 64–65, A2
Rugged Island, Irland (Insel), S. 64–65, A2
Fauxpas/Versprecher
Nambia (Land, das mysteriöse Gehirn von Donald Trump), S. 84–85, B2/C2
San Escobar (Land, polnischer Außenminister), S. 32–33, B2/C2
Fawlty Towers (TV), Fawlty Towers, England (Gebäude), S. 64–65, C1
Fear of Beauty von Susan Froetschel (Roman), Laashekoh, Afghanistan (Dorf), S. 72–73, D2
Feivel, der Mauswanderer (Film), Heimatdorf der Familie Mousekewitz, Ukraine (Dorf), S. 50–51, C3
Felicidade (TV), Vila Feliz, Brasilien (Städtchen), S. 38–39, D3
Fera Ferida (TV), Tubiacanga, Brasilien (Städtchen), S. 38–39, D4
Fera Radical (TV), Rio Novo, Brasilien (Städtchen), S. 38–39, D3
FernGully – Christa und Zaks Abenteuer im Regenwald (Film), FernGully, New South Wales (Landschaft), S. 108–109, E2
Feuerfrost, der Zauberstein von Brisingamen von Alan Garner (Roman), Höhle Fundindelve, England (Landschaft), S. 64–65, C2/C3
Feuervögel startbereit/Thunderbirds Are Go (Film 1966), Craigsville, Florida (Städtchen), S. 14–15, C1
Feuerwehrmann Sam (TV), Pontypandy, Wales (Städtchen), S. 64–65, C2
Field of Poppies von Carmel Bird (Roman), Muckleton, Victoria (Städtchen), S. 108–109, D1
Fillums: A Novel by Hugh Leonard (Roman), Drane, Irland (Städtchen), S. 64–65, B2
Filme von John Hughes, Shermer, Illinois (Städtchen), S. 16–17, D5
Filme von Troma Entertainment, Tromaville, New Jersey (Städtchen), S. 14–15, C5
Final Destination-Reihe (Filme)
McKinley, Pennsylvania (Städtchen), S. 14–15, C5
Mt. Abraham, New York (Städtchen), S. 14–15, C5
Findet Dory (Film), Meeresbiologisches Institut, Kalifornien (Gebäude), S. 18–19, A3
Findet Nemo (Film), Marlins und Nemos Korallenriff, Great Barrier Reef (Landschaft), S. 108–109, E3
Finding Maubee von Albert H.Z. Carr (Roman), St. Caro, Karibik (Insel), S. 32–33, E2/F2
Firewatch (Videospiel)
Jonesy Lake, Wyoming (See),
Ruby River, Wyoming (Fluss),
Two Forks, Wyoming (Region),
alle S. 18–19, D5
Fireworks – Alles eine Frage der Zeit (Film), Moshimo, Japan (Städtchen), S. 96–97, C2
First Light von Rebecca Stead (Roman), Gracehope, Grönland (Stadt), S. 26–27, E3
First Person Shooter von Cameron Raynes (Roman), Bridgetown, South Australia (Städtchen), S. 108–109, D2
Fish-Hair Woman von Merlinda Bobis (Roman), Iraya, Philippinen (Dorf), S. 90–91, C3
Flanagan's Wake (Theaterstück), Grapplin, Irland (Städtchen), S. 64–65, A3
Flaxborough-Reihe von Colin Watson (Romane), Flaxborough, England (Städtchen), S. 64–65, D2
Flipper (TV), Coral Key Park, Florida (Landschaft), S. 14–15, C1
Flor do Caribe (TV), Vila dos Ventos, Brasilien (Städtchen), S. 38–39, D4
Flor Salvaje (TV), Nueva Esperanza, Kolumbien (Städtchen), S. 38–39, A5
Flowertown: Die Sperrzone von S.G. Redling (Roman), Flowertown/Dalesbrook, Iowa (Städtchen), S. 16–17, C5
Fluch der Karibik (diverse)
Black Sand Beach, Karibik (Insel), S. 32–33, F2
Crooked Cove, Karibik (Insel), S. 32–33, D2/E2
Cutthroat Isle, Karibik (Insel), S. 32–33, E2
Dead Man's Eye, Karibik (Insel), S. 32–33, D2
Devil's Anvil, Karibik (Insel), S. 32–33, E2
Dodo's Perch, Karibik (Insel), S. 32–33, D2
HMS Endeavour, Karibik (Wrack), S. 32–33, F2
HMS Interceptor, Karibik (Wrack), S. 32–33, F2
Ile d'Etable de Porc, Karibik (Insel), S. 32–33, E2
Isla Cangrejos, Karibik (Insel), S. 32–33, E2
Isla Cruces, Karibik (Insel), S. 32–33, F2
Isla de la Avaricia, Karibik (Insel), S. 32–33, E2
Isla de Muerta, Karibik (Insel), S. 32–33, F2
Insel der Quelle der ewigen Jugend, Karibik (Insel), S. 32–33, D3/E3
Kingshead, Karibik (Insel), S. 32–33, F2
Kannibaleninsel (Pelegosto), Karibik (Insel), S. 32–33, F2
Rambleshack, Karibik (Insel), S. 32–33, D2
Ruddy Rose und *HMS Monarch*, Karibik (Wrack), S. 32–33, F2
Rumschmugglerinsel (Ruminsel), Karibik (Insel), S. 32–33, F2
Scurvy Beach, Karibik (Insel), S. 32–33, D2
Schiffbruchinsel, Karibik (Insel), S. 32–33, F2
Sola Fide Beach, Karibik (Insel), S. 32–33, E3
South Archipelago, Karibik (Insel), S. 32–33, F2
Teufelsdreieck, Karibik (Insel), S. 32–33, F2
Tortuga, Karibik (Städtchen), S. 32–33, E2
Tum Boom Island, Karibik (Insel), S. 32–33, E2
Flucht aus Zahrain (Film), Zahrain (Land/Emirat), S. 72–73, C1/C2
Flussfahrt/Beim Sterben ist jeder der Erste (Roman/TV/Film)
Aintry, Georgia (Städtchen), S. 14–15, B3
Cahulawassee, Georgia (Fluss), S. 14–15, A2/A3
Footloose (Film 1984), Bomont, Utah (Städtchen), S. 18–19, C4
For Better or For Worse von Lynn Johnston (Comic), Milborough, Ontario (Städtchen), S. 26–27, A4
Força de um Desejo (TV), Vila de Sant'Anna, Brasilien (Städtchen), S. 38–39, C3
Forrest Gump von Winston Groom (Roman/Film), Greenbow, Alabama (Städtchen), S. 14–15, A2
Fortitude (TV), Fortitude, Norwegen (Städtchen/Insel), S. 56–57, A5
Frankenstein von Mary Shelley (diverse), Burg Frankenstein, Schweiz (Gebäude), S. 44–45, C3
Frankensteins Monster im Kampf gegen Ghidorah (Film), Sergina (Land), S. 78–79, D4
Französische Überlieferung, Ys, Frankreich (versunkene Stadt), S. 44–45, B3
Frau Frisby und die Ratten von NIMH/ Mrs. Brisby und das Geheimnis von NIMH von Robert C. O'Brien (Roman/Film)
Dornenberge (Thorn Mountains), Virginia und darüber hinaus (Gebirge), S. 14–15, B4
Dornental (Thorn Valley), Virginia (Städtchen), S. 14–15, C4
Fitzgibbons Farm, Virginia (Gebäude), S. 14–15, C4
Forellenfluss (Trout River), Virginia (Fluss), S. 14–15, C4
Free Willy 2 – Freiheit in Gefahr (Film)
Camp Mowester, Washington (Gebäude), S. 18–19, A6
Dakar, Washington (Wrack), S. 18–19, A6
Freedom Hospital von Hamid Sulaiman (Graphic Novel), Houria, Syrien (Städtchen), S. 72–73, B2
Freiland von Theodor Hertzka (Roman), Freiland (Land), S. 84–85, C4/D4
Freitag der 13. (Filme), Crystal Lake/Camp Crystal Lake, New Jersey (Städtchen/See), S. 14–15, C5
Friday Night Lights (TV), Dillon, Texas (Städtchen), S. 16–17, A2
Fröhliche Weihnachten von Jean Shepherd (Kurzgeschichte/Film), Hohman, Indiana (Städtchen), S. 14–15, A4
From Dusk Till Dawn (Film), Titty Twister (La Tetilla del Diablo), Mexiko (Gebäude), S. 32–33, B3
From the New World (Videospiel), Kamisu 66, Japan (Städtchen), S. 96–97, C2
Front Page News von Katie Rowney (Roman), Toomey, Queensland (Städtchen), S. 108–109, E3
Frost von Thomas Bernhard (Roman), Weng, Österreich (Dorf), S. 44–45, D3
Frühlingserwachen: Pin-up (Novelle)/*Die Verurteilten* (Film) von Stephen King, Shawshank-Gefängnis, Maine (Gebäude), S. 14–15, D6
Führe uns in Versuchung von Breandán Ó hEithir (Roman), Baile an Chaisil, Irland (Städtchen), S. 64–65, A2
Full Metal Panic! (Light Novels), Helmajistan (Land), S. 72–73, D2
Full Spectrum Warrior (Videospiel)
Zafarra, Zekistan (Stadt), S. 72–73, E2
Zekistan (Land), S. 72–73, E3
Fünf Freunde erforschen die Schatzinsel von Enid Blyton (Roman), Kirrin Island, England (Insel), S. 64–65, C1
Fünf Freunde im alten Turm von Enid Blyton (Roman)
Der alte Turm, Wales (Gebäude), S. 64–65, B2
Magga Glen, Wales (Gebäude), S. 64–65, B2
Fünf Freunde machen eine Entdeckung von Enid Blyton (Roman), Flüsternde Insel, England (Insel), S. 64–65, C1
Fünf Freunde verfolgen die Strandräuber von Enid Blyton (Roman), Tremannon, England (Städtchen), S. 64–65, B1
Fünf Städte-Romane von Arnold Bennett
Bursley, England (Städtchen), S. 64–65, C2
Hanbridge, England (Städtchen), S. 64–65, C2
Knype, England (Städtchen), S. 64–65, C2
Longshaw, England (Städtchen), S. 64–65, C2
Turnhill, England (Städtchen), S. 64–65, C2
Fünf Yetis suchen ein Zuhause von Eva Ibbotson (Kinderbuch), Aslerfan (Land), S. 72–73, C3
Für ein paar Dollar mehr (Film)
Agua Caliente, New Mexico (Städtchen), S. 18–19, D2
Las Palmeras, New Mexico (Städtchen), S. 18–19, D2
Santa Cruz, New Mexico (Städtchen), S. 18–19, D2
White Rocks, New Mexico (Städtchen), S. 18–19, D2
Für eine Handvoll Dollar (Film), San Miguel, Mexiko (Städtchen), S. 32–33, B3
Further News of Defeat von Michael X. Wang (Kurzgeschichte), Xinchun, China (Dorf), S. 102–103, D3
Futurama (TV)
Long Long Island, New York (Insel), S. 14–15, D5
Neu New York, New York (Stadt), S. 14–15, D1
Robo-Ungarisches Reich (Land), S. 44–45, D3
Thermostadt, Robo-Ungarisches Reich (Stadt), S. 44–45, D3
Versunkene Stadt Atlanta, Georgia (Stadt), S. 14–15, B2
G.I. Joe (diverse)
Cobra Island, Golf von Mexiko (Insel), S. 32–33, B3/C3
Fer-de-Lance, Louisiana (Städtchen), S. 16–17, C2
Nanzhao (Land), S. 90–91, A4
Gabriel's Bay-Reihe von Catherine Robertson (Roman), Gabriel's Bay, Neuseeland (Städtchen), S. 108–109, F1
Gähnende Höhen von Alexander Sinowjew (Roman), Ibansk, Russland (Stadt/Staat), S. 50–51, A6
Galápagos von Kurt Vonnegut (Roman), Santa Rosalia, Galapagos-Inseln (Insel), S. 38–39, A1
Gangsters 2 (Videospiel), New Temperance (Staat), S. 14–15, C5/D5
Gänsehaut-Romane von R.L. Stine (Romane/Film), Madison, Delaware (Städtchen), S. 14–15, C4
Gargantua und Pantagruel von François Rabelais (Roman)
Cheli, Italien (Insel), S. 44–45, D1
Notarien, Italien (Insel), S. 44–45, D1/D2
Plattnasien, Italien (Insel), S. 44–45, D1
Gargoyles (TV), Castle Wyvern, Schottland (Bauwerk), S. 64–65, B4
Garuda Superhero (Film), Metro City, Indonesien (Stadt), S. 90–91, B1
Gasaraki (Anime)
Belgistan (Land), S. 72–73, B3/C3
Kaha, Belgistan (Stadt), S. 72–73, C3
Gavon's Eve von E.F. Benson (Kurzgeschichte), Gavon, Schottland (Dorf), S. 64–65, C5
Gefahr aus dem Weltall (Film), Sand Rock, Arizona (Städtchen), S. 18–19, C2
Gefährliche See vor Kap Hoorn von Patrick O'Brian (Roman), Moahu, Pazifik (Insel), S. 120–121, D4
Gefangen im Bermuda-Dreieck (Film), *RMS Queen of Scots*, Karibik (Wrack), S. 32–33, E3
San Sebastian (Insel), S. 32–33, E3
Gefrorene Seelen und andere Romane von Giles Blunt, Algonquin Bay, Ontario (Städtchen), S. 26–27, A4
Geheimaktion Carlotta und *Tote tragen keine Karos* (Filme), Carlotta, Peru (Insel), S. 38–39, A4
Geheimnis von Twin Peaks (TV), Twin Peaks, Washington (Städtchen), S. 18–19, B6
gen:LOCK (Web-Trickserie), The Anvil, Colorado (Gebäude), S. 18–19, D4
General Hospital (TV)
Beechers Corners, New York (Städtchen), S. 14–15, B5
Port Charles, New York (Stadt), S. 14–15, B5
George – Der aus dem Dschungel kam (Film)
Affenberg (Ape Mountain), DR Kongo (Berg), S. 84–85, C3
Affenfluss (Ape River), DR Kongo (Fluss), S. 84–85, C3
Bukuvu, DR Kongo (Region), S. 84–85, C3
George Sprott von Seth (Graphic Novel und Kartonmodell), Dominion, Ontario (Stadt), S. 26–27, A4
Germinal von Emile Zola (Roman), Montsou, Frankreich (Dorf), S. 44–45, C3
Geschichten aus Tel Ilan von Amos Oz (Erzählungen), Tel Ilan, Israel (Städtchen), S. 72–73, B2
Get Some In! (TV), RAF Midham, England (Royal Air Force), S. 64–65, C3
GetBackers von Yuya Aoki und Rando Ayamine (Manga/Anime), Festung ohne Grenzen, Japan (Gebäude), S. 96–97, E1
Ghost in the Shell (Manga/Anime)
Niihama, Japan (Stadt/Insel), S. 96–97, B2
Siak Republic (Land), S. 90–91, B2
Ghost Recon: Breakpoint (Videospiel), Aurora, Pazifik (Insel), S. 120–121, D1
Ghost Recon: Wildlands (Videospiel)
Agua Verde, Bolivien (See), S. 38–39, B4
Barvechos, Bolivien (Stadt), S. 38–39, B4
Libertad, Bolivien (Stadt/Provinz), S. 38–39, B4
Río Habana, Bolivien (Fluss), S. 38–39, B4
Río Uruqui, Bolivien (Fluss), S. 38–39, B4
Villa Verde, Bolivien (Stadt), S. 38–39, B4
Ghost Rider (Film), San Venganza, Texas (Städtchen), S. 16–17, A2
Ghost Rig (Film), Janus-Ölplattform, Nordsee (Bohrinsel), S. 64–65, D5
Ghost Ship – Meer des Grauens (Film)
Arctic Warrior, Alaska (Wrack), S. 18–19, A1
Bowers Bank, Alaska (Inselgruppe), S. 18–19, A1
MS Antonia Graza, Alaska (Wrack), S. 18–19, A1
Port Germaine, Alaska (Städtchen), S. 18–19, A1/A2
Mackenzie Bay (Air-Force-Stützpunkt), Yukon/Northwest Territories (Gebäude), S. 26–27, B2/B3
Ghostbusters: Legacy (Film), Summerville, Oklahoma (Städtchen), S. 16–17, B3
Ghostbusters II (Film), Goldene Stadt der Schmerzen, Karpaten (Stadt), S. 50–51, B2
Gier/Greed (Film), Big Dipper Goldmine Kalifornien (Goldmine), S. 18–19, A4
Gilbert Grape – Irgendwo in Iowa von Peter Hedges (Roman/Film), Endora, Iowa (Städtchen), S. 16–17, C4
Gilbert, Rhod (Comedy-Programm), Llanbobl, Wales (Städtchen), S. 64–65, C2
Gilligans Insel (TV), Die Insel, Pazifik (Insel), S. 120–121, D4
SS Minnow, Pazifik (Wrack), S. 120–121, D4
Gilmore Girls (TV), Stars Hollow, Connecticut (Städtchen), S. 14–15, C5
Gimme a Break! (TV), Glenlawn, Kalifornien (Städtchen), S. 18–19, A4
Ginger Snaps-Filme und *Orphan Black* (Filme/TV), Bailey Downs, Ontario (Städtchen), S. 26–27, A4
Gingers Welt (TV),
Sheltered Shrubs, Connecticut (Städtchen), S. 14–15, C5
Winslow County, Connecticut (County), S. 14–15, C5
Giselle von Michael Keegan-Dolan (Theaterstück), Ballyfeeny, Irland (Städtchen), S. 64–65, B2
Glenraven-Reihe von Marion Zimmer Bradley (Roman), Glenraven (Land), S. 44–45, C2
Glenroe (TV), Glenroe, Irland (Dorf), S. 64–65, B2
Glitch (TV), Yoorana, Victoria (Städtchen), S. 108–109, D1
Glockengeläut von Robert Aickman (Kurzgeschichte), Holihaven, England (Städtchen), S. 64–65, D2
Gnadenlos schön (Film), Mount Rose, Minnesota (Städtchen), S. 16–17, C5
Go West (TV), Sholo, Nevada (Städtchen), S. 18–19, B3
Godzilla (2014) (Film), Janjira, Japan (Stadt), S. 96–97, C2
Godzilla II: King of the Monsters (Film)
Außenposten 32 (Gebäude), S. 114–115, D4
Castle Bravo, Atlantik (Gebäude), S. 126–127, A3
Isla de Mara, Mexiko (Insel), S. 32–33, C2
King Ghidorah (gefrorenes Wesen), S. 114–115, D4
Godzilla-Filme
Godzillas Insel, Pazifik (Insel), S. 120–121, C3
Kinderinsel, Pazifik (Insel), S. 120–121, C3
Monsterinsel, Pazifik (Insel), S. 120–121, C3
New Kirk City, Pazifik (Stadt), S. 96–97, F4
Odo, Japan (Insel), S. 96–97, C1/C2
Rolisica, Pazifik (Insel/Nation), S. 96–97, F4
Sollgel, Pazifik (Insel), S. 120–121, C3
Teufelsinsel/Letchi-Insel, Japan (Insel), S. 96–97, D3
Godzilla, der Urgigant (Film), Saradia (Land), S. 72–73, B2/B3
Golden Girls (TV)
St. Gustav, Minnesota (Städtchen), S. 16–17, C6
St. Olaf, Minnesota (Städtchen), S. 16–17, C6
Goliath – Sensation nach 40 Jahren (Film), *RMS Goliath*, Atlantik (Wrack), S. 126–127, A3/B3
Gomer Pyle, U.S.M.C. (TV), Greater San Miguel (Land), S. 38–39, C3
Gonger – Das Böse vergisst nie (Film), Altbrunnstedt, Deutschland (Dorf), S. 44–45, C4
Good Morning, Midnight/The Midnight Sky von Lily Brooks-Dalton (Roman/Film), Barbeau Observatory, Nunavut (Gebäude), S. 26–27, D4
Goodness Gracious Me (TV), Fawlty Turrets, Indien (Gebäude), S. 78–79, B4
Goodwood von Holly Throsby (Roman), Goodwood, New South Wales (Städtchen), S. 108–109, D2
Goofy – Der Film (Film), Lake Destiny, Idaho (See), S. 18–19, B5
Goofy und Max/Goofy – Der Film (diverse)
Aspirin, Colorado (Städtchen), S. 18–19, D4
Hundshausen, Ohio (Städtchen), S. 14–15, B4
Gosford Park (Film), Gosford Park, England (Anwesen), S. 64–65, D2
Gospel Hill (Film), Julia, South Carolina (Städtchen), S. 14–15, B3
Graf Duckula (TV)
Geh-ja-weg-Mine, Yukon (Landschaft), S. 26–27, B2
Gold(s)ville, Yukon (Städtchen), S. 26–27, B2
Schloss Duckula, Rumänien (Gebäude), S. 50–51, B2
Schloss McDuckula, Schottland (Gebäude), S. 64–65, B4
Gran Reserva (TV), Lasiesta (La Siesta), Spanien (Städtchen), S. 44–45, B2
Grand Hotel (TV), Cantaloa, Spanien (Städtchen), S. 44–45, B3
Grand Theft Auto-Reihe (Videospiel)
Alamosee (Alamo Sea), San Andreas (Salzsee), S. 18–19, B3
Alderney (Staat), S. 14–15, D1
Alderney City, Alderney (Stadt), S. 14–15, D1
Algonquin, Liberty City (Städtchen), S. 14–15, D1
Angel Pine, San Andreas (Städtchen), S. 18–19, A3
Blaine County, San Andreas (County), S. 18–19, B2/B3
Bohan, Liberty State (Städtchen), S. 14–15, D1
Broker, Liberty State (Städtchen), S. 14–15, D1
Dukes, Liberty State (Städtchen), S. 14–15, D1
El Castillo del Diablo, San Andreas (Gebirge), S. 18–19, B3/C3
Fort Carson, San Andreas (Städtchen), S. 18–19, A4/B4
Grand-Senora-Wüste, San Andreas (Wüste), S. 18–19, B3
Grapeseed, San Andreas (Städtchen), S. 18–19, B3
Harmony, San Andreas (Städtchen), S. 18–19, B3
Las Payasadas, San Andreas (Städtchen), S. 18–19, B3
Las Venturas, San Andreas (Stadt), S. 18–19, B3
Liberty City, Liberty State (Stadt), S. 14–15, D1
Liberty State (Staat), S. 14–15, D1
Los Santos, San Andreas (Stadt), S. 18–19, B3
Ludendorff, North Yankton (Städtchen), S. 16–17, B6
Mount Chiliad, San Andreas (Berg), S. 18–19, A3
Mount Gordo, San Andreas (Berg), S. 18–19, A3
Mount Josiah, San Andreas (Berg), S. 18–19, A3
North Yankton (Staat), S. 16–17, B6
Paleto Bay, San Andreas (Städtchen), S. 18–19, A3
Palomino Creek, San Andreas (Städtchen), S. 18–19, A3
San Andreas (Staat), S. 18–19, A4/B4
San Fierro, San Andreas (Stadt), S. 18–19, A4
Sandy Shores, San Andreas (Städtchen), S. 18–19, B3
Sherman-Stausee (S. Reservoir), San Andreas (See), S. 18–19, B3/C3
Tataviam Mountains, San Andreas (Gebirge), S. 18–19, B3
Tierra Robada, San Andreas (Gebirge), S. 18–19, B3
Vice City, Florida (Stadt), S. 14–15, C1
West River, New York (Fluss), S. 14–15, C5
Grandpa in my Pocket (TV), Sunnysands, England (Städtchen), S. 64–65, D2
Graph Geigers Blues von Michael Bishop (Roman)
Oconee (Staat), S. 14–15, A3
Salonika, Oconee (Stadt), S. 14–15, A3
Grau von Jasper Fforde (Romane/TV)
Hoch-Safran, Wales (Städtchen), S. 64–65, C2
Ost-Karmin, Wales (Städtchen), S. 64–65, C2
Rostberg, Wales (Städtchen), S. 64–65, C2
Zinnober, England (Stadt), S. 64–65, C2
Green Arrow (DC Comics), Starfish Island, Fidschi (Insel), S. 120–121, C2
Green Knowe-Reihe von Lucy M. Boston (Romane), Green Knowe, England (Gebäude), S. 64–65, D2
Gremlins – Kleine Monster (Film), Kingston Falls, New York (Städtchen), S. 14–15, C5
Griffin & Sabine-Trilogie (Bücher), Sicmon-Inseln, Pazifik (Inselgruppe), S. 120–121, D3
Grönköpings Veckoblad (Zeitung), Grönköping, Schweden (Städtchen), S. 56–57, B2
Growing Up in Pandupur von Adithi Rao (Erzählungen)
Pandupur, Indien (Städtchen), S. 78–79, B3
River Dhun, Indien (Fluss), S. 78–79, B3
Grüne Tomaten von Fannie Flagg (Roman/Film), Whistle Stop, Alabama (Städtchen), S. 14–15, A3
Gullah Gullah Island (TV), Gullah Gullah, South Carolina (Insel), S. 14–15, B2/B3
Gullivers Reisen von Jonathan Swift (Roman)
Balnibarbi (Insel), S. 96–97, F3/F4
Blefuscu (Insel/Nation), S. 108–109, A2
Brobdingnag (Land), S. 26–27, A1
Clumegnig, Luggnagg (Städtchen), S. 96–97, E3
Flanflasnic, Brobdingnag (Städtchen), S. 26–27, A1
Glanguenstald, Luggnagg (Städtchen), S. 96–97, D3
Glubbdubdrib, Luggnagg (Insel), S. 96–97, D2/E2
Land der Houyhnhnms (Insel/Nation), S. 108–109, B1
Lagado, Balnibarbi (Stadt), S. 96–97, F3/F4
Laputa, Balnibarbi (schwebende Insel), S. 96–97, E4/F4
Liliput (Insel/Nation), S. 108–109, A2
Lorbrulgrud, Brobdingnag (Stadt), S. 26–27, A1
Luggnagg (Insel/Nation), S. 96–97, D2/E2/D3/E3

Maldonada, Balnibarbi (Stadt), S. 96–97, F3/F4
Mildendo, Liliput (Stadt), S. 108–109, A2
Traldragdubb, Luggnagg (Stadt), S. 96–97, E2
Gundam Wing (Anime)
Barclay Base (Gebäude), S. 114–115, C3
Königreich Sanq (Land), S. 56–57, B2
Militärakademie am Viktoriasee, Tansania (Gebäude), S. 84–85, C3
New Edwards Base, Kalifornien (Gebäude), S. 18–19, B3
New Port City, Königreich Sanq (Stadt), S. 56–57, B1
Noventa-Kanone, Somalia (Gebäude), S. 84–85, D4
Gunnerkrigg Court von Thomas Siddell (Comic), Gunnerkrigg Court, Schottland (Gebäude), S. 64–65, C3
Guns of the South von Harry Turtledove (Roman), Rivington, North Carolina (Städtchen), S. 14–15, C3
H2O – Plötzlich Meerjungfrau und Ableger (TV), Mako Island, Queensland (Insel), S. 108–109, E2
Haben Sie das von den Morgans gehört? (Film), Ray, Wyoming (Städtchen), S. 18–19, D5
Haikyu!! von Haruichi Furudate (Manga/Anime)
Karasuno, Japan (Städtchen), S. 96–97, C3
Nekoma-Oberschule, Japan (Gebäude), S. 96–97, E1
Half-Life (Videospiel), Black Mesa Research Facility, New Mexico (Gebäude), S. 18–19, D3
Halloween (Filme), Haddonfield, Illinois (Städtchen), S. 16–17, D4
HALO-Reihe (Videospiele), Space Tether Neu-Mombasa, Kenia (Weltraumlift), S. 84–85, D3
Halo: Geister von Onyx von Eric S. Nylund (Roman), Centennial-Orbitalfahrstuhl, Kuba (Weltraumlift), S. 32–33, D3
Hamish Macbeth-Reihe von M.C. Beaton (Romane/TV)
Lochdubh, Schottland (Städtchen), S. 64–65, B5
Strathbane, Schottland (Städtchen), S. 64–65, B5
Hanasaku Iroha (Anime), Yunosagi Onsen, Japan (Städtchen), S. 96–97, B2
Hancock's Half Hour (TV), East Cheam, England (Städtchen), S. 64–65, D2
Hang Time (TV), Deering, Indiana (Städtchen), S. 14–15, A4
Hängt ihn höher (Film), Fort Grant, Oklahoma (Städtchen), S. 16–17, C3
Hannah Montana (TV/Film), Crowley Corners, Tennessee (Städtchen), S. 14–15, A3
Happy Feet (Film), Mumbles Kaiserpinguinkolonie (Kolonie), S. 114–115, D1
Happy Land (Film), Hartfield, Iowa (Städtchen), S. 16–17, C5
Hard Powder (Film), Kehoe, Colorado (Städtchen), S. 18–19, D4
Hardy Boys-Romane (Jugendbücher)
Huella-Inseln, Französisch-Guayana (Inseln), S. 38–39, C5
Zebwa (Land), S. 84–85, C3
Hardy Boys: The Ocean of Osyria von Scott Lobdell und Lea Hernandez (Graphic Novel), Osyria (Land), S. 72–73, D2
Harlequin's Positions von Jack B. Yeats (Theaterstück), Portnadroleen, Irland (Städtchen), S. 64–65, A3
Harley Quinn (TV), Hedonikka, Themyscira (Insel), S. 44–45, F1
Harry Potter-Reihe/*Wizarding World* von J.K. Rowling (Romane/Filme/Website)
Beauxbatons Akademie, Frankreich (unkartierbares Gebäude), S. 44–45, B2
Castelobruxo, Brasilien (unkartierbares Gebäude), S. 38–39, B4
Gefängnis Askaban, Schottland (unkartierbares Gebäude), S. 64–65, D5
Godric's Hollow, England (Dorf), S. 64–65, C1
Hogsmeade, Schottland (unkartierbares Dorf), S. 64–65, C4
Hogwarts, Schottland (unkartierbares Gebäude), S. 64–65, C4
Ilvermorny-Schule für Hexerei und Zauberei, Massachusetts (Gebäude), S. 14–15, C5
Insel Drear, Schottland (unkartierbare Insel), S. 64–65, C5
Little Whinging, England (Städtchen), S. 64–65, D2
Mahoutokoro-Zauberschule, Pazifik (Gebäude), S. 120–121, A4/B4
Ottery St. Catchpole, England (Dorf), S. 64–65, C1
Pfarrhaus der McGonagalls, Schottland (Gebäude), S. 64–65, C5
Tinworth, England (Städtchen), S. 64–65, B1
Hart of Dixie (TV), Bluebell, Alabama (Städtchen), S. 14–15, A2
Harte Zeiten für unsere Zeiten (Film), Poço do Mundo, Portugal (Stadt), S. 44–45, A2
Harte Zeiten von Charles Dickens (Roman), Coketown, England (Stadt), S. 64–65, C3
Harun und das Meer der Geschichten von Salman Rushdie (Roman)
Alifbay (Land), S. 78–79, B5
Bleierner See, Alifbay (See), S. 78–79, B5
Kahani, Alifbay (Stadt), S. 78–79, B5
Hatfords and Malloys-Reihe von Phyllis Reynolds Naylor (Romane), Buckman, West Virginia (Städtchen), S. 14–15, B4
Haus der 1000 Leichen/*The Devil's Rejects* (Filme), Ruggsville, Texas (Städtchen/County), S. 16–17, C2
Haus ohne Halt/*Das Auge des Sees* von Marilynne Robinson (Roman), Fingerbone, Idaho (Städtchen), S. 18–19, B6
Headlong Down the Years von Amabel Williams-Ellis (Roman), Aber Alph, Wales (Städtchen), S. 64–65, C2
Headlong Hall von Thomas Love Peacock (Novelle), Headlong Hall, Wales (Anwesen), S. 64–65, C2
Heartbeat (TV)
Aidensfield, England (Dorf), S. 64–65, D3
Ashfordly, England (Städtchen), S. 64–65, D3
Heartland – Paradies für Pferde (TV), Hudson, Alberta (Städtchen), S. 26–27, C1
Heaven Above von Lu Tianming (Roman/TV) Linzhong County, China (Region), S. 102–103, E4
Zhangtai City, China (Stadt), S. 102–103, E4
Hebt die Titanic! von Clive Cussler (Roman/Film)
Bednaja-Gebirge, Russland (Berg), S. 50–51, B6
Swerdlow, Russland (Insel), S. 50–51, B6
Hebt die Titanic! von Clive Cussler und *Die Titanic-Verschwörung* von Clive Cussler und Jack Du Brul (Roman/Film), Little Angel Mine/Satan Mine, Colorado (Gebäude), S. 18–19, D4
Heiße Erde (Film), Santa Marta (Insel), S. 32–33, F2
Hellblazer (Comic), Doglick, West Virginia (Städtchen), S. 14–15, B4
Hellsing (Anime), Badrick, Nordirland (Stadt), S. 64–65, B3
Hemingway und die toten Vögel von Boris Saidman (Roman), Dnjestrograd, Ukraine (Städtchen), S. 50–51, C2
Hepzibah – Sie holt dich im Schlaf (Film), Selmen, Deutschland (Städtchen), S. 44–45, D3
Her Sister's Eye von Vivienne Clevens (Roman), Mundra, Queensland (Städtchen), S. 108–109, D3
Hero (Film), Muyoung, Südkorea (Stadt), S. 102–103, E2
Heroes of 71-Reihe (Videospiele), Shonir Char, Bangladesch (Dorf), S. 78–79, D4
Herr der Krähen von Ngũgĩ wa Thiong'o (Roman), Aburiria (Land), S. 84–85, D4
Hex – Dimensionen der Furcht (Film), Bingo, Nebraska (Städtchen), S. 16–17, A4
Hey Arnold! (TV)
Hillwood, Washington (Stadt), S. 18–19, A6
Puerto Clara, San Escobar (Stadt), San Lorenzo, San Escobar (Land), beide S. 32–33, C2
Hi-de-Hi! (TV), Crimpton-on-Sea, England (Städtchen), S. 64–65, D2
Hicksville von Dylan Horrocks (Comic), Hicksville, Neuseeland (Städtchen), S. 108–109, F2
High Hopes (TV), Cwm-Pen-Ôl, Wales (Städtchen), S. 64–65, C2
Highland-Saga-Romane von Diana Gabaldon/*Outlander* (Romane/TV)
Ardsmuir-Gefängnis, Schottland (Städtchen), S. 64–65, B5
Brockton, Schottland (Städtchen), S. 64–65, B4
Burg Leoch, Schottland (Gebäude), S. 64–65, B5
Craigh na Dun, Schottland (Steinkreis), S. 64–65, C5
Cranesmuir, Schottland (Dorf), S. 64–65, B5
Helwater, England (Anwesen), S. 64–65, C3
Lallybroch, Schottland (Gebäude), S. 64–65, B4
Silkie Island, Schottland (Insel), S. 64–65, B5
Wentworth Prison, Schottland (Gebäude), S. 64–65, C4
Highland-Saga-Romane/*Outlander* von Diana Gabaldon (Romane/TV)
Abandawe, Jamaika (Steinkreis), S. 32–33, D2
Fraser's Ridge, North Carolina (Landschaft), S. 14–15, B3
Plantage River Run, North Carolina (Gebäude), S. 14–15, B3
Highlander: Die Serie (TV), Seacouver, Washington (Städtchen), S. 18–19, A6
Highschool Halleluja (TV), Bradschikistan (Brajikistan) (Land), S. 72–73, E3
Higurashi: When They Cry (Manga/Anime), Hinamizawa, Japan (Städtchen), S. 96–97, B2
Hilda Furacão von Roberto Drummond (Roman/TV), Santana dos Ferros, Brasilien (Städtchen), S. 38–39, D4
Himouto! Umaru-chan (Anime), Río Zonama, Brasilien (Fluss), S. 38–39, B5
Hinterm Mond gleich links (TV), Rutherford, Ohio (Stadt), S. 14–15, B4
His Dark Materials von Philip Pullman (diverse)
Beringland, Country (Land), S. 18–19, A2
Bolvangar (die Forschungsstation), Deutscher Ozean (Meer), S. 56–57, A1
Finnland (Gebäude), S. 56–57, D5
Enarasee, Finnland (See), S. 56–57, C6
Feuerland, Island (Land), S. 56–57, A6
Königreich der Bären, Schweden (Insel/Land), S. 56–57, A5
Lubanasee, Lettland (See), S. 50–51, B4
Neudänemark, Country (Land), S. 14–15, B5/C5
Neufrankreich (Land), S. 26–27, E1/E2
Norrowegen (Land), S. 56–57, A3
Trollesund, Finnland (Städtchen), S. 56–57, C5
Van-Tierens-Land (Land), S. 26–27, C3
Hitman-Reihe (Videospiele)
GAMA-Privatkrankenhaus, Japan (Gebäude), S. 96–97, C4
Hantu-Hafen, Singapur (Stadt), S. 90–91, B2
Hope, South Dakota (Städtchen), S. 16–17, A5
Khandanyang (Land), S. 102–103, E3
Sapienza, Italien (Städtchen), S. 44–45, D2
Tungan-Tal, Khandanyang (Landschaft), S. 102–103, E3
Hitze von Jane Harper (Roman), Kiewarra, Victoria (Städtchen), S. 108–109, D1/D2
Holby City (TV)
Holby, England (Stadt), S. 64–65, C2
Wyvern, England (Grafschaft), S. 64–65, C2
Höllenfahrt (Film), *SS Claridon*, Pazifik (Wrack), S. 120–121, D4
Hollow Earth-Reihe von Carol und John Barrowman (Roman), Auchinmurn, Schottland (Insel), S. 64–65, B4
Hollyoaks (TV), Hollyoaks, England (Städtchen), S. 64–65, C2
Home – Ein smektakulärer Trip (Film), Glücksmenschenstadt, South Australia (Megacity), S. 108–109, C2
Home and Away (TV)
Mangrove River, New South Wales (Städtchen/Vorort), S. 108–109, F4
Reefton Lakes, New South Wales (Städtchen/Vorort), S. 108–109, F4
Summer Bay, New South Wales (Städtchen/Vorort), S. 108–109, F4
Yabbie Creek, New South Wales (Städtchen/Vorort), S. 108–109, F4
Home Ground (*Heimebane*, TV), Varg, Norwegen (Städtchen), S. 56–57, A3
Homestar Runner (Web-Trickserie)
Free Country, USA, Nebraska (Städtchen), S. 16–17, B4
Strong Badia, Nebraska (Dorf), S. 16–17, B4
Hookland (Website), Hookland, England (Grafschaft), S. 64–65, D1
Hope & Faith (TV), Glen Falls, Ohio (Städtchen), S. 14–15, B5
Hope Springs (TV), Hope Springs, Schottland (Städtchen), S. 64–65, C4
Hostage – Entführt (Film), Bristo Camino, Kalifornien (Städtchen), S. 18–19, A3
Hot Fuzz (Film), Sandford, England (Städtchen), S. 64–65, C2
Hotel Transsilvanien 3 (Film), Volcano Del Fuego, Atlantik (Landschaft), S. 126–127, A3
House of Wax (Film), Ambrose, Louisiana (Städtchen), S. 16–17, C2
Howard's Way (TV), Tarrant, England (Städtchen), S. 64–65, C1
Hubi, der Pinguin (Film), Hubis Adeliepinguinkolonie/Kieselstrand (Kolonie), S. 114–115, D1
Hugo Duchamp Investigates-Reihe von G.N. Hetherington (Romane), Montgenoux, Frankreich (Städtchen), S. 44–45, B3
Human Highway (Film), Linear Valley, Kalifornien (Städtchen), S. 18–19, B3
Hundert Jahre Einsamkeit von Gabriel García Márquez (Roman), Macondo, Kolumbien (Dorf), S. 38–39, A5/A6
Hyoka von Honobu Yonezawa (Roman), Kamiyama, Japan (Städtchen), S. 96–97, C2
I Love Lucy (TV), Franistan (Land), S. 72–73, B3
I Take This Woman (Film), Ursula, Wyoming (Städtchen), S. 18–19, D4
I-0 (Interstate Zero) (Videospiel)
Dorado (Staat), S. 18–19, D3
San Burro, Dorado (Städtchen), S. 18–19, C3
Willowbutton, Dorado (Städtchen), S. 18–19, D3
iCarly (TV), Shelby, Idaho (Städtchen), S. 18–19, C5
Ich – Einfach unverbesserlich 2 (Film), PX-41-Labor, Russland (Gebäude), S. 50–51, B6
Ich folgte einem Zombie (Film), Sankt Sebastian (Insel), S. 32–33, E2
Ich weiß wohin ich gehe (Film), Kiloran, Schottland (Insel), S. 64–65, B4
Ich, beide & sie (Film), Rutland, New York (Städtchen), S. 14–15, C5
Ich, John von Peter Murphy (Roman), Kilcody, Irland (Städtchen), S. 64–65, B2
Ihr größter Coup (Film)
Diggstown, Georgia (Städtchen), S. 14–15, B3
Olivair County, Georgia (County), S. 14–15, B3
Il tunnel sotomarino von Luigi Motta Transatlantiktunnel, Atlantik (Tunnel), S. 126–127, A4/B4/C4/C6/D4/D5
Atlanteja, Atlantik (versunkene Stadt), S. 126–127, D4/D5
Ils sont votre épouvante et vous êtes leur crainte von Thierry Jonquet (Roman), Certigny, Frankreich (Städtchen), S. 44–45, E3
Im Bann der Dunkelheit von Dean Koontz (Roman), Moonlight Bay, Kalifornien (Städtchen), S. 18–19, A2
Im grausamen Licht der Sonne von Nalini Singh (Roman), Golden Cove, Neuseeland (Städtchen), S. 108–109, F1
Im Kkeok Jung (Film), Chongsokgol, Nordkorea (Dorf), S. 102–103, E3
Im Kreis der Freunde von Maeve Binchy (Roman), Knockglen, Irland (Städtchen), S. 64–65, B2
Im Tal der Sonne von Colin Thiele (Roman/TV), Gonunda, South Australia (Städtchen), S. 108–109, C2
Im Zeichen des Bösen (Film), Los Robles, Mexiko (Städtchen), S. 32–33, A4
Impact (Film), Larkspur, Idaho (Städtchen), S. 18–19, C5
In 80 Tagen um die Welt von Jules Verne (Roman)
Cani, Indien (Fluss), S. 78–79, C4
Kallenger, Indien (Städtchen), S. 78–79, C4
Kholby, Indien (Städtchen), S. 78–79, C4
Pagode von Pillaji, Indien (Gebäude), S. 78–79, C4
Rothal, Indien (Städtchen), S. 78–79, C4
In den Wäldern der Nacht von Jay Lake (Kurzgeschichte), Cascadiopolis, Oregon (Städtchen), S. 18–19, A5
In der Hitze der Nacht (Film/TV)
Sparta, Mississippi (Städtchen), S. 16–17, D3
Thail River, Mississippi (Fluss), S. 16–17, D3
In der Hitze der Nacht von John Ball (Roman), Wells, Carolina (Städtchen), S. 14–15, B3
In Furcht erwachen/*Wake in Fright* von Kenneth Cook (Roman/TV)
Bundanyabba, New South Wales (Städtchen), S. 108–109, D2
Tiboonda, New South Wales (Städtchen), S. 108–109, D2
In kalter Nacht von Sophie Littlefield (Roman), Lawton, North Dakota (Städtchen), S. 16–17, A6
In the City by the Sea von Kamila Shamsie (Roman), Stadt am Meer, Pakistan (Stadt), S. 78–79, A4
In the Flesh (TV), Roarton, England (Städtchen), S. 64–65, C3
In the Name of the People (TV)
Provinz Handong, China (Region), S. 102–103, D2
Jingzhou, China (Stadt), S. 102–103, D2
In the Winter Dark von Tim Winton (Roman), The Sink, Western Australia (Landschaft), S. 108–109, B2
Independence Day: Wiederkehr (Film), Republik D'Umbutu (Land), S. 84–85, C3
Indian River (TV), Indian River, Ontario (Städtchen), S. 26–27, A4
Indiana Jones und das Königreich des Kristallschädels (Film), Akator, Brasilien (Stadt), S. 38–39, B4
Indiana Jones und der Tempel des Todes (Film)
Palast von Pankot, Indien (Gebäude), S. 78–79, B5
Provinz Pankot, Indien (Region), S. 78–79, B4/B5
Infinity Train (TV), North Middle Branch, Minnesota (Städtchen), S. 16–17, C5
Insel am Ende der Welt (Film), Astragard (Insel/Nation), S. 26–27, C4
Insel der blauen Delfine von Scott O'Dell (Roman), Insel der blauen Delfine, Kalifornien (Insel), S. 18–19, A3
Insel der Waisen von Rose Macaulay (Roman), Insel der Waisen, Pazifik (Insel), S. 120–121, D2
Insel Felsenburg von Johann Gottfried Schnabel (Roman), Insel Felsenburg, Atlantik (Insel), S. 126–127, D1
Inspector Banks-Romane von Peter Robinson (Romane), Eastvale, England (Städtchen), S. 64–65, C3
Inspector Barnaby (TV)
Causton, England (Städtchen), S. 64–65, C2
Midsomer, England (Grafschaft), S. 64–65, C2
Inspector Jim Carruthers-Reihe von Tana Collins (Romane), Castletown, Schottland (Städtchen), S. 64–65, C4
Inspector Wexford-Reihe von Ruth Rendell (Romane), Kingsmarkham, England (Städtchen), S. 64–65, D1
Inspektor Clouseau – Der irre Flic mit dem heißen Blick (Film), Lee Kee Shipyards, Hongkong (Gegend), S. 102–103, D1
Internethumor
Al Pacino, San Escobar (Stadt), S. 32–33, B2
Audiovideo, San Escobar (Stadt), S. 32–33, B2
Ciudad Polaca, San Escobar (Stadt), S. 32–33, B2
Dos Ríos, San Escobar (Stadt), S. 32–33, B2
Gargamele, San Escobar (Stadt), S. 32–33, B2
Guacamole, San Escobar (Stadt), S. 32–33, B2
Río Mojito, Río Tequila, Río Piña Colada, San Escobar (Flüsse), S. 32–33, B2
Santo Domestos, San Escobar (Stadt), S. 32–33, B2
San Escobar (Land), S. 32–33, B2/C2
Santo Súbito, San Escobar (Stadt), S. 32–33, B2
Senderos, San Escobar (Stadt), S. 32–33, B2
Irish Astronauts (TV), Sligo Mission Control, Irland (Gebäude), S. 64–65, A3
Irish R.M.-Reihe von Somerville und Ross (Romane), Skebawn, Irland (Dorf), S. 64–65, A2
Irmãos Coragem (TV), Coroado, Brasilien (Städtchen), S. 38–39, C4
Iron Will – Der Wille zum Sieg (Film), Birch Ridge, South Dakota (Städtchen), S. 16–17, B5
Ishaqzaade (Film), Almore, Indien (Städtchen), S. 78–79, C4
Ishtar (Film), Ishtar (Land), S. 84–85, A5
Isla Paraíso (TV), Isla Paraíso, Chile (Insel), S. 38–39, B2
Islamische Überlieferung, Berg Qaf, Arktis (Berg), S. 26–27, C4
Island at War (TV), St. Gregory, Kanalinseln (Insel), S. 64–65, A1
Island of Apples von Glyn Jones (Roman), Abergarth, Wales (Städtchen), S. 64–65, C2
Islandia-Romane von Austin Tappan Wright und Fortsetzungen von Mark Saxton
Biacra (Region), S. 84–85, A2
Col Plateau, Karain (Landschaft), S. 84–85, B1
Elanery (die Stadt), Islandia (Stadt), S. 84–85, B1
Fluss Karain, Sulliaba (Fluss), S. 84–85, A2
Islandia (Land), S. 84–85, A1/B1
Land der Demiji, Karain (Landschaft), S. 84–85, B1
M'Pulo-See (Lake M'Pulo), Karain (Landschaft), S. 84–85, A1
Mobono (Region/Stadt), S. 84–85, B1
Shobo-n-Po, Sulliaba (Stadt), S. 84–85, A2
Sobo-Steppen (Sobo Steppes), Karain (Landschaft), S. 84–85, B1
St. Anthony (Region), S. 84–85, B1
Sulliaba (Region/Stadt), S. 84–85, A1/A2
Isle of Dogs – Ataris Reise (Film)
Megasaki, Japan (Insel), S. 96–97, A1
Trash Island (Insel für Hunde), Japan (Insel), S. 96–97, A1
Ist das Leben nicht schön? (Film), Bedford Falls, New York (Städtchen), S. 14–15, C5
Ist ja irre – der dreiste Cowboy (Film), Stodge City, Kansas (Städtchen), S. 16–17, B3
Ist ja irre: Alles unter Kontrolle – Keiner blickt durch (Film), Kalabar, Indien (Region), S. 78–79, B5
It Ain't Half Hot Mum (TV), Tin Min, Myanmar (Dorf), S. 90–91, A4
Ivanhoe von Sir Walter Scott (Roman)
Rotherwood, England (Städtchen), S. 64–65, C3
Templestowe, England (Gebäude), S. 64–65, C3
Torquilstone, England (Gebäude), S. 64–65, C2/D2
Jacobs Zimmer von Virginia Woolf (Roman), Dods Hill, England (Städtchen), S. 64–65, D3
Jagd auf Mrs. Pollifax, Mrs. Pollifax und der Herr der Löwen von Dorothy Gilman (Romane), Ubangiba (Land), S. 84–85, C4
Jagd auf Roter Oktober von Tom Clancy (Roman/Film), *W.K. Konowalow*, Atlantik (Wrack), S. 126–127, B4
Jagdopfer von C.J. Box (Roman), Twelve Sleep, Wyoming (Städtchen), S. 18–19, D5
Jäger des verlorenen Schatzes (Film), Geheimhafen, Ägäis (Insel), S. 44–45, E1
Jahrmarkt der Eitelkeit von William M. Thackeray (Roman), Queen's Crawley, England (Städtchen), S. 64–65, D2
Jake and the Kid von W.O. Mitchell (Kurzgeschichten), Crocus, Saskatchewan (Städtchen), S. 26–27, C1
Jakob der Knecht von Isaac Bashevis Singer (Roman)
Jozefow, Polen (Dorf), S. 50–51, B3
Pilitz, Polen (Städtchen), S. 50–51, A4
Jam & Jerusalem (TV), Clatterford, England (Städtchen), S. 64–65, C1
James Bond jagt Dr. No von Ian Fleming (Roman/Film), Crab Key & Dr. Nos Versteck, Jamaika (Insel), S. 32–33, D2
James Bond: Der Morgen stirbt nie (Film)
HMS *Devonshire*, China (Wrack), S. 102–103, D1
Sea Dolphin II, Vietnam (Wrack), S. 90–91, B4
James Bond: Der Spion, der mich liebte (Film)
Atlantis (Unterwasserbasis), Sardinien (Gebäude), S. 44–45, C2
Liparus, Sardinien (Wrack), S. 44–45, C1/C2
James Bond: Die Welt ist nicht genug (Film), Atem des Teufels, Aserbaidschan (Landschaft), S. 72–73, C3
James Bond: Die Welt ist nicht genug (Film), Castle Thane, Schottland (Gebäude), S. 64–65, B4
James Bond: Ein Quantum Trost (Film), Hotel Perla de las Dunas, Bolivien (Gebäude), S. 38–39, B3
James Bond: GoldenEye (Film)
Janus-Satellitenkontrollzentrum, Kuba (Gebäude), S. 32–33, D2
Satellitenkontrollzentrum Sewernaja, Russland (Gebäude), S. 102–103, E1
Sewernaja, Russland (Region), S. 102–103, E2
James Bond: Im Angesicht des Todes (Film), Main-Strike-Mine, Kalifornien (Silberbergwerk), S. 18–19, A4
James Bond: Leben und sterben lassen/*James Bond 007* (Film/Rollenspiel), San Monique (Insel/Nation), S. 32–33, D2
James Bond: Lizenz zum Töten (Film)
Isthmus City, Republik Isthmus (Stadt), S. 32–33, D1
Republik Isthmus (Land), S. 32–33, D1
James Bond: Man lebt nur zweimal (Film), Matsu, Japan (Insel), S. 96–97, A1
James Bond: Moonraker – Streng geheim (Film), Drax' Raumfähren-Startrampe, Brasilien (Gebäude), S. 38–39, B5
James Bond: Skyfall (Film)
Silvas Hauptquartier, China (Insel), S. 102–103, D1
Skyfall, Schottland (Gebäude), S. 64–65, B4

James Bond: Stirb an einem anderen Tag (Film)
Gustav Graves' Eispalast, Island (Gebäude), S. 56–57, A6
Isla de Los Órganos, Kuba (Insel), S. 32–33, D3
James Brodie, der Hutmacher und sein Schloss von A.J. Cronin (Roman), Levenford, Schottland (Städtchen), S. 64–65, B4
Jane Eyre von Charlotte Brontë (Roman), Thornfield Hall, England (Anwesen), S. 64–65, C3
Janette Oke: Die Coal Valley Saga (TV), Coal Valley (Hope Valley), Alberta (Städtchen), S. 26–27, C1
Jeepers Creepers (Film), Poho County, Florida (County), S. 14–15, B2
Jelle's Marble Runs (Internetserie)
Bright Hyu City, Indien (Stadt), S. 78–79, B2/C2
Galakonur, Kasachstan (Stadt), S. 72–73, D3
Hunluen, China (Stadt), S. 102–103, D1
Isle Hyu (Insel/Nation), S. 78–79, C2
Jamarbala, Indonesien (Stadt), S. 90–91, B1
Mellacai, Malaysia (Stadt), S. 90–91, B2
Mount Huaze, China (Berg), S. 102–103, C2
Om, Kambodscha (Stadt), S. 90–91, B3
Polaria, Russland (Stadt), S. 50–51, B5
Jennie von J.B. Snell (Roman), Port Elwyn, Wales (Städtchen), S. 64–65, C2
Jericho – Der Anschlag (TV)
Fillmore County, Kansas (County), S. 16–17, A4/B4
Jericho, Kansas (Städtchen), S. 16–17, B4
New Bern, Kansas (Städtchen), S. 16–17, B4
Jesus von Texas von D.B.C. Pierre (Roman), Martirio, Texas (Städtchen), S. 16–17, B2
Jia Nian Hua/Angels Wear White (Film), Binhai, China (Städtchen), S. 102–103, D1
Jim, der Regenwurm (TV), Terlawk, New Jersey (Städtchen), S. 14–15, D1
Jimmy Neutron – Der mutige Erfinder (TV), Retroville, Texas (Stadt), S. 16–17, B2
Joe Dreck (Film)
Josette, Louisiana (Städtchen), S. 16–17, D2
Silvertown, Kalifornien (Städtchen), S. 18–19, A5
Joe gegen den Vulkan (Film), Waponi Wu, Pazifik (Insel), S. 120–121, D4
JoJo's Bizarre Adventure von Hirohiko Araki (Manga/Anime), Moriō, Japan (Stadt), S. 96–97, C3
Jonathan Strange & Mr. Norrell von Susanna Clarke (Roman/TV), Hurtfew Abbey, England (Gebäude), S. 64–65, C3
Jordan and the Dreadful Golem von Karen Goldman (Roman), Kfar Keshet, Israel (Städtchen), S. 72–73, B2
Josh – Mein Herz gehört dir (Film), Vasco, Indien (Städtchen), S. 78–79, B3
Judge Dredd (Comics)
Black Atlantic, Atlantik (Meer), S. 64–65, A3
Ciudad España (Stadtstaat/Provinz), S. 44–45, B2
Euro-City (Stadtstaat/Provinz), S. 44–45, C3
Mega-City One (Stadt/Staat), S. 14–15, C4
Mega-City Two (Stadt/Staat), S. 18–19, A4/A5
Mex-City (Stadt/Staat), S. 32–33, B2
Texas City, Texas (Stadt/Staat), S. 16–17, C2
Jugendbücher von Phillip Gwynne/*Australian Rules* (Romane/Film), Prospect Bay, South Australia (Städtchen), S. 108–109, C2
Juliet Bravo (TV), Hartley, England (Städtchen), S. 64–65, C3
Jumanji (Film), Brantford, New Hampshire (Städtchen), S. 14–15, C5
Jung und Leidenschaftlich – Wie das Leben so spielt (TV), Oakdale, Illinois (Stadt), S. 16–17, D4
Junge Wölfe von Colin Barrett (Roman), Glanbeigh, Irland (Städtchen), S. 64–65, A3
Jungle Girl von Edgar Rice Burroughs (Roman)
Lodidhapura, Kambodscha (Stadt), S. 90–91, B3
Pnom Dhek, Kambodscha (Stadt), S. 90–91, B3
Junta (Brettspiel), República de las Bananas, Karibik (Insel/Nation), S. 32–33, D2
Jurassic Park von Michael Crichton (diverse)
Isla Morazan, Costa Rica (Insel), S. 32–33, C1
Isla Nublar, Costa Rica (Insel), S. 32–33, C1
Isla Talamanca, Costa Rica (Insel), S. 32–33, D1
Jurassic Park Europa, Azoren (Anlage), S. 126–127, C4
Bahía Anasco, Costa Rica (Städtchen), S. 32–33, D1
Jurassic Park Japan, Pazifik (Themenpark), S. 120–121, A4/B4
Las Cinco Muertes (Die fünf Tode), Costa Rica (Inselgruppe), S. 32–33, C1
Puerto Cortés, Costa Rica (Städtchen), S. 32–33, D1
Rojas, Costa Rica (Region), S. 32–33, D1
Snakewater, Montana (Städtchen), S. 16–17, A6
TigerWorld, Indien (Gebäude), S. 78–79, B5
Jurassic World: Das gefallene Königreich (Film), Lockwood-Anwesen, Kalifornien (Gebäude), S. 18–19, A5
Just Cause-Reihe (Videospiel)
King's Bay, Madagaskar (Stadt), S. 84–85, D2/D3
Medici (Inselstaat), S. 44–45, C2
Nueva Voz, Solís (Stadt), S. 38–39, A5
Panau (Insel/Nation), S. 90–91, B2
San Esperito, San Escobar (Insel/Nation), S. 32–33, F2
Solís (Land), S. 38–39, A5
„Justified & Ancient" von The KLF (Musik), Mu Mu Land, Mu (Region), S. 120–121, B3/C3
K Project (Anime), Shizume, Japan (Städtchen), S. 96–97, E1
K-20 – Die Legende der schwarzen Maske (Film), Teito, Japan (Stadt), S. 96–97, E1/F1
K-On! von Kakifly (Manga/Anime), Sakuragaoka High School, Japan (Gebäude), S. 96–97, B2
Kabaneri of the Iron Fortress (Anime)
Bahnhof Aragane, Hinomoto (Stadt), S. 96–97, B2
Bahnhof Okita, Hinomoto (Stadt), S. 96–97, B2
Bahnhof Unato, Hinomoto (Stadt), S. 96–97, C2
Bahnhof Yashiro, Hinomoto (Stadt), S. 96–97, B2
Hinomoto (Land), S. 96–97, B2
Kongokaku, Hinomoto (Stadt), S. 96–97, B2
Kaguya-sama: Love is War von Aka Akasaka (Manga/Anime), Shuchiin-Akademie, Japan (Gebäude), S. 96–97, E1
Kakegurui – Das Leben ist ein Spiel von Homura Kawamoto und Tōru Naomura (Manga/Anime), Hyakkaou-Privatakademie, Japan (Gebäude), S. 96–97, E1
Kamen Rider Build (TV)
Hokuto, Japan (Region), S. 96–97, C4
Pandora Tower, Japan (Gebäude), S. 96–97, C2
Seito, Japan (Region), S. 96–97, B2
Touto, Japan (Region), S. 96–97, C2
Kamen Rider Fourze (TV), Amanogawa High School, Japan (Gebäude), S. 96–97, C2
Kamen Rider Gaim (TV), Zawame, Japan (Stadt), S. 96–97, B2/C2
Kamen Rider W (TV), Futo, Japan (Stadt), S. 96–97, F1
Kanada von Richard Ford (Roman)
Fort Royal, Saskatchewan (Städtchen), S. 26–27, C1
Partreau, Saskatchewan (Städtchen), S. 26–27, C1
Kannazuki No Miko von Kaishaku (Manga/Anime), Mahoroba, Japan (Städtchen), S. 96–97, B2
Kannibalinnen im Avocado-Dschungel des Todes (Film), Avocado-Dschungel, Kalifornien (Landschaft), S. 18–19, B3
Kanthapura von Raja Rao (Roman), Kanthapura, Indien (Städtchen), S. 78–79, B3
Käpt'n Balu und seine tollkühne Crew/DuckTales 2017 (TV), Cape Suzette/Kap Suzette, Hawaii (Stadt), S. 18–19, D1
Karadağlar (TV), Payidar, Türkei (Dorf), S. 72–73, B3
Karibik von James A. Michener (Roman), All Saints (Insel), S. 32–33, F2
Karibische Affäre von Agatha Christie (Roman), St. Honoré (Insel), S. 32–33, F2
Karma – Koi Aa Raha Hai Waqt Badalney (TV), Panaki, Indien (Stadt), S. 78–79, B3
Katawa Shoujo (Videospiel), Yamaku High School, Japan (Gebäude), S. 96–97, C3
Kath & Kimderella (Film), Papilloma (Land), S. 44–45, D2
Katie Morag (Romane/TV), Struay, Schottland (Insel), S. 64–65, B4
Katzenwiege von Kurt Vonnegut (Roman)
Bolivar, San Lorenzo (Stadt), S. 32–33, E2
San Lorenzo (Insel) (Insel/Nation), S. 32–33, E2
Kaufman, Andy, The mind of (Performance-Kunst), Caspiar (Insel/Nation), S. 72–73, C3
Keeping Faith (TV), Abercorran, Wales (Dorf), S. 64–65, B2
Kenan & Kel (TV), Pummis, Montana (Städtchen), S. 18–19, C5
Kentucky Fried Chicken (Werbung), Lake Edna, Kentucky (Städtchen), S. 14–15, A3
Kikis kleiner Lieferservice (Anime), Koriko, Schweden (Städtchen), S. 56–57, C3
Kill la Kill (Anime)
Honnō City, Japan (Stadt/Insel), S. 96–97, F1
Honnōji-Akademie, Japan (Gebäude), S. 96–97, F1
Kill Me Three Times – Man stirbt nur dreimal (Film), Eagles Nest, Western Australia (Städtchen), S. 108–109, A2
Killer7 (Videospiel), Schlachtschiffinsel, Pazifik (Insel), S. 120–121, D4
Killinaskully (TV)
Bally, Irland (Städtchen), S. 64–65, A2
Killinaskully, Irland (Dorf), S. 64–65, A2
Kim Possible (TV)
Lowerton, Colorado (Stadt), S. 16–17, A4
Middleton, Colorado (Stadt), S. 16–17, A4
Upperton, Colorado (Stadt), S. 16–17, A4
Kinder des Mais/Kinder des Zorns von Stephen King (Roman/Film)
Gatlin, Nebraska (Städtchen), S. 16–17, A4
Hemingford Home, Nebraska (Städtchen), S. 16–17, A4
Kindle County-Reihe von Scott Turow (Romane), Kindle County, Illinois (County), S. 16–17, D4/D5
King Kong und Spin-offs (Filme)
Faroa, Pazifik (Insel), S. 120–121, C3
Skull Island, Indischer Ozean (Insel), S. 90–91, A1
King of the Hill (TV)
Arlen, Texas (Städtchen), S. 16–17, B2
Heimlich County, Texas (County), S. 16–17, B2
McMaynerbury, Texas (Städtchen), S. 16–17, B2
West Durndell, Texas (Städtchen), S. 16–17, B2
Kingpin (Film), Ocelot, Iowa (Städtchen), S. 16–17, C4
Kiznaiver (Anime), Sugomori City, Japan (Stadt), S. 96–97, B2
Kınalı Kar (TV), Kınalı Kar, Türkei (Dorf), S. 72–73, B3
Klaus (Film), Zwietrachting, Finnland (Insel/Städtchen), S. 56–57, C5
Klaus Klettermaus und die anderen Tiere im Hackebackewald (TV), Hackebackewald, Norwegen (Städtchen), S. 56–57, A2
Kleine Giganten (Film), Urbania, Ohio (Städtchen), S. 14–15, A4/B4
Kleinstadtknatsch von Miriam Toews (Roman), Algren, Manitoba (Städtchen), S. 26–27, D1
Klex in der Landschaft von Tom Sharpe (Roman/TV), Worford, England (Städtchen), S. 64–65, C2
Kóblic (Film), Colonia Elena, Argentinien (Städtchen), S. 38–39, C2
Kobra, übernehmen Sie (TV)
Bocamo (Land), S. 84–85, A4
Santa Costa (Insel/Nation), S. 32–33, E2
Kobra, übernehmen Sie: „Das Jadesiegel" (TV), Kuala-Rokat, Indien/China (Land), S. 78–79, D4
Kohlköpfe und Caballeros von O. Henry (Roman), Anchuria (Land), S. 32–33, D2
Kommando Stingray (TV), McGregor Castle, Schottland (Gebäude), S. 64–65, B5
König Salomos Schatzkammer von H. Rider Haggard (Roman)
König Salomos Minen, DR Kongo (Diamantenminen), S. 84–85, C3
Kukuanaland (Land), S. 84–85, C3
Loo, DR Kongo (Städtchen), S. 84–85, C3
Sabas Brüste, DR Kongo (Gebirge), S. 84–85, C3
Könige der Wellen (Film)
Pin-Gu Eiland, Pazifik (Insel), S. 120–121, D2
Buenos Eisig (Städtchen), S. 114–115, B2
Königliche Weihnachten (Film), Cordinia (Land), S. 44–45, C3
Koudelka (Videospiel), Kloster Nemeton, Wales (Gebäude), S. 64–65, C2
Krieg der Welten (TV)
Beeton, Kalifornien (Städtchen), S. 18–19, A4
Tula County, Kalifornien (County), S. 18–19, A4
Wolfjaw, Montana (Städtchen), S. 18–19, C6
Krieg der Welten von H.G. Wells (Roman), HMS *Thunder Child*, England (Wrack), S. 64–65, C2
Kronblom von Elov Persson (Comic), Vinkelboda, Schweden (Dorf), S. 56–57, B3
Kubla Khan von Samuel Taylor Coleridge (Gedicht)
Alph, China (Fluss), S. 102–103, D3
Berg Abora, Äthiopien (Berg), S. 84–85, D4
Kuckuckskinder (auch: *Es geschah am Tage X*) von John Wyndham (Roman)
Gischinsk, Russland (Städtchen), S. 102–103, F1
Midwich, England (Dorf), S. 64–65, D2
Kyunki ... Jeena Isi Ka Naam Hai (Denn ... so ist das Leben) (TV), Rajpura, Indien (Dorf), S. 78–79, B4
La Ciénaga – Morast und *La niña santa – Das heilige Mädchen* (Filme), La Ciénaga, Argentinien (Städtchen), S. 38–39, B3
La Citadelle des Glaces von Paul Alperine (Roman)
Devil's Teeth, Grönland (Gebirge), S. 26–27, D4
Erikraudebyg, Grönland (Dorf), S. 26–27, D4
La Cité du Sommeil von Maurice Barrère (Roman), Morphopolis, Frankreich (Stadt), S. 44–45, C3
La Marca del Deseo (TV), Pueblo Escondido, Kolumbien (Städtchen), S. 38–39, A6
La Mer Mysterieuse von Claire Kenin (Roman), Belesbat, Biskaya (versunkene Stadt), S. 44–45, B3
La Patrona (TV), San Pedro del Oro, Mexiko (Städtchen), S. 32–33, B2
La que se avecina (TV), Villazarcillo, Spanien (Städtchen), S. 44–45, B2
La sombra del pasado (TV), Santa Lucía, Mexiko (Städtchen), S. 32–33, B2
La Tormenta (TV), Puerto Bravo, Kolumbien (Städtchen), S. 38–39, B5
La vecina (TV), San Gaspar, Mexiko (Städtchen), S. 32–33, B2
La Viuda de Blanco (TV), Trinidad, Kolumbien (Städtchen), S. 38–39, B6
Lady Chatterley von D.H. Lawrence (Roman), Wragby Hall, England (Anwesen), S. 64–65, C2
Lagaan – Es war einmal in Indien (Film), Champaner, Indien (Dorf), S. 78–79, B4
Lake Placid – Schrecken aus der Tiefe (Film), Black Lake, Maine (See), S. 14–15, D6
Lanark von Alasdair Gray (Roman), Unthank, Schottland (Stadt), S. 64–65, C4
Land of the Dead (Film), Fiddler's Green, Pennsylvania (Städtchen), S. 14–15, B4
Lang lebe Ned Divine! (Film)
County More West, Irland (Grafschaft), S. 64–65, A2
Tullymore (Tulaigh Mhór), Irland (Dorf), S. 64–65, A2
Lark Rise to Candleford/Von L.R. nach C. von Flora Thompson (Romane/TV)
Candleford, England (Städtchen), S. 64–65, D2
Lark Rise, England (Städtchen), S. 64–65, D2
LarryBoy und der böse Apfel (Animationsfilm), Bumblyburg, Maine (Stadt), S. 14–15, D5
Las Hermanitas Calle (TV), Villa Fuerte, Kolumbien (Städtchen), S. 38–39, A5
Las Rémoras (engl. The Obstacles) von Eloy Urroz (Roman), Las Rémoras, Mexiko (Dorf), S. 32–33, A3
Las Sergas de Esplandián von Garci Rodríguez de Montalvo (Roman), Die Insel California, Mexiko (Insel), S. 32–33, A3
Last Exile: Fam, the Silver Wing (Anime)
Großer See, Mittelmeer (Meer), S. 44–45, C1
Spargel, Griechenland (Städtchen), S. 44–45, E1
Vereinigtes Königreich Anatoray-Disith (Land), S. 44–45, C2
Last Letters From Hav von Jan Morris (Roman), Hav (Stadt/Staat), S. 72–73, B2/B3
Laurel und Hardy: In der Wüste (Film), Fort Arid, Algerien (Gebäude), S. 84–85, B5
Leben und Zeit des Michael K. von J.M. Coetzee (Roman), Jakkalsdrif, Südafrika (Gebäude), S. 84–85, C2
Lebenszeichen – Proof of Life (Film), Tecala (Land), S. 38–39, A5
Lebwohl, mein Liebling von Raymond Chandler (Roman), Bay City, Kalifornien (Stadt), S. 18–19, A2
Lederstrumpf von James Fenimore Cooper (Romane)
Glimmerglass, New York (See), S. 14–15, C5
Templeton, New York (Städtchen), S. 14–15, C5
Leila von Prayaag Akbar (Roman), Aryavarta (Land), S. 78–79, B3
Leisure Suit Larry in the Land of the Lounge Lizards (Videospiel), Lost Wages, Nevada (Stadt), S. 18–19, B3
Lenins Küsse von Yan Lianke (Roman)
Liven, China (Dorf), S. 102–103, D2
Seelenfeld, China (Berg), S. 102–103, D2
Les Bleus de Ramville (TV), Ramville, Ontario (Städtchen), S. 26–27, A4
Les Conquérants d'indoles von Charles Derennes (Roman), Agzceaziguls (Land), S. 38–39, B3
Les Hermaphrodites von Thomas Artus (Roman), Isle des Hermaphrodites, Portugal (schwebende Insel), S. 44–45, A2
Lesbian Vampire Killers (Film), Cragwich, England (Städtchen), S. 64–65, D2
Lester von Bernard Beckett (Roman), Langton, Neuseeland (Städtchen), S. 108–109, F2
Letterkenny (TV), Letterkenny, Ontario (Städtchen), S. 26–27, A4
Lettres de Malaisie von Paul Adam (Roman), Adams Land, Indonesien (Region), S. 90–91, C2
Levenham Love Stories-Reihe von Cathryn Hein (Romane), Levenham, South Australia (Städtchen), S. 108–109, D1
Leviathan (Film 1989)
Leviathan, Atlantik (Wrack), S. 126–127, A4
Schürfstation Shack 7, Tri Oceanic Mining Corporation, Atlantik (Gebäude), S. 126–127, A4
Leviathan (Film 2014)
Pribreschny, Russland (Städtchen), S. 50–51, B6
Li'l Abner (Comic), Dogpatch, Kentucky (Städtchen), S. 14–15, A4
Liebe und Sommer von William Trevor (Roman), Rathmoye, Irland (Städtchen), S. 64–65, A2
Liebe, Lüge, Leidenschaft (TV), Llanview, Pennsylvania (Städtchen), S. 14–15, C4
Lieben kann man nur zu zweit (Film), Aberdarcy, Wales (Städtchen), S. 64–65, C2
Lied vom Abendrot von Lewis Grassic Gibbon (Roman), Kinraddie, Schottland (Dorf), S. 64–65, C4
Life in Lulu (Hörspiel), Lulu, Südsudan (Städtchen), S. 84–85, C4
Life in the Fat Lane von Cherie Bennett (Roman), Blooming Woods, Michigan (Städtchen), S. 14–15, A5
Lilo & Stitch (Film/TV), Kokaua Town, Hawaii (Städtchen), S. 18–19, C1
Limetown (Podcast), Limetown, Tennessee (Städtchen), S. 14–15, A3
Litanies of Dutch Battery von N.S. Madhavan (Roman), Lantham Bathery, Indien (Insel), S. 78–79, B2
Little Ninja Brothers (Videospiel)
Chatzy, Chinaland (Städtchen), S. 102–103, C2
Cilly City, Chinaland (Stadt), S. 102–103, D2
Deli-Chous, Chinaland (Stadt), S. 102–103, D1
Hynen, Chinaland (Insel/Region/Städtchen), S. 102–103, C1/D1
Little Witch Academia (Anime), Wedinburgh, Schottland (Stadt), S. 64–65, C4
Little Woods (Film), Little Woods, North Dakota (Städtchen), S. 16–17, A6
Lo Imperdonable (TV)
Mina Escondida, Mexiko (Städtchen), S. 32–33, B3
Pueblo Nuevo, Mexiko (Städtchen), S. 32–33, B3
Lo Que la Vida Me Robó (TV), Agua Azul, Mexiko (Städtchen), S. 32–33, C2
Local Hero (Film), Ferness, Schottland (Städtchen), S. 64–65, B4
Locke & Key (Comic/TV), Lovecraft/Matheson, Massachusetts (Städtchen), S. 14–15, D5
Lockie Leonard von Tim Winton (Romane/TV), Angelus, Western Australia (Städtchen), S. 108–109, B2
Log Horizon von Mamare Tōno und Kazuhiro Hara (Romane/Anime)
Akiba, Eastal (Städtchen), S. 96–97, E1
Aorusoi (Land), S. 72–73, D3/E3
Big Apple, New York (Stadt), S. 14–15, D1
Cinderellas Schloss, Japan (Gebäude), S. 96–97, F1
Dadu, China (Stadt), S. 102–103, D2
Eastal (Bündnis freier Stadtstaaten) (Land), S. 96–97, C2/C3
Ezzo-Königreich (Land), S. 96–97, D4
Fürstentum Fourland (Land), S. 96–97, B1/C1
Heiliges Imperium Westelande, Westlande (Land), S. 96–97, B2
Hsinpei, Taiwan (Stadt), S. 102–103, D1
Jacksea-Insel, Ninetail Dominions (Insel), S. 96–97, A1
Kyzyl-Kum-Wüste, Aorusoi (Landschaft), S. 72–73, D3
Laiport-Meerenge, Ezzo-Königreich (Landschaft), S. 96–97, C3
Leon City, Singapur (Stadt), S. 90–91, B2
Maihama, Eastal (Stadt), S. 96–97, F1
Minami, Westlande (Stadt), S. 96–97, B2
Ninetail Dominions (Land), S. 96–97, A1/A2
Oou, Eastal (Städtchen), S. 96–97, C3
Palast des Ewigen Eises (Ancient Court of Eternal Ice), Eastal (Bauwerk), S. 96–97, E1
Schöne Ozeanbrücke (Beautiful Ocean Bridge), Florida (Gebäude), S. 14–15, C1
Seventh Falls, Eastal (Bauwerk), S. 96–97, C3
Sky Tower, Ninetail Dominions (Bauwerk), S. 96–97, A1
South Angel, Kalifornien (Stadt), S. 18–19, B3
Susukino, Ezzo-Königreich (Stadt), S. 96–97, C4
Taibei, Taiwan (Stadt), S. 102–103, D1
Tearstone-Berge, Eastal (Gebirge), S. 96–97, C3
Tekeli, Aorusoi (Städtchen), S. 72–73, D3
Thekkek, Aorusoi (Dorf), S. 72–73, D3
Tiefen von Palm, Eastal (Landschaft), S. 96–97, C3
Tone's Grave (Tonnesgrave), Aorusoi (Bauwerk), S. 72–73, D3
Yandu, China (Stadt), S. 102–103, D3
Yangdu, China (Stadt), S. 102–103, D1
Zantleaf-Halbinsel, Eastal (Region), S. 96–97, C2
Logan – The Wolverine (Film), Eden, North Dakota (Gebäude), S. 16–17, A6
Lola uppochner/Lola Upside Down von Monika Fagerholm (Roman/TV), Flatnäs, Finnland (Städtchen), S. 56–57, D3
Lolita von Vladimir Nabokov (Roman/Film)
Parkington, New York (Städtchen), S. 14–15, C5
Ramsdale, Massachusetts (Städtchen), S. 14–15, C5
Udana (Staat), S. 18–19, C5
Lone Ranger (Film), Colby, Texas (Städtchen), S. 16–17, B2
Lone Star (Film)
Frontera, Texas (Städtchen), S. 16–17, A2
Rio County, Texas (County), S. 16–17, A2
Lonely Train a' Comin'/Helltracks von William F. Nolan (Kurzgeschichte/Roman)
Bitterroot, Montana (Städtchen), S. 18–19, D6
Danvers Hill, Montana (Städtchen), S. 18–19, D6
Moccasin Peak, Montana (Berg), S. 18–19, D6
Look Around You (TV), Holdwick Park Refinery, England (Gebäude), S. 64–65, C2
Lord Peter Wimsey-Reihe von Dorothy L. Sayers (Romane), Duke's Denver, England (Dorf), S. 64–65, D2
Lords of the Deep (Film), Neptune Base (Martel Corporation), Pazifik (Unterwasserbauten), S. 120–121, A4
Los perros de Angagua von Eugenio Aguirre (Roman), Angagua, Mexiko (Städtchen), S. 32–33, B2
Lost (TV), Die Insel/Oceanic Flug 815, Pazifik (unkartierbare Insel/Wrackteile), S. 120–121, C3
Love and Rockets von Los Bros Hernandez (Comic), Huerta, Kalifornien (Städtchen), S. 18–19, A3

Love Hina von Ken Akamatsu (Manga/Anime)
Hinata, Japan (Städtchen), S. 96–97, C2
Molmol, Königreich, Pazifik (Insel), S. 120–121, D3
Pararakelse, Pazifik (Insel), S. 120–121, D3
Love on a Branch Line von John Hadfield (Roman), Arcady, England (Städtchen), S. 64–65, D2
Lovejoy (TV), Felsham Hall, England (Gebäude), S. 64–65, D2
Loving – Wege der Liebe (TV), Corinth, Pennsylvania (Städtchen), S. 14–15, B4
Löwenzahnwein von Ray Bradbury (Roman), Green Town, Illinois (Städtchen), S. 16–17, D5
Lucia-Reihe von Edward Frederic Benson (Romane), Riseholme, England (Dorf), S. 64–65, C2
Luna, el misterio de Calenda (TV), Calenda, Spanien (Städtchen), S. 44–45, B2
Lymond Chronicles von Dorothy Dunnett (Romane)
Flaw Valleys, England (Anwesen), S. 64–65, C3
Midculter, Schottland (Städtchen), S. 64–65, C4
Ma & Pa Kettle-Filme, Cape Flattery, Washington (Städtchen), S. 18–19, A6
MacGyver (TV), Kambezi (Land), S. 84–85, C3
Machikado Mazoku von Izumo Itō (Manga/Anime)
Sakuragaoka-Highschool, Japan (Gebäude), S. 96–97, E1
Tama (der vielen Dämonen), Japan (Stadt), S. 96–97, E1
MacTrump von Ian Doescher und Jacopo Della Quercia (Satire)
Alabangor, Alabama (Staat), S. 14–15, A3
Alaskatchewan, Alaska (Staat), S. 18–19, A1/B1
Cyprum, Zypern (Insel), S. 44–45, F1
Helsingfort, Finnland (Stadt), S. 56–57, D3
Indriana, Indiana (Staat), S. 14–15, A4
Mar-Iago, Florida (Gebäude), S. 14–15, C1
Mexitlan, Mexiko (Land), S. 32–33, B3
New Yorktown, New York (Stadt), S. 14–15, D1
North Dakastor, North Dakota (Staat), S. 16–17, A5/B5
North Korasia, Nordkorea (Land), S. 102–103, E3
Payment Islands, Karibik (Inselgruppe), S. 32–33, D2
Qanada (Land), S. 26–27, C
South Dakastor, South Dakota (Staat), S. 16–17, A5/B5
South Korasia, Südkorea (Land), S. 102–103, E2
Switzerloan, Schweiz (Land), S. 44–45, C3
Mad Max – Jenseits der Donnerkuppel (Film)
Bartertown, Das Ödland (Städtchen), S. 108–109, C2
Donnerkuppel, Das Ödland (Bauwerk), S. 108–109, C2
Mad Max (Videospiel), The Great White, Pazifik (Wüste/Meer), S. 108–109, E3
Mad Max 3 (Film), Morgen-Morgenland, New South Wales (Stadt), S. 108–109, D2/C2
Mad Max-Filme, Das Ödland (Land/Wüste), S. 108–109, C2/D2
Mad Max: Fury Road (Film)
Badlands, Das Ödland (Region), S. 108–109, D2
Bullet Farm, Das Ödland (Gebäude), S. 108–109, D2
Fury Road, Das Ödland (Straße/Piste), S. 108–109, D2
Gas Town, Das Ödland (Städtchen), S. 108–109, D2
Versunkene Stadt, Das Ödland (Städtchen), S. 108–109, F4
Zitadelle, Das Ödland (Städtchen), S. 108–109, D2
Madagascar-Reihe (Filme), King Juliens Königreich Madagascar, Madagaskar (Land), S. 84–85, D2
Madame Bovary von Gustave Flaubert (Roman), Yonville-l'Abbaye, Frankreich (Dorf), S. 44–45, C3
Madmen of Mandoras/They Saved Hitler's Brain (Filme), Mandoras (Land), S. 38–39, B3
Mafia (Videospiel), Lost Heaven, unbekannt (Stadt), S. 14–15, D5
Mafia 2 (Videospiel)
Empire Bay (Stadt), S. 14–15, D5
San Celeste, Italien (Städtchen), S. 44–45, D1
Mafia 3 (Videospiel)
Bayou Fantom, Louisiana (Landschaft), S. 16–17, D2
New Bordeaux, Louisiana (Stadt), S. 16–17, D2
Sinclair Parish, Louisiana (County), S. 16–17, D2
Magister Negi Magi von Ken Akamatsu (Manga/Anime), Mahora/Mahora-Schule, Japan (Stadt/Megaschule), S. 96–97, E2
Magnum (TV), Robin Masters' Anwesen, Hawaii (Gebäude), S. 18–19, C1
Main Street (auch: *Die Hauptstraße*) von Sinclair Lewis (Roman), Gopher Prairie, Minnesota (Städtchen), S. 16–17, C5
Majikoi: Oh! Samurai Girls! (Visual Novels/Videospiele), Kawakami City, Japan (Stadt), S. 96–97, E1
Nanahama, Japan (Stadt), S. 96–97, E1
Malamander – Die Geheimnisse von Eerie-on-Sea von Thomas Taylor (Roman), Eerie-on-Sea, England (Städtchen), S. 64–65, D1
Malory Towers (TV) siehe *Dolly* (Romane)
Mamma Mia! (Film), Kalokairi, Griechenland (Insel), S. 44–45, E1
Mämmilä von Tarmo Koivisto und Hannu Virtanen (Comic), Mämmilä, Finnland (Städtchen), S. 56–57, D3
Man of Medan und reale Welt (Videospiel/moderner Mythos), *SS Ourang Medan*, Pazifik (Wrack), S. 120–121, B4/C4
Mandate of Heaven von Tim Murgatroyd (Roman), Hou-Ming, China (Stadt), S. 102–103, C2
Maneater (Videospiel), Port Clovis, Louisiana (Städtchen), S. 16–17, D2
Manolo und das Buch des Lebens (Film), San Angel, Mexiko (Städtchen), S. 32–33, B2
Mansfield Park von Jane Austen (Roman), Mansfield Park, England (Anwesen), S. 64–65, D2
Manushyanu Oru Aamukham von Subhash Chandran (Roman), Thachanakkara, Indien (Dorf), S. 78–79, B2
Mar de Amor (TV), Playa Escondida, Mexiko (Städtchen), S. 32–33, C2
Mardi und eine Reise dorthin von Herman Melville (Roman), Archipel Mardi, Pazifik (Inselgruppe), S. 120–121, E3
Margaret von Ashbury-Reihe von Judith Astria Merkle (Romane), Ashbury Estate, Schottland (Anwesen), S. 64–65, C5
„Margaritaville" von Jimmy Buffett (Song), Margaritaville, Florida (Städtchen), S. 14–15, C1
Marianela von Benito Pérez Galdós (Roman), Bergwerke von Socartes, Spanien (Städtchen), S. 44–45, B2
Marianne (TV), Elden, Frankreich (Dorf), S. 44–45, B3
Marianne-Trilogie von Sheri S. Tepper (Romane), Alphenlicht (Land), S. 72–73, B3
Mark Trail von Ed Dodd (Comic), Lost Forest National Forest, Georgia (Landschaft), S. 14–15, B3
Marmadesam (TV), Chitharpatti, Indien (Dorf), S. 78–79, B2
Marparaíso (TV), Marparaíso, Chile (Städtchen), S. 38–39, B3
Married Quarters von Shane Connaughton (Roman), Butlershill, Irland (Städtchen), S. 64–65, A3
Marrow von Yan Lianke (Roman), Dorf der vier Idioten, China (Dorf), S. 102–103, D2
Marshall Law (Comic), San Futuro, Kalifornien (Stadt), S. 18–19, A4
Martin Chuzzlewit von Charles Dickens (Roman)
Eden, Illinois (Städtchen), S. 16–17, D3
Neu-Thermopylae, Illinois (Städtchen), S. 16–17, D4
Marvel Cinematic Universe (diverse)
Batesville, Utah (Städtchen), S. 18–19, C4
Fagan Corners, Vermont (Städtchen), S. 14–15, C5
Gulmira, Afghanistan (Städtchen), S. 72–73, D2
Hydra-Hauptquartier, Österreich (Gebäude), S. 44–45, C3
Larkville, Ohio (Städtchen), S. 14–15, A4
Puente Antiguo, New Mexico (Städtchen), S. 16–17, A2
River's End, New York (Städtchen), S. 14–15, C5
Roxxon Norco, Florida (Wrack), S. 14–15, C1
Union City, Wyoming (Städtchen), S. 18–19, D4
Wheaton, New Jersey (Städtchen), S. 14–15, C4
Marvel Comics/Marvel Cinematic Universe
Alpha-Flight-Basislager, Yukon (Insel), S. 26–27, B2
Apaco, Mexiko (Stadt), S. 32–33, C2
Apocalypses Pyramide, Ägypten (Bauwerk), S. 84–85, C5
Aqiria (Land), S. 72–73, B2/B3
Bastrona (Land), S. 38–39, A5/B5
Birnin Zana (die goldene Stadt), Wakanda (Stadt), S. 84–85, D4
Boca Caliente (Insel/Nation), S. 32–33, F2
Bosqueverde (Land), S. 38–39, B5/C5
Cassidy Keep, Irland (Gebäude), S. 64–65, A3
Citrusville, Florida (Städtchen), S. 14–15, C1
Costa Perdita (Land), S. 32–33, C2
Costa Verde (Land), S. 32–33, C2
Darkmoor, England (Landschaft), S. 64–65, C3
Delvadia (Land), S. 38–39, A5
Estrella (Land), S. 38–39, B4
Exile Island, Karibik (Insel), S. 32–33, E3
Freehold, Alberta (Stadt), S. 26–27, C1
Fürstentum Madripoor (Insel/Land), S. 90–91, B2
Genosha (Insel/Nation), S. 84–85, D3
Halwan (Land), S. 84–85, B5
Hammer Bay/Black Roma, Genosha (Stadt), S. 84–85, D3
Hegeman, New York (Städtchen), S. 14–15, C5
Howlett-Anwesen, Alberta (Gebäude), S. 26–27, C1
Ipeiros-Gebirge, Griechenland (Gebirge), S. 44–45, E1
Isla de Tiburon, Mexiko (Insel), S. 32–33, C3
Jaffan, Trans-Sabal (Stadt), S. 72–73, C1
K'un-Lun, Tibet (Berg), S. 102–103, B2
Kaufmanns Schloss, Deutschland (Gebäude), S. 44–45, D3
Kirinos, Griechenland (Insel), S. 44–45, E1
Krosniew (Krozniev), Woroscheika (Stadt), S. 72–73, C4
Logan, Alberta (Städtchen), S. 26–27, C1
Makazan, Aqiria (Stadt), S. 72–73, C2
Maskattawan Dam, Québec (Gebäude), S. 26–27, E1
Mazikhandar (Land), S. 72–73, B1/C1
Medisuela (Land), S. 38–39, B3/C3
Mena Ngai (The Great Mound), Wakanda (Landschaft), S. 84–85, D4
Olympia, Griechenland (Stadt), S. 44–45, E1
Panchajana, Indien (Gebäude), S. 78–79, B3
Roanoke, Alberta (Städtchen), S. 26–27, C1
San Diablo (Land), S. 38–39, B5
Santo Rico (Land), S. 32–33, C2
Sharzhad (Land), S. 84–85, C5
Sin-Cong (Land), S. 102–103, C1
Tamarind Island, British Columbia (Insel), S. 26–27, B1
Terra Verde (Land), S. 32–33, C2
Thoat Nhin, Sin-Cong (Stadt), S. 102–103, C1
Tierra Verde (Land), S. 38–39, C5
Tor zum Olymp (Olympus), Griechenland (Gebäude), S. 44–45, E2
Trans-Sabal (Land), S. 72–73, B1/C1
Transverse City, Illinois/Indiana/Michigan (Stadt), S. 14–15, A5
Waffe-X-Militärbasis, Alberta (Gebäude), S. 26–27, C1
Wakanda (Land), S. 84–85, D4
Wildes Land, The (Region), S. 114–115, B3
Woroscheika (Vorozheika) (Land), S. 72–73, C4
Marvel: Agents of S.H.I.E.L.D. (TV)
Laura Creek, Western Australia (Städtchen), S. 108–109, A3
Wrigley, Pennsylvania (Städtchen), S. 14–15, C5
Marvel/X-Men (Filme)
Alkali Lake, Alberta (See), S. 26–27, C1
Laughlin City, Alberta (Städtchen), S. 26–27, C1
Mary Hartman, Mary Hartman (TV), Fernwood, Ohio (Städtchen), S. 14–15, B4
Maten al león von Jorge Ibargüengoitia (Roman), Arepa, Mexiko (Insel), S. 32–33, C3
Material Girls von Deborah Steele (Musical), Barrington, Neuseeland (Städtchen), S. 108–109, F2
Matlock Police (TV), Matlock, Victoria (Städtchen), S. 108–109, D2
Matrix-Reihe (Filme), Zero-One (die Maschinenstadt), Irak (Stadt/Staat), S. 72–73, C2
Matru Ki Bijlee Ka Mandola (Film), Mandola, Indien (Städtchen), S. 78–79, B4
Matrubhoomi – Ein Land ohne Frauen, Matrubhoomi, Indien (Dorf), S. 78–79, C4
Mäusejagd und Katzenjammer (TV), Fort Frazzle, Yukon (Gebäude), S. 26–27, B2
Maverick – Den Colt am Gürtel, ein As im Ärmel (Film), Crystal River, Utah/Arizona (Städtchen), S. 18–19, C3
May Bukas Pa (TV), Bagong Pag-asa, Philippinen (Städtchen), S. 90–91, C3
Maze Runner – Die Auserwählten in der Todeszone (Film), Die letzte Stadt, Colorado (Stadt), S. 16–17, A4
Mazurka von James A. Michener (Roman), Bukowo, Polen (Dorf), S. 50–51, A4
McCabe & Mrs. Miller (Film), Presbyterian Church, Washington (Städtchen), S. 18–19, B6
McCoubrey von Mark McCaffery (Roman), Portstown, Nordirland (Städtchen), S. 64–65, B3
McCreadys Doppelspiel von Frederick Forsyth (Roman)
Barclay-Inseln (Inseln), S. 32–33, D3
Sunshine, Barclay-Inseln (Insel), S. 32–33, D3
McHale's Navy (TV)
Borgabunda, Pazifik (Insel), S. 120–121, B3/B4
Taratupa, Pazifik (Insel), S. 120–121, C1
McLeods Töchter (TV)
Drover's Run, New South Wales (Anwesen), S. 108–109, D2
Gungellan, New South Wales (Städtchen), S. 108–109, D2
Killarney, New South Wales (Anwesen), S. 108–109, D2
Meccania: The Super-State von Owen Gregory (Roman), Meccania (Land), S. 44–45, D3
Medicine River von Thomas King (Roman), Medicine River, Alberta (Städtchen), S. 26–27, C1
Meeting Lydia von Linda MacDonald (Roman)
Derwentbridge, England (Städtchen), S. 64–65, C3
Waterside, England (Städtchen), S. 64–65, C3
Meg (Film), Forschungsstation Mana One, Pazifik (Gebäude), S. 120–121, A4/B4
Mein Freund, der Wasserdrache (Film), Killin Lodge, Schottland (Gebäude), S. 64–65, B4
Mein genialer Bruder und ich von John D. Fitzgerald (Romane), Adenville, Utah (Städtchen), S. 18–19, C4
Mein Name ist Gator (Film), Dunston County, Georgia (County), S. 14–15, B2
Mein Vetter Winnie (Film), Wahzoo City, Alabama (Städtchen), S. 14–15, A3
Meine Antonia von Willa Cather (Roman), Black Hawk, Nebraska (Städtchen), S. 16–17, B4
Meine teuflischen Nachbarn (Film), Hinkley Hills, Iowa (Städtchen), S. 16–17, C4
Melincourt von Thomas Love Peacock (Roman), Melincourt Castle, England (Gebäude), S. 64–65, C3
Meltybrains? (Band), Meltybrook, Irland (Stadt), S. 64–65, B3
Men in Trees (TV), Elmo, Alaska (Städtchen), S. 18–19, B1
Menschentier von Indra Sinha (Roman), Khaufpur, Indien (Stadt), S. 78–79, B4
Mercenaries 2: World in Flames (Videospiel)
Isla de la Forteleza, Venezuela (Insel), S. 38–39, B6
Pirateninseln (Pirate Isles), Venezuela (Inseln), S. 38–39, B6
Merida – Legende der Highlands (Film)
Königreich DunBroch, DunBroch (Land), S. 64–65, B5
Meer der Kelten (Sea of Celts), Schottland (Meer), S. 64–65, A4/B4
Merrily-Watkins-Mystery-Reihe von Phil Rickman (Roman), Ledwardine, England (Städtchen), S. 64–65, C2
Metal Gear Solid-Reihe (Videospiel)
Camp Omega, Kuba (Gebäude), S. 32–33, E2
Discovery KSNM-3, New York (Wrack), S. 14–15, D5
Old Moses, Alaska (Berg), S. 18–19, A1
Shadow Moses Island, Alaska (Insel), S. 18–19, A1
Metal Gear-Reihe (Videospiel)
Galzburg, Südafrika (Region), S. 84–85, C2
Outer Heaven (Stadt/Staat/Festung), S. 84–85, C2
Zanzibar, Zanzibarland (Stadt), S. 72–73, E2
Zanzibarland (Land), S. 72–73, E2
Metroland von Julian Barnes (Roman), Eastwick (Metroland), England (Städtchen), S. 64–65, D2
Metropolis (Film), Metropolis, Deutschland (Stadt), S. 44–45, C4
Meu Bem Querer (TV), São Tomás de Trás, Brasilien (Städtchen), S. 38–39, D5
Micky Maus (Comics), Zasterabad (Land), S. 78–79, B5
Micky Maus (diverse), Entenhausen, Calisota (Stadt), S. 18–19, A5
Micro Nation (TV), Pullamawang (Insel/Nation), S. 108–109, E2
Middlemarch von George Eliot (Roman) Freshitt, England (Städtchen), S. 64–65, C2
Middlemarch, England (Städtchen), S. 64–65, C2
Middletown (Film), Middletown, Nordirland (Städtchen), S. 64–65, B3
Midnight, Texas (TV), Midnight, Texas (Städtchen), S. 16–17, A2
Mighty Ducks II – Das Superteam kehrt zurück (Film), Minnehaha, Minnesota (Stadt), S. 16–17, C6
Mile 22 (Film)
Indocarr City, Indocarr (Stadt), S. 90–91, B1
Indocarr (Land), S. 90–91, B1/C1
Milestone Media (diverse), Dakota City (Stadt), S. 16–17, B5
Milfort: A Fictional Irish Town (Comedyclub/Bühnenshow), Milfort, Irland (Städtchen), S. 64–65, A2
Militärübung
Abar Layla, Irak (Städtchen), S. 72–73, C2
Carnis, Afghanistan (Dorf), S. 72–73, E2
Ertebat Shar, Afghanistan (Dorf), S. 72–73, D2
Medina Wasi, Irak (Dorf), S. 72–73, C2
Sadiq, Irak (Dorf), S. 72–73, C2
Sangari, Afghanistan (Dorf), S. 72–73, D2/E2
Trebil, Irak (Dorf), S. 72–73, C2
Wadi al-Sahara, Irak (Städtchen), S. 72–73, C2
Militärübungssimulation zur Landesverteidigung (Home Defence), Naptonshire, England (Grafschaft), S. 64–65, D2
Millennium-Reihe von Stieg Larsson (Romane)
Hedeby, Schweden (Insel/Städtchen), S. 56–57, C3
Hedestad, Schweden (Städtchen), S. 56–57, C3
Minnow on the Say von Philippa Pearce (Roman), Great Barley, England (Dorf), S. 64–65, D2
Mira – Die Meisterdetektivin (TV), Jalpur (Stadt/Staat), S. 78–79, B4
Mirai Nikki von Sakae Esuno (Manga/Anime), Sakurami, Japan (Stadt), S. 96–97, C2
Mirror's Edge (Videospiele)
Cascadia (Land), S. 108–109, D2
Glass, New South Wales (Stadt), S. 108–109, D1
OmniStat (Land), S. 108–109, C2
Sabaeus (Land), S. 108–109, D2
Misfile von Chris Hazelton (Webcomic), Tempest, Massachusetts (Städtchen), S. 14–15, C5
Miss Muriel and Other Stories von Ann Petry (Kurzgeschichten), Essex, Connecticut (Städtchen), S. 14–15, C5/D5
Miss Seeton-Reihe von Hamilton Crane (Romane), Plummergen, England (Dorf), S. 64–65, D1
Mission Seafighter von James H. Cobb (Roman), Westafrikanische Union (Staatenbund), S. 84–85, A4
Mister Pibble und die Ethnologin/Rächende Vergangenheit von Peter Dickinson (Roman), Land der Kus, Papua-Neuguinea (Region), S. 90–91, E1/F1
Mit aller Macht – Primary Colors von Joe Klein (Roman)
Grace Junction, Arkansas (Städtchen), S. 16–17, C3
Mammoth Falls, Arkansas (Stadt), S. 16–17, C3
Mit Schirm, Charme und Melone: Der Adlerhorst (TV), St. Dorca, Schottland (Insel), S. 64–65, B5
Mit Schirm, Charme und Melone: Stadt ohne Rückkehr (TV), Little Bazeley-by-the-Sea, England (Dorf), S. 64–65, D2
Mobile Suit Gundam (Anime)
Great Canyon, Arizona (Landschaft), S. 18–19, C3
Hickory, Kalifornien (Gebäude), S. 18–19, A3
St. Agnes, Arizona (Städtchen), S. 18–19, C3
Mobile Suit Gundam 00 (Anime)
Königreich Azadistan (County), S. 72–73, C2
Königreich Suille (Land), S. 72–73, D1
La-Tour-Orbitallift, Somalia (Weltraumlift), S. 84–85, D4
Moralia, Frankreich (Land), S. 44–45, C2
Republik Krugis (Kurdistan) (Land), S. 72–73, C2
Republik Taribia, Guyana/Venezuela (Land), S. 38–39, B5/C5
Tenchu-Orbitallift (Heaven Pillar), Pazifik (Insel), S. 120–121, B3
Mobile Suit Gundam/Hellsing (Anime/Manga), Jaburo, Brasilien (unterirdische Stadt), S. 38–39, C5
Moby Dick von Herman Melville (Roman)
Pequod, Pazifik (Wrack), S. 120–121, C3
Rokovoko, Pazifik (Insel), S. 120–121, D3
Modelleisenbahn
Craigcorrie & Dunalistair, Schottland (Städtchen), S. 64–65, B4
Eaton Gomery, Wales (Städtchen), S. 64–65, C2
Inverlochan, Schottland (Städtchen), S. 64–65, B4
Molly of Denali (TV), Qyah, Alaska (Städtchen), S. 18–19, B1
Molwanien. Land des schadhaften Lächelns (Reiseführer), Molwanien (Land), S. 50–51, A3/B3
Monarch of the Glen (TV), Glenbogle, Schottland (Anwesen), S. 64–65, B4
Monk (TV), Zemenien (Land), S. 50–51, A2
Monkey Island-Reihe (Videospiele)
Booty Island, Karibik (Insel), S. 32–33, E3
Boulder Beach, Golf von Melange (Insel), S. 32–33, F2
Dreiinselreich, Karibik (Region/Inselgruppe), S. 32–33, E3
Flotsam Island, Golf von Melange (Insel), S. 32–33, F2
Gelatofelsen, Golf von Melange (Insel), S. 32–33, F2
Golf von Melange, Karibik (Region), S. 32–33, F2
Golfo de Pollo, Karibik (Region), S. 32–33, E3
Isle of Ewe, Golf von Melange (Insel), S. 32–33, F2
Jambalaya Island, Karibik (Insel), S. 32–33, E3
Jerkbait Islands, Golf von Melange (Inselgruppe), S. 32–33, F2
Lucre Island, Karibik (Insel), S. 32–33, E3
Mêlée Island, Karibik (Insel), S. 32–33, E3
Monkey Island, Karibik (Insel), S. 32–33, E3
Phatt Island, Karibik (Insel), S. 32–33, E3
Plunder Island, Karibik (Insel), S. 32–33, E3
Roe Island, Golf von Melange (Insel), S. 32–33, F2
Scabb Island, Karibik (Insel), S. 32–33, E3
Spinner Cay, Golf von Melange (Insel), S. 32–33, F2
Spoon Island, Golf von Melange (Insel), S. 32–33, F2
Monkey Island-Reihe/*Die Piraten! – Ein Haufen merkwürdiger Typen!* (Videospiele), Blood Island, Karibik (Insel), S. 32–33, E3
Monster High (diverse), New Salem, Oregon (Städtchen), S. 18–19, A5
Moon Child (Film), Mallepa, Taiwan (Städtchen), S. 102–103, D1
Moonfleet von J. Meade Falkner (Roman), Moonfleet, England (Städtchen), S. 64–65, C1
Moonrise Kingdom (Film), New Penzance, Rhode Island (Insel), S. 14–15, D5
Moral Orel (TV)
Freedom County, Statesota (County), S. 16–17, C3
Moralton, Statesota (Stadt), S. 16–17, C3
Sinville, Statesota (Städtchen), S. 16–17, C3
Morbus Kitahara von Christoph Ransmayr (Roman), Moor, Österreich (Städtchen), S. 44–45, D3
Mord ist ihr Hobby (TV), Cabot Cove, Maine (Städtchen), S. 14–15, D6
Mord mit Aussicht (TV), Hengasch, Deutschland (Städtchen), S. 44–45, C3
Mordkommission Dublin-Reihe von Tana French (Roman), Knocknaree, Irland (Städtchen), S. 64–65, B3

Morels Erfindung von Adolfo Bioy Casares (Roman), Villings, Papua-Neuguinea oder Pazifik (Insel), S. 90–91, F1 oder S. 120–121, C3
Morgenwelt von John Brunner (Roman)
Beninia (Land), S. 84–85, B4
Jatakang (Land), S. 90–91, C2
Moskito-Küste von Paul Theroux (Roman)
Guampu, Honduras (Dorf), S. 32–33, D2
Jeronimo, Honduras (Dorf), S. 32–33, C2
Motu Patlu (TV)
Furfuri Nagar, Indien (Städtchen), S. 78–79, B3
Kamalpur, Indien (Städtchen), S. 78–79, B3
Modern City, Indien (Stadt), S. 78–79, B3
Sursuri Nagar, Indien (Städtchen), S. 78–79, B3
Mr. Blettsworthy auf der Insel Rampole von H.G. Wells (Roman), Insel Rampole, Brasilien (Insel), S. 38–39, C2
Mr. Deeds geht in die Stadt (Film), Mandrake Falls, Vermont (Städtchen), S. 14–15, C5
Mulan (Filme), Tung-Shao-Pass, China (Landschaft), S. 102–103, D2
Mulheres de Areia (TV), Pontal D'Areia, Brasilien (Stadt), S. 38–39, D3
Mumins-Bücher von Tove Jansson (Kurzgeschichten)
Insel der Hatifnatten, Schweden (Insel), S. 56–57, D3
Mumintal, Finnland (Dorf), S. 56–57, D3
Mundus alter et idem von Joseph Hall (Roman)
Crapulia (Region), S. 114–115, E2
Lavernia (Region), S. 114–115, B3
Moronia (Region), S. 114–115, C3
Viraginia (Region), S. 114–115, C2
Yvronia (Region), S. 114–115, D4
Muppets aus dem All (Film), Hensonville, North Carolina (Städtchen), S. 14–15, C3
Murder Among the Pines von John Lawrence Reynolds (Roman), Port Ainslie, Ontario (Städtchen), S. 26–27, A4
Muriels Hochzeit (Film), Porpoise Spit, New South Wales (Städtchen), S. 108–109, E2
Music Hath Charms von L.T.C. Rolt (Kurzgeschichte), Carn Zawn Head, England (Landschaft), S. 64–65, B1
Musik der Gruppe Vømmøl Spellmannslag (Musik), Vømmøldalen, Norwegen (Städtchen), S. 56–57, B4
Mutter ist die Allerbeste (TV), Hilldale, Iowa (Städtchen), S. 16–17, C4
My Hero Academia von Kōhei Horikoshi (Manga/Anime)
Deika, Japan (Stadt), S. 96–97, C2
Hosu, Japan (Stadt), S. 96–97, E1
Jaku, Japan (Stadt), S. 96–97, B2
Kamino, Japan (Städtchen), S. 96–97, C2
Might Tower, Japan (Gebäude), S. 96–97, E1
Musutafu, Japan (Stadt), S. 96–97, C2
Nabu, Pazifik (Insel), S. 96–97, D1
Naruhata, Japan (Städtchen), S. 96–97, E1
Omozan-Fluss, diverse (Fluss), S. 38–39, B4/C5
My Mother and Other Strangers (TV), Moybeg, Nordirland (Städtchen), S. 64–65, B3
My Name is Khan (Film), Banville, Kalifornien (Städtchen), S. 18–19, A4
Mystery – New York: Ein Spiel um die Ehre (Film), Mystery, Alaska (Städtchen), S. 18–19, B2
Mystery Road – Verschwunden im Outback (TV), Gideon, Western Australia (Städtchen), S. 108–109, B4
Mythenwald von Robert Holdstock (Roman), Ryhope Wood, England (Wald), S. 64–65, C2
Nachbarn/Neighbours (TV)
Ansons Corner, Victoria (Städtchen/Vorort), S. 108–109, A1
Eden Hills, Victoria (Städtchen/Vorort), S. 108–109, A1
Elliot Park, Victoria (Städtchen/Vorort), S. 108–109, A1
Erinsborough, Victoria (Städtchen/Vorort), S. 108–109, A1
West Waratah, Victoria (Städtchen/Vorort), S. 108–109, A1
Nacht über Indien (Film), Ranchipur, Indien (Region), S. 78–79, A4/B4
Nacht und Tag von Virginia Woolf (Roman)
Disham, England (Städtchen), S. 64–65, D2
Lampsher, England (Dorf), S. 64–65, D2
Nacht unter Tag von Val McDermid (Roman), Rotheswell Castle, Schottland (Gebäude), S. 64–65, C4
Nachtmahr-Abtei von Thomas Love Peacock (Novelle), Nachtmahr-Abtei, England (Gebäude), S. 64–65, D2
Nackt und zerfleischt (Film), Grüne Hölle, Brasilien/Venezuela (Landschaft), S. 38–39, B5
Naked Lunch von William S. Burroughs (Roman)
Annexia (Land), S. 50–51, D5
Interzone, Marokko (Region), S. 84–85, A5
Nancy Drew Mysteries (diverse)
Muskoka River, Illinois (Fluss), S. 16–17, D4
River Heights, Illinois (Städtchen), S. 16–17, D4
Titusville, Illinois (Städtchen), S. 16–17, D4
Narrow-Gauge Adventure von P.D. Hancock (Buch)
Craig, Schottland (Städtchen), S. 64–65, C4
Craigshire, Schottland (Grafschaft), S. 64–65, C4
Mertonford, Schottland (Städtchen), S. 64–65, C4
Ormistone, Schottland (Städtchen), S. 64–65, C4
Natal Fault von Dr. Manisha Saxena (Roman), Jeerulot, Indien (Städtchen), S. 78–79, B4
Near Dark – Die Nacht hat ihren Preis (Film), Fix, Oklahoma (Städtchen), S. 16–17, B3
Nebraska (Film), Hawthorne, Nebraska (Städtchen), S. 16–17, B4
Necropolis von Geoff Spedding (Roman), Monte Caprabianca, Italien (Städtchen), S. 44–45, D2
Need for Speed (Videospiel), Bayview, Kalifornien (Stadt), S. 18–19, A2
Need for Speed Heat (Videospiel), Palm City, Florida (Stadt), S. 14–15, C1
Negotium Perambulans von E.F. Benson (Roman), Polearn, England (Städtchen), S. 64–65, B1
Nelvana of the Northern Lights (Comics), Glacia, Nordpol (unter Eis begrabene Stadt), S. 26–27, C4
Neon Genesis Evangelion (Anime)
Tokyo-2, Japan (Stadt), S. 96–97, C2
Tokyo-3, Japan (Stadt), S. 96–97, C2
NERV-Außenstelle 2, Nevada (Gebäude), S. 18–19, B3
Weißer Mond/Basislager der Katsuragi-Expedition (unterirdisches Wrack/Camp), S. 114–115, D2
Neu-Atlantis von Francis Bacon (Roman), Neu-Atlantis oder Bensalem, Pazifik (Insel/Nation), S. 38–39, A4
Neue Erde/Unter den Hügeln die kommende Zeit von Willa Cather (Roman/Film)
Hanover, Nebraska (Städtchen), S. 16–17, B4
Die Prärie (The Divide), Nebraska (Region), S. 16–17, B4
Nevada Pass von Alistair MacLean (Roman/Film)
Nevada Pass, Nevada (Landschaft), S. 18–19, B4
Fort Humboldt, Nevada (Gebäude), S. 18–19, B4
Reese City/Myrtle, Nevada (Städtchen), S. 18–19, C4
New Captain Scarlet (TV)
Castle Balmeath, Schottland (Gebäude), S. 64–65, B4
Ragnarok, Alaska (Städtchen), S. 18–19, A2
New Home, New Life (Hörspiel)
Bar Killi, Afghanistan (Dorf),
Di-e-Bala, Afghanistan (Dorf),
Di-e-Payan, Afghanistan (Dorf),
Kuz Killi, Afghanistan (Dorf),
alle S. 72–73, D2
News from Dumpton by Harbert (Zeitungskolumne), Dumpton, England (Städtchen), S. 64–65, D2
News Movie (Film), Sloravia (Land), S. 72–73, C3
Nga Tohu: Signatures (TV), Onehora, Neuseeland (Städtchen), S. 108–109, F2
Ngati (Film), Kapua, Neuseeland (Städtchen), S. 108–109, F2
Nichijou – Das ganz normale Leben von Keiichi Arawi (Manga/Anime), Tokisadame High School, Japan (Gebäude), S. 96–97, C2
Nicholas Nickleby von Charles Dickens (Roman)
Dotheboys Hall, England (Gebäude), S. 64–65, C3
Mulberry Castle, Wales (Anwesen), S. 64–65, C3
Nie endet der Karneval von Herman Wouk (Roman), Amerigo, Britische Jungferninseln (Insel), S. 32–33, F2
Nightlight: A Parody of Twilight aus *The Harvard Lampoon* (Roman), Switchblade, Oregon (Städtchen), S. 18–19, A6
Nightmare on Elm Street-Reihe (Filme), Springwood, Ohio (Städtchen), S. 14–15, B5
Niklas-Reihe von Anders Jacobsson und Sören Olsson (Bücher), Glimmerdagg, Schweden (Städtchen), S. 56–57, B3
Noel's House Party (TV), Crinkley Bottom, England (Dorf), S. 64–65, C1
Nojir Bibin Nojor Ali (TV), Avirampur, Bangladesch (Dorf), S. 78–79, D4
Nollops Vermächtnis von Mark Dunn (Roman), Nollop, South Carolina (Insel), S. 14–15, C3
Non Sequitur (Comic), Whatchacallit, Maine (Städtchen), S. 14–15, D5
Noon von Aatish Taseer (Roman), Port bin Qasim, Pakistan (Stadt), S. 78–79, A4
Norden und Süden/North and South von Elizabeth Gaskell (Roman), Milton, England (Stadt), S. 64–65, C3
Normale Menschen von Sally Rooney (Roman/TV), Carricklea, Irland (Dorf), S. 64–65, A3
Noroi: The Curse (Film), Shimokage, Japan (Dorf), S. 96–97, B2
Northern Rescue (TV), Turtle Island Bay, Ontario (Städtchen), S. 26–27, A4
Northspur (Film), Northspur, Neuseeland (Städtchen), S. 108–109, F2
Nosferatu (Film), Wisborg, Deutschland (Städtchen), S. 44–45, D4
Nostromo von Joseph Conrad (Roman)
Cayta, Costaguana (Stadt), S. 38–39, A4
Costaguana (Land), S. 38–39, A4
Die Isabelles, Costaguana (Inseln/Leuchtturm), S. 38–39, A4
Esmeralda, Costaguana (Städtchen), S. 38–39, A4
Higuerota und die Higuerotakette, Costaguana (Berg), S. 38–39, A4
Nationale Zentralbahn, Costaguana (Bahnstrecke), S. 38–39, A4
Rincon, Costaguana (Städtchen), S. 38–39, A4
Santa Marta (Sta. Marta), Costaguana (Stadt), S. 38–39, A4
Sulaco, Costaguana (Stadt), S. 38–39, A4
„Nottamun Town" (Folksong), Nottamun Town, England (Stadt), S. 64–65, C2/D2
Nova Solyma von Samuel Gott (Roman), Nova Solyma, Israel (Stadt), S. 72–73, B2
Nummer 5 lebt! (Film)
Damon, Washington (Städtchen), S. 18–19, A6
Nova Robotics, Washington (Städtchen), S. 18–19, A6
Nur die Zeit zum Feind von Michael Bishop (Roman), Zarakal (Land), S. 84–85, D4
Nur Dir zuliebe – Gori Tere Pyaar Mein (Film), Jhumli, Indien (Städtchen), S. 78–79, B4
Oben (Film), Paradise Falls, Venezuela (Landschaft), S. 38–39, B5
O Amor Está no Ar (TV), Ouro Velho, Brasilien (Stadt), S. 38–39, D3
O Beijo do Vampiro (TV), Maramores, Brasilien (Städtchen), S. 38–39, D3
O Bem Amado (TV), Sucupira, Brasilien (Städtchen), S. 38–39, D4
O Fim do Mundo (TV), Tabacópolis, Brasilien (Städtchen), S. 38–39, D4
O Outro Lado do Paraíso (TV), Pedra Santa, Brasilien (Städtchen), S. 38–39, D4
O Salvador da Pátria (TV)
Ouro Verde, Brasilien (Städtchen), S. 38–39, C3
Tangará, Brasilien (Städtchen), S. 38–39, C3
O Sétimo Guardião (TV), Serro Azul, Brasilien (Städtchen), S. 38–39, D3
Oahspe: A New Bible von John Newbrough (Roman), Verlorener Kontinent Pan (or Whaga), Mu (versunkener Kontinent), S. 120–121, A4/B4
Oakwood (Videospiel)
Green Lake, British Columbia (See), S. 26–27, B1
Oakwood, British Columbia (Städtchen), S. 26–27, B1
Woodpine Park, British Columbia (Landschaft), S. 26–27, B1
Oblivion, Nebraska von Peter Moore Smith (Kurzgeschichte/Kurzfilm), Oblivion, Nebraska (Städtchen), S. 16–17, B4
Occupation Duty von Harry Turtledove (Kurzgeschichte), Philistinia (Land), S. 72–73, B2
Oceana von James Harrington (Roman)
Marpesia, Oceana (Region), S. 38–39, C2
Oceana (Insel/Nation), S. 38–39, C2
Panopea, Oceana (Region/Insel), S. 38–39, C2
Odd Thomas-Reihe von Dean Koontz (Romane/Film), Pico Mundo, Kalifornien (Städtchen), S. 18–19, B3
Odyssee von Homer (Mythologie)
Aiaia, Mittelmeer (Insel), S. 44–45, D2
Land der Laistrygonen, Italien (Land), S. 44–45, D1
Ogygia, Griechenland (Insel), S. 44–45, D1
Scheria, Griechenland (Insel), S. 44–45, D1/E1
Skylla und Charybdis, Italien (Ungeheuer), S. 44–45, D1
Oh My Goddess! von Kōsuke Fujishima (Manga/Anime), Nekomi, Japan (Städtchen), S. 96–97, C2
Oh No, It's Selwyn Froggitt! (TV), Scarsdale, England (Städtchen), S. 64–65, D3
Oh, Doctor Beeching! (TV), Hatley, England (Städtchen), S. 64–65, C2
Ökotopia von Ernest Callenbach (Roman), Ökotopia (Land), S. 18–19, A5/B5
Oller Kahn mit Größenwahn (Die Maggie) (Film)
Bellabegwinnie, Schottland (Insel), Fiona Bay, Schottland (Landschaft), Inverkerran, Schottland (Städtchen), Loch Mora, Schottland (Städtchen), alle S. 64–65, B4
Isle of Kiltarra, Schottland (Insel), S. 64–65, B5
Om Stig Petrés hemlighet (TV), Hallstabro, Schweden (Städtchen), S. 56–57, C3
On the Buses (TV), Luxton, England (Städtchen), S. 64–65, D2
On the Job (TV), La Paz, Philippinen (Städtchen), S. 90–91, D2
On the Nervous Edge of an Impossible Paradise von Kenneth Little (Kurzgeschichten), Wallaceville, Belize (Dorf), S. 32–33, C2
Once Upon a Holiday (Film), Montsaurai (Land), S. 44–45, C3
Once Upon a Time – Es war einmal ... (TV), Storybrooke, Maine (Städtchen), S. 14–15, D6
Once, Two Islands von Dawn Garisch (Roman)
Ergo Island, Atlantik (Insel), S. 126–127, D1
Impossible Island, Atlantik (Insel), S. 126–127, D1
One Mississippi (TV), Bay Saint Lucille, Mississippi (Städtchen), S. 16–17, D2
One of Us (TV), Braeston, Schottland (Städtchen), S. 64–65, B5
One Tree Hill (TV), Tree Hill, North Carolina (Städtchen), S. 14–15, C3
Oor Wullie (Comic), Auchenshoogle, Schottland (Städtchen), S. 64–65, C4
Open Range – Weites Land (Film), Harmonville, Montana (Städtchen), S. 18–19, C6
Open Secret von Deryn Collier (Roman), Kootney Landing, British Columbia (Städtchen), S. 26–27, C1
Operation Flashpoint: Dragon Rising (Videospiel), Skira, Alaska (Insel), S. 18–19, A1
Operation Olympus – White House Taken (Film), Suddenly, Washington (Städtchen), S. 18–19, A6
Operation Red Sea (Film), Yewaire (Land), S. 72–73, C1
Operation Sahara/Sahara – Abenteuer in der Wüste von Clive Cussler (Roman/Film)
Asselar, Mali (Dorf), S. 84–85, B4
CSS Texas, Mali (Wrack), S. 84–85, B5
Solarverbrennungsanlage von Massarde Enterprises, Mali (Gebäude), S. 84–85, B5
Operation Thunderbolt (Videospiel), Kalubya (Land), S. 84–85, B5
Orca, der Killerwal (Film), South Harbour, Neufundland (Städtchen), S. 26–27, F2
Orgulho e Paixão (TV), Vale do Café, Brasilien (Landschaft), S. 38–39, C3
Orkan von Chou Li-Po/Zhou Libo (Roman), Yüanmaotun, China (Dorf), S. 102–103, E3
Östlich vom Sudan (Film), Barash, Sudan (Dorf), S. 84–85, C4
Otto, zieh die Bremse an! (Oh, Mr. Porter!) (Film)
Bracken Junction, Nordirland (Dorf), S. 64–65, A3
Buggleskelly, Nordirland (Dorf), S. 64–65, B3
Connemara, Irland (Städtchen), S. 64–65, A3
Ouran High School Host Club von Bisco Hatori (Manga/Anime), Ouran High School, Japan (Gebäude), S. 96–97, E1
Out of Time – Sein Gegner ist die Zeit (Film), Banyan Key, Florida (Städtchen), S. 14–15, C1
Outbreak – Lautlose Killer (Film), Cedar Creek, Kalifornien (Städtchen), S. 18–19, A5
Outbuddies (Videospiel), Bahlam, Atlantik (versunkene Stadt), S. 126–127, C1
Outlaw Star (Anime)
Arashon-Wüste, China (Region), S. 102–103, C3
Meteorit aus Dragonit, Der, China (Landschaft), S. 102–103, C3
Over the Edge (Pen&Paper-Rollenspiel), Al Amarja, Mittelmeer (Inselstaat), S. 44–45, D1
Overboard (Film), Elk Cove, Oregon (Städtchen), S. 18–19, A5
Overwatch (Videospiel)
Castillo, Mexiko (Gebäude), S. 32–33, B3
Dorado, Mexiko (Stadt), S. 32–33, B3
Ecopoint Antarktis (Forschungsstation), S. 114–115, C2
Hanamura, Japan (Städtchen), S. 96–97, C2
Junkertown, Northern Territory (Städtchen), S. 108–109, C3
Numbani (Stadt/Staat), S. 84–85, B4
Oase, Irak (Stadt), S. 72–73, C2
Shambali-Kloster, Nepal (Gebäude), S. 78–79, C4
Sibirisches Omnium, Russland (Gebäude), S. 102–103, E1
Utopaea, Indien (Stadt), S. 78–79, B3
Oyster von Janette Turner Hospital (Roman), Outer Maroo, Queensland (Städtchen), S. 108–109, D3
Oyster War von Ben Towle (Comic), Blood's Haven, Maryland (Städtchen), S. 14–15, C4
Pacific International Airport (TV), Pacific International Airport, Victoria (Gebäude), S. 108–109, A1
Pacific Rim (Film), Shatterdome Anchorage, Alaska (Gebäude), S. 18–19, B1
Der Breach, Pazifik (Interdimensionsportal), S. 90–91, F3
Shatterdome Hongkong, China (Gebäude), S. 102–103, D1
Shatterdome Lima, Peru (Gebäude), S. 38–39, A4
Shatterdome Los Angeles, Kalifornien (Gebäude), S. 18–19, A3
Shatterdome Nagasaki, Japan (Gebäude), S. 96–97, A1
Shatterdome Panama City, Panama (Gebäude), S. 32–33, D1
Shatterdome Sydney, New South Wales (Gebäude), S. 108–109, F4
Shatterdome Tokio, Japan (Gebäude), S. 96–97, F1
Shatterdome Wladiwostok, Russland (Gebäude), S. 102–103, E3
Pair of Kings – Die Königsbrüder (TV), Kinkow/Kinkao-Archipel, Pazifik (Inselgruppe), S. 120–121, D2
Pale Rider – Der namenlose Reiter (Film)
LaHood, Kalifornien (Städtchen), S. 18–19, A4
Yuba City, Kalifornien (Städtchen), S. 18–19, A4
Pallet on the Floor von Hugh Morrieson (Roman), Kurikino, Neuseeland (Städtchen), S. 108–109, F2
Pandora und der Fliegende Holländer (Film), Esperanza, Spanien (Städtchen), S. 44–45, C2
Panorama (TV), Spaghetti-Farm, Schweiz (Gebäude), S. 44–45, C3
Pansori Brecht: Sacheon-ga (Musik), Sacheon, Südkorea (Städtchen), S. 102–103, E2/E3
Papers, Please (Videospiel)
Arstotzka (Land), S. 72–73, C4
Grestin (Ost- und West-), Arstotzka/Kolechien (Stadt), S. 72–73, C4
Jurko-Stadt, Kolechien (Stadt), S. 72–73, C4
Kolechien (Land), S. 72–73, C4
Nirsk, Arstotzka (Städtchen), S. 72–73, C4
Papiertiger (Film), Kulagong (Land), S. 90–91, C2
Paradies von Toni Morrison (Roman), Ruby, Oklahoma (Städtchen), S. 16–17, B3
Paradise – Ein Mann, ein Colt, vier Kinder (TV), Paradise, Kalifornien (Städtchen), S. 18–19, A3
Paradise Beach (TV), Paradise Beach, Queensland (Städtchen), S. 108–109, E2
Parken Zoo (Themenpark), Ordköping, Schweden (Städtchen), S. 56–57, C3
Parks & Recreation – Das Grünflächenamt (TV)
Boraqua, Venezuela (Stadt), S. 38–39, B5
Eagleton, Indiana (Städtchen), S. 14–15, A4
Pawnee, Indiana (Stadt), S. 14–15, A4
Wamapoke County, Indiana (County), S. 14–15, A4
Party Members von Arthur Meursault (Roman), Huaishi, China (Stadt), S. 102–103, D2
Passions (TV), Harmony, Maine (Städtchen), S. 14–15, D5
Pather Panchali von Bibhutibhushan Bandyopadhyay (Roman/Film), Nischindipur, Indien (Dorf), S. 78–79, D4
Pathologic-Reihe (Videospiel), Gorkhon-Fluss, Mongolei (Fluss), S. 102–103, C4
Peak Practice (TV), Cardale, England (Städtchen), S. 64–65, C2
Pecadores (TV), El Edén, Chile (Städtchen), S. 38–39, B3
Pedra Sobre Pedra (TV), Resplendor, Brasilien (Städtchen), S. 38–39, D4
Pedro Páramo von Juan Rulfo (Roman), Comala, Mexiko (Städtchen), S. 32–33, B2
Peepli Live (Film), Peepli, Indien (Dorf), S. 78–79, B4
Peer Gynt von Henrik Ibsen (Musik), Reich des Bergkönigs der Trolle, Norwegen (Region), S. 56–57, A3
Pepe bittet zur Kasse von Richard Powell (Roman)
Puerto Grande, Republik San Marco (Stadt), S. 32–33, E3
Republik San Marco (Insel/Nation), S. 32–33, D3/E3
Percy Jackson-Reihe von Rick Riordan (Romane/Filme)
Gila Claw, Arizona (Städtchen), S. 18–19, C3
Westover Hall, Maine (Gebäude), S. 14–15, D6
Perdona Nuestros Pecados (TV), Villa Ruiseñor, Chile (Städtchen), S. 38–39, B2
Persona-Reihe (Videospiele)
Ayanagi City, Japan (Stadt), S. 96–97, C2
Inaba, Japan (Städtchen), S. 96–97, C2
Sumaru, Japan (Stadt), S. 96–97, C2
Peter Hase von Beatrix Potter (diverse), Mr. McGregors Garten, England (Gebäude), S. 64–65, C3
Peter Pan von J.M. Barrie (Romane/Filme), Nimmerland, Belize (Insel), S. 32–33, C2
Peter von Rutherford Mayne (Theaterstück), Portahoy, Nordirland (Städtchen), S. 64–65, B3
Petticoat Junction/Green Acres (TV), Hooterville, Pixley, Skidmore, Melton, C&FW Railroad, Kentucky (Städtchen), S. 14–15, A3
„Pfeife und ich komme zu dir, mein Freund!" von M.R. James (Kurzgeschichte), Burnstow, England (Städtchen), S. 64–65, D2
Phaic Tăn. Land des krampfhaften Lächelns (Buch), Phaic Tăn (Land), S. 90–91, B3
Phantom Manor (Themenparks)
Phantom Canyon, Arizona (Städtchen), S. 18–19, C3
Phantom Manor/Ravenswood Manor, Arizona (Gebäude), S. 18–19, C3
Phildy Hackballs Universum von Patrick McCabe (Buch), Barntrosna, Irland (Städtchen), S. 64–65, B3
Philippica von Theopompos von Chios (Buch)
Anostos, Meropis (versunkene Stadt), S. 126–127, C1
Meropis (versunkene Stadt), S. 126–127, D1
Machimos, Meropis (versunkene Stadt), S. 126–127, D2
Verlorener Kontinent Meropis (versunkener Kontinent), S. 126–127, C1/D1/C2/D2
Photopia (Videospiel), Turtalia (Region), S. 26–27, B1
Picket Fences – Tatort Gartenzaun (TV)
Hogan County, Wisconsin (County), S. 16–17, D5
Rome, Wisconsin (Städtchen), S. 16–17, D5
Picknick am Wegesrand (auch: *Stalker*) von Arkadi und Boris Strugatzki (Roman)
Harmont, Ontario (Städtchen), S. 26–27, E1
Harmont-Zone, Ontario (Region), S. 26–27, D1/E1
Institut für außerirdische Kulturen, Ontario (Gebäude), S. 26–27, E1
Pie in the Sky (TV), Barstock, England (Städtchen), S. 64–65, D2
Pinocchio (diverse), Spielzeugland, Italien (Insel), S. 44–45, C2

Piranhas (Film 1978), Lost River Lake, Texas (See), S. 16–17, B2
Planes (Film), Propwash Junction, Minnesota (Städtchen), S. 16–17, C6
Planetes (Manga/Anime), El Tanika (Land), S. 38–39, B3
„Plastic Beach" von Gorillaz (Musik), Plastic Beach, Pazifik (Insel), S. 120–121, E1
Pleasantville – Zu schön, um wahr zu sein (Film), Pleasantville, Kalifornien (Städtchen), S. 18–19, A3
Plötzlich Prinzessin von Meg Cabot (Roman/Film), Genovien (Land/Fürstentum), S. 44–45, C2
Plus belle la vie (TV), Le Mistral, Frankreich (Stadtviertel), S. 44–45, C2
Pobol y Cwm („Die Leute vom Tal") (TV)
Cwmderi, Wales (Städtchen), S. 64–65, C2
Cwrtmynach, Wales (Dorf), S. 64–65, B2
Llanarthur, Wales (Dorf), S. 64–65, C2
Pocahontas (Disney-Film), Quiyoughcohannock, Virginia (Fluss), S. 14–15, B4/C4
Pokémon (Videospiele)
Akala, Hawaii (Insel), S. 18–19, D1
Alabastia, Japan (Städtchen), S. 96–97, C2
Alola, Hawaii (Region/Staat), S. 18–19, C1/D1
Anemonia City, Japan (Stadt), S. 96–97, B2
Aquarellia, Frankreich (Städtchen), S. 44–45, C3
Azalea City, Japan (Stadt), S. 96–97, B1
Azurbucht, Frankreich (Meer), S. 44–45, B4/C4
Azuria City, Japan (Stadt), S. 96–97, C2
Batika City, Frankreich (Stadt), S. 44–45, C3
Blizzach, Japan (Stadt), S. 96–97, C4
Blütenburg City, Japan (Stadt), S. 96–97, A1
Cromlexia, Frankreich (Städtchen), S. 44–45, B3
Dorf des Seevolkes, Hawaii (Städtchen), S. 18–19, C1
Dukatia City, Japan (Stadt), S. 96–97, B2
Ebenholz City, Japan (Stadt), S. 96–97, C2
Einall, New York (Region/Staat), S. 14–15, D1
Eiseninsel, Japan (Insel), S. 96–97, C4
Elyses, Japan (Städtchen), S. 96–97, D4
Emeritae, Arizona (Städtchen), S. 18–19, C3
Erzelingen, Japan (Stadt), S. 96–97, C4
Escissia, Frankreich (Städtchen), S. 44–45, C3
Ewigenau, Japan (Stadt), S. 96–97, C4
Faustauhaven, Japan (Städtchen), S. 96–97, A2
Fleetburg, Japan (Stadt), S. 96–97, C4
Flori, Japan (Städtchen), S. 96–97, C4
Floßbrunn, Japan (Städtchen), S. 96–97, D1
Fluxia City, Frankreich (Stadt), S. 44–45, C3
Fractalia City, Frankreich (Stadt), S. 44–45, C3
Frescora, Frankreich (Städtchen), S. 44–45, C3
Fuchsiana City, Japan (Stadt), S. 96–97, C2
Glühberg, Hawaii (Berg), S. 18–19, D1
Graphitport City, Japan (Stadt), S. 96–97, A1
Hauholi City, Hawaii (Stadt), S. 18–19, C1
Herzhofen, Japan (Stadt), S. 96–97, D4
Hoenn, Japan (Region), S. 96–97, A1
Hokulani-Berg, Hawaii (Berg), S. 18–19, D1
Illumina City, Frankreich (Stadt), S. 44–45, C3
Insel im Süden, Japan (Insel), S. 96–97, A1
Johto, Japan (Region), S. 96–97, B2
Jubelstadt, Japan (Stadt), S. 96–97, C4
Kalos, Frankreich (Region), S. 44–45, C3
Kantai City, Hawaii (Städtchen), S. 18–19, D1
Kesselberg, Japan (Berg), S. 96–97, B2
Konikoni City, Hawaii (Städtchen), S. 18–19, C1
Kraftwerk Kanto, Japan (Gebäude), S. 96–97, C2
Laubwechselfeld, Japan (Städtchen), S. 96–97, A1
Lavandia, Japan (Städtchen), S. 96–97, C2
Lili'i, Hawaii (Städtchen), S. 18–19, C1
Magnum-Opus-Palast, Frankreich (Gebäude), S. 44–45, E3
Mahagonia City, Japan (Stadt), S. 96–97, B2
Malihe City, Hawaii (Städtchen), S. 18–19, D1
Malvenfroh City, Japan (Stadt), S. 96–97, A1
Marmoria City, Japan (Stadt), S. 96–97, C2
Meerestitanenhöhle, Kanalinseln (Insel), S. 64–65, A1
Mele-Mele, Hawaii (Insel), S. 18–19, C1
Metarost City, Japan (Stadt), S. 96–97, A2
Mondberg, Japan (Berg), S. 96–97, C2
Moosbach City, Japan (Stadt), S. 96–97, A1
Mosaia, Frankreich (Stadt), S. 44–45, C3
Mount Lanakila, Hawaii (Berg), S. 18–19, D1
Neuborkia, Japan (Städtchen), S. 96–97, C2
Neumondinsel, Japan (Insel), S. 96–97, C4
Nouvaria City, Frankreich (Stadt), S. 44–45, C3
Oliviana City, Japan (Stadt), S. 96–97, B2
Orania City, Japan (Stadt), S. 96–97, C2
Orre, Arizona (Region/Staat), S. 18–19, C3
Petrophia, Frankreich (Städtchen), S. 44–45, B3
Phenac, Arizona (Stadt), S. 18–19, C3
Poni, Hawaii (Insel), S. 18–19, C1
Prachtpolis City, Japan (Stadt), S. 96–97, D1
Prismania City, Japan (Stadt), S. 96–97, E1
Prismaturm, Paris, Frankreich (Gebäude), S. 44–45, E3
Pyritus, Arizona (Städtchen), S. 18–19, C3
Pyroberg, Japan (Berg), S. 96–97, A1
Raumfahrtzentrum Moosbach, Japan (Gebäude), S. 96–97, A1
Relievera City, Frankreich (Stadt), S. 44–45, B3
Romantia City, Frankreich (Stadt), S. 44–45, C3
Rosalia City, Japan (Stadt), S. 96–97, C2
Rosaltstadt, Japan (Städtchen), S. 96–97, A1
Saffronia City, Japan (Stadt), S. 96–97, E1
Sandgemme, Japan (Städtchen), S. 96–97, C4
Schleiede, Japan (Stadt), S. 96–97, D4
Schlotberg, Japan (Berg), S. 96–97, A1
See der Wahrheit, Japan (Landschaft), S. 96–97, C4
See des Zorns, Japan (Landschaft), S. 96–97, B2
Seegrasulb City, Japan (Stadt), S. 96–97, A1
Silberberg, Japan (Berg), S. 96–97, C2
Sinnoh, Japan (Region), S. 96–97, C4
Sonnewik, Japan (Stadt), S. 96–97, D4
Spiegelhöhle, Frankreich (Landschaft), S. 44–45, B3
Teak City, Japan (Stadt), S. 96–97, B2
Tempera City, Frankreich (Stadt), S. 44–45, C3
Turm der Erkenntnis, Frankreich (Gebäude), S. 44–45, B3
Ula-Ula, Hawaii (Insel), S. 18–19, D1
Vanitéa, Frankreich (Städtchen), S. 44–45, C3
Vertania City, Japan (Stadt), S. 96–97, C2
Viola City, Japan (Stadt), S. 96–97, B2
Vollmondinsel, Japan (Insel), S. 96–97, C4
Weideburg, Japan (Stadt), S. 96–97, D4
Wiesenflur, Japan (Städtchen), S. 96–97, A1
Wurzelheim, Japan (Städtchen), S. 96–97, A1
Xeneroville, Japan (Stadt), S. 96–97, A1
Yantara City, Frankreich (Stadt), S. 44–45, B3
Zinnoberinsel, Japan (Insel), S. 96–97, C2
Zweiblattdorf, Japan (Städtchen), S. 96–97, C4
Poldark (TV), Nampara, England (Gebäude), S. 64–65, B1
Police Quest (Videospiel), Lytton, Kalifornien (Städtchen), S. 18–19, A3
Poltergeist (Film), Cuesta Verde, Kalifornien (Städtchen), S. 18–19, A3
Popeye (diverse), Sweethaven, Kalifornien (Städtchen), S. 18–19, A3
Poppoya (Film)
Biyoro, Japan (Stadt), S. 96–97, C4
Horomai, Japan (Städtchen), S. 96–97, C4
Horomai-Linie, Japan (Bahnstrecke), S. 96–97, C4
Kitahoromai, Japan (Dorf), S. 96–97, C4
Porco Rosso (Anime)
Doburoku, Kroatien (Stadt), S. 50–51, A1/A2
Hotel Adriano, Kroatien (Gebäude), S. 50–51, A2
Porgy and Bess (Musical), Catfish Row, South Carolina (Gebäude), S. 14–15, B3/C3
Porque Parece Mentira la Verdad Nunca se Sabe von Daniel Sada (Roman)
Brinquillo, Mexiko (Städtchen), S. 32–33, B3
Capila, Mexiko (Region), S. 32–33, B3
Pencas Mudas, Mexiko (Städtchen), S. 32–33, B3
Remadrín, Mexiko (Städtchen), S. 32–33, B3
Salimiento, Mexiko (Städtchen), S. 32–33, B3
San Chema, Mexiko (Städtchen), S. 32–33, B3
Porridge (TV), HMP Slade, England (Gebäude), S. 64–65, C3
Portal-Reihe (Videospiel), Aperture Science Enrichment Center, Michigan (Gebäude), S. 16–17, D6
Porto dos Milagres (TV), Porto dos Milagres, Brasilien (Städtchen), S. 38–39, D4
Poseidon (Film), RMS *Poseidon*, Atlantik (Wrack), S. 126–127, B5
Postbote Pat (TV)
Greendale, England (Dorf), S. 64–65, C3
Ingledale, England (Dorf), S. 64–65, C3
Pencaster, England (Städtchen), S. 64–65, C3
Power Rangers (diverse)
Angel Grove, Oregon (Städtchen), S. 18–19, A5
Mariner Bay, Kalifornien (Stadt), S. 18–19, A3
Power Rangers SPD (TV), New Tech City, Kalifornien (Stadt), S. 18–19, A4
Power Rangers Wild Force (TV)
Turtle Cove, Colorado (Stadt), S. 16–17, A4
Turtle Lake, Colorado (See), S. 16–17, A4
Power Ranges Time Force (TV), Silver Hills, Washington (Stadt), S. 18–19, A6
Power Without Glory von Frank Hardy (Novelle), Carringbush, Victoria (Städtchen), S. 108–109, A1
Powerpuff Girls (TV)
Cityville, Kalifornien (Stadt), S. 18–19, B3
Farmsville, Kalifornien (Städtchen), S. 18–19, B3
Pokey Oats County, Kalifornien (County), S. 18–19, B3
Rotunde der Abgeschiedenheit (Rotunda of Seclusion), Nepal (Gebäude), S. 78–79, C4
Townsville, Kalifornien (Stadt), S. 18–19, B3
Preacher (Graphic Novel/TV)
Angelville-Plantage, Louisiana (Gebäude), S. 16–17, C2
Annville, Texas (Städtchen), S. 16–17, C2
Salvation, Texas (Städtchen), S. 16–17, C2
Preis der Wahrheit von Ngũgĩ wa Thiong'o (Roman), Thabai, Kenia (Dorf), S. 84–85, D3
Presença de Anita (TV), Florença, Brasilien (Städtchen), S. 38–39, C3
Pretty Little Liars (TV, indonesische Version), Amerta, Indonesien (Städtchen), S. 90–91, C1
Pretty Little Liars (TV), Rosewood, Pennsylvania (Städtchen), S. 14–15, C4
Princess and I (Film), Yangdon (Land), S. 78–79, D4
Prinzessin Mononoke (Anime)
Eisenhütte, Japan (Städtchen), S. 96–97, B2
Emishi-Dorf, Japan (Dorf), S. 96–97, C2
Zedernwald, Japan (Landschaft), S. 96–97, B2
Prinzessinnen Schutzprogramm (Film)
Costa Estrella, Karibik (Insel), S. 32–33, E2
Costa Luna, Karibik (Insel), S. 32–33, E2
PriPara (Videospiel/Anime), Parajuku, Japan (Städtchen), S. 96–97, E1
Priscilla – Königin der Wüste (Film), Ping-Pong-Bar, South Australia (Gebäude), S. 108–109, C2
Prison Break (TV), Fox River State Penitentiary, Illinois (Gebäude), S. 16–17, D4
Prisoner/Wentworth (TV)
Barnhurst-Gefängnis, Victoria (Gebäude), S. 108–109, A1
Blackmoor-Gefängnis, Victoria (Gebäude), S. 108–109, A1
Wentworth-Frauengefängnis (Detention Centre), Victoria (Gebäude), S. 108–109, A1
Providence (TV), Providence, Québec (Städtchen), S. 26–27, E1
Psycho (Roman/Film)
Bates Motel, Kalifornien (Städtchen), S. 18–19, A4
Fairvale, Kalifornien (Städtchen), S. 18–19, A4
Pu der Bär von A.A. Milne (diverse), Hundert-Morgen-Wald, England (Landschaft), S. 64–65, D1
Puckoon: eine irische Dorfgeschichte von Spike Milligan (Roman), Puckoon, Nordirland/Irland (Dorf), S. 64–65, A3
Puella Magi Madoka Magica (Anime/Manga)
Asunaro, Japan (Stadt), S. 96–97, C3
Kamihama, Japan (Stadt), S. 96–97, B2
Kazamino, Japan (Stadt), S. 96–97, C3
Mitakihara, Japan (Stadt), S. 96–97, C3
Queimada – Insel des Schreckens (Film), Queimada, Kleine Antillen (Insel), S. 32–33, F2
Raag Darbari von Srilal Shukla (Roman), Shivpalganj, Indien (Dorf), S. 78–79, C4
Rabbits (Film), Galanos, Arizona (Städtchen), S. 18–19, C2
Radetzkymarsch von Joseph Roth (Roman), Sipolje, Slowenien (Dorf), S. 50–51, A2
Rail Romanesque (Videospiel/Anime), Ohitoyo, Japan (Städtchen), S. 96–97, A1
Railroad Tycoon II: The Second Century (Videospiel), Geocore-Kraftwerk, La Mancha Fissure, Spanien (Gebäude), S. 44–45, B2
Rainbirds von Clarissa Goenawan (Roman), Akakawa, Japan (Städtchen), S. 96–97, C2
Raj Comics, Rajnagar, Indien (Stadt), S. 78–79, D4
Ralph reichts (Film), Los Aburridos, Kalifornien (Städtchen), S. 18–19, B3
Ram-Leela (Film), Ranjhaar, Indien (Städtchen), S. 78–79, A4/B4
Rambo (Film)
Hope, Washington (Städtchen), S. 18–19, A6
Liggett County, Washington (County), S. 18–19, A6/B6
Ramgarh Ke Sholay (Film), Ramgarh, Indien (Dorf), S. 78–79, B3
Rango (Film), Dirt/Dreck, Nevada (Städtchen), S. 18–19, B3
Ranma ½ von Rumiko Takahashi (Manga/Anime)
Verfluchte Quellen von Jusenkyo, China (Landschaft), S. 102–103, B2
Furinkan, Japan (Städtchen), S. 96–97, E1
Jusendo, China (Berg), S. 102–103, B2
Tendo Dojo, Japan (Gebäude), S. 96–97, E1
Rapunzel – Neu verföhnt/Rapunzel – die Serie (Film/TV)
Corona (Stadt/Staat), S. 50–51, A4/B4
Alt-Corona, Corona (Städtchen), S. 50–51, B4
Rapunzels Turm, Corona (Bauwerk), *Rapunzel – Neu verföhnt/Rapunzel – die Serie* (Film/TV), S. 50–51, B4
Rasender Atlantik von Hammond Innes (Roman), Laerg, Schottland (Insel), S. 64–65, A5
Ratatouille (Film)
Gusteau's, Paris, Frankreich (Restaurant), S. 44–45, E3
La Ratatouille, Paris, Frankreich (Bistro), S. 44–45, E3
Raumschiff Enterprise – Das nächste Jahrhundert/Picard (TV)
Afrikanische Konföderation (Staatenbund), S. 84–85, D4
Château Picard, Frankreich (Gebäude), S. 44–45, C3
Raun Wantaim Savemahn (Hörspiel), Mambu Hanua, Papua-Neuguinea (Dorf), S. 90–91, F1
Razorback von Peter Brennan (Roman/Film), Gamulla, New South Wales (Städtchen), S. 108–109, D2
Ready Player One (Film), The Stacks, Ohio (Städtchen), S. 14–15, B4
Reale Welt
Agloe, New York (Städtchen), S. 14–15, C5
Alvik, Norwegen (Städtchen), S. 56–57, B3
Loftbacken, Schweden (Städtchen), S. 56–57, B4
Null Island, Atlantik (Insel), S. 126–127, D2
Smalvik, Norwegen (Dorf), S. 56–57, B3
Utrøst, Norwegen (Insel), S. 56–57, B5
Rebecca von Daphne du Maurier (Roman), Manderley, England (Gebäude), S. 64–65, B1
Rechtswesen
Acre County, Tennessee (County), S. 14–15, B3
Blackacre & Whiteacre, Tennessee (Immobilien), S. 14–15, B3
Reserve (Staat), S. 14–15, A4/B4
Recorded by Arizal (Internetserie), Taman (Land), S. 90–91, D2
Red Dead Redemption-Reihe (Videospiel)
Ambarino (Staat), S. 18–19, D4
Annesburg, New Hanover (Städtchen), S. 16–17, D3
Armadillo, New Austin (Städtchen), S. 16–17, A2
Blackwater, West Elizabeth (Städtchen/Stadt), S. 16–17, C3
Chuparosa, Mexiko (Städtchen), S. 32–33, B3
Escalera, Mexiko (Städtchen), S. 32–33, B3
Lagras, Lemoyne (Städtchen), S. 16–17, D2
Lannahechee River, Lemoyne (Fluss), S. 16–17, D2
Lemoyne (Staat), S. 16–17, C2
Lower Montana River, diverse (Fluss), S. 16–17, C3
Mesa de la Luna, Mexiko (Berg), S. 32–33, B3/B4
Mesa del Sol, Mexiko (Berg), S. 32–33, B3
New Austin (Staat), S. 18–19, D2
New Hanover (Staat), S. 16–17, C3/D3
Nuevo Paraíso, Mexiko (Land), S. 32–33, B3
Rhodes, Lemoyne (Städtchen), S. 16–17, D2
Saint Denis, Lemoyne (Stadt), S. 16–17, D2
San Luis River, diverse USA und Mexiko (Fluss), S. 18–19, D3 und S. 32–33, B4
Strafgefängnis Sisika Penitentiary, Lemoyne (Insel), S. 16–17, D2
Strawberry, West Elizabeth (Städtchen), S. 16–17, C3
The Grizzlies (Gebirge), S. 18–19, D4
Upper Montana River, diverse (Fluss), S. 16–17, B3/C3
Valentine, New Hanover (Städtchen), S. 16–17, C3
Van Horn Trading Post, New Hanover (Städtchen), S. 16–17, D3
West Elizabeth (Staat), S. 16–17, C3
Red Girls von Sakuraba Kazuki (Roman), Benimidori, Japan (Dorf), S. 96–97, B2
Red River of the North-Reihe von Lauraine Snelling (Romane), Blessing, North Dakota (Städtchen), S. 16–17, B6
Red Rock (TV), Red Rock, Irland (Städtchen), S. 64–65, B3
Red Scorpion (Film), Mombaka (Land), S. 84–85, C3
Red State (Film), Cooper's Dell, Texas (Städtchen), S. 16–17, B3
Regenzeit von Stephen King (Kurzgeschichte), Willow, Maine (Städtchen), S. 14–15, D6
Regina Leader-Post (Zeitung), Crackled Axle, Saskatchewan (Städtchen), S. 26–27, C1
Reise zum Mittelpunkt der Erde von Jules Verne (Roman), Krater zum Mittelpunkt der Erde, Island (Vulkan/Pforte), S. 56–57, A6
Relic Hunter – Die Schatzjägerin (TV), Endostan (Land), S. 72–73, E3
Palast der Talibs, Endostan (Bauwerk), S. 72–73, E3
Reporter des Satans (Film)
Escudero, New Mexico (Städtchen), S. 18–19, D3
Los Barrios County, New Mexico (County), S. 18–19, D3
Resident Evil-Reihe (Videospiele/Filme)
Arklay Mountains, Missouri (Gebirge), S. 16–17, C3/D
Harvardville (Stadt), S. 18–19, B5
Lanshiang, China (Region/Stadt), S. 102–103, D1
Raccoon City, Missouri (Stadt), S. 16–17, C3
Rockfort Island (Insel), S. 114–115, E4
Stone Ville, Missouri (Städtchen), S. 16–17, C3
Tall Oaks, unbekannt (Stadt), S. 14–15, C6
Return of the Obra Dinn (Videospiel), Obra Dinn, England (Wrack), S. 64–65, B1
Rhinogradentia-Abhandlung: *Bau und Leben der Rhinogradentia* von Harald Stümpke (Wissenschaftlicher Witz), Heieiei-Archipel, Pazifik (Inselgruppe), S. 120–121, C3
Riacho Doce von José Lins do Rego (Roman/TV), Riacho Doce, Brasilien (Städtchen), S. 38–39, D4
Riallaro, the Archipelago of Exiles von Godfrey Sweven (Roman)
Broolyi, Pazifik (Insel), S. 120–121, D1
Fanattia, Pazifik (Insel), S. 120–121, E1
Limanora, Pazifik (Insel), S. 120–121, E1
Riallaro-Archipel, Pazifik (Inselgruppe), S. 120–121, D1/E1
Spectralia, Pazifik (Insel), S. 120–121, E1
Ribeirão do Tempo (TV), Ribeirão do Tempo, Brasilien (Städtchen), S. 38–39, D4
Richie Rich (diverse), Richville, Indiana (Städtchen), S. 14–15, A4
Richmond Hill (TV), Richmond Hill, New South Wales (Städtchen), S. 108–109, D2
Riddley Walker von Russell Hoban (Roman)
Bernt Arse, England (Städtchen), S. 64–65, D1/D2
Do It Over, England (Städtchen), S. 64–65, D1
Father's Ham, England (Städtchen), S. 64–65, D2
Fork Stoan, England (Städtchen), S. 64–65, D1
Horny Boy, England (Städtchen), S. 64–65, D2
Sam's Itch, England (Städtchen), S. 64–65, D2
The Ram, England (Städtchen), S. 64–65, D2
Ring (Film)
Moesko Island, Washington (Insel), S. 18–19, A6
Shelter Mountain Inn, Washington (Gebäude), S. 18–19, A6
Ripping Yarns (TV)
El Misti, Peru (Berg), S. 38–39, A4
Quequenâ, Peru (Städtchen), S. 38–39, A4
Stalag Luft 112B, Deutschland (Gebäude), S. 44–45, D3
Ripping Yarns: Golden Gordon (TV), Barnstoneworth, England (Städtchen), S. 64–65, C3
Ripping Yarns: Murder at Moorstones Manor (TV)
Darkstones Moor, Schottland (Landschaft), S. 64–65, B4/C4
Moorstones Manor, Schottland (Gebäude), S. 64–65, B4
Ripping Yarns: The Testing of Eric Olthwaite (TV), Denley Moor, England (Städtchen), S. 64–65, C3
River City (TV), Shieldinch, Schottland (Städtchen), S. 64–65, C4
Riverdale/Chilling Adventures of Sabrina (TV)
Greendale (Städtchen), S. 14–15, D5
Riverdale (Städtchen), S. 14–15, C6
Road Ends von Mary Lawson (Roman), Struan, Ontario (Städtchen), S. 26–27, E1
Road to Perdition, Max Allan Collins (Graphic Novel/Film), Perdition, Michigan (Städtchen), S. 14–15, A5
Robin Hood (diverse, Mythos), Locksley, England (Städtchen), S. 64–65, D2
Robinson Crusoe von Daniel Defoe (Roman), Robinson Crusoes Insel, Karibik (Insel), S. 32–33, F2
Robocop (Film), Delta City, Michigan (Stadt), S. 14–15, A5/B5
Rocket Girls von Hōsuke Nojiri (Romane/Anime)
Maltide, Pazifik (Insel), S. 120–121, B3
Solomon Space Center, Pazifik (Gebäude), S. 120–121, B3
Rocket Power (TV), Ocean Shores, Kalifornien (Städtchen), S. 18–19, B3
Rockos modernes Leben (TV), O-Town, Wisconsin (Städtchen), S. 16–17, D5
Rocky und Bullwinkle (TV) Pottsylvanien, S. 50–51, B4
Romane von Agatha Christie, St. Mary Mead, England (Dorf), S. 64–65, C2
Romane von Alan Hunter, Norchester, England (Stadt), S. 64–65, D2
Romane von Anthony Trollope
Barchester, England (Stadt), S. 64–65, C1
Barsetshire, England (Grafschaft), S. 64–65, C1
Silverbridge, England (Städtchen), S. 64–65, C1
Romane von Benito Pérez Galdós
Ficóbriga, Spanien (Städtchen), S. 44–45, B3
Saldeoro, Spanien (Städtchen), S. 44–45, B2
Romane von Brian Friel, Ballybeg, Irland (Städtchen), S. 64–65, A3
Romane von Christina McKenna), Tailorstown, Nordirland (Dorf), S. 64–65, B3
Romane von David Lodge (*Campus-Trilogie*)
Euphoria (Staat), S. 18–19, A4
Plotinus, Euphoria (Stadt), S. 18–19, A4
Rummidge, England (Stadt), S. 64–65, C2
Romane von Denzil Meyrick, Kinloch, Schottland (Städtchen), S. 64–65, B4
Romane von Edward Frederic Benson, Tilling, England (Städtchen), S. 64–65, D1
Romane von Elizabeth Bowen, Seale-on-Sea, England (Städtchen), S. 64–65, D1
Romane von Ellen Wood, Helstonleigh, England (Stadt), S. 64–65, C2
Romane von George Eliot, Loamshire, England (Grafschaft), S. 64–65, C2/D2

Romane von Graham Norton
Buncarragh, Irland (Städtchen), S. 64–65, B2
Muirinish, Irland (Städtchen), S. 64–65, A2
Mullinmore, Irland (Städtchen), S. 64–65, A2
Romane von Henry Williamson, Gaultshire, England (Grafschaft), S. 64–65, D2
Romane von Hugh Walpole
Glebeshire, England (Grafschaft), S. 64–65, C1
Polchester, England (Stadt), S. 64–65, C2
Seatown, England (Städtchen), S. 64–65, C2
Romane von Ian Sansom, Tumdrum, Nordirland (Städtchen), S. 64–65, B3
Romane von J.M. Barrie, Thrums, Schottland (Dorf), S. 64–65, C4
Romane von Jack Hodgins, Waterville, British Columbia (Städtchen), S. 26–27, B1
Romane von James Branch Cabell, Poictesme (Land), S. 44–45, B3
Romane von Jilly Cooper, Rutshire, England (Grafschaft), S. 64–65, C2
Romane von Joanne Harris, Malbry, England (Städtchen), S. 64–65, C3
Romane von John Buchan
Auchenlochan, Schottland (Städtchen), S. 64–65, B3
The Canonry, Schottland (Region/Grafschaft), S. 64–65, B3
Castle Gay, Schottland (Gebäude), S. 64–65, B3
The Cruives, Schottland (Landschaft), S. 64–65, B3
Dalquaharter, Schottland (Städtchen), S. 64–65, B3
Fallatown, Schottland (Städtchen), S. 64–65, B3
Gledmouth, Schottland (Städtchen), S. 64–65, C3
Glendonan, Schottland (Städtchen), S. 64–65, C3
Kirkmichael, Schottland (Städtchen), S. 64–65, C3
Laverlaw, Schottland (Anwesen), S. 64–65, C4
Markhaven, England (Städtchen), S. 64–65, C3
Portoway, Schottland (Städtchen), S. 64–65, B3
Starr, Schottland (Städtchen), S. 64–65, B3/C3
Romane von Louis Erdrich, Pluto, North Dakota (Städtchen), S. 16–17, B6
Romane von Nicci French, Sandling Island, England (Insel), S. 64–65, D2
Romane von P.G. Wodehouse
Belpher, England (Dorf), S. 64–65, C1
Blandings Castle, England (Gebäude), S. 64–65, C2
Bridmouth-on-Sea, England (Städtchen), S. 64–65, C2
Brinkley Court, England (Anwesen), S. 64–65, C2
Chuffnell Regis, England (Städtchen), S. 64–65, C2
King's Deverill, England (Städtchen), S. 64–65, C1
Market Blandings, England (Städtchen), S. 64–65, C2
Market Snodsbury, England (Dorf), S. 64–65, C2
Marvis Bay, England (Städtchen), S. 64–65, B1
Rowcester Abbey, England (Gebäude), S. 64–65, D2
Southmoltonshire, England (Grafschaft), S. 64–65, D2
Valley Fields, England (Städtchen), S. 64–65, D2
Romane von Patrick McCabe, Cullymore, Irland (Städtchen), S. 64–65, B3
Romane von Patrick McManus, Blight, Idaho (Städtchen), S. 18–19, B6
Romane von Philip José Farmer, Khokarsa, Zentralafrika (Land), S. 84–85, B4/C4
Romane von Stephen King
Dark Score Lake, Maine (See), S. 14–15, D6
Lake Kashwakamak, Maine (See), S. 14–15, D6
Romane von Susan Pleydell
Ledshire, England (Grafschaft), S. 64–65, C3
Leyburn Castle, England (Gebäude), S. 64–65, C3
Snaydon, Schottland (Städtchen), S. 64–65, C3
Thaxley, England (Dorf), S. 64–65, C3
Romane von Susan Pleydell, Ledenham, England (Städtchen), S. 64–65, C3
Romane von Thomas Hardy
Anglebury, England (Städtchen), S. 64–65, C1
Budmouth, England (Städtchen), S. 64–65, C1
Casterbridge, England (Städtchen), S. 64–65, C1
Christminster, England (Stadt), S. 64–65, C2
Downstaple, England (Städtchen), S. 64–65, C1
Exonbury, England (Stadt), S. 64–65, C1
Isle of Slingers, England (Insel), S. 64–65, C1
Ivell, England (Städtchen), S. 64–65, C1
Lower Wessex, England (Grafschaft), S. 64–65, C1
Marlott, England (Städtchen), S. 64–65, C1
Melchester, England (Stadt), S. 64–65, C1
Mellstock, England (Städtchen), S. 64–65, C1
Off Wessex, England (Grafschaft), S. 64–65, B1
Outer Wessex, England (Grafschaft), S. 64–65, C1
Quartershot, England (Städtchen), S. 64–65, D2
Sandbourne, England (Städtchen), S. 64–65, C1
Shaston, England (Städtchen), S. 64–65, C1
South Wessex, England (Grafschaft), S. 64–65, C1
Romane von Tom Sharpe, Piemburg, Südafrika (Städtchen), S. 84–85, C2
Romane von Vasily Aksyonov/Wassili Aksjonow, Ochichornia/Otschitschornije (Staat), S. 18–19, A2/B2
Romanoff und Julia von Peter Ustinov (Theaterstück/Film), Concordia (Land), S. 50–51, A3
Romeo + Julia (Film), Verona Beach, Florida (Stadt), S. 14–15, C1
Roque Santeiro (TV), Asa Branca, Brasilien (Städtchen), S. 38–39, D4
Ros Na Rún (TV), Ros Na Rún, Irland (Dorf), S. 64–65, A2
Roseanne (TV), Lanford, Illinois (Städtchen), S. 16–17, D5
Rosehaven (TV), Rosehaven, Tasmanien (Städtchen), S. 108–109, D1
Rote Ernte von Dashiell Hammett (Roman), Peaceville (Pissville), Montana (Städtchen), S. 18–19, C5
Roughnecks (TV), Osprey Explorer, Nordsee (Bohrinsel), S. 64–65, D5
Royal Flash von George MacDonald Fraser (Roman), Herzogtum Strackenz, Strackenz (Region), S. 44–45, D4
Rückkehr nach Crow Lake von Mary Lawson (Roman), Crow Lake, Ontario (Städtchen), S. 26–27, A4
Rückkehr nach Eden (TV)
Landsitz Eden, Northern Territory (Anwesen), S. 108–109, C4
Stadtdomizil Eden, New South Wales (Gebäude), S. 108–109, F4
Ruddigore von Gilbert & Sullivan (komische Oper), Rederring, England (Dorf), S. 64–65, B1
Rudolph mit der roten Nase (TV-Special)
Insel der Nichtsnutz-Toys, Nordpolarmeer (Insel), S. 26–27, C4
König Moonracers Schloss, Nordpolarmeer (Gebäude), S. 26–27, C4
Rugrats in Paris (Film), Reptarland, Frankreich (Themenpark), S. 44–45, E3
Runaway Train (Film),
Jordan, Seneca, Elkins, McKessburg, Bellport, Alaska (Städtchen),
Seneca River, Alaska (Fluss),
Hochsicherheitsgefängnis Stonehaven, Alaska (Gebäude),
A&E Northern Railroad (Bahngesellschaft), Alaska,
alle S. 18–19, B1
Runaway! (Film), Jackson City, Colorado (Stadt), S. 16–17, A4
Rupert Bär von Mary Tourtel (Kinderbücher/TV), Nutwood, England (Dorf), S. 64–65, D2
Russische Mythen
Bujan, Deutschland (Insel), S. 44–45, D4
Sannikow-Land, Nordpolarmeer (Insel), S. 102–103, E2/F2
Ruth Galloway-Reihe von Elly Griffiths (Roman), Salzmoor, England (Landschaft), S. 64–65, D2
Ryans Tochter (Film), Kirrary, Irland (Dorf), S. 64–65, A2
Superman – Die Abenteuer von Lois & Clark (TV), New Troy (Staat), S. 14–15, C5
Sa Ngalan ng Ina (TV), Verano, Philippinen (Region), S. 90–91, C3
Sabrina – Total Verhext! (TV), Westbridge, Massachusetts (Städtchen), S. 14–15, D5
Sailor Moon von Naoko Takeuchi (Manga/Anime)
Cherry Hill Temple, Japan (Gebäude), S. 96–97, E1
Crossroads, Japan (Städtchen), S. 96–97, E1
Crystal Palace (Kristallpalast, Silberpalast), Japan (Gebäude), S. 96–97, E1
Crystal Tokyo/Kristall-Tokio, Japan (Stadt), S. 96–97, E1/F1
Mugen-Akademie/Infinity-Akademie, Japan (Gebäude), S. 96–97, E1
Sankakusu, Japan (Stadt/Insel), S. 96–97, F1
Saints Row (Videospiel), Stilwater, Michigan (Stadt), S. 14–15, A5
Saison der Wirbelstürme von Fernanda Melchor (Roman), La Matosa, Mexiko (Städtchen), S. 32–33, B2
Sakrileg von Dan Brown (Roman/Film), Maria Magdalenas Grab, Paris, Frankreich (Gebäude), S. 44–45, E3
Sakura Quest (Anime)
Königreich Chupakabura, Japan (Stadt/Staat), S. 96–97, B2
Manoyama, Japan (Städtchen), S. 96–97, B2
Sam Slick in England von Thomas Chandler Haliburton (Roman), Slickville, Connecticut (Städtchen), S. 14–15, D5
Samurai Shodown-Reihe (Videospiele)
Anjo, Japan (Dorf), S. 96–97, B2
Jōkamachi, Japan (Stadt), S. 96–97, C2
Wataribashi, Japan (Stadt), S. 96–97, A1
San Juan Romero von Rita María Felix da Silva (Roman), San Juan Romero, Mexiko (Dorf), S. 32–33, B3
San Lazaro (Film), San Lazaro, Philippinen (Städtchen), S. 90–91, C3
San Manuel Bueno, Märtyrer von Miguel de Unamuno (Roman)
Bussardsberg, Spanien (Berg), S. 44–45, B1
Renada, Spanien (Stadt), S. 44–45, B2
Valverde de Lucerna, Spanien (Städtchen), S. 44–45, A2
Valverde de Lucerna, Spanien (Dorf), S. 44–45, B1/B2
San Simeon (Sims 3) (Videospiel)
Isla Paraíso, Philippinen (Insel), S. 90–91, D3
San Simeon, Philippinen (Stadt), S. 90–91, D3
San Sombrèro. Karibik, Karneval und Kakerlaken (Reiseführer)
Alpenstein, Schweiz/Deutschland (Land), S. 44–45, C3
Barbituros-Inseln (Land/Inselgruppe), S. 32–33, F2
Costa Protza (Land/Fürstentum), S. 44–45, C2
Freie Vereinigte Demokratische Volksrepublik San Sombrèro (Land), S. 32–33, D1
Hagul, Ungeprüfte Arabische Emirate (Stadt), S. 72–73, C1
Nuku'la Atoll, Pazifik (Insel), S. 120–121, C4
Tyrannistan (Land), S. 72–73, D4/E4
Ungeprüfte Arabische Emirate (Land/Emirat), S. 72–73, C1
Sanctus-Trilogie von Simon Toyne (Romane)
Trahpah, Türkei (Stadt), S. 72–73, B3
Zitadelle, Türkei (Stadt/Staat), S. 72–73, B3
Sanditon von Jane Austen (Roman), Sanditon, England (Städtchen), S. 64–65, D1
Santa Esperanza von Aka Mortschiladse (Roman)
Santa City, Santa Esperanza (Stadt), S. 50–51, C2
Santa Esperanza (Insel/Nation), S. 50–51, C2
Santa María del Circo von David Toscana (Roman), Sierra Vieja, Mexiko (Städtchen), S. 32–33, B3
Santo Bugito (TV), Santo Bugito, Texas (Städtchen), S. 16–17, B1
Saramandaia (TV), Saramandaia (Bole-Bole), Brasilien (Städtchen), S. 38–39, D4
Sargassomeer (auch: *Die weite Sargassosee*) von Jean Rhys (Roman)
Coulibri, Jamaika (Zuckerrohrplantage), S. 32–33, D2
Granbois, Dominica (Zuckerrohrplantage), S. 32–33, F2
Savrola von Winston Churchill (Roman), Laurania (Land), S. 44–45, B2
Scaramouche von Rafael Sabatini (Roman), Gavrillac, Frankreich (Dorf), S. 44–45, B3
Scarfolk Council (Website), Scarfolk, England (Städtchen), S. 64–65, C3
Scary Go Round (Webcomic), Tackleford, England (Stadt), S. 64–65, C3
Scham und Schande von Salman Rushdie (Roman), Q, Pakistan (Städtchen), S. 78–79, A5
Schau heimwärts, Engel von Thomas Wolfe (Roman)
Altamont, Catawba (Städtchen), S. 14–15, B3
Catawba (Staat), S. 14–15, B3/C3
Catawba-Gebirge, Catawba (Gebirge), S. 14–15, B3
Pulpit Hill, Catawba (Städtchen), S. 14–15, C3
Scherz/Streich
Chako Paul City, Schweden (Städtchen), S. 56–57, C5
Binomo (Insel/Nation, Telefonscherz von Wladimir Kusnezow und Alexej Stoljarow), S. 90–91, C3
Schiffbruch mit Tiger von Yann Martel (Roman)
Tomatán, Mexiko (Städtchen), S. 32–33, A4
Tsimtsum, Pazifik (Wrack), S. 90–91, D4
Werft Erlandson und Skank, Schweden (Gebäude), S. 56–57, B1
Schiffbruch und *Der Untergang der Poseidon* von Paul Gallico (Romane)
SS Poseidon (ex-RMS *Atlantis*), Atlantik (Wrack), S. 126–127, C4
Schitt's Creek (TV), Schitt's Creek, Ontario (Städtchen), S. 26–27, A4
Schlafes Bruder von Robert Schneider (Roman), Eschberg, Österreich (Dorf), S. 44–45, C3
Schloss Malplaquet oder Lilliput im Exil von T.H. White (Roman), Malplaquet, England (Anwesen), S. 64–65, C2
Schnee, der auf Zedern fällt von David Guterson (Roman/Film), San Piedro, Washington (Insel), S. 18–19, A6
Schneller als der Tod (Film), Redemption, Arizona (Städtchen), S. 18–19, C2
Schönheit ist eine Wunde von Eka Kurniawan (Roman), Halimunda, Indonesien (Städtchen), S. 90–91, B1
Schule des Grauens von Anthony Horowitz (Romane)
Groosham Grange, England (Gebäude), S. 64–65, D2
Skrull Island, England (Insel), S. 64–65, D2
Schutzgebiet Sinistra von Ádám Bodor (Roman), Schutzgebiet Sinistra (Region), S. 50–51, B2/B3
Schwalben und Amazonen/Der Kampf um die Insel von Arthur Ransome (Roman), Rio, England (Dorf), S. 64–65, C3
Schwarze Wasser von Victor Serge (Roman)
Tschornaja, Russland (Fluss), S. 50–51, B5
Tschornoje, Russland (Städtchen), S. 50–51, A5
Schwarzer Narziss/Die schwarze Narzisse von Rumer Godden (Roman/Film)
Mopu, Indien (Dorf), S. 78–79, C4/D4
Nanga Dalle, Indien (Berg), S. 78–79, C4/D4
Schwarzes Unheil von Evelyn Waugh (Roman)
Azania (Land/Kaiserreich), S. 84–85, D4
Debra Dowa, Azania (Stadt), S. 84–85, D4
Matodi, Azania (Städtchen), S. 84–85, D4
Mhomala, Azania (Städtchen), S. 84–85, D4
Sakuyu-Kanal, Azania (Meer), S. 84–85, D4
Scooby-Doo (TV), Castle McDuff, Schottland (Gebäude), S. 64–65, B5
Scooby-Doo und die Gespensterinsel (Film), Gespensterinsel (Moonscar Island), Louisiana (Insel), S. 16–17, D2
Scooby-Doo – Abenteuer am Vampirfelsen (Film), Vampirfelsen, Northern Territory (Landschaft), S. 108–109, C3
Scooby-Doo und das Ungeheuer von Loch Ness (TV), Blake Castle, Schottland (Gebäude), S. 64–65, B5
Scooby-Doo: Ritterspiele (TV), Glasburgh, Schottland (Dorf), S. 64–65, C4
Scooby-Doo! – Der Fluch des Seemonsters (Film)
Coolsville, Ohio (Städtchen), S. 14–15, B4
Erie Pointe, Ohio (Städtchen), S. 14–15, B5
Scooby-Doo! Frankencreepy (Film), Transylvania, Pennsylvania (Städtchen), S. 14–15, B5
Scooby-Doo! Music of the Vampire (Film), Petit Chauve Sourie Ville, Louisiana (Städtchen), S. 16–17, D2
Scoop von Evelyn Waugh (Roman)
Ishmaelia (Land), S. 84–85, D4
Jacksonburg, Ishmaelia (Stadt), S. 84–85, D4
Scotland the What? (Comedy-Programm), Auchterturra, Schottland (Städtchen), S. 64–65, C5
Scream (Filme), Woodsboro, Kalifornien (Städtchen), S. 18–19, A4
Scrublands von Chris Hammer (Roman)
Bellingham, New South Wales (Städtchen), S. 108–109, D2
Riversend, New South Wales (Städtchen), S. 108–109, D2
Sea Patrol (TV), Samaru-Inseln, Pazifik (Inselgruppe), S. 108–109, E3
Sealab 2020/Sealab 2021 (TV), Sealab, Tasmansee (Unterwasserbauten), S. 120–121, B1
Sealab 2021 (TV), Fort Klugman, Wyoming (Gebäude), S. 16–17, A4
Second City TV/SCTV (TV), Melonville, Alberta (Städtchen), S. 26–27, C1
Secret-Reihe von Annette Mahon (Romane), Malino, Hawaii (Städtchen), S. 18–19, D1
Segundo Sol (TV), Ilha de Boiporã, Brasilien (Insel/Städtchen), S. 38–39, D4
Seine erste Frau von W. Somerset Maugham (Roman)
Ferne Court, England (Städtchen), S. 64–65, D2
Tercanbury, England (Stadt), S. 64–65, D2
Seine Exzellenz der Botschafter von Érico Veríssimo (Roman), República de Sacramento (Insel/Nation), S. 32–33, D2
Seinfeld (TV), Latham, Massachusetts (Städtchen), S. 14–15, C5
Servant x Service von Karino Takatsu (Manga), Mitsuba, Japan (Städtchen), S. 96–97, C4
Sesam Stasjon (TV), Sesam Stasjon (Bahnhof), Norwegen (Gebäude), S. 56–57, B3
Sesamstraße (TV), Mount Snuffleupagus, Hawaii (Berg), S. 18–19, C1
Setenta Veces Siete von Ricardo Elizondo Elizondo (Roman)
Carrizalejo, Mexiko (Städtchen), S. 32–33, B3
Carrizales, USA (Städtchen), S. 32–33, B3
Río Gordo, Mexiko (Fluss), S. 32–33, B3
Seva von Luis López Nieves (Kurzgeschichte), Seva, Puerto Rico (Städtchen), S. 32–33, F2
Severn Valley aus dem Cthulhu-Mythos von Ramsey Campbell (Romane)
Brichester, England (Stadt), S. 64–65, C2
Clotton, England (Städtchen), S. 64–65, C2
Goatswood, England (Städtchen), S. 64–65, C2
Severnford, England (Städtchen), S. 64–65, C2
Temphill, England (Städtchen), S. 64–65, C2
Shadow of a Bull von Maia Wojciechowska (Roman), Archangel, Spanien (Städtchen), S. 44–45, A2
Shangbai, nach *Z* von Vassilis Vassilikos (Film/Roman), Bharat Nagar, Indien (Stadt), S. 78–79, B3
Shaun das Schaf (TV/Film), Mossy Bottom, England (Dorf), S. 64–65, C2
Sheep von Simon Maginn (Roman), Stumble Head (Landschaft), S. 64–65, B2
Shenmue II und III (Videospiele)
Langhuishan, China (Dorf), S. 102–103, C1
Bailu, China (Dorf), S. 102–103, C1
Niaowu, China (Städtchen), S. 102–103, C1
Sherlock Holmes und der Tiger von San Pedro von Arthur Conan Doyle (Kurzgeschichte), San Pedro (Land), S. 32–33, D1
Sherlock Holmes und der Tiger von San Pedro von Arthur Conan Doyle (Kurzgeschichte), San Pedro (Land), S. 32–33, D1
Sherlock Holmes: Der Hund von Baskerville von Arthur Conan Doyle (Roman)
Baskerville Hall, England (Gebäude), S. 64–65, C1
Boscombe Valley, England (Landschaft), S. 64–65, C2
Coombe Tracey, England (Städtchen), S. 64–65, C1
Kings Pyland, England (Dorf), S. 64–65, C1
Little Purlington, England (Dorf), S. 64–65, D2
Stoke Moran, England (Gebäude), S. 64–65, D2
Sherlock Holmes: Die Blutbuchen von Arthur Conan Doyle (Kurzgeschichte), Copper Beeches, England (Anwesen), S. 64–65, C1
Shikoku – Die Insel der Toten (Film), Hieno, Japan (Dorf), S. 96–97, B1/C1
Shining von Stephen King (diverse)
Buckland, Utah (Städtchen), S. 18–19, D4
Overlook Hotel, Colorado (Gebäude), S. 16–17, A4
Sidewinder, Colorado (Städtchen), S. 16–17, A4
Shining Time Station siehe *Thomas, die fantastische Lokomotive/*
Short Poppies (Mockumentary), The Bay, Neuseeland (Städtchen), S. 108–109, F2
„Sidböle Härad" (Song), Sidböle Härad, Schweden (Region), S. 56–57, C4
Sie kam aus dem All (TV), Cabovce, Slowakei (Städtchen), S. 50–51, A3/B3
Sie von H. Rider Haggard (Roman), Kôr, Mosambik (Stadt), S. 84–85, D3
Sierra Falls-Reihe von Veronica Wolff (Roman), Sierra Falls, Kalifornien (Städtchen), S. 18–19, A4
Signal (TV), Inju, Südkorea (Stadt), S. 102–103, E2
Silas Marner von George Eliot (Roman), Raveloe, England (Dorf), S. 64–65, C2
Silent Hill – Willkommen in der Hölle (Film)
Silent Hill, West Virginia (Städtchen), S. 14–15, B4
Toluca Lake, West Virginia (See), S. 14–15, B4
Silent Hill-Reihe (diverse)
Pleasant River, West Virginia (Städtchen), S. 14–15, B4
Toluca River, diverse (Fluss), S. 14–15, B4
Silent Witness (Film), Fengzhou, China (Stadt), S. 102–103, D3
Silver Spoon, Hiromu Arakawa (Manga/Anime), Oezo-Agraroberschule, Japan (Gebäude), S. 96–97, D4
Sin City von Frank Miller (Comic/Film), Basin City (Sin City), Kalifornien (Stadt), S. 18–19, A4
Sindbad der Seefahrer (Kurzgeschichten)
Insel der Affenstadt, Indischer Ozean (Insel), S. 78–79, B2
Insel der lebendig Begrabenen, Indischer Ozean (Insel), S. 78–79, A4
Insel der Meerespferde, Persischer Golf (Insel), S. 72–73, D1
Insel der Menschenfresser, Indischer Ozean (Insel), S. 78–79, A4
Insel der Perlenfischer, Indischer Ozean (Insel), S. 78–79, B3
Insel des Alten vom Meer, Indischer Ozean (Insel), S. 78–79, B2
Insel des großen Fischs, Persischer Golf (Insel/Fisch), S. 72–73, D1
Insel des Roch (oder Rock), Madagaskar (Insel), S. 84–85, D3
Tal der Schlangen, Kenia (Landschaft), S. 84–85, D3
Singularity (Videospiel), Katorga-12, Russland (Insel), S. 102–103, F1
Sir Henry at Rawlinson End (Hörspiel), Rawlinson End, England (Anwesen), S. 64–65, D2
Siren/Forbidden Siren (Videospiel), Hanuda, Japan (Städtchen), S. 96–97, C2
Sítio do Picapau Amarelo von Monteiro Lobato (Romane), Capoeirão dos Tucanos, Brasilien (Landschaft), S. 38–39, C3/D3
Six Stories von Matt Wesolowski (Roman), Scarclaw Fell, England (Landschaft), S. 64–65, C3
Sixteen Moons – Eine unsterbliche Liebe von Kami Garcia und Margaret Stohl und *Beautiful Creatures – Eine unsterbliche Liebe* (Roman/Film), Gatlin, South Carolina (Städtchen), S. 14–15, B3
Skeleton Key/Insel des Schreckens von Anthony Horowitz (Roman), Skeleton Key, Kuba (Insel), S. 32–33, D2
Sketchbook von Totan Kobako (Manga/Anime), Shime, Japan (Städtchen), S. 96–97, A1
Skippy der Buschpilot (TV), Bushtown, New South Wales (Städtchen), S. 108–109, E2
Skippy, das Buschkänguruh (TV), Waratah-Nationalpark, New South Wales (Landschaft), S. 108–109, D2/E2
Skulduggery Pleasant-Reihe von Derek Landry (Romane)
Haggard, Irland (Städtchen), S. 64–65, B3
Roarhaven, Irland (Stadt), S. 64–65, A3
Sleep No More von L.T.C. Rolt (Kurzgeschichten)
Cold Bosworth, England (Städtchen), S. 64–65, D2
Garside Fell (Landschaft), England (Berg), S. 64–65, C3

Hawley Bank (Gebäude oder Anwesen), England (Dorf), S. 64–65, C2
Highbeck, England (Städtchen), S. 64–65, C3
World's End Inn, Wales (Gebäude), S. 64–65, B2
Sleeping Beauties von Stephen King und Owen King (Roman), Dooling, Appalachen (Städtchen), S. 14–15, B4
Sleeping on Jupiter von Anuradha Roy (Roman), Jarmuli, Indien (Städtchen), S. 78–79, C3
Slow Start von Yuiko Tokumi (Manga/Anime), Hoshio Private Girls' Academy, Japan (Gebäude), S. 96–97, C2
Smarakasilakal von Punathil Kunjabdulla (Roman), Ooralunkal, Indien (Dorf), S. 78–79, B2
Snarkout Boys-Reihe von Daniel Pinkwater (Romane), Baconburg, Illinois (Stadt), S. 16–17, D4/D5
Snatch (TV), San Toledo, Spanien (Städtchen), S. 44–45, B1
Snow Crash von Neal Stephenson (Roman), Port Sherman, Oregon (Städtchen), S. 18–19, A5/A6
Snowpiercer (Film), Jekaterina-Brücke, Russland (Gebäude), S. 50–51, B6
SOCOM U.S. Navy SEALs: Combined Assault (Videospiel)
Adjikistan (Land), S. 72–73, D2/E2
Dalahtibar, Adjikistan (Stadt), S. 72–73, D2
Söhne und Liebhaber von D.H. Lawrence (Roman), Kohlengrube Beggarlee, England (Gebäude), S. 64–65, C2
Soldiers of Fortune von Richard Harding Davis (Roman)
Die fünf Berge, Olancho (Gebirge), S. 38–39, D5
Olancho (Land), S. 38–39, D4
San Lorenzo, Olancho (Dorf), S. 38–39, D5
Valencia, Olancho (Stadt), S. 38–39, D5
Solo: ein James-Bond-Roman von William Boyd (Roman)
Dahum (Land), S. 84–85, B4
Port Dunbar, Dahum (Stadt), S. 84–85, B4
Sinsikrou, Zanzarim (Stadt), S. 84–85, B4
Zanza River, Zanzarim/Dahum (Fluss), S. 84–85, A4/B4
Zanzarim, Nigeria (Land), S. 84–85, B4
Solomons Lied von Toni Morrison (Roman)
Mercy Hospital, Michigan (Gebäude), S. 14–15, A6
Shalimar, Virginia (Dorf), S. 14–15, B4
Somerset (TV), Somerset, Michigan (Städtchen), S. 14–15, A5
Sommersprossen auf den Knien von Maria Parr (Roman)
Glimmerdal, Norwegen (Dorf), S. 56–57, A3
Glimmerhornet, Nakken, Storenuten und Vardetind, Norwegen (Berge), S. 56–57, A3
Song of Night von Glenville Lovell (Roman), Bottom Rock, Barbados (Dorf), S. 32–33, F2
Sons of Anarchy (TV), Charming, Kalifornien (Städtchen), S. 18–19, A4
Sophie and the Rising Sun (Film), Salty Creek, South Carolina (Städtchen), S. 14–15, C3
Sophiechen und der Riese von Roald Dahl (Roman), Land der Riesen, Schottland (Land), S. 64–65, B5
Soul Eater von Atsushi Ohkubo (Manga/Anime)
Schloss von Baba Yaga, Brasilien (Gebäude), S. 38–39, B4
Death City, Nevada (Stadt), S. 18–19, B4
Sound of the Sky/Sora no Woto (Anime)
Helvetia (Land), S. 96–97, A1/B1
Roma (Land), S. 96–97, C3
Seize, Helvetia (Städtchen), S. 96–97, C2
South Pacific (Film), Bali Ha'i, Pazifik (Insel), S. 120–121, B2
South Park (TV)
Burg von Karies, Yukon (Gebäude), S. 26–27, B2
Middle Park, Colorado (Städtchen), S. 18–19, D4
North Park, Colorado (Städtchen), S. 18–19, D4
Skull Cove, Somalia (Landschaft), S. 84–85, D4
South Park, Colorado (Städtchen), S. 18–19, D4
South Riding von Winifred Holtby (Roman)
Anderby, England (Städtchen), S. 64–65, D3
Cold Harbour, England (Dorf), S. 64–65, D3
Flintonbridge, England (Städtchen), S. 64–65, D3
Harda's Head, England (Landschaft), S. 64–65, D3
Hardrascliffe, England (Städtchen), S. 64–65, D3
Kingsport, England (Stadt), S. 64–65, D3
Kiplington, England (Städtchen), S. 64–65, D3
Leame Estuary, England (Landschaft), S. 64–65, D3
Ledsea Buttock, England (Städtchen), S. 64–65, D3
Pidsea Buttock, England (Städtchen), S. 64–65, D3
South Riding, England (Grafschaft), S. 64–65, D3
Yarrold, England (Städtchen), S. 64–65, D3
South Wind (Südwind) von Norman Douglas (Roman)
Land der Crotalophoboi (Land), S. 84–85, C5
Nepenthe, Italien (Insel), S. 44–45, C2
Southern Victory von Harry Turtledove (Romane)
Houston (Staat), S. 16–17, A3/B3
Sequoyah (Staat), S. 16–17, B3
Soy tu Dueña (TV), San Pedro de las Peñas, Mexiko (Städtchen), S. 32–33, B2/B3
Space Force (TV), Space-Force-Basis, Colorado (Gebäude), S. 16–17, A4
Space Invaders (Film), Crescent Cove, Kalifornien (Städtchen), S. 18–19, A4
Spanish City von Sarah May (Roman), Setton, England (Städtchen), S. 64–65, C3
Speed 2 – Cruise Control (Film), *Eindhoven Lion*, Karibik (Wrack), S. 32–33, F2
Speedway Trio (Film), Grandview, Illinois (Städtchen), S. 16–17, D4
Sphere – Die Gedanken des Bösen/Die Macht aus dem All von Michael Crichton (Roman/Film)
Habitat DH-8, Pazifik (Unterwasserbauten), S. 120–121, C2
USS Star Voyager, Pazifik (Wrack), S. 120–121, C2
Spiel im Sommer von Dodie Smith (Roman), Godsend Castle, England (Gebäude), S. 64–65, D2
Spiel mir das Lied vom Tod (Film)
Cattle Corner, Kalifornien (Städtchen), S. 18–19, B3
Flagstone, Kalifornien (Städtchen), S. 18–19, B3
Spirou und Fantasio/Marsupilami (Comics), Palombia (Land), S. 38–39, B5
SpongeBob Schwammkopf (TV)
Bass Vegas, Pazifik (Stadt), S. 120–121, B4
Bikini Bottom, Pazifik (Stadt), S. 120–121, B4
New Kelp City, Pazifik (Stadt), S. 120–121, B4
Quallenfelder, Bikini Bottom (Landschaft), S. 120–121, B4
Spuk in Hill House von Shirley Jackson und Verfilmungen (Roman/Filme), Hill House, Massachusetts (Gebäude), S. 14–15, C5
Squidbillies (TV), Dougal County, Georgia (County), S. 14–15, B3
Squirrel and Hedgehog (TV), Flower Hill, Nordkorea (Städtchen), S. 102–103, E3
St. Trinian-Reihe von Ronald Searle (diverse), Internat St. Trinian, England (Gebäude), S. 64–65, C2
Stacey Stone (TV), Rockferry, Schottland (Städtchen), S. 64–65, B4
Stadt an der Grenze von Patrick McCabe (Roman), Carn, Irland (Städtchen), S. 64–65, B3
Stanley Bagshaw-Reihe von Bob Wilson (Roman), Huddersgate, England (Städtchen), S. 64–65, C3
Star Trek (diverse)
Carbon Creek, Pennsylvania (Städtchen), S. 14–15, B4
Daystrom-Institut, Japan (Gebäude), S. 96–97, D1
Hauptquartier und Akademie der Sternenflotte, Kalifornien (Gebäude), S. 18–19, A4
Riverside-Schiffswerft, Iowa (Gebäude), S. 16–17, C4
Warp-5-Komplex, Montana (Gebäude), S. 18–19, C5
Star Trek: Die Gesetze der Föderation von Keith R.A. Decandido (Roman), Château Thelian, Frankreich (Gebäude), S. 44–45, C3
Star Trek: Raumschiff Voyager („Das Tötungsspiel I & II", TV), Sainte Claire, Frankreich (Dorf), S. 44–45, C3
Star Trek: Raumschiff Voyager (TV)
Fair Haven, Irland (Dorf), S. 64–65, A2
Portage Creek/Millennium Gate, Indiana (Städtchen), S. 14–15, A4
Stargate – Kommando SG-1 (TV), Stargate-Center, Colorado (Gebäude), S. 16–17, A4
Starvation Lake von Bryan Gruley (Roman)
Pine County, Michigan (County), S. 14–15, A5
Starvation Lake, Michigan (Städtchen), S. 14–15, A5
State Fair von Phil Stong (Roman), Brunswick, Iowa (Städtchen), S. 16–17, C5
Steins;Gate (Videospiel/Anime), Zukunfts-Gadget-Labor, Japan (Gebäude), S. 96–97, E1
Stenkelfeld (Hörspiel)
Ankumersiel, Deutschland (Städtchen), S. 44–45, C4
Hachmannsfeld, Deutschland (Städtchen), Heringsmoor, Deutschland (Städtchen), Höcklage, Deutschland (Städtchen), Sottrup, Deutschland (Städtchen), Stenkelfeld, Deutschland (Stadt), Struchtrup, Deutschland (Städtchen), alle S. 44–45, D4
Sternenjäger von James A. Michener (Roman), Fremont (Staat), S. 16–17, B4/C4
Steven Universe (TV)
Aqua Mexico, Aqua Mexico (Land), S. 32–33, A3
Strandstadt, Delmarva (Städtchen), S. 14–15, C4
Charm City, Delmarva (Stadt), S. 14–15, C4
Delmarva (Staat), S. 14–15, C4
Empire City, New York (Stadt), S. 14–15, D1
Keystone (Staat), S. 14–15, B4/C4
Showne, West Keystone (Städtchen), S. 14–15, B4
West Keystone (Staat), S. 14–15, B4
Wilmingmore, Delmarva (Stadt), S. 14–15, C4
Stigmata (Film), Belo Quinto, Brasilien (Dorf), S. 38–39, D3
Still Game (TV)
Craiglang, Schottland (Städtchen), S. 64–65, C4
Finport, Schottland (Städtchen), S. 64–65, B4
Still Mine von Amy Stuart (Roman), Blackmore, Alberta (Städtchen), S. 26–27, C1
Stirb langsam 2 (Film), Escalon, Val Verde (Stadt), S. 38–39, A5
Stolz und Vorurteil von Jane Austen (Roman)
Lambton, England (Städtchen), S. 64–65, C2
Longbourn, England (Anwesen), S. 64–65, D2
Meryton, England (Städtchen), S. 64–65, D2
Netherfield, England (Anwesen), S. 64–65, D2
Pemberley, England (Anwesen), S. 64–65, C2
Stonemouth von Iain Banks (Roman), Stonemouth, Schottland (Städtchen), S. 64–65, C4/C5
Stop the Train von Geraldine McCaughrean (Roman), Florence/Olive, Oklahoma (Städtchen), S. 16–17, B3
Stopfkuchen von Wilhelm Raabe (Roman), Maiholzen, Deutschland (Städtchen), S. 44–45, D4
Storm Hunters (Film), Silverton, Oklahoma (Städtchen), S. 16–17, C3
Stranger Things (TV)
Hawkins, Indiana (Städtchen), S. 14–15, A4
Roane County, Indiana (County), S. 14–15, A4
Strangers 6 (TV), Haiwan, China (Stadt), S. 102–103, D1
Straw Dogs – Wer Gewalt sät (2011) (Film), Blackwater, Mississippi (Städtchen), S. 16–17, D2
Street Fighter – Die entscheidende Schlacht (Film)
General Bisons Tempelversteck (Bisonopolis), Shadaloo (Gebäude/Stadt), S. 90–91, A3
Shadaloo City, Shadaloo (Stadt), S. 90–91, A3
Shadaloo River, China und diverse (Fluss), S. 90–91, A4, S. 102–103, C1
Shadaloo (Land), S. 90–91, A4/B4
Street Fighter II V (Anime), Ahichattra, Indien (Dorf), S. 78–79, D4
Stubbs the Zombie (Videospiel), Punchbowl, Pennsylvania (Stadt), S. 14–15, B5
Sturm von Nicholas Shakespeare (Roman), Wellington Point, Tasmanien (Städtchen), S. 108–109, D1
Sturmhöhe von Emily Brontë (Roman), Wuthering Heights, England (Gebäude), S. 64–65, C3
Sturminsel von Maryse Condé (Roman)
Belles-Feuilles, Guadeloupe (Anwesen), S. 32–33, F2
L'Engoulevent, Guadeloupe (Anwesen), S. 32–33, F2
Stürmt das Paradies!/Höllentrip ins Paradies von J.G. Ballard (Roman), Saint-Esprit, Pazifik (Insel), S. 120–121, D2
Suburgatory (TV), Chatswin und East Chatswin, New York (Städtchen), S. 14–15, D1
Sucupira (TV), Sucupira, Chile (Städtchen), S. 38–39, B3
Sula von Toni Morrison (Roman), Medallion, Ohio (Stadt), S. 14–15, B4
Sultan Achour 10 (TV), Royaume achourite (Land), S. 84–85, B5
Sunshine Sketches of a Little Town von Stephen Leacock (Kurzgeschichten)
Lake Ossawippi, Ontario (See), Lake Wissanotti, Ontario (See), Mariposa, Ontario (Städtchen), alle S. 26–27, A4
Super 8 (Film), Lillian, Ohio (Städtchen), S. 14–15, A4
Super Chinese-Reihe (Videospiel), Chinaland (Land), S. 102–103, D1/D2
Super Troopers – Die Superbullen (Film), Spurbury, Vermont (Städtchen), S. 14–15, C6
Super-Cannes von JG Ballard (Roman), Eden-Olympia, Frankreich (Gebäude), S. 44–45, C2
Supergirl (TV), National City, Kalifornien (Stadt), S. 18–19, A2
Supergran (TV), Chisleton, Schottland (Städtchen), S. 64–65, C4
Survival of the Dead (Film), Plum Island, Delaware (Insel), S. 14–15, C4
Suske und Wiske von Willy Vandersteen (Comics)
Andoulasia, Spanien (Region), S. 44–45, A2/B2
Servela, Spanien (Stadt), S. 44–45, A2
Suspiria (Film), Tanzakademie, Deutschland (Gebäude), S. 44–45, C3
Süße Gefahr von Margery Allingham (Roman), Averna (Land), S. 44–45, D2
Swades – Heimat (Film), Charanpur, Indien (Dorf), S. 78–79, C4
Swallows and Amazons: Peter Duck von Arthur Ransome (Romane), Crab Island, Karibik (Insel), S. 32–33, F2
Sweet Country (Film), Henry, Northern Territory (Städtchen), S. 108–109, C3
Sweet Valley High (TV), Sweet Valley, Kalifornien (Städtchen), S. 18–19, A2
Sweetland von Michael Crummey (Roman), Sweetland, Neufundland (Insel), S. 26–27, F2
Syberia (Videospiel)
Aralbad, Kasachstan (Stadt), S. 72–73, D3
Barrockstadt, Deutschland (Stadt), S. 44–45, D3
Komkolzgrad, Russland (Stadt), *Syberia* (Videospiel), S. 50–51, B5
Syberia, Russland (Insel), S. 102–103, F2
Valadilène, Frankreich (Dorf), S. 44–45, C2/C3
Syberia II (Videospiel), Romansburg, Russland (Stadt), S. 102–103, E1/F1
Sylvias Freier von Elizabeth Gaskell (Roman), Monkshaven, England (Städtchen), S. 64–65, D3
Tactical Iraqi (Videospiel), Al-Wardiya (oder Waddihya), Irak (Stadt), S. 72–73, C2
Tad Stones – Der verlorene Jäger des Schatzes! (Film), Paititi, Peru (Stadt), S. 38–39, B5
Tag der Gesetzlosen (Film), Bitters, Wyoming (Städtchen), S. 18–19, D5
Tage in Burma von George Orwell (Roman), Kyauktada, Myanmar (Städtchen), S. 90–91, A4
Take the High Road (TV), Glendarroch, Schottland (Städtchen), S. 64–65, B4
Tales from Panimpura von Deeptarshu Bhaskar (Buch), Panimpura, Indien (Dorf), S. 78–79, D4
Tales from the Dark Tower von Joseph Vargo (Roman)
Der dunkle Turm, Rumänien (Bauwerk), S. 50–51, C2
Vasaria, Rumänien (Städtchen), S. 50–51, B2/C2
Tales from Witney Scrotum von Peter Tinniswood (Roman), Witney Scrotum, England (Städtchen), S. 64–65, D1
Tamara Drewe von Posy Simmonds (Comic/Film), Ewedown, England (Dorf), S. 64–65, C1
Tangerine von Edward Bloor (Roman), Tangerine, Florida (Städtchen), S. 14–15, B2
Tarzan bei den Affen von Edgar Rice Burroughs (Roman), Tarzans Geburtsort, Angola (Gebäude), S. 84–85, B3
Tarzan der Schreckliche von Edgar Rice Burroughs (Roman), Pal-ul-Don, Zaire (Region), S. 84–85, B3/C3
Tarzan der Ungezähmte von Edgar Rice Burroughs (Roman), Xuji, Tansania (Stadt), S. 84–85, C3
Tarzan und die verbotene Stadt von Edgar Rice Burroughs (Roman)
Ashair (die verbotene Stadt), DR Kongo (versunkene Stadt), S. 84–85, C4
Tuen-Baka, DR Kongo (Berg/Vulkan), S. 84–85, C4
Tarzan-Romane von Edgar Rice Burroughs und Romane von Philip José Farmer (Romane), Opar, Kongo/DR Kongo (Stadt), S. 84–85, C3
Tattletail (Videospiel), Decent, Illinois (Städtchen), S. 16–17, D4
Tausend kleine Lügen von Liane Moriarty (Roman), Pirriwee, New South Wales (Städtchen), S. 108–109, F4
Tausend strahlende Sonnen von Khaled Hosseini (Roman), Gul Daman, Afghanistan (Dorf), S. 72–73, D2
Te Voy a Enseñar a Querer (TV), Soplaviento, Kolumbien (Städtchen), S. 38–39, A5
Team America (Film)
Derka Derkastan (Land), S. 72–73, D2
Team Americas Hauptquartier, South Dakota (Gebäude), S. 16–17, A5
Team Fortress 2 (Videospiel)
Badlands, New Mexico (Region), S. 18–19, D3
Teufort, New Mexico (Städtchen), S. 18–19, D3
Thunder Mountains, New Mexico (Gebirge), S. 18–19, D3
Teen Wolf (TV), Beacon Hills, Kalifornien (Städtchen), S. 18–19, A4
Teenage Robot (TV), Tremorton, Pennsylvania (Städtchen), S. 14–15, C5
Tempo de Amar (TV), Morros Verdes, Portugal (Städtchen), S. 44–45, A2
Tenth Man Down von Chris Ryan (Roman)
Kamanga (Land), S. 84–85, C2
Mulongwe, Kamanga (Stadt), S. 84–85, C2
Terminal City Ricochet (Film), Terminal City, British Columbia (Stadt), S. 26–27, B1
Terminal City von Dean Motter und Michael Lark (Comic), Terminal City, Indiana (Stadt), S. 14–15, A4
Termitenhügel in der Savanne von Chinua Achebe (Roman), Kangan (Land), S. 84–85, B4
Terrormolinos (Computerspiel), Terrormolinos, Spanien (Städtchen), S. 44–45, B1
Tessa – Leben für die Liebe (TV), Torland, Deutschland (Stadt), S. 44–45, D4
Teutdorf (Kurzfilm)
Landkreis Masseltow, Deutschland (Region), S. 44–45, D4
Teutdorf, Landkreis Masseltow, Deutschland (Städtchen), S. 44–45, D4
Tewje, der Milchmann von Scholem Alejchem (diverse), Anatewka (früher Bojberik), Ukraine (Städtchen), S. 50–51, C3
ThanksKilling (Film), Crawberg (Crawl Berg), Virginia (Städtchen), S. 14–15, C4
That Eye, The Sky von Tim Winton (Roman), Bankside, Western Australia (Städtchen), S. 108–109, A2
The Acorn Stories von Duane Simolke (Roman), Acorn, Texas (Städtchen), S. 16–17, A2
The Age of the Bicycle von Miriam Webster (Roman), Tinny Waters, Texas (Stadt), S. 16–17, B2
The American Senator von Anthony Trollope (Roman), Mickewa (Staat), S. 14–15, A5
The Andy Griffith Show (TV), Mount Pilot, North Carolina (Städtchen), S. 14–15, B3
The Andy Griffith Show/Mayberry R.F.D. (TV), Mayberry, North Carolina (Städtchen), S. 14–15, B3
The Ante Room von Kate O'Brien (Theaterstück), Mellick, Irland (Stadt), S. 64–65, A2
The Archers (Hörspiel)
Ambridge, England (Dorf), S. 64–65, C2
Borchester, England (Städtchen), S. 64–65, C2
Borsetshire, England (Grafschaft), S. 64–65, C2
Felpersham, England (Stadt), S. 64–65, C2
Hassett Hills, England (Landschaft), S. 64–65, C2
The Arm of the Starfish von Madeleine L'Engle (Roman), Gaea, Portugal (Insel), S. 44–45, A2
The Backwater Gospel (Kurzfilm), Backwater, Oklahoma (Städtchen), S. 16–17, B3
The Band's Visit (Musical), Bet Hatikva, Israel (Städtchen), S. 72–73, B2
The Barber – Das Geheimnis von Revelstoke (Film), Revelstoke, Alaska (Städtchen), S. 18–19, B2
The Barrier von Rex Beach (Roman), Flambeau, Yukon (Städtchen), S. 26–27, B2
The Barrytown Trilogy von Roddy Doyle (Romane), Barrytown, Irland (Städtchen), S. 64–65, B3
The Bay – Nach Angst kommt Panik (Film), Claridge, Maryland (Städtchen), S. 14–15, C4
The Beach House von Helen McKenna (Roman), Sunset Point, Queensland (Städtchen), S. 108–109, E3
The Beano (Comics)
Beanotown, Schottland (Städtchen), S. 64–65, C4
Bunkerton Castle, Schottland (Gebäude), S. 64–65, C4
Whizztown, Schottland (Städtchen), S. 64–65, C4
The Big Bounce/Ein schlechter Abgang von Elmore Leonard (Roman)
Geneva Beach, Michigan (Städtchen), S. 14–15, A5
Holden County, Michigan (County), S. 14–15, A5
The Big O (Anime), Paradigm City, New York (Stadt), S. 14–15, D1
The Bill (TV), Canley, England (Städtchen), S. 64–65, D2
The Birds of Paradise von Paul Scott (Roman), Manoba, Papua-Neuguinea (Insel), S. 90–91, F1
The Black Bell Buoy von Rupert Chesterton (Kurzgeschichte)
Cardingham, Queensland (Städtchen), S. 108–109, D3
Cardingham River, Queensland (Fluss), S. 108–109, D3
Hippolyte, Queensland (Wrack), S. 108–109, D4
The Body Myth von Rheea Mukherjee (Roman), Suryam, Indien (Stadt), S. 78–79, B3
The Bodyguard 2 (Film), Wongnaileum (Land), S. 90–91, B4
The Book of Dave von Will Self (Roman), Ham, England (Insel), S. 64–65, D2
The Book of Mormon (Musical), Sal Tlay Ka Siti, Utah (Stadt), S. 18–19, C4
The Boondocks (Comic/TV), Woodcrest, Maryland (Stadt), S. 14–15, C4
The Borough von George Crabbe (Gedicht), The Borough, England (Städtchen), S. 64–65, D2
The Calling – Ruf des Bösen von Inger Ash Wolfe (Roman/Film), Port Dundas, Ontario (Städtchen), S. 26–27, A4
The Carpathians von Janet Frame (Roman), Puamahara, Neuseeland (Städtchen), S. 108–109, F1/F2
The Civil Servant's Notebook von Wang Xiaofang (Roman), Dongzhou City, China (Stadt), S. 102–103, E4
The Cleveland Show (TV), Stoolbend, Virginia (Städtchen), S. 14–15, C4
The Clovehitch Killer (Film), Clarksville, Kentucky (Städtchen), S. 14–15, A4
The Colour of Forgetting von Merle Collins (Roman), Eden (Insel), S. 32–33, F2
The Colournauts von Mona Paalanen und Anni Pöyhönen (Malbücher/Schulprojekt), Utti, Finnland (Städtchen), S. 56–57, D4
The Coroner (TV), Lighthaven, England (Städtchen), S. 64–65, C1
The Corsican Widow von Vanessa Couchman (Roman), Zaronza, Frankreich (Städtchen), S. 44–45, C2
The Courts of the Morning von John Buchan (Roman)
Gran Seco City, Olifa (Stadt), S. 38–39, B2
Gran Seco Railway, Olifa (Bahnstrecke), S. 38–39, B2
Los Doce Apóstoles, Olifa (Gebirge), S. 38–39, B2
Olifa City, Olifa (Stadt), S. 38–39, B2
Pacheco, Olifa (Städtchen), S. 38–39, B2
Tierra Caliente, Olifa (Region), S. 38–39, B2

The Crazies – Fürchte deinen Nächsten (Film), Ogden Marsh, Iowa (Städtchen), S. 16–17, C4
The Crow Road von Iain Banks (Roman), Gallanach, Schottland (Städtchen), S. 64–65, B4
The Crucible von Gong Ji-young (Roman), Mujin, Südkorea (Stadt), S. 102–103, E2
The Dâk Bungalow at Dakor von Bithia Mary Croker (Kurzgeschichte)
Bungalow in Dakor, Indien (Gebäude), S. 78–79, C4
Chanda, Indien (Städtchen), S. 78–79, C4
Karwassa, Indien (Städtchen), S. 78–79, C4
The Dandy („The Jocks and the Geordies") (Comic), Crosspatch, Schottland (Städtchen), S. 64–65, C4
The Dandy (Comics), Dandytown, Schottland (Städtchen), S. 64–65, C4
The Day Today (TV), Valerie Sinatras eine Meile hohes Verkehrsstudio (Valerie Sinatra's Mile-High Travel Pod), England (Gebäude), S. 64–65, C3
The Dead Wander in the Desert von Rollan Seisenbayev (Roman), Karaoi, Kasachstan (Dorf), S. 72–73, D3
The Death Certificate von Alobwed'Epie (Roman)
Dande, Ewawa (Stadt), S. 84–85, B4
Ewawa (Land), S. 84–85, B4
The Delights of Turkey von Edouard Roditi (Erzählungen), Bok Köy, Türkei (Dorf), S. 72–73, B3
The Descent – Abgrund des Grauens (Film)
Chatooga-Nationalpark, North Carolina (Landschaft), S. 14–15, B3
Hyatt County, North Carolina (County), S. 14–15, B3
The Descent 2 – Die Jagd geht weiter (Film), Chapel-Mine, North Carolina (Bergwerk), S. 14–15, B3
The Desert and the Drum von Mbarek Ould Beyrouk (Roman), Rayhanas Dorf, Mauritania (Dorf), S. 84–85, A5
The Devil's Rock (Film), Forau-Insel, Kanalinseln (Insel), S. 64–65, A1
The Divine and the Decay von Bill Hopkins (Roman), Vachau, Kanalinseln (Insel), S. 64–65, A1
The Dressmaker – Die Schneiderin von Rosalie Ham (Roman/Film), Dungatar, Victoria (Städtchen), S. 108–109, D2
The Exhausting Summer of São Martino von Simon Carr (Roman), Tapoli, Portugal (Städtchen), S. 44–45, A2
The Expendables (Film), Vilena (Insel/Nation), S. 32–33, C2
The Expendables 3 und *News Movie* (Filme), Azmenistan (Land), S. 72–73, D4
The Explosion Chronicles von Yan Lianke (Roman),
Explosion City (ehemals Explosion Village), China (Stadt), S. 102–103, D2
Funiu Mountain, China (Berg), S. 102–103, D2
Gaoyi County, China (Region), S. 102–103, D2
The Final Sacrifice (Film), Eagle Hat, Alberta (Städtchen), S. 26–27, C1
The Fixed Period von Anthony Trollope (Roman)
Britannula (Insel), S. 120–121, C1
Gladstonopolis, Britannula (Stadt), S. 120–121, C1
Little Christchurch, Britannula (Städtchen), S. 120–121, C1
The Flintstones Bedrock River Adventure (Themenpark)
Steinbrei-River, diverse (Fluss), S. 18–19, C3
Stonetrail Park, Arizona (Landschaft), S. 18–19, C3
The Flying Legion von George Allan England (Roman), Jannati Shahr, Saudi-Arabien (Stadt), S. 72–73, C1
The Fog – Nebel des Grauens (Film)
Antonio Bay, Kalifornien (Städtchen), S. 18–19, A4
Elizabeth Dane, Kalifornien (Wrack), S. 18–19, A4
The Fortunate Brother von Donna Morrissey (Roman), Hampden, Neufundland (Städtchen), S. 26–27, F2
The Framley Examiner (Website), Framley, England (Städtchen), S. 64–65, D2
The French Dispatch (Film), Ennui-Sur-Blasé, Frankreich (Stadt), S. 44–45, C3
The Germaine Truth (Website)
Germaine, Oregon (Städtchen), S. 18–19, B5
Wilbur County, Oregon (County), S. 18–19, B5
The Ghost and Mr. Chicken (Film), Rachel, Kansas (Städtchen), S. 16–17, C3
The Ghost of St. Michael's (Film), Dunbain Castle, Schottland (Gebäude), S. 64–65, B4
The Goddess of Atvatabar von William R. Bradshaw (Roman), Tunnel nach Atvatabar, Nordpol (Tor), S. 26–27, C4
The Golden Apple (Musical), Angel's Roost, Washington (Städtchen), S. 18–19, A6
The Goodies (TV)
August Bank Holiday Island, Pazifik (Insel), S. 120–121, D2
Jolly Rock Lighthouse, Nordsee (Gebäude), S. 64–65, D5
Pennenink, England (Städtchen), S. 64–65, B1
The Grand Duke von W.S. Gilbert & Arthur Sullivan (komische Oper), Pfennig Halbpfennig (Land), S. 44–45, D3
The Green Child von Herbert Read (Roman), Roncador (Land), S. 38–39, C3
The Green Mile von Stephen King (Roman/Film), Staatsgefängnis Cold Mountain, Louisiana (Gebäude), S. 16–17, D2
The Guardian (Zeitung)
Bodoni, San Serriffe (Stadt), S. 78–79, A2
Lamson, San Serriffe (Städtchen), S. 78–79, A2
Lower Caisse, San Serriffe (Insel), S. 78–79, A1
Nomp, San Serriffe (Städtchen), S. 78–79, A2
Ova Mata, San Serriffe (Insel), S. 78–79, A1
Port Clarendon, San Serriffe (Städtchen), S. 78–79, A2
Port Elrod, San Serriffe (Städtchen), S. 78–79, A2
San Serriffe (Insel/Nation), S. 78–79, A1/A2
Thirty Point, San Serriffe (Landschaft), S. 78–79, A1
Upper Caisse, San Serriffe (Insel), S. 78–79, A2
Villa Pica, San Serriffe (Städtchen), S. 78–79, A1
The Handmaid's Tale – Der Report der Magd von Margaret Atwood (Roman), Nationales Heimatland Eins, North Dakota (Region), S. 16–17, B6
The Happy Lands (Film), Carhill, Schottland (Dorf), S. 64–65, C4
The Hardy Boys-Romane von diverse (Romane), Barmet Bay, New York (Landschaft), S. 14–15, C5
The Hateful Eight (Film)
Red Rock, Wyoming (Städtchen), S. 18–19, D4
Kriegsgefangenenlager Wellenbeck, West Virginia (Anlage), S. 14–15, B4
The Haunted Mansion (Themenpark), Gracey Manor, Louisiana (Gebäude), S. 16–17, D2
The Heart Guy (TV), Whyhope, New South Wales (Städtchen), S. 108–109, D2
The Henderson Kids (TV)
Haven Bay, Victoria (Städtchen), S. 108–109, D1
Westport, Victoria (Städtchen), S. 108–109, A1
The Hero's Walk von Anita Rau Badami (Roman), Torturpuram, Indien (Städtchen), S. 78–79, C3
The House at Plum Bay von Geoff Morgan (Roman), Plum Bay, Western Australia (Städtchen), S. 108–109, A2
The House Without A Christmas Tree (Film), Clear River, Nebraska (Städtchen), S. 16–17, C4
The Illegal von Lawrence Hill (Roman)
Buttersby, Indischer Ozean (Städtchen), S. 78–79, B1/C1
Clarkson, Indischer Ozean (Stadt), S. 78–79, C1
Freedom State, Indischer Ozean (Insel/Nation), S. 78–79, B1/C1
North Ortiz Sea, Indischer Ozean (Meer), S. 78–79, B1/C1
South Ortiz Sea, Indischer Ozean (Meer), S. 78–79, B1/C1
Zantoroland, Indischer Ozean (Insel/Nation), S. 78–79, B1/C1
The Inca of Perusalem von George Bernard Shaw (Theaterstück), Perusalem (Land), S. 44–45, D4
The Italian Wife von Kate Furnivall (Roman), Bellina, Italien (Städtchen), S. 44–45, D2
The Lacuna von Barbara Kingsolver (Roman), Isla Pixol, Mexiko (Insel), S. 32–33, B2
The Lady of the Lake von Sir Walter Scott (Gedicht), Monan's Rill, Schottland (Landschaft), S. 64–65, C4
The Lantern Bearer von Pingwa Jia (Roman), Cherry Town, China (Dorf), S. 102–103, D2
The Last Days of Dolwyn (Film), Dolwyn, England (Dorf), S. 64–65, C2
The League of Gentlemen (TV), Royston Vasey, England (Dorf), S. 64–65, C3
The Lego Batman Movie (Film), Wayne Island, New Jersey (Insel), S. 14–15, C4
The Lego Movie (Film), Mittel-See-Land, Neuseeland (Land), S. 108–109, F2
The Lights We Carried Home von Kay Chronister (Kurzgeschichte), Psaodung, Kambodscha (Dorf), S. 90–91, B3
The Lost Boys (Film), Santa Carla, Kalifornien (Städtchen), S. 18–19, A4
The Majestic (Film), Lawson, Kalifornien (Städtchen), S. 18–19, A5
The Man Who Lost His Head (Film), Otakataka, Neuseeland (Städtchen), S. 108–109, F2
The Man with the Iron Fists (Film), Dschungel-Dorf, China (Dorf), S. 102–103, D4
The Man with the Iron Fists 2 (Film)
Tsai Fu, China (Dorf), S. 102–103, D2
Wu-Chi-Tempel, China (Gebäude), S. 102–103, D2
The Mannequin Makers von Craig Cliff (Roman), Marumaru South, Neuseeland (Städtchen), S. 108–109, F1
The Middle (TV), Orson, Indiana (Städtchen), S. 14–15, A4
The Midnight Sky (Film), Barbeau Observatory, Nunavut (Gebäude), S. 26–27, D4
The Music Man (Musical/Film), River City, Iowa (Städtchen), S. 16–17, C5
The Myrtle Tree von Jad el-Hage (Roman), Wahdeh, Libanon (Dorf), S. 72–73, B2
The Narrows von Ann Petry (Roman), Monmouth, Connecticut (Städtchen), S. 14–15, C5
The Natural Man von Ed McClanahan (Roman), Needmore, Kentucky (Städtchen), S. 14–15, A4
The Nautch Girl, or The Rajah of Chutneypore (komische Oper), Chutneypore, Indien (Stadt), S. 78–79, C4/D4
The Navy Lark (Hörspiel), Potarneyland (Land), S. 78–79, B2/C2
The Night Spinner von Abi Elphinstone (Roman), Glendrummie, Schottland (Dorf), S. 64–65, C4
The Onion (Internetsatire)
Bulungi (Land), S. 84–85, A4
Franz Kafka International Airport, Tschechien (Gebäude), S. 50–51, A3
Nukehavistan (Land), S. 72–73, D3/E3
Silograd, Nukehavistan (Stadt), S. 72–73, D3/E3
Warhednya, Nukehavistan (Stadt), S. 72–73, D3/E3
Yabba-Dabba, Bulungi (Stadt), S. 84–85, A4
The Outer Limits (TV), Morgue, Kalifornien (Städtchen), S. 18–19, B3
The Pearler's Wife von Roxane Dhand (Roman), Bucaneer Bay, Western Australia (Städtchen), S. 108–109, B3
The Polished Hoe von Austin Clarke (Roman), Flagstaff Village, Barbados (Dorf), S. 32–33, F2
The Prince and Betty von P.G. Wodehouse (Roman), Mervo (Insel), S. 44–45, C2
The Prisoner – Der Gefangene (TV), Village, Wales (Dorf), S. 64–65, C2
The Promise – Die Erinnerung bleibt (Film), Siroun, Türkei (Dorf), S. 72–73, B3
The Proud Valley (Film), Blaendy, Wales (unkartierbares Dorf), S. 64–65, C2
The Provost von John Galt (Roman), Gudetown, Schottland (Städtchen), S. 64–65, B4
The Puddleduck Affair von David Shepherd (Roman)
Abernirvana, Wales (Dorf), S. 64–65, C2
Caer Craig, Wales (Gebäude), S. 64–65, C2
Pwddldwc, Wales (Städtchen), S. 64–65, C2
The Quarry Line Mystery von A.C. Stewart (Roman)
Belchester, England (Städtchen), S. 64–65, C3
Braddage, England (Städtchen), S. 64–65, C3
Port St. Mary, England (Städtchen), S. 64–65, C3
Skirby, England (Städtchen), S. 64–65, C3
Skirby St. Mary, England (Städtchen), S. 64–65, C3
The Ragged-Trousered Philanthropists von Robert Tressell (Roman), Mugsborough, England (Städtchen), S. 64–65, D1
The Railway Phantoms von Dennis Hamley (Roman), Scarhead, England (Städtchen), S. 64–65, C3
The Railway von Hamid Ismailov (Roman), Gilas, Usbekistan (Städtchen), S. 72–73, D3
The Real Ghostbusters (TV)
Lupusville, New York (Städtchen), S. 14–15, C5
Muddy Flat, Louisiana (Städtchen), S. 16–17, D2
The Red Green Show (TV)
Port Asbestos, Ontario (Städtchen), S. 26–27, A4
Possum Lake, Ontario (See), S. 26–27, A4
The Redundancy of Courage von Timothy Mo (Roman), Danu (Land), S. 90–91, D1
The Resurrection of Joseph Bourne, or, A Word or Two on Those Port Annie Miracles von Jack Hodgins (Roman), Port Annie, British Columbia (Städtchen), S. 26–27, B1
The Returned (TV), Caldwell, Washington (Städtchen), S. 18–19, B6
The Riordans (TV), Leestown, Irland (Dorf), S. 64–65, B2
The Rocky Horror Picture Show (Film), Denton, Ohio (Städtchen), S. 14–15, B4
The Royal (TV), Elsinby, England (Städtchen), S. 64–65, C3
The Scarecrow/Schatten des Schreckens von Ronald Hugh Morrieson (Roman/Film), Klynham, Neuseeland (Städtchen), S. 108–109, F2
The Sea and the Silence von Peter Cunningham (Roman)
Monument, Irland (Städtchen), S. 64–65, B2
River Lyle, Irland (Fluss), S. 64–65, B2
The Secret Railway von Elisabeth Beresford (Roman)
Aldport, England (Städtchen), S. 64–65, D2
Draxmundham, England (Städtchen), S. 64–65, D2
Durnham, England (Städtchen), S. 64–65, D2
Marsh End, England (Städtchen), S. 64–65, D2
The Seething Pot von George A. Birmingham (Roman), Clogher, Irland (Städtchen), S. 64–65, A3
The Shadow Keeper von Abi Elphinstone (Roman), Inchgrundle, England (Städtchen), S. 64–65, B1
The Shadows von Kaitlin Prest (Podcast/Hörspiel), Mont Yuron, Québec (Stadt), S. 26–27, E1
The Shootings of Achnaleish von E.F. Benson (Roman), Achnaleish, Schottland (Städtchen), S. 64–65, B5
The Skating Rink von Roberto Bolaño (Roman), Z, Spanien (Städtchen), S. 44–45, C2
The Sleeping Dictionary von Sujata Massey (Roman), Johlpur, Indien (Dorf), S. 78–79, C4
The South Westerlies (TV), Carrigeen, Irland (Städtchen), S. 64–65, A2
The Stand – Das letzte Gefecht von Stephen King (diverse)
Arnette, Texas (Städtchen), S. 16–17, C2
Shoyo, Arkansas (Städtchen), S. 16–17, D3
The Steep Approach to Garbadale von Iain Banks (Roman), Garbadale, Schottland (Städtchen), S. 64–65, B5
The Stockman's Secret von Mandy Magro (Roman), Little Heart, Queensland (Städtchen), S. 108–109, D4
The Stones of Muncaster Cathedral von Robert Westall (Roman), Muncaster, England (Stadt), S. 64–65, C2
The Story of Forest Rail (Videospiel)
Matsuhara, Japan (Städtchen), S. 96–97, D4
Matsuhara Railway, Japan (Bahnstrecke), S. 96–97, D4
Numasoko, Japan (Städtchen), S. 96–97, D4
Rintenjo, Japan (Städtchen), S. 96–97, D4
The Strong Man von H.R.F. Keating (Roman)
Caloestown, Oceana (Städtchen), S. 126–127, D5
Hoddick, Oceana (Städtchen), S. 126–127, D5
Lesneven, Oceana (Stadt), S. 126–127, D5
Oceana (Insel/Nation), S. 126–127, D5
Portharnel, Oceana (Städtchen), S. 126–127, D5
The Summer of Serendipity von Ali McNamara (Roman), Ballykiltara, Irland (Städtchen), S. 64–65, A2
The Tainted von Cauvery Madhavan (Roman), Nandagiri, Indien (Städtchen), S. 78–79, B3
The Teardrop Story Woman von Catherine Lim (Roman), Luping, Malaysia (Dorf), S. 90–91, B2
The Testament of Yves Gundron von Emily Barton (Roman), Mandragora, Schottland (Insel), S. 64–65, A5
The Torrents von Oriel Gray (Theaterstück), Koolgalla, Western Australia (Städtchen), S. 108–109, B2
The Town Where No One Got Off von Ray Bradbury (Kurzgeschichte), Rampart Junction, Iowa (Städtchen), S. 16–17, C4
The Trentsworth Terrors von Peter Jordan (Romane), Trentsworth, Neuseeland (Städtchen), S. 108–109, F1
The Truman Show (Film), Seahaven, Kalifornien (Städtchen/Gebäude), S. 18–19, A2/A3
The Tuna Trilogy (Theaterstücke), Tuna, Texas (Städtchen), S. 16–17, B3
The Twin Detectives (Tvillingdetektiverna)-Reihe von Sivar Ahlrud (Romane), Vindsele, Schweden (Städtchen), S. 56–57, C4
The Two Georges von Harry Turtledove (Roman), Cranmer (Staat), S. 16–17, B3/C3
The Venture Bros. (TV)
Malice, Kalifornien (Städtchen), S. 18–19, A2
Spanakos, Griechenland (Insel), S. 44–45, E1
Spider-Skull Island, Sargasso Sea (Insel), S. 126–127, A4
Underland, Country (Land), S. 14–15, A5
The Vicar of Dibley (TV), Dibley, England (Dorf), S. 64–65, D2
The Walking Dead (TV/Comic)
Alexandria-Sicherheitszone (Alexandria), Virginia (Dorf), S. 14–15, C4
Terminus, Georgia (Gebäude), S. 14–15, B3
The Walking Dead: World Beyond (TV), Campus-Kolonie, Nebraska (Städtchen), S. 16–17, B4
The Wedding Promise von Emma Hannigan (Roman), Rondilla, Spanien (Städtchen), S. 44–45, A1
The West Wing – Im Zentrum der Macht (TV)
Bitanga, (Äquatorial-)Kundu (Stadt), S. 84–85, B4
(Äquatorial-)Kundu (Land), S. 84–85, B4
Hartsfield's Landing, New Hampshire (Städtchen), S. 14–15, D6
Qumar (Land), S. 72–73, D2
The White Girl von Tony Birch (Roman), Deane, New South Wales (Städtchen), S. 108–109, D2
The Wicker Man (Film), Summerisle, Schottland (Insel), S. 64–65, B5
The Wicker Man (US-Remake) (Film), Summersisle, Washington (Insel), S. 18–19, A6
The Windy Season von Samuel Carmody (Roman), Stark, Western Australia (Städtchen), S. 108–109, A2
The World's End (Film), Newton Haven, England (Städtchen), S. 64–65, D2
The Wreck of the Zanzibar von Michael Morpurgo (Roman), *Zanzibar*, England (Wrack), S. 64–65, B1
The Year Without a Santa Claus (Film), Southtown, Louisiana (Städtchen), S. 16–17, C2
The Years of Rice and Salt von Kim Stanley Robinson (Roman)
Alpine Emirates (Land), S. 44–45, D3
Baraka, Frankreich (Stadt), S. 44–45, B2/B3
Nsara, Frankreich (Stadt), S. 44–45, B3
Skandistan (Land), S. 56–57, B3
Turi, Alpine Emirates (Stadt), S. 44–45, D3
The Yellow Birds von Kevin Powers (Roman), Al-Tafar, Irak (Städtchen), S. 72–73, C2/C3
The Young Doctors (TV), Albert Memorial Hospital, New South Wales (Gebäude), S. 108–109, F4
The Young Marrieds (TV), Queen's Point, New York (Städtchen), S. 14–15, B5
There Will Be Blood (Film), Little Boston, Kalifornien (Städtchen), S. 18–19, A3/B3
This is Jinsy (TV), Jinsy, Kanalinseln (Insel), S. 64–65, A1
This is Not My Life (TV), Waimoana, Neuseeland (Städtchen), S. 108–109, F2
Thomas, die fantastische Lokomotive/Shining Time Station (Film/TV), Shining Time, Pennsylvania (Städtchen), S. 14–15, C4
Thomas, die kleine Lokomotive/Thomas und seine Freunde von Rev. W. Audrey (Bücher/TV)
Brendam, England (Städtchen), S. 64–65, C3
Cronk, England (Städtchen), S. 64–65, C3
Culdee Fell, England (Berg), S. 64–65, C3
Ffarquhar, England (Städtchen), S. 64–65, C3
Kellsthorpe, England (Städtchen), S. 64–65, C3
Kirk Ronan, England (Städtchen), S. 64–65, C3
Knapford, England (Städtchen), S. 64–65, B3
Nebelinsel (Misty Island), England (Insel), S. 64–65, C3
Norramby, England (Städtchen), S. 64–65, C3
Peel Godred, England (Städtchen), S. 64–65, C3
Sodor, England (Insel), S. 64–65, C3
Suddery, England (Stadt), S. 64–65, C3
Tidmouth, England (Städtchen), S. 64–65, B3
Vicarstown, England (Städtchen), S. 64–65, C3
Three Billboards Outside Ebbing, Missouri (Film), Ebbing, Missouri (Städtchen), S. 16–17, D3
Three Faces West (Film), Asheville Forks, North Dakota (Städtchen), S. 16–17, A6
Three Skeleton Key von George G Toudouze (Kurzgeschichte), Three Skeleton Key, Französisch-Guayana (Insel/Gebäude), S. 38–39, C5
Through Darkest Pondelayo von Joan Lindsay (Roman), Pondelayo, Sri Lanka (Insel), S. 78–79, C3
Thrush Green-Reihe von Miss Read (Romane), Thrush Green, England (Dorf), S. 64–65, C2
Thunderbirds (Film 2004), Ambramowitsch-Bohrinsel, Russland (Gebäude), S. 102–103, F2
Thunderbirds (TV)
Allington, England (Städtchen), S. 64–65, D3
Atomares Bewässerungsprojekt, New South Wales (Gebäude), S. 108–109, D2
Bohrinsel Seascape, Atlantik (Gebäude), S. 126–127, C5
Bonga Bonga, Northern Territory (Anwesen/Farm), S. 108–109, C3
Creighton-Ward Mansion, England (Gebäude), S. 64–65, D2
Tracy Island, Pazifik (Insel), S. 120–121, C2
Verschwundene Pyramide des Khamandides, Ägypten (Bauwerk), S. 84–85, C5
Thunderbirds Are Go (TV)
Neu-Genf, Schweiz (Stadt), S. 44–45, C3
Quataca-Gebirge, Brasilien (Gebirge), S. 38–39, B5
Supreme Barrier Reef, Queensland (Landschaft), S. 108–109, D4/E3
siehe auch *Feuervögel startbereit*
Thunderbirds Are Go: Centurium 2–1 (TV), Reykjavik-Express, Nordsee (Tunnel), S. 126–127, D5/C6
Tidelands (TV), Orphelin Bay, Queensland (Städtchen), S. 108–109, E3
Tieta aus Agreste von Jorge Amado (Roman/TV), Santana do Agreste, Brasilien (Städtchen), S. 38–39, D4
Tiger in the Bush von Nan Chauncy (Kinderbuch)
Arches Hill, Tasmanien (Landschaft), S. 108–109, D1
Three Fists, Tasmanien (Berg), S. 108–109, D1
Tim in Amerika von Hergé (Comic), Redskincity, North Dakota (Städtchen), S. 16–17, A6
Tim und Struppi von Hergé (diverse)
Bagghar, Marokko (Stadt), S. 84–85, A5
Die schwarze Insel, Schottland (Insel), S. 64–65, B4
Dschebel-Wüste, Khemed (Land/Emirat), S. 72–73, B2/B3
Grab des Rascar Capac, Peru (Bauwerk), S. 38–39, B4
Gran Chapo/El Chapo, San Theodoros/Nuevo-Rico (Region), S. 38–39, C5
Gaipajama, Indien (Region), S. 78–79, B5
Jamijah, Indien (Städtchen), S. 78–79, B5
Jauga, Peru (Städtchen), S. 38–39, A4
Khemed (Land/Emirat), S. 72–73, B2
Khemkhah, Khemed (Stadt), S. 72–73, B2
Kiltoch, Schottland (Dorf), S. 64–65, B4
Las Dopicos, San Theodoros (Stadt), S. 38–39, C5
Marlinshire, England (Grafschaft), S. 64–65, D3

Nuevo-Rico (Land), S. 38–39, B5
Palast des Emirs Mohammed Ben Kalisch Ezab, Khemed (Bauwerk), S. 72–73, B1
Río Coliflor, San Theodoros/Nuevo-Rico (Fluss), S. 38–39, B5/C5
San Theodoros (Land), S. 38–39, C5
Sanfacion, Nuevo-Rico (Stadt), S. 38–39, B5
São Rico (Land), S. 38–39, B1
Schloss Mühlenhof, Belgien (Gebäude), S. 44–45, C3/C4
Sonnentempel, Peru (Bauwerk), S. 38–39, B4
Sultanat Bagghar, Marokko (Staat), S. 84–85, A5
Watisdah, Khemed (Stadt), S. 72–73, B1/B2
Tim und Struppi: Der Schatz Rackhams des Roten von Hergé (Comic), *Einhorn*, Atlantik (Wrack), S. 126–127, A3
Tim und Struppi: Die Zigarren des Pharaos von Hergé (Comic), Jabekka, Saudi-Arabien (Stadt), S. 72–73, B1/B2
Tim und Struppi: Flug 714 nach Sydney von Hergé (Comic)
Pulau-Pulau-Bompa, Sondonesien (Insel/Nation), S. 90–91, D1
Sondonesien (Land), S. 90–91, D1
Timewreck Titanic von Rhys B. Davies (Roman)
HMS Viking, Atlantik (Wrack), S. 126–127, B4
MV Seguin Laroche, Atlantik (Wrack), S. 126–127, B4
USNS Rescue, Atlantik (Wrack), S. 126–127, B4
Tin Star (TV), Little Big Bear, Alberta (Städtchen), S. 26–27, C1
Tiny Toon Abenteuer (TV), Acme Acres, Missouri (Stadt), S. 16–17, C4
Titan A.E. (Film), Titan-Projekt, Colorado (Gebäude), S. 16–17, A4
Titan. Eine Liebesgeschichte auf hoher See von Morgan Robertson (Novelle), SS *Titan*, Atlantik (Wrack), S. 126–127, B5
Tlön, Uqbar, Orbis Tertius von Jorge Luis Borges (Kurzgeschichte)
Axa-Delta, Uqbar (Flussdelta), S. 72–73, C3
Tsai Jaldun, Uqbar (Region), S. 72–73, C3
Uqbar (Land), S. 72–73, C3
To Serve Them All My Days von R.F. Delderfield (Roman/Film), Bamfylde School, England (Gebäude), S. 64–65, C2
To the Manor Born (TV), Grantleigh, England (Städtchen), S. 64–65, C1
To Wong Foo, Thanks for Everything! Julie Newmar (Film), Snydersville, Nebraska (Städtchen), S. 16–17, B4
Tocaia Grande von Jorge Amado (Roman), Tocaia Grande, Brasilien (Städtchen), S. 38–39, D4
Tod im Blausee von André Bjerke (Roman), Blausee, Norwegen (See), S. 56–57, A3
Tod und Teufel in Gibbeah von Marlon James (Roman), Gibbeah, Jamaika (Städtchen), S. 32–33, D2
Todesschwarm 2 – Vampire Bats (Film), Mercier, Louisiana (Stadt), S. 16–17, D2
Tolldreiste Kerle in rasselnden Raketen (Film), Caerflwyti, Wales (Dorf), S. 64–65, C2
Tom Goes to the Mayor (TV), Jefferton, Kalifornien (Städtchen), S. 18–19, A3
Tom und Jerry – Agentenjagd (TV), Moldawistan (Land), S. 72–73, B3
Tomb Raider (Videospiel)
Croft Manor, England (Gebäude), S. 64–65, D2
Yamatai, Japan (Insel), S. 96–97, B1/C1
Tomb Raider III (Videospiel), Vergessene Stadt Tinnos (Stadt), S. 114–115, C1
Tomb Raider-Reihe (Videospiele)
Paraíso, Peru (Städtchen), S. 38–39, B4
Grab von Qualopec, Peru (Bauwerk), S. 38–39, B4
Tommyknockers – Das Monstrum von Stephen King (diverse), Haven, Maine (Städtchen), S. 14–15, D6
Tomorrow-Reihe von John Marsden (Romane), Wirrawee, Victoria (Städtchen), S. 108–109, D1
Tomorrow! von Philip Wylie (Roman)
Green Prairie, unbekannt (Stadt), S. 16–17, C5
River City, unbekannt (Stadt), S. 16–17, C5
Too Much Lip von Melissa Lucashenko (Romane), Durrongo, New South Wales (Städtchen), S. 108–109, E2
Top of the Lake (TV), Laketop, Neuseeland (Städtchen), S. 108–109, E1
Torchwood (TV), Torchwood 3, Wales (Gebäude), S. 64–65, C2
Torminster Saga-Reihe von Elizabeth Goudge (Roman), Torminster, England (Städtchen), S. 64–65, C2
Torminster Saga-Reihe von Elizabeth Goudge (Roman), Torminster, England (Städtchen), S. 64–65, C2
Torregreca. Eine Stadt südlich von Neapel von Ann Cornelisen (Roman), Torregreca, Italien (Städtchen), S. 44–45, D2
Tortilla Flat von John Steinbeck (Roman), Tortilla Flat, Kalifornien (Städtchen), S. 18–19, A4
Torus – Das Geheimnis aus einer anderen Welt (Film), Monolith „Torus", Bhutan (Objekt), S. 78–79, D4
Total War: Thrones of Britannia (Videospiel)
Dofras Sund, England (Meer), S. 64–65, D1
Engle Sea, England (Meer), S. 64–65, D2/D3
Linne Forthin, Schottland (Meer), S. 64–65, C4
Linne Moreb, Schottland (Meer), S. 64–65, C5
Maerse Sea, England (Meer), S. 64–65, B3/C3
Muir Britton, Wales/Irland (Meer), S. 64–65, B2
Muir Domon, Schottland (Meer), S. 64–65, B5
Muir Nore, Schottland (Meer), S. 64–65, C5
Totally Spies! (TV), Brazuela (Land), S. 38–39, B5
Totenstille von Will Dean (Roman), Gavrik, Schweden (Städtchen), S. 56–57, B3
Totgeschwiegen – Eine Frau schlägt zurück (Film), Ginborak, Western Australia (Städtchen), S. 108–109, A2
Touhou Project-Reihe (Videospiele), Gensokyo, Japan (Landschaft), S. 96–97, C2
Toys (Film), Zevo Toys, Idaho (Gebäude), S. 18–19, B6
Trangviksposten (Satirezeitung), Trangvik, Norwegen (Städtchen), S. 56–57, A2
Transformers – Die Rache (Film)
Versenkungsstelle des Projekts Deep Six (Megatron), Atlantik (Ort), S. 126–127, B4
Star Harvester, Ägypten (Maschine), S. 84–85, C5
USS Theodore Roosevelt, Atlantik (Wrack), S. 126–127, B4
USS Topeka, Atlantik (Wrack), S. 126–127, B4
Transformers (diverse)
Autobot City, Tennessee (Stadt), S. 14–15, A3
Rubinminen von Burma, Myanmar (Landschaft), S. 90–91, A4
Transformers (diverse)
Autobot City, Tennessee (Stadt), S. 14–15, A3
Rubinminen von Burma, Myanmar (Landschaft), S. 90–91, A4
Transformers (diverse)
Calusa, Florida (Stadt), S. 14–15, B1
Central City/Center City, Oregon (Stadt), S. 18–19, A6
Hurley's Crossing, Nevada (Städtchen), S. 18–19, B4
Mission City, Nevada (Stadt), S. 18–19, B3
Mount St. Hilary, Oregon (Berg), S. 18–19, A6
Nemesis, Mexiko/Guatemala/Belize (Wrack, Raumschiff), S. 32–33, C2
Sherman-Staudamm, Nevada (Gebäude), S. 18–19, B3
SOCCENT Forward Operations Base, Katar (Gebäude), S. 72–73, C1
Tranquility, Kalifornien (Städtchen), S. 18–19, A3
Victory/Hauptquartier der Decepticons, Oregon (Wrack), S. 18–19, A5
Transformers und *G.I. Joe* (Comics)
Benzheen (Land/Emirat), S. 72–73, D1/D2
Golf von Benzheen, Golf von Oman (Meer), S. 72–73, D1
Trucial Abysmia (Land/Emirat), S. 72–73, D1
Transformers: Animated (TV), North Sister Island, Michigan (Insel), S. 14–15, B5
Transformers: Armada (Comic), Science City/Lincoln, South Dakota/Nebraska (Stadt), S. 16–17, B5
Transformers: Bumblebee (Film), Brighton Falls, Kalifornien (Städtchen), S. 18–19, A4
Transformers: Cybertron (TV), Rockville, Colorado (Städtchen), S. 18–19, D4
Transformers: Infestation 2 (Comics)
Mare-Rurek-Gletscher (Mare Rurek Glacier), Nunavut (Landschaft), S. 26–27, D2
Port Cenotaph, Nova Scotia (Städtchen), S. 26–27, F1
Transformers: Prime (TV), Jasper, Nevada (Städtchen), S. 18–19, B4
Transformers: Rescue Bots (TV)
Küstenstadt, Maine (Stadt), S. 14–15, D6
Faxian, Hongkong (Stadt), S. 102–103, D1
Griffin Rock, Maine (Städtchen/Insel), S. 14–15, D6
Wayward Island, Maine (Insel), S. 14–15, D6
Transformers: Robots in Disguise (TV), Los Bogus, Nevada (Stadt), S. 18–19, B3
Transformers: Super-God Masterforce (Anime)
Isle of the Gods, Kingdom of Karin (Insel), S. 90–91, D2
Karin Island, Kingdom of Karin (Insel/Nation), S. 90–91, D2
Kingdom of Karin (Insel/Nation), S. 90–91, D2
Mont Porte (Insel), S. 44–45, C2
Viscas Island, Kingdom of Karin (Insel), S. 90–91, D2
Transformers: The Last Knight (Film), N.B.E. Supermax, Colorado (Gebäude), S. 16–17, A4
Traum aus Stein und Federn von Louis de Bernières (Roman), Eskibahçe, Türkei (Dorf), S. 72–73, B3
Traumsammler von Khaled Hosseini (Roman), Shadbagh, Afghanistan (Dorf), S. 72–73, D2
Traveler of the Century (El viajero del siglo) von Andrés Neuman (Roman), Wandernburg, Deutschland (Städtchen), S. 44–45, D3
Tre Kronor (TV), Mälarviken, Schweden (Städtchen), S. 56–57, C3
Tremors – Im Land der Raketenwürmer (Film)
Bixby, Nevada (Städtchen), S. 18–19, B4
Perfection, Nevada (Städtchen), S. 18–19, B4
Trixie Belden-Reihe von Julie Campbell Tatham (Romane; Originalversion), Sleepyside-on-Hudson, New York (Städtchen), S. 14–15, C5
Troll 2 (Film), Nilbog, Utah (Städtchen), S. 18–19, C4
Tropico (Videospiel), Tropico (Insel/Nation), S. 32–33, D2
Troubles von J.G. Farrell (Roman), Kilnalough, Irland (Städtchen), S. 64–65, B2
True Blood (TV)
Bon Temps, Louisiana (Städtchen), S. 16–17, C2
Renard Parish, Louisiana (County), S. 16–17, C2
True Stories (Film), Virgil, Texas (Städtchen), S. 16–17, C2
Truly, Idaho-Reihe von Rachel Gibson (Romane)
Lake Mary, Idaho (See), S. 18–19, B5
Shaw Mountain, Idaho (Berg), S. 18–19, B5
Truly, Idaho (Städtchen), S. 18–19, B5
Trumpton (TV), Trumpton, England (Dorf), S. 64–65, D1
Tschitti Tschitti Bäng Bäng von Ian Fleming (Roman/Film), Vulgarien (Land), S. 44–45, D3
TUGS (TV)
Bigg City Port, Maine (Stadt), S. 14–15, D5/D6
Puerto Grande, Mexiko (Stadt), S. 32–33, C2
Turma da Mônica/Monica's Gang (Comics), Limoeiro, Brasilien (Städtchen), S. 38–39, C3
Turma do Chico Bento/Chuck, Billy 'n' Folks (Comics), Vila Abobrinha, Brasilien (Dorf), S. 38–39, C3
TV Go Home (TV, Internet), Daily Mail Island, England (Insel), S. 64–65, B2
Twilight Zone (TV)
Peaksville, Ohio (Städtchen), S. 14–15, B4
SS Queen of Glasgow, Atlantik (Wrack), S. 126–127, D5
Twilight Zone (TV)
Peaksville, Ohio (Städtchen), S. 14–15, B4
SS Queen of Glasgow, Atlantik (Wrack), S. 126–127, D5
Twin Peaks (TV), Deer Meadow, Washington (Städtchen), S. 18–19, B6
Twin Peaks, Staffel 3 (TV), Buckhorn, South Dakota (Städtchen), S. 16–17, A5
Twist total – Eine australische Familie legt los (TV), Port Niranda, Victoria (Städtchen), S. 108–109, D1
Two Thousand Acres of Sky (TV), Ronansay, Schottland (Insel), S. 64–65, B4
Typisch Andy! (TV)
East, South und West Gackle, Alberta (Städtchen), S. 26–27, C1
Moosehoof, Alberta (Städtchen), S. 26–27, C1
Tyrant (TV)
Abuddin (Land), S. 72–73, B2
Ma'an, Abuddin (Stadt), S. 72–73, B2
Tywo at Large (Web-Trickserie), Baxton Creek, Maryland (Städtchen), S. 14–15, C4
U-571 – Mission im Atlantik (Film)
Anschluss (Zerstörer Z49), Atlantik (Wrack), S. 126–127, C5
Prescot Trader, Atlantik (Wrack), S. 126–127, C5
S-33, Atlantik (Wrack), S. 126–127, C5
U-571, Atlantik (Wrack), S. 126–127, C5
U1 – Tauchfahrt des Todes (Film)
Sirene 1 (S-484), Atlantik (Wrack), S. 126–127, B5
Sirene 2 (S-485), Atlantik (Wrack), S. 126–127, B5
Ulalume von Edgar Allen Poe (Gedicht), Berg Yaanek, Nunavut (Berg), S. 26–27, C4
Um Haaresbreite von Clive Cussler (Roman), Wacketshire, New York (Städtchen), S. 14–15, C5
Umineko no Naku Koro ni (Videospiele), Rokkenjima, Japan (Insel), S. 96–97, C2
Un Refugio Para el Amor (TV), San Francisco el Alto, Mexiko (Städtchen), S. 32–33, B3
Un, dos, tres ... responda otra vez (TV), Tacañón del Todo, Spanien (Städtchen), S. 44–45, C2
Und dann gabs keines mehr von Agatha Christie (Roman), Soldier Island, England (Insel), S. 64–65, C1
Unmarriageable von Soniah Kamal (Roman), Dilipabad, Pakistan (Städtchen), S. 78–79, B5
Unreife Früchte von Wioletta Greg (Roman), Hektary, Polen (Dorf), S. 50–51, B3
Unrest (Videospiel), Bhimra (Stadt/Staat), S. 78–79, B4
Unser Mann in Afrika von William Boyd (Roman/Film)
Kinjanja (Land), S. 84–85, B4
Nkongsamba, Kinjanja (Stadt), S. 84–85, B4
Unsere kleine Moschee (TV), Mercy, Saskatchewan (Städtchen), S. 26–27, C1
Unsere kleine Stadt von Thornton Wilder (Theaterstück/Film), Grover's Corners, New Hampshire (Städtchen), S. 14–15, D5
Unstoppable – Außer Kontrolle (Film)
Allegheny & West Virginia Railroad (Bahnstrecke), Pennsylvania, S. 14–15, B5
Arklow, Pennsylvania (Städtchen), S. 14–15, C5
Brewston (Städtchen), Pennsylvania, S. 14–15, C4
Findlay (Städtchen), Pennsylvania, S. 14–15, B5
Fuller Yard (Städtchen), Pennsylvania, S. 14–15, B5
Stanton (Städtchen), Pennsylvania, S. 14–15, C4
Unter dem Joch von Iwan Wasow (Roman), Bjala Čerkva, Bulgarien (Städtchen), S. 50–51, B2
Unter dem Milchwald von Dylan Thomas (Hörspiel), Llareggub, Wales (Städtchen), S. 64–65, B2
Unter dem Vulkan von Malcolm Lowry (Roman), Quauhnáhuac, Mexiko (Städtchen), S. 32–33, B2
Unter der Sonne Kaliforniens (TV), Knots Landing, Kalifornien (Städtchen), S. 18–19, A2
Until Dawn (Videospiel)
Blackwood Mountain, Alberta (Berg), S. 26–27, B1
Washington Lodge, Alberta (Gebäude), S. 26–27, B1
Ur und andere Zeiten von Olga Tokarczuk (Roman), Ur, Polen (Dorf), S. 50–51, B3
Uti vår hage von Krister Petersson (Comic), Mjölhagen, Schweden (Städtchen), S. 56–57, B2
Utopia von Thomas Morus (Roman/Parabel)
Achoria, Utopia (Region), S. 38–39, C2
Amaurot, Utopia (Stadt), S. 38–39, C2
Macaria, Utopia (Region), S. 38–39, C3
Land der Polyleriten, Iran (Region), S. 72–73, D2
Utopia (Insel/Nation), S. 38–39, C2
Utopia von Thomas Morus (Übersetzung von Paul Turner, Roman), Tallstoria, Iran (Region), S. 72–73, D2
Utopia, Ltd. (komische Oper), Utopia, Pazifik (Insel/Nation), S. 120–121, D3
Utterly Monkey von Nick Laird (Roman), Ballyglass, Nordirland (Städtchen), S. 64–65, B3
Uys, Pieter-Dirk (Satire)
Bapetikosweti (Land), S. 84–85, C2
Laagerfontein, Bapetikosweti (Stadt), S. 84–85, C2
Uzumaki von Junji Ito (Manga)
Kurouzu, Japan (Städtchen), S. 96–97, B2
Midoriyama, Japan (Städtchen), S. 96–97, B2
Vaiana – Das Paradies hat einen Haken (Film)
Lalotai, Pazifik (Insel), S. 120–121, D3
Mauis Insel, Pazifik (Insel), S. 120–121, D3
Motunui, Pazifik (Insel), S. 120–121, D3
Te Fiti, Pazifik (Insel), S. 120–121, D3
Valkenvania – Die wunderbare Welt des Wahnsinns (Film), Valkenvania, New Jersey (Städtchen), S. 14–15, C4/C5
Valley of the Squinting Windows von Brinsley MacNamara (Roman), Garradrimna, Irland (Dorf), S. 64–65, B3
Vamp (TV), Armação dos Anjos, Brasilien (Städtchen), S. 38–39, D3
Vampire Diaries (TV), Mystic Falls, Virginia (Städtchen), S. 14–15, B4/C4
Vanderbilt University (akademische Übung), Al-Hamra, Irak (Stadt), S. 72–73, C3
Varan – Das Monster aus der Urzeit (Film)
Iwaya Village, Japan (Dorf), S. 96–97, C3
Onita, Japan (Stadt), S. 96–97, E1/F1
Varsity Blues (Film), West Canaan, Texas (Städtchen), S. 16–17, B2
Velcro City (Theaterstück), Velcro City, Neuseeland (Städtchen), S. 108–109, F1/F2
Verbrannte Blüten von Ngũgĩ wa Thiong'o (Roman), Ilmorog, Kenia (Dorf), S. 84–85, D3
Verbrechen in der Zukunft. Science-Fiction-Stories von Lloyd Biggle (Roman), Centertown, Indiana (Städtchen), S. 14–15, A4
Verdammt gute Band haben die hier von Stephen King (Kurzgeschichte), Rock and Roll Heaven, Oregon (Städtchen), S. 18–19, A5
Verfall und Untergang von Evelyn Waugh (Roman), Llanabba, Wales (Städtchen), S. 64–65, C2
Verführung einer Minderjährigen (Film), Tate, Oklahoma (Städtchen), S. 16–17, B3
Verheißung von Nicole Dennis-Benn (Roman), Pennyfield, Jamaika (Städtchen), S. 32–33, D2
Veronica Mars (TV)
Balboa County, Kalifornien (County), Neptune, Kalifornien (Städtchen), beide S. 18–19, B3
Verraten von Rita Hayworth von Manuel Puig (Roman), Coronel Vallejos, Argentinien (Dorf), S. 38–39, B2
Verstand und Gefühl/Sinn und Sinnlichkeit von Jane Austen (Roman), Norland Park, England (Anwesen), S. 64–65, D1
Victorio Ferri erzählt eine Geschichte von Sergio Pitol (Kurzgeschichte), San Rafael, Mexiko (Städtchen), S. 32–33, B2
Vier Frauen und ein Todesfall (TV), Ilm, Österreich (Dorf), S. 44–45, D3
Vikings (TV), Kattegat, Norwegen (Dorf), S. 56–57, B3
Village Survival, The Eight (TV), Michuri, Südkorea (Dorf), S. 102–103, E3
Villanos (engl. Villainous) (TV)
Atreno Island (mit Atreno City), Atlantik (Insel), S. 32–33, E3
Hat Island, Atlantik (Insel), S. 32–33, E3
Villaviciosa de al Lado (Film), Villaviciosa de al Lado, Spanien (Städtchen), S. 44–45, B2
Villette von Charlotte Brontë (Roman)
Labassecour (Land), S. 44–45, C4
Villette, Labassecour (Stadt), S. 44–45, C4
Virus/Virus – Schiff ohne Wiederkehr (Comic/Film)
Akademik Vladislav Volkov, Pazifik (Wrack), S. 120–121, C2
Electra, Pazifik (Wrack), S. 120–121, C2
Sea Star, Pazifik (Wrack), S. 120–121, C2
Wan Xuan III, Pazifik (Wrack), S. 120–121, C2
Vita Lögner/White Lies (TV), Strömsvik, Schweden (Städtchen), S. 56–57, B2
Viz (Comic), Fulchester, England (Stadt), S. 64–65, C3
VOEZ (Videospiel), Lan Kong Town, Taiwan (Städtchen), S. 102–103, D1/E1
Volver – Zurückkehren (Film), Alcanfor de las Infantas, Spanien (Dorf), S. 44–45, B2
Volver a Santa Rosa von Víctor Hugo Rascón Banda (Roman), Santa Rosa, Mexiko (Städtchen), S. 32–33, A3
Volvic-Werbespots (Werbung), George L. Volcano, Frankreich (Landschaft), S. 44–45, C3
Vom Winde verweht von Margaret Mitchell (Roman/Film), Plantage Tara, Georgia (Gebäude), S. 14–15, B3
Von der Erde zum Mond von Jules Verne (Roman)
Comalites, Texas (Städtchen), S. 16–17, B1
El Panda, Texas (Städtchen), S. 16–17, B1
Stone's-Hill, Florida (Berg), S. 14–15, B1
Vorsatz und Begierde von P.D. James (Roman), Larksoken, England (Städtchen), S. 64–65, D2
Voyage to Locuta, a Fragment, by Lemuel Gulliver Junior von Elizabeth Graham (Roman), Locuta, Pazifik (Insel), S. 96–97, E4
Voyages Très Extraordinaires de Saturnin Farandoul von Albert Robida (Roman), Farandoulie (Land), S. 108–109, D1
W oder die Kindheitserinnerung von Georges Perec (Roman), Insel W, Argentinien (Insel), S. 38–39, B1
W.I.T.C.H. (TV), Heatherfield, Connecticut (Stadt), S. 14–15, C5
Wake Wood (Film), Wake Wood, Nordirland (Dorf), S. 64–65, A3
Walians-Reihe von Daren Bowker-Powis und Richard Finlan (Romane), Ffhagdiwedd, Wales (Städtchen), S. 64–65, C2
Wallace & Gromit – Auf der Jagd nach dem Riesenkaninchen (Film), Tottington Hall, England (Gebäude), S. 64–65, C3
Walt Disney World (Themenpark)
Bugia Sea/Bugis Sea, Anandapur (Meer), S. 78–79, D3
Nayapur, Anandapur (Stadt), S. 78–79, C4
Walt Longmire-Reihe von Craig Johnson (Romane)
Absaroka County, Wyoming (County), S. 18–19, D5
Durant, Wyoming (Städtchen), S. 18–19, D5
Walter Mellon (TV), Siruppus-Park, Costa Rica (Insel), S. 32–33, C1
WandaVision (TV), Westview, New Jersey (Städtchen), S. 14–15, C5
War Inc. – Sie bestellen Krieg. Wir liefern! (Film)
Turakistan (Land), S. 72–73, D3
Ugigistan (Land), S. 72–73, D3
Warehouse 13 (TV)
Univille (inoffizielle Gemeinde), South Dakota (Städtchen), S. 16–17, B5
Warehouse 13, South Dakota (Gebäude), S. 16–17, B5
Was vom Tage übrig blieb von Kazuo Ishiguro (Roman), Darlington Hall, England (Anwesen), S. 64–65, D2
Wasser – Der Film (Film)
Cascara (Insel/Nation), S. 32–33, E2
Wasserpuppentheater, Tuong Lai, Vietnam (Dorf), S. 90–91, B3
Water (Film)
Rawalpur, Indien (Stadt), S. 78–79, C4
Waterworld (Film), Dryland, Dryland (Region), S. 78–79, C4
Waverley von Sir Walter Scott (Roman), Tully-Veolan, Schottland (Dorf), S. 64–65, C4
Way of the Samurai 4 (Videospiel), Amihama, Japan (Städtchen), S. 96–97, C2
Wayward Pines (TV), Wayward Pines, Idaho (Städtchen), S. 18–19, C6
We Can Be Heroes (Mockumentary), Dunt, South Australia (Städtchen), S. 108–109, C2
We Couldn't Leave Dinah von Mary Treadgold (Roman), Clerinel, Kanalinseln (Insel), S. 64–65, A1
Weeds – Kleine Deals unter Nachbarn (TV), Agrestic, Kalifornien (Städtchen), S. 18–19, A2
Weiße Weihnachten (Film), Pine Tree, Vermont (Städtchen), S. 14–15, C6
Weißes Feuer von J.G. Ballard (Roman), Estrella de Mar, Spanien (Städtchen), S. 44–45, A1
Welcome to Dongmakgol von Jang Jin (Theaterstück/Film), Dongmakgol, Südkorea (Dorf), S. 102–103, E3
Welcome to Night Vale (Podcast)
Desert Bluffs, New Mexico (Städtchen), S. 16–17, A2
Night Vale, New Mexico (Städtchen), S. 16–17, A2
Welcome to Woop Woop (Film), Woop Woop, Northern Territory (Städtchen), S. 108–109, C4
Welcome, Mrs. President (TV), San Pasquale (Land), S. 38–39, B4
Wenn Coyote tanzt von Thomas King (Roman), Blossom, Alberta (Städtchen), S. 26–27, C1

Wenn ein Reisender in einer Winternacht von Italo Calvino (Roman)
Ataguitanien (Land), S. 38–39, B5
Kimbrien (Land/Region), S. 56–57, C5/D5
Kimbrische Volksrepublik (Land), S. 56–57, C5/D5
Kimmerien (Land/Region), S. 56–57, C5
Kudgiwa, Kimmerien (Städtchen), S. 56–57, C5
Oquedal, Ataguitanien (Dorf), S. 38–39, B5
Örkko, Kimmerien (Stadt), S. 56–57, C5
Pëtkwo, Kimmerien (Region), S. 56–57, C5
San Ireneo, Ataguitanien (Städtchen), S. 38–39, B5
Wenn Guffman kommt (Film), Blaine, Missouri (Städtchen), S. 16–17, C4
Wer die Nachtigall stört von Harper Lee (Roman)
Abbottsville, Alabama (Städtchen), S. 14–15, A2
Maycomb, Alabama (Städtchen), S. 14–15, A2
Maycomb County, Alabama (County), S. 14–15, A2
Wer hat Angst vor Jasper Jones? von Craig Silvey (Roman/Film), Corrigan, Western Australia (Städtchen), S. 108–109, A2
Werbung Fairy Ultra (TV), Villarriba und Villabajo, Spanien (Dorf), S. 44–45, B2
Werden Sie schon bedient? (Film), Costa Plonka, Spanien (Städtchen), S. 44–45, B2
Werke von Alice Munro (Romane)
Hanratty, Ontario (Städtchen), S. 26–27, A4
Jubilee, Ontario (Städtchen), S. 26–27, A4
Walley, Ontario (Städtchen), S. 26–27, A4
Werke von Ana María Matute (Romane), Artámila, Spanien (Dorf), S. 44–45, B2
Werke von Anne-Catharina Vestly (Romane), Tiriltoppen, Norwegen (Städtchen), S. 56–57, B3
Werke von Barbara Kingsolver (Romane), Pittman, Kentucky (Städtchen), S. 14–15, A4
Werke von Christopher Moore (Romane), Pine Cove, Kalifornien (Städtchen), S. 18–19, A3
Werke von Clara Sánchez (Roman), Dianium, Spanien (Städtchen), S. 44–45, B2
Werke von Clark Ashton Smith (Kurzgeschichten)
Averoigne, Frankreich (Region), S. 44–45, C3
Château des Fausseflammes, Frankreich (Gebäude), S. 44–45, C3
Vyônes, Frankreich (Stadt), S. 44–45, C3
Ximes, Frankreich (Städtchen), S. 44–45, C3
Werke von Donald Harington (Romane), Stay More, Arkansas (Städtchen), S. 16–17, C3
Werke von Dr. José Rizal (Romane), San Diego, Philippinen (Städtchen), S. 90–91, C3
Werke von Ed McBain (Romane)
Bethtown, New York (Städtchen),
Calm's Point, New York (Städtchen),
Isola, New York (Stadt),
Majesta, New York (Städtchen),
Riverhead, New York (Städtchen),
alle S. 14–15, D1
Werke von Edwin Arlington Robinson (Romane), Tilbury Town, Maine (Städtchen), S. 14–15, D6
Werke von Elizabeth Marshall Thomas (Romane)
Feuerfluss, Russland (Fluss), S. 102–103, E1
Forellenfluss, Russland (Fluss), S. 102–103, E1/F1
Frauensee, Russland (See), S. 102–103, E1
Grasfluss, Russland (Fluss), S. 102–103, E1/F1
Werke von Eugene Trivizas (Bücher), Avgatiganistan (Land), S. 72–73, D2
Werke von Geoff Spedding (Romane), Cardigan, Neuseeland (Städtchen), S. 108–109, F2
Werke von George Lamming (Romane), San Cristóbal (Insel/Nation), S. 32–33, F2
Werke von Gösta Gustaf-Janson (Romane), Rydsholm, Schweden (Städtchen), S. 56–57, C3
Werke von Hans-Eric Hellberg (Romane), Busnäs, Schweden (Städtchen), S. 56–57, B3
Werke von Harry Turtledove (Romane), Jefferson (Staat), S. 18–19, A5
Werke von Hjalmar Bergman (Romane), Wadköping, Schweden (Städtchen), S. 56–57, B3/C3
Werke von Indira Ganesan (Romane)
Madhupur, Indien (Städtchen), S. 78–79, C2
Pi, Indien (Insel), S. 78–79, C2
Werke von James Aldridge (Romane), St. Helen, Victoria (Städtchen), S. 108–109, D2
Werke von Jia Pingua (Romane), Xijing, China (Stadt), S. 102–103, C2
Werke von Johannes V. Jensen (Romane)
Graabølle, Dänemark (Städtchen), S. 56–57, A2
Keldby, Dänemark (Städtchen), S. 56–57, A2
Werke von John Hearne (Romane)
Abari (Land), S. 38–39, C5
Cayuna (Land), S. 32–33, D2
Navidad (Land), S. 32–33, D3
Saint Pierre (Land), S. 32–33, E2
Werke von John O'Hara (Romane), Gibbsville, Pennsylvania (Städtchen), S. 14–15, C5
Werke von John Updike (Romane)
Brewer, Pennsylvania (Städtchen),
Olinger, Pennsylvania (Städtchen),
beide S. 14–15, C4
Werke von Juan Carlos Onetti (Romane), Santa María, Uruguay (Städtchen), S. 38–39, C2
Werke von Kent Haruf (Romane), Holt, Colorado (Städtchen), S. 16–17, A4
Werke von Kjell Aukrust (Romane), Flåklypa, Norwegen (Städtchen), S. 56–57, B3
Werke von Kurt Vonnegut (Romane), Ilium, New York (Städtchen), S. 14–15, C5
Werke von Larry Mike Garmon (Romane), Junebug, Oklahoma (Städtchen), S. 16–17, B3
Werke von Leon Pericles (bildende Kunst), Widjimorphup, Western Australia (Städtchen), S. 108–109, B3
Werke von Li Ang (Romane)
Anpingzhen, Taiwan (Städtchen), S. 102–103, D1
Chencuocun, Taiwan (Städtchen), S. 102–103, D1
Lucheng, Taiwan (Städtchen), S. 102–103, D1
Werke von Louis Jacolliot (Schriften), Verlorener Kontinent Rutas, Mu (versunkener Kontinent), S. 120–121, D3/E3/D4/E4
Werke von Lynn Doyle (Bücher), Ballygullion, Nordirland (Städtchen), S. 64–65, B3
Werke von Madeleine L'Engle (Romane)
Benne Seed Island, South Carolina (Insel), S. 14–15, C3
Cowpertown, South Carolina (Städtchen), S. 14–15, C3
Eddington Point (Landschaft), S. 114–115, E1
LeNoir Station (Gebäude), S. 114–115, E1
Puerto de Los Dragones, Venezuela (Städtchen), S. 38–39, B6
Seven Bay Island, Maine (Insel), S. 14–15, D6
Thornhill, Connecticut (Städtchen), S. 14–15, C5
Vespugia (Land), S. 38–39, B1
Werke von Mahasweta Devi (Erzählungen)
Hesadi, Indien (Dorf), S. 78–79, C4
Kuruda, Indien (Dorf), S. 78–79, C4
Murha, Indien (Dorf), S. 78–79, C4
Pirtha, Indien (Dorf), S. 78–79, C4
Werke von Manu Bhattathiri (Romane), Karuthupuzha, Indien (Städtchen), S. 78–79, B2
Werke von Margaret Laurence (Romane), Manawaka, Manitoba (Städtchen), S. 26–27, D1
Werke von Max Lundgren (Romane), Åshöjden, Schweden (Städtchen), S. 56–57, B2
Werke von Max Yoho (Romane), Epic, Kansas (Städtchen), S. 16–17, C3
Werke von Merle Collins (Romane), Paz, Grenada (Insel), S. 32–33, F2
Werke von Muhammad Khudayyir (Kurzgeschichten), Basrayatha, Irak (Stadt), S. 72–73, C2
Werke von Owen Marshall (Romane)
Dungarvie, Neuseeland (Städtchen), S. 108–109, F1
Te Tarehi, Neuseeland (Städtchen), S. 108–109, F2
Werke von Paul Charles (Romane), Castlemartin, Nordirland (Städtchen), S. 64–65, B3
Werke von Preston Schoyer (Romane)
Lei Kiang, China (Fluss), S. 102–103, D1
Shawei, China (Stadt), S. 102–103, D1/D2
Werke von Qaisra Shahraz (Romane)
Chiragpur, Pakistan (Dorf), S. 78–79, A4
Gulistan, Pakistan (Dorf), S. 78–79, A4
Werke von R.K. Narayan (Romane), Malgudi, Indien (Städtchen), S. 78–79, C3
Werke von Ralph Ellison und Robert Wyatt (Kurzgeschichten), Puerto Pollo, Peru (Insel), S. 38–39, A4
Werke von Robert Antoni (Romane)
Corpus Christi (Insel), S. 32–33, F1
Mythmythilia, Indien (Stadt), S. 78–79, C4
St. Maggy, Corpus Christi (Stadt), S. 32–33, F2
Werke von Ross Macdonald (Romane), Santa Teresa, Kalifornien (Städtchen), S. 18–19, A3
Werke von Sinclair Lewis (Romane)
Banjo Crossing, Winnemac (Städtchen), S. 14–15, A4
Clontar, New Jersey (Städtchen), S. 14–15, C5
Gritzmacher Springs, Kansas (Städtchen), S. 16–17, C4
Lemuel, Kansas (Städtchen), S. 16–17, B3
Mohalis, Winnemac (Stadt), S. 14–15, A5
Nautilus, Iowa (Städtchen), S. 16–17, C4
Waubanakee, Illinois (Städtchen), S. 16–17, D4
Wheatsylvania, North Dakota (Städtchen), S. 16–17, B6
Winnemac (Staat), S. 14–15, A5
Zenith, Winnemac (Stadt), S. 14–15, A5
Werke von Steen Langstrup (Romane), Gillsby, Dänemark (Städtchen), S. 56–57, B2
Werke von Steve Berman (Kurzgeschichten), Fallen Area, Pennsylvania (Region), S. 14–15, C5
Werke von Tabish Khair (Romane), Phansa, Indien (Städtchen), S. 78–79, C4
Werke von Tennessee Williams (Theaterstücke), Two Rivers County, Mississippi (County), S. 16–17, D3
Werke von Thomas Spence (Schriften), Spensonia (Insel/Nation), S. 38–39, C2
Werke von Tomson Highway (Theaterstücke), Wasaychigan Hill Indian Reserve, Ontario (Region), S. 26–27, A4
Werke von Wendell Berry (Romane)
Hargrave, Kentucky (Städtchen), S. 14–15, A4
Port William, Kentucky (Städtchen), S. 14–15, A4
Werke von William Alexander Fraser (Kurzgeschichte), Petroville, Ontario (Städtchen), S. 26–27, A4
Werke von William Faulkner (Romane)
Jefferson, Mississippi (Stadt), S. 16–17, D3
Yoknapatawpha County, Mississippi (County), S. 16–17, D3
Werke von William Makepeace Thackeray (Romane), Pumpernickel (Land), S. 44–45, D3
Werke von Yan Lianke (Roman), Balou-Gebirge, China (Gebirge), S. 102–103, D2
Westworld von Michael Crichton (Roman/TV)
Delos Incorporated (Inselgruppe), S. 90–91, C3
Westworld, Delos Incorporated (Insel), S. 90–91, C3
Wet Moon von Sophie Campbell (Comic), Wet Moon, Florida (Städtchen), S. 14–15, B2
Whale Talk von Chris Crutcher (Roman), Cutter, Washington (Städtchen), S. 18–19, B6
What We Do in the Shadows (TV), Al Quolanudar (Land), S. 72–73, C2
When the Boat Comes in (TV), Gallowshield, England (Städtchen), S. 64–65, C3
When the Camellia Blooms (TV), Ongsan, Südkorea (Städtchen), S. 102–103, E2/E3
When the Wild Boars Cross the River von Zhang Guixing (Roman), Boarfruit Village, Malaysia (Städtchen), S. 90–91, C2
When They Lay Bare von Andrew Greig (Roman), Crawhill Cottage, Schottland (Gebäude), S. 64–65, C4
When You Find Me von P.J. Vernon (Roman), Elizabeth, South Carolina (Städtchen), S. 14–15, C3
Where the Heart is (TV), Skelthwaite, England (Städtchen), S. 64–65, C3
Where the Mountain Meets the Moon von Grace Lin (Roman)
Dorf des Fruitless Mountain, China (Dorf), S. 102–103, B3
Dorf des Mondregens, China (Dorf), S. 102–103, A3
Fruitless Mountain, China (Berg), S. 102–103, B3
Jadefluss (*Jade River*), China (Fluss), S. 102–103, A3
Stadt des hellen Mondlichts, China (Stadt), S. 102–103, A3
Unendlicher Berg, China (Berg), S. 102–103, A3
Where's that Fire (Film), Bishop's Wallop, England (Städtchen), S. 64–65, D2
Wherever You Go von Monique Mulligan (Roman), Blackwood, Western Australia (Städtchen), S. 108–109, A2
Whisky Galore! von Angus MacPhail (Roman/Film)
Great Todday und Little Todday, Schottland (Inseln), S. 64–65, A4/5 und B4/5
SS Cabinet Minister, Schottland (Wrack), S. 64–65, A4/B4
whiteonwhite:algorithmicnoir (Film), City-A, Kasachstan (Stadt), S. 72–73, D3
Who Goes There? von John W. Campbell Jr. (Roman), Big Magnet (Gebäude), S. 114–115, C2
Whose Line is it Anyway (TV), Snackitoba (Province), S. 26–27, C2
Whylah Falls von George Elliott Clarke (Roman), Whylah Falls, Nova Scotia (Städtchen), S. 26–27, F1
Widdershins von Kate Ashwin (Webcomic), Widdershins, England (Städtchen), S. 64–65, C3
Wie die Vögel unter dem Himmel von Joan Didion (Roman), Boca Grande (Land), S. 32–33, C2
Wie eine Träne im Ozean von Manès Sperber (Roman/Film), Wolyna, Polen (Dorf), S. 50–51, B3
Wie rote Erde von Tara June Winch (Roman)
Massacre Plains, New South Wales (Städtchen), S. 108–109, D2
Murrumby-Fluss, New South Wales (Fluss), S. 108–109, D2
Wiedersehen in Howards End von E.M. Forster (Roman), Howards End, England (Anwesen), S. 64–65, D2
Wiedersehen mit Brideshead von Evelyn Waugh (Roman/Film), Brideshead, England (Anwesen), S. 64–65, C2
Wild at Heart – Die Geschichte von Sailor und Lula von Barry Gifford (Roman/Film), Big Tuna, Texas (Städtchen), S. 16–17, B3
Wild Card von Tade Thompson (Roman), Alcacia (Land), S. 84–85, B4
Wild Wild West (Film)
New Liberty, Illinois (Städtchen), S. 16–17, D3
Silverado, Utah (Städtchen), S. 18–19, C4/C5
Spider Canyon, Utah (Landschaft), S. 18–19, C4
Wilde Schafsjagd von Haruki Murakami (Roman), Junitaki, Japan (Städtchen), S. 96–97, C4
Wildflower Creek von Maya Linnell (Roman), Bridgefield, Victoria (Städtchen), S. 108–109, D1
Willkommen bei den Louds (TV), Royal Woods, Michigan (Städtchen), S. 14–15, A5
Willkommen in Gravity Falls (TV)
Gravity Falls, Oregon (Städtchen), S. 18–19, A5
Mystery Mountain, Oregon (Berg), S. 18–19, B5
Roadkill County, Oregon (County), S. 18–19, A5
Zeit-Baby (Wesen), S. 114–115, C4
Willkommen in Mooseport (Film), Mooseport, Maine (Städtchen), S. 14–15, D5
Willkommen, Mr. Marshall (Film), Villar del Río, Spanien (Städtchen), S. 44–45, B2
Windbag the Sailor (Film), Falport, England (Städtchen), S. 64–65, B1
Winesburg, Ohio von Sherwood Anderson (Kurzgeschichten), Winesburg, Ohio (Städtchen), S. 14–15, B4
Wintering von Peter Geye (Roman), Gunflint, Minnesota (Städtchen), S. 16–17, C6
Wintersonnenwende von Susan Cooper (Romane), Huntercombe, England (Dorf), S. 64–65, D2
Winterstoke von L.T.C. Rolt (Roman), Winterstoke, England (Städtchen), S. 64–65, C2
Wir brauchen neue Namen von NoViolet Bulawayo (Roman), Paradise, Zimbabwe (Städtchen), S. 84–85, C2
Wo das Böse erwacht von Poppy Z. Brite (Roman), Missing Mile, North Carolina (Städtchen), S. 14–15, C3
Wokenwell (TV), Wokenwell, England (Städtchen), S. 64–65, C3
Wolfenstein-Reihe (Videospiele)
Burg Wolfenstein, Deutschland (Gebäude), S. 44–45, D3/D4
Eisstation Norwegen, Norwegen (Gebäude), S. 56–57, B5
Isenstadt, Deutschland (Stadt), S. 44–45, D3
Katamarunde-Raketenbasis, Deutschland (Gebäude), S. 44–45, D4
Kugelstadt, Deutschland (Stadt), S. 44–45, D3
Neu-Paris, Frankreich (Stadt), S. 44–45, C3
Ras el-Hadid, Ägypten (Stadt), S. 84–85, C5
Schlüsselburg, Deutschland (Städtchen), S. 44–45, D4
Wulfsee, Deutschland (See), S. 44–45, D3
Wolfsblut von Jack London (Roman), Fort McGurry, Yukon (Städtchen), S. 26–27, B2
Wolfsnächte (Buch/Film), Keelut, Alaska (Städtchen), S. 18–19, B1
Wolkenatlas/Cloud Atlas von David Mitchell (Roman/Film)
Mauna Sol, Hawaii (Berg), S. 18–19, D1
Nea So Copros (Staatenbund/Großregion), S. 102–103, D3/E3
Neo-Seoul, Südkorea (Stadt), S. 102–103, E3
Wolkig mit Aussicht auf Fleischbällchen (Film), Swallow Falls, Atlantik (Insel), S. 126–127, A4
Woman With Horns and Other Stories von Cecilia Manguerra Brainard (Kurzgeschichten)
Ubec, Philippinen (Region), S. 90–91, D3
Ubec City, Philippinen (Stadt), S. 90–91, D3
Wonder Woman (diverse), Themyscira (Inselstaat), S. 44–45, F1
Wonder Woman (Film), Veld, Frankreich (Dorf), S. 44–45, C4
Wooden Overcoats (Podcast), Piffling, England (Insel), S. 64–65, C1
Woodoo – Die Schreckensinsel der Zombies (Film), Matul, Amerikanische Jungferninseln (Insel), S. 32–33, F2
World's Scariest Model Train Wrecks (Internetvideo), Rollingstock, Kentucky (Städtchen), S. 14–15, B4
X-Men (Comics)
Muir Island, Schottland (Insel), S. 64–65, A5/B5
X-Men (diverse)
Xaviers Institut für begabte Jugendliche, New York (Städtchen), S. 14–15, C5
Xijing Men (diverse), Xijing (Stadt/Staat), S. 102–103, C2
Yaadon Ka Idiot Box (Radioshow), Yaad Seher, Indien (Städtchen), S. 78–79, C5
Yakuza-Reihe (Videospiele), Kamurocho, Japan (Städtchen), S. 96–97, E1
Yellow Submarine (Film)
Meer aus Nichts, Atlantik (Meer), S. 126–127, B2/C2
Meer der Monster, Atlantik (Meer), S. 126–127, C3
Meer der Wissenschaft, Atlantik (Meer), S. 126–127, C3/D3
Meer der Zeit, Atlantik (Meer), S. 126–127, C3/D3
Meer von Löchern, Atlantik (Meer), S. 126–127, B2/C2
Pepperland (Unterwasserland), S. 126–127, B2
Vorgebirge, Pepperland (Landschaft), S. 126–127, B2
Yellow Brick Road – Weg ohne Wiederkehr (Film), Friar, New Hampshire (Städtchen), S. 14–15, D6
Yellowcake Springs von Guy Salvidge (Roman), Yellowcake Springs, Western Australia (Städtchen), S. 108–109, A2
Yes Minister (TV), Buranda (Land), S. 84–85, B4
Yes, Prime Minister (TV), Saint Georges Island, Arabisches Meer (Insel), S. 72–73, D1
Yo-kai Watch (Videospiel/Anime), Springdale, Japan (Städtchen), S. 96–97, B2
Yogi Bear (TV), Jellystone Park, Wyoming (Landschaft), S. 18–19, D5
You Have to Make Your Own Fun Around Here von Frances Macken (Roman), Glenbruff, Irland (Städtchen), S. 64–65, A3
You're Under Arrest, Kōsuke Fujishima (Manga/Anime), Polizeirevier Bokuto, Japan (Gebäude), S. 96–97, E1
Youjo Senki/The Saga of Tanya the Evil von Carlo Zen und Shinobu Shinotsuki (Romane/Manga/Anime)
Berun, Deutschland (Stadt), S. 44–45, D4
Mainen, Deutschland (Städtchen), S. 44–45, C3
Young Adult (Film), Mercury, Minnesota (Städtchen), S. 16–17, C6
Young Justice (TV), Rhelasia (Land), S. 102–103, E3
Youngblood von Matt Gallagher (Roman), Ashuriyah, Irak (Dorf), S. 72–73, C2
Your Name. – Gestern, heute und für immer (Film), Itomori, Japan (Städtchen), S. 96–97, C2
Yu-Gi-Oh von Kazuki Takahashi (Manga/Anime), Domino City, Japan (Stadt), S. 96–97, F1
Yuki Yuna is a Hero (Anime), Sanshu, Japan (Stadt), S. 96–97, B2
Yuna & Stitch (Anime)
Izayoi Island, Japan (Insel), S. 96–97, D1
Okinawa New Town, Japan (Stadt), S. 96–97, A1
Yuri!!! on Ice (Anime), Hasetsu, Japan (Städtchen), S. 96–97, A1
Yuuyami Doori Tankentai (Videospiel), Hirumi City, Japan (Stadt), S. 96–97, E1
Y'von vom Yukon (TV)
Frostbottom Falls, Yukon (Städtchen), S. 26–27, B2
Shiverme Timbers, Alaska (Städtchen), S. 18–19, B1
Shivermetimbers, Yukon (Städtchen), S. 26–27, B2
Upyermukluk, Yukon (Städtchen), S. 26–27, B2
Z-Cars (TV), Newtown, England (Städtchen), S. 64–65, C3
Seaport, England (Städtchen), S. 64–65, C3
Zacatillo, un lugar en tu corazón (TV), Zacatillo, Mexiko (Städtchen), S. 32–33, B2
Zadig oder das Schicksal von Voltaire (Roman), Derlback, Irak (Dorf), S. 72–73, C2
Zeit der Sehnsucht (TV), Salem, Illinois (Städtchen), S. 16–17, D4/D5
Zorro's Black Whip (Film), Crescent City, Idaho (Städtchen), S. 18–19, B5
Zugfahrt ins Jenseits (Film)
Jackson Summit, Colorado (Landschaft),
Miller's Bend, Colorado (Landschaft),
Silver Gorge, Colorado (Landschaft),
Stillwater, Utah (Städtchen),
Westrail, Utah/Colorado (Bahnstrecke),
alle S. 18–19, D4
Zur fraglichen Stunde von Dorothy L. Sayers (Roman), Wilvercombe, England (Städtchen), S. 64–65, C2
Zurück in die Zukunft Teil 3 (Film), Eastwood-Schlucht (Shonash-Schlucht/Clayton-Schlucht), Kalifornien (Landschaft), S. 18–19, A4
Zurück in die Zukunft-Filme, Hill Valley, Kalifornien (Städtchen), S. 18–19, A4
Zwei Jahre Ferien von Jules Verne (Roman), Insel Chairman, Chile (Insel), S. 38–39, B1
Zwischen den Attentaten von Aravind Adiga (Roman), Kittur, Indien (Städtchen), S. 78–79, B3
Zwischenfall im Atlantik von Mark Rascovich (Roman/Film)
Moby Dick, Atlantik (Wrack), S. 126–127, C5
USS Bedford (DLG-113), Atlantik (Wrack), S. 126–127, C2
Zwölf mal Polt Kriminalgeschichten von Alfred Komarek (Romane)
Brunndorf & Burgheim, Österreich (Dörfer), S. 44–45, D3
Wiesbachtal, Österreich (Landschaft), S. 44–45, D3

DANKSAGUNGEN

In allererster Linie möchten wir uns bei all den Schriftsteller*innen, Regisseur*innen, Künstler*innen, den Trickfilmzeichner*innen, Illustrator*innen, Mangakas, Drehbuchautor*innen, Softwareentwickler*innen, den Militärstrateg*innen und glücklosen Politiker*innen bedanken, die die vielen fiktiven Orte geschaffen haben. Dieser Atlas feiert Ihre Arbeit und bietet (so hoffen wir) den Leser*innen einen reizvollen Einstieg, um Geschichten zu entdecken, die sie sonst nicht gefunden hätten.

Beide Autoren danken ihrer Familie für die Unterstützung während der Entstehung dieses Atlasses. Ein großes Dankeschön geht auch an die Mitwirkenden beim Verlag (Batsford) für die freundliche und professionelle Betreuung des Projekts während des unsicheren Jahres 2020, ganz besonders Tina Persaud, Kristy Richardson und Gemma Doyle. Katie Hewett danken wir für das Lektorat des komplexen Manuskripts und ihre Heldentaten mit den Registern.

Hunderte Menschen haben zu diesem Atlas Ideen und Infos beigesteuert. An erster Stelle ist David Riffkin zu nennen, der uns von Beginn an, schon zur „Fake Britain"-Karte im Londonist, wichtige Ortsnamen vorgeschlagen hat. *Thank you, sir!* Rhys möchte auch der Belegschaft und den ehrenamtlichen Helfern der National Library of Wales seinen Dank aussprechen, außerdem seinem Englischlehrer, Hugh Griffiths, der ihn früh ermutigte, Schriftsteller zu werden. Besonders geholfen haben uns außerdem Rhodri Davies, Henry Gee, Nicola Jones, Peter Kidd, Maria Fernanda Flores Luna, David Somerlinck, Stuart Vandal und Douglas Walters und viele andere.

ÜBER DIE AUTOREN

Matt Brown ist ein absoluter Kartenfreak. Einmal las er aus einer (lang anhaltenden) Laune heraus jeden einzelnen Roman von Charles Dickens und kartierte alle Schauplätze. Das Gleiche tat er dann mit den Büchern von Virginia Woolf, Jane Austen und Sherlock Holmes. Matt hat bei Batford 10 Bücher veröffentlicht, darunter die beliebte Reihe *Everything You Know ... is Wrong*, die sich mit verbreiteten Irrtümern beschäftigt. Er ist Mitautor (Texte und Karten) des kartografischen Reiseführers *Londonist Mapped* (AA Publishing), der 2018 mit dem *„Stanford's Illustrated Travel Book of the Year Award"* ausgezeichnet wurde. Auch die Karten in Patricia Bracewells drei historischen Romanen über Emma von der Normandie, beginnend mit *Die Normannin* (2014), stammen von ihm. Er ist Editor-at-Large (früher Redakteur) bei Londonist.com.

Rhys B. Davies wurde 1986 geboren und stammt aus Westwales. Als Kind der 1990er-Jahre wuchs er mit einem bunten Mix aus Zeichentrickfilmen, Blockbustern und aller Art von Literatur auf – von Enid Blyton und Roald Dahl bis hin zu den spannenden Wälzern von Crichton, Clancy und Cussler. Aus diesen Einflüssen entwickelte sich eine tiefe Liebe zur Fiktion und zu den Welten, die die Fantasie erschaffen kann – was hilfreich ist, wenn man diese Welten kartieren möchte! Sein erster Roman, *Timewreck Titanic*, den er 2012 im Selbstverlag veröffentlichte, wurde inzwischen bei Sealion Press neu aufgelegt. Zurzeit wohnt er in Aberystwyth, während seine Gedanken das Internet bereisen.

Mike Hall ist freiberuflicher Illustrator und leidenschaftlicher Kartograf mit Sitz im spanischen Valencia. Seit er denken kann, faszinieren ihn Landkarten und Architektur. In seiner Kindheit verbrachte er endlose Tage damit, Gebäude in seiner Heimatstadt Harlow und Karten von realen oder fiktiven Orten zu zeichnen. Nach seinem Abschluss an der Londoner University of Westminster 2008 spezialisierte er sich auf kartografische Illustrationen und Architekturzeichnungen für eine Vielzahl von Kunden, darunter Butlins, HarperCollins, Penguin und die Royal Horticultural Society. Er wird von der internationalen Agentur IllustrationX vertreten.

KONTAKTIEREN SIE DIE AUTOREN

Es ist uns bewusst, dass viele Orte in diesem Atlas Spielraum für Interpretationen lassen. Zweifellos werden unsere Leser*innen manchmal anderer Meinung sein, wo bestimmte Schauplätze liegen sollten. Das ist völlig in Ordnung! Wir würden uns freuen, von Ihnen Ihre Korrekturvorschläge oder Ergänzungen zu erfahren. Wenden Sie sich mit konstruktiven Hinweisen (die wir ggf. gern in zukünftigen Auflagen berücksichtigen) an Matt Brown unter: i.am.mattbrown@gmail.com.